首屆向全國推薦優秀古籍整理圖書

〔清〕吳偉業 著
李學穎 集評標校

吳梅村全集

上

上海古籍出版社

圖書在版編目(CIP)數據

吴梅村全集/(清)吴偉業著；李學穎集評標校．—上海：上海古籍出版社，1991.1（2023.11重印）
（中國古典文學叢書）
ISBN 978-7-5325-0121-2

Ⅰ.①吴…　Ⅱ.①吴…　②李…　Ⅲ.①中國文學—古典文學—作品綜合集—清代　Ⅳ.①I214.92

中國版本圖書館CIP數據核字(2016)第021221號

中國古典文學叢書

吴梅村全集

（全三册）

[清] 吴偉業　著

李學穎　集評標校

上海古籍出版社出版發行
（上海市閔行區號景路159弄1-5號A座5F　郵政編碼201101）
(1) 網址：www.guji.com.cn
(2) E-mail：gujil@guji.com.cn
(3) 易文網網址：www.ewen.co
上海展强印刷有限公司印刷
開本 850×1168　1/32　印張 49.5　插頁 18　字數 1,072,000
1990 年 1 月第 1 版　2023 年 11 月第 6 次印刷
印數：4,701-5,300
ISBN 978-7-5325-0121-2

I·26　精裝定價：238.00 元

如有質量問題，請與承印公司聯系
電話：021-66366565

吴梅村像　　　　顧見龍　繪

吴梅村行看子　　　禹之鼎　繪

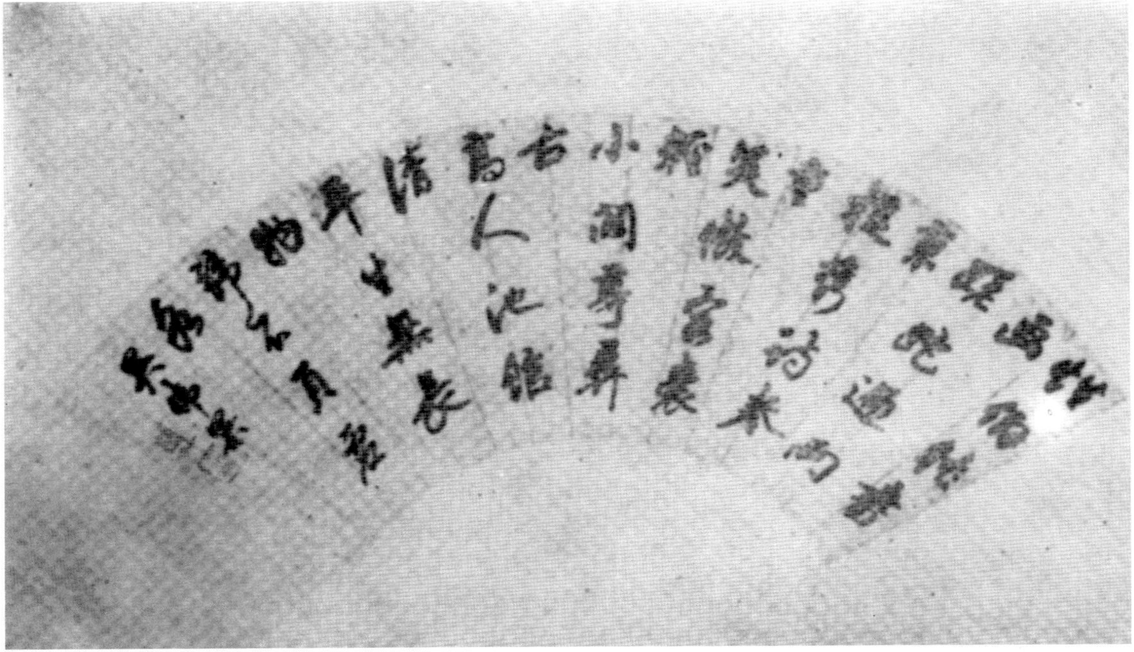

吴梅村書箑

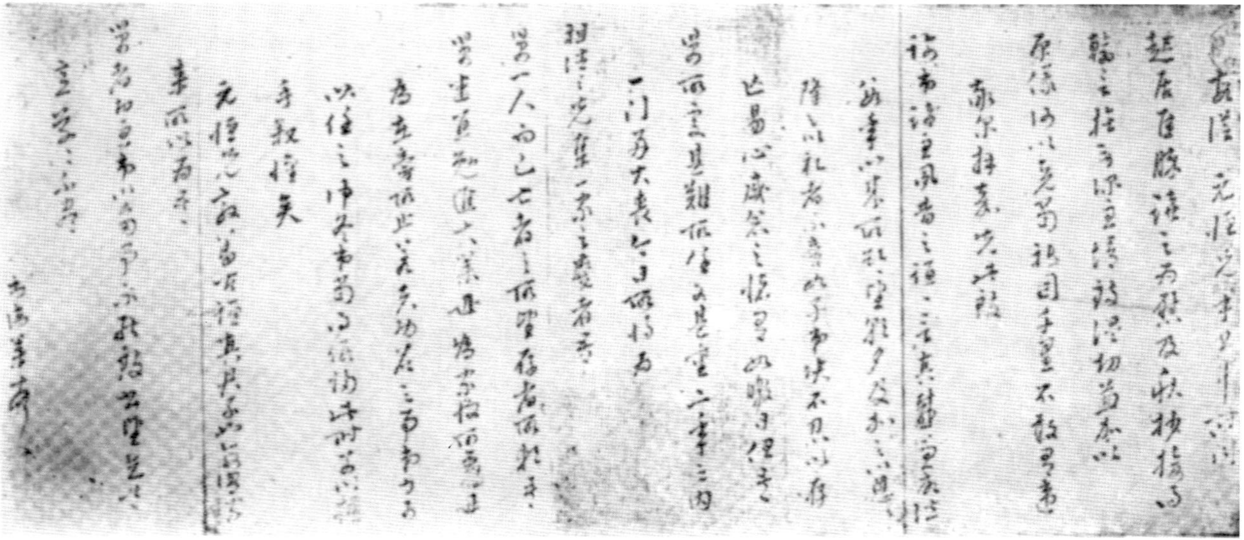

吴梅村與人書手迹

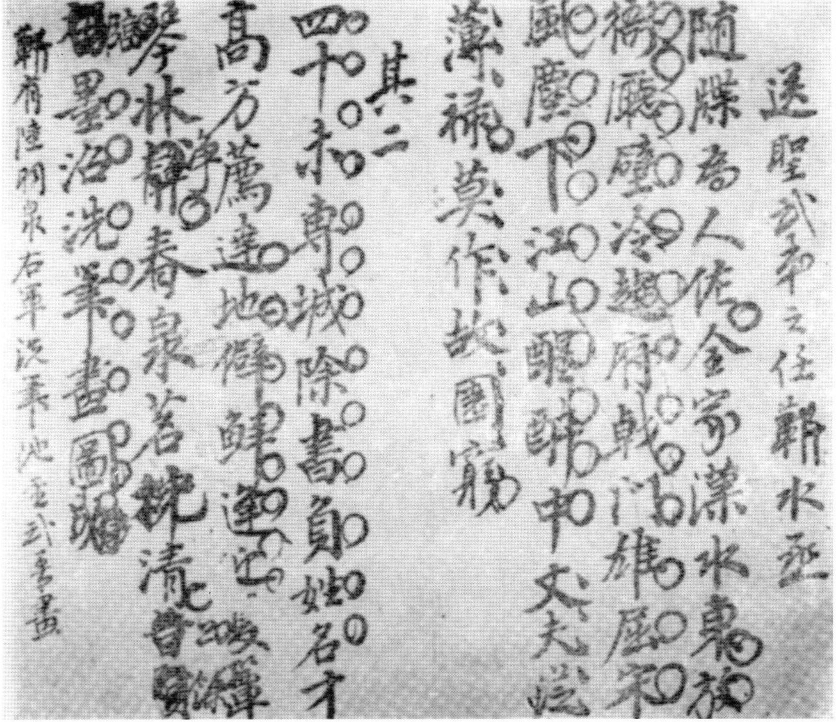

吴梅村手迹

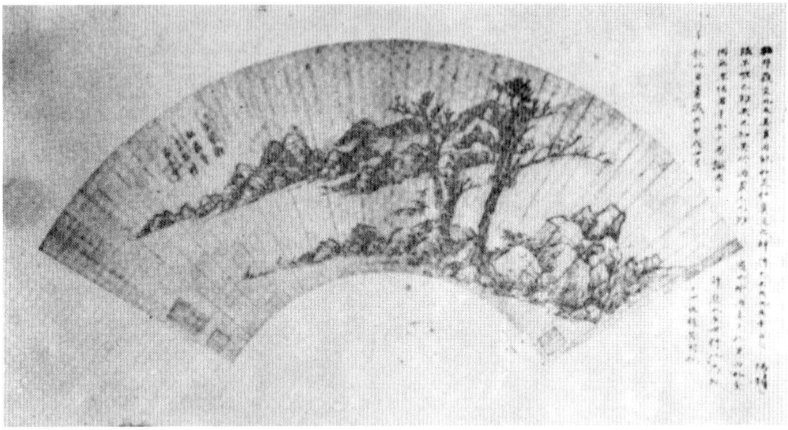

吴梅村山水扇面　　　吴湖帆　舊藏

前言

詩至宋末，已見式微，元、明兩代，鮮有足稱，直到明、淸易代之際，才又出現一個高峯。在那階級矛盾、民族矛盾激烈深重的歷史環境下，湧現了多若繁星的詩人，他們的作品既不屑爲三楊之館閣，也唾棄七子之摹擬，更無意於公安、竟陵之浮靡，而是務實重質，息息和時代相關，足以上摩三唐之壘。大抵殉明者多挺身抗拒的強音，入淸者多緬懷故國之哀思。前者可以陳子龍爲代表，而後者則應首推吳梅村。

吳偉業，字駿公，以其號梅村著名於世，別署鹿樵生、灌隱主人。江南太倉（今江蘇太倉縣）人。生於明萬曆三十七年（一六〇九）。他自幼聰慧，十四歲已通春秋及三史（史記、兩漢書），落筆爲文，洋洋數千言。受知於同里著名學者和政治活動家張溥，爲入室弟子。張溥聯合大江南北各文社，統一爲復社，他是其中重要成員，名列「十哲」。中崇禎四年（一六三一）會元，殿試一甲第二名進士，授翰林院編修，制詞云：「陸機詞賦，早年獨步江東；蘇軾文章，一日喧傳天下。」時人以爲無愧。這年，他才二十三歲，給假歸娶，光華滿路，榮動一時。張溥亦中是科三甲第一，選庶吉士；復社成員同榜者尙有數人。于是天下士子以入復社拜門牆爲功名捷徑，復社聲勢大盛。這固由張溥的聲望才幹所致，而梅村的美才高策確也起了不小的作用。

復社雖以學術標榜，實則繼東林之餘響，在野則諷議朝政，針砭時弊，裁量人物，一旦登朝，自要有所作爲。梅村入仕之初，即疏劾時相溫體仁的私人、吏部尚書蔡奕琛；以後，歷充實錄纂修官、東宮講讀官，又先後劾奏首輔張至發、吏部尚書田唯嘉、太僕寺卿史𡎴等，雖不無朋黨意氣夾雜其間，但這些人都是溫體仁的衣鉢傳人或黨羽，把持朝政，營私誤國，故梅村一時「直聲動朝右」。這自然也招致了反對派的忌恨，使他受到種種摧挫。特別是崇禎十三年（一六四〇），他升任南京國子監司業才三天，上疏申理著名直臣黃道周，觸怒了明思宗，嚴旨責問主使，差一點陷入大獄，從此他逐漸消沉下來。而座主周延儒和好友吳昌時的不得其死，尤足使他寒心，於是「絕意仕進」。這期間雖接連晉升左中允、諭德、左庶子，他都沒有就任，藉丁嗣父憂的機會，回鄉隱居。

崇禎一朝，集中並發展了萬曆、天啓積累下來的所有矛盾和積弊，這時已深深陷入內憂外患的嚴重困境。內部，李自成領導的農民軍如烈火燎原，破洛陽，據襄陽，下西安，從根本上動搖明廷的統治；外部，女眞貴族創建不久的清國雄踞遼東，虎視眈眈，不斷入侵，明軍一敗於高陽，再敗於鉅鹿，復敗於松山，形勢異常嚴峻。而腐朽透頂的明統治集團却忙着彼此爭奪派系的、個人的利益，君愎臣蒙，文欺武恣，互相牽制，互相傾軋，迅速走向崩潰。十七年（即清順治元年，一六四四）三月，李自成率軍攻入北京，建立大順政權，明思宗自縊於煤山，史稱「甲申之變」。緊接着，明山海關守將吳三桂勾引清兵入關，奪取了農民起義的果實，李自成兵敗走死。從此清王朝入主中原，統治了廣袤的中國土地。

朱庭珍說：「吳梅村祭酒詩，入手不過一豔才耳。迨國變後諸作，……多紀時事，關係興亡。」（筱園詩話）似乎明亡之前梅村所作皆爲豔體；王曾祥甚至說：「梅村甲申之前，無一憂危之辭見於豪牘。」（靜便齋集）這未免厚誣古人了。梅村自青年時代，眼見國事日非，盱衡扼腕，寫下了許多感時傷事的詩篇。著名的臨江參軍和讀楊參軍悲鉅鹿詩，寫于崇禎十二年，是鉅鹿之敗的忠實紀錄，悲憤感激，溢滿紙上。雒陽行、襄陽樂、高麗行等篇，痛切時局；邊思、雲中將、牆子路諸首，憂念邊防。他如傷直諫被禍的「老臣自詣都詔獄，逐客新辭鳷鵲樓」（殿上行），「直道身何在，猶爲天地傷」（傅右君以諫死其子持喪歸臨川）；憤宦官專權的「諸將自承中尉令，孤臣誰給羽林兵」（懷楊機部軍前）；疾迫害黨人的「看碑太學傷鉤黨，置酒新亭望息兵」（送左子直子忠兄弟還桐城），何嘗不都是「憂危之辭」？而且以上所舉，還只是一部分。梅村早年諸作，以避忌或散佚，大半未能存留，只有極少幾篇收入清代通行傳本四十卷梅村集。後人囿於見聞，主觀臆斷，也不足爲奇。

明亡後，梅村在弘光政權下做了兩個月的少詹事，目睹南都政局，知國事已不可爲，卽託病告歸。未幾，清兵南下，小朝廷亦告覆滅。這時的梅村，既沒有殉難或反抗的勇氣，也不敢冒投降的駡名，於是選擇了一條做遺民的道路。逆來順受，不作非分之舉，以求保全身家。他告訴弟子周肇「同入幽棲傳，他年未寂寥」（溪橋夜話），約舊友「移家就吾住，白首兩遺民」（遇舊友），在言懷、見人作布帽等篇中，並以魯仲連、介子推、管寧自況，表明不仕的決心。

江山易代，清人入主，天翻地覆的變化，目擊身受，自然不勝黍離麥秀之感，於是，紀錄滄桑陵谷的變遷，抒發舊國故君的懷念，就成爲梅村詩的主要內容。永和宮詞、琵琶行、蕭史青門曲、思陵長公主輓詩、田家鐵獅歌等，爲帝王戚畹唱出了一曲聲淚俱下的輓歌。「莫定三分計，先求五等封」，「北寺讒成獄，西園賄拜官」，「尙言虛內主，廣欲選良家」，「三軍朝坐甲，十客夜傳觴」，借古喻今，不著議論，弘光小朝廷的腐朽和必敗已昭然在目。聽卞玉京彈琴歌、楚兩生行、臨淮老妓行等，通過舊妓、藝人、歌女的敍述，委曲表達重大的歷史事件，分外悽哀感人。值得一提的是，梅村對南疆各殘明政權的命運十分關心，魯王舟山之敗，世子被虜，妃嬪投井，勾章井作了「蒼鯨掣鎖電光紫，鼙浪噓雲食龍子。轆轤聲斷銀瓶墜，遼殿虹蜺美人死」的形象記述；而對桂王南奔，開始依靠農民軍舊部維繫殘局，則寫得更爲明確：「王孫去國餘三戶，公子從亡止五人。報主有心爭赤壁，借兵無力聽黃巾。」（雜感之十）他甚至于淸廷也有微詞，「先機拒戶須防虎，故智蹊田恐奪牛」（雜感之二十），「記得奉天門獻捷，亦將恩禮待和龍」（雜感之八）。無怪乎後來不敢收入本集，僅存於家藏稿了。

以上這些作品的共同基調，可以歸結爲「怨而不怒」。「莫奏霓裳天寶曲，景陽宮井落秋槐」（永和宮詞），「江湖滿地南鄉子，鐵笛哀歌何處尋」（琵琶行），「花落回頭往事非，更殘燈灺淚沾衣」（蕭史青門曲），亡國之音哀以思，這當然是由梅村自身的遭際和政治態度所決定的。

但他也有「怒」的時候，對那些賣國求榮，爲虎作倀的前明將領，就毫不諱言的表示了極大的鄙視和痛恨。圓圓曲是他的代表作，「慟哭六軍齊縞素，衝冠一怒爲紅顏」，「全家白骨成灰土，一代紅妝照汗靑」，把民族敗類吳三桂永遠釘在了恥辱柱上。據說吳曾「賫重幣求去此詩」，而梅村不僅不爲所動，還繼續寫了「取兵遼海哥舒翰，得婦江南謝阿蠻」（雜感之十八），「全家故國空從難，異姓眞王獨拜恩」（即事之十），更加鞭撻入骨。在松山哀中，他直斥洪承疇，「十三萬兵同日死，渾河流血增奔湍。豈無遭際異，變化須臾間。出身憂勞致將相，征蠻建節重登壇。還憶往時舊部曲，喟然歎息摧心肝」。可謂字字見血，嚴于斧鉞；而「老臣褰革平生志，往事傷心倚鐵衣」，又是多麼辛辣的嘲諷！當時，吳三桂封平西王，洪承疇任五省經略、內院大學士。都是清王朝正在倚仗的得力鷹犬；雖然久已成爲人民嘲駡的對象，但如此口誅筆伐，也還是需要一點勇氣的。

在清室統一中國的過程中，江南抵抗最力，所遭鎮壓也最殘酷。大屠殺之後，政治上的壓迫與經濟上的掠奪，特爲尤甚。「顧以東南區區一隅，賦稅居天下之半」（江南巡撫韓公奏議序），再加以横征暴斂，人民處於水深火熱之中。梅村蒿目時艱，自不能不筆之於詩。或寫親人離散之苦（堇山兒），或訴逋債賣子之痛（臨頓兒），「村人露肘捉頭來，背似土牛耐鞭苦」（捉船行），「丈量親下稱蘆政，鞭笞需索輕人命」（蘆洲行）。在沉重的賦稅和官吏的敲剝下，「吳民數百萬戶，大抵皆破矣」（太學張君季繁墓誌銘）。軍隊所到之處，更是哀鴻遍野，「大軍從北來，百姓聞驚惶。下令將入城，傳箭需民房。……插旗大道邊，驅遣誰能當。但求骨肉完，其敢攜筐箱。扶持雜幼稚，失散呼耶孃」（過南廂園叟感賦），「一朝鐵騎城南呼，長刀砍背將人驅。里中大姓高門閭，鞭笞不得留須臾」（題蘇門高士圖贈孫徵君鍾元）。士族地主階級的利益失去保障，直溪吏中的尚書後裔，已經破產，還被束縛逼迫，慘痛呼號；周易學者吳燕餘，因交不起租稅，竟遭墨吏笞辱，梅村爲此發出「范升免後成何用，甯越鞭來絕可憐」（贈學易友人吳燕餘）的浩歎。這時就連地方官也難做，他在贈穆大苑先中敍述族兄確山縣令吳國傑支應過往官軍的苦況：「身親芻秣養騾騮，供頓三軍尚嗔怒。赤日黄埃伏道旁，鞭稍拂面將詬訴？」縣令猶且如此，百姓其尚可言！當時社會的苦難，也可窺見一斑了。

正因爲梅村詩繼承了「文章合爲時而著，歌詩合爲事而作」（白居易與元九書）的現實主義創作傳統，「徵詞傳事，篇無虛詠」，題材多樣，刻畫淋漓，觸及了社會生活的各個方面，展現了那個動盪險惡的時代面貌，其廣度和深度，一時無與爲儷。後人稱爲詩史，確是當之無愧的。

可惜他的遺民做不長久。當時，廣大的持消極不合作態度的遺民羣的存在，對尚未完全鞏固的清王朝是一個潛在的莫大威脅。越是有聲望的遺民，危險性也就越大。而他們並無抗清的實迹，雖然借鎮壓起義擴大株連，羅織殺害了一批，但單純依靠誅殺，易激起人民的不滿和反抗，于統治者不利，所以同時又采取另外一手，即懷柔政策，請他們到新朝來做官，以分化遺民隊伍，削弱其政治影響。這就是順治九年的「詔起遺逸」。

梅村以會元榜眼，宮詹學士，復社黨魁，名重一時，會主湖廣鄉試，會貳南雍，門生故舊半天下，在錢牧齋身敗名裂之後，儼然「爲海內賢士大夫領袖」（侯方域與吳駿公書），這樣的人物，清廷豈能放過？詔書一下，他就爲兩江總督馬國柱所薦，以祕書院侍讀徵。消息傳出，侯方域立即致書勸阻：「學士之出處將自此分，天下後世之觀望學士者亦自此分矣。」這一點，梅村當然也十分清楚，覆書「慷慨自矢」，「誓死不出」，不但呈遞了辭薦揭，而且還于順治十年四月親赴南京，面陳力辭，不能說他沒有不出的決心。可是他却還沒有意識到，正是他自己造成了不得不出的局勢。

乙酉之後，梅村自知「虛名在人」，閉戶著書，猶自「惴惴莫保」，「每東南有一獄，長慮收者在門」。幸而他「生平規言矩行，尺寸無所逾越」，安分守己，得以無事。而他名心未除，「危疑稍定」，便忘記了韜晦，以前輩的身分，去爲各立門戶、互相攻訐的吳中同聲、愼交兩社作調解。順治十年春，大會於虎丘，「九郡人士至者幾千人」，這是繼崇禎六年張溥虎丘大會之後最盛大的一次社集，會上「奉梅村先生爲宗主」，主持兩社合盟。正趕上清廷已在加緊進行禁止社盟活動的部署，第一步先由禮部頒天下學宮，禁生員「立盟結社」。這樣，梅村在和解社局的同時，就把自己放到了一個極引人注目的位置上，自然首當其衝。「徵召」的名義是軟的，而對「重點對象」實行起來却是硬的。因此儘管同時被徵如周廷鑨、姚思孝、朱明鎬等皆得不赴，在梅村却絕無推辭的餘地。我們只要看康熙十二年徵召二曲先生李顒時，以其稱病不起，竟連榻舁至有司，李顒以絕食、自戕相抗，最後始得免一事，便可知上面「薦剡交上」，地方「逼迫萬狀」，如胡介送行詩所云「幕府徵書日夜催」，梅村寄周芮公自陳「但若盤桓便見收」，及恐連累老親，禍及家門，確爲實錄。既不能死，只有屈節，遂於當年九月應召北上。這眞是「過盡九折艱，咫尺俄失墜」（送何省齋），至此不得不慨歎「盛名爲不祥」，「芝蘭自焚，膏火自煎。藏名變跡，慚彼昔賢」（秋胡行），自傷「浮名悔已遲」（別孚令）了。

仕淸，對梅村自身來說，比亡國還要可怕，他成了「兩截人」，喪失了士大夫立身之本的氣節，再也直不起脊梁來了。可以說，這是他生命中一條決定性的界綫，家藏稿的前、後集就是以此來劃分的。在後集裏，身世之感占了不少篇幅。有時，他把這一切歸諸時勢和命運，用「時命苟不佑，千載無完人」（詠史），「時命苟弗諧，貧賤安可冀」（送何省齋），「人生豈不繇時命」（遺悶）等來自我解嘲，但更多的是失足的慚愧和悔恨，觸處即發，不作諱飾。「君親既有愧，身世將安託」(贈願雲師)，「死生總負侯嬴諾，欲滴椒漿淚滿樽」(懷古兼弔侯朝宗)，直至臨終的「忍死偷生廿載餘，而今罪孽怎消除」，處處透露出精神上的沉重負擔。「我本淮王舊雞犬，不隨仙去落人間」(過淮陰有感)，「故人往日燔妻子，我因親在何敢死！憔悴而今困於此，欲往從之愧青史」(遣悶之三)，以及賀新郎病中有感的「故人慷慨多奇節，爲當年、沉吟不斷，草間偷活」，「脫屣妻孥非易事，竟一錢不值何須說」，尤爲沉痛悲愴，字字血淚，個人身世與國家民族的命運交織在一起，格外動人心絃，使後世讀者爲之悽惻低徊，或悲其遇，或原其心。論者方之庾信，應該是較爲恰當的。

入京後，授祕書院侍講，與修聖訓及孝經衍義，十三年(一六五六)，升國子監祭酒。這時，他已「精銳銷耎」，無心戀棧。冬天，有嗣母之喪，便就此南歸，從此偃息不出。初時還繼續關心時局人事，順治十四年科場案起，大批江南名士遭誅戮流放，他連續寫了贈陸生、吾谷行、悲歌贈吳季子等篇，發出「倉頡夜哭良有以，受患祇從讀書始」的悲憤呼聲；十六年鄭成功江寧之敗，他以「南飛烏鵲夜，北顧鸛鵝軍」(七夕感事)、「徘徊新戰骨，經過舊臺城」(詠月)等詩句含蓄地表達了他的哀傷；十八年吳三桂擒殺桂王，他寫道「聞道長沙軍，已得滇池王」，「人言堯幽囚，或言舜野死，目斷蒼梧淚不止」(壘陽觀訪文學博)，一抒故臣的痛悼。而清廷的鉗壓日緊，與「通海」大獄，造成恐怖氣氛。不久，他又因奏銷案和兒女親家陳之遴的連累，幾至破家。晚年怫鬱不樂，其間的作品，遂以山水、酬贈爲主要內容。康熙十年(一六七一)歲末病逝，年六十三歲。遺命「墓前立一圓石，題曰『詩人吳梅村之墓』」。是的，他遭逢衰季，絕意進取，無從

「立功」；身事兩姓，大節有虧，難談「立德」；所自恃爲不朽的則只有他的詩了。就詩而言，他確實不愧爲清初數一數二的大家。

昔人多稱梅村詩學元、白，他自己也說「一編我尚慚長慶」，這主要是指他的長篇敍事詩，明顯受長恨歌、琵琶行、連昌宮詞等的影響。其實他師承甚多，律詩沈博工麗，得義山神髓；蓳山兒、直溪吏、臨頓兒、蘆洲行、捉船行、馬草行，則擬杜甫三吏、三別；游石公山諸勝五古，源出韓愈南山；而又能鎔鑄諸家，自成一體，開創婁東詩派，後人稱「梅村體」或「太倉體」。

他的七言歌行，不僅宛轉流麗，情文相生，而且善作轉折，避免平鋪直敍。蕭史青門曲寫公主駙馬的尊貴驕奢和改朝換代後的貧困淒涼，「曾見天街羨璧人，今朝破帽迎風雪」，已到了無事可敍的地步，却陡然倒插「昨夜西風仍夢見，樂安小妹重歡宴，先后傳呼喚捲簾，貴妃笑折櫻桃倦」；永和宮詞從田妃入宮專寵一直寫到病逝，題面已盡，忽自側面落筆「頭白宮娥暗顰蹙，庸知朝露非爲福，宮草明年戰血腥，當時莫向西陵哭」，都波瀾橫翻，生面別開，極迴環往復之妙。

詞藻富豔，用典精切，是梅村詩的又一特色。「荳蔻湯溫冰簟冷，茘支漿熱玉魚涼」，「非關衞瓘需開府，欲下高昂在護軍」，「幸遲身入陳宮裏，却早名塡代籍中」，不著議論，運掉如意。時有白描，也極精采。言情如「緣知薄倖逢應恨，恰便多情喚却羞」，「千絲碧藕玲瓏腕，一卷芭蕉宛轉心」；寫景如「最高尚有魚龍氣，半嶺全無鳥雀聲」，都是不可多得的佳句。松鼠、宣宗御用戧金蟋蟀盆歌，窮形盡相，體物極工，處處見得他的博洽與工力。

當然，他也時有拙句、累句；用典太多，過分追求形式美，有時反至流于晦澀，如他自己所說「縷金錯采，未到古人自然高妙之極地」。松山哀「十四萬軍同日死」，用杜甫悲陳陶「四萬義軍同日死」，晚眺「江山連楚蜀，鐘磬怨齊梁」，用杜甫上兜率寺「江山有巴蜀，棟宇自齊梁」，食而不化，太著痕跡。但這不過如江河之挾泥沙，大醇小疵，無損于他執當時詩壇牛耳的地位。

梅村的文學成就是多方面的，他擅詞曲，工書畫，爲詩名所掩，世不甚知。其小令芊綿婉麗似淮海，長調豪放感慨近東坡，在清初亦有重名。曲作不多，却極有價值。他共寫有傳奇一種和雜劇二種，都以南朝亡國爲背景，寄託遥深。傳奇秣陵春通過徐適與黃展娘的情緣離合，憑弔南唐亡後的凄涼：「澄心堂堆馬草，凝華宮長亂蒿，樹木呵砍折了當柴燒，畫呵拆散了無人裱。」雜劇臨春閣以陳亡爲南明覆亡的寫照，一反「女寵禍國」的濫調，爲張麗華作了一篇翻案文章：「他鎖着雕房玉籠，五言詩怎賣盧龍？我醒眼看人弄醉翁，推說道裏頭張孔。」這在封建時代是極爲難得的，也許因弘光之亡，實在無法找到女色禍水的藉口了吧！通天臺所寫覊宦北朝的蕭梁舊臣沈炯，實爲梅村自況，故寫來十分出色。當夢中漢武帝要起用沈炯時，他一則說：「臣炯負義苟活之人，豈可受上客之禮以忘老母哉！」再則說：「沈炯國破家亡，蒙恩不死，爲幸多矣。陛下縱憐而爵我，我獨不愧於心乎！」這也是梅村自己的心聲！曲文十分優美，「萬里思家，青袍布襪。西風乍，落木寒鴉，一道哀湍下。」融情入景，獨立蒼茫，不著哀怨而哀怨自見。「則想那山遶故宮，寒潮向空城打。杜鵑血揀南枝直下。偏是俺立盡西風搔白髮，只落得哭向天涯。傷心地付與啼鴉，誰向江頭問荻花。難道我的眼呵，盼不到石頭車駕，我的淚呵，灑不上修陵松檟，只是年年秋月聽悲笳。」一氣傾瀉，簡直是放聲痛哭了。

梅村文向來少爲人知，其實他的文雖較遜於詩，亦爲當時所重。還在青年時代考取進士時，明思宗就曾親自對他的試卷作了「正大博雅，足式詭靡」的批語。他爲文胎息春秋、兩漢，委曲條暢中更寓古樸之氣。文中包含着豐富的史料，體現了多方面的思想活動，與他的詩正可互相發明。從與宋尚木論詩書、龔芝麓詩序、觀始詩集序等篇中，可以窺見他對作詩的態度；特別是且樸齋詩稿序所提出的「詩與史通」，詩要「有關於世運升降，時政得失」的宗旨，以及扶輪集序「方海寓多事，士不能爲鐃歌、鼓吹諸曲，鋪揚武功，而徒詠牛渚之月，問莫愁之湖，張讌清譚，豈能效蕭郎破賊？麈尾蠅拂，可燒却耳」的批評，對我們進一步理解他的詩以至他的人，都是很有幫助的。他爲柳敬亭、張南垣這樣被士大夫所看不起的藝人、工匠立傳，也說明他身經亂離，與羣衆有一定程度的接近。至如梁宮保壯猷紀之類的諛頌文字，則屬集中敗筆。

梅村的專集，最早爲順治十七年刻的十卷本詩集，據云其中「尚有六十餘首爲今本所無」，見鄧之誠先生清詩紀事，但經多方詢求，始終不得此本下落。梅村集四十卷，刻於康熙九年，猶及審閱手定，乾隆時，收入四庫全書。宣統間，董康始得家藏稿刊印問世。二本均不載其戲曲。後人多重梅村詩，文集少有印行，戲曲尤爲難得。而梅村的作品是一個整體，詩文詞曲，均有相互鈎稽參證之處，爲知人論世所必需，不可偏廢。今都爲一集，以便研讀。綏寇紀略爲史籍專著，已另行標校行世，茲不復錄。家藏稿所收詩文，溢出四十卷本者百餘篇，又將四十卷本所多於家藏稿者輯爲補遺。二本之外，梅村詩文散佚尚多。道光中，邵廷烈曾輯有梅村集外詩一卷，收入棣香齋叢書續刊，其中爲家藏稿所無者僅二十四首，且文字多有錯訛，不足依據，可以置諸不論。數年來，從諸家選本、總集、別集、方志、詩話等中悉心搜覓，得佚詩五十四首、詞八首、文二十一篇，題跋三則，總八十有六，於原補遺之後另爲輯佚一卷。然耳目所及有限，遺珠尚夥，今後容當繼續披尋。

家藏稿原附有顧師軾所撰年譜，其中頗有訛誤及籠統含糊之處。如梅村給假歸娶，假滿後入都，年譜繫於崇禎八年，此爲抵京之年，而離家北上，則在崇禎七年十一月，見徐懋曙且樸齋詩稿；又升南國子監司業，在崇禎十三年秋，見方文嵞山集，譜誤繫於十二年；又如圓圓曲、雁門尚書行等詩繫年均有誤。諸如此類，目前尚難逐一爲之訂正，亦無新譜可以替代，而顧譜尚有一定的參考價值，故仍收入附錄。

梅村全集，向來未經整理，篳路藍縷，無可依傍。限于水平，多有粗略不當之處，至希讀者指正。

李學穎　一九八七年春於上海

校點凡例

一、本書以宣統三年董氏誦芬室刻梅村家藏稿爲底本；增收梅村樂府三種，以原長樂鄭氏藏順治刻本爲底本。

二、本書校以下列各本：

（一）康熙九年盧紘刻本梅村集四十卷（簡稱四十卷本）；

（二）康熙六年序刻本顧有孝、趙澐輯江左三大家詩鈔梅村詩鈔（簡稱詩鈔）；

（三）康熙中梁谿鄒氏五車樓刊本鄒漪輯五大家詩鈔吳先生詩（簡稱鄒鈔）；

（四）康熙十一年慎墨堂刻本鄧漢儀輯詩觀初集（簡稱詩觀，其評語稱「鄧漢儀曰」）；

（五）康熙中福清魏氏枕江堂刊本魏憲輯皇清百名家詩吳梅村詩（簡稱百家）；

（六）康熙二十七年刻本孫鋐輯皇清詩選（簡稱孫選，其評語稱「孫鋐曰」）；

（七）康熙九年福清魏氏枕江堂刻本魏憲輯詩持三集（簡稱詩持，其評語稱「魏憲曰」）；

（八）順治元年長洲朱隗輯本明詩平論（簡稱平論，其評語稱「朱隗曰」）；

（九）順治七年綠天閣刊本朱衣、程如嬰輯明詩歸（簡稱詩歸，其評語分稱「朱衣曰」、「程如嬰曰」）；

（一〇）順治十二年錫山黃傳祖輯本扶輪廣集（簡稱廣集）；

（一一）同上順治十六年刻本扶輪新集（簡稱新集。以上二本評語稱「黃傳祖曰」）；

（一二）清初冠山堂刻本朱士稚、魏耕、錢纘曾輯吳越詩選（簡稱吳越，其評語稱「吳越引××曰」）；

（一三）康熙十八年帆影樓刻本席居中輯昭代詩存（簡稱昭代）；

（一四）康熙中吳江徐釚輯本續本事詩（簡稱本事）；

（一五）康熙中王士禛輯本感舊集（簡稱感舊）；

（一六）康熙三十六年刻陳其年輯本篋衍集（簡稱篋衍）；

（一七）據尤侗手鈔本刊鷓鴣斑；

（一八）康熙中休寧孫氏留松閣刊本國朝名家詩餘梅村詞（簡稱詩餘，其所錄各家評語前均冠以「詩餘引」三字）；

（一九）康熙中金閶綠蔭堂刊本聶先輯百名家詞鈔梅村詞（簡稱詞鈔）；

（二〇）康熙中瘦吟樓刊本吳江沈時棟輯古今詞選；

（二一）中華書局影印康熙二十五年天藜閣刊本宜興蔣景祁輯瑤華集（簡稱瑤華）；

（二二）風雨樓叢書宣統二年排印本梅村文集二十卷（簡稱風雨樓本）；

（二三）宣統二年長洲吳氏靈鳷刊本奢摩他室曲叢梅村樂府二種（簡稱吳本）；

（二四）民國六年武進董氏誦芬室刊本梅村樂府三種（簡稱董本）；

（二五）民國八年貴池劉氏暖紅室刊本彙刻傳劇梅村樂府三種（簡稱劉本）；

(二六)民國二十年長樂鄭氏景印本清人雜劇初集梅村樂府二種(簡稱鄭本);
(二七)民國三十年董氏誦芬室翻刻康熙中鄒式金雜劇三集通天臺、臨春閣(簡稱翻鄒本);
(二八)上海圖書館藏過錄袁子才錄本(止錄評語,稱「袁錄曰」);
(二九)乾隆四十年凌雲亭刻本靳榮藩吳詩集覽(止錄評語,稱「靳曰」);
(三〇)上海古籍出版社影印乾隆刻本程穆衡梅村詩箋(止錄評語,稱「程曰」);
(三一)上海古籍出版社影印陳廷焯詞則手稿(止錄評語,稱「陳廷焯曰」。其錄自雲韶集、白雨齋詞話者,另行直接注明)。

三、梅村詩詞早期選刻流傳甚廣,多有保存原貌者。嗣後文網日密,屢經删改。而四十卷本刊于梅村逝世前一年,經梅村手訂(曾經乾隆帝爲皇子時賦詩品題,後收入四庫全書,遂爲官方認可之定本),爲此後各本(如靳榮藩吳詩集覽、程穆衡梅村詩箋、吳翌鳳梅村詩集箋注等)所自出,故本書詩詞部分校勘,于順、康以後之本均不采。至文集、樂府,以早期傳刻極尠,只能兼取後期刻本作校。

四、凡屬下列情況,均予出校:
(一)底本訛誤缺漏據校本改正增補者;
(二)校本有可供參考之異文者;
(三)四十卷本、風雨樓本(文)、詩餘(詞)爲全本,皆出篇目校;其他選本則惟于組詩及同調詞注明其所選篇目。

五、凡屬下列情況，均不出校：

(一)形近易訛之刻誤(如己已巳、戊戌戍等)，據文義逕改；

(二)校本明顯訛誤；

(三)一般習用之通假字；

(四)避諱字；

(五)異體字。

六、本書輯錄之評語皆以評論爲主，凡申明本事或注釋典故者均不錄。除本凡例第二條已列之本外，凡輯自其他選本、詩話、詞話、筆記的少數評語，均直接注明出處。

七、整理順序：先校後評。凡組詩(同調詞)中，各詩(詞)評語分置各該詩(詞)後，校文及總評置組詩(同調詞)後。

目錄

卷三 詩前集三

七言古詩二十三首

卷四　詩前集四

五言律詩一百五首

卷五　詩前集五

七言律詩五十四首

卷六　詩前集六

七言律詩七十二首

卷七 詩前集七

五言排律五首 聯句附

五言絕句二十七首

卷八 詩前集八

七言絕句六十一首

卷九　詩後集一

五言古詩二十七首

卷十　詩後集二

七言古詩二十九首

卷十一　詩後集三

七言古詩二十一首

卷十二　詩後集四

五言律詩八十九首

卷十三　詩後集五

五言律詩六十一首

卷十四　詩後集六

五言律詩六十六首

卷十五　詩後集七

七言律詩六十四首

卷十六　詩後集八

七言律詩七十八首

卷十七　詩後集九

七言律詩七十四首

卷十八 詩後集十

五言排律四首

五言絕句八首

六言絕句十二首

卷十九　詩後集十一

七言絶句七十一首

卷二十　詩後集十二

七言絶句八十一首

卷二十一　詩後集十三

詩餘小令中調六十首

卷二十二　詩後集十四

詩餘長調三十六首

卷二十三　文集一

雜文一

卷二十四　文集二

雜文二

卷二十五　文集三

雜文三

卷二十六　文集四

雜文四

卷二十七　文集五

序一

卷二十八　文集六

序二

卷二十九　文集七

序三

卷三十　文集八

序四

卷三十一　文集九

序五

卷三十二　文集十

序六

卷三十三　文集十一

序七

卷三十四　文集十二

序八

卷三十五　文集十三

序九

卷三十六　文集十四

序十

卷三十七　文集十五

序十一

卷三十八　文集十六

序十二

卷三十九　文集十七

記一

卷四十　文集十八

記二

卷四十一　文集十九

神道碑銘一

卷四十二　文集二十

神道碑銘二　墓誌銘一

卷四十三　文集二十一

墓誌銘二

卷四十四　文集二十二

墓誌銘三

卷四十五　文集二十三

墓誌銘四

卷四十六　文集二十四

墓誌銘五

卷四十七　文集二十五

墓誌銘六

卷四十八　文集二十六

墓誌銘七

卷四十九　文集二十七

墓誌銘八

卷五十　文集二十八

墓表

卷五十一　文集二十九

塔銘　塔頌

卷五十二　文集三十

傳

卷五十三　文集三十一

祭文　銘　贊

卷五十四　文集三十二

書

卷五十五　文集三十三

制科一

詩餘

卷六十一 傳奇一

秣陵春傳奇上

卷六十二　傳奇二

秣陵春傳奇下

附錄四

吳梅村全集卷第一　詩前集一

五言古詩三十八首

贈蒼雪

我聞昆明水，天花散無數。躡足凌高峯，了了見佛土。法師滇海來，植杖渡湘浦。藤鞋負貝葉，葉葉青蓮吐。法航下匡廬，講室臨玄圃。忽聞金焦鐘，過江救諸苦。中峯古道場，浮圖出平楚。通泉繞堦除，疏巖置廊廡。同學有汰公，兩山聞法鼓。天親偕無著，一朝亡其伍。獨游東海上，從者如墻堵。迦文開十誦，廣舌演四部。設難何衡陽，答疑劉少府。人我將毋同，是非空諸所。卽今四海內，道路多豺虎。師於高座上，瓣香祝君父。欲使菩提樹，徧蔭諸國土。洱水與蒼山，佛教之齊魯。一屐遊中原，五嶽問諸祖。稽首香花巖，妙義足今古。

【評】

袁錄五古總評曰：五言古，純用唐體。筆氣澄鮮，格體圓秀，雖非上乘，自是名家。

塗松晚發

孤月傍一村，寒潮自來去。人語出短篷，纔沒溪橋樹。冒霜發輕舠，披衣聽雞曙。饁響若鳴灘，蘆洲疑驟雨。漁因入浦喧，農或呼門懼。居然見燈火，市聲雜翁嫗。水改村店移，一帆今始遇。生涯問菰蒲，世事隔沮洳。終當謝親朋，刺舟從此住。

臨江參軍 楊公廷麟。字伯祥，臨江人。崇禎中以兵部贊畫參督師盧象昇軍事。〔一〕

臨江髯參軍，負性何貞栗。上書請賜對，高語爭得失。左右爲流汗，天子知質直。公卿有闕遺，廣坐憂指摘。鷹隼伏指爪，其氣常突兀。同舍展歡謔，失語輒面斥〔二〕。萬仞削蒼崖，飛鳥不得立。予與交十年，弱節資扶植〔三〕。忠孝固平生，吾徒在眞實。去年羽書來〔四〕，中樞失籌策〔五〕。桓桓尚書公〔六〕，提兵戰力疾〔七〕。將相有纖介，中外爲危慄。君拜極言疏，夜半片紙出。贊畫樞曹郎〔八〕，遷官得左秩。天子欲用人，何必歷顯職〔九〕。所恨持祿流，垂頭氣默塞。主上憂山東，無能恃緩急。投身感至性，不敢量臣力。受詞長安門，走馬桑乾側。但見塵滅沒，不知風慘慄。四野多悲笳〔一〇〕，十日無消息。蒼頭草中來〔一一〕，整暇見紙墨。唯說尙書賢，與語材挺特〔一二〕。次見諸大帥，驕懦固無匹。逗撓失事機，倏忽不相及。變計趣之去〔一三〕，直云戰不得。成敗不可知，生死予所執〔一四〕。予時讀其書，對案不能食。一朝敗問至〔一五〕，南望爲於邑。忽得別地書〔一六〕，慰藉告親識。云與副都護〔一七〕，會師有月日。顧恨不同死，痛憤塡胸臆〔一八〕。先是在軍中，我師已孔亟。剽略斬亂兵，掩面對之泣：我法爲三軍，汝實飢寒極。諸營勢潰亡，羣公意敦逼。公獨顧而笑，我死則塞責。老母隔山川，無繇寄悽惻。作書與兒子，無復收吾骨〔一九〕。得歸或相見，且復慰家室。別我顧無言，但云到順德。犄角竟無人，親軍惟數百〔二〇〕。是夜所乘馬，嘶鳴氣蕭瑟。椎鼓鼓聲哀，拔刀刀芒澀。公知爲我故，悲歌壯心溢。當爲諸將軍，揮戈誓深入〔二一〕。日暮箭鏃盡，左右刀鋌集〔二二〕。帳下勸之走，叱謂吾死國。官能制萬里，年不及四十〔二三〕。詔下詰死狀，疏成紙爲溼。引義太激昂，見者憂讒疾。公既先我亡，投跡復奚恤〔二四〕。大節苟弗明，後世謂吾筆！此意通鬼神，至尊從薄謫。生還就耕釣，志願自此畢。匡廬何巀嶪，大江流不測〔二五〕。君看磊落士，艱難到蓬蓽。猶見參軍船，再訪征東宅。風雨懷友生，江山爲社稷。生死無媿辭，大義照顏色。

【校】

〔一〕四十卷本無題下小注。

〔二〕面斥　孫選作「面詰」。

〔三〕弱節　孫選作「弱質」。

〔四〕羽書　孫選作「東兵」。

〔五〕中樞句　孫選作「饑飽恣馳突」。

〔六〕尚書公　孫選作「盧尚書」。

〔七〕力疾　四十卷本、孫選均作「疾力」。

〔八〕樞曹郎　孫選作「尚書郎」。

〔九〕何必句　此句下孫選有「願君諫爭姿，豈意請對敵」二句。

〔一〇〕悲笳　孫選作「豺狼」。

〔一一〕草中　孫選作「敵中」。

〔一二〕材　孫選作「才」。

〔一三〕趣　孫選作「趨」。

〔一四〕生死　四十卷本、孫選均作「死生」。

〔一五〕一朝　孫選作「莊賈」。按：莊賈爲司馬穰苴監軍，借指盧象昇監軍太監高起潛，見史記司馬穰苴列傳及明史盧象昇傳。而梅村詩話「盧公於賈莊徇難」，則疑當作「賈莊」。

〔一六〕別地　孫選作「眞定」。

〔一七〕副都護　孫選作「孫侍郎」。

〔一八〕痛憤　孫選作「痛憶」。

〔一九〕無復句　無，四十卷本、孫選均作「勿」。吾，孫選作「我」。

〔二〇〕犄角二句　孫選作「孤軍惟一戰，彊敵方肆軼」。

〔二一〕渾戈句　孫選作「斬其名王級」。

〔二二〕刀鋋　孫選作「狂刀」。

〔二三〕年不句　此句下孫選有「生當塡敵衝，死猶獻泮馘」二句。

〔二四〕奚恤　孫選作「追恤」。

〔二五〕大江句　此句下孫選有「冰雪助峥嶸，日月與蕩潏」二句。

【評】

孫鉱曰：乍讀疑似張萬福，再讀似李臨淮；至兵盡矢窮，猶奮臂而呼，似李都尉。究如狼瞫厲柱、一死與日月爭光。將軍得此，已不朽矣。

讀史雜詩四首〔一〕

東漢昔云季，黃門擅權勢。積忿召外兵，癰決身亦斃。雖自撥本根，庶幾蕩殘穢。誰云承敝起，仍出刑餘裔。孟德沾丐養，門資列朝貴。憑藉盜弄兵，豈曰唯才智。追王故長秋，無鬚而配帝。鉤黨諸名賢，子孫爲皂隸。

其二

商君刑師傅，徙木見威約。范叔誣涇陽，折脅吐謇諤。地疏主恩深，法輕主權削。苟非用刻深，何以膺付託？功成或倖退，禍至終難度。屈伸變化間，即事多斟酌。談笑遷種人，吾思王景略。

其三

蕭何處上坐，故侯城門東。曹參避正堂，屈己事蓋公。咄咄兩布衣，不仕隆準翁。其術總黃老，閱世浮沉中。所以輔兩人，俱以功名終。出處雖有異，道義將毋同。何必致兩生，彼哉叔孫通！

其四

竇融昔布衣，任俠家扶風。翟公初舉事，海內知其忠。融也受漢恩，大義宜相從。低頭就新莽，願入其軍中。轉戰槐里下，盡力爲摧鋒。後來擁衆降，仍以當時功。忝竊居河西，蜀漢方相攻。一朝決大計，佐命蕭曹同。吁嗟翟太守，爲漢傾其宗。劉氏已再興，白骨無人封。徒令千載後，流涕平陵東。

【校】

〔一〕題 四十卷本無「四首」字（凡組詩題末「×首」字，四十卷本及有關選本均無，以下不再出校）。

【評】

袁錄曰：讀史雜詩，有識有意，其有所寓而言之耶！

避亂六首

我生江湖邊，行役四方早。所歷皆關河，故園跡偏少。歸去已亂離，始憂天地小。從人訪幽棲，居然逢浩渺。百頃礬清湖，煙濤入飛鳥。沙石晴可數，鳧鷺亂青草。主人柴門開，鷄聲綠楊曉。花路若夢中，漁歌出杳杳。白雲護仙源，刼灰應不擾。定計浮扁舟，於焉得終老。

其二

長日頻云亂，臨時信孰傳。愁看小兒女，倉卒恐紛然。緩急知難定，身輕始易全。預將襁褓寄，忍使道塗捐。天意添漂泊，孤舟雨不前。途長從妾怨，風急喜兒眠。水市灣頭見，溪門屋後偏。終當淳樸處，不作畏途看。未得更名姓，先教禮數寬。因人拜村叟，自去榜漁船。多累心常苦，遭時轉自憐。干戈猶未作，已自出門難。

其三

驟得江頭信，龍關已不守。繇來嗤早計，此日盡狂走。老稚爭渡頭，篙師露兩肘。屢喚不肯開，得錢且沽酒。予也倉皇歸，一時攜百口。兩槳速若飛，扁舟戢來久。路近忽又遲，依稀認楊柳。居人望帆立，入門但需帚。依然具盤飧，相依賴親友。却話來途中，所見俱八九。失散追尋聞，啼呼挽兩手。屢休又急步，獨行是衰朽。村女亦何心，插花尚盈首。

【評】

鄧漢儀曰：曲盡亂離情態，令我不堪回首。又評「老稚」四句曰：我急彼緩，曲盡情事。又評「村女」

二句曰：閑筆妙甚。

其　四

此方容跡便，止爲過來稀。一自人爭避，溪山客易知。有心高酒價，無計掩漁扉。已見東郭叟，全家又別移。總無高枕地，祇道故園非。爲客貪蝦菜，逢人厭鼓鼙。兵戈千里近，隱遯十年遲。唯羨無家雁，滄江他自飛。

其　五

月出前村白，溪光照澄練。放櫂浮中流，臨風浩歌斷。天塹非不雄，哀哉日荒燕。嗟爾謀國徒，坐失江山半。長年篙起舞，扁舟疾如箭。可惜兩河士，技擊無人戰。孤篷鐵笛聲，聞之淚流霰。我生亦何爲，遭時涉憂患。昔也游九州，今來五湖畔。麻鞋習奔走，淪落成愚賤。

【評】

𪩘曰：家國身世，長歌慟哭，兼有之矣。

其六

曉起譁兵至，戈船泊市橋。草草十數人，登岸沽村醪。結束雖非常，零落無弓刀。使氣摑市翁，怒色殊無聊。不知何將軍，到此貪逍遙。官軍昔催租，下令嚴秋毫。盡道征夫苦，不惜耕人勞。江東今喪敗，千里空蕭條。此地村人居，不足容旌旄。君見大敵勇，莫但驚吾曹。

【評】

靳曰：此首是避亂餘波，然亦正見其亂也。與前五首若相接若不相接，有斷雲餘霞之妙。

鄧漢儀評「官軍」以下十句曰：雖復言之，未知肯垂聽否？

袁錄曰：避亂數首，頗乏驚挺，以調太平耳。

毛子晉齋中讀吳匏庵手抄宋謝翱西臺慟哭記

扁舟訪奇書，夜月南湖宿。主人開東軒，磊落三萬軸。別庋加收藏，前賢矜手錄。北堂學士鈔，南宋遺民牘。言過富春渚，登望文山哭。子陵留高臺，西面滄江綠。婦翁爲神仙，天子共游學。攜家就赤城，高舉凌黃鵠。尙笑君房癡，寧甘子雲辱。七里溪光淸，千仞崧風謏。廬陵赴急難，幕府從羈僕。運去須武侯，君存郎文叔。臣心誓勿諼〔一〕，漢祚憂難復。昆陽大雨風，虎豹如蝟縮。詭譎滹沱冰，倉卒蕪亭粥。所以恢黃圖，無乃資赤伏。郎今錢塘潮，莫救匡山麓。空坑戰士盡，柴市孤臣戮。一死之靡它，百身其奚贖〔二〕！龔生夭天年，翟公湛家族。會稽處士星，求死得亦足。安能期故人，共臥容加腹。巢許而蕭曹，遭遇全高躅。文山竟以殉，趙社終爲屋。海上悲田横，國中痛王蠋。門人萬里歌，故吏平陵曲。彼存君臣義，此製朋友服。相國誠知人，擧事何顚覆。丈夫失時命，無以辭碌碌。看君書一編，俾我愁千斛。禹蹟荒煙霞，越臺走麋鹿。不圖疊山傳，再向嚴灘續。配食從方干，豐碑繼梅福〔三〕。主人更命酒，哀吟同擊筑。四坐皆涕零，霜風激羣木。嗟乎誠義士，已矣不忍讀！

【校】

〔一〕勿　四十卷本、鄒鈔均作「弗」。

〔二〕其　鄒鈔作「共」。

〔三〕豐碑句　此句下鄒鈔有「仰視南山雲，彷彿東京俗」二句。

【評】

靳引顧瞻泰曰：慷慨悲歌。梅村難言之隱已盡此數十言中，讀者可以悲其志矣。

松鼠

銜飈飄頽瓦，壞墻叢廢棘。謏然見松鼯，搏樹向人立〔一〕。側目仍盱睢〔二〕，奉頭似悚惕。簷牙偃臥高，屋角欹斜疾。倒擁弱枝危，迅躡修柯直。已墮復驚趨，將藏又旁突。去遠且暫留，迴顧再迸逸。前逃赴已駛，後竄追旋及。剽輕固天性，儇狡因衆習。兩木夾清潭，槎牙斷尋尺〔三〕。攀緣所絕處，排空自騰擲。足知萬物機〔四〕，飛走不以力。嗟爾適何來，鳥鼠忽而一。本是居嶄巖，無端被羈縶。兒曹初玩弄，種類漸充斥。黠彼憑社徒，技窮恥畫匿。銜尾共呼鳴，異穴爲主客。吾廬枕荒江，垂死倚病柏。雷雨撥其根，慘裂蒼皮濕。空腹鴟鴞蹲〔五〕，殘身螻蟻食。社鬼不復憑，乘間恣出入。庭中玉藥枝，怒茁遭狼藉。非敢念摧殘，於君奚損益。屈指五六年，不遺一花白。苞筍抽新芽，編籬察行跡。兔彼鐮鉏侵〔六〕，値爾齒牙厄。反使盜者心，笑睨生歎息。貧賤有此園，謂可資溉植。春蔬晚猶種，夏果晨自摘。烏雀羣飛鳴，啁啾滿阡陌。婦子懶驅除，縛藁加臺笠〔七〕。我亦顧而笑，自信無長策。焉能避穿墉，會須憂入室。茅齋雖云陋，一一經翦葺。曉起看掃除，仰視輒詫惜。尋繩透簾幕，掉尾來几席。倒庋傾圖書，窺廚啖漿炙。空倉喧夜鬭，忘疲競遺粒〔八〕。早幸官吏租，督責無餘積。邂逅開虛堂，羣怒扼險塞。地逼起衆呼，拍手撼四壁。

捕此曷足多，欲以觀其急。檽戶既嚴扃，欒櫨若比櫛。瞥眼倏遁逃，一巧先百窋。窮追信非算，尤豫不早擊。忍令智弗如，變計思與敵〔九〕。機深勇夫駭，勢屈兒童獲。舉世貴目前，快意相促迫。比讀莊生書，退守愚公術。撲棗聽鄰家，搔瓜任邊邑。溪深獺趁魚，果熟猿偷栗。天地所長養，於己何得失。嗟理則誠然，自古戒鼠泣。仙豈學淮南，腐難嚇梁國。舞應京房占，磔按張湯律。終當就羅網〔一〇〕，不如放山澤。永絕焚林風，用全飲河德。

【校】

〔一〕搏樹向人立　搏，四十卷本、鄒鈔均作「摶」；「向」，鄒鈔作「窺」。

〔二〕盱睢　鄒鈔作「睢盱」。

〔三〕槎牙　鄒鈔作「槎枒」。

〔四〕萬物　鄒鈔作「造物」。

〔五〕鴟鴞　詩鈔作「鴟鶚」。

〔六〕兔彼　鄒鈔作「兔被」。

〔七〕縛藁　原作「傳藁」，據鄒鈔改。

〔八〕競　原作「竟」，據四十卷本、鄒鈔改。

〔九〕與敵　鄒鈔作「無敵」。

〔一〇〕羅網　鄒鈔作「網羅」。

【評】

袁錄曰：松鼠刻畫盡態，唐響之佳者。　又曰：牧齋之胡虱，梅村之松鼠，其寫意殆有所指乎？何語之盡也！

靳曰：「早幸官吏租，督責無餘積」，得此空際二語，方不死煞句下，此詠物詩中之別調也。

贈王鑑明五十〔一〕

伏勝謝生徒，開壁藏卷軸；桓榮抱詩書，拾稆逃巖谷〔二〕。古來兩經生，遭亂就講讀。後皆保耆頤，或乃致鼎足。當世數大儒，如君號名宿。通識曉世變，早計駭愚俗。一朝載妻子，推車入天目。經營志不遂，退乃就田牧。十畝種桑麻，一溪蒔花木。果茹飴兒孫，樵蘇課僮僕。以代子陵釣，無媿君平卜。俯視悠悠人，愁苦對金玉。下士豈聞道，世事如轉轂。五十知天命，養生在無欲。全家就白雲，避地驅黃犢。無以侑君觴，知足則不辱。

【校】

〔一〕題　四十卷本作「壽王鑑明五十」。

〔二〕拾稆　原作「拾相」，形近致誤，據四十卷本改。

吳門遇劉雪舫

出門遇高會，雜坐皆良朋。排闥一少年，其氣爲幽幷。羌裘雖裹膝，目乃無諸傖。忽然笑語合〔一〕，與我談生平：亡姑備宮掖，吾父天家婚。先皇在信邸，降禮如諸甥。長兄進徹侯，次兄拜將軍。先皇早失恃，寤寐求音形。太廟奉睿容，流涕朝羣臣。新樂初受封，搢笏登王廷。至尊亦豐頤，一見驚公卿。兩宮方貴重，通籍長安門。周侯果纖微，鄙哉無令名。田氏起輕俠，賓客多縱橫。不比先后家，天語頻諄諄。獨見新樂朝，上意偏殷勤。愛其子弟謹，憂彼俸給貧。每開十三庫〔二〕，手賜千黄金。長戈指北闕，鼙鼓來西秦。寧武止一戰，各帥皆投兵。漁陽股肱郡，千里無堅城。嗚呼四海主，此際惟一身。彷彿萬歲山，先后輜輧迎。辛苦十七年，欲訴知何因。今纔識母面，同去朝諸陵。我兄聞再拜，慟哭高皇靈。烈烈鞏都尉，揮手先我行。寧同英國死，不作襄城生。我幼獨見遺，貧賤今依人。當時聽其語，剪燭忘深更。長安昔全盛，曾記朝元正。道逢五侯騎，頎皙爲卿兄。即君貌酷似，豐下而微黔。貴戚諸舊游，追憶應難眞。依稀李與郭，流落今誰存？君曰欲我譚，清酒須三升。舊時白石莊，萬柳餘空根。海淀李侯墅，秋雁飛沙汀。博平有別業，乃在西湖濱。惠安蓄名花，牡丹天下聞。富貴一朝盡，落日浮寒雲。走馬南海子，射兔西山陰。路傍一寢園，御道居人侵。碑鐫孝純字，僵石莓苔青。下馬向之拜，見者疑王孫。詢是先后姪，感歎增傷心。落魄游江湖，蹤跡嗟飄零。傾囊縱摴博，劇飲甘沉淪。不圖風雨夜，話舊同諸君。已矣勿復言，涕下沾衣襟。

【校】

〔一〕笑語　四十卷本作「語笑」。

〔三〕十三　四十卷本作「三十」。

【評】

襄錄曰：梅村用韻，眞、文、庚、青皆雜，亦是其病也。

贈願雲師　幷序

願雲二十而與予游。甲申聞變，嘗相約入山，予牽帥不果，而師已悟道，受法於雲門具和尚。今夏從靈隱來，止城西之太平菴，云將遠游廬嶽，貽書別予，以兩人年踰不惑，衰老漸至，世法夢幻，惟出世大事，乃爲眞實，學道一著，不可不勉。予感其言，因作此詩贈之，幷識予媿也。師名戒顯，字願雲，姓王氏。少爲州諸生，亂後棄儒冠入道，先大夫同學友也。〔一〕

曉雨西山來，松風滿溪閣。忽得吾師書，別予訪廬嶽。分擕出苦語，殷勤謂同學。兄弟四十餘，衰遲已非昨。寄身蒼崖巔，危苦愁失脚。萬化皆虛空，大事惟一著。再拜誦其言，心顔抑何怍。末運初迍邅，達人先大覺。勸吾非不早，執手生退却。流連白社期，慚負青山約。君親既有媿，身世將安託？今觀吾師行，四海一芒屩。大道本面前，即是眞極樂。他年趺深巖，白雲養寂寞。一偈出千山，下界鐘磬作。故人叩松關，匡床坐酬酢。不負吾師言，十年踐前諾。

【校】

〔一〕四十卷本無詩序下小注。

【評】

蔪曰：「君親既有媿，身世將安託」，梅村之所恫者深矣。

西田招隱詩四首 西田，王煙客奉常別墅。〔一〕

穿築倦人事，田野得自然。偶來北郭外，學住西溪邊。道大習隱難，地僻起衆傳。而我忽相訪，棹入菰蒲天。落日浮遠樹，桑柘生微煙。逕轉蹊路迷，鳧鴨引我船。香近聞芰荷，臥入花鮮妍。人語出垂柳，曲岸漁槎偏。執手顧而笑，此乃吾西田。長得君輩客，野興同流連。藉草傾一壺，聊以娛餘年。

其二

到此身世寬，息心事樵牧。舍南一團焦，云以飯黄犢。入門沿長廊，虚堂敞心目。把卷倚新桐，持杯泛南菊。曲處通簾櫳，茶香具含蓄。俄穿密室暗，倏遇清溪緑。碧水開紅蕖，娟娟媚幽獨。有鳥立層波，垂翅清如玉。對此不能去，溪光好留宿。月照寒潭深，經聲入寒竹。徙倚良有悟，閑房道書讀。

其三

别業多幽處，探源更不窮。堤沿密篠盡，路細竹扉通。石罅枯泉過，菖蒲間碧叢。一亭壓溪頭，魚藻如游空。扁舟更不繫，出沒柳陰風。小閣收平蕪，良苗何雍容。此緣詎可畫，變化陰晴中。隔岡見村舍，曲背驅牛翁。苦言官長峻，未敢休微躬。樸陋矜詩書，無乃與我同。日落掩扉去，滿地桃花紅。

其四

常言愛茅齋，投老纔剪葺。創置依舊圖，新意出彷彿。蒼然一笠寒，能添夕陽色。細影懸晨光，一一清露滴。卞生工丹青，妙手固誰匹。山村貪無人，取意先自適。想像生雲煙，爲我開素壁。了了見千峯，可以攜手入。道人十年夢，惆悵平生屐。此地足卧游，不負幽人室。願以求長生，芝草堪采食。

【校】

〔一〕題　四十卷本作「西田詩」。詩鈔選第一、四首，均無題下小注。

哭志衍

予始年十四，與君蚤同學。君獨許我文，謂侔古人作。長揖謝時輩，自比管與樂。彊記矜絕倫，讀書取大略。家世攻春秋，訓詁苦穿鑿。君撮諸家長，弗受專門縛。郎子之太公，亦未相然諾。高譚犖兒驚，健筆小儒怍。長途馭二龍，崇霄翔一鶚。遂使天下士，咸奉吾徒約。詞場忝兩吳，相與爲犄角。煌煌張夫子，斯文紹濂洛。五經叩鐘鏞，百家垂矩矱。海內走其門〔二〕，鞍馬塡城郭。雲間數陳夏，餘子多磊落。反騷擬三湘，作賦誇五柞。君也游其間，才大資磨斲。詩篇口自哦，書記手頻削。冠蓋傾東南，虛懷事酬酢。射策長安城，驄馬黃金絡。年少交公卿，才智森噴薄。會値里中兒，飛文肆謠諑。要路示指蹤，黨人罹繒繳。君也念急難，疏通暗籌度。陰落其機牙，用意于莫覺。逡巡白衣奏，停止黃門獄叶。解褐未赴官，歸來臥林壑。賓客益輻輳，聲華日昭灼。生徒丐談論，文史供揚摧。貧賤諸故人，慰存餽衣藥。躡屐修起居，小心見誠恪。重氣徇長者，往往捐囊槖。君家夙貴盛，朱門飾華桷。壘石開檽軒，張燈透簾幕。唱曲李延年，俳弄黃旛綽。舞席間毬場，池館花漠漠。兄弟四五人，會讌騰觚爵。鹽豉下魚羹，椒蘭糝鳧臛。每具十人饌，中廚炊香稻。客從遠方來，咄嗟辦脾臄。昨宵已中酒，命飲仍大嚼叶。而我過其家，性不勝杯杓。小戶不足糾，引滿狂笑噱。卷波喝遺輸，射覆猜須着。狎侮座上人，鬭捷貪諧謔。警速誰能酬，自喜看跳躍。堅坐聽其言，乃獨無差錯。親疏與長幼，語語存斟酌。性厭禮法儒，拘忌何齷齪。風儀甚瓌偉，衣冠偏落拓。有時不篸巾，散髮忘盥濯。中夜鬭歌呼，分曹縱蒱博。百萬一擲輸，放意長自若。絕叫忽成盧，衆手忽斂却〔二〕。男兒須作健，清談兼馬稍。犯雪披輕衫，笑予爾何弱。嘗登黃山顛，飛步臨峭崿。下有萬仞潭，徒侶愁失脚。搖首凌雲煙，翹足傲衡霍。顧予石城頭，橫覽浮大白叶。慷慨天下事，風塵慘河朔。諸將擁重兵，養寇飽鹵掠。背後若有節，此輩急斬斫。自請五千騎，一舉殲首惡。餘黨皆吾人，散使歸耕穫。即今朝政亂，舉錯混清濁。君父切邊疆，羣臣私幃幄〔三〕。當官不彈治，何以司封駁。對仗劾三公，正色吐謇諤。此志竟迍邅，天道何窮剝。六載養丘園，一官落邛筰。大盜竊江黃，兇徒塞荊鄂。問道攜妻孥，改途走蠻貉。瘴黑箐林行，颶作瀘溪泊。驛路出桄榔，候吏疑猿玃。歇鞍到平地，倏逢錦城樂。問士先嚴楊，恤民及程卓。白鹽古戍烽，赤甲巖關柝〔四〕。再拜蜀王書，流涕傾葵藿。請府發千金，三軍賜醽醁。賓旅給犀渠〔五〕，叟兵配騮駱。此地俯中原，亘靈司鎖鑰。水櫃扼涪江，石門防劍閣。我謀適不用，岷峨氣蕭索。黑山起張燕，青城突莊蹻。積甲峨眉平，飲馬瞿塘涸。生民爲菹醢，醜類恣唆嚼。徒行值虎豹，同事皆燕雀。孤城遂摧陷，狂刀乃屠膊〔六〕。有子踰十齡，艱難孰顧託。闔門竟同殉〔七〕，覆卵無完殼。一弟漏刃歸，兩踝見芒屩。三峽奔荆門，魚龍食魂魄叶。夢斷落滄江，毋乃遇搏攫。郫筒千日酒，泉路無寂寞。追計平生歡，一一猶如昨。壁間所懸琴，臨行彈別鶴。玉子文楸枰，尚記爭殘着。百架藏圖書，千金入卷握。刻意工丹青，雲山共綿邈〔八〕。篋中白團扇，玉墜魚瀺灂。阿兄風流盡，萬事俱零落。我欲收君骨，茫茫隔山嶽。後來識死事，良史曾誰確？此詩傳巴中，磨崖書卓犖。石剝蒼藤纏，姓氏猶捫摸。庶幾千載後，悲風入寥廓。

【校】

〔一〕走　鄒鈔作「[illegible]」。

〔二〕忽斂却　忽，篋衍作「皆」。

〔三〕幃幄　詩鈔、鄒鈔、篋衍均作「帷幄」。

〔四〕赤甲　原作「赤脚」，據箋衍改。
〔五〕賓旅　原作「賓旅」，據四十卷本改。
〔六〕狂刀　鄒鈔、箋衍均作「狂刃」。
〔七〕闔門　原作「闇門」，據詩鈔、箋衍改。
〔八〕共　箋衍作「空」。

【評】

袁錄曰：序細碎事，陳酸斷語，俊妙絕倫。

閬州行〔一〕

四坐且勿喧，聽吾歌閬州。閬州天下勝，十二錦屏樓。歌舞巴渝盛，江山士女游。我有同年翁，閬州舊鄉縣〔二〕。送客蒼溪船，讀書玉臺觀。忽乘相如車，謂受文翁薦。游宦非不歸，十載成都亂。只君爲愛子，相思不相見。相見隔長安，干戈徒步難。金牛盤七坂，鐵馬斷千山。敢辭道路艱，早向妻兒訣。一身上鳥道，全家傍虎穴。君自爲尊章，豈得顧妻子？分攜各努力，妾當爲君死。凄凄復切切，苦語不能答。好寄武昌書，莫買秦淮妾。巴水急若箭，巴船去如葉。兩岸蒼崖高，孤帆望中沒。二月到漢口，三月下揚州。揚州花月地，烽火似邊頭。驛路逢老親，遷官向閩越。謂逼公車期，蚤看長安月。再拜不忍去，趣使嚴裝發。河山一朝異，復作他鄉別。別後竟何如，飄零少定居。愁中鄉信斷，不敢望來書。盡道是葭萌，殺人滿川陸。積屍峨嵋平，千村惟鬼哭。客有自秦關，傳言且悲喜。來時聞君婦，貞心視江水。江水流不極，猿聲哀豈聞。將書封斷指，血淚染羅裙。五內爲崩摧，買舟急迎取。相逢惟一慟，不料吾見汝。拭眼問舅姑，雲山復何處？淚盡日南天，死生不相遇。汝有親弟兄，提攜思共濟。姊妹四五人，扶持結衣袂。懷裏孤雛癡，啼呼不知避。失散倉皇間，骨肉都拋棄。悠悠彼蒼天，於人抑何酷！城中十萬戶，白骨滿崖谷。官軍收成都，千里見榛莽。設官尹猿猱，半以飼豺虎。尙道是閬州，此地差安堵。民少官則多，莫恤蜀人苦。淒涼漢祖廟，寂寞滕王臺。子規叫夜月，城郭生蒿萊。只有嘉陵江，江聲自浩浩。我欲竟此曲，流涕不復道。

【校】

〔一〕四十卷本題下有小注「贈楊學博爾緒」。

〔二〕閬州　四十卷本作「閬中」。

【評】

袁錄曰：調促語緊，六朝遺矩，亦近太白之逸。

讀端清鄭世子傳

昭代無遺憾，萬事光史册。惜哉金川門，神聖有慚德。天誘其子孫，救之以讓國。賢如鄭世子，宗盟堪表率。當璧辭眞王，累疏誠懇惻。天子詔勿許，流涕守所執。敝屣視千乘，謝之以長揖。灑埽覃懷宮，躬迓新王入。夷齊既死後，曠代仍間出。築屋蘇門山，深心事經術。明興二百年，廟樂猶得失。以之輯羣書，十載成卷帙。候氣推黃鐘，攷風定六律。嶰谷當南山，伐竹製琴瑟。爲圖獻太常，作之文世室。遂使溱洧間，一洗萬古習。我行漳河南，懷古思遺澤。好學漢東平，高風吳泰伯。道傍立豐碑，讓爵存月日。彼爲一卷書，能輕萬家邑。大雅欽遺風，誠哉不可及。

遇南廂園叟感賦八十韻

寒潮衝廢壘，火雲燒赤岡。四月到金陵，十日行大航。平生游宦地，蹤跡都遺忘。道遇一園叟，問我來何方？猶然認舊役，即事堪心傷。開門延我坐，破壁低圍墻。却指灌莽中，此即爲南廂。衙舍成丘墟，佃種輸租糧。謀生改衣食，感舊存園莊。艱難守兹土，不敢之它鄉。我因訪故基，步步添思量。面水背蒼崖，中爲所居堂。四海羅生徒，六館登文章。松檜皆十圍，鐘笄聲鏘鏘。百頃搖澄潭，夾岸栽垂楊。池上臨華軒，菡萏吹芬芳。譚笑盡貴游，花月傾壺觴。其南有一亭，梧竹生微涼。回頭望鷄籠，廟貌諸侯王。左李右鄧沐，中坐徐與常。霜髯見鋒骨，老將東甌湯。配食十六侯，劍珮森成行。得之爲將相，寧復憂封疆。北風江上急，萬馬朝騰驤。重來訪遺跡，落日唯牛羊。吁嗟中山孫，志氣胡勿昂。生世苟如此，不如死道傍。惜哉裸體辱，仍在功臣坊。蕭條同泰寺，南枕山之陽。當時寶誌公〔一〕，妙塔天花香。改葬施金棺，手詔追褒揚。袈裟寄靈谷，製度由蕭梁。千尺觀象臺，太史書禎祥。北望占旄頭〔二〕，夜夜愁光芒〔三〕。高帝遺衣冠，月出修蒸嘗。圖書盈玉几，弓劍堆金床。承乏忝兼官，再拜陳衣裳。南内因灑掃，銅龍啓未央。幽花生御榻，苔澀青倉琅。離宫須望幸，執戟衞中郎。萬事今盡非，東逝如長江。鍾陵十萬松，大者參天長。根節猶青銅，屈曲蒼皮僵。不知何代物，同日遭斧創。前此千百年，豈獨無興亡？況自百姓伐，孰者非耕桑？羣生與草木，長養皆吾皇。人理已澌滅，講舍宜其荒。獨念四庫書，卷軸誇縹緗。孔廟銅犧尊，斑剝塡青黃。棄擲草莽間，零落誰收藏？老翁見話久，婦子私相商。人倦馬亦疲，剪韭炊黃粱。愼莫笑貧家，一一羅酒漿。從頭訴兵火，眼見尤悲愴叶。大軍從北來，百姓聞驚惶。下令將入城，傳箭需民房。里正持府帖，僉在御賜廊。插旗大道邊，驅遣誰能當。但求骨肉完，其敢攜筐箱。扶持雜幼稚，失散呼耶孃。江南昔未亂，閩左稱阜康〔四〕。馬阮作相公，行事偏猖狂。高鎮爭揚州，左兵來武昌。積漸成亂離，記憶應難詳。下路初定來，官吏踰貪狠。按籍縛富人，坐索千金裝。以此爲才智，豈曰惟私囊。今日解馬草，明日修官塘。誅求却到骨，皮肉俱生瘡。野老讀詔書，新政求循良。瓜畦亦有畔，溝水亦有防。始信立國家，不可無紀綱。春來雨水足，四野欣農忙。父子力耕耘，得粟輸官倉。遭遇重太平，窮老其何妨。薄暮難再留，暝色猶青蒼。策馬自此去，悽惻摧中腸。顧羨此老翁，負耒歌滄浪。牢落悲風塵，天地徒茫茫。

【校】

〔一〕寶誌公　寶，鄒鈔作「報」。

〔二〕占　原作「古」，據四十卷本、鄒鈔改。

〔三〕光芒　四十卷本、鄒鈔均作「光鋩」。

〔四〕阜康　鄒鈔作「小康」。

【評】

靳曰：此等詩可作古文讀之，可作名畫玩之，可作雅樂聽之，可作佳山水遊之，斯能於五言中另開生面，不至爲古人所限。

詠史十二首〔一〕

浹旬至台司，三日遍華省。慈明與中郎，豈不念朝菌。王良御奔車，勢逼崦嵫景。急策度太行，馬足殆而騁。富貴若歲時，過則生災疹。草木冬先華〔二〕，經春輒凋殞。桓桓梁將軍，赫赫蕭京尹，一朝遇差跌，未得全腰領。人生百年內，飽食與美寢。毋以藜藿糲，羨彼鐘與鼎。毋以毛褐敝，羨彼紈與錦。進固非伊周，退已無箕潁〔三〕。薄祿從下僚，末俗居中品。寂寥子雲戟，從容步兵飲。

其二

西州杜伯山，北海鄭康成。季孟將舉事，本初方用兵。脫身有追騎，輿疾猶從征。何胤絕婚宦，遯跡東籬門。受逼崔慧景，語默難爲情。網疏兔刑戮，道大全身名〔四〕。時命苟不佑，千載無完人。入山山易淺，飲水水不清。一身累妻子，動足皆荊榛。自非焦孝先，何以逃黃巾〔五〕。庶幾詹尹卜，足保幽人貞。

【評】

靳曰：「『時命不佑』二語，慨乎言之。」

其　三

我思秦繆公，再覩趙簡子。兩人皆上天，其事著信史。秦趙本一姓，始祖爲蜚廉。三后在帝側，不克誅神姦。乃俾其子孫，一氣俱乘權。造父御日車，後且致萬乘。幷使汧渭間，竟以馬受命。祖龍好巡狩，六飛日千里。不謁東王公，其轡猶未已。一以主房星，一以行水德。黃虵垂自天，碧鷄獲如石。運啓犬丘馬，數終鎬池璧。神人告滅虢，社鬼方謀曹。驪山刼火盛，井絡天風搖。爲君一何愚！爲鬼一何智！歌舞走秦巫，異哉秦二世！

其　四

楚人沉昭王，郯君殺義帝。千秋江漢間，同下蒼梧淚。小白問膠舟，漫以水濱對。當漢縞素時，謂出魯公意。歸獄他諸侯，可以謝海內。何獨無一言，重瞳信非智。其後衡山王，楚亡獨親貴。改封在長沙，乃居故君地。不知江中時，誰擊之半濟。若此而不誅，丁公有何罪？郴陽一坏土，守冢無人置。視彼牧羊兒，劉項總游戲。發喪雖袒哭，事出權宜計。遮馬負董公，區區守名義。

其五

兵在速與遲，不在巧與拙。干將頓不用，强弩彀不發。猛虎有猶豫，北士無勇決。樂生濟上軍，迎刃踰數節。已下七十城，欲使齊人悦。五載功未成，變起因間諜。以此資田單，莫僅尤騎劫。後來戲下將，區區守聊攝。千載魯連書，讀者爲悲咽。

其六

孝惠非不男，內嬖姬姜盛。少帝及諸王，故是高皇胤。呂后貪家權，無意移天命。繼繼魯元女，欲久宮闈政。立子殺所生，禍出牝鷄性。負圖乃辟陽，國本焉能定？臨朝再廢立，流言誤物聽。祿產又弄兵，海內因疑信。文帝從代來，易置天人順。淸宮遽剪除，此事慚堯舜。班史親王表，絕使殊同姓。欲以尊朝廷，俾勿滋餘論。千秋龍種冤，屬籍誰能正？

其七

古來有烈士，軹里與易水。慶卿雖不成，其事已並美。專諸弑王僚，朱亥殺晉鄙。惜哉博浪椎，何如圯橋履〔六〕。公孫擅西蜀，可謂得死士〔七〕。連刺兩大將，探囊取物耳。皆從百萬軍，夜半入帳裏。匕首中要害，絕跡復千里。若論劍術精，前人莫能比。胡使名弗傳，無以著青史。誰修俠客傳，闕疑存二子。

其八

高密未佐命，早共京師游。弱冠拜司徒，杖策功名收。雲臺畫少年，萬古誰能儔？興王諸將相，足使風雲羞。鄧芝遇先主，七十才封侯。位至大將軍，矍鑠高春秋。英雄初未遇，垂老猶窮愁。祖孫漢功臣，年齒胡不侔？我讀新野傳，慷慨思炎劉。

其九

管仲升盜卿，後人習其傳。黃巾賢良師，矯託非誠然。異哉黑山賊，詔得舉孝廉。夏商制刑鼎，唐虞畫衣冠。淳樸以之漓，無乃非義軒。莊生齊萬物，譽跖詆聖賢。晚來讀眞誥，始悟南華篇。吳人嚴白虎，位已登上仙。豈獨侯與王，顧盼豪人間。眞宰無不容，小儒徒呫呫。漆園窺其微，所以爲知天。

其十

遭時固不易，推心尤獨難。景略王佐才，臣主眞交歡。天意不佑秦，中道奪之年。苻堅有大度，豁達知名賢。獨斷未爲失，興毀寧非天。賊萇實弑君，聞者爲衝冠。鎭惡丞相孫，流落來江南。西伐功冠軍，力戰收長安。手劍縛姚泓，俘之出潼關。張良爲劉氏，雅志在報韓。能以家國恥，詘中兩主間。其地皆西秦，功亦堪比肩。區區一李方，報恩何足言！

其十一

宜城酒家保，北海賣餅師。千金懸賞購，萬里刊章追。途窮變名姓，勢急投親知。漢法重亡命，保舍加誅夷。破家相存濟，百口同安危。虞卿捐相印，恨未脫魏齊。惜哉燕太子，流涕樊於期。瀨水一女子，魯國一小兒。今也無其人，已矣其安歸？廣柳可以置，置當猛虎蹊；複壁可以藏，藏憂黠鼠窺。古道不可作，太息將何爲！

其十二

深林有惡木，盤曲沮洳間。荆棘傷人衣，幸受蕭斧寬。交柯蔭且黑，下根修蛇蟠。蒸出爲靈菌，五色絢且爛。采之登明堂，薦以白玉盤。旁置博山罏，其上刻鳳鸞。洗濯天露漿，錯列金琅玕。東隣聘姣女，其母爲無鹽。厲而能生子，才也足拜官。盜跖保令終，檮杌啓後賢。麟趾世所羨，蠆尾何必嫌。天道不可信，世德良復難。

【校】

〔一〕題　四十卷本作「又詠古」，止錄第一、二、七、八、十、十一首。

〔二〕華　四十卷本作「榮」。

〔三〕已　四十卷本作「亦」。

〔四〕道大　四十卷本作「大道」。

〔五〕黃巾　四十卷本作「風塵」。

〔六〕履　四十卷本作「屨」。

〔七〕死士　四十卷本作「士死」。

【評】

靳曰：太沖詠史，大半述懷，此亦梅村述懷之作也。

吴梅村全集卷第二　詩前集二

七言古詩二十八首

行路難一十八首〔一〕

奉君乘鸞明月之美扇，耶谿赤堇之寶刀，莞蒻桃笙之綺席，陽阿激楚之洞簫。丈夫得意早行樂，歌舞任俠稱人豪。舉杯一歌行路難，酒闌鐘歇風蕭蕭。

其　二

長安巧工製名燈，七龍五鳳光層層。中有青熒之朱火，下有映徹之澄冰。游魚揚鬐肆瀺灂，飛鳥奮翼思騫騰。黑風吹來徧槐市，狂花振落燒觚稜。金吾之威不能禁，鐵柱倒塌銅盤傾。使人策馬不能去，青燐鬼哭唯空城。

其　三

君不見無須將閭叫呼天，賜錢請葬驪山邊，父爲萬乘子黔首，不得耕種咸陽田。君不見金墉城頭高百尺，河間成都弄刀戟，草木萌芽殺長沙，狂風烈烈吹枯骨。人生骨肉那可保，富貴榮華幾時好？龍子作事非尋常，奪棗爭梨天下擾。金床玉几不得眠，一朝零落同秋草。

其　四

愁思忽不樂，乃上咸陽橋。盤螭蹲獸勢相齧，谽呀口鼻吞崩濤。當時平明出萬騎，馬蹄蹀躞何逍遙。長安冠蓋一朝改，紫裘意氣非吾曹。柴車辟易伏道畔，舍人辭去妻孥嘲。人生太行起面前，何必褒斜棧閣崎嶇高。

其　五

君不見南山松柏何葱菁，於世無害人無爭。斧聲丁丁滿崖谷，不知其下何王陵。玉箱夜出寶衣盡，冬青葉落吹魚燈。石馬無聲缺左耳，豐碑倒拆纏枯藤〔三〕。當時公卿再拜下車過，今朝蔓草居人耕。

【評】孫鑛曰：冬青行之變體耶？

其　六

漢家身毒鏡，大如八銖錢。蒲桃錦囊雖黯澹，盤龍婉轉絲結連。云是宣皇母后物，摩挲愛惜宮中傳，土花埋沒今千年。對此撫几長嘆息，金張許史皆徒然。

其　七

君不見黃河之水從天來，一朝乃沒梁王臺。梁王臺成高崔嵬，禁門平旦車如雷。千尺金堤壞，百里嚴城開。君臣將相竟安在，化爲白黿與黃能。乃知水可亡人國，昆明刦灰何如哉！

其　八

男兒讀書良不惡，屈首殘編務穿鑿。窮年矻矻竟無成，徒使聲華受蕭索。君不見王令文章今大進，丘公官退才亦盡。寂寂齋居自著書，太玄奇字無人問。

其九

伏軾說人主，談笑稱上客。一見賜黃金，再見賜白璧。夜半宮中獨召見，毋弟通侯皆避席。上殿批逆鱗，下殿犯貴戚。犀首進讒譖，韓非受指摘。夜走函谷關，逡巡不能出。君不見范睢折脅懲前事，身退功成歸蔡澤。

其十

君不見鄭莊洗沐從知交，傾身置驛長安郊。又不見任君談辭接後進，冠蓋從游數百乘。人生盛名致賓客，失勢人情諒非昔。年少停車莫掃門，故人行酒誰離席。

其十一

直諫好言事，召見拜司隸。彈劾中黃門，鯁切無所避。天子初見容，謂是敢言吏。以茲增感激，居官厲鋒氣。奏對金商門，縛下都船獄。髡頭徙朔方，衆怒猶不足。私劍揣其喉，赤車再收族。橫尸都亭前，妻子不敢哭。酒色作直都殺人，藏頭畏尾徒碌碌。

其十二

拔劍橫左膝，瞋目悲歌向坐客。我初從軍縛袴褶，手擘黃麞弓霹靂。生來不識官家貴，帶甲持兵但長揖。驅馬來中原，尙書奏功級。前庭論爵賞，後殿賜飲食。烏瓛家兒坐我上，壞坐爭言多酒失。御史彈文讀且糾，待罪驚憂不敢出。還君絳衲兩當衫，歸去射獵終南山。

其十三

平生俠游尙輕利，劇孟爲兄灌夫弟。使酒駡坐人，探丸斫俗吏。流血都市中，追兵數十騎。借問追者誰？云是灞陵杜穉季。抽矢弗射是故人，兩馬相逢互交臂。吾徒豈相厄，便當從此逝。泰山羊氏能藏跡，北海孫公堪避世。複壁埋名二十年，赦書却下咸陽尉。歸來故鄉無負郭，破家結客成何濟！

其十四

今我思出門，圖作洛陽賈，東游陳鄭北齊魯。白璧一雙交王公，明珠十斛買歌舞。關中貂車方算緡，高牖峨峨下荆楚。道阻淮南兵，貨折河東估。朝爲猗頓暮黔婁，乞食吹簫還故土。

其十五

丈夫少年使絕域，從行吏士交河卒。布衣功拜甘泉侯，獨護高車四十國。蒲萄美酒樽中醉，汗血名駒帳前立。富貴歸故鄉，上書乞骸骨。漢使遮玉關，不遣將軍入。軍中夜唱行路難，條支海上秋風急。

其十六

西莫過金牛關，懸崖鐵鎖猿猱攀；南莫過惡道灘，盤渦利石戈矛攢。猩猩啼兮杜鵑叫，落日青楓山鬼嘯。篁竹深巖不見天，我所悲兮在遠道。

其十七

結帶理流蘇，流蘇紛亂不能理。當時羅帷鑒明月，皎皎容華若桃李。一自君出門，深閨厭羅綺。有人附書還，君到長干里。名都鶯花發皓齒，知君眷眷嬋娟子。太行之山黃河水，君心不測竟如此！寄君翡翠之鷸釵，傳璣之墮珥，勸君歸來且歡喜，臥疾空床爲君起。

【評】

孫鑛曰：人情翻覆何常，惟貞信可以自持，得此曲筆寫之，古茂獨絕。

其十八

吾將老焉惟糟丘，裸身大笑輕王侯。禮法之士憎如讐，此中未得逍遥游。不如飲一斗，頹然便就醉，執法在前無所畏。君不見嵇生幽憤阮生哭，箕踞狂呼不得意。

【校】

〔一〕詩鈔選第五、八、十一、十七首。孫選選第五、十七首。

〔二〕倒拆　四十卷本、詩鈔、孫選均作「倒折」。

【評】

袁錄曰：行路難十八首，逼參軍之驚挺。

又七古總評曰：七古用元、白敍事之體，擬王、駱用事之法，調既流轉，語復奇警，千古高唱矣。〇公集以此體爲第一。

靳引張如哉曰：梅村七古，氣格恢宏，開闔變化，大約本盛唐王、高、岑、李諸家而稍異，其篇幅時出入于李、杜。永和宮詞、琵琶行、女道士彈琴歌、臨淮老妓行、王郎曲、圓圓曲，雖有與元、白名篇酷似處，然非專仿元、白者也。至如鴛湖曲、畫蘭曲、拙政園山茶花、白燕吟諸作，情韻雙絕，綿邈綺合，則又前無古，後無今，自成爲梅村之詩。

程曰：十八首雖祖述鮑明遠，亦胚胎范文穆。指事切，遺音遠，眷懷興廢，傷也如何！

胡薇元曰：吳梅村七言古詩，以高、岑之格，運義山之詞，無美不包。行路難十八首，從漢、魏古歌激楚處入，作者難，知者亦正不易也。……世以元、白擬梅村，烏知其精深變化如是哉！（夢痕館詩話卷四）

林昌彝曰：七言古學長慶體，而出以博麗，本朝首推梅村。（射鷹樓詩話卷三）

殿上行

殿上雲旗天半出，夾陛無聲手攀直。有旨傳呼召集賢，左右公卿少顏色。公卿繇來畏廷議，上殿叩頭輒心悸。吾丘發策詘平津，未斥齊人慚汲尉。先生侍從垂金魚，退直且上庖西書。況今慷慨復追惜，不爾何以乘朝車。秦京盜賊雜風雨〔一〕，梁宋丘墟長沮洳。降人數部花門留，抽騎千人桂林戍。至尊宵旰誰分憂，挾彈求鳳高墉謀。老臣自詣都詔獄，逐客新辭鳷鵲樓。先生翻然氣塡臆，口讀彈文叱安石。期門將軍鬚戟張，側足聞之退殿栗。吾聞孝宗宰執何其賢！劉公大夏戴公珊。夾城日移對便殿，造膝密語爲艱難。如今公卿習唯唯，長跪不言而已矣。黃絲歷亂朱絲直，秋蟲蹋曲秋雕起。嗚呼！拾遺指佞乃史臣，優容愚戇天王仁。

【校】

〔一〕秦京　四十卷本作「秦涼」。

雒陽行

詔書早洗雒陽塵，叔父如王有幾人？先帝玉符分愛子，西京銅狄泣王孫。白頭宮監鋤荊棘，曾在華清內承直。遭亂城頭烏夜啼，四十年來事堪憶。神皇倚瑟楚歌時，百子池邊嫋柳絲〔一〕。早見鴻飛四海翼，可憐花發萬年枝。銅扉未啟牽衣諫，銀箭初殘淚如霰。幾年不省公車章，從來數罷昭陽宴〔二〕。骨肉終全異母恩，功名徒付上書人。貴彊無取諸侯相，調護何關老大臣〔三〕。萬歲千秋相訣絕，青雀投懷玉魚別。昭丘煙草自蒼茫，湯殿香泉暗鳴咽。析圭分土上東門，寶轂雕輪九陌塵。驪山西去辭溫室，渭水東流別任城。少室峯頭寫桐漆，靈光殿就張琴瑟。願王保此黃髮期，誰料遭逢黑山賊。嗟乎龍種誠足憐，母愛子抱非徒然。江夏漫裁修柏賦，東阿徒詠豆萁篇。我朝家法踰前制，兩宮父子無遺議。廷論緜來責倖夫，國恩自是優如意。萬家湯沐啓周京，千騎旌旗給羽林。總爲先朝憐白象，豈知今日誤黃巾。鄒枚客館傷狐兔，燕趙歌樓散煙霧。茂陵西築望思臺，月落青楓不知路。今皇興念總帷哀，流涕黃封手自裁。殿內遂停三部伎，宮中爲設八關齋。束薪流水王人戍，太宰加璧通侯祭。帝子魂歸南浦雲，玉妃淚灑東平樹〔四〕。北風吹雨故宮寒，重見新王受詔還。唯有千尋舊松栝，照人落落嵩高山〔五〕。

【校】

〔一〕嫋　篋衍作「弱」。

〔二〕從來　四十卷本、鄒鈔、平論、感舊、篋衍均作「後來」。

〔三〕何關　吳越作「終關」。

〔四〕玉妃　鄒鈔、平論均作「王妃」。東平，吳越作「西平」。

〔五〕嵩高山　鄒鈔、平論、吳越均作「古嵩山」。

【評】

袁錄曰：語語有體，一洗神廟末年廷臣牙頰。

「優如意」下朱隗曰：引用必精切。

畫蘭曲

畫蘭女子年十五，生小琵琶怨春雨。記得妝成一見時，手撥簾帷便爾汝。蜀紙當窗寫畹蘭，口脂香動入毫端。腕輕染黛添芽易，釧重舒衫放葉難。似能不能得花意，花亦如人吐猶未。珍惜沉吟取格時〔一〕，看人只道儂家媚。橫披側出影重重，取次腰肢向背同。昨日一枝芳砌上，折來雙鬢鏡臺中。玉指纔停弄絃索，漫攏輕調似花弱。殷勤彈到別離聲，雨雨風風聽花落。花落亭皋白露溥，舊根易土護新寒。可憐明月河邊種，移入東風碧玉欄。聞道羅幃怨離索，蹄煤鵝絹間當作。又云憔悴非昔時，筆牀翡翠多零落。今年掛檝洞庭舟，柳暗桑濃罨綺樓。度曲佳人遮鈿扇，知書侍女下瓊鉤。主人邀我圖山色，宣索傳來畫蘭筆。輕移牙尺見勻牋，側偃銀毫憐吮墨。席上回眸惜雁箏，醉中適口認魚羹。茶香黯淡知吾性，車馬雍容是故情。常時對面憂吾瘦，淺立斜窺訝依舊。好將獨語過黃昏，誰堪幽夢牽羅袖。歸來閉篋簡啼痕，腸斷生綃點染真。何似杜陵春禊飲，樂游原上采蘭人。

【校】

〔一〕珍惜　詩鈔、鄒鈔均作「徐惜」。

【評】

袁錄曰：得畫蘭之妙，尤得閨閣畫蘭之妙。

靳曰：「似能不能」二句，妙盡畫理，而「花亦如人」、「昨日一枝」，正復神光離合乃爾。

淸風使節圖吾郡先達徐仲山中丞以武部郎奉命封鄭藩當時諸賢贈行作也中丞於先參政爲同年勿齋先生屬予記其事勿齋勑使益府予亦有大梁之役兩家子弟述先志揚祖德其同此君歲寒矣

豫章夾日吟高風，歲久蟠根造物功。吾祖先朝豫州牧，早年納節東溪翁。舅家仲圭擅畫竹，歸老山莊看亦足。至今遺墨滿縹緗，掛我青溪草堂曲。此圖念出同年生，當時意氣稱徐卿。非買玉環思適鄭，暫持翠節解司兵。吾祖一麾方出守，不獲諸公同載酒。把臂曾看韋曲花，贈行不及潭河柳。誰人尺幅寫篔簹，影入淸郎四牡裝。千里故園存苦節，百年舊澤養新篁。今皇命使臨江右，絳旛人識中丞後。江左龍孫篠簜長，淇園鳳質琅玕瘦。嶰谷千尋鸞鳥呼，彭城一派雨風多。願將十丈鵝溪絹，再作靑靑玉筍圖。

悲滕城〔一〕

悲滕城，滕人牧羊川之濆〔二〕。雨工矯步趨其羣，河魚大上從風雲。去山一尺雷殷殷，寺前鐵鐸多死聲。日暮鷄犬慘不鳴，城上掌事報二更〔三〕。鬼馬踏霧東南行，鼓音隆隆非甲兵。吁嗟龍伯何不仁，大水湯湯滔吾民〔四〕。城中竽瑟不復陳，縞帶之價高錦紈〔五〕。路骨藉藉無主名，葬者死生俱未明。悲滕城，滕城訛言晝夜驚。百尺危巖浮車輪，海民投網獲金鐺〔六〕。巫兒亦章賽水神，溝人匠氏修防門。

【校】

〔一〕詩鈔題後有序：「道出滕城，滕大夫來言曰：滕以七月某日夜，大水殺人，壞城郭廬舍。吳子作悲滕城行。」孫選序同詩鈔，僅無「來」、「曰」、「夜」、「行」四字，「郭」作「廓」。平論序同詩鈔，惟「某」作「三」。

〔二〕濱　孫選作「濱」。

〔三〕城上　平論、詩歸均作「城門」。

〔四〕滔　孫選作「陷」。

〔五〕錦紈　孫選作「錦繩」。

〔六〕金鐺　四十卷本、詩鈔、孫選、平論、詩歸均作「釜鐺」。

【評】

孫鋐曰：水前之雨，雨後之水，水災之慘，不忍見聞。

朱衣曰：水前水後慘景慘聲，非仁人惻衷，豈能摹肖至此。

袁錄曰：近長吉，而古質有逸氣。

贈范司馬質公偕錢職方大鶴〔一〕

國家司馬推南中，直節不撓三原公。當時江東尚無事〔二〕，憂國惟聞翁子至。一月不見王公書，百僚爭問江東使〔三〕。前有三原今吳橋，范公赤舄來東郊。太尉五兵分二閫，司戎三士領諸曹。殿中錢郎最年少，輕裘長鋏秦淮道。朝服常薰女史香，從戎好側參軍帽。兩人置酒登新亭，惆悵中原未釋兵。盡道石城開北府，何如漢水任南征。錢郎意氣酣杯酒，不憂賊來憂賊走。鼓吹先移幕府山，戈船早斷濡須口。罷官爲失平津侯〔四〕，壯心空繫月氏頭。八公草木軍容在，六代煙霞詩卷收。是時羽書正旁午，尚書杖鉞防江楚〔五〕，早歲曾提宣武軍，舊人自效龍驤伍。麾下爭看金僕姑，帳前立直銀刀都〔六〕。諸謀雖少周公瑾，跳盪猶有蕭摩訶。尚書當念安危計，感時又忤鸞臺議。三公劍履且辭歸，九河烽火家何處。千人曾役羽林軍，短櫝還過司馬門。鄉夢自依宣德里，郊居且卜石塘村。落日簾帷呼碧玉，琵琶莫唱歸飛曲。丈夫四海猶比鄰，何必思家歎車轂。醉後悲歌涕淚橫，北風吹雨入江聲。白蘋騁望思公子，黃菊登高憶故人。錢郎拏舟再相見，芙蓉堂下開權讌。去日將軍解佩刀，重來歌妓低團扇。仍道朝廷思令公〔七〕，璽書旦夕下山東。過江願請三千騎，奪取樓蘭不受封〔八〕。

【校】

〔一〕四十卷本無此篇。

〔二〕〔三〕江東　平論作「江南」。

〔四〕失　平論作「忤」。

〔五〕杖鉞　平論作「鐵鉞」。

〔六〕立直　平論作「直立」。

〔七〕令公　平論作「念公」。

〔八〕樓蘭　平論作「單于」。

【評】

朱隗曰：藻豔芬芳，别具秀骨，所謂「詩人之賦麗以則」者，駿公當之。又「百僚爭問江東使」下，朱隗曰：丰裁倚叱，百年如見。

襄陽樂〔一〕

襄陽之樂，乃在漢水廣，峴山高。英宗復辟襄王朝，賜以二賦親含毫。此賦不從人間來，楚雲一片飛蕭韶。大堤花，檀溪竹，襄王歸就章華宿。高齋學士宜城酒，江皐遊女銅鞮曲。前有白尚書，後有原侍郎，虎符討賊臨襄江，千里淸盪開鄖房。節使不數杜當陽〔二〕，宗子足掩曹成王。百餘年來亂再起，青袍白馬來秦倉。吾聞襄陽城北七十二峯削天半，中有黑帝時，白玉爲階戺，黃金爲宮觀。曾佐眞人起冀方，今日王師下江漢。江漢耀兵逍遙歌，祝鼇祠下諸軍過。廟中燕王破陣樂，襄陽小兒舞傞傞。新都護，稱相公，知略輜軿承明宮，帶刀六郡良家從。相公來，車如風，飛龍厩馬青絲騣。襄王置酒雲臺中，賊騎已滿淸泥東。嗟乎！呼鷹臺畔生荆棘，斬蛇渚內波濤立。夜半城門門牡開，蒲胥劍履知何及！襄陽之樂，乃在漢水廣，峴山高，故宮落日風蕭蕭。

【校】

〔一〕四十卷本無此篇。

〔二〕杜當陽　原誤作「杜常陽」，逕改。按晉杜預封當陽縣侯，曾鎭襄陽。

高麗行〔一〕

安東都護營河朔，特許高麗市弓角。野人七姓海西塵，開城八道江南樂。蔽關還蹙薑山師，拜表先陳瓦剌詞。諸部皆分大傉薩，國人共事莫離支。承天門前常引見，三年加勞中嘗宴。折巾屈紒幕華樓，龍笙狠筆來賓院。漢城無復憂毛憐，吹蘆箪築檀君前。三十六島島兵起，先皇趣救車三千。遼人頭裹夫餘布，將軍履及楊花渡。一戰功收合市城，萬家粟輓襄平路。此事由來四十年，君倚漢使眞如天。陳湯已去定遠死，一朝羽檄愁烽煙。榆關早斷三韓道，蒲海難通百濟船。嗚呼！東方君子不死國，堪嗟漸漸玄菟麥。豈甘侯印下勾驪，終望王師右碣石。

【校】

〔一〕四十卷本無此篇。

三松老人歌 〔一〕

三松老人七十一，箬帽棕鞋神奕奕。座上支頤避世翁，少年走馬長安客〔二〕。長安此日車如風，十八五人衣衫同。賣術黃銀殷七七，搊箏翠袖張紅紅。西苑樓臺飛百尺，洛陽賈人進花石。宣政門開侯賜錢，杜陵日暮分曹弈。大𦀇十丈封黃羅，𤨏環一寸如淸𧕿。織屬先呈尚衣局，飾璫共宴賣珠胡。二月高梁走燕九，小兒緣橦女射柳。馬客虬鬚笑繫鞭〔三〕，蛾姬輔靨呼嘗酒。賀老琵琶李謩笛，興慶樓前初下直。曲曲新聲我輩聞，五侯宣索知何及。玉河歸騎景陽鐘，曳縞乘肥勝日中。醉値金吾爭道過，將軍司隸與錢通。二十年來重到此，不見當年遊俠子。南陌朝催間架錢，西山夜拾回中矢。老夫淒落復何求，寒笛江潭獨倚樓。一身結客半天下，萬里歸來空白頭。

【校】

〔一〕四十卷本無此篇。

〔二〕少年　膴衍作「小年」。

〔三〕繫鞭　膴衍作「繫韈」。

送志衍入蜀

去年秋山好，君走燕雲道；今年春山青，君去錦官城。秋山春山何處可爲別，把酒欲問橫塘月。人影將分花影稀，鐘聲初動簫聲咽。我昔讀書君南樓，夜寒擁被譚九州。動足下床有萬里，駑馬伏櫪非吾儔。當時東國賤男子，傲岸平生已如此。今朝乘傳下西川，賨戶巴人負弓矢。黃牛喘怒瀼銀濤，崩剝蒼崖化迹勞。石斷忽穿風雨過，山深日見魚龍高。江頭老槎偃千尺，接手猿猱擲橡栗。雲移斷壁層波見，月上危灘遠峯出。縹紗樓臺白帝城，月明吹角唱花卿。棧連子午愁烽堠，水落東南洗甲兵。摩訶池上清明火，蹲鴟山下巴渝舞。豈有居人浣百花，依然風俗輸銅鼓。有日登臨感客游，楚天飛夢入江樓。五湖歸思蒼波闊，十月懷人木末愁。別時曾折閶門柳，相思應寄郫筒酒。末下鹽豉誰共嘗，蜀中蒟醬君知否？愧予王粲老江潭，愁絕空山響杜鵑。乞我瀼西園數畝，依君好種瀼溪田。

吳梅村全集卷第三 詩前集三

七言古詩二十三首

永和宮詞

揚州明月杜陵花，夾道香塵迎麗華。舊宅江都飛燕井，新侯關內武安家。雅步纖腰初召入，鈿合金釵定情日〔一〕。豐容盛鬋固無雙，蹴踘彈棋復第一。上林花鳥寫生綃，禁本鍾王點素毫。楊柳風微春試馬，梧桐露冷暮吹簫。君王宵旰無歡思，宮門夜半傳封事。玉几金牀少晏眠，陳娥衞豔誰頻侍〔二〕？貴妃明慧獨承恩，宜笑宜愁慰至尊。皓齒不呈微索問，蛾眉欲蹙又温存。本朝家法修淸讌〔三〕，房帷久絕珍奇薦〔四〕。敕使惟追陽羨茶，內人數減昭陽膳。維揚服製擅江南〔五〕，小閣爐烟沉水含〔六〕。私買瓊花新樣錦，自修水遞進黃柑。中宮謂得君王意〔七〕，銀鐶不妬温成貴〔八〕。早日艱難護大家，比來歡笑同良娣。奉使龍樓賈佩蘭，往還偶失兩宮歡。雖云樊嫕能辭令，欲得昭儀喜怒難。綠綈小字書成印〔九〕，瓊函自署充華進。請罪長教聖主憐，含辭欲得君王愠。君王內顧惜傾城〔一〇〕，故劍還存敵體恩。手詔玉人蒙詰問〔一一〕，自來階下拭啼痕。外家官拜金吾尉，平生游俠多輕利。縛客因催博進錢，當筵便殺彈箏伎。班姬才調左姬賢，霍氏驕奢竇氏專。涕泣徵聞椒殿詔〔一二〕，笑譚豪奪灞陵田。有司奏劾將軍俸，貴人冷落宮車夢。永巷傳聞去玩花，景和門裏誰陪從？天顏不懌侍人愁〔一三〕，后促黃門召共游。初勸官家伴不應，玉車早到殿西頭。兩王最小牽衣戲，長者讀書少者弟。聞道羣臣譽定陶，獨將多病憐如意。豈有神君語帳中，漫云王母降離宮。巫陽莫救倉舒恨〔一四〕，金鎖彫殘玉筯紅。從此君王慘不樂，叢臺置酒風蕭索。已報河南失數州，況經少子傷零落。貴妃瘦損坐匡床，慵髻啼眉掩洞房。豆蔻湯温冰簟冷，荔枝漿熱玉魚涼。病不禁秋淚沾臆，裴回自絕君王膝。苔沒長門有夢歸，花飛寒食應相憶。玉匣珠襦啓便房，薤歌無異葬同昌。君王欲製哀蟬賦，詠筆詞臣有謝莊。頭白宮娥暗顰蹙，庸知朝露非爲福？宮草明年戰血腥，當時莫向西陵哭。窮泉相見痛倉黃〔一五〕，還向官家問永王。幸免玉環逢喪亂，不須銅雀怨興亡。自古豪華如轉轂，武安若在憂家族。愛子雖添北渚愁，外家已葬驪山足。夜雨椒房陰火青，杜鵑啼血濯龍門。漢家伏后知同恨，止少當年一貴人〔一六〕。碧殿淒涼新木拱，行人尚識昭儀塚。麥飯冬青問茂陵，斜陽蔓草埋殘壠。昭丘松檟北風哀，南內春深擁夜來。莫奏霓裳天寶曲，景陽宮井落秋槐。

【校】

〔一〕定情日　日，平論、本事、篋衍均作「夕」。

〔二〕陳娥衞豔　篋衍作「吳娥越豔」。

〔三〕清讌　鄒鈔、平論、本事均作「恭儉」。

〔四〕薦　鄒鈔、平論、本事、篋衍均作「獻」。

〔五〕服製　篋衍作「服制」。

〔六〕小閣爐烟沉水含　鄒鈔、平論、本事均作「小閣薰爐沉水烟」。

〔七〕意　鄒鈔、平論、本事均作「旨」。

〔八〕銀鐶不妬溫成貴　「銀鐶」，百家、篋衍均作「銀環」。此句鄒鈔、平論、本事均作「溫成不妒眉隨齒」。

〔九〕成印　鄒鈔、平論、本事均作「方寸」。本事下注「一作成印」。

〔一〇〕情　四十卷本、百家、詩持、感舊、篋衍均作「恤」。

〔一一〕玉人　本事作「內人」。

〔一二〕微聞　鄒鈔、平論、本事均作「惟聞」。

〔一三〕侍人　篋衍作「侍臣」。

〔一四〕倉舒　原作「蒼舒」，據詩持改。按三國志魏書卷二十武文世王公傳：「鄧哀王沖字倉舒。」

〔五〕倉黃　鄒鈔作「蒼黃」，篋衍作「倉皇」。

〔六〕一貴人　平論、本事、感舊、篋衍均作「董貴人」。

【評】

朱隗曰：唐人宮掖長篇，惟連昌、長恨、津陽門、杜秋娘四作最勝。六百年後，方見此詩耳。又「自來階下拭啼痕」下，朱隗曰：情事委折如連瑣，能以麗筆雅詞描之，正才人束手處。又「外家已葬驪山足」下，朱隗曰：讀至此，令人悲歌慷慨。

魏憲曰：從繁華說到寂寞，是一部詩史。

袁錄曰：神品。又曰：新聲古調，寓事含情，具子安之高韻。

琵琶行 并序〔一〕

去梅村一里，爲王太常烟客南園〔二〕。今春梅花盛開，予偶步到此〔三〕，忽聞琵琶聲出於短垣叢竹間〔四〕。循牆側聽，當其妙處，不覺拊掌。主人開門延客，問向誰彈，則通州白在湄子彧如，父子善琵琶〔五〕，好爲新聲。須臾花下置酒〔六〕，白生爲予朗彈一曲〔七〕，乃先帝十七年以來事，敍述亂離，豪嘈淒切。坐客有舊中常侍姚公〔八〕，避地流落江南〔九〕，因言先帝在玉熙宮中〔一〇〕，梨園子弟奏水嬉、過錦諸戲，內才人於暖閣齋鏤金曲柄琵琶彈清商雜調。自河南寇亂，天顏常慘然不悦，無復有此樂矣。相與哽咽者久之〔一一〕。於是作長句紀其事，凡六百二言〔一二〕，仍命之曰琵琶行。

琵琶急響多秦聲，對山慷慨稱入神；同時渼陂亦第一，兩人失志遭遷謫。絶調王康並盛名，崑崙摩詰無顔色。百餘年來操南風，竹枝水調謳吳儂。里人度曲魏良輔，高士塡詞梁伯龍。北調猶存止弦索〔一三〕，朔管胡琴相間作〔一四〕。盡失傳頭誤後生〔一五〕，誰知却唱江南樂〔一六〕。今春偶步城南斜，王家池館彈琵琶。悄聽失聲叫奇絶，主人招客同看花。爲問按歌人姓白，家住通州好尋覓〔一七〕。袴褶新更回鶻裝，虬鬚錯認龜茲客。偶因同坐話先皇〔一八〕，手把檀槽淚數行。抱向人前訴遺事，其時月黑花茫茫。初撥鵾弦秋雨滴〔一九〕，刀劍相磨轂相擊〔二〇〕。驚沙拂面鼓沈沈，砉然一聲飛霹靂。南山石裂黃河傾，馬蹄迸散車徒行〔二一〕。鐵鳳銅盤柱摧塌，四條弦上烟塵生。忽焉摧藏若枯木，寂寞空城烏啄肉。轆轤夜半轉咿啞，嗚咽無聲貴人哭。碎珮叢鈴斷續風，冰泉凍壑瀉淙淙。明珠瑟瑟拋殘盡，却在輕籠慢撚中。斜抹輕挑中一摘〔二二〕，漻慄颼飀憯肌骨。銜枚鐵騎飲桑乾〔二三〕，白草黃沙夜吹笛〔二四〕。可憐風雪滿關山〔二五〕，烏鵲南飛行路難。猨嘯鼯啼山鬼語〔二六〕，瞿塘千尺響鳴灘。坐中有客淚如霰，先朝舊直乾清殿〔二七〕。穿宮近侍拜長秋，咬春燕九陪游燕。先皇駕幸玉熙宮，鳳紙僉名喚樂工。苑內水嬉金傀儡，殿頭過錦玉玲瓏。一自中原盛豺虎〔二八〕，煖閣才人撤歌舞。

插柳停搊素手箏，燒燈罷擊花奴鼓。我亦承明侍至尊，止聞古樂奏雲門〔二九〕。段師淪落延年死，不見君王賜予恩〔三〇〕。一人勞悴深宮裏〔三一〕，賊騎西來趨易水。萬歲山前鼙鼓鳴，九龍池畔悲笳起。換羽移宮總斷腸，江村花落聽霓裳。龜年哽咽歌長恨，力士淒涼說上皇。前輩風流最堪羨，明時遷客猶嗟怨。即今相對苦南冠，昇平樂事難重見。白生爾盡一杯酒，繇來此伎推能手〔三二〕。岐王席散少陵窮，五陵召客君知否〔三三〕？獨有風塵潦倒人，偶逢絲竹便沾巾。江湖滿地南鄉子，鐵笛哀歌何處尋？

【校】

〔一〕鄒鈔、吳越均無題下「并序」字。本事「并序」作「有序」。孫選、感舊、篋衍均無題下「并序」字及詩序。

〔二〕爲王太常烟客南園　鄒鈔、吳越均無「烟客」字。

〔三〕予偶步到此　鄒鈔、吳越均無「予」字。

〔四〕出於短垣叢竹間　鄒鈔、吳越均無「於」字。

〔五〕父子善琵琶　本事「善」下有「彈」字。

〔六〕須臾花下置酒　須臾，鄒鈔作「主人」。

〔七〕白生爲予朗彈一曲　鄒鈔、吳越均無「白生」字。

〔八〕坐客有　吳越無「有」字。

〔九〕避地流落江南　鄒鈔、吳越均無「流落」字。

〔一〇〕因言先帝在玉熙宮中　鄒鈔無「因」、「中」字。

〔一一〕相與哽咽者久之　鄒鈔、吳越均無「者」字。

〔一二〕凡六百二言　鄒鈔、吳越均無此句。

〔一三〕止　吳越作「正」。

〔一四〕朔管　孫選作「胡管」。

〔一五〕盡失　鄒鈔、吳越均作「漸失」。

〔一六〕江南樂　鄒鈔作「江南曲」。

〔一七〕好尋覓　鄒鈔、吳越均作「無人識」。

〔一八〕同坐　鄒鈔、吳越均作「坐客」。

〔一九〕秋雨滴　鄒鈔作「風雨集」。

〔二〇〕相磨　鄒鈔、感舊、篋衍均作「相摩」。

〔二一〕行　鄒鈔、吳越均作「奔」。

〔二二〕一摘　鄒鈔、感舊均作「一滴」。

〔二三〕銜枚鐵騎飲桑乾　鄒鈔、吳越此句均作「紫髯碧眼渡桑乾」。

〔二四〕白草黃沙夜吹笛　鄒鈔、吳越此句均作「白草黃羊吹觱栗」。

〔二五〕風雪　鄒鈔、吳越均作「明月」。

〔二六〕語　鄒鈔作「話」。

〔二七〕先朝舊直　「先朝」，鄒鈔作「先皇」。

〔二八〕盛豺虎　鄒鈔、吳越均作「報烽火」。

〔二九〕古樂　四十卷本、詩觀、孫選、本事、感舊、篋衍均作「鼓樂」。

〔三〇〕賜予恩　鄒鈔、吳越均作「有賜金」。

〔三一〕勞悴　鄒鈔作「勞瘁」。

〔三二〕推　鄒鈔、本事均作「誰」。

〔三三〕五陵　鄒鈔、詩觀、孫選、感舊均作「五侯」。召客，感舊作「賓客」。

【評】

鄒漢儀曰：昔客吳趨，葉聖野過晤論詩，謂連昌宮詞、長恨歌等篇，乃關係一代掌故，而竟陵不錄，所以爲舛。今讀祭酒斯篇，流連歎述，令人涕淚霑裳，乃知無故而妄擬白傅琵琶者，音雖諧弗善也。

孫鋐曰：寫白生撮撥，如聽鬱輪袍，緩急入妙。彈罷致詞，豈但濕江州司馬之青衫已哉！

吳越引朗詣曰：詳折蕭颯，固不能加于太傅；然風雨驟至，哀促繁亂，或序或悲，倏往倏來，則宮尹獨擅名山之技。

袁錄曰：序既哽咽，詩復哀怨，以配江州，當無娣姒之恨。江州琵琶止敍一身流落之感耳，不如作此關係語。中有全用江州排場之處。

斷曰：此詩與江南逢李龜年同妙。

嚴元照曰：予向讀吳梅村琵琶行，嘉其瀏離頓挫，謂勝白文公琵琶行，後乃知其謬也。白詩開手便從江頭送客說到聞琵琶，此直敍法也；吳詩先將琵琶鋪陳一段，便成空套。（蕙櫋雜記）

宮扇

宣皇清暑幸離宮，碧檻青疏十二重。七寶鑄銅薰鴨貴，千金甃翠鬭鷄紅。珧珥簾開南內宴，沈香匣啓西川扇。蟬翼描來雲母輕，冰紈製就天孫豔。丹霞滃起駕雲軿，王母雙成絳節還。玉管鳳銜花萬壽，銀濤龍蹴海三山。芙蓉水殿琉璃徹，內家尚苦櫻桃熱（一）。九華初御詠招涼，落葉迴風若霜雪。峨眉萬里尚方船，雉尾千秋奏御箋。公主合歡嬌翡翠（二），昭容反影鬭嬋娟。遭逢召見南薰殿，思陵日昃猶揮汗。天語親傳賜近臣，先生進講豳風倦。黃羅帕捧出雕闌，畫篋丹青掌上看。俸薄買嫌燈市價，恩深攜謝閤門班。自離卷握秋風急，蹇驢便面誰人識（三）。聞道烽烟蔽錦城，齊紈楚竹無顏色。石榴噴火照皇都，再哭蒼梧媿左徒。舊內謾懸長命縷，新宮徒貼辟兵符。雨夜牀頭搜廢篋，摩挲老眼王家物。半面猶存蛺蝶圖，空箱尚記霓裳疊。蠹粉黃侵瓊樹花（四），黴塵香損紫鸞車。珠衣五翟悲秦女，玉隧雙魚泣漢家。莫歎君恩長斷絕，比來舒卷仍鮮潔。乍可襟披宋玉風（五），不堪袖掩班姬月。

【校】

〔一〕尚苦　篋衍作「常苦」。
〔二〕嬌　篋衍作「交」。
〔三〕誰人　鄒鈔作「無人」。
〔四〕侵　鄒鈔作「消」。
〔五〕襟披　鄒鈔作「披襟」。

【評】

鄧漢儀曰：一宮扇寫出盛衰始末，使人宛轉徬徨。玉玦珊瑚、鈿蟬金雁，所繇系才人之感歎耳。
袁錄曰：妙警天成。
靳曰：此首於咏物中感慨今昔。

宣宗御用戧金蟋蟀盆歌

宣宗在御昇平初，便殿進覽豳風圖。煖閣才人籠蟋蟀，晝長無事爲歡娛。定州花瓷賜湯沐，玉粒瓊漿供飲啄。戧金髹漆隱雙龍，果廠雕盆錦香褥。佽飛著翅逞腰身，玉砌軒鬐試一鳴。性不近人須耿介，才堪却敵在慓輕。君王暇豫留深意，棘門霸上皆兒戲。鬭鷄走狗謾成功，今日親觀戰場利。坦顙長身張兩翼，鋸牙植股鬣如戟。漢家十二羽林郎，蟲達封侯功第一。臨淮眞龍起風雲，二豪螟蛉張與陳。草間竊伏竟何用，竈下廝養非吾羣。大將中山獨持重，却月城開立不動。兩目相當振臂呼，先聲作勢多操縱。應機變化若有神，僄突彷彿常開平。黃鬚鮮卑見股栗，垂頭折足亡精魂。獨身跳兔追且急，拉折攀翻只一擲。蠮螉塞外蠕蠕走，使氣窮搜更深入。當前拔柵賭先登，奪采爭籌爲主人。自分一身甘瓦注，不知重賞用黃金。君王笑謂當如此，楚漢雌雄何足齒！莫嗤超距浪輕生，橫草功名須致死。二百年來無英雄，故宮瓦礫吟秋風。一寸山河鬬蠻觸，五千甲士化沙蟲。灌莽微軀亦何有〔一〕，捉生誤落兒童手。蟻賊穿墉負敗齒，戰骨雖香嗟速朽。涼秋九月長安城，黑鷹指爪愁雙睛。錦韝玉縧競馳逐〔二〕，頭鵝宴上爭輸贏。鬬鴨欄空舞馬死，開元萬事堪傷心。秘閣圖書遇兵火，廠盒宣窰賤如土。名都百戲少人傳〔三〕，貴戚千金向誰賭？樂安孫郎好古癖，剔紅塡漆收藏得。我來山館見雕盆，蟋蟀秋聲增歎息。嗚呼！漆城蕩蕩空無人，哀蛩切切啼王孫。貧士征夫盡流涕，惜哉不遇飛將軍。

【校】

〔一〕亦　百家作「一」。

〔二〕錦韉　原作「錦韋」，據四十卷本、鄒鈔、百家、詩持、篋衍改。

〔三〕百戲　原作「百歲」，據四十卷本、鄒鈔、百家、詩持、篋衍改。

【評】

魏憲曰：借一小事盡情描寫，寓意良深，眞詩中董狐也。

袁錄曰：因戲金盆遂賦蟋蟀，想見深宮暇豫角勝時。

靳曰：此首於咏物詩小中見大，與前篇意同。又曰：此篇多用蟲部字作襯貼，如鬭雞、走狗、羽林、蟲達、眞龍、螟蛉、草間竊伏、垂頭折足、跳兔、拉折、蠮螉、蠕蠕、雌雄、横草、蠻觸、沙蟲、蟻賊、黑鷹、頭鵝、鬭鴨、舞馬等，眞有指石皆金，合草爲丹之妙。

聽女道士卞玉京彈琴歌〔一〕

駕鵝逢天風，北向驚飛鳴。飛鳴入夜急，側聽彈琴聲。借問彈者誰？云是當年卞玉京。玉京與我南中遇〔二〕，家近大功坊底路〔三〕。小院青樓大道邊，對門却是中山住〔四〕。中山有女嬌無雙，清眸皓齒垂明璫。曾因內宴直歌舞，坐中瞥見塗鴉黄。問年十六尚未嫁，知音識曲彈清商。歸來女伴洗紅妝，枉將絕技矜平康，如此纔足當侯王〔五〕。萬事倉皇在南渡，大家幾日能枝梧〔六〕。詔書忽下選蛾眉，細馬輕車不知數。中山好女光徘徊，一時粉黛無人顧。豔色知爲天下傳，高門愁被旁人妒。盡道當前黃屋尊，誰知轉盼紅顏誤。南內方看起桂宮〔七〕，北兵早報臨瓜步〔八〕。聞道君王走玉驄，犢車不用聘昭容。幸遲身入陳宮裏〔九〕，却早名塡代籍中。依稀記得祁與阮，同時亦中三宮選。可憐俱未識君王，軍府抄名被驅遣。漫詠臨春瓊樹篇，玉顏零落委花鈿。當時錯怨韓擒虎，張孔承恩已十年。但教一日見天子，玉兒甘爲東昏死。羊車望幸阿誰知？青塚淒涼竟如此！我向花間拂素琴，一彈三歎爲傷心。暗將別鵠離鸞引，寫入悲風怨雨吟。昨夜城頭吹篳篥，教坊也被傳呼急。碧玉班中怕點留，樂營門外盧家泣。私更裝束出江邊〔一〇〕，恰遇丹陽下渚船。翦就黃絁貪入道，攜來綠綺訴嬋娟。此地繇來盛歌舞，子弟三班十番鼓。月明絃索更無聲，山塘寂寞遭兵苦〔一一〕。十年同伴兩三人，沙董朱顏盡黃土。貴戚深閨陌上塵，吾輩漂零何足數！坐客聞言起歎嗟，江山蕭瑟隱悲笳。莫將蔡女邊頭曲，落盡吳王苑裏花。

【校】

〔一〕題　鄒鈔作「聽女道士卞玉京琵琶」。

〔二〕玉京與我南中遇　鄒鈔、廣集、吳越、本事均作「玉京別我南中去」。

〔三〕家近大功坊底路　鄒鈔、廣集、吳越、本事均作「家在大功坊底住」。

〔四〕中山住　鄒鈔、廣集、吳越、本事均作「中山第」。

〔五〕如此纔足　𥳑衍作「知此便足」。
〔六〕枝梧　鄒鈔、廣集、吳越、本事均作「安坐」。
〔七〕南内方看起桂宮　鄒鈔、廣集、吳越、本事均作「南内初修梁苑成」。
〔八〕北兵早報臨瓜步　鄒鈔、廣集、吳越、本事均作「北兵已報揚州破」。
〔九〕幸遲身入　吳越作「雖幸未入」。
〔一〇〕裝束　𥳑衍作「妝束」。
〔一一〕遭兵苦　鄒鈔、廣集、吳越、本事均作「經兵火」。

【評】

鄧漢儀曰：有此等恨事，却有此等好詩。千載傷心，一時掩淚。

魏憲曰：細細敍來，悲泣莫訴。

靳曰：此詩勝處，在「聞道君王」十六句，如急管繁絃，淒清入耳，又如驚風驟雨，震心盪魄。聞清歌而喚奈何，要是歌能感人，非必桓子野一往情深也。前後淡遠處情致亦佳。

南生魯六眞圖歌　幷引〔一〕

山東南生魯官浙之觀察，命謝彬畫己像而劉復補山水，凡六圖。其一坐方褥，聽兩姬搊箏吹洞簫。其一焚香彈琴，流泉瀉堦下，旁一姬聽倦倚石。一會兩少年蹴踘戲，毯擲空中勢欲落。一圖書滿牀，公左顧笑，有髻而秀者端拱榻前，若受書狀，則公子也。餘二圖：一則畫藤橋橫斷壑中〔二〕，非人境，公黄冠欆拂，掉首不顧；一則深巖枯木，有頭陀趺坐披布衲，卽公也。予爲作六眞圖歌，鑱之石上〔三〕，覽者可以知其志矣。

明湖夜雨天涯客，握手停杯話疇昔。人生竟作畫圖看，拂卷生綃開數尺。長身玉立于忠翁，美人促柱彈春風。一聲兩聲玉簫急，吹落碧桃無數紅。旁有一姝嬌倚扇，聽君手拂湘妃怨。抱琴危坐鬚飄然，知入淸徽廣陵散。出門逐伴車如風，築毬會飲長安中。歸來閉門閒課子，石榻焚香列圖史。我笑此翁何太奇，彈琴蹴踘皆能爲。讀書終老豈長策，乘雲果欲鞭龍螭。神仙吾輩盡可學，六博吹笙游戲作。不信晚年圖作佛，趺坐蒲團貪睡著。丈夫雄心竟若此，世事悠悠何足齒！興來展玩自掀髯，欆拂藤鞋自茲始。劉君水石謝君圖，解衣盤礴工揣摩。平生嗜好經想像，須臾點出雙淸矑。置身其間眞快樂，聲酒琴書資笑謔。縱然仙佛兩無成，如此溪山良不惡。吾聞宗少文，曾寫尙子平。阮生長嘯逢蘇門，祖孫妙筆多天眞。君不見興宗年少香山老，不及丹青似舊人。

【校】

〔一〕四十卷本題下無「并引」字，詩鈔題下作「有序」。

〔二〕一則「一」字原闕，據四十卷本、詩鈔補入。

〔三〕上　原作「士」，據四十卷本、詩鈔改。

【評】

袁錄曰：此亦世情語，可删。

靳曰：申鳧盟跋少陵徐卿二子歌曰：此等題雖老杜亦不能佳。蓋以牽率應酬，非所以抒寫性靈耳。梅村集中時或收此，然筆力恢然有餘，才餘於詩，詩餘於題，則忘其爲應酬作矣。此題傳有曹秋嶽作，而梅村獨爲擅場，良以其開闔變化，游行自在，詩爲龍而題爲雲，則現鱗現爪，皆饒奇趣，如壽王鑑明、壽龔芝麓之類，是能於應酬中寫性靈也。

後東皐草堂歌

君家東皐枕山麓，百頃流泉浸花竹。石田書畫數百卷，酷嗜平生手藏錄。隱囊壓尾寄蕭齋，鴻鵠高飛鷹隼猜。白社青山舊居在，黃門北寺捕車來。有詔憐君放君去，重到故鄉棲隱處。短策仍看屋後山，扁舟却繫門前樹。此時鈎黨雖縱横，終是君王折檻臣。放逐縱緣當事意，江湖還賴主人恩。一朝龍去辭鄉國，萬里烽烟歸未得。可憐雙戟中丞家，門帖凄涼題賣宅。有子單居持戶難，呼門吏怒索家錢。窮搜廢篋應無計，棄擲城南五尺山。任移花藥鄰家植，未剪松杉僧舍得。漁舟網集習家池，官道人牽到公石。石礎雖留不記亭，槿籬還在半無門。攲橋已斷眠僵柳，醉壓誰扶倚瘦藤。尚有荒祠叢廢棘，豐碑草沒猶堪識。堦前田父早歌呼，陌上行人增歎息。我初扶杖過君家，開尊九月逢黃花。秋日溪山好圖畫，石田眞蹟深咨嗟。傳聞此圖再易主，同時賓客知存幾？又見溪山改舊觀，雕欄碧檻今已矣。搖落深知宋玉愁，衡陽雁斷楚天秋。斜暉有恨家何在，極浦無言水自流。我來草堂何處宿？挑燈夜把長歌續。十年舊事總成悲，再賦閒愁不堪讀。魏寢梁園事已空，杜鵑寂寞怨西風。平泉獨樂荒榛裏，寒雨孤村聽暝鐘。

汲古閣歌　毛晉字子晉，常熟人，家有汲古閣。〔一〕

嘉隆以後藏書家，天下毘陵與瑯琊。整齊舊聞收放失，後來好事知誰及。比聞充棟虞山翁，里中又得小毛公。搜求遺逸懸金購，繕寫精能鏤板工。由來斯事推趙宋，歐虞楷法看飛動。集賢院印校讎精，太清樓本裝潢重。損齋手跋爲披圖，蘇氏題觀在直廬。館閣百家分四庫，巾箱一幅盡三都。本朝儒臣典制作，累代縹緗輸秘閣。徐廣雖編石室書，孝徵好竊華林略。兩京太學藏經史，奉詔重修賜金紫。高齋學士費餐錢，故事還如寫黃紙。釋典流傳自洛陽，中官經廠護焚香。諸州各請名山藏，總目難窺內道場。南湖主人爲嘆息，十年心力恣收拾。史家編輯過神堯，律論流通到羅什。當時海內多風塵，石經馬矢高丘陵。已壞書囊縛作袴，復驚木册擢爲薪。君家高閣偏無恙，主人留宿傾家釀。醉來燒燭夜攤書，雙眼摩挲覺神王。古人闕書借三館，羨君自致五千卷。又云獻書輒拜官，羨君帶索躬耕田。伏生藏壁遭書禁，中郎秘惜矜談進。君獲奇書好示人，雞林巨賈爭摹印。讀書到死苦不足，小學雕蟲置廢簏。君今萬卷盡刊訛，邢家小兒徒碌碌。客來詩酒話生平，家近湖山擁百城。不數當年清閟閣，亂離踪跡似雲林。

【校】

〔一〕四十卷本無題下小注。

東萊行 爲姜如農、如須兄弟作也〔一〕

漢皇策士天人畢，二月東巡臨碣石。獻賦淩雲魯兩生，家近蓬萊看日出。仲孺召入明光宮，補過拾遺稱侍中。叔子輶軒四方使，一門二妙傾山東。同時里人官侍從，左徒宋玉君王重。就中最數司空賢，三十孤卿需大用。君家兄弟俱承恩，感時危涕長安門。侍中叩閣數彊諫，上書對仗彈平津。天顏不懌要人怨〔二〕，衞尉捉頭捽下殿。中旨傳呼赤棒來，血裹朝衫路人看〔三〕。愛弟棄官相追從，避兵盡室來江東〔四〕。本爲逐臣溝壑裏〔五〕，却因奉母亂離中〔六〕。三年流落江湖夢，茂陵荒草西風慟〔七〕。頭顱雖在故人憐〔八〕，髀肉猶爲舊君痛。我來扶杖過山頭，把酒論文遇子由〔九〕。異地客愁君更遠，中原同調幾人留？司空平昔躭佳句，千首詩成罷官去。戰鼓東來白骨寒，二勞山月魂何處？左氏勳名照汗青，過江忠孝數中丞。孺卿也向龍沙死，柴市何人哭子卿？只君兄弟天涯客，漂零尚是烟霜隔〔一〇〕。思歸詩寄廣陵潮，憶弟書來虎丘石。回首風塵涕淚流，故鄉蕭瑟海天秋。田橫島在魚龍冷，欒大城荒草木愁。當日竹宮從萬騎〔一一〕，祀日歌風何意氣〔一二〕。斷碑年月記乾封，柏梁侍從誰承制？魯連蹈海非求名，鴟夷一舸寧逃生？丈夫淪落有時命，豈復悠悠行路心。我亦滄浪釣船繫，明日隨君買山住。

【校】

〔一〕鄒鈔、吳越題下小注無「也」字，感舊無題下小注。

〔二〕要人　吳越作「大官」。

〔三〕朝衫　鄒鈔作「朝衣」。　路人看，吳越作「行路羨」。

〔四〕盡室來江東　吳越作「奉母來吳中」。

〔五〕溝壑裏　吳越作「塡溝壑」。

〔六〕却因句　吳越作「却意盡室如梁鴻」。

〔七〕荒草　鄒鈔作「莵花」。

〔八〕故人憐　吳越作「有誰憐」。

〔九〕論文　吳越作「論詩」。

〔一〇〕尙是　吳越作「困苦」。

〔一一〕竹宮　吳越作「行宮」。

〔一二〕何意氣　吳越作「繞上回叶」。

鴛湖曲 爲竹亭作。〔一〕

鴛鴦湖畔草黏天，二月春深好放船。柳葉亂飄千尺雨〔二〕，桃花斜帶一溪煙〔三〕。煙雨迷離不知處，舊堤却認門前樹。樹上流鶯三兩聲〔四〕，十年此地扁舟住。主人愛客錦筵開，水閣風吹笑語來。畫鼓隊催桃葉伎，玉簫聲出柘枝臺。輕靴窄袖嬌妝束，脆管繁弦競追逐。雲鬟子弟按霓裳〔五〕，雪面參軍舞鸜鵒。酒盡移船曲榭西，滿湖燈火醉人歸。朝來別奏新翻曲〔六〕，更出紅妝向柳堤。歡樂朝朝兼暮暮，七貴三公何足數？十幅蒲帆幾尺風，吹君直上長安路。長安富貴玉驄驕，侍女薰香護早朝。分付南湖舊花柳，好留烟月伴歸橈〔七〕。那知轉眼浮生夢，蕭蕭日影悲風動。中散彈琴竟未終，山公啓事成何用？東市朝衣一旦休〔八〕，北邙坯土亦難留〔九〕。白楊尙作他人樹，紅粉知非舊日樓。烽火名園竄狐兔，畫閣偷窺老兵怒〔一〇〕。寧使當時沒縣官，不堪朝市都非故。我來倚棹向湖邊，烟雨臺空倍惆然。芳草乍疑歌扇綠，落英錯認舞衣鮮。人生苦樂皆陳迹〔一一〕，年去年來堪痛惜〔一二〕。聞笛休嗟石季倫，銜杯且效陶彭澤。君不見白浪掀天一葉危，收竿還怕轉船遲。世人無限風波苦，輸與江湖釣叟知。

【校】

〔一〕四十卷本、詩鈔、鄒鈔、百家、廣集、昭代均無題下小注。

〔二〕千尺雨　雨原作「語」，據四十卷本、詩鈔、鄒鈔、百家、廣集、昭代改。

〔三〕一溪　百家、廣集均作「一枝」。

〔四〕流鶯　孫選作「黃鸝」。

〔五〕子弟　百家作「弟子」。

〔六〕朝來　詩鈔、孫選、昭代均作「明朝」。

〔七〕伴　百家、廣集均作「待」。

〔八〕一旦　詩鈔作「一日」。

〔九〕坯土　四十卷本作「抔土」。詩鈔、鄒鈔、百家、孫選、廣集、昭代均作「坏土」。

〔一〇〕畫閣偷窺老兵怒　怒，廣集作「坐」。百家此句作「畫閣猶存老兵坐」。

〔二〕人生苦樂皆陳迹　百家、廣集此句均作「人生快樂終安極」。

〔三〕堪痛惜　惜，鄒鈔作「息」。百家、廣集此三字均作「增歎息」。

【評】

孫鋐曰：所指伊誰，乃爲十幅風帆吹入長安所誤。情詞愴惻，令人發李嶠才子之歎。

靳引陸雲士曰：其辭甚豔，其旨甚哀。先生七古每苦費辭，此正恰好。

項黄中家觀萬歲通天法帖

王氏勳名自始興，後人書法擅精能。江東將相傳家在，翰墨風流天下稱。前有瑯琊今檇李，項氏由來堪竝美。襄毅旂常戰伐高，墨林書畫聲名起。當時海內號收藏，秘閣圖書玉軸裝。近代丹青推董巨，名家毫素重鍾王。鍾王妙蹟流傳舊，貞觀在御窮搜購。盡隨萬乘入昭陵，人間一字無遺漏。碑石猶存腕鋒出，風摧雨剝苔文脫。棗木鐫來波磔非，牋麻搨就戈鋋失。君家此書何處傳？云是萬歲通天年。則天酷嗜二王法，詔求手迹千金懸。從官方慶拜表進，臣祖羲獻與僧虔。生平行草數十紙，龍蛇盤屈開天顔。賜官五階帛百疋，仍勑能手雙鉤塡。裝成用寶進御府，不知何事流人間。我思羲之負遠略，北伐貽書料強弱。惜哉徒令書畫傳，誓墓功名氣蕭索。江東無事富山水，興來灑筆臨池樂。足知文采頼昇平，父子優游擅家學。只今海內無高門，稽山越水烽烟作。春風掛席由拳城，夜雨君齋話疇昨。嗚呼吾友雅州公，舒毫落紙前人同。一官烏撒沒坯土〔一〕，萬卷青箱付朔風〔二〕。少伯湖頭鼙鼓動，尙書第內烟塵空。可憐累代圖書盡，斷楮殘編墨林印。此卷仍逃刼火中，老眼縱横看筆陣。君眞襄毅之子孫，相逢意氣何相親。卽看書畫與金石，訪求不屑辭家貧〔三〕。嗟乎！世間奇物戀故主，留取縹緗傲絶倫。

【校】

〔一〕坯土　四十卷本作「抔土」。詩鈔作「坏土」。

〔二〕青箱　詩鈔作「青緗」。

〔三〕訪求　原作「詔求」，據四十卷本、詩鈔改。

蕭史青門曲

蕭史青門望明月，碧鸞尾掃銀河闊。好時池臺白草荒，扶風邸舍黃塵沒。當年故后婕妤家，槐市無人噪晩鴉。卻憶沁園公主第，春鶯啼殺上陽花。嗚呼先皇寡兄弟，天家貴主稱同氣。奉車都尉誰最賢，鞏公才地如王濟。被服依然儒者風，讀書妙得公卿譽。大內傾宮嫁樂安，光宗少女宜加意。正値官家從代來，王姬禮數從優異。先是朝廷啓未央，天人寧德降劉郎。道路爭傳長公主，夫婿豪華勢莫當。百兩車來塡紫陌，千金榼送出雕房。紅窗小院調鸚鵡〔一〕，翠館繁箏叫鳳凰〔二〕。白首傳璣阿母飾，綠韝大袖騎奴裝〔三〕。灼灼夭桃共穠李，兩家姊妹驕紈綺。九子鸞雛鬭玉釵，釵工百萬恣求取。屋裏薰爐滃若雲，門前鈿轂流如水。外家肺腑數尊親，神廟榮昌主尙存。話到孝純能識面，抱來太子輒呼名。六宮都講家人禮，四節頻加戚里恩。同謝面脂龍德殿，共乘油壁月華門。萬事榮華有消歇，樂安一病音容沒。莞蒻桃笙朝露空，溫明秘器空堂設。玉房珍玩宮中賜，遺言上獻依常制。却添駙馬不勝情，至尊覽表爲流涕。金冊珠衣進太妃，鏡奩鈿合還夫婿。此時同產更無人，寧德來朝笑語眞。憂及四方宵旰甚，自家兄妹話艱辛〔四〕。明年鐵騎燒宮闕，君后倉黃相訣絕〔五〕。仙人樓上看灰飛，織女橋邊聽流血。慷慨難從鞏公死，亂離怕與劉郎別。扶攜夫婦出兵間，改朔移朝至今活。粉碓脂田縣吏收，妝樓舞閣豪家奪。曾見天街羨壁人，今朝破帽迎風雪。賣珠易米返柴門，貴主淒涼向誰說〔六〕。苦憶先皇涕淚漣，長平嬌小最堪憐。靑萍血碧它生果，紫玉魂歸異代緣。盡歎周郎曾入選，俄驚秦女遽登仙。靑靑寒食東風柳，彰義門邊冷墓田。昨夜西窗仍夢見，樂安小妹重歡讌。先后傳呼喚捲簾，貴妃笑折櫻桃倦。玉階露冷出宮門，御溝春水流花片。花落回頭往事非，更殘燈灺淚沾衣。休言傅粉何平叔，莫見焚香衞少兒。何處笙歌臨大道，誰家陵墓對斜暉。只看天上瓊樓夜，烏鵲年年它自飛。

【校】

〔一〕小院 新集作「小阮」。

〔二〕翠館 詩觀、新集作「翠管」，本事作「脆管」。

〔三〕綠韝 新集作「綠襛」。

〔四〕自家 箧衍作「大家」。

〔五〕倉黃 詩觀、本事、箧衍均作「倉皇」。

〔六〕向 箧衍作「對」。

【評】

鄧漢儀曰：樂安、長平已逝，只寧德尚在人間，至爲慘戚。李嶠詩所云「山河滿目淚霑衣，富貴榮華能幾時」也，能無歎息！

袁錄曰：音節淒涼，舉止嫵媚。

百花驄歌〔一〕

百花驄者，北方之奇駟也。有少年將以七百金購之，騎遇漢壽亭侯祠，伏地且僵，

願以馬輪祠中，乃起，嘶鳴入，廡下泥馬忽自敗，遂立其處，頭脊尻脽如一，日中堦下齕
水草已，植立如初。明年大亂，因失所在。客有傳其事者，爲作此歌，紀異也。

漢家龍媒失御策，紫陌青門少行跡。長楸脫轡走荆州，逸足翻空爭赤壁。英雄一去時世改，驊騮慘淡無顏色。空留匹練守虛廊，雨鬣風鬉騎不得。誰似征西幕府雄，千金買馬護名驄。銀騅亂點桃花雪，玉鐙長嘶柳葉風。不向山前齕水草，却來江上乘騕褭。路出龍沙講武場，雙鞬結束兒郎好〔三〕。漢壽祠前看射鵰，彎弓仰笑霜蹄蹶。厩僕圉人起歎嗟，跪足垂頭口流沫。將軍四顧忽躊躕，此馬或遭鬼神奪。但留駿骨在人間，願納堦墀馬倏活。直入當軒立不去，蹄噭恰當鬼馬處。赤汗沾胸似戰歸，青絲絡頸如人御。一時喧動劉絲城，狐鳴魚腹三軍驚。釃酒共推銅馬帥，椎牛大會下江兵。湓口潯陽聽鼙鼓，前驅已逼濡須塢。盡道章門屬華歆，卽看建業愁黃祖。鬱孤臺畔解征鞍，內顧逡巡十八灘。嶺表鑄銅馳檄遠，祁山刻木餉軍難。可憐萬馬俱神駿，伏櫪啣恩常陷陣。于禁城中召北軍，糜芳帳下輸南郡。不信烏騅負主人，十年鞭策苦風塵。玉關已破嫖姚死，躑躅重來被錦茵。獨有花驄偏掉鞅，哀鳴踣地英姿爽。江城春草捲黃沙，夜半忽隨風雨往。興亡自古堪嗟惜，吞吳遺恨終何益。汗血千年蹴蹋聲，麒麟地上無人識。君不見苜蓿西風石馬秋，茂陵煙樹自修修。英雄淚盡當陽坂，髀肉空銷劉豫州。

【校】

〔一〕四十卷本無此篇。

〔二〕雙鞬　鞬原作鍵，形近致誤，據文義逕改。

圓圓曲〔一〕

鼎湖當日棄人間，破敵收京下玉關。慟哭六軍俱縞素，衝冠一怒爲紅顏。紅顏流落非吾戀，逆賊天亡自荒讌。電掃黃巾定黑山，哭罷君親再相見。相見初經田竇家，侯門歌舞出如花。許將戚里箜篌伎，等取將軍油壁車。家本姑蘇浣花里，圓圓小字嬌羅綺。夢向夫差苑裏遊，宮娥擁入君王起。前身合是採蓮人，門前一片横塘水。横塘雙槳去如飛，何處豪家強載歸？此際豈知非薄命，此時只有淚沾衣。薰天意氣連宮掖，明眸皓齒無人惜。奪歸永巷閉良家，教就新聲傾坐客。坐客飛觴紅日暮，一曲哀絃向誰訴？白皙通侯最少年，揀取花枝屢迴顧。早攜嬌鳥出樊籠，待得銀河幾時渡？恨殺軍書底死催〔二〕，苦留後約將人誤。相約恩深相見難，一朝蟻賊滿長安。可憐思婦樓頭柳，認作天邊粉絮看。遍索綠珠圍內第，強呼絳樹出雕欄。若非壯士全師勝，爭得蛾眉匹馬還。蛾眉馬上傳呼進，雲鬟不整驚魂定。蠟炬迎來在戰場，啼妝滿面殘紅印。專征簫鼓向秦川，金牛道上車千乘。斜谷雲深起畫樓，散關月落開妝鏡。傳來消息滿江鄉，烏桕紅經十度霜。教曲妓師憐尙在，浣紗女伴憶同行。舊巢共是啣泥燕，飛上枝頭變鳳凰。長向尊前悲老大，有人夫壻擅侯王。當時祇受聲名累〔三〕，貴戚名豪競延致〔四〕。一斛明珠萬斛愁，關山漂泊腰支細。錯怨狂風颺落花，無邊春色來天地。嘗聞傾國與傾城，翻使周郎受重名。妻子豈應關大計，英雄無奈是多情。全家白骨成灰土，一代紅妝照汗青〔五〕。君不見館娃初起鴛鴦宿，越女如花看不足。香逕塵生鳥自啼〔六〕，屧廊人去苔空綠。換羽移宮萬里愁，珠歌翠舞古梁州。爲君別唱吳宮曲，漢水東南日夜流！

【校】

〔一〕題　鄒鈔作「姑蘇曲」。

〔二〕底死　本事作「抵死」。

〔三〕祇受　本事作「苦受」。

〔四〕延致　本事作「招致」。

〔五〕紅妝　本事作「紅顏」。

〔六〕烏　四十卷本、鄒鈔均作「鳥」。

【評】

楊際昌曰：世稱杜少陵爲詩史，學杜者不須襲其貌，正須識此意耳。吳梅村歌行，大抵發於感愴，可歌可泣。余尤服膺圓圓曲前幅云：「慟哭六軍皆縞素，衝冠一怒爲紅顏。」後幅云：「全家白骨成灰土，一代紅粧照汗青。」使吳逆無地自容。體則元、白，可爲史則已如杜也。（國朝詩話卷二）

胡薇元曰：此詩用春秋筆法，作金石刻畫，千古妙文。長慶諸老，無此深微高妙。一字千金，情韻俱勝。（夢痕館詩話卷四）

勾章井（一）

神魚映日天門高，思牢弩射錢塘潮。母龍挾子飛不得，黑風吹斷黿鼉橋。只看文甃勾章井，金鰲背上穿淸冷。三軍鹵飲感甘泉，十丈飛流牽素綆。面面琉璃砌碧欄（二），貝宮天際倚簾看。馬秦山接桃花島，呂宋帆移枳子灣（三）。海色曈曈照深殿，紅桑日起觚稜炫。金井杯承帝子漿，玉顏影入昭陽扇。聞道君王去射蛟，樓船十萬水犀豪。那知一夜宮中火，倒映三山五色濤。蒼鯨掣鎖雷光紫，擊浪噓雲食龍子。轆轤聲斷銀瓶墜，遶殿虹蜺美人死。旃檀紫竹慈雲夢，寶陀山近鸞旌送。香水流來菩薩泉，白象迎歸善財洞。不羨蓬瀛作水仙，神樓十二竟茫然。桑田休道麻姑笑（四），桃核難求王母憐。君不見秦皇漢武終何益，至今海上留遺跡。鎬池璧至後宮愁，鉤弋宮空少子泣（五）。珠襦玉匣總塵封，卽爾飄零死亦得。羞落陳宮玉樹花，臙脂井上無顏色。

【校】

〔一〕四十卷本無此篇。

〔二〕碧欄　鄒鈔、廣集均作「碧瀾」。

〔三〕枳子灣　鄒鈔、廣集均作「椇子灣」。

〔四〕休遁　鄒鈔、廣集均作「休遣」。

〔五〕宮空　鄒鈔、廣集均作「房空」。

贈吳錦雯兼示同社諸子

吾家季重才翩翩，身長七尺虬鬚髯。投我新詩百餘軸，滿牀絹素生雲煙。自言里中有三陸，長衫拂髁矜豪賢。弟先兄舉致身早，我亦挾册游長安〔一〕。其餘諸子俱嶽嶽，感時上策愁祁連。會飲痛哭岳祠下，聞者大笑驚狂顛。皐亭山頭金鼓震，萬騎蹴踏東南天。貽書訣別士龍死，嗚呼吾友非高官。餘或脫身棄妻子，西興潮落無歸船。我因老親守窮巷，買山未得囊無錢。息心掩關謝時輩，五年不到西溪邊。比因訪客過山寺，故人文酒相盤桓。手君詩篇令我讀，使我磊落開心顏。豈甘不死愧良友，欲使奇字留人間。跳刀拍張雖將相，有書一卷吾徒傳。吾聞其語重歎息，平生故舊空茫然。不信扁舟偶乘興，丁儀吳質追隨歡。酒酣對客作長句，十紙謖謖松風寒。後來此會良不易，況今海內多艱難。安得與君結廬住，南山著述北山眠。

【校】

〔一〕挾册　四十卷本作「挾策」。

【評】

袁錄曰：稍具氣魄。

送徐次桓歸胥江草堂歌〔一〕

春來放櫂鴛湖游，杉青牐畔登高樓。裼裘徐郎最年少，坐中搖筆烟霞收。裝隨到我海濱去，雞黍流連別何遽。云過胥江舊草堂，乃父淒涼讀書處。滄山突兀枕江濆，伍相祠荒對夕曛。我是故人同季子，十年相識憶徐君。只今孺子飄零客，蘆中窮士無人識。掛劍雖存舊業非，吹簫未遇吾徒惜。歸去還登漁父船，南枝越鳥竟誰憐？投金瀨在王孫泣，白馬江聲遶舍邊。

【校】

〔一〕題　四十卷本無「歌」字。

送杜公弢武歸浦口

將軍威名著關隴，紫面虬鬚鋒骨悚〔二〕。西州名士重人豪，北地高門推將種。起家二十便登壇，氣壓三河震百蠻。夜半旌旗度青海，雪中笳鼓動蕭關。當時海內稱劉杜，死事忠勳君叔父。黃沙磧上起豐碑，李氏功名何足數。君爲猶子有家風，都護防秋杖節同。白帝傳烽移劍外，黃巾聞警出榆中。功敗垂成謀不用，十年心力堪悲痛。只今天地滿風塵，餘生淪落江南夢。江南煙雨長菰蒲，蠻舍漁莊家有無。醉裏放歌衰鬢短，狂來搖筆壯心蘇。自言少年好詩酒，學佛求仙遍師友。牀頭眞訣幸猶在，肘後陰符復何有？嗟余憔悴臥江潭，騎省哀傷初未久。君來一見卽論文，謂結婚姻商不朽。蹉跎此意轉成空，自恨愆期負若翁。非是雋君辭霍氏，終然丁掾感曹公。此後相逢輒悲歎，秦關何處鄉書斷。苦憶江南欲往難〔二〕，羈棲老病無人看〔三〕。三經出塞五專征，一卷詩書記姓名。奴僕旌旄多甲第，親朋兵火剩浮生。重向天涯與我別，憑闌把酒添淒咽。煙水蘆花一雁飛，回頭却望江南月。

【校】

〔一〕虬鬚　四十卷本作「虬髯」。
〔二〕欲往　四十卷本作「欲住」。
〔三〕羈棲　棲原作「妻」，據四十卷本改。

蘆洲行

江岸蘆洲不知里，積浪吹沙長灘起。云是徐常舊賜莊，百戰勳名照江水。祿給朝家禮數優，子孫萬石未云酬。西山詔許開煤冶，南國恩從賜荻洲。江水東流自朝暮〔一〕，蘆花瑟瑟西風渡。金戈鐵馬過江來，朱門大第誰能顧。惜薪司按先朝册，勳產蘆洲追子粒。已共田園沒縣官，仍收子弟徵租入。我家海畔老田荒，亦長蘆根豈賜莊？州縣逢迎多妄報，排年賠累是重糧。丈量親下稱蘆政，鞭笞需索輕人命。胥吏交關橫派征，差官恐喝難供應。江南尺土有人耕，踏勘終無豪占情。徒起再科民力盡〔二〕，却虧全課國租輕。積年升科〔三〕老田，本漕白重課，指爲無糧侵占，故有重糧再科。後重糧去而定爲蘆課，視原額反少減矣。甚言害民而又損國，其無益如此〔四〕。詔書昨下知民病，解頭使用今朝定。早破城中數百家，蘆田白售無人問。休嗟百姓困誅求，憔悴今看舊五侯。只好負薪煨馬矢，敢誰伐荻上漁舟？君不見舊洲已沒新洲出，黃蘆收盡江潮白。萬束千車運入城，草場馬厩如山積。樵蘇猶到鍾山去〔五〕，軍中日日燒陵樹。

【校】

〔一〕江水　廣集作「江上」。

〔二〕徒起　詩鈔作「徒地」。

〔三〕升科　詩鈔作「科升」。

〔四〕百家、孫選均無此夾注。

〔五〕猶到　四十卷本、詩鈔、百家、孫選均作「猶向」。

【評】

魏憲曰：借蘆洲發揮，末段歷亂可泣。

孫鋐曰：感諷之旨，不減斥鹵桑田矣。於此歎聖朝之寬厚。

袁錄曰：蘆洲、捉船、馬草三詩，有元、白之婉轉，兼張、王之沉痛。

靳曰：蘆洲行、捉船行、馬草行，可仿杜陵之三吏、三別矣。杜句中如「有吏夜捉人」、「肥男有母送，瘦男獨伶俜」，俗字里語，都入陶冶；而此詩如賠累、需索、解頭使用等字，捉船行買脫、曉事、常行、另派等字，馬草行解戶公攤、苦差、除頭等字，皆係詩中創見：蓋梅村有意學杜故也。

捉船行

官差捉船爲載兵，大船買脫中船行。中船蘆港且潛避，小船無知唱歌去。郡符昨下吏如虎，快槳追風搖急櫓。村人露肘捉頭來，背似土牛耐鞭苦。苦辭船小要何用，爭執洶洶路人擁。前頭船見不敢行，曉事篙師斂錢送。船戶家家壞十千，官司查點候如年。發回仍索常行費，另派門攤云雇船〔一〕。君不見官舫嵬峩無用處，打鼓插旗馬頭住。

【校】

〔一〕云　詩鈔、昭代均作「去」。

【評】

靳曰：就捉船中抽出小船，是加一倍寫法也。蓋買脫者潛避者皆已曉事斂錢，小船無知，而亦入於曉事斂錢之隊，則無不斂錢者矣。至於發回索費，另派門攤，是捉船之後，又有兩番斂錢也。然官舫尙無所用，則不須捉，亦不須雇，甚言郡符之謬。通篇俱用加一倍寫法。

馬草行

秣陵鐵騎秋風早，廄將圉人索芻藁。當時積北報燒荒〔一〕，今日江南輸馬草。府帖傳呼點行速，買草先差人打束〔二〕。香芻堪秣飽驊騮〔三〕，不數西涼誇苜蓿〔四〕。京營將士導行錢，解戶公攤數十千。長官除頭吏乾沒，自將私價僦車船。苦差常例須應免〔五〕，需索停留終不遣。百里曾行幾日程〔六〕，十家早破中人產〔七〕。半路移文稱不用，歸來符取重裝送。推車挽上秦淮橋〔八〕，道遇將軍紫騮鞚〔九〕。轅門芻豆高如山，紫髯碧眼看奚官〔一〇〕。黃金絡頸馬肥死，忍令百姓愁飢寒。回首滁陽閑僕監〔一一〕，龍媒烙字麒麟院。天閑轡逸起黃沙，遊牝三千滿行殿。鍾山南望獵痕燒〔一二〕，放牧秋原見射鵰。寧莝雕胡供伏櫪，不堪園寢草蕭蕭〔一三〕。

【校】

〔一〕報燒荒　四十卷本作「起蒲梢」。

〔二〕打束　吳越作「結束」。

〔三〕堪秣飽驊騮　吳越作「飽秣健驊騮」。

〔四〕誇　吳越作「漢」。

〔五〕須應　廣集作「應須」。

〔六〕曾行　吳越作「分爲」。

〔七〕早破　吳越作「已破」。

〔八〕挽上　廣集、吳越均作「晚上」。

〔九〕道遇句　吳越作「萬馬奔突行路恐」。
〔一〇〕紫髯碧眼　四十卷本作「長衫沒踝」。
〔一一〕回首　吳越作「憶昔」。　滁陽　四十卷本作「當年」。
〔一二〕鍾山　四十卷本作「蔣山」。　獵痕　吳越作「獵火」。
〔一三〕園寢　四十卷本作「極目」。

【評】

黃傳祖曰：縈情題外，按抑不吐，久不能耐，遂爾轉側逗漏而出。

題志衍所畫山水

畫君故園之書屋，午榻茶烟蒔花竹；著我溪邊岸葛巾，十年笑語連牀宿。畫君蜀道之艱難，去家萬里誰能還；戎馬千山西望哭，杜鵑落月青楓寒。今之此圖何者是？黯淡蒼茫惟一紙。想像雲山變滅中，其人與筆寧生死？我思此道開榛蕪，東南畫派多蕭疎〔一〕。君嘗展卷向余說，得及荆關老輩無？巫山巫峽好粉本，一官大笑誇吾徒。此行歸來掃素壁，捫腹滿貯青城圖。只今猶是江南樹，憶得當時送行處。楊柳青青葭菼邊，雙槳搖君此中去。

【校】

〔一〕派　原作「脈」，據四十卷本、詩鈔改。

【評】

袁錄曰：一結魂銷，餘亦稱意有結構。

堇山兒

堇山兒，兒生不識亂與離。父言急去牽兒衣，母言乞火爲兒炊作糜。父母忽不見，但見長風白浪高崔嵬。將軍下一令，軍中那得聞兒啼？樓船何高高，沙岸多崩摧。榜人不能移，舉手推墮之。上有蒲與萑，下有濘與泥，十步九倒迷東西。身無袴襦，足穿蒺藜，叩頭指口惟言飢。將船送兒去，問以鄉里記憶還依稀。父兮母兮哭相認，聲音雖是形骸非。傍有一老翁，羨兒獨來歸。不知我兒何處餵游魚，或經略賣遭鞭笞？垂頭涕下何纍纍。吾欲竟此曲，此曲哀且悲，茫茫海內風塵飛。一身不自保，生兒欲何爲？君不見，堇山兒！

【評】

袁錄曰：綽有古趣。

斷曰：此首全仿古樂府而得其神似。臨頓兒是訴略賣之苦，此首則寫仳離之狀也。

吳梅村全集卷第四　詩前集四

五言律詩一百五首

夜泊漢口

秋氣入鳴灘，鈎簾對影看。久游鄉語失，獨客醉歌難。星淡魚吹火〔一〕，風高笛倚闌。江南歸自近，盡室寄長安。〔二〕

【校】

〔一〕魚　四十卷本作「漁」。

〔二〕平論載此詩頗多異文，全錄如下：秋氣入鳴灘，孤舟逼夜闌。久遊鄉語失，爲客別人難。望火知星淡，聞歌覺浦寒。算緡惟賈客，誰者任盤桓。

【評】

袁錄五律總評曰：司成五言律不如七言律。又曰：五言易於七言，司成五言拙于七言，由其輕倩多，沉着少也。

蘄曰：梅村七律膾炙人口，然藻飾宏麗，佳者如出一手，五律則無體不備，實兼諸大家、名家之長。緣學詩者多致力于七律，遂忘其五律之妙耳。觀杜于皇祭梅村文，知梅村律體，其所自信與同時宗仰者，尤在五言也。又引秦留仙曰：梅村遊粱溪，自謂五言近體得杜于皇金焦詩而一變。黃與堅曰：鍾譚說詩，甚爲偏僻，獨以刮磨五律，最去學者膚庸俚淺之病。梅村講究略同，故其五律特精。（論學三說）

送黃子羽之任四首

子羽能詩，以徵辟爲新都令。

襄　陽

始見征途亂，十年憂此方。君還思聖主，何意策賢良。楚蜀烽烟接，江山指顧長。祇今龐德祖，不復臥襄陽。

巫　峽

高深積氣浮，水石怒相求。勝絕頻宜顧，奇情不易留。蒼涼難久立，浩蕩復誰收。詩思江天好，春雲滿劍州。

成都

魚鳧開國險，花月錦城香。巨石當門觀，奇書刻渺茫。江流人事勝，臺榭霸圖荒。萬里滄浪客，題詩問草堂。

新都

丞相新都後，如今復幾人。先皇重元老，大禮自尊親。舊俗科條古，前賢風尚醇。似君眞茂宰，白石水潾潾。

【評】袁錄曰：送子羽四首，只新都一首佳。

穿山

勢削懸崖斷，根移怒雨來。洞深山轉伏，石盡海方開。廢寺三盤磴，孤雲五尺臺。蒼然飛動意，未肯臥蒿萊。

【評】

袁錄曰：刻畫。

斷曰：三四工鍊。

玄墓謁剖公

一衲消羣相，孤峯占妙香。經聲清石骨，佛面冷湖光。花落承趺坐，雲歸識講堂。空潭今夜月，鐘鼓祝前王。

【評】

袁錄曰：司成於贈禪友詩俱不工。

斷曰：句句是玄墓、剖公合寫，而「謁」字於言外見之，別是一格。

過聞果師園居

帆影窗中沒，鐘聲樹杪移。簷依懸果近，閣避偃松欹。菜甲春來早，茶槍雨後遲。散齋閒獨往，應與道人期。

【評】

斷曰：此詩以芊綿妥帖為工，似杜集中遊何將軍山林、重過何氏諸首。

游西灣

斷壁猿投栗，荒祠鼠竄藤。鐘寒難出樹，雲靜恰依僧。選勝從吾意，捫危羨客能。生來幾量屐，到此亦何曾。

送友人還楚

燈火照殘秋，聞君事遠遊。客心分暮雨，寒夢入江樓。酒盡孤峯出，詩成衆靄收。一帆灘響急，落日滿黃州。

送繼起和尚入天台

振錫西泠渡，潮聲定後聞。屐侵盤磴雪，衣濕渡江雲。樹向雙崖合，泉經一杖分。石林精舍好，猿鳥慰離羣。

【評】

孫鋐曰：高致如掬。

蚤起

蚤涼成偶游，惜爽憩南樓。棋響鳥聲動，茶烟花氣浮。衫輕人影健，風細客心柔。餘興閒支枕，淸光淺夢收。

【評】

袁錄曰：似神廟時山人詩，名爲刻苦，實非大雅。

五月尋山夜寒話雨

客衣輕百里，長夏惜登臨。正爾出門夜，忽逢山雨深。聊將斗酒樂，無作薄寒吟。年少追涼好，難爲父母心。

【評】

靳曰：此首以自然爲工，用意周到，妙在有意無意之間。

程曰：公少作已工鍊如此。

瑜芬有侍兒明慧從江上歸則言去矣

江上送君別，餘情感侍兒。對人先母意，生小就儂嬉。恃稺偏頻進，含嬌託未知。今來羅帳底，誰解笑微窺？

讀史雜感十六首〔一〕

吳越黃星見，園陵紫氣浮。六師屯鵲尾〔二〕，雙闕表牛[illegible]。鎮靜資安石，艱危仗武侯。新開都護府，宰相領揚州。

其二

莫定三分計，先求五等封。國中惟指馬，閫外盡從龍。朝事歸諸將，軍輸仰大農。淮南數州地〔三〕，幕府但歌鐘。

【評】鄧漢儀評「國中」二句曰：可歎！

其三

北寺讒成獄，西園賄拜官。上書休討賊，進爵在迎鑾。相國爭開第，將軍罷築壇。空餘蘇武節，流涕向長安〔四〕。

【評】

鄧漢儀評「上書」二句曰：實錄。

其四

御刀周奉叔，應敕阮佃夫。列戟當關怒，高軒哄道呼。監奴右衛率，小吏執金吾。匍匐車塵下，腰間玉鹿盧。

其五

閙築新宮就〔三〕，君王擁麗華。尙言虛內主，廣欲選良家。使者螭頭舫，才人豹尾車。可憐青塚月，已照白門花。

【評】

鄧漢儀評「可憐」二句曰：慘不忍聞。

黃傳祖曰：以上或耑敍，或錯敍，或複說，或滯說，一唱三嘆，流連俯仰。彼黍離離，不足並其哀激。

其六

貴戚張公子，奄人王寶孫。入陪宣室宴，出典羽林屯。狗馬來西苑，俳優侍北門。不時中旨召，著籍並承恩。

其七

漫說黃龍府，須愁朱雀桁。三軍朝坐甲，十客夜傳觴。王氣矜天塹，邊書棄御牀。江州陳戰艦〔六〕，不肯下潯陽。

其八

偏師過采石，突騎滿新林。已設牽羊禮，難爲刑馬心。孤軍摧韋粲，百戰死王琳。極目蕪城遠，滄江暮雨深。

其九

纓棘千夫聚，艨衝百里通。白衣搖急槳，青草伏彊弓。塢壁推嚴虎，江湖屬管崇。丹陽故郢郡，山越土人風。

其十

越絕山河在，征人尙錦袍。乘風竹箭利，狎浪水犀豪。怪石千灘險，疑城百里高。臨江諸將帥，委甲甬東逃。

【評】袁錄曰：詞健調高，可傳可傳。

其十一

屢檄知難下，全軍壓婺州。國亡誰與守？城壞復能修。喋血雙溪閣，焚家八詠樓。江東子弟恨，伏劍淚長流。

其十二

聽說無諸國，南陽佳氣來。三軍手詔痛，一相誓師哀。魯衞交難合，黥彭間早開。崆峒游不返，虛築越王臺。

其十三

再有東甌信，城空戰鼓聞。青山頻見騎，丹穴尙求君。亂水衝村壘，殘兵哭嶺雲。瘡痍逢故老，還說永安軍。

【評】黄傳祖曰：哀而能麗。

其十四

計出游雲夢，雄風羡獨醒。連營巴水白，吹角楚天青。五嶽尊衡嶠，三江阻洞庭〔七〕。故家多屈宋，應勒武岡銘。

其十五

早設沿江戍，仍添泝水兵。惡灘横贛石，急浪打湓城。轂騎柴桑督，樓船牛渚營。江南民力盡，辛苦事西征。

其十六

風雨章江路，山川感廢興。城荒孤鷺遠，潮怒老蛟憑。止水孤臣盡，空坑故鬼增。凄涼餘汗簡，遺事續廬陵。

【校】

〔一〕題 四十卷本止錄十首，無第十一至十六首。鄒鈔題作「讀史」，選第一、二、五、七、八、十四首。詩觀選第一、二、三、五、七、八、九、十首。新集選第二、三、五、七、十二、十三首。感舊選第一、二、三、四、五、七、八首。

〔二〕鵠尾 詩觀作「鵠嶺」。

〔三〕淮南 鄒鈔作「淮西」。

〔四〕向 新集作「問」。

〔五〕聞 新集作「聞」。

〔六〕江州 原作「江舟」，據四十卷本、鄒鈔、新集、感舊改。

〔七〕三江 鄒鈔作「三山」。

【評】

鄧漢儀曰：八首典古壯麗，皆能妙合今情，然不露感慨，不涉譏刺，固含風咀雅之篇。

溪橋夜話

予偕子俶兄弟，臨流比屋，異戶同橋，久雨得月，新浴乍涼，輒書數語，以識幽事。〔一〕

竹深斜見屋，溪冷不分橋。老樹連書幌，孤村共酒瓢。茶香消積雨，人影話良宵。同入幽棲傳，他年未寂寥。

【校】

〔一〕平論、詩歸均無詩序。

【評】

靳曰：此首識幽事也。清穩學杜。

再簡子俶〔一〕

舊識天下盡，與君兄弟存。異書安廢壁，苦酒潑殘樽。住處欣同里，相依好閉門。亂餘仍老屋，慟哭故朝恩。

【校】

〔一〕四十卷本無此篇。

素馨〔一〕亂後道阻無至者，友人培隔年舊本，賦以誌感。

異地憐培養，孤根怨別離。淸心愁欲瘦，獨立畏人知。棄置踰吾分，聲香與物移。名花貪悅己，不改誤芳時。

【校】

〔一〕四十卷本無此篇。

感舊〔一〕

不敢恨離別，失君愁我輕。新知紛項領，久病廢將迎。慘澹隨時輩，艱難愧老成。何時攜斗酒，涕泣話餘生。

【校】

〔一〕四十卷本無此篇。

贈歌者〔一〕

天寶遺音在，江東妙舞傳。舊人推賀老，新曲唱延年。白眼公卿貴，青娥弟子妍。醉中談往事，少小侍平泉。

【校】

〔一〕四十卷本無此篇。

兔缺

舌在音何讓，唇亡口半呿。病同師伯齮，方問仲堪醫。露豕從人誚，銜碑欲語遲。納言親切地，補闕是良規。

【評】

靳曰：此種詩看其工巧之中有大雅體度，是才餘於詩也。

織女

軋軋鳴梭急，盈盈涕淚微。懸知新樣錦，不理舊殘機。天漢期還代〔一〕，河梁事已非。

玉箱今夜滿，我獨賦無衣。

【校】

〔一〕代　四十卷本作「待」。

感　事〔一〕

不事扶風掾，難耕好畤田。老知三尺法，官爲五銖錢。築土驚傳箭，呼門避擢船。此身非少壯，休息待何年？

【校】

〔一〕題　詩鈔作「卽事」。

贈蒼雪若鏡兩師見訪

孤雲所宿處，淸磬出層陰。高座惟斯道，扁舟亦此心。尋秋逢講樹，到海發禪音。月色霜天正，吾師詩思深。

謝蒼雪贈葉染道衣

娑羅多寶葉，煎水衲衣黃。不染非眞色，拈來有妙香。足趺僧相滿，手綻戒心長。一笠支郎許，安禪向石傍。

送李友梅還楚寄題其所居愛吾廬〔一〕

寒雪滿潯陽，江程入楚鄉。灘逢黃鵠怒，嶺界白雲長。十里魚蝦市，千頭橘柚莊。歸人貰村酒，彷彿是柴桑。

【校】

〔一〕題　四十卷本作「送李友梅還楚寄題其所居愛吾廬友梅慕陶故詩以記之」。

黃州杜退之改號蛻斯其音近而義別索詩爲贈

述志賦秋蟲，孤吟御遠風。掇皮忘我相，換骨失衰翁。畫以通靈妙，詩因入悟空。少陵更字說，不肯效韓公。

王瓜

同摘誰能待，離離早滿車。弱藤牽碧蔕，曲項戀黄花。客醉嘗應爽，兒凉枕易斜。齊民編月令，瓜瓞重王家。

豇豆

綠畦過驟雨，細束小虹蜺。錦帶千條結，銀刀一寸齊。貧家隨飯熟，餉客借餻題。五色南山豆，幾成桃李蹊。

莧〔一〕

性嫌同肉食，味好伴葵羹。辨葉先知種，聞香易識名。碧甜驕綠茹，茜汁亂紅秔。却怪成都叟，詩篇莧也輕。

【校】

〔一〕四十卷本無此篇。

送照如禪師還吳門

秋氣肅尋廬，衲衣還故棲。雲生孤杖迥〔一〕，月出萬山低〔二〕。乞火青楓寺〔三〕，疏泉紫芋畦。石床櫻拂子，盡說是曹溪。師姓曹。

【校】

〔一〕孤杖迥　詩鈔作「孤杖底」。

〔二〕萬山低　詩鈔作「萬山西」。

〔三〕青楓寺　詩鈔作「淸風寺」。

初冬月夜過子俶

月色破林巒，家貧共一灘〔一〕。門開孤樹直，影逼兩人寒。瀹茗誇陽羨，論詩到建安。亦知談笑久，良夜匪應難。

【校】

〔一〕家貧　四十卷本、詩鈔均作「貧家」。

園居東許九日

迸筍穿茶竈，欹花罨醸房〔一〕。曝書移畫几，敲筆響琴牀。晚食知眠懶，輕衫便酒狂。
翛然吾願足，不肯負滄浪。

【校】

〔一〕欹花　詩鈔、昭代均作「欹松」。

晚　泊

寒鋤依岸直，輕槳蕩潮斜。樹脱餘殘葉，風吹亂晚鴉。沙深留豕跡，溪靜響魚叉。乞
火村醅至，炊烟起荻花。

【評】

斷曰：中四句形容「晚」字入妙，而「泊」字自在其中，「餘」字、「亂」字、「留」字、「響」字烹鍊最佳。

題心函上人方庵

原相安禪穩〔一〕，圓塵覆鉢銷。誰知眠丈室，不肯效團焦。石鼎支茶竈，匡牀挂瘿瓢。
一枝方竹杖，夜雨話參寥。

【校】

〔一〕安禪　四十卷本、詩鈔均作「安單」。

題敬上人代笠〔一〕

空山無住著，就石架孤笻。愛雪編茅整，愁風剪箬工。樹陰休灌叟，簑雨滴漁翁。要自謀安隱，吾師息此中。

【校】

〔一〕題「敬上人」，四十卷本作「儆上人」。

過南屛訪無生上人

謂此一公住，偶來聞午鐘。山容參雪嶠，無生壁間有雪嶠師畫。佛火隱雷峯。路細因留竹，雲深好護松。精廬人不到，相對話南宗。

簡武康姜明府二首

地僻誰聞政，如君自不同。放衙山色裏，聽事水聲中。竹税官橋市，茶商客渚篷。前溪歌舞在，父老習遺風。

其　二

花發訟庭香，松風夾道涼。溪喧因紙貴，邑靜爲蠶忙。魚鳥高人政，烟霞仙吏裝。知君趨召日，取石壓歸航。

曉　妝

學母妝應早，留花稱小園。爲憐新繡領，故著舊時衣。性急梳難理，衫深力易微。素匳猶未斂，祇道侍兒非。

【評】

袁錄曰：嬌女性情。

贈徐子能二首

如子聲名早，相聞盡故人。懶余交太晚，知我話偏眞。道在應非病，詩成自不貧。拊髀休歎恨〔一〕，纔得保沉淪。〔二〕

其　二

未卜林塘隱，還將野興消。鶴聲常入市，樹勢欲侵橋。老病人扶拜，狂吟客見招。知從甫里近，白首共逍遙。

【校】

〔一〕拊髀句　四十卷本作「休敎嗟拊髀」。

〔二〕四十卷本篇末有小注「子能病蹇」。

初春夜坐寄懷室〔一〕

長日誰敎睡，夜深還擁書。一燈殘酒在，斜月暗窗虛。官退才須減，名高懶不除。梅花侵曉發，早得伴閒居。

【校】

〔一〕題　四十卷本作「初春同王維夏郁計登夜坐寄懷室」。

新霽喜孫令修至同步後園探梅

偶來因客興，信步得吾園。雨足山低樹，花開日滿軒。掃林休石磴，劚藥遇泉源。絕壑人聲至，驚棲聽鳥喧。

送王子彥（王以孝廉不仕，後因事避吏，將入都。）

失意獨焉往，自憐歸計非。無家忘別苦，多難愛書稀。白首投知己，青山負布衣。秋風秣陵道，惆悵素心違。

【評】

靳曰：「青山負布衣」，寫出子彥身分。通首于「孝廉不仕」四字特見洗發。

遇舊友

已過纔追問，相看是故人。亂離何處見，消息苦難眞。拭眼驚魂定，銜杯笑語頻。移家就吾住，白首兩遺民。

【評】

沈德潛曰：起語得神，與「乍見翻疑夢」同妙。（清詩別裁）

靳曰：梅村此詩，通首俱有眞氣，不止起句工妙。又曰：此詩一氣貫注，直摩盛唐之壘。

偶值

偶值翻成訝，如君不易尋。出門因酒癖，謝客爲書淫。久坐傾愁抱，高譚遇爽心〔一〕。明朝風日暇，餘興約登臨。

【校】

〔一〕爽心　四十卷本、詩鈔均作「賞心」。

座主李太虛師從燕都間道北歸尋以南昌兵變避亂廣陵賦呈八首〔一〕

風雪間關道〔二〕，江山故國天。還家蘇武節，浮海管寧船。妻子驚還在，交朋淚泫然。兩京消息斷，離別早經年。

其二

白鹿藏書洞，青牛採藥翁。買山從五老，避世棄三公。舊德高詞苑〔三〕，長編續史通〔四〕。十年金馬夢，回首暮雲中。

其三

愛酒陶元亮，能詩宗少文。桃花忘世事，明月望湘君。山靜聞鼙鼓，江空見陣雲。不知時漢晉，誰起灌將軍？

其四

浩劫知難問，秋風天地哀。神宮一柱火，仙竈五丁雷。劍去龍沙改，鐘鳴鼉鼓來。可憐新戰骨，落日獨登臺。

其五

彭蠡初無雁，潯陽近有書。干戈愁未定，骨肉苦離居。江渚宵傳柝，山城里出車。終難致李白，臥病在匡廬。

其六

世路長爲客，家園況苦兵。酒偏今夜醒新佞切，笛豈去年聲。一病餘孤枕，千山逕獨行。馬當風正緊，捩柁下湓城。

其七

莫問投何處，輕帆且別家。漫栽彭澤柳，好種廣陵瓜。飲興愁來減，詩懷老自誇。南齊山色近〔五〕，題語報侯芭。

其八

海內論知己，天涯復幾人？關山思會面，戎馬涕沾巾。賓客侯嬴老，諸生原憲貧。相看同失路，握手話艱辛。

【校】

〔一〕題　詩鈔「師」作「先生」，選第二、四、五、七首。鄒鈔選第四、八首。百家題作「避亂廣陵」，選第四、五首。篋衍題作「呈李太虛先生」，止選第二首。

〔二〕道　四十卷本作「路」。

〔三〕詞苑　篋衍作「文苑」。

〔四〕續　原作「讀」，據四十卷本、詩鈔、篋衍改。

〔五〕南齋　四十卷本、詩鈔均作「南徐」。

歲暮送穆大苑先往桐廬四首〔一〕

客中貪過歲〔二〕，又上富春船。燭影欹寒枕〔三〕，江聲聽夜眠。石高孤岸迥，雪重半帆偏。明日停橈處，山城落木天。

其　二

臥病纔回棹，征軺此再游。亂山穿鳥道，匹馬向嚴州。遠水浮沙嶼，高楓入郡樓。知君風雨夜，落葉起鄉愁。

其　三

到日欣逢節，招尋有故人。官廚消絳蠟，客舍爨烏薪。鎖印槐廳靜，頒春柏酒新。翩翩杜書記，瀟灑得閑身。

其四

知爾貪乘興，衝寒蠟屐忙。鶴翻松磴雪，猿守栗林霜。官醞移山榼，仙棋響石房。嚴光如可作，故態客星狂。

【校】

〔一〕題　「穆大苑先」，鄒鈔作「穆苑先」，與昭代均止選第一首。
〔二〕貪　篋衍作「驚」。
〔三〕燭影　原作「竹影」，據四十卷本、詩鈔、鄒鈔、昭代、篋衍改。

曉發

曉發桐廬縣，蒼山插霧中。江村荒店月，野戍凍旗風。衣爲裝綿煖，顏因被酒紅。日高騎馬滑，愁殺白頭翁。

客路

客路驚心裏，棲遲苦未能。龍移對江塔，雷出定龕僧。武林近事〔一〕。林黑人譚虎，臺荒吏按鷹。清波門外宿，潮落過西興。

【校】

〔一〕鄒鈔無句下小注。

贈劉虛受二首

中歲交朋盡，新知得此翁。道因山水合，詩向病愁工。悟物談功進，亡情耳識空〔一〕。眞長今第一，兄弟擅宗風。

其二

識面已頭白，論心惟草玄。孝標三世史，摩詰一門禪。獨宿高齋晚，微吟細雨天。把君詩在手，相慕十年前。

【校】

〔一〕此句下四十卷本、詩鈔均有小注「重聽」。

苦雨

亂烟孤望裏，雨色到諸峯。野漲餘寒樹，江昏失暝鐘。夜深溪碓近，人語釣船逢。愁聽惟支枕，艱難媿老農。

海溢

積氣知難極，驚濤天地奔。龍魚居廢縣，人鬼語荒村。異國帆檣落，新沙島嶼存。橫流如可救，滄海漢東門。

閬園詩十首 幷序〔一〕

閬園者，李太虛先生所創別墅也。廣廈層軒，迴廊曲榭〔二〕，門外有修陂百頃，堂前列灌木千章，采文石於西山，導清流於南浦。綠藻被沼，紫奈當窗，芳枳樹籬，修藤作架。白鶴文鵰，飛翔廣囿〔三〕；鴛鴦黃鵠，游泳清池。豈止都蔗爲鄉，素馨成幄已哉！況經傳惠遠，廚藏金粟之儀；山近麻姑，壇擬玉臺之觀〔四〕。果名羅漢，花號佛桑，紺室閒鐘，丹泉洗藥，茲爲靈境，夫豈塵區。而吾師偃仰茂林，從容長薄，千里致程鄉之酒，十年探禹穴之書。叔夜銅鎗，可容一斗；茂先寶劍，足値千金。焚香而明月滿簾，鬭茗而清風入座，張華燈而度曲，指孤嶼以題詩，若將終身焉〔五〕，洵可樂也。不謂平原鹿走，一柱蛟飛，始也子魚已下虞翻之說，既而孝頃遽來周迪之軍。浪激亭湖，兵焚樵舍，馬矢積桓伊之墓，鼓聲震徐孺之臺。將仙人之藥臼車箱，俱移天上；豈帝子之珠簾畫棟，倘出人間？雲卿棄藥圃而不歸，少陵辭瀼谿而又往。放舟采石，浪跡雷塘，愛子則痛甚元規，故園則情同王粲，望匡山而不見，指章水以爲言，嘿嘿依人，傷心而已。於是嵇生授簡〔六〕，趙子抽毫〔七〕，重邀大別之雲〔八〕，再續小園之賦。庶幾峯連北固，不異香爐；瀨上邗溝，居然湓口。心平慰矣，歎也何如！偉業幸遇龍門，曾隨兔苑，自灌園於海畔，將負笈於山中，顧茲三逕之荒，已近十年之別。願依杖屨，共肆登臨。弟子昇陶令之輿，興思彭澤；故吏逐謝公之屐，寄念東山。爰託五言，因成十律〔九〕。華林園追陪之宴，而今渺然〔一〇〕；浣花潭話舊之遊，於茲在矣。

先生家住處，門泊九江船。彭蠡春來水，匡廬雨後天。芰荷香石浦，秔稻熟湖田。獨坐憑闌久，虛堂且晏眠。

其二

有客扶藜過，空山猿鳥知。苔侵蘿逕屐，松覆石牀棋。楚米炊菰早，吳羹斫鱠遲。柴門相送罷，重定牡丹期。

其　三

性僻躭書畫，蹉跎遍兩京。提攜詩卷重，笑傲客囊輕。小閣尊彝古，高人池館清。平生無長物，端不負虛名。

其　四

興極歌還哭，狂來醉復醒。牀頭傾小榼，壁後臥長瓶。月出呼漁艇，花開置幔亭。門前流水急，數點暮山青。

其　五

絕壑非人境，丹沙廢井留。移家依鶴砦，穿水遇龍湫。白石心長在，黃金藥可求。何時棄妻子，還伴葛洪遊？

其　六

我愛東林好，還家學戴顒。經臺憑怪石，麈尾折青松。書卷維摩論，溪山曹洞宗。欲修居士服，持偈問黄龍。

其七

倦策登臨減，名山坐臥圖。避人來栗里，投老乞菱湖。舊業存楡柳，新齋待竹梧。亂離知又至，安穩故園無？

其八

陶令休官去，迎門笑語忙。那知三逕菊，却怕九秋霜。十具牛誰種？千頭橘未荒。可憐思愛子，付託在滄浪。

其九

青史吾徒事，先朝忝從臣。十年搜典册，萬卷鎖松筠。好友須分局，奇書肯借人？𢵧灰心力盡，牢落感風塵。

其十

早買淮陰棹，仍登江上樓。曉來看北固，何處似南州？王謝池臺盡，齊梁寢樹秋。天涯憂國淚，豈爲故鄉流〔一〇〕。

【校】

〔一〕題　鄒鈔無題下「幷序」字，選第一、五、十首。

〔二〕曲榭　鄒鈔作「曲檻」。

〔三〕飛翔　四十卷本作「飛翺」。

〔四〕壇擬玉臺之觀　鄒鈔作「臺擬玉仙之觀」。

〔五〕若將終身焉　四十卷本、鄒鈔均無「身」字。

〔六〕嵇生　原作「稽生」，據四十卷本改。

〔七〕抽毫　鄒鈔作「揮毫」。

〔八〕雲　鄒鈔作「雩」。

〔九〕爰託五言因成十律　鄒鈔無此八字。

〔一〇〕而今　鄒鈔作「於今」。

〔二〕流　鄒鈔作「留」。

課女

漸長憐渠易，將衰覺子難。晚來燈下立，擕就月中看。弱喜從師慧，貧疑失母寒。亦知談往事，生日在長安。

【評】

袁錄曰：寫出憐惜。

斯曰：句句入情，詩之妙處只在眞也。

吳騫曰：梅村五律課女一首，寫老年襟抱，一語是喜，一語是悲，間入八句中。其實喜中亦有悲，悲中亦有喜，令人纏綿悱惻，不能自已，覺左家嬌女，遜此情至。（拜經樓詩話）

嘉湖訪同年霍魯齋觀察四首〔一〕

官舍鶯聲裏，旌旗拂柳堤。湖開山勢斷，塔迥樹痕齊。世路催青鬢，春風到紫泥。還看鮑司隸，驄馬瀰橋西。

其二

蹤跡知何處，溪山興不孤。閑亭供鳥雀，仙吏得蓴鱸。紅荔涪江樹，青楓笠澤圖。須教趙承旨，烟雨補南湖。

其三

門外銀塘滿，鷗飛入晚荷。公田若下酒，鄉夢杜陵花。水碓筒輸紙，溪船簍貢茶。看雲堪拄笏，幕客莫思家。

其四

羽蓋菰城道，春風行部勞。長公山郡簡，小杜水嬉豪。簫鼓催征騎，琴書壓畫舠。獨憐憔悴客，剪燭話同袍。〔二〕

【校】

〔一〕題　詩鈔、鄒鈔均作「訪同年霍魯齋觀察於嘉湖」，均止選第一首。

〔二〕鄒鈔篇末有小注「霍秦人，前御史」。

贈郡守李隆吉〔一〕

偶值溪山勝，相逢太守賢。邀人看水閣，載酒上菱船。鶴料居官俸，魚租謝客錢。今朝風日好，春草五湖煙。

【校】

〔一〕題　四十卷本作「贈郡守李秀州隆吉」，篋衍作「贈郡守李秀州」。

野望二首〔一〕

京江流自急，客思竟何依？白骨新開壘，青山幾合圍。危樓帆雨過，孤塔陣雲歸。日暮悲笳起，寒鴉漠漠飛。

其　二

衰病重聞亂，憂危往事空。殘村秋水外，新鬼月明中。樹出千帆霧，江橫一笛風。誰將數年淚，高處哭塗窮。

【校】

〔一〕鄒鈔、昭代均止選第二首。

送張學博儒高之官江北〔一〕

薄宦非旁郡，孤舟幾日程。詩傳沛子弟，禮問魯諸生。水冽官廚釀〔二〕，城荒射圃耕。北來車馬道，猶喜簡逢迎。

【校】

〔一〕題　儒高，四十卷本、百家均作「孺高」。

〔二〕水　百家作「冰」。

冬霽

烟盡生寒石〔一〕，山雲不入城。船移隔縣雪，屋遶半江晴。照眼庭花動，開顏社酒清。渚田飛雁下，近喜有人耕。

【校】

〔一〕寒石　四十卷本作「寒日」。

松化石 金陵任白受所藏〔一〕

高士無凡好，常思買一峯。如何三逕石，却本六朝松？老筆應難畫，名山不易逢。齾城相遇處，宜復受秦封〔二〕。

【校】

〔一〕題 篋衍作「任白受所藏松化石」，無題下小注。

〔二〕宜 四十卷本、篋衍均作「肯」。

【評】

蘄曰：穩匀之作。

嘲張南垣老遇雛妓

莫笑韋郎老，還堪弄玉簫。醉來惟捫腹，興極在垂髫。白石供高枕，青樽出細腰。可憐風雨夜，折取最長條。

【評】

蘄曰：通首切老字、雛字，謔不傷雅。

破山興福寺僧鶴如五十

聽法穿雲過，傳經泛海來。花深山徑遠，石破講堂開。潭出高人影，泉流古佛苔。長留千歲鶴〔一〕，聲繞讀書臺。

【校】

〔一〕千歲　四十卷本作「千秋」。

得廬山願雲師書 願師婁人，予同學友也。〔一〕

絕頂誅茅處，蒼崖怪瀑風。書來飛鳥上，僧出亂流中。世事千峯斷，鄉心半偈空。却將兄弟夢，煙雨問江東。

【校】

〔一〕四十卷本無題下小注。

園居

傍城營小築，近水插疎籬。岸曲花藏釣，窗高鶴聽棋。移牀穿磴遠，喚茗隔溪遲。自領幽居趣，無人到此知。

吳梅村全集卷第五　詩前集五

七言律詩五十四首

梅村

枳籬茅舍掩蒼苔，乞竹分花手自栽。不好詣人貪客過，慣遲作答愛書來。閒窗聽雨攤詩卷，獨樹看雲上嘯臺。桑落酒香盧橘美，釣船斜繫草堂開。

【評】

沈德潛曰：自寫名士風流，漸入宋格矣。（清詩別裁）

林昌彝曰：「枳籬茅舍……」（全詩略），此吳梅村詩也。溫柔敦厚，視平日雄麗，又變一格矣。（海天琴思錄卷一）

袁錄七律總評曰：梅村七古爲第一，七律次之。又曰：先生七律，秀娟新婉，含宮咀商，貫珠止水，自是文章江左、風月揚州之妙。若以風格繩之，則不爲知梅村矣。

靳曰：梅村七律，或謂其藻飾太甚，然子美秋興八首，已有以此疑之者。郝仲輿曰：由其材大而氣厚，格高而聲宏，如萬石之鐘，不能爲喁喁細響，河流萬里，那能不千里一曲？此足爲子美解嘲，亦足爲梅村起例也。惟其集中間有酬應之作，當分別觀之耳。又曰：梅村七律，格調聲響，大略相同。然集中上駟，應推登上方橋至秣陵口號九首、揚州四首、壽李太虛四首、贈遼左故人六首、滇池鐃吹四首，以其聲情幷到，意思纏綿，數首可合爲一首，一首中又自具開闔變化之妙耳。他如追悼、夜宿蒙陰、剡城曉發、登縹緲峯，皆足繼美唐音。至和友人走馬二首、次劉安丘一首、送曹秋嶽四首、送朱遂初四首、贈袁韞玉四首、聞台州警四首、觀蜀鵑啼四首，與會淋漓，藻思綺合，亦是梅村獨造之境。

吳越七律總評引朗詣曰：駿公才極麗，學極博，氣極俊，若以之配鄴中七子，則駿公其子建乎！

吳越七律總評引允武曰：駿公往往以秀豔勝人，故氣少横厲；然世之賞識駿公，正以秀豔。予專取其横厲之作，蓋他人重調，予獨重氣故也。

懷楊機部軍前〔一〕

同時遷吏獨從征，人道戎旃譴責輕。諸將自承中尉令，孤臣誰給羽林兵？憂深平勃軍南北，疏訟甘陳誼死生。猶有內讒君不顧，亦知無語學公卿？

【校】

〔一〕四十卷本無此篇。

送黄石齋謫官〔一〕

舊學能先天下憂，東西國計在登樓。十年流涕孤臣事，一夜秋風病客舟。地近詩書防黨禁，山高星漢動邊愁。匡廬講室雲封處，莫問長江日夜流。

【校】

〔一〕四十卷本無此篇。

送左子直子忠兄弟還桐城〔一〕

君家先德重西京，别我臨江涕淚横。趙氏有孤仍世族，衞公無謚在諸卿。時未賜謚。看碑太學傷鈎黨，置酒新亭望息兵。莫歎祀宫豺虎迹，浮丘山下草初生。

【校】

〔一〕四十卷本無此篇。

聖駕閲城恭遇口占〔一〕

柳陌天閑獅子花，春風吹角畫輪車。雲開羽葆三千仗，日出樓臺十萬家。天子玉弓穿塞雁，黄門金彈落宫鴉。北軍不用歸都尉，閲武堂前是正衙。

〔一〕四十卷本無此篇。

【校】

登梁王吹臺〔一〕

登臺雅吹列傒聞，客散梁園祇夕曛。天子旌旗憐少帝，諸王兵甲屬將軍。兩河詞賦淩寒雪，千騎歌鐘入暮雲。我亦倦游稱病免，洛陽西去不逢君。

【校】

〔一〕四十卷本無此篇。

過朱仙鎮謁武穆廟〔一〕

少保功名絳節遥，山川遺恨未能消。故京陵樹猶西向，南渡江聲自北朝。父子十年摧勁敵，士民三鎮痛天驕。嗟君此地營軍險，祠廟丹青空寂寥。

【校】

〔一〕四十卷本無此篇。

送楊凫岫（一）

蕭瑟江湖逐客船，亂離兄弟夕陽邊。蕪城是處逢寒食，苦葉如人渡汶川。回首風塵生杞棘，傷心縉紱在鷹鸇。曾經召見多封事，一病猶緣明主憐。

【校】

（一）四十卷本無此篇。

白門遇北來友人（一）

風塵滿目石城頭，樽酒相看話客愁。庾信有書談北土，杜林無恙問西州。恩深故國頻回首，詔到中原盡涕流（二）。江左卽今歌舞盛，寢園蕭瑟薊門秋。

【校】

（一）四十卷本無此篇。鄒鈔題作「白門遇友」。

（二）恩深二句　鄒鈔作「黍苗故國能無歎，兵革中原尙不休」。

甲申十月南中作（一）

六師長奉翠華歡，王氣東南自鬱盤。起殿榜還標太極，御舩名亦號長安。孫吳船名。湖吞鐵鎖三山動，旗遶金莖萬馬看。開府揚州眞漢相，軍書十道取材官。

【校】

〔一〕四十卷本無此篇。

有感〔一〕

已聞羽檄移青海，是處山川困白登。征北功惟修塢壁，防秋策在打河冰。風沙刁斗三千帳，雨雪荊榛十四陵。回首神州漫流涕，酹杯江水話中興。

【校】

〔一〕四十卷本無此篇。

感楊梅作〔一〕

石榔山頭好結鄰，壽陽妝束紫綸巾。子雲二姓慚梅尉，虢國同心泣采蘋。露冷玉盤傷碩果，風來珠實墮芳茵。杜鵑啼就楊修恨，碧血離離向故人。

【校】

〔一〕四十卷本無此篇。

王煙客招往西田同黄二攝六王大子彥及家舅氏朱昭芑李爾公賓侯兄弟賞菊二首〔一〕

九秋風物令公香，文肅嗜菊，此其遺愛。三徑滋培處士莊。花似賜緋兼賜紫，人曾衣白對衣黃。未堪醉酒師彭澤，欲借飡英問首陽。轉眼東籬有何意，莊嚴金色是空王。

其二

不扶自直疎還密，已折仍開瘦更妍。最愛蕭齋臨素壁，好因高燭耀華鈿。坐來豔質同杯泛，老去孤根僅瓦全。蒔者以瓦束土。苦向鄰家怨移植，寄人籬下受人憐。

【校】

〔一〕題「黄二攝六王大子彥」，鄒鈔作「黄攝六王子彥」，止選第一首。

和王太常西田雜興八首〔一〕

一臥溪雲相見稀，繫船枯柳叩斜扉。橋通小市魚蝦賤，水遶孤村烟火微。到處琴書攜自近，驟來賓客看人圍。畫將松雪花溪卷，補入西田老衲衣。

【評】

靳曰：雅令之作。

其　二

積暑空庭鳥雀稀，泉聲入竹冷巖扉。芒鞋藤杖將迎少，蟹舍魚莊生事微。病酒客攜茶荈到，罷棋人簇畫圖圍。日斜清簟追涼好，移榻梧陰見解衣。

其　三

苦竹黃蘆宿火稀，渡頭人歇望歸扉。偶添小閣林巒秀，漸見歸帆烟靄微。蔬圃草深鳧雁亂，水亭橋沒芰荷圍。夜涼捲幔深更話，已御秋來白袷衣。

【評】

靳曰：中四寫景最佳，似中唐人語，結亦淡遠。

其　四

竹塢花潭過客稀，灌畦纔罷掩松扉。道人石上支頤久，漁父磯頭欸乃微。潮沒秋田孤鷺遠，閣含山雨斷虹圍。亭皐木落黃州夢，江海翩躚一羽衣。

【評】靳曰：中、晚妙境，似劉文房、許仲晦諸人。

其五

亂後歸來桑柘稀，牽船補屋就柴扉。游魚自見江湖闊，野雀何知身體微。聽說詩書田父喜，偶譚城市醉人圍。昨朝換去機頭布，已見新縫短後衣。

【評】靳曰：中四用事渾然無迹，起結有味外意。

其六

勝情今日似君稀，鷺立灘頭隱釣扉。屋置茶寮圖陸羽，軒開畫壁祀探微。蕭齋散帙知躭癖，高座談經早解圍。手植松枝當麈尾，雲林居士水田衣。

【評】靳曰：此首蕭然意遠，詩品與西田同妙矣。

其七

相逢道舊故交稀，偶過鄰翁話掩扉。陶氏先疇思士行，謝家遺緒羨弘微。城中賜第書千卷，祠下豐碑柳十圍。今日亂離牢落甚，秋風禾黍淚沾衣。

其八

春曉臺前春思稀，故園蘿薜繞山扉。僮耕十畝桑麻熟，僧住一龕鐘磬微。題就詩篇纔滿壁，種來松栝已成圍。而今却向西田老，換石栽花典敝衣。

【校】

〔一〕題　四十卷本、詩鈔、鄒鈔均作「和王太常西田雜興韻」。詩鈔止選第三首。鄒鈔選第一、二、四、七首。

贈王子彦五十四首〔一〕

二十登車侈壯游，軟塵京雒紫驊騮。九成宮體銀鈎就〔二〕，萬卷樓居玉軸收。家有樓名萬卷。縱解摴蒱非漫戲，卽看晡醊亦風流〔三〕。筍輿芒屩春山路，故舊相逢總白頭。

其　二

舊業城西二頃田，著書聞已續長編〔四〕。兩賢門第知應補，十上才名祇自憐。投老漫裁居士服，畏人還趁孝廉船。只因梅信歸來晚，手植松枝暗記年。

其　三

懶將身世近浮名，殘客由來厭送迎。獨處意非關水石，逢人口不識杯鐺。衣帢蘊藉多風貌，硯几清嚴見性情。子弟皆賢賓從好，似君纔勿媿平生。

其　四

雖云文籍與儒林，獨行居然擅古今。五簋留賓高士約，百金投客故人心。尊彝布列圖書貴，花木蕭疎池館深。晚向鹿門思采藥，漢濱漁父共浮沉。

【評】

靳曰：此非梅村用意之作，起句似弱。

【校】

〔一〕題　四十卷本作「壽王子彥五十」。詩歸作「王子彥初度」，止選第二首。

〔二〕四十卷本此句下有小注「善歐體」。

〔三〕四十卷本此句下有小注「善啖」。

〔四〕聞已　詩歸作「早已」。

【評】

袁錄曰：梅村贈答詩鋪敘皆長，另有一種矜警哀動處。

姜如須從越中寄詩次韻

漂泊江湖魯兩生，亂離牢落暮雲平。秦餘祀日刊黃縣，越絕編年紀赤城。南菊逢人懷故國，西窗聽雨話陪京。不堪兄弟頻回首，落木蕭蕭非世情。

言　懷

苦留蹤跡住塵寰，學道無人且閉關〔一〕。只爲魯連寧蹈海，誰云介子不焚山。枯桐半死心還直，斷石經移蘚自斑。欲就君平問消息，風波幾得釣船還？

【校】

〔一〕無人　四十卷本、鄒鈔均作「無成」。

周五子俶讀書愛客白擲劇飲又善音律好方伎爲此詩以調之

大隱先生賦索居，比來詩酒復何如？馬融絳帳仍吹笛，劉向黄金止讀書。窮賴文章供飲博，興因賓客賣田廬。莫臨廣武頻長歎，醉後疎狂病未除。

同許九日顧伊人洞庭山館聽雨〔一〕

曉閣登臨意渺然，蘆花蕭瑟五湖天。雲深古洞藏書卷，木落空山奏管弦。魚市有租堪載酒，橘官無俸且高眠。莫愁一夜西窗雨，笠澤烟波好放船。

【校】

〔一〕題　詩鈔、昭代均無「顧伊人」字。

過甫里謁願公因遇雲門具和尚

晴湖百頃寺門橋，梵唱魚龍影動摇。三要宗風標漢月，具公之師，同論三玄三要。四明春雪送江潮。具公越人。高原落木天邊斷，獨夜寒鐘句裏銷。布襪青鞋故山去，扁舟蘆荻冷蕭蕭。時應佛日請將行。

代具師答贈

微言將絶在江南，一杖穿雲過石龕。早得此賢開講席，便圖作佛住精藍。松枝豎義無人會，貝葉翻經好共參。麈尾執來三十載，相逢誰似使君談？

【評】

蕲曰：句句用典，却自清空如話，此詩品也。

與友人談遺事

曾侍驪山淸道塵，六師講武小平津。雲旆大纛星辰動，天策中權虎豹陳。一自羽書飛紫塞，長教鉦鼓恨黄巾〔一〕。孤臣流涕靑門外，徒使田横客笑人。

【校】

〔一〕鉦鼓　原作「征鼓」，據四十卷本、咸舊、箧衍改。

追悼

秋風蕭索響空幃，酒醒更殘淚滿衣。辛苦共嘗偏早去，亂離知否得同歸。君親有媿吾還在，生死無端事總非。最是傷心看稺女，一窗燈火照鳴機。

【評】

袁錄曰：似勝義山悼亡諸詠。

見人作布帽〔一〕

盡道溪翁禮數寬，頹然脫幘任衰殘。花枝莫上山公帽，竹籜知非劉氏冠。顧我科頭施屋好，對人狂笑絕纓難。卽今自有遺風在，遼海還家管幼安。

【校】

〔一〕四十卷本無此篇。

謁范少伯祠 在金明寺中，有「陶朱公里」四字石碑。〔一〕

艤棹滄江學釣魚，五湖何必計然書。山川禹穴思文種，烽火蘇臺弔伍胥〔二〕。浪擲紅顏終是恨，拜辭烏喙待何如？却嗟愛子猶難免，霸越平吳事總虛。

【校】

〔一〕四十卷本題下小注無「石」字。鄒鈔、 戚舊、 箋衍均無題下小注。

〔三〕蘇臺　四十卷本、鄒鈔、感舊均作「胥臺」。

【評】

黄傳祖曰：點醒英雄，人思回首。

題登封兩烈婦井梧遺恨詩 焦太僕孫婦楊氏、牛氏

少室山頭二女峯，斷猿哀雁暮雲重。早題薛石留貞史，却寫椒漿事禮宗。恨血千年埋慘淡，寒泉三尺照從容。碧梧夜落秋階冷，環珮歸來聽曉鐘。

鴛湖感舊

予曾過吳來之竹亭湖墅，出家樂張飲，後來之以事見法，重游感賦此詩。

落日晴湖放檝迴，故人曾此共登臺。風流頓盡溪山改，富貴何常簫管哀。燕去妓堂荒蔓合，雨侵鈴閣野棠開。停橈却望煙深處，記得當年載酒來。

武林謁同門張石平 河南人，官糧儲觀察。

湖山曉日鳴笳吹，楊柳春風駐羽幢。二室才名官萬石，兩河財賦導三江。舊時笑我連

珠勒〔一〕，多難逢君倒玉缸。十載弟兄無限意，夜深聽雨話西窗。

【校】

〔一〕舊時　四十卷本作「舊游」。

登數峯閣禮浙中死事六君子　鴻寶倪公、茗柯淩公、巢軒周公、四名施公、磊齋吳公、賓日陳公

四山風急萬松秋，遺廟西泠枕碧流。故國衣冠懷舊友，孤忠日月表層樓。赤虹劍血埋燕市，白馬銀濤走越州。盛事若修陪祀典，漢家園寢在昭丘。

【評】

袁錄曰：梅村原倡勝，和者多遜之。

見伐木者〔一〕

鐮斧行人半在腰，蒼皮素節委山椒。鬼神無語空祠廢，鸛雀還歸故壘搖。深愧百年多雨露，須知千尺本雲霄。莫矜小草偏生意，烈火平原總寂寥。

【校】

〔一〕四十卷本無此篇。

陳靑雷以半圃索題走筆戲贈

半間茅屋半牀書，半賦閑游半索居。領略溪山應不盡，平分風月復何如？點癡互有纔忘世，廉讓中間好結廬。自是圖全非易事，與君隨意狎樵漁。

西泠閨詠四首 幷序〔一〕

石城卞君者，系出田居，隱偕鼇室。嚴子著同聲之賦，玄文詠嬌女之篇。辭旨幽閑〔二〕，才情明慧，寫柔思於却扇，選麗句以當窗，足使蘇蕙扶輪、左芬失步矣。故里秦淮，早駕木蘭之檝；僑居明聖，重來油壁之車。風景依然，湖山非故。趙明誠金石之錄，卷軸亡存；蔡中郎虀臼之詞，紙筆猶在〔三〕。予覽其篇什〔四〕，擷彼風華，體寄七言，詩成四律。愧非劉柳，聞白雪之歌；謬學徐陵，敘玉臺之詠已爾〔五〕。

落日輕風雁影斜，蜀箋書字報秦嘉。絳紗弟子稱都講，碧玉才人本內家。神女新詞塡杜若，如來半偈繡蓮花。妝成小閣薰香坐，不向城南鬬鈿車。

【評】

靳曰：此四首倣玉溪生體，而第一首尚露梅村本色，寫閨字處多，寫詠字處少。

其二

晴樓初日照芙蕖，姑射仙人賦子虛。紫府高閑詩博士，青山遺逸女尚書。賣珠補屋花應滿，刻燭成篇錦不如〔六〕。自寫雒神題小像，一簾秋水鏡湖居。

【評】

靳曰：此首寫詠字爲多，高朗入妙。

其三

五銖衣怯鳳凰雛，珠玉爲心冰雪膚。綠屧侍兒春祓禊，紅牙小妹夜摴蒱。瓊窗日暖櫻桃賦，粉箋風輕蛺蝶圖。頻斂翠蛾人不識，自將書札問麻姑。

【評】

靳曰：詠字于點染處得之，與第一首同，妙不沾煞。

其四

石城楊柳碧城鸞，謝女詩篇張女彈。鶗鴂歌調銀管細，琅玕字刻玉釵寒。雙聲宛轉連珠格，八體濃纖倒薤看。閒整筆牀攤素卷〔七〕，棠梨花發倚闌干。

【評】

靳曰：此首亦寫詠字爲多，與其二同妙。

【校】

〔一〕題　四十卷本、詩鈔、鄒鈔、本事均作「題西泠閨詠」。「并序」，詩鈔、鄒鈔作「有序」。本事無「并序」字。

〔二〕辭旨　鄒鈔作「辭致」。

〔三〕紙筆　本事作「筆牀」。

〔四〕予覽　詩鈔作「予攬」，本事作「余攬」。

〔五〕已爾　四十卷本、詩鈔、本事均作「云爾」。

〔六〕刻燭　原作「刻竹」，據四十卷本、鄒鈔、本事改。

〔七〕素卷　詩鈔、本事均作「卷素」。

【評】

袁錄曰：卞君諸詠，所謂出入于義山、松陵之間。

海市四首次張石平觀察韻〔二〕

仙人太乙祀東萊，不信蓬瀛此地開。虹跨斷崖通羽蓋，魚吞倒景出樓臺。碧城煙合青葱樹，赤岸霞蒸絳雪堆。聞道秦皇近南幸，舳艫千里射蛟回。

其二

灝氣空濛萬象來，非煙非霧化人裁。儒家困爲休糧閉，河伯宮因娶婦開。金馬衣冠蒼水使，石鯨風雨濯龍臺。鑿空博望頻回首，天漢乘槎未易才。

【評】靳曰：中四對仗極工。

其三

東南天地望中收，神鬼蒼茫百尺樓。秦畤長松移絕島，梁園修竹隱滄洲。雲如車蓋旌旗繞，峯近香爐烟靄浮。却笑燕齊迂怪士，祇知碣石有丹丘。

【評】

靳曰：對仗既齊，聲響尤壯，較前兩首更覺一氣貫注。

其四

激浪崩雲壓五湖，天風吹斷海城孤。千門聽擊馮夷鼓，六博看投玉女壺。蒲類草荒春徙帳，滄溟月冷夜探珠。誰知曼衍魚龍戲，翠蓋金支滿具區。

【評】

靳曰：後半首更爲入妙，非梅村不能。

【校】

〔一〕題 四十卷本作「海市四首」，詩鈔、鄒鈔作「海市」，「次張石平觀察韻」均爲題下小注。百家題作「海市」，題下無注。鄒鈔選第一、三、四首。

【評】

袁錄曰：海市想因次韻，遂欠穩秀。

靳曰：四首變化離奇，雅與題稱，雖非梅村極筆，然他人正自難到。

別丁飛濤兄弟

把君詩卷過扁舟，置酒離亭感舊游。三陸雲間空想像〔一〕，二丁鄴下自風流。湖山意氣歸詞苑，兄弟文章入選樓。爲道故人相送遠，藕花蕭瑟野塘秋。

【校】

〔一〕三陸　詩鈔、百家均作「三徑」。

贈馮子淵總戎

令公專閫擁旌旄，鵰鶚秋風賜錦袍。十二銀箏歌芍藥，三千練甲醉葡萄〔一〕。若耶溪劍凝寒水〔二〕，秦望樓船壓怒濤。自是相門雙戟重，野王父子行能高。

【校】

〔一〕練甲　鄒鈔作「組甲」。

〔二〕凝　鄒鈔作「迎」。

丁亥之秋王煙客招予西田賞菊踰月蒼雪師亦至今年予旣臥病同游者多以事阻追敍舊約爲之慨然因賦此詩〔一〕

露白霜高九月天，匡牀臥疾憶西田。黄雞紫蟹堪攜酒，紅樹青山好放船。秔稻將登農父喜，茱萸遍插故人憐。舊游多病難重省，記別蒼公又二年。

【校】

〔一〕題　鄒鈔無前「之」字及「因賦此詩」字。

友人齋設餅〔一〕

舍北溪南樹影斜，主人留客醉黃花。水溲非用淘槐葉，蜜餌寧關煑蕨芽。閣老齊環常對酒，徵君寒具好烹茶。食經二事皆堪註，休說公羊賣餅家。

【校】

〔一〕題　四十卷本、感舊、篋衍均作「友人齋說餅」。

吳梅村全集卷第六　詩前集六

七言律詩七十二首

庚寅元旦試筆〔一〕

己丑除夕，夢杏花盛開，桃李數株，次第欲放。予登小閣，臨曲池，有人索杏花詩，彷彿禁中應制。醒來追思陳事，去予登第之歲已二十年矣。

二十年前供奉官，而今白髮老江干。青樽酒盡貪孤夢，紅杏花開滿禁闌。西苑樓臺遺事在，北門詞賦舊遊難。高涼橋畔春如許，贏得兒童走馬看。

【校】

〔一〕四十卷本無此篇。

穆大苑先臥病桐廬初歸喜贈

富春山下趁歸風，客病孤舟夜雨中。千里故園惟舊友，十年同學半衰翁。藥罏媿我形容槁，腹尺輸君飲啖工。却向清秋共消損，一樽無恙笑顔紅。

贈李莪居御史 時督學江南〔一〕

中條山色絳帷開，宛雒春風桃杏栽〔二〕。地近石經緣虎觀，家傳漆卷本蘭臺〔三〕。花飛驛路生徒滿，潮落江城鐘磬來。置酒一帆黃浦月，登臨早訪陸機才。

【校】

〔一〕題　莪，四十卷本作「峩」，題下小注無「時」字。

〔二〕桃杏　四十卷本作「桃李」。

〔三〕漆卷　四十卷本作「漆簡」。

贈陸孟鳧七十二首〔一〕

楓葉蘆花霜滿林，江湖蕭瑟鬢毛侵。書生藤峽功名薄，漁父桃源歲月深。入市蹇驢晨賣藥，閉門殘酒夜橫琴。舊游烽火天涯夢，銅鼓山高急暮砧。陸爲潯州司李，藤峽在潯州。常熟有桃源澗。

其二

講授山泉遶戶庭，亭翁無事爲中泠。偶支鶴俸分魚俸，閒點茶經補水經。千里程鄉浮大白，一官勾漏養空青。歸來松菊荒涼甚，買得雙峯縛草亭。陸爲無錫學博，故云講授。〔二〕

【評】

靳曰：大白、空青，對偶清新。

【校】

〔一〕題　四十卷本作「壽陸孟凫七十」。

〔二〕四十卷本無篇末小注。

贈申少司農青門六十二首〔一〕

相門三載勝通侯，兄弟衣冠盡貴游。白下高名推謝朓，黃初耆德重楊彪。千山極目風塵暗，一老狂歌天地秋。還憶淮淝開制府，江聲吹角古揚州。

其二

脫却朝衫上釣船，餘生投老白雲邊。買山向乞分司俸，餉客還存博士錢。世事烟霞娛晚歲，黨人名字付殘編。扁舟百斛烏程酒，散髮江湖只醉眠〔二〕。

【校】

〔一〕題　四十卷本作「壽申少司農青門六十」。

〔二〕只　四十卷本作「任」。

宴孫孝若山樓賦贈〔一〕

千章喬木俯晴川〔二〕，高閣登臨雨後天。明月笙歌紅燭院，春山書畫綠楊船。郗超好客眞名士，蘇晉翻經正少年。最是風流揮玉麈〔三〕，煙霞勝處著神仙。

【校】

〔一〕題　「山樓」下，詩鈔、鄒鈔、孫選均有「彙」字。

〔二〕晴川　詩鈔、鄒鈔均作「清川」。

〔三〕玉麈　孫選作「麈尾」。

琴河感舊四首　并序〔一〕

楓林霜信，放棹琴河。忽聞秦淮卞生賽賽，到自白下，適逢紅葉，余因客座，偶話舊游，主人命犢車以迎來，持羽觴而待至。停驂初報，傳語更衣，已託病痁，遷延不出。知其憔悴自傷，亦將委身於人矣。予本恨人，傷心往事。江頭燕子，舊壘都非；山上蘼蕪，故人安在？久絕鉛華之夢，況當搖落之辰。相遇則惟看楊柳，我亦何堪；爲別已屢見櫻桃，君還未嫁。聽琵琶而不響，隔團扇以猶憐，能無杜秋之感〔二〕、江州之泣也！漫賦四章，以誌其事。

白門楊柳好藏鴉，誰道扁舟蕩槳斜。金屋雲深吾谷樹，玉杯春暖尙湖花。見來學避低團扇，近處疑嗔響鈿車〔三〕。卻悔石城吹笛夜〔四〕，青驄容易別盧家。

其二

油壁迎來是舊遊，尊前不出背花愁。緣知薄倖逢應恨，恰便多情喚卻羞。故向閒人偷玉箸，浪傳好語到銀鉤。五陵年少催歸去，隔斷紅牆十二樓。

其三

休將消息恨層城，猶有羅敷未嫁情。車過捲簾勞悵望，夢來攜袖費逢迎。青山憔悴卿憐我，紅粉飄零我憶卿。記得橫塘秋夜好，玉釵恩重是前生。

其　四

長向東風問畫蘭，玉人微歎倚闌干。乍抛錦瑟描難就，小疊瓊牋墨未乾。弱葉懶舒添午倦，嫩芽嬌染怯春寒。書成粉箋憑誰寄，多恐蕭郎不忍看。

【校】

〔一〕題下「并序」，詩鈔作「有序」。本事無「并序」字。鄒鈔選第一首，無詩序；另以「琴河詩」爲題選第二、三首。孫選選第一首，無詩序。

〔二〕感　本事作「悲」。

〔三〕響　鄒鈔作「嚮」。

〔四〕夜　鄒鈔作「後」。

【評】

孫鋐曰：渺渺予懷，美人天際，采春、薛濤所以縈情於少府也。

贈糧儲道步公　乾州人

臨湘家世擁旌旄，策馬西來劍珮高。華嶽風雲開間氣，乾陵草木壯神皐。山公盡職封章切，蕭相憂時饋運勞。青史通侯餘事在，江南重見舊人豪。

辛卯元旦試筆 除夕再夢杏花

十年車馬盛長安，仙仗傳籌曙色寒。禁苑名花開萬樹，上林奇果賜千官。春風紫燕低飛入，曉日青驄緩轡看。舊事已非還入夢，畫圖金粉碧闌干。

雜感二十一首〔一〕

聞道朝廷罷上都，中原民困尙難蘇。雪深六月天圍塞，雨漲千村地入湖。瀚海波濤飛戰艦，禁城宮闕起浮圖。關山到處愁征調，願賜三軍所過租。

其　二

簫鼓中流進奉船，司空停索導行錢。八蠶名繭盤花就，千緉奇文舞鳳旋〔二〕。袴褶射雕沙磧塞，筐箱市馬玉門邊。秋風砧杵催刀尺，江左無衣已七年。

【評】

黃傳祖曰：眞可擲地作聲。

其三

旌旗日落起征鴻，蘆管淒涼雜部中。鵁鶄廢宮南內月，麒麟枯塚北邙風。金滕兄弟山河固〔三〕，玉几君臣笑語空。回首蹛林秋祭遠，枉拋心力度江東。

【評】黃傳祖曰：言所難言，悲壯如許！

其四

射柳山頭掣皁雕，便門斜直禁城遙。畏吾文字翻唐史，百濟衣冠奉漢朝。西廚織鞍都護馬，北珠裝帽侍中貂。只今理學追姚許，耆舊中原未寂寥。

其五

居庸千尺薊門低，八部雲屯散馬蹄。日表土中通極北，河源天上接安西。金城將吏耕黃犢，玉壘山川祭碧雞。世會適逢須粉飾，十年辛苦厭征鼙。

其　六

萬山中斷一關分，絕塞東來鸛鵲羣。少婦燕脂人似月，通侯鞍馬客如雲。玉河煙柳樓頭見，鐵嶺風霜笛裏聞。劉杜至今悲轉戰，城南誰賽鄧將軍？

其　七

天水將軍被錦衣，中原當日羽書飛。花門報國終留恨，石窌酬功事已非。銅馬只今翻仗節，玉關何事更重圍？可憐西海城頭月，玄菟征人戍不歸。

其　八

故京原廟倚諸峯，走馬驚聞享殿鐘。豈謂盡驅昭應鹿，到來還問灞陵松。十家冢戶除官道，百歲村翁識御容。記得奉天門獻捷，亦將恩禮待和龍。

其　九

湘山木落楚江流，塢壁風高蘆管愁。東府一軍當夏口，南人五道出壺頭。鐵犀黑水樓船夜，銅鼓丹崖戰馬秋。西上祖生仍誓楫，路旁還指舊通侯。

其十

十載間關歷苦辛，汨羅風雨泣孤臣。王孫去國餘三戶，公子從亡止五人。報主有心爭赤壁，借兵無力聽黃巾。誰知招屈亭前水，卻是當時白馬津。

其十一

極目風塵哭杜鵑，越王臺畔草芊芊。時危文士皆成將，事去孤臣且學仙。銅柱漫標空到海，珠崖雖棄已無天。黔公帶礪丹書在，兵甲縱橫滿麓川。

其十二

柏梁高宴會羣公，擊柱橫刀禁殿中。豐沛功名雄薊北，燕齊賓客亂關東。五王歸政推恩厚，八使分符報命同。垂老幸聞親治詔，太平時節願年豐。

其十三

中丞杖節換征袍，馬槊邊州意氣高。門下爪牙京兆掾，帳前心膂杜陵豪。里魁拔缺充書佐，家將探丸拜賊曹。司隸皁囊彈治急，悔將文墨誤弓刀。

其十四

法從千官對直廬，殿中誰是夏無且。議添常侍司宮尉，詔設期門護屬車。沙苑草荒秋射兔，灤河花發曉觀魚。三邊望幸多封事，不見相如諫獵書。

其十五

富良江上指雙旌，報道中原到陸生。猶有將軍居善闡，誰云相國走占城？黃龍誓在應輸貢，白象營開任請兵。南服祖宗威德重，王師三下遣西平。

其十六

急峽天風捲怒濤，穿雲棧石度秋毫。雞豚絕壁人煙少，珠玉空江鬼哭高。縱火千村驅草木，齋糧百日棄弓刀。緜州卻報傳烽緊，峒戶溪丁轉戰勞。

其十七

禪智庵頭感廢興，前知今有佛圖澄。雕弓裂地看諸將，蠅拂談時聽老僧。定後江聲消白骨，靜中劫火指寒燈。陰風夜半揚州月，相國魂歸哭孝陵。

其十八

武安席上見雙鬟，血淚青娥陷賊還。只爲君親來故國，不因女子下雄關。取兵遼海哥舒翰，得婦江南謝阿蠻。快馬健兒無限恨，天教紅粉定燕山。

其十九

蓬萊閣上海雲黃，用火神機壁壘荒。本爲流人營碣石，豈知援卒起蕭牆。戈船舊恨東征將，牙纛新封右地王。辛苦中丞西市骨，空將熱血灑扶桑。

【評】

吳越引朗詣曰：駿公五詩跌宕排押，似頌似諧，莫能得其指歸。

吳越引雪竇曰：鋪張處沈實，排頓處矯警，起東處雄峭，規諷處竦切。

其二十

雁門西去塞雲愁，苜蓿千羣散紫騮。築館柔然非戚里，置亭張掖豈鴻溝？先機拒戶須防虎，故智蹊田恐奪牛。都護莫誇勤遠略，龍堆吹雪滿并州。

其二十一 為稼軒〔四〕

萬里從王擁節旄，通侯青史姓名高。禁垣遺直看封事，絕徼孤忠誓佩刀。元祐黨碑藏北寺，辟疆山墅記東皐。歸來耕石堂前夢，書畫平生結聚勞。

【校】

〔一〕四十卷本止錄第一、二、五、十六、十八、二十一首。鄒鈔選第一、二、三、五、七、十六首。廣集選第二、三、四、七首。詩觀選第一、二、十六首，並卷十六長安雜詠第三首，卷十五即事十首第五、六首，合題長安雜詠。吳越選第十、十一、十二、十五、十九五首，題作「雜感」。又選第五首，題作「雜詠」。

〔二〕千繦　廣集作「千鏹」。

〔三〕山河固　鄒鈔、廣集均作「山河在」。

〔四〕四十卷本無題下小注。

鄧元昭奉使江右相遇吳門卻贈

五湖春草隱征笳，畫舫圖書泊晚沙。人謂相如初奉使，客傳高密且還家。黑貂對雪潯陽樹，綠酒看山茂苑花。回去石渠應賜馬〔一〕，玉河從獵雁飛斜〔二〕。

【校】

〔一〕回去　四十卷本作「回首」。

〔二〕雁飛斜　四十卷本作「雁行斜」。

題鴛湖閨詠四首〔一〕

石州螺黛點新妝，小拂烏絲字幾行。粉本留香泥蛺蝶，錦囊添線繡鴛鴦。秋風擣素描長卷〔二〕，春日鳴箏製短章。江夏只今標藝苑，無雙才子掃眉娘。

其二

休言金屋貯神仙，獨掩羅裙淚泫然。栗里縱無歸隱計，鹿門猶有賣文錢〔三〕。女兒浦口堪同住，新婦磯頭擬種田。夫壻長楊須執戟，不知世有杜樊川。

其　三

絳雲樓閣敞空虚，女伴相依共索居〔四〕。學士每傳青鳥使，蕭娘同步紫鸞車。新詞折柳還應就，舊事焚魚總不如。記向馬融譚漢史，江南淪落老尚書。

其　四

誰吟紈扇繼詞壇，白下相逢吳綵鸞。才比左芬年更少，埒求韓重遇應難。玉顔屢見驚花度，翠袖須愁煙雨寒。往事只看予薄命，致書知已到長干〔五〕。

【校】

〔一〕鄒鈔選第一、三首。新集選第三首。
〔二〕擣素　原作「濤素」，據四十卷本、詩鈔、鄒鈔改。
〔三〕賣文　原作「買文」，據四十卷本、詩鈔改。
〔四〕相依　新集作「相攜」。
〔五〕長干　詩鈔作「長安」。

補禊

壬辰上巳，蔣亭彥、篆鴻、陸我謀於鴛湖禊飲，余後三日始至，同集有道開師、朱子容、沈孟陽，徵詩以補禊事，余分得知字。

春風好景定昆池，散誕天涯卻誤期。溱洧漫搴芳杜晚，雒濱須泛羽觴遲。右軍此會仍堪記，白傅重游共阿誰？故事禊堂看賜柳，年來無復侍臣知。

過朱買臣墓 在嘉興東塔雷音閣後，即廣福講院。〔一〕

翁子窮經自不貧，會稽連守拜爲眞。是非難免三長史，富貴徒誇一婦人〔二〕。小吏張湯看踞傲〔三〕，故交莊助歎沉淪。行年五十功名晚，何似空山長負薪。

【校】

〔一〕題下小注，鄒鈔移作篇末小注，「在」上多「墓」字。篋衍無題下小注。

〔二〕徒誇　鄒鈔作「從誇」。

〔三〕踞傲　孫選作「倨傲」。

【評】

孫鋐曰：一則詩史，可補傳中所未及。

袁錄曰：亦是感寓之遺。

沈德潛曰：三四語可括本傳。詩如此作，方不落套。（清詩別裁）

題朱子葵鶴洲草堂

別業堂成綠野邊，養雛丹頂已千年。仙人收箭雲歸浦，道士開籠月滿天。竹下縞衣三徑石，雪中清唳五湖田。裴翁舊宅松陰在〔一〕，不數孤山夜放船。

【校】

〔一〕裴翁　四十卷本、鄒鎡均作「裴公」。

題孫銘常畫蘭

誰將尺幅寫瀟湘，窮谷無人吹氣香。斜筆點芽依蘚石，雙鉤分葉傍篔簹。謝家樹好臨芳砌，鄭女花堪照洞房。我欲援琴歌九畹，江潭搖落起微霜。

送林衡者歸閩

五月關山樹影圓，送君吹笛柳陰船。征途𩿧鴂愁中雨，故國桃榔夢裏天。夾漈草荒書滿屋，連江人去雁飛田。無諸臺上休南望，海色秋風又一年。

送文學博以蒼公招同住中峰寺 二公皆雲南人

西風驅雁暮雲哀，頭白衝寒到講臺。莫問鄉關應路斷〔一〕，偶傳消息又東來〔二〕。一峰對月茅菴在，二老論心石壁開。揀取梅花枝上信，明朝移向故園栽〔三〕。

【校】

〔一〕鄉關 四十卷本、詩鈔均作「間關」。

〔二〕東來 四十卷本、詩鈔均作「兵來」。

〔三〕明朝 四十卷本、詩鈔均作「明年」。

雪夜苑先齋中飲博達日二首〔一〕

扶杖衝泥逐少年，解衣箕踞酒壚邊。愁燒絳蠟消千卷，愛把青樽擲萬錢。痛飲不甘辭久病，狂呼卻笑勝高眠。丈夫失意須潦倒，劇孟平生絕可憐。

其二

相逢縱博且開顏，興極歡呼不肯還。別緒幾年當此夜，狂名明日滿人間。松窗燭影花前酒，草閣雞聲雪裏山。殘臈豈妨吾作樂，儘教游戲一生閑。

【校】

〔一〕鄒鈔選第二首。

癸巳春日禊飲社集虎丘即事四首〔一〕

楊柳絲絲逼禁煙，筆牀書卷五湖船。青溪勝集仍遺老，白帢高談盡少年〔二〕。筍屐鶯花看士女，羽觴冠蓋會神仙。茂先往事風流在，重過蘭亭意惘然。

其二

蘭臺家世本貽謀，高會南皮話昔游。執友淪亡驚歲月，諸郎才調擅風流。十年故國傷靑史，四海新知笑白頭。修禊只今添俯仰，北風杯酒酹營丘。

其　三

訪友扁舟挂席輕，梨花吹雨五茸城。文章興廢關時代，兄弟飄零爲甲兵。茂苑聽鶯春社飲，華亭聞鶴故園情。衆中誰識陳驚座，顧陸相看是老成。

其　四

絳帷當日重長楊，都講還開舊草堂。少弟詩篇標赤幟，故人才筆繼青箱。抽毫共集梁園製，布席爭飛曲水觴。近得廬陵書信否？寄懷子美在滄浪。

【校】

〔一〕鄒鈔選第一、三首。

〔二〕白帢　四十卷本、鄒鈔均作「白袷」。

投贈督府馬公二首〔一〕

伏波家世本專征，畫角油幢細柳營。上相始興開北府，通侯高密鎮西京。江山傳箭旌旗色，賓客圍棋劍履聲。勞苦潯陽新駐節，舳艫今喜下湓城。

其二

十年重到石城頭，細雨孤帆載客愁。累檄久應趨幕府，扁舟今始識君侯。青山舊業安常稅，白髮衰親畏遠遊。慚愧推賢蕭相國，邵平只合守瓜丘。

【校】

〔一〕鄒鈔選第二首。

自歎

誤盡平生是一官，棄家容易變名難。松筠敢厭風霜苦，魚鳥猶思天地寬。鼓枻有心逃甫里，推車何事出長干。旁人休笑陶弘景，神武當年早挂冠。

登上方橋有感　橋時新修，極雄壯，望見天壇，崩圮盡矣。〔一〕

石梁天際偃長壕，勢壓魚龍敢遁逃。壯麗氣開浮廣術，虛無根削插崩濤。秋騰萬馬鞭稍整，日出千軍輓餉勞。回首泰壇鐘磬遠，江流空繞斷垣高。

【校】

〔二〕鄒鈔無題下小注。

鍾山

王氣銷沉石子岡，放鷹調馬蔣陵傍。金棺移塔思原廟，金棺爲誌公，在鷄鳴寺。玉匣藏衣記奉常。太常有高廟衣冠。楊柳重栽馳道改，櫻桃莫薦寢園荒。時當四月。聖公沒後無坏土〔一〕，姑孰江聲空夕陽。〔二〕

【校】

〔一〕坏土　四十卷本作「抔土」。

〔二〕箋衍無行間夾注。

臺城

形勝當年百戰收，子孫容易失神州。金川事去家還在，玉樹歌殘恨怎休〔一〕。徐鄧功勳誰甲第？方黃骸骨總荒丘。可憐一片秦淮月，曾照降幡出石頭。

【校】

〔一〕怎休　四十卷本作「未休」。

國學

松柏曾垂講院陰〔一〕，後湖煙雨記登臨。桓榮空有窮經志，伏挺徒增感遇心。四庫圖書勞訪問，六堂絃管聽銷沉。白頭博士重來到，極目蕭條淚滿襟。

【校】

〔一〕垂　鄒鈔作「瞻」。

觀象臺

候日觀雲倚碧空，一朝零落黍離同。昔聞石鼓移天上，元移石鼓于大都。今見銅壺沒地中。黄道只看標北極，赤烏還復紀東風〔一〕。郭公枉自師周髀〔二〕，千尺荒臺等廢宮。〔三〕

【校】

〔一〕還復　鄒鈔作「無復」。

〔二〕郭公枉自師周髀　鄒鈔作「郭公枉有周髀算」。

〔三〕四十卷本、鄒鈔篇末均有小注「渾儀郭守敬所造」。

鷄鳴寺

鷄鳴寺接講臺基，扶杖重游涕淚垂。學舍有人鋤野菜，僧寮無主長棠梨。雷何舊席今安在？支許同參更阿誰？惟有誌公留布帽，高皇遺筆讀殘碑。寺壁有石刻高廟御筆題贊誌公像。〔一〕

【校】

〔一〕鄒鈔無篇末小注。

功臣廟

畫壓精靈間氣豪，鄂公羽箭衛公刀。丹青賜額豐碑壯，棨戟傳家甲第高。鹿走三山爭楚漢，鷄鳴十廟失蕭曹。英雄轉戰當年事，采石悲風起怒濤。

玄武湖

覆舟西望接陂陀，千頃澄潭長綠莎。六代樓船供士女〔一〕，百年版籍重山河。湖置黄册庫，禁人遊玩。平川豈習昆明戰，禁地須通太液波。煙水不關興廢感，夕陽聞已唱漁歌。時已

有漁舟，非復昔日之禁矣。〔三〕

【校】

〔一〕士女　百家作「將士」。

〔三〕鄒鈔、百家均無行間夾注及篇末小注。

無題四首〔一〕

繫艇垂楊映綠潯，玉人湘管畫簾深。千絲碧藕玲瓏腕，一卷芭蕉宛轉心〔二〕。題罷紅留歌緩緩，聽來青鳥信沉沉。天邊恰有黃姑恨，吹入蕭郎此夜吟。

其二

到處鶯花畫舫輕，相逢只作看山行。鏡因硯近螺頻換，書爲香多蠹不成。愧我白頭無治習，讓君紅粉有詩名〔三〕。飛瓊漫道人間識，一夜天風返碧城。

【評】

靳曰：此首於纏綿中有解脫語，當於言外得之。

其三

錯認微之共牧之，誤他舉舉與師師。疏狂詩酒隨同伴，細膩風光異舊時。畫裏綠楊堪贈別，曲中紅豆是相思。年華老大心情減，辜負蕭娘數首詩。

其四

鈿雀金蟬籠臂紗，鬧妝初不鬬鉛華。藏鈎酒向劉郎賭，刻燭詩從謝女誇。天上異香須有種，春來飛絮恨無家。東風燕子知多少，珍重雕闌白玉花。

【校】

〔一〕鄒鈔選第一、二首。

〔二〕宛轉　四十卷本、詩鈔、鄒鈔均作「展轉」。

〔三〕有詩名　鄒鈔作「擅詩名」。

過朱君宣百草堂觀劇〔一〕

肯將遊俠誤躬耕，愛客村居不入城。亭占綠疇朝置酒，船移紅燭夜鳴箏。金齋斫鱠霜螯美，玉粒呼鷹雪爪輕。主人好獵。卻話少年逢社飲，季心然諾是平生〔三〕。

【校】

〔一〕題　四十卷本作「百草堂觀劇」。詩鈔作「過友人百草堂觀劇即席賦贈」。

〔三〕季心然諾　原誤作「季然心諾」，據四十卷本、詩鈔改。

周櫟園有墨癖嘗蓄墨萬種歲除以酒澆之作祭墨詩友人王紫崖話其事漫賦二律〔一〕

含香詞賦擲金聲，家住玄都對管城。萬笏雅應推正直，一囊聊復貯縱橫。藏雖黯淡終能守，用任欹斜不自平〔三〕。磨耗年光心力短，只因躭誤褚先生〔三〕。

其二

山齋清玩富琳琅，似璧如圭萬墨莊。口啜飲同高士癖，頭濡書類酒人狂。但逢知己隨濃瀋，若論交情耐久長。不用黃金費裝裹，伴他銅雀近周郎。

【校】

〔一〕題　鄒鈔無「友人王紫崖話其事」字。

〔二〕不自平　四十卷本、詩鈔、鄒鈔均作「自不平」。

〔三〕褚　詩鈔、鄒鈔均作「楮」。

【評】

袁錄曰：此等大傷雅致。

贈陽羨陳定生

溪山罨畫好歸耕，櫻笋琴書足性情。茶有一經眞處士，橘無千絹舊清卿。故御史大夫子。知交東冶傳鉤黨，子弟南皮負盛名。卻話宋中登望遠，天涯風雨得侯生。定生偕侯朝宗在南中，幾及鉤黨禍。侯生歸德人。

【評】

靳曰：贈定生而切其里第、家世、子弟、友生，則定生之身分自出矣。

送李秀州擢寧紹道

楊柳春風起郡樓，故人嚴助昔同游。煙霞到處推仙吏，棨戟今看冠列侯。長水圖書移遠棹，大雷笳鼓對清秋。閱兵海上應西望，秦駐山高卽秀州。

吳梅村全集卷第七　詩前集七

五言排律五首　聯句附

晚眺

萬壑亂煙霜，浮圖別渺茫。江山連楚蜀，鐘磬怨齊梁。原廟寒泉裏，園陵秋草傍。雁低連雨色，鷺遠入湖光。戲馬長千里，歸人石子岡。舟車走聲利，衣食負耕桑。欲問淮南信，砧聲繞夕陽。

【評】

靳曰：製題命意與王無功野望相似，而詩格亦略近之。

袁錄五言排律總評曰：五排作既不多，即存亦具體，不足以登工部之門也。惟思陵長公主一首是稱名之作。

海螄

不肯依墻壁，其如羅網偏。文身疑蝌篆，長髻學螺旋。蹋足蟠根固〔一〕，容頭掩的圓。但能防尾擊，誰敢陷中堅。氣及先聲取，髀存裏肉捐。空虛寧棄擲，辛苦是連蜷。處世遭多口，浮生悞一鮮。白鹽看雨後，紅釀向花邊。入穴鉤難致，呼門慘不前。迴腸縈鎖甲，髖脚怨刀錢。海粟蝸廬滿，蟲書蜃市懸。知君爾雅熟，爲譯小言篇。

【校】

〔一〕蹋　詩鈔作「蠋」。

【評】

袁錄曰：海蛳、麥蠶，墮入纖巧。

靳曰：此篇極體物之妙，起結更有餘妍。

麥蠶

月令初嘗麥，豳風小索綯。繭絲供歲早，芒刺用心勞。舊穀憂蛾賊，先農攝馬曹。三眠收滯穗，五色薦溪毛。簇箔同丘坻，繰車借桔橰。筐分南陌採，縷細北宮繅。奉種鵯鳴降，輸魁蟹績高。仙翁蜂化飯，醉士蟻餔糟。桑蝎僵應化，冰蛆臥未逃。婦驚將絡緯，客咽半蠐螬。纖手揉乾糒，春綿滑冷淘。非關蟲食稼，恰並鳥含桃。

【評】

靳曰：麥蠶一物也，將麥蠶字分合組織，變化離奇，極筆墨之能事。

思陵長公主輓詩

貴主徽音美，前朝典命光。鴻名垂遠近，哀誄著興亡。託體皇枝貴，承休聖善祥。母儀惟謹肅，家法在矜莊。上苑穠桃李，瑤池小鳳凰。鸞音青繡屜〔一〕，魚笏皂羅囊〔二〕。沉燎熏爐細，流蘇寶蓋香〔三〕。禊期陪祓水，繭館助條桑。綠綟芃蘭佩，紅螭薤葉璋。錫封需大國，喚仗及迴廊。受册威儀定，傳烽羽檄忙。司輿停鹵簿，掌瑞徹珩璜。婺宿明河澹，薇垣太白芒。至尊憂咄吒〔四〕，仁壽涕彷徨。酈邑年方幼，瓊華齒正芳。艱難愁付託，顛沛懼參商。文葆憐還戲，勝衣泣未遑。從容咨傅母，倥急詢貂璫〔五〕。傳箭聞嚴鼓，投籤見拊牀。內人縫使甲〔六〕，中旨票支糧。使者填平朔，將軍帶護羌。寧無一矢救，足慰兩宮望？盜賊狐篝火，關山蟻潰防。逍遙師逗撓，犇突寇披猖。牙纛看吹折〔七〕，梯衝舞莫當。妖氛纏象闕，殺氣滿陳倉。天道眞蒙昧，君心顧慨慷。割慈全國體，處變重宗潢。冑子除華紱，家丞具急裝。敕須離禁闥，手爲換衣裳。社稷仇宜報，君親語勿忘。遇人崇退讓，愼己舊行藏。國母摩笄刺，宮娥掩袂傷。他年標信史〔八〕，同日見高皇。元主甘從殉，君王入沬央。抽刀凌左闔，申脰就干將。嚏血彤闓地，横尸紫欒汪。絕吭甦又咽，瞑睫倦微揚。裹褥移私第，霑胸進勺漿。誓肌封斷骨，茹戚吮殘創。死早隨諸妹，生猶望二王。股肱羞魏相，肺腑恨周昌。賊遁仍函谷，兵來豈建康。六軍剺面慟，四海遏音喪。故國新原廟，羣臣舊奉常。睸圭陳厭翟，題湊載輼輬。隧逼賢妃冢，山疑望子岡。銜哀存父老，主祭失元良。訣絕均坏土〔九〕，飄零各異方。衣冠羸博葬，風雨鶺鴒行。浩刼歸空壤，浮生寄渺茫。玉眞圖下髮，申伯勸承筐。沅浦餘堯女〔一〇〕，營丘止孟姜。君臣今世代，甥舅卽蒸嘗。湯沐鄉亭秩，家門殿省郎。凄涼脂粉磑，零落綺羅箱。宅枕平津巷，街通少府墻。晝閉偕妯娌，曉坐向姑嫜〔一一〕。偶語追銅雀〔一二〕，無聊問柏梁。豫游推插柳，勝蹟是梳妝。菡萏鴛鴦扇，茱萸鸜鵒觴。大庖南膳廠，奇卉北花房。暖閣葫蘆錦，温泉荳蔻湯。雕薪獅首炭，甜食虎睛糖。壯麗成焦土，榛蕪拱白楊。麋游鳷鵲觀，苔沒鬭雞坊。荀灌心惆悵，秦休志激昂。崩城身竟殞，填海願難償。命也知奚憾，天乎數不臧。累欷床簀語，卽窆寢園傍。半體先從父，遺骸始見娘。黃泉母子痛，白骨弟兄殤。夙昔銅駝泣，諸陵石馬荒。三年修荐藻，一飯奠嵩邙。寒食重來路，新阡宿草長。溪田延黍稌，隴笛臥牛羊。朽壞穿螻蟻，驚沙起鴇鶬。病櫻眠廢社，衰葦折寒塘。列刹皇姑寺，馱經內道場。侍鬟稱練行，小像刻沉香。玉座懸朱帳〔一三〕，金支渡法航。少兒添畫燭，保媪伴帷堂。露濕丹楓冷，星稀青鳥翔。

幡旄晨隱隱，鈴鐸夜將將。控鶴攀龍馭，驂麟謁帝閽。靈妃歌縹緲，神女笑徜徉〔一四〕。苦霧迷槐市，雌霓遶建章。歸鄰思五廟，涉漢淚三湘。柔福何慚宋，平陽可佐唐。虞淵瞻返日，蒿里叫飛霜。自古遭兵燹，偏嗟擁樹妨。魯元馳孔亟，芈季負倉黃。漂泊悲臨海，包含恥溧陽。本朝端閶闔，設制勝巖疆。處順惇恭儉〔一五〕，時危植紀綱。英聲超北地，雅操邁東鄉。新野墳松直，招祗祠柏蒼。薤歌雖慘澹，汗簡自輝煌。謚號千秋定，銘旌百禩彰。秦簫吹斷續，楚挽哭滄浪。

附松江張宸長平公主誄曰：長平公主者，明崇禎皇帝女，周皇后產也。甲申之歲，淑齡一十有五，皇帝命掌禮之官，詔司儀之監，妙選良家，議將降主。時有太僕公子都尉周君名世顯者，將築平陽以館之，開沁水以宅之，貳室天家，行有日矣。夫何蛾賊鴟張，逆臣不誠，天子志殉宗社，國母嬙嬪慨慷死焉。〔一六〕公主時在稚齡，御劍親揮，傷頰斷腕，頹然玉折，霣矣蘭摧。賊以貴主旣殞，授屍國戚，覆以錦茵，載歸椒里，越五宵旦，宛轉復生。泉途已宮，龍髯脫而劍遠；蘭熏罷殿，蕙性折而神枯。順治二年，上書今皇帝：「九死臣妾，跼蹐高天，髡緇空王，庶申罔極。」上不許，詔求元配，命吾周君，故劍是合，土田邸第，金錢牛車，錫予有加，稱備物焉。嗟夫！乘鶉扇引，定情于改朔之朝；金犢車來，降禮於故侯之第。人非鶴市，慨紫玉之重生；鏡異鸞臺，看樂昌之再合。金枝秀發，玉質含章，逢德曜於皇家，逑桓君于帝女。然而心戀宮帷，神傷輦路，重雲畢陌，何心金榜之門；飛霜穀林，豈意玉簫之館。弱不勝悲，溘焉薨逝，當扶桑上仙之日，距穠李下嫁之年，星燧初周，芳華未歇。嗚呼悲哉！都尉君悼去鳳之不留，嗟沉珠之在殯。銀臺竊藥，想奔月以何年；金殿煎香，思返魂而無術。越明年三月之吉，葬于彰義門之賜莊，禮也。小臣宸薄游京輦，式覩遺容。京兆雖阡，誰披柘館；祁連象塚，祇叩松關。擬傷逝于子荆，朗香空設；代悼亡於潘令，遺掛猶存。敢再拜為之誄云。又孫承澤春明夢餘錄曰：公主名徽媞。〔七〕

【校】

〔一〕鸞音　鄒鈔、吳越均作「鸞車」。

〔二〕羅囊　鄒鈔、吳越均作「縹囊」。

〔三〕香　鄒鈔、吳越均作「張」。

〔四〕咄吒　鄒鈔、吳越均作「咄叱」。

〔五〕倥急　鄒鈔作「倥偬」。

〔六〕使甲　鄒鈔、吳越均作「賜甲」。

〔七〕看吹折　鄒鈔、吳越均作「吹看折」。

〔八〕信史　鄒鈔作「柱史」。

〔九〕坏土　感舊作「抔土」。

〔一〇〕沅浦　鄒鈔、吳越均作「沅渚」。

〔一〕曉坐　鄒鈔、吳越均作「晚坐」。

〔二〕偶語　鄒鈔、吳越均作「偶話」。

〔三〕朱幌　感舊作「珠幌」。

〔四〕靈妃二句　鄒鈔、吳越均作「抑捫餐沆瀣，俯瞰掃欃槍」。

〔五〕惇　鄒鈔、吳越均作「敦」。

〔六〕慨慷　四十卷本作「慷慨」。

〔七〕鄒鈔無篇後附錄。

【評】

袁錄曰：淒清奇麗，開闔有神。又：此乃宮詹第一排律。又：不難于押韻，而難于驚句精當。

吳越引允武曰：以靈雲妙筆森蔚瓘瑋之才，寫出極恨，故辭旨慘澹，而神采不竭。

梅花庵話雨同林若撫聯句〔一〕

放策名園勝，停驂客思淹。雲鳳。初涼欣颯爽，入夜苦霵䨲。偉業。有待聞乾鵲，無因見皎蟾。鳳。蒲荒迷鷺影，花落泠魚噞。鳥語枝頭咽，蟲鳴葉底潛。清齋幽事足，良會逸情兼。業。貧士藏書富，高人取友嚴。瞢騰長自臥，剝啄遣童覘。北郭余偕隱，東山爾共瞻。鳳。生來門是德，住處水名廉。業。觸地詞源湧，推鋒筆陣銛。萬言成寸晷，一字直三縑。雑

佩紉蘭茝，名材貢杞柟。三千登甲第，四十到宮詹。鳳。仙樂清商奏，天廚法酒醑。使車游
宛雒，樓艦出沱灊。職亞成均掌，官同秘院僉。含毫芸閣草，插架石渠籤。業。翰染丹青障，
棋分黑白奩。望崇敦雅素，氣直折壬憸。鳳。道已銘鐘鼎，交仍隔釜鬵。雲霄三省相，虎豹
九關閽。業。害物磨牙慘，持拳炙手炎。游夫空捭闔，武士浪韜鈐。鳳。海寓洪鑪焰，民生鼎
沸燖。天心何叵測，宸極竟危阽。業。夏社松陰改，周原麥秀漸。詩書遭黨錮，冠蓋受髡
鉗。鳳。暴骨嚴城陷，燒屯甲士殲。孑民餘爨僰，尺土剩滇黔。業。越俗更裳珮，秦風失帽
幨。短衣還戌削，長帶孰蜚襳。絕跡違朝市，全身混里閻。鳳。拏舟浮磵曲，扶杖度山崦。
菌閣迎寒葺，茅亭帶雨苫。業。冥鴻思避弋，老馬脫銜箝。朋舊從頭數，篇章信口占。鳳。境
奇窮想入，才退苦言砭。大曆場誰擅？元和體獨纖。聆音嗤下里，覩貌歎無鹽。好句奚囊
貯，清談麈尾拈。飛觴邀阮籍，豎義問劉惔。業。情洽蠲苛禮，形忘略小嫌。詼諧文乞巧，憔
悴賦驅痁。書擬中郎秘，香憑小史添。搴蘭將滿握，采菊不盈襜。鳳。紙帳蛛絲罥，紗屏
蝶粉黏。試茶追陸羽，退筆弔蒙恬。玩物高居澹，安心老境甜。食虀調芍藥，釀法製荼
蘞。黄擘團臍蟹，霜批亘口鮎。香流金杏酢，脆入玉梅腌。送酒橫波豔，調箏素手摻。新
聲歌緩緩，沉飲醉厭厭。業。梅老看圍屋，花開待放簷。道人君勿愧，處士我何謙。鳳。綠印
苔間屐，青飄柳外帘。池流緣岸折，峯勢出墻尖。業。興劇神偏王，狂來語類譫。徘徊吟數

過，撚斷幾枯髯。鳳。

【校】

〔一〕題 四十卷本作「梅花庵同林若撫話雨聯句」。

【評】

袁錄曰：險弱纖辭，惟松陵爲勝。此亦工穩，然非大雅所貴。內多頌梅村句。

五言絕句二十七首

子夜詞三首〔一〕

人采蓮子青，妾采梧子黃。置身宛轉中，纖小歡所嘗。

其二

憶歡教儂書，少小推無力。别郎欲郎憐，修蛾自雕飾。

【評】

靳曰：入情。

其三

夜涼入空房，待婢待除裝〔二〕。枕前鈎不下，知未解衣裳。

【校】

〔一〕平論選第二、三首。

〔二〕待除裝　平論作「代除粧」，鷓鴣斑作「待除粧」。

【評】

袁錄曰：少古逸之趣。又五絕總評：五絕備體。

靳引顧瞻泰曰：五絕須渾融自然，以不着議論爲高。右丞、太白、左司諸大家最稱神品。梅村子夜諸歌，豔麗近齊梁，而新穎如崔顥、崔國輔。餘如采石磯、題漢書數首，亦不落初、盛唐人以下。

靳曰：王元美謂唐人七言絕句，初、盛以氣爲主，中、晚以意爲主。王貽上選萬首絕句，曾擧其說。愚謂五言亦復如是。梅村五絕之佳者，駸駸乎初、盛矣；至香奩諸首，則游戲爲之耳。

子夜歌十三首〔一〕

歡是南山雲，半作北山雨。不比薫爐香，纏綿入懷裏。

【評】

靳曰：王摩詰「不知棟裏雲，去作人間雨」，寫盡山居之趣。此更化爲旖旎之詞，才人固不可測。

其二

夜夜枕手眠，笑脫黃金釧。傾身畏君輕，背轉流光面。

【評】

孫鋐曰：有吾愛吾鼎之意。

靳曰：第四句造語工妙，似漢人小說中佳語。

其三

故使歡見儂，儂道不相識〔三〕。曾記馬上郎，挾彈門前立。

其四

微笑佯牽伴，低頭誤弄絃。衆中誰賣眼，又說是相憐。

其五

雙纏五色縷，與歡相連愛。尙有宛轉絲〔三〕，織成合歡帶。

【評】

孫鑛曰：纏綿無盡。

其六

淺碧魚文纈，輕紅杏子花。比來妝束素，加上木蘭紗。

其七

儂如機上花，春風吹不得。剪刀太無賴，斷我機中織。

【評】

蹦曰：意奇句亦奇。

其八

紅羅複斗帳，四角垂明珠。明珠勝明月，月落君躊躕。

【評】

靳曰：古意可掬。

其九

指冷玉簫寒，袖長羅袂濕。此夜坐匡床，春風無氣力。

其十

夜色吹衣袂，新聲出絳紗。相逢更相認，銀燭上鉛華。

其十一

舞罷私自憐，腰肢日嫋嫋。總角諸少年，虧他只言好。

其十二

玉枕湘文簟，金爐鳳腦煙。君來只病酒，辜負解香鈿。

其十三

出門風露寒，歡言此路去。妾夢亦隨君，與歡添半臂。

【校】

〔一〕孫選選第二、五首。

〔二〕儂道　鄒鈔作「口道」。

〔三〕絲　鸕鴣斑作「樂」。

子夜歌六首 代友人答閩妓

白玉絳羅團，枝頭荔子垂。待儂親用手，緩緩褪紅衣。

其　二

郎來索糖霜，莫持與郎喫。郎要口頭甜，不如自嘗蜜〔一〕。

其　三

榕樹參天長，郎棲在何處？隨郎不見榕，累儂望鄉樹。

其四

綠葉吐紅苗，紗窗月影高。待郎郎不至，落得美人蕉。

其五

佛手慈悲樹，相牽話生死。爲郎數還期，就中屈雙指。

其六

橄欖兩頭纖，終難一箇圓。縱敎皮肉盡，腸肚自然堅。

【校】

〔一〕自　四十卷本、鷓鴣斑均作「是」。

采石磯

石壁千尋險，江流一矢爭。曾聞飛將上，落日弔開平。

【評】

蘄曰：不着議論，自然入格。

新翻子夜歌四首

歡今穿儂衣，窄身添扣扣。欲搔麻姑爪，教歡作廣袖。

其　二

含香吐聖火，碧縷生微煙。知郎心腸熱，口是金博山。

其　三

歡有領下貂，與儂覆廣額。脫儂頭上珠，爲歡嵌寶石。

其　四

龍團語羊酪，相逢土風異。爲歡手煎茶，調和見歡意。

吳梅村全集卷第八　詩前集八

七言絕句六十一首

過魚山曹植墓二首

小穀城西子建祠，魚山刻石省躬詩。君家兄弟空搖落，惆悵秋墳采豆枝。

【評】

靳曰：末二句用意澹遠。

其　二

鄴臺坐法公車令，菑郡憂讒謁者書。天使武皇全愛子，黃初先已屬倉舒〔一〕。

【校】

〔一〕倉舒　原作「蒼舒」，據三國志魏書鄧哀王沖傳改。

【評】蘄引顧瞻泰曰：梅村七絕，託興遙深，時有幽怨之思。□音調和平，□□□□□□□自是盛、中唐人手筆。

項王廟〔一〕

戲馬臺前拜魯公，興王何必定關中？故人子弟多豪傑，弗及封侯呂馬童〔二〕。

【校】

〔一〕題　四十卷本、詩鈔、鄒鈔均作「下相懷古」。

〔二〕弗及　詩鈔作「不及」。

虞美人

咸陽宮闕早成塵，莫聽歌聲涕淚頻。若遇戚姬悲薄命，幸無如意勝夫人。

釣　臺

少有高名隱富春，南陽游學爲亡新。高皇舊識屠沽輩，何似原陵有故人。

贈妓郎圓

輕靴窄袖柘枝裝，舞罷斜身倚玉牀。認得是儂偏問姓，笑儂花底喚諸郎。

偶成二首〔一〕

好把蛾眉鬬遠山，鈿蟬金鳳綠雲鬟。畫堤無限垂垂柳〔二〕，輸與樓頭謝阿蠻。

其二

海棠花發兩三枝，燕子呢喃春雨時。恰似闌干嬌欲醉〔三〕，當年人說杜紅兒。

【校】

〔一〕昭代選第二首。

〔二〕垂垂　詩鈔作「垂楊」。

〔三〕恰似　昭代作「恰倚」。

感舊

赤欄橋護上陽花，翠羽雕籠語絳紗。羨殺江州白司馬，月明亭畔聽琵琶。

【評】

孫鑛曰：青衫盡濕，有何可羨？可見雕籠翠羽，不如眠浪白鷗。

汴梁二首〔一〕

馮夷擊鼓走夷門，銅馬西來風雨昏。此地信陵曾養士，只今誰解救王孫？

其　二

城上黃河屈注來，千金堤帚一時開。梁園遺跡銷沉盡，誰與君王避吹臺？

【校】

〔一〕鄒鈔選第一首。

題歸玄恭僧服小像四首〔一〕

豈是前身釋道安，遇人不著鹿皮冠。接䍦漉酒科頭坐，只作先生醉裏看。好酒

其　二

金粟山人道者裝，玉山秋盡草堂荒。刦灰重作江南夢，一曲開元淚萬行。能詩。顧阿瑛

號金粟道人，著天寶遺事〔三〕，談庚申君事。

其三

共道淇園長異材，風欺雪壓倩誰栽。道人掃向維摩壁，千尺蒼龍護講臺。畫竹

其四

中山絕技妙空羣，智永傳家在右軍。爲寫頭陀新寺額，筆鋒蒸出墨池雲。工書

【校】

〔一〕題　詩鈔「玄恭」作「元功」，選第一、三、四首。鄒鈔選第一、二首。

〔三〕四十卷本「天寶遺事」下有「詩」字。

戲贈十首〔一〕

窄袖輕衫便洞房，何綏新作婦人裝。繡囊惹結同心扣〔三〕，十里風來袴褶香。

其二

梅根冶後一庭幽〔三〕，桃葉歌中兩槳留。管是夜深嬌不起〔四〕，隔簾小婢喚梳頭。

其三

香銷寶鴨月如霜，欲罷摴蒱故拙行。倦倚局邊伴數子，暗擡星眼擲兒郎。

其四

仙家五老話驂鸞，素女圖經掌上看。如共王喬舊相識，鍊方從乞息肌丸。

其五

玉釵仍整未銷黃，笑看兒郎語太狂。翻道玉人心事懶，厭將雲雨待襄王。

其六

戒珠琥珀間沉檀，弟子班中玉葉冠。君是惠休身法喜，他年參學贊公壇。

其七

蔬譜曾删組議書，一臠鮮菜定何如？玉纖下筯無常味〔五〕，珍重虞公數十車。

其八

懶梳雲髻罷蘭膏，一幅羅巾紫玉絛。不向弓彎問消息，誤人詩句鄭櫻桃。

其九

內家紈扇縷金函，萬壽花開靑鳥銜。瞻比乘鸞秦氏女，銀泥裙子鳳皇衫。

其十

橫塘西去窈娘還，畫出吳山作楚山。笑語阿戎休悵望，莫愁艇子在溪灣。

【校】

〔一〕鄒鈔選第二、三、六、八首。鷓鴣斑選第一、二、三、五、八、十首。
〔二〕繡囊　詩鈔此二字空格。
〔三〕梅根治　治原作「治」，據四十卷本、詩鈔改。
〔四〕管是　詩鈔此二字空格。「夜」，詩鈔作「衣」。
〔五〕下筋　原作「下筋」，據四十卷本、詩鈔改。

亂後過湖上山水蕭矣賦一絕〔一〕

柳樹桃蹊事已空，斷槎零落敗垣風。莫嗟客鬢重游改，恰有青山似鏡中。

【校】

〔一〕題　四十卷本「蕭矣」下有「感」字。鄒鈔題作「亂後過湖上感賦」。

【評】

嶄曰：製題已自惘然，詩亦相稱。

聽朱樂隆歌六首〔一〕

少小江湖載酒船，月明吹笛不知眠。只今憔悴秋風裏，白髮花前又十年。

其　二

一春絲管唱吳趨，得似何戡此曲無？自是風流推老輩，不須教染白髭鬚。

【評】

鄧漢儀評「自是」二句曰：善爲推許。

其三

開元法部按霓裳，曾和巫山窈窕娘。見說念奴今老大，白頭供奉話岐王。

其四

誰畫張家靜婉腰，輕綃一幅美人蕉。會看記曲紅紅笑，喚下丹青弄碧簫。

其五

長白山頭蘆管聲，秋風吹滿雒陽城。茂陵底事無消息，迤邐檀槽撥不成。

【評】

鄧漢儀曰：小中見大。

其六

楚雨荆雲雁影還，竹枝彈徹淚痕斑。坐中誰是沾裳者，詞客哀時庾子山。

【校】

〔一〕詩鈔選第一、二、三、四首。鄧鈔選第六首。詩觀選第二、五首。本事選第一首。感舊選第二、五首。

觀棋六首 和錢牧齋先生〔一〕

深院無人看劇棋，三郎勝負玉環知。康猧亂局君王笑，一道哥舒布算遲。

其　二

小閣疏簾枕簟秋，晝長無事爲忘憂。西園近進修宫價，博進知難賭廣州。

其　三

閒向松窗覆舊圖，當年國手未全無。南風不競君知否，抉眼胥門看入吳。

其　四

碧殿春深賭翠鈿，壽王游戲玉牀前。可憐一子難饒借，殺却抛殘到那邊〔二〕。

其　五

玄黃得失有誰憑，上品還推國手能。公道世人高下在，圍棋中正柳吳興。

其　六

莫將絕藝向人誇，新勢斜飛一角差。局罷兒童閒數子，不知勝負落誰家？

【校】

〔一〕詩鈔選第二、五、六首，并多「決賭心勞」一首（見輯佚）。鄒鈔選第一、三、四首，并多「白徒西下」一首（見輯佚）。咸舊選第二、三、五首。

〔二〕拋殘　鄒鈔作「拖殘」。

贈寇白門六首〔一〕

白門故保國朱公所畜姬也〔二〕。保國北行，白門被放，仍返南中〔三〕。秦淮相遇，殊有淪落之感。口占贈之。

南內無人吹洞簫，莫愁湖畔馬蹄驕。殿前伐盡靈和柳，誰與蕭娘鬬舞腰？

【評】

鄧漢儀曰：正意襯出。

黃傳祖曰：借客形主，百倍惋悵。

靳曰：音餘絃外，妙得唐賢三昧。

其二

朱公轉徙致千金〔四〕，一舸西施計自深。今日祇因句踐死，難將紅粉結同心。

其三

同時姊妹入奚官，挏酒黃羊去住難。細馬馱來紗罩眼，鱸魚時節到長干。

【評】

鄧漢儀曰：正自難堪。

其四

重點盧家薄薄妝，夜深羞過大功坊。中山內宴香車入，寶髻雲鬟列幾行。

其五

曾見通侯退直遲，縣官今日選蛾眉。窈娘何處雷塘火，漂泊楊家有雪兒。

其六

舊宮門外落花飛，俠少同游並馬歸。此地故人騶唱入，沉香火暖護朝衣。

【評】

鄧漢儀曰：難爲回首。

【校】

〔一〕題　篋衍作「贈寇白門五首」，無第五首，題下注「故保國朱公家伎」，無詩序。詩鈔選第一、二、四、五、六首。鄧鈔選第一、四首，題下注「白門故保國朱公所畜姬」，無詩序。詩觀選第一、三、四、六首。新集選第一首。本事選第一、二、四、五首，鷓鴣斑選第一、二首，均無詩序。

〔二〕詩觀「白門」上有「寇」字。

〔三〕南中　新集作「曲中」。

〔四〕致　篋衍作「數」。

題莊橖菴像四首〔一〕

錦里先生住錦涇，百花潭水浣花亭。子雲寂寞餘奇字，抱膝空山著一經。

其　二

相如書信達郫筒，入蜀還家意氣雄。却憶故人天際遠，罷官嚴助在吳中。

其　三

把卷無人意惘然，故鄉雲樹夢魂邊。遙知石鏡山頭影，不及當時是少年。

其　四

舊朝人地擅簪纓，詞賦風流妙兩京。盡道阿兄多貴重，杜家中弟最知名。

【校】

〔一〕題　四十卷本作「題莊橖庵小像」。

楚雲八首〔一〕

楚雲字慶娘〔二〕。余以壬辰上巳爲朱子葵、子葆、子容兄弟招飲鶴洲〔三〕，同集則道開師、沈孟陽、張南垣父子。妓有畹生者，與慶娘同小字，而楚雲最明慧可喜〔四〕，口占贈之〔五〕。

十二峯頭降玉真，楚宮祓禊采蘭辰。陳思枉自矜能賦，不詠湘娥詠雒神。

其　二

白蘋江上送橫波，擬唱湘山楚水歌。却爲襄王催按曲，故低紈扇簇雙蛾。

其　三

越羅衫子揉紅藍，楚玉鸞雛鏤碧簪。莫羨鴉頭羅襪好，一鈎新月印湘潭。

其　四

新蒭下若酒頻傾，楚潤相看別有情。小戶漫糾還一笑，衆中觥政自縱橫。

其五

風流太守綠莎廳，近水夭桃入畫屏。最是楚腰嬌絕處，一雙鸂鶒起沙汀〔六〕。

其六

范蠡湖邊春草長，楚天歸去載夷光。人間別有朱公子，騎鶴吹笙是六郎。

其七

畫梁雙燕舞衣輕，楚楚腰肢總削成。記得錢塘兩蘇小，不知誰箇擅傾城？〔七〕

其八

廬山攜妓故人留，白社流連謁惠休。早爲朝雲求伴侶，楚江明日上黃州。

【校】

〔一〕詩鈔選第一、二、五、六、七、八首。鄒鈔選第一、二、七首，題下注「字慶娘，秀州人」，無詩序。

〔二〕楚雲字慶娘　此句下詩鈔有「秀州人」三字。

〔三〕子容　詩鈔作「子蓉」。

〔四〕明慧可喜　詩鈔無「可喜」字。

〔五〕口占贈之　詩鈔此句作「予口占八絕贈之」。

〔六〕鸂鶒　原作「鸂濤」，據四十卷本、詩鈔改。

〔七〕鄒鈔篇末有小注「有畹生者與慶娘同小字故云」。

山塘重贈楚雲四首〔一〕　楚雲故姓陸，雲間人。

宣公橋畔響輕車，二月相逢約玩花〔二〕。烏桕着霜還繫馬，停鞭重問泰娘家。

其　二

家住橫塘小院東，門前流水碧簾櫳。五茸城外新移到，傲殺機雲女侍中。〔三〕

其　三

月夜分攜幾度圓，語溪芳草隔雲煙。那知閶闔千條柳，拋撇東風又一年。

其四

挾彈城南控紫騮，葳蕤春鎖玉人留。花邊別有秦宮活，不數人間有秺侯。

【校】

〔一〕詩鈔選第一、二首。鄒鈔選第二首，無題下注。鷓鴣斑選第一、二、三首，題無「重」字，題下小注作「小字慶娘」。

〔二〕玩花　詩鈔作「看花」。

〔三〕鄒鈔篇末有小注「楚雲故雲間人」。

題殷陟明仙夢圖

蕉團桐笠御風行，夢裏相逢話赤城。自是前身殷七七，今生贏得是詩名。

【評】

斷曰：清新之作。

吳梅村全集卷第九　詩後集一

五言古詩二十七首

下相懷古

驅車馬陵山，落日見下相。憶昔楚項王，拔山氣何壯。太息取祖龍，大言竟非妄。破釜救邯鄲，功居入關上。殺降復父讎，不比諸侯將。杯酒釋沛公，殊有君人量。胡爲去咸陽，遭人扼其吭。亞父無諍言，奇計非所望。重瞳顧柔仁，隆準至暴抗。脫之掌握中，骨肉俱無恙。所以哭魯兄，仍具威儀葬。古來名與色，英雄不能忘。力戰兼悲歌，西風起酸愴。廢廟枕荒岡，虞兮侍帷帳。烏騅伏坐傍，跲地哀鳴狀。我來訪遺蹟，登高見芒碭。長陵竟坏土，萬事同惆悵。

【評】

鄧漢儀曰：大爲重瞳生色，然是正論，非有意翻案也。以此服梅村史識。

斵曰：檃括羽傳，詞意明淨。以長陵作對照，筆力更爲遒逸。

夜宿阜昌

我來古昌國，望古思樂生。總將六諸侯，撫劍東專征。下齊功不細，奔趙事無成。草沒黃金臺，猶憶昭王迎。涕泣辭伐燕，氣誼良非輕。此眞天下士，豈獨因知兵。忠心激舊將，誓死存聊城。惜哉魯仲連，排難徒高名。勸使東游齊，毋乃傷縱橫。

【評】

斵曰：論樂毅者，多豔其前立功而後免禍，不過功名之士耳。「忠心激舊將」，發前人所未發，而以仲連對照，更覺醒豁。

贈家侍御雪航（一）

士生搶攘中，非氣莫能濟。勁節行胸懷，高談豁心智。吾家侍御公，平生蘊風義。世難初橫流，事定猶草昧。召見邯鄲宮，軍中獲能吏。移牒拜諫官，創業更新制。長刀夾殿門，令下誰敢議。扣馬忽上陳，挺身艱難際。丈夫持國是，僵仆無所避（二）。封事卽留中，天語加褒異。受命巡山東，恩威恤凋弊。會討泰山賊，無辜輒連治。破械使之歸，父老皆流涕。征南甘侯軍，豪奪武昌地。可憐黃陵廟，鈔略空村閉。君來仗威名〔三〕，一言釋猜忌。塢壁招殘民，郊原戢游騎。從此巴丘兵，始識長沙尉。西望浚稽山，黃河遶其背。青羌十七種，騂騮飾文罽。自古於金城，互市有深意。蜀賈蒙山茶，兵火苦莫致。將吏使之然，憂將玉關廢。奉詔清河湟，俾復商人利。千車摘岷峨，五花散涇渭。至今青海頭，共刻黃龍誓。揭節還歸來，公私積勞勩。安臥無多談，循資躋高位。却拜極言疏，手板指朝貴。恩深因薄謫，材大終難棄。古之賢豪人，深沉在晚歲。斂盡萬里心，日共殘編對〔四〕。學以閱世深，官從讀書退。以之輕軒冕，蕭條自標置。我來客京師，一身以匏繫〔五〕。老大慚知交，淒涼託兄弟。臨風或長歌，邀月非沉醉。論世追黃虞，刪詩及曹魏。恐君故鄉思，失我窮途慰。家在五湖西，扁舟入夢寐。欲取石上泉，洗濯塵中累。羣公方見推，雅志安得遂？朝罷看西山，千峯落濃翠。良友供盤桓，清秋足游憩。待予同拂衣，徐理歸田計。

【校】

〔一〕題　鄒鈔作「贈雪航侍御」。

〔二〕偃仆　鄒鈔作「僵臥」。

〔三〕仗　鄒鈔、廣集均作「伏」。

〔四〕日　鄒鈔、廣集均作「目」。

〔五〕以四十卷本、鄒鈔、廣集均作「似」。

【評】

袁錄曰：近杜子美。

題河渚圖送胡彥遠南歸

馬背話江南，春山吾負汝。白雲能容人，猿鳥不我與。西泠有高士，結廬在河渚。讀書尚感激，平生愼推許。獨坐長徽吟，淸言出機杼。秋風忽乘興，千里長安旅。同好四五人，招尋忘出處。寄跡依琳宮，雙松得儔侶。雖入侯王門，不受公卿擧。登高見遺廟，頹垣竄鼯鼠。悲歌因臥病，歸心入春雨。從此謝姓名，問之了不語。我爲作此圖，彷彿梅花墅。蒼然開南軒，飛泉落孤嶼。想見君山中，相思日延竚。

送何省齋〔一〕

哲人尙休官，取志不在歲。賢達恃少年，輕心撥名勢。神仙與酒色，皆是供蟬蛻〔二〕。在己本歡娛，富貴應難累。婆娑彼頹老，匪止妻孥計。棲棲守腐鼠，自信無餘技。嗟我豈其然，今也跡相類。同事有何郎，英懷託深契。三十拜侍中，向人發長喟。拂袖歸去來，故園有松桂。世網敢自由，鄉心偶然遂。樗散却見留，送之以流涕。我昔少壯時，聲華振儕輩。講舍鷄籠巔，賓朋屢高會。總角能清譚，君家好兄弟。緩帶天地寬，健筆江山麗。憑闌見湓口，傳烽響笳吹。海寓方紛紜，虛名束心意。夜半話掛冠，明日扁舟繫。問余當時年，三十甫過二。採藥尋名山，筋力正強濟。濯足滄浪流，白雲養身世。長放萬里心，拔脚風塵際。昔爲雲中鵠，翩翻九皐唳；今爲轅下駒，局促長楸轡。梗枏蟠枯根，天陰蟲蟻萃。縱抱凌霄姿，蕭條斧斤畏。時命苟弗諧，貧賤安可冀？過盡九折艱，咫尺俄失墜。淒涼游子裝，訣絕衰親淚。關山車馬煩，雨雪衣裘敝。長安十二衢，晝戟朱扉衞。冠蓋起鷄鳴，蹀躞名豪騎〔三〕。通籍平生交，於今悉凋替。磬折當塗前，問語不敢對。衰白齒坐愁，逡巡與之避。禁掖無立談，獨行心且悸。邂逅君登朝，讀書入中秘。父子被詔除，一堂共昆季。呼兒爭出拜，索果牽衣戲。回首十六年，踪跡猶堪記。荏苒曾幾何，萬事經興廢。停觴重剪燭，相對加噓唏。我行感衰疾，腰脚增疲曳。可憐扶杖走，尚逐名賢隊。薄祿貪負閒，憂責仍不細。扈從游甘泉，淅淅驚沙厲。藉草貧無氈，僕夫枕以塊。霜風帽帶斜，頭寒縮如蝟。入門問妻孥，呻吟在牀被。幼女掩面啼，燈青照殘穗。白楊何蕭蕭，衝泥送歸櫬。爾死顧得還，我留復誰爲？旁有親識人，通都走聲利。厚意解羈愁，盛言推名位。不悟聽者心，怛若芒在背。忽接山中書，又責以宜退。卿言仍復佳〔四〕，我命有所制。總未涉世深，止知乞身易。閎卽君過存，高談豁蒙蔽。苦樂來無方，窮達總一致。同是集蓼蟲，以此識其味。人生厭束縛，擺落須才氣。君初丞相家，祖德簪纓繼。吐納旣風流，姿容更瓌異。披史妙縱橫，論詩富裁製。激昂承明廷，面折公卿議。文士寡先容，疏通得交臂。騶哄訪當關，休沐杉齋閉。良工鑄干將，出匣蛟龍忌。趨駕度太行〔五〕，躊躇棄騏驥。嬌嬌朗陵公，竟下考功第。老夫迫枯朽，抱膝端居睡。雖稱茂陵病，終乏鴟夷智。遜子十倍才，焉能一官棄。早貴生道心，中年負名義。蹉跎甘皓首，此則予所媿。君今謝塵鞅，輕裝去如駛。雙槳石頭城，木落征驂憩。過我儒林館，寒鴉噪平地。函丈無復在〔六〕，依舊晴嵐翠。明年春水滿〔七〕，客興煙波趣。鶯啼笠澤船，花發龍沙醉。高堂剖符竹，盡室千山內。郡閣遠鳴灘，日晡散人吏。無書悼遷斥，有夢傷迢遞。嶺雁時獨飛，楚天樹如薺。雙眼渺荒江〔八〕，片帆忽而至。家人迎棹立，愛子趨庭慰。誰云謫宦愁，老覺君恩最。共上鬱孤臺，側身望燕魏。惆悵念故人，沉吟不能置。三載客他鄉，一朝遽分袂。勞生任潦倒，失志同飄寄。少壯今逍遙，老大偏濡滯〔九〕。舉世縱相識，出門竟誰詣？太息行路難，殷勤進規誨。後會良可希，尺書到猶未？相去各一方，天涯隔憔悴。開篋視此詩，悅悅不能寐〔一〇〕。

【校】

〔一〕題　篋衍作「送何第五」。

〔二〕皆是　四十卷本、詩鈔、鄒鈔、篋衍均作「皆足」。

〔三〕蹀躞　詩鈔、鄒鈔均作「躞蹀」。

〔四〕仍　四十卷本、詩鈔、鄒鈔、篋衍均作「誠」。

〔五〕趨駕　篋衍作「趣駕」。

〔六〕在　四十卷本、詩鈔、鄒鈔、篋衍均作「存」。

〔七〕滿　篋衍作「深」。

〔八〕荒江　篋衍作「荒丘」。

〔九〕老大　篋衍作「老夫」。

〔一〇〕悅悅　篋衍作「惝悅」。

【評】

袁錄曰：司成再嫁，其困頓如此。　又曰：尙是諱過之言，不若賀新郎「萬事催華髮」一首之眞也。又曰：公壯年稱舊臣，雄心尙在，故態復萌，其不能安困窮守貧賤有由矣，宜乎爲世網所牽引也。然以視牧齋之欲拜相，易心改面，昏夜乞哀，則公固知悔者矣。

送宛陵施愚山提學山東三首

秦皇昔東巡，作歌示來裔。李斯留篆刻，足共神仙配。胡爲泰岱巔〔一〕，蒼碑獨無字。恃此謝六經〔二〕，免滋後賢議。至今倉頡臺，行人尙流涕。君今懷古跡，斯文起凋敝。蟲魚雖改竄，扶桑自天際。千載靈光宫，丹書閟房記。兵火獨搜揚，重見鍾離意。

其二

魯儒好逢掖，傴僂循墻恭。長劍忽拄頤，掉舌談天雄。諸侯走書幣，擁篲梧丘宫。孟嘗一公子，珠履傾關東。後來北海相，坐上猶遺風。君愁吳越士，名在甘陵中。無使稷下徒，車馬矜雍容。華士苟不戮，横議將安窮？古道誠可作，千里尊龜蒙。

其三

伊昔嘉隆時，文章尙丹雘。嬌嬌濟南生，突過黄初作。百年少知己，褒譏互參錯。風習使之然，詩書徇然諾〔三〕。淒涼白雲署，前賢遂寥廓。君初領法曹，追踪好棲託。此行過歷下，高風緬如昨。太白游山東，後來訪廬霍。獨愛宣州城，江山足吟謔。讀君官舍詩，鄉心戀巖壑。目斷敬亭雲，口銜竹溪酌。借問謫仙人，何如謝康樂？

【校】

〔一〕泰岱　原作「秦岱」，據四十卷本、詩鈔改。

〔二〕恃　四十卷本、詩鈔均作「持」。

〔三〕詩書　詩鈔作「讀書」。

礬清湖　幷序

礬清湖者，西連陳湖，南接陳墓，其先褚氏之所居也。「礬清」者，土人以水清，疑其下有礬石，故名；或曰范蠡去越，取道於此湖，名「范遷」，以音近而訛：世遠莫得而考也。太湖居吾郡之北，有大山衡擊，風濤湍悍，而陳湖諸水渟泓演迤，居人狎而安焉。煙村水市，若鳧雁之着波面，千百於其中，土沃以厚，畝收二鍾，有魚蝦菱芡之利，資船以出入，科徭視他境差緩，故其民日以饒，不爲盜。吾宗之繇倩、青房、公益兄弟居於此四世矣，余以乙酉五月聞亂，倉黃擕百口投之。中流風雨大作，扁舟掀簸，榜人不辨水門故處，久之始達。主人開門延宿，鷄黍酒漿，將迎灑掃，其居前榮後寢，葭蘆掩映，楡柳蕭疏，月出柴門，漁歌四起，杳然不知有人世事矣。是時姑蘇送款，兵至不戮一人，消息流傳，緩急互異，湖中煙火晏然。予將卜築買田，耦耕終老，居兩月而陳墓之變作，於是流離轉徙，僅而後免。事定，將踐前約，尋以世故牽挽，流涕登車，疾病顚連，關河阻隔。比三載得歸，而青房過訪草堂，見予髮白齒落，深怪早衰，又以其窮愁煢獨，妻妾相繼下世，因話昔年湖山兵火，奔走提攜，心力枉枯，骨肉安在？太息者久之。青房亦以毁家紓役，舊業蕩然，水鳥樹林，依稀如故，而居停數椽，斷甎零甓，罔有存者，人世盛衰聚散之故，豈可問耶！撫今追往，詮次爲五言長詩，用識吾慨，且以明舊德於不忘也。

吾宗老孫子，住在礬清湖。湖水清且漣，其地皆膏腴。堤栽百株柳，池種千石魚。敎僮數鵝鴨，遶屋開芙蕖。有書足以讀，有酒易以沽。終老寡送迎，頭髮可不梳。相傳范少伯，三徙由中吳。一舸從此去，在理或不誣。嗟予遇兵火，百口如飛鳬。避地何所投？扁舟指菰蒲。北風晚正急，煙港生模糊。船小吹雨來，衣薄無朝餔。前村似將近，路轉忽又無。倉皇値漁火，欲問心已孤。俄見葭菼邊，主人出門呼。開栅引我船，掃室容我徒。我家兩衰親，上奉高堂姑。艱難總頭白，動止需人扶。妻妾病伶丁，嘔吐當中途。長女僅九齡，餘泣猶呱呱。入君所居室，燈火映窗疏。寬閒分數寢，嬉笑喧諸雛。縛帚東西廂，行李安從奴。前廳張罣網，後壁掛耒耡。苦辭村地僻，客舍無精粗。剪韭烹伏雌，斫鱠炊彫胡。牀頭出濁醪，人倦消幾壺。睡起日已高，曉色開煙蕪。漁灣一兩家，點染江村圖。沙嘴何人舟，消息傳姑蘇。或云江州下，不比揚州屠。早晚安集掾，鞍馬來南都。或云移民房，插箭下嚴符。囊橐歸他人，婦女充軍俘。里老獨晏然，催辦今年租。饁耕看賽社，醵飲聽呼盧。軍馬總不來，里巷相爲娛。而我游其間，坦腹行徐徐。見人盡恭敬，不識誰賢愚。魚蝦盈小市，鳧雁充中廚。月出浮溪光，萬象疑沾濡。放楫凌滄浪，笑弄驪龍珠。夷猶發浩唱，禮法胡能拘。東南雖板蕩，此地其黄虞。世事有反覆，變亂興須臾。草草十數人，盟歃起里閭。兔園一老生，自詭讀穰苴。漁翁爭坐席，有力爲專諸。舴艋飾於皇，簑笠裝犀渠。大笑擲釣竿，赤手搏於菟。欲奪夫差宮，坐擁專城居。予又出子門，十步九崎嶇。脫身白刃間，性命輕錙銖。我去子亦行，後各還其廬。官軍雖屢到，尚未成丘墟。生涯免溝壑，身計謀樵漁。買得百畝田，從子游長沮〔一〕。天意不我從，世網將人驅。親朋盡追送，涕泣登征車。吾生罹干戈，猶與骨肉俱。一官受逼迫，萬事堪欷歔。倦策旣歸來，入室翻次且。念我平生人，慘憺留羅襦。秋雨君叩門，一見驚清癯。我苦不必言，但坐觀髭鬚。歲月曾幾何，筋力遠不如。遭亂若此衰，豈得勝奔趨。十年顧妻子，心力都成虛。分離有定分，久暫理不殊。翻笑危急時，奔走徒區區。君時聽我語，顏色慘不舒。亂世畏盛名，薄俗容小儒。生來遠朝市，謂足逃沮洳。長官誅求急，姓氏屬里胥。夜半聞叩門，瓶盎少所儲。豈不惜堂構，其奈愁征輪。庭樹好追涼，剪伐存枯株。池荷久不開，歲久塡泥淤。廢宅鋤爲田，薺麥生階除。當時棲息地，零落今無餘。生還愛節物，高會逢茱萸。好採籬下菊，且讀囊中書。中懷苟自得，外物非吾須。君觀鴟夷子，眷戀傾城姝。千金亦偶然，奚足稱陶朱。不如棄家去，漁釣山之隅。江湖至廣大，何惜安微軀？揮手謝時輩，愼勿空躊躕。

【校】

〔一〕游　四十卷本作「學」。

【評】

靳曰：此詩大致與子美彭衙行相彷彿，孫宰與孫倩兄弟，居停主人託詩筆以不朽，可謂大幸。然彭衙行於安居奉歡後但敍闊別懷思之意，此詩於各還其廬後更添滄桑身世之感，蓋子美作詩時距在彭衙僅一載，梅村作此詩則在官祭酒、歸江南、奏銷案起以後，雖云異曲同工，亦可以各論其世也。又曰：焦仲卿妻詩一千七百四十五字，而終之以「多謝後世人，戒之愼勿忘」，以淡語作結，彌覺情景杳然無盡，此詩感話滄桑，與過南廂園叟略同，但過南廂園叟尚有迫切之語，此篇淡遠處猶爲過之。結一段與焦仲卿妻詩同稱逸品矣。

清涼山讚佛詩四首

西北有高山，云是文殊臺。臺上明月池，千葉金蓮開。花花相映發，葉葉同根栽。王母攜雙成，綠蓋雲中來。漢主坐法宮，一見光徘徊。結以同心合，授以九子釵。翠裝雕玉輦，丹髹沉香齋。護置琉璃屏，立在文石階。長恐乘風去，舍我歸蓬萊。從獵往上林，小隊城南隈。雪鷹異凡羽，果馬殊羣材。言過樂游苑，進及長楊街。張宴奏絲桐，新月穿宮槐。攜手忽太息，樂極生微哀。千秋終寂寞，此日誰追陪？陛下壽萬年，妾命如塵埃。願共南山槨，長奉西宮杯。披香淖博士，側聽私驚猜。今日樂方樂，斯語胡爲哉？待詔東方生，執戟前詼諧。薰鑪拂黼帳，白露零蒼苔。吾王慎玉體，對酒毋傷懷。

其二

傷懷驚涼風，深宮鳴蟋蟀。嚴霜被瓊樹，芙蓉凋素質。可憐千里草，萎落無顏色。孔雀蒲桃錦，親自紅女織。殊方初云獻，知破萬家室。瑟瑟大秦珠，珊瑚高八尺。割之施精藍，千佛莊嚴飾。持來付一炬，泉路誰能識。紅顏尙焦土，百萬無容惜。小臣助長號，賜衣或一襲。只愁許史輩，急淚難時得。從官進哀誄，黃紙鈔名入。流涕盧郎才，咨嗟謝生筆。尙方列珍膳，天廚供玉粒。官家未解菜，對案不能食。黑衣召誌公，白馬馱羅什。梵香內道場，廣座楞伽譯。資彼象教恩，輕我人王力。徽聞金鷄詔，亦由玉妃出。高原營寢廟，近野開陵邑。南望倉舒墳〔二〕，掩面添悽惻。戒言秣我馬，遨游凌八極。

其　三

八極何茫茫，曰往清涼山。此山蓄靈異，浩氣供屈盤。能蓄太古雪，一洗天地顏。日馭有不到，縹緲風雲寒。世尊昔示現，說法同阿難。講樹聳千尺，搖落青琅玕。諸天過峯頭，絳節乘銀鸞。一笑偶下謫，脫却芙蓉冠。游戲登瓊樓，窈窕垂雲鬟。三世俄去來，任作優曇看。名山初望幸，銜命釋道安。預從最高頂，灑掃七佛壇。靈境乃杳絕，捫葛勞躋攀。路盡逢一峯，傑閣圍朱闌。中坐一天人，吐氣如栴檀。寄語漢皇帝，何苦留人間？煙嵐倏滅沒，流水空潺湲。回首長安城，緇素慘不歡。房星竟未動，天降白玉棺。惜哉善財洞，未得誇迎鑾。惟有大道心，與石永不刊。以此護金輪，法海無波瀾。

其　四

嘗聞穆天子，六飛騁萬里。仙人觴瑤池，白雲出杯底。遠駕求長生，逐日過濛汜。盛姬病不救，揮鞭哭弱水。漢皇好神仙，妻子思脫屣。東巡并西幸，離宮宿羅綺。寵奪長門陳，恩盛傾城李。穠華卽修夜，痛入哀蟬誄。苦無不死方，得令昭陽起。晚抱甘泉病，遽下輪臺悔。蕭蕭茂陵樹，殘碑泣風雨。天地有此山，蒼崖閱興毀。我佛施津梁，層臺簇蓮蘂。龍象居虛空，下界聞鬬蟻。乘時方救物，生民難其已。澹泊心無爲，怡神在玉几。長以兢業心，了彼淸淨理。羊車稀復幸，牛山竊所鄙。縱灑蒼梧淚，莫賣西陵履。持此禮覺王，賢聖總一軌。道參無生妙，功謝有爲恥。色空兩不住，收拾宗風裏。

【校】

〔一〕倉舒　原作「蒼舒」，據三國志魏書鄧哀王沖傳改。

石公山

眞宰斸雲根，奇物思所置。養之以天池〔一〕，盆盎插靈異。初爲仙家囷〔二〕，百仞千倉閟。釜鬲炊雲中，杵臼鳴天際。忽而遇嚴城〔三〕，猿猱不能縋。遠窺樓櫓堅，逼視戈矛利。一關當其中，飛鳥爲之避。仰睇微有光，投足疑無地。循級登層巔，天風豁蒼翠。疲喘千犀牛，落落誰能制。傴僂一老人，獨立拊其背。旣若拱而揖，又疑隱而睡。此乃爲石公，三問不吾對。

【校】

〔一〕天池　百家、詩持均作「天地」。

〔二〕困　原作「菌」，據四十卷本、詩鈔、百家、詩持改。

〔三〕巖城　百家、詩持均作「巖城」。

【評】

魏憲曰：起處多奇句，末更傳神，使人畫不出。

歸雲洞

歸雲何孱顔〔一〕，雕斫自太古。千松互盤結，託根無一土。呀然丹崖開，蒼茫百靈斧。萬載長欹危，撐拄良亦苦。古佛自爲相，一身雜仰俯。依稀莓苔中，葉葉青蓮吐。若以庋眞詮，足號藏書府。仙翁刺船來，坐擘麒麟脯〔二〕。鐵笛起中流，進酒虬龍舞。晚向洞中眠，叱石開百武〔三〕。牀几與棋局，一一陳廊廡〔四〕。翩然自茲去，黃鵠瀟湘浦。恐使吾徒窺，還將白雲補。

【校】

〔一〕孱顏　百家、詩持均作「巉巖」。
〔二〕擘　詩鈔、百家、孫選、詩持均作「劈」。
〔三〕叱　四十卷本作「吒」。
〔四〕廓廡　孫選作「廓廡」。

【評】
孫鋐曰：境之奇突，相之妙麗，寫得咄咄逼人。一結還題，想落天際。
魏憲曰：置少陵入蜀諸作中，更復超脫。

林屋洞

震澤初未定，水石爭相攻。神龍排杳冥，盪擊沉虛宮。仙人資禹力，洞府開洪濛。惜哉石函書，不救夫差窮。大道既已洩，國祚於焉終。我行訪遺蹟，興極探虛空。絕徑不可肥，自覘猶枯筇。山神愛傴僂，直立憂微躬。以之生退怯，匍匐羞兒童。傳聞道險澀〔一〕，谽谺來天風。松炬厭明滅，乳竇驚青紅。洪崖應常來，牀几陳從容。何不迴眞馭，日月行其中。銀房閟幽異，勿使吾徒同。終當齎餱糧，鍊骨如飛鴻。路穿三江底，境與諸天通。南浮瀟湘水，西上峨眉峯。歸來詫里人，足比靈威翁。

【校】

〔一〕道　四十卷本、感舊均作「過」。

送周子俶四首

五載寄幽燕，歸來問家室。入門四壁在，小婦當窗織。恐其話饑寒，且呼治酒食。妻子識君心，低頭惟默默。嗟余忝隣里，欲語弗遑及。聞君又行邁，君歸曾幾日。瞻此父母邦，過若遠鄉客〔一〕。丈夫志四海，行矣須努力。

【評】

孫鋐曰：此時若有不下機不爲炊之人，可奈何！此詩不特寫東岡先生，亦極寫其家人之賢矣。嶄曰：「人生天地間，忽如遠行客」，是達語；「瞻此父母邦，過若遠鄉客」，是苦語，各極其妙。

其二

努力贏餱糧〔二〕，秋風卽長路。京口正用兵，倉皇過瓜步。扁舟戒行李，六月黃河怒〔三〕。脫身萬仭淵，此險何足數。慷慨輕波濤，長年豈知故。中道感舊交，良爲詩書悞。餘生嬰世網，重來獻詞賦。登高望烽火，躊躇屢迴顧。

其　三

迴顧去鄉遠，近及長安城〔四〕。禁門十二載，策馬聞鷄鳴。解褐初登朝，日出趨承明。慶雲生堦墀，天樂和且平。立談計誠用，萬里無專征。忘形樂簡易，任氣高縱橫。常恐斗酒後，脫略驚公卿。一官了婚嫁，可以謀歸耕。

其　四

歸耕東岡陂，清流貫羣木。月明夜方靜，高話溪堂宿。破產求神仙，丹砂徇微祿。玉書晚應悟，至道亡情欲。一飯輒萬錢，幷日恆不足。知交雖云厚，詎可先骨肉〔五〕。閱世經艱難，息心謝榮辱。平生著述事，尚有殘編讀。

【評】

孫鋐曰：以屢空之身，好藏書，愛燒煉，豐飲食，不知老之將至者，名士風流哉！此章規諷不少。

【校】

〔一〕遠　詩鈔作「還」。

〔二〕羸　孫選作「裹」。

〔三〕六月　孫選作「八月」。

〔四〕近及　四十卷本、詩鈔、孫選均作「進及」。

〔五〕詎　原作「距」，據四十卷本、孫選改。

蕩子失意行贈李雲田

君家楚山下，門前溪水流。願識賢與豪，不羨公與侯。動足有萬里，妻子何能留？丈夫重意氣，恥爲兒女柔。中夜理瑤瑟，思婦當高樓。鶯花二三月，送君下揚州。小孤白浪惡，腸斷征帆收。長干嬌麗地，一顧嘶驊騮。菡萏亦已落，蘭杜方經秋。十月嚴風寒，剪燭紉衣裘。太行車輪摧，落葉塡霜溝。君又自茲去，匹馬將誰投？趙女顏如花，窈窕迴明眸。皎皎雙行纏，巧笑搴羅幬。男兒重紅粉，妾夢輕浮漚。今年附書至，慰訊猶綢繆。客囊無長物，旅病才新瘳。途窮徇知己，進止詎自由。狂走三十年，布褐空蒙頭。不如歸去來，漁釣滄浪謳。大兒誦文史，小婦彈箜篌。南村沽社酒，西舍牽耕牛。人生一蘧廬，漂泊如飛鷗。得意匪爲樂，失路寧關愁。居爲段干隱，出作盧敖游。我欲竟此曲，君笑登扁舟。碧天浩無際，極目徒悠悠。

丁未三月廿四日從山後過湖宿福源精舍〔一〕

千林已暝色，一峯猶夕陽。拾級身漸高，樵徑何微茫。回看斷山口，樹杪浮湖光。松子向前落，道人開石房。橘柤養心性，取足鬚眉蒼。淸磬時一聲，流水穿深篁。我生亦何幸，暫憩支公牀。客夢入翠微，人事良可忘。

【校】

〔一〕題　詩鈔、昭代均無「丁未三月」字。

【評】

靳曰：起六句，狀難言之景，如在目前，他人數十句不能到也。

廿五日偕穆苑先孫浣心葉子聞允文游石公山盤龍石梁寂光歸雲諸勝〔一〕

大道無端倪，眞宰有融結。玆山在天壤，靈異蓄不泄。萬竅凌虛無，一柱支毫末。疑豈愚公移，愁爲巨靈拔。劉根作堂奧，柳毅司扃鐍。誰啓仙人閭，繫我漁父枻。刻鏤洪濛雲，雕搜大荒雪〔二〕。或人而痀僂〔三〕，或馬而蹄齧；或負藏壑舟，或截專車節；或象神鼎鑄，或類昆吾切。地肺庖丁解，月窟工倕伐。石囷封餱糧，天廚甃涓潔。重隆累瓿甋，短柱增櫨棁。瓜瓤觚稜剖，木皮槎枒裂。皚皚黃河水〔四〕，炎炎崑岡爇。峆岈舞辟邪，錟鈉張饕餮。斗起聳雲闕，一道通箭筈。碧藕玲瓏根，文螺宛委穴。丹梯躡而上，鬱鬱虛皇闕。突兀撐青旻，插地屏障列。一身生羽翰，百尺跨虹蜺。斷澗吟楓柟，颯爽侵毛髮。側窺漏日影，了了澄潭澈。雞聲出煙井，乃與人境接。迴思頃所歷，過眼纔一瞥。秦皇及漢武，好大同蠓蠛。齊諧不能志，炙輠不能說。酈桑二小儒，註書事抄撮〔五〕。陋襲李斯碑，闕補周王碣。闞仝亦妙手，惜未適吳越。嵩華雖云高，無以鬭巧拙。時俗趁姿媚，煙巒漫塗抹。妄使傖父輩，笑我驕蟻垤。京江吸金焦，漢水注大別。流峙合而滙，奇氣乃一發。睥睨五嶽間，誰與分優劣。扶杖一村翁，眼看話年月。昔逢猶兒童，今見已耄耋。昨聞縣帖下，搜索到魚鱉。訶彼白鼉逃，無乃青草竭。却留幽境在，似爲肥遯設。當年綺里季，卜居採薇蕨。皓首走漢廷，恨未與世絕。若隨靈威去，此處攬藤葛。子房知難致，欲薦且捫舌。浮生每連蜷，塵界儘空闊。謀免妻孥愁，計取山水悅。入春桃李過，韶景聽啼鴂。籃輿累親舊，同載有二葉。穆生老而健，孫郎才且傑。彼忘筋力勞〔六〕，我愛賓朋挈。過湖曳輕帆，入寺憩深樾。老僧諧語笑，妙理攻麴蘗。曉起陳盤餐，飽食非粗糲。桑畦路宛宛，筍屩行兀兀。快意在此游，失記遺七八。平湖鋪若茵，磐石幾人歇。蹲踞當其旁，拒戶相支遏。黝黑聲訇稜，欲進遭嗔喝。側肩僅容趾，腹背供磨軋。下踹薜磴牢，上覷崩崖豁。攀躋差毫釐，失足憂一蹶。前奇慕先過〔七〕，後險欣乍脫。歌呼雜齠稚，嘻笑視履襪〔八〕。君看長安道，高步多蹉跌〔九〕。散誕來江湖，蒲伏羞干謁。頭因石丈低〔一〇〕，腰向山靈折。四月將已近〔一一〕，天時早炎熱。揮汗何沾濡，驚飈俄凛冽。歸來北窗枕，響入山溜徹〔一二〕。不寐話夜涼，連牀擁裘褐。晚歲艱出門，端居意騷屑。閒踪習羈旅〔一三〕，逸興貪放達。跌蕩馮夷宮，游戲天吳窟。將毋神鬼怒，亟遣風雨奪。勝事滿現前，得失歸勇怯。衰老偕故人，幸喜茲游決。他年子胥濤，百里聞咤咄。鱣鮪隨風雷，頸鎖金牛掣。鮫人拭牀几，神女洗環玦。碌磕打空灘〔一四〕，澎湃濺飛沫。噌吰無射鐘，嘹喨蕤賓鐵。孤客爲旁皇，嫠婦爲悽咽。那知捩柁下，我輩行車轍。再拜告石公，相逢慰飢渴。既從人間世，忍再洪波沒。志怪作大言，嗜奇私神物〔一五〕。肯學楊焉鐫，願受壺公訣。縮之入懷袖，弄之置盆鉢。栽松龍氣上〔一六〕，蓄水雲根活。長留文士玩，勿被山君竊。嘗聞岣嶁峯，科斗尊往牒。剝蝕存盤螭，捫索嗟完缺。此山通巴陵，下有神禹札。後代文字衰，致起龍蛇孽。我有琅玕管，上灑湘娥血。濯足臨滄浪，浩思吟不輟。未堪追陽冰，猶足誇李渤。隱從煙霞閉，出供時世閱。刻之藏書巖，千載應不滅。

【校】

〔一〕題　篋衍無「廿五日」字。

〔二〕雕搜　咸舊、篋衍均作「雕鎪」。

〔三〕痀僂　原作「痀瘻」，據篋衍改。

〔四〕水　四十卷本、篋衍均作「冰」。

〔五〕註書　咸舊作「著書」。

〔六〕勞　詩鈔、篋衍均作「疲」。

〔七〕慕　詩鈔作「摹」。

〔八〕嘻笑　篋衍作「嬉笑」。

〔九〕蹉跌　篋衍作「差跌」。

〔一〇〕石丈　原作「石文」，據四十卷本、詩鈔、咸舊、篋衍改。

〔一一〕近　篋衍作「逝」。

〔一二〕山溜　詩鈔作「山谷」。

〔一三〕閒踪　咸舊作「閒跡」。

〔一四〕空灘　篋衍作「頭灘」。

〔一五〕私　篋衍作「思」。

〔一六〕龍氣　篋衍作「雲氣」。

【評】

袁錄曰：似子美，似退之，亦爲梅村指名之作。

靳曰：此詩規撫昌黎，可云得其神髓，奇傑橫恣，筆力能與題稱矣。

游石公歸是夜驟雨明晨微霽同諸君天王寺看牡丹

煙嵐澹方霽，沙暖得徐步。訪寺苔徑微，遠近人語誤。道半逢一泉，曲折隨所赴。觸石松頂飛，其白或如鷺。尋源入杳冥，壑絕橋屢渡。中有二比丘，種桃白雲護。花將舞而笑，石則落猶怒。澆之以杯酒，娟然若迴顧。此處疑仙源，快意兼緇素。苦辭山地薄，縣官責常賦。蔬果雖已榮，龍象如欲訴。學道與養生，得失從時務。吾徒筋力衰，萬事俱遲暮。太息因歸來，鐘聲發清悟。

揖山樓

名山誰逢迎，遇人若俯仰。心目無端倪，默然與之往。幽泉互相答，飛鳥入空想。傑閣生其間，檽軒爭一爽。嘉樹爲我圓，坐久惜餘賞。暝靄忽而合，明月出孤掌。彈琴坐其中，萬籟避清響。良夜此會難，佳處莫能獎。

題江右非非子訪逍遥子圖〔一〕

我聞逍遥子，養性白雲裏。嘗欲往從之，千峯隔秋水。訪道者何人，驢背浩歌起。欲問其姓名，不知誰者是。呼之以非非，應言聊唯唯。道人豈老聃？處士疑尹喜。此方揚吟鞭，彼且揮麈尾。秋山發淸悟，丹楓樹如薺。谷口俄怒號，隨風墮牀几。大道本見前，開落有如此。富貴供掉頭，妻孥供脫屣。我當自茲去，褰裳慕輕舉。

【校】

〔一〕四十卷本無此篇。

鹽官僧香海問詩於梅村村梅大發以詩謝之

但訪梅花來，今見梅花去。何必爲村翁，重尋灌園處？種梅三十年，遶屋已千樹。饑摘花蕊餐，倦抱花影睡。枯坐無一言，自謂得花意。師今遠來游，恰與春光遇。索我囊中詩，搔首不能對。寄語謝故人，幽香養衰廢。溪頭三尺水，好洗梅魂句。

直溪吏

直溪雖鄉村，故是尙書里。短棹經其門，叫聲忽盈耳。一翁被束縛，苦辭橐如洗。吏指所居堂，卽貧誰信爾。呼人好作計，緩且受鞭箠。穿漏四五間，中已無窗几。屋梁紀月日，仰視殊自恥。昔也三年成〔一〕，今也一朝毁。貽我風雨愁，飽汝歌呼喜。官逋依舊在，府帖重追起。旁人共欷歔，感歎良有以。東家瓦漸稀，西舍墻半圮。生涯分應盡，遲速總一理。居者今何棲，去者將安徙？明歲留空村，極目惟流水。

【校】

〔一〕年　孫選作「歲」。

【評】

孫鋐曰：可與柳愚谿捕蛇說共傳。

袁錄曰：直溪吏、臨頓兒，亦似子美無家、垂老之什。

靳曰：直溪吏、臨頓兒、蘆山兒，蓋仿三吏、三别而爲之者。而五言兩首，氣體較杜爲平易，詞采較杜爲華贍，是杜、吳分格處。

臨頓兒

臨頓誰家兒，生小矜白晳。阿爺負官錢，棄置何倉卒！給我適誰家，朱門臨廣陌。囑儂且好住，跳弄無知識。獨怪臨去時，摩首如憐惜。三年教歌舞，萬里離親戚。絕伎逢侯王，寵異施恩澤。高堂紅氍毹，華燈布瑤席。授以紫檀槽，吹以白玉笛。文錦縫我衣，珍珠裝我額。瑟瑟珊瑚枝，曲罷恣狼藉。我本貧家子，邂逅遭抛擲。一身被驅使，兩口無消息。縱賞千黃金，莫救餓死骨。歡樂居它鄉，骨肉誠何益！

【評】

靳曰：此詩當於對面思之，蓋寫其兒被寵憶家之苦，正是寫阿爺逋錢棄子之痛也。

吳梅村全集卷第十　詩後集二

七言古詩二十九首

楚兩生行　并序〔一〕

蔡州蘇崑生、維揚柳敬亭，其地皆楚分也，而又客於楚。左寧南駐武昌，柳以談、蘇以歌爲幸舍重客。寧南沒於九江舟中，百萬衆皆奔潰。柳已先期東下。蘇生痛哭，削髮入九華山〔二〕，久之出從武林汪然明〔三〕；然明亡，之吳中。吳中以善歌名海內，然不過嘽緩柔曼爲新聲，蘇生則於陰陽抗墜，分刌比度，如崑刀之切玉，叩之栗然，非時世所爲工也。嘗遇虎丘廣場大集，生睨其旁，笑曰：某郎以某字不合律。有識之者曰〔四〕：彼傖楚乃竊言是非。思有以挫之，間請一發聲，不覺屈服。顧少年耳剽日久，終不肯輕自貶下，就蘇生問所長。生亦落落難合，到海濱，寓吾里。蕭寺風雪中，以余與柳生有雅故，爲立小傳，援之以請曰：吾浪跡三十年，爲通侯所知，今失路憔悴而來過此，惟願公一言，與柳生並傳足矣。柳生近客於雲間帥，識其必敗，苦無以自脫，浮湛敖弄〔五〕，在軍政一無所關，其禍也幸以免。蘇生將渡江，余作楚兩生行送之，以之寓柳生，俾知余與蘇生游，且爲柳生危之也。

黄鵠磯頭楚兩生〔六〕，征南上客擅縱横。將軍已没時世換，絶調空隨流水聲。一生拄頰高談妙，君卿唇舌淳于笑。痛哭長因感舊恩，詼嘲尚足陪年少〔七〕。途窮重走伏波軍〔八〕，短衣縛袴非吾好。抵掌聊分幕府金，褰裳自把江村釣。一生嚼徵與含商，笑殺江南古調亡。洗出元音傾老輩，疊成妍唱待君王〔九〕。一絲縈曳珠盤轉，半黍分明玉尺量。最是大堤西去曲，累人腸斷杜當陽。憶昔將軍正全盛，江樓高會誇名勝。生來索酒便長歌〔一〇〕，中天明月軍聲静。將軍聽罷據胡牀，撫髀百戰今衰病。一朝身死豎降旛，貔貅散盡無横陣。祁連高塚泣西風，射堂賓客嗟蓬鬢。覊棲孤館伴斜曛，野哭天邊幾處聞。草滿獨尋江令宅，花開閒弔杜秋墳。鵾絃屢換尊前舞，鼉鼓誰開江上軍。楚客祇憐歸未得，吴兒肯道不如君。我念邗江頭白叟，滑稽幸免君知否？失路徒貽妻子憂，脱身莫落諸侯手。坎壈繇來爲盛名，見君寥落思君友。老去年來消息稀，寄爾新詩同一首。隱語藏名代客嘲，姑蘇臺畔東風柳。

【校】

〔一〕題下小注「并序」，詩鈔作「有序」。本事無題下「并序」字。
〔二〕本事「九華山」下有「中」字。
〔三〕久之出　本事無「出」字。
〔四〕識之　本事作「譏之」。
〔五〕浮湛　本事作「浮沈」。
〔六〕楚兩生　本事作「兩楚生」。
〔七〕詼嘲　本事作「詼諧」。
〔八〕途窮　本事作「窮途」。
〔九〕君王　詩鈔、本事均作「侯王」。
〔一〇〕便　詩鈔、本事均作「倚」。

【評】

袁錄曰：楚兩生行序佳，詩不如也。

茸城行

朝出胥門塘，暮泊佘山麓。旁帶三江襟扈瀆，五茸城是何王築？泖塔霜高稻葉黃，澱湖雨過蓴絲綠。百年以來誇勝事，丹青圖卷高珠玉。學士揮毫淸秘樓，徵君隱几逍遙谷。

前輩風流書畫傳，後生賢達聲華續。給事才名矯若龍，山公人地淸如鵠。汗簡銷沉又幾秋，滄江屢建高牙纛。不知何處一將軍，到日雄豪炙手薰。羊侃後房歌按隊，陳豨賓客劍成羣。刻金爲漏三更箭，錯寶施牀五色文。異物江淮常月進，新聲京雒自天聞。承恩杲賜華林宴，歸鎭高談橫海勳。未見尺書收草澤，徒誇名字得風雲〔二〕。此地江湖綰鎖鑰，家擅陶朱戶程卓。千箱布帛運輜車，百貨魚鹽充邸閣。將軍一一數高貲，下令搜牢徧墟落。非爲仇家告併兼，卽稱盜賊通囊槖。望屋遙窺室內藏，算緡似責從前諾。敢信黔婁脫網羅，早看猗頓塡溝壑。窟室飛觴傳箭催〔三〕，博塲戲責橫刀索。縱有名豪解折行，可堪小戶勝狂藥。將軍沉湎不知止，箕踞當筵任頤指。拔劍公收伍佰妻，鳴髇射殺良家子。江表爭猜張敬兒，軍中思縛盧從史。枉破城南十萬家，養士何無一人死。貪財好色英雄事，若輩屠沽安足齒！君不見夫差獵騎何翩翩，五茸春草城南天。雉媒飛起發雙矢，西施笑落珊瑚鞭。湖山足紀當時勝，歌舞猶爲後代傳。陸生文士能爲將，勳名三世才難量。河橋雖敗事無成，睥睨千秋肯誰讓。代有文章占數公，煙霞好處徧神王。兵火燒殘萬卷空，大節英聲未凋喪。一朝遽落老兵手，百里溪山復何有？已見衣冠拜健兒，苦無丘壑安窮叟。茸城楊柳鬱婆娑，欲繫扁舟奈晚何。盤龍浦上行人少，唳鶴灘頭戰艦多。我望嚴城聽街鼓，鱸魚沽酒扣舷歌。側身回視忽長笑，此亦當今馬伏波！

【校】

〔一〕得　詩鈔空格。

〔二〕窟室　詩鈔「窟」字空格。

過錦樹林玉京道人墓　并傳〔一〕

玉京道人，莫詳所自出，或曰秦淮人。姓卞氏。知書，工小楷，能畫蘭，能琴。年十八，僑虎丘之山塘。所居湘簾棐几，嚴淨無纖塵，雙眸泓然，日與佳墨良紙相映徹。見客初亦不甚酬對，少焉諧謔間作，一坐傾靡。與之久者，時見有怨恨色，問之輒亂以它語，其警慧雖文士莫及也。與鹿樵生一見，遂欲以身許，酒酣拊几而顧曰：「亦有意乎？」生固爲若弗解者，長嘆凝睇，後亦竟弗復言。尋遇亂別去，歸秦淮者五六年矣。久之，有聞其復東下者，主於海虞一故人，生偶過焉。尚書某公者，張具請爲生必致之，衆客皆停杯不御，已報曰至矣，有頃，迴車入內宅，屢呼之終不肯出。生悒怏自失，殆不能爲情，歸賦四詩以告絕，已而歎曰：「吾自負之，可奈何！」踰數月，玉京忽至〔二〕，有婢曰柔柔者隨之。嘗著黃衣作道人裝，呼柔柔取所攜琴來，爲生鼓一再行〔三〕，泫然曰：「吾在秦淮，見中山故第有女絕世，名在南內選擇中，未入宮而亂作，軍府以一鞭驅之去。吾儕淪落，分也，又復誰怨乎？」坐客皆爲出涕。柔柔莊且慧。道人畫蘭，好作風枝婀娜，一落筆盡十餘紙，柔柔承侍硯席間，如弟子然，終日未嘗少休。客或導之以言，弗應；與之酒，弗肯飲〔四〕。踰兩年，渡浙江〔五〕，歸於東中一諸侯，不得意，進柔柔奉之，乞身下髮，依良醫保御氏於吳中。保御者，年七十餘，侯之宗人，築別宮資給之良厚〔六〕。侯死，柔柔生一子而嫁〔七〕，所嫁家遇禍，莫知所終。道人持課誦戒律甚嚴〔八〕。生於保御，中表也，得以方外禮見。道人用三年力〔九〕，刺舌血爲保御書法華經，既成，自爲文序之，緇素咸捧手讚歎〔一〇〕。凡十餘年而卒，墓在惠山祗陀菴錦樹林之原。後有過者爲詩弔之曰〔一一〕：

龍山山下茱萸節，泉響琤淙流不竭。但洗鉛華不洗愁，形影空潭照離別。離別沉吟幾迴顧，遊絲夢斷花枝悟。翻笑行人怨落花，從前總被春風誤。金粟堆邊烏鵲橋，玉孃湖上蘼蕪路。油壁曾聞此地遊，誰知即是西陵墓。烏桕霜來映夕曛，錦城如錦葬文君。紅樓歷亂燕支雨，繡嶺迷離石鏡雲。絳樹草埋銅雀硯，綠翹泥涴鬱金裙。居然設色倪迂畫，點出生香蘇小墳。相逢盡說東風柳，燕子樓高人在否？枉抛心力付蛾眉，身去相隨復何有？獨有瀟湘九畹蘭，幽香妙結同心友〔一二〕。十色箋翻貝葉文，五條絃拂銀鉤手。生死栴檀祗樹林，青蓮舌在知難朽〔一三〕。良常高館隔雲山，記得斑騅嫁阿環。薄命只應同入道，傷心少婦出蕭關。紫臺一去魂何在，青鳥孤飛信不還。莫唱當時渡江曲，桃根桃葉向誰攀？

【校】

〔一〕詩觀、本事均無題下小注「并傳」字。

〔二〕詩觀無「所居湘簾棐几」至「玉京忽至」二百十四字。

〔三〕呼柔柔取所攜琴來爲生鼓一再行　詩觀作「每攜琴爲一鼓再行」。

〔四〕詩觀無「柔柔莊且慧」至「弗肯飲」五十三字。

〔五〕詩觀「渡」上有「玉京」字。

〔六〕築　詩觀作「也」。

〔七〕柔柔生一子而嫁　詩觀作「柔柔再嫁」。

〔八〕誦　詩觀作「論」。

〔九〕詩觀無「生於保御」至「見道人」十五字。

〔一〇〕詩觀無「緇素咸捧手讚歎」字。

〔一一〕詩觀無「後有過者爲詩弔之曰」字。本事無「曰」字。

〔一二〕妙結　詩觀作「好結」。

〔一三〕舌在　詩觀作「香在」。「知難朽」，本事作「心難朽」。

【評】

鄧漢儀曰：憶癸巳冬，汪然明招同趙月潭飲湖上之不繫園。然明言及卞生毀粧學道近事，月潭未之深信。比甲午春，予同錢牧齋宗伯往吳閶鄭翁家訪之，則樓頭紅杏照人，隔牆隱隱聞梵唄聲。屬鄭翁致慇懃，終不肯出。今已葬錦林一坏土矣。讀梅村歌，爲之歎惋。

袁錄曰：公傾倒於玉京至矣，此序自寓也。又曰：序佳，詩不相稱。

靳引張如哉評「烏桕霜來」八句曰：此段寫錦樹林，從老杜詩「野花留寶靨，蔓草見羅裙」化出，清詞麗句，亦可爲鄰。

曇陽觀訪文學博介石兼讀蒼雪師舊跡有感〔一〕

先生頭白髮垂耳，博士無官家萬里。講席漂零笠澤雲，鄉心斷絕昆明水。南來道者爲蒼公，說經如虎詩如龍。大渡河頭洗白足，一枝榔栗棲中峯〔二〕。與君相見砉然笑，石床對語羈愁空。故園西境接身毒，雪山照耀流沙通。神僧大儒却並出，雕題久矣漸華風。嗚呼！銅鼓鳴，莊蹻起，青草湖邊築營壘〔三〕，金馬碧雞悵已矣。人言堯幽囚，或言舜野死，目斷蒼梧淚不止。吾州城南祠仙子，窈窕丹青映圖史。玉棺上天人不見，遺骨千年蛻於此。先生結茅居其傍，歸不歸兮思故鄉。盡道長沙軍，已得滇池王。伏波南下開夜郎，烏爨孤城猶屈強，青蛉絕塞終徼荒。忽得山中書，蒼公早化去。支遁經臺樹隕花，文翁書屋風飄絮。噫嘻乎悲哉！香象歸何處？杜宇啼偏哀，月明夢落桄榔臺。丈夫行年已七十，天涯戎馬知何日？點蒼青，洱海白，道路雖開亦無及！

【校】

〔一〕題　詩鈔作「過曇陽觀訪文學博彙讀蒼雪師舊跡有感」。篋衍作「過曇陽觀訪文學博彙感蒼師」。

〔二〕榔栗　原作「梛栗」，據四十卷本、詩鈔、篋衍改。

〔三〕青草湖　篋衍作「青草河」。

贈陸生

陸生得名三十年，布衣好客囊無錢。尙書墓道千章樹，處士江村二頃田。京華浪迹非長計，賣藥求名總游戲。習俗誰容我棄捐，才名苦受人招致。古來權要嗜奔走，巧借高賢謝多口。古來貧賤難自持，一飡誤喪生平守。陸生落落眞吾流，行年五十今何求？好將輕俠藏亡命，恥把文章謁貴游。丈夫肯用他途進？相逢誤喜知名姓。狡獪原來達士心，棲遲不免文人病。黃金白璧誰家子，見人盡道當如此。銅山一旦拉然崩，却笑黔婁此中死。嗟君時命劇可憐，蜚語牽連竟配邊。木葉山頭悲夜夜，春申浦上望年年。江花江月歸何處，燕子鶯兒等飄絮。紅豆啼殘曲裏聲，白楊哭斷齋前樹。屈指鄉園筍蕨肥，南烹置酒夢依稀〔一〕。蓴鱸正美書堪寄，燈火將殘淚獨揮。君不見鴻都買第歸來客，駟馬軒車胡辟易。西園論價喜誰知，東觀掄文矜莫及。從他羅隱與方干，不比如君行路難。只有一篇思舊賦，江關蕭瑟幾人看？

【校】

〔一〕南亰　孫選作「南亭」。

【評】

孫鋐曰：無數獎借，無數牢騷，無數憐惜。深情麗筆，馳騁溫、李之間。

吾谷行

吾谷千章萬章木，插石緣溪秀林麓。中有雙株向背生，並幹交柯互蟠曲。一株夭矯面東風，上拂青雲宿黃鵠。黃鵠引吭鳴一聲，響入瑤花飛簌簌。一株偃蹇踞陰崖，半死半生遭屈辱。雷劈燒痕翠鬣焦，雨垂漏滴蒼皮縮。泥崩石斷迸枯根，鼠竄蟲穿隱空腹。行人過此盡彷徨，日暮驅車不能速。前山路轉相公墳，宰木參差亂入雲。枝上子規啼碧血，道傍少婦泣羅裙。羅裙碧血招魂哭，寡鵠羈雌不忍聞。同伴幾家逢下淚，羨他夫壻尙從軍。可憐吾谷天邊樹，猶有相逢斷腸處。得免倉黃剪伐愁，敢辭漂泊風霜懼。木葉山頭雪正飛，行人十月遼陽戍。兄在長安弟玉關，摘葉攀條不能去。昨宵有客大都來，傳道君王幸漸臺。便殿含毫題詔濕，閤門走馬報花開。宮槐聽取從官詠，御柳催成應制才。定有春風到吾谷，故園不用憂樵牧。雖遇彫枯墜葉黃，恰逢滋茂攢條綠。由來榮落總何常，莫向千門羡棟梁。君不見庾信傷心枯樹賦，縱吟風月是他鄉。

送杜大于皇從婁東往武林兼簡曹司農秋嶽范僉事正

五月江村客行曉，僮無朝餔馬無草。路穿槐柳到柴門，滿架藤花屋灑掃。與君相別定何年，一見嗟余頭白早。東隣濁酒賒未到，盤格麓疏具梨棗。莫怪貧家一飯難，主人長飢客不飽。解囊示我金焦詩，四壁波濤驚欲倒。一氣元音接混茫，想落千峯入飛鳥。近來此地擅時譽，粉飾開元與天寶。我把耒鋤倦唱酬，恥畫蛾眉鬬工巧。看君爽氣出江山，始悔從前作詩少。海內悠悠識者誰？汝有平生故人好。副相猶然臥茂陵，侍郎已是歸嶺表。況逢少伯共登臨，西子湖頭月皎皎。人生貧賤何足悲，縱酒高歌白雲杳。勝絕留容我輩狂，刼灰燒盡雷峯小。落落窮途感快游，愧我菰蘆色枯槁。佳句流傳遍世間，寄書早慰江潭老。

悲歌贈吳季子 松陵人，字漢槎。〔一〕

人生千里與萬里，黯然消魂別而已。君獨何爲至於此？山非山兮水非水，生非生兮死非死。十三學經幷學史，生在江南長紈綺。詞賦翩翩衆莫比，白璧青蠅見排詆。一朝束縛去，上書難自理，絕塞千山斷行李。送吏淚不止，流人復何倚〔二〕？彼尚愁不歸，我行定已矣！八月龍沙雪花起，橐駝垂腰馬沒耳。白骨皚皚經戰壘，黑河無船渡者幾？前憂猛虎後蒼兕，土穴偷生若螻蟻。大魚如山不見尾，張鬐爲風沫爲雨。日月倒行入海底，白晝相逢半人鬼。噫嘻乎悲哉！生男聰明愼勿喜，倉頡夜哭良有以。受患祇從讀書始，君不見，吳季子！

【校】

〔一〕孫選無題下小注。

〔二〕流人　篋衍作「行人」。

【評】

孫鋐曰：識字之害人若此，悲憤極矣。然是時天雨粟又是何意？我欲把詩人袖而問之。

織婦詞

黄繭繅絲不成匹，停梭倚柱空太息。少時織綺貢尚方，官家曾給千金直。孔雀蒲桃新樣改，異緞奇文不追識。桑枝漸枯蠶已老，中使南來催作早。齊紈魯縞車班班，西出玉關賤如草。黄龍袱子紫槖駝，千箱萬疊奈爾何！

【評】

袁録曰：語促聲悲。

贈穆大苑先 從汝寧確山歸。確山余兄純祜治也。

穆生同學今頭白，讀書不遇長爲客。亂離諸子互升沉，共樂同愁不相失。出入知交三十年，江山幾處供游歷。承平初謁武夷君，荔支日啖過三百。兵火桐江遇故人，釣臺長嘯凌千尺。身軀雖小酒腸寬，坦腹鄉村話疇昔。訪友新年到蔡州，淮西風浪使人愁。峭帆直下雙崖險，奇石横空衆水流。泊口斷磯傳禹跡，山根雷雨鎖獼猴。舍舟别取中都道，寢廟高原陵樹秋。定有風雲歸大澤，不堪弓劍弔荒丘。仰天太息頻搔首，失脚倒墮烏犍牛。偶來帝鄉折左臂，吾苦何足關封侯。丈夫落落誇徒步，芒鞋踏遍天涯路。中原極目滿蓬蒿，海內於今信多故。萬事無如散誕游，一官必受羈棲誤。傷心憔悴朗陵侯，征蹄奔命無朝暮。身親芻秣養驊騮，供頓三軍尙嗔怒。赤日黃埃伏道旁，鞭稍拂面將誰訴？故舊窮途識苦辛，掉頭舉世寧相顧。嗚呼！汝南風俗天下稀，死生然諾終難移。相逢應自有奇士，客中可以談心期。君行千里徇友急，此意豈得無人知？

遣悶六首 (一)

秋風泠泠蛩唧唧，中夜起坐長太息。我初避兵去城邑，田野相逢半親識。扁舟遇雨煙村出，白版溪門主人立。鷄黍開尊笑延入，手持釣竿前拜揖。十載鄉園變蕭瑟，父老誅求窮到骨。一朝戎馬生倉卒，婦人抱子草間匿，津亭無船渡不得。仰視烏鵲營其巢，天邊鷙鷇猶能逃。我獨何爲委蓬蒿？搔首回望明星高。

其 二

鷄既鳴矣升高堂，問我消息來何方？欲語不語心彷徨。當年奔走雖茫茫，兩親筋力支風霜，上有王母方安康，下有新婦相扶將，小妹中夜縫衣裳，百口共到南湖莊。只今零落將誰望，出門一步紛蜩螗，十人五人委道傍。去鄉五載重相見，江湖到處逢征戰，一家未遂昇平願，百年那得長貧賤？

其　三

人生豈不繇時命，萬事憂愁感雙鬢。兄弟三人我衰病，齒牙落盡誰能信。疇昔文章傾萬乘，道旁爭欲知名姓〔三〕。中年讀易甘肥遯，歸來擬展雲山興。赤城黃海東南勝。故園烽火憂三徑，京江戰骨無人問。愁吟獨向南樓凭，風塵咫尺何時定？故人往日燔妻子，我因親在何敢死！憔悴而今困於此，欲往從之媿青史。

其　四

生男歡喜生女憐，嗟我無子誰尤天。傷心七女盡亡母，啾啾乳燕枝難安。一女血淚啼闌干，舅姑嶺表無書傳；一女家破歸間關，良人在北愁戍邊；更有一女憂烽煙，圍城六月江風寒，使我念此增辛酸。其餘燈下行差肩，見人悲歎殊無端，攜手遊戲盈牀前。相思夜闌更剪燭，嚴城鼓聲振林木，衆雛怖向牀頭伏，搖手禁之不敢哭。

其　五

舍南春水成清渠，其上高柳三五株。草閣窈窕花扶疏，園有菜茹池有魚。蓬頭奴子推鹿車，藝瓜既熟分里閭。忽聞兵馬來城隅，南翁北叟當窗趨。我把耒鋤心躊躇，問言不答將無愚。老大無成灌蔬壤，暫息干戈竊偃仰。舍之出門更何往？手種松杉已成長。

其六

白頭儒生良自苦，獨抱陳編住環堵。身歷燕南遍齊魯，摩挲漆經觀石鼓，上探商周過三五，矻矻窮年竟奚補？岣嶁山頭祝融火，百王遺文棄如土。馬矢高於甕相圃，箋釋蟲魚付榛莽。寓言何必齊莊周？屬辭何必通春秋？一字不向人間留，亂離已矣吾無憂。

【校】

〔一〕鄒鈔選第一、二、三首。

〔二〕鄒鈔此句下有小注「公辛未魁天下」。

【評】

袁錄曰：遣悶小變杜甫七歌之體。

蘄曰：子美同谷七歌從四愁詩、胡笳十八拍化出，文山六歌從同谷七歌化出，此六首蓋本于子美、文山而稍變其體，所謂子雲、相如同工異曲者。

詠拙政園山茶花 并引〔一〕

拙政園，故大弘寺基也。其地林木絕勝，有王御史者侵之以廣其宮，後歸徐氏最久。兵興，爲鎮將所據，已而海昌陳相國得之。內有寶珠山茶三四株，交柯合理，得勢爭高，每花時，鉅麗鮮妍，紛披照矚，爲江南所僅見。相國自買此園，在政地十年不歸，再經謫遼海，此花從未寓目。余偶過太息，爲作此詩，他日午橋獨樂，定有酬唱以示看花君子也。

拙政園內山茶花，一株兩株枝交加。豔如天孫織雲錦，赬如姹女燒丹砂，吐如珊瑚綴火齊，映如蠕蝀凌朝霞。百年前是空王宅，寶珠色相生光華。長養端資鬼神力，優曇湧現西流沙。歌臺舞榭從何起，當日豪家擅閭里。苦奪精藍爲玩花，旋拋先業隨流水。兒郎縱博賭名園，一擲留傳猶在耳。後人修築改池臺，石梁路轉蒼苔履。曲檻奇花拂畫樓，樓上朱顏嬌莫比。千條絳蠟照鉛華，十丈紅牆飾羅綺。斸盡風流富管弦，更誰瞥眼閒桃李。齊女門邊戰鼓聲，入門便作將軍壘。荆棘從塡馬矢高，斧斤勿剪鶯簧喜。近年此地歸相公，相公勞苦承明宮。眞宰陽和暗迴斡，長安日日披薰風。花留金谷遲難落，花到朱門分外紅。獨有君恩歸未得，百花深鎖月明中。灌花老人向前說，園中昨夜零霜雪。黃沙淅淅動人愁，碧樹垂垂爲誰發？可憐塞上燕支山，染花不就花枝殷。江城作花顔色好，杜鵑啼血何斑斑。花開連理古來少，並蒂同心不相保〔二〕。名花珍異惜如珠，滿地飄殘胡不掃？楊柳絲絲二月天，玉門關外無芳草。縱費東君着意吹，忍經摧折春光老。看花不語淚沾衣，惆悵花間燕子飛。折取一枝還供佛，征人消息幾時歸？

【校】

〔一〕詩鈔題下無「并引」字。

〔二〕並蒂　詩鈔作「並蔕」。

【評】

蘄曰：層層摹寫，感歎祝誦，俱從花字生情，極芊眠麗密之致。

短歌

王郎頭白何所爲，罷官嶺表歸何遲〔一〕？衣囊已遭盜賊笑，襆被尚少親朋知。我書與君堪太息，不如長作五羊客。君言垂老命如絲，縱不歸人且歸骨。入門別懷未及話，石壕夜半呼倉卒。胠篋從他誤攫金，告緡憐我非懷璧。田園斥盡敝裘難，苦乏家錢典圖籍。愛子摧殘付託空，萬卷飄零復奚惜！吁嗟乎！十上長安不見收，千山遠宦終何益？君不見鬱孤臺臨數百尺，惡灘過處森刀戟。歷遍風波到故鄉，此中別有盤渦石。

【校】

〔一〕歸何遲　四十卷本作「歸來遲」。

西巘顧侍御招同沈山人友聖虎丘夜集作圖紀勝因賦長句〔一〕

漢陽仙人乘黃鵠，朝發三巴五湖宿。春深潮滿闔閭城，剪得晴川半篙綠。錦涇催動木蘭橈，恣討名山縱心目。判牘揮毫潑若雲，支筇屏騎從惟鹿。蒼丘虎氣鬱騰驤，一片盤陀徑廣場。平座千人塡語笑，危欄百尺沸絲簧。夫差石上杯浮月，歐冶池邊劍拂霜。花雨講臺孤塔迥，風流捨宅六朝荒。曾來此地探奇蹟，薄晚迎流刺舟入。攜手何人沈與吳，詞客青衫我頭白。脫略才知興會眞，冥搜務取煙霞適。火照靈湫暑月寒，鐘埋苦霧陰崖黑。魯公擘窠字如斗，忠孝輪囷鬼神走。蘚剝苔侵耿不磨，手捫沉吟立來久。重燒官燭奏鵾絃，今夕懽游逢快友。後約須聽笠澤鶯，臨分忍折閶門柳。七里山塘五月天，玉絲金管自年年。江村茶熟橋成市，溪館花開樹滿船。賀老一歌嘗月下，泰孃雙槳卽門前。泥車瓦馬兒童戲，竹几蕉團估客眠。萬事韶華有凋替，煙蕪漸失層巒翠。鼠竄迴廊僧舍空，鴉啼廢井漁扉閉〔二〕。赤幰黃驄佳氣浮，姑蘇臺上春風細〔三〕。令出天淸鸛鶴高〔四〕，詩成日落溪山好把丹青垂麗。笥屐籃輿逐後塵，碧油簾舫夜留賓。棲遲我已傷頹老，歷落君偏重散人。好把丹青垂勝事，可憑詩卷息閒身。襄陽寺壓蓦羊祜，句曲山圖補許詢。妙手生綃經想像，兔毫點出雙瞳王。抱膝看雲見碅砢，揹頤藉草眈疏放〔五〕。半衲誰堪竺道生，一樽足擬陶元亮。絹素流傳天壤存，它年相見欣無恙。黃鶴高飛玉笛殘，舊游我亦夢湘沅。峭帆此去應千里，郢樹參差響急灘。飲君酒，送君還，王程長作畫圖看。攜將老筆龍眠輩，寫盡江南江北山。

【校】

〔一〕題 詩鈔作「顧西巘侍御招同沈友聖虎丘夜集作圖紀勝爲賦長句贈之」。

〔二〕閉 詩鈔作「蔽」。

〔三〕上 詩鈔作「畔」。

〔四〕鷓鴣 詩鈔作「鸂鶒」。

〔五〕揹 詩鈔作「支」。

【評】

袁錄曰：亦復酣縱。

高涼司馬行 贈孫孝若〔一〕

高涼司馬才如龍，眼看變化疇人中。豪華公子作能吏，刻苦不與尋常同。十年太末聲名好，隨牒單車向嶺表。猿嘯天邊雁北飛，相思不斷如春草。官清喜得鄉園近，載米嘗聞上山郡。此去雖持合浦珠，炎州何處沽佳醞？君言萬事隨雙屐〔二〕，浮踪豈必嗟行役。婚嫁粗完身計空，掉頭且作天涯客。江南賦稅愁連天，笑余賣盡江南田；京華權貴書盈寸，笑余不作京華信。平生聲伎羅滿前，襆被獨上孤篷船。到日蘭芽開百本，飽啖荔枝寧論錢。故舊三人腸幾轉，白頭老輩攤吟卷。王宰丹青價自高，周郎酒興愁來減。三衢橘柚廣州柑，夢遶江南與海南。吾谷霜楓迴首處，錯認桄榔是鄉樹。

【校】

〔一〕詩鈔無題下小注。

〔二〕言　詩鈔作「今」。

魯謙菴使君以雲間山人陸天乙所畫虞山圖索歌得二十七韻

江南好古推海虞，大癡畫卷張顛書。士女嬉游衣食足，丹青價重高璠璵。不知何事今齋索，異聞只說姑蘇樂。西施案舞出層臺，瑟瑟珍珠半空落。聞道王孫愛畫圖，購求不惜千金諾。此地空餘好事家，扁舟載入他人橐。玉軸牙籤痛惜深，丹崖翠壁精華弱。魯侯魯侯何太奇，此卷留得無人知。一官三載今上計，粉本溪山坐臥持。九峯主人寫名勝，百年絹素猶蒼潤。云是探微後代孫，飄殘兵火遺名姓。我也菰蘆擁被眠，舊遊屈指嗟衰病。忽聽柴門枉尺緘，披圖重起籃輿興。烏目煙巒妙蜿蜒，西風拂水響濺濺。使君自是神仙尉，老我堪依漁釣船。招眞治畔飛黃鵠，七檜盤根走麋鹿。寫就青山當酒錢，醉歌何必諸絲竹。魯侯笑我太顚狂，不羨金張誇顧陸。登臨落日援吟毫，太息當年賢與豪。請爲陸生添數筆，絳雲樓榭舊東皐。

【評】

袁錄曰：世情詩。蒼潤。

九峯草堂歌 并序〔一〕

九峯草堂者，青溪諸乾一進士所構也。乾一取第後未仕，著書九峯山下，每峯皆有卜築，而神山爲最。明初彭素雲仙翁修眞此山，徵書至而蛻去，丹井尙存，金蛇著異，故名神鼉峯焉。少參陸蘭陔誅茅山麓，而其旁張王屋先生舊墅，有孫漢度，能繼家風，余詩中所援陸瑁、張融，蓋指兩人也。余山爲陳徵君眉公隱處，吾友董得仲以詩文爲此峯主人。乾一葺徵君廢屋置祠，而横雲爲李氏園，相望則天馬峰有鐵崖舊墓，機山則二陸故宅也。乾一拉余同遊，坐客有許九日、沈友聖、倪思曼及故人徐、陳二子，而少司空張公尋攜尊至〔二〕，凡乞花場、種藕塘、仙人棋枰、厙將軍兵書、鐵鎖拄玉屏、石牀、龍洞、虎塔〔三〕，皆一時杖屨所登歷，故敍次及之，其詳在九峰誌中。

九峰草堂神鼉峰，丹崖啓自彭仙翁。終南曳杖來採藥，眼看江上飛虬龍。紫泥欲下早蟬蜕，掉頭不肯隨東封。金蛇三寸戲沙礫，玉棺萬古懸虛空。仙井曾經鬼神鑿，九還洗出桃花紅。霓旌羽節往來過，月明鸞鶴吟天風。九峰主人青溪曲，上清謫受金門祿。一鞭槐市撼鳴珂，脫却朝衫友麋鹿。地近寧移許掾家，身輕未辟留侯穀。層閣嶔崟俯碧潭，迴廊窈窕穿修竹。同志相期四五人，幽棲幾處依林麓。陸瑁溪堂薄宦成，張融岸屋先人築。曹唐道者伴吹笙，註罷南華理松菊。道士曹耕雲同隱。葉落閒階閬苑鐘，熏香小史清如玉。主人詩酒眞人豪，好將蹤跡從漁樵。痛飲恕人容水部，乾一善飲而余口不識杯勺。長吟懷古繼龍標。名高仕宦從教懶，金盡妻孥任見嘲。是處亭臺添布置，到來賓客共逍遙。精藍每與支公會，支公指大衢和尚。快友還將董相招。得仲。我輩漫應誇隱遁，此君猶復困蓬蒿。小園涉趣知能賦，中歲離愁擬續騷。右手酒杯澆塊壘，雙眸書卷辨秋毫。得仲目疾復明。憶昔溪山正全盛，徵君比屋開三徑。筍屐籃輿鶯燕忙，酒旗歌板花枝映。處士詩成猿鳥知，尙書畫就煙巒潤。客過肯逢太守車，書來每接高僧信。李氏名園士女游，徐公別墅琴尊興。文貞別業在西佘。禊飮壺觴妙妓絃，餅師粔籹山翁印。眉公好説餅，市者以爲名。西風急浪五湖天〔四〕，四月江村響杜鵑。偃客棋枰抛浩刼，道人扇鎦隱殘編。乞花何處花如錦，種藕曾無藕似船。鐵笛已稀天馬逝，玉屏雖在石牀鐫。參龍洞暗荒祠雨，講虎經銷妙塔年。九峯主人三歎息，赤烏臣主眞相得。儒將雍容羽扇風，歌鍾槊戟王侯宅。勳業將衰文字興〔五〕，江山秀弱機雲出。寶玉空埋劍影寒，蘆花一片江湖白。英雄已往餘氣在，後來往往生遺佚。青史人間歲月遒，老鐵歌殘歌白石。眉公自稱白石山人。我聽君談意悽哽，停樽不御靑燈耿。相看徐孺與陳郎，闇公、大樽之子。雜坐迂倪思曼。偕瘦沈。友聖。彊項還推一老生，江都著作攄孤憤。得仲。展齒俄聞到茂先，一坐傾靡再張飮。有客依人話過秦，客有談關中事。無家二子同哀郢。即徐、陳二子。感舊思今涕淚多，荒鷄喔喔催人寢。九峰九峰空巑岏，朝來重上仙翁壇，浮生感歎誠無端。拂衣長嘯投漁竿，煙波一葉愁風湍。願君授我長生訣，攜向峰頭萬仞看。

【校】

〔一〕詩鈔無題下「并序」字及詩序，詩中夾注均無，

〔二〕少司空　四十卷本作「小司空」。
〔三〕厙　原作「庫」，據四十卷本改。
〔四〕急浪　詩鈔作「浪急」。
〔五〕文字　詩鈔作「文事」。

觀王石谷山水圖歌

世間勝事誰能識，兵戈老盡丹青客。眞宰英靈厭寂寥，江山幻出王郎筆。王郎展卷開窗淨，良久呼之曾不應。剪水雙瞳鎮日看，側身似向千峯進。一時儒雅高江東，氣韻吾推里兩翁。師授雖眞肯沿襲？後生更自開蠶叢。取象經營巧且密，丰神點拂天然中。頓挫淋漓寫胸臆，研精毫髮摹宗工。廣陵花月扁舟送，貴戚豪華盛供奉。不惜黃金購畫圖，好奇往往輕南宋。妙手裝潢技絕倫，殘縑斷墨俄飛動。闔閭城下收藏家，誅求到骨愁生涯。僅存數軸用娛老，載去西風響鹿車。君也侯門躧珠履，晴日湘簾憑畫几。弈罷雙童捧篋來，狎客何知亦咨美。笑持茗椀聽王郎，鑒別妍媸臻妙理。作者風流異代逢，賞心拊掌王孫喜。枉買青娥十萬錢，移人尤物惟山水。王郎馳譽滿通都，軟裘快馬還東吳。道邊相識半窮餓，致身猶是憂妻孥。羨君人材爲世出，盛年絕藝須難得。好求眞訣走名山，粉本終南兼少室。攬取荆關入掌中，歸帆重補煙江色。諸侯書幣迷深處，搦管松根醉箕踞。絹素流傳天壤間，白雲萬里飛來去。

京江送遠圖歌 幷序

京江送遠圖者，石田沈先生周爲吾高祖遯菴公之官敍州作也。圖成於弘治五年辛亥之三月，京兆祝公希哲允明爲之序。後一百七十有八年，公之四世孫偉業謹案京兆序而書之曰：公諱愈，字惟謙，一字遯菴。成化乙未進士，授南京刑部主事，進郎中，淸愼明敏，號稱職，先後九載。南司寇用弘治三年詔書得薦其屬，將待以不次，疏未達而命守敍州。爲守旣常調，敍又險且遠，公獨不以爲望。南中諸大僚爲文以寵其行，太僕寺丞文公宗儒林旣已自爲文，又遍乞名人之什以贈。文公之子待詔徵仲壁〔一〕，卽公婿也。石田爲文公執友，待詔親從之受畫法，京兆之交在文氏父子間，故石田爲作長卷，題以短歌，而京兆序之。長卷中平橋廣坡，桃柳雜植，有三峰出其上，離舟揮袂送者四五人，點染景物皆生動；短歌有「荔支初紅五馬到，江山亦爲人增奇」之句，其風致可想見焉。京兆文典雅有法度，小楷倣鍾太傅體，尤其生平不多得。詩自都玄敬以下十有五人，朱性甫存理、劉協中嘉績，尤以詞翰著名者也。先朝自成、弘以來，一郡方雅之族，莫過文氏，而吾宗用世講相輝映。當敍州還自蜀，參政河南，而文太僕丞出爲温州守。待詔以詩文書畫妙天下，晚出而與石田齊名，其於外家甥舅中表多有往還手蹟。偉業六七歲時，見吾祖封詹事竹臺公所藏數十紙，今大半散失，猶有存者。此卷比之它帙，日月爲最久，衰門凋替，不知落於何人，乃劫灰之餘，得諸某氏質庫中，若有神物擁護以表章其先德，不綦幸乎！吾吳氏自四世祖儀部冰蘗公以乙科起家，參政再世滋大，父子皆八十，有重德，其行畧具吳中先賢傳中。偉業無似，不能闡揚萬一，庶幾邀不朽於昔賢之名蹟，而藉手當世諸君子共圖其傳，是歌之作，見者有以教之也。

京江流水清如玉，楊柳千條萬條綠。畫舫勞勞送客亭，勾吳人去官巴蜀。巴蜀東南僰道開，夷牢山下居民屋。諸葛城懸斷棧邊，李冰路鑿巔崖腹。不知置郡始何年，即敍西戎啓荒服。吾祖先朝事孝宗，清郎遠作蠻方牧。家世流傳餞別圖，知交姓字摩挲讀。先達鄉邦重文沈，太僕絲蘿共華省。徵仲當時尚少年，後來詞翰臻能品。師承父執石田翁，婉致姻親書畫請。相城高臥灑雲煙，話到相知因笑肯。太守嚴程五馬裝，山人尺素雙江景。草色官橋從騎行，花時祖帳離尊飲。碧樹遥遥別袂情，青山疊疊征帆影。首簡能書枝指生，揮毫定值殘酲醒。狂草平生見儘多，愛看楷法藏鋒緊。徽仲關心畫後題，石田句把前賢引杜老曾遊擘荔支，涪翁有味嘗苦筍。唐戎州，宋紹聖四年始改爲敘。杜子美客游詩有「輕紅擘荔支」之句；黃山谷貶官，作筍賦，言苦而有味，官況似之。故石田短歌引此相贈。此地居然風土佳，丈人仕宦堪高枕。嗚呼！孝宗之世眞成康，相逢骨肉游羲皇。瞿塘劍閣失險阻，出門萬里皆康莊。雖爲邊郡二千石，經過黑水臨青羌。氂牛徼外無傳堠，鐵鎖江頭弗置防。去國豈愁親故遠，還家詎使鬢毛蒼。吾吳儒雅傾當代，石田旣沒風流在。待詔聲華晚更遒，枝山放達長無害。歲月悠悠習俗非，江鄉禮數歸時態。縱有丹青老輩存，故家興會知難再。京口千帆估客船，金焦依舊青如黛。巫峽巫山慘澹風，此州迢遞浮雲礙。正使何人送別離，登高腸斷烏蠻塞。衰白嗟余老秘書，先人名德從頭載。廢楮殘縑發浩歌，一天詩思江山外。

【校】

〔一〕壁　原作「璧」，據文徵明集改。

【評】

袁錄曰：一起公本色。至「孝宗」以下，風流俛仰，與之俱深矣。

沈文長雨過福源寺 幷序〔一〕

余以己亥春遊石公山，宿文長山館。丁未復至，石公水涸，抉奇呈異，遠過舊游。將登歷而風雨驟至，竟覿面失之，殊不及我故人之高談蕭寺，追敍夙昔也。〔二〕

昔年訪沈子，石公山沒歸雲址；今年遇沈公，石公水落盤龍宮。沈公家在石公側，白頭三見山根出。而我分攜將九載，相看總老溪山改。石公在望風雨作，探得靈奇復蕭索。沈公蠟屐曉衝泥，握手精藍話疇昨。石公沈公且別去，明日回頭望山樹。

【校】

〔一〕詩鈔無題下「幷序」字。

〔二〕詩鈔詩序文字頗有異同，遂錄如下：「余以己亥春過洞庭，爲石公之遊，宿文長山館，得紀遊二律。丁未春復至石公，時以水涸，抉奇呈異，比舊遊且百倍過之。然探索山根，將登歷而風雨驟至，竟 覿面而失石公，殊不及我故人之高談蕭寺，追敍夙昔也。因再賦此章爲贈。」

秋日錫山謁家伯成明府臨別酬贈

吾家司馬山陰公，子弟變化風雲中。琱戈帶礪周京改，碣石關河禹穴通。泰伯城頭逢季子，登高極目霜楓紫。七十煙巒笠澤圖，三千歲月勾吳史。遍觀易象與春秋，魯頌唐風費考求。縞帶贈來同白璧，干將鑄就勝純鈎。此中盡說春申澗〔一〕，草荒幸舍飛凫雁。珠履何人解報恩，蒯緱枉自勤垂盼。黄初才子好加餐，季重翩翩畫省看。早負盛名游鄴下，只今詩酒駐江干。江干足比梁園勝，追陪衺叟招枚乘。八斗君堪跨建安，一編我尚慚長慶。剡山東望故人遥，玉局金吾未寂寥。汗簡舊開都護府，蘭臺新插侍中貂。感君意氣從君飲，燈火松窗安伏枕。數枝寒菊映琴心，百斛清泉定茶品。歸家迴首木蘭舟，鐘鼓高城暮靄收。最是九龍山下水，伴人離抱向東流。

【校】

〔一〕澗　原作「潤」，據四十卷本改。

【評】

袁録曰：結句絶妙。

題劉伴阮凌煙閣圖　并序

唐閻立本十八學士圖，相傳在兵科直房中。余官史局，慈谿馮大司馬鄴仙時掌兵都垣，嘗同直禁中，出而觀之，吏啓篋未及展，而馮以上命宣召，遽扃鐍而去，遂不果。今相去三十年，六科廊燬於兵，此圖不可問矣。按王氏畫苑，立本畫十八學士，又畫凌煙二十四功臣，故兩圖並行；凌煙圖不著，著其所繇失。汴梁劉君仲阮，天才超詣，書畫尤其所長，自鍾、王以下，八分行草，摹之無不酷似；山水雅擅諸家，又出新意以繪人物，如所作凌煙功臣圖，氣象髣髴，衣裝瓌異，雖立本復出，無以過焉。仲阮遊於方伯三韓佟公之門，暫留吾吳，恨尙未識面，間取是圖以想像其爲人，意必嶔嵜磊落，有凌雲御風之氣。余因是以窺劉君之才，服方伯之知人，而深有感於余之老，不足追陪名輩也。爲之歌曰：

大梁才子今劉生，客遊書畫傾公卿。江南花發遇高會，油幢置酒羅羣英。開君書堂拂素壁，貞觀將相施丹青。長孫燕頷肺腑戚，河間隆準天潢親。鄂公衞公與英國，誰其匹者推秦瓊，房杜勛勣魏疆諫，元僚濟濟高勳名。二十四人半豐沛，君王帶礪山河盟。千載懸毫寫生面，雙眸顧盼關神明。長弓大矢佩刀劍，玄衮赤舄垂葱珩。正視橫看叫奇絕，一時車馬喧南城。余衰卧病滄江口，忽地流傳入吾手。細數從前翰墨家，海內知名交八九。慘澹相看識苦心，殘縑零落知何有。技窮仙佛并侯王，四十年來誰不朽。北有崔青蚓，南有陳章侯。崔也餓死値喪亂，維摩一卷兵間留。含牙白象貝多樹，圖成還記通都求。陳生落魄走酒肆，好摹傖父屠沽流。笑儅王媼錢十萬，稗官戲墨行觥籌。劉生三十稱詞伯，盛名緩帶通侯席。埋沒休嗤此兩生，古今多少窮途客。繁臺家在汴流平，老我相逢話鋒鏑。剩有關河出後生，枉將兵火催衰白。君不見秘書高館羣儒修，歐虞褚薛題銀鈎。朔州老將解兵柄〔一〕，折節愛與諸生游。丈夫遭際好文日，布衣可以輕兜鍪。似君才藻妙行草，況工絹素追營丘。它年供奉北門詔，大官賜食千金裘。嗚呼！石渠麟閣總天上，凌煙圖罷圖瀛洲。

【校】

〔一〕老將　原作「老軍」，據四十卷本改。

【評】

袁錄曰：落落露英氣。中夾崔、陳，亦自寫一時推服處。

白燕吟

雲間白燕菴，袁海叟丙舍在焉，吾友單狷菴隱居其傍，鴻飛冥冥，爲弋者所篡，故作此吟以贈之。余年二十餘，遇狷菴於陳徵君西佘山館，有歌者在席，迴環昔夢，因及其事。狷菴解組歸田，遭逢多故，視海叟之西臺謝病，倒騎烏犍牛，以智僅免者，均有牢落之感，俾讀者前後相觀，非獨因物比興也。

白燕菴頭晚照紅，摧頹毛羽訴西風。雖經社日重來到，終怯雕梁故壘空。當年掠地爭飛俊，垂楊拂處簾櫳映。微君席上點微波，雙棲有箇凝妝靚。趙家姊妹鬭嬋娟，軟語輕身鬢影偏。錯信董君它日寵，昭陽舞袖出尊前。長安穠杏翩躚好，穿花掐蝶春風巧。楚雨孤城儔侶稀，歸心一片江南草。縞素還家念主人，瓊樓珠箔已成塵。雪衣力盡藍田土，玉骨神傷漢苑春。銜泥從此依林木，窺簷詎肯樊籠辱。高舉知無鴻鵠心，微生幸少烏鳶肉。探卵兒郎物命殘，朱絲繫足柘弓彈。傷心早已巢君屋，猶作徘徊怪鳥看。漫留指爪空迴顧，差池下上秦淮路。紫頷關山夢怎歸，烏衣門巷雛誰哺？頭白天涯脫網羅，向人張口爲愁多。啁啾莫向斜陽語，爲唱袁生一曲歌。

【評】

袁錄曰：白燕吟公之後作，亦似才盡。

靳評「白燕菴頭」四句曰：起四句題面題意已都寫訖。「晚照」則時已暮矣，晚照猶紅，蓋稱願之詞也；「摧頹毛羽」比狷菴爲弋者所篡；「社日重到」比狷菴之解組歸田；「終怯雕梁」比狷菴之遭逢多故。然祇詠白燕，已是絕妙好辭，梅村筆底有化工也。

木棉吟〔一〕并序

木棉出林邑及高昌、哀牢諸國，梁武帝時徼外以爲獻，見南史。又南州異物志、裴氏廣州記皆云南蠻不蠶，採木棉作絮，染爲班布，漢書所云荅布白疊，其時已流入交、廣矣。元至正間，淞江烏泥涇汙萊不食，偶傳此種，崖州黃婆教以捍彈紡織之法，死而爲廟祀之。按廣州木棉大如樹，與今所見不類。明初王梧溪逢以爲交、廣木棉一名班枝花，吳地所種乃草棉，非木棉也。陶南村亦呼爲吉貝，與梧溪語合，然世俗所傳，不可復改。余以爲地氣雖殊，物性本一，卽謂之木棉可也。自上海、練川以延及吾州，岡身高仰，合於土宜，隆、萬中閩商大至，州賴以饒。今累歲弗登，價賤如土，不足以供常賦矣。余作木棉吟紀之，俾盛衰知所考焉。

木棉花發春申冢，東海昔聞無此種。南州異物記有之，芙蓉花蘂梧桐枝。崖州老姥曉移植，烏泥涇上黃婆祠。種花先傳治花法，左足先窺踏車捷。豨膏滑軸運雙穿，鐵鋏黏雲吐重疊。椎弓絃急雪飄搖，白玉裝成絮萬條。兩指按來聲不斷，一輪空月影蕭蕭。紡就飛花日成疋，錯紗不獨誇雲織。軟如鵝毳色如銀，非紵非絲亦非帛。哀牢白疊貢南朝，黃潤筒中價並高。不信此方貪卉服，江天吉貝滿平皐。四月農占早花好，麥地栽來憂莫保。持鋤赤汗敢歸休，長怕遊青低沒草。東舍西鄰助作勞，魚羹菜具歡呼飽。蟹患蟲災絕跡無，社鬼驅除醵錢禱。西風淅瀝幾回吹，花臺漸結花鈴老。豆溝零露濕衣裳，搰拾提筐逐兒嫂。多日常暄冷信遲，今年穩是霜黃少。有叟傴僂負戴行，編蒲縛索趁天晴。黃綿襖厚裝踰寸，白酒帘高買幾升。道畔相逢吏嗔怒，賣花何不完租賦！老翁仰首前致詞，足不能行口披訴。眼見當初萬曆間，陳花富戶積如山。福州青襪烏言賈，腰下千金過百灘。看花人到花滿屋，船板平鋪裝載足。黃雞突嘴啄花蟲，狼藉當街白如玉。市橋燈火五更風，牙儈肩摩大道中。一入倡家唱歌宿，好花真屬買花翁。劉河塞後遭多故，良田踏作官車路。縱加耘耔土膏非，雨雨風風把花妬。薄熟今年市價低，收時珍重棄如泥。天邊賈客無人到，門裏妻孥相向啼。昔年花早官租緩，比來催急花偏晚。花還未種勉輸糧，輸待將完花信遠。昔年河北載花去，今也栽花遍齊豫。北花高擁渡江南，南人種植知何利。嗚呼！一歌夏白紵，再歌秋木棉。木棉未開婦女績，緝麻執臬當姑前。徐王廟南絣澼洸，賣得官機佐種田。田事忙過又夜作，十月當窗織梭布。盡室飢寒敢自衣，私逋償過官錢誤。姚沙渡口片帆微，花好風波怎載歸？隔岸人家凝望斷，千山閩客到應稀。詔書昨下開網罟，蘇息烏村并鴉浦。招徠殘戶墾荒蕪，要識從今種花苦。殷勤里正聽此詞，催租須待花熟時。上海、嘉定、太倉境俱三分宜稻，七分宜木棉。凡種木棉者俱稱花以別于稻，有花田、花租之名。篇中言花者，從方言也。

【校】

〔一〕四十卷本無此篇。

吳梅村全集卷第十一　詩後集三

七言古詩二十一首

題蘇門高士圖贈孫徵君鍾元　容城人，孝廉。〔一〕

蘇門山水天下殊，中有一人淸且癯。龐眉扶杖白髭鬚，鶡冠野服談詩書。定州城北滹水瀦，白沙村畔爲吾廬。少年蹀躞千金駒，獻策天子來皇都。腰鞬三矢玉鹿盧〔二〕，幽州臺上爲歡娛。日暮酒酣登徐無，顧視同輩誰能如。十人五人居要樞，拖金橫玉當朝趨。今我不第胡爲乎？有田一廛書百廚，雞泉馬水吾歸歟！七徵不起乘柴車，當時猶是昇平餘。一朝鐵騎城南呼，長刀砍背將人驅〔三〕。里中大姓高門閭，鞭笞不得留須臾。叩頭莫敢爭膏腴〔四〕，乞爲佃隸租請輸。牽爺擔子立兩衢，問言不答但欷歔。先生閉門出無驢，僵臥一榻絕朝餔。弟子二人舁籃輿。百門書院今空虛，此中聞是孫登居。太行秀色何盤紆，榿楠榛栗松杉儲，風從中來十萬株。嘯臺遺址煙霞俱，流泉百道穿階除。幅巾短髮不用梳，彈琴橫卷心安舒。微言妙旨如貫珠，考鐘擊磬吹笙竽。古文屋壁闡禹謨，異人手授先天圖。談仁講義追堯夫，後來姚許開榛蕪，斯文不墜須吾徒。誰傳此圖來江湖，使我一見心踟躕。卽今絕學誰能扶，屈指耆舊堪嗟噓〔五〕。蘇門山下有碩儒，中原學者多沾濡。百年文獻其存諸，我往從之歌黃虞。

【校】

〔一〕感舊無題下小注。

〔二〕鞬　原作「鍵」，據四十卷本、感舊改。

〔三〕砍背　四十卷本、感舊均作「斫背」。

〔四〕膏腴　四十卷本、感舊均作「高腴」。

〔五〕嗟噓　四十卷本、感舊均作「嗟吁」。

【評】

袁錄曰：筆欲突兀，然公本以駘蕩婉轉見長，突兀舌本強矣。

贈總憲龔公芝麓〔一〕

丈夫四十致卿相，努力公孤方少壯。握手開尊話疇昔，故人一見稱無恙。當初海內苦風塵〔二〕，解褐才名便絕倫。官守蘄春家近楚，賊窺江夏路通秦。書生年少非輕敵，擐甲開門便迎擊。詩成橫槊指黃巾，戰定磨崖看赤壁。我同宋玉適來游，多士名賢共校讎。此地異才爲亂出，論文高話鎖廳秋。別後相思隔江水，黑山鐵騎如風雨。聞道黃州數被兵，讀書長嘯重圍裏。荏苒分飛十八年，我甘衰白老江邊。那知風雪嚴城鼓，重謁三公棨戟前。郎君致身已鼎足，正色趨朝勤補牘。異書捫腹五千卷，美酒開顏三百斛。月明歌舞出簾櫳，刻燭分題揮灑中〔三〕。談笑阮生青眼客，文章王掾黑頭公。卻思少小經離亂，銅駝荊棘尋常見。側身天地竟何心，過眼風光有誰羨。楚水吳山思不禁，朝衫欲脫主恩深。待看賀監歸來歲，勾漏丹砂本易尋。

【校】

〔一〕題　「贈」，四十卷本、詩鈔均作「壽」。

〔二〕海內　詩鈔作「宇內」。

〔三〕揮灑　詩鈔作「揮酒」。

王郎曲

王郎十五吳趨坊，覆額青絲白晳長。孝穆園亭常置酒，風流前輩醉人狂〔一〕。同伴李生柘枝鼓，結束新翻善財舞。鎖骨觀音變現身，反腰貼地蓮花吐。蓮花婀娜不禁風，一斛珠傾宛轉中。此際可憐明月夜，此時脆管出簾櫳。王郎水調歌緩緩，新鶯嘹嚦花枝暖。慣拋斜袖卸長肩〔二〕，眼看欲化愁應懶。摧藏掩抑未分明〔三〕，拍數移來發曼聲。最是轉喉偷入破〔四〕，殢人腸斷臉波横〔五〕。十年芳草長洲緑，主人池館惟喬木。王郎三十長安城，老大傷心故園曲。誰知顏色更美好，瞳神剪水清如玉。五陵俠少豪華子，甘心欲爲王郎死。寧失尚書期，恐見王郎遲；寧犯金吾夜，難得王郎暇。坐中莫禁狂呼客，王郎一聲聲頓息。移牀欲坐看王郎，都似與郎不相識。往昔京師推小宋，外戚田家舊供奉。只今重聽王郎歌，不須再把昭文痛。時世工彈白翎雀〔六〕，婆羅門舞龜兹樂。梨園子弟愛傳頭〔七〕，請事王郎教弦索。恥向王門作伎兒，博徒酒伴貪歡謔。君不見康崑崙、黄幡綽，承恩白首華清閣。古來絶藝當通都，盛名肯放優閒多〔八〕？王郎王郎可奈何！王郎名稼，字紫稼，於勿齋徐先生二株園中見之，髫而皙，明慧善歌。今秋遇于京師，相去已十六七載，風流儇巧，猶承平時故習。酒酣一出其伎，坐上爲之傾靡。余此曲成，合肥龔公芝麓口占贈之曰：「薊苑霜高舞柘枝，當年楊柳尚如絲。酒闌卻唱梅村曲，腸斷王郎十五時。」〔九〕

【校】

〔一〕醉人　本事作「酒人」。

〔二〕長肩　新集作「長眉」。
〔三〕推藏　四十卷本、詩鈔、新集、本事均作「摧藏」。
〔四〕偷　詩鈔、本事均作「愁」。
〔五〕腸斷　新集作「腸帶」。
〔六〕白翎雀　詩鈔、新集均作「白翎鵲」。
〔七〕傳頭　本事作「纏頭」。
〔八〕肯放　新集作「肯敎」。
〔九〕新集無篇末小注。本事以篇末小注爲詩序，而無「字紫稼」三字。

臨淮老妓行

臨淮將軍擅開府，不鬭身強鬭歌舞。白骨何如棄戰場，青娥已自成灰土。老大猶存一妓師，柘枝記得開元譜。纔轉輕喉便淚流，尊前訴出漂零苦。妾是劉家舊主謳，冬兒小字唱梁州。翻新水調教桃葉，撥定鵾弦授莫愁。武安當日誇聲伎，秋娘絕藝傾時世。戚里迎歸金犢車，後來轉入臨淮第。臨淮游俠起山東，帳下銀箏小隊紅。巧笑射棚分畫的，濃妝毬仗簇花叢。縱爲房老腰肢在，若論軍容粉黛工。羊侃侍兒能走馬，李波小妹解彎弓。錦帶輕衫嬌結束，城南挾彈貪馳逐。忽聞京闕起黃塵〔一〕，殺氣奔騰滿川陸。探騎誰能到薊門，空閒千里追風足。消息無憑訪兩宮，兒家出入金張屋。請爲將軍走故都，一鞭夜渡黃河宿。暗穿敵壘過侯家，妓堂仍訝調絲竹。祿山裨將帶弓刀〔二〕，醉擁如花念奴曲。倉卒逢人問二王〔三〕，武安妻子相持哭。薰天貴勢倚椒房，不爲君王收骨肉。翻身歸去遇南兵，退駐淮陰正拔營。寶劍幾曾求死士，明珠還欲致傾城。男兒作健酣杯酒，女子無愁發曼聲。可憐西風怒，吹折山陽樹，將軍自撤沿淮戍。不惜黃金購海師，西施一舸東南避。鬱洲崩浪大於山，張帆捩柁無歸處。重來海口豎降旛，全家北過長淮去。長淮一去幾時還，誤作王侯邸第看。收者到門停奏伎，蕭條西市歎南冠。老婦今年頭總白，淒涼閱盡興亡迹。已見秋槐隕故宮，又看春草生南陌。依然絲管對東風，坐中尚識當時客。金谷田園化作塵，綠珠子弟更無人〔四〕。楚州月落清江冷〔五〕，長笛聲聲欲斷魂。

【校】

〔一〕京闕　鄒鈔作「金闕」。

〔二〕祿山　詩鈔此二字空格。　弓刀，鄒鈔作「刀弓」。

〔三〕問　詩鈔、鄒鈔、詩觀、本事均作「念」。

〔四〕子弟　鄒鈔作「弟子」。

〔五〕清江　鄒鈔作「江清」。

【評】

鄒漢儀曰：興亡盛衰，如許大事，却借一老妓發之，所謂白頭宮女、紅豆詞臣，有心人于此不禁情長耳。

靳曰：此詩以「尊前訴出漂零苦」爲眉目，而以「不關身強鬪歌舞」爲主腦，左縈右拂，層層入妙。

送沈繹堂太史之官大梁

雲間學士推二沈，布衣召見登華省。多少金閨榜墨新，科名埋沒聲華冷。青史流傳有弟兄，衣白山人披賜錦。一代才名竝玉珂，百年絹素垂金粉。知君門胄本能文，易世遭逢更絕倫。射策紫衮臚唱出，馬蹄不動六街塵。曲江李杜無遺恨，留取花枝待後人。即今藝苑多供奉，八分草隸清曹重。署額新宮十丈懸，韋郎體勢看飛動。其餘作者何紛紛，爭來待詔鴻都門。圍棋賭墅王長史，丹青畫馬曹將軍。君也讀書致上第，傳家翰墨閒游戲。迸落長空筆陣奇，縱橫妙得先人意。頓挫沉雄類壯夫，雙瞳剪水清癯異。臥疾蕭齋好苦吟，平生雅不爲身計。惟留詩句滿長安，清切長宜禁近官。秋雨直廬分手處，忽攜書卷看滿山。嗚呼！男兒不入即當出，生世詣爲二千石。黃紙初除左馮翊〔二〕，腰間兩綬閒顏色。

君不見沈侍中，圖書秘閣存家風。匹夫徒步拜侍從，況今淋漓御墨宫袍紅。一麾去聽梁園鐘，軒車路出繁臺東〔二〕。杯酒意氣何雍容，簿領豈足羞英雄。安能低眉折腰事鉛槧，蹉跎白首從雕蟲。宣廟時，雲間有大、小沈學士，以布衣善書入翰林，皆著名跡。大學士名度，小學士名粲。繹堂爲壬辰第二人，官編修，擢授大梁道，亦有書名，小學士後也。

【校】

〔一〕黄紙　原作「黄子」，據四十卷本、詩鈔改。

〔二〕繁臺　原作「紫臺」，據四十卷本、詩鈔改。

通玄老人龍腹竹歌

通玄老人來何方，碧臚頳面拳毛蒼。手披地圖向我説，指點西極天微茫。視彼萬里若咫尺，使我不得悲他鄉。京師公卿誰舊識，與君異國同周行。九州喪亂朋友盡，此道不絶留扶桑。牀頭示我龍腹竹，夜半風雨疑騰驤。尾燒鱗蜕飛不得，蒼皮倔强膺微張。此中空洞亦何有？得無頷下驪珠藏。漢家使者通大夏，仍來邛蜀搜篔簹。更踰葱嶺訪異種，攜歸上苑棲鸞皇。我欲裁之作龍笛，水底老蛟吟不得。縱使長房投葛陂，此龍偃臥難扶策。可是天教產竹郎，八荒奇事誰能識？一從海上西南來，中原篠簜多良材。淇園已竭蒼生痛，會稽正採征夫哀，天留異質在無用，任將抛擲生塵埃。若有人兮在空谷，束素娟娟不盈匊。盡道腰肢瘦勝肥，此君無乃非其族。雪壓霜欺直幹難，輪囷偃蹇忘榮辱。郿君豈出子魚下，高人磊砢遭題目。玉筍新抽漸拂雲，摩挲自倚東牆曲。苦節長同處士飢，寬心好耐湘妃哭。吁嗟乎！崑崙以外流沙西，當年老子驅青犢。手中竹杖插成林，殺青堪寫遺經讀。君不見猶龍道德五千字，要言無過寧爲腹，何可一日無此竹！

【評】

袁錄曰：意欲老蒼，每爲吳語所亂。　又曰：結尤巧而近拙，斷非大雅之音。

畫中九友歌

華亭尙書天人流，墨花五色風雲浮。至尊含笑黃金撥，殘膏賸馥雞林求。玄宰〔一〕。太常妙蹟兼銀鉤，樂郊擁卷高堂秋。眞宰欲訴窮雕鎪〔二〕，解衣盤礴堪忘憂。煙客。誰其匹者王廉州，神姿玉樹三山頭，擺落萬象煙霞收。尊彝斑剝探商周，得意換卻千金裘。玄照。檀園著述誇前修，丹青餘事追營丘。平生書畫置兩舟，湖山勝處供淹留。長蘅。阿龍北固持雙矛〔三〕，披圖赤壁思曹劉。酒醉灑墨橫江樓，蒜山月落空悠悠。龍友。姑蘇太守今僧繇，問事不省張兩眸。振筆忽起風颼颼，連紙十丈神明遒。爾唯。松圓詩老通清謳〔四〕，墨莊自畫歸田游。一犂黃海鳴春鳩，長笛倒騎烏犉牛。孟陽。花龕巨幅千峰稠，小景點出林塘幽。晚年筆力淩滄洲，幅巾鶴髮輕王侯。潤甫。風流已矣吾瓜疇，一生迂癖爲人尤，僮僕竊罵妻孥愁。瘦如黃鵠閑如鷗，煙驅墨染何曾休！僧彌。

【校】

〔一〕玄宰　孫選作「思白」。

〔二〕雕鎪　原作「雕搜」，據孫選改。

〔三〕雙矛　孫選作「兩矛」。

〔四〕詩老　詩鈔、孫選均作「詩律」。

【評】

孫鋐曰：與飲中八仙歌對看，肯一字讓少陵出色否？

袁錄曰：學飲中八仙體，語亦瘦勁可喜。

沈德潛曰：用飲中八仙歌格，而絕異其面目，所以可貴。（清詩別裁）。

送舊總憲龔公以上林苑監出使廣東〔一〕

與君對酒庾樓月，君逼干戈我離別；與君藉地燕山草，君作公孤我潦倒。亦知窮老應自疏，識君意氣眞吾徒。門前車馬多豪俊，躡衣上坐容衰鬢。我持半勺君一斗，我吟一篇君百首。每逢高會輒盡歡，把我新詩不容口。今日它鄉再送君，地角天涯復何有？山川有靈交有命，延津會合眞難定。如君共事曹侍郎，百僚彈壓風裁正。握手論文海內推〔二〕，交游京洛聲華盛。秋風吹向越王臺〔三〕，後先踪跡誰能信？不見蘭臺連柏府，卻過劍浦來珠郡。相贈雖無陸賈金，相看何必周昌印。丈夫豁達開心期，悠悠世上無人知。三仕三已總莫問，一貴一賤將奚爲？別君勸君休失意，碧水丹山暫游戲。客路扁舟好著書，故園九日堪沉醉。烏柏霜紅少婦樓，桄榔雨黑行人騎。獨有飄零老伏生，不堪衰白因將迎。祇因舊識當塗少，坐使新知我輩輕。花發羅浮夢君處，躑躅悲歌不能去。

【校】

〔一〕題　「公」，四十卷本、詩鈔、新集、篋衍均作「孝升」。鄒鈔題作「送舊總憲龔孝升出使廣東」。

〔二〕論文　篋衍作「論交」。

〔三〕向　原作「起」，據四十卷本、詩鈔、鄒鈔、新集、篋衍改。

【評】

袁錄曰：自是傾倒之詞。

雁門尚書行 幷序（一）

雁門尚書行（二），爲大司馬白谷孫公作也。公代州人，地故雁門郡。長身伉爽，才武絕人。其用秦兵也，將憑巖關爲持久（三），且固將吏心，秦士大夫弗善也，累檄趣之戰（四），不得已始出。天淫雨，糗糧不繼（五），師大潰，潼關陷，獨身横刀衝賊陣以沒，從騎俱散，不能得其屍。公之出也，自念必死，顧語張夫人，夫人曰：「丈夫報國耳！無憂我。」西安破，率二女六妾沉于井，揮其八歲兒以去。兒踰垣避賊，墮民舍中，有老翁者善衣食之。二年，公長子世瑞重趼入秦，得夫人屍，貌如生。老翁歸以弟，相扶還。見者泣下，蓋公素有德秦人云。余門人馮君訥生（六），公同里人，作潼關行紀其事；余曾識公於朝，因感賦此什。公死而天下事以去，然其敗由趣戰（七），且大雨糧絕，此固天意，抑本廟謨（八），未可專以責公也（九）。公之參佐，惟監軍道喬公以明經奏用，能不負公，潼關之破，同日死，名元柱，定襄人。

雁門尚書受專征，登壇顧盼三軍驚。身長八尺左右射，坐上咄咤風雲生（一〇）。家居絕塞愛死士（一一），一日費盡千黃金。讀書致身取將相，關西鼠子方縱横。長安城頭揮羽扇，臥甲韜弓不忘戰。持重能收壯士心，沉幾好待兇徒變（一二）。忽傳使者上都來，夜半星馳馬流汗。覆轍寧堪似往年，催軍還用松山箭。尚書得詔初沉吟，蹶起横刀忽長歎。我今不死非英雄，古來得失誰由算？椎牛誓衆出潼關〔三〕，墟落蕭條轉餉難。六月炎蒸驅萬馬，二崤風雨斷千山。雄心慷慨宵飛檄，殺氣憑陵老據鞍。掃欃謀成頻撫劍，量沙力盡爲傳餐。尚書戰敗追兵急，退守巖關收潰卒。此地乘高足萬全，只今天險嗟何及！蟻聚蜂屯已入城，持矛瞋目呼狂賊。戰馬嘶鳴失主歸，横尸撑距無能識。烏鳶啄肉北風寒，寡鵠孤鸞不忍看。願逐相公忠義死，一門恨血土花斑。故園有子音書絶，勾注烽煙路百盤。欲走雲中穿紫塞，別尋奇道訪長安。長安到日添悲哽，繭足荆榛見眢井。轆轤繩斷野苔生，幾尺枯泉浸形影。永夜曾歸風露清，經秋不化冰霜冷。二女何年駕碧鸞，七姬無塚埋紅粉。複壁藏兒定有無〔四〕，破巢窮鳥問將雛〔五〕。時來作使千兵勢，運去流離六尺孤。傍人指點牽衣袂，相看一慟眞吾弟。訣絶難爲老母心，護持始識遺民意。回首潼關廢壘高，知公於此葬蓬蒿。沙沉白骨魂應在，雨洗金瘡恨未消。渭水無情自東去，殘鴉落日藍田樹〔六〕。青史誰人哭蘚碑，赤眉銅馬知何處？嗚呼！材官鐵騎看如雲，不降即走徒紛紛。尚書養士三十載，一時同死何無人？至今惟說喬參軍！

【校】

〔一〕詩觀、新集題下均無「并序」字。

〔二〕雁門尚書行　詩觀無此五字。

〔三〕巖關　詩觀作「嚴關」。

〔四〕新集無「且固」至「弗善也累」十三字。

〔五〕糗糧　新集作「糧糗」。

〔六〕馮君訥生　新集無「君」字。

〔七〕趣戰　鄒鈔作「趨戰」。

〔八〕抑本廟謨　新集無此四字。

〔九〕未可專以　新集無「以」字。詩觀無「余門人馮君訥生」至「未可專以責公也」六十三字。

〔一〇〕咄咤　四十卷本、咸舊作「咄吒」，鄒鈔、詩觀、新集作「咄叱」。

〔一一〕愛　原作「受」，據四十卷本、鄒鈔、詩觀、新集、咸舊改。

〔一二〕好待　新集作「要待」。

〔一三〕出　新集作「向」。

〔一四〕複壁　詩觀作「複道」。

〔一五〕窮鳥　新集作「客鳥」。

〔一六〕藍田　新集作「藍關」。

【評】

鄧漢儀曰：詳略開闔，擒縱起束，俱以龍門手法行之。其敍戰事始末，則係一代興亡之實跡，非雕蟲家所可擬也。　又評「尙書戰敗」八句曰：摹寫戰敗一段，泣風雨而號鬼神，覺尙書生氣猶存。
袁錄曰：序佳，詩不甚稱。
黃傳祖於「催軍還用松山箭」下評曰：明亡於兩戰，可爲痛哭。又於「橫尸撐距無能識」下評曰：大事必待鉅手，然詩亦藉以傳，互爲有功。又於「赤眉銅馬知何處」下評曰：落句所感者廣，不爲尙書。
靳引陸雲士曰：雁門尙書篇，以龍門之筆行之韻語，洵詩史也。梅村先生長歌甚多，率皆琵琶、長恨之遺，然用意每隱于使事，亦是詩家一病，未有淸眞精勁若此章者。末句補出參軍，大傳中藏一小傳，眞一語千鈞矣。

雕橋莊歌 幷序

高邑趙忠毅公爲雕橋莊記曰：「吾郡梁太宰有雕橋莊，在郡西十五里大茂諸山之東，前臨滹沱、西韓二水，東爲大門，表之曰尙書里。有樓曰蓮渚仙居，有堂曰壽槐，槐可四十圍，相傳數百年物。太宰功成身退，徜徉於此者二十年，今其孫愼可讀書其中，自號爲西韓生云。」此忠毅家居時所作也。公後拜吏部尙書，視梁公以同郡爲後繼，竟因黨禍戍代州死。愼可以孝廉入中翰，余始識之，知其爲趙公交。尋以齟齬去，相別十餘年，今起官水部，家門蟬冕，當代莫與比焉。余以其名山別墅，亂後獨全，高門遺老，晚節最勝，雕橋盛事，自太宰以來，百餘年於此矣，是可歌也，爲作雕橋莊歌。

常山古槐千尺起，雕橋西畔尙書里。偃蓋青披大茂雲，扶疎響拂韓河水。水部山莊遶碧渠，彈琴長嘯修篁裏。今年相見在長安，據鞍卻笑吾衰矣。盡道新枝任棟梁，不知老幹經風雨。自言年少西韓生，幽幷豪俠皆知名。酒酣箕踞聽鼓瑟，射麋擊兔邯鄲城。天生奇質難自棄，一朝折節傾公卿。當時海內推高邑，趙公簡重稱相得。才地能交大父行，襟期雅負名賢識。公曾過我讀書處，笑倚南樓指庭樹。歸田太宰昔同游，廿載林泉共來去。此是君恩優老臣，後來吾輩應難遇。每思此語輒泫然，知已投荒絕塞天。同是冢臣恩數異，傷心非復定陵年。黃巾從此成貽禍，青史誰來問斷編。鉤黨幾家傳舊業，干戈何地著平泉。我有山莊幸如故，老樹吟風自朝暮。磐石寧容蟲蟻穿，斧斤不受樵蘇誤。鈴索高齋擁賜書，名花異果雕欄護。綠葯紅蕖水面開，門前卽是鳴騶路。子弟傳呼千騎歸，不敎鞍馬驚鷗鷺。年年細柳與新蒲，妝點溪山入畫圖。四海烽煙喬木在，一窗燈火故人無。相逢只有江南客，頭白尊前伴老夫。

【評】

袁錄曰：秀潤是公擅場。

贈馮訥生進士教授雲中

并州馮郎長吳越，桐江風雪秦淮月。不烹羊酪敵蓴羹，肯拈蘆管吹桃葉。才同顧陸與温邢，俠少風流擅絕倫。名士有誰甘作諾，丈夫何必尙專城。乞得一氈還故土，欲化邊人作鄒魯。余笑謂君且歸去，不信廣文今廣武。絳帳懸弓設豹侯，講堂割肉摻鼉鼓。擊磬新調塞上歌，投壺卻奏軍中舞。文籍先生上谷儒，游閑公子河東賈。亂定初聞闕里鐘，時淸不用平城弩。雁門太守解將迎，馬邑名豪通訓詁。烏桓年少挾雕弧，射得黃羊供束脯。男兒作健羞裙屐〔一〕，拂雲堆上吹橫笛。低頭博士爲萬卷，撫掌封侯空四壁。憶昔扁舟醉石頭，別來幾夢南徐客。隱囊麈尾燒卻盡，長鋏純鈎看自惜。學就吳趨恐未工，注成晉問無人識。嗚呼！五湖煙水憶鱸魚，落木天高好寄書〔二〕。塞雁不歸花又發，故人消息待何如？

【校】

〔一〕羞　鄒鈔作「修」。

〔二〕落木　鄒鈔作「木落」。

【評】

袁錄曰：意似有餘。公拙句甚多，雁門行如「時來作使千兵勢」，此首「不信廣文今廣武」，大似稚氣瞎調。

海戶曲 南海子周環一百六十里，有海戶千人。〔一〕

大紅門前逢海戶，衣食年年守環堵。收藁腰鐮拜嗇夫，築場貰酒從樵父。不知占籍始何年，家近龍池海眼穿〔二〕。七十二泉長不竭，御溝春暖自涓涓。平疇如掌催東作〔三〕，水田漠漠江南樂。鴛鷺鵁鶄滿煙汀，不枉人呼飛放泊〔四〕。南海子有水泉七十二處，元之飛放泊也。後湖相望築三山，兩地神洲咫尺間〔五〕。以西苑後湖名海子，故此云「南」〔六〕。遂使相如誇陸海，肯敎王母笑桑田。蓬萊樓閣雲霞變，晾鷹臺上何王殿〔七〕？晾鷹臺，元之仁虞院也，常使大學士提調之〔八〕，鷹墜皆用先朝舊壘改作。傳說新羅玉海青，星眸雪爪飛如練〔九〕。玉海青卽白鷹也。詐馬筵開挏酒香〔一〇〕，元有詐馬宴。割鮮夜飲仁虞院〔一一〕。二百年來話大都〔一二〕，平生有眼何曾見？頭白經過是舊朝，春深慣鎖黃山苑叶。典守唯聞中使來，樵蘇輒假貧民便。芳林別館百花殘，廿四園中爛熳看〔一三〕。南海子有二十四園，係明時制。記得尙方初薦品，東風鈴索護雕闌。葡萄滿摘傾筠籠，蘋果新嘗捧玉盤。賜出宮中公主謝，分遺闕下侍臣餐。一朝翦伐生荊杞，五柞長楊悵已矣〔一四〕。野火風吹螞蟻墳，海子東南有螞蟻墳，每清明日，數萬皆聚于此〔一五〕。枯楊月落蝦蟆水。玉泉一名蝦蟆泉，流入海子〔六〕。盡道千年苑囿非，忽驚萬乘車塵起。雄圖開國馬蹄勞，將相風雲劍槊高。帳殿行城三十里，旌旗獵獵響鳴鞘。朝鮮使者奇毛進，白鷹刷羽霜天勁。舊跡淩歊好放鵰，荒臺百尺登臨勝〔七〕。俊鶻重經此地飛，黑河講武當年盛〔八〕。弔古難忘百戰心，掃空雉兔江山淨。新豐野老驚心目，縛落編籬守麋鹿〔九〕。兵火摧殘淚滿衣，昇平再覩修茅屋。衰草今成御宿園，豫游只少千章木。上林丞尉已連催，灑掃離宮補花竹。人生陵谷不須哀，蘆葦陂塘雁影來。君不見鄠杜西風蕭瑟裏，丹青早起濯龍臺。

【校】

〔一〕篋衍無題下小注及行間夾注。

〔二〕海眼穿　鄒鈔作「海子邊」。

〔三〕催　篋衍作「罷」。

〔四〕新集此句下無夾注。

〔五〕神洲　原作「神州」，據詩鈔、鄒鈔、新集改。

〔六〕新集此注移在題下小注「千人」後。

〔七〕新集此句下無夾注。

〔八〕常使　四十卷本、鄒鈔均作「當使」。

〔九〕新集此句下無夾注。

〔一〇〕新集此句下無夾注。

〔一一〕新集此句下有夾注「晾鷹臺元仁虞院」。

〔一二〕二百年　詩鈔、箋衍均作「三百年」。

〔一三〕新集此句下無夾注。

〔一四〕悵　鄒鈔作「恨」。

〔一五〕新集此注無「每」、「皆」、「于」三字，鄒鈔無「皆」、「于」二字。

〔一六〕流入海子　鄒鈔無此四字。

〔一七〕荒臺　新集作「荒基」。

〔一八〕黑河　原作「墨河」，據四十卷本、詩鈔、鄒鈔、箋衍改。

〔一九〕縛落　詩鈔作「縛絡」。

【評】

袁錄曰：此乃一時典故。

黃傳祖於「樵蘇輒假貧民便」下評曰：胸中典故，傾倒而出，盡作魚龍風雨。

退谷歌　贈同年孫公北海〔一〕

我家乃在莫釐之下，具區之東，洞庭煙鬟七十二，天際杳杳聞霜鐘。豈無巢居子，長嘯呼赤松，後來高臥不可得，無乃此世非洪濛〔三〕。元氣茫茫鬼神鑿，黄虞既沒巢由窮。逆旅逢孫登，自稱北海翁，攜手共上徐無峰。仰天四顧指而笑，此下卽是宜春宫。若教天子廣苑囿，吾地應入甘泉中。丈夫蹤跡貴狡獪，何必萬里游崆峒？君不見抱石沉、焚山死，被髮佯狂棄妻子；匡廬峰、成都市，欲逃名姓竟誰是？少微無光客星暗，四皓衣冠只如此。使我山不得高，水不得深，鳥不得飛，魚不得沉。武陵洞口鬧野哭，蕭斧斫盡桃花林。仙人得道古來宅，掫火到處相追尋。不如三輔內，此地依青門，非朝非市非沉淪。鄠杜豈關蕭相請，茂陵不厭相如貧。飲君酒，就君宿，羨君逍遥之退谷。花好須隨禁苑開，泉清不讓温湯浴。中使敲門爲放鷹，羽林下馬因尋鹿。我生亦胡爲，白頭苦碌碌。送君還山識君屋，庭草彷彿江南綠，客心歷亂登高目。噫嚱乎歸哉！我家乃在莫釐之下，具區之東，側身長望將安從？

【校】

〔一〕題　鄒鈔作「退谷歌贈同年孫北海」，無題下小注。

〔三〕洪濛　鄒鈔作「鴻濛」。

【評】

袁錄曰：終非公本色。

贈文園公

君家丞相人中龍，屈伸時會風雲空。廬陵忠孝兩賢繼，待詔聲名累葉同。致主絲綸三月罷，傳家翰墨八分工。汝父翩翩相公弟，詞場跌宕酣聲伎。才大非關書畫傳，門高不屑公卿貴。老向長安作布衣，主知特達金門戲。先帝齋居好鼓琴，相如召入賜黃金。大絃張急宮聲亂，識是君王宵旰心。爲君既難臣亦苦，龜山東望思宗魯。左徒憔悴放江潭，忠愛惓惓不忘楚。可惜吾家有逐臣，曲終哀怨無人補。欲譚治道將琴諫，審音先取宮商辨。怡神玉几澹無爲，雲門樂作南薰殿。君臣朋友盡和平，四海熙然致清晏。聖主聞聲念舊臣，名家絕藝嗟稱善。歸來臥疾五湖雲，垂死干戈夢故君。綠綺暗塵書卷在，脊令原上戴顒墳。雍門歌罷平陵曲，報韓子弟幾湛族〔一〕。竺塢祠堂鬼火紅，閶門池館蒼鼯宿〔二〕。汝念先人供奉恩，抱琴長向荒江哭〔三〕。滿目雲山入舊圖，只今無地安茅屋。誰將妙蹟享千金，後人餒死空山麓。與君五世通中表，相國同朝悲宿草。尋山結伴筍輿游，汝父平生與我好。看君才調擅丹青，畫舫相逢話死生。君不見信國悲歌青史裏，古來猶子重家聲。

【校】

〔一〕子弟　鄒鈔作「弟子」。
〔二〕蒼蹤　鄒鈔作「蒼蹤」。
〔三〕長向　鄒鈔作「夜向」。

【評】

袁錄曰：平調弱，結可删。

銀泉山

銀泉山下行人稀，青楓月落魚燈微。道旁翁仲忽聞語，火入空墳燒寶衣。五陵小兒若狐兔，夜穴紅牆縣官捕。玉椀珠襦散草間，云是先朝鄭妃墓。覆雨翻雲四十年，專房共輦承恩顧。禮數繇來母后殊，至尊錯把旁人怒。承直中宮侍宴迴，血裹銀環不知數。豈有言辭忤大家，蛾眉薄命將身誤。宮人斜畔伯勞啼，聲聲爲怨驪姬訴。盡道昭儀殉夜臺，萬歲千秋共朝暮。宮車一去不相隨，當時枉信南山錮。只今雲母似平生，皓齒明眸向誰妬？漢侍陵園亦已荒，移宮事蹟更茫茫。兩朝臺諫孤忠在，一月昭陽舊恨長。總爲是非留信史，卻憐恩寵異前王。路人尙說東西李二李寢園亦在山下。指點飛花入壞牆。

【評】

鄧漢儀曰：說鄭妃又牽連選侍及二李，筆力參差入妙，全以史法爲詩。

黃傳祖曰：急管繁絃，一唱三歎。 又於「蛾眉薄命將身誤」下評曰：前代逸事，國史所芟，收拾縝麗。

袁錄曰：亦近「同輦隨君」、「血汚遊魂」之意。

田家鐵獅歌

田家鐵獅屹相向，舑舕蹲夷信殊狀。 良工朱火初寫成，四顧咨嗟覺神王。 先朝異物倈西極，上林金鎖攀檻出。 玉關罷獻獸圈空，刻畫丹青似爭力。 武安戚里起高門，欲表君恩示子孫。 鑄就銘詞鐫日月〔一〕，天貽神獸守重閽。 第令監奴睛閃爍，老熊當路將人攫〔二〕。不堪此子更當關，鈎爪張眸吐銀齶〔三〕。 七寶香猊玉辟邪，嬉游牽伴入侯家。 圉人新進天閑馬，御賜仍名獅子花。 假面羌胡裝雜伎，狻猊突出拳毛異。 跳擲聲聲畫鼓催，條支海上何緣致？ 異材逸獸信超羣，其氣無乃如將軍。 將軍豈是批熊手，瞋目哮呼天下聞。 省中忽唱田蚡死，青犢明年食龍子。 蝦蟆血灑上陽門，三十六宮土花紫。 此時鐵獅絕可憐，兒童牽挽誰能前。 橐駝磨肩牛礪角，霜摧雨蝕枯藤纏。 主人已去朱扉改，眼鼻塵沙經幾載。 鎖鑰無能護北門，畫圖何處歸西海？ 吾聞滄州鐵獅高數丈〔四〕， 千年猛氣難凋喪。 風雷夜半戲人間，柴皇戰伐英靈壯。 蘆溝城堞對西山〔五〕，橋上征人竟不還。 枉刻蹲獅七十二，桑乾流水自潺潺。秋風吹盡連雲宅，鐵鳳銅烏飛不得〔六〕。卻羨如來有化城，香林獅象空王力。扶雀犛牛見太平，月支使者貢西京。并州精鐵終南冶，好鑄江山莫鑄兵。

【校】

〔一〕日月　新集作「月日」。

〔二〕老熊　鄒鈔、新集、篋衍均作「老羆」。

〔三〕銀齶　鄒鈔、新集均作「齦齶」。

〔四〕滄州　原作「滄洲」，據四十卷本、鄒鈔、新集改。

〔五〕城堞　四十卷本、鄒鈔、新集、感舊、篋衍均作「城雉」。

〔六〕鐵鳳　篋衍作「銅鳳」。

【評】

袁錄曰：如見其形，工於寫事。

黃傳祖於「瞋目嘑呼天下聞」下評曰：「七寶」下縱橫擺漾，如珠走盤，不出盤外。又於「畫圖何處歸西海」下評曰：梅村每述興亡盛衰，輒淋漓欲絕。文生情，情生文耶？

題崔青蚓洗象圖

嗚呼顧陸不可作，世間景物都蕭索。雲臺冠劍半無存，維摩寺壁全凋落。開元名手空想像，昭陵御馬通泉鶴。燕山崔生何好奇，書畫不肯求人知。仙靈雲氣追恍惚，宓妃雒女乘龍螭。平生得意圖洗象，興來掃筆開屛障〔一〕。赤罽如披洱海裝，白牙似立含元仗。當時駕幸承天門，鸞旗日月陳金根。雞鳴鐘動雙闕下，歸然不動如崑崙。崔生布衣懷紙筆，道衝騶哄金吾卒。仰見天街馴象來，歸去沉吟思十日。眼前突兀加摩挲，非山非屋非陂陀。昔聞阿難騎香象，梅檀林內頻經過。我之此圖無乃是，貝多羅樹金沙河。十丈黃塵向天闕，霜天夜踏宮牆月。芻豆支來三品料，鞭梢趨就千官謁。材大寧堪世人用，徒使低頭受羈紲。京師風俗看洗象，玉河春水涓流潔。赤腳烏蠻縛雙帚，六街士女車塡咽。叩鼻殷成北闕雷，怒蹄捲起西山雪。圖成懸在長安市，道旁觀者呼奇絕。性癖難供勢要求〔二〕，價高一任名豪奪。十餘年來人事變，碧雞金馬爭傳箭〔三〕。越人善象教象兵，扶南身毒來酣戰。惜哉崔生不復見，畫圖未得開生面。若使從軍使趙佗，蒼梧城下看如練。更作昆明象戰圖，止須一疋鵝溪絹。嗟嗟崔生餓死長安陌，亂離荒草埋殘骨。一生心力付兵火，此卷猶在堪愛惜〔四〕。君不見武宗供奉徐霄仙，豹房夜直從游畋。青熊蒼兕寫奇特，至尊催賜黃金錢，只今零落同雲煙。古來畫家致身或將相，丹青慘澹誰千年？

【校】

〔一〕屛障　新集作「屛嶂」。

〔二〕性癖　鄒鈔、新集均作「性僻」。

〔三〕爭　鄒鈔、新集均作「驚」。

〔四〕猶在　四十卷本、鄒鈔、新集、感舊均作「猶存」。

【評】

袁錄曰：近人多賦洗象行，頗有佳趣，然視梅村此作，終覺遜其風格。

松山哀

拔劍倚柱悲無端，爲君慷慨歌松山。盧龍蜿蜒東走欲入海，屹然搘拄當雄關。連城列障去不息，茲山突兀煙峰攢。中有壘石之軍盤，白骨撐距凌巑岏。十三萬兵同日死，渾河流血增奔湍。豈無遭際異，變化須臾間，出身憂勞致將相，征蠻建節重登壇。還憶往時舊部曲，喟然歎息摧心肝。嗚呼！玄菟城頭夜吹角，殺氣軍聲振寥廓。一旦功成盡入關，錦裘跨馬征夫樂。天山回首長蓬蒿，煙火蕭條少耕作。廢壘斜陽不見人，獨留萬鬼塡寂寞。若使山川如此閑，不知何事爭強弱。聞道朝廷念舊京，詔書招募起春耕。兩河少壯丁男盡，三輔流移故土輕。牛背農夫分部送，雞鳴關吏點行頻。早知今日勞生聚，可惜中原耕戰人！

【評】

袁錄曰：惟此詩直寫舊恨。

胡薇元曰：松山哀，悲明亡也。……此首逼眞少陵。洪亨九偉畫壯猷，獨殄除明裔殆盡爲不仁耳。（夢痕館詩話卷四）

打冰詞

北河風高水生骨，玉壘銀橋堆幾尺。新成雲中千騎馬，横津直渡無行迹。下流湍悍川途開，吹笳官舫從南來。帆檣山齊排浪進，牽船百丈聲如雷。雪深沒髁衣露肘，背挽頭低風塞口。相逢羨殺順流船，急問來時河凍否？溜過湖寬放牐平〔一〕，長年穩望一帆輕。夜深側聽流澌響，瑣碎玲瓏漸結成。篙滑難施櫓枝折，舟人霜滿髭鬚白。發鼓催船喚打冰〔二〕，衝寒十指西風裂。吁嗟河伯何硜硜，白棓如雨終無聲。魚龍潛逃科斗匿，殊耐鞭杖非窮民〔三〕。官艙裘酒自高臥，只話篙師叉手坐。早辦人夫候治裝，明日推車冰上過。

【校】

〔一〕湖寬　孫選作「河寬」。

〔二〕喚　廣集作「歎」。

〔三〕鞭杖　孫選作「官杖」。

〔評〕

孫鋐曰：與重裘揮扇者同一不知疾苦，焉得此神手描摹？

黃傳祖曰：勞塵碌碌，宦海驅人，正矜爲得意之景。寫世情奕奕飛動。

袁錄曰：兩打冰詞俱佳。南人不信有此。

靳曰：「背挽頭低」、「白棓如雨」，是畫工；「風塞口」、「終無聲」，是化工。梅村筆下殆無所不有。

再觀打冰詞

官催打冰不肯行，座船旣泊商船停。商船雖住起潛聽，冰底有聲柁牙應。桅竿旗動吹南風，舟子喜甚呼蒙衝〔一〕。兒童操梃爭跳躍，其氣早奪馮夷宮。砉如蒼崖崩巨石，訇如戈矛相撞擊〔二〕。滃如雲氣騰虛空，颯如雨聲飛淅瀝。河伯娶婦三日眠，霜紈方空張輕煙。忽聞裂帛素娥笑，玉盤銀甕傾流泉。別有鮫鮹還未醒，沉魚浮藻何隱隱。上冰猶結下冰行，視水如燈取冰影〔三〕。冰輪旣碾相催送〔四〕，三千練甲皆隨從〔五〕。激岸迴湍冰負冰，白龍十丈鱗鱗動。自古水嬉無此觀，披裘起坐捲簾看。估客兼程貪夜發，卻愁明日西風寒。枕畔輕雷殊不已〔六〕，醉裏扁舟行百里。安得并州第四弦，彈徹冰天霜月起。

【校】

〔一〕蒙衝　百家作「艨艟」。

〔二〕訇　四十卷本、詩鈔、詩持、廣集均作「鍧」。

〔三〕如燈　廣集作「如冰」。

〔四〕催送　廣集作「推送」。

〔五〕隨從　詩鈔、鄒鈔、百家、詩持均作「隨衆」。

〔六〕殊　廣集作「如」。

【評】

黃傳祖曰：篇中闡題盡致，以虛景結之，悠然有餘力。

雪中遇獵

北風雪花大如掌，河橋路斷流澌響。愁鴟飢雀語啁啾，健鶻奇鷹姿颯爽。將軍射獵城南隅，軟裘快馬紅氍毹。秋翎垂頭西鼠煖，鴉青徑寸裝明珠。金鵝箭褶袍花濕，挏酒駝羹馬前立。錦靴玉貌撥秦箏，瑟瑟鬟多好顏色。少年家住賀蘭山，磧裏擒生夜往還。鐵嶺草枯燒堠火，黑河冰滿渡征鞍。十載功成過高柳，閑卻平生射雕手。漫唱千人敕勒歌，只傾萬斛屠蘇酒。今朝彷彿李陵臺，將軍喜甚圍場開。黄羊突過笑追射，鼻端出火聲如雷。回去朱旗滿城闕，不信溝中凍死骨。猶有長征遠戍人，哀哀萬里交河卒。笑我書生裋褐温，蹇驢箬笠過前村。即今莫用梁園賦，扶杖歸來自閉門。

【評】

袁錄曰：精警。

靳曰：通首正寫遇獵，而雪中字於旁襯得之。蓋歃裘、西鼠、袍濕、草枯、冰滿、屠蘇、凍骨、裋褐、箬笠、歸來閉門，皆帶一雪境在內；而梁園之賦，亦因雪賦中引梁王兎園也。組織工妙，都入渾成，是格力高人處。

吳梅村全集卷第十二　詩後集四

五言律詩八十九首

高郵道中四首〔一〕

野宿菰蒲晚，荒陂積雨痕。湖長城入岸〔二〕，塔動樹浮村。漁出沙成路，僧歸月在門。牽船上瓜埭，吹火映籬根。

其　二

十里藕塘西，浮圖插碧虛。霜清見江楚，山斷入淮徐。水驛難逢樹，溪橋易換魚。客程愁幾日，已覺久無書。

其　三

曾設經年戍，殘民早不堪。柳營當午道，水栅算丁男。雪滿防旗暗，風傳戰鼓酣。淮張空幕府，樓艦隔江南。

其四

甓社重來到，人家出遠林。種荷泥補屋，放鴨柳成陰。蝦菜春江酒，煙蓑暮雨砧。曹生留畫水，三十六陂深。高郵有曹生畫水壁，米元章極稱之。其地有三十六陂。〔三〕

【校】

〔一〕鄒鈔選第一、四首。廣集選第一首。

〔二〕湖長 鄒鈔作「湖高」，廣集作「湖弓」。

〔三〕鄒鈔無篇末小注。

清江閘

岸東穿流怒，帆遲幾日程。石高三板浸，鼓急萬夫爭。善事監河吏，愁逢橫海兵。時有事兩粵，兵過海上。我非名利客，歲晚肅宵征。

過姜給事如農〔一〕

侍從知名早，蕭條淮海東。思親當道梗，如農迎母，會膠、萊有兵亂〔二〕。哭弟在途窮。如須避地，沒於吳下〔三〕。骨肉悲歌裏，君臣信史中。翩翩同榜客，相對作衰翁。

【校】

〔一〕題　鄒鈔、廣集均作「過姜給事如農」。

〔二〕有兵亂　鄒鈔、廣集均無「有」字。

〔三〕廣集此注作「如須避地，卒吳門」。

遠路

遠路猶兵後，寒程況病餘。裝綿妻子線，致藥友人書。晚渡河津馬，晨冰驛舍車。蕭條故園樹，多負向山廬。

過東平故壘

重鎮銅龍第，雄邊珠虎牌。柳穿曉騎箭，花落美人釵。有客謀亡海，無書勸正淮。將軍留戰骨，狠藉雒陽街。

旅泊書懷

已遇江南雪，須防濟北冰。扁舟寒對酒，獨客夜挑燈。流落書千卷，淸贏米半升。微車何用急，慚媿是無能。

黄河 金龍口決，河從北入海，淸江、宿遷水勢稍緩，皆起新沙。〔一〕

白浪日崔嵬，魚龍亦壯哉。河聲天上改，地脈水中來。潮落神鵶廟，沙平戲馬臺。滄桑今古事，戰鼓不須哀。

【校】

〔一〕廣集無題下小注。

桃源縣 在黄河南，去淮陽八十里。

豈有秦人住，何來浪得名？山中難避地，河上得孤城。桃柳誰曾植，桑麻近可耕。君看問津處，烽火只縱横。

膠州 時有兵變

將已三年憊，兵須六郡豪。一時緣調遣，平昔濫旌旄。後顧憂輜重，前軍敢遁逃？只今宜早擊，都護莫辭勞。

【評】

黃傳祖曰：情形瞭然。

白洋河 在淮安西北，膠州叛兵從此過河，時已收縛。

膠海愁難定，孫恩戰艦多。卻聞挑白馬，此處渡黃河。一戰收豺虎，千軍唱橐駝。淮西兒女笑，溟渤亦安波。

過古城謁三義廟 去桃源八十里，爲石崇鎮下邳所築，非三國時古城也。土人以傳訛立廟，傳奇有桃源結義，耳食附會，幾以爲眞矣。〔一〕

廟貌高原古，村巫薦白蘋。河山雖兩地，兄弟只三人。舊俗傳香火，殘碑誤鬼神。普天皆漢土，何必史書眞？

【校】

〔一〕題下小注，廣集無「爲」、「以」及「傳奇」以下十六字。

【評】

黄傳祖曰：掀翻疑誤，更開生面。

項王廟 在宿遷。項王下相人，即其地也。〔一〕

救趙非無算，坑秦亦有名。情深存魯沛〔二〕，氣盛失韓彭。垓下騅難逝，江東劍不成。淒涼思晝錦，遺恨在彭城。

【校】

〔一〕題下小注，四十卷本無「也」字，廣集無「項」、「也」字。鄒鈔、篋衍均無題下小注。

〔二〕存 詩觀作「在」。

【評】

鄧漢儀曰：括盡項羽本紀。

袁錄曰：平情話。 又曰：與下相懷古作俱佳。

靳曰：此首總括羽紀。「情深」句人能言之，「氣盛」句罕言之者，至「失彭」則絕無有言之者矣，是特開生面處。

南旺謁分水龍王廟〔一〕

鱗甲往來中，靈奇奪禹功。平分泰山雨，兩使濟河風。岸似黄牛斷，流疑白馬通。始知青海上，不必盡朝東。

【校】

〔一〕題「南旺」上，四十卷本、鄒鈔、廣集均有「過」字。

【評】

靳曰：貼切中有渾成之妙。尤展成亦賦此題，不及吳作矣。

送天台何石湖之官臨晉兼簡蒲州道嚴方公

山色界諸盤，河流天際看。孤城當古渡，絕岸入王官。社鼓堯祠近，鄉書禹穴難。若逢嚴夫子，爲報故人安。

【評】

袁錄曰：爲報平安則穩，單押近拙。

送紀伯紫往太原四首〔一〕

不識盧從事，能添幕府雄。河穿高闕塞，山壓晉陽宮。霜磧三關樹，秋原萬馬風。相依劉越石，淸嘯戍樓中。

【評】鄧漢儀曰：全首壯麗。又曰：初唐氣概。

其　二

羨殺狂書記，翩翩負令名。軍知長揖貴，客傲敝裘輕。酒肆傳呼醉，毬場倒屣迎。須看雁門守，不及洛陽生。

【評】黃傳祖曰：氣概豪上。

其　三

客舍同三子，春風去住愁。那知爲此別，五月又幷州。榆莢催征騎〔二〕，榴花落御溝。

知君分手意，端不爲封侯。三子：韓聖秋、胡彥遠及伯紫也。時彥遠已先行。〔三〕

其四

佐府偏多暇，從容岸幘時。詩成千騎待，檄就百城知。從獵貪呼妓，行邊快賭棋。歸將出塞曲，唱與五陵兒〔四〕。

【校】

〔一〕鄒鈔選第一、四首。詩觀選第一首。百家選第四首。廣集選第二、三、四首。

〔二〕榆莢　原作「榆筴」，據四十卷本、詩鈔改。

〔三〕此注廣集置於其三首句下，「三子」作「爲」。

〔四〕五陵　百家作「武陵」。

送友人往眞定

五月常山去，滹沱雨過淸。賣漿無舊隱，挾瑟有新聲。曳履叢臺客，投戈熊耳兵。如逢趙公子，須重魯連生。

送純祜兄浙中藩幕四首〔一〕

散吏仍爲客，輕帆好過家。但逢新種柳，莫話久看花。黄閣交須舊，青山道未賒。獨嗟兄弟遠，辛苦滯京華。

其二

一第添憔悴，似君遭遇稀。杜門先業廢，乞祿壯心違。歌管移山棹，湖光上客衣。浪遊裝苟足，叩我故園扉。

其三

亦有湖山興，棲遲滅宦情。官非遷吏傲，客豈故侯輕。粉壁僧寮畫，煙堤妓舫聲。從容遨府罷，斗酒聽流鶯。

其四

忽忽思陳事，全家客剡中。江山連暮雨，身世隔殘虹。高館燃官燭，淸猿叫曉風。一竿秋色裏，蹤跡媿漁翁。

【校】

〔一〕廣集選第一、二首。

曹秋嶽龔芝麓分韻三首贈趙友沂得江州書三字〔一〕

策馬高原去，煙鴻仰視雙。疏鐘穿落木〔二〕，殘日動寒江。浪跡愁偏劇，孤懷俠未降。舊交相見罷，沽酒話南窗。

其二

誰識三公子，蕭條下澤車。門高輕仕宦，才大狎樵漁。黃葉窮幽興，青山出異書。不須身貴早，千騎上頭居。

其三

已歸仍是客，不遇卻難留。更作異鄉別，倍添游子愁〔三〕。風霜違北土，兵甲阻西州。一雁低飛急，關河萬里秋。

【評】

靳曰：此首筆勢飛騰，無一平衍語。

【校】

〔一〕題「三首」，詩鈔作「再」。鄒鈔題作「曹秋嶽龔芝麓分韻再贈友沂」，選第一首。

〔二〕落木 鄒鈔作「洛水」。

〔三〕倍添 詩鈔作「倍深」。

病中別孚令弟十首〔一〕

昨歲衝寒別，蕭條北固樓。關山重落木，風雪又歸舟。地僻城鴉亂，天長塞雁愁。客程良不易，何日到揚州？

【評】

靳曰：纏綿悱惻，情見乎辭。

其二

秋盡霜鐘急，歸帆畏改風。家貧殘雪裏，門閉亂山中。客睡愁難熟，鄉書喜漸通〔二〕。長年沽市酒，宿火夜推篷。

其　三

十日長安住，何曾把酒尊？病憐兄饘飯，窮代女營婚。別我還歸去，憐渠始出門。往來幾半載，辛苦不須論。

其　四

消息憑誰寄？羈愁祇自哀。逾時游子信，到日老人開。久病吾猶在，長途汝卻回。白頭驚起問，新喜出京來。

其　五

早達成何濟，遭時信眇歡。客游三月病，世路一生難。憂患中年集，形容老輩看。相逢俱壯盛，五十未爲官。

其　六

此意無人識，惟應父子知。老猶經世亂，健反覺兒衰。萬事愁何益，浮名悔已遲。北來三十口，盡室更依誰〔三〕？

其七

似我眞成誤，歸從汝仲兄。教兒勤識字，事母學躬耕〔四〕。州郡羞干請〔五〕，門庭簡送迎。古人親在日，絕意在虛名。

【評】

黃傳祖曰：是血非字。

其八

老母營齋誦，家貧只此心。飯僧餘白氎，裝佛少黃金。骨肉情難盡，關山思不禁。楞嚴經讀罷，無語淚痕深。

其九

寡妹無家苦，拋離又一年。老親頻念此，別語倍潸然。性弱孤難立，門衰產易捐。獨留兄弟在，中外幾人憐？

其十

稚子稱奇俊，迎門笑語忙。挽鬢憐尚幼，摩頂喜堪狂。小輩推能慧，新年料已長。吾家三萬卷，付託在兒郎。

【校】

〔一〕鄒鈔選第二、七首，孫選選第四首，新集選第二、七首，均題作「病中別弟」。昭代選第一、二、三首，百家選第六首。

〔二〕鄉書　鄒鈔、新集均作「鄉音」。

〔三〕依誰　百家作「誰依」。

〔四〕學　鄒鈔、新集均作「愛」。

〔五〕羞　鄒鈔作「休」。

【評】

懷錄曰：情眞語切，聲淚俱聞。

再寄三弟二首

拙宦眞無計，歸謀數口資。海田人戰後，山稻雨來時。官稅催應早，鄉租送易遲。荷鋤西舍叟，憐我問歸期。

其　二

五畝山園勝，舂來客喚茶。籬荒謀補竹，溪冷課栽花。石迸牆根動，松欹屋脚斜。東莊租苟足，修葺好歸家。

送王玄照〔一〕

行止頻難定，裝輕忽戒途。望人離樹立，征棹入雲呼。野色平沙雁，朝光斷岸蘆。此中蕭瑟意，非爾不能圖。

【校】

〔一〕題　四十卷本作「再送王玄照」。

送孫令修游眞定

窮達非吾事，霜林萬象凋。北風吹大道，別酒置河橋。急雪迴征雁，低雲壓怒雕。曾爲燕趙客，寥落在今朝。

【評】

袁錄曰：是盛唐高、岑雄響。

靳曰：三、四雄健，餘亦相稱。

送周子俶張青琱往河南學使者幕六首〔一〕

不第仍難去，棲遲幕府游。幾人推記室，自古在中州。置酒龍門夜，論文虎觀秋。得依張壯武，揮麈盡風流。

其二

少室多奇士，君尋到幾峰？山深惟杖策，雲盡卻聞鐘。文字眞詮近，鬚眉道氣濃。相貽書一卷，歸教葛陂龍。子俶好道。

其三

二陸來江左，三張入雒中。賦誇梁苑雪，歌起鄴臺風。傖父休輕笑，吳儂雅自雄。短衣頻貰酒，射獵過城東。

其四

誰失中原計，經過廢壘高。秋風向廣武，夜雨宿成皐。此地關河險，曾傳將士勞。當時軍祭酒，何不用吾曹？

【評】

黄傳祖曰：只爭上流，全在相題。

靳曰：三、四語自然入妙，不由雕飾，此詩品也。

其五

極目銅駝陌，宮牆噪晚鴉。北邙空有骨，南渡更無家。青史憐如意，蒼生遇永嘉。傷心譚往事，愁見雒陽花。

【評】

鄧漢儀曰：古人于送行極爲鄭重，多感慨箴勉之詞。讀二詩，令人發新亭楚囚之歎。

其六

河流天地盡，白日待銷沉。不謂斯文喪，終存萬古心。典墳留太學，鐘鼓起華林。清雒安瀾後，遺編定可尋。

【校】

〔一〕題　鄒鈔「幕」下有「中」字，選第一、四、五、六首。詩觀、新集均選第四、五首。

【評】

袁錄曰：亦自瓌奇有骨。

送湘陰沈旭輪謫判深州四首〔一〕

謫宦經年待，蹉跎忝此州。猶然領從事，未得比諸侯。旅食沾微祿，官途託浪游。卻嫌持手板，廳壁姓名留。

其二

月出瀟湘水，思家正渺然。不知西去信，可上北來船？故舊憐除目，妻孥笑俸錢。免教烽火隔，飄泊楚江邊。

其三

此亦堪爲政，無因笑傲輕。爾能高治行，世止薄科名。煙井流移復，春苗斥鹵耕。古來稱一尉，何必尙專城？

其　四

豈不貪高臥？其如世路非。故園先業在，多難幾時歸？遇事愁官長，逢人羨布衣。君看洞庭雁，日夜向南飛。

【校】

〔一〕鄒鈔選第一首。

【評】

袁錄曰：末二首可誦。

送王子彥南歸四首

得失歸時輩，如君總不然。共知三徑志，早定十年前。身業先疇廢，家風素德傳。蕭條書一卷，重上故鄉船。

其二

一第雖無意，名場技有餘。解頤匡鼎說，運腕率更書。材已遭時棄，官猶辱詔除。白頭纔一命，需次復何如？子彥已謁選得官，需次未授。

【評】

袁錄曰：起豁達。

其三

錯受塵途誤，棲棲早半生。中年存舊業，雅志畢躬耕。憂患妨高臥，衰遲累遠行。與君嗟失路，不獨爲無成。

其四

客裏逢中表，登臨酒一杯。好將身計拙，留使後人材。燈火鄉園近，風塵笑語開。相攜孫入抱，解喚阿翁來。子彥近得孫，余之外孫也。

代州

萬里無征戍，三關卻晏然。河來非漢境，雪積自堯年。將老空屯臥〔一〕，僧高絕漠還〔二〕。中原偏戰鬭，此地不爲邊。

【校】

〔一〕將老　篋衍作「老將」。

〔二〕僧高　篋衍作「殘僧」。

【評】

靳曰：三、四工鍊。

送穆苑先南還四首

遍欲商身計，相逢話始眞。幸留殘歲伴，忍作獨歸人。年逼愁中老，家安夢裏貧。與君謀共隱，爲報故園春。

其二

驟見疑還喜，堪當我半歸。路從今日近，信果向來稀。同事交方散，殘編道已非。老親看慰甚〔一〕，坐久更沾衣。

【評】

程曰：起句入神。

其三

舍弟今年別〔二〕，臨分恰杪秋〔三〕。苦將前日淚〔四〕，重向故人流。海國愁安枕，鄉田喜薄收。相期裁數紙〔五〕，春雨便歸舟〔六〕。

其四

庭樹書來長，空堦落葉黃。酒乘今夜月，夢遶一林霜。客過探松塢〔七〕，童飢偃石牀〔八〕。因君謝猿鶴〔九〕，開我北山堂〔一〇〕。

【校】

〔一〕看　手書扇面作「相」。

〔二〕今　手書扇面作「經」。

〔三〕臨分　手書扇面作「分攜」。

〔四〕苦　手書扇面作「還」。

〔五〕「相期」句　手書扇面作「寒潮門外足」。
〔六〕便　手書扇面作「望」。
〔七〕探松塢　手書扇面作「尋松徑」。
〔八〕偃　手書扇面作「臥」。
〔九〕謝　手書扇面作「護」。
〔一〇〕「開我」句　手書扇面作「掃舍答山光」。

送何蓉菴出守贛州四首〔一〕

想見征途便，還家正早秋。江聲連賜第，帆影上浮丘。兒女貪成長，親朋感去留。無將故鄉夢，不及石城頭。

其　二

郡閣登臨迥，江湖已解兵。百灘爭二水，一嶺背孤城。石落蛟還鬬，天淸雁自横。新來賢太守，官柳戰場生。

其三

三載爲郎久，棲遲共一貧。師恩衰境負，友道客途眞。世德推醇謹，鄉心入隱淪。蕭條何水部，未肯受風塵。

其四

弱息憐還幼，扶持有大家。高門雖宦迹，遠嫁況天涯。小字裁魚素，長亭響鹿車〔二〕。白頭雙淚在，相送日將斜。

【評】

袁錄曰：句句轉。

【校】

〔一〕鄒鈔選第一首。新集選第二、四首。

〔二〕響　新集作「闇」。

猿

得食驚心裏，逢人屢顧中。側身探老樹，長臂引秋風。傲弄忘形便，羈棲抵掌工。忽如思父子，回叫故山空。

【評】

袁錄曰：梅村詠物雖不入杜老冶鑄，而筆輕調俊，雅勝蘇家。

靳曰：此首詠物形容入妙，前四句更爲傳神妙品。

橐駝

獨任三軍苦，安西萬里行。鑄銅疑鶴頸，和角廢驢鳴。山負祁連重，泉知鄯善淸。可憐終後載，汗血擅功名。

【評】

靳曰：雅令之作，首尾相應。

象

神象何年至？傳聞自戰場。齒能齊玉德，性不受金創。白足跏趺坐，黄門拜舞行。越人歸駕馭，未許鼻亭狂。

【評】

靳曰：工巧之作，首尾亦能相應。

牛

瑩角偏轅快，奔蹄伏軛窮。賣刀耕隴上，執靮犒軍中。游刃庖丁技，扶犂田父功。君王思繭栗，座右置豳風。時頒戒殺牛文。

【評】

靳曰：工鍊之作。

蒲萄

百斛明珠富，淸陰翠幕張。曉懸愁欲墜，露摘愛先嘗。色映金盤果，香流玉椀漿。不勞葱嶺使，常得進君王。

【評】

靳曰：三、四入妙。

石榴

五月華林宴，榴花入眼來。百株當戶牖〔一〕，萬火照樓臺。絳帳垂羅袖，紅房出粉腮。江南逢巧笑，齲齒向人開。江南石榴多裂，江北獨否〔二〕。

【校】

〔一〕百株　鄒鈔作「百珠」。

〔二〕鄒鈔無篇末小注。四十卷本「江北」作「北方」。

【評】

靳曰：工整之作。

蘋婆

漢苑收名果，如君滿玉盤。幾年沙海使，移入上林看。對酒花仍豔，經霜實未殘。茂陵消渴甚，飽食勝加餐。

【評】

靳曰：三、四、七、八最用意，當于言外得之。

文官果

近世誰來尙，何因擅此名？小心冰骨細，虛體綠袍輕。味以經嘗淡，香從入手清。時珍誇衆口，殽核太縱橫。

【評】靳曰：用側筆起，不肯沾煞句下。

冰

清濁看都淨，長安喚買冰。見來消易待，欲問價偏增。潔自盤中顯，涼因酒後勝。若求調燮理，坐上去青蠅。

【評】靳曰：用事脫化，不露痕迹，結更入妙。

南苑春蒐應制

詔闕期門旅，鐃歌起上林。風雲開步伍，草木壯登臨。天子三驅禮，將軍百戰心。割鮮親讌罷，告語主恩深。

送田髯淵孝廉南還四首〔一〕

客路論投分，三年便已深。每尋蕭寺約，共話故園心。遠水明浮棹，疏村響急砧。灞亭橋畔柳，恰爲兩人陰。

其　二

窮老無相識，如君得數過。祇貪懷抱盡，其奈別離多。晝靜堪攤卷，江寬足放歌。勝游佳絕處，回首隔關河。

其　三

拂袖非長策，蹉跎爲老親。還家仍作客，不仕卻依人。勝識酬知己，奇懷答鬼神。鏡湖千丈月〔三〕，莫染雒陽塵。

其　四

浪迹存吾道，風流獨有君。羣公雖走幣，狂客自掄文。樽酒堪呼月，雙峰看出雲。可憐滄海上，宋玉正參軍。

【校】

〔一〕新集選第三首。
〔二〕鏡湖　新集作「鏡明」。

偶見

挾彈打文鵝，翻身馬汪坡。輕鞭過易水，大雪滿滹沱。錦帽垂青鼠，銀罌出紫駝。少時從出塞，十五便橫戈。

送詹司理之官濟南 詹楚人，余所得士。

匹馬指營丘，風清肅爽鳩。齊言盈萬戶，楚客長諸侯。梅發江關信，松高日觀秋。故人慚鮑叔，相送話東游。

【評】

靳曰：三、四最工。

幼女

抱去纔周晬，應難記別時。信來偏早慧，似解識京師。書到遲回問，人前含吐詞。可憐汝母病，臨絕話相思。

【評】

斷曰：親切有味，首尾相應。

送程太史翼蒼謫姑蘇學博

道重何妨謫，官輕卻便歸。程門晴雪迥，吳市暮山微。舊俗弦歌在，前賢文字非。卽今崇政殿，寥落侍臣衣。

【評】

斷曰：此詩之妙，在於切題，題內無一字放過也。

送郭宮贊次菴謫宦山西

薄宦知何恨，秋風刷羽毛。因沾太行雪，憶賜未央袍。問俗壺關老，籌邊馬邑豪。爭傳郭有道，名姓壓詞曹。

【評】

斷曰：此與前首同妙。

送純祜兄之官確山四首〔一〕

五十猶卑宦，棲棲在此行。官從鶴炙貴，客向馬蹄輕。風俗高持論，山川喜罷兵。清時人物重，縣小足知名。

其二

絶有明湖勝，青山屬蔡州。曾爲釣臺客，今作朗陵侯。定訪袁安臥，須從叔度游。政閒人吏散，廳壁掃丹丘。

其三

懸瓠城西路，關山雪夜刀。至今勞戰伐，何日剪蓬蒿？地瘠軍租少，官輕客將豪。相逢蔡父老，閒說漢功曹。

【評】

鄧漢儀曰：典整又流逸，此非祭酒不能。

其四

落日龍陂望，西風動黍禾。歸人淮右近，名士汝南多。河上孤城迥，天中萬馬過。一官凋瘵後，兄弟意如何？

【評】

袁錄曰：禾黍云「黍禾」，似稚而拙。

【校】

〔一〕題 「祜」原作「祐」，據卷十贈穆大苑先題下注及四十卷本、鄒鈔改。鄒鈔選第一、三首。詩觀選第三首。

吳梅村全集卷第十三　詩後集五

五言律詩六十一首

過中峯禮蒼公塔四首〔一〕

下馬支公塔，經聲萬壑松。影留吟處石，智出定時鐘。倘記山中約，誰傳海外逢。平生詩力健，翹足在何峯？

其　二

明月心常湛，寒泉性不枯。鳥啼香積散，花落影堂孤。道在寧來去，名高定有無。淒涼看筆塚，遺墨滿江湖。

其　三

慧業誰能繼？宗風絶可哀。昔人存馬癖，近代薄詩才。鹿走譚經苑，鴉飛說法臺。空懸竹如意，落日講堂開〔二〕。

其四

故國流沙近，黄金窣堵坡。胡僧眉拄地；梵夾口懸河。傳法青蓮湧，還家白馬馱。他年乘願到，應認舊山阿。蒼公滇人。

【校】

〔一〕鄒鈔選第二、三首。

〔二〕講堂 詩鈔作「講當」。

過王庵看梅感興

練川城南三十里爲王庵，學憲王先生著書地也，有梅萬株，不減鄧尉。余以春日過其廢圃，學憲所著數種，其版籍尙存。

地僻幽人賞，名高拙宦居。客來惟老樹；花發爲殘書。斜日空林鳥，微風曲沼魚。平生貪著述，零落意何如？

獨往王庵看梅沈雨公攜尊道値余已遄返賦此爲笑

屢負尋山約，偶然來此間。多君攜酒至，愧我放船還。雙屐成孤往，千林就一閒。誰知種花叟，鎮日不開關。

送致言上人

獨下千峰去，蒼溪出樹腰。雲生穿磴屐，月滿過江瓢。一飯從村寺，前身夢石橋。經行無定著，惆悵故山遙。

【評】

靳曰：起結相應，通首工整。

過韓蘄王墓四首〔一〕

訪古思天塹，江聲戰鼓中。全家知轉鬭，健婦笑臨戎。汗馬歸諸將，疲驢念兩宮。淒涼岳少保，宿草起秋風。

其 二

行在倉黃日，提兵過故鄉。傳聞同父老，流涕說君王。石馬心猶壯，雲臺跡已荒。一坏堪漬酒，殘日下平岡。

其三

詔起祁連塚，豐碑有賜亭。掛弓關塞月，埋劍羽林星。百戰黃龍艦，三江白石銘。趙家金椀出，山鬼哭冬青。

【評】

孫鑛曰：用意精覈，復不掩其聲光。

其四

丘壟今蕪沒，江山竟寂寥。松風吹北固，碑雨洗南朝。細路牛羊上，荒岡草木凋。肯容樵豎擾〔二〕，遺恨在金焦。

【校】

〔一〕鄒鈔選第三、四首。孫選選第一、三首。

〔二〕樵豎　鄒鈔作「狐兎」。

【評】

袁錄曰：四首高雅可法。

宿沈文長山館二首（一）

一徑草堂偏，湖光四壁天。焙茶松竈火，浴繭竹籬泉。玉鼠仙人洞，銀鱸釣客船。前村呼種樹，偶語石橋邊。

【評】

靳曰：工雅之作，似少陵過何將軍山林諸首。

其　二

遇山思便住，此地信堪留。謀食因溪碓，齋心在石樓。漁舟帆六面，橘井樹千頭。長共鴟夷子，翩然結伴游。

【評】

靳曰：與前首同妙。

【校】

〔一〕題　詩鈔「宿」上有「夜」字。

福源寺

去毛公壇三里爲攢雲嶺，有福源泉，寺以泉名，羅漢松係梁朝舊物。〔一〕

千尺攢雲嶺，金銀佛寺開。鹿仙吹笛過，龍女換珠來〔二〕。泉繞譚經苑，松依說法臺。蕭梁留古樹，風雨不凡材。

【校】

〔一〕鄒鈔無題下小注。

〔二〕換　鄒鈔作「供」。

【評】

靳曰：「鹿走譚經苑，鵶飛說法臺」，是悲涼語，移作「泉繞」、「松依」，便是懷古語，措詞入妙。

包山寺贈古如和尙〔一〕

古木包山寺，蒼然曉氣平。石毛仙蛻冷，近毛公壇〔二〕。雲影佛衣輕。咒鉢蛟人聽，彈棋鶴子驚。相逢茶早熟，匡坐說無生。

【校】

〔一〕題「古如」，詩鈔作「方如」。

〔二〕鄒鈔無此夾注。

過圻村

萬壑響鳴蟬，湖光樹杪懸。雲鬟神女廟，雪乳隱君泉。山籠櫻桃重，溪船菱芡鮮。相攜從此住，松老不知年。

湖中懷友

渺渺晴波晚，青青芳草時。遠帆看似定，獨樹去何遲。花落劉根廟，雲生柳毅祠。香蓴正可擷，欲寄起相思。

【評】

靳曰：三、四工妙，已有懷字在內。

七夕即事四首〔一〕

羽扇西王母，雲軿薛夜來。針神天上落，槎客日邊回。鵲渚星橋迥，羊車水殿開。祇今漢武帝，新起集靈臺〔二〕。

其二

今夜天孫錦，重將聘雒神。黃金裝鈿合，寶馬立文茵。刻石昆明水，停梭結綺春。沉香亭畔語，不數戚夫人。

其三

仙醞陳瓜果，天衣曝綺羅。高臺吹玉笛，複道入銀河。曼倩詼諧笑，延年婉轉歌。江南新樂府，齊唱夜如何。

其四

花萼高樓迥，岐王共輦游。淮南丹未熟，緱嶺樹先秋。詔罷驪山宴，恩深漢渚愁。傷心長枕被，無意候牽牛。

【校】

〔一〕鄒鈔選第一、二首。

〔三〕集靈臺　四十卷本、鄒鈔均作「集雲臺」。

大根菜

幾葉青青古，穿泥弗染痕。誰人愛高潔，留汝歷涼温。輪囷形難老，芳辛味獨存。古來磐石重，不必取深根。

趵突泉二首

似瀑懸何處？飛來絕壑風。伏流根窈渺，跳沫拂虛空。石破奔泉上，雲埋廢井通〔一〕。錯疑人力巧，天地桔槔中。

其二

不信乘空起，憑闌直濺衣。池平難作勢，石隱定藏機。曲水金人立，凌波玉女歸。神魚鱗甲動，咫尺白雲飛。

【校】

〔一〕廢井　鄒鈔作「沸井」。

贈新泰令楊仲延其地爲羊叔子故里

置邑徂徠下，雙槐夾訟堂。殘民弓作社，遺碣石爲莊。野繭齊紈美，春泉魯酒香。歸來羊太傅，不用泣襄陽。

靈巖覲設戒

湖山留霸跡，花鳥供經臺。不信黄池會，今看白社開。枯潭龍洗出，妙塔雁歸來。此地關興廢，須資法將才。

遙別故友二首〔一〕

絕域重分路，知君萬里餘。馬頭辭主淚，雁足覆巢書。草沒還家夢，霜飛過磧車。齊諧他日事，應記北溟魚。

其二

雪深難見日，海盡再逢關。野鼠多同穴，神魚斷似山。只應呼草地，都不類人間。勉謝從行者，他年有箇還。

【校】

〔一〕鄒鈔選第一首。

秋夜不寐

秋多入衆音，不寐夜沉沉。浩刼安危計，浮生久暫心。鄰雞殘夢斷，窗雨一燈深。薄冷披衣起，晨烏已滿林。

七夕感事

南飛烏鵲夜，北顧鸛鵝軍。圍壁鉦傳火，巢車劍拄雲。江從嚴鼓斷，風向祭牙分。眼見孫曹事，他年著異聞。

喜願雲師從廬山歸 并序

願師住雲居十年而歸，出其匡廬詩，道五老、石門、九奇、三疊諸勝，飛泉怪瀑，不可思議，而尤以御碑亭雲海爲第一觀，竟似住鏡光、白銀二種世界，不知滄桑浮塵爲何等事矣。顧公贈予五十初度詩，其落句曰：「半百定將前諾踐，敢期對坐聽松聲。」蓋責予前約。會時方喪亂，衰病無家，顧以高堂垂白，不能隨師以去也，乃爲此詩答之。

勝絕觀心處，天風萬壑聲。石門千鏡入，雲海一身輕。出世悲時事，忘情念友生。亂離兄弟恨，辜負十年盟。

贈錢受明

獨喜營時譽，疏通邁等倫。地從諸父重，性似外家貧。裘馬無他好，詩書別有神。古來傳孝謹，非必守前人。

受明得子柬賀

長因故人子，往事憶流連。曾忝充閭會，俄逢拜衮年。諸甥今甫爾，入抱卻依然。吾老猶堪待，公卿只眼前。

宿徐元歎落木庵　元歎棄家住故鄣山中，亂後歸天池丙舍。落木菴，竟陵譚友夏所題也。〔一〕

落木萬山心，蕭條無古今。棄家歸去晚，別業住來深。客過松間飯，僧留石上琴。早成茅屋計，枉向白雲尋。

【校】

〔一〕箧衍、昭代均無題下小注。

送王子惟夏以牽染北行四首

晚歲論時輩，空羣汝擅能。祇疑櫟陽逮，猶是濟南徵。名字供人借，文章召鬼憎。阿戎才地在，到此亦何憑！

其　二

二十輕當世，愁君門戶難。比來狂太減〔一〕，翻致禍無端。落木鄉關遠，疲驢道路寒。敝衣王謝物，請勿笑南冠。

【評】

靳曰：梅村五律，不肯平鋪直敍，每有飛動之勢，如此詩前四句是也。

其三

客睡愁頻起，霜天貫索明。此中多將相，何事一書生？末俗高門賤，清時頸繫輕。爲文投獄吏，歸去就躬耕。

其四

但可寬幽縶，從教察孝廉。昔人能薦達，名士出髡鉗。世局胥靡夢，生涯季主占。定聞收杜篤，寧止放江淹。

【校】

〔一〕太　四十卷本作「大」。

虎丘中秋新霽

萬籟廣場合，道人心地平。天留今夜月，雨洗去年兵。歌管星河動，禪燈風露清。淒涼閭閻墓，斷壑起松聲。

【評】

斷曰：三四清穩中有生動之趣。萬籟，松聲，自然應合。

哭亡女三首

喪亂才生汝，全家竄道邊。畏啼思便棄，得免意加憐。兒女關餘劫，干戈逼小年。興亡天下事，追感倍淒然。

【評】

斷曰：起句領起通篇，餘亦層次入妙。

其　二

一慟憐渠幼，他鄉失母時。止因身未殞，每恨見無期。白骨投懷抱，黃泉訴別離。相依三尺土，腸斷孝娥碑。

【評】

斷曰：此首從失母說，眞摯可味。

其三

扶病常聞亂，漂零實可憂。危時難共濟，短算亦良謀。訣絶頻攜手，傷心但舉頭。昨宵還勸我，不必淚長流。

【評】

袁錄曰：居然血淚盈楮。

蘄曰：此首用透過一層法，意眞則語奇也。

中秋看月有感

今年京口月，猶得杖藜看。暫息干戈易，重經少壯難。江聲連戍鼓，人影出漁竿。晚悟盈虧理，愁君白玉盤。

支硎山齋聽雨明早晴更宿法螺精舍〔一〕

秋山所宿處，指點白雲生。故作中宵雨，倍添今日晴。一峰當止觀，萬象逼孤清。更上上方去，松風吹玉笙。

【校】

〔一〕題　四十卷本「明」下有「日」字。

【評】

懷錄曰：筆閒而活。

憩趙凡夫所鑿石

石骨何年斲，蒼然萬態收。直從文字變，豈止斧斤搜。亂瀑垂痕古，枯松結體遒。即今苔蘚剝，一一類銀鉤。

趙凡夫山居爲祠堂今改爲報恩寺

高人心力盡，石在道長存。古佛同居住，名山即子孫。飛泉穿樹腹，奇字入雲根。夜半藤蘿月，鐘聲冷墓門。

【評】

靳曰：後半首形容入妙，曲盡題意。

靈巖繼起和尚應曹村金相國請住虎丘祖席

應物心無繫〔一〕，觀空老辯才〔二〕。道隨諸佛住，山是相公開。日出嚴齋鼓，天淸護講臺。居然歌舞地，人爲放參來。

【校】

〔一〕應物　原作「應佛」，據四十卷本改。

〔二〕辯才　原作「辨才」，據四十卷本改。

王增城子彥罷官哭子留滯不歸近傳口信不得一字詩以歎之二首

老徇妻孥意，辭家苦萬端。關心惟少子，失計在微官。客夢烏衣巷，鄉愁白石灘。可憐消息到，猶作兩人看。

其二

庾嶺應逢雁，章江莫寄魚。遙知雙淚盡，不遣一行書。家在無歸趣，途窮失所如。故鄉宜早去，臨發乃長吁。

寄懷陳直方四首

漢法三冬繫，秦關萬里流。可憐諸子壯，不料闔門收。要路寃誰救，寬恩病獨留。羈棲騎瘦馬，風雪阻他州。

其二

百口風波大，三生夢寐眞。膏粱虛早歲，辛苦得前身。索米芒鞋雪，傭書布帽塵。不知公府掾，可識路傍人？

其三

萬事偶相值，愁中且遣家。江山俄轉戰，妻子又天涯。客酒消殘漏，軍書過落花。出門翻自笑，安穩只龍沙。

其四

時世高門懼，似君誠又稀。何辜憂并坐，即免忍先歸？苦語思持滿，勞生羨息機。向來兄弟輩，裘馬自輕肥。

【評】

袁錄曰：苦語危機，銜口信心，一時眼底都盡。

斷曰：此首纏綿悱惻，衷腸百轉，惟其情眞，是以語妙。

詠　月

長夜淸輝發，愁來分外明。徘徊新戰骨，經過舊臺城。秋色知何處，江心似不平。可堪吹急管，重起故鄉情。

訪商倩郊居有贈

花影瘦籬根，江平客在門。時吟寒入市〔一〕，晚食雨歸村。管記看山爽，傭書宿火痕。西京游俠傳，乃父姓名存。

【校】

〔一〕時吟　四十卷本作「曉吟」。

假寐得月

滅燭貪涼夜，窗陰夢不成。雲從閉目過，月向舉頭生。樹黑添深影，溪長耐獨行。故人多萬里，相望祇盈盈。

三峰秋曉

曉色近諸天，霜空萬象懸。雞鳴松頂日，僧語石房煙。清磬秀羣木，幽花香一泉。欲參黄蘗義，便向此中傳。

【評】

靳曰：寫得「曉」字出，如驪龍弄珠。

偕顧伊人晚從維摩踰嶺宿破山寺〔一〕

樹老不言處，秋深無事中。雲根僧過白，霜信客來紅。樵語歸林火〔二〕，茶煙小院風。杳然松下路，人影石橋東。

【校】

〔一〕題　詩鈔、昭代均無「偕顧伊人」四字。

〔二〕歸林　四十卷本、詩鈔均作「隔林」。

維摩楓林絕勝則公獨閉關結足出新詩見示

遇賞只枯坐，秋林自著霜。道心黃葉澹，勝事白雲忘。磵水通茶竈，山花對石牀。靜中幽思足，爲我出詩囊。

夜發破山寺別鶴如上人

得來松下宿，初月澹相親。山近住難定，僧高別更眞。暗泉隨去馬，急葉卷歸人〔一〕。過盡碧雲處，我心慚隱淪。

【校】

〔一〕急葉　原作「急月」，據四十卷本、詩鈔改。

苦雨

響苦滴殘更，愁中耳倍明。生涯貪舊業，天意誤躬耕。乞火泥連屋，輸租潦滿城。誰家歌舞宴，徹曉不聞聲。

吳梅村全集卷第十四　詩後集六

五言律詩六十六首

葦城客樓大風曉寒吟眺以示友聖九日玉符諸子

偶作扁舟興，偏逢旅夜窮。鴉啼殘夢樹，客話曉樓風。月落三江外，城荒萬馬中。空持一尊酒，歌哭與誰同？

遇宋子建話故友有感

對酒徐君劍，披襟宋玉秋。蕭條當晚歲，生死隔炎洲。萬里書難到，三山夢可求。子建學仙〔一〕。傷心南去雁，老淚只交流。

【校】

〔一〕詩鈔此注作「時子建學仙」。

樓聞晚角

霜角麗譙聞，天邊橫海軍。旗翻當落木，馬動切寒雲。風急城烏亂，江昏野燒分。何年鼙鼓息〔一〕，倚枕向斜曛。

【校】

〔一〕息　原作「急」，據四十卷本、詩鈔改。

送錢子璧赴大名

一騎衝寒雪，孤城叫晚鴉。參軍雄鎮地，上客相公家。酒盡河聲合，燈殘劍影斜。信陵方下士，旅思莫興嗟。

【評】

袁錄曰：似岑參。

過諸乾一細林山館

輿極期偏誤，名山識旅愁。橋痕穿谷口，亭影壓溪頭。霞爛丹山鼎，松鳴白石樓。居然華燭夜，先爲一峰留。

神山夜宿贈諸乾一

高士能調鶴，仙人得臥龍。穿雲三徑杖，聽月五聲鐘。管樂名堪亞，彭佺道自濃。獨來天際住，嘯詠赤城松。

過徐文在西佘山莊

已棄藍田第，還來灞水濱。煙開孤樹逈，霜淨一峰眞。路曲山迎杖，廊空月就人。始知蕭相計，留此待沉淪。

細林夜集送別倩扶女郎

遠翠入嚬眉，輕寒袖半垂。花生神女廟，月落影娥池。深竹微風度，晴沙細履移。回看下山路，紅燭爲誰遲？

天馬山過鐵崖墓有感

天馬龍爲友，雲山鳥自飛。定愁黃紙召，獨羨白衣歸。長卷心同苦，狂歌調已非。悲來吹鐵笛〔一〕，莫笑和人稀。

【校】

〔一〕吹　詩鈔作「呼」。

【評】

靳曰：梅村不能爲鐵崖，故所感獨深。

陳徵君西佘山祠

通隱居成市，風流白石仙。地高卿相上，身遠亂離前。客記茶龕夜〔一〕，僧追筆冢年。故人重下拜，酹酒向江天。

【校】

〔一〕夜　詩鈔作「後」。

【評】

斷曰：此詩佳處在第四句，非他手可及也，餘亦工穩。

橫雲

青嶂千金鑿，丹樓百尺高。空山開化迹，異代接賢豪。李氏園亭廢後，近爲諸乾一改築。身世供危眺，妻孥付濁醪。雙眸雲背豁，飛鳥敢吾逃？

送聖符弟之任蘄水丞四首

隨牒爲人佐，全家漢水東。故衙廳壁冷，趨府戟門雄。屈宋風塵下，江山醒醉中。丈夫從薄祿，莫作故園窮。

其二

四十未專城，除書負姓名。才高方薦達，地僻鮮逢迎。夏簟琴牀淨，春泉茗椀清。公餘臨壘沼，洗筆畫圖成。蘄有陸羽泉、右軍洗筆池。聖符善畫。

其三

西上今吾弟，分攜北固樓。最高搔白首，何處望黃州？故舊忻無恙，煙波感昔游。蘄春有香草，相寄慰離愁。兼東畢協公侍御。

其　四

訪俗曾經亂，車過大澤鄉。殘民談勝廣，舊國記江黃。廿載流移復，三湘轉運長。正逢休息後，温詔重循良。

暑夜舟過溪橋示顧伊人

深岸聽微風，江淸不寐中。舟行人影動，橋語月明空。寺樹侵門黑，漁燈颭水紅。誰家更吹笛？歸思瀫湖東。

【評】

靳曰：三、四工絕，餘亦雅令。

佘山遇姚翁出所畫花鳥見贈

七十忘機叟，空山羨獨行。只今來白石，當日住靑城。一斗開顏笑，千花洗筆成。那知牙齒落，忽發浩歌聲。

【評】

斷曰：曲盡題面，贈畫只用輕點。

贈青溪蔡羽明

家傍山城住，前賢定可追。一經傳漢相，八法繼秦碑。仙是麻姑降，才非唐舉知。逃名因賣藥，不愧鹿門期。

【評】

斷曰：此首點染入妙。

橘

莫設西山戍，蕭條是橘官。時洞庭初增兵將。果從今歲少，樹爲去年寒。昨冬大寒，橘大半枯死。一絹輸將苦，千頭翦伐難〔一〕。茂陵消渴甚，只向上林看。

【校】

〔一〕難　四十卷本作「殘」。

【評】

靳曰：通首言橘之少，是取別徑法。

蛤蜊

彊飯無良法，全憑適口湯。食經高此族，酒客得誰方？水斷車螯味，廚空牡蠣房。江南沈昭略，苦嗜不能嘗。

【評】

靳曰：工穩之作，結有別趣。

膾殘

棄擲誠何細，夫差信老饕。微芒經七箸〔一〕，變化入波濤。風俗銀盤薦，江湖玉饌高。六千殘卒在，脫網總秋毫。

【校】

〔一〕微芒　四十卷本、箋衍均作「微茫」。

【評】

袁錄曰：筆潤語細近拙。

斷曰：通首善於點染，三、四工妙。

石首

採鮮諸俠少，打鼓伐藏冰。五月三江去，千金一網能。尾黃荷葉蓋，腮赤柳條勝。笑殺兒童語，烹來可飯僧。

【評】

斷曰：善于體物，結有別趣。

燕窩

海燕無家苦，爭啣白小魚。卻供人採食，未卜汝安居。味入金齏美，巢營玉壘虛。大官求遠物，早獻上林書。

海參

預使燂湯洗，遲纔入鼎鐺。禁猶寬北海，饌可佐南烹。產東萊海中〔一〕，故無禁。莫辨蟲魚族，休疑草木名。但將滋味補，勿藥養餘生。

【校】

〔一〕東萊　四十卷本作「登萊」。

比目

比目誠何恨，滄波作伴游。幸逃網罟厄，可免別離愁。小市時珍改，殘書土物收。若逢封禪詔，定向海邊求。得東海比目魚可封禪〔一〕，見管子。

【校】

〔一〕得東海比目魚可封禪　四十卷本「魚」下有「始」字。

鮝

舊俗漁鹽賤，貧家入饌輕。自慚非肉食〔一〕，每飯望休兵。餘骨羶何附，長餐臭有情。腐儒嗟口腹，屬饜負昇平。

【校】

〔一〕肉食　四十卷本作「食肉」。

【評】

斷曰：起句最工，餘亦勻稱。

過吳江有感

落日松陵道，堤長欲抱城。塔盤湖勢動，橋引月痕生。市靜人逃賦，江寬客避兵。廿年交舊散，把酒歎浮名。

莫釐峰〔一〕

始信一生誤，未來天際看。亂峰經數轉，遠水忽千盤。獨立久方定，孤懷睬已寬〔二〕。亦知歸徑晚，老續此游難。

【校】

〔一〕題　詩鈔作「丁未三月廿三日同穆苑先孫浣心許起文葉予聞陳君祚游莫釐峰」。

〔二〕孤懷句　詩鈔作「回頭錯又觀」。

送沈友聖漢川哭友詩四首〔一〕并序

漢川顧西巘侍御與雲間沈山人友聖爲布衣交，使吳，深自折節，友聖長揖就坐，箕踞狂嘯，無所不敢當。所居田坳蓬蔚，衡門兩版。侍御出郊枉訪，停車話舊，一郡皆驚。西巘亡，友聖徒步三千里哭之，糧盡道塞，直前不顧。予與友聖交厚，侍御亦以友聖之故厚予，嘗三人虎丘夜飲，其鄭重之意，形諸圖畫，見於歌詩。漢川之行，惜予不能從也，爰作詩寓其悲焉。

士有一知己，無須更不平。世翻嫌鮑叔，人竊罵侯生。置飲忘形踞，停驂廢禮迎。柴門車轍在，感舊淚縱横。

其二

得信俄狂走，千山一哭中。棄家芒屩雪，爲位草亭風。兩水江聲合，三生友道空。祇留黄鶴夢，相見話詩翁。

其三

貧賤誰曾託？相逢許此身。論文青眼客，漬酒白衣人。丘壠松楸冷，江山薤露新。一杯傾漢水，不肯負春申。

其四

徒步愁糧盡，傷心是各天。雲埋大別樹，雪暗小孤船。死友今朝見，狂名到處傳。范張千里約，重補入晴川。

【校】

〔一〕題 孫選作「送沈友聖漢川哭顧西巘侍御」，選第四首。

【評】

孫鋐曰：奇事奥筆，可以並傳。

袁錄曰：題佳，詩與序亦相稱。

秦留仙寄暢園三詠 同姜西溟、嚴蓀友、顧伊人作

山池塔影

黛色常疑雨，溪堂正早秋。亂山來衆響，倒影漾中流。似有一帆至，何因半塔留。眼前通妙理，斜日在峰頭。

惠井支泉

石斷源何處，涓涓樹底生。遇風流乍急，入夜響尤清。枕可穿雲聽，茶頻帶月烹。只因愁水遞，到此暫逃名。

宛轉橋

斜月掛銀河，虹橋樂事多。花欹當曲檻，石礙折層波。客子沉吟去，佳人窈窕過。玉簫知此意，宛轉采蓮歌。

慧山酒樓遇蔣翁

桑苧誰來繼，名泉屬賣漿。價應誇下若，味豈過程鄉。故老空山裏，高樓大道旁。我同何水部，漫說撥醅香。

家園次罷官吳興有感四首

世路嗟誰穩，棲遲可奈何！官隨殘夢短，客比亂山多。閉閤凝香坐，行廚載酒過。卻聽漁唱響，落日有風波。

其二

勝事難忘處，陰晴檻外峰。高臺爭出水〔一〕，曲塢自栽松。失志花還放，離程鶴未從。白雲長澹澹，猶作到時容。

其三

枉殉千金諾，空酬一飯恩。只今求國士，誰與報王孫？強悶裁詩卷，長歌向酒尊。古人高急難，歎息在夷門。

其四

劇郡非吾好，蕭條去國身。幾年稱傲吏，此日作詩人。京洛虛名誤，江湖懶病眞。一官知已愧，所得是長貧。

【校】

〔一〕出水　四十卷本作「見水」。

許九日顧伊人和元人齋中雜詠詩成持示戲效其體

焦桐

流落中郎怨，薰風意乍開。響因知己出，歌爲逐臣哀。一曲尊前奏，千金爨下材。漢家忘厝火，絕調過江來。

蠹簡

飽食終何用，難全不朽名。秦灰招鼠盜，魯壁竄魰生。刀筆偏無害，神仙豈易成？卻留殘闕處，付與豎儒爭。

【評】

靳曰：此詩妙處，當於離即間得之；沾煞句下，便負作者苦心矣。

殘畫

原自無多筆，年深色更凋〔一〕。茶煙衝雨過，竹粉遇風飄。童懶犀從墮，兒頑墨誤描。六朝金粉地，落木更蕭蕭。

【評】

靳曰：尤展成謂梅村畫亦成家，惜未及見。然「原自無多筆」，已曲盡畫家神理；而「茶烟」、「竹粉」，亦復點染生動。右軍以字掩詩，梅村亦以詩掩畫矣。

舊劍

此豈封侯日，摩挲憶往年。恩仇當酒後，關塞卽燈前。解去將誰贈，輸來弗值錢。不逢張壯武，辜負寶刀篇。

【評】

靳曰：起句寫舊字入神，餘亦情詞並美。

破硯

一擲南唐恨，抛殘剩石頭。江山形半截，寶玉氣全收。洗墨池成玦，窺書月仰鈎。記曾疏闕失，望斷紫雲愁。

【評】

靳曰：文心如月印萬川，處處映徹，此梅村詩品之最高者。

廢檠

憶曾同不寐，棄置亦何心。喜伴疏窗冷，愁添老屋深。書將燐火映，夢共佛燈沉。莫嘆蘭膏燼，應無點鼠侵。

【評】

靳曰：起筆有神。

塵鏡

舉目風塵暗，全遮皓魄輝。休嗟青鏡改，憐我白頭非。秦女妝猶在，陳宮淚乍揮〔三〕。不知徐孺子，負局幾時歸？

【評】

靳曰：句句切定塵字，與泛塡鏡事者迥別。

斷碑

妙蹟多完闕，天然反失眞。銷亡關世代，洗刷見精神。揚處懸崖險，裝來斷墨新。正從毫髮辨，半字亦先秦。

【評】

蘄曰：起筆工妙，通首皆稱。

【校】

〔一〕更凋 四十卷本作「便凋」。

〔二〕作揮 四十卷本作「怎揮」。

【評】

袁錄曰：梅村和元人雜詠及七律題畫、八風、繭虎、茄牛諸作，大開惡道，可以不作，作可不存。

蘄曰：（楊載）諸詩體物雖工，然未免意盡言中；而梅村八首，音餘絃外，寄興獨遠，雖戲效其體，實突過元人也。

過東山朱氏畫樓有感 幷序

東洞庭以山後爲尤勝，有碧山里，朱君築樓教其家姬歌舞。君每歸自湖中，不半里，令從者據船屋作鐵笛數弄，家人聞之皆出。樓西有赤欄干累丈餘，諸姬十二人，豔妝凝睇，指點歸舟於煙波杳靄間。既至，即洞簫銅鼓，諧笑並作，見者初不類人世也。君以布衣畜妓，晚而有指索其所愛者，以是不樂，遣去，無何竟卒。余偶以春日過其里，雖簾幙凝塵〔一〕，而湖山晴美，樓頭有紅杏一株，傍簷欲笑。客爲余言，君生平愛花，病困，猶扶而瀝酒，再拜致別。諸伎中有紫雲者，爲感其意，至今守志不嫁。嗟乎！由此足以得君之爲人矣，爲題五言詩於壁上。

盡說凝眸望，東風徙倚身。如何踏歌處，不見看花人？舊曲抛紅豆，新愁長白蘋。傷心闗盼盼，又是一年春。

【校】

〔一〕凝塵　四十卷本作「凝一」。

葉君允文偕兩叔及余兄弟游寒山深處

投足疑無地，逢泉細聽來。松顛湖影動，峰背夕陽開。客過攜山榼，僧歸掃石臺。狂呼聲撼木，麋鹿莫驚猜。

【評】

𣃁曰：通首爲「深處」二字寫生，三、四最爲刻露。

查灣西望

屢折纔成望，山窗插石根。淫雲低染徑，老樹半侵門。漁直看疑岸，沙横欲抱村。湖光猶在眼，燈火動黄昏。

【評】

𣃁曰：寫景如畫，處處有「望」字在内。

拜王文恪公墓

舊德豐碑冷，湖天敞寂寥。勳名高故相，經術重前朝。致主惟堯舜，憂時在豎刁。百年人世改，野唱起漁樵。

胥王廟

伍相丹青像，鬚眉見老臣。三江籌楚越，一劍答君親。雲壑埋忠憤，風濤訴苦辛。生平家國恨〔一〕，偏遇故鄉人。

【校】

〔一〕生平　四十卷本作「平生」。

查灣過友人飯

碧螺峰下去，宛轉得山家。橘市人沽釀，桑村客焙茶。溪橋逢樹轉，石路逐灘斜。莫負籃輿興，夭桃已著花。

寒山晚眺

驟入初疑誤，沿源興不窮。穿林人漸小，攬葛道微通。湖出千松杪，鐘生萬壑中。晚來山月吐，遙指斷巖東。

【評】

靳曰：狀難寫之景，如在目前，「晚」字在卽離之間。

翠峰寺遇友

臥疾峰腰寺，欹危脚步勞。松聲侵殿冷，花勢擁樓高。薄俗詩書賤，空山將吏豪。時有成將居寺中。不堪從置酒，白髮自蕭騷。

登寒山高處策杖行崖谷中

側視峰形轉，空蒼萬象陰。斷巖湖數尺，絕澗樹千尋。日透玲瓏影，煙生窈靄心。忽逢天際廣，始覺所來深。

沙嶺

亂峰當面立，反憩得平丘。坐臥此云適，歌呼不自由。支頤蒼鹿過，坦腹白雲留。笑指鳥飛處，有人來上頭。

飯石峰

半空鳴杵臼，猥藉甑山傍。莫救黔黎餓，誰開白帝倉。養芝香作粒，煮石露爲漿。飯顆相逢瘦，詩翁詎飽嘗？

【評】

靳曰：就「飯」字生情，然不脫「石」字、「峯」字，故佳。

柳毅井　其地即橘社

仙井鹿盧音，原泉瀉橘林。寒添玉女恨，清見柳郎心。短綆書難到，雙魚信豈沉。波瀾長不起，千尺爲情深。

【評】

靳曰：亦是將題內三字合說，與前首同工。

雞山　夫差養鬭雞處

飲啄丹山小，長鳴澤畔雲。錦冠虛恃氣，金距恥超羣。斂翅雌猶守，專場勝未分。西施眠正熟，啼報越來軍。

【評】

靳曰：結句入妙，以不脫「雞」字也。

廄里　在武山，吳王養馬處

夫差芻秣地，遺跡五湖傳。柳葉青絲鞚，桃花赤汗韉。武山桃花爲東洞庭一勝。降王羞執轡，豔妾笑垂鞭。老驥哀鳴甚，西風死骨捐。

仙掌樓留別衆友

杯酒鏡湖平，持來送客行。可憐高會處，偏起故園情。煙鳥窗中滅，風帆樹杪生。遙看沙渡口，明日是離程。

登東山雨花臺

白雲去何處，我步入雲根。一水圍山閣，千花夾寺門。日翻深谷影，煙抹遠天痕。變滅分晴晦，悠然道已存〔一〕。

【校】

〔一〕存　原作「深」，失韻，據四十卷本改。

留洞庭二十日歸自水東小港

漸覺雲天改〔一〕，扁舟曲曲行。野橋誰繫姓，村樹亦知名。晚市魚蝦賤，煙汀菰米生。

偶逢空闊處，重起舊灘聲。

【校】

〔一〕雲天　四十卷本作「湖天」。

武山

本名虎山，夫差於其地養虎，李唐諱虎爲武，至今仍之。

霸略誇擒縱，君王置虎牢。至今從震澤，疑是射咸皐。土俗無機穽，山風少怒號。千秋遺患處，誰始翦蓬蒿？

【評】

靳曰：點染處與雞山一首相似。

題郁靜巖齋前壘石

就石補奇雲，潭幽亂石文。貞堅應有性，高下亦惟君。鳥雀因人亂，松杉我獨聞。苔階含古色，落落自同羣。

【評】

靳曰：三、四自作寫照，通首俱能相稱。

吳梅村全集卷第十五　詩後集七

七言律詩六十四首

江樓别幼弟孚令

野色滄江思不窮，登臨傑閣倚虚空。雲山兩岸傷心裏，雨雪孤城淚眼中。病後生涯同落木，亂來身計逐飄蓬。天涯兄弟分攜苦，明日扁舟聽曉風。

揚州四首 (一)

疊鼓鳴笳發棹謳，榜人高唱廣陵秋。官河楊柳誰新種，御苑鶯花豈舊游。十載西風空白骨，廿橋明月自朱樓。南朝枉作迎鑾鎮，難博雷塘土一丘。

其　二

野哭江村百感生，鬬雞臺憶漢家營〔二〕。將軍甲第櫜弓臥，丞相中原拜表行。白面談邊多入幕〔三〕，赤眉求印却翻城。當時只有黃公覆，西上偏隨阮步兵。

【評】

鄧漢儀曰：甚惜之也。

靳引陸雲士曰：南都情事，該括無遺，筆有抑揚，意仍含蓄。

其　三

盡領通侯位上卿，三分淮蔡各專征。東來處仲無它志，北去深源有盛名。江左衣冠先解體〔四〕，京西豪傑竟投兵。只今八月觀濤處〔五〕，浪打新塘戰鼓聲。

【評】

鄧漢儀曰：詩兼論斷。

「有盛名」下黃傳祖評曰：一表之，一惜之，分寸不苟。

其　四

撥盡琵琶馬上絃，玉鈎斜畔泣嬋娟。紫駞人去瓊花院，青塚魂歸錦纜船。荳蔻梢頭春十二，茱萸灣口路三千。隋堤壓月珠簾夢，小杜曾游記昔年。

【校】

〔一〕鄧鈔選第一、四首，百家選第二、三、四首，詩觀選第二、三首，新集選第三首。

〔二〕漢家　詩觀作「舊家」。

〔三〕多　詩觀、百家均作「都」。

〔四〕江左　百家作「江表」。

〔五〕觀濤　百家作「觀潮」。

【評】

斲曰：四首首尾合之分之俱成章法，是梅村得意之筆。

過維揚弔衞少司馬紫岫〔一〕 衞韓城人，與余同年同官，後以少司馬死揚州難。

晝省連牀正論文〔二〕，天涯書劍忽離羣。非關衞瓘需開府，欲下高昂在護軍。高傑秦人，朝議以紫岫同鄉，拜兵部侍郎，典其軍事。葬骨九原江上月，思家百口隴頭雲。故人搖落邗溝暮，爲酹椒漿一慟君。

【校】

〔一〕題　鄒鈔「衛少司馬」上有「同年」字，無題下小注。

〔三〕正　原作「止」，據鄒鈔改。

過淮陰有感二首

落木淮南雁影高，孤城殘日亂蓬蒿。天邊故舊愁聞笛，市上兒童笑帶刀。世事眞成反招隱，吾徒何處續離騷。昔人一飯猶思報，廿載恩深感二毛。

其二

登高悵望八公山，琪樹丹崖未可攀。莫想陰符遇黃石，好將鴻寶駐朱顏。浮生所欠止一死，塵世無緣識九還〔一〕。我本淮王舊雞犬，不隨仙去落人間。

【校】

〔一〕無緣識九還　百家作「何由得大還」。

【評】

袁録曰：公紀行諸作，時露流離牽挽之故，當非浪作。

程曰：書曰「詩言志」，故聽其言可以睹其情焉。君子讀此二詩者，宜乎涕淚盈襟，哀思鬱亂矣。乃同時有久膺寵遇，夙負大名，而事往時移，披其著述，曾無一語及此者，獨何心哉！

贈淮撫沈公清遠

秋風杖節賜金貂，高會嚴更響麗譙。去國丁年遼海月，還家甲第浙江潮。書生禮樂修玄雁，諸將弓刀掣皂鵰。最是東南資轉餉，功成蕭相未央朝。

淮上贈嵇叔子

湖海相逢一俊英，風流中散舊家聲。琴因調古須防怨，詩爲才多莫近名。濁酒如淮歌慷慨，蒼髯似戟論縱横。慚余亦與山公札，抱病推遷累養生。

過宿遷極樂庵明日晤陸紫霞年兄話舊有感

同時知己曲江游，縱酒高歌玉腕騮。黄葉渾隨諸子散，白頭猶幸故人留。雲堂下榻逢僧飯，雪夜聽鐘待客舟。如此衡寒緣底事，相逢無計訴離愁。

白鹿湖陸墩詩　在宿遷縣東，爲紫霞年兄避兵處。

招提東望柳堤深，雁浦魚莊買棹尋。墩似謝公堪賭墅，湖如賀監早抽簪。雲遮老屋容君卧，月落空潭照此心。百頃荷花千尺水，夜涼兄弟好披襟。

自信

自信平生懶是眞，底須辛苦踏春塵〔一〕？每逢墟落愁戎馬，卻聽風濤話鬼神。濁酒一杯今夜醉，好花明日故園春。長安冠蓋知多少，頭白江湖放散人。

【校】

〔一〕春塵　詩鈔、百家、昭代均作「征塵」。

新河夜泊

百尺荒岡十里津〔一〕，夜寒微雨溼荆榛。非關城郭炊煙少，自是河山戰鼓頻〔二〕。倦客似歸因望樹〔三〕，遠天如夢不逢人。扁舟蕭瑟知無計，獨倚篷窗暗愴神。

【校】

〔一〕荒岡　詩鈔作「荒園」。

〔二〕河山　百家作「湖山」。

〔三〕似歸　詩鈔作「自歸」。

將至京師寄當事諸老四首〔一〕

柴門秋色草蕭蕭，幕府驚傳折簡招。敢向煙霞堅笑傲，却貪耕鑿久逍遙。楊彪病後稱遺老，周黨歸來話聖朝。自是璽書修盛舉，此身只合伴漁樵。

【評】

孫鑛曰：婉而不迫，大雅典型。

其二

莫嗟野老倦沉淪，領略青山未是貧。一自弓旌來退谷，苦將行李累衰親。田因買馬頻書券，屋爲牽船少結鄰〔二〕。今日巢由車下拜，淒涼詩卷乞閒身。

【評】

黄傳祖曰：高秀之極，又不寒瘦。

其　三

匹馬天街對落暉，蕭條白髮悵誰依？北門待詔賓朋盛，東觀趨朝故舊稀。雪滿關河書未到，月斜宫闕雁還飛。赤松本是留侯志，早放商山四老歸。

其　四

平生蹤跡儘𨓏天〔三〕，世事浮名總棄捐。不召豈能逃聖代，無官敢卽傲高眠？匹夫志在何難奪，君相恩深自見憐。記送鐵崖詩句好，白衣宣至白衣還。

【評】

鄧漢儀曰：此笑啼不敢之時也，詩却字字斟酌。

孫鋐曰：謝簪組於聖朝，詩人本意；而君恩友誼，曲曲寫出，較之却聘書更覺妥宛。

黃傳祖曰：丰韻脩脩，神仙中人。

袁錄曰：解嘲耶？

【校】

〔一〕鄧鈔選第一、二首，孫選選第一、四首，詩觀選第四首，百家選第二首，廣集選第一、二、四首。

〔二〕爲　鄒鈔、百家均作「待」。　「少」，鄒鈔、百家、廣集均作「未」。

〔三〕儘　詩鈔作「總」。

【評】

查爲仁曰：梅村將至京師，有寄當事諸老詩，反復吟詠，不勝悽楚。嘗記雪菴和尚一絕云：「看了青燈夢不成，東風滚雪落寒聲。半生客裏無窮恨，告訴梅花說到明。」可以贈之。（蓮坡詩話）

讀楊文驄舊題走馬詩于郵壁漫次其韻二首〔一〕

數卷殘編兩石弓，書生搖筆壯懷空。南朝子弟誇諸將，北固軍營畏阿童。江上化龍圖割據，國中指鹿詫成功。可憐曹霸丹青手，銜策無人付朔風。

其二

君是黃驄最少年，驊騮凋喪使人憐。當時只望勳名貴，後日誰知書畫傳。十載鹽車悲道路，一朝天馬蹴風煙。軍書已報韓擒虎，夜半新林早著鞭。

【校】

〔一〕題　「楊文驄」，四十卷本作「友人」。

過鄭州

馬滑霜蹄路又長，鴉鳴殘雪古城荒。河冰雨入車難過，野岸沙崩樹半僵。邢邵文章埋斷碣，公孫樓櫓付斜陽。只留村酒雞豚社，香火年年賽藥王。

【評】

靳曰：三、四能狀難言之景，餘亦工整。

恭紀聖駕幸南海子遇雪大獵〔一〕

君王羽獵近長安，龍雀刀環七寶鞍〔二〕。立馬山川千騎擁〔三〕，賜錢父老萬人看。賑饑〔四〕。霜林白鹿開金彈，春酒黃羊進玉盤。不向回中逢大雪，無因知道外邊寒。

【校】

〔一〕題　鄒鈔、百家均無「恭紀」字。
〔二〕刀環　四十卷本、鄒鈔均作「刀鐶」。
〔三〕山川　百家作「川原」。
〔四〕百家無此夾注。

【評】

沈德潛曰：頌揚中不失箴規，此惟唐人有之。（清詩別裁）

靳引陸雲士曰：旨原夏諺，調合唐音，有諷有規，最爲得體。

聞撤織造志喜

春日柔桑士女歌，東南杼軸待如何？千金織綺花成市，萬歲迴文月滿梭。恩詔只今憐赤子，貢船從此罷黃河。尚方玉帛年來盛，早見西川濯錦多。

上駐蹕南苑閱武行蒐禮召廷臣恭視賜宴行宮賦五七言律詩五七言絕句每體一首應制〔一〕

露臺吹角九天聞，射獵黃山散馬羣。練甲曉懸千鏡日，翠旗晴轉一鞭雲。奇鷹出架雕弓動，新兔登盤玉饌分。最是小臣慚獻賦，屬車叨奉羽林軍。

【校】

〔一〕題　原無「五七言律詩」五字，據四十卷本補。

【評】

靳曰：仿初唐應制諸作，三、四工鍊。

送無錫堵伊令之官歷城

攬轡朱輪起壯圖，遺民喜得管夷吾。城荒戶少三男子，名重人看五大夫。畫就煙雲連泰岱，詩成書札滿江湖。茶經水傳平生事，第二泉如趵突無？

【評】

靳曰：三、四工妙，以從歷城生情也；結有別趣，以其兼點無錫也。

元夕〔一〕

諸王花萼奉宸游，清路千門照夜騮〔二〕。長信玉杯簪戴勝，昭陽銀燭擘箜篌。傳柑曲裏啼鶯到，爆竹光中戰馬收。却憶征南人望月，金閨燈火別離愁。

【校】

〔一〕題　鄒鈔作「元旦」。

〔二〕清路　鄒鈔作「清露」。

讀鄖城魏石生懷古詩〔一〕

長安雪後客心孤，盡省論文折簡呼。家近叢臺推意氣，山開全趙見平蕪。憂時危論書千卷，懷古高歌酒百壺。自是漢廷眞諫議，蕭王陌上賦東都。

【校】

〔一〕題　四十卷本無「鄗城」字。

送永城吳令之任

春風驛樹早聞鶯，馬過梁園候吏迎。山縣尹來三月雨，人家兵後十年耕。鴉啼粉堞河依岸，草沒旗亭路入城。曾見官軍收賊壘，時淸今已重儒生。

【評】

嘶曰：三、四名雋，餘亦雅令。

送安慶朱司李之任

到官春水畫橈輕，天柱峰高郎郡城。百里殘黎半商賈，十年同榜盡公卿。雞豚塢壁山中稅，鼓角帆檣江上兵。亂後莫言無吏治，此方朱邑最知名。

【評】

靳曰：結句最佳。

送胡彥遠南還河渚〔一〕

匹馬春風返故林，松杉書屋晝陰陰。猿愁客倦晨投果，鶴喜人歸夜聽琴。我有田廬難共隱，君今朋友獨何心？還家早便更名姓，只恐青山尚未深。

【校】

〔一〕題　四十卷本無「胡」字。

江上

鐵馬新林戰鼓休，十年軍府笑諮謀〔一〕。但虞莊蹻爭南郡，不信孫恩到蔡洲〔二〕。江過濡須誰築壘？潮通滬瀆在今上海〔三〕。總安流。蘆花一夜西風起，兩點金焦萬里愁。

【校】

〔一〕笑　鄒鈔、廣集均作「嘯」。

〔二〕蔡洲　原作「蔡州」，據廣集改。

〔三〕鄒鈔無此夾注。

送顧倩來典試東粤

客路梅花嶺外飄，江山才調屬車招。石戍文字兵須定，珠出風雷瘴自消。使者干旌開五管，諸生禮樂化三苗。憑君寄語征南將，誰勒炎天銅柱標？

【評】漸曰：句句切典試東粤，結更所見者大，所謂高處立闊處行也。

送李書雲蔡閬培典試西川

柳陌征衫錦帶鈎，詔書西去馬卿游。棧縈秦嶺千盤細，水落巴江萬里流。兵火才人羈旅合，山川奇字亂離搜。莫愁沃野猶難問，取得揚雄勝益州。

【評】黄傳祖曰：每于結處搖漾振動，有一唱三歎之致。

送山東耿中丞青藜

三經持節領諸侯，好畤家風指顧收。岱頂磨崖看出日，海邊吹角對淸秋。幕中壯士爭超距；稷下高賢共唱酬。北道主人東郡守，丹青剖策本營丘。

送友人之淮安管餉

高牙鼓角雁飛天，估舶千帆落照懸。使者自徵滄海粟，將軍輒費水衡錢。中原河患魚龍窟，江左官租稉稻年。聞道故鄉烽火急，淮南幾日下樓船？

【評】

黄傳祖曰：襯入時事，恰好作波。

送隴右道吳贊皇之任

笳鼓千人度隴頭，使君斜控紫驊騮。城高赤坂魚鹽塞，日落黄河烏鼠秋。移檄北庭收屬國，閱兵西海取封侯。請傾百斛葡萄酒，玉笛關山緩帶游。

恭遇聖節次安丘劉相國韻

興慶樓前捧玉觴，金張岐薛儼分行。龍生大漠雲方起，河出崑崙日正長。節過放燈開禁苑，春將射柳幸平陽。燕公上壽天顔喜，親定甘泉賜宴章。

【評】

蘄曰：似唐人應制詩，三、四比賦更工。

朝日壇 次韻〔一〕

曉日曈曨萬象鋪〔二〕，六龍銜燭下平蕪。石壇爟火燔玄牡，露掌華漿飲渴烏。不夜城傳宣夜漏，玉宮朝奉竹宮符。即今東氾西崐處，盡入銅壺倒景殊〔三〕。

【校】

〔一〕廣集題下注作「次安丘劉相國韻」。

〔二〕曉日　廣集作「曉色」。

〔三〕銅壺　廣集作「周髀」。

【評】

蘄曰：詩與題稱，藻不妄抒。

李退庵侍御奉使湖南從兵間探衡山洞壑諸勝歸省還吳詩以送之〔一〕

一官之楚復游燕，歸去還乘笠澤船。戎馬千山尋洞壑，鶯花三月羨神仙。路穿江底聞雞犬，家在湖中接水天。侍御吾吳洞庭人〔二〕。不似少陵長作客，祝融峰下住年年。

【校】

〔一〕題「侍御」原作「侍衞」，據本詩夾注及四十卷本、詩鈔、鄒鈔改。

〔二〕廣集無「吾吳」字。鄒鈔無此夾注。

得蒲州道嚴方公信卻寄

西風對酒夢魂勞，聞道蒲津著錦袍。山遶塞垣長坂峻，河分天地斷崖高。登樓楚客看雲樹，隔岸秦人拜節旄。回首舊游飛雁遠，書來嚴助問枚皋。

送趙友沂下第南歸

秋風匹馬試登臨，此日能無感慨心？趙氏只應完白璧，燕臺今已重黃金。鄉關兵火傷王粲，京國才名識杜欽。最是淮南遇搖落，相思千里暮雲深。

懷王奉常煙客

把君詩卷問南鴻，憔悴看成六十翁。老去祇應添鬢雪，愁來那得愈頭風。田園蕪沒支笻懶，書畫蕭條隱几空。猶喜梅花開遶屋，臘醅初熟草堂中。

【評】

靳曰：因得詩而有懷，情詞並美，「鬢雪」、「頭風」工對。

送友人從軍閩中二首〔一〕

客中書劍愴離羣，貰酒新豐一送君。絕嶠烽煙看草檄，高齋風雨記論文。中宵清角猿啼月，百道飛泉馬入雲。詔諭諸侯同伐越，可知勞苦有終軍？

其二

平生不識李輕車，被詔揮鞭白鼻騧。簫鼓濟江催落木，旌旗衝雪冷梅花。胡牀對客招虞寄，羽扇麾軍逐呂嘉。自是風流新制府，王孫何事苦思家？

【校】

〔一〕題　鄒鈔無「人」字。

紀事

鄠杜山南起直廬，從禽載筆有相如。秋風講武臨熊館，乙夜橫經勝石渠。七萃車徒堪討習，百家圖史可佃漁。上林獸簿何曾問，叩馬無煩諫獵書。

送汪均萬南歸

扁舟春草五湖寬，歸去酴醾架未殘。撥剌錦鱗初上筋，團枝珠實已堆盤。癭瓢量水僧燒筍，拳石分泥客買蘭。四月山塘風景好，知君端不憶長安。

壽座師李太虛先生四首（一）

放懷天地總浮鷗，客裏風光爛熳收。一斗濁醪還太白，二分明月屬揚州。錦箏士女觴飛夜，鐵笛關山劍舞秋。猶有壯心消未得，欲從何處訪丹丘？

【評】

靳曰：三、四點染最工，以太虛時在揚州也。

其　二

好客從無二頃田，勝游隨地記平泉。解衣白日消棋局，岸幘青山入釣船。故國風塵驚晚歲，天涯歌舞惜流年。篋中別有龍沙記，不許傍人喚謫仙。

【評】

斷曰：五、六最工，壽字亦暗寫。

其　三

讀易看山愛息機；閉門芳草雁還飛。江湖有夢爭南幸，滄海無家記北歸。煙水一竿思舊隱，兵戈十口出重圍。杜陵豈少安危志？老大飄零感布衣。

【評】

斷曰：三、四眞摯，結句暗寓壽字。

其　四

廬頂談經破碧苔，十年不到首重回。風淸鐘鼓吳山出，雲黑帆檣楚雨來。痛飲長江看自注，異書絕壁訪應開。芒鞋歸去身差健，白鹿諸生掃講臺。

【評】

斷曰：三、四淸拔，結句亦帶壽字，首尾相應。

【校】

【一】鄒鈔選第一、二首。

寄房師周芮公先生四首〔一〕 并序

偉業以庚午受知於晉江周芮公師，進謁潤州官舍，維時上流無恙，京口晏然。吾師以陸生入雒之年，弟子亦終軍棄繻之歲〔二〕。南徐月夜，北固江聲，揮麈論文，登樓置酒，笑譚甚適，賓從皆賢。已而入主銓衡，地當清切，周旋禁近，提挈聲華。拜別河梁，十有八載，滄桑兵火，萬事都非。偉業負耒躬耕，誓終沒齒，不謂推遷塵事，潦倒浮生，病苦窮愁，羈縻煎迫。師以同徵，獨得不至，方推周黨，共羨管寧，而家居窮海，身受重圍，羽檄時聞，音塵莫及。雖然，江南近信，已泊樓船；京峴舊游，皆非樂土。何必無諸臺上，始接烽煙；歐冶城邊，纔開壁壘也！既知援師南下，山郡依然。鄒樵居第，可保圖書；楊僕軍營，惟聞笳吹。欣故人之杖屨，致遠道之郵筒。爰作短章，聊存微尚，抒平生於慷慨，寫盡日之羈愁。庶幾同經喪亂，識此襟情；雖隔山川，無殊會面云爾。

惆悵平生負所知，尺書難到雁來遲。桄榔月暗嚴城閉，鶗鳩風高畫角悲。湖裏逢仙占昔夢，洞中遇叟看殘棋。脫身衰白干戈際，筍屐尋山話後期。

其二

北府風流坐嘯清，蕭郎白帢愛將迎〔三〕。蒜山望斷江千月，荔浦愁看海上城。劉寄關河雖險塞，盧循樓艦正縱横。莫嫌戰鼓鄉園急，瓜步年來已用兵〔四〕。

其三

但若盤桓便見收，詔書趨迫敢淹留？始知處士青門里，須傍仙人白石樓。晉室衣冠依嶺嶠，越王刀劍閉林丘。少微卻照南天遠，榕樹峰高隱故侯。

其四

白鶴青猿叫晚風，苦將身世訴飄蓬。千灘水惡盤渦險，九曲雲迷絕磴空。廣武登臨狂阮籍，承明寂寞老揚雄。巨源舊日稱知己，誤玷名賢啓事中。

【校】

〔一〕鄒鈔選第二首，無詩序。

〔三〕棄繻　原作「棄襦」，據四十卷本改。

〔三〕白帢　鄒鈔作「白袷」。
〔四〕四十卷本篇末有小注：「晉江黃東崖先生和予此詩，中一聯曰：『徵書鄭重眠飡損，法曲淒涼涕淚橫。』知己之言，讀之感欷。」

【評】

袁錄曰：詩序俱佳。序中「雖然」一轉似多，反似累筆。

即事十首〔一〕

夾城朝日漸臺風，玉樹青蔥起桂宮。時乾清宮成。謁者北衙新掌節，初設內監。郎官西府舊乘驄。新選部郎爲巡方。叔孫禮在終應復，蕭相功成固不同。百戰可憐諸將帥，幾人高會未央中？

【評】

靳曰：此首連舉數事，而大氣包舉，筆力甚遒。

其　二

六龍初幸晾鷹臺，千騎從官帳殿開。南苑車聲穿碧柳，西山馳道夾青槐。繙書夜半移燈召，教射樓頭走馬來。聞道上林親試士，卽今誰是長卿才？

其　三

元僚白髮領槐廳，風度須看似九齡。疏乞江湖陳老病，詔傳容貌寫丹青。曹村相公乞休不允，畫其像賜之。從游西苑花初放，侍宴南臺酒半醒。最是御書房下過，賜茶淸燕共談經。

其　四

列卿嚴譴赴三韓，貰酒悲歌行路難。妻子幾隨關外去，都人爭擁路旁看。樂浪有吏崔亭伯，遼海無家管幼安。盡說日南多瘴癘，如君絕域是流官。

其　五

黃河東注出潼關，本濟漕渠竟北還。淮水獨流空到海，淮水爲黃河所逼，始于淸口濟漕；河去則淮竟入海，此淸江閘所以涸也。汴堤橫嚙不逢山。天心豈爲投圭璧，民力何堪棄草菅？瓠子未成淇竹盡，龍門遠掛白雲間。金龍口決〔二〕，用柳梢作土牛塞河，功竟不就。悼兩河民力之盡也〔三〕。

【評】

靳曰：此梅村河渠書也，與風雲月露之詞不同。

其　六

西山盜賊尙縱横，白晝畿南桴鼓鳴。誰道盡提龍武將，翻教遠過闔閭城？軍需苦給嫖姚騎，節制難逢僕射營。斥堠但嚴三輔靖，願銷兵甲罷長征。

【評】

靳曰：此首卽梅村刑法志也。

其　七

新傳使者出皇都，十道飛車算國租。故事已除將作監，他年須尙執金吾。主持朝論垂魚袋，料理軍書下虎符。始信蕭曹務休息，太平良策未全無。

【評】

靳曰：此首卽梅村食貨志也。

其　八

柳營江上羽書傳，白馬三郎被酒眠。無意漫提歐冶劍，有心長放呂嘉船。金錢北去緣求印，鐵券南來再控弦。廟算只今勤遠略，伏波橫海已經年。

【評】

靳曰：此首即梅村兵志也。

其九

秋盡黃陵對落暉，長沙西去不能歸。甘寧舊壘潮初落，陶侃新營樹幾圍。五嶺烽煙城郭改，三湘征調吏人稀。老臣裹革平生志，往事傷心尚鐵衣。

其十

巴山千丈壁雲根，節使征西入劍門〔四〕。蜀相軍營猶石壁，漢高原廟自江村。駐兵南鄭，分閬閬州，兩地皆有高祖廟〔五〕。全家故國空從難，異姓眞王獨拜恩。回首十年成敗事，笛聲哀怨起黃昏。

【校】

〔一〕鄒鈔選第一、二、三、五、六、十首。詩觀選第五、六首，並卷六雜感二十一首第一、二、十六首，卷十六長安雜詠第三首，合題長安雜詠。

〔二〕金龍口　詩觀作「荆隆口」。

〔三〕悼兩河民力之盡也　詩觀無此句。

〔四〕征西　鄒鈔作「征南」。

〔五〕鄒鈔「高祖廟」上有「漢」字。

【評】

袁錄曰：卽事數首，尙有老杜秋興、諸將敍事之遺。

吳梅村全集卷第十六　詩後集八

七言律詩七十八首

長安雜詠四首〔一〕

玉泉秋散鼎湖龍，世廟玄都閟御容。絳節久銷金竈火，青詞長護石壇松〔二〕。運移梅福身難去，道向麻姑使未逢。重過竹宮聞夜祭，徐無仙客話乾封。

其　二

石門秋聳妙高臺，慈聖金輪寺牓開。龍苑樹荒香界壞，鹿園花盡塔鈴哀。燈傳初地中峰變，經過流沙萬里來。代有異人爲教出，鳩摩天付不凡材。

其　三

鼓角鳴鞘下建章，平明獵火照咸陽。黄山走馬開新埒，青海求鷹出大荒。奉轡射生新宿衛，帶刀行炙舊名王。侍臣獻賦思遺事，指點先朝説豹房。

其　四

百戰關山馬槊高，恥將階級闘蕭曹。兩河子弟能談劍，一矢君王已賜袍。此日大家親校武，他時年少定分茅。功成老將無人識，看取征南帶血刀。

【校】

〔一〕鄒鈔選第一、三首。詩觀、百家均選第三首。

〔二〕青詞　鄒鈔作「青祠」。

哭蒼雪法師二首〔一〕

憶昔穿雲到上方，飛泉夾路筍輿忙。孤峰半榻霜顛白，淸磬一聲山葉黄。得道好窮詩正變，觀心難遣世興亡。汰公塔在今同傳，無著天親共影堂。汰如住華山，與師爲法侶，最相得，滅

度已十六載矣。〔二〕

其二

說法中峰語句眞，滄桑閱盡剩閑身。宗風實處都成教，慧業通來不礙塵。白社老應空世想〔三〕，青山我自哭詩人。總教落得江南夢〔四〕，萬樹梅花孰比鄰？

【校】

〔一〕鄒鈔選第二首。

〔二〕新集此注作「華山汰如，與師爲法侶，最相得，先滅度十六載矣」。

〔三〕世想　四十卷本、鄒鈔、新集均作「世相」。

〔四〕總教　四十卷本、鄒鈔、新集均作「縱教」。

【評】

黃傳祖曰：梅村時官京師，不得南歸，寄感切至。

送友人出塞

門人杜登春曰：此詩送泰興季掌科作也。季名開生，字天中，以言事觸先帝怒，徙尙陽。言官之遣始此。〔一〕

上書有意不忘君，竄逐還將諫草焚。聖主起居當日愼，小臣忠愛本風聞。玉關信斷機中錦，金谷園空畫裏雲。塞馬一聲親舊哭，焉支少婦欲從軍。

【校】

〔一〕四十卷本無題下小注。

海　警〔一〕

龍驤開府集戈船，不數昆明教戰年。刊木止因裝大艦，習流眞豈募空拳。越工樓櫓偏風利，楚失餘皇尙晝眠。潮落春申灘上望，虛糜十萬水衡錢。

【校】

〔一〕四十卷本無此篇。

即　事

擊鼓迎神太乙壇〔一〕，越巫吐火舞珊珊。露臺月上調絲管，禁苑霜凋挾彈丸。赤驥似龍徠萬里，白鷹如雪致三韓。柏梁焚後宜春起，只有西山作舊看。

【校】

〔一〕太乙　鄒鈔作「太一」。

【評】

黃傳祖曰：比興言外，迴複淒其。

靳曰：此首亦包舉數事，筆力遒厚。

送同官出牧

門人杜登春曰：乙未之秋，先帝出朝臣四十有一人爲外任，翰林讀學楊猶龍以下皆忤安丘，故有是命。〔一〕

露掌明河玉漏寒，侍中出宰據征鞍。君王此日親除吏，臣子何心道換官。壯士驪山秋泛戍，豪家渭曲夜探丸。扶風馮翊皆難治，努力諸公奏最看。

【校】

〔一〕四十卷本、詩鈔均無題下小注。

寄周子俶中州

聞道周郎數酒悲，中原極目更依誰？雲遮二室關山在，河奪三門風雨移。銅狄紀年何代恨？石經傳字幾人知？狂歌落日登臨罷，殘醉歸來信馬遲。

懷古兼弔侯朝宗

河洛烽煙萬里昏〔一〕，百年心事向夷門。氣傾市俠收奇用，策動宮娥報舊恩。多見攝衣稱上客，幾人刎頸送王孫。死生總負侯嬴諾，欲滴椒漿淚滿樽。朝宗歸德人，貽書約終隱不出，余爲世所逼，有負夙諾，故及之。〔二〕

【校】

〔一〕烽煙　四十卷本、鄒鈔均作「風煙」。

〔二〕此注四十卷本置於題下。

送曹秋岳以少司農遷廣東左轄四首〔一〕

江東才子漢平陽，身歷三臺拜侍郎。五管淸秋懸使節，百蠻風靜據胡牀。珠官作貢通滄海，象郡休兵奉朔方。早晚鄺侯能薦達，鋒車好促舍人裝。

其　二

秋風匹馬尉佗城，銅鼓西來正苦兵。萬里虞翻空遠宦，十年楊僕自專征。山連鳥道天應盡，日落蠻江浪未平。此去好看宣室召，漢皇前席問蒼生〔二〕。

【評】

鄧漢儀曰：氣象巍峩。又曰：筆力透過紙背。

其三

銅柱天南起暮笳，蒼山不斷火雲遮。羅浮客到花爲夢，庾嶺書來雁是家。五月蠻村供白越〔三〕，千年仙竇訪丹砂。炎州百口堪同住，莫遣閒愁感鬢華。

其四

懸瀑丹崖萬仞流，越王臺上月輪秋。江湖家在堪回首，京國人多獨倚樓。海外文章龍變化，日南風俗鳥鈎輈。知君此地登臨罷，追憶平生話少游。

【校】

〔一〕鄒鈔選第二、三首。百家選第一、二、三首。

〔二〕漢皇　鄒鈔作「漢王」。「前席」，詩鈔作「前度」。

〔三〕白越　百家作「白墮」。

送楊猶龍學士按察山西二首〔一〕

碧山學士起嚴裝，新把牙旌下太行。玉璽開尊從將吏，銀毫判牒喜文章。三關日落凝笳吹，千騎風流出射堂。憶賜錦袍天上𤇆，西遊早拂雁門霜。

其　二

一天涼影散鳴珂，落木平沙雁渡河。北地詩名三輔少，西風客思五原多。紫貂被酒雲中火，鐵笛吟秋塞上歌〔二〕。回首禁城從獵處，千山殘雪滿滹沱。

【評】

鄧漢儀曰：聲容壯麗。　又評「紫貂」二句曰：燦若雲錦。

【校】

〔一〕詩觀選第二首。

〔二〕吟秋　四十卷本、詩鈔、詩觀均作「迎秋」，鄒鈔作「吹秋」。

送王藉茅學士按察浙江二首

始興門第故人稀，才子傳家典北扉。晝省日移花更發〔一〕，御溝春過柳成圍。江湖宦跡飄蓬轉，嵩少鄉心旅雁飛。重到冶城開載地，豈堪還問舊烏衣？

其二

訟堂閒嘯聽流鶯，十載東南憶避兵。江左湖山多故吏，王家書畫豈虛名。從容簿領詩還就，料理煙霞政自成。欲過會稽尋禊事，斷碑春草曲池平。

送當湖馬覲揚備兵嵩嵐

絕塞驅車出定羌，洗兵空磧散牛羊。黃河盡處無征戰，紫燕飛時敢望鄉。獨客登臨傷廢壘，前人心力困危疆。君恩不遣邊臣苦，高臥荒城對夕陽。

送王孝源備兵山西

秋盡黃河氣欲收，千山雪色照并州。鵰盤落木蒼崖壯，馬蹴層冰斷澗流。父老壺關迎節使，將軍廣武恥封侯。雍容賓佐資譚笑，吹笛城南月夜樓。

送同年江右朱遂初憲副固原四首〔一〕

銜杯落日指雕鞍，渭北燕南兩地看。士馬河湟征戰罷〔二〕，弟兄關塞別離難。荒祠黑水龍湫暗，絕坂丹崖鳥道盤。錯認故京還咫尺，幾人遷客近長安〔三〕？

【評】

黃傳祖曰：就題生情，恰好合拍。

其二

淸秋柳陌響朱輪，帳下班聲到近臣。萬里河源通大夏，七盤山勢控新秦。北庭將在黃驄老，西海僧來白象馴。最喜安邊眞節使，君恩深處少風塵。

其三

白草原頭驛路微，十年蹤跡是耶非？月明函谷朝雞遠，木落蕭關塞馬肥。便道江城鄉思急，故人京洛諫書稀。一官漂泊知何恨，老大匡山未拂衣。

其四

長將詩酒付奚囊，此去征途被急裝。苜蓿金鞍調白馬，梅花鐵笛奏青羌。涼州水草軍營盛，漢代亭臺獵火荒。往事功名歸衞霍，書生垂老玉門霜。

【校】

〔一〕題　鄒鈔作「送同年朱遂初憲副固原」，選第一、二、四首。百家選第一、二首。新集選第一首。

〔二〕征戰　百家作「征伐」。

〔三〕近　百家作「去」。

七夕感事

天上人間總玉京，今年牛女倍分明。畫圖紅粉深宮恨，砧杵金閨瘴海情。南國綠珠辭故主，北邙黃鳥送傾城。憑君試問雕陵鵲，一種銀河風浪生。

【評】

袁錄曰：讀五律七夕即事四首，參以此韻，即淸涼讚佛之遺意乎？

和楊鐵崖天寶遺事詩二首

漢主秋宵宴上林，延年供奉漏沉沉。給來妙服裁文錦，賞就新聲賜餅金。鳷鵲風微淸笛迴，蒲萄月落畫絃深。明朝曼倩思言事，日午君王駕未臨。

【評】

靳曰：此兩首可補唐宮詞，義取諷諫。

其　二

複道笙歌幾處通，博山香裊綺疏中。檀槽豈出龜茲伎，玉笛非關于闐工。浩唱扇低槐市月，緩聲衫動石頭風。霓裳本是人間曲，天上吹來便不同。

【評】

靳曰：與前首同意，結句蘊藉之甚。

送少司空傅夢禎還嵩山

高臥千峰鎖暮霞，洛城春盡自飛花。銅仙露冷宮門草，玉女臺荒洞口沙。被褐盧鴻仍拜詔，賜金疏受早還家。西巡擬上登封頌，抱犢山莊候翠華。

【評】

靳曰：杜子美遊龍門奉先寺，而起句云「已從招提遊」，便省却半篇文字；此送傅司空還山，而直從

「高臥千峯」起，亦省却許多情話矣。

夜宿蒙陰

客行杖策魯城邊，訪俗春風百里天。蒙嶺出泉茶辨性，龜田加火穀占年。野蠶養就都成繭，村酒沽來不費錢。我亦山東狂李白，倦游好覓主家眠。

【評】

嶄曰：三、四工巧絶倫，「客行」、「倦游」，起結相應。

郯城曉發

四馬孤城望眼愁，雞聲喔喔曉煙收。魯山將斷雲不斷，沂水欲流沙未流。野戍凄涼經喪亂，殘民零落困誅求。他鄉已過故鄉遠，屈指歸期二月頭。

【評】

嶄曰：三、四工絶，結句入妙。

聞台州警四首（一）

高灘響急峭帆收，橘柚人煙對鬱洲。天際燕飛黃石嶺，雲中犬吠赤城樓。投戈將士逍遙臥，橫笛漁翁縹緲愁。聞說天台踰萬丈，可容長嘯碧峰頭？

【評】

靳曰：將「台州警」三字合寫，故能入妙。

其　二

野哭山深叫杜鵑〔三〕，閩風臺畔羽書傳。軍搰絕磴松根火，士接飛流馬上泉。雁積稻粱池萬頃，猿知擊刺劍千年。桃花好種今誰種，從此人間少洞天。

【評】

靳曰：與前首同一筆法，而新警過之。

其　三

天門中斷接危梁，玉館金庭跡渺茫。石鼓響來開峭壁，干將飛去出滄浪。仙家壘是何年築，刺史丹無不死方。亂後有人還采藥，越王餘算禹餘糧。

【評】

靳曰：與前兩首同妙。

其四

三江木落海天西〔三〕，華頂風高聽鼓鼙。瀑布洗兵青嶂險，石橋通馬白雲齊。途窮鄭老身何竄，春去劉郎路總迷〔四〕。最是孤城蕭瑟甚，斷虹殘雨子規啼。

【評】

斷曰：亦用合寫法，蓋「瀑布」下忽有「洗兵」字，「石橋」下忽有「通馬」字，皆不經人道過者。

【校】

〔一〕題　鄒鈔作「台警」。

〔二〕野哭　原作「野火」，據四十卷本、鄒鈔改。

〔三〕木落　鄒鈔作「落木」。

〔四〕途窮二句　鄒鈔此二句作「劉郎去後仙源遠，鄭老窮來郡閣低」。

遣嫁〔一〕

蘸水寒堤百里風，扁舟裝送月明中。但教兒女輕諸累，一任兵戈誤此翁。故友蘋蘩生死寄，貧家棗栗亂離空。歸來往事關心在，不寐愁看燭影紅。

【校】

〔一〕四十卷本無此篇。

江城遠眺〔一〕

幕府山前噪乳鴉，嚴城煙樹隱悲笳。柳條徧拂將軍馬，燕子難求百姓家。東海奔濤連北固，西陵傳火走南沙。江皋戰鬼無人哭，横笛聲聲怨落花。

【校】

〔一〕四十卷本無此篇。

贈遼左故人八首〔一〕

詔書切責罷三公，千里驅車向大東。曾募流移耕塞下，豈遷豪傑實關中？桑麻亭障行人斷，松杏山河戰骨空。此去纍臣聞鬼哭，可無杯酒酹西風？

其　二

短轅一哭暮雲低，雪窖冰天路慘悽。青史幾年朝玉馬，白頭何日放金雞？燕支塞遠春雞到，木葉山高鳥亂啼。百口總行君莫歎，免教少婦憶遼西。

【評】

斷曰：聲情并到，氣格俱佳。

其　三

傷心書斷玉關秋，使者收鷹北海頭。共事故人誰賜告，別來諸將幾封侯？風霜磧裏眞難受，瘴癘天邊不易求。莫信古稱卑濕地，南中猶有逐臣愁。

其　四

潦倒南冠顧影慚，殘生得失懺瞿曇。君恩未許誇前席，世路誰能脫左驂。雁去雁來空塞北，花開花落自江南。可憐庾信多才思，關隴鄉心已不堪。

【評】

斷曰：有一氣渾成之妙。

其　五

貫索天邊動使星，赭衣羸馬夕陽亭。胥靡憔悴傷圖畫，巷伯牽連累汗青。減死朔方誰考驗，徙家合浦竟漂零。故園無限東風柳，蘆管吹來不忍聽。

【評】

靳曰：若爲慰藉者，而其悲更深。

其六

浮生踪跡總茫然，兩拜中書再徙邊。儘有温湯堪療疾，恰逢靈藥可延年。垂來文鼠裝綿暖，射得寒魚入饌鮮。只少江南好春色〔三〕，孤山梅樹罨溪船。

其七

路出河西望八城〔三〕，保宫老母淚縱横。重圍屢困孤身在，垂死翻悲絶塞行。盡室可憐逢將吏〔四〕，生兒眞悔作公卿。蕭蕭夜半玄菟月，鶴唳歸來夢不成。

其八

齊女門前萬里臺，傷心砧杵北風哀。一官悮汝高門累，半子憐渠快婿才。失母況經關塞別，從夫只好夢魂來。摩挲老眼千行淚，望斷寒雲凍不開。

【評】

孫鋐曰：二詩（其七、其八）眞一字一淚。

【校】

〔一〕四十卷本止錄六首，無其三、其五。鄒鈔選第一、二、三、五、六、八首，百家、孫選均選第七、八首。

〔二〕好春色　鄒鈔作「春色好」。

〔三〕河西　四十卷本作「西河」。

〔四〕逢　孫選作「輸」。

【評】

袁錄曰：哀痛之情，見之紙上。

春日小園即席次白林九明府韻

小築疏籬占綠灣，釣竿斜出草堂閒。柳因見日頻舒眼，花爲迎風早破顏。地是廉泉連讓水，人如退谷遇香山。新詩片石留題在，採蕨烹葵數往還。

【評】

靳曰：似晚唐、南宋人語。

題畫（二）

芍藥

花到春深爛熳紅，香來士女踏歌中。風知相護吹芳蒂，露恨將離浥粉叢。漬酒穩教顏色異，調虀誤許姓名同。內家彩筆新成頌，肯讓玄暉句自工。

【評】

靳曰：三、四最工。

石榴

碧雲翦翦月鉤鉤，狠藉珊瑚露未收。絳樹憑闌看獨笑，綠衣傳火照梳頭。深房莫倚含苞固，多子還憐齲齒羞。種得菖蒲堪漬酒，劉郎花底拜紅侯。

【評】

靳曰：題畫六首，皆詠物詩，別無寓言；故以工穩爲主。

洛陽花

綠窗昨夜長輕莎，玉作欄杆錦覆窠。丹顙好描秦氏粉，墨痕重點石家螺。翦同翠羽來金谷，織並紅羅出絳河。千種洛陽名卉在，不知須讓此花多。

【評】

斷曰：結有別趣。

茉莉

翦雪裁冰莫浪猜，玉人纖手摘將來。新泉浸後香恆滿，細縷穿成蘂半開。愛玩晚涼宜小立，護持隔歲爲親栽。一枝點就東風裏〔三〕，好與新妝報鏡臺。

【評】

斷曰：中四語將養花之法摹寫入妙。

芙蓉

細雨横塘白鷺拳，穠紅婀娜向風前。千絲衣薄荷同製，三醉顔酡柳共眠。水殿曉涼妝徙倚，玉河春淺共遷延。涉江好把芳名認，錯讀陳王賦一篇。

【評】

靳曰：三、四襯托入妙。

菊花

夜深銀燭最分明，翠葉金鈿認小名。故著黃絁貪入道，却翻紫袖擅傾城。生來豔質何消瘦，移近高人恰老成。幾度看花花耐久，可知花亦是多情。

【校】

〔一〕鄒鈔選三首，題作：「題畫芍藥」、「題畫洛陽花」、「題畫芙蓉」。

〔二〕點就　四十卷本作「點染」。

【評】

袁錄曰：題畫小巧。

繭虎

南山五日鏡奩開，綵索春葱縛軼材。奇物巧從蠶館製，內家親見豹房來。越巫辟惡鏤金勝，漢將擒生畫玉臺。最是繭絲添虎翼，難將續命訴牛哀。

【評】

袁錄曰：下數首刻畫近入惡道。

斷曰：組織最佳，結有別趣。

茄牛

鼙鼓喧闐笑未休，泥車瓦狗出同游。生成豈比東鄰犢，觳觫何來孺子牛。老圃盤飧詩特殺，太牢滋味入常羞。看它諸葛貪游戲〔一〕，苦鬭兒曹巧運籌。

【校】

〔一〕貪　詩鈔作「同」。

【評】

斷曰：將題內二字合寫，妙能自然。

鯗鶴

丁令歸來寄素書，羽毛零落待何如？雲霄豈有餔糟計，飲啄寧關逐臭餘。雪比撒鹽堆勁翮，蟻旋封垤附專車。秦皇跨鶴思仙去，死骨何因葬鮑魚？

【評】

靳曰：亦以合寫見奇。

蟬　猴

仙蛻誰傳不死方，最高枝處憶同行。移將吸露迎風意，做就輕軀細骨妝。薄鬢影如逢越女，斷腸聲豈怨齊王。內家近作通侯相，賜出貂蟬傲粉郎。

【評】

靳曰：後四句更佳。

蘆　筆

採箬編蒲課筆耕，織簾居士擅書名。掃來魯壁枯難用，焚就秦灰煑不成。飛白夜窗花入夢，草玄秋閣雁銜橫。中山本是盧郎宅，錯認移封號管城。

【評】

靳曰：合寫入妙。

橘燈

掩映蘭膏葉底尋，玉盤纖手出無心。花開槐市枝枝火，霜滿江潭樹樹金。繡佛傳燈珠錯落，洞仙爭弈漏深沉。饒他丁緩施工巧，不及生成在上林。

【評】

斷曰：有分有合，分處皆合，是筆力也。

桃核船

漢家水戰習昆明，曼倩偷來下瀨橫。三士漫成齊相計，五湖好載越姝行。桑田核種千年久，河渚槎浮一葉輕。從此武陵漁問渡，胡麻飯裏棹歌聲。

【評】

斷曰：分合入妙。

蓮蓬人

獨立平生重此翁，反裘雙袖倚東風。殘身顛倒憑誰戲，亂服粗疏恥便工。共結苦心諸子散，早拈香粉美人空。莫嫌到老絲難斷〔一〕，總在汚泥不染中。

【校】

〔一〕難斷　詩鈔作「羅斷」。

【評】

靳曰：後半首最佳。

戲詠不倒翁

掉首浮生半紙輕，一丸封就任縱橫。何妨失足貪游戲，不耐安眠欠老成。儘受推排偏倔強，敢煩扶策自支撑。却遭桃梗妍皮誚，此内空空浪得名。

【評】

靳曰：才餘於詩，若不經意，而人自不能到。

海虞孫孝維三十贈言四首

法護僧彌並絶倫，聽經蕭寺紫綸巾。高齋點筆依紅樹，畫檝徵歌轉綠蘋。一榻茶香專供佛，五湖蝦菜待留賓。丈夫早歲輕名宦，鄧禹無爲苦笑人。

【評】

斷曰：寫出名士風流。結句點三十。

其　二

招眞臺下讀書莊，總角知名已老蒼。何氏三高推小隱，荀家羣從重中郎。鬬茶客話千山雨，寄橘人歸百顆霜。太末理官孝若，其兄也，地産橘最佳。麈尾執來思竪義，旻公同飯贊公房。

【評】

斷曰：與前首同妙。第四句切定三十。

其　三

始立何容減宦情，法曹有弟尙諸生。松窗映火茗芽熟，貝葉研朱梵夾成。金谷酒空消冶習，曲江花落悟浮名。花落者爲扶桑志感也。年來恥學王懷祖，初辟中兵捧檄行。

【評】

斷曰：起結點出三十。

其　四

高柳長風六月天，青鞋白襪尙湖邊。輕舟掠過破山寺，橫笛邀來大石仙。孫氏之先，遇仙于烏目山之大石。王儉拜公猶昨歲，張充學易在今年。種松記取合圍後，樹下著書堪醉眠。

【評】

靳曰：五、六切定三十。

贈錢臣扆　同年給諫公弟

杜家中弟擅閒身，處士風流折角巾。花萼一樓圖史遍，竹梧三徑管絃新。東都賓客多同輩，西息田園有主人。酒熟好從君取醉，脊令原上獨傷神。

贈荆州守袁大韞玉四首〔一〕袁爲吳郡佳公子，風流才調，詞曲擅名〔二〕，遭亂北都，佐藩西楚，尋以失職空囊，僑寓白下。扁舟歸里，惆悵無家。爲作此詩贈之。

曉日珠簾半上鉤，少年走馬過紅樓。五陵烽火窮途恨，三峽雲山遠地愁。盧女門前烏柏樹，昭君村畔木蘭舟。相逢莫唱思歸引，故國傷心恐淚流。

其二

霓裳三疊遍天涯，浪跡巴丘度歲華。賴有狂名堪作客，誰知拙宦已無家。西州士女章臺柳，南國江山玉樹花。正遇秋風蕭索甚，凄涼賀老撥琵琶。

其三

詞客開元擅盛名，蕭條鶴髮可憐生〔三〕。劉郎浦口潮初長，伍相祠邊月正明。擊筑悲歌燕市恨，彈絲法曲楚江情。袁西樓樂府中有楚江情一齣。善才已死秋娘老，涇盡青衫調不成。

其四

湘山木落洞庭波，杜宇聲聲喚奈何！千騎油幢持虎節，扁舟鐵笛換漁簑。使君灘急風濤阻，神女臺荒雲雨多。楚相歸來惟四壁，故人優孟早高歌。

【校】

〔一〕題　鄒鈔作「贈荆州守袁韞玉」，選第一、三首，無題下小注。

〔二〕詞曲　詩鈔作「詩酒」。

〔三〕鶴髮　鄒鈔作「白髮」。

【評】

靳曰：四首在梅村集中亦推高唱。

送楊懷湄擢臨安令

聽松鈴閣放衙陰，飛瀑穿階入室琴〔一〕。許掾仙居丹井在，謝公游策碧雲深。山農虎善樵微徑，溪女蠶忙採遠林。此地何王誇衣錦？錦城人起故鄉心。令成都人，臨安乃錢鏐衣錦城也。

【校】

〔一〕入室　四十卷本作「石室」。

【評】

靳曰：切定臨安風景，結有別趣。

登縹緲峯

絕頂江湖放眼明，飄然如欲御風行。最高尙有魚龍氣，半嶺全無鳥雀聲。芳草青蕪迷近遠〔一〕，夕陽金碧變陰晴。夫差覇業銷沉盡，楓葉蘆花釣艇横。

【校】

〔一〕近遠　四十卷本作「遠近」。

【評】

斷引張如哉曰：寫得縹緲意象出，五、六句更爲神到。

過席允來山居

碧梧門巷亂山邊，灑掃雖頻得自然。石笥一林雲活活，藥欄千品雨娟娟。養花性爲先人好，種樹經從伯氏傳。社酒已濃茶已熟，客來長繫五湖船。

【評】

斷曰：山居幽事，描寫殆盡，于允來尤爲貼切。

贈武林李笠翁 笠翁名漁，能爲唐人小說，兼以金、元詞曲知名。

家近西陵住薜蘿，十郎才調歲蹉跎。江湖笑傲誇齊贅，雲雨荒唐憶楚娥。海外九州書志怪，坐中三疊舞迴波。前身合是玄眞子，一笠滄浪自放歌。

贈崑令王莘雲尊人杏翁 永平人

半載江南客未深，玉山秋靜夜沉吟。九邊田牧思班壹，三輔交游識季心。快馬柳城常命酒，軟輿花縣暫聞琴。白頭閒說西京事，曾記循良久賜金。莘雲有能名，未半載，以錢糧報罷。

客譚雲間帥坐中事

五茸絲管妓堂秋，奪得蛾眉付主謳。豈是絕纓諸將會，偶因行酒故人留。青尊有恨攀他手，白削無情笑者頭。若遇季倫西市日，可宜還墮綠珠樓？

【評】

靳曰：起結相應，描寫處喚醒處情致俱佳，與過吳來之竹亭湖墅迥異，蓋一則懷舊情深，一則諷刺示戒也。

别維夏

惆悵書生萬事非，赭衣今抵舊烏衣。六朝門第鴉啼遠，九月關河木葉飛。庾嶺故人猶未別，維夏叔增城公子彥〔一〕。燕山游子早應歸。正逢漉酒登高會，執手西風歎落暉。

【校】

〔一〕鄒鈔無此夾注。

吳梅村全集卷第十七　詩後集九

七言律詩七十四首

庚子八月訪同年吳永調於錫山有感賦贈四首

廿載京華共酒尊，十人今有幾人存？京師知己爲眞率會，今其人零落已盡〔一〕。多愁我已嫌身世，高臥君還長子孫。士馬孤城喧渡口，雲山老屋冷溪門。相逢萬事從頭問，樺燭三條照淚痕。

其　二

杖藜何必遠行遊，抱膝看雲鶴氅裘。天遺名山供戶牖，老逢佳節占風流。干戈定後身還健，花月閒時我欲愁。莫歎勝情無勝具，亂峰深處著高樓。永調有足疾。

【評】

蘄曰：起結相應，中四承轉入妙。

其三

黄花秋水五湖船，客鬢蕭騷別幾年〔二〕。老去妻孥多下世，窮來官長有誰賢？酒杯驅使從無分，書卷消磨絕可憐。賸得當時舊松菊，數間茅屋對晴川。

其四

盧臺便闕信沉沉，話及淸郎淚不禁。到處風波寧敢恨，僅存兄弟獨何心？南州師友江天笛，北固知交午夜砧。從此溪山避矰繳，暮雲黄葉閉門深。

【校】

〔一〕其人 「人」字原無，據四十卷本、詩鈔補。

〔二〕客鬢 昭代作「容鬢」。

送張玉甲憲長之官邛雅四首〔一〕

秋水連天棹五湖，勞勞亭畔客心孤。飄蓬宦迹空迢遞，浩刼山川尙有無？石鏡開花惟自照，郫筒憶酒向誰沽？蕭條大散關頭路，匹馬西風入畫圖。

其　二

劍外新傳一道通，十年羣盜漫稱雄。橫刀割取青神渡，烈火燒殘白帝宮。豈有山川歸李特，猶能車馬識文翁。誰將牛斗龍泉氣，移在天彭井絡中？張從江南學使者遷是職〔二〕。

其　三

岷峨悽愴百蠻秋，路折邛崍九坂愁。城裏白雲從地出，馬前黑水向人流。松番將在看高臥，雪嶺僧歸話遠遊。欲問辟支諸佛土，貝多羅樹即關頭。雅州關外即烏思藏。

其　四

錦宮春色故依然〔三〕，料理蠶叢半壁天。葛相祠堂尋有蹟，譙玄門戶訪誰傳？還家杜宇三更夢，寄遠菖蒲十樣箋。此去壯游何所恨，思君長問楚江船。

【校】

〔一〕鄒鈔選第二首。

〔二〕詩鈔「張」上有「謂」字。鄒鈔無篇末小注。

〔三〕錦宮　四十卷本、詩鈔均作「錦官」。

哭中書趙友沂兼柬其尊甫洞門都憲

長沙長子九江船〔一〕，御史臺西月正圓。兩省親朋歡笑日，一官詩酒亂離年。朱樓有淚看楊柳，白髮無家聽杜鵑。太息賈生歸未得，湘花湘草夕陽邊。

【校】

〔一〕長子　疑當作「才子」。

【評】

斷曰：聲情俱佳。

贈學易友人吳燕餘二首〔一〕

風雨菰蘆宿火紅，胥靡憔悴過牆東。呑爻夢逐虞生放，端策占成屈子窮。縱絕三編身世外，橫添一畫是非中。道人莫訝姚平笑，六十應稱未濟翁。

【評】

靳曰：象外寰中，用意精切。

其二

註就梁丘早十年，石壕呼怒蓽門前。范升免後成何用，甯越鞭來絕可憐。人世催科逢此地，吾生憂患在先天。從今郫上田休種，簾肆無家取百錢。

【校】

〔一〕題　詩鈔作「贈學易友人」，題下有小注「吳綿祚棄儒冠學易，弟子從遊甚衆。歲甲辰，以賦役罹獄」。

壽繼起和尚

故山東望路微茫，講樹秋風老著霜。不羨紫衣誇妙相，惟憑白足徧諸方。隨雲舒卷身兼杖，與月空明詩一囊。台頂最高三萬丈，道人心在赤城梁。

惠山二泉亭爲無錫吳邑侯賦〔一〕

九龍山半二泉亭，水遞名標陸羽經。寺外流觴何處訪，公餘飛鳥偶來聽。丹凝高閣空潭紫，翠涇層巒萬樹青。治行吳公今第一，此泉應足勝中泠。

【校】

〔一〕題　詩鈔作「無錫吳邑侯伯成新修二泉亭有贈」。

贈張以韞來鶴詩〔一〕

草聖傳家久著聞，斗看孤鶴下層雲。路從蓬島三山遠，影落琴川七水分。自是昂藏矜鳳侶，休教嫉妬報雞羣。春風一樹梅花發，耐守寒香孰似君。

【校】

〔一〕四十卷本無此篇。「以韞」，四十卷本卷二十三來鶴集序作「以韜」。

過三峰蘗公話舊

霜落千峰曳杖尋，筍輿衝雨過高林。埋書草沒松根史，洗鉢泉流石磴琴。萬事幾經黃葉夢，三生難負碧潭心。山童不省團圞話，催打溪鐘夜未深。

永平田君宗周吳故學博也袁重其識之尤展成司李其地相見詢袁年百有二矣索詩紀異并簡展成〔一〕

北平車馬訪煙蘿，記向夷齊廟下過。百歲共看秦伏勝，一經長在漢田何。知交已料滄江少，耆舊翻疑絕塞多。聽罷袁絲數東望，酒酣求作絳人歌。

【校】

〔一〕題　詩鈔無「并簡展成」字。

顧西巘侍御同沈友聖虎丘即事四首〔一〕

註就逍遙賦大風，彥先才調擅諸公。晴川兩岸憑欄外，雪嶺千尋攬轡中。我昔楚江同宋玉，君今吳市訪梁鴻。芳洲杜若無能採，慚愧當年過渚宮。

其二

喻蜀書成楚大夫，征帆萬里到江湖。鄉心縹緲思黃鶴，祖德風流話赤烏。問俗駐車從父老，尋山著屐共生徒。君家自有丹青筆，衰白追陪入畫圖。

其　三

生公石畔廣場開，短簿祠荒閉綠苔。山榼偶攜羣吏散，布帆無恙故人來。爭傳五月登高會，應改三江作賦臺。自是野王思故里，可知先賞陸機才。

其　四

一馬雙幢出野塘，論文蕭寺坐匡牀。花移堠鼓青油舫，月映行廚白石廊。漫叟短歌傷老大，散人長揖恕清狂。細將朋友從頭數〔二〕，落落申生舋盟。與沈郎〔三〕。

【校】

〔一〕題　詩鈔作「甲辰仲夏顧西巘侍御招同沈友聖虎丘即事」。

〔二〕朋友　詩鈔作「朋舊」。

〔三〕詩鈔本句「申生」下無夾注，句末注云：「申生指舋盟也。」

贈松江郡侯張升衢　從江寧遷任

石城門外水東流，簫鼓千人最上頭。二陸鄉園江畔樹，三張詞賦郡西樓。油幢置酒尊艫夜，畫舫鈎簾秔稻秋。聞道青溪行部近，兒童欣喜使君游。

贈松郡副守涪陵陳三石 官董漕

獨上高城回首難，揚雄老去滯微官。湖天搖落雲舒卷，巫峽蕭森路折盤。廿載兵戈違故里，千村輸輓向長安。京江原是三巴水，莫作郫筒萬里看。

贈松郡司李內江王擔四〔一〕

十月江天曉放衙，茸城寒發錦城花。金堤更植先人柳，玉壘重看使者車。父侍御治京口湖堤。庾嶺霜柑書憶弟，弟粵東令。曲阿春釀夢思家。侍御避亂僑居丹陽〔二〕。詩成別寫鵞溪絹，聽壁風篁醉墨斜。善寫竹。

【校】

〔一〕題　詩鈔無「郡」字。

〔二〕詩鈔無「居」字。

【評】

靳曰：此首以鋪敍周到爲工。

贈彭郡丞益甫

樓船落日紫貂輕，坐嘯胡牀雁影横。雨過笛生黃歇浦，花開夢遶發干城。舊棠邑令。龍蛇絹素爭搖筆，善書。松杏山河已息兵。杏山人。慷慨與君談舊事，夜深欣共酒杯傾。

【評】

漸曰：意到筆隨，惟熟於詩者能之。

十月下澣偕九日過雲間公讌閱石蒼水齋中同文饒諸子二首

百里溪山訪舊游，南皮賓客盛風流。文章座上驚黃絹，名字人間愧白頭。董相園開三徑夜，陸生臺在九峰秋。酒酣莫話當年事，門外滄江起暮愁。

其二

霜落南樓笑語清，無端街鼓逼嚴城。三江風月尊前醉，一郡荆榛笛裏聲。花滿應徐陪上讌，歌殘嵇阮隔平生。歸來枕底天涯夢，喔喔荒雞已五更。

贈松江別駕日照安肇開

秋盡西風鬢影蒼，伏生經術蓋公堂。雞聲日出秦祠遠，鶴唳江空禹蹟荒。二水淄澠杯酒合，三山樓觀畫圖裝。歸來好啗安期棗，不夜城頭是故鄉。

滇池鐃吹四首（一）

碧雞臺樹亂雲中，舊是梁王避暑宮。銅柱雨來千嶂洗，鐵橋風定百蠻通。朱鳶縣小輸賨布，白象營高挂柘弓。誰唱太平滇海曲？檳榔花發去年紅。

其　二

苴蘭城闕鬱岧嶢，貝葉金書使者朝。海內徵輪歸六詔，天邊勳伐定三苗。魚龍異樂軍中舞，風月蠻姬馬上簫。莫向昆明話疏鑿，道人知已刦灰消。

其　三

靄翠奢香祠總荒，蘆笙吹徹瘴雲黃。縱擒有策新疆定，叛服何常舊史亡。鬼國三年勞薄伐，王師五月下殊方。瀾滄肯爲它人渡，不許窺人有夜郎。

其四

盤江西遶七星關，可渡河邊萬仞山。隴上舊傳收白帝，南中今喜定烏蠻。龍坑壯馬看馳騾，雞足高僧任往還。辛苦武侯停節處，殘碑零落草班班。

【評】

袁籙曰：滇池四首，宜有杜鵑天馬之感。

儒將

河朔功名指顧收，身兼使相領諸侯。按兵白道調神鶻，挾妓青山駕快牛。論敵肯輸楊大眼，知書不減范長頭。它年信史推儒將，馬矟淸談第一流。

【評】

靳曰：儒字將字，分合入妙。

俠少

竇刀千直氣凌雲，俠少新參龍武軍。柳市博徒珠勒馬，柏堂箏妓石華裙。招權夜結金安上，挾策朝干王長君。堪笑年年秘書客，白頭空守太玄文。

山居即事示王惟夏郁計登諸子

灌木清潭五畝居，山菘簷果釣竿魚。金龜典後頻賒酒，麈尾燒來爲著書。對客好穿高齒屐，出門常駕短轅車。陸倕張率呼同載，三月江南正祓除。

【評】

靳曰：名士風流，與梅村一首相彷。

九峰詩九首

鳳凰山

碧樹丹山千仭岡，夫差親獵雉媒場。五茸風動琅玕實，三泖雲流沆瀣漿。鳥聽和鳴巢翡翠，花舒錦翼照文章。西施醉唱秦樓曲，天半吹簫引鳳凰。

厙公山

庫公石礮掩莓苔，千載陰符戰骨哀。鐵斧任從田父識〔二〕，玉書休爲道人開。三分舊數江東望，二俊終非馬上才。恨殺圯橋多授受，闢它劉項至今來。

神山

紫蓋青童白鹿巾，細林仙館鶴書頻。洗來丹井千年藥，蛻去靈蛇五色鱗。洞起春雲招勝侶，潭空秋月證前身。赤松早見留侯志，何況商顏避世人！

佘山

溪堂剪燭話徵君，通隱昇平半席分。茶笋香來朝命酒，竹梧陰滿夜論文。知交倒屣傾黃閣，妻子誅茅住白雲。處士盛名收不盡，至今山屬佘將軍。

薛山

薛公高臥始何年，學士傳家有墓田。枉自布衣登侍從，長將雲壑讓神仙。坐來石榻蒼苔冷，採得溪毛碧藕鮮。最愛玉屏山下路，月明橋畔五湖船。

機山

蒹葭滿目雁何依？內史村邊弔陸機。豪士十年貪隱遯，通侯三世累輕肥。江山麗藻歸文賦，京洛浮沉負釣磯。白袷未還青蓋遠，辨亡書在故園非。

橫雲山

橫雲插漢領諸峰，雨過泉飛亂壑松。赤壁豈經新戰伐〔二〕，丹楓須記舊游蹤。祠荒故相江村鼓，客散名園蘭若鐘。莫信豢龍雲不去，此山雲只爲人龍。山有龍母祠，又陸雲故宅。

天馬山〔三〕

龍媒天馬出昆崙，青海長留汗血痕。此地干將騰劍氣，何來逸足鑠雲根？石鯨潭影秋風動，山有二石魚飛去。鐵笛江聲夜雨昏。鐵崖葬處。芻秣可辭銜勒免，空山長放主人恩。

【評】靳曰：敍述妙矣，結又入妙，令人于言外得之。

小昆山

積玉昆岡絶代無，讀書臺上賦吳都。君臣割據空祠廟，家國經營入畫圖。勢去河橋悲士馬，詩成山館憶蓴鱸。傷心白璧投何處，汗簡淒涼陸大夫。

【校】

〔一〕鐵斧　四十卷本作「鐵鎖」。

〔二〕經　原作「徑」，據四十卷本改。

〔三〕四十卷本題下有小注「一名干山」。

送贛州曾庭聞孝廉移家寧夏

十年走馬向天涯，回首關河數暮鴉。大庾嶺頭初罷戰，賀蘭山下不思家。詩成磧裏因聞雁，書到江南定落花。夜半酒樓羌笛起，軟裘衝雪踏鳴沙。

贈何匡山

早年納節臥滄浪，回首風塵鬢髮蒼。陶令軍營姑孰口，大兵收溧陽，參其軍事。謝公游墅石門莊。後僑寓溧陽，太白所謂石門精舍，即其地也。山田種罷輸常稅，海國歸來認故鄉。何本嘐城人，今歸。二月村居春雨足，官梅花發爲何郎。

【評】

靳曰：鎔鑄入妙，丹頭在手，瓦礫皆金也。

題海虞孫子長七十壽圖

春秋註就授生徒，虞仲祠前一老夫。烏几看雲吟菌閣，布帆衝雨醉菱湖。空山撫操彈三峽，故國興懷賦兩都。同輩半非身健在，爲誰寫入煉丹圖？虞有徐神翁煉丹處。

觀蜀鵑啼劇有感四首 并序〔一〕

蜀鵑啼者，丘子嶼雪爲吾兒成都令志衍作也。志衍一官遠宦，萬里嚴裝，愛弟從行，故人送別。上游梗塞，盡室扶攜，既舍水而登山〔二〕，甫自滇而入蜀。北都覆沒，西土淪亡，身殉封疆，家罹鋒鏑。嗚呼！三十六口，痛碧血之何存；一百八盤，招游魂而莫返。無兒可託，有弟言歸，竄身荆棘之林，乞食猿猱之族，望蠻煙而奔走，脫賊刃以崎嶇。恥趙禮之獨全，赤眉何酷；恨童烏之不免，黄口奚辜？爰將委巷之謳，展作巴渝之舞。庾子山之賦傷心，時方板蕩；袁山松之歌行路，聞且唏歔。余也老逐歡游，間逢浩唱，在中年早傷於哀樂，況昔夢重感乎交朋。豈獨伍相窮來，憐者有同聲之歎；遂使雍門曲罷，泫焉如亡邑之人。瞻望兄兮猶來，思悲翁而不見。蘭堂客散，金谷詩成，非關聽伎之吟，聊當懷人之什爾。

花發春江望眼空，杜鵑聲切畫簾通。親朋形影燈前月，家國音書笛裏風。百口悔教從鳥道，一官催去墮蠶叢。雪山盜賊今何處？腸斷箜篌曲未終。

其　二

江關蕭瑟片帆留，策馬俄成萬里游。失計未能全愛子，端居何用覓封侯。雲山已斷中宵夢，絃管猶開舊日樓。二月東風吹水調〔三〕，鶺鴒原上使人愁。

其　三

平生兄弟劇流連，高會南樓盡少年。往事酒杯來夢裏，新聲歌板出花前。青城道士看游戲，白髮衰翁漫放顚。雙淚正垂俄一笑，認君眞已作神仙。劇中志衍兵解仙去。

其　四

過盡蠻江與瘴河，還家有弟脫兵戈。狂從劇孟千場博，老愛優旃一曲歌。紅豆花開聲宛轉，綠楊枝動舞婆娑。不堪唱徹關山調，血汚游魂可奈何！

【校】

〔一〕幷序　詩鈔作「有序」。

〔二〕水　原作「冰」，據四十卷本、詩鈔改。

〔三〕吹　四十卷本、詩鈔均作「歌」。

【評】

袁錄曰：序淒咽如聞蜀中猿啼，詩亦稱意。

題華山蘗菴和尚畫像二首〔一〕

和尚熊姓，字魚山，直諫予杖不死，後入道。

清如黃鵠矯如龍，浩刦長捨不壞松。四國雜壇趨北面，千年雪嶺啓南宗。西銘復社、漢月禪燈，皆師令吳江時身所興起。江湖夙世歸梅福，經卷殘生繼戴顒。諍論總銷隨諫草，故人已隱祝融峰。繼公隱南嶽，蘗公本師也。

其二

西南天地歎無歸，漂泊干戈愛息機。黃蘗禪心清磬冷，白雲鄉樹遠帆微。全生詔獄同官在，指姜如農〔二〕乞食江城故老稀。松陵〔三〕布衲綻來還自笑，篋中血裹舊朝衣。

【評】

鄧漢儀曰：纔是贈檗菴詩，汎作宗門語何涉。又評「布衲」二句曰：別位衲子不敢當此二語。

【校】

〔一〕詩觀選第二首。

〔二〕指姜如農　詩觀無「指」字。

〔三〕松陵　詩觀無此二字。

戊申上巳過吳興家閔次太守招飲郡圃之愛山臺坐客十人同修禊事余分韻得苔字

六客堂西禊飲臺，亂山高會嘯歌開。塔懸津樹雨中出，鐘送浦帆天際來。同輩酒狂眠怪石，前賢墨妙洗蒼苔。右軍勝集今誰繼，仗有吾家季重才。

立夏日陪園次郡伯過孫山人太白亭落成置酒分韻得人字

春盡山空鶴唳頻，亂雲歸處鎖松筠。江湖有道容奇士，關隴無家出俊人。招隱起亭吟社客，散仙留冢醉眠身。一瓢零落殘詩在，誰伴先生理釣緡？

得友人札詢近況詩以答之

溪堂六月火雲愁，支枕閑窗話貴游。王令文章今日進，丘公仕宦早年休。道衰薄俗甘棲遁，才退殘書勉覷讎。京雒故人聞健飯，黃塵騎馬夾城頭。

【評】

靳曰：以詩代書，妙能達所欲言。

八風詩八首 幷序

余消夏小園，風𩗗然而四至，雖泠泠可以析酲已疾，而淒其怒號，不能無爰居之思避，其庶人之雌風乎！聊廣其意，作爲此詩。莊、列寓言，沈、謝作賦，庶以鳴候蟲而諧比竹；若云侯諸輶軒，則此不足採也。

其一 東風

汴水楊花撲面迎，飄飄飛過雒陽城。陶潛籬畔吹殘醉，宋玉牆頭送落英。油壁馬嘶羅袖舉，綠塘波皺畫簾聲。獨憐趙后身輕甚，斜倚雕闌待月生。

其　二 南風

玉尺披圖解慍篇，相烏高指越裳天。終南雲出松檜響，雙闕雨飛鈴索懸。師曠審音吹不競，鍾儀懷土操誰傳？九疑望斷黃陵廟，曾共湘靈拂五絃。

其　三 西風

落日巴山素女秋，梧宮蕭瑟唱涼州。白團掌內恩應棄，絳蠟窗前淚未收。隴坂征夫蘆管怨，玉關思婦杵聲愁。可堪僉部龍驤鼓，獵獵牙旗指石頭。

其　四 北風

萬里扶搖過白登，少卿書斷雁難憑。蕭梢駿尾依宛馬，颯爽雄姿刷代鷹。野火燒原青海雪，驚沙擊面黑河冰。愚公墐戶頭如蝟，傳道君王獵霸陵。

其　五 東南風

紫蓋黃旗半壁中，斗牛斜直上游通。漫分漢沔魚龍陣，須仗江湘烏鵲風。捩柁引船濡口利，禡牙揮扇赭圻功。試看片刻周郎火，一捲曹公戰艦空。三國志周瑜傳註：黃蓋取輕艦十舫，載燥荻枯柴，建旌旗于上。時東南風急，同時發火，燒盡北船，曹公退走。

其六　西南風

武帝雄圖邛筰開，相如馳傳夜郎回。巴童引節旌旄動，僰馬隨車塵土來。堯女尚應愁赭樹，史記：秦皇西南渡淮水，浮江至湘山祠，逢大風，幾不得渡。知是堯女，使刑徒伐湘山樹，赭其山。楚王從此怕登臺。小臣欲進乘槎賦，萬里披襟好快哉！

其七　東北風

飛廉熛怒向人間，徐福求仙恨未還。萬乘雨休封禪樹，史記封禪書：始皇上太山，遇暴風雨，休于大樹下。八神波斷羨門山。史：三神山在渤海中，患且至，則船引風而去。始皇時，方士皆以風為解。八神皆在齊北，成山斗入海，最居齊東北隅。蕭蕭班馬東巡海，發發巖旌北距關。錯認祖龍噫氣盛，蓬萊咫尺竟誰攀？

其八　西北風

沛宮親作大風歌，往事彭城奈楚何！身陷重圍逢晦冥，天留數騎脫干戈。史記：項王圍漢王三匝，大風從西北起，折木發屋揚沙石，窈冥晝晦，楚軍亂，乃得遁去。威加河朔金方整，地遠幽并殺氣多。好祭蚩尤祔風伯，飛揚長護漢山河。

贈同年嘉定王進士內三四首

槎浦岡頭自種田，居然生活勝焦先。赤松採藥深山隱，白鶴談經古寺禪。孺仲清名交宦絕，彥方高行里閭傳。曲江細柳新蒲綠，回首銅龍對策年。

其二

翠竹黃花一草堂，柴門月出課耕桑。蘇林投老思遺事，譙秀辭徵住故鄉。彊飯却扶芒屨健，高歌脫帽酒杯狂。莫嗟過眼年光易，征調初嚴已十霜。

其三

先生吟社夜留賓，紫蟹黃雞甕面春。萬事夢中稱幸叟，一家榜下出閑人。內三及二子皆科第而不仕。君房門第多遷改，叔度才名固絕倫。指上谷、江夏。青史舊交餘我在，北窗猶得岸烏巾。

【評】

靳曰：此首所詠者大，詞意雙美。

其　四

晚歲風流孰似君，烏衣子弟總能文〔一〕。青箱世業高門在，白髮遺經半席分。正禮雙龍方矯角，釋奴千里又空羣。外家流輩非容易，肯信袁宗有右軍。

【校】

〔一〕子弟　弟原作「第」，據文義逕改。

大中丞心康韓公九月還自淮南生日爲壽

閶闔清秋爽氣來，尙書新自上游回。八公草木登高宴，九日茱萸置酒臺。兵食從容經久計，江淮安穩濟時才。尊前好唱南山曲，笳鼓西風笑語開。

贈李膚公五十〔一〕

先德傳家歷苦辛，汗青零落剩閒身。雲山笑傲容遺叟，松菊招尋見故人。猶有田園供伏臘，豈無書卷慰沉淪。只看五月開樽宴，撥剌江魚入饌新。

【校】

〔一〕題　詩鈔作「贈江上李膺公」。

庚戌梅信日雨過鄧尉哭剖石和尚遇大雪夜宿還元閣二首

筍輿衝雨哭參寥，宿鳥啾鳴萬象凋。北寺九成新妙塔，師修報恩塔初成。南湖千頃舊長橋。雲堂過飯言猶在，去歲與師同飯山閣。雪夜挑燈夢未消。最是曉鐘敲不寐，半天松栝影蕭蕭。

其二

投老相期共閉關，師有招住山中之約。影堂重到淚潺潺。身居十地莊嚴上，師初刻華藏圖。道出三峰玄要間。壞衲風光青桂冷，四宜堂叢桂最盛。殘經燈火白雲閒。吾師末句分明在，雪裏梅花雨後山。

【評】

袁錄曰：梅村贈答方外詩俱無佳處。

感舊贈蕭明府

余年三十有一，以己卯七月，奉命封延津、孟津兩王於禹州，過汴梁，登梁孝王臺，適學使者會課屬郡知名士於臺上，因與其人諮訪古蹟，徘徊久之而後行。逾三十三年，睢陽蕭公涵三從道臣左官來治吾州，拭目驚視，云曾識余，則蕭公乃臺上諸生中一人也。感舊太息，爲賦此詩。

三十張旌過大梁，繁臺憑眺遇蕭郎。黄河有恨歸遺老，朱邸何人問故王？授簡肯忘羣彥會，棄繻誰識少年裝？長卿駟馬高車夢，臥疾相逢話草堂。

【評】

靳曰：感舊處層層寫出，情詞俱佳。

送許堯文之官莆陽二首

烏石煙巒列畫圖，雙旌遙喜入名都。路經鷓嶺還龍嶺，符剖鴛湖更鯉湖。訪舊草堂搜萬卷，吟詩別墅補千株。知君不淺絃歌興，別有高樓起望壺。

其二

榕陰五馬快驂騑，親到游洋古越南。抹麗香分魚鮀細，荔支漿勝橘奴甘。鮫宮月映浮春嶼，蜃市煙消見夕嵐。此去褰帷先問俗，上溪秋色正堪探。

吳梅村全集卷第十八　詩後集十

五言排律四首

途中遇雪即事言懷〔一〕

雪來榆塞北，人去衛河西。川隴方瀰漫，關山正慘淒。短衣吹帶直，矯帽壓簷低。漁臥舟膠浦，樵歸柳斷蹊。危灘沙路失〔二〕，廢井草痕齊。塔迥埋榱桷，臺荒凍鼓鼙。僕輕裝易發，書重笈難攜。久病人貽藥，長途友贈綈。橫津船渡馬，野店屋棲雞。家訴兵來破，牆嫌客亂題。賓牀寧有席，葦壁半無泥。路遠人呼飯，廚空婦乞醯。白溲麪作餌，綠糝韭成虀。入筯非鮭菜，堆柈少棗梨〔三〕。山薪土銼續，村釀瓦罌提。齕莝驢如怒，窺燈鼠似啼。旗亭人又起，草市路偏擠。遇淖前騶唱，衝風後騎嘶。輿肩幾步換，囊糒一夫齎。行子誰停轡，居人尚掩閨。漸逢農荷鍤，稍見叟扶藜。往事觀車轂，浮踪信馬蹄。世應嘲僕僕，我亦嘆栖栖〔四〕。赤縣初移社，青門早灌畦。餘生隨雁鶩，壯志失虹蜺。築圃千條柳，耕田十具犂。昔賢長笑傲，吾道務提撕。得失書新語，行藏學古稽。詩才追短李，畫癖近迂倪。室靜閒支枕，樓高懶上梯〔五〕。老宜稱漫士，窮喜備殘黎。有道寧徵管〔六〕，無才卻薦嵇。北山休誚讓，東觀豈攀躋。令伯親垂白，中郎女及笄。離程波渺渺，別淚草萋萋。憶弟看雲遠，思親望樹迷。書來盤谷友，夢向鹿門妻。蹭蹬吾衰矣，飄零歸去兮。蓴鱸三泖宅，花鳥五湖堤。著屐尋廬嶠，張帆入剡溪。江南春雨足，把酒聽黃鸝。

【校】

〔一〕題　鄒鈔作「途雪言懷」。
〔二〕危灘　鄒鈔、廣集均作「危坡」。
〔三〕少　孫選作「乏」。
〔四〕我　孫選作「吾」。
〔五〕「昔賢長笑傲」至「樓高懶上梯」　鄒鈔、廣集均無此八句。
〔六〕寧　鄒鈔、廣集均作「俄」。

【評】

孫鋐曰：觀其間架整齊，結構密緻，點綴韶妍，欲不推爲獨步，其可得乎？

送吳門李仲木出守寧羌

君到南山去〔一〕，興元驛路長。孤城當沮口，舊俗問華陽。稻近磻溪種，魚從丙穴嘗。殘兵白馬戍，廢塢赤亭羌。鐵鎖穿天上，金牛立道傍。隗囂宮尚在，諸葛壘應荒。往事英雄恨，新愁旅客裝。七盤遮駱谷，十口隔秦倉。黑水分榆柳，青泥老驌驦〔二〕。不堪巴女曲，尚賽武都王。

【校】

〔一〕南山　箋衍作「山南」。

〔二〕驌驦　原作「鷫鷞」，據箋衍改。

【評】

鄧漢儀曰：莊雅整鍊，純是唐音。

贈家園次湖州守五十韻

清切推華省，風流擅廣陵。俊從江左造，賢比濟南徵。經學三公薦，文章兩府稱。北門供奉吏，西掖秘書丞。月俸鴉翎鈔，春衣鳳尾綾。賜酺班上膳，從獵賦奇鷹。粉署勞偏著，仙書跡屢陞。赤囊條每對，黃紙詔親承。乞外名都重，分符寵命仍。爭傳何水部，新拜柳吳興。城闕晨笳動，旌旗瑞靄凝。射堂青嶂合，訟閣絳霞蒸。教出漁租減，詩成紙價增。笙歌前隊引，賓客後車乘。石戶樵輸栗，銀塘女採菱。水嬉鈎卷幔，社飲鼓分堋。急雨溪諠碓，斜陽岸曬罾。宗盟高季札，史局慨吳兢。官退囊頻澀，年侵鏡漸懵。鹿皮朝擁卷，松火夜挑燈。舊業凋林薄，殘身瘦石稜。彈琴伐木澗，荷鍤種瓜塍。撥刺魚窺網，偷晴鳥避矰。已躭耕稼隱，幾受黨碑懲。寥落依兄弟，艱難仗友朋。殷勤書一紙，離別思千層。逸爵斟佳醞，綈袍製異繒。鐺忙供杼軸，茶熟裹緘縢。族姓叨三謝，詞場繼二應。敢宜陪魯衛，賦僅半鄒滕。謙抑君胡過，慚惶我曷勝。長緘招鄭重，短策跂飛騰。好士公投轄，尋山客擔簦。竹溪春澹蕩，梅隴雪崚嶒。孤館披襟坐，危欄送目凭。嵐光浮翠黛，塔勢界金繩。爲政崔元亮，相逢皇甫曾。蘭橈輕共載，蠟屐嚮同登。笛冷荒臺妓，鐘沉廢寺僧。趙碑娟露滴，顏壁壯雲崩。衰至容吾放，狂來敢自矜。雄談茗是戰，良會酒如澠。楚澤投劉表，江樓謁庾冰。故交當路遍，前席幾人曾？妄把歡遊數，癡將好夢憑。懷人吟力健，觀物道心澄。雅意通毫素，閑愁託剡藤。折花貽杜牧，採菊寄王弘。瑣屑陳篇蠹，欹邪醉墨蠅。

【評】非云聊以報，舍此亦何能？

袁錄曰：工于窄，穩於纖。

賦得西隱寺古松 次葉訒菴韻贈陸翼王

誰將東海月，挂在一株松。偃蓋荒祠暗，槎枒蘚石封。寒生高士骨，瘦入定僧容。絕頂危巢鸛，奔枝破壁龍。盤根供客踞，掃葉認仙蹤。風寂吹常謖，泉枯灑若淙。性孤千尺傲，材大百年慵。葛相堪同臥，秦皇恥再逢。鹿芝香作供，鶴草錦成茸。影出層雲外，霜天落曉鐘。

【評】

靳曰：此詩筆力似與梅村不稱，疑梅村點竄後生之作，因有佳句而收入集中者。

五言絕句八首

讀漢武帝紀

岱觀東迎日，河源西問天。晚來雄略盡，巫蠱是神仙。

【評】

嶄曰：前二句是雄略，轉出議論，仍不落尖新一派。又引陸雲士曰：語渾意深，居然正始。

讀光武紀〔一〕

雷雨昆陽戰，風雲赤伏符。始知銅馬帝，遠勝執金吾。

【校】

〔一〕題　篋衍作「讀光武帝紀」。

【評】

嶄曰：氣格與前首相似。

蕭　何

蕭相營私第，他年畏勢家。豈知未央殿，壯麗只棲鴉。

【評】

嶄曰：此首稍涉議論，妙近唐音。

南苑應制

熊館發雲旌，春蒐告禮成。東風吹紫陌，千騎暮歸營。

【評】

靳曰：似盛唐人語。

題畫

亂瀑界蒼崖，松風吹雨急。石廊虛無人，高寒不能立。

【評】

靳曰：三、四更妙。畫之工在無筆墨處，詩人妙能傳出。

偶見二首〔一〕

合歡金縷帶，蘇合寶香薰。欲展湘文袴，微微蕩畫裙。

其二

背影立銀荷，瓊肌映綺羅。燭花紅淚滿，遮莫爲心多。

【校】

〔一〕鷓鴣斑錄第一首。

古　意

歡似機中絲，織作相思樹。儂似衣上花，春風吹不去。

【評】

蘄曰：奇創乃爾。

六言絶句十二首

偶成十二首

南山不逢堯舜，北窗自有羲皇。智如樗里何用？窮似黔婁不妨。

其　二

張良貌似女子，李廣恂恂鄙人。祖龍一擊幾中，猿臂善射如神。

其三

異錦文繒歌者，黃金白璧蒼頭。諸生唇腐齒落，終歲華冠斂裘。

其四

寶帳葳蕤雲漾，象牀刻鏤花深。破盡民間萬室，遠踰禁物千金。

其五

韓非傳同老子，蘇侯坐配唐堯。今古一丘之貉，不知誰鳳誰梟？

其六

雍齒且加封爵，田橫可誓丹青。願得毋忘堂阜，相看寧識神亭？

其七

織薄吹簫豐沛，拍張狂叫風雲。朝領白衣隊主，暮稱黑矟將軍。

其八

雅擅潘文樂旨，妙參羊體嵇心。畫虎雕龍染翰，高山流水彈琴。

其九

東部督郵恣横，北門待詔窮愁。莫舉賢良有道，且求刀筆封侯。

其十

食其長爲說客，夷甫自謂談宗。著書一篇雋永，緩頰四座從容。

其十一

趙壹恃才倨傲，禰衡作達疏狂。計吏恣睢卿相，布衣笑罵侯王。

其十二

廚下綠葵紫蓼，盤中白柰黃柑。冠櫛懶施高枕，樵蘇失爨清談。

【評】

袁錄曰：六絕最難，易入俳優耳。梅村偶成亦是乘興疾書之筆。

吴梅村全集

〔清〕吴偉業 著

李學穎 集評標校

中

上海古籍出版社

吳梅村全集卷第十九　詩後集十一

七言絕句七十一首

下相極樂菴讀同年北使時詩卷

蘭若停驂灑墨成，過河持節事分明。上林飛雁無還表，頭白山僧話子卿。

過昌國

樂生去國罷登壇，長念昭王知己難。流涕伐燕辭趙將，忍教老死在邯鄲？

任丘

回首鄉關亂客愁，滿身風雪宿任丘。忽聞石調邊兒曲，不作征人也淚流。

臨淸大雪

白頭風雪上長安，裋褐疲驢帽帶寬。辜負故園梅樹好，南枝開放北枝寒。

【評】

靳曰：將排律即事言懷縮于二十八字之中，故是極筆。

阻雪

關山雖勝路難堪，纔上征鞍又解驂。十丈黃塵千尺雪，可知俱不似江南。

送王玄照八首〔一〕

王善畫，弇州先生曾孫，偶來京師，舊廉州太守也。

青山補屋愛流泉，畫裏移家就輞川。添得一舟乘興上，煙波隨處小游仙。

其二

始興公子舊諸侯，丹荔紅蕉嶺外游。席帽京塵渾忘卻，被人強喚作廉州〔二〕。

其三

報國松根廟市開，公侯車馬鬧如雷。疲驢一笑且歸去，刑部街前曾看來〔三〕。

其　四

內府圖書不計錢，漢家珠玉散雲煙。而今零落無收處，故國興亡已十年。

其　五

布衣懶自入侯門，手跡流傳姓氏存。聞道相公談翰墨，向人欲訪趙王孫。

其　六

朔風歸思滿蕭關，筆墨荒寒點染間。何似大癡三丈卷，萬松殘雪富春山？

其　七

河北三公一紙書，浪游何處曳長裾？歸田舊業春山盡，華子岡頭自釣魚。

其　八

五馬南來韋使君，故人相見共論文。酒闌面乞黃堂俸，明日西山買白雲。

【校】

〔一〕題　四十卷本、鄒鈔、箧衍均作「送王玄照還山」。鄒鈔選第一、六首，感舊、箧衍選第二、四、六首，均無題下注。

〔二〕箧衍篇末有小注「王曾爲廉州」。

〔三〕四十卷本篇末有小注「刑部街，舊廟市開處也」。

讀史偶述四十首〔一〕

射得紅毛兔似拳，乳茶搁酒閤門前。相公堂饌銀盤美，熊白烹來正割鮮。

其　二

雪消春水積成渠，芻藁如山道不除。怪殺六街騶唱少，只今驄馬避柴車。

其　三

新更小篆譯蟲魚，乙夜横經在玉除。訝道年來親政好，近前一卷是尚書。

其　四

直廬西近御書房，插架牙籤舊錦囊。燕寢不須龍鳳飾，天然臺几曲迴廊。

其五

閤門春帖點霜毫，玉尺量身賜錦袍。聞道尚方裁製巧，路人爭擁看枚臯。

其六

龍媒剪拂上華茵，嚴助丹青拜詔新。莫向天閑誇絕技，白頭韓幹竟何人？

其七

徐無城下遇神仙，移得驪山近玉田。賭射上林春宴罷，諸王騎馬向湯泉。

其八

新張錦幄間垂楊，四角觚稜八寶裝。藉地煖茵趺坐軟，茸茸春草是留香。

其九

騰黃赭白總追風，八匹牽來禁苑中。毛骨不殊聲價好，但看騎上郎神龍。

其十

側坐翻身馬上輕，官家絕技羽林驚。左校忽發鳴髇箭，仰視浮雲笑絕纓。

其十一

柳陰觀射試期門，撥去胡牀踞樹根。徙倚日斜纔御輦，天邊草木亦承恩。

其十二

進呈文字費躊躇，轉譯紛然混魯魚。夜半相公還被詔，御前帖子改翻書。

其十三

新語初成左右驚，一言萬歲盡歡聲。多應絳灌交歡久，馬上先行薦陸生。

其十四

東盡三韓北嫩江，秋風傳箭海西降。玄狐獵罷搜靑鼠，射得頭鵝更一雙。

其十五

五千鐵騎十三山，太子河邊飲馬還。前哨已踰歡喜嶺，鼓聲西下震楡關。

其十六

松林路轉御河行，寂寂空垣宿鳥驚。七載金縢歸掌握〔三〕，百僚車馬會南城。

其十七

海上奇毛固絶倫，星眸玉爪出精神。蘆溝橋上秋風起，一簇紅塵鷹犬人。

其十八

西洋館宇逼城陰，巧曆通玄妙匠心。異物每邀天一笑，自鳴鐘應自鳴琴。

其十九

迴龍觀裏海棠開，禁地無人閉綠苔。一自便門馳道啓，穿宮走馬看花來。

其二十

宣爐廠盒內香燒，禁府圖書洞府簫。故國滿前君莫問，淒涼酒盞鬭成窰。

其二十一

布棚攤子滿前門，舊物官窰無一存。王府近來新發出，剔紅香盒豆青盆。

其二十二

大將祁連起北邙，黃腸不慮發丘郎。平生賜物都燔盡，千里名駒衣火光。

其二十三

琉璃舊廠虎房西，月斧修成五色泥。遍插御花安鳳吻，絳繩扶上廣寒梯。

其二十四

平生馬草世人知，垂老猶堪萬里馳。卻怪杏山書到日，三軍早哭道旁碑。

其二十五

金魚池上定新巢，楊柳青青已放梢。幾度平津高閣上，泰壇春望記南郊。

其二十六

紛紛茗酪鬬如何？點就茶經定不磨。移得江南來禁地，迴龍小盞潑松蘿。

其二十七

夜半齋壇唱步虛，玉皇新築絳霄居。吹笙盡是黃門侶，別勅西清註道書。

其二十八

新題御墨賜孱顏，紫禁城頭喚景山。傳與外廷誇勝事，蓬瀛小島在人間。

其二十九

水雲樹上會神仙，層閣黃龍十丈船。三爵羣臣半霑醉，榴花開宴自今年。

其三十

蘭池落日馬蹄驚，魚服揮鞭過柳城。十萬羽林空夜直，無人攬轡諫微行。

其三十一

七寶琉璃影百層，淪漪月色漾寒冰。詞臣主客詩圖進，御帖親題萬壽燈。燈成，命編翰製詩聯，勑賜燈名「萬壽」。〔三〕

其三十二

玉砌流泉繞碧渠，晚涼紈扇軟金輿。采蓮艓子江南弄，太液池頭看打魚。

其三十三

龍文小印大如錢，別署齋名自記年。畫就煙雲塡寶篆，欲將金粉護山川。

其三十四

渭園千里送篔簹，嫩籜青青道正長。夜半火來知走馬，尚方藥物待新篁。

其三十五

新設椒園內道場，雲堂齋供自焚香。大官別有伊蒲饌，親割鸞刀奉法王。

其三十六

直廬起草擅能文，被詔含毫寫右軍。賜出黃驄銀鑿落，天街徐踏墨池雲。

其三十七

霜落期門喚打圍，海青帽焌去如飛。鴛鴦信至纔遊幸，不比和林避暑歸。

其三十八

鵪鶉錦袋出懷中，玉粒交爭花毯紅。何似平章荒葛嶺，諸姬蟋蟀鬭金籠？

其三十九

綠翹聰慧換新妝，比翼丹山小鳳皇。巧舌能言金鎖愛，賜緋妬殺雪衣娘。廣東進朱鸚鵡。

足有四距。〔四〕

其四十

廣南異物進駝雞，錦背雙峰一寸齊。只道紫駝來絕塞，雞林原在大荒西。鷄高三尺，花冠翠羽，背有雙峰，似駝之肉鞍也。

【校】

〔一〕四十卷本止錄三十二首，無其七、其十二、其十四、其十五、其十七、其二十四、其二十八、其二十九首。

〔二〕掌握　四十卷本作「掌幄」。

〔三〕四十卷本無篇末小注。

〔四〕四十卷本無篇末小注。

【評】

程曰：一章爲一事，誦揚盛美，拚雅合頌，蔚乎國華，殆可儷經，非徒備史。

伍員

投金瀨畔敢安居，覆楚奔吳數上書。手把屬鏤思往事，九原歸去遇包胥。

【評】

靳引陸雲士曰：三胥自當把臂而笑。

偶見二首〔一〕

新更梳裹簇雙蛾，窣地長衣抹錦靴。總把珍珠渾裝卻，奈他明鏡淚痕多。

其　二

惜解雙纏只爲君，豐趺羞澁出羅裙。可憐鴉色新盤髻，抹作巫山兩道雲。

【校】

〔一〕鷓鴣斑選第二首。

題帖二首

孝經圖像畫來工，字格森嚴自魯公。第一丹青天子孝，累朝家法賜東宮。禁本有孝經圖，周昉畫，顏魯公書。神廟時曾發內閣重裱〔一〕，今在吏部侍郎孫公北海處〔二〕。

其二

金元圖籍到如今，半自宣和出禁林。封記中山玉印在〔三〕，一般烽火竟銷沉。甲申後，質愼庫圖書百萬卷，皆宣和所藏，金自汴梁輦入燕者，歷元及明初無恙，徐中山下大都時，封記尚在，今皆失散不存。〔四〕

【校】

〔一〕篋衍無「神廟」至「重裱」九字。

〔二〕四十卷本、篋衍均無「北海」字。

〔三〕玉印　四十卷本、篋衍均作「王印」。

〔四〕失散　四十卷本作「散失」。篋衍此注作「質愼庫圖書百萬卷，皆宣和所藏，有中山王下燕時封識印信，甲申後並散佚」。

南苑應制

綠楊春繞柏梁臺，羽蓋梢雲甲帳開。知是至尊親講武，日邊萬馬射生來。

題石田畫芭蕉二首

一葉芳心任卷舒，客愁鄉夢待何如？平生枉用藤溪紙，綠玉窗前好寫書。

其　二

不妨修竹共檀欒，長對蕭蕭夜雨寒。卻笑休文强多事，後人仍作畫圖看。

口　占

欲買溪山不用錢，倦來高枕白雲眠〔一〕。吾生此外無他願，飲谷棲丘二十年。

【校】

〔一〕眠　四十卷本、詩鈔均作「邊」。

題沙海客畫達摩面壁圖

松風拂拂水泠泠，參得維摩止觀經。從此西來眞實義，掃除文字重丹青。

題二禽圖

舊巢雖去主人空，剪雨捎風自在中。卻笑雪衣貪玉粒，羽毛憔悴閉雕籠。

詠柳四首贈柳雲生〔一〕

走馬章臺酒半醒，遠山眉黛自青青。輸他張緒誇年少，柳宿傍邊占小星。柳星張三宿同度。〔二〕

其二

十五盈盈擅舞腰，無言欲語不能描。武昌二月新栽柳，破得工夫鬬小喬。時有喬姬亦擅名。

其三

萬條拂面惹行塵，選就輕盈御柳新。枉自穆生空設醴，可憐青眼屬誰人？穆君初與雲遇，爲畫眉人所奪。

其四

玉笛聲聲喚奈何，柳花和淚落誰多。灞橋折贈頻回首，惆悵崔郎一曲歌。崔郎，主人歌

童也。〔三〕

【校】

〔一〕題　四十卷本作「詠柳」，題下注「贈柳雪生」。鄒鈔亦題作「詠柳」，無題下注，選第一、四首。

〔二〕鄒鈔無篇末小注。

〔三〕鄒鈔無篇末小注。

送友人出塞二首〔一〕吳茲受，松陵人。

魚海蕭條萬里霜，西風一哭斷人腸。勸君休望令支塞，木葉山頭是故鄉。

其二

此去流人路幾千，長虹亭外草連天。不知黑水西風雪，可有江南問渡船？

【校】

〔一〕題　鄒鈔作「送吳茲受出塞」，無題下注。

雜題

白袷春衣繫隱囊，少年吹笛事寧王。武昌老者如相問，翻得伊州曲幾行。

吳梅村全集卷第二十　詩後集十二

七言絕句八十一首

靈巖寺放生雞四首〔一〕

芥羽狸膏早擅場，爭雄身屬鬬雞坊。從今喚醒夫差夢，粉蝶低飛過講堂。

其　二

縛柵開籠敢自專，雲中誰許作神仙？如來爲放金雞赦，飲啄浮生又幾年。

其　三

敢效山雞惜羽毛，卑棲風雨自三號。湯泉夜半蓮花湧，佛號鐘聲日未高。

其　四

雞足峰頭夜雨青，花冠錦臆影亭亭。老莊談罷疏窗冷，閒向山僧學聽經。

【校】

〔一〕題　四十卷本、詩鈔均作「靈巖山寺放生雞」。

口占贈蘇崑生四首〔一〕

樓船諸將碧油幢，一片降旗出九江。獨有龜年臥吹笛，暗潮打枕泣篷窗。

【評】

鄧漢儀曰：淒豔絕倫。

其　二

有客新經墮淚碑，武昌官柳故垂垂。扁舟夜半聞蘆管，猶把當年水調吹。

其　三

西興哀曲夜深聞，絕似南朝汪水雲。回首岳侯墳下路，亂山何處葬將軍？

【評】

鄧漢儀曰：婉麗處最能感人心脾。

其　四

故國傷心在寢丘，蒜山北望淚交流。饒它劉毅思鵝炙，不比君今憶蔡州。蘇生固始人，即楚相寢丘也。〔二〕

【校】

〔一〕題　本事作「贈蘇崑生絕句」。詩觀、孫選均選第一、二、三首，感舊選第三首。

〔二〕本事無篇末小注。

【評】

孫鋐曰：無限嗚咽，不是尋常折柳、落梅也。

讀史有感八首

其　一

彈罷薰絃便薤歌，南巡翻似爲湘娥。當時早命雲中駕，誰哭蒼梧淚點多？

重壂臺前八駿蹄，歌殘黄竹日輪西。君王總有長生術，忍向瑤池不並棲。

其　三

昭陽甲帳影嬋娟，慚愧深恩未敢前〔一〕。催道漢皇天上好，從容恐殺李延年。

其　四

茂陵芳草惜羅裙，青鳥殷勤入暮雲〔二〕。從此相如羞薄倖，錦衾長守卓文君。

其　五

玉靶輕弓月樣開，六宮走動射鵰才。黄山院裏長生鹿，曾駕昭儀翠輦來。

其　六

爲掣瓊窗九子鈴，君王晨起婕妤醒。長楊獵罷離宫閉，放去天邊玉海青。

其　七

上林花落在芳尊，不死鉛華只死恩。金屋有人空老大，任它無事拭啼痕。

其八

銅雀空施六尺牀，玉魚銀海自茫茫。不如先拂西陵枕，扶下君王到便房。

【校】

〔一〕深恩　四十卷本作「恩深」。
〔二〕入　四十卷本作「日」。

爲楊仲延題畫册

歷陽山下訪潛夫，指點雲峰入畫圖。爲讀劉郎廳壁記，過江煙雨作姑蘇。

偶得三首

莫爲高貲畏告緡，百金中產未全貧。只因程鄭吹求盡，卻把黔婁作富人。

其二

家居柳市匿亡逃，輕俠爲生舊鼓刀。一自赤車收趙李，探丸無復五陵豪。

其　三

金城少主欲還家，油犢車輕御苑花。望斷龍堆無雁字，黑河秋雨弄琵琶。

題畫四首

澤潞千山遶訟堂〔一〕，江程到日海城荒，王郎妙手驅名勝，廳壁雲生見太行。

其　二

八詠樓頭翠萬重，使君家傍洞門松。不知尺許蒼茫裏，誰是雙溪第一峰？

其　三

臺池蕭瑟故園秋，庾嶺朱輪感昔游。文采尚存先業廢，紙窗風雨寫滄洲。

其　四

太守囊惟賣畫錢，琴書長在釣魚船。長官近欲知名姓，築屋江村擬種田。

【校】

〔一〕澤潞　原作「澤路」，據四十卷本改。

夜游虎丘八首　次顧西巘侍御韻

試劍石

石破天驚出匣時，中宵氣共斗牛期。魚腸葬後應飛去，神物沉埋未足奇。

【評】

靳曰：詠劍石，故用奇拔語。

王珣故宅

捨宅風流倘可追，王郎別墅幾人知？卽今誰令桓公喜，正是山花欲笑時。

【評】

靳曰：卽離入妙。

千人石

碧樹朱欄白足僧，相攜劉尹與張憑。廣場月出貪趺坐，天半風搖講院燈。

顔書石刻

魯公戈法勝吳鈎，決石錐沙莫與儔。火照斷碑山鬼出，劍潭月落影悠悠。

劍　池

百尺靈湫風雨氣，星星照出魚腸字。轆轤夜半語空中，無人解識興亡意。

可中亭

白石參來共此心，一亭矯立碧潭深。松間微月窺人瀞，似識高賢屐齒臨。

悟石軒

築居縹緲北良常〔一〕，有客逢僧話石廊。仙佛共參惟此石，白蓮花發定中香。

後山月黑不見

晝燭燒來入翠微，更邀微月映清輝。欲窮千里登臨眼，笑約重游興不違。

【校】

〔一〕北　四十卷本作「比」。

戲題士女圖十二首

一　舸

霸越亡吳計已行，論功何物賞傾城？西施亦有弓藏懼，不獨鴟夷變姓名。

【評】

靳曰：翻新入妙。

虞　兮

千夫辟易楚重瞳，仁謹居然百戰中。博得美人心肯死，項王此處是英雄。

出　塞

玉關秋盡雁連天，磧裏明駝路幾千。夜半李陵臺上月，可能還似漢宮圓？

【評】

斷曰：妙入唐音。

歸國

董逃歌罷故園空，腸斷悲笳付朔風。贖得蛾眉知舊事，好修佳傳報曹公。

當壚

四壁蕭條酒數升，錦江新釀玉壺冰。莫教詞賦逢人賣，愁把黃金聘茂陵。

墮樓

金谷妝成愛細腰，避風臺上五銖嬌。身輕好向君前死，一樹穠花到地消。

弃拂

歌舞侯門一見難，侍兒何得脫長安？樂昌破鏡翻新唱，換取楊公作舊官。

【評】

靳曰：翻新出奇。

盜綃

令公高戟妓堂開，黃耳金鈴護綠苔。博浪功成倉海使，緣何輕爲美人來？

取盒

銅雀高懸漳水流，月明飛去女諸謀。何因不取田郎首，報與官家下魏州？

夢鞋

玉釵敲斷紫鸞雛，消息聲華滿帝都。能致黃衫偏薄倖，死生那得放狂夫？

驪宮

天上人間恨豈消，雙星魂斷碧雲翹。成都亦有支機石，烏鵲難塡萬里橋。

【評】

靳曰：攢簇處妙。

蒲東

背解羅襦避月明，乍涼天氣爲多情。紅娘欲去喚鐘動，扶起玉人釵半橫。

題寒香勁節圖壽袁重其節母八十

東籬漉酒泛芳樽，處士傳家湛母恩。傲盡霜花長不落，籜龍風雨夜生孫。

烏棲曲

沉香爲笮錦爲牽，白玉池塘翡翠船。芙蓉翻水鴛鴦浴，盧郎今夜船中宿。

讀陳其年邗江白下新詞四首

漫寫新詞付管絃，臨春奏妓已何年？笑它狎客無才思，破費君王十萬箋。

其二

鈿轂珠簾燕子忙，宮人斜畔酒徒狂。阿麽枉奏平陳曲，水調風流屬窈娘。

【評】鄧漢儀曰：說得隋家天子敗興，妙筆快致。

其　三

落日青溪載酒時，靈和垂柳自絲絲。沈郎莫作齊宮怨，唱殺南朝老妓師。

【評】鄧漢儀曰：陳髯塡詞，妙絕當代，固宜吹玉笛和之。

其　四

冶習春來興未除，豔情還作過江書。長頭大鼻陳驚坐，白袷諸郎總不如。

題思翁倣趙承旨筆

佘山雲接弁山遙，苕霅扁舟景色饒。羡殺當時兩文敏，一般殘墨畫金焦。

【評】靳曰：組織入妙。

李青城七十有六以自壽詩積閏平分已耋年之句索和余題一絕贈之

詞家老宿號山農，移得青城八九峰。細數餘分添甲子，黃楊千歲敵喬松。

偶成

關河蕭索暮雲酣，流落鄉心太不堪。書劍尚存君且住，世間何物是江南？

【評】

嶄曰：抒寫胸臆，自然入妙。

題冒辟疆名姬董白小像八首〔一〕 幷序〔二〕

夫笛步麗人，出賣珠之女弟；雉皐公子，類側帽之參軍。名士傾城，相逢未嫁，人諳嫵婉，時遇漂搖。則有白下權家，蕪城亂帥，阮佃夫刊章置獄，高無賴爭地稱兵。奔迸流離，纏綿疾苦，支持藥裹，慰勞羈愁。苟君家免乎，勿復相顧；寧吾身死耳，遑恤其勞。已矣夙心，終焉薄命，名留琬琰，跡寄丹青。嗚呼！針神繡罷，寫春蚓於烏絲；

荼蘼香來，滴秋花之紅露。在軼事之流傳若此，奈餘哀之惻愴如何！鏡掩鸞空，絃摧雁冷，因君長恨，發我短歌，詒以八章，聊當一嘅爾。

射雉山頭一笑年，相思千里草芊芊。偷將樂府窺名姓，親擊雲璈第幾仙？

其二

珍珠無價玉無瑕，小字貪看問妾家。尋到白隄呼出見，月明殘雪映梅花。〔三〕

其三

鈿轂春郊鬭畫裙，捲簾都道不如君。白門移得絲絲柳，黃海歸來步步雲。

其四

京江話舊木蘭舟，憶得郎來繫紫騮。殘酒未醒驚睡起，曲闌無語笑凝眸。

其五

青絲濯濯額黃懸，巧樣新妝恰自然。入手三盤幾梳掠，便攜明鏡出花前。

其六

念家山破定風波，郎按新詞妾唱歌。恨殺南朝阮司馬，累儂夫婿病愁多。

其七

亂梳雲髻下妝樓，盡室倉黃過渡頭。鈿合金釵渾拋卻，高家兵馬在揚州。

其八

江城細雨碧桃村，寒食東風杜宇魂。欲弔薛濤憐夢斷，墓門深更阻侯門。

【校】

〔一〕題「名姬」，本事作「家姬」，選第一、二、六、七首。

〔二〕幷序　四十卷本、本事均作「幷引」。

〔三〕四十卷本、本事篇末均有小注「余向贈詩，有『今年明月長洲白』之句，白隄卽其家也」。

又題董君畫扇二首

過江書索扇頭詩，簡得遺香起夢思。金鎖澀來衣疊損，空箱須記自開時。

其二

湘君浥淚染琅玕，骨細輕勻二八年。半折秋風還入袖，任他明月自團圓。

古意六首

爭傳婺女嫁天孫，纔過銀河拭淚痕。但得大家千萬歲，此生那得恨長門？

其二

荳蔻梢頭二月紅，十三初入萬年宮。可憐同望西陵哭，不在分香賣履中。

其三

從獵陳倉怯馬蹄，玉鞍扶上卻東西。一經輦道生秋草，說著長楊路總迷。

其四

玉顏憔悴幾經秋，薄命無言衹淚流。手把定情金合子，九原相見尚低頭。

其五

銀海居然妬女津，南山仍錮愼夫人。君王自有它生約，此去惟應禮玉眞，

其六

珍珠十斛買琵琶，金谷堂深護絳紗。掌上珊瑚憐不得，卻教移作上陽花。

倣唐人本事詩四首

聘就蛾眉未入宮，待年長罷主恩空。旌旗月落松楸冷，身在昭陵宿衞中。

其二

錦袍珠絡翠兜鍪，軍府居然王子侯。自寫赫蹏金字表，起居長信閤門頭。

其三

藤梧秋盡瘴雲黃，銅鼓天邊歸旐長。遠愧木蘭身手健，替耶征戰在他鄉。

其　四

新來夫婿奏兼官，下直更衣禮數寬。昨日校旗初下令，笑君不敢擧頭看。

題錢黍谷畫蘭　爲袁重其禖祝

謝家燕子鬱金堂，玉樹東風遶砌長。帶得宜男春鬬草，衆中推讓杜蘭香。

其　二

北堂萱草戀王孫，膝下含飴阿母恩。錯認淸郎貪臥雪，生兒強比魏蘭根。

題王石谷畫二首

綠樹參差倚碧天，波光瀲灩尙湖船。煙巒自遶王維墅，不必重參畫裏禪。

其　二

初冬景物未蕭條〔一〕，紅葉靑山色尙嬌〔二〕。一幅天然圖畫裏，維摩僧寺破山橋。

【校】

〔一〕初冬句　感舊此句作「江南秋老望迢迢」。

〔二〕倘嬌　感舊作「未凋」。

【評】

斲曰：二首俱雅令宜人。

臨終詩四首〔一〕

忍死偷生廿載餘，而今罪孽怎消除？受恩欠債應塡補，總比鴻毛也不如。

其　二

豈有才名比照隣，發狂惡疾總傷情。丈夫遭際須身受，留取軒渠付後生。

其　三

胸中惡氣久漫漫，觸事難平任結蟠。磈壘怎消醫怎識，惟將痛苦付汍瀾。

其　四

姦黨刊章謗告天，事成糜爛豈徒然。聖朝反坐無寃獄，縱死深恩荷保全。

【校】

〔一〕四十卷本無此篇。

吳梅村全集卷第二十一　詩後集十三

詩餘小令中調六十首

望江南一十七首〔一〕

江南好，聚石更穿池。水檻玲瓏簾幕隱，杉齋精麗緑垣低，木榻紙窗西。

又

江南好，翠翰木蘭舟。窄袖衩衣持檝女，短簫急鼓采菱謳，逆槳打潮頭。

又

江南好，博古舊家風。宣廟乳爐三代上，元人手卷四家中，廠盒鬭雞鍾。

【評】

詩餘引宋荔裳云：賞鑑家北地爲甚，不止江南，而傳流有本，何妨獨擅。
又引孫豹人云：此復老氣縱橫。

又

江南好，蘭蕙伏盆芽。茉莉縷藏新茗椀，木瓜香透小窗紗，換水膽瓶花。

【評】

詩餘引尤悔菴云：紙上拂拂如有香氣。
又引白醒菴云：四調佳處，全在末句蘊藉風流。

又

江南好，蒱博擅縱橫。紅鶴八番金葉子，玄盧五木玉楸枰，擲采坐人傾。

【評】

詩餘引王阮亭云：此是惡俗，然詞人粧點自佳。

又

江南好，茶館客分棚。走馬布簾開瓦肆，博羊錫鼓賣山亭〔三〕，傀儡弄參軍。

又

江南好，皓月石場歌。一曲輕圓同伴少，十反粗細聽人多，紘索應雲鑼。

又

江南好，黃爵紫車螯。雞臛下豉澆苦酒，魚羹加芼擣丹椒，小吃砌宣窰。

【評】

詩餘引尤悔菴云：雖不事口腹人，當爲朵頤。

又引孫無言云：陸放翁「黃雞煮臛無停箸，青韭淹葅欲墮涎」，比此爲劣矣。

又

江南好，櫻筍薦春羞。梅豆漸黃探鶴頂，芡盤初軟剝雞頭，橘柚洞庭秋。

【評】

詩餘引曹顧菴云：語語鮮新，如冰鰷火棗，服之可仙。

又

江南好，機杼奪天工。孔翠裝花雲錦爛，冰蠶吐鳳霧綃空，新樣小團龍。

又

江南好，獅子法王宮。白足禪僧爭坐位，黑衣宰相話遭逢，拂子塞虛空。

【評】

詩餘引陳椒峯云：末句調笑所謂「臨濟小廝兒」也。

又

江南好，鬧掃鬭新妝。鴉色三盤安鈿翠，雲鬟一尺壓蛾黃，花讓牡丹王。

又

江南好，豔飾綺羅仙。百襉細裙金線柳，半裝高屧玉臺蓮，故故立風前。

又

江南好，繡帥出針神。霧鬢湘君波窈窕，雲幢大士月空明，刻畫類天成。

【評】

詩餘引越辰六云：每敍一事，都不作傖父語。

又

江南好，巧技棘爲猴。髹漆湘筠香塾几，戧金螺鈿酒承舟，鏤鍰匠心搜。

又

江南好，狎客阿儂喬。趙鬼揶揄工調笑，郭尖儇巧善詼嘲〔三〕，幡綽小兒曹。

【評】

詩餘引孫豹人云：以史料爲詞料，是梅村長技。

又引陳其年云：一肚皮不合時宜，却于閒情瑣事描畫生活，可想其五嶽方寸。

又

江南好，舊曲話湘蘭。薛素彈丸豪士戲，王微書卷道人看，一樹柳摧殘。

【校】

〔一〕題　四十卷本無「一十七首」字（凡組詞調末「又首」字，四十卷本及有關各本均無，以下不再出校）。詩餘調下有題「本意」。瑶華選「茶館」、「狎客」二首。鷓鴣斑選「翠翰」、「蘭蕙」、「五色」（見卷六十補遺）、「櫻笋」、「豔飾」五首。

〔二〕博羊　四十卷本作「搏羊」。

〔三〕儇巧　瑶華作「獧巧」。

【評】

詩餘引尤悔菴云：合十八首可作一部江南景物略，亦可作風俗通。

又引范汝受云：條分縷悉，雖復不盡，出以秀贍，舉其精鑿，則以不盡盡之，正使讀者惟恐其盡。

靳曰：有明興亡，俱在江南，固聲名文物之地，財賦政事之區也。梅村追言其好，宜舉遠者大者，而十八首中止及嬉戲之具、市肆之盛、聲色之娛，皆所謂足供兒女之戲者，何歟？蓋南渡之時，上下嬉游，陳臥子謂其「淸歌漏舟之中，痛飲焚屋之內」，梅村親見其事，故直筆書之，以代長言咏歎。十八首皆詩史也，可當東京夢華錄一部，可抵板橋雜記三卷，或認作烟花賬簿，恐沒作者苦心矣。

如夢令五首〔一〕

鎭日鶯愁燕懶，偏地落紅誰管。睡起爇沉香，小飲碧螺春盌。簾捲，簾捲，一任柳絲風軟。

【評】

詩餘引王西樵云：「軟」字描出春閨情景。　又引陳其年云：「愁」、「懶」二字，美人情態，却著鶯燕，新異。

又

誤信鵲聲枝上，幾度樓頭西望。薄倖不歸來，愁殺石城風浪。無恙，無恙，牢記別時模樣。

【評】

詩餘引宗定九云：「牢記」一語，喚醒天下有心人。

陳廷焯曰：低回婉轉，中有怨情，不當作豔詞（二字白雨齋詞話卷三作「綺語」）讀也。

又曰：情詞雙絕，淒婉無比。（雲韶集）

又

小閣焚香閒坐，槭槭紙窗風破。女伴有誰來，管領春愁一箇？無那，無那，斜壓翠衾還臥。

【評】

詩餘引曹顧菴云：可比宋人「悶則和衣擁」。

陳廷焯曰：此中亦見怨情，當與上章參看。

又曰：我見猶憐。又評「管領」句曰：六字警絕。（雲韶集）

又

煙鎖畫橋人病，燕子玉關歸信。報道負情儂，屈指還家春盡。休聽，休聽，又是海棠開近。

【評】

陳廷焯曰：憶遠之情，淡而彌遠。

吳衡照曰：梅村閨詞「煙鎖畫橋人病，燕子玉關歸信」，詠別詞「簾纖細雨綠楊舟，畫閣玉人垂手」，尋常吐屬，自不作三家村語。（蓮子居詞話卷一）

又〔二〕

昨夜酒闌人醒，移過玉人鴛枕。同到瑣窗前，照見一簾花影。誰肯？誰肯？不怕月明風冷。

【校】

〔一〕詩餘調下有題「閨情」。詞鈔選「鎮日」、「煙鎖」二首。

〔二〕四十卷本、詩餘均無此篇。

生查子三首〔一〕

青鎖隔紅牆，撇下韓嫣彈。花底玉驄嘶，立在垂楊岸。纖指弄東風，飛出銀箏雁〔二〕。寄語畫樓人，留得春光半。

【評】

詩餘引董文友云：「半」字知足，「明年着意倍還人」，近于貪矣。

陳廷焯曰：有心人語。

又〔三〕

香煖合歡襦，花落雙文枕。嬌鳥出房櫳，人在梧桐井。小院賭紅牙，輸卻蒲桃錦。學寫貝多經，自屑泥金粉。

【評】

詩餘引曹秋嶽云：戒賭學佛，佳人無所不可。

又引程穆倩云：可入溫、飛卿集。

陳廷焯曰：詞新句麗，是有福澤人聲口。

又 旅思

一尺過江山，萬點長淮樹。石上水潺潺，流入清谿去。　六月北風寒，落葉無朝暮。度樾與穿雲，林黑行人顧。

【評】

詩餘引宋荔裳云：截前四句作詩，便是唐人擅場。

【校】

〔一〕詩餘調下有題「春景」。詞鈔選「青鎖」、「香煖」二首。

〔二〕飛出　四十卷本作「飛去」。

〔三〕詩餘調下有題「閨情」。

點絳唇 蕉園

細骨珊珊，指尖拂處嬌絃語。著水撩人，點點飛來雨。撲罷流螢，帳底輕風舉。踞無主，誤黏玉體，印得紅絲縷。

【評】

詩餘引陳椒峯云：結二語，蕉園何幸。

浣溪沙二首〔一〕

斷頰微紅眼半醒〔二〕，背人驀地下堦行，摘花高處賭身輕。細撥薰爐香繚繞，嫩塗吟紙墨欹傾〔三〕，慣猜閒事爲聰明。

【評】

詩餘引孫豹人云：賭身輕、猜閒事，寫麗人情性入微。嫩塗吟紙，更是閨中雅致。

譚獻曰：本色詞人語。（篋中詞）

陳廷焯曰：何等姿態！又曰：妖冶極矣！然傳神繪影，却不傷雅。千古詠美人者說不到此。

又

一斛明珠孔雀羅，湘裙窣地錦文韡〔四〕，紅兒進酒雪兒歌。石黛有情新月皎，玉簪無力暖雲拖，見人先唱定風波。

【評】

詩餘引尤悔菴云：坡公作定風波贈王晉卿姬柔奴，所謂「此心安處是吾鄉」也。

陳廷焯曰：且慰且留。結七字簡妙。

【校】

〔一〕詩餘調下有題「閨情」。詞鈔、古今詞選二首俱選。瑤華選「斷煩」首。鷓鴣斑選「一斛」首。

〔二〕醒　古今詞選作「酲」。

〔三〕嫩塗　瑤華作「懶塗」。

〔四〕窣地　原作「窄地」，據詞鈔改。文，古今詞選作「紋」。

菩薩蠻〔一〕

江天漠漠寒雲白，長橋客醉聞吹笛。沙嘴荻花秋，垂蘿拂釣舟。危峰欹半倚，仄徑蒼苔屐。欲上最高亭，遠山無數橫。

【校】

〔一〕詩餘調下有題「野景」。

減字木蘭花二首 題畫

藤谿竹路，鳥道無人雲獨過。鹿栅猿棲，布襪青鞋客杖藜。江頭尺鯉，展罷生綃天欲雨。記得曾游，古木包山五月秋。

又〔一〕 詠足〔二〕

香趺印淺〔三〕，不涴春泥紅一寸。羅襪鈎鈎，點拍輕勻小鳳頭。歸來露滑〔四〕、醉把雙纏微笑脱。撥醒檀郎，眼底端相白似霜。

【校】

〔一〕四十卷本無此篇。

〔二〕詠足　詩餘作「美人足」。

〔三〕印淺　詩餘作「淺印」。

〔四〕露滑　詩餘作「路滑」。

醜奴兒令三首〔一〕

落紅已拂雕闌近，入手枝低，莫肯高飛，費盡東風著力吹。分明燕子啣來到，因甚差池，墜在汚泥，惹動游絲不自知。

【評】

詩餘引吳薗次云：只將落花情性說出，可廢從前迴文百韻。

又〔二〕

溪橋雨過看新漲，高柳鳴蟬，荷葉田田，指點兒童放鴨船。　前村濁酒沽來醉，今夜涼天，明月初圓，一枕西窗自在眠。

又〔三〕

低頭一霎風光變，多大心腸，沒處參詳，做箇生疏故試郎。　何須抵死推儂去〔四〕：後約何妨，卻費商量，難得今宵是乍涼。

【評】

詩餘引汪蛟門云：「做箇生疏」妙，較「須作一生拚，盡君今日歡」更耐人尋索。

又引杜于皇云：前段是假，後段是眞，寫來羞人。

靳曰：淸拔在纏綿之中，是詞家生面。

陳廷焯曰：未免麗而淫矣，然用筆甚婉折。

【校】

〔一〕調 詞鈔作「羅敷媚」。選「落紅」、「低頭」二首。詩餘調下有題「落紅」。

〔二〕詩餘有題「村居」。

〔三〕詩餘有題「豔情」。

〔四〕推 四十卷本作「催」。

清平樂 題雪景

江山一派，換出瓊瑤界。凍合灘舟因訪戴，沽酒南村誰賣？　草堂風雪雙扉，畫圖此景依稀。再補吾廬佳處，露橋一笠僧歸。

浪淘沙三首〔一〕 題畫蘭

枉自苦凝眸，腸斷歸舟。依然明月舊南樓。報道孫郎消息好，楊柳風流。　花意落銀鈎，一寸輕柔。生綃不剪少年愁。看取幽蘭啼露眼，心上眉頭。

【評】

詩餘引鄒程村云：李長吉「幽蘭露重如啼眼」，梁人云「此柳風流可愛」，令老折永豐一枝，曾憶瀟湘九畹乎？

又引范汝受云：此詞爲楊繡若而作，忽忽已三十年，不知文生于情，情生于文？

又　端午

纏臂綵絲繩，妙手心靈。眞珠嵌就一星星。五色疊成方勝小，巧樣丹青。　刻玉與裁冰，眼見何曾。葫蘆如豆虎如蠅。旁繫纍絲銀扇子，半黍金鈴。

【評】

靳曰：極力鋪排，亦東京夢華錄之意。

又　枇杷

上苑落金丸，黃鳥綿蠻。曉窗清露濕雕盤。恰似戒珠三百顆，琥珀沉檀。　纖手摘來看，香色堪餐。羅衣將褪玉漿寒。怕共脆圓同薦酒，學得些酸。

【評】

詩餘引徐初鄰云：比太白詠白葡萄詩意味過之。

斷曰：工於賦物。

【校】

〔一〕詞鈔選「纏臂」首。

柳梢青〔一〕

紅粉牆高，風吹嫩柳，露濕夭桃。扇薄身輕，香多夢弱，腸斷吹簫。誰能一見相拋？動人處、詩成彩毫。帳底星眸，窗前皓腕，又是明朝。

【校】

〔一〕詩餘調下有題「有贈」。

【評】

詩餘引汪蛟門云：此際惟喚奈何。

西江月四首〔一〕靈巖聽法

昔日君王舞榭，而今般若經臺。千年覇業總成灰，只有白雲無礙。看取庭前柏樹，那些石上青苔。殘山廢塔講堂開，明月松間長在。

【評】

詩餘引朱錫鬯云：是棒喝語，可以點化西子。

又　詠別

烏鵲橋頭夜話〔二〕，櫻桃花下春愁。廉纖細雨綠楊舟，畫閣玉人垂手〔三〕。　紅袖盈盈粉淚，青山剪剪明眸。今宵好夢倩誰收，一枕別時殘酒。

【評】

詩餘引汪扶晨云：「却悔石城吹笛夜，青驄容易別盧家。」同此黯然。

靳曰：深情高唱，寫出名士風流。又曰：氣韻逼眞大蘇，此梅村詞之最高者。

又　詠雪塑僧伽像

透出光明眼耳，忍來冰雪心腸。坐時兩手且收藏，捏弄兒童無狀。　著體生成冷絜，開門自在齋糧。大千世界儘銀裝，到得來朝一樣。

又　春思〔四〕

嬌眼斜迴帳底，酥胸緊貼燈前。匆匆歸去五更天，小膽怯誰瞧見？　臂枕餘香猶膩，口脂微印方鮮。雲蹤雨跡故依然，掉下一牀花片。

【校】

〔一〕詞鈔、鷓鴣斑、古今詞選均選「烏鵲」首。

〔二〕夜話　詞鈔作「夜語」。

〔三〕畫閣　詩餘作「畫樓」。

〔四〕四十卷本、詩餘均無此篇。

南柯子二首〔一〕　涼枕

頰印紅多暈，釵横響易尋。美人一覺在花陰，怕是耳珠鈎住鬢雲侵。　有分挨湘簟，無緣伴錦衾。眼多唧溜爲知音，受盡兩頭牽繫像人心。

【評】

詩餘引曹秋嶽云：往見幽蘭有詠枕詞，此詠涼枕，更出新意。歐公「水晶雙枕，傍有墮釵横」，不得專美于前矣。

蔪曰：清麗入情。各段後半更用意。

又　竹夫人

玉骨香無汗，從教換兩頭。受人顛倒被人勾，只是更無腸肚便風流。　嬌小通身滑，玲瓏滿眼愁。有些情性欠温柔，怕的一時抛擲在深秋。

【評】

詩餘引宗鶴問云：「與我周旋寧作我，爲郎憔悴却羞郎。」是竹夫人像贊。此詞更自標新。

靳曰：游戲之作。

【校】

〔一〕詞鈔、鷓鴣斑均二首俱選。

鵲橋仙〔一〕

園林晚霽，池塘新漲，明月窺人縹緲。萬木陰森穿影過〔二〕，驚噪起、一羣山鳥。　纖雲暗度，銀河斜轉，露濕桂花香悄。少年此夜不須眠，把鐵笛、橫吹到曉。

【校】

〔一〕詩餘、瑤華調下有題「夜景」。

〔二〕萬木陰森穿影過　瑤華作「千章夏木劇陰森」。

【評】

詩餘引王阮亭云：祭酒長調極意稼軒，此處乃似東坡。

南鄉子三首〔一〕　新浴

皓腕約金環，豔質生香浸玉盤。曲曲屏山燈近遠，偷看，一樹梨花露未乾。　扶起骨珊珊，裙衩風來怯是單。背立梧桐貪避影，更闌，月轉迴廊半臂寒。

【評】

詩餘引尤悔菴云：香山「梨花一枝春帶雨」，詠其怨也；梅村「一樹梨花露未乾」，詠其豔也。同一梨花，形容各別。

又　春衣

玉尺剪裁工，鬬色衣衫巧樣縫。深淺配來纖手綻，重重，蒲紫蒲青雅澹中。　斜領叩金蟲，透肉生香寶袜鬆。茜袖半垂鴉襪淺，從容，百折羅裙細細風。

【評】

詩餘引王西樵云：「細細風」正自可憐，可免小開之罵矣。

靳曰：平而腴，是福澤人語。

又　牡丹頭

高聳翠雲寒，時世新妝喚牡丹。豈是玉樓春宴罷，金盤，頭上花枝鬭合歡。　著意畫煙鬟，用盡玄都墨幾丸。不信洛陽千萬種，爭看，魏紫姚黃總一般。

【評】

靳曰：李笠翁閒情偶寄極辨牡丹頭之謬，梅村此詞蓋賞鑒之。

【校】

〔一〕詞鈔、鷓鴣斑均選「皓腕」、「高聳」二首。古今詞選選「皓腕」首。

臨江仙二首〔一〕　逢舊

落拓江湖常載酒，十年重見雲英。依然綽約掌中輕。燈前纔一笑，偷解砑羅裙。　薄倖蕭郎憔悴甚，此生終負卿卿。姑蘇城外月黃昏〔二〕。綠窗人去住，紅粉淚縱橫。

【評】

詩餘引尤悔菴云：此贈卞玉京作。杜秋之感，正難爲懷。

又引鄧孝威云：總是無聊情緒，借紅袖發之。以爲流連金粉，非善知宮尹者。

靳曰：逸情雋上，非大蘇不能。　又曰：此詞蓋爲卞玉京作。歷落纏綿，聲情俱佳，自屬集中高唱。

陳廷焯曰：一片身世之感，胥於言外見之，不第以麗語見長也。姑蘇七字超脫。　又曰：哀豔而超脫，直是坡仙化境。（白雨齋詞話卷三）

沈雄曰：「燈前纔一笑，偷解砑羅裙」，吳偉業臨江仙句。吳祭酒多有外好，時復遇之，有謂此詞直道其事，卽美成少年遊意。（古今詞話詞品）

又　過嘉定感懷侯研德

苦竹編籬茅覆瓦，海田久廢重耕。相逢還說廿年兵。寒潮衝戰骨，野火起空城。　門戶凋殘賓客在，凄涼詩酒侯生。西風又起不勝情。一篇思舊賦，故國與浮名。

【評】

詩餘引董文友云：雍門琴，山陽笛，對此茫茫，百端交集矣。

靳曰：「君房門第多遷改」，當以此詞注之。

陳廷焯曰：慘淡淋漓。

【校】

〔一〕古今詞選二首俱選。詞鈔、鷓鴣斑均選「落拓」首。瑤華選「苦竹」首。

〔二〕城外　詩餘作「城上」。

醉春風二首〔一〕　春思

門外青驄騎，山外斜陽樹。蕭郎何事苦思歸，去、去、去。燕子無情，落花多恨，一天憔悴。私語牽衣淚，醉眼偎人覷。今宵微雨怯春愁，住、住、住。笑整鸞衾，重添香獸〔二〕，別離還未。

【評】

詩餘引陳其年云：與周美成「馬滑霜濃，不如休去，直自少人行」，可以對照。

又引鄒程村云：祭酒又有詞云：「燈前纔一笑，偷解硏羅裙。」風情不減，知司馬君實詞亦非假託。

陳廷焯曰：去、住兩字疊用，巧。

又〔三〕

眼底桃花媚，羅襪鈎人處。四肢紅玉軟無言，醉、醉、醉。小閣迴廊，玉壺茶暖，水沉香細。重整蘭膏膩，偷解羅襦繫。知心侍女下簾鈎，睡、睡、睡。皓腕頻移，雲鬟低擁，羞眸斜睇。

【評】

詩餘引王阮亭云：後段是一幅周昉仕女圖。

又引曹顧菴云：傳神寫照，幾于活現，非老溫柔鄉者不知。

靳曰：較李笠翁紀豔等詞，自有雅、鄭之分。

陳廷焯曰：極淫褻事，偏寫得如許婉麗。國初諸老多工豔詞，梅村其首倡也。

葉衍蘭曰：此梅村詞之最豔者。（南雪手鈔梅村詞）

【校】

〔一〕詞鈔二首俱選。古今詞選選「門外」首。鷓鴣斑選「眼底」首。

〔二〕香獸　古今詞選作「獸炭」。

〔三〕詩餘有題「春情」。

江城子　風鳶

柳花風急賽清明。小兒擎，走傾城。一紙身軀，便欲上天行。千丈游絲收不住，纔跌地，倏無聲。　憑誰牽弄再飛鳴，御風輕，幾人驚。江南二月聽呼鷹〔一〕。趙瑟秦箏天外響，彈不盡，海東青。

【校】

〔一〕靳引張如哉曰：「江南」上疑漏刻「草長」二字。

【評】

詩餘引尤悔菴云：風鳶又名風箏，結意雙綰。

又引孫豹人云：通首諷刺。

千秋歲　題袁重其侍母弄孫圖

吳中佳士，獨有袁絲耳。營筆墨，供甘旨。但期慈母笑，敢告吾勞矣。願只願，年年進酒春風裏。　少婦晨妝起，抱得佳兒侍。珠一顆，駒千里。石麟天上送，蠟鳳階前戲。回首道，待看兒長還如此。

【評】

詩餘引孫無言云：起句只如讀世說新語，雋絕。

靳曰：兩段末句最佳。

風入松　題和州守楊仲延所寄鷹阿山人戴君畫

長松落落蔭南岡，亂山横砌銀塘。梅花消息經年夢〔一〕，慢支頤、老屋繩牀。棐几風吹散帙，紙窗雨洗疏篁。丹青點染出微茫，妙手過倪黄。寒雲流水閒憑弔，誰能認、當利横江。翰墨幽人小戴，文章太守歐陽。

【校】

〔一〕經年夢　詩餘作「經今夢」。

永遇樂〔一〕　壽江林有郡丞

二水東流，千山西擁，中有英彦。漢重言詩，齊推善賦，綵筆彤墀薦。大堤驄馬，五嶺朱幡，移向吳雲一片。看油幢、譚笑丰神，紫氣佳哉葱蒨。　華堂開處，楊柳千條，拂面玉簫金管。茉莉香清，枇杷果熟，五月榴花宴。黄梅雨足，緑野陰濃，盡説太平重見。願使君長把瑶觴，輕揮紈扇。

【校】

〔一〕四十卷本、詩餘均無此篇。

紅林檎近 春思

龜甲屏還掩，博山香未焦。鸚鵡媛猶睡，曉鶯上花梢。醒來擡身半晌，細雨濕夢無聊。女伴戲問春宵，笑頰暈紅潮。　黛眉新月偃〔一〕，羅襪小蓮翹。更衣攏鬢，背人自折櫻桃。怨玉郎起早〔二〕，日長倦繡，小樓花落吹洞簫。

【校】

〔一〕黛眉　瑤華作「眉黛」。

〔二〕怨　瑤華作「恐」。

【評】

靳曰：將「細雨夢回雞塞遠，小樓吹徹玉笙寒」，衍爲兩段矣。

金人捧露盤 觀演秣陵春〔一〕

記當年，曾供奉，舊霓裳。歎茂陵、遺事淒涼。酒旗戲鼓，買花簪帽一春狂。綠楊池館，逢高會、身在他鄉。　喜新詞，初塡就，無限恨，斷人腸。爲知音、仔細思量。偷聲減字，畫堂高燭弄絲簧。夜深風月，催檀板、顧曲周郎。

【校】

〔一〕題　詞鈔作「觀演秣陵春新劇」。

【評】

詩餘引尤悔菴云：晉江黄東厓贈梅村詩，云「法曲淒涼涕淚横」，正爲此也。暗風吹雨，他人尚不堪聞。又引白醒菴云：通天臺、臨春閣曲部聲情悲壯，不減青藤、臨川，此其一端。

郭麐曰：紅豆、梅村，詩筆擅一時，而詞皆非本色。梅村詞雖比紅豆較工，亦沿明人熟調，然於曲獨工。曩見秣陵春傳奇，以爲玉茗之後殆無其偶，特未著譔人之名。及見其金人捧露盤詞，題爲觀演秣陵春，句云：「喜新詞，初填就，無限恨，斷人腸。爲知音仔細思量。偷聲減字，畫堂高燭弄絲簧。」乃知出於梅村之手也。（靈芬館詞話卷二）

謝章鋌曰：梅村秣陵春傳奇，有聲梨園間。集中觀演秣陵春金人捧露盤云：「喜新詞，初填就，無限恨，斷人腸。爲知音仔細思量。」蕪城之賦，夢華之錄，蓋別有傷心矣。阮亭詩「白髮填詞吳祭酒」，非虚美也。（賭棋山莊詞話卷八）

葉衍蘭曰：此詞與琵琶行「我亦承明侍至尊」一段語意相似，但覩自作之劇，更覺惘然耳。（南雪手鈔梅村詞）

柳初新　閨思

畫欄深鎖鴛鴦暖，照素影、花枝軟。綠雲斜嚲，寶釵欲墜，倦起日高猶嬾。嗔道是風簾捲，半擡身、慵開嬌眼。閣外青山點點，問平疇綠蕪誰糝？玉驄嘶去，欲窺還避，肩倚侍鬟微掩。凝望處，雙眉斂，似不禁、燕拘鶯管。

【評】

詩餘引宗定九云：全體柳七。

靳曰：「閣外青山」二句最佳。又曰：發乎情，止乎禮義，詩教也。後半段似有越思，或以示戒歟！

吳梅村全集卷第二十二　詩後集十四

詩餘長調三十六首

意難忘 山家

村塢雲遮，有蒼藤老榦，翠竹明沙。溪堂連石穩，苔徑逐籬斜。文木几，小窗紗，是好事人家。啓北扉、移牀待客，百樹梅花。　衰翁健飯堪誇，把癭尊茗椀，高話桑麻。穿池還種柳，汲水自澆瓜。霜後橘，雨前茶，這風味清佳。喜去年、山田大熟，爛熳生涯。

【評】

詩餘引□□□云：東皐北郭，不過如此，寧復知世間有名利事。

又引越辰六云：天眞爛熳，渭南、眉公之間。

滿江紅十三首 〔一〕題畫壽總憲龔芝麓

楚尾吳頭，僅斗大、孤城山縣。正遇著、青絲白馬，西風傳箭。歸去秦淮花月好，召登省闥江山換。更風波、黨籍總尋常，思量遍。文史富，才名擅；交與盛，聲華健。正三公開府，張燈高宴。綠鬢功名杯在手，青山景物圖中見。待它年、揀取碧雲峯，歸來羡。

【評】

詩餘引白醒菴云：末二語說出定山先生心事。

又引孫豹人云：數十年事，以前半闋數語敍盡。

靳曰：壽龔詩有「賀監歸來」語，詞中亦羨歸來，與泛然壽詞不同。

又　白門感舊

松栝凌寒，掛鍾阜、玉龍千尺。記那日、永嘉南渡，蔣陵蕭瑟。羣帝翺翔騎白鳳，江山縞素飆稜碧。躧麻鞋，血淚灑冰天，新亭客。　雲霧鎖，臺城戟；風雨送，昭丘柏。把梁園宋寢，燒殘赤壁。破衲重游山寺冷，天邊萬點神鴉黑。羨漁翁、沽酒一簑歸，扁舟笛。

【評】

詩餘引杜于皇云：江山如夢，不減一聲河滿。

又引曹顧菴云：隴水嗚咽，作淒風苦雨之聲。少陵稱詩史，如祭酒可謂詞史矣。

靳曰：高唱入雲，兼寫出作者身分。

陳廷焯曰：氣韻沈雄，直摩稼軒之壘。

又　過虎丘申文定公祠

相國祠堂，看古樹、蒼崖千尺。聽斷澗、轆轤聲緊，闌干吹笛。士女嬉游燈火亂，君臣際會松杉直。任年年、急雨打荒碑，兒童識。　今古恨，興亡蹟；白社飲，青門客。歎三公舊事，吾徒蕭瑟。歌舞好隨時世改，溪山到處還堪憶。儘浮生、風月倒金尊，千人石。

【評】

詩餘引王西樵云：何等心胸，何等氣誼！

又　讀史（二）

顧盼雄姿，數馬矟、當今誰比？論富貴、刀頭取辦，只應如此。十載詩書何所用，如吾老死溝中耳。願君侯、誓志掃秦關，如江水。　烽火靜，淮淝壘；甲第起，長安裏。尙輕它絳灌，何知程李。揮麈休譚邊塞事，封侯拂袖歸田里。待公卿、置酒上東門，功成矣。

【評】

詩餘引鄧孝威云：寫得豪情雄氣，鼻端火出。大丈夫草檄枕戈，取黃金印如斗大，意氣不應如是耶？

又引孫無言云：氣如虹霓，發聲若巨鐘。「十載詩書」二語，更極淒壯。

陳廷焯曰：筆勢壯浪，似贈將帥之作，而以「讀史」命題，或所贈者非人，故諱之也。

又 感舊

滿目山川，那一帶、石城東冶。記舊日、新亭高會，人人王謝。風靜旌旗瓜步壘，月明鼓吹秦淮夜〔三〕。算北軍、天塹隔長江，飛來也。　暮雨急，寒潮打；蒼鼠竄，宮門瓦。看雞鳴埭下，射雕盤馬。庾信哀時惟涕淚，登高卻向西風灑。問開皇將相復何人，亡陳者？

【評】

詩餘引尤悔菴云：結語齒冷。

靳曰：與白門感舊同意。彼首所感者家國，此首所感者身世也。

陳廷焯曰：一片哀怨，與白門感舊同意，但彼是感家國，此兼感身世。庾信二句，一篇之主。

又〔四〕

詩酒溪山，足笑傲、終焉而已。回首處、亂雲殘葉，幾篇青史。昔日兒童俱老大，同時賓客今亡矣。看道傍、爭羨錦衣郎，曾如此。　遭際盛，聲名起；跨燕許，追蘇李。苟不知一事，吾之深恥。年少卽今何所得，孝廉閒一當知幾？論功名、消得許多才，偶然耳！

【評】詩餘引孫豹人云：塊壘如許，似聽禰生鼓聲。

又 贈南中余澹心〔五〕

綠草郊原，此少俊、風流如畫。儘行樂、溪山佳處，舞亭歌榭。石子岡頭聞奏伎，瓦官閣外看盤馬。問後生、領袖復誰人〔六〕，如卿者？　雞籠館，青溪社，西園飲，東堂射。捉松枝麈尾，做些聲價。賭墅好尋王武子，論書不減蕭思話。聽清譚、亹亹逼人來，從天下。

【評】詩餘引王阮亭云：婁東長句，驅使南、北史，妥貼流麗，爲體中獨創，不意塡詞亦復如是。

陳廷焯曰：此詞足長澹心聲價矣。

又 重陽感舊

把酒登高，望北固、崩濤中斷。還記得、寄奴西伐，彭城高讌。飲至凌歊看馬射，秋風落木堪傳箭。歎黃花依舊故宮非，江山換。　獨酌罷，微吟倦；斜照下，東籬畔。念柴桑居士，高風誰見。佳節又逢重九日，明年此會知誰健？論人生、富貴本浮雲，非吾願。

【評】

詩餘引朱錫鬯云：冷煙衰草，不堪爲懷。又云：用成句如己出，更覺陡健。又引徐初鄰云：寄奴、柴桑，恰合串用，使事神化至此，讀之惟增歎息。

又 賀孫本芝壽兪得子

老矣君謨，曾日啖、荔枝三百。拂袖去，筍輿芒屩，彈琴吹笛。九日登高黃菊酒，五湖放棹青山宅。論君家、住處本桃源，仙翁石。　門第盛，芝蘭集；五福滿，雙珠出。看龍文驥子，鳳毛殊特。竹馬鳩車堦下繞，朱顏綠鬢尊前立。問今朝、誰捧碧霞觴？同年客。

【評】

詩餘引鄒程村云：稼軒、同甫集中多有壽詞，揮灑磊落，天然神韻。夢窗、梅溪，刻意雕刻，便覺有意作富貴語。此處惟祭酒得之，所謂畫人難、畫鬼魅易耳。

又 感興

老子平生，雅自負、交游然諾。今已矣，結茅高隱，溪雲生閣。暇日好尋鄰父飲，歸來一枕松風覺。但拖條藤杖笋鞋輕，湖山樂。　也不赴，公卿約；也不慕，神仙學。任優游散誕，斷雲孤鶴。健飯休嗟容鬢改，此翁意氣還如昨。笑風塵勞攘少年場，安耕鑿。

【評】

詩餘引王阮亭云：似劍南老子晚年語。

陳廷焯曰：牢愁寓于開放。

又　蒜山懷古

沽酒南徐，聽夜雨、江聲千尺。記當年、阿童東下〔七〕，佛貍深入。白面書生成底用，蕭郎裙屐偏輕敵。笑風流、北府好譚兵，參軍客。　人事改，寒雲白，舊壘廢，神鴉集。儘沙沉浪洗，斷戈殘戟。落日樓船鳴鐵鎖，西風吹盡王侯宅。任黃蘆苦竹打荒潮，漁樵笛。

【評】

詩餘引陳椒峯云：稼軒詞「佛貍祠下，一片神鴉社鼓」，仿佛似之。

又引鄒孝威云：其聲悲激，其情危苦。正須用漸離之筑、正平之鼓、雍門之琴、白江州之琵琶以和之。

譚獻曰：澀於稼軒。（篋中詞）

陳廷焯曰：此詞聲情悲壯，高唱入雲。又曰：頓挫生姿，哀感不盡，不專爲南徐寫照也。

又　壽金豈凡相國七十

雒社耆英，高會處、門前雙戟。風景好、沙堤花柳，錦堂琴瑟。北叟南翁須健在，東封西禪何時畢？羨蒼生濟了衮衣歸，神仙客。　法醞美，雕薪炙；燈火照，笙歌席。正朱樓雪滿，早梅消息。矍鑠青山霜鐙馬，歡娛紅粉春泥屐。願百年、父老進霞觴，昇平日。

【評】

詩餘引王阮亭云：東西南北，疊字游戲。又云：「矍鑠」二語，老子于此，興復不淺。

又　壽顧吏部松交五十

拂袖歸來，閑管領、煙霞除目。算得是、與人無競，高飛黃鵠。眼底羊腸逢九坂，天邊鰐浪愁千斛。脫身時、還剩辟疆園，浮生足。　樽酒在，殘書讀；拳石小，滄洲綠。有風亭月榭，醉彈絲竹。嫩籜雨抽堂下筍，蒼皮霜洗窗前木。倩丹青、寫出虎頭癡，山公屋。

【校】

〔一〕詞鈔選「松栝」、「顧盼」、「滿目」、「詩酒」、「綠草」、「把酒」、「老子」、「沽酒」八首。古今詞選選「松栝」、「滿目」、「詩酒」、「沽酒」四首。瑤華選「松栝」、「相國」、「滿目」、「綠草」、「把酒」、「沽酒」六首。

〔二〕題　詩餘作「贈友」。
〔三〕鼓吹　古今詞選作「歌吹」。
〔四〕詩餘調下亦題「感舊」。
〔五〕題　詩餘作「贈余澹心」。
〔六〕後生　詞鈔作「後來」。
〔七〕當年　瑶華作「當日」　東下，古今詞選作「南下」。

【評】
詩餘引范汝受云：梅村詞無一不妙，而滿江紅十三調尤擅勝場，其中具全部史料，興會相赴，遂成大觀。

滿庭芳　孫太初太白亭落成分韻，得林字。〔一〕

鐵笛横腰，鶴瓢在手，烏巾白給行吟。仙蹤恍惚，埋玉舊煙林。多少唐陵漢寢，王孫夢、一樣銷沉。殘碑在，高人韻士〔二〕，留得到而今。　雲深。來此地〔三〕，相逢五隱〔四〕，白石同心。喜今朝吾輩，酹酒登臨。忽聽松風驟響〔五〕，蘇門嘯、髣髴遺音。歸來晚，峰頭斜景〔六〕，明日約重尋。

【校】

〔一〕題　詩餘作「道場山麓太白山人亭成吳蘭次置酒同諸子分韻得人字」。瑤華作「太白山人太白亭成」。

〔二〕高人韻士　詩餘、瑤華均作「詩人高士」。

〔三〕來　詩餘、瑤華均作「記」。

〔四〕五隱　詞鈔作「高隱」。

〔五〕驟響　詞鈔作「濤響」。

〔六〕斜景　瑤華作「斜日」。

六么令　詠桃

一枝穠豔，蘸破垂楊色。到處倚牆臨水，裝點清明陌。障袖盈盈粉面，獨倚斜柯立。深紅淺白，無言忽笑，鬬盡鉛華半無力。　年年閒步過此，柳下人家識。煙臉嫩，霧鬟斜，腸斷東風客。燕子欲來還去，滿地愁狼藉。芳姿難得，韶光一片，囑付東君再三惜。

燭影搖紅　山塘即事

踏翠尋芳，柳條二月春風半。泰娘家在畫橋西，有客金錢宴。道是留儂可便？細沉吟迴眄顧盼。繡簾深處，茗椀爐煙，一牀絃管〔一〕。惜別匆匆，明朝約會新亭館。扁舟載酒問嬋娟，驀地風吹散。此夜相思豈慣，孤枕宿黃蘆斷岸。嚴城鐘鼓，凍雨殘燈，披衣長歎。

【校】

〔一〕絃管　詩餘作「絲管」。

【評】

詩餘引宋荔裳云：追歡惜別，黯然消魂，可謂一往有深情矣。

又引鄧孝威云：有前此之熱鬧，越顯得後面之淒涼。然世上豈有不散之筵席者？于此當徵道力。

倦尋芳　春雨

欺梅黯澹，弄柳迷離，一幅煙水。醉墨模糊，澹插浮屠天際。捲湘簾，憑畫閣，白鷗點點飛還起。視吾廬，如掀翻一葉，空江深處。記今朝、南湖禊飲，士女嬉游，此景佳麗。細馬輕車，不到斷橋西路。雙屐衝泥僧喚渡，一瓢沽酒柴門閉。料今宵，對殘燈，客情憔悴。

念奴嬌〔一〕

東籬殘醉，過溪來、閒訪黃花消息。小院高樓門半掩，細雨欄干吹笛。側帽狂呼，搊箏緩唱，翠袖偎人立。欲前還止，此中何處佳客。卻是許掾王郎，風流年少，爛醉金釵側〔二〕。十載揚州春夢斷，薄倖青樓贏得。遍插茱萸，山公老矣，顧影顛毛白。凭高惆悵，暮雲千里凝碧。

【校】

〔一〕詩餘調下有題「即事」。

〔二〕金釵　詩餘作「銀釵」。

【評】

詩餘引尤悔菴云：此和王維夏詞也。王云：「佳人休笑，從來吾是狂客」。醉態自佳。

又引鄒程村云：讀此可見前輩風流。對山、渼陂號有才情，恐終不免作秦聲也。

木蘭花慢五首〔一〕　過濟南

天清華不注，搔首望，白雲齊。想尚父夷吾，雪宮柏寢，衰草長堤。松耶柏耶在否？祇斜陽、七十二城西。石窌功名何處？鐵籠籌算都非。儘牛山涕淚沾衣，極目雁行低。歎鮑叔無人，魯連未死，憔悴南歸。依然洋洋東海，看諸生、奏玉簡金泥。誰問碻磝戰骨，秋風老樹成圍。

【評】

靳曰：「鮑叔無人，魯連未死」，是梅村悔恨處。

又 話舊

西湖花月地，櫻筍熟，鰣魚肥。記粉袖銀箏，青簾畫舫，煙柳春堤。驚風一朝吹散，歎西興、兵火渡人稀。白髮龜年尙在，青山賀監重歸。　恰相逢紫蟹黃雞，猶唱縷金衣。奈狂客愁多，秋娘老去，木落烏棲〔三〕。無情斷橋流水，把年光、流盡付斜暉。世事浮生急景，道人抱膝忘機。

【評】

詩餘引汪扶晨云：一唱三歎，慨當以慷。先生有「青山憔悴卿憐我，紅粉飄零我憶卿」之句，與此參讀，凄然欲絕。

又　壽嘉定趙侍御舊巡滇南〔三〕

仰頭看皓魄〔四〕，切莫放，酒杯空。記六詔飛書，百蠻馳傳，萬里乘驄。天南碧雞金馬，把枯棋，殘局付兒童。雞黍鹿門高隱，衣冠鶴髮衰翁。　歎干戈滿地飄蓬，落日數歸鴻。喜歇浦寒潮，練塘新霽，投老從容。菊花滿頭須插，向東籬、狂笑醉顔紅。高館靑尊紅燭，故園黄葉丹楓。

又　中秋詠月

冰輪誰碾就，千尺起，嘯臺東。記白傅堤邊，庾公樓上，幾度曾逢。今宵廣寒高處，問嫦娥、環珮在何峯〔五〕？天上銀河珠斗，人間玉露金風。　聽江樓鶴唳横空，人影立梧桐。有宮錦袍緋，綸巾頭白，鐵笛仙翁。欲乘月明飛去，過嚴城、下界打霜鐘。醉臥三山絕頂，倒看萬箇長松。

【評】

詩餘引徐初鄰云：眞有目空一世之想。

靳曰：此首以高厲見奇，彷彿蘇子瞻水調歌頭，結二句更爲工絕。

陳廷焯曰：句句灑落。又曰：胸次高曠，語亦奇警，合老坡、幼安爲一手。

又　壽汲古閣主人毛子晉

尙湖高隱處，校漆簡，定遺經。正伏勝加飡，楊雄強飯，七略縱橫。爭傳殺青奇字，更五千餘偈叩南能。夜雨蒲團佛火，春風菌閣書聲。臥荒江投老遺民，兵後海田耕。喜柳塢堂開，月泉詩就，貰酒行吟。高談九州風雅，問開元以後屬何人？百歲顚毛斑白，千年翰墨丹青。

【評】

詩餘引曹顧菴云：毛氏爲典墳功臣，得此可以不朽。

【校】

〔一〕詞鈔選「西湖」、「冰輪」二首。古今詞選選「西湖」首。瑤華選「天淸」、「西湖」、「冰輪」三首。

〔二〕木落　瑤華作「落木」。

〔三〕題　詩餘無「舊巡滇南」字。

〔四〕仰頭　四十卷本作「仰首」。

〔五〕嫦娥　瑤華作「姮娥」。

水龍吟　送孫浣心之眞定

無諸臺上春風，燕南魏北聲名起。金戈鐵馬，神州沉陸，幅巾歸里〔一〕。種柳門前，藝瓜陂下，北窗煙雨。遇天涯故舊貽書到，一鞭行李滹沱水。挾瑟高堂趙女，問叢臺、幾人珠履？青史紛爭，干戈譚笑，陳餘張耳。漢壘秦軍，季龍宮苑，銷沉何處？向孤城但有，寒鴉落木，暮天羈旅。

【校】

〔一〕幅巾　瑤華作「角巾」。

【評】

詩餘引董文友云：蒼涼蕭瑟，使人懷古之情頓深。

又引董蒼水云：每于憑弔興亡處，自有一種深情豪氣，辛、劉那得不避三舍。

風流子三首〔一〕　爲鹿城李三一壽

青山當戶牖，秋光霽、明月倒壺觴。羨金粟道人，草堂松竹；青蓮居士，蘂閣文章。傳家久、朱門開累葉，晝省付諸郎。綠酒黃花，淵明高臥；紅顏白髮，樊素新妝。登高頻回首，江南舊恨在，鐵笛滄浪。十載故園兵火，三徑都荒。待山園再葺，讀書萬卷，湖田晚熟，縱博千場。老子婆娑不淺，儘意疏狂。

【評】詩餘引宗定九云：此中足了一生，何減仲長統樂志論。

又 送張編修督學河南

中原人物盛，征驂過、花發洛陽街。羨嚴助承明，連城建節；茂先機近，好士掄才。賓徒滿、賦成誇授簡，鐘鼓遶繁臺。嵩嶽出雲，鬱葱千仞；濁河天際，屈注西來。憑高披襟處，千觴引醽醁，意氣佳哉！回首日邊臚唱，御筆親裁。待尚書尺一，趨歸視草，門盈桃李，學士高齋。領取玉堂佳話，黄閣重開。

又 掖門感舊

咸陽三月火，新宫起、傍鎖舊薔牆。見殘甓廢磚，何王遺構；荒薺衰草，一片斜陽。記當日、文華開講幄，寶地正焚香。左相按班，百官陪從；執經横卷，奏對明光。至尊微含笑，倘書問大義，共退東廂。忽命紫貂重召，天語琅琅。賜龍團月片，甘瓜脆李，從容晏笑〔二〕，拜謝君王。十八年來如夢，萬事凄涼〔三〕。

【評】

詩餘引宗鶴問云「舊事已非還入夢，畫圖金粉碧欄杆」，此恨豈堪回首。

又引程穆倩云：一氣奔放，直是唐人敍事之文。

靳曰：此首與宮扇同意，是梅村不忘舊恩也。

沈雄曰：有以梅村比吳彥高者，曰：吳郎近以樂府高天下。余讀其「十八年來如夢，萬事凄涼」，幾使唾壺欲碎。（古今詞話詞評）

【校】

〔一〕詞鈔選「中原」、「咸陽」二首。瑤華選「青山」、「咸陽」二首。

〔二〕晏笑，詩餘作「宴笑」。瑤華作「燕笑」。

〔三〕萬事　詩餘作「無限」。

沁園春六首〔一〕　贈柳敬亭〔二〕

客也何爲？十八之年〔三〕，天涯放游。正高談拄頰，淳于曼倩；新知抵掌，劇孟曹丘。楚漢縱橫，陳隋游戲，舌在荒唐一笑收。誰眞假，笑儒生誑世，定本春秋。眼中幾許王侯，記珠履三千宴畫樓。歎伏波歌舞，淒涼東市；征南士馬，慟哭西州。只有敬亭，依然此柳，雨打風吹絮滿頭。關心處，且追陪少壯，莫話閒愁。

又 午朝遇雨

十里紅牆，樹色陰濃，銅扉洞開。見觚稜日炫，金銀照耀，朱霞天半，避暑樓臺。忽起奇雲，琉璃萬頃，燕雀罘罳風動來。西山上，有龍迎返照，急雨驚雷。涼生殿閣佳哉！但瀟灑琤琮絕點埃。聽御河流水，琤琮雜珮，黃滋細柳，翠逼宮槐〔四〕。玉管銀毫，冰桃雪藕，枚馬詩成應制才。承恩久，待歸鞭晚霽，步月天街。

【評】

詩餘引越辰六云：寫景奇麗。以此應制，可壓大晟樂府。

又引范汝受云：只是回想不得。

蘄曰：此梅村赴召授官後作，所謂臺閣體也。

又 雲間張青琱從中州南還，索調壽母。

極目中原，慷慨平生，濁醪一杯〔五〕。念高堂老母，桓鲞志行；窮途游子，仲蔚蒿萊。雅負經綸，文章小技，三尺遺孤何壯哉！辭家久，到燕南趙北，赤日黃埃。吾徒造物安排，且布韈青鞵歸去來。有蓴羹鱸膾，能供蔬饍；魚村蟹舍，可葺茅齋。貧賤安親，詩書養志，世上機雲少棄才。成名後，把懷清築起，百歲高臺。

又　觀潮

八月奔濤，千尺崔嵬，砉然欲驚。似靈妃顧笑，神魚進舞；馮夷擊鼓，白馬來迎。伍相鴟夷，錢王羽箭，怒氣強於十萬兵。崢嶸甚，訝雪山中斷，銀漢西傾。孤舟鐵笛風清，待萬里乘槎問客星。歎鯨鯢未翦，戈船滿岸；蟾蜍正吐，歌管傾城。狎浪兒童，橫江士女，笑指漁翁一葉輕。誰知道，是觀潮枚叟，論水莊生。

【評】

詩餘引杜于皇云：宋人詞「不覺天風吹海立」，同此氣槩。又云：結處悠然自遠。

靳曰：胸次歷落，非泛作海賦者。

陳廷焯曰：前半雄肆，後半澹遠，筆意歷落有致。

又　丁酉小春，海棠與水仙並開，王廉州爲予寫秋林圖初成，因取瓶花作供，輒賦此詞。〔六〕

有美人兮，宛在中央，仙乎水哉！似藐姑神女，凌波獨步；瀟湘極浦，洗盡塵埃。忽遇東鄰，彼姝者子，紅粉臙脂笑靨開。須知道，是兩家妝束，一種人材。東君著意安排，早羯鼓催成巧樣裁。豈陳王賦就，新添女伴；太眞睡起，共倚妝臺〔七〕。玉骨冰肌，豔梳濃裹，妙手黃筌未見來〔八〕。霜天晚，對膽瓶雙絕，點染幽齋。

【評】

靳曰：全從「並開」二字着筆，是作圖本意。

又 吳興愛山臺禊飲，分韻得關字。〔九〕

妍景銷愁，輕衫乘興，扁舟往還。遇使君倒屣〔一〇〕，銀牀枕簟；羣賢傾蓋，玉珮刀鐶。下若新醅，前溪妙舞，落日樓臺雨後山。雕闌外，有名花婀娜，嬌鳥綿蠻。衰翁天放疏頑，況廿載重來詎等閑。歎此方嚴虎，青絲白馬；孫吳時山寇嚴白虎與呂蒙戰於吳興之石城山。當年宋態，綠鬢紅顏。唐李涉有贈吳興妓宋態詩，所謂「解語花枝在眼前」也。春色依然，舊游何處，剩得東風柳一灣。吾堪老，傍鷗汀雁渚，石戶松關〔一一〕。

【評】

詩餘引汪蛟門云：杜牧詩「落日樓臺一笛風」，是此時情景。

又引孫無言云：後幅跌宕低徊，非雕鎪可得。

【校】

〔一〕詞鈔選「八月」、「有美」二首。古今詞選選「八月」首。瑤華選「客也」、「十里」、「八月」、「妍景」四首。

〔二〕四十卷本、詩餘均無此篇。

〔三〕十八　瑤華作「八十」。

〔四〕翠逼宮槐　瑤華作「翠迫高槐」。

〔五〕一杯　詩餘作「酒杯」。

〔六〕題　詞鈔作「小春海棠水仙並開王廉州爲寫秋林圖因作瓶花之供」。

〔七〕妝臺　詩餘作「香臺」。

〔八〕黃筌　原作「黃荃」，據詩餘改。

〔九〕題　瑤華無「分韻得關字」字。

〔一〇〕遇　瑤華作「偶」。　倒屣，詩餘作「倒屐」。

〔一一〕瑤華無篇內夾注。

賀新郎二首〔一〕　送杜將軍弢武

雙鬢愁來白。數威名、西州豪杰，玉關沙磧。家世通侯黃金印，馬矟當年第一。磨盾鼻、懸毫飛檄。雅吹投壺詩萬首，舊當陽、虎帳春秋癖。思往事，頓成昔。天涯寂寞青門客〔三〕。念平生、鞭箠萬里，布衣之極。滿地江湖漁歌起，誰弄扁舟鐵笛？正柳色、依依南陌。日暮鄉關何處是？故人書、草沒摩崖石。漫回首，淚沾臆。

【評】

詩餘引曹秋嶽云：虎頭健兒，變爲雞皮老翁，亦復何樂。然耳後生風，鼻端出火，追想正如昨日耳。

又 病中有感。

萬事催華髮。論龔生、天年竟夭，高名難沒。吾病難將醫藥治，耿耿胸中熱血。待灑向、西風殘月。剖卻心肝今置地，問華佗解我腸千結。追往恨，倍淒咽。故人慷慨多奇節。爲當年、沉吟不斷，草間偷活。艾灸眉頭瓜噴鼻，今日須難訣絕。早患苦、重來千疊。脫屣妻孥非易事，竟一錢不值何須說！人世事，幾完缺？

【評】

詩餘引范汝受云：榮枯得喪之數，閱歷已過，興盡既返，則道心生而眞理來會。然不謂氣息僅存之時，吐露透脫至此。所云末後一段光明，非再來人正未易辦爾。

又引孫豹人云：梅村有絕筆詩三首，與此詞正可合讀，要是讀書人語，然亦可感矣。

袁曰：梅村祭酒有此詞，勝於元之方萬里多矣。

靳曰：此絕筆也。自怨自艾，故與錢、龔不同。

陳廷焯曰：此梅村絕筆也。悲感萬端，自怨自艾。千載下讀其詞，思其人，悲其志，固與牧齋不同，亦與芝麓輩有別。（白雨齋詞話卷三）

柳塘詞話曰：聞吳祭酒於臨終日，殊多悔恨，作金縷曲，有云「我病難將醫藥治，耿耿心中熱血。待灑向西風殘月。剖却心肝今置地，要華陀解我腸千結」，又「故人慷慨多奇節，爲當年沉吟不斷，草間偷活。脫屣妻孥非易事，竟一錢不值何人說」。囑後人勿乞墓誌，爲自題「詩人吳偉業之墓」。猶夫許衡卒於至元時，語其子曰：爲生平虛名所累，死後勿請謚，勿立碑，但書「許衡之墓」，使子孫識其處足矣。此二祭酒者，死不自諱，朝野哀之。（沈雄古今詞話卷下）

【校】

〔一〕古今詞選二首俱選。

〔二〕青門　古今詞選作「青雲」。

吳梅村全集卷第二十三　文集一

雜文一

尹氏論

隱三年夏四月，尹氏卒。左傳曰：君氏卒。君氏，聲子也。公羊、穀梁傳曰：譏世卿尹氏，天子之大夫也。

夫隱生稱公、死稱薨，其攝位無明文，歐陽修疑之胡居乎？不備禮於其母也。子以母貴，母以子貴。隱稱公而母不稱夫人，隱公順其死父而欺其生母哉！且隱二年十有二月乙卯，夫人子氏薨。公羊曰：隱之母也。穀梁曰：隱之妻也。夫使爲母，隱無二母也。其爲隱之妻，則母稱卒，妻稱薨，母稱氏，妻稱夫人，隱之大罪也。春秋何以不書？不書何以示訓？左氏無傳，杜氏曰：此仲子也。桓未爲君，隱已爲君，隱、桓之君，其爲尊卑也微。桓未爲君而終爲君，其母卒，先稱夫人，以權可也。隱既爲君而將不終爲君，其母卒稱夫人，以權亦可也。故尹氏爲聲子非也。

其曰「天子之大夫」，天子大夫，尹氏，吉甫後也。吉甫有大功而賜氏族于周，其後爲幽王三公，以亂國政。幽王之崩，距平王庚戌崩五十餘歲。此尹氏者，吉甫之孫，師尹之子也。其爲師尹之子，名滅爵絕，不可以世；其爲吉甫之孫，功在王室，不可以不世。春秋世卿則譏之，常武之勳，其謂何而忘之也？曰：春秋之責尹氏，世執朝政，爲周亂階，夫有甚甚之辭焉。如是則必尹氏之族絕於隱三年之夏五月，春秋告天王之寧而書之曰：亂人亡矣，亂人亡矣！乃五年傳稱王使尹氏助曲沃伐晉；僖二十八年，王命尹氏策命晉侯；文十四年，王使尹氏訟周公于晉；成十六年、十七年，尹氏令諸侯伐鄭昭；二十三年，尹氏立王子朝；二十六年，以子朝奔楚。前此有卿，後此有卿，此一卿者，弗稱王命，弗亂王室，何獨取載于春秋也？夫上書三月庚戌天王崩，下書夏四月辛卯尹氏卒，天王實以壬戌崩，其去辛卯三十日爾。春秋之義，王后崩，太子卒，不赴則不書。夫天崩地坼，新王在疚，東方之諸侯魯姑息實不至，而復以一上大夫卒，遣王人以赴告乎？

然則尹氏何居？曰：公之爲公子也，與鄭人戰于狐壤，止焉，鄭人囚諸尹氏，賂尹氏而禱於其主鍾巫，遂以尹氏歸而立其主。注曰：尹氏，鄭大夫也。公立而尹氏未有爵命，疑其人以身爲鄭臣，保隣國之公子，而越在魯境，公立之後，恥邀天之功而受魯爵；老而不仕，以爲高于魯，不惡于鄭。其卒也，公應臨其喪，史臣書曰以重之。其例爲内大夫，則非内大夫也；例爲外大夫，則外大夫不書卒，且不終於鄭，書鄭非所以爲訓也。故去爵書氏，示不臣、報有功爾。

祭仲論

竹林之論祭仲也，曰：「祭仲措其君於人所甚貴以生其君，故春秋以爲知權而賢之；逢丑父措其君於人所甚賤以生其君，春秋以爲不知權而簡之。」

夫仲，祭邑之封人也。爲公娶鄧曼，生昭公而有寵，失正甚矣。君薨，太子立，國人未附，仲爲鄭國而往省于留之鄙邑，又不戒備而見執于宋。爲仲者，死之已耳。公羊傳曰：祭仲不從其言，則君必死，國必亡。夫鄭昭公之爲公子也，敗北戎之師，獲其二帥大良、小良，甲首三百，宋人豈昭公敵哉！其失國出奔，繇乎祭仲也。祭仲相先公，執其國柄，自左右親近以及管庫之士，皆仲黨也，祭仲以爲君則君而已矣，祭仲以爲讐則仇而已矣。昭公卽位之日淺，雍姞在内，祭仲在外，可奈何！使祭仲見執，辭以必死，宋人挾厲公而求入焉；國人憤祭仲之執而讐厲公，吾未見宋人之師得焚渠門而入大逵也。君何以必死？國何以必亡？祭仲不死，突入忽出，終至兄弟分國，魯、宋稱兵，君幾以死，而國幾以亡者，祭仲之爲也。

然則仲舒以爲知權者何？仲舒親見高后之世，平、勃以知免，如公羊所言，少遼緩之，則少帝可故廢，而代王可故立。夫平、勃亦幸成功耳，假令少帝如子突，有臣如雍糾，絳侯能綰皇帝璽授之代王哉？王僧辯奉淵明而廢方智，當是時齊人克東關矣，梁之從齊，社稷之故也，而陳霸先因之以爲國，禍君子以罪僧辯。若祭仲又何以處之哉？逢丑父死以免君而見非，祭仲生以逐君而見賢，是春秋教亂之書也，甚矣其謬也！

王室卿士論（一）

周平王以後，卿士大夫克奬王室者，惟富辰、單旗好強諫，王孫滿饒智略，劉康公論禮，單襄公稱詩，以諸侯之步言視聽諷諭乎天下，而內史過、內史叔興之屬，災祥生死，占其表應，近乎文史卜祝之間。當是時，諸侯之士，勇者効其力，智者通其謀，策慮腷臆，奔走乎當世，而王朝卿大夫乃與之辯貌失而論服妖，考咎徵而言鬼事，不亦末乎！然而以諸侯之暴，戎車之強，卿材之衆，三川天下之衝，諸侯之師免冑超乘日過乎其郊，終詘然於二三卿士之言而不敢動，則又何也？

夫侯不發幣於公卿，而陪臣之聘享，天王乃有私賄；罪人不執歸於京師，而上宰之爭政，大國聽其獄詞。周之衰也，匪徒君之憂實甚，士大夫蓋亦岌岌矣！倉庚，陽樊之鄙人耳，登城之呼，一奮其氣，晉軍退舍。豈赫赫宗周，必無其人哉！周士大夫之謀曰：苟得其勢，不煩干掫；苟得其情，不須強武。人固有志盛於三軍，而氣衰於脫劍；賈勇於超距，而流汗於樽酒：禮使之然也。詩曰：「人而無禮，胡不遄死！」「人而無禮，不死何爲？」今吾觀列侯與大夫，而皆知其及庶幾或有鬼神焉。夫禮之可以服天下也，又益之以死，能無懼乎？不然。夫以王章之不修也，侯度之不恪也，受玉而容惰，非若請隧之愆；稱伐而語犯，非若爭田之罪也。爲彼而猶獲福，爲此而遂及禍，此不必然之說也。

周人之言方怪者自萇弘。萇弘事周靈王，諸侯不朝周，周力少，乃明鬼神事，設射貍首。貍首者，諸侯之不來者。依物怪欲以致諸侯，諸侯不從，而晉人執殺萇弘。夫事鬼神，依物怪，欲決人死生，而身且不免見殺，則鬼事恢譎不經矣。故禮不足治而事鬼神，鬼神不足事，不得已而仍救之以禮，禮與鬼神雜用以治乎諸侯者，衰周之道也。

記曰：殷人「先鬼而後禮，先賞而後罰(三)。」禮者所以賞，而鬼者所以罰，殷道然矣。殷人尊神事鬼而後禮，其衰也，君臣以刑戮威侮諸侯，慢於鬼神，而殷亡。周人尊神事鬼而先禮，其衰也，君臣以禍福諷告諸侯，聽於鬼神，而周弱。雖然，周士大夫猶能以動作威儀之則正告天下。浸淫乎戰國，縱橫之士恫疑虛喝以邀諸侯，其所謂鬼神，則又遷爲七日之叢神，東國之桃梗，迂罔鬼瑣而不信，而儀、秦、代、厲之屬皆周人也。嗚呼！此亦禮之失也。

【校】

〔一〕四十卷本、風雨樓本均無此篇。

〔二〕先賞而後罰　據禮記表記，當作「先罰而後賞」。

伍胥復讐論

子胥之鞭平王尸也，左氏不載，其見於穀梁傳者曰：「壞宗廟，徙陳器，撻平王之墓。」鄭康成曰：「鞭其君之尸。」夫撻墓之與鞭尸，則有間矣。雖然，此吳之君臣爲之，未有言子胥者也。史記則以子胥求昭王不得，乃掘楚平王墓，出其尸，鞭之三百。越絕書則以子胥操鞭捶笞平王之墓而數之。吳越春秋則以伍胥掘平王之墓，出其尸，左足踐腹，右手抉其目。以余論之，此三書者未可以盡信也。

子胥之父誅於楚也，挾弓持矢而去楚，以伐楚之利干吳王僚，公子光阻之。公子光立，是爲闔閭。闔閭欲爲興師而復讐於楚，子胥又自止之曰：「諸侯不爲匹夫興師。」逮楚釁而後動。入郢之役，子胥之父死十有七年，平王之亡亦十有二年矣〔一〕。子胥之爲人，深沉好謀，彊忍有濟，固非負其勇氣，逞於一決，不顧其後者也。伍參以邲之役食采於椒，舉與鳴皆邑大夫，而奢則太子太傅，貴顯於楚者四世。費無忌以同官之忮〔三〕，傾世臣而覆其宗，平王聽用其語，其子之不愛，又何有於臣？子胥之讐宜首無忌，不專在平王也。太子建廢非其罪，竟死於鄭，子胥所痛心疾首者，不徒奢、尙之死，而在建之不得立。蓋欲借兵於吳，扶建之子勝立之楚，以無忘乃父之志；廢昭王，誅其讒佞，而存楚之社稷，則子胥之忠孝可白，而吳之霸業可成，爲吳即其所以爲楚也。彼肯以其名讓之申包胥哉？乃吳師驟勝而驕，楚舊臣伯嚭之徒在吳軍中用事，傾其故國以奉其新主，甚至廢毁宗廟，瀆亂男女，而秦人起於外，夫概反於內，不能定楚而歸，大非子胥之心矣。

夫子胥固其兄尙所稱仁者智者也。彼遲之十七年之久，以待其必克，縱不能復立故太子之子以得之闔廬，亦宜按兵休甲，持楚人之心。無故戮辱先君之尸以怒楚，楚之宿將舊臣，將圜視而起矣。此騎刼之所以敗於齊也，而謂子胥仁且智者爲之耶？且子胥之先，自參以下四世皆葬於楚，子胥之復讐，以爲孝也，獨不慮先人一坏土，楚人尤而效之乎？設令吳兵去楚，昭王復國，哭於共、襄之廟，收先王之遺骨而葬以衣冠，然後盡發伍氏之丘隴而汚瀦之，以告諸侯，子胥何以自立於天下？乃紀載不聞其事，是豈子胥能復奢、尙之讐，而楚昭不能復平王之讐？雖吳強而楚弱，必不得之數也。

或曰：吳君臣以班處宮，蓋有欲妻楚王之母者，又何有於君之尸？曰：吳，蠻夷也，其君臣逞其兇威而蹈於不義，料子胥力諫而不從也。吳越春秋乃曰子胥令闔閭妻昭王夫人；子胥亦妻囊瓦、司馬成之妻。夫費無忌殺伍胥〔三〕，而囊瓦殺之，是有德於子胥者，莫囊瓦若也，而謂子胥爲之，其說尚可信乎？昭王之奔鄖也，鄖公辛之弟懷將弒王，曰：「平王殺我父〔四〕，我殺其子，不亦可乎！」辛曰：「君討臣，誰敢仇之！君命天也，若死天命，將誰仇？」公羊曰：「父不受誅，子復讐可也。父受誅，子復讐，推刃之道也。」夫無極之譖，伍奢之寃，其不受誅明矣，非鄖公比也，君子固以復仇許之矣。然而吳師未入，則楚吾讐也；吳師既入，則楚又吾君也。公羊傳曰：「復仇不除害。」其道以爲雖遇昭王，猶將爲之請也。夫不忍得生王之頭祭死父之讎，而謂讐死君之骨以快生臣之忿哉！

然則爲此說者何居？曰：夫差忘人之殺其父而赦勾踐，不聽子胥之諫而賜之屬鏤以死，後之紀事者甚子胥之復仇，所以深著夫差之罪也。不知夫差之所遇者敵國也，讐也；子胥之所遇者仇也，故君也。故君可仇而不可仇，非可以一例論也。爲人臣者不知春秋，則有昧於復讐之義者矣，吾故辯子胥之事以正告之焉。

【校】

〔一〕十有二年　四十卷本、風雨樓本均作「十有一年」。

〔二〕費無忌　四十卷本、風雨樓本均作「費無極」。按：史記作「忌」，左傳作「極」。

〔三〕夫費無忌殺伍胥　四十卷本、風雨樓本同。按費無忌譖殺伍奢、伍尙，無「殺伍胥」事，「伍胥」當爲「伍奢」之誤。

〔四〕平王殺我父　我，四十卷本、風雨樓本均作「吾」。

宋魏兩彭城王論〔一〕

宋文帝弟曰義康，封彭城王，爲侍中、錄尙書事，進位大將軍，領司徒。魏孝文帝弟曰勰，亦封彭城王，加侍中，除中書監，假中軍大將軍，領司徒。此兩王者，後均以事見殺。余每讀其傳，未嘗不三太息焉。

史稱宋文有虛勞疾，義康盡心侍奉，湯藥飲食，非口所嘗不進，或連日不寢，彌日不解衣；而孝文之不豫也，勰泣諭上醫，祈請懇至，見者莫不嗚咽，晝夜不離左右，衣不解帶，亂首垢面，飲食必先嘗之而後手自進御。嗟乎！天子之子，天子之弟，明德懿親，代不乏賢；若夫修家人之禮，講布衣之歡，分形共氣，友于骨肉，三代而下，未有及兩王者也。且義康性好吏職，素無術學；勰則敏而就學，雅好屬文：此其識度豈可同日語哉！且義康於內外衆事，皆得專決施行，植黨固權，勢傾天下。勰也入贊大政，表解侍中；出總六師，苦辭軍要。逮夫晏駕彌留，親賢受託，而涕泣陳議，辭勤請免。自古有親賢侍疾，而大行遺詔許其沖退者乎？若使義康處此，劉湛、孔胤秀之徒，必向尚書儀曹索晉立康帝故事矣。義康也誅，則勰也宜免。乃此兩王均以寃死，則又何也？義康既闇大體，兄弟至親，不復存君臣形迹，遂用及禍。勰因長兄之重，未忍驟離，萬年之後，固早慮及此；而辭蟬捨冕，難遂初懷，騎虎握蛇，終見情忌。雖其後高肇小人，枉殺賢王，事匪劉斑〔二〕，釁殊殷鐵，此與車子受禍，本末較然。顧當馬圈大漸，魯陽發喪，北海謂大得人情，咸陽則料其爲變，即有孝文手詔，而宣武之疑，夫已甚矣。此高肇之譖所以入也。宋文猜忍無親，推刃同氣，鄭伯克段，殆又甚焉。孝文始終恩禮，式好無尤，而周公金縢，奕世不免。嗟乎，嫌疑之際，豈不難哉！推而遠之且不可，況居之者乎！然義康竟廢爲庶人，而勰歿謚武宣，追尊文穆，終有天下，是其子孫。元順有言：積德必報。是或然也。

【校】

〔一〕四十卷本、風雨樓本均無此篇。

〔二〕劉斑　原作「劉班」，據南史劉湛傳改。

吳梅村全集卷第二十四　文集二

雜文二

郊廟考〔一〕

國家祀典，南北郊有合祀，有分祀；祖禰有專廟，有合廟。鍾山之陽，鍾山之陰，國初李善長所上議也。十二年，上感陰雨，而大祀殿之享親更樂章。世宗從夏言之請，建泰神殿、皇祇室，而分祀之禮定。昭穆有異宫，太宗爲世室，嘉靖中廖道南所疏請也。二十年，羣廟災，廷議以太廟左右地勢湫隘，爲同堂異室，而合廟之禮成。從南北郊祭者二十四壇，從祖禰祭者十五王、十七功臣。二十四壇之祭，日月有別享，曰朝日壇、夕月壇；山有附祭，曰基運山、翊聖山、神烈山、天壽山、純德山。十五王之祭，壽春王於高皇爲伯，霍丘以下七王爲兄，今書曰高伯祖考；寶應以下八王爲侄，今書曰曾伯祖考。十七功臣之祭，武寧以下八人爲王，六王爲開國，二王爲靖難；虢國以下七人爲公，五公爲死事，一公爲靖難，一公爲追封；永義一侯，誠意一伯。誠意初次六王忠武之上，今次公侯永義之下。此我朝郊廟之大略也。若夫配食之議，建文徹仁祖而郊高皇，仁宗因高皇而進成祖，世宗則祈穀並侑二祖，而大享獨躋獻皇。祧寢之議，憲宗升祔而議祧德祖，禮官駁論而主祧懿祖，世宗則親盡上及四親，而大祫兼隆太祖〔三〕。奉先之時享，景神之告致，玉芝之藏主，於外朝則已遠，於四時則已疏，展親之儀也。孝穆之享奉慈，孝烈之饗弘孝，孝恪之饗神霄，其尊之則立別廟，其罷之則祔陵宮，母后之道也。

夫國家祀典，始於高皇而盛於世宗。高皇天造之日，博集羣儒，稽參經術，郡國不立廟，列侯不酹金，上帝絕感生之誣，始祖無遠禰之失。且夫製樂歌者九章，房中協律之曲不得陳矣；定籩豆以十二，山林川澤之實不得登矣；大庖祝竈通於庶民，京師泰厲達之天下，淫昏之鬼不得進矣；四夷之山各祭於方，支子之社則從其望，矯誣之祀不得列矣。若此者，高皇敬共明神，宋濂、陶安、樂韶鳳之倫釐正之力也。世宗初卽位，興獻之禮，上既已撓羣議，推尊獻皇，至於羣祀，非有以大秩之無以示當世。諸臣微知上指，勸上立九廟，闢明堂，行大禘，上册寶，美哉洋洋乎禮樂之盛，而何云豐昵也。

京師故有金闕、玉闕祠，或曰永樂十五年禱之絕有驗，故爲立宮。其若太和山觀、盧師仙潭，皆雜祀也，上卜以爲神，乃營新廟，作之西苑。先醫、高禖、蠶神、馬祖、山公、水伯、司海、司舟，罔不領於天子之祝官，然而封不及泰山，望不過安陸，曰茲勞民，故抑而不議也。

【校】

〔一〕四十卷本、風雨樓本均無此篇。

〔二〕大祫　原誤作「大洽」，據明史禮志改。

復社紀事〔一〕

自制舉藝之法行，其撰著之富，單行可傳，無如臨川陳大士際泰。大士與其友羅文止萬藻、章大力世純、艾千子南英實共爲此學，三子者僅舉於鄉，大士久次諸生，未遇也。金沙周介生鍾，始以制藝甲乙天下，其推重者曰臨川、曰萊陽。萊陽宋九靑玫父子兄弟，治一家言，於臨川不及也，然最以科第顯，蓋介生爲此說。踰年而吾師張天如先生諱溥從婁東往，復社之舉自此始。

初，先生起里中，諸老生頗共非笑其業以爲怪。一時同志，蘇州曰楊維斗廷樞、曰徐九一汧，松江曰夏彝仲允彝、曰陳臥子子龍，而同里最親善曰張受先采，讀書先生七錄齋，海內所目爲婁東兩張者也。受先舉戊辰會試第三人，九一進史館，是爲崇禎改紀之初年。先生以貢入京師，縱觀郊廟辟雍之盛，喟然太息曰：「我國家以經義取天下士垂三百載，學者宜思有以表章微言，潤色鴻業。今公卿不通六藝，後進小生，剽耳傭目，倖弋獲於有司。無怪乎椓人持柄，而折枝舐痔，半出於誦法孔子之徒。無他，詩書之道虧，而廉恥之途塞也。新天子即位，臨雍講學，丕變斯民，生當其時者，圖仰贊萬一，庶幾尊遺經，砭俗學，俾盛明著作，比隆三代，其在吾黨乎！」乃與燕、趙、魯、衞之賢者，爲文言志，申要約而後去。受先既筮仕臨川，綱維張設，一以古循吏爲師。

先生歸，盡發篋中書，視其傳寫之踳駁，箋解之紕繆，點定而鈎貫之；於制舉義別芟訂以行世，顏曰表經、曰國表，昭本志也。楚熊魚山先生開元，用能治劇換知吳江縣事，以文章飭吏治，知人下士，喜從先生游。吳江大姓吳氏、沈氏潔館舍，庀飲食於其郊，以待四方之造請者。推先生高第弟子呂石香雲孚爲都講。石香好作古文奇字，浙東、西多聞其聲。而湖州有孫孟樸淳，銳身爲往來紹介。於是臭味翕習，遠自楚之蘄、黃，豫之梁、宋，上江之宣城、寧國，浙東之山陰、四明，輪蹄日至。秦、晉、閩、廣間，多有以其文郵致者。先生丹鉛上下，人人各盡其意，高譽隆洽，沾丐遠近矣。

三年庚午省試，胥會於金陵，江、淮、宣、歙之士咸在，主江南試爲江西姜燕及先生。榜發，維斗裒然爲舉首，自先生以下，若臥子及偉業輩，凡一二十人列薦名，吳江吳來之昌時亦與焉，稱得士；而大士同時始舉於其鄉，主者從廢卷中力索之乃遇。燕及先生猶以不得介生有餘恨云。

四年辛未，偉業舉禮部第一，先生選庶吉士，天下爭傳其文，而艾千子獨出其所爲書相訾謷。千子之學，雅自命大家，熟於其鄉南豐、臨川兩公之言，未嘗無依據。顧爲人褊狹矜愎，不能虛公以求是。嘗燕集弇州山園，臥子年十九，詩歌古文傾一世，艾旁睨之，謂此年少何所知，酒酣論文，仗氣罵坐，臥子不能忍，直前毆之，乃嘿而逃去。已復僑居吳門，論定帖括，挾異同，賈聲利，故爲抑揚以示縱橫，非其讀書本指已。

先生既篤志五經諸史，不復用制藝與千子爭長短，獨取其事，折衷於介生。介生之從兄曰仲馭鑣，南司農郎，著風節，解官請授南都。兄曰簡臣銓，才不及弟，與彝仲、臥子同舉丁丑進士。介生生平執友，大士七十登第，九青官已踰九卿，駸駸公輔矣，介生淪落諸生，自如也。先生初以少長，兄事介生，既顯貴，傾介生客，顧修舊節唯謹，於事必首介生，而已爲之下；介生亦不以貧賤故少有所抑損。世稱友道，以周、張爲難。

受先既謝病歸，先生亦請假還里，公廉於郡邑，無所私謁。先生性好士，窮鄉末學，粗知好古攻文，輒許與不置口，賴其奬擢成名者數十百人，臺使者視所言以爲取舍，以此附麗益衆。或稍乘其氣，凌籍於人，而士之不見齒錄者，多褊心不能無望。受先卽遇同輩，亦多所摩切，敢爲激發之行，數以古法治鄉黨閭左，銖兩之奸，輒誦言誅之，若惟恐其人弗聞知者。兩公性不同，相愛，見則互教誡所不及。介生、臥子亦貽書規之，然終不改。

當復社未起時，吾郡虞山錢牧齋，吳門文湛持、姚現聞三君子由忤璫召用，牧齋以枚卜爲烏程相訐奏罷歸。其同時奏對稱旨，先烏程大拜者，陽羨周挹齋先生，主辛未會試，在先生及偉業爲座主，自以位尊顯，無所稱於士大夫間，欲介門下士以收物望。尋謝政得請，而烏程竊國柄，陰鷙慘覈，謀於其黨刑侍郎蔡奕琛、兵給事中薛國觀，思所以剸刃東南諸君子。先生搤腕太息〔三〕，早夜呼憤。其門弟子從苕、霅間來者，具得相温陰事，名爲廉潔奉法，實縱子弟暴横鄉里，招權利，通金錢。先生引滿聽之，以爲笑謔，語稍稍流聞。相温時盛修郄虞山，思一舉并中之，未得間也。會上憂耳目壅閼，詔吏民極陳時政闕失，山陽一妄庸武生上書言事，躐拜吏給事中，海內輕躁險詖之徒，競思釣奇抵巇，以封事得官。相温陰計此便，遂鉤致陳履謙、張漢儒與謀。履謙、漢儒者，故虞山胥吏，有罪，亡命入京師，而政府遣腹心延之東第，密受記，告牧齋及其門人瞿公式耜所爲不法，相温從中下其章，鋃鐺逮治，而復社之獄並起。

先是郡司李閩周之夔，宿名士，於兩公爲舊好，而太倉守東粵劉公士斗皆辛未同年生，相厚善。郡自以它事與守相失，陰中守於漕御史，御史顯以郡章聞。守有惠政，兩公挽之不得，譙讓周俾無所容。周內慚，因懟甚曰：「若我故人，遇事不右我，而衆辱我。」持兩公所爲軍儲説顯相詰，而軍儲本由一邑規便益建請，事亦未施行，於漕政無所得失，雖假借相揞拄，不能有以難也。周性卞急，又爲蜚語搆間，顚鬟日甚，上臺亦浸厭之，尋發狂易疾，乞養去官。州人陸文聲者，駔儈無行，嘗招搖取賂，受先執而抶之，知當國方讐復社，逸入都，就張漢儒同邸舍，夤緣得謁見國觀〔三〕，捃摭兩公事十餘條，踵漢儒上章誣奏。上疑兩案難併逮，下提學御史山陰倪公元珙驗治。倪公賢者，卽蘇松道慈谿馮公元颺所讞以奏曰：「臣奉詔董諸生，而復社多高材生，相與考德問業，不應以此爲罪。文聲挾私憾，瞞讕抵欺，熒惑上聽，所奏故不以實。昧死聞。」有詔并元颺鐫級調用。相温自謂怨已搆，事終遼緩不決，文聲小人，語不足聳上聽，知司李老悖失職，可以利啗而動也，嗾奸弁李應實條奏內詰之夔去狀，微開其端，命奕琛給而挑之，若來，故物可引手致，而之夔以母服走七千里，伏闕上書矣。

往者邑子不快於社事，謂先生以闕里自擬，曰配曰哲，傅會指目。先生葬母，門下士以古文字書誌表，誤配作妃，尋手自竄定，其本已有流傳者。之夔草復社或問，遂大書之，訐爲僭端。又無名氏詭託徐懷丹檄復社十大罪，語皆不經。之夔入京師，執一書爲左驗。先自言爭漕棄官，語侵撫臣張公國維、按臣祁公彪佳，坐以黨私壅蔽，於溥、采則危言醜詆，陷以不執。賴上神聖，疑其太切，當有詐，章下所司如前。之夔修飾或問及檄，謀再上，而陳履謙、張漢儒爲東廠緝獲事，搒死長安右門，盡得相温關通狀，坐罷免，宵小爲失氣，之夔竟不得官，文聲去爲道州簿，臟敗瘐死。未幾薛國觀從庶僚得政，蔡奕琛與里豪吳中彥者交，私受其金爲鬻獄，南御史成公勇發其事，以指縱疑先生，謀益急。

吳來之昌時爲禮部郎，移書先生曰：「虞山毀不用，湛持相不三月被逐，東南黨獄日聞，非陽羨復出不足弭禍。主上於用舍多獨斷，然不能無中援，惟丹陽盛順伯可與謀。」順伯時客先生所，故與介生婣舊，雅負權譎，見其書奮曰：「來之策誠善，顧非公言莫足鼓動者，某請銜命矣。」先生嘿不應。來之以己意數中欵，問遺中貴人，卒不能得要領，間刺探一二禁密語，疏中數爲人傳說，沾沾自多，公卿固側目。國觀以私人王陛彥賄遺事敗，下北司考，竟得罪。陛彥雲間人，出自吳氏，國觀微疑語泄以及此禍，將死，語監者曰：「吳昌時殺我。」語上聞，來之不以爲憂，顧色喜。已而陽羨果召，召自出上意，初非有他也，而來之自謂謀已行，視世事彌不足爲。

先生前十日屬疾，卒於家，千里內外皆會哭，私謚曰仁學先生，崇禎十四年辛巳五月也。其十一月，蔡奕琛以賄國觀前事逮訊，不肯入獄，抗章自訟爲復社諸人搆陷，以舊邑令丁煌語爲徵，取復社或問及檄，增異上之，且因以幷攻虞山曰：「復社殺臣，謙益教之也。」陽羨方敦趣在中道，時相爲調旨責三人具對。謙益奏曰：「臣先張溥成進士二十餘年。結社會文，止爲經生應舉，臣叨任卿貳，不應參涉。奕琛以舊輔溫體仁親戚，疑臣報復，其坐王陛彥事，自有睿斷，非遠臣所得與知。」采奏曰「復社之起在臣令臨川日，自此杜門病廢十年。謂復社是臣事，則臣非其時；謂復社非臣事，則張溥實臣至友。」上覽其詞直，置弗問，而奕琛坐本罪論戍。再用御史劉熙祚言，取先生所纂五經註疏大全及禮書、樂書、名臣奏議數百卷，繕寫進覽，人皆謂先生著作之才，見嫉時宰，不獲盡史職於生前，僅得受主知於身後，可謂國家人材痛惜。然先生死而讒口嗷嗷，猶追仇其地下之骨，幸蒙天子湔雪，又并其遺書拂拭之，於以見稽古之不容泯滅，而海內爲之興起，此乃斯文厚幸，而先生之夙志也。先生嘗密疏救時十餘事，要陽羨以再出必行。會上虛己屬任師相，蠲逋租，舉廢籍，撤中使，止內操，政多可紀，悉當時所箚記。識者皆追功先生，而頗恨其身沒不究於用，陽羨亦以此不終云。

來之不知書，粗有知計，尤貪利嗜進，難以獨任。比陽羨得志，來之自以爲功，專擅權勢，陽羨反爲所用。山陰、江北諸君子不能平，面責數來之於朝。熊魚山則復社初起時所宗，來之以邑諸生親受獎遇者也。至是官棘寺，爲國是異同，廷擊首臣，忤旨杖闕下，繫詔獄。來之力能俾政府申救，顧不肯彊諍，陰陽唯諾，漫具橐饘，示調解而已。無何，御史發來之他罪，首臣爲所累，與俱敗，事具國史。

介生癸未成進士，選庶常，踰年國亡，不能死，汚僞命，南奔，伏法於金陵。仲馭以鉤黨賜自盡，受先爲經紀其喪。仲馭之講授南都也，懷寧阮大鋮故奄黨，傾危喜結納，仲馭令其門人檄之出境，阮緩頰輸平弗許。介生常一遇之於杯酒間，少弟我容後至，語不合，推案壞坐，坐者皆失色，介生徐引去，不爲謝，阮銜之次骨。山東劉澤清，故羣盜也，既貴，陽慕知名士，奉書五百金，虛左席以邀致介生，介生卻其幣弗往。弘光中，此兩人中外擅威福，南士甘心復社，迎合當事之意，流傳增飾，取不逞詞傳著介生口中。二憾交作，遂伏首惡之誅。及至仲馭不免，人始知介生應死，其殺之未必盡以其罪。嗚呼！仲馭剛腸疾惡，橫爲匪人所害，後世必有紀其事者，可無憾矣！介生以一念濡忍，緩於引決，重爲用事者齮齕，蒙被惡聲，殞身獨柳，使先生在，必爲噓唏掩涕，恨其舍生取義之未能，而身名併滅，貽天下戮笑也。

明年南都覆，九一、彝仲、臥子、維斗諸君子，或抱石湛淵，或流腸碎首，同時老成俱盡。而受先爲邑蠹里猾乘亂摽擊，刺剟幾無完膚，絕而復蘇，又兩年而病沒於避跡之荒野。其老儒佚叟，零落僅存，於往事都不復記憶，亦罕有能言之者矣。熊魚山流離南國，削髮祝融峰下，攜榔栗來吳中，縛禪靈巖山寺，號蘗菴和尚〔四〕，今無恙。余故輯而存之，其姓名宜書耆附見於篇。

【校】

〔一〕四十卷本、風雨樓本均無此篇。

〔二〕搤腕　原作「搤捥」，據文義逕改。

〔三〕夤緣　原作「寅緣」，據文義逕改。

〔四〕蘗菴　原作「柏菴」，據卷十七題華山蘗菴和尚畫像二首改。

書宋九靑逸事

九靑長余二歲。余以二十三舉進士，九靑用計吏選天下最，入吏垣，距其通籍之歲已六年。又五年，九靑以刑右給事副余使楚，兩人相得甚。蓋其時天下已多事，楚日岌岌，而武昌阻大江，固無恙。楚之賢士大夫爲魚山熊公、澹石鄭公，乃九靑同年生，又皆吏於吾土。聞兩人之至也，挐舟來，酹酒江樓，敍述往昔，商校文史，夜半耳熱，談天下事，流涕縱橫。兩公用言事得罪，流離放廢，又家在湖北，日逼狂寇，坎壈無聊生。澹石自云，止一愛妾，已死，所著書輒不就；魚山欲逃諸老、佛，無當世意矣。

九青激昂大節，無愧兩公，而官塗日進，家室復完。尊人僉憲公家居二十年，得旨起用；長兄爲金壇令，舉治行第一；宗族子弟通長安籍者復十數人。九青姿望吐納，天下無二，通經術，能文章，其五言最工，章奏亦詳雅，自云僉憲公夢李北地生其家而得九青，余笑謂才地去卿差近，名位殆復過之也。性強敏有大度。其令杞縣也，定兩大亂，折數十疑獄。在垣中，朝廷大事，輒片言裁之，聞者咸服。顧不悻悻賈直爲名高，以此不受當世齮齕，而海內言事失職之徒好引九青以爲重，九青亦汲汲勿倦也。與人交，能急患難，有終始。其在武昌也，以魚山、澹石遠而過我，乃紆道數百里，升堂拜母，大捐橐中金爲壽而後去。

當是時，江南告訐日起，九青所與交如金沙、婁東、吳門、雲間諸子，岌岌不自保，皆曰：九青必用。九青用，吾徒老丘壑無慮也。即九青亦雅自負云。顧視天下亂甚，嘗謀於余，謂江南可以圖全，乃爲僉憲公請補蘇松兵備，而九青以册使便道來省其親，與諸同志游，過白門，賣田宅以去〔二〕。金壇公用是年候考長安中，遘疾暴卒，九青入京哭其兄喪，未幾二子俱以痘殤。嗟乎！九青自少爲進士，未嘗一日有所摧挫，至是乃忽忽不樂，無復武昌江樓笑語時矣。顧九青官日遷，其去大用也日近，得旨廷推，旦夕備閣臣，而驟逢上怒，並下於理，以讒歸。會僉憲公喪未葬，而山東被兵，傍躪東萊，九青率家人登陴守，城陷不屈死，嫂夫人亦死，宋人殲焉。

未一歲，京師失守。武昌前此已大亂，魚山、澹石避賊東下，與余遇於南中，談九青則相顧流涕。有人從北來者，輒詢宋氏存亡，道路隔絶，流離接踵，蓋亦不可知已。如是又五年，東萊周公鎭撫吾吳，言九青尚有子，以在襁褓得脱，周公之出也，過其家，則已勝衣趨拜矣。夫九青爲司農卿，年未四十，父子兄弟，夾道鳴騶，賓客故吏滿天下，寧自料禍難一朝至此！及乎身死家滅，一門數十喪，骸骨撑距，又誰知漏刃有三尺之孤哉！魚山、澹石聞之，雖欲勿哭，焉得而勿哭也！

【校】

〔一〕 竇 疑當作「買」，以江南可以圖全，故置田宅於金陵也。

清河家法述〔一〕

婁東庶常張西銘先生既歿之二十載，爲順治紀元之十有七年庚子十二月五日，先生夫人王氏命其嗣子永錫式似、壻吴孫祥綿祖以僕陳三之罪來告，召先生同年執友吴公克孝魯岡，受經弟子吴偉業駿公、胡周鼒其章、孫以敬令修、穆雲桂苑先、王挺周臣、王揆端士、金達盛道賓，塾師許旭九日，姻黨王啓榮惠常、王啓棻天露、周雲驤孝逸、周雲駿孝威、周雲祿介玉。而先生同產十人，其存者八，曰泳幼濤，永錫之生父也，曰京應公碩，曰淮孝白，曰漣漪若，曰源來宗，曰濬禹疏，曰樽子厚，曰王治無近，一號敉庵，官刑科右給事中，惟京應守墓，淮、濬辭以疾，餘後先來集。前期周孝逸草檄聲陳三罪，張氏之僕王臣等遂執以至，跽之堂下。夫人乃出，設先生影於正寢之東序，夫人俠拜，進其子若壻拜謁，興，涕承睫不下，凝立俟於東楹東，當楣；魯岡擅羣弟子肅容再拜，興，立於賓階；內外宗長皆入拜，立於東楹東少南。已而闔北堂之扆，魯岡以下咸進旅揖以見。夫人北面坐，子西面侍，婿東面侍，賓黨於右，主黨於左，畢以親疏雁行就列。

坐定，夫人垂涕言曰：「未亡人之哫嚅隱忍，二十年矣。陳三，伯舅氏司空公家產子也，媵於葛，被逐，先庶常湔祓錄用，付以管鑰，乘主殁，竊貲而去其籍，治第舍，厚奉養，詭製居士服，示不臣，爲子若弟營文武秀才，又自以五十廝養亦竄名其中，令儕偶尊呼之以爲快。西宅吾祖宗起家舊第，先贈公家廟在焉，謀而踞爲寢，撤饗堂，遷木主，大起土功，僭侈踰等。西郊方訓導古村墓，吾舅氏外王父，先庶常之外曾王父也。此僕斥置園居，亭直其隧，破六棺，遺骸有朱衣象服者，亦遭揚灰而投諸水。吾一老寡婦，且病，嗣又孱子，遇僕乘軒過閭門，弗爲下。所居隔堵垣，歌舞聲日震於側，而歲時未有謁，配耦弗以告，甚則斥嗣子之生父名而詈之，此伯叔所稔知也。」乃手一籍曰：「僕初入吾門，衣敗屣決，今擁高貲，牟什一，絲髮皆攘之主人，不可估校者且累萬。卽先庶常遺筆僅存與未亡人所出付者，不下數千金，皆冒沒抵負。而吾母子公私乏絕，杯鎗簪珥，盡入其質庫。曾有金五兩，未浹月，具倍稱之息以往〔三〕，輒抗不還，復叱之曰：『此已有所歸，若寡婦奈何不識時務，欲得故物乎！』」語訖，噭然哭，坐者皆哭，奮曰：「是宜殺無赦。」僉屬偉業數其罪，按簿所記枚問之，擲之筆令置對。彼見左證閱實，無所辯，悉署其下曰「應還」，惟伏地祈哀，願以時輸償所負之半，違約當死。日已晡矣，不能深考，竟薄加抶以蕆成事焉。

於是相率拜先生之像設如初禮，聊藉手以報告，且謝防遏不豫。夫人肅拜客，入於房中。子若壻皆再拜申謝曰：「眇末小子，敢煩長者之恩私。」遂置酒獻客。觴三行，偉業泫然流涕，言於衆曰：

茲役也，不幸者三，幸者三。昔莊生以廉直聞楚國，陶朱公爲子殺人之獄而進千金，生非有意受也，待事成而歸之以爲信，勑妻子曰：此朱公金，有如病不宿誡，復歸勿動。先朝末造，大獄數起，先生以君宗廚及之望，急難救災，數遣客入京師，主名賢之橐饘，止鉤黨之捕牒，資用皆仰給富人長者。事定，將藉其贏以還之，不意暴亡，竟無末命，以闕、散行金之義，成豎須竊帑之奸，此亦事之難料者矣。今日吾等鉤稽遺籍，始知先生潔己爲人，愼於取與，生產不立，妻子飢寒。後世傳聞者，不知相如之當返白璧，而疑王陽之能作黃金，誰得而辨之乎？一不幸也。谷風刺而朋友衰，脊令歌而兄弟怨，輓近道漓俗竄，先生起而力正之。薛包之於二弟，成其聲名；平仲之於三黨，待以舉火，天下聞而觀感焉。早世無後，張受先修交道，据宗法以置嗣；侯廣成、徐勿齋、楊維斗百里來赴哭，以告張氏之廟而書於策。數君子相見九京，未嘗不道先生堂構有成，可無媿也。吾輩後死之身，居同里閈，孤鶱稚子，制於輿儓賤隸之手，莫可如何。倘四方耆宿少俊，移書切責，杵臼望瞑目於程嬰，孝標致徽詞於到溉，將何以復之乎？二不幸也。語曰：盜憎主人。自古小人竊鈎負乘，居之不疑，未有能小懲大誡，悔而思返者也。當吾黨絳帳傳經之日，正此人綠褠捧炙之年，跽拜趨走，頭尾擊地，豈知自異於等夷乎？一自羊質虎皮，加以教猱升木，執紼趨法王之座，攝齊登孔子之堂，緇素歸之如流，衣冠遇以接席，彼且倜然自命，久假不歸，非若尹氏之隸，晝爲僕而夜爲君也。今日之舉，仰見故主之几筵，旁逼羣賢之呵問，彼雖狗鼠，獨無心肝？不覺萎股汗流，叩頭自實。既而舍之，情態復故，素驕且慚於賓客，小挫又痛在妻孥。忘昔之探囊胠篋，非其有而竊人之財；顧今之鼎食擊鐘，吾何僭而欲加之罪？嗟嗟！吾等焦唇敝舌，始克制一么麽，竟不能落其毫毛，致之縧鏇，乃使脫鈎偏巧，跋扈終成。補牢之計未完，鳴鼓之攻何益？三不幸也。

若夫二十年來，郫上之宅久荒，寢丘之田盡廢。向之冠蓋成陰，輜軿擊轉者，今已伊威在戶，蓬蒿不剪。君子之至於斯，有爲之停車太息者矣。一旦潔除寢門，洒掃講舍，生徒濟濟，兄弟怡怡，吾師母四體吉康，言辭彊正，禮讓有聞於國，鞭扑不廢於家，可不謂之幸乎！況黃門公紹起家風，維持物望，天性亢爽，蘊義生風。擗踊哭友人之喪，傾囊恤知己之難；況友于天顯，分重恩深，敎訓則就長爲師，生成則事兄猶父。此固齊彼我而無二，結死生而不移者也。茲以兩家付託，同飽監奴，恨搜討乃遲之再三，即鉤求莫獲其萬一，唯有臨財思讓，後己先人，受瘠推肥，分多取少。謂廉吏之槖，去矣何求；維寡嫂之裝，失將安賴？詩云「哀此煢獨」，傳曰「寧有盜臣」，可不謂之幸乎！慨自等威日替，桀黠時聞，滬上有揚氏之僮，雒陽多刁家之賈，然未有如此僕之甚者也。蒼頭妄呼阿父，鈴下自詭書生，螟螽蝕物而物不知，魑魅弄人而人不覺。今未能決癰疣於砭石之下，庶幾伐鐘鼓在夢囈之旁，折筆答之，聊復爾爾。雖杖脚梢天，而捽頭頓地，呼謈謈，屁益高，亦足奪之氣矣。可不謂之幸乎！

春秋書齊豹曰盜，邾庶其、莒牟夷、邾黑肱竊邑以叛，雖賤必書。夫牛圉馬牧，不足辱君子之筆，苟不著其惡，非所以使之知懼也。陽虎奔齊，請師以伐魯，鮑文子諫曰：「陽虎有寵于季氏，而將殺季孫以不利魯國，而求容焉。君富于季氏而大于魯國，茲陽虎所欲傾覆也。」齊侯執陽虎，虎載于葱靈，逃奔宋，又奔晉，適趙氏。仲尼曰：「趙氏其世有亂乎！亂人賊子，所至不靖。記有之：賣僕妾不出里巷者，良僕妾也。陳三事庶常則負庶常，事黃門則負黃門，今獲罪通國，將謀竄他邑，求所馮依以售其奸，是天去清河之疾，而移之於其所往也。吾請述其事以爲鑒焉。

【校】

〔一〕四十卷本、風雨樓本均無此篇。

〔二〕具　原作「俱」，據文義改。

遺安堂答客問〔一〕

遺安堂者，吾同年姻家錢子臣扆之所居也。堂之後齋，崇麗深靚，極池塘亭榭之美。主人新治一室，壘土石，蒔花藥，爲具召余以落之。余至，喜而賀曰：「美哉室也！」顧蹙焉若有感於中者。既置酒，喟然三歎，中心結轖，膚腠灑淅，爵盈不能啐，匕下不能嘗，饋未畢，辭以疾，索輿而行。

翌日坐客有誚余者曰：「僕觀先生之疾，非疾也，何居乎三歎？」余應之曰：「子知之乎？余之歎蓋自傷也。余季弟孚令以女女臣扆之子受明，以其地與齒則嫡長，且同母也；

以其人材則旣孝且賢，有勞於門戶者也。乃臣辰偕二子者居斯堂，而受明屛處於外，夾河小屋，繚以短垣，上庳下陋，湫塵僻隘，度其直不足當二十分之一，而受明安之，父與弟亦若安之者。或曰：暫也。或曰：定乎，其殆將悔也。宗黨駭焉，賓客疑焉，縉紳長者相訝而告焉。余彷徨思之不得，無乃爲外家乎？以吾弟貧且困，裝送問遺之不能及人，其女之嬪於高門者，雖克修婦職，育家嗣，詩曰：『它人有心，余忖度之〔三〕。』得毋君舅之言曰：『若家不如我，窮巷之與居，陋室之與安，俾汝之親戚過焉，門不能容車，路不能旋馬，固其宜也。』嗟乎！苟無是言，菀枯肥瘠之相懸，何以至此？余兄弟一體，弟之女猶吾女也，臣辰以姻婭之故厚余，余之爲臣辰者，未嘗不日切於懷也。士君子之交道，取其意不取其文。自傷衰遲退弱，任當世之所軒輊，雖其知己骨肉亦從而易之，高下在心，不以我故稍平其稱量，俯躬循省，此憖遺之一老，固已輕於毫毛矣。乃猶不自憤懥，折旋揖讓於此堂之中，能無靦焉慘沮於心乎！而余又安得而弗病乎？子乃以吾爲非疾，過矣！」

客瞿然起立曰：「嘻，容得若是乎！夫長子者，非餘子比，所以主宗祀、守堂構者也。昔京城太叔百雉耦國，鄭再世大亂，袁本初、劉景升覆轍相尋。彼有土專制，得行其意者猶若此，況乎士大夫之家，貽謀一不當，宗人國人相率而操其後，此愛之適以害之也。堂名『遺安』，而可遺之以不安乎？若或書札探籌，古云僭而不信，縱卽其類以求之，君子猶以爲非訓，矧其倍蓰什百之不齊者也。天下有公孤與丞尉同笥注授，聽人探籌而得之乎？錢氏自中丞公以來，孝友輯睦；封黃門公諸子析箸，中外無間言。祖宗家法之不守而徵諸鬼；此不可之大者也。語曰：『千丈之堤，螘穴潰之。』方今世祿之家，戶不自保。彭城幸篤謹素著，僇力圖全，無庸倒行而授人以釁。且此地之有前事也，豈遂忘之乎？彼惟失於閼伯、實沈之忿爭，不則爽鳩氏之有也。仰思烱鑒，可以爲戒。萬一主人意有所嚮，囁嚅未吐，爲之仲季者當先事而憂，以爲家之興衰、身之禍福，胥分於此也，震懼悚栗，頓首辭讓，以自明於宗親長者之前，胡寢嘿未之聞耶？以僕揣之，彼見長子者識事體，習勞勩，俾之朝夕於閭閻之聞見，以揩拄艱難。既安且寧，亟更諸大宅以爲家督。主人得以其間重堂複屋，早息晏興，築爲風亭月榭，擊鮮奏酒，曰：吾有長子持門戶，老人優游，克有此樂耳。此其父子兄弟慈孝愛敬無間，吾儕親朋所當再拜稱賀者也。先生其又何疑焉？」

余聞之笑曰：「善哉！子之言有以開余，余之病且霍然已矣。請以他日再升其堂，而爲之飲酒。」

【校】

〔一〕四十卷本、風雨樓本均無此篇。

〔二〕余　詩小雅巧言作「予」。

吳梅村全集卷第二十五　文集三

雜文三

梁宮保壯猷紀〔一〕

洪惟我世祖章皇帝大統旣集，王公卿士勳在盟府，武成告類，四海攸同，地大物盛。其或有先服後叛，則命將出師往征之，繄熊羆不二心之臣是賴。時有若關陝梁公，西定雲中，南平江海，咨於有衆，嘉乃丕績，則天子以褒崇之禮答焉。公旣拜揚休命，躋上將，列孤卿，居安思勞，懋修厥職，輒以其間追溯功次而籍記之曰：「臣化鳳待罪行間，奉神靈，効任使，常懼濫膺賞牽，以不免於戾，庸敢伐當時事以自言勳？夫兵者國之大事，當爲後世法，苟不著我師之所以得，敵人之所以失，此非朝廷昭示武功與微臣訓勵將士之深意也。」謂臣偉業曾忝史官，頗習其行事，而屬紀之以文。旣辭不獲命，則謹書。

提督軍務總兵官、太子太保、左都督梁公，諱化鳳，字沖天，一字灃源，陝西西安長安縣人也。中順治三年進士。四年，授山西大同府陽和高山衞守備。五年十二月初三日，姜瓖據大同反，陽和居大同東百二十里，道臣、郡丞主兵餉，兩衞及城守凡三將，兵不多，城小，多震恐，而公獨自如，率其下繕完固守。時天下新定，山西爲京師右臂，而大同被邊，不早擊，恐有它應者，故諸王亟請行，自反書聞，七日而前驅已抵城下，羽檄徵諸道兵，需全軍至而後擊。公聞之喜曰：「兵銳且速，賊不暇成計，擒之易耳。」

會王命發取陽和火器，城中謀可使軍前者，公請往，乃抽守兵及道臣中權卒合邊人子弟千人與俱。既謁見軍門，公長身倜儻，口畫進兵狀甚悉，軍中目而偉之，即以其日從攻許堡。許堡者，眞定、宣府、蔚州三路轉糧所取道，賊用五萬人扼險，餉且斷。其城三面臨濠而下礧木，師爲多死，二十日不能克。王召諸將計事，曰：「城堅莫如穿地道，用火攻崩之，軍中曉習者誰乎？」莫應。公班在後，王再問，公念爲兒童時諸老人說其事，遂越次對曰：「微臣耳妄聞臣鄉用兵時誠有之，顧未試以目，若王命使臣者，臣不敢愛其死。」王喜，即命以行。用其法，城之倒塌者十餘丈，徑騐馬入。賊猶苦戰不休。日暮，其將郭二及五千人束手縛，餘皆死，道遂開，軍食以給。王大喜，賞袍服帽靴牛馬者再，用便宜授大同掌印都司，倚重在諸將右矣。

六年正月，大軍部署諸將所擊。賊之反也，以大同阻山而帶桑乾，其支附阨塞，有渾源州左右衞爲聲援。它若鑑起之盜，架巉嵓、穿谿谷者曰寨、曰洞，累令辟、貫木譙者曰樓、曰臺，築垣墉、圍鄉井者曰堡、曰莊，雉堞居三之一，雖郊堡而實自爲一城以扞蔽者曰關，千里之內，纍纍不絕。公之克許堡也，王見公能用少擊衆，厚遇公，配之以各路奔命之兵，成一軍矣。大同城北破窰溝者有二洞，山溝巉削且深，東西長十里，中界兩垣，而洞在其巖腹，南北對峙，兵至則拒石戶而穿隙互火攻擊，我大軍游騎爲所傷。公以十九日遇賊出，卽與鬬，賊敗，緣仄徑走入壁，上下皆莫得闚。公於其顚懸索，垂枯槎宿草，乘風爇之，賊薰急，突而逸，我師遮其隘，斃三百人，生得李義、張豹，則大同偵騎將狙伺我軍者也。遂營於蕭家莊之西南。蕭莊西瀕河，河去大同東門三里，我師駐莊，就河外穿三濠困賊，賊望見來爭，公三日七戰皆克，塹乃就。二十七日，以王命從攻大同北關，彼我用礮交相擊，公攻其西，它將攻其東。城將隳矣，賊潛伏地雷於其衝，俄而機發，我師大熠，賊開門犯我營奪礮。時帳落延燒，雖火所不至，咸若震裂，公提刀冒煙燎直進，賊愕，乃卹而去。薄暮天大風，軍士十指皸瘃，公獨身揞賊不動。雪甚大如升，沒馬牛目，人舉足蹈坑穽，公以五鼓還營，不食者二日夜矣。是役也，火軍營攻具百有四十，微公力戰幾盡。

二月，大軍既重圍守賊，諸王以一軍軍大同之東，一軍軍大同之西，分擊州縣之不下者。公以初二日受命攻渾源州，州十里爲白河，卽桑乾水也。河之北有韓村、玉合、張家三堡，我營左距河，右距堡，逼處其中間，堡舉礮，城上鼙相應。王曰：「師仰攻而堡人或蹈吾背，危道也，盍先諸！」命公攜飛梯往，遂以初十日夜半攻韓村。詰朝，未日中而玉合、張家三堡皆下，凡一堡必兩戰，共殺三千餘人。渾源州開門來救，已不及。公與戰，再覆其衆。我師三日息，以十四日三鼓進攻渾源西關，賊背關城陣而待，破之，乘勝挺戈先登，賊巷戰，短兵接數合，殺三千人。我師既得關，州人出衆來奪，又敗之。王賞金貂文幣帉礪弓刀之物畢備，幷以及所部將劉應第云。賊自西關陷，收其卒退州城拒守。二十九日，公以其間破賈莊城，先鏖於城下，尸相屬，既上，賊巷戰，生得賊帥王平，幷其徒三千無噍類，奪還我馬之前失亡於賊者四十四。馬，王馬也。

三月之四日，王以公可專任，集諸營之驍果者以授公幷將之，蒐卒簡仗而臨渾源，下令曰：「今日必拔。」公急攻，賊悉其衆再出戰，公再破之，先登，斬級二萬，城平，戮其帥方三、唐虎。渾大州也，既下，則我師以東略爲不足憂。十三日，趣其兵攻左衞。左衞居大同西百二十里，道上有雲崗、高山二城，雲崗去大同二十里，又四十里爲高山，強宗黠姓保其上。王既過雲崗而舍，下馬顧諸將曰：「此城脅於賊，非眞叛，可招而下也。」公請行，王曰：「幾何人而往？」公曰：「二十人足矣。」雲崗北背山，城在山麓，而南臨河，公策馬隃呼其障，諭之以善意，則詭諾而潛舉火殆欲擊，公覺，曳馬首分之，不能中。賊出騎五百，步倍之，來追，公嫌道迫狹，引之至平地，返而奮斫，殺五十人，奪其火器弓刀孳畜。明日王視戰處，嗟歎之曰：「若勇未易當也！」公知賊恇懼，身從一騎，徑鞭其闔曰：「豎子今又何故不服？」賊望拜曰：「如死何！」公爲之誓而後下，高山聞之亦降。二對山者，當左衞之西北，兩山夾立，下爲深谿，有洞二，以抄我游騎故往擊，公先戰而後破之，殪千人。既凱歸，猪兒注敵臺者賊五百，輒敢半道邀我，公逆擊，乃敗而入守，遂掀其臺滅之。雙山澗石洞有二，亦以抄我游騎往擊，公先戰後攻，其破之一如二對山云。惟吳家窰者最險雜，寧武、雁門、偏頭及右衞之孔道，山氓穿其中搜石炭，歲久峆岈曲折。賊竄處分九洞，我師取火器於闘中，經其地被奪。公往擊，路過刁窩寨，賊有張目思暹者，卽破平之，而吳家窰則用巨礮碎石門，既入而猶死戰，其屈彊如此。公自十五日至二十二日凡三舉，翦諸谿洞，先後斬級四千，於雙山獲僞守備楊林，於吳家窰獲僞總兵王元泰，皆以狥。二十九日，從大軍圍左衞，賊背城致死，公陷陣，斬首五千，賊潰，收其卒入城。我師進搏其堞，賊縋而下鬭，公瞋目持矛衝突，匹馬縈萬衆中，鍪牟爲礮所碎，身中三矢不動，賊大潰，乘勝入其城，將吏俘斬蓋二萬云。衞東南敵樓高十丈，上容千人，雉堞與大城等，餘黨阻之不下。四月之二日，公取賊將周議、李千梟懸之，殲其衆五百人，左衞遂平。右衞僞帥張某自請於軍門曰：「願得梁公一言，即稽服。」已而說之果降，蓋憚公威信也。最公之績，以取渾源、拔左衛爲第一，自細口衣物，下及畜產，所賫無算，由都司進三級爲游擊，又進副總兵、都督僉事，皆軍中便宜除拜，已而定功，得旨以副將缺推用矣。

當是時，大同已屢挫大困，唯是關中之響應者兵敗過河，竄於永寧、石樓之間，以入我汾州。汾望郡，既破，賊大恣。太原雖未受圍，屬城多陷，汾州之賊以十萬人保晉祠，晉祠去太原五十里。姜瓖遙與合，遣其親信姜建勳者爲僞巡撫，扇動晉人心以搖省會。我師之援太原者，當繇三關以入。時山西闔境反，有舊將劉千者，於偏頭、寧武招合邊人亡命，半道以邀我師。公既以王命從大軍而南，前驅報雁門無賊，師由之進，以五月之七日至忻口。忻口在太原北三舍，東西兩山阻阸而河穿其中，劉千以爲險可以用，萬騎夾道伏。王命分其軍二之，自率諸將前進，而公專領一軍從兩道爲夾擊。公轉戰遇賊，舞槊大呼，直衝其中堅，賊披靡，苦戰至日中，殺五千人，賊大敗走，公遂直前而趨晉祠。晉祠之西大山連亙，東爲淤泥淖田，馬涉於濘者輒陷，田之外則汾河。我師以十五日至，而賊背北門爲營，據險示不可擊，諸將請於王曰：「吾左限於山，右阻於淖，而求破賊，非算也；不如過汾，遶河而南，出於平原淺草，以圖必勝。」王許之。既發而賊尾我，王亟追其軍還，即汾西結三陣，而公居中，王之大營偪其後。王自登山以望敵，令曰：「聞箄策而縱。」賊去我二百步，尋去我百步，公兩請戰，兩營之帥不以聽。賊去我五十步，公則不待請而擐甲上馬，箪箠之聲亦發，三將應聲騰踊，自晨及晡，所殺萬人，賊退入，遂合圍，賊開門鬬，五合皆敗之。公巡圍，見城上增頓舍，指謂其耦曰：此示暇以示必守，殆將欲走也。天晚，賊忽開四門，出七八萬人，人持一火繩，致死以奔我，我師姑退，而實箕張以包之，賊突圍終不能出，乃中夜相混戰，我乘間先奪其城，質明而賊改計，則已無所歸矣。於是中外合擊，賊大潰，我長刀之殺賊者，日光激石壁以返，注視之如龍遶電躍，的爍驚閃，數萬之賊，瞬息盡矣。公之斬馘以萬計，建勳及其所置監軍以下官皆死，公亦鎗中其左臂，右髀中一矢傷，然聞平陽之亟也，往救。二十九日，賊以數萬衆方合圍，公陷陣，殺五千人，圍乃解。平陽吏民爭出牛酒饗兵，公引去，爲且用事汾州。汾州賊帥沈海恃其同惡者衆，我師以六月之二日至，而海遂開門出戰，公擊敗之，海走保其城不下。公以王命行略地，收諸塢壁，曰近同堡、曰呂家堡、曰張家堡、曰馬鎮堡，公以十五日、十七日再用兵，殺千三百人，皆下之。其攻馬鎮堡也，孝義僞總兵張爾德者來爭，孝義去汾州三十里，沈海倚德爲左右手，故欲以示武於衆。公怒曰：「我不汝擊而撓我乎！」逆與戰，殺千人，亟躡之，遂薄其城下，爾德匿不出，還。二十日，以其間攻蘇家堡，殺五百人，下之。王命再攻諸堡，公曰：「攻堡不如攻縣，國家所重在得地，而愚民避死以保其壁，彼見邑城下，且自服，庸足多治乎！」遂以七月十七日復進薄孝義，先與戰於北關城，殺五百人，遂得關。明日進攻，邑城陷，執爾德及僞署平陽道張偉，殺五千人。孝義賊巢，憂反覆，王自營於瀕河之八十里，而命公入據其城，扼頭領以專進取。九月之八日，沈海潛師出城以遠襲大營，王覺之，持滿待。公聞信，亟躡其後爲夾擊，賊大敗，輿傷痍入，復固守。十四日，王益發兵環攻，公力戰，先得其北關，馘二千，遂門於北門。賊突圍以擊門者，公與戰，殺三千人，先登。汾州潰賊多從西門出奔葫蘆峪以復還永寧、石樓，海則由東門遁去，收亡合散，尋破潞安，卽其衆也。蓋海勁賊，致必死，賴公力戰，斬殺萬計，始克汾城，故軍賞不與它將比，凡衣物馬匹鞍轡者，再加金鑲箭一以爲寵云。

當賊之在汾也，諸民塞率與之通，汾既平，則以其間爬梳塢壁之攜貳者。二十三日攻曹家堡，殺八百人；二十五日攻記古寨、善信堡，共殺五百人，皆下之。於是介休、平遙、祁縣、徐溝皆降，惟太谷、長子爲沈海所委將堅設守。十月之四日，公去攻太谷，賊將蘇升者出城戰，公手斬其前鋒梟雄者十數，所將卒鼓譟乘之，殺千人，賊入城守，公麾之，賊宵而突我，公蹈其銳卒三百，賊氣奪。明日公先登，馘五千，生得升。十五日，王命公引其軍下潞安，東南出盤陀口，由沁州、虒亭驛、長天關、屯留縣，賊先於數地皆置兵，聞大軍至，罔敢弗佚，其人民率望風附，公駐馬勞來之，沈海聞之褫魂魄遁去，遂復潞安。匝月迅掃兩大郡，全晉震讋，而山民之深險者猶爲梗。公以二十一、二十二日連拔馬、蘇、趙民寨者三，皆先與戰後破平之，計三寨共殺二千一百人。郭家寨即日開門降。看寺寨者有賊千人與同守，恃其險不服。二十五日，公進攻，賊出戰，殺五百人，遂圍之。攻急，賊復出戰，公右髀中一矢，裹創力鬬，殺千人始克。王曰：「山寨既平，亟引其軍攻長子。」公病創臥，先所部將仝光英、談忠往擊，既數日不下，公嘆喈曰：我當自行耳。十一月之四日，晨而至，夕而入其城，所殺五千人，光英、忠用力戰賞，於是諸將皆服。九仙臺者，山斗壁，我騎不得上，太谷、長子既下，潞安餘黨無所歸，率奔臺以拒險，沈海在焉。公以二十一日訖十二月之二日，火攻晝夜弗休，誅其渠率郭天佑、郭加友、羅眞、崔海川、武二、劉某等，鑱阸陘而平之，沈海窮蹙降，傳詣之王軍中，得不死。於是從大軍定平陽，又定澤州，澤父老以公賢將寬厚，願得之以安集百姓。公平鬬梁，嚴候望，通商旅，輯流移，間討平陽、陵川殘寇，令所過弗得有所侵暴。居四月，澤民大悅。

七年三月，王命公獨以所步兵攻賊將田虎於牛鼻寨。寨踞大山，居齊、豫、晉三省之交，有多河里者，去寨五十里，在山半，賊壁一軍爲拒守，公進擊，馘三百，破之。賊還山增兵復戰，又破之，馘五百。乘夜襲我，公設伏於山澗，又大破之，斬獲以無算。傍寨有西山賊將袁忠者來救，公與戰，馘百人，生得忠。又次日，山東賊將李虎者亦來救，馘五百，公單騎手弓親射之，虎矢貫其脛，幾被獲，伏草間，入山溝中，得脫走。田虎自謂援已絕，知必幾，乞降弗許。四月之二日，平其巢，焚之，餘衆尚有一千五百人，殲滅之殆盡。還報晉城悉定，軍罷歸。

公功凡下三郡、一州、五縣、二衞、八城、十堡、八寨、三臺、十五洞，五從諸王分地進兵，大小七十七戰，斬級以累萬，擒僞總兵以下二十人，僞巡撫一人，僞平陽道一人。公初以孤生起禆校，乘沿邊一小障，所將不過二三百騎，非有豐沛之舊、爪牙之重以爲之藉也。猛氣憤踊，思以効其尺寸，常身自決鬭，斬將艾旗，趍利深入，崛起下僚，在諸將之後，特以勇聞。今公之功名著於東南，貴重矣，間酒酣談其山西時事，解衣指視諸將曰：「吾嘗攻某城某堡，矢著我之臂與兩髀，流血至踵，裹而復進，今其瘢固在也。」噫嘻，觀朝廷所以用公，與公所以自致者，豈偶然哉！

八年二月，論平晉之賞，詔補公都督僉事、副將，管參將事，治兵於蕪湖采石。自河東底定，中原無風塵之警，而閩海方用兵，我南征之師絡繹於江上，蕪湖采石實江之鎖鑰，廷議思公成効，乃不留於西北而輒移之東南，良以簡練形勢，歷試其材而用之也。公所轄寧國、太平爲山郡，其間石臼、鷺鷥二湖，亦一逋逃藪也。有楊萬科、管有縉、楊天生者恣甚，操江李中丞以屬公，公因嚮導授指蹤，不兩月而三人授首。昔人謂以王師討水寇則難，以水寇討水寇則易，出權制變，用我短以制彼長，此雖於公爲小事，識者固有以推之矣。當是時，江寧居重御輕，控引南北，固山額眞石公、滿兵提督哈公、漢兵提督管公，皆以元勳重臣任保釐、領宿衞，視古之大都護，而制府有馬公鳴珮，中丞有張公中元，操撫有李公日芃，以文臣典機宜餫餉；自安慶以至於揚州，鎭帥棋置。而江南特設一大將兼制四郡，治松江。又設一別將專備海口，治姑蘇，後移治崇明。蓋以海寇鄭成功、張名振圖自閩窺浙，自浙以窺江南，故先事修完分地，以爲之備也。天子旣用操撫請，謂公東南再著成績，宜其官，卽拜公爲寧國副將，視事一載。

十二年秋，張名振犯崇明之平洋沙，蘇州總兵王燝不儆於職守，旣報罷，發代未至而賊急，制府謂此任非公不可，謀請之上，眞以屬公，而用便宜俾公攝理爲漸。先是大司馬以七月啓事，仍以副將換任公於浙東之寧波，公以八月之三日渡海至崇明，受舊將所交兵，於浙東之命未聞也。崇明者，其初犖於山前、大安二沙，近江北，隸海門；後因平洋沙而縣之，平洋易崩，乃遷其東之長沙，爲今治。施翹河在其南最近，自南迤北爲袁家港、高橋洪，自北迤東爲東滬沙、西滬沙、稗沙；自南迤東爲新開河、高頭沙，自東迤北爲雙港、渡船港，而平洋沙直城之西，限以小洪，潮至瀰漫，退卽塡淤淺涸，我馬步之兵聞警不能以時至，而賊以其逼近大洋，水艍犂艚等船輒檥於其地，因糧置栈，倚之爲窟穴。水艍之大者廣二尋，高八九尋，上施樓堞，遶以睥睨，裹鐵葉，懸皮簾，伏戰兵二百其中，鑿風門以施礮弩，其旁有水車二乘，激輪如飛。閩海水深便利，江南止可於廣洋屯結，而窺伺內地非所長。其犁艚可容百人，最小者曰水艍，入水不深，轉旋便捷，賊之犯高橋洪、堡鎮、施翹河，皆是舟也。高橋洪直常熟之白茆港，爲福山門戶，而堡鎮逼施翹河，綰水陸之口，富商邸閣居之。張名振以八月十三日泊船第三港，率其下三千人犯堡鎮。公揮隨征都司談忠進，曰：「賊不爭險要而趨煙村聚落，此其志在掠，無能爲也。」官軍力與賊鏖，馘一百二十有二，生得老壽等十四人，餘衆爭舟，大半不及濟。二十四日，賊分其舟於谷口以牽制我師，張名振自率親兵數萬攻圍高橋土城。公曰：「此要害地，不可落賊手。」飛馬而馳之，揮雙刀左衝右突，衆乘之，賊大潰，殺甲首一千七百三十有五，生俘李七等八人，奔還蹂躪不及舟而溺者累萬，賊氣大沮。制府馬公以聞，有詔錄其勞。而浙撫緣定海需公急，趨檄日至。浙撫秦公世禎，向固按江南有聲者也。秦公之言曰：吾非不兼念江、浙，舉足便有輕重。然官有局守，不可違也；地有封圻，不可越也。將軍受命寧海，而爲江南所留，豈有詔許將軍乎？將軍速裝，無稽簡命。馬公之言曰：江南與浙中脣齒，賊精銳盡向姚、劉，吾已摧其前鋒，便可乘勝疾擊，此豈有兩賊，而可以分地諉之乎？公亦自以得賊要領，思遂其前勞，召諸將告之曰：「吾了此不過旬朔，若以浙中簡書舍之他去，是爲便文自營，緩追佚獲，非吾與諸君力戰意也。」馬公聞之大喜，於是搜勦平洋之策始定。計崇明見兵三千有餘，又益以撫臣親將及劉河、福山分撥之兵，數僅及千，它馬之選以佐軍者亦不過百匹，而鄭成功聲言挾其三十六鎮從舟山北犯，幕府深以爲憂。公則曰：「施翹河戰艦逼城，賊不能直前跳盪，小洪水栅無慮三百餘艘，吾遣人偵，其幢牙寖尋乎分綜南指，是殆將走也，急擊勿失。」馬公誡之以書曰：「賊或見羸示譎，伺我之空壁逐利，而潛師卷甲從它道趍城，卽崇明危矣！」公曰：「吾不一舉掃滅，待彼泥居穴處，怖而主計，賊且何時定哉？」於是分兵斷後，晨炊蓐食，徑造平洋小洪〔二〕。見賊連檣置栅，首尾相銜，萑葦之間，易爲風火，爰施巨礮擊之，須臾，煙焰漲天，延燒灼爛。公親跨馬櫟陣，生擒賊首許奇、潘忠等，餘衆倉黄欲走，風帆累咽未行，我中軍游擊李廷棟統水師突入其中，大呼奮斫，裝竿施拍，敵五舟應手糜碎，大潰而去。平洋之人，擔負老弱，覩於道周，若崩厥角，喜復其所。公乃拊循疾苦，諮諏險塞，以爲是沙也，上通於郊牧，中隔於小洪，以潮汐爲進退，若因水波恬緩，塡而爲堤，俾我方軌齊轡，應援時至，賊舟雖有闞者到而稀矣。諸將皆應曰：「諾。」或曰：「此大事，當與制府謀之。」公曰：「公家之事，知無不爲，職也。必報可而後舉乎？」於是李廷棟等率其將士距躍受功，公親厲役賦丈以爲成命。

當是時，鄭成功遇颶風於羊山，舟船漂沒，遁回島中，江南之人賴公之力，得以安堵無恙。制府既條上前後戰功，因言舟山見爲賊巢，崇明咫尺虎口，求其功效日著，人地調習，舍化鳳無可安全吳者，願卽用爲蘇州總兵官，且曰：「化鳳向在雲中血戰數十，曩時行間諸臣今與臣共事者，多稱其奇，積資酹庸，宜班上將，非徒以一戰而邀不次也。」上旣下之所司。先是蘇州總兵，樞臣早奏用張承恩，故於制府所上，持其章弗許。世祖時方以海上爲憂，察公忠勇可任，見部議，却之曰：「將如化鳳，何故弗用而別求之耶？」乃命改補承恩於它任，而公陞都督僉事，鎭守蘇州，繇特簡也。

十三年之正月，新將立號於軍中，自候奄以下無敢不庀其職，戎事修舉，而平洋沙堤功亦屆於成，神相厥勞，人無怨讟，又於其壖灌田千頃，收薪蒭以作軍費，吏民刻石誦德，其詳在碑記中。馬公時已徵入京師，新制府郎公廷佐，開濟多大略，一見公重之。先以堤成入告，言公所建於地方甚便，旣而親巡海上，遍視墩臺布置，中夜烽堠分明。太息言曰：「吾國家九圍有截，區區小豎弄兵，所恃舟楫之利耳。今誠採江、浙諸山之材，大修艨艦，募江湖習流以充柂工櫂卒，得如公者整齊而用之，我豈復憂賊哉！」遂繕疏以請曰：「漢武鑿昆明而南越蕩平，王濬造樓船而江表歸命，水戰固西北之所長也，況東吳乎？臣至海上，見蘇州總兵梁化鳳，戰守具有成畫，大將材也。願練水師一萬五千人，拜化鳳爲大帥統之，其下分立兩協十營，應用水艍船五十，大沙船二百。兩協各設一副將，一將領二千五百人；十營各設一游擊，一游擊領千人；水艍一載兵五百，沙船一載兵五十：總以受化鳳節度。崇明既形便之地，吳淞相望六十里，化鳳即舊地建牙，而兩副將就近聲援，成輔車之勢，計無便於此者。」天子可其奏，訪之所司，許練水師一萬，置帥與副如所請，而減游擊爲六員，水艍爲二十，沙船爲六十，挑各營將士之趫勇者配之。搜羸羨、捐贖鍰主給都船工作，有不足，則大司空斥水衡錢以贍用。公仍原官進都督同知，改蘇州水師總兵，於十五年二月之十日，禡牙誓衆，講求技擊，收召烝徒，將以修伏波之壯圖，勒龍驤之勁旅。然而越舼吳舫，問諸有司，蛋卒鮫人，求諸蠻隸，自非足其金錢，假之歲月，橫海一軍，未易以猝集也。

鄭成功、張名振自平洋創於火攻，羊山鎩其風鷁，魚逃鳥竄，伏處經年，無復過南沙一步。是歲也，軍候詗知其復謀內犯，公既盛爲之防。八月之十有二日，賊前驅已過界上，已而颶風大作，輜重再於羊山覆沒，賊渠妻子俱死，視前歲失亡爲多。公乃大饗諸軍，告以本朝福祐自天，海若、風師，咸爲國効順，而知賊之滅亡不久也。乃蠢茲小腆，猶未悔於厥心，十六年五月之十有二日，鄭成功親率海鶻三千，蟻徒數十萬，擊鼓叫噪，及於稗沙，意在直闚江寧，畏公必持其後〔三〕，用其黠數，詐遣間諜以熒衆，公立梟其使，焚書於門，將士聞之，無不賈勇。游擊仝光英、把總高攀先俘賊候丁秀、宮龍二人以狥。把總潘大才護委輸，於七丫口遇遊艇而鬭，遂奪之，生得陳義等二十四人。守備高士英出兵近港追賊，獲其犂艚，手斬賊將陳楨生，得曾進等十有一人。崇明沙洲濱迤，如循衣裾，緣岸爲曲折，公察其可登者，埋竹落而銳其上，賊負舟跣足，觸之輒傷。公又倣古巢車之制，創木臺一百有二十，於其顚建三徽，授瞭者以升，而令之曰：海艅近者揚一徽，泊沙洲者揚二徽，將登岸者揚三徽。亟傳烽告警，我應援之兵亦且至。若無事則休其兵，去海十里而舍，傳餐解甲，息其力而後用之。百姓有義勇自効者，公爲之聯步伍，申訓令，收得五六萬人，俾各持一幟，視兵所駐又遠三五里，藉其聲勢爲疑軍，敎之曰：「吾非令若輩親自格鬭，賊至但譁鉦而鼓鈞聲，以助吾戰耳，勿恐〔四〕。」諸將入言事，公固示整暇，方與客圍棋譚笑，手卮酒以賜之曰：「若主守，吾主戰，有急吾以中軍策應，毋爲先自擾也。」賊雖自恃其強，終莫能測，以此留屯浹日，移其舟泝江北引。公矯首歎曰：「使吾艅艎已辦，當盡殲之洪波之中。今以有司征繕之不時，雖擁水師虛名，仍於陸地逐賊，故所效若此，豈我志耶？」尋聞瓜洲、鎭江失守，賊別將狥九江、姑孰者，吏民私相影響，姑蘇一日數驚，江寧告急之使馬皆有汗。同時大將之擁兵者，按甲猶豫，据分地爲解，公則投袂起曰：「賊烏合亡命，掩吾不意，故得逞其狂狡耳。吾地方磐牙根固，諸鎭林立，賊入其中，跳踉妄作，何能爲耶？兵志有之曰：『將驕必敗。』今彼驕矣！逆徒自送死，而可弗之擊乎？」會中丞蔣公國柱、巡按御史馬公騰升各以其檄趣往救，而御史則以兼固根本，語不甚堅。蘇松道宮公家璧，盛言都會之與海隅孰重孰輕，退舍之與救國孰得孰失，其指尤切。公小心參詳，遂拜表決行。

先是制府下虎符，副將袁誠、岑應元者，公吳淞水師部曲也，以四千人往矣。公帳下親校六營，營千人。是行也，左前營陳定、仝光英留之居守。中營曰李廷棟，右營曰劉國玉，後營曰周垣，奇營曰王龍。公傳令辦嚴。六月二十八日，率四千人渡海，與中丞會於吳門。時丹陽以上，賊候充斥，中丞謀之公曰：「彼盡銳前攻，累重在後，吾收京口，奪金、焦，焚敵舟而西上，則嚴城之圍不戰以解，此救江寧一奇也。」七月十四日，次於丹陽，中丞居前，李廷棟、王龍率兵從，公以二將殿。晡刻，四得制府羽書，公憂會城危迫，法當先捍頭目，京口又居其次。顧謂劉國玉曰：「汝從中丞保丹陽，塞奔牛之口，遏賊東下。」而廷棟、龍撤以自從。日且入，部署中、後、奇三將之兵，銜枚夜進，十五日遲旦過句容。句容丘陵曼衍，草木蒙蘢，公疑此必有伏，搜於谿谷之間，戒左右整仗乃過。既過，舉鞭笑謂其下曰：「賊何知反？使有數千人蔽林扼險，則吾能安行無恐哉？速驅之，賊已在吾目中矣！」是夕漏下三十刻，抵江寧。守陴者傳籌入報，制府命開正陽門以進師，都人皆喜。

賊據白土山以駐軍，取行栗，毀屋材，櫛比而栽，視版築爲加固，置旃以爲門，張幕以爲舍，立表以爲槷，名曰木城，大小七十餘處。其鬪士兜牟重鎧鐵面具者三萬人，長鈹前盪者次之，用矛用火、懸礮挽強者次之。海師習流，其水軍贏糧，私從者爲下。分其兵屬二總統，五提督，一提督所轄有五總兵，而鄭成功左右自立五護衛，每護衛一總兵，其中軍掌、五府印，兼制諸提督，號親將。江寧之西北獅子山，視之若狻猊之蹲踞，鑱其根而甃之以爲城，其門曰儀鳳。去門十餘里爲江，江之內闤聯圜比，又襟之以長河，有石橋翼然其上，直儀鳳之馳道。當馳道北，旁達於河口，又一橋鎖之，此走白土山要路也。鄭成功以形勢視儀鳳爲可攻，則遣僞總統余自新暨二總兵結五大營於門外，後皆據街，前距河，而自新則斷石橋，以樹木寨塞要衝，絕樵采，向城闉而置陣。又恐我騎兵之或突其背也，則設橫栢於市之中，遶而連栅之，出入者弓刀鑿互焉，重鎧鐵人之從者一萬，造雲梯七百，高十丈。自新聽卜云月日不利，按甲便時而後攻。公之至也，登獅子山以望賊，曰：「此地前阨後阻，不可以用衆。逆徒雖盛，其當吾不過數千，但一處摧敗，勢必自散，草竊烏合，臨陣而囂，以吾料之，可一戰擒也。」遂以二十三日獨將所屬三千人，又提標左營徐登第等，分爲三道出擊。漢兵苦不得多馬，公亦思徒步逐賊，無所事騎，乃命戎旗遊擊朱鴻祚、郝進孝率馬兵五百，專堵北道之橋口，曰：「我戰而白土山有一騎過此者，汝死之。」中軍李廷棟從南路過河，賊遇於隘，不得逞，則裨將常春等身先壯士以登民屋，用強弓注矢下射，所部卒皆登，騎危大叫，撤瓦甓以投賊，多中。而周垣亦以後營之士瀕河濟向北殺賊，戰甚力。公則率奇營王龍等從中路指自新而直進爭橋。龍素膽決，輕身若飛，戰急回顧，而公提刀逼其後，遂挺而大呼，踊於栢而騰捷，躍入其所樹木城，兩營士之破賊者亦會，皆帶甲泅水，亂流而趣橋，賊五營畢潰。鴻祚、進孝分其騎偕督標遊擊白士元以鈔斷賊舟。賊以無舟，既不能濟，而其營東西連栅數十，事急適足以自斃。我師從而燒之，因焚屋之勢以行屠滅，五六萬人叉手糜爛，無或脫者。陣獲僞總統余自新一人，僞總兵二人，斬馘以萬計，枕屍塡籍，俘執者反接纍纍，收其資仗甚夥：此儀鳳門之第一功也。

我軍聲既振，制府及滿、漢大臣議以詰朝滿兵出城而西，漢兵出城而東，期至白土山而大戰。白土山蜿蜒有率然之勢，鄭成功結大營於東山之首，而用張文達爲中軍，賊營稱張五府是也。所謂僞提督五者：前營黃某，後營翁某，而左營馬信，則我叛將也，右營萬里，中營甘輝。唯馬信統水軍於江，餘皆連營西注。鄭成功當我神策門，張文達結屯在近，次爲翁，又次爲萬，而甘輝最西，當我金川門。它小營數十，星羅攢布。自余自新被獲，固已人人惴恐矣。公之分地而出也，以五鼓開神策門，李廷棟、周垣、王龍、徐登第、朱鴻祚、郝進孝皆從，又益以副將吳淞袁誠、九江姜騰蛟、參將金山張國俊。誠故公戲下，前所云先至江寧者也。已進軍，而滿洲大兵之出金川門者以檄至，誠與國俊隨奉調往，公乃率七將之兵，循山後抄出。已登山，公迴顧賊船之檥江津者，岸上列有營落，軍人或起或臥，呼周垣指示之曰：「此皆其老弱，柁工楫士居半，吾擊之必走，走而東苣以燒其船，此斷賊後距也。汝可行。」垣曰：「如火具何？」公曰：「沿江蘆荻，孰非可燔爇，而俟它問乎？」垣受命去，則又分遣廷悚、龍從觀音門以扼賊西偏，曰：「無令彼從右胠傷徑以要我。」公乃自率鴻祚、進孝、登第等推鋒進，賊置陣堅，猝不可動，我軍士殺傷相當，中軍守備常春者戰疾力。自昧爽至日中，我師礮浸竭，十萬之矢亦且盡，常春請於馬首曰：「奈何？」公棄馬徒步徑前曰：「吾當自上耳。」春曰：「公不愛死，而吾輩敢後乎？」於是春及諸裨將劉大受、張撫民、張國傑、張廣士、陳舉等殊死戰。賊所恃長刀銛利，左盪右盤莫可遏，我師有夾連棒者，中施鉤鎖，運之長丈餘，能破之，又軍中棗杖楊楯皆可用。賊刀自謂矛槊所不能敵，既連碎於棒，而鐵人以甲重故，稍失足即踣，不能前，以此兩事交詘。然火礮是其長技，列營前者猶數十重，順風來擊，聲既過而欝攸之毒人者咫尺不辨，融風忽轉，乃反卷其營中，我吏士乘之入，賊營恇擾不定。已而直煙起於山後，知舟船被燒，其徒憂念輜重，自以無所歸，遂奔。甘輝爲滿洲大軍所逐，聞叫聲，趨而合勢，山半遇奔者，雖斬之而不能止也。山溝出於諸營之間，樹木槎枒，戈甲札戛，前者既躓，後者隨之，滿、漢軍乘勝唱殺，血流有聲，自相蹂躪，不及於刃而殪者，不可億算，投戈鋋鎧仗，高與白土山相埒。賊舟初連栟閭大紲，繫矴江津，火至抽刀斷纜欲走，惶急間奔還之卒，游涌攀號，乘船屋者用戈矛撞擊不受，我提督管公又從而躡之辟易，滿洲大軍畢會，數十萬之賊，席卷雲散矣。

公捷書先賀平賊，幸以三千人破賊十萬，此皆皇上威靈，滿、漢大臣指授，非臣愚怯之所能及。末乃詳進軍曲折，極言諸將勤勞，其略曰：「臣本不武，謬叨顯授，得展銖兩之報，不足酬恩。唯是將士之從臣者，登鋒履刃，出萬死以立微効，臣敢不爲皇上陳之乎！二十三日儀鳳門之戰，南出冒圍，乘屋榱憑高射賊者，中軍游擊李廷棟、守備常春，以下則劉大受、張撫民、張國傑、張廣士、提標遊擊徐登第，以下則馬之驥、王永禎、劉定法、姚順、孫世堯也。循南岸瀕河向北殺賊者，後營游擊周垣，以下則高士英、張光先、閔溪、陳舉、趙通國、武文煌也。中路陷堅，身先躍入木城者，奇營遊擊王龍爲首功，餘將乘之，人則楊懋經、談忠、任九玉、楊起龍、劉虎、陳子龍、董得伏、謝有成、方震乾、梅占魁、王顯明、王加貴也。別路主擊賊船以分其勢者，戎旗遊擊朱鴻祚、郝進孝，以下則戴存、張奇、馬崇德、梁忠、劉孟忠、劉世虎、張明、路良輔、劉應魁、牛得水、王義、鄧雲、王世望、王應登也。二十四日神策門之戰，以臣意分軍從李廷棟、王龍於觀音門殺賊者，有王大成、楊世昌、劉福。周垣登山復下，抄斷賊船，所與偕方震乾，爲隨征守備，而李英、王虎、王明觀、曹良、郝虎、路良輔、張自龍、牛得水，又震乾所將；高士英、張光先、任九玉、趙通國，則後營之將，以垣故畢從臣領屬。朱鴻祚、郝進孝、徐登第等以大戰當賊勁處，有功將吏尤多：自中軍守備常春、楊懋經以下，有劉大受、張撫民、閔溪、談忠、張國傑、張廣士、陳舉、劉虎等，而隨征官梁鼎、李尙文、陳嘉福、梁忠、鄧雲、武文煌、戴存、單岐山、張奇、馬崇德、談全、王明魁、張明、張雄、潘清、劉世虎、劉應魁、王加貴、王義、沈燧、李光榮、劉一才、童光代、党鼎昌、梁虎、劉應第、張繼禎、耿如掄、梁彪等，皆以材官搏鬭，効力前行。滿、漢大臣立軍門以驗所獲，李廷棟身得僞總兵張祿，王永禎身得僞中軍提督甘輝，王龍身得僞總兵郭良玉。謹分條以上功簿。」世祖省章大悅，以公連戰獨克，宣捷書以告遠近，於時江上諸城，皆以盡爲國守。公以二十六日追賊至金山，而劉國玉早從中丞蔣公收復京江矣。噫嘻！賊本沮洳么麽之人，萬分何慮？然苟將牢不擊，屈彊江湖之間，以詿誤吏民，譬諸熸火濫延，疽癰內食，浸淫未有攸底，朝廷不得已而至於用兵，則我東南之民，勞費巨億、肝腦塗地者，又不知其幾何矣。然則今日江湖生齒，煙火晏然，誰之賜也？公之德豈不大哉！

公之在京口也，念崇明城守庳薄，賊雖新敗，其退而過海上也，將必致疾於我，謀諸蔣公以往救，曰：「吾將士與馬半留會城，惟劉國玉恨不與江寧之戰，思自奮，而王龍勁捷，卽奔命不爲疲。」乃召二將拊背而遣之曰：「汝與福山遊擊陳國隆先行，我卽趣餘兵踵發。」八月之七日，龍、國玉渡海甫入其城，所將卒及國隆未及濟，而賊舟大至，登岸柵木爲城，由天妃宮、石家灣達於城闉，寨以十數。我城中諸門設守。三鼓，賊於西北陬下土囤挨牌列紅衣礮而舉火，轟聲震裂不休。明日日中，西城傾圮百十步。賊擁梯衝過塹將登，劉國玉、仝光英拔戟與爭，礮碎其城堞，弗爲動。王龍同心扞備，賊之攀堞上者，皆爲白棓所擊，國玉手所格殺尤多。久之引卻，光英、國玉亟乘其疲，率裨校王宗出戰，殺僞將五人、兵千人，大奪軍資火礮。邑令陳愼收民扉築土以補壞處，城守復完。十二日，諸將共出天妃宮，燒屯斫賊，賊乃過河，焚橋拒我，不敢復至城下矣。公旣遣二將，而懼弗及已，則乘遽而馳，以初八日至於海口，登敵臺以望氛，聞攻圍之聲，心營往救，苦從兵少而無船。公收得民舟八十艘，就見將張登揚、高士英、楊懋經、劉應第而激厲之曰：「如不以少擊衆，吾江寧何以破賊？」是日中丞蔣公亦至，乃以十三日於七丫出海。白茆港有賊伏艦百餘，見之來邀，沙葦中斜出如箭。我長年捩柁向賊，中流呼曰：「歸來！」公與蔣公聞相持而近，知其遇賊別部，且戰且前。已而我師舉礮碎其四舟，殺五百人，追奔三十餘里，日已晡，遂不及達於邑岸。崇明早已瞭帆影，聽礮聲，守者乘堙讙叫，施翹河之賊相顧錯愕曰：「救至矣！」亟拔帆起行，守者出奮挺要遮，鈎止其走舸，盡奪所棄木寨。鄭成功方踞牀在岸，歸衆擁之入舟，僅得脫，大爲追師之所訽，本圖刷恥，而又甚之。蓋江寧之戰，膽落氣殲，固料其不能持久，然非公預添防將，權遣救軍，則何以倉黃呼吸之頃，變瑕成堅，用聲爲實，如是其神歟！初賊之敗也，切齒歸怨毒於公，謂此邑諸將之所幷帑，率奔徒致死以期必舉，已而再挫，垂翅思歸，遂絶意於內向。知者謂崇明墨守，永奠江淮，不徒在於一城也。

公再疏奏聞，先帝以公「功兼累勝，守更萬全，寬朕南顧之憂，掌我東門之管」，特下璽書勞公，并將士之與干掫者，獎勵備至。尋以制府定勳格，司馬按國典，天子再有加命，授公三等阿達哈哈番世職，進左都督、太子太保，賜公鍍金盔甲一副，蟒面貂裘及貂帽、貂短掛各一，并擦面靴襪，鍍金玲瓏寶刀，其鞓帶所佩紛礪之物皆具，上廐馬一疋，鞍韂轡皆用鍍金玲瓏，韃服插弓矢者亦如之。它若副將以下，進勇爵，班袍帽，克敵者上等，扞圉者次等，所以爲賞賜不貲。無何，公擢江南提督，綏懷簡束，大得軍民之和。又踰年，今皇帝即位，念公功大賞薄，加授三等阿思哈哈番，襲替八次，特諭公統轄全省，重其事權。公拜受勅書於庭，建幢棨，列笳吹，大陳尚方服物，以彰君寵。軍吏杖刀立直，韎韐而前趨者萬人。公慨然顧其賓客曰：「吾山西一裨校耳，蒙恩以至於此。當江寧轉戰時，身膏原野勿惜，豈知綰上將之綬，金貂文駟，馳驅於九峯、三泖間哉！惟翼翼小心，敬恭弗替，庶効涓埃，以無隕越，願與諸將同之也。」

偉業歷覽史傳，因成敗以審用兵，竊見爲將之道，山川險易異宜，風俗剛柔異習，西北則主乎堅悍，東南則利在剽輕。故廉頗謂趙人吾思復用，曹公歎猘子難與爭鋒，蓋人材地勢之不同使之然也。求其短長迭施，奇正錯互者，詎有幾人乎？今公山西之功專於攻，江南之功專於戰；爲裨校名出大將之右，爲大將身在士卒之先；用革與用木而俱長，將騎與將步而兩善，斯所謂智勇有餘而略不世出者也。誠編之典册，表以丹青，匪僅無愧乎昔人，抑且有光于前烈。請得比而論之：當其渡桑乾，下勾注，揚武平青陂、白道之間，張耳之禽夏說，絳侯之斬陳豨也；定西河，平上黨，耀兵雀鼠之谷，振旅天井之關，武安君之走馮亭，淮陰侯之襲魏豹也；大航救至，東府城開，白石鏖其空屯，赭圻掃其餘燼，陶士行之誅蘇峻，李藥師之破輔公祏也；龍江戰氣，鴉浦軍聲，窮寇逞五火之攻，孤城保三沙之固，楊越國之追高智慧，王少保之取邵青也。偉業嘗簪筆侍世祖於西苑，仰窺睿算，得御將之道，善任知人，寬銜策以求干城，厚寵祿以收心膂。其論賞也，不以親近而或溢其率，不以疎遠而稍絀其科，用允孚於折衝，無大無小，罔不用命。若夫受脤專征之臣，能以肺腑勳賢，同心一力，計功之日，得皇甫不伐之風，全宣子皆讓之美。傳曰：「師克在和。」以公事徵之尤信。夫王師江、漢之滸，召虎也，詩人本諸宣王；元和淮、蔡之平，李愬也，史臣歸之裴相。鋪陳主德，推揚股肱，此載筆之責，而居功者之心也。偉業承公之命，敢備著其事，竢他日上請以藏諸故府，昭示於無極。康熙四年月日，具官吳偉業紀。

【校】

〔一〕四十卷本、風雨樓本均無此篇。

〔二〕平洋　原作「平陽」，據上下文改。

〔三〕畏公必持其後　持原作「特」，據文義改。

〔四〕勿恐　原作「忽恐」，據文義改。

吳梅村全集卷第二十六　文集四

雜文四

跋王文肅公闈牘

吾州爲少保王文肅公故里，其生平手蹟，丹鉛上下，尺素往來，巾箱萬言，赫蹏數字，人皆藏庋以爲榮；而南宮首舉之故牘最後始出，公之孫煙客奉常，亂後以數百千易諸老兵之手，後生末學得端拜而諦觀焉。

偉業少時謁公祠堂，見有觚稜重屋，竦臨除道者，爲御書樓，知公以元臣蒙眷，神宗顯皇帝諮諏政事，慰勞興居，親灑宸翰以賜故相，家尊而奉之，天章五色，日月昭而星雲爛焉。神祖性好書，文華講幄，首以學二帝三王大經大法題諸戶牖，字畫徑寸，波磔天成，館閣老臣曾經侍從者，仰觀謨訓，追話熙隆，爲之肅容歎息。文肅明農七十，杜門卻埽，人稱其晨起焚香綈几，臨摹黃庭一再過。在政地，郊廟大文皆出其手。處兩宮之際，擁護東朝，皂囊削藁，藏諸金匱石室，多史册之所不載。卽此卷爲公車拜獻，鎖院風簷之所就，至今想像其臨文下筆，有穆然忠孝之思，五十年訏謨定命，早已發端於此，固不止專門名家，大科文字，重洛肆而貴雞林也。嗚呼，君臣一德之會，豈不盛哉！奉常請宗伯錢先生牧齋爲文特書之矣，其所以屬偉業，則又以同里科名相亞，宜附姓氏於末簡。偉業謭劣〔一〕，愧於公無能爲役。猶憶初塵榜墨，主者錄首義進御，思陵覽至終篇而善之。草茅少賤，經術淺薄，乃荷天語褒嘉，登諸大雅，士感知己，況在至尊！

嗟乎！自喪亂以來，刼灰煨燼，進士題名之碣，類以填馬通而搘春杵，況於春官所藏，殘篇斷楮，其復有存焉者乎？文肅獨以百年遺草，與景鐘栒鼎巋然其並峙〔二〕，是不廑勳名建樹之不同，卽文章翰墨或存或否，亦有物以司之，不可得而強也。奉常自言，少侍其祖見此卷，向云留巖文靖所，迄今六十年，不知何以復出。世之盛也，名德相望，好事收藏，趙壁楚弓，隱見於甘盤、伊陟，世族卿宗爲之捧持愛護。王氏子孫摩挲舊物〔三〕，其感三朝知顧之隆、垂金石而不朽者，亦深且遠矣。偉業因備著其事，隨宗伯後書之册授奉常，俾以傳諸其家。

【校】

〔一〕謭劣　四十卷本、風雨樓本均作「謭陋」。

〔三〕並峙　四十卷本、風雨樓本均作「並跱」。

〔四〕摩挲　原作「摩娑」，據四十卷本、風雨樓本改。

題龔司李虞山畫册

異時爲李官者，挈凡舉要，以察羣吏之得失，舍此非其任也，故能以閒暇訪所過山川，收其圖籍，得風謠土俗之所宜以爲政助。今也錢穀徵令，一切委之以責其成，靡事不爲，日不暇給；其有處繁劇而治以簡易，出於簿書期會之外，恢乎其有餘者，詎不謂之賢哉！語曰：「夫唯大雅，卓然不羣。」若櫹李龔公之治吾吳，斯近之矣。吾吳屬城海虞，山水爲尤勝。公嘗行部過虞，虞人德之，盡圖其所游歷而系之以詩，屬偉業書其首簡。

夫虞山隮山也，峯巒澗壑，楓柟松檜之奇，載諸圖經，而巫臣、太公、虞仲、言偃爲先聖前賢之遺蹟，其次則昭明之於文，張顚之於書，黄公望之於畫，文采風流，雖奕世猶可想見。況乎拂水之下，東皐之傍，其臺榭陂池、車馬賓客之盛，吾與公所親見者，今已不可復作，惟文章風節之巋然者，長與此山垂天壤而同敝。嗟乎，士君子服官行政，可不興懷於後世之名哉！

邑之東北被海，有故淮張時所置舊壘，而白茆爲周文襄、海忠介之所疏鑿，其故道已湮沒不存。嘗試與公登高四望，彼夫廬舍既已空，陂渠既已涸，津亭戍鼓之間作，而哀雁跛羊，村煙堠火，時影見於雲霞草樹之際，其民之負擔而疾馳，扶杖而暫憩，若皆有遑遑焉不得已者，又孰從而圖之乎？自古達人君子，惓惓於宦歷之山川，良思嘉惠於士之人，故流連而不能已也。若夫鞅掌而來，傳舍而去，問以某山某水而有不知，彼自以勤於官矣，獨不念江山景物之清泠而韶麗者，尚不能使之窅然自失，以暫移其須臾之好，又何有於尫痾疲瘵之斯民，乃肯從而念之而愛之也耶？噫嘻，若龔公者，斯可以風已。

抑吾思夫山簡之襄陽，王右軍之會稽，居其位不得行其志〔一〕，習池、蘭亭，登臨興慨，爲詩文以發之；然則龔公之撫是編而沉吟者，其愛利吾人之志，果得而盡行之乎？此乃圖之所不能載，而詩之所不能傳者也。余知公者，於是乎言焉。

【校】

〔一〕「居其位」下，風雨樓本有「而」字。

爲柳敬亭陳乞引〔一〕

梅村曰：馮驩彈鋏而歌無家，孟嘗君使人給其食用；東方生公車索米，給侏儒啼泣，遂得親幸，賜帛百匹。夫士誠自給則已，不然盍早自言，不自言，則雖有滑稽之才、縱橫之辯，而拓落窮餓，憂愁晻塞，吾知其必不濟矣。

當柳生客武昌時，居寧南帳下，遇諸帥椎牛大享，從竈上騷除，可食萬家；軍中樗蒱官賭，積錢隱人，分其博進，可富十世；有司簿閱無名田膏腴水碓，令賓客自占，可得數十區；江南絲穀果布，江北魚鹽桐漆，取軍府檄，關市莫敢誰何，所贏得可十倍〔二〕：如是則柳生規陂池，連車騎，遊說諸侯，稱富人矣。今乃入無居，出無僕，衣其敝衣，單步之吳中，日詼〔三〕啁諧笑爲人撫掌之資，而妻子羸餓，不能名一錢。柳生念久約無窮時，來請余言，言：「吾老矣，不以此時早自言以祈所哀憐之交，一旦衰病疲曳，尙復誰攀乎？」

余覩柳生長身廣顙，面著黑子，鬚眉蒼然，詞辯鋒出，飲噉可五六升，此其人非久窮困者。今王公貴人已漸知柳生，久之且復振，振則再如客武昌時。卽余言爲無用，顧柳生故人游不遂，因而來過我，吾貧落不能相存，其所請不能又以難也。且左寧南將百萬之衆，一朝潰亡，其有追敘舊恩，反覆流涕，俾寧南本志白於天下者，柳生力。夫大丈夫以壺飧一飯，死生契闊，沒齒勿忘，況於鄉曲故舊爲營菟裘，其感慨之節又何如哉！余故因其言爲之請，且以明生之不背德焉。

【校】

〔一〕四十卷本、風雨樓本均無此篇。

〔二〕羸　原作「羸」，據文義改。

〔三〕詠　原作「詄」，據文義改。

爲周弘叔勸引〔一〕

蓋聞王象孤窮，楊俊爲之立屋；韋泓喪亂，應詹代以營居。無不義切交朋，道敦故舊。吾友弘叔周君者，鉅族膏粱，勝流華腴，夙遭屯蹇，屢迫艱難。訪岷山之宅，舊有一區；過臨邛之家，倂無四壁。傷哉黔婁之貧，甚矣原思之病。而人見其撤屋代炊，輕廢先人之築；得錢會戲，終寡自振之方。莫肯定居，何須得食！夫桓溫負進，袁彥道爲一擲成盧；殷叡拙行，謝微子令千金叫絕。苟令故交念我，何至旁鬼笑人！卽五木之漫投，寧一枝之罔託？乃忍視其寄宿鄉亭，依棲客館，牽小船而岸住，就大樹以夜休已哉！

敢告同志，共急故人，早治一畝榛蕪，爲營三間齋室，設茶寮而待客，課菜圃以娛親。但得蒲柳蕭疏，可開北牖；如遇醬醯調美，足試南烹。靑門白屋，便成隱士之廬；綠蟻紅泉，仍結酒人之社。如此則賃舂廡下，伯鸞自有淸高；推宅舍南，公瑾共稱長者矣。

【校】

〔一〕四十卷本、風雨樓本均無此篇。

葉公傳

葉爲楚同姓，其先令尹子高食采南陽之葉，娶於鬭，生子，以是年獲白公勝，子高曰：「吾聞克敵以示有功。」因以勝名之。子孫居宛、葉之間，皆勝後也。南陽善賈，習治生，葉爲豪宗，顧好嬉戲蒱博，又因母家鬭氏，虎所乳以生，負其氣橫行里中，南陽人苦之。楚滅，漢有天下，求子高之後，復舊封，降爵爲子。武帝好方技，而葉子之友韋氏、國氏、壺氏各以藝進。韋好談縱橫，知兵，官至大中正；而國與壺特待詔，爲上所嬉弄，然數召見得幸，而葉不顯。西晉時，有善丹青者過洛陽，見通人達官湛湎於酒，裸身散髮，箕踞絕叫，心好之，歸而寫其形貌以爲笑樂，後人習其傳，世監南陽酒稅。

元至正中，有蟲食於子高廟槐之葉，文爲錢刀，大小肉好，纍纍若貫。史蘇占之曰：「吉。視其繇，楚莊王元年諸侯來賀之卦也。葉，莊之昭也，而滅于秦。秦水德也，今白眚微，赤氣劾矣，葉其興乎！」未幾果有兄弟數人卽山鑄銅，致緡錢數百萬，遵元制入財助軍，命以官，爲萬戶、千戶、百戶，懸金牌以領其衆。旌旗尙赤，占風角視旗所嚮，以順者取勝。其法用四十人爲率，五分之，而虛其一爲策應。其四彖有長有貳，而偏將軍百戶者置五花陣爲奇兵，雖不勝，其勞與克敵同賞。凡用師之道，有賞有罰，有賀有弔，有捉有放，有比有滅。

而任用者曰馬、曰槊。馬以實營伍，槊以驗鹵獲，而功次則傳籌以爲記，有不信，請如晢書。然自元季以來，兄弟日尋攻伐，其所謂百萬千萬者，徒以空名相署置而已。

最後有葉公子者，浪跡吳、越間，吳、越間推中人爲之主，而招集其富家，傾囊倒屣，窮日并夜以爲高會，入其坐者，不復以少長貴賤爲齒。公子性儇巧，能伺人之意色爲向背，其勢且盛者，卽手中無所有，觖觖遷就，務有以順適其意；勢且衰，雖揣摩偶得，必多方以誤之，俟其大困，然後誘以小喜，示之不測，終不能償所失亡，然而人冀萬一，不敢有以怨也。

久之，宛、葉盜起，其魁曰獻、曰闖，公子之軍號適與之同，有惎之者曰：「公子雖楚人，其徒皆山東輕俠亡命爲盜而降者耳，宜勿與通。」公子曰：「不然。吾之宗先朝有相國者，與奄尹忤，奄之私人取稗官家姓氏以指目善類，凡百二十人，爲黨錄，而吾宗爲之魁，無漏脫者。余以其名雖不倫，差勝於刑餘小人，不足以爲辱，故至今逡巡其號勿爲改，聊以爲戲焉爾，而諸君謂信有之乎〔二〕？且吾之道常以知足持重，先負後尅，顧根本而料折衝，一損一益，知進知退，深有合於孫、吳、陶、白之術。若夫黠者以爲弊，而愚者以爲貪，強者以爲叫呶，而怯者以爲猶豫，風俗性情使然，豈吾過歟？余見諸君過博進者家，既不能揮斥金錢，而所當之物日以苦惡無所用，甚至以空文塞之，令我負大信於主者，而顧欲以妄言訾謷我，此不足與遊。」趣駕去。於是諸子聞之，無不爽然自失也。

或曰：「鬬子文之後居燕、趙間，好搏熊鬬虎豹，葉子將去而從之。」或曰：「公子散其伴侶，兄弟五人作五章之歌，仍逃於酒。」二者皆未可信。後竟隱不見云。

【校】

〔一〕信有　原作「有信」，據四十卷本、風雨樓本乙。

吳梅村全集卷第二十七　文集五

序一

黄陶庵文集序

黄陶庵先生死忠之五年，其門人陸翼王收其遺文，得所論著百餘篇，屬余爲之序。嗚呼！陶庵之文止於此而已乎？當其城陷引決，投筆絕命，扼吭而死，翼王訪求搜購於流離煨燼之中，遺編斷爛，什不一存，此可爲流涕歎息者也。

陶庵深沉好書，於學無所不闚，居常獨坐一室，不交當世，遷、固以下諸史，朱黄鉤貫，略皆上口；其於攷據得失，訓詁異同，在諸儒不能通其條要，陶庵頓五指而數之，首尾通涉，銖兩歷然，雖起古人面與之讐問，莫能難也。其爲人淸剛簡貴，言規行矩，早有得於濂、雒之傳，嘗謂人曰：吾比來爲文，初無所長，然皆折衷大道，稱心而立言，質之於古，驗之於今，其不合於理者亦已少矣。此其一生讀書之大略也。

當先皇帝初年，海內方鄉古學，一二通人儒者，將以表章六經，修明先王之道爲務；乃曲學詭行則又起而乘之，依光揚聲，互相題拂，剽取一切堅僻之辭，以欺當時而誤流俗。論者不察，乃比其始事者同類而訾之。噫，亦不思之甚矣！世之降也，先王之教化既熄，法度既亡，人奮其私智，家尙其私學，紕謬雜揉，蟠戾於天下，雖有高世之君子，欲整齊而分別之，其道無繇。惟夫忠孝大節，皆出於醇正博洽之儒，其似是而非者不一見焉，然後天下後世瞭然知異學之當誅，而大雅之可尙。以觀我陶庵，非其人耶！

陶庵爲諸生二十年，與其弟偉恭，其徒侯幾道雲俱晝夜講性命之學，晚而後遇，不肯就官，城破之日，師友兄弟同日併命。今其書雖不全，使讀之者慷然想見其爲人，益足以徵於今而信於後無疑矣。翼王以五年之力，掇輯散亡，其功於斯道不細，固不專爲陶庵已也。吾故表而出之，俾後之人知所習焉。

何季穆文集序

虞山何季穆，天下博聞辯智之士也。讀書負奇氣，以文章志節自豪。嘗挾其册走京師，欲有所建白。會逆璫用事，應山楊忠烈公特疏擊之，季穆引義慷慨，贊成其決。已而楊公遇害，季穆憂時感世，發病嘔血，曰：吾之生則不如其死也。死二十年，其子璧以能詩聞，乃收父平生所爲詩古文詞而編輯之，得十餘卷。余讀之太息，曰：嗟乎！古之爲士者，非公車特徵，則宰府交辟，次亦屈志州郡耳；其有淹頓牢落，沒世而無聞者，蓋亦少矣。當東漢之季，閹寺之禍可謂最烈，然而岑晊、張儉之徒，不過以東部督郵、南陽功曹，收案中官子弟，考竟殺之，而太學諸生提斧鑕伏闕下，請斬十常侍以謝百姓，雖繇此得罪夷滅，其所發舒已足垂名竹帛。今以季穆之才，豈出黨錮諸賢下哉？本朝不行辟召，諸生勿通章表，故雖以有爲之略，敢言之氣，而屈折勿效，僅以託之於文詞，此可爲痛惜者也。

余嘗惟國家當神宗皇帝時，天下平治，而士大夫風習不能比隆往古者，良繇朝廷以科目限天下士，士亦斂斂焉束縛於所爲應世之時文。以吾耳目所聞見，如吳中邵茂齊、徐汝廉、鄭閑孟三君子，皆號爲通人儒者，而白首一經，穿穴書傳，於朝政得失，賢奸進退之故，則不聞有所論述，故其不遇以死也，姓氏將泯滅而勿傳。當是之時，有不好經生章句而談國是人才、邊情水利，鑿然欲見諸施行者，獨有一何季穆耳。然且才力無所展，議論無所用，卽其後人所欲鋪揚而稱述之者，今止其書在，書之傳不傳亦未可知也。

蓋季穆歿後十餘年，天子慨然有意於巖穴之士，而士亦危言深論，激揚名聲，故有匹夫上書詆訶禁近，處士抗論裁覈公卿，寖尋乎東漢矣。其有所匡救，十不得二三，而朝貴側目，大考鉤黨，終至國禍隨之。若使季穆不死，忠言異謀，必大有益於時，而其文章論著，足以軼往昔而示來世，斷不止於此也。而竟不幸早死。詩有之曰：「人之云亡，邦國殄瘁。」其季穆之謂夫！

陳百史文集序

溧陽陳先生以詩古文詞名海內者二十餘年，余也草野放廢，未嘗一及先生之門，先生顧寓書余曰：「吾集成，子爲我序之。」夫先生之文，衣被四海，乃於三千里外，欲得窮老疏賤者之一言，此其通懷好善，誠不可及，而余則逡巡未敢也。今年春，始進謁於京師，會先生刻其集初就，余得受而卒讀，凡詩文若干卷，不揣爲之序曰：

夫文者，古人以陳謨矢訓、作命敷告、教世化俗者之所爲，非僅以言辭爲工者也。有一代之興，必有一代之文以爲之重。當夫禮樂未行，紀綱未定，得其文以諷諭天下，無不翕然從風；及其功成而道浹，薦之郊廟，布之聲歌，可謂盛矣。乃其學不專一能，書不名一家，奇衺踳駁之弊無自而起，蓋繇垂教之人卽其謀國之人，故因事立言，取其明體適用，浮詞勦說不得而入也。

三代而下，人材薄，學術廢，草昧之功，類不始於儒者。迨乎昇平累葉，文事乃興，用以粉飾鋪張而無所緩急，不得已借瓌異詭僻之辭以自見。其有卓然越於流俗者，漢賈誼、董仲舒、司馬遷、劉向之屬，皆在高、惠以後；韓、柳則當唐之既衰，有宋慶曆、嘉祐之間，歐、曾並起：此數君子者，各成一代之文，聲施後禩。余所惜者，以彼其才，使之生於開創之初，親見其行事，所著當不止此。夫立乎定、哀之際以望隱、桓，孔子難之，況其下焉者乎！

明初宋文憲公以大儒而膺佐命，上自詔敕訓令，下至於碑銘序記之文，援据六經，鎔鑄百氏，幾與三代比隆。今國家鼎新景運，皇上親儒重學，而先生膺密勿心膂之寄，高文大册，咸出其手，詩有之：「倬彼雲漢，爲章于天。」其先生之謂哉！文憲雖典司文章，不與機務，又得黃溍、柳貫之徒倡明婺學，適會其成功；先生勤勞經國大業，能出其餘力爲文章，且自文憲公後三百年來，紹修絕學者不過數家，剽竊摹擬，抽靑媲白者，榛蕪塞路，先生慨然起而釐正之，此其視文憲爲尤難也已。余既序先生之文，因以正告天下，俾知大雅復作，斯文不墜，士君子務爲原本之學，扶運會而正人心，無矜纂組薈蕞之長，弊弊焉從事於所無用，此先生之志也。

白東谷詩集序〔一〕

余少時得交天下士，以爲三晉者，河嶽之奧區也，太行、王屋之交，風氣完密，必有鉅儒偉人，魁壘沉塞者出乎其間，吾庶幾一見之，然不能往也。在南中，從張藐姑先生游。先生家晉之陽城，年六十餘矣，德高而齒宿，憂時傷亂，有家國飄薄之歎，顧奉其經書講誦不輟。予得侍函丈，聞緒論，心誠服之。世故流離，名賢抑沒，竊慨典型不可復作。

既而遇白公東谷於京師，知爲先生之同里，攻實學，修篤行，不役役於富貴，不隕穫於流俗，沖乎其自下，確乎其自持，有先正之風焉。當世祖皇帝優禮詞臣，東觀橫經，長楊校獵，凡有編摩諮訪，飛鞚趣召，往往在嚴更之後，風雪之中，公應詔立成，辯言如響，同官中咸以大人長德博聞強記推之。及乎出貳銓衡，上參槐棘，撤侍從而典邦禁。聖主以造邦之初，成憲方立，文墨法律之吏不足以著絜令，惟公經術深厚，傳古義，定讞法，故倚以天下之平焉。退而築室於析城、底柱之間，俯仰河山，流連今古，取其高深跂蔚，盡發之於詩文，上以垂竹素，潤金石，次亦散華落藻，沾丐遠近，今所謂東谷集者是也。伏而觀之，豈不盛哉！

白族大且顯，其最以學行著者，公之尊人履德先生，兄弟明經，典邑校，講授生徒，多所成就，學者以比德河汾。公有從兄曰季文，多聞述作，高尚不仕。昔咎犯之語重耳曰：「吾不如衰之文也。」夫三士皆足上人，而沾沾於成季之有文何耶？春秋聘問之辭，晉之卿士爲多，被廬之蒐，說禮樂而敦詩書，卽軍旅亦所不廢。千載而後，風醇俗厚，被服爾雅，河東世有高門，昭其文德，爲天下先。今以觀白氏，履德之有公，士會之於范文子也；公之有季文，叔向之於銅鞮伯華也。其原本家學，遇會處際，乃一出而用之於世，容偶然乎！

金華陳公，文吏也，舊爲公邑宰，用治行高擢任吾州，刻公之集於吳下，以公言徵余弁其首。余瀏覽之餘，既樂晉之有人，又追想藐姑之風流於徂往之後也。稱人之善，必數其父兄與其鄉先哲，是用推本書之，以爲東谷詩序。

【校】

〔一〕題　四十卷本無「集」字。

戴滄州定園詩集序

余嘗思自古詩人享盛名、履高位者，代不數見。唐人如張曲江、高達夫庶足以當之矣；曲江晚年憂讒畏事，達夫五十始顯，佐戎幕，歷兵間，其登眺諸作，類有堙鬱抑塞之感焉。先朝如李長沙、王弇州皆以絕代之才，位至卿相，遘際平世，雍容歌嘯，領袖羣流，跌宕騷苑，於乎，又何盛也！余於天下思一見其人不得，乃今得之滄州戴公。

公工文章，善書，爲詩深渾奇峭，超邁絕倫。洊登三事，再世侍中，父子俱列臺閣，賜召見，給筆札，丹青墨寶，照耀殿壁，賦詩紀事，天子動容，甚至親灑宸翰以賜之。文人遭逢，可謂隆矣！公餘豐暇，品藻人士，殷懃賞接，長縑短幅，淋漓墨瀋，殘膏賸馥，沾丐海內，風流文采，掩映一時。嗟乎！十餘年來，宿素凋謝，文事衰歇，賓朋之賞會，景物之流連，誠未有如今日之戴公者也。

公將刻其詩，余得受而讀之，乃見其身經喪亂，俯仰悲涼，蔓草銅駝，潸然興感；洎乎謫宦南陽，中原灌莽，千里極目，追念昔人戰鬭勝負故處，貰酒悲歌，撫羊令之遺碑，過張衡之故里，徘徊憑弔，泣數行下：然後知公雖席豐履盛，而憂危侘傺之意〔一〕，未嘗不壹發之於詩，其所得者蓋已深矣！余友合肥龔公孝升與公相知爲最，其才地名位亦相亞。孝升之詩，忼慨多楚聲，余輒讀輒泣，且疑其何以至是。今又得公所作，乃知文人才士，所蘊略同，而非尋常拘墟之見可得而闚測者也。是爲序。

【校】

〔一〕侘傺　原作「佗傺」，據四十卷本、風雨樓本改。

觀始詩集序

觀始集者，鄗城魏石生先生合海內之詩選之以名其編者也。鄗城之自爲詩，深究本源，窮極體要，乃以選者弗規於正也，京師輶軒之所集，遂窮搜博訪，朱黃點勘，積有歲月，始定爲若干卷，而授偉業序之，曰：

子知詩所以始乎？依古以來，世道之汚隆，政事之得失，皆於詩之正變辨之。在昔成周之世，上自郊廟宴饗，下至委巷謳歌，采風肄雅，無不隸於樂官。王澤旣竭，矇史失職，列國之大夫稱詩聘問，乃僅有存者。季札適魯，觀六代之樂，君子曰：此周之衰也。魯雅周公之後，得賜備樂。顧太師所習，夫孰非士風，乃季子不之京師而適與國，此豈復有升歌象舞之盛哉？降及漢魏，樂府之首大風，重沛宮也；古詩之美西園，尊鄴下也。初唐帝京之篇，應制龍池諸什，實以開一代之盛。明初高、楊、劉、宋諸君子皆集金陵，聯鑣接轡，唱和之作爛焉。夫詩之爲道，其始未嘗不渟瀯含蓄，養一代之元音，其後垂條散葉，振藻敷華，方底於極盛，而浸淫以至於衰也。自兵興以來，後生小儒穿鑿附會，剽竊摹擬，皆倜然有當世之心，甚且亂黑白而誤觀聽，識者雖欲慨然釐正，未得其道也。

會國家膺圖受籙，文章彪炳，思與三代同風，一時名賢，潤色鴻業，歌詠至化，緊維詩道是賴。於是表閶闔、開明堂、起長樂、修未央，聖人出治，喬喬皇皇；升中告虔，引宮命商，羽旄濟濟，和鑾鏘鏘：吾觀乎制度之始，將取詩以陳之。蒼麟出，白鷹至，龍之媒，充上駟。我車既閑，我兵弗試，維彼蠻方，厥角受事，來享來王，同書文字：我觀乎聲教之始，將取詩以紀之。倉庾既鳴，時雨既零，大田多稼，恤此下民；蘭臺羣彥，著作之庭，歌風緼瑟，終和且平：我觀乎政治之始〔一〕，將取詩以美之。若夫淫哇之響，側豔之辭，哀怨誹之作，不入於大雅，皆吾集所弗載者也。

余應之曰：是則然矣。抑詩者，緣情體物，引伸觸類，以極其所至者也。若子之論，其汰之無乃甚乎？石生曰：聖人刪詩，變風變雅，處衰季之世，不得已而存焉，以備勸誡者也。且君子觀其始必要其終，圖其成將憂其漸，吾若是其持之，尚憂鄭、衞之雜進，而正始之不作也，可不慎哉！子不見夫水乎？當其發源，涓涓涸涸，其清也可鑒〔二〕，其柔也可玩；既而潰汙行潦，無不受也，平皋廣陸，無不至也；及乎排巖下瀨，淫鬻宓泊於江湖之間，則奔突衝決之患已成，勢且莫之制矣。吾爲是選，寧使後之君子有以加之，踵事增榮，殆將俟焉。若茲者起尾閭，防濫觴，豈可卽決防潰閑，莫知束伏，而不早爲之所乎？凡以愼吾始焉爾。余曰善。乃書其言以爲之序。

【校】

〔一〕我觀乎　「觀」，四十卷本、風雨樓本作「覩」。

〔二〕可鑒　「鑒」，各本皆同，疑當作「鑑」。

毛卓人詩序

昔者先王以詩教天下，自祭祀、聘饗、鄉飲、大射，無不用詩爲登歌，故以立之學宮，肄習子弟。漢遂置博士等官，而唐因之設科取士，雖先王温柔敦厚之旨漸已散亡，於其教亦可謂之盛矣。繇宋以後，始改爲制舉之文章，本意在黜浮華、尚經術，後人乃沿習苟且，躐取世資，自守其固陋空疎，盡詘諸儒百家之言於弗講；一二有志之士厭苦束縛，思有以馳騁變化之，不免稍戾於法則，已爲當世之所繩而不克自振。蓋唐以詩取士，詩有正變不同，即士之不遇者，猶得爲放歌長吟，用比物連類之辭，發坎壈不平之氣，身雖未達，而名足以傳。近代以文取士，文有奇有平，其言總無當於用。彼不遇者已矣；或有遇者，以其才偶見排抵，則姓名抑沒於兎園故紙之中，雖有人求而好之，何所持以斷其必然拄斯世而奪之議，如吾友毘陵毛卓人是也。

卓人既以文被擯，乃益肆力於詩，上泝漢、魏，下探三唐，含咀菁華，討求聲律，不數年而學大就。會當事惜其才，湔祓復用，家貧乞祿，得吾州之學官，頽屋敗椽，絃歌不輟。其與卓人同時被擯者，受殊遇，爲顯貴人，尋不幸以死。而卓人獨棲遲一氊，婆娑東海之畔，默默不自得，手一編問序於余。嗟乎！自舉世相率爲制舉義，而詩道湮滅無聞。十餘年來，學宮之子弟稍有習其事者，無過修干謁、希進取，不離時藝者近是，縱語以輓近之作者，迷瞀不解，況於先王比興之義，有得而聞之乎？夫吾州素以文獻重海內，今再得名賢以爲之師，誠使卓人盡出所學，以詩道訓邦之子弟，庶幾元音正始可以復作。乃吾觀從游之衆，雖知師之賢而尊事之，有能以詩是正於先生者，固已少矣。然則卓人之窮，不徒以其文，卽所爲詩，亦聊以自娛，若云修其職以行其道，猶未也。

昔西漢毛公爲河間獻王博士，而詩義在齊、魯、韓三家爲獨傳。國家一朝更科舉之法，搜揚風雅，廣厲學宮，求宿儒大材通知四始者主其事，先生殆其人乎！是又一毛公矣。余故爲之序，不泛稱其詩，而舉所以爲詩者，援先王以爲訓，此卽卓人之教也夫！

吳梅村全集卷第二十八　文集六

序二

龔芝麓詩序

大宗伯合肥龔先生裒其新舊所著詩，手授丹徒姜子子翥曰：子知吾詩者也，亟圖所以廣其傳。於是大行伯成吳侯方以爲政餘閑，揚扢風雅，謀諸顧子修遠、陳子椒峰，相與詮次而刻之吳中。集成，命其友婁東吳偉業弁簡端〔一〕。

偉業伏而讀、仰而思曰：夫詩人之爲道，不徒以其才也。有性情焉，有學識焉，其淺深正變之故，不於斯三者考之，不足以言詩之大也。今以吾龔先生選詞之縟麗，使事之精切，遣調之雋逸，取意之超詣，其詩之工固已。俊鶻之舉也，扶搖一擊；騏驥之奔也，決驟千里。先生之濳搜冥索，出政事鞅掌之餘；高詠長吟，在賓客塡咽之際。嘗爲余張樂置飲，授簡各賦一章，歌舞恢笑，方雜沓於前，而先生涉筆已得數紙；坐者未散，傳誦者早遍於遠近矣。此先生之才也。身爲三公，而修布衣之節；交盡王侯，而好山澤之游。故人老宿，殷勤贈答，北門之窶貧，行道之飢渴，未嘗不徬徨而慰勞也；後生英儁，弘獎風流，考槃之寤歌，彤管之悅懌，未嘗不流連而奬許也。自伐木之道衰，而黽勉有無、匍匐急難者，吾不得而見之矣。先生傾囊橐以恤窮交，出氣力以援知己，其惻怛眞摯，見之篇什者，百世而下讀之應爲感動，而況於身受之者乎？此先生之性情也。板蕩極而楚騷乃興，正始存而大雅復作。以先生時世論之：繇其前則懷我寤歎，憂讒慝、痛淪胥也；繇其後則式燕以敖，誦萬年、洽四國也。舉申旦不寐之衷，與夙夜在公之道，上求之於古昔，內審之於平生，於是運會之升降，人事之變遷，物候之暄涼，世途之得失，盡取之以融釋其心神而磨淬其術業。故其爲詩也，有感時侘傺之響，而不改於和平；有鋪揚鴻藻之辭，而無心於靡麗。秦風之篇曰：「蒹葭蒼蒼，白露爲霜。」士君子所以久而益堅者，其砥礪必有道矣。此先生之學識也。

余定交於先生者三十五年，凡友朋之稱詩者以百數；舉其最，曰海虞錢宗伯牧齋、萊陽宋少司寇九青。九青鎖闈論文，江行紀勝，與吾輩三人同事於楚，而牧齋晚年不自得，適會先生謁告南還，相與淋漓傾倒於白門、金昌之間，斯二者相知爲深。九青好矜愼，其詩嘗追擬少陵，頗能得其一二，日必課五言一首，冀其學大有成就，始肯出以示人。乃不幸而以兵殁，雖其斷篇零落，百不一存，余每與先生言而傷之。牧齋深心學杜，晚更放而之於香山、劍南，其投老諸什爲尤工。既手輯其全集，又出餘力以博綜二百餘年之作，其推揚幽隱爲太過，而矯時救俗，以至排詆三四鉅公，卽其中未必自許爲定論也，誠有見於後人之駁難必起，而吾以議論與之上下，庶幾疑信往復，同敝天壤，而牧齋之於詩也可以百世。然後知昔人之詩，其作之者傳，論之者亦傳。至磨滅如九青，雖相知有吾兩人，無可加其稱述，惟爲之撫卷追歎而已。

余忝少長於先生，旣推服其才，又熟於性情學識之有素，故於論詩表而著之。嗟乎！先生之功於斯世甚大，固無藉於詩以傳，而詩之工已臻於至極。余衰且憊，庶幾厠名集中，隨諸子之後，它日有追數其交游而及之者，此余從伯成之請而序之之意也〔二〕。不然，余之言豈足爲先生重哉！〔三〕

【校】

〔一〕篇首至「弁簡端」　龔鼎孳定山堂詩集卷首所載吳序，此段作「大宗伯合肥龔先生哀其新舊所著詩，郵授其友婁東吳偉業曰：僕少託吟詠，不計工拙，惟求適情，積之數十年，遂盈卷軸；然而賦才凡穢，局體卑庸，井蛙夏蟲，難語寥廓也久矣。夫不經匠石之門者，不登榱桷，公其爲我芟削之」。

〔二〕此余從伯成之請而序之之意也　定山堂詩集吳序作「此余所以三復不置起而序之之意也。」

〔三〕定山堂詩集吳序末有「康熙九年，歲次庚戌，季夏，婁東弟吳偉業頓首拜撰」二十字。

宋子建詩序〔一〕

往者余叨貳陪雍，雲間宋子建偕其友來游太學。當是時，江左全盛，舒、桐、淮、楚衣冠人士避寇南渡，僑寓大航者且萬家，秦淮燈火不絕，歌舞之聲相聞。子建雅結納，擅聲譽，天才富捷，能爲歌詩，勝游廣集，名彥畢會，每子建一篇出，無不人人嗟服。余講舍在雞籠山南，遠睨覆舟，近攬靈谷，俯瞰玄武，陵樹靑葱，觚稜紫氣，皆浮光蕩日，照耀乎吾堂之內。有池十畝，爲亭五楹，樹以桐梓杉櫧，被以芙蕖菱芡。凡四方賓客之過者，圖書滿架，笙鏞在列，招延談詠，殆無虛晷。子建至，則相與講德論藝，命酒賦詩，極晝夜勿倦。蓋山川之勝，文章之樂，生平所未有也。

余既東還，子建被薦入翰林。無何，天下大亂，兩人者草間偷活。家近也，數有書問來。今年夏，子建哀其生平詩若詞，屬余敍之，附以楚鴻諸作。楚鴻，子建子也，年十五六，其爲詩則已含咀漢、魏，規摹三唐，卽子建且當避之矣。有弟曰漢鷟，甫齔耳，作徑尺大字，體勢波磔，鬱然騫騰，宋氏之人才未有艾焉，余於是不能無感也。當子建初游南中，楚鴻方在襁褓，而漢鷟未生。曾幾何時，而二子之聲名已在人口，雖其幼敏夙成，余兩人則固已老矣。況以兵火頻仍，萬事遷改，異日者楚鴻、漢鷺續白門之遊，問冶城之勝，而六館之鐘鼓，四庫之經書，有不與齊宮梁苑共爲銷沉者乎？孔廟之松杉，臺城之楊柳，有不與兔葵燕麥付之榛莽者乎？嗟乎！次宗之學舍，零落奚存；伏挺之講堂，蒿萊何處？而烏衣子弟，策馬靑溪；樂游少年，維舟笛步：則以供其徘徊憑眺，流連吟詠而已。

然則余何以敍子建？無已，話舊京之遺事，紀同事之故人，庶令後生知所考述。若夫文史風流，賓朋唱和，跨前哲而出新聲，則君家父子間事，豈余所能及哉！書以示子建，以余言爲何如也？

【校】

〔一〕四十卷本、風雨樓本均無此篇。

程翼蒼詩序

新安程翼蒼館丈以道尊於吾吳，爲士子師，其所爲詩，和平溫厚，歸於爾雅，而侘傺怨誹之音不作〔一〕，余讀而重焉。昔金華宋文憲爲文以送河南張翀。翀之孫編修出爲南陽教授也，文憲始幸其遭，繼重其職，而終勉以不負天子作人立教之意，雖其時設官之制容有不同，而士君子隨地循分，以自處於出入進退之間者，其道不當如是耶！

成、弘以降，館閣之體益重，其有高世之才，負俗之累，不容於侍從者，輒隱居自放，作爲歌詩，以發其憂愁慨迫、懣憒無聊之思。余初入館中，好訪求前輩故實。有言正德中黄岡王稚欽、綏德馬仲房爲同年，同館選，後先同謫補外。稚欽以通侻竟廢，仲房終躋尊顯。此二君者皆詩人也，稚欽穎悟絶倫，所爲詩縱恣詼譎，脱去繩束，以慢侮當世；仲房詩整練有法，步伍秩然，雖才不及稚欽，而用意過之。今其集具在，讀其書，論其世，以攷其人之得失，不亦可乎！此吾所以有重於翼蒼也。士君子患其行之不高，學之不贍，而不患名位之不達。入而爲相如、枚皋，出而爲賈生、董相，一而已矣，何必長楊載筆，太液從游，而後可以傲當時、稱作者哉？

程之先篁墩先生，從數歲召入史館〔二〕，賜上第，亞春卿，詩文考證古今，精深典洽，先朝所推，宿儒鉅公，未能或之過也。今國家以古法改定官制，其從禁掖出者召還，待以不次之位。而翼蒼名譽日高，異時吳中子弟，論講舍之横經，記籃輿之負杖〔三〕，山巔水涯，高談勝集，且詫爲盛事，而詩歌之傳述，從可知已。雖然，吾聞新都之勝，黄海白嶽，神仙之奥區，其俯視蓬池道山，碌碌尋丈，而況於吾吳之培塿者乎！翼蒼之芥視軒冕，超然塵壒之表者，誠有以也，而吾又烏足以知之？

【校】

〔一〕侘傺　原作「侘傺」，據四十卷本、風雨樓本改。

〔二〕數歲　風雨樓本作「數載」。

〔三〕籃輿　原作「藍輿」，據四十卷本、風雨樓本改。

彭燕又偶存草序〔一〕

余同年彭燕又刻其詩偶存草以示余，曰：吾之詩以散佚不及存，以避忌不敢存，故所存止此，以名吾篇也。子爲我序之。余曰：子之言偶存也，而僅詩云乎哉？嘗試與子屈指二十年來，少同學，長同師，朝夕同游處，其人尚有存焉者乎？又以之溯大江，涉兩河，燕、齊、秦、楚之墟，名儒碩友，偉人畸士，感義投分，千里定交者，其人果盡存焉否耶？然則我與燕又特偶存之一二人耳，而尙致慨於詩之存亡，不亦末歟！

古來詩人，處極盛之世，應制雍容，從軍慷慨，登臨贈答，文酒流連，此縱志極意者所爲詩也；其次卽仕宦偃蹇，坎壈無聊，發爲微吟，諷切當世，知之者以爲憐，不知者亦無以爲罪：彼皆有詩之樂而無其累者也，豈吾與燕又所遇之時哉？雖然，當其勢位方隆，聲名籍甚，或傳寫於通國，或藏庋於名山，累牘連章，盈囊溢几，可謂盛矣；曾幾何時，而蕩爲雲煙，散爲灰燼，名篇迥句，倘有知者，卷帙磨滅，十不一傳：然後知詩之存者以其時，詩之所以存者，其道固自有在也。今燕又之詩雖出於亡失之餘，而其言皆發乎性情，繫乎風俗，使後人讀其詩，論其世，深有得於比興之旨，雖以之百世可也，而偶存乎哉？

抑余竊有感焉：雲間之以詩聞天下也，三四君子實以力還大雅爲己任，遭逢世故，投淵蹈海，碎首流腸，其英風毅魄，流炳天壤，可以弗憾；獨其文章之在當世者，猶冀後死之知己整齊而收輯之，如燕又者是也。而燕又自爲之詩，乃亦避忌散佚而不盡出，則夫仁人誼士感時悼俗之章，其零落於兵火者不知凡幾矣，可勝歎耶！余知燕又詩之必存，且所存端不止此，而顧有慨於斯道之湮沒，因序是編也而及之，俾知賢人君子流風餘韻，傳於來世如是其難，而後之讀詩者，亦當知所愛惜也。

【校】

〔一〕四十卷本、風雨樓本均無此篇。

宋直方林屋詩草序

往余在京師，與陳大樽游，休沐之暇，相與論詩，大樽必取直方爲稱首，且索余言爲之序。當是時，大樽已成進士，負盛名，凡海內騷壇主盟，大樽睥睨其間無所讓，而獨推重直方，不惜以身下之，余乃以知直方之才〔一〕，而大樽友道爲不可及也已。於是天下言詩者輒首雲間，而直方與大樽、舒章齊名，或曰陳、李，或曰陳、宋，蓋不敢有所軒輊也。大樽既前死，舒章得一官，又不究其用，直方乃以名位大發聞於時，既躋顯要、進卿貳，爲天子之大臣矣，復不幸早沒。其少子舜納裒其父平生之作，取首簡屬余。余俯仰四十年，執友零落殆盡，愛舜納之才，以爲直方不死，而自顧頽然不勝其衰且憊矣，乃撫卷三歎，而爲之序曰：

吾讀小雅，得朋友之道焉。昔文、武盛而伐木興，周德衰而谷風作，詩者所以垂教易俗，而朋友故舊其厚與薄之遞降，舉世之隆替繫焉，尙論者可不思其故乎！余嘗反復於東漢之季，其賢而好士，莫過於蔡伯喈、孔文擧。伯喈之愛王粲，欲擧家之書籍悉以與之；伯喈歿，其撰集漢事，遭亂弗存，仲宣不聞有所搜葺也。文擧誘掖後進，賓客日盈其門，已而死於曹氏；最後好其文而購之者，乃在魏文帝，其當時故人，不過脂習一慟而已。蓋古道之難如此。詩有之：「風雨如晦，雞鳴不已。」士君子處於搶攘之際，其生而同心，死而相恤，百世而下，未有及山巨源之於嵇中散也。今以觀吾直方，何其類巨源之風乎！巨源位登三事，年垂八十，視直方過之；其詩文詞賦足以比肩知己，則直方所長特優，巨源弗及也。惟是讀感憤之詩，追忘言之契，後死而結集其文章，既貴而贍護其妻子，則巨源之於直方，千載同符，不期而合。吾黨之放廢僅存，比於向秀、阮籍之徒者，如余是也，能不歎哉！語曰：鍾子期死，伯牙終身不鼓琴。直方之琴，今已渢渢乎明堂清廟之響矣，若以語乎孔子之憂患，左徒之離騷，則撫絃下指，終有所哽咽而未發。是編也，不復存其少作，詎足以盡直方；而直方所以原本詩人之忠厚不忘故舊者，端在乎此。

直方於兄弟最友愛。子建以明經高隱著書，嘗擬唐人數百家，未就而卒。讓木爲二千石於嶺表，其近詩益進，每郵筒寓余。余雖老，實籍君兄弟以不孤。噫嘻！此大樽所稱三宋也。直方死，友朋兄弟之道，誰復有講求之者哉？舜納工詩，有儁才，而年少，余恐其略於舊聞，故舉直方學行有關當世者著之家集，蓋不止於詩，亦不止爲宋氏已也。庶幾舜納知所勉焉。

【校】

〔一〕余乃以知直方之才　風雨樓本無「以」字。

宋尚木抱眞堂詩序

吾友雲間宋子尙木刻其抱眞堂詩成，君方官嶺表，郵書數千里問序於余，余讀而歎曰：君子之於詩也，知其人，論其世，固已；參之性情，攷其爲學，而後論詩之道乃全。夫尙木之稱詩四十年矣，初與大宗伯宛平王公同起，繼爲同里大樽諸子所推重。宛平之言曰：尙木以膏粱少年，匹馬入京師，從有司之舉。時椓人竊國柄，君貰酒悲歌燕市中，骯髒扼塞，一發之於詩。大樽之言曰：尙木早歲好爲芳華綺麗之辭，一變而感慨激楚，再變而和平深婉，歸之於忠愛。又曰：尙木爲學最早，取裁亦最正。自吾論詩，諸子多悔其少作，壬申以前，惟尙木之詩爲可存。噫嘻！合兩君子之言，可以論尙木之人與其世矣。

自文社起，同志者負其才氣，雄視海內，君之格律日進，不肯以毫末讓古人，顧天性夷澹，雅不欲標榜自喜。同郡陳徵君仲醇緣持論不合，受後進所擊排，君用大體，獨擁護老成，議者乃止。宋氏既右姓，兄弟多讀書知名，一門之內，魚魚雅雅，望而知爲溫柔敦厚之風，此則君所以爲性情也。君累不得志於計偕，六上始收〔一〕，不幸遂遭末造，憂生傷亂，踰十年始出。既已簪筆侍從，又不獲已，從事於戎馬鉦鼓之間，主者差其勞勩，奏授一郡，崎嶇嶺海，燠烋其遺民，刻廉自苦，七年不得調。當君之未出也，嘗欲倣高氏品彙，定先朝一代之作，爲正聲，爲大家，續亡友之志以折衷正始，初不以兵火少自假易。及乎守劇郡，處蠻徼，故人之流離其土者，收恤殷勤，死喪匍匐，雞鳴風雨，未嘗旦夕有忘於懷，此則君之所以爲學也。嗟乎！大樽諸子已矣，卽宋氏之以詩鳴者，隱莫如子建，達莫如直方，乃相繼凋謝，君獨以其身爲才人，爲宿素，爲廉吏，爲勞臣，合觀前後篇什，自非歲月之深，閱歷之久，不足以詣此。百世而下，論次雲間之詩者，或開其先，或拄於後，兼之者其在君乎！

往者余有書與君論詩，期進於古之作者，心壯志得，不自知其難也。比歲以來，窮愁憂患，足以磨折其志氣。自念平生操觚，不至於觝滯，今每申一紙，怛焉心悸，若將爲時世之所指摘，往往輟翰弗爲。君之去我也遠，其郵書及之者，將謂可與言詩也，詎知其遇之窮而才之退哉！雖然，自君居嶺表，余嘗往還雲間，追數舊遊，俯仰俱爲陳迹，然則江鄉百里之間，固當以君爲詩老，其知而序之者亦無過於余，而余又安能已於一言，不附名於末簡也！因君之請，歷舉其讀書取友、居身服官，雖不足以盡君之詩，乃君所以爲詩者於是乎出，序以歸之，且爲世之讀君詩者告焉。

【校】

〔一〕六上始收　風雨樓本「六」上有「凡」字。

傅錦泉文集序

温陵傅錦泉先生，遭有明全盛，於嘉靖二十九年舉禮部第一。廷對抗直，指切權要，分宜相覽而惡之，尋遣人招致出門下，拒不可，以此不得入史館；除儀制司主事，轉光祿丞，改吏部稽勳郎。與其長議不合，拂衣歸，築室巖山之側，灌園著書，年八十有六而卒。先生於易爲專家，自辛卯登賢書，庚戌始第進士，沉酣於六藝百家之言者二十年，制科之文盛爲海內所傳誦。平生所作序記碑銘若干卷、古風近體諸詩若干首，先生歿後四載，同郡鏡山何公序而行之。傅氏温陵大族，子孫相繼仕宦以十數，今松江通守石漪君，其從孫也。自先生通籍之年數之，甲子一再週矣，家藏遺集，往往散軼弗全，通守之尊人搜羅放失，刻之閩中，通守又刻之吳下，而屬偉業序簡端。

偉業讀而歎曰：先生之學，殆用晦者也。自其初治制舉義，根據經術，不肯纖靡以投時好。累罷春官，垂老始遇，卽以樸直失權貴人指，等輩皆顯任，而先生浮沉自如，進不爲利，退不爲名，終身寥落，而未嘗有一言不平以自詡復用。雖其垂世不朽之文，亦旣窮年矻矻，深沉有得矣，同時以古文擅聲譽、主壇墠者，爲其鄉人，先生落落其間，不欲有所標榜也。吾聞之，古君子之善易者，識進退得喪之道，藏器斂德，遯世不見知而不悔，若先生者其庶幾乎！

余論次前朝，當肅皇在御，凡先後首南宮者十有五人，僅袁文榮、王文肅兩公至宰相，次有尚書華亭陸文定、侍郎海虞瞿文懿，巡撫則毘陵唐應德、平涼趙景仁，太僕則樂安李懋欽，此七公者最著。應德以古文名其家，饒經世大略，後追謚襄文，無論度越趙、李，自相國以下莫及也。文定、文懿用上第爲天子之近臣，景仁亦由庶常出補，惟唐、李初授部主事，視傅先生差相類，先生與李終不得在禁林。應德、景仁從諸曹郎召入爲宮寮，忤永嘉意，因請朝東宮，偕吉水羅達夫三人者同罷。達夫終其身不出，唐、趙後由知兵用，而唐遂勤其事以身殞。肅皇好以操切任柄臣；永嘉、貴溪、分宜三相輒假喜怒以排擯天下之賢士，如達夫諸公是也。獨應德晚年超授，人謂其爲分宜所知。嗟乎！彼苟貪富貴，何不少年循資拱默以取公卿？乃末路艱難，沒身王事，論者猶謂紆意時宰，從而訾謷之，過矣！

雖然，襄文之學，於地理扼塞，兵機成敗，無所不通，雅自負經濟，謂有用於世；世遂得而羈縻之。若傅先生者，其才固不足以及襄文，今就斯集讀之，言皆歸於道德，以躬行爲本，視世事粥粥然，不欲顯短長之效；即其齟齬分宜者，非徵諸家乘、後人之所稱述，則亦無所表白，此其用意深矣。士君子當出處之間，潛鱗戢翼，圖之不早，讀公集者未嘗不喟焉三歎也。何鏡山之序公也，曰：公灌園巖野，離支龍目，來禽青李，皆身植而手蒔之，日與兄弟四五人追隨游賞。世既棄公，公亦果於去世，竟以終其天年。嗚呼！何公此言，所以見太平全盛，士君子隱居讀書談道之樂，而未免悵然於公之不遇也。由今觀之，如先生者，何可得哉！何可得哉！

傅石滃詩序

余早歲受知於溫陵周芮公先生。先生以吏部郎典選〔一〕，相國東崖黃公時在左坊，兩公者同里同籍，有詩名，余繇及門後進，唱酬切劘於其間者四五年而後別去。比亂離分隔，余爲詩以郵寄先生於閩中，先生偕相國和之，海內追數其交游而相與爲傳誦，故溫陵之詩，余平生之所習也。南安傅公石滃以副二千石涖治雲間，爲政之餘，揚扢風雅，既搜葺其先集，俾余序之矣，再手裒所著詩若干首，屬其友趙雙白、魏惟度請余言弁簡端。

夫南安，溫陵屬縣也。傅氏爲其邑望姓，自其祖錦泉先生舉禮部第一，著書名家，百餘年來，子孫之發聞者以十數。石滃原本家學，好與郡之先達者游。其爲詩也，於體製風格既講求漸漬之有素，又能標舉蘊籍，翦刻深至，以自探性情之所獨得。當其自閩而出也，過吳會，涉大江，縱觀乎泰岱、黃河之大，京闕宮觀之盛，其紀行也有作，其述志也有感。而後以職事來雲間。雲間者，湖山之奧區，騷人雅士所奉爲壇墠者也。君至而日與薦紳大夫流連於觴酒文詠，治郡齋以延名俊，出俸錢以資宴游。四方無不傾慕其風流而推挹其雅尙，所稱綠綺堂集者是已〔二〕。君廳事之西，爲屋數楹，每退食有暇，彈琴讀書於其中，而顏之曰「綠綺」。夫琴者，取其導堙宣鬱，致化理於和平，此循吏所以阜民庶，而詩家所以叶神人也。

君之撫絃動指，至於文王、箕子之操，得無有愾然太息，如見其人者乎！

當温陵全盛之時，兩相同日拜命。東崖之晚年失志，感時悲咤，寄之於詩歌者爲多。吾師吏部公近者道出吳門，追話四十年停驂問政之所，師弟登高憑弔，未嘗不汍瀾流涕也。雙白、惟度過我草堂，屈指雲間一二君子，異時仕宦閩、浙，江山吟眺，賓從聲華，今已不可復問矣。君之增奇踵勝，亟亟於是編之成，庶幾流風餘韻綿延而不絕也。噫嘻，豈不重哉！

【校】

〔一〕先生以吏部郎典選　風雨樓本無「以」字。

〔二〕所稱綠綺堂集者是已　風雨樓本無「者」字。

吴梅村全集卷第二十九　文集七

序三

宋牧仲詩序

往余在京師，從大司農歸德侯公以盡交宋中諸賢。諸賢方以雪園文社相推許，公仲子朝宗遇余特厚。無何寇事作，朝宗以其家南下，一再見於金陵、於吳門，出其文，所爲二三同志作傳，則皆不免於兵，余爲之嘘唏太息，不忍竟讀。已而酒酣，抵掌劇談海內奇士，輒又躍然起曰：吾雪園近有年少軼才，若之所未見者，爲宋君牧仲。牧仲，相國太保公之子也。相國嚮官御史時識余，比余再入京師，相國久致政歸，中州人稱牧仲者不容口，朝宗之言益信，余心嚮慕之。又十數年，牧仲通守黄州，文章政事，有當官聲，因吾弟聖符爲蘄水丞〔一〕，哀其詩累百首，以書寓余，而朝宗亦已亡矣。嗟乎，甚矣余之憊也！回首三十餘年，舊遊恍如夢寐。才如牧仲，生平所願見者，遠在江山千里之外，焉得而與之游乎？牧仲顧猶不棄而索其一言，余乃爲之序曰：

春秋魯僖公九年，「弦子奔黄」。十二年，「黄人不共楚職」。二國尋折而入於楚，其地即今黄州之境。楚之所以強者，以其兼幷江、黄，故能東向以爭盟長。自漢以降，蘄、黄實爲江、淮門戶。明季盜起，其民罔有孑遺，迄於今流移未復，瘡痍未起，君子問其俗、考其風，未有不爲之興懷隱惻者也。商頌殷武之章曰：「撻彼殷武，奮伐荆楚，罙入其阻。」次章曰：「維汝荆楚，居國南鄉。」「莫敢不來享，莫敢不來王。」夫殷道未衰，楚人先貳，高宗奮六師行撻伐，深入其險阻，始克有濟，余以爲此必非荆楚盡叛之也。楚昭王十六年，庸人率羣蠻、麇人率百濮以謀楚，楚人出師自廬以往，振廩同食，七遇皆北，而後王卒會於臨品〔三〕，子越自石溪，子貝自仞，遂以滅庸。然則殷高宗所撻伐者，乃羣蠻百濮之屬，以其嶔崎林莽，非搜討不能成功，詩人所謂罙入其阻也。夫古之庸、濮，今之鄖、房，國家光啓南服，而西山餘黨，連戰乃尅，牧仲官於楚，將作鐃歌以紀武功，庶幾來享來王之盛，比諸商頌之詠湯孫，罔有加焉。雖然，楚人以餫餉之艱，故紀其振廩同食，以見爲役之不易；今自黄達鄖二千里，方事之殷，民之轉運而死者不知紀極，呻吟痛惜之聲，至今未改也，牧仲之於詩也，其有恤人之心哉！

余按夫黄人之所豔稱者，莫過於蘇子瞻氏。當是時，宋有天下已踰百年，其去用兵之日如孫、曹戰爭者，蓋已久矣。「月明星稀，烏鵲南飛」，子瞻所流連興感者，乃不在乎江山景物，此風人之旨，其所寄託者遠也。牧仲宰相子，生長兵間，目擊乎梁、宋亂離，蘄、黄麋爛，生民之脱鋒鏑者曾幾何人，豈知一旦官於其土〔三〕，江樓嘯詠，爲今日之勝耶？夫勞止之歌，瑣尾之歎，詩人所不容已者，余故舉其流風遺俗以告牧仲，庶幾休養生息，聲施乎江、漢，非徒以其登臨才藻娩美昔賢而已。若夫臨皋之館，快哉之亭，風帆沙鳥，煙巒雲樹，此牧仲攬之有餘；而黄亦余所舊游也，雖老，尚當隨牧仲之後，從而賦之。

【校】

〔一〕因吾弟聖符　「因」，風雨樓本作「固」。

〔二〕臨品　原作「臨吕」，各本皆同，據左傳文十六年改。

〔三〕一旦　風雨樓本作「一日」。

程崑崙文集序

吾友新城王貽上爲揚州法曹，地殷務劇，賓客日進，早起坐堂皇，目覽文書，口決訊報，呼謈之聲沸耳，案牘成於手中。已而放衙召客，刻燭賦詩，淸言霏霏不絶。坐客見而詫曰：

王公眞天才也。乃眙上盛推程公崑崙不置。

程公，鎭江通守也。南徐幕府初開，軍國異容，主客狎進，程公一儒者，左支右掣，日不暇給，顧以其間爲詩古文詞，與眙上郵筒唱酬於煙江相望之內。嘗登焦山，披草搜瘞鶴銘遺跡，爲衝波撼擊，缺蝕不完，別購善本，磨懸崖而刻之，拉眙上同游，相視叫絕，憑高弔古，各賦一章紀其事，江干之人豔稱之。余因以追溯舊游，蓋識眙上在十年之前，而崑崙別去已三十餘載。眙上年盛志得，一以爲趙、張，一以爲終、賈，其材具誠不可揣量。崑崙制舉藝，盛爲當時東南諸子所推，歲月綿邈，知交零落，若余之僅存者，其衰遲已不足數矣。乃崑崙農力耆事，克振奮於功名之途，吏治文章，偕精強少年爭能而度智。吾聞山右風完氣密，人材之挺生者堅良廉悍，譬之北山之異材，冀野之上駟，嚴霜零不易其柯，修坂騁不失其步，若程公者，眞其人乎！噫嘻，抑何其壯也！

在昔江左六朝，京口、廣陵爲桓、庾、王、謝名家世胄迴翔之地，揚州從事，北府參軍，文采風流，至於今未沫。眙上之先大司馬有勳德於雲中，崑崙大王父大司空公淸修直諫，在先朝皆著節老臣。今兩家子弟砥礪名行，讀書從政，綽有令聞，覽斯編者，能無慨然於世德之顯翼，而家學之弘長乎！

崑崙之於文，含咀菁華，講求體要，雅自命爲作者。其從吾郡袁重其郵書於余也，自以身名晼晚，投老一經，不克酬其所志，視其中若有不舍然者。余則以爲士君子處世，當隨分自效而已。自古富貴而名多澌滅，唯博聞積學之士，垂論著以示來祺，雖殘膏賸馥，與江山同其永久，而又復奚憾焉。因敍其集以歸之，并以寓貽上何如也。

和州守楊仲延詩序

南和楊仲延爲新泰令，以余之過其地而問曰：「吾趙人也，而仕於魯。魯、趙之故足以修文章、飭吏治者，可得聞乎？」余曰：春秋：虢之會，晉趙文子、魯叔孫穆叔同饗，穆叔賦鵲巢，又賦采蘩；趙孟賦常棣，穆叔與曹、鄭之大夫皆拜。此余所知二國之舊聞也。趙孟有文德以宣示諸侯，光輔晉君以爲盟主，而魯實事晉，聘問會同，非辭令不爲功，故比物論志〔一〕，於稱詩乎見之。今天下一家，自百里之宰，無不受命於朝，非若春秋大夫各仕其土，惟強隣是逼是奉，如穆叔所云，「小國爲蘩，大國省穡而用之」也。爲吏者苟不能廣教化，美風俗，漸漬斯民以禮樂詩書，使之詠歌先王之道，而亟亟焉期會簿書，悉索斂賦以從事，是穆叔之所羞稱、趙孟之所不許也，而吾爲子願之乎？且而邑固泰山之旁縣，而汶水所自出也。詩曰：「泰山巖巖，魯邦所詹〔二〕。」書曰：「浮於汶，達于濟。」其山川高廣，風氣完密，出雲雨潤天下，爲神皋奧區，而聖賢所繇繼起。蓋爾邑封域土田，周公肅之，民人子弟，孔子敎之，吾徒誦法周、孔，可不想像其遺風哉！仲延頷其言曰：唯唯。

越四年，仲延擢守江南之和州，以其詩寓余，凡徂徠、新甫、歷山、孔林諸什具在。余既幸仲延知所以爲治，而其詩又醇雅可誦也，再從而正告之曰：夫和，江表之鉅州也。昔者文王之化，先被江、漢，而吳、楚不采於國風。江左之稱詩者，至晉、宋、齊、梁始盛，而人猶謂南音嘽緩不振。豈秣陵、姑孰士氣痺薄使然歟？唯滁、和、壽、泗之間，漭泱千里，北走中原，人民闊達而碩厚。當南北戰爭之日，克壽陽、悲彭城之作入於淸商雜部，音節諧壯，有泰山東武之風焉。斯所謂不剛不柔，得天地之中者非乎？周宣王江漢之詩，命召虎以南征，而終之以「矢其文德，洽此四國」。今國家駐重兵於沿江諸戍，而尤重州縣之選，欲以輯和羣黎，式遏亂略。夫江、淮其人輕心，不能及鄒、魯禮義之國，苟得其政，亦足以致治。誠有如楊君者，絃歌而理之，渢渢乎美哉！俾浸潤乎文王之敎，而服習於周公、孔子，是治魯者卽可移之以治吳，雖文德不外是也，而猶僅稱其詩乎哉！余故序仲延之集，始終告之以爲治，而歸其說於中和，以無失乎敎化斯民之意。嗚呼！此卽吾說詩之大旨也。

【校】

〔一〕比物論志　「論」，四十卷本、風雨樓本均作「諭」。

〔三〕魯邦所詹　「詹」原作「瞻」，據四十卷本、風雨樓本改。

宋轅生詩序〔一〕

吾吳詩人，以元末爲最盛。其在雲間者，莫如楊廉夫、袁海叟。廉夫築玄圃、蓬臺於淞江之上，披鶴氅，吹鐵笛作梅花弄，命侍兒奏伎，自撥鳳琶和之。海叟讀書九峯山，背戴方巾，倒騎烏犍，往來三泖間。此兩人者，皆高世逸羣、曠達不羈之士也。古來詩人自負其才，往往縱情於倡樂，放意於山水，淋漓潦倒，汗漫而不收，此其中必有大不得已，憤懣怫鬱，決焉自放，以至於此也。廉夫爲淮張所蹴迫，流離世故，晚節以白衣宣召，僅得歸全。海叟從御史放還，數爲詗卒所邏察，佯狂病廢，得免於難。至今讀其詩，有漂泊顛連之感，有沉憂噍殺之音，君子論其世，未嘗不悲其志焉。

吾友宋子轅生，世爲雲間人，膏粱世族，風流籍甚，而能折節讀書。其所爲詩，古風則排宕而壯往，近體則妍麗而清切，綽然有大家之風。生平好聲伎，間作小詞，授侍者歌之，皆中音節。遭遇兵火，經營別墅，茶鐺酒椀，與賓客徜徉其間。使得遇楊、袁兩君子，當推爲鐵門巨擘，不止與李五峯、周易癡、錢曲江輩遞相唱和已也。轅生昆季皆仕於朝，子弟以詩文爲四方所推重，故得以其身優游嘯傲，有廉夫之樂而不罹其憂，無海叟之官而兼享其逸，於以騰掉翰墨之林，脫落畦徑之外，其所詣又寧有量哉？遂書數語以歸之。

【校】

〔一〕四十卷本、風雨樓本均無此篇。

嚴修人宜雅堂集序

余友吳興嚴子修人，繇進士需次里居，肆力於古文辭，得詩賦序傳若干首，名曰宜雅堂集，屬偉業序之。

吳興之族，嚴氏爲大。自余與旣方父子定交二十五年，今就思以科名重館閣，修人則出自永樂中名御史之後，祖充涵公恤刑豫中，所全活千人，二子皆成進士，子孫蟬聯不絕。修人之從兄孝廉蔚宗，隱居著述，兄弟間講肄服習以相勉。修人深沉好書，自六經以下，嚅嚌搜討，尤潛心於八家之作，得其疾徐抗墜〔一〕，罔不中節，不數年而所學大就。今之學八家者，振而矜之，挾其繩墨以訾謷一世，修人獨禔躬簡靜，凝然自遠，忘其名地之高，年力之富，而欿焉若有所不足，雖以余之衰老，猶諄懇索其一言，余乃不辭而爲之序曰：

吾嘗觀乎道術醇駮、人才盛衰之故，慨然於古制之不作。然古之制有復行於今者，亦有不行於今而其意適與之相合，士君子生於斯時，亦遵其制以法其意而已。請得而論之。

昔者孔子既沒，異端繁興，西漢二三醇儒，始號爲黜百家，尊經術，而唐之貞元、宋之嘉祐，作者又起而力扶其衰敝，浸尋乎元季、明初諸儒，講求條貫於六藝之微言，先民之要指，亦既彰切著明矣，乃三百年來，不免汨沒於帖括之時文〔二〕。夫帖括者，摘裂經傳，破碎道術，朱考亭氏早鰓然憂之，雖其中非無卓然名家而超軼絕羣之才，撥去其筌蹄，不害於所爲古學，然敝一世以趨之，而人才之磨耗固已多矣。國家興制改令，大復乎漢、唐之舊，而有司之奉行不精，體裁之沿襲未化，顧亦足以破往時攣曲支離之見，而學者之聰明材辨，無所復用，將一出之於古文，於是數年之間，操觚立言者相望競起，豈非化民成材已然之明驗耶！所謂古之制復行於今者此也。

聞之學於古訓乃可服官，鄭公孫僑之言曰：學而後入政，未聞以政入學〔三〕。蓋先王所以教育人材，其漸次如此。後代以科目取士，於治術大半無所考究，乃驟而予之一官，其才者簿領案牘，工俗吏之所爲，次者干利祿以自進，有貴至公卿，懵不知古今者，幾何而不速官謗也！今者銓選之格，雜而多端，從進士起家者，率久之不得註授。以彼耳目之高廣，心志之寬閒，而又加之以歲月，非特用著述自娛已也，盱衡乎政事得失，民生利病，以發爲文章，蓋不離乎數卷之書，而臨民出政，道在是矣。然後知壅滯阻抑之中，寓長養成就之法。所謂古之制不行於今，其意適與之合者此也。

夫以修人之才與學，固非因乎其時，養之既久，而後有所自見，然需次里居者亦已十年。余反復於其論著，如恨豪猾吏之盤互膠結，賢有司輒反爲所中，而威令格於不行；又以農人困苦而商民富貴，推漢武之重本抑末，均輸鹽鐵，摧豪強，贍國用，而田賦不加於民。此二者皆救時篤論，修人從十年之中，講求其是非，參驗其治否，然則舉而措之，達於從政，豈不裕哉！

余家居鬱鬱無所得，是行也，將以求友，而獲交於修人，吳興山水之氣，靈秀磅礴，非修人不能有以當也。余老矣，濩落無所成名，庶幾遺經絶學，賴斯人以不墮；故既論次修人之文折衷於古人，尤舉其爲學之方，明體達用，可裨於當世者告焉。天下定有知之者，而非余之言足以重修人也。是爲序。

【校】

〔一〕疾徐抗隳　「隳」，四十卷本、風雨樓本均作「隓」。

〔二〕汩沒　原作「泪沒」，據四十卷本、風雨樓本改。

〔三〕未聞以政入學　左傳襄三十一年作「未聞以政學者也」。

白林九古柏堂詩序〔一〕

三韓白公林九治吾婁之五年，政成而化浹，乃以其暇敷玩典墳，揚扢風雅，得所爲詩一卷，屬余序之。余惟公以和平豈弟之德，廉正倜儻之才，發言成風，吐辭垂教，豈僅與詩家者流比類而稱？其詩則含咀英華，考求聲病，使讀之者又不知其爲循良、爲勞吏也。

公初以樂浪名家，登碣石，望滄海，天地泱莽而無垠，風雲焱至而畢會，聽班馬之聲，嚴鼓之節，雄情慷慨，胥以發之於詩。洎乎筮仕柘城，其地居梁、宋之郊，賢豪接跡，相如、枚皋以後，唐之高、李，明之北地、信陽所論交而吟眺者也。屬天下新定，河、洛丘墟，公旣撫其流移，斬蒿萊蓬藋而治之矣。間嘗射麋雪苑，擊兔繁臺，極目平蕪，千里灌莽，慨前賢之不作，庶文獻之可追，運紙抽毫，興懷俯仰，此公詩之一變也。

三吳闤闠詩書，人物都麗，卽吾州褊小，而迪功、弇州後先壇墠，海內重焉。曾未百年，而其俗傷於呰窳，其地逼於舃鹵，愁苦焦瘁之聲作，而休風不可復見矣。公之至也，養其善禾，拔其稂莠，煦濡而休息之，枹鼓不鳴，民無菜色。於是鈴閣蕭閒，焚香隱几，感蘇臺之麋鹿，愛吳宮之花草，士風嘽緩〔二〕，賓客流連，抱膝長吟，彈琴微嘯，此公詩之又一變也。

余嘗讀循吏傳，其見之詩者，唯治河爲最著，趙中大夫之穿涇水，魏鄴令之開漳水，相杵之歌，刻石之頌，傳諸萬世。公則劉河之役，鼛鼓不興，而畚鍤具舉，後人過三江之口而賦之者，當比之芍陂、汴渠，而公之臨流有作，沈白馬以爲文，指黄鵠而興詠，非足以紀成功、昭不朽哉！此又不僅於詩也已。昔君家樂天，流風善政，嘉惠於吳民，而其詩則與韋應物、劉賓客同以姑蘇刺史表著於後世。是編也，殆與長慶之集竝傳焉，余故序之，俾采風者上其事，以爲賢刺史楷法。

【校】

〔一〕四十卷本、風雨樓本均無此篇。

〔二〕嘽緩　原作「墠緩」，據文義改。

蘇小眉山水音序

同里江位初歸自京師，取其友蘇君小眉所爲山水音一卷示余曰：小眉，南贛中丞公之長子也。中丞忠勤廉惠，有大功德於南土之人，小眉以名公子世其祿位，有弟曰次山，既得畿輔一州，報最闕矣。君負盛名，有經世之志，欲以科第自顯，優游未仕，用載籍自娱，好結交天下雄駿，抱膝吟詠，被服如儒生，年未三十，同輩中已驚爲晚達。君天性恬澹，視人世裘馬玩好歌舞射獵之娛，不以屑也。與人言，盱衡古今，考驗得失，負意氣，狥然諾，過有所合，雖揮斥千金無所吝。今其詩具在，嘗試取而讀之，有振衣千仞、俯視塵壒之想，故其詩巋然而高，淵然而深；有探幽抉冥、刻鏤眞宰之心，故其詩銳者削成，涓者澄澈；有吞吐萬象、壯偉不測之觀，故其詩嶔崎巀嶪，懸出而奔流，舉章門、貢水、巫閭、碣石之奇而盡攬之：此小眉所有得於山水以名其編者也。願先生一言序之。

余曰：漢有天下，至建元、太初之間，黜百家，推孔子，而儒術乃興。其作五言以繼三百篇之風者，典屬國實爲之倡，則詩固蘇氏所自出也。自此以後，綽之有威，瓌之有頲，明允之有軾、轍，皆以父子再世弗替。訖乎近禩，有蘇平仲者，與宋景濂同史局，能文章。每一代之興，其家必出異才以垂聲聞而典著作，忿生之後，詎可謂無其人哉？

自古公侯之子孫，涵濡教澤，敦詩習禮，爲天下先，而後遐陬蓬蔚之儒，始得奮其智能以鳴躍乎當世。嗟乎！以江生之才，苟不游通都，遇知己，則抱其殘經抑沒於泥塗之中者，固已多矣。然則以小眉之人與其地，負有用之資，處方剛之年，讀書取友，覃心經術，以爲世家表率。國家典章文物，比隆往古，庶幾得博物弘雅之君子，立乎交戟之內，俾聞者有所興起焉，其在斯人乎！其在斯人乎！余老矣，不獲偕蘇君游，從位初之請，書以貽之，其嘗以余言爲何如也？

吳梅村全集卷第三十　文集八

序四

太倉十子詩序

吾州固崑山分也。當至正之季，顧仲瑛築玉山草堂，招諸名士以倡和，而熊夢祥、盧昭、秦約、文質、袁華十數君子，所居在雅村、鶴市之間，考之，定爲吾州人。蓋其時法令稀簡，民人寬樂，城南爲海漕市舶之所，帆檣燈火，歌舞之音不絕，蝦鬚三尺，海人七寸，至以形諸篇什。居人慕江南四大姓之風，治館舍，庀酒食，楊廉夫、張伯雨之徒自遠而至。嗚呼，抑何其盛也！淮張之難，城毀於兵。休息生養百五十載，張滄洲始以詩才重館閣，與李茶陵相亞，而早死，則弗以其名傳。桑民懌、徐昌國家本穿山與鳳里，名成之後，徙而去之，則弗以其地傳。故至於瑯琊、太原兩王公而後大。兩王既沒，雅道澌滅，吾黨出，相率通經學古爲高，然或不屑屑於聲律。又二十年，十子者乃以所爲詩問海內。然則詩道之興，豈不甚難矣哉！

「昔我有先正〔一〕，其言明且清。」士君子居其地，讀其書，未有不原本前賢以爲損益者也。晚近詩家，好推一二人以爲職志，靡天下以從之，而不深惟源流之得失。有識慨然思拯其弊，乃訾謷排擊，盡以加往昔之作者，而豎儒小生，一言偶合，得躐而躋於其上，則又何以稱焉？卽以瑯琊王公之集觀之，其盛年用意之作，瓌詞雄響，既芟抹之殆盡，而晚歲隤然自放之言，顧表而出之，以爲有合於道，詘申顚倒，取快異聞，斯可以謂之篤論乎？

今此十人者，自子俶以下，皆與雲間、西泠諸子上下其可否，端士、惟夏兄弟則爲兩王子孫，乃此詩晚而後出，雅不欲標榜先達，附麗同人，沾沾焉以趨一世之風習。書曰：「詩言志。」使十子者不矜同，不尙異，各言其志之所存，詩有不進焉者乎？吾不知世之稱詩者，其有當於余言否也？亦聊與十子交勉之而已矣。十子爲周肇子俶、王揆端士、許旭九日、黃與堅庭表、王撰異公、王昊惟夏、王抃懌民、王曜升次谷、顧湄伊人、王攄虹友。序之者梅村吳偉業也。

【校】

〔一〕昔我有先正　各本皆同，按禮記緇衣「我」作「吾」。

田鼒淵夢歸草堂詩序〔一〕

雲間田子鼒淵刻其夢歸草堂詩二十首，屬余序之，於時田子將行矣。余讀而歎曰：士游京師，不得所遭而思歸者，亦情也。雖然，當其初也，感慨不平，咎斯人之莫偶，望望然不可以留；其旣也，蹉跎難返，冀知己之一遇，栖栖焉又未可以去也。以彼其爲詩，矜長任氣，刺物遻時〔二〕，抗臆而出聲，務有以洩越其芒角；已而裴回反側，愜迫無聊，不能自致於放曠之區、逍遙之宇，適乎情者不免累於境如此哉！

余以觀田子則不然，以孝廉計偕來長安，偶不得志於一第，其同時被落者，糧不及齎，馬不及秣，見星而行，呼與共載，田子笑弗應，曰：是悻悻奚爲者？僦居蕭寺中，取當世文人所論著，丹黃而點定之，視一時之人我得喪如無有也。其爲詩，於登臨贈答之什，天才富捷，伸紙立就，思若宿構，而語必出人，見者驚詫爲莫及。王公卿士虛左倒屣，無不知有田子者，且將薦其才爲可用，而田子一日戒其行李曰：吾疇昔獲吾夢，因決吾歸，是不可以濡滯也。遂行。余因有意於田子之爲人也。

夫五都聲利之區，居之者，其神膠膠，其用擾擾，故鄉舊國，思之衈然，言之喟然，人習於夢而不知所以夢。今田子恬泊寡營，夷猶自放，行止進退，一之乎道，而外物不以攖其心，嗒然忘而蘧然覺，此田子所爲夢乃所以爲覺也，而豈僅發之於詩哉？若田子者，可以歸矣！

【校】

〔一〕四十卷本、風雨樓本均無此篇。

〔二〕遅　原作「遅」，形近致誤。按遅即還，今仵字。

董蒼水詩序〔一〕

余初與雲間董遂初先生游，時先朝方行保舉法，諸生用薦者集闕下，先生以吏侍郎攝部事，考其德藝而進退之。蓋朝廷憂科目不足盡天下士，倣兩漢賢良孝弟諸選，搜揚殊尤絕異之材以資世用。詔書既下，士之應命至者，且覬覦不次；乃自宰執以下，凡風紀議論之司，卒緣科目以爲階，枝聯黨附，相與堅持之不可，其付之吏部，不過聊塞上意，授州縣之職，爲常調而已。先生雖欲力請之，不能也，與余歎息者久之。

後二十餘年，識先生之孫孝廉蒼水，偕其兄進士君闇石，俱以才名顯其鄉，既由科目進矣，坐公事摧挫抑塞而不用。蓋當時號爲重科目，二百年來，雖有董相、賈傅、相如、子雲者復出，非由此塗也弗進。末造艱難，號咷求賢，卒爲公卿大臣之所格，蓋科目之根據於朝廷，其不可動搖如此。今天下科目之途漸狹，而其選又漸輕，世家舊族，門戶不墮〔二〕，從式微不振之中，奮身乎有司之舉，如二董君者，求什一於千百耳。顧淪落如故，幾與巖居穴處者同，其窮困則亦已矣；甚至鄉里小兒，胥徒伍伯，直乘氣以排之。嗟乎！余游於董氏祖孫間，俯仰三十載，其世事遷變、人材用舍之故，可勝道哉！

蒼水之所學尤長於詩。雲間固才藪，而詩特工，在先朝由經術取士，士之致身者廢風雅於弗講，獨雲間壇坫聲名擅海內。至今日零落盡矣，蒼水又起而繼之。其才與地既足自拔，而又使之優閒不仕，藴其骯髒牢落之氣，一發之於詩，故講求益密，而寄託益深，其篇什將爲當世所推，不獨雄雲間也。

董爲江南望姓，余猶及見大宗伯文敏公，館閣老成，文章書畫妙天下，然其儕偶異同，猶訾謷翰墨風流，非救時幹濟者所急，故不究於大用。繇今視之，當時所謂大用者，於文章翰墨，固目爲不急而棄之矣，吾不知其救時幹濟，於世會之得失竟何如也！又胡以服山林蓬蔚之士，而謂士之不由科目者必無其人乎？今以蒼水之年少瓌異，天固壅閼之不遽至於通顯，俾富貴利達漠然於胸中，益且磯礪於其所得〔三〕。然則是編也，直其與會之寓焉者耳，夫豈足盡蒼水哉？余且見蒼水學殖之富，行治之修，科名建豎，大展乃祖之所志。然則向之所謂重者毋乃爲輕，而今之所謂輕者毋乃爲重歟！是在蒼水有以自勗焉。

【校】

〔一〕題　風雨樓本作「董蒼水詩藁序」。

〔二〕門戶不墮　「墮」，四十卷本、風雨樓本均作「墜」。

〔三〕礲礪　四十卷本、風雨樓本均作「鏮礪」。

吳六益詩序〔一〕

余留京師三年，四方之士以詩文相質問者無慮以十數，其間得二人焉：於史則談孺木，於詩則吾家六益而已。孺木之於史也，考據異同，搜揚隱賾，年經月緯，條分而鉤貫之。五都之肆，斷編廢楮〔二〕，腐爛蠹缺，不可復讀，孺木典衣易錢，欣然購之以去。嘗策蹇衞，襆被入西山，訪舊朝遺跡，草木蒙蔚，碑碣殘落，故老僅存之口，得一字則囊筆疾書，若恐失之。會天大雪，道阻糧盡，忍飢寒而歸，同舍生大笑之，弗顧。六益之於詩也，自漢、魏以下及三唐諸作，各窮其正變，約其指歸，取材宏博，選詞豐腴，沈鬱頓挫，鏗鍧鏜鞳，居然自成一家。或閉門蹋壁，拄頰苦吟；或伸紙搦管，刻燭立就。自居長安來，關河宮闕，郊原城市，人事之遷變，日月之消沈，無不發之於詩。此兩人者，天資朴厚，一切富貴利達，險巇憂患，皆不以入其胸中，故覃思竭精，能各造其力之所至，雖所好不同，其成就一也。

今春孺木别我以歸，未幾月，六益又將行矣。余嘗念身名頽落，惟讀書一事未敢少懈，思得乞身還山，偕孺木鍵戶讀史；俟稍有所得，則又攜六益入天台，訪禹穴，極山川之高深、煙霞之變幻，以助吾詩之所未備，而惜乎尚有所待也。

夫學精於專，荒於雜，夔、曠之於音，工倕之於巧，殫其終身之力，推極窔奧〔三〕，故足以成名，彼一藝如此，況乎讀書立言者之旨哉！今二子之才，畢其苦心，咸詣有專，而余顧欲兼之。余懶且病，見聞散佚，不克有所論著；卽興會所屬，形諸篇詠，才退力拙，亦輟而弗爲。六益刻其近詩一千六百餘首，余讀之能無愧乎？於其行也，序以歸之，所以見六益之專，而識余之愧也。

【校】

〔一〕四十卷本、風雨樓本均無此篇。

〔二〕楮　原作「褚」，據文義改。

〔三〕窔奥　窔原作「寀」，據文義改。班固答賓戲：「守窔奧之熒燭。」

鄒黎眉詩序

余與梁谿鄒子介同舉省闈者將四十年，子介之次子于度及其孫黎眉先後從余游，蓋余之交於鄒氏者三世矣。于度大廷奏名第一，天乃豐其遇而嗇之年。予以暇日過惠山，則黎眉所學大進，天才雋逸，深肆力於詩古文詞，間出其餘技，筆墨渲染，無不造諸至極，其志氣超邁，論辨英偉，有絕出於流輩者。予初歎子介之不及見其子成進士，繼又於京師哭于度，私心傷之，今乃知舊門長德，源遠流長，其於湖山清淑之氣，渟毓而盤礴〔一〕，子介、于度所不能盡者，將悉以發之黎眉無疑也。

有黃子夏生者，爲黎眉友，才相亞而窮困過之。黃子一日造予而言曰：鄒子將辦裝入太學，行有日矣，先生不可以無辭。予曰：昔宋呂文穆公繇對策首選，受知太宗，晚進其姪夷簡，遂相繼柄用。今以于度爲世祖所拔擢，誠使積年資，躋通顯，黎眉於其時用近臣子弟身至京師，進平生所爲文，其遭逢必有大過人者。今乃從白衣諸生，褰驢襆被，以折旋於博士之前，士之遇合，大小遲速，豈非以其數耶！雖然，太學者，教化之原，人材所自出也。嘗試推鄒氏之先，不有騁辯而談天雕龍者乎？上書而連類比物者乎？當周衰學廢，漢興，文、景之世，未遑有所興起。士生其間，不能遜志鼓篋以從事於詩、書之業，各逞私欲，希尊寵於當世，故有迂怪不經，游譚無實，盛自稱許於碣石稷下、梁苑吹臺之間，如三四子者，雖各有所長，而風習固已衰矣。

國家遵行先王之制，舉天下之士，一志同方，畢歸之於學。我東南之人爭自濯磨者甚衆，祇以伏處江介，援引勸誘之不力，廢格衰沮，不能自達於通都。其上者巖穴著書，次者客授管記，漸流爲唐季之餘習，識者憂之。求其具車馬登橋門，奮然欲自進於天子之科目如黎眉者，百未一二數也。嗟乎，人材消長之故，可勝道哉！夫鄒子之所善莫過於黄子，然黄子一再試於有司，輒有摧幢息機之意。京師賢公卿大夫見黎眉之才，亦慨然於南士之不鳴不躍者乎？亟思所以收之，其必有道矣。是爲序。

【校】

〔一〕渟毓　四十卷本、風雨樓本均作「停毓」。

沈伊在詩序

異時吾友邵僧彌好爲人言吳中先賢軼事，曰：石田沈先生之隱相城也，有郡守召之圖其樹塞門，一郡驚詫，此當呼庸工，奈何以辱沈先生？先生顧不肯祈免，亟囊筆往，圖畢辭歸，而守不知也。吳文定公匏庵於先生爲布衣交，官宗伯，居京師。郡守緣輯瑞入，公首迎問先生起居，守愕眙不能應，退訪之，則向者囊筆生也。歸而惶恐，執贄謝，先生已踰垣遁矣。僧彌善書畫，能詩，性耿介，恥干謁，爲余敍述先賢往役不往見之義，庶幾於其身親見之。又自以與余善，竊用石田自許，而取文定望余。乃不幸僧彌早世，而余頽然放廢以老，惟追憶亡友之言，爲愀愴而已。

今年秋，避客獅林寺中，金昌沈生伊在持所作詩若畫來見。生頎而秀，精警有機辯，一時傾其坐人。畫學趙承旨，布景設色，超詣獨絕，詩亦沉練有法度。問之，則固石田孫也。自來儒雅，詩與丹青爲兩家，惟石田之畫擅名當代，而一時鉅公推挹其詩，以爲舒寫性情，牢籠物態，彷彿少陵、香山之間。今伊在親其子孫，閱數世，踰百年，一旦起而修明祖業，其詩若畫深造而日新者，家法具在，又何俟乎它求哉！雖然，余以伊在之學先生者，不專在詩畫，而在其爲人。嘗試取往事比類觀之：今之有司，視文人才士如鴻毛，世無吳文定，即使若文定者復出，曾不足介其一言以爲輕重；而今之爲士者，於郡縣必先謁，謁而任奔走之役，有百倍於繪事者，又何有於不知而後謝，謝而拂衣去之也？然則伊在之學先生者，亦貴乎自重已耳。

世運而往，自石田逮乎僧彌之時，不知其幾變，然其時風流文采，猶爲當世所矜式；乃撫今追昔者，已慨然前賢之不可作，而況於今日乎！余少與僧彌用詩文書畫相砥礪，顧念逝者已矣，老而才退，於所學無所成名，見伊在之年少而才，取三十年前所聞於故友者告之，非圖勖勉同志，良以自感也。是爲序。

徐季重詩序〔一〕

梅村之西偏曰舊學庵，余與同里諸子讀書詠詩其中，崑山徐季重僦鄰舍以居，嘯歌之聲相接，往還十有餘載。余既于役京師，季重亦還其邑之故廬以去。今年相見道舊，出所爲詩示余，余讀而歎曰：吾聞土山之陽，界溪之上，在昔多隱君子焉。百年以來，名臣鉅卿往往間出，獨處士未之概見，豈其埋沒於風習，不能自振歟？抑流俗之所弗尚，姓名磨滅，不復使之傳歟？吾不得而知也。夫儒者處世，不簪紱而貴，非巖穴而高，修身服物，彈琴以詠先王，其聲若出金石，雖有家門貴寵，蟬聯輝赫，而能退然其中，乘柴車，處僻壤，蓬蔚之宮，雞豚之社，終其身無不自得，當世景其高行，有銅鞮伯華之風，若季重者，殆其人乎！

莊生有言：「舊國舊都，望之暢然。」夫莊生以道德仁義爲蘧廬之一宿，將以遁於無何有之鄉，顧猶惓惓於此者，不能已於情也。人孰無情者哉！小雅黃鳥之詩曰：「此邦之人，不我肯穀。言旋言歸，復我邦族。」周宣王時，其民初經勞來安集，有流離而失所者，固已少矣，異邦之歎，故士之思見於詩者，如此其切至，無怪乎唐人之覊愁遠宦，遠歌長吟，悲思而躑躅也。

余本崑人，遷而去之者三世矣。當季重僑寓東滄，相與講枌楡之雅，比屋城南，有皋亭水木之勝，論心學古，終焉不出。世故牽輓，不克守其匹夫之節，飄蓬勞苦，爲別四年，歸而所謂舊學庵者壞牆蔓草，諸子或窮或達，各以散去，季重獨於其間返故鄉，戢田廬，守墳墓，枕經籍書，於陽城畏壘之濱，逍遙宴娛，以有此詩也。余讀之其能無慨於中乎！夫崑山東岡之畔，先參政之丙舍在焉，余將買田一廛，偕季重共爲耕甿，以優游堯、舜之化，斯不可以樂而忘死耶？黃鳥之初章，其義蓋有取爾也，故以之序季重，且以見余志焉。

【校】

〔一〕四十卷本、風雨樓本均無此篇。

翁季霖詩序

余讀歐陽公集古錄序，其言物常聚於所好，而得於有力之彊〔一〕，自謂好之已篤，力雖未足，猶勉致之。以余觀公之所好，如盤盂、金石、篆籀、分隸諸書，亦重其文焉而已。後有繼者，如趙明誠、倪元鎭之流，其所訪求搜購，爲有力之彊且十倍焉，然皆取其器，不徒以其文，視公之所好，相去稍有間矣。天下士大夫乃亟稱之，良以後生去古旣遠，庶幾覩其物，知其用，俾觀者得所考，雖目之好古而文可也。

余嘗訪友莫釐峯旁，過翁氏之廬，見其堂廡深靚，夾窗助明，雷尊蜼鼎、犀籤縹帙以爲之陳，雕茵棐几、文竹異石以爲之飾，問其家，曰：先人之所遺也，沒十餘年矣。琴筴在前，罍洗居右〔二〕，部分而不亂，無纖翳焉。噫！是其聚之可謂有力之彊者矣，然非其子孫好文，不能守之完且美也。其中子季霖出所爲詩一卷，讀之琅琅然，鏗金而戛玉。夫生於湖山鉅麗之區，能守先業，讀父書，以諷詠爲樂，若季霖者，所得不既多乎！

吾聞翁氏之先，以化遷起家，其後改爲任俠，擊鍾連騎，角狗馬之足，與雞鞠之會，以大耗其貲；而季霖之先人慕奇嗜癖，獨以之稱風流，傳來裔。歐公有言：象犀金玉，其能果不散乎？趙明誠、倪元鎮卽其身遭逢喪亂，蕩爲雲煙，後世猶美其標韻；而況於翁氏若考作室，維塗墍茨，匪徒永保而弗失，又重以風雅之道，爲之後先輝映也！

夫詩以流連光景，陶永性情，與好古博物其道爲相近。季霖列玩左右，望若神仙，摩挲前人之手澤〔三〕，而詠歌擊節，得是編於高山流水之間，吾知其詩有進而未覩其止也，乃取而著之於篇。

【校】

〔一〕彊　原作「疆」，據四十卷本、風雨樓本改。

〔二〕罍洗　原作「壘洗」，據四十卷本、風雨樓本改。

〔三〕摩挲　原作「摩娑」，據四十卷本、風雨樓本改。

吳梅村全集卷第三十一 文集九

序五

周子俶東岡藁序〔一〕

子俶之爲余友也，海內莫不聞；海內之知余者無不識子俶，其識子俶者無不以其交於余也。子俶少於余數歲，實兄事余。余兩人生同時，居同里，長同學，其文章議論卓然見於當世者，人盡知之，其合乎性情，浹乎道義，則恐人未盡知之也。子俶之行也，余可以無言乎？

余好覈人物，持臧否，不能與時俯仰；子俶多通而少可，性不喜俗儒：此其志行同也。余坦懷期物，不立町畦，遇有急難，先人後己；子俶與人交，輸心寫腹，不侵然諾：其節槪同也。余不問生產，通籍二十年，濩落猶諸生；子俶家貧好客，室中有圖書千卷，無擔石之儲，妻子不立：其窮困同也。余憂時感命，坎壈無聊生，子俶自以有才不遇，醉後酒悲，輒據地而哭：其侘傺同也。其間有不同者：子俶尚黃老，而余好佛；子俶好飲，而余口不識杯鐺；乃至辨駁疑滯，論難鋒起，紛然爭馳，久而皆服。蓋余兩人互有短長，終歸於同者，則又如此。而余今日畢志家園，杜絕人事；子俶入京師，游太學，交王公大人以成名，若有異乎兩人之蹤跡者。余則曰：不然。夫君子之道，可以出而不出，可以處而不處，皆非也。余受遇當年，濫叨宮相；子俶少而遭亂，門戶未顯。余稟受羸弱，積疢沈綿；子俶精力強濟，負當世之具。子俶而不出，則又誰出哉？

余所患者：獨居端憂，知交零落，止一子俶，今又捨我而去，則余之德業何所勸，過失何所規乎？余之窮愁不益深，而病苦不益甚乎？而余又何以送子俶？子俶刻其詩文以問世，子俶之才，天下所共知，天下知子俶爲余之友，則其詩若文可以無用余言也，亦書其平生之交以告之而已。

【校】

〔一〕四十卷本、風雨樓本均無此篇。

余澹生海月集序（一）

金陵余澹生好游，游亦不出江、淮、吳、越，然所過必與其地之士大夫流連酬答，得詩盈帙以去。今年夏從婁縣過海，居半月乃還，出其詩海月集示余曰：此吾今歲紀游作也。蓋取謝康樂繇赤岸到海所爲「掛席拾海月」者以名其篇，而屬余爲之序。

余應之曰：余君好游，古之好游者莫康樂若也，今余君之游果能如康樂否耶？雖然，康樂不知有游者也。康樂祖父爲晉室功臣，通侯貴重，劉宋易姓，心念故國，憤憤不得意，以自放乎山澤之游，其本志如此。史謂其欲參權要，恨不見收，肆意遨遊，無復期度，乃沈約誣詆前賢以自文其過，要未爲知康樂者也。獨是志與時違，才非世用，康樂何不早棄侯封，絕人事，以介於孤峰疊嶂之間，而乃鑿山浚湖，伐木開徑，義故門生，隨從數百，善游者固如是耶？彼蓋負曠代逸才，不屑當世，淩雲霞，弄泉石，庶幾古人入山採藥，長往不返之風；而又以門第之重，聲名之高，僶俛蜷跼，終莫能躧屣去之也，不得已而傲世輕物，縱誕詭越，以自發其無聊之氣。若康樂者，所謂有志而未聞道，不足以語乎游者也。

嗟乎！世之季也，士大夫或沉湎麯蘗，或游戲倡樂以自晦，而輒以取敗。若夫涉名山、遊五嶽，可謂與人無患，與世無爭矣，然亦必貧賤之士，不爲當時所指目者而後能。後之君子所以惜康樂之不幸，不專咎其過也。今我澹生隱鱗戢羽，無門戶之遺；累榮去羨，無裘馬之習。其詩之繁富佚蕩，甚有似於康樂也。而性度既殊，境會復異，故能以其才處乎紛亂之會，優游勿仕，卷懷自得。雖至乎海濱蕭瑟無人之境，葦萑之與居，魚蝦之與游，而聽潮聲，觀日出，徜徉肆覽，不廢詠歌。彼蓋覘人世之險戲得喪，變幻而荒忽，皆海也；吾之劉覽遊涉，吐納而容受，皆觀於海也。而月又安往而不在乎？

予見世之論海月者，類託浮圖心地空明之說，至於詩人遊士，則僅措之以流連光景，而不闇於大道。今澹生別我而西也，泝西泠，上會稽，於康樂所挂席而游者，將得而親覽焉，吾知其必有得也。於其游也，爲序其詩以問之。

【校】

〔一〕四十卷本、風雨樓本均無此篇。

許堯文詩小引〔一〕

堯文將往廬陵，出一編示余，則其在樟亭、由拳流連登眺之作，而溯淮入都，懷人贈答居其半焉。堯文之才，開斂樂易，於讀書能采掇其菁華，而出之以杼軸，故其詩妍秀深美，聲病穩貼〔二〕，雖專門名家莫或過之。余與堯文少同里，長同學，老而灌園，連牆比屋，槐柳之陰相映，草堂燈火相望於池塘林木之間。余樵蘇不給，而堯文時出斗酒，吹洞簫歌呼相應和〔三〕。今將舍我而遠去，余撫是編而沈吟，若有不釋然者。夫廬陵，天下之名郡也，昔者有先正文章節義著在累朝之册；今干戈久息，賢人君子接踵而起者，流風餘習，居然可見。堯文過匡山、涉馬當以達乎此也，江山登臨，賓客交游之盛收覽以滋詩筴者，且盈緗溢縹，膾炙天下，此豈吾窮谷之叟，抱甕作息，帶索而行吟者，能窺測其涯涘乎？

抑吾聞之：「舊國舊都，望之暢然。」當堯文在樟亭、由拳，相去不過數舍，今江天寥廓之外，其於故園竹梧杉檜滋生而拱把，芙蕖芍藥芳郁而紛披，未嘗不如杜氏之四松、陶家之五柳，彷徨而想像也。閭井日已荒，親友日已耗〔四〕，雖衰遲如余者，間與江右士大夫追舊游而話宿好，未嘗不如漢濱之老人、滄浪之漁父，寤寐而興懷也。然則其見之於詩者，又烏得而已耶？他日政成，垂組揭節以還鄉里，余且盡出其田夫野老之作以是正於堯文，得毋從而嗤之曰：固哉，是夫之爲詩也！身窮才退，足不出里巷，何足與於此乎？亦相與爲一笑而已。於其行也，遂書之以贈。

【校】

〔一〕題　四十卷本、風雨樓本均作「鴻雪園詩集序」。

〔二〕故其詩妍秀深美聲病穩貼　四十卷本、風雨樓本均作「故其詩貫串三唐，妍秀典麗，聲律穩貼」。
〔三〕吹洞簫　四十卷本、風雨樓本均作「吟詩篇」。
〔四〕親友　四十卷本、風雨樓本均作「親朋」。

趙孟遷詩序〔一〕

孟遷酒人也，而長於詩。孟遷則曰：吾詩人也。詩非酒不豪，非酒不恣，非酒不足以盡其淋漓爣怳、奔莽誕宕之致。吾取其詩讀之，若是乎深有得於酒者。或曰：孟遷嘗與軍，當横刀會飲時，高吟瞠目，老兵詈坐。今雖袴褶不完，蹩躠焉爲道旁所揶笑，然孟遷不以屑也。每痛飲大嚼，裸袒叫咷，摇頭而歌，四座盡驚，意氣自若。此其爲人，憂患哀怒、機利變巧不入其胸中，而皆逃之於酒、託之於詩者耶！孟遷乎，吾烏足以知之？

【校】

〔一〕四十卷本、風雨樓本均無此篇。

永愁篇序

吾友孫稚均攜九龍永愁人詩卷示予，曰：此龔佩潛中書之女作也。中書以進士遇國難，投秦淮以死，惜無人表著之者。有才女而復不得意，用「永愁」名其篇。昔屈原赴湘流，葬魚腹，爲離騷以見志；百世而下，復見之龔生，其惓懷故國，死不忘君，所志同也。世之言愁者莫過乎原。原之死以不得乎君，其時國尚存也。中書則國亡矣，又以所死之君遭逢會之極，不獲與前此死忠者同日而語。夫君臣夫婦之道一也，爲中書女者，當以其父命之不猶，名之不立，仰天而侘傺，其爲愁也大矣，舍是而云永愁篇爲已作也，不亦末乎！雖然，屈原言愁而託之湘君帝子、菊芳蘭秀，以寓其纏綿悽惻之旨〔一〕。今龔女能詩，又善畫湘草〔二〕，使見之者有感乎幽谷無人，不言自芳，而江潭顦顇，亦可以形容而髣髴，雖謂之爲其父作亦可也。屈原有姊，云「申申其詈予」，後人尚以之名其縣，比於望帝啼鵑，同其哀怨，而況龔女之善愁者乎！稚均其識之，它日必有紀中書之事而并及其女者。是爲序。

【校】

〔一〕纏綿　原作「廛綿」，據四十卷本、風雨樓本改。

〔二〕又善畫湘草　四十卷本、風雨樓本「湘草」上有「湘花」二字。

黃媛介詩序〔一〕

夫檇李雅擅名家，獨推閨詠，玉鴛草青峨居士〔二〕，范君和妻姚氏。月露吟白雪才人。黃學士家項氏。雖寒山之再世縹緗，才兼粉繪；汾湖則一時琬琰，跡類神仙。而皆取意由拳，分流長水。豈非樓名煙雨，賦就裁雲；湖號鴛鴦，詞工織錦耶？

黄媛介者，體自高門，夙親柔翰。横塘楊柳，春盡聞鶯；練浦芙蕖，月明擣素。照影靈光之井，紙染胭脂；看花會景之園，香分芍藥。固已妍思落於紈扇，麗詠溢於縹囊矣。逮夫親故凋亡，家門況瘁，感襄城之荀灌，痛越水之曹娥，恨碎首以無從，顧投身其奚益！蔡琰則惟稱亡父，馬倫則自道家君，隕涕何言，傷心而已。從此女兒鄉裏，恨結羅衣；乃聞新婦山頭，妝開石鏡。惟長楊曾經獻賦，而深柳可以讀書。所居深柳讀書堂。點硯底之青螺，足添眉黛；記詩中之紅豆，便入吹簫。共傳得婦傾城，翻爲名士；却令家人竊視，笑似諸生。所攜唯書卷自隨，相見乃鉛華不御。發其舊篋，爰出新篇，即其春日之詩，別倣元和之體，可爲妙製，允矣妍辭。

僕也昔見濟尼，蚤聞謝蘊〔三〕；今知徐淑，得配秦嘉。是用覽彼篇章，加之詮次。庶幾東海重聞桃李之歌，不數西崑止載蘼蕪之賦爾。

【校】

〔一〕四十卷本、風雨樓本均無此篇。

〔二〕青峨居士　按錢謙益列朝詩集小傳宮閨中，檇李范君和妻姚氏自號青蛾居士，則「峨」當作「蛾」。

〔三〕謝蘊　「蘊」，晉書列女王凝之妻謝氏傳作「韞」。

陸子詠月詩題詞〔一〕

九月既望，梅村藝瓜初罷，濁酒自寬。維時夜景融融，廣除槭槭，木葉微墮，寒雁方來。歎素質之易虧，濯清暉而良苦，停杯問影，滅燭憐光。忽海上孤鶴之飛，得雲間士龍之句。

觀其遣詞宛轉，既好若彈丸；體物風流，復團如紈扇。狀微雲之點綴，類秋水之淪漣。於焉託旨造端，興懷湜藻，著玉山之賦，摛桂樹之篇，卽事皆工，緣情匪一。若夫西園夜永，南內人稀，修竹檀欒，寒蕪平楚，孤舟而四顧無鄰，空庭則所思若夢。況乎匡山落叡，鄴下開筵，照子建於高樓，動遠公之清壁。而更殘流水，出峨嵋兮半輪；塞外長風，度玉門者萬里。陸子此卷，無不體極風騷，致兼哀樂，昔之作者，何足數哉！

余也端憂多暇，搖落爲期，嘗撫烏鵲以驚棲，時對玄霜而泣下。投贈華章，滌開鄙緒。似狂同郭翰，忽覩銀河；亦才愧虞羲，敢抽玉管。惟有乞光泛灩，追景徘徊，願逐以入懷，詎攬之盈手也！

【校】

〔一〕四十卷本、風雨樓本均無此篇。

朱生題詞〔一〕

梅村曰：優孟負薪之歌，延年遺世之曲，古昔伶人抱器，類出新聲。自茲以降，雖令龜年擫管，賀老調絲，而假手詞流，率非己製，若朱生者，可謂近之矣。

嗟乎！家同履道，屈殷冑之風流；才似方回，經右軍之賞接。況乎今日，莫唱渭城，念舊人知復存亡？在老兵何分得失！苟爲曹公之鼓吏，孰非田横之門人。即復科頭胡粉，入蒼鶻之羣；猶賢乎帖巾反衣，學高麗之舞也。

余雖閉戶，守玄推欲，導情宣鬱。忽聞水調，驟唱揚州；似聆羌管，重吟隴上。武昌老人吹笛，少年曾事曹王；連州刺史題詩，時輩咸輕米叟。率爾援筆，遂書簡端，非曰安仁之識石家，又豈長吉之贈申子。惟是危樓長嘯，和老嫗之吹篪；濁酒素箏，引率騶而對飲，以自釋其聊蕭而已。

【校】

〔一〕四十卷本、風雨樓本均無此篇。

吳梅村全集卷第三十二　文集十

序六

古文彙鈔序

古文之名何昉乎？蓋後之君子論其世，思以起其衰，不得已而强名之者也。先儒謂三代無文人，春秋以降，始有子產、叔向用文詞爲功，而莊周、列禦寇遂以名其家。西京以下班班矣，其時有古文尚書、古文孝經者，以六書難字爲考正而已，初非以其文名之也。自魏、晉、六朝工於四六駢偶，唐、宋鉅儒始爲黜浮崇雅之學，將力挽斯世之頽靡而執之於正，古文之名乃大行，蓋以自名其文之學於古耳，其於古人之曰經曰史者，未敢遽以文名之。南宋後，經生習科舉之業，三百年來以帖括爲時文，人皆趨今而去古，間有援古以入今，古文時文或離或合，離者病於空疎，合者病於剽竊，彼其所謂古文，與時文對待而言者也。蓋古學之亡久矣！

吳郡蔣新又，吾友韜仲僉憲公之孫也，刻其古文彙鈔成，問序於余曰：此吾祖所以教於家者也，願得一言以識勿忘。余取其目觀之，則自周禮、檀弓、家語以下，左、國、公、穀、國策、三史、八家之言皆在，而其書不過數帙。噫嘻，是何其取之之博而用之之約乎！夫周禮河間獻王所得，與儀禮同上之秘府。然儀禮有逸經三十九篇已亡，而周禮冬官一篇亦闕，小戴氏增損禮書曲禮檀弓以下共四十三篇，馬氏又益以月令明堂位樂記篇，第苦其錯雜，故論禮者以爲不如春秋三傳之爲全書。然漢儒多尊公、穀抑左氏，至東京以後始顯，而國語亦輔之以行，名曰春秋外傳。戰國策劉向所定三十三篇，崇文總目稱十一篇，宋時再命儒臣訂定乃完。夫士生於古學廢絕之後，區區掇拾整齊於煨燼屋壁之餘，亡者澌滅而不傳，存者混淆而無次，有識者咨嗟太息，恨後生不見古人之大全，良以此也，詎肯厭遺經爲難竟，又從而摘裂破碎之哉！三史唯孟堅爲蘭臺定本，史記已有闕文，蔚宗所删取者謝承、袁山松諸家，今已莫可參訂。若夫韓、歐大家之文，後人尊而奉之，業已家昌黎而戶廬陵，然君子以爲元末諸儒所爲婺學者，其於八家講求，各有本原，所當博稽以要其歸，未可於尺幅之内規規而趨之也，蓋讀書之難如此。

蔣氏自淸流公以春秋起家，余交於僉憲最深，知能世其家學。今新又年甚少，才甚高，將以其學游京師，而刻所鈔以無忘先志。傳曰：「學猶殖也，不殖將落。」〔一〕新又之所殖不既多乎！夫韓宣子適魯，見易象與春秋；司馬遷涉江淮，探禹穴，而世本、楚漢春秋參之以訪求，而後大備。京師者，文人學士之所集，羽翼經傳之書在焉，然則新又其繹於所已聞以進乎所未聞可也。彼夫採摭薈蕞之書，豈足爲新又重哉！余既慨世人之不悅學，而新又好古，又表揚其祖父之教，有合於昔人讀書之大指，乃因其請而敍以歸之云。

【校】

〔一〕學猶殖也不殖將落　左傳昭十八年作「夫學，殖也，不學將落」。

梁水部玉劍尊聞序〔一〕

往余客京師，好攟拾古人嘉言軼行散見於他籍、流傳於故老者，以增益其所未聞。乃有笑余者曰：甚矣子之勞也！今以子一日之內，出入禁闥，公庭之論列，私家之唔語，誠筆而存之，皆足以爲書，乃必舉數世或數十世闊遠而荒忽者整齊而補輯焉；雖用意之勤，其人與其事則固已往而不可追矣，不亦難乎！余心韙其語，退而爲歲抄日記，有成帙矣。久之朋黨之論作，士大夫所聚訟而爭持者，黑白同異，糾紛厖雜，既不足取信，而飛言微辭，咸目之以怨謗。余之書雖藏在篋衍，不以示人，恐招忌而速禍，則盡取而焚之。未幾天下大亂，公卿故人死亡破滅，其幸而存如余者，流離疾苦，精神昏塞，或於疇人廣坐間徵一二舊事，都不復記憶，於是始悔其書之亡而不可復及也已。

水部眞定梁公愼可，別十八年矣，今年春，再相見於京師，出所著玉劍尊聞集以示余曰：子爲我序之。夫古之立言者，取其講道論德，用口語相傳授，自典謨以降，至於孔、孟、左丘明、穀梁、公羊諸書皆是也。聖人不作，諸子迭興，乃務爲文章，競著作，假借緣飾，不必其中之所欲言，卽得失無考正。家乘野史，則又屬之稗官，史家之所不取，遭兵火，易世代，散亡放佚，百不一存。兎園之小儒，據事直書，罔識顧避，病在僻陋而寡聞；其稍有聞者，忌諱疑畏，輒逡巡勿敢出：無怪乎書之不就，可勝歎耶！

梁公之祖貞敏公爲名太宰、大司馬，致政里居者二十年。自公爲兒童時習聞先朝掌故，長而與趙夢白先生游，先生一代偉人，其緒言遺論，可指數而述也。既而子弟位卿貳，備法從，出入兩朝，百餘年來，中外之軼事皆耳聞目擊，若坐其人而與之言，無不可以取信。而公爲人又伉爽軒豁，少年好畋獵聲酒，馳逐燕、趙之郊，折節讀書，官禁林，被黨錮，志氣不少挫，歸所居雕橋莊，杜門著述且十年。家世貴盛，修飭醇謹踰於素門寒士，而聽其論辨，則恢奇歷落，滾滾不休。噫！公之書其本於爲人者如是，是足以傳矣。余既論次是編，而因以告後之人，使知一書之成，於斯世不爲無助，各宜愛惜其所聞，遵公之所以得，而毋蹈余之所以失也。

【校】

〔一〕四十卷本、風雨樓本均無此篇。

宛平王氏家譜序

吾觀周禮大宗伯之職，以嘉禮親萬民，以飲食之禮親宗族兄弟，以脤膰之禮親兄弟之國；而其屬小宗伯則掌三族之別以辨親疏，小史則奠繫世辨昭穆。蓋古者天子賜姓命氏，諸侯命族，而所以訓之敦睦，使之親親尊祖，敬宗收族，無侵凌悖亂之患者，則皆大宗伯之事也。自宗伯之職不修，而天下之人始有疏棄本支而視其至親無異秦、越者，於是乎常棣之風微，而角弓之刺作，宗法之不講，其害可勝道哉！

惟敬哉王公以碩德鉅望爲時名卿，且父子相繼爲大宗伯，當世尤豔稱之。推其孝友施於有政，既以佐天子敦敍五典〔一〕，諴和萬民，其於古宗伯之職已無不舉矣。又念始祖來自任丘，以羈旅至京師，再世滋大，及公父子益貴盛，不出長安國門，而躋崇班，登副相。此固興朝知遇之恩，而非祖宗以來累世種德無以致此。使譜牒不修，世系失序，數典而忘其祖，非所以闡揚先德、昭示子孫者也。是故作爲家譜，有名紀焉：所謂別子爲祖，繼別爲宗，繼禰爲小宗者，可考而知也。有内傳焉：自祖德以及壼儀，凡嘉言懿行在人耳目者，可述而志也。有外傳焉：蓋倣古内宗外宗之制，以廣親親之誼，詩所謂「問我諸姑，遂及伯姊」者也。

吾聞王氏有姬姓，有嬀姓，有子姓。姬姓曰太原、琅琊、京兆、河間，嬀姓曰北海、陳留，子姓曰天水、東平、新蔡、山陽、中山、章武、河東、汲郡，其他共有四十餘望〔三〕，而唐室宰相表王氏十三人，定著爲琅邪、太原、京兆三族。繇宋迄明，公孤宰執不可勝數。今宛平王氏，方伯公由進士起家，敭歷中外，著有政績，垂條布葉，施及後人。先生之爲斯譜，自曾祖以前，世遠無徵者，寧闕而不書，蓋昔人所謂膏粱盛門，爵位蟬聯，文才相繼者，吾自有之，春秋之義，在乎傳信，此其作書大指也。夫京師者，先王所以優禮元臣，錫之湯沐，而世家鉅室聚族而居焉者也。成周之甘、原、犨、汜，分卿士之采邑，而長安鄠、杜、櫟陽，公侯列邸相望，其簋食有堂，其薦饗有廟，其教子孫有家塾。然則王氏之遭風雲，處輦轂，子子孫孫弗替，引之者豈獨爲其一家已乎？觀於其譜，而孝悌慈愛之心油然以生。推之天下，使人皆知愛親敬長，彝倫攸敍，而萬物靡不得其所，雖古大宗伯之職所以佐王和邦國者，盡在此矣。公之爲意豈不深且遠歟！

先生辱與余游四十年，當其早歲擅名，爲海内人士所推服，乃蘊隆之久而後遇，天之所以佑王氏而光大其堂構，誠有非偶然者。余晚與司空公同事禁苑，先生嘗過邸中相勞苦，其交在紀、羣之間，王氏孝友敦睦之教〔三〕，余深知之，故先生家譜成，不遠三千里屬序於余，而先生之壻陳君來貳吾州，與余故有世誼，其門第在王氏外傳中。禮有之：大臣三命以孝行著於州里鄉黨者，兄弟親戚僚友執友以及交游備稱其慈弟仁信。余雖不敏，竊自附於交游之末，而先生之孝弟在乎此書，不可以莫之徵也，爰述其意以爲之序。

【校】

〔一〕敦敍　四十卷本、風雨樓本均作「惇敍」。

〔二〕其他　風雨樓本作「其它」。

〔三〕敦睦　四十卷本、風雨樓本均作「惇睦」。

楊氏遺宗錄序〔一〕

自後世宗法之不修，而譜系不可復考。其幸而生太平之世，知所講求者，蓋已鮮矣；不幸而遭遇亂離，越在草莽，曠宗闕祀，能復痛其既衰而拯其將墜乎？

余年家閬州楊君爾緒，諱繼生，以鄉貢士司敎吾州，集州之子弟於明倫堂而告之曰：爾亦知徼福於天者之厚乎？而不思愛敬禮讓以報之也！生長江南，不見兵革，于于而居，衎衎而食，乃猶箕箒誶語，耰鋤德色，競其刀錐而棄其姻戚，是因生蕃齒殖，狃安蹈習，以爲固然，而不知其德也。余蜀人也，家門崩析，絓禍於賊，蓋顚白刃、罹矢鏑，無可紀極，而破骸折骨，何所求索，惟有西望長號，頓首於邑而已。求如諸生恩相援而愛相恤，以恬嬉乎故國，又胡可得耶？於是聞者色動，或爲之泣下，皆知有楊先生之教云。

踰五年，楊君遷去爲連江令，出其亂後遺宗錄授余曰：其爲我序之。閬州爲蜀之西門，踔遠險固，其民得以保涪江，走棧道，在今日猶爲完郡，其中賊禍也，以視全川不及十五六，而楊氏之宗所及已如此。嗚呼，何其酷也！

先王之世，里有塾，黨有庠，日教民以父兄宗族孝友婣睦之道，有不率教者，以法制訓齊之，雖有強獷暴鷙之人，猶可不至於禽獸，以故盜賊之源息。後世禮讓衰，攘竊起，即其肺腑支屬，數傳之後，且不知誰何之人，而相爭相奪之風日甚；其究也嗜殺而好鬬，屠肝碎腦，斮人手足，流血盈前而談笑自若，以是爲樂而已矣。而非先王之仁義禮樂漸滅殆盡，而洪水蛇龍之毒中於人心不如是其烈也。楊君流離奔竄之中，能追溯本支以教吾州之子弟；其爲令也，又將推而及之於民，欲以救厄運而化末俗，可謂知所本矣。若云楊氏之宗不至於隕越，此猶其小者。余故推其意爲之序焉。

【校】

〔一〕四十卷本、風雨樓本均無此篇。

李貞女傳序

事有不見於禮經，先王不以訓世，而君子稱之，以其過於制而合於道也。禮於人子之養親也，雞鳴而起，日入而息〔一〕，請席衽，奉敦匜，治饘𩜾，潔滫瀡，其事至煩且勤矣，而獨於女子之孝不甚著。內則曰：「婦事舅姑，如事父母。」蓋惟恐其不如父母也。婦人內夫家，外父母家，先王垂家法於天下，故於其事父母則略言之，而特舉婦德以爲訓。女子之嫁也，父母祝而送之。其得於舅姑，貽父母令名；不得於舅姑，貽父母羞辱。女子之事舅姑，凡以孝父母也。舍事舅姑無以孝父母乎？女子二十而嫁，出於襁褓之中，離於保傅之手，其去施衿結帨也近矣；事舅姑之日長，事父母之日淺矣。然則有終身不嫁以事父母者乎〔二〕？曰：有之。子之娶婦，事宗廟，繼後世也，古之孝子有不娶以養其親者矣。不孝有三，無後爲大，以孝子之心，蹈不孝之罪，猶且爲之，而女子無是也。威后之對齊使曰：北宮之女嬰兒子無恙乎？撤其環瑱，至老不嫁，以養父母。古固有不嫁之女矣。而列女不書，內儀不載，異常之事，不可以教世而訓俗，是以著其實於記，而沒其文於經，固未嘗不深與之也。

今嘉禾女子李鳳，以事父不嫁。父病籲天，感召靈藥，有鳥啣果投厥鼎中，飲之乃瘳。

年四十七以沒，猶以不終養其父爲恨。里人懼其後之軼傳也，謚之曰李貞女，屬余文序其事。易曰：「女子貞不字。」不字其果爲貞歟？有聘而不字者矣，既納采問名，以身許人矣，而夫亡，斷髮剺耳，誓志不行，此其爲貞，從其夫言之也。今李氏之志，知有吾父焉爾，斯可謂之孝，不可謂之貞。夫女子之事夫，猶人臣之事君也。得吾君而事之，有死而無貳；不得吾君而事之，潔身守志，其道亦有死而無貳也。君臣之義，無所逃於天地之間，而男女有別。自其爲女子，而居室之倫已備，斯可爲孝也，而獨非貞歟？

【校】

〔一〕日入而息　「息」，四十卷本、風雨樓本均作「夕」。

〔二〕事父母　四十卷本、風雨樓本均作「養父母」。

編年考序〔一〕

編年者何？以事繫日，以日繫月，以月繫歲，此所謂編年也。編年考之爲書者何？以歲繫人，以人繫事，而日月不必考，則不可謂之編年；然以人之盛衰、始卒、貴賤、賢不肖皆分繫之乎年，雖謂之編年亦可也。雲間沈坤僊氏實成此書，其子麟字友聖，以詩名，則余友也。友聖之言曰：「吾父名不出里巷，躬耕十年而成此書，顧請先生一言序其簡端。且吾父嘗以謂麟曰：吾之爲此書，蓋以自警，且教爾也。吾見古人之生而神靈，少而穎異，則未嘗不早望爾之成也；其或年未強仕，位至三公，揭節垂組，立功立事，則未嘗不望爾之顯且有所建樹也。若夫鹿裘帶索之叟，或荷鋤終身，或鈔書千卷，吾蓋以此自勗，而默數其齒，則吾固已衰矣。麟也再拜受教。今以遭時不偶，父子負耒長隱於田間，而吾之壯盛日已過，吾父之篤癃日已及，將其平生著述無以傳示乎來世，願以是屬之先生。

余應之曰：子知古人編年之道乎？夫紀載之存疑，傳聞之失實，未有不始於年者也。三皇之前，皆萬有餘歲，其言荒遠不經。卽其後言之，外丙二年，仲壬四年，一以爲改元，一以爲紀歲，則失之譌；文王百歲，武王九十五歲，而謂文以五歲予武，則失之誣。且以孔子之生年卒月，而三傳、史記所載己酉、庚戌、己卯之異其年，十月、十一月、四月、五月之異其月，己丑、乙丑之異其日，其不可考者一也。老聃莫知其所終，或言百有六十歲，或言二百餘歲，其不可考者二也。長狄緣如死于魯桓十六年，而其兄焚如以宣公十五年見獲於宋〔三〕，相去百有三歲，其不可考者三也。以家語按之，伯魚之卒宜在顏淵後，而論語說謂在其前，其不可考者四也。夫春秋者，編年之書也；史記者，繼編年而作者也。今以二書參互徵考，而其譌舛乃至於此，安知後之史家繼千百年而作者，其紀元年表無傳聞異辭者乎？又安知名人鉅儒私門紀載，弟子傳述，所謂年譜者，其說果可盡信乎？而沈氏獨能佃漁百氏，錯綜萬家，以成此書，其道固非以爲編年也，誠以書簡脫誤，傳寫乖錯，有見乎編年之難，而特借一端，搜羅考索，以輔其所不及；且又父子二人帶經而鋤，窮居著書，樂道不倦。後之人考其年月，孰謂是書之無所裨益乎？余所以謂之編年者，蓋以此歟！其可傳也已。

【校】

〔一〕四十卷本、風雨樓本均無此篇。

〔二〕據左傳文十一年，死于魯桓十六年之長狄爲榮如，而焚如于宣十五年爲晉所獲。

秣陵春序〔一〕

客有問於余曰：秣陵春何爲而作也？自華山畿紀於樂府，而幽婚冥媾，歷見稗官，後世猶疑其事。今子之說，非形非影，爲有爲無，此恢諧滑稽所不談，而虞初、諸皐所不載者也。得毋乃誕之乎？

余笑曰：是所謂夏蟲不可語冰，知宋人之刻楮葉，而不識木鳶能飛者也。今夫阿房閣道，鉅麗之極觀也，咸陽三月，劫灰具燼；而海中有三神山，以金銀爲宮闕：二者吾不能定天下之居處。鄭女曼姬，嫺都嫽冶，章華宮中十年不能望幸；而巫山之神女，高唐入夢，得薦寢於君王：二者吾不能定天下之美麗。魚龍曼衍之戲，西域幻人吞刀吐火；而月中天樂紫雲一曲，唐玄宗以玉笛吹之，名曰霓裳羽衣：二者吾又安能定天下之聲音哉？

彼夫文人才士，放誕窮愁，怨女貞姬，憂思鬱結，惝兮若有所亡，怳兮若有所見，杳矣冥矣，縹緲無所不之矣。況乎侯王則陵廟丘墟，妃主既容華消歇，蕭條乎原野，瀏栗乎悲風，魑魅之與隣，狐兔之與居，其平生圖書玩好、歌舞戰鬬之娛，雖化爲飄塵灌莽，不能有以磨滅也。於是神僧異人從而取之以出其變化，李少君之帳中，佛圖澄之掌上，皆是物也，而又何疑於余之說乎？余端居無憀，中心煩懣，有所徬徨感慕，髣髴庶幾而將遇之，而足將從之，若眞有其事者，一唱三歎，於是乎作焉。是編也，果有託而然耶？果無託而然耶？即余亦不得而知也。

客乃听然而笑曰〔二〕：善。

【校】

〔一〕四十卷本、風雨樓本均無此篇。

〔二〕听然　原作「聽然」，據順治本、董本秣陵春序改。

吳梅村全集卷第三十三　文集十一

序七

江南巡撫韓公奏議序

御史中丞蒲坂韓公巡撫江南之五載，天子洊錫公命，進秩司空。公自以幸得備位〔一〕，維是地方之得失，閭閻之利病，分條其所以興及所以革之狀，當宁幸聽其言，得奉行弗墜，以少逭於闕失。其副封與草藁具在，手自裒輯，得若干卷，授其部民吳偉業序之。偉業讀而歎曰：上之加勞公與公之盡心厥職者，其在斯乎，其在斯乎！昔我世祖章皇帝聽覽之暇，命儒臣采經摭傳以撰集羣書，無亦以後之人制度文爲鑒於前王之成訓，罔或遺漏，故不厭其多聞博物而義類之弘深也。若奏對之體，貴乎指事造實，以通變而適用，其理覈，其文顯，一切傳會繁曲之辭，屏使弗進。偉業每南苑夜直，見諸公坐而假寐，漏下三十刻，中書猶捧督撫所上章奏以參訂國書，有微文之疑，互相爲之執筆彷徨〔二〕，看詳久而後定。然則有事於敷陳者，可不慎哉！

詩曰：「維今之人，不尚有舊。」書曰：「乃身在外，乃心罔不在王室。」當韓公之在京師，宿衞忠正，曉習文法，佐太宰以贊邦治，周官所云「大事則從其長，小事則專達」，其公之謂歟！天子器其能，擢自帷幄，出典畿輔，三命作牧，四方具瞻，公涖政浹旬，固已赫然改觀矣。無何有遷擢江南之命。先是江南山越未平，萑苻數起〔三〕，閩海巨寇闌入內地，以詿誤吏民，當事者赤囊紛馳告變，收捕之章又數從中下。公至之日，氛祲消而奸宄息，不動聲色，用拊循彈壓以爲政，向之所謂告急之書、窮考之案則皆無之。顧以東南區區一隅，賦稅居天下之半，秦、楚、滇南、閩、粵之餉〔四〕，檄使旁午，奔命弗遑。吳民戶賦而口斂，鄉部書都鄙之版，掾史掌邦國之貳，調發出納，千條萬端。郡邑守相，日有要，月有成，趨辦不及，卽鐫譙隨之。發代者拜除如流，罷免者羈管不去，雖有考課之法，亦不得而施。公能無燋心極慮，以求當世之長策耶！

昔有宋安撫大臣，設上佐以勾管機宜文字，主者執凡治要而已。今者職事巨細，旬朔動以具聞，其間詔條赦令，計簿獄詞，所當鉤稽而出入者，節目繁夥，不可億算。唯公通達政體，能周知乎輕重贏縮之數，而操綱紀以御之，如游刃，如治絲，如燭照而觿解，故有所建白，區處詳當，體例精密，深嚴之地朝拜夕可，所司莫得而駮難焉。論者以此重其才，服其略，它人爲之，弗能及也已。

竊惟古來奏疏莫善於晁、賈，亦嘗建積粟鑄錢；韓、范、歐陽本經術大儒，在西夏、河北所進劄子，首以理財足國爲務。夫論事人主之前，先使之知經制出入，充然其有餘，則仁義道德之言始可得而進，自古然矣。方今西北之土未盡墾，山澤之產未盡出，商賈幷兼之利，未盡講求以歸縣官，舉天下之費畢出之於農，故軍興孔亟，水旱災荒，則上與下焦然其並困。我公以肺腑居重任，憂公如家，權時制宜，用其徵發期會以仰副度支之急；若夫定經賦，寬民力，爲根本以兼爲東南，此萬世之謀，不易之論，未始不端言之也。

漢神爵之治尚綜覈，而致其隆於三代；唐貞觀之政行仁義，而收其效於富強。聖主賢臣，諮諏要道，或課名實，或布寬仁，一張一弛，同條共貫，非已事之極驗耶！世祖所以大修吏治，務合經意者，蓋兼之也。今天子寅恭祗畏，廣詢博諮，尤閔念我東南之民，以訪求疾苦。其久任公者，將盡行公之言，而公之言有非一時所能盡。處腹心密勿之地，入則造膝留身，出則皂囊封上，嘉謀嘉猷，從容陳請，必期實有所裨益，此豈疏逖小臣，芻蕘獻替者可得而比？然則其嘉惠吳民，雖古大臣之用心無以過之矣。彼於文墨治辦之間，謂公功著職修，服其才而重其略，不知此特庶務之可見者耳，又烏足以窺公之大哉！謹序。

【校】

〔一〕公自以幸得備位　風雨樓本「以」下有「爲」字。

〔二〕互相　四十卷本、風雨樓本均作「互則」。

〔三〕萑苻　原作「萑符」，據四十卷本、風雨樓本改。

〔四〕滇南　四十卷本、風雨樓本均作「滇黔」。

江海膚功詩序

古者克敵必示子孫，故於人臣之有功者，旂常以記之，鐘鼎以銘之，簡册丹青以載之，鼓籥笙簧以歌之。「王命尸臣，官此栒邑」，「虎拜稽首，天子萬年」，商、周以前尚矣。降此則輔氏之鐘，魏顆所以獲杜回也；邢國之鼎，禮至所以掖國子也；燕然北征，竇車騎所以登山刻石也；冀州安居，皇甫義眞所以定亂作歌也。上之人載在盟府，紘之樂官，圖其勞於不朽；爲臣者則又受彝器而刻其辭，用薦家廟，傳後世，永永矢報於勿忘。嗚呼，功名之際，豈不盛哉！

今我西安梁公，肅江寧一捷，再造南土，天子晉秩而寵異之，且將定封焉。吳之人以其變兵閔亂，賴公克底於寧也，作歌詩數十章。公曰：吾之功既在史氏矣，惟士大夫贈我以言，重於琱戈黼黻，不可以不記。乃執首簡命偉業曰：子爲吾序之〔一〕。

公秦人也，車鄰、駟驖、小戎、無衣之詩〔二〕，其音亢切而僨厲，清笳急笛，繇而歌之，介胄之士無不撫劍擥腕、變色衝冠者，此秦風之雄乎！若夫三江五湖之間，樓船羽蓋，黃頭櫂歌，非猶夫扶風壯士之聲情慷慨也；石城、烏棲、江南之弄，非猶夫隴頭水、關山月之激昂三歎也。語曰：「歌詩必類。」斯豈其類哉？余則以爲不然。公之在軍中，通詩書，習禮樂，有輕裘緩帶、投壺雅歌之風，及其孤軍決戰，雖以吳人之不武，驅之赴利，決命爭首，視五陵六郡之豪不是過焉，又何有於土風，而謂南音寬柔嘽緩，不足乎聽耶？然則吳士大夫之屬而和者，用公之氣以講軍容而壯武節，其辭皆發揚蹈厲，請以奏之師中，當古短簫鐃歌之曲可也。公笑而頷曰：善。遂書之以爲序。

【校】

〔一〕吾　四十卷本、風雨樓本均作「我」。

〔二〕駟驖　原作「駟鐵」，據詩經秦風改。

鹽運分司張森岳賑濟册序

苟可以仁恩及物，則智不必勤其官，能不必舉其職，推而行之，罔或勿濟。今夫鹽筴者，利之所自出，專以佐國而足用，非曉然有益於民者也。周禮掌邦之委積，治年之豐凶，於荒政纖悉具備，而山澤之利，則盡推以予民；其設之官者，制其政令而已，無所謂征榷以取之也。自管子相齊，以爲海王之國，卽水煮鹽，宜筦其權而盡歸之於上，其說曰：予之在君，奪之在君，使人長見予之形，而不見奪之理。後世遵而行之，豪強并兼，擅利孔而撓上法者，害固以浸除，而諸君吾子之所食，無不量其釜升，而爲之設衡立準，其法至爲苛細，鹽筴尙爲有益於民否耶？鹽筴誠有有益於民者。國家水旱之不時，什一之征，常恐不足於用，惟鹽爲天地所藏，取之無害，足以佐公家之急。漢元封中置鹽官二十八郡，齊居其六。山東大水〔一〕，民饑，流人轉徙，賑恤以億萬計，然而外奉軍旅，內供興作，得以不匱，則鹽筴爲之饒也。鹽筴爲之饒，於國家愛濟元元之意，未嘗不陰爲之助，獨爲是官者不能顯以養民。其顯以養民，如吾友張君森岳是已。

張君爲青州鹽運分司。青州者，山東負海之地，管子所謂渠展之鹽，梁、趙、宋、衞資以仰給者也。爲君計者，鉤稽弊漏，恤下惠商，廣蓄積以備乏絕，斯足以勤其官矣；權時緩急，搜逋擧羨，俾朝家以全力爲農，民不加賦而用自給，斯足以擧其職矣。乃有進於是者：歲比不登，民之流離不能自存者僵仆滿道，朝廷方發帑金，遣使者賑救畿以南，而張君能先民之急，損貲爲粥於路〔二〕，又下勸分之令，募豪長者相假貸，願輸者具以其名聞，獎勵有方，賦恤有法，所全活最衆，是可爲難也已。

夫張君嘗治一道以牧民，有稱於時矣，此其事辦之有餘。余以爲難者，方君以鹽筴爲官，能不拘拘於職守，救災眚，施德惠，知所本務。管子賢人也，相齊之功，霸以九世，而君之所見似爲過之，誠可書也。於是乎言。

【校】

〔一〕山東大水　四十卷本、風雨樓本「山東」下有「嘗」字。

〔二〕損貲　四十卷本作「捐貲」。

海防魯公贈言序〔一〕

吳郡瀕海之邑，其民有事於供億而驛騷弗寧者，非甚良牧莫能恤也。會稽魯公〔二〕，繇絲綸近臣出副二千石，來蒞吾吳，以防海爲其職。嘗與余論海事而籌之，曰：夫海上之築城堡〔三〕，立墩臺，所以駐屯兵也，除道成梁，陳舄置頓，則以備王人之銜命、大帥之巡守，惟恐賦斂之不時，闕而爲罪，其於用民之力亦已極矣。夫土功者，王政之所不廢也。吾誠以其時，量功命日〔四〕，揣高卑、度厚薄而爲之，則城可立，臺可成，而民不至於重困。今厲役賦丈之無方，故其下未能授功而先爲之擾。又民欲成之而兵欲毀之，彼津亭土堠之不修者，非玩也，其戍守者利於其墮而頻爲之興築也，若之何勿禁也？

先王之制，凡承王命爲過賓者，牢醴餼獻飲食之數〔五〕，各以班位而爲之等。今庶具百物歲一賦之於民，帷帟几席，槽櫪碓筮，事過則棄之；而酒漿糗糒，牲牢芻茭，常以賓至之無時，待於無用，爲黠吏之所侵沒。負販之細民，徵索匈匈，列肆晝閉；既又計畝而定其徵：是商與民交困也已。語曰：有優無匱。吾誠先爲之繕館舍，庀器用，而後令候人逆之於郊，致館致餐，拜而將幣，官正奉符而閱其數，胥徒執牘而書其物，賓至如歸，民用不擾，若之何弗舉也？

余聞之歎曰：善哉言乎！夫爲政之道，撙節愛養，息事寧人；非狃一時之安而惰窳之也；開斂強毅，興事就功，亦非輕百姓之力而程督之也。語曰：不一勞者不永逸，不暫費者不永寧。若魯公所言，規爲措置，慮始經久，民不知役而時懊怵之〔六〕，斯非體國之長謀，而使民之佚道乎！

魯公之駐節出治，在乎海虞。虞巖邑也，其山有飛泉夾澗之奇，其材有丹楓翠樾之美，其田野有陂渠塘濼、秔稻蒲蠃之饒，人民好嬉游而不事作業，美衣食而不知蓋藏，因之以饑饉，加之以誅求，物力大詘。水則浸以尚湖，縮江海之衝，而設重戍；游徼之騎旁午而狎至，艅艎之舟邪許而畢集，朝廷簡文臣以勾會其資給而整齊其法制，於職秩爲重。公府初立，庶事草創，將吏有犒饋宴饗，勞旋勸歸，掾史有出納奇贏，徵令考校，它若僚寀之聯事，賓客之過從，絡驛奔湊，咸於是乎在。苟非閈閎之高，堂皇之峻，唐階屏樹，審術辨方，則上無以發教令、治文書，下無以充揖讓、洽笑語，魯公有憂之。

且公之來也，嘗諏於都人士曰：學校者，爲政之本也。古者行師，在泮獻馘，行飲至之禮。今海上桴鼓無警，而戍邏之卒有芻牧於孔子之宮者，我備官而遽忘之耶？乃即訓導沈君與謀，以尊經閣傾圮日久，不可莫之治也，揆日戒徒，畚挶既具，翬革斯起，易其黝堊，煥以丹靑，簪宗罍相，顧瞻奕奕，而公治事之堂亦適會於成。諸生入學鼓篋，得游息講肄之所；而海上突騎，水犀諸軍，負弩被甲而趨庭者，見棟題輪奐，有嚴有翼，無大無小，歡忻鼂藻。凡此二役，皆公於農事之隙，斥羨金、捐俸入以爲之，故鼛鼓弗戒，而版築克就。

君子曰：魯公於爲政，知所重矣！春秋於浚洙、城防、新延廐則非之，於復閟宮、作泮宮、修御廪則善之，誠繇此而推，其於築城置堠，平易道路，儲偫餱糧，皆當預之以時而定之以法，俾其下居平無勞苦歎息之聲，臨事無供頓顚踣之怨，公之才實優爲之，而吾吳人之獲有休息，其道端出乎此也。沈君率其邑之士大夫徵余文爲賀，余因以前所聞於公者爲之告〔七〕，而且深有所望焉。

【校】

〔一〕題　「贈」，四十卷本、風雨樓本均作「頌」。
〔二〕會稽　四十卷本、風雨樓本均作「苕上」。
〔三〕夫海上之築城堡　風雨樓本無「之」字。
〔四〕量功　四十卷本、風雨樓本均作「量工」。
〔五〕牢醴　原作「牢禮」，據四十卷本、風雨樓本改。
〔六〕懊愀　當作「燠休」或「噢咻」。
〔七〕爲之告　風雨樓本無「之」字。

聖恩剖石和尚語錄序

聖恩語錄，剖石大和尚所著，其嗣法弟子黃龍朗梓而行焉者也。當三峯舉揚臨濟宗旨，剖公與黃龍並出其位下。其後黃龍走之章門廬嶽顛崖絕巘之中，而剖公補其師故處，修祖庭以化導我吳人者三十年。此三十年間，諸方信佛之流傳者不知幾何人，而趺坐說法之書，亦既溢名山而遍都市矣。聖恩剖公，黑白無不瞻仰，所謂精進光明幢也，而語錄至今日始出。蓋和尚以眞實了義扶植吾宗，不欲尋文覓句，與世之名聞利養者同其演唱；逮黄龍以故人還故山，受記莂以去，力請之，方許行世，顧猶删而存之，僅得四卷。是編也，所謂最後出而尊貴者歟！偉業嘗從而問道者也，遂不辭爲之序曰：

昔馬祖首以棒喝接人，至臨濟而竪三玄三要，宋洪覺範乃標擧以立綱宗，是豈謂棒喝之不足，而以玄要爲門庭哉？蓋自衣止不傳之後，法派不得不分；法派分則付囑不得不廣。從上諸祖，懼夫世之一知半解者，藉口於單提直入，顢頇儱侗，無以考驗其淺深得失，故設爲權實照用，料簡回互，以策勵而勘辨之，此所謂宗旨也。以余所見，當三峰之時，海內知傳法爲不易，其從游者皆人才英特，語機迅利，而猶盡力鉗錘，未肯輕相印可。今之竪拂拈錐者在在有之，可謂盛矣，吾不知明眼人辨驗其所開法，於玄要賓主竟何如也？夫風習所不能止者，當折之以所服。三峰之門，推聖恩、南嶽、靈隱爲三大老，非復淺學初機所可幾及。今以法印相承之耆宿，其操持修證爲最久，而此書之出也若是其愼重，然則有朝參承而暮撰述者，能無瞿然其自失乎？

或曰：黄龍之在法昌也，嘗坐禪山窟中，虎飲於巖泉不爲動，大蛇上下其肩背而鼻觀自如，此其力量有過人者。和尙退然不出戶牖，俾稱弟子而折輩行，彼蓋以道故屈也。其書具在，吾又烏足以知之？

吳梅村全集卷第三十四　文集十二

序八

兩郡名文序〔一〕

君子之爲學，期於明道而已，不以得失爲毁譽也。其以得失爲毁譽者，莫甚於世之時文，得而譽之則已加信，失而毁之則已加疑，毁譽變於外而疑信更乎中，故下無不易之見，而上無一成之格，特以其才之所至，適然相遭於數焉爾，且名成之後，又盡舉而棄之，此積輕之勢也。

今者公卿大臣，亟亟焉以正人心、明教化爲急務，敦尙典雅，簡黜浮華，限以必定之章程而嚴其進取，有不合格者舉而汰之，猶未也。州縣之循良入爲侍從，朝廷之耳目出典文章，皆取決於制藝之工拙以爲可否。蓋唐、宋之世，召用館閣諫議等官，進其平日所爲文字，及試以詞賦、論策、詔誥、箋表，今盡歸之於時文，朝野中外，一道同風，興教易俗所喁喁而想望者，舍是無繇也。自熙寧定科舉之法，以墨義帖括取士，行之數百年，至今日而其重固已極矣。雖然，昔也優游縱弛聽之，舉世之風習而醇駁各半；今也束縛之，整齊之，可謂密矣，而紕戾牴牾，乃間出於法制之外，則又何也？豈天下之才智固不可得而齊一歟？抑揣摩迎合之心盛，而轇轕紛糾之見生，反有以致之歟？余不得而解也。

先王之道，載在六經者，百世不改。士君子旣誦法先王，卽無功名誘之於前，利祿禁之於後，當知夫大雅之可尙，而奇衺之必黜。以余所聞，宋儒如呂東萊、陳止齋兩先生，其制舉義號爲極工，致政家居，猶以之教其子弟。彼蓋不以鎖廳一日之遇合有動其心，而特就平日之文，積之厚而養之完，使沛然其有餘，則詖淫邪遁之詞無自而入，此卽今日所爲社刻是也。

王子惟夏偕同社諸子選兩郡名文，問序於余。余唯吾州自西銘先生以教化興起，雲間夏彝仲、陳臥子從而和之，兩郡之文遂稱述於天下。人止見其享盛名，掇高第，奉其文爲金科玉條，不知西銘之書，羽翼經傳，固非沾沾於一第已也。十餘年來，吾郡之士日落，至今歲，環百里之內，南宮之士無一人焉。惟夏諸子之有此選也，不專用希世決科，而以修明先王，講求六藝，務合乎大儒之旨。險棘邪僻，固所弗收；拘牽附會、規摩迎合者，尤爲大道所不用。此余所謂君子之學，不以得失爲毀譽者也，其於西銘之教不爲無助。是爲序。

【校】

〔一〕四十卷本、風雨樓本均無此篇。

二宋稿序〔一〕

余觀古之爲士者，雖其窮鄉僻壤之遠，苟才之可用，爲鄉里所推擇，則必之乎京師，而游太學。其有兄弟朋友，齊名并駕，如三張、二陸之流，或洛中爲之語，或鄴下爲之頌，皆赫然名重於長安，而中才下士樸陋無聞者不得而與焉。自科舉之法行，盡天下之材無不試於有司，其爲有司所格者，無繇以自達於上；雖公卿大臣緦緦焉以收人材、明教化爲急務，而士亦窮經好古，自力於先民之章程，乃爲有司所格者亦已多矣。此無他，太學之法未具，而士不游京師故也。

吾郡宋既庭、疇三兩君以貢同入太學，登賢書，尤子展成、彭子雲客定其稿，而屬余序其簡端。疇三與其兄右之爲吾同年侍御公之子，而既庭則其同宗。右之先鳴，而既庭與疇三爲同舉，故遠近之人翕然稱之曰「二宋」也。初吾與侍御同舉進士，而侍御之兄以政成上考，進爲給事中，侍御則繇禮部郎用特旨改授。兄弟居兩省，爲諫官，淸塗華貫，貴重於朝廷，每過直，騶哄滿道，當世榮之。宋氏之以兄弟稱者，自給事、侍御始也。

侍御之使山東也，右之方數歲，早慧能文，侍御召之出拜，而置疇三於膝上，余見而奇之曰：此復爲二宋矣！無何，侍御死於兵，給事不得志於仕宦，其後乃以文章氣誼傾東南；而既庭、疇三用科第知名。余不自知其衰落，猶頹然處諸子間，俯仰二十年，交於宋氏者兩世矣。既庭家貧好學，早負物望，而天性醇謹，不以行能高人，其爲文也，深厚詳雅，有度有則；疇三少孤夙成，器實不凡，而雅志刻苦，不以門第自許，其爲文也，聰明穎拔，朗悟絕倫：此兩君者終當大至。而吾所尤喜者，以其游京師而觀太學，名動衣冠，爲後進之秀；其登賢書也，使天下知東南之多才，而士之通經好古者，亦有以自信，不挫其志氣，於以敦經術，重科舉，必自二宋始矣。

以二宋之才，其所就不止於一第，而吾之望於二宋者，亦豈沾沾焉於所爲應試之時文？誠見人材之遇不遇，其盛衰有關於風俗，故於是編也而及之，固不專爲二宋已也。是爲序。

【校】

〔一〕四十卷本、風雨樓本均無此篇。

孫孝若稿序

余初以制藝起家，常歉然自以爲不足〔一〕，好從諸先達考求故實，以增益其所聞見。其之虞山也，獲與孫子喬先生游。先生年已六十餘，嘗爲余言，少時猶及見皇甫司勳、王弇州兩公云。蓋先生之父三川公以能詩名海內，兩公親與定交，先生侍函丈，聞緒論，追敍其事，歎詫爲不可復得。余聞語亦慨然者久之。當是時，先生之二子，恭甫居顯官，而光甫與余同舉進士，先生不以爲榮，好舉往賢之流風軼事以相諷勉，余以知先生之不可及而其澤深且長也已。

後十餘年，恭甫之長君孝若舉進士，裒所爲文若干首，問序於余〔二〕。孝若之爲人也，風流醞藉，機神警速，實顚倒於余〔三〕，余亦心折之甚。其天才之所軼發，家學之所纘承，足以囊括古今，貫穿經史，出入古文詩歌之間，制藝乃其餘事，卽而求之，所造固已如此矣。

嗟乎！今之爲制藝者，咸哆然有自大之心，其中初無所得，而欲以輕侮當世，凌忽老成，邀結黨類，詆娸儕輩〔四〕，以余耳目所見，比比而是也。夫以孝若之人才、之門第〔五〕，不欲沾沾於一日之名，捨本業而追時好。及其捷南宮，懸國門，天下翕然稱之，京師三公貴人無不援孝若以爲重者，而亟得余之一言，豈文章道誼朋友之投分固有數歟？抑余之蹇拙無似，齟齬於世，孝若因以取之歟？若謂世經變亂，人物凋喪，雖樸陋如余者，猶遺民佚老之僅存，可以徵舊聞而道掌故，則余且震懼不敢當；而孝若固進而益請者，蓋亦乃祖之風類也。以是辭不獲而爲之序。

【校】

〔一〕軼　原作「歎」，據風雨樓本改。
〔二〕序　四十卷本、風雨樓本均作「敍」。
〔三〕顚倒　四十卷本、風雨樓本均作「傾倒」。
〔四〕詆娸　四十卷本、風雨樓本均作「詆諆」。
〔五〕門第　四十卷本、風雨樓本均作「門地」。

德藻稿序

吾弟德藻以今年舉於鄉，去志衍與余同薦之日，則已二十年矣。余深喜吾宗之有人，而德藻慊焉不自以爲足〔一〕，挾其行卷是正於余，余將何以爲吾弟告哉？無已，舉平日讀書之道爲吾弟言之可乎！

初吾與志衍少而同學，於經術無所師授，特厭苦俗儒之所爲，而輒取古人之書，攟摭其近似者，隱括之爲時文，年壯志得，不規規於進取，乃益騁其無涯之詞〔二〕，以極其意之所至。初謂遲之十年，析理匠心，刊華就實，庶底於有成，不意遽爲主司所收，而世人遂謬許而過採之，以其言爲該貫〔三〕。夫學力深淺，內自驗之吾心，余兩人之於文，實未有所得也。自入仕以後，得宿儒大人爲之講論，約其指要而分其條流，退而視吾之文，則膠葛漫衍，無當於古之立言者，於是慚憤竊歎，盡發篋中之書而讀之，將上以酬知遇，而下以厭觀聽者之心。比年以來，稍有證入，雖不敢妄謂有得，而視吾始舉之歲，其相去固已遠矣。雖然，吾之致力於應舉，一二年耳，至今山陬窮邑，知吾名字，尙以制科之時文。吾爲詩古文詞二十年矣，而閭巷之小生以氣排之，而詆吾空言爲無用。蓋天下之士，止知制義之可貴，而不思古學之當復，其爲日也久矣。

今德藻之才，其雄深似志衍，其雅健似余，又能取法先民，早自納於繩墨，蓋兼乎兩人之長而無其病，此其取一第有餘。而吾獨有見於科名之易，而讀書之難，不敢以一日之遇爲吾弟喜，而進之以終身之所學。且君子之爲學，所以扶氣類、明志節，弘道而敎俗者也。每念吾志衍獎許同人，以文章志氣相砥礪〔四〕，賓客滿座，吐屬如流，圖史滿前，議論鋒起，單門寒畯被其容接者〔五〕，噓枯吹生，寡聞淺識之徒〔六〕，旁行側視，不敢出氣。今吾黨日落，而悠悠者相趨成風，世衰俗薄，非當世之賢人君子莫得而搘拄，舍吾德藻更誰屬耶？

德藻之爲人，才氣宏放，志度凝遠，自其少時便有穎異之目，與兄聖符俱有聲於藝苑，而德藻先鳴，此其弘獎風流，長於氣誼，必復如志衍時。余窮且老矣，浮湛俗間，無復有以自振。夫不能見之於身者，猶庶幾見之於兄弟朋友。凡吾所謂讀書之道，以此而已，德藻其勉乎哉！

【校】

〔一〕慊　四十卷本、風雨樓本均作「嗛」。

〔二〕其　四十卷本、風雨樓本均作「爲」。

〔三〕該貫　四十卷本、風雨樓本均作「該實」。

〔四〕志氣　四十卷本、風雨樓本均作「意氣」。

〔五〕寒畯　四十卷本、風雨樓本均作「寒進」。

〔六〕淺識　四十卷本、風雨樓本均作「尠識」。

王茂京稿序

吾里以春秋舉者，是科得二人，其一則通家王子茂京也。初余早歲忝太常公執友，而端士從余問道，以此交於王氏者最深。今端士成進士十餘年，又見其子貴方與太常少子藻儒同計偕，而太常期頤克壯自如也。蓋世家之不振者，江南比比相望，王氏父子兄弟獨且日顯重，而余頹然衰以老矣。茂京稿行，端士取首簡屬余，余將何以長茂京哉？端士之意，不在乎敍門第之盛、交游之雅，謂余老於文學，庶幾讀書行誼，有以相勗勉也。

夫文有文有質，質以原本經術，根極理要，文以發皇當世之人才。是道也，孰有大於春秋者乎？自易之精微，詩之温厚，書之渾噩，禮之廣博，至春秋一變爲記事之書，其爲言也簡矣而不詳，直矣而不肆，可以謂之質矣。然而董仲舒、賈誼、劉向皆以閎覽博物之才，從而推演其說，各自名家，務折中於孔子，不徒規規焉守章句而已。豈春秋之質者卽其所爲文歟？今天下之文日趨於質矣，其爲教總不離乎傳註。吾以爲宋人傳註之學，其稱詞也約，其取義也遠，非夫篤學深思確乎有得者，不足以求之。乃觀今之論文者若是乎？悉其才智，運機軸於毫芒，而六藝博洽之言，先儒平實之論，概而絕之，弗使得入。吾不知其沖虛淡漠，果有得於中，抑猥隨流俗爲風尚也？然則學者將安從？亦求其不謬於聖人，不悖於先正，如是足矣。

王氏自文肅公以經術至宰相，緱山先生相繼掇上第，負重名，其於春秋，父子各有所講貫，凡以推崇醇正，抑退浮華，風厲一世之人文而表章絕學，上者施於訏謨政事之間，次者見諸館閣之論著，誠所謂經世大儒，彬彬質有其文者哉！余向從故老竊聞相公謝政里居，猶以制舉藝爲人論說〔一〕，諸生以文字贄者，鑒別其窮達，十不爽一，而課孫諸作，盛爲海內所傳誦。蓋大臣心事，嘉惠後學，尤思以經術世其子孫。王氏淵源弗替，高曾規矩，寤寐在前，不待取諸外而足也。

太常好藏其先公之手蹟，經史鉤貫，庋置如新，而百年闈墨，得諸兵火散佚之餘，人皆以爲王氏之祥，其後當有興者，不數年而藻儒、茂京後先鵲起。噫嘻，詎偶然哉！藻儒秀外惠中，標擧儁異，茂京雄駿閎達，二者望而識其遠器。余老矣，無以長茂京，盍舉舊聞於王氏者還以告之。

夫以茂京之才，出其餘技，詩歌翰墨，卓絶出乎流輩〔二〕，他年讀書行誼，定有過於所期。是編也，揣摩匠心，卒根本乎家學，其以度越當世之君子，則已遠矣。此余所以重茂京而序之之意也。

【校】

〔一〕猶　四十卷本、風雨樓本均作「如」。

〔二〕卓　四十卷本、風雨樓本均作「早」。

吳梅村全集卷第三十五　文集十三

序九

送胡彥遠南歸序

武林有橫山，江氏兄弟隱於橫山者二十年，天下言隱居善避兵者無如橫山矣。已而武林亂，橫山先受兵，余疑焉。或曰：江氏固高貲，有圖書玩好朋友聲酒之樂，富於居山者也。余乃歎曰：江氏之及也宜哉！

今年春，遇詩人胡彥遠於長安，每酒酣，詫客曰：吾家在武林之河渚，巒迴澗複，人跡罕至，煙汀霧樹，視之旣盡，杳若萬里。吾父子葺茆屋以居，杜門著書，不見兵革。顧以貧故，無以贍老親，不得已走京師，從故人索河北一書。今將涉漳河，過邢臺，泝淮而南〔一〕，歸吾所居河渚，誓不復出矣。

夫以彥遠之詩與其人，使有山田數十畝，營灌自給，可以勿游；既游矣，即久留邸中，曳裾公卿之門，亦可以無困。乃彥遠自以居山久，一旦來京師，策禿尾驢，障便面行泥淖中，鬱鬱不得意，發病思歸。歸而便道謁西諸侯，西諸侯恐無能識彥遠者；其游也，乃所以益其貧耳。雖然，吾以知彥遠居山之安也，織簾砍屧，緯蕭拾橡，可以養生，可以事親，彥遠詎憂貧乎？吾聞南高峰下有松僊人者，不衣不食，大類焦先寒貧子之流，此眞隱居善避兵者。彥遠必知其人，問之而不吾告何也？他日有棄家變名，橫山河渚之間，不知其處者〔二〕，其必彥遠也夫！

【校】

〔一〕泝　原作「沂」，據四十卷本、風雨樓本改。

〔二〕不知　四十卷本、風雨樓本均作「莫知」。

送林衡者還閩序

閩爲天下僻壤，面山負海，土風淳厚，家禮樂而戶詩書，人才常甲天下，而石齋黃先生以道德起漳南，忠孝大節光顯於朝廷，而文章經術以教訓鄉里生徒，榕壇之下，巷舍常滿，閩士之盛，天下莫隆焉。閩於地既僻，而人才絕盛，其郡舉上計試於禮部者，過重山危棧，涉錢塘，入武林，取道於吳郡，而後繇江淮以達於京師；故雖以石齋之賢，海內望塵不及，獨於吾吳則山川歷覽，賓客從游，可指數而得也，況其子弟都講之至於斯哉！蓋是時天下太平，江南文事大振，如余者夙爲石齋所知，能推明其敎，故舟車之通，聲氣之合，有如此也。自先生殉節以死，余臥病海濱，不與當世接，遠方之士徒步而過我者，亦已少矣。

今年，興化林衡者布衣芒屩，負其詩古文詞十數卷，入門長揖曰：吾石齋弟子也。先生沒，吾黨抱其經書逃匿巖谷，蓋與天下絕矣。獨念通都廣邑之內，名山大河之間，人才輩出，耆舊猶存，今以絕意仕宦，不得復與之游，則何以論道取友，感發其志氣？於是累趼重繭，襆被而來，將繇此入白門，過廣陵，一覯中原之盛，而恐其糧盡以返也。余聞其言壯之。往者在長安，石齋嘗以易傳授余及豫章楊機部，未及竟，石齋用言事得罪，相送出都城，機部慨然曰：絕學當傳，大賢難遇，余兩人盍棄所居官，從石齋讀書鶴鳴山中，十年不出。余心是其語，兩人者逡巡未得去。今機部後先授命，余覥顏苟活，先生之學遂以失傳。

嗟乎！吾聞之，古人有辭親遠遊，負笈求師，三年不得見者矣；有解去印綬，不通官閥，北面稱弟子者矣：此機部與余所不能爲者，而衡者爲之。衡者行，序其稿爲贈，所以明余之惰，著衡者之勤，以見閩士多賢，而石齋先生之學猶存於天下也。衡者名佳璣，興化之莆田人，爲人質樸修志行，詩文雅健有師法。其叔父小眉公以前進士隱居著述，衡者能世其家風云。

贈琴者王生序

往時余兄志衍好琴，琴之道，非心手專一，勿能工也。志衍能詩文，善書畫，弈棋居能品，又爲投壺蹴踘諸戲〔一〕，其於琴弗肯竟學，顧好與其工者游。有王生者以此技進，能爲新聲。當是時，志衍方貴盛，賓客日十數人，談論方起，絲管間作，行酒歌呼，投壺叫絕〔二〕，志衍分身其間，恢啁抵掌〔三〕，以爲樂笑〔四〕。已而王生攜其琴至，撫絃布指，則主人焚香啜茗，正容端膝，四座闃寂無人聲。余於是歎琴德之妙，王生之功〔五〕，幷以服吾志衍也。不數年，志衍官蜀之成都，闔門遇寇難以死。王生者無所遇，其道益窮〔六〕，衣其敝衣，日抱琴行道中。余與當時賓客，遇亂各散去，無一人能收王生者。蓋志衍之亡六七年矣。今年夏，復與王生遇，談志衍舊事，則大哭；哭已，爲余鼓一再弄，淒然以淸，悄然以悲，聽之如見志衍也。

昔孟嘗君廣廈邃房，淫聲麗色，撞鐘舞女乎其前，而雍門高爲之鼓琴也，能使如破國亡邑之人，流涕泣下。今以吾志衍才氣之雄，交遊之衆，可不謂盛歟？一旦骸骨破碎，門戶磨滅，欲如雍門所云，千秋萬世之後，嬰兒豎子躑躅而歌於其墓上，噫，何可得哉！然則王生之爲此曲也，其爲峨眉之高乎？其爲瞿塘之深乎？其爲杜鵑之啼、猿狖之吟乎？其爲山鬼之連蜷而偃蹇乎？其爲秋風之慄慄中人肌膚乎〔七〕？蓋坐客憯懍振悚，變色而三歎。又從而歌之曰：葛蔓蔓乎雨冥冥〔八〕，楓林黑兮陰火青。望故鄉而不見，語白骨乎空城。顧愛子之罔託兮，嗟賓御之無人。則坐客無不矯首西望，欷歔而於邑也。

抑吾又聞之，琴者所以理性怡心，導情宣鬱；今聆王生之操，不言哀而哀，得毋張急調下，非中和之響耶？是不然，夫人心有煩寃菀結不能自達者，驟聞幽眇之音，愀愴之調，一彈再歌〔九〕，涕淚横集，則仰首出氣，足以釋然於胸懷。且以文王之忠焉而幽囚，伯奇之孝焉而讒死，孔子之聖焉而見逐，顏回之賢焉而早夭，在深於琴者言之，雖以志衍之罹極禍，揆之義命，可以無憾，況於吾輩爲破國亡邑之人者耶！

王生推琴而起曰：善。遂書其語爲贈。王生名愚，吳郡人。

【校】

〔一〕爲　四十卷本作「能」。

〔二〕投壺叫絶　四十卷本、風雨樓本均作「投盧絶叫」。

〔三〕恢啁　四十卷本、風雨樓本均作「詼啁」。

〔四〕樂笑　四十卷本、風雨樓本均作「笑樂」。

〔五〕功　四十卷本作「工」。

〔六〕其道益窮　四十卷本、風雨樓本「益」下有「以」字。

〔七〕慄慄　四十卷本、風雨樓本均作「憀慄」。

〔八〕乎　四十卷本作「兮」。

〔九〕歌　四十卷本、風雨樓本均作「鼓」。

贈照如師序

儒者之道，與佛教同爲盛衰。往者唐、宋大儒專斥浮圖氏，而名僧大德咸出於其時，蓋儒術與佛教同盛，此古人所以不可及也。今之爲浮圖學者，大率重宗而絀教，其弊也〔一〕，黑白互異，南北相訾，賢人君子欲立說以勝之，而其道不足以相服，卒舉天下愚智盡歸之宗門，可謂盛矣！而名山老衲乃有沒法淪墮之恨〔二〕，此所謂儒術衰而佛教與之同衰，其可歎也已。

以余所聞，神宗皇帝時，士大夫以讀書講學相高，吾州先達如管東溟、曹魯川兩先生，研綜六經，穿穴訓詁，而又能得佛法大旨，於教律論藏皆有所參究，爲一時緇素之所諮仰。

蓋唐、宋之講學儒釋分，而我明之講學儒釋合，後來憨山、蓮池諸大法師，皆能融釋書傳，歸之教乘，未必非兩公有以發之也。

余生也晚，於兩公不及見，而魯川之壻爲余外王父，少時從母黨竊觀其書，多至百餘卷。魯川三子，其季曰毅叔，毅叔之子曰元孟，父子爲儒者，能世其家學。今年夏，余園居讀書，元孟瓢笠叩門曰：吾出家於郡城之文殊庵，僧臘已十年矣。此卽所謂照如師也。東溟之後曰乾山，手定法華疏鈔，自爲諸生，四方講席見推爲耆宿，今亦出家於吳郡。嗟乎！余於是知兩先生之教且復盛也。

夫照如、乾山，儒者也。儒者之學，通明廣達，條析科儀，講求微密，皆歷有援證；彼夫自尊其學，空疎而滅裂者，其說自足以勝之。說足以勝之矣，苟非能外死生，去利欲，則何以折方袍圓領者之徒而使之震奉吾教？所謂其道不足以相服，蓋以此也。今照如、乾山受信具，修戒律，勤苦專慤，在疇人之中最爲精進，而始舉其先世之書，闡揚條貫，用以尊道而訓俗。然則儒教敝〔三〕，佛教衰，庶乎其有望者，其在斯乎！

照師年六十，徵余文爲壽。夫浮圖氏以天地萬物爲空幻，年祀久遠，本非所計，而獨於道之盛衰，不可不以身爲擔荷，故書是以貽之。

【校】

〔一〕弊　四十卷本、風雨樓本均作「敝」。

〔二〕沒法　四十卷本、風雨樓本均作「末法」。

〔三〕儒教　四十卷本作「儒術」。

王石谷贈行詩序

士之負絕藝者，中有神解，而外與物化，非至精者不能幾也。然而爲之難，知之亦難。何以言之？夫善琴者不必於其音也，善弈者不必於其博也，善射者不必於其鵠，善御者不必於其馬也，善書畫者不必於其毫素也。孔子曰：用志不分，乃疑於神。神者，芒忽無形，變化無端，長與造物者游，而髣髴其所由。始吾乃目將營之，足將從之，若是乎其專且壹也，雖有好惡利害，非譽巧拙，不得而入焉。久之如有得也，窅然若喪其故吾，而忻然與其道相接，如此謂之藝成。藝既成，居有以得於己，出可以無待於人，苟或嗜我技，貪我名，而不窺我用志之所存，雖投之以千金之璧，却行擁篲而前者，弗顧也，以其不足乎知我也。故曰：爲之難，知之亦難。

海虞王子石谷者，善畫，其畫也無地勢而尊，不蓄積而富，非宿素而老，處於蓬茅沮洳之間，一日而傾天下，遼廓乎三百年諸家之所莫及。噫嘻，亦異哉！余問之曰：子惡乎操術而至於是耶？石谷曰：吾行若遺，坐若忘，晝不食，夜不寐，賾探冥索〔一〕，以與古人相遇於微眇之中，凡歷三五年而所學始大就。嗟乎，石谷之於斯事也，可謂治之之勤，悟之之深者矣！當其初起，惟吾州兩王公知之，既而少司農周櫟園先生知之。兩王公先達盛名，極意推挽；而櫟園方爲江左重臣，手筆致問，降己折節，若惟恐其不易致者。石谷爲之辦裝而未及發，會先生用職事被案劾，或止之曰：此豈公論書畫時耶？石谷曰：公知我者，不可以不往。既至，先生流連傾倒，不自知其身之在憂患也。亡何先生事解〔二〕，天下聞而兩賢之。石谷不以先生多故而濡滯其行，先生不以失志而稍廢待士之禮，相與作歌詩紀其事。嗚呼，古之所謂知己者，其在斯乎！其在斯乎！

余嘗有感於莊周、列禦寇之說，技之工者進乎道，巧之至者全乎天。舉夫庖丁之刀、宜僚之丸、飛衞之矢、匠石之斤，與宋元君之畫史舐筆和墨、解衣盤礴者，其道相合；而韓退之之論張旭草書，以爲喜怒窮窘，憂悲愉佚，怨恨思慕，無聊不平，皆於草書焉發之。蓋書畫之道本乎性，適乎情，通乎天地萬物，其不可端倪也如此。今以王子之有得，而又與櫟園遊也。櫟園既備嘗其平生之遭，晚而深思篤好於畫，將取其二十年來嶔嶔磈壘，可憂可愕，暄涼顯晦，代更乎前者，託諸丹青粉繪爲銷歸。石谷可得其意而奮筆追之〔三〕，以視夫川巖之險易，煙雲之起滅，草木之開落而榮悴，人事變異，物情顛倒，皆是理也。然則王子之於晝不更進，而其爲知己也又何如哉！

余既交於櫟園，而其識石谷也不在兩王公之後，喜是編之成，足以著兩人之深相知也，於是乎言。

【校】

〔一〕賾探　原作「頤探」，據四十卷本、風雨樓本改。

〔二〕亡何先生事解　「事」字原無，據四十卷本、風雨樓本增。

〔三〕可　四十卷本、風雨樓本均作「苟」。

孫孝維贈言序〔一〕

昔之所謂世家者，非獨以其膴厚也，蓋有文辭之事焉。自春秋范文子以立言爲三不朽，兩漢名儒元功之後，位不至而名過其父兄者有之。晉、魏以降，崔、盧、王、謝，家擅雕龍，人人有集，爲當世文人所推獎。貴游子弟，不惟膏粱裙屐之是好，而沾沾於知我之一言，其得之若拱璧，被之若文繡。傳曰：「非文辭不爲功。」誠信然哉！

余於海虞孫孝維所裒贈言讀之而歎曰：此可以觀孝維之所尚矣。夫當今之稱世家者，孰踰孝維乎？方伯公二龍齊驅，宣猷岳牧，法曹高第，治行淸能，生有父兄之資，長無門戶之累，養閑守素，儁譽日高，杜欽之優游恬尙、王湛之晦德浮沉也。別墅攬招眞諸勝，丙舍極楓林之美，同里宗工在望，賓客如歸，孝維於其間延接靑雲名士，白社高人，流連欣賞，扁舟乘興，訪兄三衢郡閣，放浪於仙巖、繡峰，何點之定林寺、陶峴之西塞山也。生平嗜書畫奇玩，斥城南數頃田，易置樽彝敦卣，所居夾窗助明，點染楮墨，設水遞，開茶寮，石鼎松風，旗鎗碗具，皆有才以使之，趙明誠之好古博物、陸鴻漸之品泉鬬茗也。家蓄淸商一部，有雅流老輩爲之審音，分刌比度，轉喉入破，得杳眇之致，而過江一生，載酒齎琵琶至，朗彈開元法曲，淒淸惋壯，坐者爲之泣下，桓野王之柯亭笛、宗少文之金石弄也。

孫氏舊以文雄里中，其先處士西川公學詩於長洲沈啓南，偕皇甫兄弟相善，太學滄浪生能詩喜客，父子顯聞。孝維繼起而世其家風，服高曾之規矩，見聞薰習，尤崇尙文辭之事，宜乎知我者形諸賦詠，以爲美談，動盈卷帙，固其風流俊爽有以傾一時，苟非至篤好，亦何能致若是之多乎！然則今之立言者，考論世家，徵諸文獻，必之孫氏，而其所以可久者，不徒在膴厚而尤在此也。余故備著之，以諗世之知孝維者焉。是爲序。

【校】

〔一〕四十卷本、風雨樓本均無此篇。

吴梅村全集卷第三十六　文集十四

序十

文先生六十序〔一〕

滇南文先生以計偕入太學，崇禎十六年，天子命爲婁人師。婁之人不知師道，二十年於茲矣。自先生至，教以君臣父子之禮，堯、舜、周公、孔子之道，董其怠惰，誡其凌誶，以期於有成，於是遠近稱爲先生。鄉大夫之賢者必之先生謁，里中戴白之老，不知詩書者，咸曰：先生君子也。

無何北兵至〔二〕，在先生之義不可以留，將行，其弟子進曰：先生行固當。雖然，先生所居者職也，其所事者道也，盍謝其職而修吾道乎！先生而無爲吾道計也，其爲吾道計，先生留。先生拂然作色不悅曰：異哉，二三子之爲此言也！吾比者教汝何，若而棄之耶？吾之行也，不可以過今日。其弟子又進曰：先生行矣。滇南去吳萬里，過酉陽，上灘水，若是其險也，且又阻兵。今傑然儒者也，將襆被乎越豺虎之逕，而弟子莫隨，此棄其師矣。先生而行也，願請從。先生曰：諸君有親，不可以吾故累。且我固非歸也，吾將從蒼公游。蒼公者，滇人，住吳之中峯，以佛教重東南者也。先是蒼公講法華於婁之海印菴，先生以同里而異術，豎義相論難，婁人之知先生與師最深〔三〕，及是聞之，則大喜曰：先生去我未遠也。若亂定，滇道未通者，當請先生還。先生許諾。久之迎諸山中，有以私舍設都講、布函丈請者，先生放杖而笑，自理其鬚髯曰：吾已僧服矣。乃卽城南精藍中置木榻，命一童子支鼎鬻，盡謝其生徒，杜門不交人事。

如是者四年，先生年六十，弟子請一言壽於先生。余曰：滇南天下饒樂地也，丹砂鐘乳土所出，珠璣犀象果布之湊，其田也畝數鍾，千金之裘不貴於市，無爲惡寒矣。且其人以隔絕山海，今猶襲冠帶以居，而先生獨阻亂不得歸，出無車，食無肉，褐以爲煖，瓿盎以爲儲。夫舊國舊都，望之累欷，況兄弟親戚之洫焉若有亡乎！年齒衰矣，道路長矣，而鼙鼓之聲日闐闐者，先生其獨且奈何哉？或曰：蒼公學道者也，捐親黨，棄閭里，遺世離人而立乎獨，以彼視萬里猶尋丈也。余應之曰：蒼公之所學者佛也，其道如是足爾。先生所學者，堯、舜、周公、孔子之道，其於君臣父子也，仕必守其官，處必歸其家，老有所以養，少有所以奉。今先生居此四年矣，庶幾師弟子之禮存焉，其君臣父子之道，所不行者蓋亦多矣，而謂非先生之窮歟！

抑吾聞之，先生又通卜筮象緯形家者言〔四〕。夫滇南所産，輒多高人絶學，先生以儒者籠絡萬物，不名一德，今毁服童髮而遊於世也，將得乎儒釋之合而探其原，於是乎齊得喪〔五〕，混欣戚，浩浩乎靡所津涯，其爲道也，吾又烏足以知之哉？噫嘻！此眞先生也。蒼公曰：嚮者吾論難，固自以爲勿及也。

【校】

〔一〕題　四十卷本、風雨樓本均作「文先生六十壽序」。

〔二〕無何北兵至　四十卷本、風雨樓本均無「北」字。

〔三〕婁人之　四十卷本、風雨樓本均作「婁之人」。

〔四〕象緯　四十卷本、風雨樓本均作「緯象」。

〔五〕乎　四十卷本、風雨樓本均作「焉」。

座師李太虚先生壽序

偉業嘗讀歐陽文忠公傳，見其行事，慨然想見其爲人，以爲上下千百年，江右儒者學術之盛，未有出於歐陽公者也。獨疑其致政之後，不歸廬陵，而買田潁上，何歟？蓋有宋待臣子之禮爲最厚，爲之臣者亦戀戀君父，不忍遠歸故土，而於宛、雒、汝、潁之間，起居朝請，以近於京師。韓、范、杜、富諸公皆然，不徒歐陽公也。

自歐陽公後，江右士大夫咸被服其遺教，凡數百載而有吾師李太虛先生〔一〕。先生入承明，典制誥，掄文於楚，楚之詩人才士夙負重名者袞然爲舉首，此歐陽之歷二府、司兩制，以知貢舉得人者也。先生性彊直，爲臺諫所中，隱居白鹿，講授生徒，天子再召用，決大計，爭南遷，深當上旨，事不果行，此歐陽之貽書司諫、貶秩夷陵、力持濮議，爲朝論所排者也。先生摭拾累朝故實〔二〕，抄撮成書，凡數百卷，欲以成一代之良史，好古博物，訪求金石篆刻，遇有所好，雖傾囊爲之勿吝，此歐陽之修唐書，紀五代，以其余力爲集古錄者也。盛明之際，詞林先達如曾子啓〔三〕、崔後渠諸公，皆伉爽闊達，有詩酒稱，嘉、隆而降，則齪齪拘謹以爲常，先生則不屑也，居公卿間，興酣耳熱，朝章國故，忼慨極論，詩文揮灑，援接後進，爲風雅所宗，此又歐陽之自號醉翁，與石曼卿、蘇子美共其流連者也。凡先生之同於歐陽公者如此，而歐陽公卜居潁上〔四〕，先生亦僑寓維揚，維揚者，平山堂在焉，歐陽公之所遊處也，則疑其無不同。而偉業獨有感者：歐陽公處全盛之世，天下無事，雖免而家居，猶述其三朝被遇之榮，以誇耀於田夫野老；而先生流離險阻，浮海南還，家園烽火，禍亂再作，僅以其身漂泊於江山風月之間，其視歐陽之潁上，相去固已遠矣。

雖然，吾師之爲人，儻朗而曠遠，以視人世之危疑患難，實不足以動其心而損其意氣。其之維揚也，與偉業相遇於虎丘，别十五六年矣，其容加少，其髮加鬒，握手道故，漏下數十刻，猶危坐引滿，議論亹亹不倦。偉業顚毛班白，自數其齒少於師二十歲，而憂患蹙迫，以及於早衰，竊仰自慚歎〔五〕，以吾師爲不可及。歐陽公晚年自號六一居士，齊得失，忘物我，泊然其無憂，浩然其自適，吾師似深有得於斯者，而所遇各殊；則歐陽爲其易，吾師尤爲其難也。偉業聞之：古之至人，達生之情，識命之理，無江海而閒，不導引而壽，其吾師之謂耶！

【校】

〔一〕李太虛　原作「李太翁」，據四十卷本、風雨樓本改。

〔二〕攟拾　四十卷本、風雨樓本均作「攟摭」。

〔三〕曾子啓　啓原作「棨」，據四十卷本、風雨樓本改。

〔四〕而歐陽公卜居潁上　四十卷本無「公」字。

〔五〕自　四十卷本、風雨樓本均作「視」。

彭燕又五十壽序

士之能立言者，必需之歲月，以自驗其學問之所至。若夫遭遇亂離，而獨以其身超然於塵壒之表，則筆之於書者，將爲天下後世所考正，其平生之學尤可重焉。

往者余偕志衍舉於鄉，同年中雲間彭燕又、陳臥子以能詩名。臥子長余一歲，而燕又、志衍俱未三十。每置酒相與爲歡，志衍偕燕又好少年蒱博之戲，浮白投盧，歌呼絕叫；而臥子獨據胡床，爇巨燭，刻韻賦詩，中夜不肯休，兩公者目笑之曰：何自苦？臥子慨然曰：公等以歲月爲可恃哉？吾每讀終軍、賈誼二傳，輒遶床夜走，撫髀太息，吾輩年方隆盛，不於此時有所紀述，豈能待喬松之壽、垂金石之名哉！曹孟德不云乎：壯盛智慧，殊不吾來。公等奈何易視之也！其後十餘歲，志衍不幸歿於成都；臥子則以事殉節，其遺文卓犖，流布海內，不負所志。余與燕又偷活草間，又六七年於此矣。自顧平生無可表見，將以其餘年肆力於文章，顧兵興以來，流離奔走，神智耗竭，每憶少時讀書，不至牴滯，今手一編者終日，覆而按之，不能舉其辭。蓋余年過四十，而髮變齒落，志雖盛，而其氣亦已衰矣。追念臥子疇昔之言，未嘗不爲之流涕也。

春初與燕又遇於吳門，問其年則已五十，去余同舉之歲曾幾何時，而遂迫始衰，日月如流，能不浩歎！已而燕又盡出詩文讀之，則余又驚其才之壯而意之新，博聞辯智，有精強少年所不能及者，其生平著述之足以服當時而垂後世無疑也。

昔者吾夫子刪詩書，定禮樂，自中古以來，所推者則惟君家老彭，其稱之曰：「述而不作，信而好古。」以此言之，其爲多聞博洽之儒歟！後世乃取神仙詭異之說附著其傳，以爲彭祖，陸終氏之第三子，堯時受封，至商武丁朝尚存，而年且八百。其言荒遠不經，搢紳者所不道。然以吾思之，當唐、虞之禪讓，夏、商之興衰，故家舊臣無復存者，上古譜牒失傳，年祀莫紀，而彭祖獨以皤皤黃髮，綴拾前王之舊聞〔一〕，受其說者，見多識往事，年踰耆耋而有壯容，震而驚之〔二〕，以爲此數百歲人耳，非實事也。老聃東周柱下史，伯陽父、史儋皆先後同官，而聃之書獨傳，後世且合此三人者爲一人，而謂老聃修道養壽，壽可百餘歲，或云二百歲，夫彭祖猶是也。

今燕又之詩文，其在天下者，經世代遷改，卷帙塵蠹，後生之徒覩其姓氏，且以爲古之賢人，而不知其年尚五十。若令杜門絕跡，不與世通，著書三十年，書成而所紀皆易世之事，日月闊遠，見聞綿邈，得無有疑其甲子，不知何代人耶？自古遭兵火而磨滅，如臥子、志衍者不少，而遺民佚叟爲造物所留以當文獻者，亦往往見焉。余既自力於學，懼弗克〔三〕，而以勉燕又，有以知其必成，乃因其門人之請而敍之若此。

【校】

〔一〕綴拾　原作「綴捨」，據四十卷本、風雨樓本改。

〔二〕鶩　四十卷本、風雨樓本均作「矜」。

〔三〕弗　四十卷本作「勿」。

黃觀只五十壽序

往余讀碧山集，知嘉禾黃葵陽先生以省元取高第，入史館，迴翔宮相，幾及大用。既而從吾師西銘之門識其孫觀只，亦以省元後先踵武，浙東、西誇爲盛事，則又吾友大樽所鑒拔而登之者也。歲月云邁，二十餘年，觀只春秋五十，其同里虞君、譚君等徵余一言。噫，余言何足爲觀只重哉！

昔東漢之世，江夏黃瓊偕其孫琬並至宰相，封侯，直節蹇諫〔一〕，彪炳史册。運會有盛衰，人世有險易〔三〕，遂使再世之內，遭遇懸殊。君子讀其傳，不能無感焉。今以近事觀之，詞垣宿素，世際休明，雍雍乎清廟之朱絃，明堂之蒼璧，詩曰：「鳳凰鳴矣，于彼高岡。」葵陽之謂也。藝苑名流，憂生坎壈，惴惴乎芳蘭之當門，冥鴻之在澤，詩曰：「蒹葭蒼蒼，白露爲霜。」觀只之謂也。

觀只之爲人，能孝友，知大節，不爲巽耎騃皺俯仰以從時，又不肯經奇釣名，修跅弛非常之行〔三〕，遭逢變故，周旋義舊，死生急難，勿易其心。若夫士窮見歸之時，有親在不許之義，闔門百口，累世卿宗，不敢以徇知己刎頸之一言，則其自處權之審已。名高則嫌無可避，地近則義無所辭，收者到門，曲刃在頸，夷神委運，詞色不撓，「誰謂荼苦，其甘如薺」，觀只其甘之矣。及其免也，不以慮患而刓方爲圓，不以違俗而奪己忽物，或柴門絶客，離事自全，或浮湛俗間，與世不競，蓋不夷不惠，可否之間，觀只之所處不已優乎！

夫生於華胄，少遇名師，家在通都，才稱國士，當其駒齒未落，豫章尚小，人便目之以騏驥，期之以楝梁。今五十之年，忽焉已至，論者且爲觀只惋惜，余則以二十年來人材凋落，其齎志以往，持忠不顧者不必更論，乃有乘時取寵，據磐石之安，而一朝蹉跌，要領不全，門戶破壞者，比比而是矣。觀只以窮孝廉優游家巷，關木索不以爲辱，辭玄纁不以爲榮，其所以全之者，天爲之也，詎不幸哉！

家有秘書萬卷，皆前人從西清異本手自校讐，繕寫成帙，而舅家項氏所藏唐、宋名人手蹟卷握之物，價值千金，今悉化爲煨燼。貪及餘生，孜孜搜訪，庶幾蕉園蠹簡，重出人間；玉軸丹青，不罹劫火，此觀只所以圖令名而垂不朽者也。韭溪之上，練浦之傍，其爲辟疆之名園，羊曇之別墅，亦既蕩於烽烟，鞠爲茂草矣。乃以其暇闢平皋，灌蔬壤，誅茅避迹，伏臘迎賓，漁釣自娱，絲竹間作，弔汨羅之故人，談鴟夷之往事，望烟波而不見，酹杯酒以興懷，此觀只所以消壯心而娱晚歲者也。西銘之有觀只，中郎之於仲宣也；大樽之有觀只，廬陵之於子瞻也。兩賢既沒，友道淪亡，賴遺逸之尙存，庶微言之不墜。雖以道喪元龍，徒憐意氣；猶幸人如叔度，足繼風流。此觀只所以結平生而申同好者也。

余也少壯登朝，羈棲末路，犬馬之齒，未塡溝壑，獲與觀只稱齊年，而困厄憂愁，頭鬢盡白，其視觀只逍遙乎網羅之外，蟬蛻乎塵壒之表，不啻醯雞腐鼠，仰覩黃鵠之翱翔寥廓也。乃因諸君之請而爲之辭，其以識余之愧，而觀只爲不可企及也夫！

【校】

〔一〕彊　原作「疆」，據四十卷本、風雨樓本改。

〔二〕人世　四十卷本、風雨樓本均作「人事」。

〔三〕跅弛　原作「跅跐」，據文義改。

蕭孟昉五十壽序

今天下士大夫講學者，無如吾友少參愚山施公，由股官之暇，倡其道於廬陵，而靑原山中無可大師，修出世之教，與之相應和。於是吉水之黑白二學，盛爲海內所宗。吾意其山川之靈秀，亦必有世家名德者流，相與鼓舞倡導乎其間，欲求其人以識之而不易得也。今乃得吾西昌蕭君孟昉。孟昉，故太常卿伯玉先生之猶子也〔一〕。伯玉舉進士前於余者十五年，自余爲兒童時則已誦習其文，既仕而踪跡參錯，曾同官南中，而竟不獲相見，惟聞與吾郡虞山宗伯公游。宗伯之言曰：伯玉之爲人，孝友於兄弟，篤志於友朋，淡泊於榮名利祿。築春浮園於柳溪之上，極雲泉林木之盛〔二〕，有經史萬卷，穿穴講貫於弗倦，又能闡繹教乘，與緇衲往還相扣擊。余益想慕其風流，而今乃復得之於孟昉。孟昉慷慨好義，不恡施予，嘗鬻田穀數千石，具饔飧以活獄囚，又爲逋賦者完室家，贖子女。愚山先生倡學湖西也，問道者車接轂，孟昉爲之供屝屨，飾廚傳，勝流歙集，賓至如歸。退而與無可大師精研性相〔三〕，疏通證明，刹廟之倡施，伊蒲之供奉〔四〕，傾囊倒庋，惟恐或後。甚矣孟昉之爲人有似於伯玉也。

往者神廟盛時，吾吳如顧端文公、高忠憲公，吉水如鄒忠介公，紹續微言，倡明絕學，而憨山、紫柏二大師唱演宗風於吳會、豫章之間，兩地之學者習其義而盛其傳，雖千里之遙〔五〕，猶同堂也。伯玉之出入必與其弟次公、季公偕。孟昉漸漬於諸父及父之所講究，故西昌蕭氏有家學。伯玉嘗以之官，便道館於宗伯之拂水山莊，流連度歲，率其子弟言志賦詩，友朋間極文章性命之樂。紫柏刻大藏方册於吳中，卷帙未半，宗伯之門人毛子晉謀續之，伯玉與兩弟發願藏事〔六〕，經營佽助之尤力。滄桑而後，孟昉扁舟東來，商度先公之所未竟，宗伯以爲續佛慧，命作文壽之，孟昉其時年甫壯也。

歲月而往，孟昉今已五十。追溯舊游，有如昔夢。吾吳之宿素凋落，講舍榛蕪，而龍藏之莊嚴希有者，亦漫漶不可復問矣。同里許君堯文官於吉水，貽書及余，述所謂春浮園者，嘉樹名卉，高臺曲池，滋榮而益觀；圖書彝鼎，庋藏而加富。孟昉又能以其餘力搘拄道法，爲緇素之所歸往。噫嘻，豈不難哉！愚山今已歸宛陵，而龍眠之徒衆有請無可以歸故山者，此兩公皆吳人也。吾之爲孟昉壽者，恐不足以盡孟昉。大賢者之以道合，其知之必深，彼所以重孟昉者詎止於此乎？吾將爲書以問之焉。

【校】

〔一〕猶子　風雨樓本作「幼子」。

〔二〕盛　四十卷本、風雨樓本均作「勝」。

〔三〕精研　原作「精姸」，據四十卷本改。

〔四〕供奉　四十卷本、風雨樓本均作「供養」。

〔五〕千里之遥　之，四十卷本、風雨樓本均作「而」。

〔六〕藏事　原作「藏事」，據四十卷本、風雨樓本改。

冒辟疆五十壽序

如皋有孝友易直之君子曰冒君辟疆，能文章，善結納，知名天下垂三十年，其生平踪跡，於金陵，於吳郡，遍擇其豪長者與游，顧於余獨未邂逅，然心嚮往之。今年辟疆偕其配蘇孺人春秋五十，二子穀梁、青若介陽羨陳其年以余言爲請。其年奇士也，其自爲之文以壽辟疆者，足以張之矣，而勤勤余一言何哉？雖然，余三十年知辟疆，未得一見，因其年以見於吾文，相贈以言，亦猶行古之道也。

往者天下多故，江左尚晏然，一時高門子弟才地自許者，相遇於南中，刻壇墠，立名氏。陽羨陳定生、歸德侯朝宗與辟疆爲三人，皆貴公子。定生、朝宗儀觀偉然，雄懷顧盼，辟疆舉止蘊藉，吐納風流，視之雖若不同，其好名節、持議論一也。以此深相結，義所不可，抗言排之。品覈執政，裁量公卿，雖甚強梗，不能有所屈撓。有皖人者，流寓南中，故奄黨也，通賓客，畜聲伎，欲以氣力傾東南。知諸君子唾棄之也，乞好謁以輸平，未有間。會三人者置酒雞鳴埭下，召其家善謳者歌主人所製新詞，則大喜曰：此諸君欲善我也。既而偵客云何，見諸君箕踞而嬉，聽其曲時亦稱善，夜將半，酒酣，輒衆中大駡曰：若奄兒媼子，乃欲以詞家自贖乎！引滿泛白，撫掌狂笑，達旦不少休。於是大恨次骨，思有以報之矣。申西之亂，彼以攀附驟枋用，興大獄以修舊郄。定生爲所得，幾塡牢戶，朝宗遁之故鄣山中，南中人多爲辟疆耳目者，跳而免。尋以大亂，奉其父憲副嵩少公歸隱如皋之水繪園，誓志不出。

嗟乎！陵谷既遷，人事變滅，向之炎炎赫赫者，捧馬足而乞命，顚墜崖谷，不知所之矣。二三君子，幽愁窮蹙。定生亡，朝宗歸梁、宋，亦以病沒。江南因初附，數有收考，一時名豪，惴惴莫保家族。辟疆淸羸雞骨，藥爐經卷，蕭然塵外。自奉憲副公諱，尺一之問不踰境中，與世無害，離事圖全。如皋僻壤〔一〕，冒氏爲右姓，家世好行其德，年饑，爲粥於路，全活億萬計，處患難之際，先人後己，揮金數千斤脫親知於厄〔二〕，不居其功。傳曰：有陰德者，必受其報。門戶之無恙，有天道焉。

自其祖玄同先生用方州著績，憲副襄、漢，出入兩都〔三〕，政事學術，咸有師授。辟疆修祖父之業，遭時不仕，益發之詩文，以及於穀梁伯仲，冒氏之集凡四世矣。其年者，定生子也，具舟迎以來，俾與兩弟及二子，俱刻燭分題，唱酬交作。每更闌月落，追思陳事，少年腸肥腦滿，感慨激昂，思有以效其尺寸。日月云邁，身世都非，覽明鏡以興嗟，苦修名之不立，未嘗不中夜而徬徨也。青溪、白石之勝，名姬駿馬之遊，百萬纏頭，十千置酒；自豪習破除，依稀昔夢，彼美人兮不見，折茗華以自思，未嘗不流連而三歎也。謝安石有言，中年以來，傷於哀樂，政賴絲竹陶寫耳。乃有梨園舊工，自云向事皖司馬〔四〕，爲之主謳，江上視師之役，同輩皆得典兵，黄金横帶。夫執干戈以衛社稷，付之俳優侏儒，而猶與吾黨講恩仇而爭勝負，用仕局爲兵機，等軍容於兒戲，不亦可盍然一笑乎！

辟疆以五十之年，俯仰興廢，闔門高枕，誅茅卜築，綠水名園，楓柳千章，芙蕖百畝〔五〕，子弟皆鸞停鵠峙，掞藻敷華，蘇儒人含飴弄孫，鹿門偕隱，中外咸推禮法，奴婢亦知詩書。歷觀江、淮以南，有華宗貴胄，保世全名，令妻壽母，媲美一德，如冒氏者，概乎未之見也，可無賀耶？

余獲交於賢士大夫不爲少矣，流離世故，十不一存，幸與辟疆生長東南，年齒相亞，君方始衰，吾已過二，昔人所謂遺種之叟，吾兩人足當之耳。詩有之曰：「莫往莫來，悠悠我思。」又曰：「招招舟子，人涉卬否。人涉卬否，卬須吾友。」夫吳會者辟疆之所常遊，而喪亂以後不一過焉，「將子無怒，秋以爲期」，辟疆其許我乎否也？其年行，請以吾言問之。

【校】

〔一〕辟壤　原作「辟疆」，據四十卷本、風雨樓本改。

〔二〕揮金數千斤　四十卷本、風雨樓本均作「揮斥數千金」。

〔三〕出入兩都　風雨樓本「出入」上有「歇歷」二字。

〔四〕皖司馬　皖原作「畹」，據四十卷本、風雨樓本改。

〔五〕芙蕖　四十卷本、風雨樓本均作「芙蓉」。

白封君六十壽序

吾州白侯林九視事之初年，余在京師，謁侯之太公雙泉於邸第，其容粥然，其氣溫然，言吶吶不出口，余目之，此眞寬仁長者也。越五年，侯之報政成，而太公六十，州人士以其習於余也，不可無言。

余嘗讀萬石君傳，見其子孫馴行孝謹，而少子慶之治齊也，國人慕其家行而大治，心竊疑之。漢時海內初定，而齊又反覆夸詐以爲俗，其法當以擊豪強、淸反側，而區區以孝謹行之，是豈足爲政哉？既而觀蓋公之言治齊，而曹參用之以治天下，然後知秦以刑法刻鑠其民，漢興，瘡痍者未息，不以此時脫去文網，淸淨而寧一，則何以去湯火？彼夫元康、神爵之間，嚴延年、趙廣漢以慘負礉能名，正以承平日久，戶口殷富，名豪宿猾，根株其間，必大誅罰之而後勝，豈所論於新造之日、孑遺之民，拊循而休息之哉！此石慶行孝謹之所以效也。

今以吾白侯之才，曉習文法，吐決如流，開張施設，當機立辨，非公廉彊正，儼然擊斷之能吏乎！乃至勸耕桑，修水利，養小弱，恤災荒，煦煦然仁心爲質，悃愊無華，不欲稍用其長，厲威嚴以自愉快。雖其天資醇厚，而居身之善，入人之深 何以至此？噫！此皆太公之教漸漬使之然也。州人士之入京師者，太公必坐而問焉，曰：子之君四境其修乎？田疇其易乎？賦役其均、獄市其平乎？且曰：吾今年六十矣。自吾爲兒童時，樂浪、玄菟之間，暴骨如莽，流血成川，父子兄弟肝腦塗地者，不知凡幾。今吾一家無功德，皆爲國恩所成就。嗟爾江南之人，夫孰非鋒鏑之後而捐瘠之餘，其可不宣上恩澤以休養生息之耶？余以是知國家吏治之盛，而太公之教忠與侯之所以孝也已。

抑吾又聞之：古之人臣皆仕於其國，唯銜命四方，始離乎父母之側，而其君作爲詩歌以勞苦之，如小雅四牡之章，其言「不遑將父」，因人之情而爲之咨嗟太息，待之如此其厚也。今吾州之去長安三千里，而侯以六年積勞於外，太公又爲南陽之故人，代北之貴族，留宿衞京師，不得御車而南從其子於官也。人子之念其親者，必能念人之親。侯於聽政之暇，舉吾州之白首耆艾者七人，倣周官之意，飲酒於序，正其齒位，名曰「婁東七老」，而吾父與焉。吾父行年八十，其視太公也齒髮加衰。太公有賢子，足以娛樂。余也羈愁旅病，不能取給於升斗之祿，俾老人輟念而太息〔一〕，中夜而屏營矣；侯則式閭以勞之，肆筵以綏之，其所謂「老吾老以及人之老」者歟！當石慶之相齊也，有濟南伏生、魯人申公者，皆耆碩大儒，慶不聞執板到門、北面而事之也。然則石氏之所知者謹而已矣，烏識所謂孝？夫孝有不貴德尚齒，使民興行者哉？

白侯經術最深，內行醇至，異日者進爲公卿，而太公齒德彌劭，天子三雍告成，修授几乞言之禮，求國老於上庠，舍太公其誰乎？當以尙德緩刑，化民成俗之道，再拜而獻之，庶幾老成黄髮之一言，俾人各親其親，長其長，而先王以孝治天下者始大備。偉業請上其事於東觀，以光國之惇史，固不僅與閭師黨正效祝嘏之詞以爲公壽已也。謹書之以竢。是爲序〔二〕。

【校】

〔一〕輟念　四十卷本、風雨樓本均作「輟食」。

〔二〕是爲序　四十卷本、風雨樓本均無此三字。

吳梅村全集卷第三十七　文集十五

序十一

王奉常煙客七十序〔一〕

吾友奉常煙客以今年七十，虞山錢牧齋先生爲文以壽。先生與奉常之祖文肅相公後先事神宗皇帝，君誥臣謨，年經月緯，取之腹笥，故其爲文也，推家以本於國，用表兩朝慈孝，而文肅所以調護元良，維持宮府者〔二〕，其言信而有徵。奉常得之以燕饗，可考鐘鼓而耀丹青矣。州人士謂余之習奉常也，又以其言屬余。余生也晚，奉常筮仕，猶及見先朝之郅隆，而余已駸駸乎末造，時就奉常以訪吾所不逮。又先生於余爲詞林先達，貫穿一代之史，願備掃除，討求掌故，而才識駑下，輒苦未能。今洟然載筆從其後，其於王氏祖孫身處家國之際，何容贊一詞也。無已，請就余通籍以來，在朝及里中所見聞於奉常者爲壽可乎！

當先皇帝稽古右文，修舉郊社、籍田、朝日、夕月諸大禮，奉常以世臣備禁近職，奉璽紱陪侍屬車豹尾間，尺寸咸有程度。數捧英蕩之節，出使諸藩，肅將蕆事，不擾亭傳，乘皮束紡之贈無所私焉。自少以一身揩拄中外，築賜塋已畢，即起祠堂，歲祭時享月舍萌禮無違者。事母周太宜人以孝。閨門之內，規重矩疊，訓子弟，御僮僕〔三〕，吉凶婚嫁，足爲合境師法。歲大祲，爲粥於路，里之人皆歌其長德。

雲間董宗伯玄宰、陳徵君眉公，相國之高弟，而編修公執友也，折輩行與游。先朝論畫，取元四大家爲宗，繇石田山人後，宗伯爲集其成，而奉常略與相亞。當其搜羅鑒別，得一秘軸，閉閤凝思，瞪目不語，遇有賞會，則遶牀狂叫，拊掌跳躍。於黃子久所作，早歲遂窮閫奥，晚更薈萃諸家之長，陶冶出之，解衣盤礴，格高神王，力追古人於筆墨畦徑之外，識者知其必傳。玄宰署書爲古今第一，顧以八分推許奉常，語陳徵君曰：此君何所不作，吾當避舍。今二十年間，海內爭購奉常之書，小或盈尺，大過尋丈，懸毫落紙，旁觀無不拱手歎息，其文采風流，沾被傾動，近世所未有也。

江南故多名園，其最者曰樂郊，煙巒洞壑，風亭月榭，經營位置，有若天成。兵興之後，再歸西田於距城十里之歸村，因以老農自號。蓋追念國恩，感懷今昔，雖居賜第，遊廛寰，慶思從樵牧自放。賦調日急，生計浸微，類有所不釋於中，乃日偕高僧隱君子往來贈答，間召集梨園老樂工，用絲竹陶寫，以此行年七十，齒髮不衰，人服公之天資夷曠，而不知其寄託則固深遠矣。

余每傷近時風習，士大夫相遇，惟飲酒六博爲娛。獨過奉常，見丹黃勘讐，插架千卷，賓朋雜坐，舉史傳中一事，輒援據出入，穿穴舊聞，於尺牘師蘇子瞻、黃山谷，於詩倣白香山、陸渭南。諸子濡染家學，作爲篇章，人人有集。四方徵文考獻，屈指江南地望，咸曰：彼有人焉。固不止緗素流傳，以書畫專門已也。

唐、宋宰執世家，於言行徵顯，子孫昭穆，必備著之，用裨蘭臺石室之采。在嘉、隆全盛，江南賢輔，推華亭、吳門、太倉爲恩禮終始，其後人亦世通婚姻。文貞、文定，奕葉卿貳，王氏緣編修公早世，門戶中衰。迄於今運會遷改，三相國譜系之中，奉常獨能守其堂構。聞諸故老說文肅公里居軼事，仁厚恭謹，爲同時大僚所莫及，足以光啓奉常，故今日燕喜之晨，揚觶爰告。先朝之史未立，則有虞山公之文大書特書，而余言亦堪登稗官而入家乘，於以見奉常搜揚祖烈之意，小大皆不可以無識也。虞山既以史筆紀斯宴，侑之以文王大雅「本支百世」之詩，余不敢上引，請爲歌楚茨，大夫有田祿者，藝黍稷，潔蒸嘗，而子孫因之以勿替。鄉人父老稱說景福，本之於力田農事，其義有所取爾。傳曰：「歌詩必類。」奉常通於古，竊取詩與春秋之旨，隨長者之末，再拜以爲獻焉〔四〕。

【校】

〔一〕題　四十卷本、風雨樓本均作「王奉常烟客先生七十壽序」。

〔二〕宮府　風雨樓本作「官府」。

〔三〕僮僕　四十卷本、風雨樓本均作「童僕」。

〔四〕再拜以爲獻焉　風雨樓本無「再」字。

申少觀六十序〔一〕

余初筮仕，得交於鄉先達申大司馬及其弟大參。兩公之尊人曰文定少師，處金鉉大斗之間，贊元登袞，年踰平格，恩禮始終，寵榮之盛，光於册書。余生也晚，不及見。其見大司馬也，則已從樞府謝政，朱門列戟，而大參同朝比肩，猶白首郎署，仲子少司農青門，累積資，位崇獄牧。青門科第固先於余，用輩行定交，意氣甚相得也。大參有九子，青門之長兄官比部，至今歸然長德。其季弟曰進士維久，嘗從余游。最後始識葳旆，哀然名冠鄉書，聯雋禮闈，知其爲大參之孫，而青門之猶子。蓋余之交於申氏三世矣。葳旆榜後歸省之三年〔二〕，爲其親中翰少觀先生偕茅太君六十壽而乞言於余，且曰：昔在閼逢執徐之歲，先文娖既致政里居，年及懸輿，特荷璽書存問。而高祖母王太夫人尚在養，文定偕伉儷祖韡奉觴〔二〕，綵衣紛帨，重輝疊舞〔三〕，一時豔稱盛事。今躔次五紀復會於辰，而吾父母並登六袟，非得長者之辭，其何以張之乎？

余惟自古世家大族，格人耆艾，匪獨一人一家之慶已也，蓋天之元氣，而邦之儀刑，其盛衰隆替之故，有可得而言焉。嘗試上下六十年以進考於申氏祖孫之際。繇其前而觀之，吾吳如泰山出雲，不崇朝而雨天下，命世名賢，接踵林立，蕭、曹、丙、魏，共遇風雲。文定尤以碩德元僚，表儀百辟，夾日月於東朝，乞江湖於私第。其姻婭有帶礪之公侯焉〔四〕，年友有密勿之寮寀焉，桓圭纁籍昭其榮，琱戈方鼎昭其賜，歌鍾折俎昭其饗，其年爲尚父八十，衞武九旬，贊拜不名，備物典策。子弟比之伊尹之有伊陟，周公之有魯公，豫章之木十圍，璠璵之寶九襲。詩曰：「凡周之士，不顯亦世。」相國之謂也。繇其後而觀之，吾吳如霜降水涸，落實取材，高門式微，宿素凋謝，胥、原、慶、續，於今爲庶。而先生獨以清資華貫，趾美前人，撫甲第之半非，幸喬柯之未改。其棣蕚有黃髮之宗子焉，亞旅有奉璋之羣彥焉，罍尊彝玉守其器，芸香蠹簡守其書，堂構塈茨守其業，其年則爲絳人甲子，洛下耆英，不知紀年，逍遙扶杖。子弟比於王家之有武子，郄氏之有方回，干將淬其飛光，俊鶻刷其勁翮。傳曰：「公侯子孫，必復其始。」先生之謂也。

顧余尤有爲先生致慶者：七月之章有云「爲此春酒，以介眉壽」，而必本之於築場圃，納禾稼，良以上之人懷柔萬邦，豐亨屢奏，而後人有餘力率婦子以頤其耆耇，則父老之獲遂嬉游，皆戴如天之賜耳。今國家以尉候無警〔五〕，載戢干戈，念此方之賦車籍馬，不遑休息，亟召征南、横海諸軍還諸宿衞，而幢棨之宫，芻茭之庤，盡斥以歸之於民。其閭左輕俠，竄名軍籍，怙氣力以漁食平人者，且以次窮根株。浹辰之間，農歌於野，商忭於塗，而先生之生辰爲壽適與之會，謂非道迎善氣，有以致天休之篤祜也乎？加以歲值有秋，田禾如櫛，征繕以時，盜賊不作，吾儕小人，脱兵革而覩昇平，行見朝廷惠養高年〔六〕，修祝哽祝噎之禮，庶幾於申氏朋酒之饗，先爲之兆，豈不爲後幸哉〔七〕！

抑聞之：天道酌盈而濟虚。當司馬之躋九列、貳孤卿，大參猶慊於一第〔八〕，馮公龐眉，阮咸出守，留後福以貽之子孫。青門早達，游歷名藩，開府揚州，垂紳揭節，兄弟中至光顯矣。而先生浮沉中翰，試而未竟，語其晚景，顧爲過之。循覽盈虚損益之際，有軼然其不爽者。語曰：高而不危，所以常守貴也；滿而不溢，所以常守富也。側聞先生方領矩步，力砥頽靡，家門榮盛，無裙屐驕豪之習，與茅太君警戒相成，飭厲胤嗣，惓惓以念祖德、守家法爲先，其於盈虚損益之理，觀之稔矣，故能篤厚流風，綿先世之澤於勿替。繼今以往，其所以垂裕後昆而培子孫之茀祿者，又可勝量乎哉？吾卜申氏之名位殆未有艾，而先生歷年之永從可知已。是爲序。

【校】

〔一〕題　四十卷本、風雨樓本均作「中少觀六十壽序」。

〔二〕䄍韝　原作「䄍韝」，據四十卷本改。

〔三〕疊舞　四十卷本作「疊武」。

〔四〕婣婭　四十卷本、風雨樓本均作「姻娅」。

〔五〕尉候　原作「尉侯」，四十卷本、風雨樓本均作「尉堠」。按：揚雄解嘲：「東南一尉，西北一候。」據改。

〔六〕高年　原作「高人」，據四十卷本、風雨樓本改。

〔七〕後幸　四十卷本、風雨樓本均作「幸厚」。

〔八〕慊　四十卷本、風雨樓本均作「嗛」。

丁石萊七十序〔一〕

吾郡丁又銓，通明儁異之士也，以已亥八月既望之五日，爲其尊人石萊翁七十覽揆之辰〔二〕，先期屬余言爲壽。適會京江告警，羽書狎至，又銓修其禮於不廢，勿以亂故緩。余笑應之曰：鄉飲酒不可以理軍市，此豈君家上壽時乎？已而郡得免於兵，吳中士女，賣其金玉衣裝，市酒肉以相慶，而君之壽適屆於其期。詩曰：「八月剝棗，十月穫稻。爲此春酒，以介眉壽。」言乎滌場納稼之日，享豐年而祝純嘏也。若夫脫虎口，就衽席，戴白之叟，爲太平之幸人，將安將樂，爰笑爰語，羔羊朋酒之饗，其燕衎不有倍焉者乎！然則君之壽，其不惟丁氏之慶，亦以深致幸於吳民，而又何能已於言也。

余生也晚，猶及見神宗皇帝之世，江南士安俗阜，風習最爲近古。士大夫入爲卿相，出作方牧，其歸而老於鄉也，東阡西陌〔三〕，杖履相存，鉅人長德，沾被閭巷。有如大參丁玉陽先生，敭歷藩服，廉辨著稱〔四〕。其子廷尉肩吾公，淸秩舊京，雍容物望，當豐芑有道之日，爲析薪負荷之圖。源遠流長，枝分葉布。君則不扶自植，不鏤自雕〔五〕，折節讀書，躬行孝謹。薛包之推田宅，式好無尤；石相之滌廁牏，服勞不倦。「若考作室」，「惟塗塈茨」，此君之早歲好修，能自樹立，不隤其家聲者也。自此以後，世會將衰，虹蜺揚輝，龍蛇起陸。

東南二三君子，以名節議論相撐拄，通政則爲廣成侯公，少司農則爲青門中公。余以通籍定交，識其坐客，邂逅君於儔人之中〔六〕，温醇悃愊，而論辨英偉，心獨異之。詢其平生，則知廣成之尊人啓東先生爲君外父，而青門娶於廷尉，兩家兄弟以伯仲爲輩行。啓東觸忤奄豎，阽危僅免；廣成一生恬尙，竟與黨人相始終；青門由外僚積資至九卿，禍且中於同文之獄。君以老逢掖連蹇不遇，介居其間，國是人才，目濡耳染〔七〕，痛世事之日非，恨小人之柄用，「愾我寤歎，念彼周京」，此君之感家恩而懷國恤，雖在草野，不忘君父者也。

夫積學不如力田〔八〕，善宦不如逢年。君既避世不仕，遂以其暇治西息之陂池，修南陽之邸閣，大致儲積，家累千金。里中兒飛文告緡，卒不能有以難君。而徵調繁興，發求不已，乃苦身庀役，不以累細弱下貧，公私咸得其濟。嗟乎！陵谷變遷，菀枯畢集，銀臺既碧血九原，司農竟覆巢宿草，一二舊交，或抱石而沉，或焚山而死，惟有馬亭故里，喬木依然；家門則守寢丘永保之風，子弟則擅孝公無雙之譽，嗇於遇而豐於年，詘於前而申於後，天之報大參而保持其門戶者，不綦厚乎！「公侯子孫，必復其始。」此又君之善自圖全，褒游晚節，纘先業以裕後人者也。

余覽古至於秦、隋之際，生民凋敝〔九〕，可謂極矣。伏生秦之博士，孝文時尙能口授尙書；孫思邈生於開皇中，至唐永淳初年，談周、齊軼事，歷歷若指諸掌。豈非天地害氣已究，命茲黃髮，因衰激極，導迎善祥，以今觀之，　君殆其人乎！郎近者烽烟傳遞〔一〇〕，一日數驚，又兼不敢以聞，懼損老人眠食，而君則健飯決肉，談笑晏如，自言心力克壯，縱兵至，猶足竄伏山谷，不以餘年累子弟。緣此而前，拂東海之釣竿，摩霸陵之銅狄，處平壤遊人間，見者驚焉，已疑爲數百歲人矣，又何必滅景雲棲，噓吸吐納，而後可以比喬松、侶白石也！

又兼既拜其親，將遊京師。京師貴人奇又兼之才，必有稱述顯榮以誦君者。余則山澤之癯，免於兵革，敢同田夫野老，　燕喜昇平，　而未及神仙迂怪之辭，歸之又兼，以爲侑觴之獻。

【校】

〔一〕題　四十卷本、風雨樓本均作「丁石萊七十壽序」。

〔二〕覽揆　原作「攬揆」，據四十卷本、風雨樓本改。

〔三〕東阡西陌　四十卷本、風雨樓本均作「東阡北陌」。

〔四〕廉辨　四十卷本、風雨樓本均作「廉辦」。

〔五〕不鏤自雕　鏤原作「縷」，據四十卷本、風雨樓本改。

〔六〕儔人　四十卷本、風雨樓本均作「疇人」。

〔七〕目濡耳染　濡，四十卷本作「擩」。

〔八〕積學　四十卷本作「績學」。

〔九〕凋敝　四十卷本、風雨樓本均作「凋弊」。

〔一〇〕傳遞　四十卷本、風雨樓本均作「傳遽」。

陳確菴尊人七十序〔一〕

吾鄉高世之君子，於孝廉得二人焉，曰陳君確菴、華君天御，懷道絕俗，窮餓而不悔者也。夫古之隱者，棄妻子，變姓名〔二〕，孤行獨立，無所以累其心。今此兩君者皆有親在，於是鄉之人進曰：兩君則誠賢矣，其如親何？乃華君則曰：吾幸有兄，蓋嘗仕於朝矣，廉吏薄宦，橐中裝足具甘膬以養老母。而陳君則壯子也，所恃以持門戶者也。一旦挈其親之於窮谷無人之境，屋宇穿漏，田園蕪塞，駕柴車，躡草屩，親朋無與游，滋味無所奉，彼其親之處此也，能泰然而已乎？而陳君何以善其隱乎？乃陳君之隱也五六年矣，未嘗一入城府，鄉之人竊獨異之。其尊人温如公今年七十，余得其自壽之文，讀之而歎曰：噫！確菴之高，乃其父成之也。

吾鄉支塘以南，直溪以東，其土墝埆，其俗樸陋。自宋、元來，若胡如村之清高，龔安節之忠義，其故廬遺跡，至今尚有識其處者。陳君僑寓蔚村，父子手自立屋，負耒作勞，拾薪執苦。嘗讀農經水利諸書，謂古人代田之法，一畝三甽〔三〕，深耕易耨，歲可穫數十鍾。又以尙湖、巴城諸水挾淫潦泛濫〔四〕，勸諭父老，築堤設防，經畫指點，悉有成法。出門操一小船，販樵鬻芧，往來湖村塘市間，得錢市酒進父。公飲酣，間作一二小詩，好譚古來高人獨行，共相勉勵。鄰里化之，輒遣子弟就學，其有小小勃谿誶語，搖手面赤曰：恐使孝廉父子知也。

嗟乎！世衰道微，士大夫走通都，鶩聲利，其遺民逸叟以道德風義相高者，不可復作矣。自確菴以孝廉守身事親，躬耕弗屈，而後人知教忠；自公以孝廉之父樂道安貧，窮居無悔，而後人知教孝：君子於陳氏，得君臣父子之禮焉。余交於確菴者十年，知之最深，故論公父子，質言其事，庶幾與漢陰之丈人、尋陽之漁父同傳而存之，以徵於信史，則亦吾鄉人之所願也。

【校】

〔一〕題　四十卷本、風雨樓本均作「陳確菴尊人七十壽序」。

〔二〕姓名　四十卷本、風雨樓本均作「名姓」。

〔三〕一畝三甽　原作「一畝三畝」，據四十卷本改。

〔四〕挾　原作「抶」，據四十卷本、風雨樓本改。

張敉菴黄門五十序〔一〕

吾友張敉菴黄門，長於余一歲，少同里，長同學，晚而同事京師，余羈愁困悴，幾不能自還，而敉菴躬蹈險巇，僅而後免。今年敉菴五十，方賀者之在此堂也，余可以無言乎？

初吾師西銘先生，用經術大儒負盛名於當世，而敉菴爲其愛弟，西銘之有敉菴，猶士衡之有雲，孟陽之有協也。雒下之衣冠，華陰之子弟，負笈從游，巷舍爲滿，揮洗𩞁餐，倒屣莫及，敉菴則傾身容接，人人各盡其意，使西銘愛士之名聞於天下，敉菴力也。雅擅絕才，涉獵彊記，發爲文章，風起泉湧，一時傳誦其制義，謂富貴可以俯拾，鉅公長者握手定交，不敢以後進相期。語曰：驂二龍於長途。斯敉菴當日之謂矣。既而屢試鎖闈不利，門戶中衰，滄桑頓改，凡諸子從西銘游者，如飄風隕籜，湮沒無遺；而敉菴魁壘特達，方用科第起家，爲良吏，爲直臣，赫然名動海內。噫嘻，抑又何其奇耶！

余與交且三十年，習之久，知之深，其竊爲敉菴幸者：少游太學，高門著姓，貴游慕之輻輳，無文士干謁奔走之勞；晚宰山城，直節強項，大吏見而傾心，無黄綬俛眉折腰之苦。立乎殿陛之間，指得失，陳利病，口有所畫，奏成手中，繕寫未上，夜不能寐。彈劾貴近，搏擊豪強〔二〕，下至閭左之奸瑣，條其人得請召捕〔三〕，中外爲之屏息股栗，可謂出入省闥，得行其志矣。雖以此譴逐，之後仍被急徵，而上察其忠，人亮其直，身名復完，意氣如故。造物待之者似乎獨厚，而不知其天資學術實使之然，非倖而致也。平生無崖異之行、深沉之容，造次語言，率而能要，任達簡易，不持威儀。與人交，抒心寫腹，推誠無我，雖傾蓋之際，便同久要；一旦有急難，挺身赴蹈，傾囊營解，罔所顧惜。人有過，面加譙讓，不爲後言。或有生平受德，後負之者，其人但一見摧謝，卽釋然胸懷，無纖芥之恨〔四〕。此其公直鯁亮，得之天性，眞不可及也已。

當吾師西銘在日，敦氣誼，尚名節，慨然有康濟斯世之心。屬黨論紛紜，壬夫設械，幾罹不測，位不酬其望，年不配其德，論者至今以爲恨。枚菴薰陶濡染，於國是民生，邪正利弊之關，平居講求有素，世會雖移，家學不改，當官立事，探囊底而出之。淸河著書談道，易世而後施行，惜乎西銘不及見耳。

歷數三十年來，唯吾兩人爲遺種之叟，今者比閭接席，蒔花藥，治亭圃，營垂老里巷之娛。顧吾已髮齒衰墜，疲曳不堪；枚菴則姿容瓌偉，飲啖日可三升。嘗見其蒱博爭道〔五〕，獨酌引滿，呼小僮撾鼓奏伎，聽淵淵之聲，奮袖激昂，大噱不止，少年精悍之色，猶隱見於眉宇間，其後日所就，余又何足以量之哉！雖然，枚菴之語人曰：梅村知我，勝我自知。故於其覽揆之祝〔六〕，不爲夸詞，敍素心而談舊故，庶幾於夙昔之好無少愧焉，如此可以爲枚菴壽矣。

【校】

〔一〕題　四十卷本、風雨樓本均作「張敉菴黄門五十壽序」。

〔二〕搏擊　原作「摶擊」，據四十卷本、風雨樓本改。

〔三〕得請召捕　召，四十卷本、風雨樓本均作「名」。

〔四〕纖芥　四十卷本、風雨樓本均作「纖介」。

〔五〕蒱博　原作「蒲博」，據文義改。

〔六〕覽揆　原作「攬揆」，據四十卷本、風雨樓本改。

錢臣扆五十序〔一〕

吾季弟孚令好治園圃，蒔花藥，嘗曰：吾兄弟老矣，以歲之不易，賦斂之不時，懼無以宴娛食息。比詔書數下，民寬然有更生之心，吾於其間穿沼觀魚，披林聽鳥，有一味之甘，割而分之，不亦可乎！既而曰：詩有之：「洽比其鄰，婚姻孔云。」人生庶幾爲太平之民，則瀹酒醴，烹羔豚，以速諸父兄親黨者，禮也。吾兄弟既翕，而中外姻睦莫如錢氏，錢氏莫如我臣扆，則猶之乎兄弟也。臣扆以今年五十，願得兄一言以張之。余喜而應曰：諾。

臣展之長兄都諫曼修與余同年進士〔二〕，余甫踰二十，曼修肩隨以長，其少壯同；先中憲約齋公偕尊甫封黄門叔㢨公爲同歲，母夫人皆在養，里中父老爭具羊酒賀兩家，其景福同；余兄弟三人，都諫兄弟七人，孚令少於余十歲，臣展少於都諫十二歲，孚令以女女臣展之子受明，余視兄弟之子猶己子，都諫亦以姻婭之故親余，其友愛同。余家自始祖以下，禮部、大參奕世載德，中更衰落，子姓凋替；叔㢨親大中丞浩川公叔子，中丞著節名臣，積厚流光，用昌厥後，羣從子弟數十人，宗族交游光寵，此錢氏之所得於天者獨厚，非式微所敢望也。

嗟乎！州人士之衰也，右姓卿宗，降在皂隸，良田上腴，斥爲榛蕪，方領之儒，膏粱之子，小吏得而唾其背者多有之矣。吾與臣展猶得保其履道之宅，南陽之阡，飽食嬉游以娛脱齒〔三〕，詎不謂之幸哉！吾非瞽史，焉知天道，請即人事求之，臣展所以致此者，有三德焉。

易曰：「謙，德之柄也。」吾鄉貴規重矩疊之風，拾級聚足，讓而後登；揚觶執籩，拜而後饋。今也言語則捷捷翩翩矣〔四〕，威儀則佻兮達兮矣，飲飫則載號載呶矣，爲之誦茅鴟、相鼠而不覺也。君子憂之。君則內行修整〔五〕，進止皆有表識，不苟訾，不苟笑，不苟臧否人物，深自降損，雖寒素必與鈞禮，雖造次必無擇言，循循乎若有所畏也〔六〕，粥粥乎若無能也。柔而不犯，其晉之隨武子乎！清靜無競，其東海之伏不鬭乎！燕居潔，出門敬，賓客至則肅且莊矣，賓或屢遷壞坐，主人貌益恭，賓或參語諧噱，主人遇以默，此所謂謙而光者也。善哉，盛德之容也！

傳曰：「儉，德之共也。」吾鄉寡魚鹽漆絲之利，不知廢著鬻財，其民本以力農爲業。自俗之靡也，口窮芻豢之養，卜夜而倡樂；身極纂組之華，費日而消功。呰窳偷生而無所蓄藏，水旱災疹之或作，誅求無時，奔走匄貸不足以自救〔七〕。君於家先治重堂複寢，而庖湢庾廥皆得其宜，田園陂池咸獲善處。入有稽，出有考，絲縷蒯枲罔弗覈也；仰有取，俯有拾，傔從長御罔弗勤也。忍嗜欲，損玩好，非租挈所出弗衣食。累積纖微，擇人而任之，與時俯仰，以末致財，用本守之。歲雖大祲，發其儲峙以應有司之期會，可不至於重困，此所謂儉而壹者也。善哉，居守之道也〔八〕！

語曰：「愼，德之守也。」吾鄉以知交聲氣傾天下，其初則龍門之游、華陰之市也；其繼則甘陵之部，鈎黨之碑也。依光揚聲，互相題拂，而刊章之禍大作，浸尋乎陵遷谷改，遠識者柴門絕跡以自全，不幸姓名爲妄男子之所疏記，始悔潛鱗戢翼之不早矣。君於先生長者，造請非不勤也；總角齊年，投分非不深也。束修之問不及於四方，傾蓋之交弗輕於一諾，闢幸舍，宿膏火，擇淳樸有道，悃愊無華者定其久要，而他人罕識其面〔九〕。彼夫游譚羈旅，文史技術之徒，在吾輩倒屣稍遲，輒致背憎噂沓〔一○〕，君獨隄防有素，無由相因到門，緣此鈴下肅然，望而自遠，鮮幾微不足之色，此所謂愼而密者也。善哉，保家之主也！

君於制舉藝最工，視科第可以引手致，屢試鎖院不收。諺有之曰：不索何獲？或有以此勸君者，笑不應。既而升成均，利觀光矣，同事者或已至丞相長史，君才地實優爲之，而不肯贏糧躍馬，投牒以自進，蓋恬靜止足，其天性也，豈可強哉？自古積善之慶，不於其滿盈，而於其所不足。中丞當先朝豐亨豫大之日，躋雄班，歷膴仕，而能廉靜寬厚，留不盡之福貽子孫。君之生也，嚴父修恬侯之行，賢母執敬姜之德，難兄敦伯仁之愛，少長一心，中外合力，而君之嫂夫人衣粗食澹，早夜拮据〔一一〕，相夫子克底於成。舉慈孝友敬、柔正聽婉之道，畢萃於一門，君之得以雍容樂易，修祖業而息之者，夫孰非天爲之耶！

君兄弟經營高燥，表石闕，築丙舍，致車數百乘，起祠堂以饗親，設義田以收族，長老觀禮道傍，太息動色。年來跗萼有零落之嗟，燕尾有參池之感〔一二〕，君之中心彷徨，常有耿耿不寐者。然而守柱下之和光，得北叟之晚福，頤神任運，可以養生，可以忘年。兩弟登九、美瞻，沛國之友愛，潁川之聲華也；猶子來琛，盧家之龍子，謝庭之玉樹也；受明偕方來、心水，齊驅競爽，福疇之諸郎〔一三〕、公沙之羣彥也。今日者舒雁行，列[illegible]韝，鞠膝而上壽，親串盈門，諸孫入抱，考鐘伐鼓，絲肉競作。登其堂，有文茵雕几，玉軸縹緗，鄴架之圖書焉；

窺其舍，有高柳澄潭，小山叢篠，辟疆之園墅焉。蓋君之好書似余，其林泉之癖似余弟。余刓編鬱翰，校讎補緝之未能；孚令典衣物以乞一花一石，輒若弗給〔四〕：故於君皆不及也。從此三四十載，君之書搜羅而藏弆者日富〔五〕，樹木日以拱，池臺日以增，余兄弟編蒲抱甕，與君婆娑於殘經廢耒之間，豈非昇平之幸民，而擊壤之樂事也乎！凡百君子與於茲燕者，當思扶杖聽詔，仰望德化之成，勿以伏臘之難供，忨日愒歲而笑余言爲夸也。松、喬之年，斯跂而竢之耳。是爲序。

【校】

〔一〕題　四十卷本、風雨樓本均作「錢臣扆五十壽序」。

〔二〕與余同年進士　四十卷本「同年」下有「舉」字。

〔三〕脫齒　四十卷本、風雨樓本均作「晩齒」。

〔四〕今也　風雨樓本無「也」字。

〔五〕君則內行修整　「君」字原無，據四十卷本增。

〔六〕若有　原作「有若」，據風雨樓本乙。

〔七〕匄貸　四十卷本作「匄貣」。

〔八〕居守　四十卷本、風雨樓本均作「居室」。

〔九〕而他人罕識其面　罕，原作「空」，據四十卷本、風雨樓本改。

〔一〇〕噂沓　原作「噌沓」，據四十卷本、風雨樓本改。

〔一一〕拮据　原作「拮掲」，據四十卷本、風雨樓本改。

〔一二〕參池　四十卷本、風雨樓本均作「差池」。

〔一三〕福疇　四十卷本作「福時」。

〔一四〕輒若弗給　若，四十卷本、風雨樓本均作「苦」。

〔一五〕君之書　風雨樓本無「書」字。

郁靜巖六十序〔一〕

吾友郁靜巖氏，世冑簪纓，家風孝謹，垂條布葉，隱耀含華。僕爲同里知交，姻家胏腑。徐孝穆之於箇子〔二〕，視此姻親；郄嘉賓之於右軍〔三〕，同其中外。以其班，余忝丈人之行；使之年，君實肩隨以長。居依東海，宅枕南城〔四〕，朱、陳合爲一村，韋、杜平分二曲〔五〕，塍陌而陂渠互注，門庭則桑柘連陰，接跡忘形，撫塵夙好，約平生之衷愫，重彼我之遭逢〔六〕，余愧弗如，其端有四，請得而言焉。

余蓮勺之田爲鹵，渼陂之畎汚萊，二頃榛蕪，三時鹵莽。況扶風掾史，競算錢刀〔七〕；

京兆諸生，高談鹽鐵。閭境之苛求已甚，老大之悉索奚堪〔八〕？曾無擔石之儲，日舉倍稱之息。君則先疇素稱沃野，下邑獨被寬征。放雁鶩之池，足供常稅；收蒲蠃之利，可救災年。祇孤城斗絕之何支，顧滄海横流之尙在。徐道覆船到蔡洲，南沙無恙；袁山松功存滬瀆，東作依然〔九〕。煙火不改乎區中，蠲恤偏邀於亂後。此余之不如者一也。

余白頭憔悴，黃頷提攜，袁師雖乍識之無，通子尙未知梨栗，敢門戶遠希於後日，只琴書免付於他人。竹笥木屐，愁營少女之裝；粔籹粻餭，啼索孤甥之餌。每觀衆雛之爛熳，倍添一老之衰殘。君則伯子將車，小同攜杖，朱公長惟家督，虞郎少字升卿，庶事諮而始行，老懷見之深慰，汝其有後，吾可無憂。但存鄒、魯之衣冠，豈非厚幸；縱遇堯、湯之水旱，無復相關〔一〇〕。甥舅從之琳琅，更門楣之照耀。謝家仁祖，擅才地於英流〔一一〕；荀氏中郎，負聲華於少俊。情款則金春玉應，人材皆鵠峙鸞停。此余之不如者二也。

余鑿坏何遁，投劾非還〔一二〕，疲曳趨長樂之鐘，風雪從蘭池之獵。洗沐歸休，俄驚會逮；徵輸解網，再遇刊章。蔡中郎專攻汗簡，隱矣焉文；顏延之追詠竹林，狂哉莫學。後竟誰傳〔一三〕，徒是妨人作樂；言之卽罪，知者謂我心憂。君則過燕市之三條，縱觀宮闕；涉嚴灘之七里，遍訪山川。誇故老以壯遊〔一四〕，獲異書爲談助。文會分甘陵二部，付彼諸郎；講堂溯濂、雒眞傳，歸諸愛弟。長日逐雞豚之社，閒窗抄農圃之占〔一五〕，話世溪翁，尋幽野服。守伏勝之一經，挾書何禁；習維摩之半偈，學道非難〔二六〕。此余之不如者三也。

余受性尫羸，攝生懈慢。沈侯引指約臂，旬減半分；何郎量腹爲餐，日唯一溢。腰脚比劇，齒髮先衰。猶然宋玉之賦，未免閒情；已矣盧敖之游，苦無勝具。服食疑丹砂多誤，讀書嗟膏火空煎。清虛日來，壯盛不再。君則中年遂斷房室，晚歲頓絕逢迎，短髮篸巾，豐頤善飯，左車決肉，五兩衝泥，狂呼而五木投盧，傾耳而三絃度曲。藏鈎夜半，驚眸閃旁睨何人；解帶庭前，捫腹笑可容卿輩。適興何疲，占分棚於角觝；就眠便熟，逃行酒於華胥。此余之不如者四也〔二七〕。

若夫生平不見喜慍，天性能安異同，謙而有光，柔而不犯〔二八〕。雖沈昭略之舉止嶔嶔，接之自若；丘明士之語言通脫，處以嶷然。攝衣雅步，修輔嗣不怒之風；隱几凝神，得應元稀言之益。趙、李交傾，任俠弗與爲通；程鄭術擅，奇贏亦非其好。頻追故友，漸避新知。和氣迎人〔二九〕，性不矜夫崖異；坦懷期物〔三〇〕，道無取乎深中。龍伯高擇言無闕，庶幾近之；王處沖晦德難知，斯其亞矣。

屬者節届恢台之夏，鄉推矍鑠之翁〔三一〕，親串盈門，賓朋命駕。複閣迴廊，嘉樹擁雲根之石；湘簾棐几，文楸鬭玉子之棋〔三二〕。花藥成行，松篁荅響。長筵方列，昔酒初開，則有炙鴟烹鳧，蒸豚炰鼈，羹調芍藥，糝和蘭椒。車螯蚶蠣，家不殺而稱珍；鰕鮓鯗魚，物非時而仍致。臛雞爲黍，弱似春綿；宿肉炊秔，鮮如朝雪。束晳著之入賦，孫敏疏以成經。無不潔比彤胡，香高水引，雜芳肴而列俎，齊嘉果以登盤〔一三〕。饗有踰於貳膳〔一四〕，宰敢先嘗；飲莫重乎佐尊，主其下拜。日之夕矣，促綺於席明燈；月出皎兮，間豪絲於急管。黃門之效其庭實，乘馬路車；太常之報以瓊瑤，丹青彝鼎。鄙夫固陋，不揣陳辭。美哉壽也，維飲酒其孔偕；何以贈之，庶歌詩之必類。在君子以爲知禮，詎吾儕不識紀年。自笑亦皤皤之老，尚不如人；爲君誦抑抑之章，無多酌我。是爲序〔一五〕。

【校】

〔一〕四十卷本無此篇。風雨樓本題作「郁靜巖六十壽序」。

〔二〕徐孝穆之於簡子　風雨樓本無「之」字。

〔三〕鄒嘉賓之於右軍　風雨樓本無「之」字。

〔四〕居依東海宅枕南城　風雨樓本作「家傳江左，宅枕城南」。

〔五〕韋杜　原作「佘杜」，據風雨樓本改。

〔六〕重彼我之遭逢　重，風雨樓本作「量」。

〔七〕競算　風雨樓本作「競笑」。

〔八〕老大　風雨樓本作「老夫」。

〔九〕下邑獨被寬征……東作依然　風雨樓本此段作「樂郊獨裕淳風。安農圃之遺，足供常稅；守高曾之舊，可救災年。雖徐道覆船到蔡洲，孤城無恙；幸袁山松功存滬瀆，滄海依然」。

〔一〇〕朱公長惟家督……無復相關　風雨樓本此段作「鯉庭一鶴，兼八龍五鳳之奇；蘭畹雙蓀，儲九棘三槐之勢。汝其有後，吾可無憂。但看左右曾玄，豈非厚幸；最喜晨昏詩禮，已足相傳」。

〔一一〕英流　風雨樓本作「名流」。

〔一二〕投劾　風雨樓本作「投効」。

〔一三〕後竟誰傳　傳，風雨樓本作「聞」。

〔一四〕誇故老以壯遊　誇，風雨樓本作「偕」。

〔一五〕農圃　風雨樓本作「晴雨」。

〔一六〕守伏勝之一經……學道非難　風雨樓本此段作「習伏勝之遺經，藏書足守；師維摩之妙偈，學道非難」。

〔一七〕短髮簪巾……此余之不如者四也　卿原作「鄉」，據風雨樓本改。按典出晉書周顗傳。風雨樓本此段作「短髮簪巾，寄閒心於白社；分花種竹，遣逸(與)〔興〕於青門。狂歌而五字催詩，傾耳而三絃度曲。藏鈎夜半，驚眸閃旁睨何人；解帶庭前，捫腹笑可容卿輩。此余之不如者四也」。

〔一八〕謙而有光柔而不犯　風雨樓本無此八字。

〔一九〕和氣迎人　風雨樓本無此四字。

〔二〇〕坦懷期物　風雨樓本無此四字。

〔一〕矍鑠　原作「钁鑠」，據風雨樓本改。

〔二〕棋　風雨樓本作「枰」。

〔三〕長筵方列……齊嘉果以登盤　風雨樓本此段作「鶴飛緱嶺，雲飄子晉之笙；鹿御蓉城，盤剝安期之棗。緊歌鐘於二肆，獻綵瑤林；躡珠履之三千，觴傳玉案。長筵方列，昔酒初開，則有蓼和蘭椒，羹調芍藥」。

〔四〕有踰　風雨樓本作「已踰」。

〔五〕是爲序　風雨樓本無此三字。

題龔芝麓壽序〔一〕

夫鄧仲華少年拜衮，適會風雲；王文度壯歲登庸，半參門冑。未有起家州郡，通籍詩書，位已躋乎台司，齒方當於彊仕，如御史大夫芝麓龔公者也。屬逢覽降，爰命嘉招，賓客則羽蓋朱輪，宴飲則蘭肴旨酒。爇金缸而卜夜，選玉笛以飛觴，吐納雍容，聲華昭灼，乃撫今而追昔，輒卽事以興懷。

射策登朝，分符出宰，兵連吳、楚，盜逼蘄、黄。搦矢登陴，横刀守陣，雪夜發圍城之嘯，月明起破陣之歌，絕壁無糧，横江寡援，力搘彊寇，志決孤城。洎乎召拜諫官，而陳條癸，朝愴正論，世目黨人，慨國是之紛更，致王途之板蕩，飄泊抱黍離之痛，羈棲□草昧之艱。俯念餘生，克遭新造，唯盡心於所事，庶援手乎斯民。請錮關右之租，免徵兩稅；願赦雒陽之獄，理出千人。凡皆壯歲之可爲，長恐修名之不立。即今朋舊相看，開尊道故；幾時涓埃已報，拂袖歸來。

於是上客揮毫，名流授簡，持杯緩詠，剪燭高吟，北士旣文重温、邢，南人又才推任、沈。夙稱知己，雅善生平，悟詞旨之流連，寫聲情於忼慨。顧皆姸思妙翰，勝集良辰，主願爲懽，客稱上壽。只因家近八公，黃精易飯；若使詞高三婦，絳樹將歌。足助風流，可資品藻。會見櫻桃葉底，爭傳花月之篇；何必楊柳樓頭，重唱關山之曲也。

【校】

〔一〕四十卷本、風雨樓本均無此篇。

吳梅村全集卷第三十八　文集十六

序十二

吳母徐太夫人七十序〔一〕

吾友吳幼洪，以先朝給事中奉其母徐太夫人家居里門。今年太夫人七十，吳中鄉先達謀所以爲壽，少司農申公靑門、侍御李公灌谿以余之習于幼洪也，徵余一言。余曰：人子之顯其親者，其大端有二：曰富貴，曰名節。此二者，雖甚賢智，未可得而兼也。其幸而遇極盛之世，忠於事君，孝於事親，可以無憾；即其間稍有齟齬，身退而名立，位卑而行尊，不足爲父母憂也。其不幸而遭衰亂之季，外之干戈日尋，內之禍難日結，賢人君子旣出身爲國，不得復顧父母，其父母亦以大義勉之，如漢、唐之末，史傳所書者，十無一二得全，幸而全，則一時之人必爲之咨嗟慶幸，以爲此門戶之福，雖處極亂，終能保其身以事其親，凡皆天爲之也。故家庭之際，可以觀世變焉。

太夫人初以侍御之女歸贈君孟登公。孟登之尊人曰虛臺公，繇都給事中抗疏爭國本爲名世〔二〕。蓋神宗皇帝以忠孝福澤養天下士大夫敢言之氣，太夫人親見其舅若父居要津，持物望，道重於朝廷，身安於畎畝，從容俯仰，受國恩而娛晚節，此余所謂極盛之世，蓋幸而遇焉者也。孟登公讀書好修，不竟厥志。太夫人攻苦食淡，教三子以成立。長洪、二洪，爲時聞人，孝著鄉黨；幼洪復弱冠成進士，選授衢州司李。浙有重獄，會鞫事連大僚，主者觖𢿁不敢決，幼洪奮筆定爰書，天下聞而壯之。及北京大變，留都新立，幼洪入爲給諫。當是時，權倖竊位，藩鎭擅兵，幼洪尙冀國勢可爲，正色言事。向所謂大僚者，則驟躋政地，修舊郄，用它事下幼洪詔獄，而北兵已浸浸江上矣〔三〕。蓋邊疆之勢愈蹙，則恩讎之報復愈急，而其是非亦愈亂。自十餘年來，士大夫以黨魁被罪，刊章逮治，無慮數十人，而幼洪遂爲氣運之究極，不旬日而遇國禍，此余所謂衰亂之季，不幸遭焉者也，而幼洪則當之。

初先皇帝時，余於大僚曾有所彈劾，幼洪所持浙獄，卽其人也。當幼洪爲給諫，余亦官南中，以母老歸養，請急東還。聞幼洪之及也，余自知不免，雖然，不敢以告吾母也。無何江南大亂，余奉吾母奔竄山中，幼洪亦自獄所脫歸〔四〕，母子相見，倉皇避兵〔五〕；皆僅而後免。今太夫人康強壽考，諸子拜堂下，進七十之觴，而吾母亦健飯無恙。兩家母子，同以危苦得全，此非天爲之耶？其能不爲咨嗟而慶幸耶？余既應兩公之請，以不腆之詞爲壽。詩曰：「孝子不匱，永錫爾類。」夫太夫人則猶吾母也。

【校】

〔一〕題　四十卷本、風雨樓本均作「吳母徐太夫人七十壽序」。
〔二〕名世　四十卷本、風雨樓本均作「名臣」。
〔三〕浸浸　四十卷本作「駸駸」。
〔四〕亦　風雨樓本作「以」。
〔五〕倉皇　四十卷本、風雨樓本均作「倉黃」。

顧母陳孺人八十序〔一〕

余及門顧伊人居州之鳳里，事母陳孺人以孝聞。其先君麟士，長於毛、鄭之學，稽經緝傳，自名一家，海內所稱織簾先生也。余常訪伊人於其里，茅齋三楹，衡門兩版，庭階潔治，地無纖塵。散步至後圃，見嘉樹文石，則曰：此吾父在日，某先生所嘗過而憩焉者也。丹黃遺帙，插架如新，薜壁舊題，漫漶可識。噫嘻！麟士可謂有子矣。爲予具伏雌之饗，茶香酒冽，醯醬調美。中置，余笑而曰：昔茅季偉殺雞進母，自以菜茹與客同飯，郭林宗稱其賢，至爲下拜。子有老母，無乃不給於鮮，而願爲我設可乎？伊人曰：自吾先人講學荒江，門外嘗有四方車轍。今以某之無似〔二〕，夫子惠然臨之，吾母帷而聽客，曰：是兒能致長者，且復如其父時矣。故喜而爲魚菽之獻，非某意也〔三〕。且曰：吾母明年八十，以熟聞先人所論說，知文章爲可重，願夫子不吝而賜之一言。余應曰：諾。

當先朝啓、禎之際，吾州文社擅天下，先師張西銘偕受先讀書七錄齋，相繼取科第，而麟士與子常談經講藝於江村寂寞之濱，遠近目之曰兩張、曰楊、顧，初不以出處隱顯有所軒輕也。西銘早世無後，門緒式微，賴吾師母獨身撐拄，橫爲強奴肱篋者之所侵奪，余嘗比之庶其竊邑，黑肱逃奔，稍正厥罰以還其盜帑，訖不能有所裨益〔四〕。受先兩子，其少者尚存，貧不能自聊，盡撤先人之廬以償井稅，嫂夫人寄止鄰邑壻家，間一歸故居，乃至無席可坐，大慟而去。嗟乎！當兩先生致賓客，授生徒，輜軿接跡，巷舍爲滿，升堂拜母，上壽奉觴，誓以結死生，託妻子；曾幾何時，西門南郭之間，無復過而存者。覩乎兩母之盛衰，而友道得失之故，亦可得而推已。子常家本素封，以明經試守令，不之官，失明里居，晚而抱子，不獲見其成立。伊人每過余，爲之經營贍護〔五〕，有漂搖風雨之歎。麟士名第不如張，先業不如楊，其子伊人也，亦未得與子常、受先爲比。乃十餘年來，刻其遺集，俎豆之學宮，田疇廬舍有加於舊，用以娛侍寡母，臻於上壽，孺人之所得，不既多乎！

伊人之誦母也，辟績佐養以著其孝，卜塍視寢以著其仁，教誨式穀以著其慈，簡飭僕御以著其法〔六〕。尤大者，東陽張大司馬奉書幣迎致麟士賓席，嘗念時方多故，謀破格得文武士，用濟國勤，草奏將薦於朝，孺人聞而力止之曰：君儒者〔七〕，非應變才，今豈進用時耶？其安貧賤、識道理如此，故能受此大年，享有遐福，豈偶然哉！

鳳里名跡最古，歷宋迄元，多高人隱君子及貞姬淑媛，備載邑乘，其軼乃時時見於織簾之私志，可考而知也。自織簾存日，閒居樂道，孺人庀中饋以相成，一時倡隨之樂，已咸知有顧家婦。距今松筠晚節，齒彌高而行彌劭；而伊人學殖益富，爲世鴻生，有以躋親之令名於無窮。行見茂德令儀，增徽彤管，且與孺仲賢妻、龐公嘉耦並垂千禩〔八〕，豈止一里之光榮也哉！余雖老，尚能奮筆以傳其事，敢卽以當春酒之獻，而區區人間祝釐，不足爲孺人道也〔九〕。

【校】

〔一〕題　四十卷本、風雨樓本均作「顧母陳孺人八十壽序」。

〔二〕〔三〕某　四十卷本、風雨樓本均作「湄」。

〔四〕禕　原作「褘」，據文義改。

〔五〕贍護　原作「瞻護」，據四十卷本、風雨樓本改。

〔六〕簡飭　原作「簡飾」，據四十卷本改。

〔七〕儒者　原作「孺者」，據四十卷本、風雨樓本改。
〔八〕千禩　原作「千禨」，據四十卷本、風雨樓本改。
〔九〕四十卷本、風雨樓本篇末有「甲辰季冬同里梅村吳偉業拜譔」十三字。

顧母施太恭人七十序〔一〕

顧氏蓋世有賢母云。吳丞相灃陵侯雍，以黃武七年迎母於吳，其主親拜之於庭，公卿大臣畢會。蓋自有吾郡以來，虞、魏、張、陸，英英門戶，彼有人焉，位宰相，爵通侯，莫先於顧氏；家人尊老，女宗母師，起居六宮，賓禮萬乘，亦未有踰顧氏者已。

吾友吏部考功郎顧君備來，天下精彊開濟駿雄闊達之君子也。舉進士，年才二十餘。起家廷評，銜天子之命，以取士於嶺表、五管，號稱得人。其補吏部也，甚爲時宰之所倚重，在諸曹中特以爲能。已而用請急歸，坐公事以免。家居四五年，以今歲春正月壽其母施太恭人七十，君之年適亦屆於強仕。稽諸譜牒，其先出自陳黃門侍郎野王，固灃陵之苗裔也。野王十七世孫，占名數於長洲。入先朝，有自兵都諫爲通政司參議者，而族始大。備來則從通政介弟處士公而分。處士之子訒菴公，以才名雄諸生中，累舉不遇，積書萬卷以貽其子，是爲仲晉公，卽贈君也。贈君中歲多病，猶及見儁來成進士；而恭人則當其子之出使嶺嶠，蕩節還家，入典銓曹，板輿迎養，堅彊暇豫，白首而無恙。詩曰：「令妻壽母。」傳曰：「公侯子孫，必復其始。」噫嘻，豈不盛哉！

儁來之爲人也，負意氣，已然諾，元老重臣，寓公邑子，無不躧履到門，迎閤握手，以相爲引重。有幼弟曰斯玉，雖年少官薄，而斂給過人，能以連郡國豪傑，公府儁材。故顧氏有聲吳、越間，在諸公莫與爲比。其上壽也，幢牙旌纛，交錯於路，皮幣玩好，充仞於庭，餼牽體薦之物，駢羅而疊陳，揳擊吹鼓之音，族居而遞奏，里人以爲榮。雖然，世家大族，邦之楨幹，里之儀型，其有嘉好燕樂，國人於此觀禮焉，四方於此問俗焉，固非焜燿一時之望已也。盍相與據見聞，援故實，以頌我太恭人可乎！

往者吾郡風醇俗厚，家給人足，凡仕而歸者，得有其秔稻桑麻陂池邸閣之利。通政起家清卿，有賢子與孫，及四世而衰矣；而介弟一門復振，第宅園林，尊彝書畫，至今指數於吳中。施氏雖通顯不及顧氏，自冶公以一孝廉用治生素封。兩家皆爲方雅之族，子孫恂恂退讓，比於石君之有建、慶，桓氏之有郁、焉，孝謹不衰，明經篤行，此太恭人之生世承平，傳家肅穆，孝友順祥，本諸先德者也。

運之季也，末流始於濫觴，良苗不無秕稗，乃有三四大君子者，清剛不撓，峭覈爲方，嚴取與以遏絕苞苴，持臧否以痛繩流俗。訒菴公以貴公子，熟聞道誼，雅負風裁。屬當黨錮異同，是非倒置，好是正直，感慨不平。其所與游者，文文肅是中從媚婭，相得甚驩；而周忠介之忤奄急徵也，出囊中金庀槖饘屝屨之用〔二〕。居恆慕孔文舉、孫賓石之爲人，不肯詭隨碌碌。此太恭人詩書嫻習，才智通明，前哲令聞，得之舅氏者也。

自祖調更繇之日急，則有虎吏市魁，乘意氣以陵出衣冠之上，士大夫杜門嗛退，苦身自約者，漸不爲閭巷之所尊禮，至與黔首無異，有識傷之。蒨來姿容瓌偉，涉獵傳記，辨智縱橫，自以贍君貲產中微，受人侵侮，得志之後，雅自發舒，不欲敝車羸馬以爲里兒之所簡易〔三〕。約結英俊，賑施窮急，知名當世，取重諸侯，行誼出袁絲、鄭莊之間，文詞居莊助、枚皋之亞，此太恭人以世會艱難，家門貴盛，持盈戒滿，保其福祉者也。

予讀書至潁考叔之告鄭莊曰：小人有母，未嘗君之羹。趙宣子所食翳桑餓人，舍壺飧請以遺母。不覺爲之掩卷而三歎。今以吾吳廉吏之家，名父之子，託于木門，賃舂織屨以事其親者，多有之矣；爲其親者，躬親操作，黽勉虀鹽，亦嘗有一日之養如斯讌者乎？然君子之孝，遇則鼎食擊鐘，不遇則啗菽飲水，南陔白華，期不失守身之正已耳，茅季偉、庾子平於道豈有憾哉？在昔澧陵之先，世爲著姓，元歎尤以幕府親信，君臣母子講布衣骨肉之禮，古今之罕見。史稱其不飲酒，寡言語，舉措時當，獨能恩禮始終，斯眞羔羊素絲，富貴而不失其身者也。豈非吾郡之先正而顧氏之家法也乎！

予衰退，不獲以時追陪蒨來，然當其服官也，與之同朝，及其坐公事以免也，又嘗與之同患，故今日祝釐之詞，不以諛而以莊，庶幾太恭人聞之喜曰：是言也，其能相吾子於義者也。公父文伯之母誡其子曰：「瘠土之民，莫不嚮義，勞也。」計當日吾徒之所坐，實以災荒凋瘵之餘，雖率先奉公，猶不免於吏議。彼魯語所云：「聖王之處民也，擇瘠土而處之，勞其民而用之。」誠吳民今日之謂乎！自今以後，上之人寬租薄賦以恤其下之窮，下之人修行守分以奉其上之法，竭蹶輸將，保持鄉里，以相安其爲瘠土之民而已。君子曰：季氏婦之言，此即太恭人之教也。遂書之以爲序。

【校】

〔一〕題　四十卷本、風雨樓本均作「顧母施太恭人七十壽序」。

〔二〕屝屨　原作「扉屨」，據四十卷本改。

〔三〕僦車羸馬　羸原作「贏」，據四十卷本、風雨樓本改。

秦母于太夫人七十序〔一〕

梁谿秦留仙館丈以侍從積勞之三年，上恩許賜洗沐，而王母于太夫人以明年正月爲覽揆之辰，於時封公以新先生春秋甫彊仕也。先是天子開南苑親試天下士，而梁谿兩榜克勤公由南宮第一賜上第〔二〕，於留仙則再從祖，以同日被遇，已而遷除休澣，又同時入里門。其當太夫人之壽也，先生綏纓束帶爵韠，偕介弟西向立侯，夫人纚笄綃衣侈袂，偕介婦東向立，諸孫從子之次，稍退負牆，其少者劍而侍〔三〕，孫婦從婦之次，退亦如之。太夫人出於房，皆接武上堂，北面再拜，諸姑伯姊率子姓彌甥各以次肅拜。宗人之長者先以其屬由阼階上，俟于屛內。宗禮畢，盛服致賀，其尊者太夫人答拜，卑幼則頷之。庭實維旅，棗栗腶修〔四〕，重錦加璧，樂作盥洗，揚觶前爲壽，終宴無一人偕立踰言者。鄉之人觀禮焉。

秦與于，江南鉅姓也。秦望於梁谿，于望於金沙。梁谿之秦，自大司馬端敏公始大，其別有中丞，以才力開濟，譽重諫垣，篤生贈公，爲之愛子，以光啓於來裔。金沙之于，自都御史公始大，其後有憲副，以理學醇正，績著外臺，爰及再世，乃誕淑女，以作嬪於高門。太夫人實憲副之子太學褒甫女也。當神宗皇帝時，褒甫之從兄中甫，以鉤黨摧抑爲海內表的，諸君子過金沙者，無不與其兄弟定交，矜然諾，重節槪。而褒甫則能刻畫爲新詩，家世貴盛，自以高才不遇，益跌蕩極意於聲酒〔五〕，園池歌舞之樂，江南莫及。而秦氏夙以儉樸傳家，中丞捐館舍，門戶寖落，贈公善病早歿，太夫人辛勤荼苦，以玉三子於成。詩曰：「何有何亡，黽勉求之。」太夫人生長豪門，而能自修持以敬儉，人止知今玆福澤之非常，而不知其中更孔艱，保嗇調護之不易也。

夫爲人子孫而能事其王父母〔六〕，幸矣；爲人子孫能以富貴事其王父母，此人倫所難，即古純孝者以爲不可倖致。留仙之乞言於余也，敍其在繈褓之中，爲太夫人所鍾愛，推乾就濕，恩勤備至。吾因留仙之言，而喟然有感於余祖母湯淑人也。衰門貧約，吾母操作勤苦，以營舅姑滫瀡之養。湯淑人憐其多子，代爲鞠育。余自少多病，由衣服飲食，保抱提攜，唯祖母之力是賴。憶自早歲通籍，祖母年七十有三，及以南都恩貤封三世，湯淑人期屆九袠，笄珈白首，視聽不衰，里人至今以爲太息。雖以余今日之潦倒，萬不足以追陪留仙，而迴思往事，三世一堂，莊强悦豫，何其有類於太夫人也乎！

吾母朱淑人精心事佛，嘗於鄧尉山中創構傑閣，虔奉一大藏教，而于太夫人實有同心，信施重疊，像設莊嚴，俾願力克有所成就。夫人子事親，身則思其所安，性則思其所嗜，牲牢酒醴之奉，珠玉纂組之華，雖吾力所不能致而親好焉，計猶且圖之也。若二母之清淨澹漠，擺落穢濁，其所需者固已少矣，而余之貧，至使吾母伊蒲之供，出於損衣節食之所存，乃太夫人獨可以充然而無憾。迄今兩山之間，鐘魚浩浩，皆誦太夫人之福德，而又能以其餘力甃橋梁、賑煢獨，留仙父子竭其力以悦親心者至矣，而余則不能，其能無愧色矣乎！

余友周子俶爲留仙所知，實請余言以壽太夫人。夫子俶知吾兩家之深者也。乃就兩家祖孫父子之際質言之，稱其禮，言乎長幼有序也；稱其儉，言乎盛滿不溢也；稱其善而好施，言乎仁慈有恩也。古之孝子，事友人之母猶吾母。余之壽太夫人也，無諛辭，無勦說，庶幾有合於朋友之道焉。子俶善其言，遂書之，以爲升堂之獻。

【校】

〔一〕題　四十卷本、風雨樓本均作「秦母于太夫人七十壽序」。

〔二〕而梁谿兩榜　四十卷本、風雨樓本均作「而梁溪兩秦爲同榜」。

〔三〕其少者劍而侍　「而」原作「其」，據四十卷本、風雨樓本改。

〔四〕棗栗腶修　「腶」原作「暇」，據四十卷本、風雨樓本改。

〔五〕跌蕩　四十卷本作「跌宕」。

〔六〕而能事其王父母　風雨樓本無「其」字。

王母徐太夫人壽序

吾友王太常煙客、王郡伯玄照，爲余道其宗盟之長、額駙王公長安之賢，而盛推其能孝也。曰：公爲人敦尙儒雅，好古博物，深自折節以交天下之英俊，其爲賢也藉甚，君子以爲此不足以盡公也。夫百行莫先乎孝，孝莫大乎事之以禮。今年春，公之母徐太夫人來自汾陽，先期公飾其翟車，設容蓋，駕騏騮，躬執轡而迎於郊。既入，帣韝鞠𦝫，旦晡自上食。於是公之客習聞其内行甚謹，將以是秋太夫人設帨之辰，相率前爲壽。某等則宗人也，宜一言以贊，衆賓輒用屬諸偉業曰：吾子通達往代之典訓，而號能言，敢唯子也請。余遜謝固陋弗獲，則從而爲之辭曰：

昔者先王選建親賢以藩屏王室，既繼體其子弟，又推而及諸昏媾甥舅，恩禮有加焉，所以聯肺腑、樹腹心也。惟我國家剖符定功，封親王以鎮撫南夏，其尊寵人臣莫比，獨太原王氏於親爲睦。撲厥所自，蓋王氏之先公同官爲寮，在軍中用氣誼相推重，比王貴，而公先以封疆著忠節，王是以惠顧前人之好，而施及其子孫，申以昏媾，厚其湯沐。嗟乎！先王親親仁厚之道，余蓋未之見也。上下數百年，其有結平生之分，定骨肉之親，分之以寵祿，被之以文章，和之以聲音，鎮之以彝器，如王氏之所遭者乎？雖然，家門當荼苦之日，藐諸在襁褓之中，微太夫人辛勤黽勉，鞠育教誨，則不足以及此。

是舉也，王爲遣萬里之使，奉咫尺之書，家丞發嘉幣，厩人出良馬，既具而後命之於庭。及郊，張幕告至，執庭實以將命，魚軒重錦，玉斝瑤甆，載以筐篚，列諸兩階。主人曲躬磬折入以告，太夫人立於房中，使人及階再拜，史讀書，家老展幣，太夫人受之，俠拜遂入，主人肅使者而退。

饗之日，外賓席於堂，內賓席於室，薦以房烝折俎，佐以鉶羹加豆。其用玉，則璧羨肉好，温潤清越，有夏后氏之璜、魯侯之雙琥焉；其陪鼎，則雲螭雷紋，丹青斑駁，有商癸父之尊、周孟姜之敦焉。其陳圖則縹緗玉軸，摹寫裝褫，有唐昭陵之遺蹟、宋御府之秘本焉。爵行樂作，歌鐘二肆，簫管備舉，魚龍曼衍之戲，迭奏而遞進。君子觀之，歎曰：美哉，何其備物而多儀也！世衰俗敝，束修之問不行於境中，滫瀡之珍或闕於堂上，卿士大夫嘉好燕飲之不講，蓋已久矣。詩有之曰：「我有旨酒，亦有嘉殽〔一〕。洽比其鄰，婚姻孔云。」又曰：「魯侯燕喜，令妻壽母。」「既多受祉，黃髮兒齒。」王氏之宴，取其彰王之賜，揚母之德，而貽子孫無疆之休也。先王制禮，因時世而為之節文，其在斯乎，其在斯乎〔二〕！

抑吾聞之，禮者，所以崇退讓、弘止足也。自古世祿之家，鮮不怙其勢位。以公才地，託屬王家，上可以筦樞機，次可以奉帷幄，乃優游不進者，二十年於茲矣。風流嫻雅，舉止如儒生，世之赫然要近者，視之漠如，非其好也。家居盛治風亭月榭，嘗具數百人之饌，扁舟過江，載其圖書萬卷，清商兩部〔三〕，修承平王孫之樂，天下聞而慕之。母夫人追念先公生長艱難，與兵終始，不及見其家富貴，喟然於車馬威儀之盛，以為吾提三尺之孤以入關，竊不自料賴朝廷厚德，克有今日。吾母子善自抑損，庶不負國家推恩〔四〕，藩邸施寵，綏以垂諸永久。賓客聞之，咸謂我公之賢，皆其母有以成之也。

昔晉京陵公王渾之子濟，以中書郎備戚屬，逸才俊爽，負盛名，史稱其母鍾夫人琰，賢明有法度，不恃其貴陵人。夫公侯鉅室，婦儀母德，子孫當奉爲永式。歷觀載籍，繩繩弗替，孰有踰於王氏者乎？卽吾州兩王，出宰相名公卿之後，舊德博聞，多識其先世故實，若長安公之事其母者，此誠一門之光輝而傳紀所不得而略也。余老史官也，既聞公之賢，又知兩先生爲可信，故備而書之，以著王氏一代之家法。是爲序。

【校】

〔一〕我有旨酒亦有嘉殽　據詩小雅正月，當作「彼有旨酒，又有嘉殽」。

〔二〕其在斯乎　風雨樓本無疊句。

〔三〕兩部　原作「兩郡」，據四十卷本、風雨樓本改。

〔四〕不負　四十卷本、風雨樓本均作「無負」。

吳孺人五十壽序

余門人王周臣既官中書舍人，用覃恩封其母吳太君爲孺人，而謂余曰：先生知挺之爲此官乎〔一〕？凡以爲吾母也。吾父自神宗皇帝以來，拜璽書之命有五，而吾母以例不及封。吾父謂吾母曰：此以待爾子。今國家新造，皇上於舊京嗣位，推恩羣臣，甚盛典也。挺不以此時邀一命之賞，其謂吾母何？於是周臣奉命歸里，拜其尊人奉常公於堂下，而太君受珩璜褘翟之錫，里人以爲榮。又五年，孺人五十，周臣乞予言爲壽。蓋予交於太原者兩世矣。

奉常治家四十年，婚宦祠葬，大小畢舉，中外宗親無間言。僮指千人〔三〕，蹀縮奉成法，主人左顧而咳，則不時之需，糈醪槃匄，應手立辦，其整且密如此。又自以其間治園圃，好書畫，請謝賓客，跌宕文史，見者驚焉。既而問之，此固奉常之才，抑亦吳孺人之助也。自奉常服官奉使，孺人未嘗不從，雞鳴盥頮，呼役夫，戒行李，奉常不知有辦嚴也。奉常有十子七女，孺人撫異出之子，衣服供用，必使與吾子同；諸女輒厚其裝送以爲之嫁，不以累奉常。奉常燕處甚嚴，子弟或小過，面加譙讓，孺人視顏色婉轉之輒解，即婢僕亦多所寬貸，一家之人咸歸心焉。其以覃恩封也，猶抑然自下曰："吾佐箴於王氏二十年矣，今以子貴，得見文肅相公之廟。雖然，詎敢當尊乎？"退而與諸娣齒，未嘗稍以自異。則豈非恭勤慈惠、賢明識大體者哉！

太原自相國朱夫人後，奉常生母周宜人及孺人，其婦德最爲可紀。宜人當緱山既沒，家祚中微，扶其子於危疑臲硊之中，其拮据也似難；孺人值門緒再昌，諸子鼎立，相其夫於精明綜覈之時，其調劑也似易。然奉常仕宦通顯，宜人優游晚福；而周臣自中書一命，旋偪亂離，播遷繇役，其爲母夫人憂者多矣，卒能從容擘畫，維持門戶，以此知孺人雖易而尤難也。予因周臣之請，不敢貌言以夸，乃質舉平日所聞，俾周臣還壽其親也如此。

【校】

〔一〕先生知挺之爲此官乎　四十卷本、風雨樓本均無「之」字。

〔二〕僮指　原作「僅指」，據四十卷本、風雨樓本改。

錢母譚太君六十序〔一〕

吾郡與浙之禾中爲比境，其世家舊族，燕饗慶勞之禮相接也。庚戌之春正月，禾有又鶴、亦駿兩錢君，爲其母夫人譚太君六十壽。太君者，登萊道監軍贈太僕凡同先生之女孫，而明經闇仲之長女。闇仲，太僕之仲子也。其歸於錢，爲松溪令孚于公之冢婦，而孝廉雍仲之元配。錢與譚既邑之望姓，而夫人以貞愼專一之操，婉嫕莊靜之德，辛勤黽勉者三十年，用能持其家，敎其子，而又鶴、亦駿方以文行有聲於時，自其邑之人無大小莫不賢之。於是兩錢君謀於父榜之執友曰平湖倪公伯屛、母黨之懿戚曰同里黃公觀只，以祝嘏之辭爲請。

伯屛之言曰：「予之舉於鄉也，同年生雍仲爲少。予濫叨一第，雍仲齎志以歿，天下聞而惜之。予之坎壈末路，深以弗從雍仲爲不幸；而錢氏獲保其家，以趾美於後人，則嫂夫人力也。雍仲爲不亡矣。夫女子而節也難，女子之節，經滄桑兵火爲尤難，此有事於史者所當紀也，其節可書也。

觀只之言曰：我宗與錢氏、譚氏世通婚姻，先給諫之女乃某之姑，歸於松溪公而生雍仲，雍仲又與余同娶於譚，爲中表，爲僚壻，其悉夫人之內行加詳。先姑性嚴，顧嘗語余：雍仲雖亡，賴孤嫠以扶持將順。吾以此知夫人之爲婦也。闇仲公於余爲外父行，今夫婦八十無恙，而洗腆甘旨，兩甥實分其勞。吾以此知夫人之爲女也。此其孝可書也。

余曰：是則然矣。抑太君之爲孝若節者，有本焉。蓋嘗反覆於懷宗端皇帝之初紀，方大憝始拔，羣邪黨據，莫肯正言其辜，有從草莽中伏闕上書，歷數璫十大罪，且顯詆在位婞阿爲失職，則浙西太學錢生，卽松溪公也。踵松溪而起者，逡巡數百奏，獨松溪言於主上孤立、宮府危疑之日，自宰執臺諫，左右近侍諸司，皆奄私人所布置，思剸刃一二言者，以拄天下之口，松溪一疏，實首中其陰伏，其不爲陳東續者廑耳。至今言之心悸。然則錢氏之保門戶，長子孫，希韝鞠䐡，上壽於此堂者，微君父神聖不及此，又鶴兄弟可不思其故乎！

或曰：艱難時，布衣上封事，往往授中朝官。松溪沿常調得一令以去，有子而貴，又中道奪之，謂天道何哉？余曰：是不然。夫松溪之正直，其得官不得官非所計也。以彼父子天性忠孝，使雍仲而在，目擊淪胥板蕩，有不搤擘流涕、棄妻孥而弗顧者乎？天之奪雍仲者，正所以全之，俾太君得以提攜孤稚於家門零落之中，兩錢君終能光啓宗祧於身名發聞之後。傳曰「天道遠」，未可以目睫測也。且夫消息盈虛，古今常理，吾不暇遠論，請即譚氏觀之。太僕之在登、萊，焦心極力，拄島帥，定譁兵，卒以勤其官而身殞。有子六人，虞衡早貴；禮部用五經得舉，則已遭逢末造，崎嶇奔走，沒於兵間；闇仲在兄弟之中，可謂不遇矣，而優游晚福，顧乃過之。然則雍仲留其不盡以俟諸子孫，正未有艾也，太君之所得不旣多乎！

夫太僕起家賢書第一，而伯屛、觀只先後首冠浙闈，以科名相亞者也。宿老耆德，其見聞言詞皆可信，浙西之文獻徵焉。今以故舊姻婭爲太君壽，而固以屬余。余忝聲氣於雍仲，而早歲曾一識松溪；於譚氏，則太僕諸子，仕路所定交也，故不辭。而壽太君屛棄尋常祝釐之詞，而標舉其大節，庶幾太君聞之曰：是人也，熟於近代之史，必能紀吾家之事而圖其傳。則錢氏、譚氏之子姓足以告成茲讌，而余亦可無負於兩公之請也已。

【校】

〔一〕四十卷本無此篇。風雨樓本題作「錢母譚太君六十壽序」。

趙母張太夫人六十序（一）

御史大夫趙公膺天子再命，將大用，而其子孝廉君奉母張夫人居於維揚之邸舍。今年夏，孝廉爲書而乞言於當世，曰：吾母壽且六十矣。古有言：備物致養，非孝也；顯親揚名，乃孝也。顧某幸廁賢書，齟齬未遇，安所得壽吾母乎？惟是名公鉅儒，鳩茲內德，而賜之一言以垂金石，則其壽也無窮，不庸愈於顯且揚耶！余嘉孝廉之意，竊以爲孝而有禮也。且余與趙公後先出李太虛夫子門下，往來嚮慕，故知夫人事尤詳。

夫人出自名門，爲父母所奇愛，常拍額曰：是兒殊慧，必得一讀書出頭地者。已而果歸於公。公方食貧，卒業羅、湘間，而家有踐更，胥吏臨門而瞋，夫人上勞姑嫜，下完繇役，翁曰：新婦良苦矣。而夫人顧自若也。則公之無內顧恐，而覃精以成其學者，夫人也。湘南地鹵濕而俗樸愿，亡它修息。公自爲博士弟子、爲名孝廉，前後十有六年，廩廩飭廉隅，家益落，常餬其口於四方。夫人爲挫鍼治繲，烹魚炙肉，奉高堂，辦游橐。則公之不貽親憂，而藉甚以成其名者，夫人也。公起家武定，旋遘外艱，夫人飯含袒免，以身代公，人無間然。及起補趙州，流氛孔肆，公單騎之官，仰天吁嘻曰：吾安忍離吾母乎！夫人進曰：妾任也，母何患？遂戒舟楫，泝江、漢，涉淮、濟，及抵廨舍，母子如初。已申、酉變起，虺牙虎吻，驚濤狂猤，瀕危無恙。則公之能全其孝以保其身者，夫人也。公既宦燕都，批鱗抗疏，事最奇偉，幾蹈不測，而驟躋副相，禍福倚伏，夫人則無幾微見於顔面。孝廉客漳閩，有留滯周南之感，夫人千里移書，備極勸誡，不刺刺作兒女子態。則公之能立其節以教其後人者，夫人也。凡此約略孝廉君所述而合余傳聞者如此。

余觀近世有外矯名節，内執狐疑，言不盡其懷，貌不副其欲，婞阿軟密，希圖寵利，高官大俸，如衣裏弓弭之不能暫捨，因是嬉於家、驕於室者，比比然也。以視彊直自遂，舉不避親，利害進退，置若度外，而内無怍色，相視泊如者，不且霄壤哉！

今趙公危言直節，烜赫人耳目，顧以謇伉故，休沐暫免，而天子思之，隨賜環召，孝廉以英才博學，有稱於時，不久役大其業，亦豈必與世庸庸多福、保無蹉跌者同類而稱耶？在夫人笄珈偕老，黄髮兒齒，雖風波震蕩之後，轉徙流寓之中，而孝廉方致九曲之木蘭，種薔薇之瓊樹，和江都金帶之蘂，採甓湖白雪之藕，蕪城燈火，平山詩酒，皆以娛母夫人而進一觴焉；則何必星沙雲母、浮丘丹砂爲足以壽，而故鄉之是樂也耶？禮有之：「樂其心，不違其志。」孝廉又奚必嗛嗛爲此，可書而賀以歸之也。遂爲序。

【校】

〔一〕四十卷本、風雨樓本均無此篇。

吳梅村全集卷第三十九 文集十七

記一

舊學庵記

余梅村西偏有地數弓，蓋廢屋之趾，予斥而宮之，繚以土垣，而築屋三楹，名之曰舊學庵。庵成，而圖史之所藏，講論之所集，朝夕宴處，賓游往來，皆於是乎在。

客有過予者曰：子之名是庵也，其爲舊學之臣歟？予應之曰：唯唯，否否。夫古所謂舊學者，經術深厚，行淸而能高，爲天子顧問之臣，足以輔道德、長教化，如是庶乎其可也。若予者，嚮以庸虛早忝朝列，曾不以此時有所論建，裨益萬分；今編蓬窮巷之中，伏匿窮麐，退與後生小儒掇拾舊聞。然則吾之於學，其初肄業，及之耶未也，而敢以名吾庵歟？

客曰：子以〔一〕文章受知於先皇帝，輔導太子，起居兩宮爲臣〔二〕，子而欲辭，誰其可者？余曰：若所言者仕也，吾所言者學也。如以仕而已，當先皇帝方嚮經學，開文華，召一二通博正直之儒，虛己禮下之甚，而執政大臣勿善也，中之以事，輒罷去。其在位者，率篤癃疲曳，使數人扶持，痀僂入省門，居庭中，惛惛不辨。上或問掌故，則左右遷視，涕唾流沫，叩頭不起。而顧號爲馴謹，備老成，俾主上敬而不急，以儒生爲無用，卽當事者稱任使矣。斯可謂之舊學歟？非歟？余因是發憤謝病，將閉戶不出，讀書十年，不幸國家變亂，顚沛詘辱，欲如向日之老，充位備官，不可得矣，敢以放廢遺佚，虛竊此名於田野間哉！

雖然，吾聞之：君子之爲學也，於國家禮樂所繇生，刑政所自出，苟涉其條流而探其損益，雖窮巖之賤，吾得而論著之，況其所躬遇者乎？雖百世之遠，吾得而紬繹之，況其所親見者乎？今以余之坎壈侘傺〔三〕，休息乎此庵也，每發書陳篋，伏而讀之。其於朝廟典章之盛，未嘗不思周旋進反疇昔肅恭而將事也；其於君臣誠勵之語，未嘗不思諮諏出納疇昔艱難而訓告也。若夫盛衰興廢，天道人事之間，則又輟卷廢書，太息而流涕。凡吾之惓惓於此者，非苟彊記博誦，爲當世取悅云爾；庶幾發揚先朝之盛德，用少裨具官之所不稱。如是，雖以謂之舊學可也。

且吾之於學，雖不自暇逸，而疾病憂患，恐其弗底於成。將使後之子弟讀吾書者，仰觀堂構，夫孰非國家之恩澤以有此廬哉！故書其事以貽後之人，俾令知吾志焉。戊子八月吳偉業記。

【校】

〔一〕以　風雨樓本作「之」。

〔二〕起居兩宮爲臣　四十卷本、風雨樓本「爲」下有「講」字。

〔三〕侘傺　原作「佗傺」，據四十卷本、風雨樓本改。

歸村躬耕記

吾友王煙客太常治西田於歸涇之上。歸涇者，去城西十有二里，或曰先有歸姓者居焉，或曰以其沿吳塘而北可歸也，故名之〔一〕。煙客自號歸村老農，築農慶堂以居，而以告其友人曰：吾年六十，蓋已老矣，將躬耕乎此。

聞者疑之曰：古之爲耕者，以其有耕者之樂也。土膏陸海，畝乃一鍾；芍陂、白渠，灌及萬頃。故有築隄作塘，開田引瀆，役使數千家，此美田上腴者之樂也。若夫陸渾山中、褒斜谷口，平疇廣野，反出於孤峯疊嶂之顛，屛棄世事，隔絕人代，架絕壑以立屋，焚深林而糞田，此高山窮谷者之樂也。今吾州僻陋海濱，陂渠湮廢，舄鹵沈斥，沮洳汚萊，歲頻不登，賦以日急，居此土者，亦何樂乎有耕？煙客自奉常謝政，幅巾里門，有城中賜第以安起居，有近郊別墅以娛杖屨，圖書足以供朝夕之玩，賓客足以接談笑之歡，又何必去城市、舍園圃、謝朋舊，以樂此躬耕爲也？

煙客曰：不然。此田是先朝賜祿之所遺也〔二〕，是先相國文肅所以貽子孫也。往者神廟之世，海内乂安，生民不見兵火，江以南大臣之致政家居者，美田宅，盛邸舍，厚自奉養；而吾祖惟得海濱寢丘之地，以供饘粥，蕭閒杜門，不知家人生計。性愛田野，嗜花藥，開種竹之圃於東郊，築藝菊之亭於北郭，而猶患過客之跡我也〔三〕。晚歲璽書存問，郡邑大夫執板而賀謁者，車塡馬咽，而我祖命小舟，攜短策，逍遥於南陌東阡，遇者不知爲三公也。即今三十餘年，而韋相之莊，籬落猶存；陸生之田，桑麻如故。舊老遺民，尚有過而歎息者，吾爲人子孫，忍使茀而不治乎？且吾受前人餘澤，奉車省闥，陪祀陵園，以及親郊、視學、大閱、籍田，無不具簪笏以從。已而持節銜命，渡錢塘，入豫章，涉沅、湘，踰閩嶠，足跡幾半天下。世故流離，衰遲頽暮，猶得守先疇之畎畝以送餘齒，退而與田夫野叟，談昇平之遺事，敍平生之舊遊，不亦幸歟！雖其土之瘠而賦之繁，吾猶將樂而安之。若夫歌舞陸博，適飲食，侈遊觀，下至逐什一之利，競錐刀之末者，吾之所不能爲也。

梅村吴偉業聞之曰：不忘先朝，忠也；追述祖德，禮也；保素節而出流俗，義也。其爲躬耕也大且備矣，是不可以不記。

【校】

〔一〕故名之　風雨樓本無「之」字。

〔二〕賜祿　四十卷本、風雨樓本均作「祿賜」。

〔三〕我　四十卷本、風雨樓本均作「吾」。

海市記〔一〕

余嘗之中州，與吾友張石平相見於大梁。大梁爲天下饒，其城郭險以固，宮觀崇以峻，士女之所雜沓，車馬之所輻輳，五方百貨，羅布而錯列。乃置酒登繁臺，北望黃河從天來，屈潰倒注，洶洶乎奔伊闕以走龍門，豈不壯哉！

別去十餘年，石平官兩浙觀察，余訪之湖上，握手話舊事，歎息久之。酒酣耳熱，石平曰：「子乃言大梁哉！予過鹽官，觀海市矣。姑登樓望海，見海中有浮圖，長三十仞，白雲滃滃從之，初謂絕島所未有之奇也。已而石塘鬩沸，鹽官人皆走且呼曰：『海市矣，海市矣！』未幾赤壁矗起，甃城剝落若堵牆。少間，色變白，危樓數十間湧出其際，窗櫺玲瓏，金碧如畫。忽蒼煙飛來，複閣盡沒，而修竹萬叢，松柏槎枒，層城睥睨，橫亙異狀。煙盡，樓脊漸出，頓還舊觀，乃有長橋出於水上，隱隱歷歷，車馬無聲，樓船旗幟，似有人隊介而立，其餘若鼎者、鐺者、幡蓋者、盤盂杯鎗者，目之所接、手之所指者，蓋不可勝數矣，而又儵忽盡矣。」石平之述海市如此。

嗟乎！黄河決，汴城陷，疇昔之游所登臨而肆眺者，盡蕩爲洪流，堙爲魚鼈，乃東海巨浸中，顧有宮闕城市，舟車百物，儼然一都會焉。嘻！此不可解也。余與石平復相視笑，遂援筆爲之記。

【校】

〔一〕四十卷本、風雨樓本均無此篇。

聖恩寺藏經閣記

吾吳天壽聖恩禪寺，繇山門拾級而登，仰見傑閣聳於虛空，剖石大和尚所構以奉一大部藏者也。其地踞鄧尉之半，層巖拔起，支龍蜿蜒〔二〕，雕楹文礎，插入崖腹。前瞰具區，渟泓萬狀〔三〕，遠則洞庭兩峯，近則法華、漁洋諸勝，若拱而揖，或環而抱；其下則秀樾干雲，修篁漏日，法花忍草，茁長繽紛，怖鴿馴禽，飛翔匝繞：信兜率之鉅觀，般若之勝境矣。

先是萬峯蔚公，當皇覺現身之初，受聖恩開山之寄。弟子智瑎等傳衣主席，瑯函貝葉，結集流通，尊奉之地，卽今毘盧遮那閣是已。歲月旣往，龍象中衰，千箱秘帙，化作飛塵，萬衆名區，鞠爲灌莽。於是三峯老人杖錫飛來，翦剔蕪荒，經營宏敞，庶事草創，未盡云爲。剖公親承記莂，進補其處，時節因緣，緇素瞻仰，信施塡委，無廢不興，梵夾竺墳，缺焉未備。會有峨眉道者，裝成南藏，道梗西川，因其方便之功，申我殷勤之請，遂移法寶，作鎭山門。方當牛首飈迴，瓦官霧塞〔三〕，未踰旬朔，便接烽煙，獨此經早畀精藍，不罹刦火，咸以爲修多羅藏有天龍神鬼百萬護持，和尚福德感孚，不脛而至，四衆頂禮，罔不欣欣，顧其時閣猶未之建也。

蓋毘盧閣雖經修葺，業以供養諸佛，結制生徒，將謀改卜高原，另圖嚴奉。

吾母朱太夫人專心在道，入山禮足，躬覯勝因，發願弘施，聞者坌集。監院濟上等乃相材運甓，練日鳩工，經始於癸巳之仲冬，告竣於甲午之季臘。列楹三間，廣筵九丈，深如其廣之數，崇殺其深之一，翼翼嚴嚴，若化若湧。就中塐釋迦、藥師、彌陀三像，慈容睟盎，纓絡交加。其旁則方甌長龕，東西森向，瓊籤玉軸，充仞琳琅，經律論藏，部分櫛比，共有五千四百餘卷。和尚以丁酉之夏六十初度，諸山老宿爲禮華嚴尊經者五十三衆，皆安單于閣下，規重矩疊，衣裓肅然，淸淨道場，得未曾有。和尚曰：「是閣之成，所以揚祖風，示學者，不可以無記。」乃屬偉業爲之。

偉業合掌而白師，言我佛如來演說三乘十二分教，利益衆生，達摩以拈花微笑之旨，不立文字，而見性成佛。蓋慮世人教相紛拏，欲以掃除支蔓，非謂鹿野苑、拔提河，金口所宣，一切空之也。古德相承，共弘斯義。後來門庭太甚，諍論滋多，或執教以議禪，或竊禪而掃教，識者憂焉。今和尚從拈錐豎拂之中，搜揚貝典，孳孳不倦，於以撈籠今古，震壓諸方，豈不盛哉！且成壞相仍，世相如是，以萬峯之聖皇授記，說法名山（四），猶不免講席榛蕪，勞後人之修復，然則貞珉之有鑱也，其可已乎？是經也，出於干戈俶擾之際，僅而獲存，百世而下，知其孔艱，是纘是述，俾勿隕墮，皆記事之辭所不得而略焉者也。爲之頌曰：

世尊天人師，普說無上道，傳譯至震旦，是名修多羅。毘尼阿毘曇，不可得思議，鄧尉古道場，衆山盡環遶。有一善知識，親遇金輪王，手持玉庫經，開演一大藏。百年化宮壞，乘願乃再來，吼若獅子威，直標正法眼。臨濟大宗旨，文字本不留，方便利衆生，何所不融攝。但能去纏縛，不落義解門，卽此文句身，足證圓滿智。如來廣長舌，八萬四千言，於一卷卷中，各滴醍醐味；於一字字內，各貯摩尼珠。護法天龍神，呵衞在左右，以此刀兵難，末刼不得侵。將我貝多羅，移入淸淨界，寶閣矗天起，廣望千谿旬。洞庭七十峯，卽爲耆闍崛；震澤五百里，卽爲阿耨池。無量妙高臺，變現彈指頃，當知向上著，不礙於有爲。覩像生敬心，藉彼莊嚴力。諸佛所說法，億萬恆河沙，究竟歸虛空，本來無一字。見道不見山，何處復有閣？見心不見佛，何處復有經？乃至法界中，草木禽鳥等，飛鳴與開落，若以慧眼觀，無非是經者。經如紅日輪，旋遶須彌山，照一四天下；經如香水海，舟航到彼岸，湧出青蓮花。頭目與腦髓，有人乞施捨，無怖亦無愛。此經當護持，能續慧命故，珊瑚與瑪瑙，高過蘇迷巔，瓦礫了不異。此經當寶惜，能種福田故，用此告來者，常生難遇想。薰心與注耳，歷刦乃不磨。我今作此辭，毫端見如來。刻之靈鷲峯，永永示無極。

【校】

〔一〕支龍　四十卷本作「支隴」。

〔二〕渟泓　原作「停泓」，據四十卷本、風雨樓本改。

〔三〕瓦官　原作「瓦宮」，據四十卷本、風雨樓本改。

〔四〕說法　原作「設法」，據四十卷本、風雨樓本改。

瑞光禪寺碑陰記并頌

瑞光禪寺碑者，吾吳宮尹姚文毅公爲竺璠上人所刻辭也。文毅偕相國文文肅公大弘佛事，而寺塔放光，震耀遠邇，於是供塔燃燈，而太湖漁人視塔影落處，晨罟暮綸，投輒罔獲。夫世人止以放生作佛事，故有縱簡子之鵲，捨孔愉之龜，以求福田利益，而豈知佛光所及，皆有天龍鬼神保護衆生，以相利濟。夫以一塔之功若此，況我佛於忉利天宮，建無量法幢之寶，光明遍滿恆河沙世界，其於刀兵水火諸刼，慈憫救度，不知紀極。文肅、文毅兩公，道濟天下，彼豈沾沾焉於太湖漁人爭網罟之生命哉？誠有見於佛法之廣大〔一〕，而憫末運空壞，刼灰將燃，非是不足以救之也。自兩公沒後，萬化變滅，塔光既息，象教亦墮。素孚上人爲竺公上足，住持負荷，興起其事，而屬偉業書於文毅碑陰，因係之頌曰：

瑞光之興，始吳大帝，赤烏紀年，康僧舍利。迭有盛衰，至於元豐，有宋禪師，圓照本公。慧日重開，法雲四照，再啓鴻基，力弘大道。浮圖莊嚴，放大光明，爲多寶塔，爲王化城。大同寺災，崑崙山火，世尊塵埃，誰救諸苦？我明之興，馭世金輪，敕書賜建，親下德音。二百餘年，得文相國，宮尹姚公，同修戒律。有竺上人，廣集衆因，樓開白玉，地布黃金。寶印當胸，神珠出掌，乃見塔光，緇庶共仰。非虹非蜺，非煙非雲，絪緼定水，布濩香林。二龍蜿蜒，石佛示相，道樹交枝，戒月對望。長者施鐘，僊人練火，千層普照，燃燈佛所。一燈一佛，什迦分身，大度濕生，震澤之濱。網罟莫獲，漁師夜泣，老僧難辨，神魚得失〔二〕。七十二峯，若恆河沙，浮般若鏡，開優曇花。大道慈悲，作清淨觀，如燈取影，卽心成岸。求魚不得，得妙善果，投竿稽首，歸於佛土。四大海水，人魚同游，彼網罟刼，此刀兵憂。刀兵刼起，塔光亦止，佛不能救，人魚同死。素上人者，竺公子孫，代佛慈憫，聽塔鈴聲。歲更一紀，此光當復，但崇佛事，衆生受福。凡此衆生，兵燹百城，如魚漏網，命懸釜鬵。頭目腦髓，皆非吾有，胡惜外命，積金如斗。佛云放生，得長壽報，況此燈光，陰幽畢照。仰視塔光，如見兩公，乘願再來，在佛光中。善信皈依〔三〕，合掌喜捨，視此刻辭，以告來者。

【校】

〔一〕見　風雨樓本作「鑒」。
〔二〕神魚　四十卷本、風雨樓本均作「人魚」。
〔三〕皈依　四十卷本、風雨樓本均作「歸依」。

重修太倉州城隍廟碑記

太倉之爲州也，在弘治九年，而廟始於二年。其未爲州也，則爲崑山州城隍祠。崑山州之祀城隍始於此乎？曰：「非也，改也。」「烏乎改？」「崑山州治在今太倉衞基，泰定甲子始卽州之前立廟，其後州治遷，而廟之祀如故也。今廟則爲元時朱清所建東嶽行宮，孝皇在御，詔毁天下淫祠，知崑山事楊侯甫以舊廟湫塵痺陋，不稱於明神，乃卽行宮改焉，迄今二百餘年矣。」歲在甲戌，爲崇禎七年，廟之正殿災，民用震動弗寧，爰因舊址，是荒是度，棲主之壇，妥像之室，斧而不斵，堊而不華，浸尋乎故觀矣。

刺史昌平陳公來涖是邦，每有事於神，黍稷馨香，靈貺昭格，而以重霤之下，反宇不立，中唐之內，甓磩未周，體薦牲牢，升歌象舞〔一〕，皆雜沓乎軒楹欄楯之內，以更衣則無其署，以登降則無其階，甚非所以肅恭將事、虔奉神明之意也。於是闢殿之南楹，創爲前軒，高其宗廇〔二〕，廣其階除，而丹青塗墍之華，桼桷垣墉之美，始煥然其畢備。道士金某實董其役，乃進而請偉業曰：「是不可無記，且廟堧以公占復除，未有刻文，願并勒諸碑。」偉業再拜稽首，爲之記曰：

竊觀城隍一祀，甚有合於古之社祭。禮自天子諸侯以下，皆得立社，今之郡縣，即古之諸侯國，社之制其所當立。社之祭也，山林川澤罔有勿從，而城隍不聞焉，則又何也？傳有之：「江、漢、沮、漳，楚之望也〔三〕。」又曰：「楚國方城以爲城，漢水以爲池。」記曰：秦城百二，斬華以爲城，因河以爲津。而祀華於華州，祀河於臨晉。彼豈徒以名山大川、能出雲雨而致其祈報？良以建方立國〔四〕，有設險之助焉。易曰：「地險，山川丘陵也。王公設險以守其國。」古者封疆之界，山谿之險，皆所以域民保境，而後世專藉城郭池隍以爲固。然則城隍之祠，其即山林川澤之祀而推焉者也。

明初洪武元年，詔封天下城隍，在應天府者以帝，在開封、臨濠、太平府、和、滁二州者以王，在凡府州縣者以公以侯以伯。三年，重定嶽鎮海瀆各依山水本稱，而城隍神號改正，題木主，去肖像焉。四年，特敕郡邑里社各設無祀鬼神壇，以城隍神主祭。禮於社有配食，祝融、勾龍皆得侑享。主祭者，其配食之意歟？然則以泰厲之壇，爲掃地之祭，修明配食，而深有當於國社，在令典，祀城隍最爲近古，雖百世不易可也。

太倉神祠初屬崑山，雖憑翊近地，不得視和、滁二州，故不稱王稱侯，而搏土肖像，猶存初制。二百年來，祈水旱，禳疾病，靈蹟煇赫，具在州乘中。邇者江南兵燹，破城亡邑，無慮數十，而太倉獨完，且海波不揚，艅艎戰艦不得進泊於內地，而金鼓之聲不作，如有神靈呵護之者，此所謂有功烈於民者耶！抑又聞之，春秋傳曰：「人火曰火，天火曰災。」魯之衰也，占在雉門；陳之災也，驗於鶉火。社稷壇壝，所以立國，而玄冥、回祿爲之除舊布新，此必神之仁愛斯民，懼其罹於兵火，而示之警誡也。今廟焚而復，復十餘年重修，陳侯敬其神以及其民，風雨以時，物無疵癘，神罔怨恫，生民以和，可謂崇德報功，垂肸蠁於無窮也已〔五〕，不亦休哉！係之以歌曰：

出天門兮九衢，淩渤澥兮姑餘。揚霓旌兮曳魚鬚，左驂蒼麟兮右秣神駒。聲駍隱兮雲車，心攬轡兮躊躇。天地墋黷兮九州爲墟，嗟生民兮安居！捎螭魅兮射虎貙，豐隆扶轂兮列缺以趨。奠此邦兮華胥，田有稻兮水有魚，雲龍從兮甘露載濡。坎其擊鼓兮吹笙竽，進桂酒兮獻椒糈。通權火兮高煙俱，錫蕃釐兮神宴娛。

【校】

〔一〕象舞　四十卷本作「象管」。

〔二〕宲廇　原作「宲瘤」，據四十卷本、風雨樓本改。

〔三〕江漢沮漳　據左傳哀六年，當作「江、漢、睢、漳」。

〔四〕以　四十卷本、風雨樓本均作「亦」。

〔五〕肸蠁　原作「肹蠁」，據四十卷本、風雨樓本改。

吳梅村全集卷第四十　文集十八

記二

講德書院記

國家受天顯命，丕冒九有，重惟江南，經賦奧區，保釐得人，實資材傑，爰疇咨卿士，妙選盈廷之俊，而我蒲州韓公特膺簡畀，以來敷惠澤於兹土，其職任甚鉅。先是江南逋額未登，令下鉤考，而中吳初議駐兵，天子之命公，若曰：「方事之殷，所亟兵賦，良出於不獲已，閔念吾民疲瘵，其悉乃心，懷柔輯和，俾克全濟。」公拜命，蒇飭惟謹，越視事再期，有詔蠲十五年以前舊賦，又三閱月，撤姑蘇駐防之兵還京師。公奉揚德意，逆往勞來，細大畢協，吳民歡忻鳧藻，拜首和門者日累萬人。公推讓不居，曰：「此朝廷如天之賜，撫臣何力之有？」父老懷不克展，退而謀於諸生某等曰：「其何以報公哉？唯郎湖山縉轂之區，創爲講院，歲時嘉會，來游來觀，黃髮鯢齒，循階及序，相與論說尊君事上之禮，庶無負公之教育，亦公所以仰答朝廷之盛心也。」偉業忝荷帲幪，樂聞斯舉，爰從諸父老後，拱揖而言曰：

吾吳通都望國，被海帶湖，田有肥瘠淳鹵，民有愿巧柔嚚。議曹書佐，人競錐刀；隱正閭師，工爲螟蟘。豆區釜鍾，收不中算；更繇賦調，輸或溢程。文簿牛毛，奇羨銖兩，先負未集，來逋總至。下雖累入，吏固弗除，非甚簡括，曷繇丕誠於理？軍府之立也，無崇山廣澤雉兔麋鹿之區以供射獵，無林麓洲渚灌栵萑菼之產以給薪樵，無魚鹽鐵冶絲纊梓漆之利以澹軍實，地湫而隘，人稠以庬，主客狎處，愚黠異數，一以爲網罝，一以爲窟宅，民是用重困。吾公有憂之。

其始至也，勸力田，務東作，數疆潦，置町防，申版圖，息姦詭，贍鰥寡，戢豪右，乃進其耆老而告焉，曰「逋爾蠲」，曰「役爾均」，曰「訟爾平」，曰「荒爾恤」。「天子命我弛征已責，爾其量入修賦，毋缺於租挈以負詔條。天子命我赦過肆眚，爾其力農惇行，毋囂於鬪諍以麗撻罰。黃綬以下，斅斂矯虔，我其爲爾案劾之；掾史之屬，貪惏放横，我其爲爾殄殲之。」既而曰：「設兵所以衞民也，儲偫委積，必豫必充〔二〕，脯資餼牽，告豐告備，夫乃可以肅軍制。」則又曰：「保民所以養兵也，候奄致訓，芻蕘不淫，嗇夫設柝，鼓桴時警，夫乃可以帖民生。」於斯時也，公之威德，流聞逖邇，鯨鯢收迹〔三〕，光於有截。

廷議戢矢櫜弓，帥歸朝請，士還卒伍。惟是三軍啓行，扉屨糇糧〔三〕，繄公是賴。公乃收合艅艎，傳飭津吏，庶人一葦勿得苟留。浹辰之間，峨艑雲集。赤泥連檣，假諸鄰境；黄頭鼓柁，雇以官錢。無不銜尾叩舷，檥於水涘。供張如法，辦嚴有期，大會射堂，勞饗加禮。已而便時出舍，飲餞都亭，介駟千羣，革車百乘，門不鼙互，路絶囂呼。屬城廚傳，載燧先驅；隸人牧圉，陳芻置頓；紼縭維之，烝徒引筰；爲粥於路，役夫其休。民於是乎爰居爰處，爰笑爰語，既安既樂，或咢或歌。

始吳之人，抱布貿絲，見奪於市，畜雞種黍，被掠於鄙。一童鞭驅，斑白負擔，扶而大詢，呼聲嗸嗸。與屠爭言，飲羊無直；椎破盧罌，酒流溝中。始吳之人，投䬣怨家，告緡惡子，搔瓜漚麻，戟手致死。負毦帶鈴，突入搜牢，斧斬門關，捽頭以去。始吳之人，倅馬就草，騰入良苗，敦丘巘山，其顚濯濯。櫟社弗享，鳥亡其巢，提旄挈倪，負牆而號。

今也門唐个寢，由公而復，糞除宗祧，塗墍垣屋。父兄閭黨，由公而親，肥牲旨酒，進醵西鄰。田疇禾黍，公爲膏雨，斥彼蝗蝝，穀我士女。關梁塗術，公爲安車，踰度險阻，即此康衢。民如棄嬰亡子，匍匐失路；公也父母，提攜乳哺。民如痌瘝尪病，搔把塵垢；公也俞跗，洗沐營救。膴膴其原，昫昫其隰，山靄而青，水環而碧，陂塘煙火，庶物蕃殖。我行於野，以嬉以敖，魚泳禽飛，卉夭木喬。誰將風謠，被之管簫，誰翦蓬蒿，望其羽旄？

乃取厲鍛，乃勤畚挶，乃陶瓴甓，乃施樸斲。圬人改塗，工師度木，三筵六尋，講堂夏屋。紘頌之館，羽籥之房，歌詩習禮，衿佩鏘鏘。槃辟雅儀，讀法亮章，忠順事長，式訓無忘。春秋都試，嚴鼓在室，熊旗豹侯，張帷置帟。負弩抱籣，持幢夾戟，從公至止，孔武有力。

厥初相國，命世作輔，故吏諸生，熟於掌故。謂公其來，賴天之祜〔四〕，國計民瘼，討求有素。公今政成，著於旂常〔五〕，允文允武，令聞令望。帝鑒其忠，修我紀綱，賜金進秩，殿此大邦。岳牧屏虞，維舜之哲；周宗燕喜，吉甫陳力。公在南國，克釐庶績，告於有衆，小心翼翼，再拜稽首，歸上之德。偉業以爲是舉也，道合於忠孝，和於人民，宜伐貞珉，刻茲令猷，垂示來禩俾勿壞〔六〕，故不可以無記。

【校】

〔一〕充　原作「克」，據四十卷本、風雨樓本改。

〔二〕收迹　風雨樓本作「敗迹」。

〔三〕扉屨　原作「腓屨」，據四十卷本改。

〔四〕賴天之祜　祜，四十卷本、風雨樓本均作「祜」。

〔五〕旂常　原作「旗常」，據四十卷本、風雨樓本改。

〔六〕來禩　原作「來禩」，據四十卷本、風雨樓本改。

贈監察御史漢陽顧公開明祠堂記

山東道御史漢陽顧公如華，字西巘，以國恩贈其父開明先生諱應歷如其官，漢陽之人相與追表其懿行而俎豆之學宮矣。又明年，西巘奉使吳中，將歸而立廟於家，修其敬宗收族之禮，而麗牲之石，不可無辭，爰以命之偉業曰：「吾先世故吳徙也。練塘之丘隴，訪求之不可復識，豈無懿德，繇當時鮮大書深刻以著之，故世遠而莫之能考也。今漢陽之顧占名數於汊川，已近百年，吾子孫賴先人之名德，以膺休命，苟不表其所自，鑱諸樂石，俾歲時烝嘗，有所觀感，其何以告司祏〔一〕，而示來禩俾勿斁〔二〕？」偉業受其請而書之曰：

古者自諸侯以降，卿大夫以及於士，皆有田以供祀享，牲牢籩豆，歌鐘羽舞，事爲之節文而定其度數，其無廟者，不過庶人祭於其寢而已〔三〕。自井賦采地之制不行，雖貴爲公卿，不立廟以祀其祖父者，固已多矣。夫顧公亦猶行古之道也。禮：大夫三廟，一昭一穆，與始祖之廟而三。始祖謂別子之始受爵者，此在三世之後，其子孫追而本之者也。今顧氏以御史始貴，而公首追封，然則始受爵未有踰乎公者也，可得云先禰後祖，而必遠求之高圉亞圉也哉？禮曰：「支子不祭。」法當爲宗子立廟，大夫供其牲物以從，俾宗子主其事。祝嘏之詞曰：孝子某，爲介子某薦其常事。此禮之常也。開明先生有三子，伯如芝，仲如蘭，而西巘其季也。西巘爲余言：先生下帷講授，則長君爲之都講，率諸弟以孝友，有鄒、魯之遺風。自仲氏先亡，流離世故，渴而葬先生於祖塋，仰見烽火燭天，嘗懼祖宗之禋祀遂墜於地。比家門通顯，爲其先人立廟，而伯兄已不及待矣。每春秋時享，執籩釋爵，嗚咽而將事，此仁人孝子之用心，所謂禮之變而得其正者也，又何疑焉！

先生於經史皆有論著，其最嗜者蒙莊之學。夫庚桑楚之居畏壘山也，其人相與尸而祝之，社而稷之，庚桑楚聞而不釋然曰：「吾聞至人居環堵之室，而百姓不知所往。今以畏壘之細民，而竊竊然欲俎豆予於賢人之間，我其杓之人耶？」然則先生將糠粃塵垢乎當世之事，又安在乎廟食之尊，而必爲文以著之也？余竊聞先生內行修飭，事兩尊人及其伯兄備極孝敬，設義田以敦族，死喪必收，飢荒必恤，又推其恩以及里黨，漢陽之人至今稱之。彼其讀書行道，厚自期待以有用於斯世，旣屢困鎖院，感憤抑塞，蒙莊之學，殆有託而逃焉者爾。夫士之蘊德抱義者，不於其身，則於其子孫。然則西巘處喪亂之後，修箕裘而隆孝享，其裨益於風教當何如耶！余辱西巘之知，追考公行事爲悉，敢備著之於石，而繫之以頌曰：

惟顧之先出自吳，系分族顯來赤烏。練水靈異肇厥初，中更播越譜牒亡。百餘歲徙汊川居，蜀江蜿蜒連湘巫。奕世載德生醇儒，執經屢滿羅生徒。誕厥賢胤稱大夫（四），繡衣驄馬聲赫都。攬巒躍叢及魚凫，獄嶽光氣騰諫書，按行兩浙民徯蘇。溯源顧本常踟躕，箕裘慶澤追良謨。立廟割牲薦清酤，我將我享盥濯乎〔五〕。子孫宗老咸來俱，授罍奠斝翼翼趨，裳衣弁舄陟儼如。鑱之金石庶不渝。

【校】

〔一〕司祏　原作「司祐」，據四十卷本改。

〔二〕來祺　原作「來禩」，據四十卷本改。

〔三〕祭於其寢　風雨樓本無「其」字。

〔四〕大夫　原作「丈夫」，據四十卷本、風雨樓本改。

〔五〕乎　四十卷本、風雨樓本均作「孚」。

崇明平洋沙築海隄記〔一〕

自古人臣，勳在專征，以勞定國者，非特戰勝攻取已也。無亦審地利，準水形，築隄防，端徑術，俾我制其勝，彼失其險，夫然後百世賴焉。如是卽天吳、陽侯，支祈、罔象，沉玉刑牲，無不允格，况於趨功樂事之人乎？雖然，江、淮、河、濟，障遏時聞，涇、渭、淄、澠，堰埭未改，而獨於海難言之也，豈以沃焦窮髮，浩汗無垠，非人力所得而施者哉？

吾吳郡東南瀕海，崇明踰絕津堠而爲域，諸沙邐迤者七百里，平洋直亘其南，實舊縣也，故隸揚州，緣阤崩不常，乃遷新邑，屬之吳，而分其地以爲鄙。煙火聚落，千有餘家。界以小洪，闊遠難理。浙中勾章諸島對峙，若聚棋置塊。海師張帆捩柁，踔絕萬里，亡命出沒，昇平時且以爲憂。自逆氛大作，鄭成功、張名振鯨奔鰐噬，連艫如雲，嘗一闖金、焦，兵至佚去。既歸，狡謀再逞，謂平洋沙外接滄溟，內連港泊，有深岸可以下杙，有遺秉可以因糧，圖根株窟穴於其中，而亟肆以疲我。朝議移蘇州大帥於其邑以禦之，固壘嚴兵，亦未有以靖也。

會關中梁公有克復宣、雲之功，分閫江左，著威名於蕪湖、采石，換任兗陵，於順治十一年再被浙東之命，未及行，而大帥罷政，鎭督府以公江、湖、忻、代著有成績，欲倚其才辦寇，先用便宜俾之攝理。八月之三日，公渡海入其軍中，申號令，固封守。甫十日，而張名振以三千人犯堡鎭，又十日，以數萬人圍高橋洪土城，公皆迎擊破之，先後兩戰，凡斬千有八百餘級，生得二十餘人。公諜知其恇擾將遁，決計於十一月二十六日從小洪進兵，身率步騎以火攻，燒屯拔栅，中軍李廷棟等蒙衝夾擊，碎其五舟，賊大潰走，此平洋沙所繇復也。

公爲人沉勇有智略，在宣大之日，馬上以鞭稍籌算，能識其山川險易，故所向有功。其渡平洋也，召諸將指示之曰：「從此去縣沙十五里，常以潮之進退爲廣狹，淺者淤絕淖泥，深者渟泓、水潦，馬遇濘而駭，人厲涉而艱，我多留兵則不能，少留兵則不足，賊至發奔命赴之，非長策也。吾視其水勢非甚湍悍，若下竹落，捷石菑，負薪捧土以塡之，卽小洪可塞，長隄可成，寇至不得突，而我騎逞於康莊之衢矣。」亟條上，與行省諸大臣商其事。時督府馬公鳴珮、中丞張公中元，謂公所建於地方計甚深，出俸金贖鍰相佽助，而邑宰陳侯愼克佐其勞，將吏諸生，嗇夫版尹，詢謀僉同。揆日戒衆，鼛鼓方集，恍惚若有神敎之者，見糠粃揚著水面，如切繩墨，輒循其迹，用賦厥功。畚挶旣下，土縝而堅，水迴而洑，登登馮馮，縮版斯就。公喜曰：「天所贊也。」躬親爲植，量高庳，揣厚薄，度遠邇，計徒庸，屬役賦丈已定，而後授之有司與裨校，曰：「庀汝而不在者，且致其罰。」

先是浙撫累檄趣公，而堡鎭、高橋洪二戰，督府列上功次，請必留公於江南，有詔報可。明年春，天子命公以都督僉事充江南總兵官，尋設水師一萬五千以屬之。公仰思委任，圖有以遂其前勞也，在隄事不敢怠遑，日營月畫，築城以固屏障，設戍以嚴徼巡，列樹以表道途，置亭以休逆旅，凡可以左右於隄之功者，次第修舉。於是大陳兵卒，五騎爲伍，方駕齊轡，自郊及牧，以達於新隄。邑之耋耄童孺，來游來觀，三里一休，五里一頓，無斷谿絕坂之艱，無漸裳濡軌之苦，皆驚顧歎喜，以爲此造物者鞭山驅海以爲之，非版築之所可及。公乃思夫龍者，實司溟渤，効神靈，不可莫之報也，命作特廟，以時祀享，而隄之事畢潰於成。

是役也，起於十一年甲午之臘月，迄於十四年丁酉之三月。其長也以里而栽，其廣也以尋而度，高則視廣而加贏焉。薪茭土石，捄築削屢之工，十而居八；垣墉瓴甓，繕完修除之工，十而居二：皆如公所料之素。今督府郎公廷佐自中事以觀厥成，共茲規畫，乃分條其經始月日，幷諸人之與有勞者，以告竣於朝，璽書下所司褒寵焉。偉業史臣也，家近東海，於是隄實有嘉賴，故狥諸護軍及邑人之請，爲文以記實示遠。

竊嘗聞古之爲將者，防山竇澤，墮高堙卑，多有其人矣，或決水以灌城，淪於魚鼈，或驅人以塡塹，視同沙蟲。夫五行各有其官，四瀆節宣其氣，若挈缾口而壅之，俾坻伏沈滯，鬱堙不宣，則潰溢從此而生，災沴由是而作。惟我梁公因土之宜，順水之性，從民之欲，今隄成之後，其堧耕爲沃壤，荷鍤如雲，固不止萑苻屛跡而已。以此視彼，其爲利害，相去豈不遠哉！自中原罹黃巾之害，汴渠沸騰，生民昏墊，本朝治河之績，比隆宣房，政平人和，能使海若咸率其職，東南黔首，實受其賜。昔人見河、洛而念禹功，顧周道而思文德，此孰非國家之福，邀天之靈，而我公大有造於茲土，不可忘也。公諱化鳳，字灃源，陜西西安府長安縣人，由順治三年進士歷今官。偉業辱公之知，敢備著其事而繫之頌曰：

厥初吾人，龍蛇爲伍，既定震澤，至於淮浦。楚師夾漢，越再五湖，李斯刻石，楊僕虎符〔三〕。山越未賓，江、湘或擾，溟、渤無波，樓船莫討。在晉之季，孫、盧乃猘，滬瀆嚴烽，蔡洲舍戍。渺矣一粟，爲姚劉沙，蒲嬴之國，黿鼉之家。呀然深淵，鋸牙奮鬣，我張其罝，彼入其穴。桓桓將軍，鸛鵝置陣，陷井奚逃，藑茅務盡。秦鞭叱石，錢弩爭潮，蛟龍畏鐵，螮蝀成橋。精衞空銜，爰居大駭，水由地中，劍倚天外。囊沙非智，蹈冰亦危，寧煩息壤，豈假蘆灰？渦口隄高，灃津流淺，白馬波平，黃牛道遠。士女婆娑，是用作歌，黍禾谷口，楊柳江沱。臺駘障澤，召伯樹埭，如坻如矢，億載勿壞。

【校】

〔一〕四十卷本、風雨樓本均無此篇。

〔二〕楊僕虎符　原作「苻」，逕改。

湖州峴山九賢祠碑記幷頌

記曰：「凡釋奠必有合，有國故則否。」國故者，若唐、虞之有伯夷、后夔，周之有周公。有則自奠之，無則合於鄰國，此郡國得祀其先賢所自始也。月令以孟春禱祀山川及古之卿士有益於人者，漢元始四年舉此禮，蜀郡以文翁、九江以召父應詔書。然則二千石之重，凡有功德於民者，可無祀哉？

湖州地稱西吳，自周歷漢爲侯國，孫吳寶鼎中立爲吳興郡。郡置廢不一，其改名湖州，則隋仁壽二年始也。當南渡六朝，士大夫之過江者樂其山川，吳興遂爲大府。王逸少羲之、謝文靖安皆起家郡守，逸少遷會稽內史，文靖至宰相。柳文暢惲仕蕭梁，加秘書監、右衞將軍，再爲吳興守〔一〕，終於其官。唐大曆十一年，詔以顔眞卿爲刺史，遷刑部尚書，封魯國公，以忠死。杜樊川牧連爲黄、池、睦三州刺史，其授湖州在會昌中，以司勳員外郎乞外補也。宋孫莘老覺從諫院出知廣德軍，熙寧四年十一月改湖州，終御史中丞。蘇子瞻軾以翰林學士請外，初判杭州，改密，又改徐，元豐二年四月再移湖州，到官未三月罷。王龜齡十朋紹興廷對第一，乾道中以侍御史改吏侍郎，力辭請外，任湖州，先後凡歷四郡。明陳筠塘幼學以萬曆三十二年守湖州，已去復留，居六載，遷副使以去〔二〕。此九賢之載在典册，次第可考者也。

峴山之有祠始於三賢，三賢者，有顔氏、蘇氏、王氏，而他弗及。峴山在襄陽，羊叔子所遺愛，今巋然於碧浪、浮玉之間者，此名顯山，考諸掌故，避唐廟諱而改。湖人之思太守者不啻叔子，乃卽其地置祠，樹之碑，以彷彿襄人之意。祠歲久敝撓，居人支釜甑炊焉，則以名賢之俎豆，辱於屠沽庖湢者有之矣。

本朝康熙中，廣陵吳公諱綺字園次，由工部郎守此郡，見而歎曰：「祀以揭虔，可若是其瀆耶？」亟命屬徒鳩工，重作其事。考湖守之多賢，闕而未備，乃下教詢咨，得王逸少而下賢守有六，合前匭之藏主，定爲九賢而書其官。舍太守無位尊而有德斯土者乎？曰：「此祠爲賢守而作，不得躋於其列，禮也。」於是士庶歡欣，戒期薦力，築墉樹宇，改簷易礎，丹塗白盛，有翼有嚴，未浹旬而祠成，妥神之房，合食之几，罔不蠲潔。都人士秋月之望，來游來觀，進而言曰：「我公剗暴去慝，遠績前人而庇吾民，今又搜揚廢墮〔三〕，克有此舉，吾儕小人，何可不昭所報？」相與謀作宫而肖公像焉。既兩祠儷美，走望交集，而峴山於是乎益勝。

越明年三月，偉業於太守宗親爲睦，用兄弟來繼舊好，宴於茲山，爲賦甘棠，園次再拜辭曰：「某不堪也。誠得畀之一言，願焜耀昔賢之令德，以無忘景行，某也實與有寵綏。」余乃不揣固陋，泚筆作頌，爰紀湖人千百年之命祀。其辭曰：

右軍清鯁，推遷仕進，深源北伐，憂時彊諍〔四〕。東土賑荒，爲民請命，省賦輕租，名高計聽。龍矯鴻驚，八法之聖，垂之千年，傾心萬乘。進忤懷祖，退諧支遁，棲遲名山，服食養性。

謝傅沉敏〔五〕，雅量高風，放情丘壑，驟致三公。顧命受遺，輯穆元功，宣武窺鼎，苻秦連烽。功濟蒼生，鎭物雍容，經遠無競，善讓克終。此邦去思，西州是同，播之絲竹，東山故封。

柳氏將家，妙解談義，文暢好學，多才多藝。新詩斐然，馬射無對，尺牘素工，圍棋尤最。焦桐雅奏，白蘋高會，感懷父曲，清商別製。苕水洋洋，彈琴而治，載其清靜，終古弗替。

魯公正直，書法堅凝，浯溪劖石，忠孝收京。弟兄死國，家廟丹靑，射堂有碣，抒山有亭。志和釣罷，鴻漸詩成，清風百世，緬懷典刑。白首抗節，握爪如生，神仙髣髴，重過山城。

牧之少年，才大卓犖，記室風流，司勳落拓。戰論罪言，澤潞魏博，措置失宜，姑息勢弱，苟用吾謀，足掃河朔。晚乞江湖，登高有作，水嬉舊游，政成民樂。少陵稷契，纘彼家學。

莘老素執，左官再召，廷諍故人，守正不撓。爲郡作隄，以扞水潦，振廩勸分，生民是造。政劇才高，賓朋燕笑，收拾殘碑，築亭墨妙。故相山中，迴車慰勞，向爭國事，此全友道。

子瞻曠代，致主時遭，制策相才，兄弟揮毫。齟齬執政，新法靑苗。河決禦災，湖隄便漕，草詔逐奸，魑魅安逃？簿書魚鳥，謫仙逍遙，道場禪學，碧浪詩豪。嶺海崎嶇，袁白歸朝。

龜齡對策，晁、董天人，廷擊殿帥，面折宰衡。奏起老成，決策用兵。符離師潰〔六〕，噂㗳繁興，正色抗言，拂衣固爭。移守三州，禮士下民〔七〕。溫詔下召，老猶加恩，給扶減拜，舊學之臣。

嗟我陳公，在明中葉，三版不沒，胥爲魚鱉。築防決渠，駕以虹霓，畝乃一鍾，民不病涉。豺虎是擒，稂莠必拔，夜無吠尨，枹鼓不發。五紀於茲，謳吟稚耋，祀之太常，配食往哲。

我禾既秄，我蠶既絲，率彼父老，獻韭薦粢。濟濟先正，顧饗在茲，邦人君子，是式是思。石相爲社，季子置祠，東吳舊史，作爲此詩。擊鼓吹笙，歌以奏之，比德告虔，庶無愧辭。

【校】

〔一〕吳興守　原無「興」字，據四十卷本、風雨樓本增。

〔二〕副使　原作「副史」，無此官名，按明史循吏陳幼學傳：「遷湖州知府，……詔加按察副使，仍視郡事。久之，以副使督九江兵備。」因據改。

〔三〕廢墮　四十卷本、風雨樓本均作「廢墜」。

〔四〕彊諍　原作「疆諍」，據四十卷本、風雨樓本改。
〔五〕謝傅　原作謝傳，據四十卷本、風雨摟本改。
〔六〕符離　原作「苻離」，據四十卷本、風雨樓本改。
〔七〕下民　四十卷本、風雨樓本均作「愛民」。

修孫山人墓記

太白山人何以名？曰：「太白秦之望，山人秦人，嘗隱焉，故名也。」或曰：「山人不知何許人，自謂孫姓，名一元，字太初，莫能得其邑里。」或曰：「太初安化王之苗裔。」則又并其姓名而疑之。

昔者東漢之季，宦豎擅朝，扶風梁鴻伯鸞挈其妻子出關，適吳會，爲人賃舂自給，其卒也葬於吳，妻子歸扶風。閱千百年，太初再以秦人入吳，先後用隱遯終，不歸葬。然太初之出關，蹤跡遍衡、湘、泰岱間，既而買田吳興，棲遲不去。爲人渥顏飄鬚，攜鐵笛鶴瓢以自隨，費相國一見之南屏山寺，爲斂容歎服。其詩與李獻吉、何仲默、鄭善夫齊名，何、李未相見，而特厚善夫。晚乃與高士長興吳君珫、紹興守安仁劉公麟、按察使建業龍公霓、御史吳興陸公崑爲苕溪五隱。劉公後官司空，實誌君墓。此豈鴻之變姓名、雜傭保，所知僅一皋伯通耶？鴻以五噫之歌見猜時主，故深自晦匿；太初顧得隱居，放言無所忌。乃東漢逸民傳至今讀之，猶識伯鸞爲扶風人，而太初莫能詳其所自出。彼其蟬蛻變化，自全塵墻之表者，詎偶然已乎！

太初善飲，好談論，切名實，醉則引人說時事，搤腕慷慨。友人方豪稱之曰：「太初非隱者，知兵，曉吏事，使之用於世，不減王景略。」其推之不無太過。夫謂太初有用世才則可，謂太初非一意於隱，此不足以知太初也。易曰：「君子見幾而作，不俟終日。」古之肥遯者，先亂形之未成，引領絕跡，得以行其所志；不幸濡忍，一底於淪胥，求爲逢萌、梅福，難已！在明之中葉，武宗戲渝馳驅，舉天下事委之嬖倖近習之手，而宗藩草澤之禍大作，賴孝皇餘烈未泯，國以不亡，其大勢去東漢之季蓋無幾矣。劉公、龍公輩引身以退，太初一布衣，棄家狂走，其中豈復有所戀哉！後百餘年，雲間白石山人者復出。當海內無事，積薪厝火，中外宴安，山人得於其間交王公，營聲譽〔一〕，自比於陶弘景、戴安道爲通隱。未幾椓人再竊柄，黨禍兵禍，紛糾於不可解〔二〕，山人僅而獲沒。不數年，天下大亂，賢人君子雖欲遠引高蹈，龍不能潛鱗，鳳不能戢翼，每罹於矰繳網羅之患，唯有讀太初之書，上下其盛衰，而有感於前賢之不可及，爲唏噓太息已耳。

太初絕婚宦，自稱有羽化術。晚娶於湖之張氏，無子，年三十七以沒。病革，屬劉公以誌銘，而曰：「葬我必於道場山之麓。」會鄭善夫來唁，偕苕溪四隱者封哭而去。今改卜竁於歸雲庵東，則又學使者汪公相此土足安山人體魄，且去舊冢不數武，以無忘末命，故與劉公謀而遷焉。歸雲，太初所掛瓢處，善夫以是名其堂，而墓屋隳圮不存，此若堂若斧者，跛羊已牧於其上矣。康熙紀元之七載，太守吳公諱綺字園次，政事之暇，憩於茲山，慨然曰：「吾忝司牧，而前賢之丘隴蕪穢不治，其謂之何！」乃命撥時度址而庀工焉。

余於太守，兄弟也，以春日來省覲，而山人之太白亭適潰於成，爰戒期出郊，酹酒於其墓。墓邊長松數千株，有殘碑三尺沒草中，字剝蝕不可讀，余與園次手捫摸，得其中一二事，敍致頗甚奇。太初嘗大醉，取幅巾掛樹，抽碧玉導刻松身，作「嚴光徐穉陶潛」數字，已而就其根熟睡，抵黃昏乃起〔三〕。夫山中諸松，其合圍者率數百年，太初之刻字，其存與不存不可知；若墓門之樹，幸未翦伐，太初魂魄必游於此無疑也。嗚呼！太初死，人皆以爲仙去。江山周光祿曰：「太初固不死，試與公等發其冢，必空棺。」吳興同隱者則以太初學道未必得沖舉，其人與文自不凡。今歸雲僧猶藏劉、陸諸君手跡，皆追惟平生、宿草猶哭之語。二者言不同，其愛太初一也。嗟乎，以是可以觀太初矣！

園次曰：「是亭也，都人士之出游者將以爲休憩之所，子其爲我紀太初，并識此山之勝，吾將鑱諸石。」余曰：「太初不名一德，自同時之友，且不能定其出處，而余又烏乎言〔四〕？」

雖然，以太初之爲人，又得諸君子代之謀永久，乃沒未二百年，非遇賢刺史如吳公者爲之謀修復，則此荒基榛梗，野鼠銜人而走者，幾不辨其處。然則作爲文字，用詔來者，俾此亭長守而勿替，庸可已乎！吳公以詩文重天下，其出守是邦，修前人之名跡而光大之，無廢弗舉，務大利益乎斯民。是亭之作，過之者將有脫屣富貴、擺落塵坌之想，於以弘長風流，訓世勵俗，不爲無助，何可以不書？

吳公綺工部郎爲吳興守，江南之揚州人。共事者有郡丞大興于公琨、通守靜樂姚公時亮。是日同游者：御史歙縣方漣吳公雯清、司理長洲既庭宋君實潁、孝廉江寧仲調白君夢鼐、崑山原一徐君乾學、貴陽辰六越君闓，而余則太倉吳偉業梅村也。戊申三月廿六日記〔五〕。

【校】

〔一〕聲譽　風雨樓本作「身譽」。

〔二〕紛糾於不可解　風雨樓本無「於」字。

〔三〕黃昏　四十卷本、風雨樓本均作「昏黃」。

〔四〕余　風雨樓本作「吾」。

〔五〕廿　風雨樓本作「二十」。

雲起樓記

無錫吳侯爲治之三年，政成化浹。始用事於惠泉之山亭，導壅去堙，堿平甃潔，因舊亭之制，而易檐改塗焉未也。斗折而上，築樓三楹，崇階廣阿，有嚴有翼。既成，侯親題其顏曰「雲起」而張具以落之。

其明年，余以宗人來謁，偕都人士之萃止者登焉。客有諗於余曰：「子可得其說乎？是樓也，爲惠泉而作也。易曰：『井冽寒泉食。』詩曰：『觱沸檻泉，維其深矣。心之憂矣，匪自今矣。』〔一〕夫泉者，始而泛觴，繼而澎濞，其蓄也有本，其行也有漸，類夫幽人君子，憂愁抑塞，蟬蛻乎泥滓之中，或乍伏乍鳴，或一見一否，濇濇然、淈淈然，轇撓瀲冽，而不能以遽出。豈獨其性然哉？此亦水之勢也。若夫應龍蚴蟉天際而雲從之〔二〕，絪縕乎無垠，布濩乎無外，其爲觀也大矣。傳曰：『泰山之雲，膚寸而合，不崇朝而雨天下。』斯侯之謂乎！而吾何足以窺之？」

余曰：「是則然矣，抑余更有進焉。夫天地之道，其猶鼓籥，虛而不屈，動而愈出。自其有形者觀之，雲有變化起滅焉，泉有流行坎止焉；自其無形者觀之，洪纖高下，混茫乎一氣而已。今夫無錫，望縣也，地大氣浮，鍾水豐物，而侯以人事節宣其間，政教之盛，風俗之淳，文章賓從之雅，凡蒸動而丕變者皆雲也，滋液而滲漉者皆泉也，又烏得而分之乎？吾聞諸侯之爲臺榭也，大可以容宴豆，高可以占嘉祥。今以侯之晝考夕省，劬勞庶政於不遑，乃得高明爽塏之地，以遂其優游伴奐。雖以吾徒之顒顒，而暫寄乎此，樂其水泉之甘，雲物之美，若似乎其不忍去，而況錫之人乎！侯之所以嘉惠斯土者，亦足以見矣。是可書也。」

侯諱興祚，字伯成，紹興之山陰人。余則梅村居士偉業也。康熙七年九月十七日記。

【校】

〔一〕匪自今矣　據詩大雅瞻卬，當作「寧自今矣」。

〔二〕蚴蟉　風雨樓本作「蚪蟉」。

吳梅村全集卷第四十一　文集十九

神道碑銘一

福建道御史忠毅李公神道碑銘〔一〕

天啓六年，逆奄用事，矯旨逮福建道御史江陰李公於其家，下詔獄以死。烈皇帝卽位，大憝就戮，首恤死難諸臣，而李公贈通議大夫、太僕寺卿，封三代如其官，予祭葬，廕一子入太學。又十七年爲弘光改元，其子遜之伏闕以易名請，乃俞禮官議〔二〕，謚忠毅，而公褒忠之典始大備。於是遜之謀葬公偕配錢淑人於赤岸里之謚塋〔三〕，而命偉業書其隧道之碑，蓋距公之沒二十有餘載矣。

公之沒也，年僅三十有四。其同時死者徒者，如高邑趙忠毅公、無錫高忠憲公，皆歷事先朝，志存國本，幸不卽塡溝壑〔四〕，得見少主，老臣何惜餘年以上從神祖、光廟在天之靈，而下報同事諸人於地下〔五〕。惟公獨以始立之年〔六〕，有爲之才，早負盛名，未歷彊仕，雖天地否塞，竄逐流離，天下猶望以黨禁終開，足竟大用。而橫爲奸臣賊子所考陷，畢命牢戶，暴屍道傍，眼鼻蟲出，手足穿爛。丙寅閏六月之三日，獄中裂裳嚙血訣父，手書自言「三十餘歲，便作一世人矣」。嗟乎！當終軍、賈誼之年，而受陳蕃、李固之禍，百世而下，讀公傳者，未有不爲之太息而流涕也。

方公入爲御史，哲皇帝沖年御服，羣小欲矯弄威福，日導主上以嬉游燕豫，公慨然憂之。其拜入臺第三疏，所言數條，皆軍國大務，而末以逸遊爲戒，固未嘗指斥某事也。羣奄已大譁閤中曰：「李御史何人，敎萬歲燈也不看！」福唐相緩之乃解。公聞之益發舒，於聖躬違豫，則請止內操；熱審推仁，則請除立枷；萬燝之斃杖也，則疏理其冤；王永光、魏廣微之柄用也，則疏糾其惡。而最大者，應山楊忠烈公劾逆璫二十四大罪，公首疏繼之，竟繇是得禍，卒與忠烈先後死。

初，楊奏入〔七〕，而璫擲地號哭，遶床夜走。公以爲此機不可失也，故其疏曰：「忠賢不去，則皇上不安；今日被論之忠賢不去，則皇上尤不安。蓋逆璫大罪釁結〔八〕，一朝發露，地嫌怨集，勢必自疑，進將有參乘之萌，退亦有覆宗之懼。盍令羣臣固爭，宰輔力持，解其事權，私家閑住，俾常侍典兵之勢不成，則司隸磔屍之誅可免，宮府上下〔九〕，無害無猜，不亦可乎！」凡公所言，期濟國事，不徒借刑餘沽搏擊已也。而羣小啖璫，此左班官合謀剸刃耳，於是殺公計決矣。

曹欽程之誣劾公也，以推薦高忠憲公同餘姚黃公白安等，指爲東林邪黨，除名爲民。未一歲，織監李實疏緹騎逮問〔一〇〕，公入辭父母，出見收者，飲食言笑如平時。里人巷哭，攀車者萬人；故吏奔問，徒跣以千里；其兄鴻臚公諱某者〔一一〕，奔走塗炭；親知義舊，同心營免。公獨自分必死，過德州之日，作書誡子，訣絕後事。抵京，待命錦衣衞東司房，鋃鐺繫頸〔一二〕，從容索紙筆，作季弟曠墓誌銘。顧謂鴻臚公曰：「兄歸事二親，我有亡弟相隨九原耳。」已而許顯純拷掠楚毒，坐贓酷比，同事者已斃杖下，惟黃公白安尚存。遇害前三日，黃公在別室，以拳搥壁叫公字曰：「仲達，我已先去！」公應之曰：「君行，我亦至矣！」其處死生之際如此。

公爲人才智通敏，議論廉悍，處朝廷大事，動中機宜，有所條奏，援筆立就。忠烈、忠憲兩公，乃先後堂官也，倚公如左右手。當楊公避客草疏，獨以其意微問公，公力止之曰：「公顧命大臣，若一擊不中，反爲所噬，有傷國體。某言官也，請以身當之。」先是公在邸中，疏璫十六大罪，其稿爲兄鴻臚公所奪，至是趣歸繕寫，將上，聞楊疏已進乃止，其事同官皆知之。而高公之掌院事也，廉御史崔呈秀之貪，拜命入都堂，首指名按劾，屬公爲奏。崔聞之，微服叩頭祈哀，公正色叱之：「此自有公論，非某所得私也。」然則忠賢之殺公也，人知其繼楊公以擊璫，而不知先疏其十六罪；羣小之殺公也，人知有曹欽程、魏廣微，而不知有發蹤之崔呈秀也。

李氏家本河間之寧津，始祖嘉那，爲元初行軍大帥，謚桓烈，以戰功顯。子霑柯，漕運萬戶，世守鎮江、江陰等處。元季有平江路同知死張士誠難諱諫者，則其五世孫也。累傳而爲贈太僕卿復庵公，諱果，實公祖。封太僕卿見復公，諱鵬翀〔三〕，實公父。公諱應昇，字仲達，年二十有三，舉丙辰進士第五人，其文章有聲於時。選得南康府推官，決疑獄，除苛稅，政治第一。修紫陽隄，復白鹿書院。分校江西省闈，再聘廣東同考，取士號得人。所著詩文有招五草、別匡草、落落齋集若干卷。生於萬曆癸巳十一月二十八日，死於天啓丙寅閏六月初三日。配錢淑人，以弘光元年卒，得年五十有五〔四〕。子一，即遜之，邑廩生，補廕，公德州誠子書所謂九歲孤也，今能讀父書，修輯公遺文，作年譜，人稱其孝。女一，字禮部主事霞舟吳公之子裔之。吳公諱鍾巒，以宿儒教授里中，公之師也，臨難受託，經紀終始〔五〕。公早貴摧折，而霞舟棲遲晚達，至崇禎甲戌，始繇諸生舉進士。嗚呼，人世死生得喪之故，豈可問哉！

予雖不獲交公，而少讀公之文，今識公之子，覽其家傳，輒爲隕涕，乃詮次公生平，以少俾國史之所未備。爲銘曰：

我公之生，夢日始升，有龍無尾，乃脫於淵叶。猰貐獪啖〔二六〕，爲守大闇，燁燁震電，碎擊九門〔二七〕，索彼天猨，縛之虎賁。短狐而冠，上帝弄臣，爰盜弓矢，射我長庚。我公之死，白氣亙天叶。月犯執法，彗掃羽林。黃霧野塞，黑眚晝行〔二八〕。夔魖吐火，乃焚崑崙，不周雖折，泰階再平。大江入海，匡廬出雲，赤岸故老，白鹿諸生，人思竇武，家誦李膺。陳屍北寺，暴骨西亭，三年血碧，萬古汗青。伍員祠廟，楊震子孫。幽宮宰木，隆碣高墳，凡百君子，視我刻文。

【校】

〔一〕題　四十卷本、風雨樓本均作「福建道御史贈太僕寺卿謚忠毅李公神道碑銘」。

〔二〕俞　風雨樓本作「諭」。

〔三〕赤岸里　四十卷本、風雨樓本均作「曹莊里」。

〔四〕「塡」下原衍「滇」字，據四十卷本、風雨樓本刪。

〔五〕「地下」下，風雨樓本有「哉」字。

〔六〕年　四十卷本、風雨樓本均作「歲」。

〔七〕「楊」下原衍「忠」字，據四十卷本、風雨樓本刪。

〔八〕大罪　四十卷本、風雨樓本均作「罪大」。
〔九〕宮府　風雨樓本作「官府」。
〔一〇〕「織監」上，四十卷本、風雨樓本均有「用」字。
〔一一〕諱某　四十卷本、風雨樓本均作「應炅」。
〔一二〕鋃鐺　原作「銀鐺」，據四十卷本、風雨樓本改。
〔一三〕鵬翀　原作「鵬沖」，據四十卷本、風雨樓本及東林列傳李應昇傳改。
〔一四〕五十有五　四十卷本、風雨樓本均作「五十有四」。
〔一五〕終始　風雨樓本作「始終」。
〔一六〕譫談　風雨樓本作「談譫」。
〔一七〕碎擊　四十卷本、風雨樓本均作「砰擊」。
〔一八〕黑眚　原作「黑青」，據四十卷本、風雨樓本改。

太傅兵部尚書呂忠節公神道碑銘

偉業待罪史館，獲交於宿儒大僚，仰見我神宗顯皇帝制科得士，貽之子孫，以保乂王家，乃寇禍殷流，淪胥莫救。後生執筆，輒敢擬議老成，以吾所見聞，學術醇正，忠孝完人，若江夏賀公、睢陽呂公者，斯可謂之無媿也已〔一〕。當思陵之季，此二公者，兩河去就，三楚安危，名藩乃磐石之宗，元老實腹心之舊，身搘狂寇，家扞嚴疆，其效節同。濂、雒横經，湖、湘講學，心惟致命，道在成仁，既入水而不濡，雖結纓而何懼，其畢志同。余欲訪求其軼事，而世人罕有言之者，悲周哀郢之作，不可得而聞矣。今年呂公之子兆琳，繇淮右致書，以公隧道之碑爲請。嗚呼！呂公之歿也，太常大書其官，博士詳誄其行，雖陳、鄭皆災，穀、雒交鬭，而丹青彝鼎，猶側出於横流刼火之中。今已二十餘年，吾黨徵柱下以遺編，訪萇弘之青血〔二〕，欲以弔北邙而備南史，不亦傷乎！此吾所以撫公家乘，歎窮而繼之以泣也。

呂氏宋文穆公之後，河南之新安人。祖諱鄉，父諱孔學，皆以公貴，贈如其官〔三〕。祖妣牛氏守節，而孔學稱仁孝，詔書兩旌其門。孟淑人夢月入懷生公。公諱維祺，字介孺，別號豫石。萬曆癸丑進士，位至南京兵部尚書。居雒陽抗節死寇難，事聞，賜祭葬，贈太子少保，再贈太傅，謚忠節。其所歷官，初除山東兗州推官，舉最；入吏部，更主事者四司，爲員外於考功、於文選，而驗封遷郎中。熹宗朝以前乞省換補考功郎，逆璫矯旨弗用。思陵更化，起家尚寶司卿，改太常寺，以少卿管四譯館，尋陟爲正。陞南京戸部侍郎，領糧儲，超拜兵部尚書，中糾拾以免。

公死難在國史，其餘服官立政，講學著書，他事多可紀，而最著者有三：曰持大議、裕大命、立大經。光廟上賓，請見嗣君於慈慶宮門，中貴導駕幸小南城，抗言梓宮在殯，大寶未登，不宜動屬車，輕萬乘，正色當階，仗出中止〔四〕。再疏調護起居，戒近習不宜干政，請選侍移宮，按問諸醫侍疾無狀。持大議也。南司農既多逋賦，兼北部之所咨借不貲，以出入本折多寡鉤考，不及額者百二十萬有奇，卽舉郡邑負課算之以當經費，尙虧十有九萬。京軍匃匃索餉，憂在根本。公乃疏十事二十四弊以聞於朝，其不得已者，請以上命塡補；次與其屬講求區畫，定期會之令以趣辦，除導行之費以勸徵，有司累息，奸吏斂手。又以圜府乃國息之本，爲之禁放鑄淆雜，而專行法錢，權其子母以贍用。行之三年，粟積如坻，貨流如泉。裕大命也。馮恭定之於關西，鄒忠介之於江右，曹自梁之於晉中，同時講學。公則以門推篤行，居近先儒，卽鄭氏之禮堂，寫曾子之家策，著孝經本義、大全或問三十餘卷，表獻諸朝，請以之進經筵，端豫教，頒諸學宮爲永法。芝生於庭十有八莖，如顏本篇目之數，建芝泉書院，用彰厥瑞。立大經也。斯三者，皆公經世猷略，爲學本原，視夷險爲同歸，通死生於一致，故能處患難、蹈白刃而無所悔也。嗚呼，若我公者，豈偶然哉！

公之爲南司馬辦賊也，上完江、淮，中顧宛、雒，家國綽有成算。既免歸，寇禍大作。新安城庳土惡，災螟洊眚，窮民襁負無歸，公乃調穀以賑凶饑，捐金而就板築，父仁孝公實贊成之，曰：「天下方亂，吾父子幸有餘祿可賙鄉里，庸足多吝？」當事者主撫議，見河、汝蕭條，請斥空城以綏徠新附，公則謂腹心要害，勢難養虎，移書力爭，事乃中寢。土寇王之典桀黠反覆，公不動聲色，徵而戮之，餘黨莫敢動者。

戊寅秋，李自成敗於潼關，已而復振，蹂宜陽，躪永寧，熊耳以西，屠屯壁以十數，雒陽震恐。福邸在城中，積金錢綵物累鉅萬，謹錄篇牡，不問賊。援兵之過者，糗糒惡，投之地，詢曰：「王家擁金貲，厭粱肉，而令吾輩枵腹死寇乎！」公聞而憂之，具以大計動王，王弗省。

明年正月，賊侵逼河南，總兵王紹禹堅以其兵入城。公門於北，紹禹門於西。副將羅岱之兵背西門而舍，詭云逐賊，實迎之返而合圍，勢張甚，守陴者無人色，公疾呼家將縋下，闘殺十數人。賊再用羅軍礟具來攻，公鬚眉戟張，坐城頭，叱左右弓弩亂發，賊多死。紹禹之兵視而嘻，道上竊竊耳語：「且藉以城下賊，爇王府而分之。」羅軍招與同叛。或得其語告公，且勸之去，公歎曰：「我向固憂之，今事已去矣，計安出？雖然，雒陽重地，王神祖愛子，猶有神靈，此城必全。萬一蹉跌，吾奉身以死之。臨難苟免，豈儒者事耶？」

越日，王紹禹之兵乘夜揮刀殺守者，懸布於堞，賊乘之上，城陷。公北向慟哭，子弟牽衣請避賊。公曰：「我一死以上答所受，內副所學，於義得矣。去將何之？」天明，賊大至，有起於賊中者曰：「公非賑饑呂尚書耶？我能活公，可乘間去。」公弗動，其衆擁以下，遇福王於道，已反接，公奮其首顧王曰：「王綱常至重，等死耳，毋詘於賊，辱國體。」賊渠見公於周公廟，曰：「呂尚書日請兵餉殺我曹，今定何如耶？」公瞋目罵曰：「吾天子大臣，恨無兵以磔汝狗鼠。今日之事，唯有死耳。死不愧天地，不愧聖賢，復何憾！」賊捽之地，欲屈之，公叱曰：「吾君在北。」北向再拜，又西向拜父母，申脰就刃，容色自若。是日也，福王亦遇害。

嗚呼！吾觀雒陽之亡，公之死，於王室菀枯之際，恫乎有餘痛焉。神祖在宥日久，天府之藏，不可以辜校。宮省舊吏皆云鄭貴妃緣愛子之故，斥大半辦治國裝，再撥莊田二萬頃，鹽引數千綱，收其羸以滋封殖，他王莫埒。自中原用兵，思陵封椿匱詘，推光廟天顯之愛，不忍以憂叔父。掌計老臣如呂公者，身在雒陽，熟知王宮緡錢藏鏹，小發取其中，可充軍興之半。號咷叫呼，懼傷親親之恩；乃屏人極論，開曉禍福，王亦但領之而已。捐私橐，出家糧，譬之捧土堙河，萬分何濟，老臣不惜以身率衆，冀幸王聞之寤，自輸以佐縣官，而緘縢扃鐍，卒棄之兇徒悍卒之手。此公聞國言籍籍，拊膺嚙指，而歎王之失其會也。

孝經之三章不云乎：「高而不危，所以長守貴也；滿而不溢，所以長守富也。」保社稷，和民人，是爲諸侯之孝〔五〕。漢文帝四子，梁最親。王竇太后少子，居天下膏腴地，珠玉寶器多於京師，以史攷之，亦可謂之驕且溢矣。七國作難，王恐上憂太后，日夜泣，梁將士力戰，吳、楚不敢過而西。王之歿也。得謚曰孝。今夫神祖之所以愛王且厚王者，樹億萬年維城之助也。天下有急，王屬尊地近，能爲宗室倡首，蓋當有聞而應者。社稷安則王安，兩宮在天之靈罔不安矣，斯非諸侯之孝乎！當自成之敗潼關，所餘不過數十騎，雒陽之變，繇於內潰，彼非能肉薄而攻也。克東都，據形勝，發王中府金以號召饑民，一朝響應百萬，華夏因之土崩。若使早從公言，天下事必不至此。喪亂方多，吾謀不用，痛宗周之板蕩，感大道之銷沈，公於是灑熱血以濺孤城，抱殘經而覲三后，講舍則芝焚可歎，故宮則麥秀堪哀，天實爲之，公其如天何哉！

公考正六書，多所論著，他文及奏議無慮數百卷。晚年乃著存古十二篇，士戒七則，其說歸乎敦本訓俗，下至肴核衣履之微，事爲之制。人或疑公宜闊達濟變，而規規小節，得無非其急者。余則謂數十年來，士大夫極滋味、盛倡樂以自奉，子弟傔從，通倪放橫，侵枉小民，故螟特蟊賊，數敓姦軌，相因而起。公此書所以塞亂源而消害氣，謂之捄世可也，而豈區區者乎？

公司李兗州，曉文法，識利病，折獄多所平反。定保甲法，蓮妖之變，賴以無恐。敭歷銓曹，公廉不受私謁，釐正選簿，年稽月攷，周忠介聯事郎署，嘗亟稱之。觸堂官；忤政府，據故事以面折臺諫，侃侃克舉其職。修南都二十六倉五場，清屯糧八十八萬。汰冗軍，補脫卒，募趫敢之士，簡其樓船甲仗，自采石至瓜步爲江防。蓋公之爲人，內服儒宗，外精吏職，其言行本之鄒、魯，而間出於范蠡之治越，管子之治齊，精彊廉辦，自許爲有用之學，不獨一經專門已也。南侍郎陛辭，上目而偉之。既受事，得所上章，皆精切，於職掌一無骫骳，上以此切責前計臣，而見公分憂辦職。公亦謂得行其志，盡力以自效於上，言者乃摭他事中公。既畏惡其能，人皆數廢數起，公獨一跌不復，退居嵩山之陽者七年，以遯世無悶爲學，不欲與世之君子競其短長。然自以遭不世之知，顧用毀去，每生徒擁卷，父老登陴之日，其中有不舍然者，故沒身卒以忠顯。嗟乎！千載而下，可以知公心矣。

余以詞林後進識賀公，公粥粥謹厚，未爲通人所許，然不失爲醇儒，以理學多所講貫，今散佚弗傳。武昌之變，楚王委國儲百萬以資賊，與雒陽事相類，故牽連書之。

呂公仕宦參錯，余未及見，然在南中時遊公豐芑書院，諸生多稱之。流寇從澠池初渡，淮、泗宴然，呂大司馬首以鳳陵單外爲憂，勸上宿重兵爲衛，人皆服其先見。又雒陽未破，苦言以借籌福邸，而終不顯其謀。賊去之後，雒人士避亂渡江，頗有言其事者，余籍而記之二十年矣。今呂公之子兆璜知解州，而兆琳成進士，於故家遺老訪購公之遺文；淮安守吾友張公藎孺，實公之壻，手自讎校，刻之於淮上。余既受而卒讀，江村寒夜，從廢簏敗紙中追理舊聞，補公家傳所不載，庶於國家存亡大故，後人知所考信，非爲公一人已也。公諭塋在新安之某原，以郭夫人祔。其月日譜系茲不載，載其大者。余以公在祀典，配營宗，作家廟，諸生雅吹擊磬，登歌進酒，是不可以無辭，乃系之以詩曰：

巖巖兮孔宮，漆經將出兮壞壁笙鏞，我公其來兮章甫以從。奕奕兮周廟，鴟鴞毀室兮斧斯載道，我公其死兮四國是悼。溘埃風兮上征，御緱嶺兮王孫。謁我后兮天門，執羈靮兮微臣。瞻虙妃兮在旁，撫愛子兮沾巾。辭九閽兮心惻，降周覽兮下國。骨藉藉兮無人，擗宮牆兮叢棘。噫嘻！曾與閔其不見兮，蹇吾法夫仲繇。苟髮膚之罔愧兮，知父母終不我尤。位鷹揚之苗裔兮，功不遂乎營丘。庶斯文之弗墜兮〔六〕，吾奚負於宗周〔七〕。甘芝菌之萎絕兮，忍化此蕭艾也？眷靈泉之涓潔兮，雖抱石其何悔也！重曰：鼓填填兮血輪困，巫陽下招兮陰房青，北邙巀岌兮碑出雲。紲余馬兮河之滸，酹椒漿兮進蘭脯，刻貞珉兮晢終古。

【校】

〔一〕謂之　風雨樓本無「之」字。

〔二〕青血　四十卷本、風雨樓本均作「眚血」。

〔三〕贈如其官　原無此四字，據四十卷本、風雨樓本增。

〔四〕仗　原作「伏」，據四十卷本、風雨樓本改。

〔五〕保社稷三句　孝經諸侯章第三作「富貴不離其身，然後能保其社稷，而和其民人，蓋諸侯之孝也」。

〔六〕弗隧　風雨樓本作「不墜」。

〔七〕奚負　風雨樓本作「其負」。

少保大學士王文通公神道碑銘

順治十六年二月丁卯，上以故大學士王公守都察院左副都御史卒於其位，爲之震悼，而贈謚祭葬，褒終之典畢備，且命書其勳德於墓道之碑，曰：「以昭朕篤念舊輔之意於永永勿忘。」其長子明德繕疏以謝，退而屬偉業爲之辭。偉業震恐曰：「紀事臣職也，未有承制而用草莽固陋，褻王章而私令甲，禮之所不敢出也。」明德固以請曰：「上命卽其家伐石樹表，而螭首未有刻文，匪惟抑沒先人，將以隕越鉅典，不共是懼，吾子其謂之何？」偉業既辭不獲命。

謹按故光祿大夫、左副都御史、贈少保兼太子太保、吏部尙書謚文通王公，諱永吉，字修之，一字鐵山，揚州高郵人也。其先世徙自毘陵。曾大父諱木，大父諱煥，父諱自學，皆以公貴贈少保，妣皆贈夫人。公生而瓌異，長身修髯，具文武材略。由進士起家，再爲縣令於大田、於仁和，一爲推官於饒州，咸著異政。從戶部郎備通州兵事，有威名，遂推以巡撫山東，未一歲，改薊門總督。其時流寇已隳突河、華，滔天阻兵，羣孽扇行，所在蟻結，燕、齊、雲、朔，魚爛土崩。公受賑於倉卒之時，投袂在敗亡之日，猶能輯寧東夏，擁護畿關，障遏奔衝，叫呼掯拄。既而有謀不用，勢竟莫支，變服間行，投死無二，忠著於前史，事隔於興運，故不得備書。

其初入本朝，一見授大理卿，守法律，持大體，以刑不上大夫，請郎吏之謫罰者得以贖論。晉工侍郎，用疏辭報罷，再起戶侍郎，上封事十條，於蘆政、馬草尤中肯綮；又陳投充五大害，謂其上干國法，下失人心。慷慨切至，報可施行。尋擢兵部尚書，賑饑眞定，即道上拜都察院左都御史，未至，召入爲秘書院大學士。其在兵部也，絕請謁以嚴選格，飭訓令以定兵制，侃侃克舉其職。且念士寇用反律，而闆左剽刼不得與同科，即收考，宜下刑曹，非所司所當置獄；其有無辜連染者，請出之以息寃濫。眞定爲州縣三十有二，凶災延蔓數百餘里，公以上賑卹恩甚厚，不可委屬城長吏，倍道兼馳，所過人人慰勞，老幼滿於車下，興發成於手中，得調度之宜，有賙救之實。又以其間訪官吏良猾，風俗利病，爲書奏之。上久知公忠勤任事，故有以大用公也。

公居平搤腕江南漕弊，京、通是其根株，非大釐革不足與更始。會緣兵部前事從內院出，奪一官，視通州倉。公初不以左降有所弛易，受命立馳，至潞河，訶輓卒以何不前，對曰：「爲紅船。」紅船者，楊村淤淺轉運之船也，具得其稽索侵牟狀。公笑曰：「吾分爲三番遞運，則弊不得行矣。」已而果然。嘗夜宿通惠河，傳籌發運艘，危坐爇兩巨燭，手漢書一册，風雪繞其鬢髯，達旦不寢，人望之曰：「高郵公眞勞臣也。」

明年召入爲國史院大學士，管吏部尙書事，上時御南苑，手脫所服冠以賜，面命之。公頓首出，坐堂上，進其屬問曰：「新舊人以名第需次者幾何人？」曰：「千人矣。」「掾中之以年勞在册者幾何人〔二〕？」曰：「倍之矣。」問其循序爲注補，曰：「員缺之汰也，資歷之有不相當也，卽如是，有十年之人而不得官也。」問其設法爲疏通，曰：「參罰之多也，開復之不易也，卽如是，有十年之官而不得遷也。」公太息起曰：「是安用我主爵者爲？」乃舉職掌所當釐正者，分爲二十疏，杜門請假，繕寫十日而始成。奏旣上，見者咸服其精切。蓋公天性彊於吏職，能斷大事，處之不疑。以吏部用人爲天下安危治亂之本，上以協恭同事，外以厭伏羣情，綱紀畢張，苞苴抑絕，卽下至流品勾稽，年贏月縮，銓除移駁，甲是乙非，他人視之叢薈紛糾，頭目眩瞶者，無不吐決如流，笑譚不倦，而公亦自此漸以病矣。公病而尙方賜藥物，趣累詔，不得已復出。出而坐兒子科場事，責授太常少卿，未幾卽進左副都御史，有意復嚮用之，而公竟病不起。嗚呼！斯可謂出身爲物，以死勤事之君子已，公亦奚憾矣哉！

其或有不量公者，曰：「古稱得士可以後亡。公之初節不可爲不用也，何以不能挽橫流，救末造乎？」是不然。山東亡命蠭起，如龍山、滄浪淵諸賊，天下之巨猾也，公以一節挑三百騎，未浹月而收縛散遣之殆盡，亦足以見其略矣。京師倚邊腹建牙爲犄角，舊制額兵十萬，有無倘不能支，乃抽調潰亡之後，不復能軍，廷議遂裁一督師、一保督、三巡撫、二巡治、六鎮帥，而獨留薊督一官以任公，予之以各路零星收拾之罷卒，又闕其一年之餉，而以當駸駸渡河、百萬方張之流寇，撩猛虎以空拳，救燎原於杯水，尚謂公力獨能辦之，然乎否乎？撤寧前，併山海，以爲揞捂根本之計，此何等時也，謀國者狐疑相枝，公爭之數月，猶不見從，賊大同圍急而後遣之；故公以單騎十日盡發關、寧勁旅，顚沛勤王，去京師二百里，而已無所及。若夫公之南還也，柄臣不過資其空名，而未嘗假之實力，然猶扼淮不可，蹈海何之，走單舸於颶風鰐浪之中，幾至觸石橫流，妻孥破沒，而後束身歸命。嗟乎！世之不量公者固失之矣；彼謂智者覩危知變，轉敗爲功，又豈所以知公也哉？覊旅登朝，非勳非舊，遽受客卿之禮，驟立羣僚之上，苟非盡瘁竭誠，何以報恩塞責？又自悼推遷興毀，恥以其餘生倖富貴，庶幾乘機構會，殫未死之力以救濟元元，是以出入數年，焦形極慮，此固公之自待如此，而其用心良已苦矣。才大則磨斲自多，名高而牴牾亦甚，公於是乎術輔其資，道全其用。有寬厚愛人之德，而議獄不厭其深詳；有變通宜民之方，而守官必主於繩墨。其意在別嫌疑，擿隱伏，絕賓客，棄親知，取一切以自立於無過，然後可以保持善類，調護艱難。負方圓並畫之才，逼膏火自煎之勢，靡事不爲，繼之以死。維當宁以馭騏驥者利其銜策，擇棟梁者善其斧斤，顛倒詘信，妙於駕御，而勞臣中壽，奪我股肱，宜乎手詔爲之驚嗟，而拊髀加之痛惜也。

偉業辱與公游，每見其酒酣脫帽，顧盼風生，詼啁譚笑，而語不及私，簡易威儀，而望之增悚，輒驚以爲莫能測識。及往問公疾，公自言昔年經虎口、葬魚腹，瀕於死者數矣，主上待我厚，今犬馬氣衰，便恐無緣酬答，不覺涕泗橫流。故今日執筆表公心事以告萬世，其使王氏子孫知朝廷所以保全先臣，蹈戴無極，而後人之過此者，得此碑於苔侵石泐之餘，摩挲捫讀，論公之心而參考於紀載，必有爲之彷徨而愾歎者，斯於公亦可無負也已〔二〕。

公生卒皆以己亥，葬於其鄉之跱躇山，而鄒、趙兩夫人以詔祔。子七人，孫六人，餘在誌傳中。公嘗刲股肉以療親，居喪稱死孝，而高郵大水，捍災患有功，皆其大節，不可不紀。嗚呼！觀公於此二者，則其爲君國以不有其身，又可得而知也。爲之銘曰：

於赫三事，徽音丕顯〔三〕，允文允武，王臣蹇蹇。乃告圻父，曰予腹心，乃陟上宰，左右一人。錫之天閑，爾亦千里，駕我日車，掉鞅不已。維玉及瑤，垂帶以朝，耀首有飾，翠帽豐貂。雲臺是圖，憂公見貌，于思于思，遇天一笑。亥有二首，辰在降婁，害於股肱，箕尾以游。追命舊勞，大書深刻，史臣作歌，爰紀袞職。淮水方浲，我公障之，高城無恙，我公相之。卜茲墨食，公其來思。穹碑巘巘，宰樹參差。後千百年，視此銘詩。

【校】

〔一〕掾中　四十卷本作「掾史」。

〔二〕「亦可」下，風雨樓本有「謂」字。

〔三〕丕顯　原作「不顯」，據四十卷本、風雨樓本改。

吳梅村全集卷第四十二　文集二十

神道碑銘二　墓誌銘一

通議大夫兵部右侍郎永寧玉調張公神道碑銘

世祖皇帝御極之十年，兵部右侍郎張公鼎延夙夜左右，執事有恪，上憫其勤勞，加恩賜金幣，馳傳歸里，公卿祖道於長安門外，都人以爲榮。又六年，公以病卒於永寧之故第。其子兗州太守瑲、吏科都給事中璿泣而言曰：「維我國家天造之初，卿貳大僚不敢遽以骸骨爲請，有年至致事者，輒留宿衞，奉朝請於京師，其蒙恩予告，有之自先臣始，是不可以莫之紀也。」又三年，兗州服闋，補淮安守，而命偉業書公墓隧之碑。

謹按張氏陝西同州人，始祖仲文，避兵徙雒之永寧。仲文以下六世諱士益，緣其子中丞公貴得封。中丞公諱論，仕至四川巡撫、都御史，以元配段夫人生公。公舉萬曆壬戌進士，起家行人，考選兵科，劾兵尚書霍維華以罪，廷諍惠安伯張慶臻賄改敕書及宣大總督張曉、巡撫張三杰失事狀，所言皆施行，當時推其讜直。陞兵科都給事中。在明季啓、禎之世，藺州土司奢崇明反，連結水西。中丞初按蜀，繼受任滇撫，克遂前功，先後收復四十七城，拓地二千里，五峯山、桃紅壩之捷，馘其渠魁，邛、筰蕩定，論功爲西南第一。方中丞歸自按蜀，以清卿居里，負知兵名；而公被擢在省垣，將吏勇怯，軍機進止，皆其職所當執奏。每在直，中夜治文書，參密畫，旬日不敢洗沐。其劾張慶臻也，上怒慶臻勳舊掌京營，行金主書，竄易詔草，文華召對，事連長山相劉公鴻訓。劉賢相，其曲意慶臻有端，受取事未得考實。公雖糾擿慶臻無所避，終不欲傅上怒致大臣辟，故與御史吳玉持論並剴正，而公微爲持平，在廷服其知國體。後於平臺數被引見，敷奏詳敏，上以爲能，眷遇寖隆。以中丞撫蜀，子例不得居諫職，請避歸，忌者摭其里居事蜚語聞，左官薄謫，而中丞亦功成納節矣。

流寇之渡河而南也，首陷澠池、盧氏，次及永寧。永山城不修，礦盜亦動，邑無眞令，民皆搖心。中丞卽巴、渝之舊部，遏宛、雒之嚴衡，誓衆登陴，捐金犒士，天寒露止，離風雪皸瘃之患，城全身瘁，屬疾不起。公時已從行人司副再遷爲南京吏部驗封司郎中，職事修舉，駸駸且復嚮用。既奔喪成服，伏闕上書曰：「臣父出定蠻方，還扞鄉里，戮力兵間，致於僵仆。惟主上念葛亮之渡瀘，以勞定國；憐子囊之城郢，沒不忘君。庶俾先臣死骨不朽。」上省章，嫌其稱譽過實，下所司按覈，竟坐免官。或以爲用事者因微文修舊郄，非盡出於上意也。監軍道湯開遠好直諫，嘗追訟公曰：「永寧鄉紳張論，以死勤事，不蒙優錄，并其子錮之。熊耳以西塢壁以百數，有不聞之解體乎！」

閱七年，李自成再起中州，先破宜陽、永寧，而雒陽遂至不守。公流離中條上形勢，請於宜、永之交，如韓城、三鄉者，宿重兵守要害，山道阨隘〔一〕，可以搤其吭而弗出。且曰：「臣爲親受讒，不獲復奉闕廷，敢因耳目所及，一陳滅賊之策〔二〕，永塡溝壑，終無所恨。」上亦韙之，然竟弗召也。嘗憤中樞失策，流涕告所知曰：「嵩山綿亙三百里，宜、永當適中之地，永有東西二崤之固，尤足設險，賊之出入秦、豫，磐牙穿穴於其中。始先人守永即所以守雒，守雒即所以守中原，當時不圖其功，覆用爲罪，山民憤歎，人無鬬志。賊勢披猖，未必不繇於此。嗟乎，吾父子功罪已矣，如國事何哉！」

當自成破永，公守南城，事急，主僕匿於埳井，賊燭以炬弗見，投之以石弗傷。越兩日，有一嫗來汲，僕謀於公，緣綆先上，方及暮，賊攜刃者至，將加害，嫗紿言吾子也，遂脫。脫已，嫗忽不見。僕傳語其儕，篝火井旁，號公出之，歸於溪源寨。五日，中夜心動，跨驢急行，天明而跡者至，報曰已去乃免。公有井異記著其事，文多不載。公之免也，宗人多死，兩子幸無恙，避地河北懷縣，間行歸，營中丞窀穸於故山中。賊騎充斥，公晝伏林莽，夜穿竁穴，葬畢，仰天慟曰：「孤子自此可無憾矣〔三〕。」

汴梁之急也，公建議秦兵雖奉詔來救，賊鋭甚，未可爭鋒，可駐師鞏縣，扼虎牢之險爲持久。及孫傳庭敗於柿園，歸秦，掃衆復出關，自謂必勝，公獨貽書戒勿輕敵，宜修復雒陽，進戰退守，出萬全之計。乃吾謀適弗用，而明亦已亡矣。

兩河並覆，郡邑受僞署，誅鋤大姓，搜牢金帛，公子弟被執彭考，惴惴宗族之弗全。會本朝受命，大庇生民，百度維新，九品式敍。公用薦徵拜吏部驗封司郎中，由驗封改考功，管大計。是時天下新定，長吏丞尉，軍中以便宜除拜，皆白版假守，年勞治行，掾史輒去其籍，莫得勾稽。公據典章，覈流品，浮僞必黜，貪殘必懲，奏免千有餘人，銓格以正。甲戌，分校禮闈，所得士有至公輔者。累資晉太僕少卿，換大理，尋爲正。陟侍郎，於工部爲左，於刑部、兵部爲右，階通奉大夫，再進秩一等，禮遇視六卿，蓋異數也。其在大理、刑部也，屢決大獄，亭疑奏讞，依於仁恕，仍抗章舉正職業，申嚴律令，不爲煩苛。大者定僕區之法，寬株送之條，盛夏請解出繫囚。桀黠民妄指莊田，詭勢自匿者，必正其欺謾，至今奉爲絜令焉。公爲人曉習文法，在事勤力，鮮所回隱。同列或語以受任日淺，宜引嫌避可否，公搤掔出溺曰：「某遭本鄉傾覆，生類殄盡，提攜細弱，歸命聖朝，出虎口，攀龍鱗，際風雲，脱湯火，若不能出身自効，裨益萬分，何以見陳、許、汝、潁之士乎？」其居心盡節如此。

中丞有別墅在金門山，所產篔簹篠簜，埒於江陵之橘、成都之桑。公之謝政歸，田疇廬舍，次第整比，於其間立家廟、設義莊，以尊祖收族。暇則偕鎖少參諸公爲阡陌之游，作五老圖，自爲文記之。有勸之復出者，笑弗應。二子中外並歷顯仕，垂組揭節，歸拜公於德里。公與廉夫人慨然太息曰：「吾出眢井之中，上見烽火接天，下見積屍撐距，當此時未識軀命所在。詎意今日骨肉復完，鳴騶夾道，上先人之丘隴哉？語曰：知足不辱。聖主之優老臣，恩不可以忘也！」

公兄弟三人，季曰世延，夫婦死於兵，公撫其二孤珹、琿有恩紀，廉夫人視遇如所生，人以爲難。夫人事公母段太君以孝，內治肅飭，先於公二年以歿。公字愼之，別字玉調，有文集二十餘卷。墓在豐原之墟，以廉夫人祔。子三人：長琯，次璿也，季璥殤。女三人。孫男一，挺之。孫女一。餘詳在墓誌。

偉業聞活千人者必有封。中丞之討藺州與水西也，不多殺戮以侈首功，不附宦寺以趣賞率，髳人僰部可撫者撫之，巴童賨女無歸者歸之，其仁恩結於蜀人，猶宋之有張益州焉。黃巾禍亂，食祿之家多見屠滅，張氏子孫獨完受其福。嗚呼！上下三十餘年，觀公父子之際，亦可以知天道矣！

初偉業之識淮安君於浙也，因吾友張黃門敉庵以定交，繼在京師，得交吏垣君，距今十有餘年矣。淮安友道敦篤，契分特深，熟聞公家世行歷，言之庶足考信，茲以揭德樹阡爲屬，容敢用不文辭？謹掇拾大者，著之如右，而系之以詩曰：

金門之竹，有琅有玕，上梢白雲，下拂青鸞。于焉宴衎，于焉考槃，河水漣漪，二峭巑岏。篤生中丞，功著西土。紹啓我公，主闕是補。諤諤在廷，不茹不吐。亂之始生，戢禦其侮。皤皤黃髮，有勞實多，覆日僭曆，讒口則那。心之憂矣，涕泫滂沱，人亦有言，我罪伊何？洛之竭矣，乃穿我墉；井之冽矣，乃逃我躬。誰其擠之，我是用急；誰其拯之，使我心惻。亂其有定，天降厥祜，王師徂征，生民乃救。帝思耆德，召置左右，豈不懷歸，竭歷恐後。乃亞司空，乃貳司馬。帝曰汝勞，錫之休假，綿綺千純，黃金百冶。公拜稽首，歸永之野。飲此旨酒，瞻望北邙，哀我人斯，何辜流亡。憖余一老，歸焉永臧。蒼蒼者天，矢諸弗忘。伐彼篔簹，爰作笙篴，嘒嘒管聲，薦我蘋藻。凡爾子孫，不遐有詔，神之聽之，工祝致告。維厥祖是承，維先公是行。鼒鼎及鼐，刻茲令名。如嵩與少，不騫不崩〔四〕，後千百年，家以永存。

【校】

〔一〕阸險　四十卷本作「陘陿」。

〔三〕一陳　風雨樓本作「陳一」。

〔三〕無憾　風雨樓本作「無恨」。

〔四〕騫　原作「蹇」，據四十卷本、風雨樓本改。按「不騫不崩」，詩小雅天保句。

封中憲大夫按察司副使秦公神道碑銘

惟無錫秦氏，遠有世序。自宋龍圖閣直學士少游公，十八世爲明少保南京兵部尚書鳳山公，謚端敏。端敏之仲子姚安守諱汴，汴生邑文學諱楷，楷生湯溪令諱延默。湯溪以吳孺人生府君，諱重采，字幼儀，用子貴，初封編修，再封中憲大夫、按察司副使。元配華恭人，生三子。吾友補念，舉乙未禮闈第一，臚傳賜及第，歷今官，府君之冢嗣也。

遡國家天造之初，遭風雲致公輔者，多在大河以北，我東南之人由制科進者，先後裒然爲舉首，然及其親之存者，不過一二人而已。當補念之首南宮薦也，族子對巖太史名在其亞，人咸謂世德所致，且曰：「此兩人皆有親。」是時天子幸南苑，親近儒臣，數召問其父母幾何歲，兄若弟幾何人，補念進見便殿，賜衣侍宴，上慰勞之者尤渥。府君從其家貽書敎誡，補念出以示其同官，余從班行中具聞之。又五年，上擇侍從諸臣之才者，試之以民事，補念乃遷爲監司、爲臬長於浙西、江右，府君一再就養於邸中。兩地士民聞其緒言，退而考其長之行事，皆謂曰信。府君沒，凡所以昭德焯聞者，有狀有誄，有幽堂之銘，補念偕其弟屬偉業書其墓碑。

余既辭不獲命，則請書其孝友敦睦者曰：君少孤，說髦就位，辟踊如成人。母病，籲天減己算以代。母喪在殯，火作，搏顙號呼，融風爲之反。伯兄有倍年之長，旦晡問起居，細大必諮請待報。兄中歲多故，諍訟則相救，繇役則相助，誅求則黽勉中分之，疾病手自扶持，口嘗藥以進。居兄喪，哀毀過禮。上自世父，下逮諸子，旁及於姑姊甥舅，其事長也肅而和，慈幼也柔而正，收族也信而睦。一門中外，貧者取給焉，弱者取力焉，怨者取平焉。先君之師資執友，平生之同學故人，德施罔弗報也，患難罔不恤也。宗人之占籍它邑者，逋賦株累，不忍別白以移之禍也。

書其莊敬樂易者曰：衣再浣，食二簋，而祭祀宴享，必潔必豐。飭傔從，絕干謁，而公正是非，不阿不撓。稱心直言，忘形徒步，無崖岸，無齟齬，無鉤距，無町畦。早罷其公車義，好爲小詞，間出於博弈漫戲。晚年善病，舁小輿以節勞，觀引滿以當醉，油油然，落落然也。最君生平，其闔門投轄，留賓泥飲，似陳孟公；老疾俱至，興懷名山，似宗少文；預終制，營生壙，歌呼其旁，飾巾待盡，似趙邠卿、司空表聖。

雖然，府君之可書者盡於此乎？余於秦氏，同官也，得備徵所聞，可書其細不書其大耶？補念之在侍從也，君以一儒者，扼腕時事，見奏對務依於深刻，歎曰：「堯、舜在上，奈何稱說申、韓？」補念之位執憲也，前後多所平反，用仁愛寬恕以爲治，有勸之立威嚴者，君慨然曰：「吾父令湯溪，淸前宰帑金之獄，全活者衆，家門食報，未必不繇於此。吾子幸備官，可誅殺立威名乎？」潯陽將以事方卽訊，聞君至，操百鎰逆諸塗，君正色叱之曰：「若直，安所事行金？曲，則安可以私故隳大法？」若此者，君之居心持己，補念之涖政服官，徵諸家乘，有裨國故，所以敎忠而養志者，胥於是乎在，何可弗書？

書其卒：生癸卯，歿戊申，僅過乎中壽也。書其葬，去赴告之六閱月，其地侍郎灣也。以華恭人從。恭人早亡，由安人以再受贈命，其賢有德也具家傳，故不書，不勝書也。書其子：長江西按察使鉽，卽補念也；寅仲也，錸季也，皆諸生。孫八人，曾孫三人。孫以下何不名？誌詳故碑可得而略也。然則碑之所宜詳者，尤在補念之孝乎！

孝經之言曰：「揚名安親〔一〕。」名揚矣，親不安，不可謂之孝也。往者翰林官俸入不足資所給，輒寬其休假湯沐，以便於定省。今令甲獨否，故有掇上第，備近臣，爲親者緣供億之闕憂其子，爲子者爲門戶之艱念其親，以地之遠而賦之急，惟江南爲特甚。古制寬，大臣有請外。宋之館閣雖直學士以上，猶乞一郡以養父母。世祖之內外並任者，實倣舊典，責吏治，兼體臣子以優其私。竊聞補念之迎養也，將車都亭，扶攜垂白，長老聚觀，郡邑畢至。余在同官中爲愾焉太息曰：「吾輩之事其親，有一日之寵如秦君者乎？」故今日刻君之碑，書吾友之孝，而原本於君恩，噫嘻，此亦禮經意也〔二〕。爲之銘曰：

奕奕淮海，大放厥詞，好是正直，坎壈於時。桓桓端敏，大顯丕績，耆定四方，載諸典册。維君也文，不有其名；維君也才，不有其勳。左紘右壺，笑傲白雲。永懷二人，孝思無忝，因心則愛，篤我天顯。動莫若敬，居莫若儉，講信修睦，守道樂善。帝曰鑒哉，錫以圭璧，薦之明堂，籍用瑤席。乃登法從，乃作牧伯，祿養鼎鍾，休假浣滌，趨庭義訓，日圖報國。昔人所重，惟兵與刑，尙書秉鉞，撻伐蠻荆，好生不殺，著有令聞。今君之子，執憲以正，仁恕廉平，全彼民命，弗替引之，長保餘慶。有隮者山，有檻者泉，春中谿澗，泰伯土田，新阡襲吉，卜云萬年。爰作斯廟，升歌鼓瑟，我牛我羊，薦饗來格。紘彼銘詩，刻之樂石，貽爾子孫，昭示無極。

【校】

〔一〕揚名安親　孝經諫諍作「安親揚名」。

〔二〕風雨樓本無「亦」字。

僉憲梁公西韓先生墓誌銘

偉業奉先大夫之喪在殯，眞定少宰梁公諱清遠，排纘其尊人僉憲西韓先生行事來告，曰：「月日公薨，月日公葬，納竁之石，未有刻文，以累子。」偉業爲之噭然號曰：「西韓吾友也。聞朋友之喪，禮宜爲位哭。今惸惸苴絰之中，弗獲以其服哭之，又大功廢誦，矧可銜哀執筆、預知文字之役乎？敢稽顙辭。」踰月，方伯佟公再以少宰之意來速銘，則又欷歔流涕曰：「孤子交於梁氏父子者二十年，先大夫所具聞也。梁氏方貴盛，知交故吏滿天下，少宰不以假名公卿手，顧重趼三千〔一〕里，固以屬余，其謂篤老故人，知公之生平爲悉也，敢終用服爲解乎？」乃反袂拭面，刪取其辭而銘焉。

按狀，公諱維樞，字愼可，別號西韓生，眞定人。其先徙自蔚州，七世至太宰貞敏公始大。貞敏第四子封中書澹明公諱志，以元配吳夫人生公。公生而瓌異，貞敏奇愛之。既長，負志節，讀書不屑俗儒章句，澹明公俾就家塾，塾師避席謝非所能誨，且曰：「是其文殊類夢白。」夢白者，高邑趙忠毅公，隆、萬中所推眞定兩太宰也，時以小選家居講道，指授生徒。公執經往侍，遂爲入室弟子。每著書，必命校讐，丹黃接席。得所詠韓河諸什，撫卷歎曰：「風雅不墜，復見之梁生矣。」其愛重如此。學成至京師，及應城楊忠烈之門，楊一見嗟異曰：「高邑誠知人。」乙卯，京闈既雋，諷誦自如，罕接賀者。趙公聞而嘉之曰：「此吾所以取愼可也。」天啓初，趙公枋用，公以貞敏褒終之典未備，上書闕下，因趙公以徧贊賓客，表章先烈，討求國是，愍綸下而公之聲名爛焉。

逆奄起詔獄，目趙、楊爲黨魁，首被禍。趙白首會逮，公傾身贍護唯謹，趙公得減死，出語人曰：「若愼可者，斯可謂之義故矣。」楊鋃鐺膠致，道出恆州，公策蹇往逆，大言檻車之旁曰：「公此行足以垂名竹帛，死者公之本志，豈足畏哉！」楊舉手曰：「知子此來，不徒師資之情。昔人有言：九死不悔。此吾心也。」於時邏卒獰立，人皆以耳目非是，盡不爲門戶計！公不顧。

累下春官第，臺使者疏其才，京朝官以詔書保舉，久之，用吏部銓考授內閣撰文中書舍人。公大臣子孫，生長畿輔，朝章國故，耳濡目染，機密之地，演綸畫敕，胥倚辦於公。上命草詔諭督師，漏下二十刻，中使闢殿門以待，傳呼迫趣，援毫立就，宮省爲之嗟伏。應詔陳便宜，多所指切，進循良、城守二書，願頒諸選人爲挈令，章下所司。踰年，晉尚寶司丞副，掌典籍事。先是典籍一官，非復祖宗舊制，官資由他途雜進，久者子弟枝附盤互於其中。當國者與外廷忤，疑爲煽動，坐以漏泄省中語言之上，杖殺之，而改用公等一二正流，擢自乙科，特重其選。公屛交游，避名勢，雖爲當途引用，公務外弗肯與通。乃同事者班在公右，沾沾喜，自詡相君之私人，交關請謁，向時得罪者，親黨側目思報，蜚語上聞。中外皆知公薰蕕不相緣染，而論者以官聯接跡，讕語及之。誣既白，猶用其文罷公，士論怫鬱。未浹月，起家擢任工部主事，從尚書吳橋范文貞公請也。范公憂神京孤注，增樓櫓，庀戎器〔三〕，公襄其勞。無何，廟社淪胥，嬰城被執，誓以必死。皇清定鼎，卽舊官錄用。奔濟明公喪，歸而孝養吳夫人者八年。用疏薦復出，補營繕郎，管理三山，掌灰物之徵令以共邦用，匠人之取厲碬，冶氏之給薪蒸，轉移執事之車牛僦費，公壹其數量，課以員程，烝徒稱平。乾清宮告成，得文綺名馬之賜。陞山東按察司僉事，整飭武德兵備。武德多鳴髇暴客，豪大姓爲之窟穴，莫能擒治。公簡練營兵，署其驍雄爲右職，責以討捕，收府姦者置之法，縛巨猾送都市戮之，境內以清。視事一年，絕苞苴，恤徭役，督河漕之卒而牽輓時，申逋逃之條而株送免，惠政流聞。會入賀，遂乞養，後五年而卒於家，享年七十有四。學者私謚爲文孝先生，稱本志，序篤行也。

公於書酷嗜歐陽率更，得其楷法，世祖皇帝知其能，命書數紙以進，天語褒嘉，傳爲盛事。所著玉劍尊聞及性譜日牋、內閣小識、羣玉直譽等集數百卷。公之在典籍，嘗請下獻書之令，以備典章缺失，事不克就。至今金銷石泐之餘，考鈎黨之始終，辨政本之功罪，非公紀錄，孰可援據哉！

公生於丁亥八月之二十九日〔三〕，卒於壬寅年十月之六日。元配王氏，繼王氏〔四〕，再繼杜氏。少宰貴，於典得加恩二母，元配王贈恭人，而杜貤封亦如之。有六子：長少宰也；次清泰，諸生；次清傳，武進士，候補鑾儀衛；次清尙、清芳、清烈，與兄清泰皆早卒。孫男七人：允樸胄監，允桓、允栴皆諸生，允榛、允梧，皆清遠出；允杰諸生，允構，皆清傳出。孫女五人。曾孫男五人：頣光、卿光、憲光、蔭光、誥光，皆允樸出。曾孫女三人。少宰以某月日葬公於眞定某鄉之某原，禮也。

余與公定交於先朝，比去京師十五年，宿素已盡，唯公迎閤握手，高譚盡日。余疲薾不任趨拜，而公善飲噉，據鞍躍馬，能勤於其官。當是時公之諸子鳴騶夾道，人或愛公，勸其少自暇逸，輒笑弗應。間爲余言，年少時射麋擊兎於茂山之下、韓河之濱，極望平蕪，登高長嘯，慕袁絲、鄭莊之爲人。又先業在雕橋莊，有古柏四十圍，趙忠毅嘗過而憩焉，歲月不居，身名晼晚，每摩挲其下〔三〕，彷徨歎息不能去。余因察公志氣魁岸沉塞，類古勞人節士之風，年雖遲暮，宿心未摧，每思出其所長自効於當世，非苟以家門貴盛、樗散自全者也。彼愛公者，烏足以知公心哉？

余投老荒江六年，衰病坎壈，倍於疇昔。公家英嗣皆以公故辱知余，余得棲遲閭里，苟視先人之飯含者，夫猶公賜也。嗚呼，其可無銘？銘曰：

漢有平原，觸忤宦豎，急難相勉，不憂不懼。偉哉裴生，爲前孝廉，徒步往送，崤、澠之間。侃侃梁公，媲美前烈，執義名賢，古人之節。嬰也存趙，融乎訟楊，同垂信史，北州之良。伯鸞五噫，叔敬七序，作爲文章，掌帝之制。盆耳有後，河西以封，一門萬石，四世五公。烈士暮年，壯心伏櫪，毋以老耄，敢自暇佚。恆山奕奕，滹沱洋洋，敦丘宰木，赤壤黃腸。我銘幽宮，以報死友，陵遷谷移，斯言不朽。

【校】

〔一〕三千　原作「三十」，據四十卷本、風雨樓本改。

〔二〕庀　原作「它」，據四十卷本、風雨樓本改。

〔三〕「丁亥」下，四十卷本、風雨樓本均有「年」字。

〔四〕「繼」下，風雨樓本有「配」字。

〔五〕摩挲　疑當作「婆娑」。

左諭德濟寧楊公墓誌銘

故奉訓大夫、左春坊左諭德兼翰林院侍講濟寧楊公，以避地卒於毘陵東南二十里戚墅堰之方坐村，其孤通睿奉其喪歸葬，以狀來言曰：「先君之歿也，遺命就葬江南，而請子一言以銘其藏。今諸孤奉母北還，將卜諸先大參之兆，而不得子一言，是再違先君意也。」余受而哭之曰：「余何忍銘吾友哉！」

按狀，公諱士聰，字朝徹，別號鳧岫。中辛未進士，選庶吉士。癸酉，授翰林院檢討。甲戌，奉命册封趙王，王以疾請無拜，公正色裁之，卒如禮。丁丑，會試同考，得春秋士二十三人。明年，皇太子出閣講學，充校書官。以職事糾中書黄應恩，失當事意。尋以經筵講官召對，面論考選得失，疏劾吏部尚書田唯嘉及其鄉人太僕卿史𦳝所爲諸不法，上用其語，唯嘉黜免，𦳝逮問。未幾田、史之黨復振，公病請回籍。辛巳，史𦳝死獄中，詔籍其家，應恩前已他事論死，乃思公言爲可用。壬午，召見，擢右春坊中允，副考北闈，得士百七十有一人。癸未，題補日講，陞左諭德，管誥敕，修大明會典。甲申，得旨宣慰襄藩，賫手敕諭左鎮入援。會通州相出治軍，請以公收山東義勇，未及行，寇陷京師。公投愛女於井，趣孔夫人與妾陽氏、祝氏縊，已則仰藥自殺，爲防守者覺，水灌之，大吐復活。孔懸絶甦，二妾與女死焉。得間棄家南奔，督輔請爲監軍，護諸鎮帥，不果。過江，避兵武塘，旣而轉徙於丹陽、金沙，終歸毘陵，鬱鬱不得志以死。

初余同館兄弟二十四人，而豫章楊機部、山右王二彌、公與余四人者立朝相終始。機部最伉直，余與二彌好持論，公謹質凝重，多大節。其以職事糾黄應恩也，應恩者小人，歷事久，關通中外。舊制，詞臣於殿閣大學士爲同官，而中書特從史，卽積資至九卿不得鈞禮。淄川相以外臣入，廢掌故，而應恩挾中官重示籠絡，又助爲調旨，以此得相張心，益驕無舊節。公與語不合，立具奏，又移書淄川責數之，而僉人盡目懾公矣。田唯嘉者，以吏侍郎取中旨進，於相張爲師生；而史𦳝特虎而鷙，父喪家居，頤指諸大吏爲威福，天下莫敢言。公於便殿白發其端，退而上書，條疏贓釁，章十數上。當是時，先皇帝欲公盡言，故下嚴旨屢詰辨，苟一語參驗失實，且收坐。而公所彈奏又皆閣部大臣，方任用領事，其黨以聲勢權利相倚，行金錢數十萬金吾、大璫爲耳目，日夜思有以中公，而公以一書生，孤特寡助，結怨要近，危禍難測，朝士自一二人外莫敢過其門，大會廷中，無有立而與之言者。乃益慷慨發舒，盡列其詆欺狀以進，終使邪黨莫得搘捂，顛倒錯愕，咋舌喪氣，自實而後止。此固公質直忠孝，上感主知，而先皇帝之明不可及也已。公之奔走漂泊，憤懣發病，病革而大呼先帝召對者三，凡以感舊恩而必報之死也。

嗟乎！當先帝親儒重學，而同官三四人奉詔輔導太子，其遭遇之隆，可不謂盛歟！逮乎天地裂，交游盡，二彌前以病亡，機部嬰城不屈而死，唯公與余得相見於流離之中，而復歿於窮村，喪櫬未還，妻子不立，屈指二十四人零落亦無幾矣。嗚呼，可不歎哉！

公始祖諱林，元季自北地遷濟。林生惠，惠生景高，景高生鸞，鸞生贈中大夫震，震生贈中大夫思仁，皆以大參崐源公洵貴，贈如其官。崑源公卽公父也。崐源公初娶周淑人，早卒，繼娶聶淑人生公。公以甲子舉於鄉，丁卯而大參公歿，聶淑人亦亡，不及見公成進士，公每言及，未嘗不涕泣也。公初娶贈孺人黃氏，繼娶封孺人孔氏，實聖裔。妾陽氏，宛平人，祝氏，江都人，以殉難，故其葬也必以祔，禮也。男五人：長通睿，諸生，黃出；次通俊、通久，俱諸生，次通俶，孔出；次通佺，妾經氏出。女一。孫一，璜，通睿出。孫女四人。公詩文雅練，章奏尤警嚴，所著靜遠堂藁、玉堂薈記、戊寅紀事、甲申核眞略凡數十卷〔一〕。生於丁酉七月十四日，卒於戊子七月十一日，享年五十有二。其卒也，通佺甫二歲，公命育之江南，且指以託通睿曰：「青山埋骨，何必故土？待此子成立，以守吾墓。」今盡室北歸，通睿必能奉經氏母，撫幼弟，以無忘父命。嗚呼！公雖卽安先隴〔二〕，而臨歿遺言，請以刻諸墓石，以明公避地之志也。爲之銘曰：

直矣而不罹其禍，忠矣而不遂其名。其必死而不死也，君父之德；其不死而必死也，臣子之心。豈其道之將行，而命之不辰？唯夫不有其家，不有其身，以全吾貞，用昭示乎後人。

【校】

〔一〕數十卷　十原作「千」，以意逕改。

〔二〕風雨樓本無「先」字。

吳梅村全集卷第四十三　文集二十一

墓誌銘二

鴻臚寺序班封兵部武庫司主事丹陽荆公墓誌銘

丹陽之北七十里爲黄塘村，有荆氏祠堂，子孫累千人，喪葬祭享，必合其族於祠下。有以鴻臚寺序班封奉直大夫、兵部武庫司主事葬金壇之麥穗街者，爲玄初公，族人所推爲祠正者也。公諱文端，字肅之，玄初其別號。卒之歲得年八十有五。其以兵部主事封公者曰吾友實君，諱廷實，崇禎癸未進士。其先漢荆王賈也，以國爲姓。元末祥十公徙居珥塘村，始爲丹陽人。累傳而水南居士諱輅，以次子考功郎光裕貴，封如其官，丹陽之荆始大。福建漳州府幕省吾公諱光祚，水南長子，於考功爲兄，則公父也。

公繇諸生入太學，授官鴻臚，輒去職，家居以孝悌聞。先人貲產，推其上腴以與仲叔二弟。仲早亡，子幼，公成就之，訖於舉進士，而實君先是辛酉捷省闈，以經義知名。當是時，金沙、婁東負天下望，實君最早達，爲共起者所推重，海內之士，贏糧徒步以趨金沙，門巷常滿。其爲實君所容接者，見公無不拜，公顧勿色喜，曰：「吾家自水南公以來，皆用退素爲業，爾以經生驟致虛譽若此，可不戒哉！」已而實君棲遲累上，顧視同輩及後舉者，皆食祿得顯官，親老矣，公乃慰之曰：「若以名德重天下，於我足矣，豈藉一第娛老人耶？」其雅趣如此。

公爲人彊力任事，醇謹篤誠，性方嚴，寡言笑，不妄交與，好面折人之過，其中寬然長者也。輕財好施，見孤嫠窮餓者，傾囊橐，毀質劑，無幾微德色〔二〕。其爲祠正也，每春秋時享，庀俎豆，省牲牢，具薪蒸，眡滌濯，率羣從子姓執籩祼獻，不以年至爲讓，不以寒暑爲解。祀畢，手料簡酒肉，序列長幼。飲三行，顧視同坐諸老人曰：「吾族大，子弟數犯法，不可以無教令。」乃書二簿，明徵其善否，召不率教者前，責之曰：「某年月日，以某事，應擿罰。」雖甚頑梗，若撻於市，無所容，退而相戒莫敢犯，恐使我公知也。一郡之人咸稱其宗法。

公以己丑三月十八日卒，卽以是年十一月十七日偕王宜人合葬。宜人王恭簡公之孫，涉縣令栗菴公之女，有家教，年七十有五，戊寅七月之三日卒。生四子：長廷獻，仲廷聘，兵部主事，實君爲叔子，而廷璧其季也。女一。諸孫十人，丙戌舉人名子周者，廷璧出。於是實君以其狀來乞銘。

婁東吳偉業曰：宗法之不行於天下久矣。自大夫不立家廟，世族弗設宗老，而長幼無所習，賢不肖無所勸。兵興以來，譜牒散失，數傳之後，將視其祖、父不知誰何之人，此可爲歎息者也。余與實君交二十年，其間友朋摧折殆盡，或親從凋落，或家門陷破，獨於荆氏名高而德違其禍，仕晚而祿逮其親，處於邑危民亂、搶攘流離之中，而能使門戶晏然〔二〕，名位通顯，守先人之祠以教養子孫。其祖宗之積厚使然歟？抑宗法之善足以致之歟？君子謂玄初公之處己也惠而勤，其教人也肅而寬，其事先也敬而有禮，是不可無銘。爲之辭曰：

公生己丑世宗代，日月七紀天地壞，先朝逸老古遺愛。宜人辰當甲子再，又十有五祿不待。四子十孫福大來叶，俊倬修傳建遠邁，夔皋及周後未艾。龜食其吉筮無害，後五千年銘石在。

【校】

〔一〕無幾微德色　「微」字原無，據四十卷本、風雨樓本增。

〔二〕晏然　原作「宴然」，據四十卷本、風雨樓本改。

嘉議大夫按察司使江公墓誌銘

按察司使江公病且革，執余手流涕曰：「吾死不可不速葬，吾墓有寢室，將於此終焉，所以窆穸之易也。」言已哽咽哭，哭已復諈諉如前，余爲失聲長慟。其明日，公果輿疾載櫬而行，越十有一日卒。先是公葬其原配張宜人，遂自草生壙誌略。於是其子德祉、孫紹賢以庚寅六月十五日葬公八里橋之新阡，乃即公誌略來乞銘。余泣曰：「公未死而欲見余文，既病而託余以死也，其何忍辭！」爲序而銘焉。序曰：

江氏家世無爲軍，始祖聚，從高皇帝起兵，以功授昭信校尉，世襲浙江衞所百戶。聚子亮，陞千戶，改太倉衞，進指揮僉事。亮生懷遠將軍宣，宣生指揮同知英。英生二子，長都，襲世爵；次山，則公王大父也。山生復亭公天然，始用文學顯。復亭子五人，長御史亭泉公有源，而見泉公有功爲第三子。見泉子亦五人，仲即公也。見泉以孝廉通判寶慶府，陞雲南彌勒州知州，謝病歸。公始以乙卯舉春秋第五人，壬戌成進士，選授刑部主事。陞員外，改調兵部車駕司，進郎中，以忤璫削奪。先皇帝即位，起原官，擢肅州副使。丁外艱，服除，補廣東嶺西道，加參政，再遷江西按察司使，因署驛傳事，以微文被譴歸。公之族出及閱官次第得於自敍者如此。

公成進士，叔弟翀寰公昌世甲子舉於鄉。見泉公年八十，公兄弟五人，日擊鮮奏酒，諸孫帣韝鞠䐴上壽，里人榮之。其任嶺南也，翀寰謁選，亦得廣州一官，公兄弟老矣相愛也，仕宦得相依，里人又以爲榮。此公之孝弟也。

其忤璫削奪也，族弟雍世者游長安，與里人某某作歌詩刺璫，事發駢斬，雍世獨亡命得脫。邏者大索，踪跡且及公，禍不測，公正色無恐，卒以免。先皇帝初，詔用摧折諸臣，起家輒致津要，公僅循舊牒，需次一載，乃得備兵肅州。肅州爲西涼絕域，人馬踰隴者，道上絕水草且十日。公以淸郎召用，棄擲萬里外，於人情不能無少望，公處之晏如。在嶺南日，沿海賈舶闌入貨物爲奸利，長吏坐而操其息以爲常。公所轄非汎口，以颶作漂大艦數百，稅之可得十餘萬緡，公禁止勿上岸，曰：「庸知非洋寇耶？」此公之居身服官也。

公與給諫荆巖許公爲同年，相得歡甚，里中人所稱江、許者也。從江右歸，給諫已前歿矣。余兄魯岡初爲孝廉，公嘗奉詔以三品官得舉所知，疏其名入薦，後魯岡成進士，稱廉能，世以公爲知人。始余年七歲，讀書公家塾識公，公卽是年領鄉薦。後三十年家居，公折輩行與余及魯岡游，當是時同里中如余兄弟最稱蹇落矣。公於他，雖甚薰赫未嘗少降意。此公之居鄉與交友也。

公五十外便絕房室，間好蒱博諸戲，里居十餘年，起第舍，斥園圃，窮日幷夜，唯恐弗及。每一屋成，張樂置酒，無何，窗櫺欄楣，移就別築，浸尋撤瓦椽從之矣。公於子弟不欲有所付託，槖中裝多爲僮奴竊去，晚歲常苦貧，願搜牢廢篋，經營如故。人或勸止之，笑勿應。夫人生謀百年菟裘，常爲算久遠，避凶忌；公自以旦暮入地，手自料簡下里諸物，可謂達生知命矣。生平嗜好，聊用遣放，嗟乎，其有不自得於中者耶！

公諱用世，字仲行，別號鼎寰。生於萬曆癸酉九月二十六日，卒於順治庚寅六月初四日，年七十有八。原配張宜人，生於萬曆丙子二月二十日，卒於崇禎乙亥四月三十日，年六十。子二：長德禎，早歿；次德祉，國子生。孫男四：紹賢，府庠生，德禎出；紹祖、紹貴、紹顯俱德祉出。初公以己丑八月先葬張宜人，側室李氏祔焉。及公之葬也，去歿之日僅及旬耳。公羊傳曰：「不及時而日，渴葬也〔一〕，不及時而不日，慢葬也。過時而日，隱之也；過時而不日，謂之不能葬也。當時而不日，正也；當時而日，危不得葬也。」禮：大夫三月而葬，同位至。公其當時者歟？不及時者歟？余見六七年來，士大夫不告喪，不會葬，兵革殺禮，危不得葬者有之矣。其子孫或以卜兆請具喪三年矣，葬矣乎未可知也。夫過時而不日，則固已葬矣，春秋猶謂之不能葬，況過時而不葬者耶！公之預作終制，氣絕便斂，斂訖便葬，子孫遵而行之，哭泣盡哀，送車數十乘，渴葬而得其正，可不謂之禮歟？吾故謹而日之也〔二〕。銘曰：

吁嗟江公居此室！筮言協謀龜食墨，後五千年視銘石。

【校】

〔一〕渴葬也　「葬」字原無，據四十卷本、風雨樓本增。

〔二〕日　原作「目」，據四十卷本、風雨樓本改。

封徵仕郎翰林院檢討端陽孫公暨鄒孺人合葬墓誌銘

余所知先達，如毘陵尚書孫文介公，以理學爲名臣。偉業初以後進禮請見，會公病薨，不果，恨當吾世失之，庶幾得公之子弟及門與聞公之道者，傳其緒言餘論，則猶之乎見公也。乃今操筆而銘我端陽先生。

端陽文介弟之子，今檢討衣月館丈之父也。孫氏家世臨濠，明初有都督同知繼達者，以賜第常州，遂爲其郡人，稱始祖。五傳而爲山西行太僕卿鑾，與從叔益同舉正德辛巳進士。太僕生洲，洲生臬，再世贈禮部尚書。臬生文介，諱愼行，爲乙未進士第三人，以禮尙書事光、熹兩朝，爭李可灼紅丸案，引春秋斷獄，罹璫禍，幾不免。端皇帝召至京，將用以相，遇疾薨，其事具國史。有弟曰北愚公，諱愼思，由明經授藍山令，生三子，端陽先生其季也。

初藍山教授里中，與鄒擴菴孝廉爲執友。孝廉之子憲副澗寬公少從藍山受經，既貴而兩家通婚姻。當萬曆之季，毘陵世家推孫氏、鄒氏。憲副用文章政術顯，而端陽實爲之壻，以此游叔父、外父間，修學行號知名。孫氏自太僕以清白起家，子孫產復中落，文介篤友愛，其刻廉類貧諸生。端陽雖宦家子，鄒孺人于歸，乃至不能謀一椽，就文介別業以居，攻苦食淡，恥以干謁進，年三十，始補博士弟子員。家貧乏絕，間出未歸，鄒孺人不肯從親戚假貸，炊煙中斷者久之。先生還，喜而歎曰：「眞吾婦也！」

文介家居講學，先生早有聞於止躬愼獨之訓，其所辨曰義利，所重曰盡倫〔二〕。文介以盡倫爲止至善，嘗著困思抄一書，其首章曰：「文王以仁孝敬慈信爲能止，故曰聖人人倫之至，倫盡則道盡，斯以謂之實學。」先生服膺弗敢忘。晚年，郡太守會諸生論經義於傳是書院，先生拱而言曰：「學以明倫爲本，不則從事口耳與高談性命，非俗學卽僞學也。」坐者皆爲聳聽。嗚呼！文介之爭紅丸也，深有感於兩宮慈孝無間，而在朝窺菀枯、分水火，以致不能調護起居，可謂不敬，故援經義以垂戒人臣，其說本乎正心誠意，要諸盡倫而止，豈有一毫是非輕重於其間哉！先生於三十年之後，重爲舉揚大指，良以見先臣居官立朝，爲君父持論者在此，其平日修身力行，爲子弟誦說者亦在此，然後文介一念篤誠，不與黨論異同者，始明白於天下。後之讀三案者，知國是不知有家學，非先生之言莫得而徵也，可弗識歟？

先生少失父，事蔣孺人以孝聞。自傷孤露，非科第不足娛侍寡母，乃益鐮礪於所業，五子俾各通一經，講論逾夜分乃罷。數奇，不得志於有司，衣月貴後，猶兩應省闈試，治經生言不少衰。既覃恩受貤封，益小心謹畏，取文介公之學躬行實踐之，於義利之辨，守之甚嚴。一意絕交游造請，臺使者行式廬禮，謝弗見。撫伯兄兩孫如己出，教養之俾皆有成就。族人之婚喪不能舉者，傾囊橐以行賙救，或其人有非義干犯者，弗與校也。性和易莊敬，夙興夜寐，終其身不見有惰容。修太僕公遺宅以仰崇堂構，於舍後闢一圃，顏其堂曰「寧遠」，取語錄大義題諸牆壁，曰：「吾以觀心養性焉。」善弈棋，然亦非所好，惟酷嗜行楷書，能得文介筆法，嘗少抄陰符、道德經，指其中曰：「此與中庸之論未發者合。」有異泉瀵湧於圃中，作亭其上，題曰「丹泉」，自爲文記之。笑曰：「人以我爲好道徵，不知此吾儒仁知動靜所發端也。」其篤志醇正，始終不貳若此。

鄒孺人知詩書，嫻內訓，婉嫕能得其姑心。蔣孺人臨革，惓惓於賢且孝，躬操作，佐烝嘗，儉素撙節之操，雖貴弗改。其遇親舊也以恩，其教子女及諸婦也以禮，其戒飭傔從也以法，凡助先生成德者功居多。中年憂勞子女，頗善病。晚境漸康適矣，然每聞衣月辦嚴入都也，疾復作，其歸也良已，以此衣月不樂居京師。同輩及門下士多至顯官，而衣月久之不調，凡皆以親故也。

先生諱餘，字季楫，端陽其別號。卒於丁未正月十三日，距其生庚子也，年六十有九。端陽者，著所生日也。孺人同年生，先一年卒。子五。長自式，丁亥進士，以其官封先生爲徵仕郎、翰林院檢討，而母孺人曁妻潘氏幷受封，即衣月也，潘歿，繼室以高氏；次自儀，其受婚，母氏之女兄也；自咸娶於瞿，自晟娶於陳，自箴娶於吳。仲、叔以貢需次選，而二季諸生。女七，所適多名族。諸子各有子，自冢適諸生賢以下共十有六，其可名者四：曰賢、曰繩、曰振、曰謀，餘未名也。孫女十有三，其行者二，餘許字未行也。曾孫男一，殤。衣月將以庚戌正月之九日，舉襄事於龍蕩之新阡，而因吾友鄒訏士來請銘。訏士憲副之孫，孺人則其姑也，故請之尤力。

余論次孫氏，因以追維疇昔，當文介公之被召也，余奉謁於彰儀門之邸舍〔二〕，既辭以疾，其歿也則從而哭之。越十六年，再至京師，則知同官中有衣月，爲文介子孫，一見相勞苦。衣月時請外，不許，又請急，余知其爲親故耳，語之曰：「余實有老親，乃不得已於此。君固宜其官者也，且兩尊人歲方壯，即不得請，庸何憂？」衣月喟然曰：「先文介以盡倫之道教吾父，吾父以之教諸子。自式之忝此官也，戒以書曰：若惟弗墜忠孝，以從祖及外王父爲之師〔三〕。吾父之所期自式者，固不在乎一官也。今吾母善病而不去，吾豈能以官易吾親哉！」余曰：「善。」爲流涕而起。嗟乎！日月云邁，霜露不居，吾兩人之蒙恩歸里者，先後十有餘年，而罔極之痛，亦同致恨於終天矣。微訐士之言，余淚且潸然承睫，而銘又烏可以已乎！乃删取其狀而繫之以詞曰：

宋有胡公，文定儒宗，猶子與子，籍溪五峯。我思先正，毘陵忠孝，有姪傳家，克己守道。厥維初生，夢彼赤雲，再世而昌，協於祥徵。有氿者泉，取之以祭，貽爾子孫，源遠弗替。尙書阡左，太僕塋東，一丘歸然，馬鬣新封。我刻兹銘，其辭昭灼，庶幾後生，紹修家學。

【校】

〔一〕曰　風雨樓本作「爲」。

〔二〕彰儀門　四十卷本、風雨樓本均作「彰義門」。

〔三〕「從祖」下，風雨樓本有「父」字。

中憲大夫太僕寺少卿泰掖徐公暨李恭人合葬墓誌銘

故太僕寺少卿徐公諱憲卿，字九亮，別號泰掖，婁之沙溪里人也。曾祖諱文炯，祖諱經，父爲敬思公諱可久，嗣父爲少恆公諱可大，同累贈中憲大夫如公官。敬思生三子，長諱㮚，次卽公也。公少受書於伯兄㮚，經義文旨，皆出指授，其訓公也如子，公事之也如父。㮚材高，有聲諸生間，已困躓不遇，而公宦達爲名卿，經紀其兄家，有無必共，視其子如己出，故里中稱孝謹者推徐氏。

公以己酉舉於鄉，癸丑成進士，丁嗣父憂。丙辰，起家授行人司行人，册封秦、益二藩，奉光廟登極詔往山右，凡三使皆稱職。庚申，選授南京工科給事中，掌計典，尋管京營軍務。丁卯，添註南京光祿寺少卿。三載考績，始遷南京太僕寺少卿，駐滁州，視江南、北馬政。又五年，致仕歸。久之以病卒，年八十有二。

公爲人醇正忠厚，椎少文，所居官好推薦天下賢者，其持論能依名節。仕宦二十年，常居不競之地，同列皆尊用過之，在人情不無少望，公處之泊如也。以是履險而不嬰其難，處錞而不屈其名，富厚寵榮而傳述於士君子之口，以吾耳目所見，如公者蓋未一二數焉。

其以工給事在南也，逆璫初用事，而三案議起。公疏論紅丸，以李可灼侍疾不謹，無論其叵測有不軌心，方士冀幸富貴，擅進金石藥嘗試至尊，按祖宗朝法，論死無赦。再奏內批詔獄二款，非所以示天下公，宜還內閣，下廷尉。語甚切，而朝議僉同。一疏則直斥忠賢，且罪狀客氏及所用要人。是時朝右尚未敢頌言攻奄者，公首先摘發〔一〕，遏其機牙，奸黨皆側目焉。主紅丸者宗伯毘陵孫公，爲用事者所齮齕，乃攟摭同議，合三案爲成書，公疏在要典中，排擊且日至。又爲蜚語，造黨錄，詭託稗官小説者家，首福唐葉公、高邑趙公百二十餘人，公與焉。其先後公上封事及名在籍中者，率檻車繆致，都船之獄滿，刺劖榜笞數千，旁引株逮遍天下。或爲恫喝恍公者曰：「收至矣！盍一聽我爲訣疏頌德者，禍且解。」公曰：「我可始直而終佞耶？」不爲動。嗟乎！公疏璫罪時，特以爲當官而諍，職耳。其後赤車奔馳，深竟黨與，即素號婞直者惴惴無人色，公長者，疑恇不撓〔三〕，乃坐曹廊中，治文書自如，惟遣妻子歸，曰：「行矣！無同禍。」留一童子守邸舍，日飲酒，僕被待急徵，人以是服公大度，能愼所守也。

璫既敗，公乃得累遷，官於滁，有城守功，又久不調，引告得請，論者惜之，以公老成遺直，未嘗位交戟之內，備顧問爲近臣。當白發奄奸，忠憤激切，其不與楊、左諸公同塡牢戶者，特毫髮間耳。及召用摧抑諸賢，即徒中致位兩府，至貴重矣，而公猶沿舊牒當調，予散署一卿，復以空文佐冏政。滁州大好山水，用優名賢誠有餘，顧視曹輩咸拜公孤，而白首仕宦，不獲一入長安城，又輒罷去，然公亦寖病，不復關世事矣。

公患風痺數年，治良已。甲申、乙酉間，疾遂甚，不起。嘗對子弟道上恩，泫然流涕曰：「吾南中時，自分死逆奄手，乃得歸骨鄉里，復上先人丘隴者，纖毫皆先帝力也。行年八十，旦暮入地，顧不先驅螻蟻，重見此等事哉！」噫，亦可哀矣！公配李恭人，事姑以孝，御下以仁，公廢居，轉物累積纖微，恭人佐之，所贏得過當，而教諸子醇謹無與比，損車騎，減服飾，謝遺交游，馴行孝友，聞乎郡國。惟公生平用功名始終，而世其篤行，垂示子孫，故遠近皆傳其家法。公有三子，長二階，繇明經除永福縣知縣，娶於呂，再娶於吳；次三智，增例生，娶於黃，恭人出。次舒，邑庠生，娶於周，側室孫氏出。孫八〔三〕，二階出者五：長景耀，次昇耀，次晨耀，俱庠生；次星耀，次昺耀。三智出者三：長耀珽，庠生；次耀珂、耀璡。舒出者一：震耀。恭人以崇禎甲申五月二十五日卒，後四年，爲順治戊子閏四月一日，而公歿。公之子以某年月日奉公與恭人喪合葬於左宇圩之新阡，爲之銘曰：

貴勿極，官九卿；譽勿溢，稱黨人。拙近道，介近情，非矯訐，非浮沉。佚以病，勞以生，壽不辱，富不盈。昭令德，永永存。

【校】

〔一〕摘發　四十卷本作「擿發」。

〔二〕疑恇不撓　四十卷本、風雨樓本均無「不」字。

〔三〕八　據下文，當作「九」。

中憲大夫廣東兵備副使王公畹仲墓誌銘

余同年進士，其在無錫者曰馬公素修、唐公玉乳、錢公凝庵、王公畹仲、吳公永調，爲五人。素修負夙名晚達，而唐公尤衰頓，凝庵仕宦不大進，永調用足疾引休，畹仲有弟曰晦季，相繼成進士，門第通顯，伯仲皆少年，在同人中最爲踔絕矣。已而素修殉節；唐公以病，錢公以兵，皆死；而畹仲任南韶憲副，聞寇難自經。余與晦季遇於吳門，相向慟哭，無何晦季亦死矣。今秋永調以書來爲畹仲請銘，曰：「此五人者，惟吾在耳，是不可無見於君之文也。」余讀之，不覺泫然流涕。嗟乎！二十年間，人事變滅〔二〕，知交都盡，觀於一邑，則海內可知矣；觀於王氏一門，則他人可知矣。嗟乎！其何忍弗銘？

按狀，公姓王氏，諱孫蘭，字畹仲，別號雪肝，其先河東人也。十四世祖福，從建炎南渡，僑居吳之洞庭〔三〕。其自洞庭遷無錫，則自十世祖信始。信以辟召官浙江鹽運提舉，生三子，其季曰忠良，公其後也。忠良生珩，珩生伯週，伯週生鵬，鵬生宙，宙生之柱，之柱生贈君我知，父子皆諸生，有志行。我知以次子孫蕙知縣考滿，恩贈文林郎，卽晦季也。

公爲贈君仲子，少而穎異，父子兄弟間自爲師友。甲子，舉賢書，三上始第。選刑部主事，奉敕視江北獄，多平反。擢員外郎，出守成都，煩劇號難治。蜀府宗人以氣漁食鄉里，市人叫讙，操白梃逐之，且束苣爇其屋，公立而撝曰：「宗人撓天子法，宜治。爾等小民爇王府，如三尺何！」皆斂手曰：「惟太守令。」當是時微公言幾亂。居二年，奉贈公及太夫人諱歸。服闋，起補紹興守，歲大祲，設法賑救，所全活甚衆。

久之，以積勞擢廣東南韶兵備副使。粵中承平久，軍政不修，又以去京師遠，督府驕蹇，用文法束其下，監司治一道兵，不得視虎符尺籍，糧糗鎧仗，無所關預以爲常。公視事，欲有所整飭，會瑤、僮反，誓師湟川，冒瘴癘，穿箐銑，薄其巢，殊有斬獲，御史上其功報聞矣。尋楚警狎至，長沙、衡、永，蹂躪無堅城。韶境接比，戲下士不滿百，公殫力扞圉，使十輩請兵，得羸卒七百人，復以他警一夜撤去。連州陷，樂昌、乳源、仁化自潰，韶吏民絕而逃，手劍當門不可止，城中空無人，公仰天歎曰：「事不可爲矣！」再拜自縊死。嗟乎！以公必死之志，使有一月糧，率疲弱之卒千餘，登陴授甲，卽力竭城陷，嚼齒罵賊而死，猶可無憾地下。乃公以一身蔽全粵，而督府委南韶啗賊，所呼百不應，人心瓦解，倉皇自縊，是公之死，不死於賊，死於督府也。

公死而賊不至，人有惜公者曰：「人臣之義，城存與存，城亡與亡，盍從容鎮定，待賊至而死之未晚。」余曰：「不然。夫死者人之所難，未有不健於決，成於果，而敗於猶豫者也。當京師初陷時，道路所傳，以先帝爲出狩。素修將自裁，客或止之曰：『君父存亡不可知，而先致命，萬一君存國復，可若何？』素修毅然就義不顧也。素修死，其同時稍濡忍者，一爲賊得，卽欲自引決且不能。彼夫封疆之吏，城陷苟免，其遲疑不早斷，逡巡獲辠者，往往猶是也。而今責南韶以傷勇，有是理歟？公之必死，其心則素修之心也；公之死不如素修，則地與事爲之也。公無媿於心足矣，死之輕重，何足問哉！」

公配華宜人，家本鉅族，能佐公以廉儉。方兩親繼歿，公宦蜀在萬里外，經營喪紀，皆宜人力也。嗜禪悅，好賑予，自奉簡薄，寬和逮下，待庶出一如所生。公亡九年，家事益井井，教育婚嫁，具有成法。公生於萬曆己亥九月十二日，卒於崇禎癸未之十月，享年四十有五。宜人生於萬曆己亥九月三十日，卒於順治壬辰之三月，享年五十有四。其孤仁灝等擇日奉公與宜人之喪，合葬於徐陶涇之新阡。子六：長仁灝，縣諸生，娶申氏，宜人出；次仁液，縣諸生，娶馬氏，側室嚴氏出；仁溢、仁演未娶，俱側室計氏出〔三〕；仁渥、仁澍未聘，嚴氏出。女六：一適縣庠生殷臣庚，卒，一適郡庠生侯其源，一適國子生楊世憲，卒，一字吳庠生劉履恆，一字胡永和，俱宜人出；一未字，計氏出。孫男一，仁灝出。爲之銘曰：

大庾嶄巖武溪水，蝮蛇糾蟠瘴母起。白虹燭天忠臣死，楓林青青魂歸里。城郭蒿萊故宮毀，高墳巋然君有子。萬里迎喪葬於此，後千百年視良史。

【校】

〔一〕變滅　風雨樓本作「變遷」。

〔二〕「吳」下，風雨樓本有「門」字。

〔三〕風雨樓本無「俱」字。

吳梅村全集卷第四十四　文集二十二

墓誌銘三

贈奉直大夫戶部福建淸吏司員外郎仲常費公墓誌銘

今上在宥之十四年，以郊祀大典推恩臣下，寵及其世，生封沒贈，具如詔書。於是溧陽費仲常先生以其子古心公貴，得贈奉直大夫、戶部福建淸吏司員外郎，配史氏贈宜人。先是學使者以溧陽士民之請，旣俎豆公於學宮，而璽書之下也，古心權關吳會，得以便道過家上冢，而獨恨公之不及見，乃最公生平之行蹟，涕泣來諗曰：「先大夫爲諸生祭酒三十年，齎志以沒。不孝孤服膺遺訓，以濫邀今日之寵。而隧間之石，未有刻辭，若吾子畀之一言，則以彰君賜而揚先德，先大夫其不湮鬱於九原也。」偉業旣拜而敬諾，乃卽古心所爲事述序而銘之。序曰：

溧陽費氏，故江右鉛山徙也。以宋參知政事諱士寅爲始祖。參政在開禧中同知國用使，以言利不便，忤韓侂胄，落職，從鉛山徙溧陽之春雨橋。五傳而爲元國子助教諱子潤，助教之子爲明太醫院判諱仲淵，仲淵之後，累世皆以醫顯。其後有育齋公諱某、心育公諱某，父子擅其術，稱專門名家。心育公卽公父也。

公生而穎異，心育公奇之，慨然曰：「活千人者必有封。吾祖宗爲此業以救世者二百年矣，其當在此子乎！」乃盡屏靑囊方技之書，呼公而屬之曰：「此不足學，子當識其大者，有吾家參政故實在。」公乃感激刻勵，經史百家之言，無不畢覽。溧陽故山城，風俗樸厚，其人修士君子之節，而公從其賢者游，立然諾〔一〕，砥名行，寡忤而少可，務爲嶄然特立以不詭隨於世。居家內行淳備，持喪哀毀，創立祠堂，勤修時祭，事寡嫂以禮，勸宗人以學。與人交，責備行誼，磨切彊直，有古人之風。屢試於有司，收其最等，羔雁日盈其門，邑子弟經其指授者皆通經服古，見者知之，輒曰：「此費氏學也。」嘗拾遺金於逆旅，守而不去，待其人還之。邑令試諸生，傳呼稍倨，擲其卷去，同事皆隨之出，主者爲謝過焉。里中兒獻計設逆璫祠，面呵斥之，且貽書數其罪，有怵以禍患，勿爲動，其守正不撓如此。生平與同里宋如園先生以功名相期許。方天下多事，如園以孝廉參軍謀，油幢笳鼓，出入於巖關絕塞，得以專制四道，爲名臣。公則屈首一經，屢踏省門不利，乃至太丘之講授，不及伯休之賣藥，以此恆邑邑不樂。如園之子其武，才而能文，公見之喟然太息曰：「吾老矣，不能偕如園從事馬蹄間。他日其武貴，吾兒其聯轡起乎！」已而言皆驗。嗚呼！其可感也已。

公諱良佐，字忠卿，別字仲常，生於某年某月，卒於某年某月。史宜人爲其邑鉅姓，閫德中外所稱，生於某年某月，卒於某年某月。合葬在溧陽城外之某阡。子二：長逵，終於邑庠生；次達，卽古心也，舉順治壬辰進士。女二。孫四人：鉉、鑑、釗皆逵出，而達所出則鈺也。鑑與鈺皆庠生。

吳偉業曰：楚黃州杜退思雅負知人鑒，嘗司訓溧陽，爲余言費仲常名行不置也。宋如園從塞上納節歸，相遇於金陵，屈指海內人物，笑謂余曰：「君未覩其不鳴不躍者耳。吾友費仲常，眞有用士也。」余雖未獲親炙仲常，而游宋氏父子間，不知其人視其友，徵於宋氏，則可以知費氏矣。嗟乎！參政不肯以言利進，閱數百載，而子孫始復爲司農郎。語曰：「不爲良相，則爲良醫。」費氏之所積既已深矣，公之績學砥行，不能得之身而得之子，豈偶然哉？是宜銘。銘曰：

山則三山江九派，盤岡支水投金瀨。處士高墳見者拜，石闕巋然昭帝賚。松柏丸丸勿翦敗，龜云襲吉筮無害，子孫繩繩綏未艾。

【校】

〔一〕立　風雨樓本作「重」。

贈內翰林國史院檢討鄧公墓誌銘

壽春城南二十里，地曰東陡澗，有林木鬱然者，是爲贈文林郎、國史院檢討鄧公之墓。壽春故四戰地，在明季分淮南、北於通侯，爲四大鎮，而壽春以控帶楚、豫，宿重兵。將不戢士，鈔掠隳突，發丘隴，焚廬舍，焱火屬天，枯骴蔽地，而府君之叢宮近焉〔一〕。孤子旭守而號哭，身推喪車，及諸河，幾不克濟，乃得所謂東陡澗者，夜穿窀穴，晝伏原野，若有物相之者而墳立。嗚呼！此公羊傳所云渴葬也。渴葬奈何？以亂故，不及時，不備禮，將以俟乎大葬。大葬者，遷也。其因乎東陡澗則奈何？曰：天之相之也。以不及時，不備禮，危不克葬之日，而早畀之以吉壤。其遷也，足跡遍乎千餘里之郊，而卜惟壽春爲食祗。就形家者言，相陰陽，正方位，以戊戌正月九日，改玄房而下綍焉。君子有善乎其卒事，故謹而日之也。

鄧氏蓋高密侯苗裔，宋建炎中，有右正言諱肅者，渡江入吳，歸隱於洞庭。其後道常公，在明初以富民徙實鳳陽之臨淮。道常公三世曰濠湄公，諱璁。濠湄之子曰景陽公，諱洲，再從臨淮徙壽州，卽公父也。

公諱讓，字汝謙，別字岫泉，爲景陽公次子。孝友篤誠，不苟訾笑，事長惟謹，接物惟和，雖遇童孺，勿簡勿倨，柔而不犯，儉而中節，規言矩行，尺寸無爽。當景陽公見背，年甫十有八。兄敬，前母出也。公獨身搘拄，腆洗以時，事母張孺人克盡其養。娶於沈，早歿。繼配蔡孺人，朝虀暮鹽，黽勉佽助。公少負才好學，家貧母病，經營醫藥，母亡，廢書流涕，乃棄去，轉轂梁、楚間，精彊有心計。蔡孺人機杼操作，以克相於成。稍贏，則以修橋梁，甓道路，散施故舊。親黨婚乎於我成，喪乎於我殯，惸獨乎於我養焉。性好潔，築室八公山下，種蒔花藥，絕去塵坌，東阡西陌，父老相存〔三〕，是非質成，讜言裁正。雖以一布衣家居，人望以大人長德，邦君加禮，推爲鄉祭酒。其未舉子也，遍禱於山川，夢日而生，故名之曰旭，字以元昭，厚修脯，延經師以爲教。孺人篝燈佐讀，嘗顧而歎曰：「爾父有志不遂，鄧氏世有隱德，其興在此子乎！」元昭今丁亥進士，由翰林檢討升洮岷道副使，贈公以其官者也。嗚呼！公與孺人之志可無負矣，而豈知不及見哉！

公生於庚午八月十九日，終於辛巳正月初六日，年七十有二。孺人少於公五歲，乙亥六月十八日以生，而其卒亦辛巳，爲五月之晦。當張孺人病也，孺人齋而籲天，欲以身代，公歿而又號呼擗踊，相隨入地，若孺人者可謂難矣。元昭與余同官，其從檢討乞假歸葬也，山隨水旋，經營重繭。余遇之南中，談其兩親生平，未嘗不涕下。既以檄催北行不果，中遭齮齕，遷洮岷道以去，余相送出都門，慨然太息曰：「自壽春去秦川二千餘里，而洮州又僻在大夏，居皋蘭山南，一官絕塞，何以爲先人坏土計哉？」今得請而歸，歸而克蕆葬事，以余之習其先行也，故用御史劉公之狀來謁銘。余嘗讀東漢樊重傳：善農稼，好貨殖，賑贍宗族，恩加鄉閭，身沒之日，削劵棄責者以百萬，其後一宗五侯，貴盛無與爲比。心嘗善之。比誌公墓，知公之好施，而喟然於仁人之必有後也。元昭在館閣中，師資氣誼，在生死流離之間，營護其妻子，不以存沒易心，不以鈎黨避禍，天下聞而壯之。接援同志，問遺故人，急難周旋，窮愁慰薦，先人後己，終始勿移。嗟乎！友道衰矣，求其扶義倜儻，未有如元昭者也，豈非府君之風類哉！公止一子，而元昭有六人〔三〕：曰燩、曰燆、曰煒、曰煐、曰熺、曰炳。女二人。鄧氏之興未艾，天故畀以吉壤發祥，而公與元昭其賢有以致之也，法當銘。銘曰：

謂公爲隱兮處乎市，謂公爲俠兮近乎儒，誰其與游兮鴟夷子皮。左春中之臺兮右期思之陂，中封三尺兮，後千百年其奚悲！胡五世之返葬，而不歸骨兮具區？噫嘻！唯魂氣無不之兮，吾將以問之包山丈人而已矣。

【校】

〔一〕叢宮　四十卷本、風雨樓本均作「菆宮」。

〔二〕相存　風雨樓本作「相從」。

〔三〕六人　風雨樓本作「六子」。

南京福建道監察御史葉公瞻山偕配嚴孺人合葬墓誌銘〔一〕

崇禎十有七年，吾友南京福建道監察御史葉公瞻山於其家聞國變，慟哭嘔血，手足攣躄，仆地弗省。少間，張目語子弟：平生僚友在京師者某某必死。已聞數公者果殉難，則又大哭，自爲文祭馬文忠公，得半紙，筆落於手，閉口不復食。子弟強之，已食，又不肯治病，明年正月竟卒。其子選貢生彰吉以某年月日舉公原配嚴孺人合葬於所居喜鵲圩之麗字坦，而乞余以銘。余與公同年進士，又同官南中，其知公最深，然則銘之莫如余宜，何敢辭！

按公諱樹聲，字瞻山，世爲湖州烏程人。有副一公者，元末避兵，從嘉善再徙長興，乃定家焉。副一生華三，華三生暹，暹生明，明生蕙。蕙生伯浤，以還金贖婦，人稱爲長者；有七子，其季熙寰公萃，卽公父也。

公少而嚴凝，不苟訾笑，以獨行聞里中，事同鄉丁公長孺講理學。丁卯，舉於鄉，爲黃石齋先生所知，益自負，清苦修立，不干請郡縣。辛未，成進士，官行人。當是時，烏程相柄國事，以聲勢氣力熏燎天下，其黨盤牙轇轕，有異己者，排而去之，唯恐弗力。公以後起孤生，不趨其門，數爲同里所指目，將申之以事，會考選，以公論弗能屈，乃僅得南臺以去。

先是山東成公寶慈考極清官第一，不容於朝廷，授南御史，而公拜命之日，江右詹公月如亦爲同官，三君子者，天下聞而稱之。公至南中，則成公早以疏劾大臣，爲所搆下獄。公與詹公視事伉直自如，不爲動。先後五年，所上數十疏，請講學，論起廢，肅軍政，卹屯災，活饑民，平寃獄，清理鳳陽倉儲，汰補京營行伍，條畫左兵，止其南下，皆經國大計，歷見施行。本朝內計大典，在南則淸論爲尤重，顧官此者率骫骳不任職，巽愞觀望，不肯顯有所抨擊，擇一二篤癃閒廢者，用故事塞詔書而已。公獨奮筆爲之，所劾十數大僚，皆招權顧金錢，海內搖手咋舌，莫得而牴牾，公以一疏力抵其罪，士論快焉。人或以後患怵公，笑弗應。

報滿入京師，時秦寇熛沸，將渡河，天下事已大壞，九卿會東朝堂，舉廉幹臺臣單騎到軍前督戰辦賊，廷議咸屬公，公亦慨然請行。會熙寰公訃至，出都門，與范質公、倪鴻寶，凌茗柯、馬素修諸公流涕訣別，相誓以必死。素修亦同年生，以殉難故，謚文忠，公病中預料爲必死，其言悉驗，凡此數公，即其人也。

公以中原板蕩，南都根本重地，料理兵食，可爲後圖。中興初，庶事草創，公雖不在位，諸大僚猶奉公成畫，以此欲重用公，遇病弗果。未幾馬、阮暴用事，亂日甚，公風綏奇右，指顧牀頭，索邸鈔，見之，搏胸嚼齒，作勢而起，似欲爲朝廷吐一言者，已困殆復臥，病浸劇。平生號知人，前此馬、阮俱已罪謫，僑居南中，阮爲人多端，造請公卿無虛日，公罵之弗與通。常從余宿祖堂山中，夜半蹶然起，歎曰：「此人不死，必亂天下。」其通識早見若此。

公長余十餘年，而詹公與余同歲，三人共談國事，詹公少年，沾沾自喜，坐起跳躍，抵掌極論，公正容端膝，引大體，多持重，吾兩人退而心服，以長兄禮事之。今公以哭君病死，詹公厄於兵亦死，其不死者如余，則亦窮愁顚頓，頭鬚種種白矣。顧今猶得以後死誌公，俯仰今昔，所爲長歎而啜泣者也。

公性至孝，熙寰公爲諸生不遇，以公貴，封行人司行人，祿養十餘年。金孺人早世，贈太孺人，公每念未嘗不涕泣。公原配嚴孺人，能相夫以廉潔。公嘗斥千金贖鍰犒鳳陽陵軍，管錢廠，不名一錢，孺人無幾微見顏色，以織紝佐家政，中外井井，人稱其賢。公生丙戌二月初八日，卒於乙酉正月十三日。孺人生於辛卯十一月初二日，卒於乙酉七月初一日。子二：長彰吉也；次申錫，早夭。孫男四人，孫女二人。語曰：「活千人者必有封。」又曰：「廉吏有後。」公以歲大眚，爲粥施南中饑者，所全活萬計。人有持數千金求中怨家以危法，公具朝服拜天，焚其所誣，叱使去。公之歿也，家無餘貲，長公能讀父書，恂恂循禮讓，君子以此信之天也，乃爲之銘。銘曰：

公之哭友，乃以哭君，六七君子，翺翔上征。公返其宅，後至蹕跡，常山廬陵，英風毅魄。公於斯時，魂氣何之？昔從汝友，今從汝師。乘彼霓車，導以雲旗，跌蕩天門，法宮玉墀。嗚呼我公，其當知所以歸！

【校】

〔一〕四十卷本、風雨樓本均無此篇。

內閣中書舍人經筵正字官衡齋劉公墓誌銘〔一〕

無錫故經筵正字官、中書舍人衡齋劉公，以某月日卒，將以某月日葬，其子雷恆率諸弟踏門請曰：「吾祖光祿公之葬也，同里高忠憲公實錫之銘。今吾父得沒於地，無愧前人，銘非先生孰宜爲之？」余遜謝不敢，雷恆請至再，排纂公族出行治以告曰：

「吾劉中山夢得所自出也。元季有諱理者，始遷常州，爲常州人。而石泉翁宗海定居無錫。石泉翁兩世爲完孺公陞，壬午舉人，授績溪教諭，其贈光祿寺少卿，則以子本孺公貴。本孺公諱元珍，乙未進士，以南職方爭萬曆乙巳察典，糾刑給事外轉錢夢皋緣阿附四明相，中旨得留，非國體。當是時迕上意，幾予杖不測。歸而與顧端文、高忠憲兩先生講學。天啓初，卽家起光祿少卿，卒於京師。有四子，吾父其仲子也。吾父於二十一舉乙卯賢書，出曹石倉先生門。凡七上不利，考授知縣，遇定、永二王出閣，詔舉孝廉有學行者充經筵官，特恩改中書舍人，補翰林正字。甲申二月，逆寇勢且逼，拜疏請東宮、二王南遷，上嘗手其奏召對閣部大臣廷論，不能決，上怒曰：『小臣尚有爲國者，卿等碌碌首鼠云何！』小臣指吾父也。城陷，將死之，有以母在爲勸者乃止。賊縛去，搒掠幾斃。得間南歸，見吾祖母，投身大慟，遂以病。病浸革，執祖母手曰：『兒不獲終事吾母矣，願勿爲兒戚戚，重兒罪。』召雷恆輩告之曰：『爾其善事祖母，謹守遺訓，無墜先光祿門戶，此吾志也。』簡付書籍，自爲終制，戒家人以勿哭，君子以爲能篤終焉。吾父平生友愛兄弟，周卹鄉黨，非公事不入公府，其他細行不能殫述。」蓋雷恆之言如此。

於戲！自三王同時出講，東林之君子引大體爭之，小人則以其計爲搖動，如四明相及夢皋輩其尤者也。乙巳察典，相漼以中旨留用，原其故，乃爲妖書一案，護持權黨，欲危東宮，光祿一疏，詎非有功國本哉！先皇帝以十年，太子行冠禮，其明年講學，又三年，二王出閣，等殺有禮，可無前日之懼矣。當太子出講也，偉業備員講讀，自三四詞臣外，見正字一官，職親地近，故事用閣中書；而閣中書皆入貲爲郎，揣摩要結，能得閣臣意旨，慢職掌，儌倖列，不能舉其官，識者憂焉。及從田間聞朝廷推擇科目，以重其選，如公則又東林子孫，有意於國本而保持之者，蓋當時大臣爲藩邸長久計，無復交搆之虞也已。公南遷一疏，以留中，故其事不大著。又京師自二月後，邸鈔斷絕，其國變紀略諸書，皆矯誣錯誤，即南遷一事，召對諸語，言人人殊，公小臣孤忠，無所考信，故備述其子孫之語，俾後之人搜野史而徵家乘，有所參互焉。

公諱明翰，字羽戢，號清溪，晚更以衡齋自稱。生於萬曆乙未四月二十八日，去其卒年五十有三。所著尚論編、勾吳名賢錄行於世，其詩古文諸集藏於家。元配孫孺人。子五：長即雷恆也，次霖恆、霨恆、瓛、霈恆，皆諸生。女二。孫男五人，孫女一人。雷恆娶於張，外父爲大司農靜涵先生，先生悟臨濟宗旨，與公深相得。公家世講學，稟承道脈，即末命數言，無不出於書院語錄。臨逝口占，有曰：「心似菩提皈大乘，身留故國作山河。」若於釋氏有參解者。蓋公之學早年受之端文、忠憲，晚乃合於靜涵也。偃蹇一第，屈志就官，遭值主知，旋逢國難，南還見母，孝養不終，公之銷歸寄託，其志雖不衰，而其遇良足悲也。若公者，可以見光祿公於地下矣。爲之銘曰：

忠也而不行其言，孝也而不有其年。其早達也乃詘於一第，家學也又輔以兩賢。豈其道之難，用學之能專，而坎坷不遇，乃歷試於貞堅？吾將以問之於天。

【校】

〔一〕四十卷本、風雨樓本均無此篇。

封中書舍人石公乾籙墓誌銘

今國家以漕事爲重，其以道臣轉運上京師者，卽有父母之訃，不得見星而行。於是江南糧儲道參議關中石公雲門奉其父封中書乾籙公之諱，袒括髮徒跣以請，例格不允，則墨縗從事。既而得代以行，涕泣以告偉業曰：「在闈淹息一官，幸告無罪，以哭先府君於苫次，則皆主上之賜也。唯是先府君抱德弗顯，施及後人，以倖邀一日之寵命，今者至於大故，其得能言之君子，銘月日而鑱諸幽，庶幾表君恩以圖不朽，其用此累吾子矣。」偉業遜謝不敢，退而思，待罪史職，內外制詞於中書均有代言之任，爲同官，石氏爲父請封，副在史館，與聞其略，今納竁之石，其何敢辭？乃受參議公所自爲狀，序而銘焉。序曰：

公諱孕玉，字乾籙，陝西西安府富平縣人。高祖諱朝用，繇力田起家。朝用生文。文生四子，長曰烱，字雙溪，輸粟賑饑，賜冠帶。次曰煥，煥生太學公塝而出後於烱，卽公父也。太學公嘗讀書華山絕頂，深造有得。公習家學，負才名，數踏省門不收。年七十，猶能作細書，講貫不輟。拜中書命日，無喜色，恨其身不遇，無以上報太學公也。太學公性至孝，事雙溪公克盡其養。雙溪後舉二子，既析箸異居，數以敖盪破其貲，性多齟齬，遇從子尤無恩。公父子盡心收卹，割所有以奉，遭急難，力爲之解，亡則經紀其喪焉。與人交，恂恂退讓，訓諸子必以嚴，言動皆有成法。就養營平也，數以潔己愛民爲教誡〔一〕。有庶母弟三人，天性篤志，病已革，幼弟從宦在南，拊牀太息，顧其次子曰：「汝兄爲官，吾之不得見，分也。顧安得汝叔至一訣乎？」嗚呼！若我公者，可謂孝友篤誠之君子矣。

余嘗讀禹貢及詩，知成周漆、沮之水爲天下饒，又鄭國開秦渠，漢中大夫白公復穿之，民食其利。今石氏世居富平頻山之陽，卽其地也。水經註曰：「沮水歷土門以東注鄭渠。」頻陽卽後魏土門廢縣，其田膏腴，灌漑畝收一鍾。漢、唐雖轉漕河、渭，而秦人務稼穡，土之所入，衣食京師，不專取足於江、淮，故天下不困。如石氏之先，讀書躬耕，以力田發跡，猶有當時之遺風也。近代漕輓全仰東南，而京畿水利廢置不講。參議初備兵營平也，嘗欲復商人墾邊之制，大興屯田。其法以河北視關中，以路、沽、灤、涿諸水視涇、渭，舉其高曾以來農商畜牧行之於家而效者，進施之於國，足燕、薊之粟以漸紓東南。策未及就，適有漕儲之命，爬梳利弊，亦既見諸行事矣。誠能久於其任，將使屯種可興，漕輓勞費得以漸省，而會值公之喪以去。偉業吳人也，其能無太息矣乎！雖然，兵與漕並重也。父母之喪，金革變禮，而君之待臣，有三年不呼門之義。聖主錄勞閔孝，不以王事奪私恩。參議釋重任，越重關，歸而發喪持服。偉業嘗以鉛槧侍左右，纂輯孝經，仰見皇上明倫敦教，俯卹羣情，以孝治天下之大道，故今日誌公之墓，表而出之，用告萬世，不專稱述公一家已也。

公原配李氏，繼王氏，皆封孺人。四子：長在閭，參議公也，李孺人出；次在扆，邑諸生，次在序，又次虎娃，出爲叔父後，俱王孺人出。女四人。孫三人，曾孫三人。公生於癸未，卒於戊戌，年七十有六。李孺人早歿，以某年月日合葬於其縣之某原，禮也。爲之銘曰：

頻之山，其松丸丸，隴迴谷盤，我公戾止，終吉且安。頻之水，其流瀰瀰，潤及千里，我公歸來，式衎且喜。相彼頻陽，寶鼎所藏，黼黻琱戈，紀於太常。我作銘詩，百世勿忘，其斯爲萬石之阡，而長在五陵之傍者歟！

【校】

〔一〕敎誠　原作「敎誠」，據四十卷本、風雨樓本改。

吳梅村全集卷第四十五 文集二十三

墓誌銘四

監察御史王君墓吉墓誌銘

余同年内江王君慕吉由進士起家爲令，知鎭江之丹陽。初視事，而余從翰林請假歸，丹陽既綰轂口，而余吳人也，過江首經其邑，握手笑語歡甚。時江南最號難治，同年京邸，多以得此地爲憂，君於余之過也，深自道其勞且苦，蓋欲使余知之。顧余年少志得，雖與君絕厚，聞其吐露，亦未克盡知之也。踰三年，余入都，再過丹陽，同時年友之官江南者相率以事罷去，余亦以習知爲令之難，而君獨政成上考，則爲之大喜。又四年，君以御史按浙，余在京邸別君，世故流離，分攜萬里，微聞君因蜀亂入吳，未獲一面，竊不自意邂逅嘉禾蕭寺中，感時道舊，唏嘘者久之。既君之子擔四司李吾蘇，未及任而君訃。比司李報最雲間，以君誌銘爲屬，蓋去君歿日已七年矣。

君諱範，字君鑑，一字心矩，慕吉其自號也。先世楚麻城孝感鄉人。明初，始祖興秀公避紅巾亂入蜀，占籍成都之內江。七傳而樓山公始用一經名家。樓山諱之屏，博學精曲臺禮，中鄉闈副車，貢入太學，教授馬湖。子贈御史吉宇公諱家棟，實生君。君十歲能文，樓山見夢於鄉先達曰：「吾雖不第，將及孫而顯。」王氏世擅禮經，贈公有聲鎖院，數擧不遇。君年二十有二，雋戊午賢書，人皆曰：「此馬湖公之學也。」初罷公車歸，居贈公之喪，以成都奢承明亂故，負土成墳，居廬不出。爲孝廉八年，始買城西數椽，食貧自守，有非意加之者，君處之翛然，不以一言較臧否。三上不第，所親念蜀道回遠，勸乞恩以便計偕，君嘿弗應。家居肆力經史，工詩古文詞，著槐園等集數十卷。辛未，成進士，任丹陽，迎母冉太孺人於蜀，始告所親曰：「吾初不就一氈微祿者，恐違色養也。」君爲令，定征徭，淸驛置，戢豪右，賑凶饑，勾稽而吏莫侵漁，聽斷而獄無連染，次第具有成法，最大者無如復練湖以濟漕，在東南爲尤著。

鎭江居三郡上游，導江入輓漕之口，東以陂陀陵阜，河身狹而建高趨下，因冬夏分盈縮，所資唯有練湖。練湖上受長山八十四汊之水，河高而湖又高於河，河則仰之以濟運，治河者尙憂其易涸，則設京口以下諸埇以啓閉之。萬曆中，政平令緩，漕船往往以三月出江，春水大至，河可無事於湖，⿰土臿廢而民且占湖以田於其中。自思陵需餉孔亟，趣以秋冬辦漕，而水輒不利，推求其故，有詔禁湖田，而湖卒未易復也〔一〕。湖既不能注河，而⿰土臿又不能閉水，不得已發民夫以濬河，歲爲常。河壖之田，不幸水旱無蓄洩之利，而有挑濬之勞，丹陽於是乎大困。

君至，撫吳者下其事以講求得失，君輒條三利以請：一曰築湖埂，二曰修石⿰土臿，三曰復孟河。民自占壖淤以爲田，而水門故處皆壞，無以高下節宣，故湖水非乾卽溢，漕固憂，而田輒被其害。今若築隄障水，又疏其旁支河以利導之，民之失湖田者百不得一，利湖水以灌田者無算，是用一水而得二米，不獨以治漕已。石⿰土臿以呂城、奔牛、京口爲大，次有南⿰土臿、黃泥壩、陵口、麥舟、尹公橋諸處，甃石累甓之跡具存。舊制漕運回空船由孟瀆河以入，可以不經諸⿰土臿，直達毘陵，故丹陽得十月下版，嚴公私舟楫而爲之禁。此皆祖宗時故事，可舉而行也。

上官韙其議，亟以屬君，君乃修湖隄之已壞者一千一百七十餘丈，又開九曲、麥溪、香草、簡橋、越瀆諸支河。隄成，植以榆柳，行者方軌其上，支河之所灌者十餘萬畝，民大便之。唯石⿰土臿未易修舉，君爭曰：「復湖所以蓄水利漕也。湖復而無⿰土臿以爲之制，與不復同；⿰土臿修而歸漕不由孟河故道，與不修同。」於是發水衡錢之存庫者，加以勸分之粟，大治其事。會値是年亢旱，練湖亦涸，不獲已於濬河以導江，江流甚細，賴君諸埽就而水有所停，漕乃僅而得濟。君猶恨呂城埽不以時閉，反覆於上官爭之。君在事六載，於漕事所規畫皆行，唯孟瀆河未及施用。天子亦知其勞，召見稱旨，得御史，爲顯授。君益自感激，巡十庫，按兩浙，封事剴切，歷政多所釐舉，尤留心於庶獄，仁聲流聞。顧其時天下已大亂，君亦奉母冉太孺人之諱以歸矣。君既歸，而張獻忠破夔門，君知蜀必不守，決策避地，崎嶇滇、黔蠻徼中，提百口入吳。丹陽之人聞其至也，爭願割田宅贍君，君謝弗受，東阡西陌，與父老過存，見者初不知爲舊令也。如是十六年而歿。

余同舉進士者，蜀得十有八人，南充李雨然爲沅撫，推知兵，而君在丹陽，稱循吏，此兩人生平皆可紀。當獻賊攻岳州，李君設三計破之，殲其衆萬計，力屈而後間行歸蜀，起義兵扞禦鄉里，卒用身殉。君本家居，攜細弱，冒險阻，力求遺種之處，成都尋被屠滅，而君以出故獨全。古之賢者，或以忠著，或以智免，其處變各不同，而桐鄉遺愛，必以爲歸，君之自審有素，未可謂之幸也。今司李歲護江南之漕達於淮，道經丹陽，望練湖而思先德，則我四郡之人，咸食其利，豈特一方哉！

余嘗讀東漢循吏傳，建武瑯琊王景治汴渠，功成，世祖親自巡行，美其功績，拜爲侍御史；後於廬江修楚相芍陂，墾田加廣，境內以豐。范史紀之，遂爲東京循吏稱首，其前後與君相類。今國家盛意修先朝之史，循吏知所首重也，故余之誌君，獨詳於練湖一事，援據簿牒，參稽見聞，一以報亡友，一以存實錄，私門紀載，取備石渠搜採，君之事大有裨於民生國故，後之考者終不得而略焉。

君生於萬曆丙申三月之二十五日，卒於順治己亥七月之二十日。以元配冷孺人生長子于蕃，卽擔四司李君也。冷孺人方在養。側室李氏生于宣，見粵之三水令。二子本從君在吳，亂定始歸，先後再舉於蜀，筮仕皆有能名。司李娶於范，三水娶於楊。孫九人：僩、儻、作、俁、仁、俶、偲，于蕃出；儼、僑，于宣出。曾孫男一：憲曾，僩出。君之女與孫女皆二人。君葬在丹陽之扶城莊，諸生父老胥會哭。狀云權厝者，示不忘蜀也。

當余之初過江遇君也，方終軍棄繻之歲，乘傳東還。今衰老且病，司李君見而客我，江城寒夜，泚筆誌君之墓。屈指海內同籍，存者無幾，追溯三十年來友朋死生聚散之故，可勝道哉！嗚呼，其忍不銘？銘曰：

江之永，出乎資中，君生蠶叢兮，李冰之風。湖當復，奠我江介，君有遺愛兮，召伯之棣。亂瘼作矣，適彼國兮〔三〕。恤其有碩，維斯宅矣。有吳良吏兮，過者必軾。我作茲銘兮，大書深刻。金銷石泐兮，後千百祀其何極！

【校】

〔一〕「湖」下，四十卷本、風雨樓本均有「田」字。
〔二〕兮　四十卷本、風雨樓本均作「矣」。

謝天童孝廉墓誌銘

君謝姓，諱泰交，字時際，別號天童山人。家寧波之定海，其先本吳徙也。宋建炎中，有進士諱宇者，自吳來尹是邦，因居焉。世有顯人，尤以孝行著，人稱慈孝村謝氏。繇建炎後十三傳爲封四川參政世和公，諱大綸，實君祖。參政生封司理泮池公，諱瀚，實君父。司理用長子兵科給事中泰宗先官南安時得封，凡有子五人，而君爲其季。余緣君請所爲作謝封翁傳者也。

君幼敏，博學，於詩文多所該貫，原本經術，治舉子業爲尤工。年十七補諸生，四十貢入京師，卒業太學，廷對及春秋二試俱第一，中吏部選格，需次縣令。丁酉，舉順天鄉試，將用於世矣，乃從南宮不第歸，踰歲竟以病卒，得年四十有八。

君痛母周孺人早見背，誓以其身服勞於父，嘗爲唶癰而愈，與諸兄考方書，搔疾痛，經營別墅以娛奉之。事其兄祇敬篤愛，率子弟以恂恂恭謹，進止皆循禮法。賑施宗親，旁及里黨，役免其徭，貧餽之粟，折券棄負，家無餘財。執親喪，孺慕泣血。其葬也，廣輪掩坎，溝而環封，挈畚杷土，手足瘏瘃，攀號墳柏，不忍舍去。編年譜，著思親雜詠者百篇。司理公純孝早著異徵，天下共聞知者，由君世有篤行，且乞言以彰之也。

先是縣苦往來軺傳，賴原田數百畝，官收其入，用飭候館，充餼牽。後被豪右侵奪，乃更責之於民。君爭以其田當復，臺使者杜公是其議，民大便之。又縣所下符牒，吏司其所攝之肥瘠而營以賄高下之，既得，則取償於名捕者十倍，君建枚舉更番之法，其弊乃格。它若學舍講堂，茀而不治，陂渠隄帚，闕而弗修，東作興而定更繇，秋風厲而清犴獄，君援據故事以請長吏，多見諸施行，最大者無如爲全浙海防論滃洲以不可不守。其說滃居南北二洋之中，吳與閩之交會，外以犄角寧、紹、台、溫，內以遮捍杭、嘉以東七郡，土沃宜穀，魚鹽蜃蛤竹木之利可給數萬人之食。分條形勝要害〔一〕，繪圖上之。尋知罷議已決，則又稱七十二嶴之人，一旦內徙，苟急其期會，壹其津梁，將有湛溺離散之患，亟宜遣使者分護，擇近地爲安集，戒營士勿有得侵擾，此定遷要策也；再念時方冱寒，出家錢，指囷粟爲粥，遍食遷者。其平生孝謹之餘，仁心及物，余得之君家傳及里人之口如此。

君之友人又爲余言，君都門之日，先皇帝取防海方略下諸生問狀。當是時，科場事方在覆覈，同輩人人惴恐，君獨以家在海濱，具悉其所宜興罷，卒從容以其意對。在邸中，同舍生或置酒設樂，歌呼相和，君端視危坐，默然於其旁。遇有所感發，則談平昔所爭便宜得失，擭袂搤掔〔三〕，絜絜不肯休，退而自笑爲狂，在識者視之，類夫古之勞人志士，近世不多見也。

君每逢名山，竟日忘返，樂與棲遯者遊，敝屣一切，富貴非其所好。中歲以後，見伯兄以前進士守道不出，庶幾取科第揞門戶，一娛悅其親心。比親逝而後身遇，輒又汲汲焉圖展其所學，裨益當世，而先效之於鄉里。乃位未達於當官，年不逮夫中壽，齎讀書行義之志，而溘焉一昔以死。天之生才，果孰成之而孰挫折之耶？噫嘻！此其可悲也已。

往余在太學，頗欲按經術考求天下士，而君所對極深美，故於衆中識君。同時有南中何君次德、同里周君子俶，咸通儒洽聞，余差次之，名乃在君之亞。兩君深服君之學與行，尋又與君同舉。此三人者，處師友之間，其相知爲深。次德、子俶與余世講，而君初交，其候余也，見之於便坐，解説經義，間談及於居身行事，其釋我之疑，規我之失，有兩君所不能盡者，而君言特切。余善之，而或未能盡用，最後追驗其可否，未嘗不流涕曰：「君愛我。」嗟乎！余於天下之交，零落蓋無幾矣，竊不自意晚而得君，深幸可託之以死，而君又前沒。君沒後，次德、子俶連蹇不遇，而余益失志寡偶，甚憔悴以抵於衰。嗚呼！君死，余於斯世復奚望哉！

君配劉氏，洪雅令之女，生子一，允昌，邑諸生，有文行。允昌娶傅氏。孫男二：緒彝、緒雋。孫女二。君墓在慈孝村先塋之次，遵末命勿它窆也。允昌之速銘也，曰：「吾父易簀前一日，得先生手書，猶命允昌扶而起，拜且讀。幸哀而許之，以慰地下。」嗟乎！君之乞余作父傳也，日必蒲伏於門，其得之也跽而泣。今允昌涉兩江踰七百里而來請，其爲人負至性，不愧君，君可謂不沒矣。爲之銘曰：

謂君古之人兮，何以執經擁卷而稱諸生？謂君今之人兮，何以方領矩步而法先民？吁嗟乎！如君者，若使假之年，升以德，除掌故，賜禮食，說詩書，談道術，雖齊、魯諸儒自以爲不及也。

【校】

〔一〕要害　原作「要割」，據四十卷本、風雨樓本改。

〔二〕搤擥　原作「搤擥」，據四十卷本改。

工部都水司主事兵科給事中天愚謝公墓誌銘

余嚮以後進得交於漳浦黃先生，先生用直諫忤時宰，余與其及門諸生幾以罹黨禍。最後先生用國事殉，諸門人或存或亡，又更二十年，不可以復識，乃今得誌我天愚山人謝君。

初天愚有弟曰孝廉天童君泰交，以師道事余，爲言其兄隱居海濱，不交當世。余慨然於先生之不作，思與其徒游，嘗欲因其弟訪天愚於山中，不幸孝廉早世，今年余始誌其墓，而天愚亦已歿矣。余得天愚之子所爲狀而歎曰：「嗟乎！此眞不愧其師，而余顧非其倫也，其又何以誌君？」雖然，漳浦之事既不可以書，後來遺佚傳中有爲先生之徒者，庶幾附著舊聞，弗至於放失，此亦所以逭後死之責，而下報執友也。嗚呼，其忍弗銘？

按狀，君謝姓，諱泰宗，字時望，晚號天愚山人。先世家於吳，其遷也以宋建炎進士定海令字者爲始祖。自宇以下，五傳爲元高安令嗣謙，又五傳爲明福建僉事琛，琛弟輿，則君五世祖也。輿生廷華，廷華生維寧，維寧生大綸，以仲子方伯公渭貴，三世皆贈參政。而君之父封司理公諱瀚，爲贈君長子。母周孺人，姙十四月，君以生。長而日誦數千言，讀書爲文，咸經方伯所指授。補博士弟子，累試第一。庚午，黃先生主浙闈試，已得君矣，爲同事者所抑。又六年丙子，興化李公淸、南康黃公端伯實共薦君，乃雋。明年連擯南宮第，其所受知，則又黃先生也，海內聞而奇之。君之一生師友，南康偕漳浦可合傳，而興化晚節與君相符，彼造物者非偶然也。

君筮仕，得粵之番禺令。番禺多盜而好訟，君捕得爲盜囊橐者曰富人李某，要人爲之解，行千金以鬻獄，君不爲骫法〔二〕，卒按誅之。粵有藤，以毒入酒脯立死，民之病而死者亦以此誣人，吏因根株連染，而下大囨。君痛繩健訟者以罪，其風乃息。蠻有盤古峒蘇鳳宇者，聚數萬人以叛，君自少通猺、獞，故能用計擒之，置籃輿中。其黨謀竄奪，有抪而伏山顚者，鳳宇望見而呼，縛盡裂，左右莫敢近，君下馬手自搏之，卒膠致軍前以狥。諸將有多戮生口爲功者，君不許，詳在君南征志中。是役也，却地八百里，論功當不次，乃僅用常調陞工部都水司主事。尋中蜚語，謫爲福建幕僚。君不以左降自弛易，念時之多故，繕城垣，修亭障，勤勤克舉其職。嘗攝司理事於泉州，治莫那倅之獄，不肯順御史指予重比。監司治海舶以闌出貨物，君按之無驗，免之。踰年，遷南安司理，而國勢亦已危矣。由南安擢兵科給事中，有所按行，入浙，江上方用兵，因留不去，奉太公避於郊居之柴樓。會王師下浙東，旣定，督府以君等六人者薦，遭太公之喪，固謝病以免。嗚呼，若君所謂身與名俱全者耶！

謝氏世以慈孝名家，封司理公有五子，皆質行，而君爲長。旣貴，以宅讓諸弟，營別圃，蒔花藥，風日晴美，奉太公以宴游，酒半，君雅歌，羣弟和之，其家風近未有也。爲人和而莊，不以才地少自崖異。獨居雅不設杯杓，見妻子亦無惰容，及其遇故舊，引壺觴，則歡咍竟日夜，坐客或有沉頓者，而君已曉起盥漱、讀書自若矣，昔人所云醉而不亂者耶！生平手抄經史百餘卷，爲文章取材於管子、莊周諸書，騷雅尤其所長，菊醉吟者，蓋取以自況也。君性嗜菊，蒔數百本於所居之堂，有感於秋風搖落，草木變衰，故託諸隊露落英，以寓其君子美人有懷不見之意，固非餔糟歠醨，自詫爲醉吟先生已也。君在同里，得薛文介爲之師，而都諫章公正宸同爲方伯之子弟。文介歿，君續其所修郡志，都諫肥遯不知所終。君於晚歲杜門著述，所與相切劘者，天童其季弟也，艾仲可其故人也，薛五玉、鄭維馨其後輩也。天童死，君輯兄弟間往還唱和之文而哭之，見者亦爲感慟。仲可年八十餘矣，於書無所不記憶，君每見必以經史相問難，臨歿而意猶不衰。維馨則和君菊醉吟至百首者，嘗從蕭山歸，君喜曰：「吾久不見鄭生，盍相從我飲乎！」是夜談笑傾盡，漏下五十刻，客數起復留，已而君隱几鼾臥，始散去。質明遽聞君卒。薛君傳其事，比之於羽化蟬蛻。余以爲君之讀書求友，於道有得，其視斯世斯身，死生興廢，猶夫酒之醉醒、花之開落也，豈不然歟！

余之從黄先生游也，竊嘗記其遺事一二。先生好易，而尤工楚詞。居長安，食不能具一肉，酒酣，間出於圍棋書畫以自愉快。受詔進經義於承華宮，援據詳洽，篇帙甚富。入其室，見牀頭有廢簏敗紙，不知先生所考訂何書也。予杖下詔獄，萬死南還，余與馮司馬遇之唐棲舟中，出所註易讀之，十指困拷掠，血滲漉楮墨間，余兩人瞪眙歎服，不敢復出一語相勞苦，以彼其所學，死生患難豈足以動其中哉！今以天愚山人之事合而觀之，有裕於進退，無忝於君親，全身名，保門戶，則以君之地非先生之地也；篤志於友朋，跌宕於文史，輕富貴，齊得喪，則是君之心猶先生之心也。若天愚者，可以爲先生之徒矣。

君娶葉孺人，爲懷慶參軍之女。子四：得昌、晉昌、景昌、謣昌也。得昌以貢需次銓補，而弟皆諸生，所娶皆名族。諸孫十有四人，孫女九人，曾孫二人。君卒於康熙紀元丙午十二月之十六日，上距其生戊戌三月二十二日，爲年六十有九。墓在城西回向寺之南，將以某年月葬。其過余乞銘者，則景昌也。余讀宋文憲所作謝翺皋羽傳，稱其攜酒上嚴陵釣臺，酹平生知己，再拜慟哭，以竹如意擊石作楚歌，歌闋，竹石俱碎。翺能爲詩古文詞，所與從亦在汀、漳、虔、吉之間，又嘗過蛟門，登候濤山，即今定海勝處。何其與天愚山人行事適相類也！翺之沒〔二〕，有方鳳、吳思齊者收拾其遺文〔三〕。今天愚諸子方顯重，非皋羽落魄無家所可得而比，然同時如艾仲可諸君者，以詩文節概相爲友，居然隱者之風，浙東固多君子乎！余故牽連書之，不徒以紀黄先生也。其銘曰：

於此有禮器焉，玉者圭瓚，木者犧尊。以饗以祀，旨酒既盛。彼焚崐岡，瓘斝以傾；此置中衢，山罍是存。酌我濁醪，混跡忘形。青黄雲雷，隱見龍文，鱗也紋之，菊也擷之，以續遺經，以補亡詩。洵君子兮，如之何其勿思也！

【校】

〔二〕骫法　原作「骳法」，據風雨樓本改。

〔三〕沒　四十卷本作「死」。

〔三〕方鳳　原作「方灜」，據新元史謝翺傳及風雨樓本改。

誥贈奉議大夫秘書院侍讀徐君坦齋墓誌銘〔一〕

今上嗣曆服之初年，推恩羣臣，得封其父母，於是崑山坦齋徐君諱開法以其第三子翰林院修撰元文立齋貴，敕封如其官。越五載，君疾，卒於家。既葬，君之長子乾學原一以孝廉上公車，請余言誌君墓。余文未及就，而原一中進士，對策作第三人矣。先是立齋己亥廷對狀元，受知遇於世祖章皇帝，甫一紀，原一科名繼之，立齋之仲兄秉義，登己酉賢書，兄弟之盛，海內未有也。是年上以皇太后祔廟恩，會立齋遷秘書院侍讀，卽其秩進贈君爲奉議大夫，而原一官編修，格於其弟，無加命，禮也。天下之豔稱徐氏者，皆推奉議君之貴，舉世無與比。懸綷之右，所以掩諸幽者，當邀重於宰執大僚，言之文而行之遠，余衰且賤，恐不足贊萬一，加之以病，故久而弗爲。原一從京師書來速銘，曰：「先生辱與大夫游，且旣諾某兄弟請矣，其何可以辭？」余不獲已，删取其狀爲序而銘焉。

按徐氏吳崑山之溢瀆村人，先世力田起家。明弘治中，有乙榜知蘄水、上饒二邑擢刑部主事諱申，廷諍予杖，而徐氏始大。刑部生交河主簿諱一元。交河生封翰林檢討諱汝龍，以其子太僕少卿端銘公諱應聘貴故得封〔二〕。太僕萬曆癸未進士，初官史職，歷位卿寺，稱名臣，實生太學生諱永美，卽君父也。

君生三歲而太僕捐館舍，甫期，太學亦卒，母潘孺人撫孤成立。君年十五補諸生，從同郡禮部張公學，因以盡交東南名士。又嘗用氣排邑人之奄黨而宰輔者，諸老生目而異之。天性倜儻，好奇節，闊達自喜，居里中倡文社，聯氣類，有不合，嶽嶽不爲人下。客至輒盛爲具，同舍生乏糧，用分齋裝厚給之。居恆慕張乖崖、陳同甫之爲人，以爲狂者孔子之所取，而無非無刺，孟氏云不可入道。今之握齱小儒〔三〕，拘牽一切，塗飾鄉曲之耳目，此其人於緩急何賴？而流俗不察，猥以自好稱之，吾弗屑也。君之親舊嘗爲負恩者所持，君作色憤叱，奮臂以除其害。與人謀，空胸腹盡可否，它人囁嚅不能決者，君出一言裁之。家無餘貲，累散之以賑窮救急，中年生計日困。屢就鎖院試不遇，失志拓落，翛然自放山水間，日唯舉觴高歌，遺落世事，而怨家反陷以文法，宗人有力救之者始得免。君既免，所親勸以委蛇從俗，笑弗應。脫身渡錢塘，過太末，入豫章，盡探江、浙諸山水，與其地之賢者相結。歸而搤掔不得志〔四〕，益發憤於教子。

君少精制舉義，揣摩工苦，於世所同先輩大家特神而明之，頃刻能灑灑千言。家世受易，采摭義解爲成書，參考古今，先後所上便宜，指切時事多所中。其教子也，闢講舍，延名師，盛爲束脩膏火之費，中宵篝燈危坐以課諸子誦習，或被酒，側弁假寐，鼻息齁齁然與伊吾相聞，非其師就寢弗寢。雞初號，蹴諸子起之，雖風雨不少輟。君嘗以肄業之進退、文藝之工拙爲憂喜〔五〕，遇小試敍名稍後，衆中叱咤，加以楚辱，見者疑其太甚，唯君毅然行之。生平雅志一第，思前朝一代掌故，莫大於科目，由初祀以迄末造，凡歷八十八科，所放甲乙二榜累萬人，君竭晝夜之力，手自繕寫，臚姓氏，辨爵里，整齊蒐補，罔或闕漏，書成，足以備貢舉志焉。君之專志殫力，所爲必成，皆此類也。

夫先王敎學以興賢能，後代科舉之法，所以勸天下之爲人父者敎其子，而王者之人才亦於是乎出。然唐之恩蔭流外，歲三千人，進士不能居其什一，又出身後常十年不得官。惟宋之榜額數倍於唐，卽以解褐之期開註選，輓近遂沿其制，二百餘年來，父兄之敎子弟，皆其道有以鼓舞之也。余竊慨吾郡舊門少俊，比年漸惰窳於學，甚有棄而從它業者。祇緣進取之道太狹，學者求諸生如進士，而進士之淹滯者，白首不能望升斗之祿，惟及第三人中始克服官於朝。蓋國家選衆大半近於唐制，吾南士又爲科緜所累，志氣沮退，學殖日荒，唯徐氏兄弟掇上第，負重名，有志者稍稍聞而興起。傳曰：「是穮是蓘。」「必有豐年。」徐氏之敎子，如農夫之有穫，可以救不說學之弊，然則君之家法有裨斯世者大矣，詎偶然哉？

君四子二女，惟少子亮釆爲庶出。顧宜人生原一兄弟，今已見五孫，皆頭角穎異，樹穀、樹聲爲諸生，宜人所以佐君成就諸子者，母道甚備。二女長適諸生陸最，次適中書舍人中秘。中以庚子解首舉進士，科名與外家相亞，吳人尤歆羨之。嗟乎！當君之排擯俗儒，以其苟於自完，不足乎緩急，聞者未敢信爲篤論。比見等輩中或淪落無後，而君日顯，然後知君之救人危急，中無留腸，疏通爽直之氣，有以度越儕偶，彼造物者實從而佑之也，又何疑耶？

余以君入太學，早歲曾一識之於南中，及君貴而偃息吾吳氏之南園，索余所作傳奇，令兒童歌之以爲樂。少年恢曠豪吟，既投老而興寄如故，方與余相約過從，乃竟一病不起，此原一兄弟所以痛而目余爲知君也。嗚呼！是可以銘。銘曰：

東海門閥肇成弘，隆萬熙洽仍名卿。奕葉播德云維馨，夫君磊砢更挺生。遭時陽九劃其英，酣歌慨慷心不平。幸哉有子傳一經，鳳毛褷褷麟觜幷。雞鳴課讀燈青熒，孥風攫雲爭蜚鳴。殿前臚唱弟與兄，遂令當代欽科名。玉山之陽七尺塋，連崗蜿蜒波洄縈。大書深刻余作銘，億萬千世垂休聲。

【校】

〔一〕四十卷本無此篇。

〔二〕太僕少卿　風雨樓本「僕」下有「寺」字。

〔三〕握齪　風雨樓本作「齷齪」。

〔四〕搖擊 原作「搖擊」，據風雨樓本改。
〔五〕君 風雨樓本作「居」。

吳梅村全集卷第四十六　文集二十四

墓誌銘五

朱昭芑墓誌銘

嗚呼！史學之不明於天下也久矣〔一〕。兵火散亂，書卷殘闕，間留一二碩儒，將以紹明絕學，天必欲困苦之，挫抑之，甚至夭閼其年，俾所著書勿就，若吾舅氏朱昭芑，可不爲之深痛乎！

君諱明鎬，昭芑其字，吳郡之太倉人。曾祖諱顒，祖諱鳳韶。父諱廷璋，於余外王父爲從兄弟，以武科領參遊借職。君生而穎異，十七補諸生，與余兄志衍游。性彊記，天姿絕人〔二〕，吾師張西銘、友人張受先讀其文，願與交。兩公之友滿天下，顧推服爲第一，君之名日益重，羔雁盈其門。嘗偕侯廣成先生游江右，爲葉公大木之粤東，其他即交書走幣，非所好弗屑就。爲制舉藝極工，三試鎖院，已收矣，復落，會世變，遂棄去。與西銘門人周子俶齊名，發憤攻古學，世所稱朱、周者也。

君每讀一書，手自勘讎，朱黄鈎貫，上自年經月緯，政因事革，下至於方言物考，音義章句，無不通以訓故，參以稗家，擿摭補綴穿窒，疑定紕繆，絲分縷析而後止。長身修偉，負意氣，好持論，恢奇多聞〔三〕，上下千百年〔四〕，若指諸掌，聽者驚悚莫敢奪。於國事雅有論述，藏弆不以示人。馬遷、班、范三史考覈尚未竟，魏、晉以降，貫穿詳洽。所著唯書史異同、新舊異同二書先成，其餘日抄月撮，曰史典、曰史幾、曰史略、曰史風、曰史游、曰史嘉、曰史芸、曰史巽、曰史最、曰史俳、曰史鑒、曰史粲、曰史糾，十有三種，史糾特爲可傳。其論三國也，謂陳壽有四闕，不志曆學，不傳列女，不搜高士，不採家乘，在史法宜增。其論南北朝也，謂蜀、魏、吳、晉之志入於宋書，梁、陳、齊、周之志入於隋書，在史法宜改。於唐書則歐陽主紀、志及表，宋主列傳，一書之內，矛盾異同，仁宗命裴煜等五臣從容校勘，不聞一言之釐正，故修唐書者其病在分。於宋史則孝宗本紀編年記事前後乖錯，最爲不倫，諸臣列傳詮次繆亂，凡有七失。蓋元順帝求成書之速，不三年而宋、遼、金三史告竣，皆仰成於脫脫之手，故修宋史者其病在易。君之舉正辨駁，皆此類也。

君事親孝，家貧，資束脯奉母，撫幼弟以成立。與人交，推誠任素，不侵然諾，有古人之風。自兩張繼沒，志衍死事，廣成一門屠酷，君以窮諸生庀死喪，支門戶，傾身爲之弗恤。曹偶雜坐，歌呼諸噱，初不以方雅自高，遇義所不可，則正色譙讓，質責其非，雖豪右貴人無所緶避。蓋君天性彊直，斥臧否，厚氣類，始終不變所守。晚節浮湛俗間，推移玩物，聊以耗壯心而消盛氣，世或以疏通目之，未爲知君者矣。居身淸苦刻立，其之江右也，以試事請者齎數百金，叱之去。吳備兵使者鈎致之幕府中，不肯干以私。所居席門環堵，卒之日，其師吳魯岡、友張無近、門人王周臣醵錢始克以斂。會弔者車數十乘，皆知名士。余與子俶哭之極哀，屈指二十餘年，知交澌滅，唯君及吾等爲三人，每酒闌燈灺，君輒悲余之遇而傷子俶之貧。俯仰盛衰，未嘗不咨嗟太息，而不謂君又如此也。

君生於丁未十一月廿三日〔五〕，卒於壬辰三月八日，年四十有六。配曹氏，婉順有婦德，先於君二十餘日無疾而逝，年四十有三。君之病也，會曹之喪〔六〕，驚而哀，遂以不治。子四：讜、詡、詔、詒〔七〕。女一。讜將以某月某日葬君於故里之某阡。當君之未亡也，詔書舉山林隱逸，學官以其名聞，君辭以書曰：「唐有李渤、陽城，宋有种放、常秩，元有葉李、劉因，六人之賢否不同，要必有奇才異能，足當國家異數。某何所長，敢與斯典？」君爲人植忠孝，持名節，絕意仕進，以死自守，此其生平大指已〔八〕。君之所處〔九〕，卷懷自得，天實縱以讀書論史之年，可以無死，而不料一病以歿。君歿未兩月，余之困苦乃百倍於君，君平昔所以憂余者，至今日始驗，憤懣不自聊，乃致抱殷憂之疾，其不與君同遊者幾何，而猶執筆以誌君之墓。嗚呼！君既死，誰復有知余者乎？不覺噭然以哭。爲之銘曰：

嗟妖夢，何明徵。帝錫符，會於辰。訣蕩蕩，開天門。從羽旄，紛上征。後良吏，資傳聞〔一〇〕。生正直，爲明神。刻茲石，告子孫。

【校】

〔一〕四十卷本、風雨樓本均無「也」字。

〔二〕天姿　四十卷本、風雨樓本均作「天資」。

〔三〕恢奇多聞　「聞」字原無，據四十卷本、風雨樓本增。

〔四〕上下千百年　「年」原作「後」，據四十卷本、風雨樓本改。

〔五〕廿三　四十卷本、風雨樓本均作「二十三」。

〔六〕「曹」下，風雨樓本有「氏」字。

〔七〕詔、詒　四十卷本、風雨樓本均作「詒、詔」。

〔八〕「此」下，四十卷本、風雨樓本均有「郎」字。

〔九〕「君」上，四十卷本、風雨樓本均有「要」字。

〔一〇〕傳聞　四十卷本、風雨樓本均作「博聞」。

邵山人僧彌墓誌銘

嗚呼！此吾故友長洲邵山人僧彌之墓。僧彌之卒以某年月，其葬也以某年月。卽其年以狀來乞銘，則其長子璐也。余諾其請且十年，遭亂奔竄，失其所爲狀。聞僧彌亡後，家益貧，流離轉徙，訪求之弗得。有僧道開者，從僧彌受書畫者也，今年春遇於嘉禾，問之，曰：「璐客授，步歸渡所，過河，遇風船覆，溺死矣。僧彌有幼子曰觀，一足不良於行，今出家於玄墓。」余聞之哭失聲。無何，道開亦死。余以仲冬鍵戶讀書，有跛僧者蹩躠而來，曰：「吾邵山人僧彌之幼子觀也。」視其貌良是，坐與語，口囁淚噎，不能詳，十猶得二三云。

君諱彌，僧彌其字。清羸頎秀，好學多才藝，於詩宗陶、韋，於畫仿元、宋〔一〕，於草書出入大、小米，而楷法逼虞、褚，稱絕工。平生揮灑，小幀尺幅，人皆藏弆以爲重，或購之累數十金。而君用以搜金石，訪雌彝及圖章玩好諸物，此外蕭然無辦。題所居曰頤堂，置一榻其中，以藥爐茗具自娛。性舒緩，有潔癖，整拂巾屐，經營几硯，皆人世所不急，而君爲之煩數纖悉，僮僕患苦，妻子竊罵，終其身不爲改。賓客到門，謦欬雅步，移時始出。與人飲，不半升頹然就睡，雖坐有重客弗顧。中年得下消疾，覽方書，多拘忌，和柔燥濕〔二〕，飲啖多寡，不能適其中，以此益困殆，其迂僻如此。

君受業於牧齋錢先生，同里若文文肅、姚文毅雅所推許，居恆於人材消長之故，搤擥抵掌〔三〕，慷慨極論。及與余遇，既憊且衰矣。嘗共登雞籠山，東望皖、楚〔四〕，憂生傷亂，泣下沾襟，余乃知君非迂僻者也。

於戲！道開死，無有識君之遺事者矣。君之相知莫過於余，乃君既死且葬，遲之十年之久，其詩文書畫已零落殆盡，而孤雛赤脚，盤跚藍縷，余傷心盡痛，追憶其生平之一二以誌之者，蓋不忍負君，併不忍負君之子豫也。銘曰：

文字禪，書畫史。其死也不死，其有子也無子。嗚呼僧彌，而止於此！

【校】

〔一〕元宋　風雨樓本作「宋元」。

〔二〕和柔　四十卷本作「和揉」。

〔三〕搤擥　原作「搤擘」，據四十卷本、風雨樓本改。

〔四〕皖　原作「腕」，據四十卷本改。

鄭孝子青山墓誌銘

孝子鄭姓，諱之洪，字青山，吳郡人，卒年四十有六。再娶於顧，繼室孝婦顧氏，後君一年以歿，同葬於長洲縣之武丘鄉。其爲孝子與孝婦以何徵？曰：孝子之父保御三山公諱欽諭實名之而信也〔二〕。傳曰：「生事之以禮，死葬之以禮，祭之以禮。」孝子有此三者，故全也。今鄭仲子之喪，保御年七十餘矣，惸惸然爲其子承衾焉，下綷焉，既封而命其孤孫楡以反虞來哭〔三〕，若死者有知，拊心躃踊，將無以卽安地下矣，於孝乎何有？曰：孝子之不克終其養，天也。緣孝子之心，知其無所不盡；緣孝子之父之心，知其子之無所不盡也。從而名之以孝，所以慰其父而通乎孝子之窮。

通乎孝子之窮奈何？保御之言曰：「吾仲子之事我也，屏氣而愉色，視下而應唯，寢處則扶以侍，非吾遠出，未嘗宿於內也。夙興，燭湯實匜，敬進飲已，視沃盥，吾飯亦飯，齋亦齋，吾止飲亦止飲。其視吾疾，藥必嘗，衣不解帶。母歿，執喪致毀，事後母如所生。兄亡，以其子子之，遇寡嫂唯謹。詩曰：『孝子不匱，永錫爾類。』仲子有焉。顧著姓也，孝婦婉嫕莊敬，既饋而中外交賀。通詩書，工箴管，無違色，無誶言，無私蓄，酒漿必潔，溫凊以時，妯娌稱其睦也，僕御稱其仁也。詩曰：『孔惠孔時，維其盡之。』孝婦有焉。」嗚呼！保御之稱其子者盡於此乎？余於鄭中表也，悉其內行，知仲子之孝，在乎保御之爲善，而先意承志之爲大也。

保御爲善奈何？曰：鄭氏之以術療人，不收其直數十年矣。里中食無廩者，喪無櫬者，禍患之槖饘，流離之匄貸〔三〕，精廬塔廟之營齋利生，老人傾囊倒庋，設法勸分，搰搰然盡氣極力，唯日不足，而秉家之成，外則仲子，內則孝婦，有無匱乏，惟恐傷於心而逆於耳，黽勉揞拄以助之施。故保御無百畝之產，而常具十人之饌，雖輻輳旁午，苦身爲物，而客過輒從容一笑爲樂。仲子則終日釁然，懼其親之勞，而欲以身分之也。吾吳徐宮詹勿齋、楊孝廉維斗致命之後，子孫朝夕不給，保御以己女女維斗次子〔四〕，以仲子之女女勿齋孫，傾身收卹勿吝。保御開敏，習於名義，而仲子則眞淳悃愊，體親之心，急人之難，當飢忘食，泣下沾膺。傍觀或以爲迂且怪，而不知其天性至誠爲不可及也已。

鄭氏自唐、宋來世有淸德，吾同年士敬爲保御再從弟，相與立祠堂，置講舍，修復其祖所南先生之家法。余每過其地，羨兩君各有壯子持門戶，得以餘年偕隱，太息久之。未幾士敬之少子之鑑卒，其年秋，仲子又卒。嗚呼，今天下爲善者懼矣！彼夫恣睢鍥薄者之富貴長子孫，而行德於鄉，死喪之問狎至，卽天道將何勸焉？豈仲子平生弔災恤患，徬徨隱惻，其夙命實近，而不覺逡巡感損歟？抑其夫婦聞道有得，臨終正定，嗤世人之怛化，而遽反其眞歟？若夫所南之心史，堙沒於重淵絕地之中，三百年而後出，其高風灝氣，旁礴太虛，不屑其子孫以塵滓乎混濁，君乃蟬蛻而從之游也。然則仲子之死賢於生也多已〔五〕，又復奚憾乎！爲之銘曰：

君家三杏，與君同齒，君生亦生，君死亦死，人之云亡，木猶如此。山之崖，水之涘，墳三尺，巋然峙，刻日月，自今始。爲義門，爲孝子，其留以俟後之良史矣。

【校】

〔一〕三山公　四十卷本、風雨樓本均作「三山君」。

〔二〕孤孫　四十卷本、風雨樓本均無「孤」字。

〔三〕匄貸　四十卷本、風雨樓本均作「匄貣」。

〔四〕「維斗」下，風雨樓本有「之」字。

〔五〕已　風雨樓本作「矣」。

穆苑先墓誌銘〔一〕

嗚呼，余尚忍銘我友苑先哉〔二〕！自余生十一始識君，居同巷，學同師，出必偕，宴必共，如是者五十年。君今舍我以去，余之行事將誰咨？衷懷將誰訴？憂愁疾苦將誰與慰解？異同闕失將誰與彌縫乎？君爲先大夫執經弟子，余兄弟三人，君所以爲之者無有不盡。余雖交滿天下，其相知莫如君。君之愛我念我，嘗恐其顛連磨耗，一旦不能久存，而不虞君之先我亡也。君亡之一日，猶徒步訪余，余適有百里行，欲拉君與俱，不果，比聞君問亟歸，而已不復見矣。余尚忍執筆銘君墓哉！

君姓穆氏，諱雲桂，苑先其字也。自其大父雲谷先生善醫，好修鍊吐納術，年八十餘乃終，里中稱爲長者。子三人，君之父山谷其仲子也。山谷與兄子少谷傳其祖父業，而君習制舉義，爲諸生有名。君初娶陸氏，生一男，殤。繼室以徐氏，能勤苦佐君，君貧士，庭戶灑埽，治壺飧觴客，終其身自奉甚適者，則內助力也。然君竟無子。少谷諸孫濟濟，而君僅同產一庶弟濟若，弟事兄猶父，君撫弟之子如己出，居嘗與余語，初不以無子爲憂。其內行可記者若此。

余之初就君齋讀書也，有同時游處者四人：志衍、純祜爲兄弟〔三〕，魯岡與之共事，其輩行差少，皆吳氏，余宗也；鄰舍生孫令修亦與焉。自午、未後十餘年，余與四人者先後成進士，而吾師張西銘先生方以復社傾東南，君進而從之游，先生之幼弟曰敉庵，其遇君特厚，同社中推朱子昭芑、周子子俶，皆與君交極深，此吾黨友朋聚會之大略也。

君自少能文章，有大志，吾兩人以兒童時並驅齊名，既同補諸生，而媿先一第，君之負氣屈強，未肯讓余，余亦事必推君，刻意用科目相期，過於諸同人遠甚。及余還自京師，君進取之意落然，等輩皆貴，恥復與後生相角逐，摧撞息機，一以寓之於酒。余時見君引滿，輒用友道相規，君之自傷遠蹇，不得已而寄此者，未嘗不感余厚意，余亦爲咨嗟惋惜不復言。然君雖不遇，吾等已仕六七人者，處於社局黨論之中，日紛糾於不可解。惟君性質識度，以和平安雅爲長，察機宜，中肯綮，諸公往往從而決策。與人交好，推揚其能，掩覆所短，其或兩家齟齬，則緩頰排解之，是以西銘數老成士必首苑先。志衍用意氣結客，昭芑、子俶多在坐，方辨論蠭湧，得苑先一言折衷，則人人自失也。令修官閩中，君過建溪以送之，因留噉荔枝，商所以爲治，甌寧之政遂爲八閩最。余叨貳陪雍，君來訪雞籠講舍，流連浹旬，恣探冶城諸名勝，與其賢者相結而後歸。無何，亂離大作，吾等諸人咸引去，謀與君偕隱海濱，已而枚庵驟顯。枚菴由睦之桐廬令入爲給諫，君爲之上嚴灘者三，過京師者再，得以盡交浙東、河北諸長者。枚庵戇直好言事，君引禍福與之爭，卽逆耳無少避。諸公聞之皆曰：「穆君，黃門之益友也。」晚而從純祜於汝南之確山，純祜仕宦失志，所守又山城殘破，本不足以屈知己，君特狥窮交之請，雖至顚踣道塗無所恨，然亦自此東歸，不復出矣。

君平生篤於師友，忠於故舊，周旋於患難死生，屈指三四十年來，爲弟子則哭西銘，爲故人則哭志衍，已又哭我昭芑。志衍宦西川，百口屠滅；昭芑坎壈一生，既高隱而遺書零落，故尤爲之加慟。當令修之流離國難也，塗炭南還，親朋幾絕跡，君握手迎勞，流涕而問所苦，所以具洗沐，餽衣糧者殷勤甚備。枚庵從右司諫改官，甫還家而急徵遽至，君於倉卒中策蹇先期北發，傾身營護，幾爲宵人所禍，既免，口不欲自言其勞，知交以此重之。

君爲人豐頤彊飯，腰腹甚寬，寡思慮，節嗜欲，無室家塵俗之累，安居養生，法不止於中壽。惟其歸自京師與汝南也，一以禪誦參學爲事，燕樂歡笑屢不與，與亦對酒不飲，有彊之者，過數酘，頹然就睡，親舊或以爲憂。其沒也，從所善學佛慈公浴於福城精舍，引襪失衣，輿歸，遂不復言。無子而貧，枚庵經紀其喪，始克殮。少谷扶弟之子信炷委衰就位，赴者皆長慟失聲。

嗟乎！君早歲不得志於身名，實藉二三友朋以自振，既垂老而所知益落，魯岡失明，余與純祜、令修日窮困，而子俶屢上不第，君每追溯往事，相與閔默者久之。然則君之讀書不效而逃於酒，飲酒不樂而又逃於禪〔四〕，惘惘失意以至於此者，則吾等之故也，豈不痛哉！嗚呼！余又何忍弗銘？爲之銘曰：

山也不可無雲，士也不可無名。我思伊人，東海儒生，或游燕而去甌越，或適蔡而過汝墳。從容談笑，急難解紛，爲魯仲連，爲樓君卿。噫嘻！後千百年兮，庶斯義之不泯，視我刻文。

【校】

〔一〕四十卷本無此篇。

〔二〕余　風雨樓本作「吾」。

〔三〕志衍　原作「志術」，據卷五二志衍傳及卷一哭志衍、卷二送志衍入蜀等篇改。

〔四〕逃於禪　「於」字原無，據風雨樓本增。

處士近陽張公墓誌銘〔一〕

宣城孝廉張君于寅諱皓，以謁其師來吾婁，持其先君之狀爲請曰：「某年踰二十，舉於有司，痛先人之不吾見，則以先君之得余晚也。先君年七十有三，兄弟共八人，而先君之沒，兩幼弟踰數歲。余自就外傅以及成童，而先君固已老矣。今日之狀，則皆得之吾母與吾兄。吾母之言曰：『自吾爲汝家婦，不及侍舅姑，猶見汝伯父光州公。光州之棄官歸也，爾父飯必同盤而食，家事先諮而後行，曉起參問起居，有疾跪進湯藥，衣不解帶。吾繼室也，汝前母盧夫人舉汝兄四人，女兄弟二人，爾父教之皆有禮法。性嚴，治家如官府，子孫有過，加譙讓若無所容。一門婚嫁，盡衣冠之美，吉凶儀範，爲時所稱。甚嚴祀而重祭，偕光州公立家廟，春秋俎豆勿缺。爲世譜，敍族姓，辨長幼焉。此皆內行，吾知之，餘以問而諸兄。』吾兄之言曰：『吾父居家雅自刻苦，而輕財好施，專於趣人之急，不顧己私。歲大眚，指家囷米數百斛，一朝減直賦與平民，粥以饘餧者，稽收道殣，澤及枯骨矣。宣有河當治，使者下令勸里中，則大輸之粟，不以累下貧，里人至刻石爲頌。汝幼，皆不及見也。親舊有貧而鬻於人以爲傭，吾父過之泣，捐金言於主人而免之。友人謁選得瓊州參軍，不能治行，以甌脫地質數百金以去；從海外歸，無一縑償，而吾父還其質劑勿吝也。人皆謂吾門必大，卽吾父亦嘗自謂吾有陰德，子孫其有顯者乎！晚年課諸子勤學，望有所成立，顧今猶困諸生，不克竟先志，是當在汝。』某遜謝且泣，拜而識之。」嘻！孝廉聞之乃母若兄而余聞之孝廉者如此。

翁諱國賓，字用明，號近陽隱士，後泉公儀之子，河南光州知州國卿之弟，寧國宣城人也。娶盧氏，繼娶何氏。有子八人，其一早殀，皆有聲庠序間。孝廉君學器識業，踔然絕世，次第六，乃何所出也。孫男共得十五人，曾孫男二人，詳行狀中，繩繩未艾，於戲盛矣！因歎自亂以來，大江南北，清門世冑不保其孥者亦數數矣。皖口、姑孰之間，兵革雲擾，翁之後獨亡恙，且益見增熾，何也？其陰行誠大過人者。里有豪，飛而食人，翁嘗面折之，其人恚，陰中翁不已，光州公請直其事，翁卒不肯。族亡賴子亦嘗詆諆翁，翁竟無言，亡賴子歸舍後暴死，嚮非翁者，獄矣！翁生平善書筴，旁通巫咸、許負、琭珞形家名家者言〔二〕，圍棋居能品，下及博塞皆工，而貌若不知。邑屢舉翁鄉飲酒，輒閉門謝病不爲赴。年七十有三，臨歿預定晷刻，其高行通識如此，以此必有後矣。今諸君奉喪葬於敬亭之陽，從先志也。婁東某謬爲銘。銘曰：

善矣而不近名，福矣而不履盈，保艾爾後，克昌克成。鬱何高，在敬亭，再世後，莫與京，斯足紹壯武之子孫。

【校】

〔一〕四十卷本、風雨樓本均無此篇。

〔二〕琭珞　當作「珞琭」，宋史藝文志有珞琭子賦一卷。文天祥贈彭神機：「彭君絕識透黃間，不師逢羿師珞琭。」

吳梅村全集卷第四十七　文集二十五

墓誌銘六

太僕寺少卿席寧侯墓誌銘

崇禎十四年，江南大祲，當事者設法勸分，吾郡席君寧侯以太學生捐八千金賑饑者，應撫黄公希憲以聞，優旨嘉奬，予以官，君以親老固辭，且上言願助國家討寇，請輸所有以佐軍，先皇帝以爲忠，卽家授文華殿中書兼太僕寺少卿。當是時，司農告匱，捐助之令屢下，貴戚世臣鮮有應者，上故驟尊寵之，以風厲天下，然而時事已不可支矣。

在搶攘之日，君嘗一至留都，覃恩褒封祖、父如其官。已而副節使慰安唐藩，移湯沐於臨汝，因其地不受封，君盡心蕆使事，崎嶇兵間，僅而報命。歸隱洞庭之東山，其地僻處太湖，艅艎出沒。會大兵南下，蘇州初入版圖，萑苻亡命，倚兩山爲窟穴〔一〕。君素得鄉里心，埽地盟曰：「此萬分無益，徒使吾屬無噍類耳！」修扞禦，申約束，聽命於軍門，以故東山獨不被兵。君家居數年，病卒，其孤啓圖等踏門來告曰：「先子已獲祀於鄉，葬有日矣，敢以納竁之辭爲請。」余曰：「諾。」

按狀，君諱本禎，字寧侯，別字香林。其先安定人，以唐禮部尚書豫爲始祖。五傳爲武衞將軍溫，避黃巢亂，挈三子尙、常、當以渡江，僑居洞庭，君則常之後也。自常十三世爲安邦，在明初有壹行。安邦五世孫曰裎，裎生綱，綱生旋，旋生鈇。鈇生贈大夫怡泉公洙，著家訓，修隱德，有四子，其季乃贈大夫端攀，是爲君父右源公。右源與其兄左源用廢著起家〔三〕，吳人稱東山者曰左右源席氏。君生而嶷然露頭角，讀書治詩、春秋，事右源公及吳淑人以孝，父歿，穿壙舍傍，曰：「吾不忍離也。」有祖祠在翠峯，歲時上享，會其宗人立義莊義塾，自爲文以記，彬彬然修士君子之行焉。

其於治生也，任時而知物，籠萬貨之情，權輕重而取棄之。與用事者同苦樂，上下戮力，咸得其任，遙都邸閣，遠或一二千里，未嘗躬自履行，主者奉其赫蹏數字，凜若繩墨，年稽月考，銖髮不爽。質庫所入，不責倍稱之息於人，人爭歸之，所贏得輒過當，繇此其業數蹷又數起云。臨清之破也，悉亡其貲，君恐以累故人之寄橐者，將倒庋還之，絕去什一弗復事，聞者感其意，固請乃止。未幾盡復其所失，且倍焉。艤船之獄，江使者誣其家客爲閒課，收執彭考，踰二年乃解，所市物以稽緩踴貴，計其費乃足以償。此雖屬有天幸，顧其居心持行，足以致之，豈苟然已哉！

賑饑由吳以達於傍郡，遠而山東臨濟，多所全活。又月以朔望次日班粟里之貧羸者，揩繇役，甓道路，病者注藥，亡者給槥，焚券棄責，掩骼埋胔以爲常，固其天性好施，亦因時方傾亂，不欲厚自封殖，非云輕財，將以守富也。人謂君素苦肥疾，無聲色玩好六博嬉遊之樂，終日搰搰然勞身爲物，晚年始構一山園，又不及見其成就，夫富眞爲君累耳。余則曰：「不然。自變故以來，仁人長者坐視親知故舊流離患苦，義相收恤，而力不副其願，徬𢓜太息者，比比然矣。君則探囊以應，稱心而行之，然後知天之予君獨厚，而君平生所快意適志者，在此而不在彼也。」

君生於萬曆二十九年十月十三日，卒於順治十年七月二十二日，年五十有五。配吳淑人，側室延氏、談氏。有四子：長啓兆，延出；次啓圖，談出；啓疆、啓寓亦延出〔三〕。女六人。孫男一：永勗，啓疆出。孫女二人。君歿未一年，啓兆卒，啓圖善病，而少子尙幼，其爲太學生營葬事者啓疆也。墓在東山之陽，葬以己亥八月之某日。

嗟乎！當先帝軍興孔亟之日，若人人趨令如君，未必不足以揩拄萬一。輓近藏鏹者旣不能仰眥國恤，又以其間割剝鄉里以自封，及難作而緘縢扃鐍亦隨之。語曰：「墻高基下，其崩必疾。」賢者以財自衞，而愚者多藏厚亡，聞少卿之風，斯亦可以感矣！余於君有一日之雅，家大人以幼女字君少子，其分誼在師友骨肉之間，知君行事爲信，故不辭而爲之銘曰：

漢拒滎陽，任氏乃興；景征七國，毋鹽貸金〔四〕。居奇致羨，匪時弗成，保己善物，終全令名。斗軫告災，吳饑楚戰，毁家佐軍，曰余是勸。功在濟荒，守能已亂，白圭、計然，知退審變。莫鳌嵯峨，去天尺五，流水洋洋，原田膴膴。云誰之封，若堂若斧，刻石幽宫，垂示終古。

【校】

〔一〕兩山　四十卷本、風雨樓本均作「西山」。

〔二〕廢著　原作「廢箸」，據四十卷本改。

〔三〕啓寓　原作「啓寓」，據四十卷本改。

〔四〕貸　原作「代」，據四十卷本、風雨樓本改。

吳郡唐君合葬墓誌銘〔一〕

吾郡以孝謹世其家者曰唐氏，其先出自荆南宋參知政事質肅公介，四世而子孫渡江僑居吳，是謂授書郎裕文公。自裕文下十有七世，海虞牧齋錢先生所誌晉陽唐君聚升墓，諱映奎，則君之父也。由聚升而上，累世修儒術。聚升早孤，能以科舉業教其二子，而君居長。君諱景錢，字時若，別字容齋，與其弟默齋相友愛，偕君之子堯勳，三人者皆諸生。余讀海虞之文，固已心儀其爲人，且曰：「吾郡之葬其親者，好竊公孤名氏以爲重，唐君獨知牧齋爲可傳，斯之爲好文，抑亦足爲孝矣。」今年春，堯勳衰服踏門來謁〔二〕，默齋尤助之請，曰：「吾兄之乞銘先墓也，將以圖不朽。今者吾兄又亡矣，微先生孰宜□銘？」余遜謝不獲，乃據堯勳自爲狀序而銘之。序曰：

君初治經爲應舉學，自以往代名賢後，無以光耀前人之爲，乃益攻苦於所習，其制藝頗爲里中宿儒所稱許。既再試鎖院被放，而又遭母喪。會王師下吳郡，既定，而湖寇大作，老幼爭避匿，君不可，其父勸之走，君號頓匍匐，顧謂弟曰：「父往不可莫之侍也，母殯不可莫之守也，行矣！我必死於此。」無何寇至，投以刃不中，中庭柱，刃碎於木，寇執其鑰不能擊，愕然阻，乃舍之去。禮，人子居喪，殯必用車，車必有綍，所以備火災，戒不虞也。其祭也，謂之越綍而行事。夫祭尚謂之越綍，可以柩在堂而不守乎？火災尚備，而況於兵乎？古者三月葬，無所用遭兵之禮，然謹而防之如此，若唐君者，斯可謂之知禮矣。

當是時部使者有徵令於吳中，有司上富人籍以典織作，而君之父貲不中格，年老矣，名乃在選中，私憂之，不知所出，君奮曰：「朝廷自發金錢，予服官，特以勞使民戶，苟吏不乾沒，工不惰窳，而我出私財以彌縫其闕，則事亦易辦耳。」於是辭其父，常以身繇部中，賦事獻功，寧勤弗怠，如是者五六年，始遇恩詔以免。等輩大抵破家矣，而君不困。

君天性精密，既棄其經生言，則彊本節用，大修其先業，間出於廢舉以相濟。太公得以擊鮮奏酒，佚樂而終。君早作夜興，攻苦喫淡，具酒食以會里黨，推貲財以恤親知。嘗以默齋性簡易，不甚治生產，曰：「一家之中，有無必共，幸處贏餘，而可以弗吾告乎？」平居不苟訾笑，從昆弟親戚飲，則歡怡竟日。愛其子教督之，爲延經師，禮事之唯謹，其爲人如此。

君元配黃孺人，事舅姑以孝，治家以勤，知詩書，備婦德，生子而年不永。繼室以鄒氏，今在養〔三〕。君疾革而勅其子於喪葬〔四〕，所以處二母者，得禮之中焉。君歿康熙七年秋，距其生乙卯也，年五十有四。黃孺人同年生，先於君三十年卒。一子，卽堯勳，黃孺人出也，娶鄭太學泰裕君之女。君女二，長許字于華，爲進士扶翩公之子；次尚幼。堯勳以庚戌閏二月之九日合葬君夫婦於友字圩之舊阡，從遺命弗他卜也。堯勳尚未免君之喪，而其於母也，生彊褓而見背，故哭踊加哀，葬之日，行道聞而悲之。余雖未獲識君，而默齋之來速銘也，口述君之謦欬語笑，若可得其髣髴，非其生平相愛不及此。嗚呼！觀君於兄弟父子之間，則躬行孝謹，亦可得而推矣，法當銘。銘曰：有宋直臣，曰維子方，溯彼初授，政最平江。南渡建炎，詔求其後，道斷不達，除官未授。趾觀家傳，乃遷此邦，譜則備矣，史應失詳。孝謹傳家，儒生奇節，苦𡇼弗離〔五〕，格於金鐵。長憂兵火，少事詩書，用其萬一，力田廢居。杼軸其休，徵令以息，小試治家，有治有則。何有何無，相賙相救，維兄及弟，自親逮舊。保有令德，質諸先公，胡不中壽，有子亢宗。山隋水旋，若堂若斧，同穴兹丘，爰告終古。

【校】

〔一〕四十卷本無此篇。　題中「君」，風雨樓本作「公」。

〔二〕踏門　風雨樓本作「蹐門」。

〔三〕今在養　三字原爲墨釘，據風雨樓本補。

〔四〕疾革　風雨樓本作「病革」。

〔五〕苦𡇼　原作「苦由」，據風雨樓本改。

太學張君季繁墓誌銘〔一〕

張君諱介祉，字季繁，吳之長洲人。曾大父建旌，大父元善，兩世皆諸生。父宗文，有六子，其四出元配龔氏，君其季也。甫十五而孤，養寡母以孝，恭事伯兄惟謹。仲兄有子而歿，叔夭且無後，君所以撫孤姪、賙嫠嫂甚備，友愛兩弟無間言。年三十始入太學，歸而大治先人之丘隴，母亡，合而祔之，送車致百乘，里人以爲榮。中年教諸子以發名成業，晚乃自營一坏於湖山之間，召所親置飲，登高望震澤，喟然歎曰：「吾起孤僮，不意自立，而今將老於此〔二〕，死不恨矣。」君長身豐下，恢啁善笑〔三〕。余衰憊始識君，君嘗期余以山梅大放時過其冢舍，作信宿留，余逡巡不果，遽聞君以病沒。君之子請以墓中之石累余，余不忍辭也。

君天性善治生，居家好置重堂複屋，收陂渠邸閣之利，雖累積纖微以漸致贏餘，費用旣饒，間出於闊達變化以自衞。處通都之中，贍宗族，賑里閭，交諸侯，結賓客，雍容而修豪長者之行，語曰：「人富而禮義附。」君之謂也。當明季，嘗捐囷粟以大償貧民之不能漕者，所全濟甚衆。在本朝之初，關吏以軍興法除馳道，用君爲榷；旣罷，而服官之領織作者又從而檄之。君之屬役賦丈，頒廩獻功，盛爲當事所嘉歎。此二者，君緣不得已而從事，故弗欲自言其勞，特以紀邦役，則亦行之大者。余獨謂君治田一事尤可書。

夫吾郡之田，其賦額古未有也，近又加以徵令急，而民之不能應者，出倍稱之息以貰貸，甚且下其直以請諸佃作者，粟未登而租耗其七八，比入則又糞土棄之，唯恐不及於期會，蓄有田之患若此。吳民數百萬戶，大抵皆破矣，而君獨以田起家。先是君之起家也，穀騰踊，催比亦不至於甚苛。其後也緩者亟，貴者賤，公私兩被詘，而君優裕自如，聞一令下，則必變其術以相措拄。嘗告於衆曰：「古設田以養人，今設人以養田。吾取百畝爲之率，儲三十金以預滋其潤，卽田不害矣。」是言也，策未有善於此者也，然惟君乃能行之。余輒思其故：君之產率上腴，又能起廬落，給牛種以勸耕〔四〕；其輸於官也，不待取諸耕而後足，每先期趨令，雖有里胥邑猾，失所挾持以索無名之錢；逮夫租登場，而君高其廩庾，常候時而擇利，初不緣縣官之緩急爲棄取。此三者，中家以下所共知也，而妄冀效君則不能，然後知田非不足困君，君之貲與其術自不至爲田所困，有司者猥欲人人趣辦如君，舉而概之，不亦惑乎！周官之首曰本富，漢法之善曰重農，今誠能準古制以大寬民租，徐擇其孝弟力田者，錄之以官，著在令甲，庶幾吳民知勸，彊力而急公上，不獨君一家已也。余於誌君墓，舉之爲斯世告焉。

君娶陳氏而賢。有五子，以諸生祖訓爲長，次起鵬、艾震、維同，母弟也，先後入太學；庶出夢麟者最幼。君有四女，孫七人，孫女十三人。君諸子進止儒雅，文采皆可觀，其入太學者仲與季，且駸駸嚮用。中外清整，所婚嫁皆名族。君生己酉六月之三日，卒庚戌十月之十三日，遺言以踰月葬，禮也，諸子遵而行之。墓在彈山之麓，具區之濆，去鄧尉先隴不五里。吳人之俗，歲於山中探梅信，傾城出游，張氏兩墓，深淺皆直其勝。君之葬也，余越疆而弔，見墓門有垂垂欲發者，其親串故人酹酒花下而後去。

嗟乎！古今論人之不同，一曰勞生，一曰達生。君之自壯逮老，其生也可以謂之勞矣；營生壙，作終制，若是乎高人曠士之所爲，何哉？余讀喪禮，子思子之言曰：「有其禮，無其財，君子弗行也。」惟君之生計足，喪具備，早營高燥，而勅其子以氣絕便斂，斂訖便葬，皆出自生平精彊心計之餘習，豈追慕昔賢之佚事而爲之者乎？然君於書傳頗能涉獵其大略，與人交，撫掌歡謔，坦易無它腸，此亦於道爲近，未可見其搰搰然、役役然，謂與古之放達者無一端之合也。余自笑足以知君，可以銘。銘曰：

有隤者山，有瀰者水；歲直降婁，月躔星紀。彼墓大夫，指說妙理，早寧體魄，後必大起。主人康強，笑而聊唯，爾言果徵，余不畏死。噫嘻！古有輕人不貲之軀，以自驗其術者乎？吾知君之卽安於此也，請以俟而考諸筮史。

【校】

〔一〕四十卷本無此篇。

〔二〕將老於此　風雨樓本無「於」字。

〔三〕「善」下，風雨樓本有「談」字。

〔四〕勸耕　原作「勤耕」，據風雨樓本改。

席處士允來墓誌銘

余間往洞庭東山，則必訪席君允來氏。自其父震湖君世居莫釐峯下，有茶癖，以善種花得養性術，年九十五而終。席氏系出唐禮部尚書豫，由安定遷吳，子孫用廢著爲業〔一〕。君以心泉君濡之子出後於叔南濱，南濱年亦九十，東山稱兩席翁，皆長者。君爲人孝友廉讓，中歲棄所學計然術，灌花瀹茗以終其身，吾郡及雲間士大夫多稱之。允來其仲子也，孝友似其父，養花尤擅家風。所居繚垣三楹，牀茵几杖，位置皆得其處。蘭蕙數盆，怒芽競茁。牆頭有木瓜朱櫞一二株，垂實纍纍向人。窗前置拳石，面勢膚理，似長與人同臥起者。其下嫩草雜卉，疏密可數，嚴淨甃潔，殆非扱箕縛帚所能及。而牡丹數十本，尤絕出於吳中。余嘗以花時過之，其花之妍娟靚豔，如笑如迎，即葉之向背俯仰有自矜之色，觀者神移目奪，恍然若與之遇也。

客訝而問曰：「養花有術乎？」曰：「無術也。吾父性愛花，見花之榮也則忻然喜，其瘁也則悄然憂。自壯迨老，寢與食息，語默醒醉，皆以神入於花之中，得其陰晴開落而與之俱化。吾父亡，不敢以改，庶幾見之如吾父之存也。」聞者爲之捧手歎息。後余每過湖，君開門賚茗，清談促坐，別則落其簷果餉余，余彳亍徬徨不忍去。蓋洞庭最稱翁氏、朱氏，有兩樓。君之尊彝圖卷不及翁，湖山歌舞不及朱，而獨以潔勝。即君家太僕用萬金起一園，乃游者過之而後訪君，皆歎曰：「若此亦奚用壯麗爲也！」君以其不相當，輒笑而不答。噫嘻，亦異矣哉！

君年六十有一而歿，無子。其病也鬱鬱不得志，床頭有一杖，生平之所愛弄，顧視惻愴，折而投之，曰：「吾不忍以貽他人。」既篤，友人吳亦昭撫之曰：「君死其如花何？」君張目直視，欷歔不能語。夫亦可悲也已！

自古高人達士(三)，流連寄託，其於花各因其性之相近以名所好。深山道流，餐落英、飲瀣露者，往往可以不死。震湖之年近百歲，殆似之矣，而君僅得中壽，何歟？震湖君諱桀，君諱元泰，戊申之八月某日，以君末命，同時窆於祖塋馬塢、石塢之二阡。余既與君游，又聞震湖之高風，父子以種花終隱，故因誌君而并及其先德。嗚呼，此亦君之志也夫！爲之銘曰：

昔之傳牡丹者，首姚黃，次魏紫，五侯貴，千金市。莫釐峯，具區水，有一人，慕黃、綺。階幽蘭，籬芳枳，抗烟霞，絕塵滓。花寒愁，花開喜，識花性，得花理。胡弗祀，沒猶視，其魂魄，遊於此。我作銘，告閭史，孝隱士，玄眞子。若席君者，斯可以死矣。

【校】

〔一〕廢著　原作「廢箸」，據四十卷本改。

〔三〕高人達士　「高」字原無，據四十卷本、風雨樓本增。

宋幼清墓誌銘〔一〕

崇禎十有三年，吾友雲間宋轅生、轅文兄弟葬其先君幼清公偕配楊孺人、施孺人於黃歇浦之鶴涇，而屬余以書曰：「子固習知我公者也，不可以無銘。」嗚呼！公之亡，距今十八年矣，余生也晚，則何由習公之深也？初余游京師，從現聞姚先生商榷人物，余進曰：「今天下漸多事矣，士大夫顧浮緩養名，無一人慷慨俠烈以奇節自許者，先生詎有其人乎？」先生慨然曰：「吾同年生宋幼清，俠烈士也。」因談幼清生平甚悉。先生善持論，慎許與，與人言，音吐如洪鐘，其談幼清，尤磊落可喜，倜儻非常，聽者毛髮盡悚，起舞擊節。嗟乎，獨不與此君同游哉！先生又泫然流涕曰：「幼清亡矣，余哭之，見其孤藐然也，甫四歲，聞能傳父業，近有聲問來。」於是聽者又變色興歎，以賢者之不竟所志而後必大也。

公諱懋澄，字幼清。先世汴人，趙氏之苗裔，南渡入杭，宋亡，以國爲姓，遷吳爲鉅族。高祖諱論，成化中鄉進士。曾祖諱公望。祖諱坤，太學生。父諱堯俞，嘉靖中鄉進士，上書張文忠諫奪情，不得第，著薊門集以卒，公其仲子也。雲間好濡緩，而公獨以俠聞，志行果決，跅弛不羈〔三〕，嘗以丈夫生世，與其隱囊麈尾以送窮年，不如犬馬陸博可槃壯志，乃益跌蕩於酒以自豪。有顧君、于君者，爲異常之交，痛飲竟日夜，行歌呼道中，客或諫之，輒曰：「身自大呼，何與他人事？」不爲止。公雖放於酒人乎，內行修潔，事親孝，持身廉，振人之急，家無餘貲。刻趙虞卿之像，就其家設祠堂事之，曰：「虞卿烈士，棄萬乘之相而狥一人之窮，眞吾友也。」

久之，鬱鬱不得志，走京師。會光廟及福藩出閣講學，議者謂宜有等殺，廷爭之勿能得，公奮曰：「上以親愛待太子諸王，固非羣公所能言；言則謂其冀後福，固有所輕重也。我以布衣，勢無覬倖，卽如是言，上意或有動耶！」或勸之曰：「卿無言責，奈有老母何！」乃卽其牘上宗伯羅公，書凡數百言，言甚剴切。神宗皇帝在宥四十餘年，士大夫所持國是，無如江陵奪情、光廟出講一二大事，皆通國爭之，會暴有所摧折，士氣憂不振。公父子皆書生，先後游太學，持直節，發讜論，赫然名動京師。已歸而舉於鄉，凡三上不第。同年白公正蒙精數學，能前知，嘗爲公言，我兩人將先後亡，不出兩歲，具刻時日。其卒也公哭之慟。嗟乎！公爲人落拓有壯節，好奇計，足跡遍天下，散財結客，嘗欲一旦赴國家之急以就功名，聞白公言，中夜悲歌，自知所志不遂而亦殆將病矣。公歿後數年而余得聞公名，又三年而得交於韓生兄弟，姚先生所謂四歲孤也。

公初娶楊孺人，繼娶施孺人，先後以孝聞。楊孺人之歿也，公在京師，不及見，爲其留侍張太孺人也。張太孺人歿，公免喪後復遠遊，所至必與施孺人偕，稱賢助，凡後公十五年而卒。韓生兄弟工文章，交游遍海內。顧出公所爲詩文，尤豪宕自喜。又負奇略，規摹九邊形勢，親歷險塞，與其賢豪長者游。生平居燕者十之五六，居吳門者十之三四，若齊、若秦、若汴、若豫章、若楚、越皆居焉。其客吳門也，夜半取道湖、泖間，雙槳若飛，巨艦中爇兩樺燭，衣冠危坐，盜賊望見，以爲神人，不敢犯。歲晏，從豪家貸百金以餉賓客，發之非精繆，大怒投水中，曰：「此何以餉人？」其雅性如此。

夫以公之才，處平世，抑鬱無所就，以至於死。若使至今日，如韓生兄弟所遇之時，當馳驟一切以取將相，何至以孝廉終哉？雖然，公以布衣上書摩切天子，又處朝家骨肉之間，而公卿不以爲非，當宁不以爲罪。今罔浸密矣，姚先生帷幄近臣，用言事故爲讒者所中，且斥逐放廢以終。公而處此，其將上有陳東之禍，而次不免劇孟之疑，不如速營糟丘以自老也。是宜爲銘。銘曰：

仕俠則剛，不硧不芒。今之篤行，乃古之狂。厥施未究，始謀永藏。湯湯湖水，玄石幽房。

【校】

〔一〕四十卷本、風雨樓本均無此篇。

〔二〕跅弛　原作「跅跑」，逕改。按晉書周處傳論：「以跅弛之材，負不羈之行。」

墓誌銘七

張母潘孺人暨金孺人墓誌銘〔一〕

余友刑科右給事張敉菴，諱王治，以戊戌之月日〔二〕，偕諸兄葬其妣潘孺人於虛宇府君諱翼之之墓，而金孺人祔焉。金孺人者，故翰林庶吉士西銘先生諱溥之生母也。虛宇公元配陸孺人無子，有子十人，唯潘孺人以繼室生源與濬，而敉菴最少，三人者爲嫡出，餘皆少室，其前乎金孺人者有汪氏、葉氏。虛宇公之葬也，先以汪從，比玄堂之啓，葉爲同穸，而不得與金孺人並書。春秋之義，母以子貴，且以不沒我西銘而推崇其所自出，禮也。先是敉菴官京師，疏請葬親，以例格不允。比歸而謀襄事，踏門來告曰〔三〕：「先兄西銘成進士而葬我府君，今王治叨一命，葬我母以及先兄之母〔四〕，則猶先兄之志也。先兄之門人唯有子在，其异之一言。」嗚呼！余忍不銘？

按狀，孺人潘姓，家世太倉人，祖父皆儒者，有學行。孺人在震而表嘉祥，及笄而嫻內訓。其嬪於張也，贈君夫婦在養，而庶子之出多母者在抱，孺人專柔恭順，奉顏色，庀甘旨，克以孝聞，其厚前室之家也如己家，字他姬之子也如己子，外而門從姻黨，下而阿保傔媵，遇之皆有禮法，族蕃且大，中外無間言。府君之兄司空公夙友愛，而爲左右所甚間，孺人從容告其姒婦曰：「娣之於姒以何親？」曰：「以兄弟親也。」「然則第奴舍客，以視兄弟誠有間矣。他人以疏親，獨不能使親親，此吾夫婦過也。」司空聞之泣，復歡好如初。府君以執友王公無子，命以己子子之，即敉菴也。王公歿，家以浸落〔五〕，孺人迎其嫠嫂以歸。在禮，異姓不得爲後，其卒也，或疑其服，孺人曰：「生乎於我養，死乎於我哭，其又何疑焉！」府君晚歲不懌，思諸子以文墨自奮，孺人設家塾，宿膏火，窮日并夜，述遺語以勗勉諸孤。奇西銘之才，獨憐愛之，命諸兄與之齒，曰：「若無易此子爲也。」金孺人天性謹約，於流輩中素斂退，而獨歸心孺人，常教其子以孝，雖析箸異居，而晨昏罔間。西銘貴，賓客生徒，奉脃酒、執羔雁起居兩太君者車數百輛，金孺人必推孺人先而己下之，孺人所出三子皆才，每兄弟同集，篇章競進，辨論蠭起，西銘顧其坐客，槩論天下名士，輒屈指曰：「我八兄，我九兄。」八兄謂源，九兄謂濬也。

牧菴甫齔而孤，孺人以屬之西銘曰：「若善教此兒，哀此兒尤小也。」西銘橫置一榻，旁庋圖書，朱黃鉤貫，手指而口授之，其於立身取友之道，厚期待，勤誘掖，嘗廢卷太息曰：「我母老矣，安得吾弟之早就一第，以仰慰我母乎？」崇禎己卯，孺人亡〔六〕，又三年西銘歿，金孺人傷心盡痛，未踰期亦至於大故。從此師友凋亡，陵谷遷改，海內人士扼腕於盛衰興廢之際〔七〕，在兩母之歿，惘乎有餘感焉。牧菴成進士，官諫垣，酒闌燈炧，追憶西銘昔年太息之語，而孺人已不待，未嘗不泣下沾襟也。

初西銘之葬府君也，張氏十子就列，而三母帷乎堂，髽而將事。今西銘無子，有嗣子曰永錫；而葉母所出二人，質先也長兄〔八〕，先亡，次京應也，亦老病。以此三母之葬，皆牧菴及其同母兄主之。君子曰：「孺人之訓齊異室，足比同仁；牧菴之志篤在原，可稱不匱。善哉！足以為法矣。」抑吾聞之，孔子葬母於防，門人後至。夫負土執紼，亦為人弟子之道也。偉業挾筴從師，升堂拜母，哲人既萎，十有九年。今者覩雙碣之巋然，庶九原之可作，南瞻其子，北望其親，在於吾師可云無憾，而門人都講，漬酒山丘，松檟之痛方深，蓼莪之章久廢。江都子弟，重經董相之墳；沛郡諸生，共誄桓榮之行，能無泫然而已乎！乃因牧菴之請，為之合誌，而銘之曰：

母也十子慈，子也百世師。我刻此辭，其繫後人之思者，庶幾媲美乎鳲鳩之詩也。

【校】

〔一〕題　風雨樓本無「銘」字。

〔二〕月日　四十卷本、風雨樓本均作「正月二十四日」。

〔三〕踏門　四十卷本、風雨樓本均作「蹐門」。

〔四〕我　四十卷本、風雨樓本均作「吾」。

〔五〕以　四十卷本作「亦」。

〔六〕孺人　原作「儒人」，據四十卷本、風雨樓本改。

〔七〕扼擊　原作「扼擘」，據四十卷本、風雨樓本改。

〔八〕兄　四十卷本、風雨樓本均作「已」。

佟母劉淑人墓誌銘

大房山之下，有佳城鬱然，斗泉聖水，蜿蜒趨之者，是爲佟母劉淑人之墓。淑人之葬也，子江南右方伯諱彭年方從政於吳，季弟房山令有年，爲書告兄曰：「呂望封齊，三世葬周，不忘本也。吾家備旄車之族，掌環列之官，循墓大夫遺制，三輔股肱，山川完密，莫宜於房邑。自吾吏茲土，行營高燥兆於僂句而墨食，將以月日啓攢塗於國門之外〔一〕，逆吾母之喪而堋焉。」方伯奉書而泣，乃手疏內行，謁銘於偉業曰：「先淑人之疾革也，吾兩兄屬櫜鞬於南鄭，彭年亦先受任肅州〔三〕，會家中丞建節河西，避尊與戚，官命未改，獲淹久於私第，適罹大故，偕吾季鋪紋紟、覩含玉，是天假其間，少逭恨於終天也。今兩兄還歸，率諸子弟。奉輴車，穿復土，百里之內外姻畢至，彭年獨守官於南，不敢越制徒跣以及於祖載，庶幾下繂之石，鑱懿行而掩諸幽，有以慰其無窮之悲乎！請累子。」偉業曰：「維公有恩德於吳之民，公之母則猶吾母也，敢用不文辭乎？」

按狀，淑人劉姓，占籍寧遠衞處士雲封公女也。其先元戎高其勇爵，父則壹行標其素風。維佟氏遠自晉、魏以來，世著襄平之望，蠢爾嘉耦，嬪於高門。繼亭公通明高朗，著令望於圭璋；淑人婉娩温恭，表芬芳於錡筥。盥饋而媵御畢從，廟見而宗親交賀。崔、盧儷其光華，鍾、郝侔其禮法矣。

其逮事王父母維齋公與李孺人也，百歲壯容，班壹之就邊屯牧；九十健飯，虞譚乃家立養堂。及爾尊章，亦稱耆艾，左飡右粥，異室同堂。贈參政西河公偕林淑人，有子亦既抱孫，親在口不言老，一身井臼，兩世晨昏，君姑夙戒於雞鳴，長姒敢休於燕寢。酒漿腆洗，趨代勤勞；箴管鞶絲，先時紉製。此淑人之孝也。

相我夫子，夙夜不遑，挽鹿車以御窮，臥牛衣而勞苦，士處世豈居人後，君諸兒必大吾門，教之以方，從其所好。既而漂搖風雨，瑣尾山川，鐵籠載而尊老以全，雍樹馳而細弱乃殑，明智有餘，提攜不易。天乎何酷，命也於罹，方百口之無歸，又兩親之不祿。流離空乏，號叫蒼黃，心枯墊隘之辰，禮盡凶荒之日，備物附身之無憾，過時卒哭以猶悲。此淑人之賢也。

冢嗣建邦，勇不忘親，危而致命。敝無存之死，逆者皆髽；杞粱子之喪，復之以矢。割情止慟，收淚存孤。得其死所，童汪錡亦可弗殤；雖曰無功，子千秋於今有後。此淑人之仁也。

王師南邁，江、漢徂征，代馬嘶斜谷之風，巴山望桑乾之月。二子嵩年、兆年豈敢定居，身許人而母在；不遑將父，弟在軍者兄歸。告我征人，勤於王事。趙奢當受命之日，不知身家；羊琇處軍旅之間，其唯仁恕。不以餘年累汝，弗因吾故去軍。此淑人之義也。

世祖章皇帝稽古右文。興賢育俊。則有東都好學，四姓橫經；元祐求材，十科造士。籌火佐芸窗之讀，倚閭傳鎖院之名。績試方州，才遷望郡，高唐盼子之遺愛，常山主父之故城。華髮從游，輕軒就養，子勤於政，母教之忠，黽勉家風，恪居官次。何子平豈專祿仕〔三〕，雋不疑多有平反〔四〕，洊致嘉聞，克遵慈訓。既朝廷布蓼蕭之澤，而私門執荼苦之誠。追念先姑，陳衣綦縞；何心主婦，被服山河，屬湛露之遠敷，已下泉之同歎。於時方伯公改官武德，擢任并州。厭次城頭，神縈夢寐；銅鞮陌上，目斷襜帷。王僧孺之引騶清道，悲不自勝；顧元歎之高會趨庭，傷心難再。攀閶門之楊柳，望涿水之松楸。枯魚銜索，經霜露於三秋；哀雁塡泥，隔關河者千里。庶憑彤管，足嗣徽音，徵諸琬琰之詞，聊釋杯棬之痛。

嗚呼！淑人之內行，方伯紀之詳矣。自其癸未生之歲，七十春秋而方伯貴，又七年而棄養，則其生卒也。六子，事有可書者五人。上殤而名者爲定邦，則方伯之弟而房山之兄也。孫十三人：國璠少孤，諸孫爲長；瑋、珩、瑄、璟、璜、琛皆方伯之兄子，瓚、瑛、琇則方伯子也，琳、璵、琬則房山之子也。皆冠之以「國」者，著其行也。謹最其餘行：宗黨稱其惠也；姻戚稱其睦也；諸婦稱其莊也；孫婦之旣饋者，孫女之已行者、未笄者，敎之如諸婦也；曾孫之在孺者，撫之如孫也；林淑人之女歸於吳者，生乎於我養，死乎於我殯。詩曰：「問我諸姑，遂及伯姊。」則其恤嫠逮下，可得而推也。

偉業聞之，自古興王之代，必先世祿之家。在我本朝，攸爲貴族，如西周之推尹、吉，東都之重楊、袁。莽徒峻秩雄班，禮隆使相；抑且文軒雕轂，秩比鄉君。顧鐘鼎之疏榮，繇蠶鹽之代匱，猗歟賢母，允也禮宗。文通武達，而子孫衆多；男清女貞，而姻親光寵〔五〕。德音茂矣，福履綏焉。猶有緒言，不無遺戀。雖幸萬石兒郎，悉居官下；終念伯仁兄弟，未盡目前。愍孫謂靡父何依，舒祺哀此兒猶小。崦嵫日短，禾黍墳高。冢近樓桑，流水出盧家之濼，山名木葉，故鄉歸丁令之家。偉業同病相憐，有懷不寐。風停樹靜，聽宿鳥之啁啾；石泐金銷，望喬松之偃蓋。表丹青於奕世，昭綸綍於當年。長沙人士，文稱陶母之賢；稷下書生，筆誄莊姜之行。用徇方伯公之請〔六〕，而爲之銘曰：

　　旄丘葛兮蔓高城，尾畢逋兮烏烏聲。伊孝媛兮斯晨征，左抱姑兮右提孫。號且踊兮蒼旻聞，嗟往事兮何酸辛。河水漣兮恆山青，被命服兮乘朱輪。我有管蒯兮何錦茵，我有藜藿兮何鼎烹〔七〕。惟玉樹之森森兮，慨余心之既寧。石闕兮高墳，玉珮兮輜軿。望錦川兮夜月，跂醫閭兮秋雲。噫嘻！千年終古兮，其永列於斯文。

【校】

〔一〕攢塗　四十卷本、風雨樓本均作「蒞塗」。

〔二〕亦先　四十卷本、風雨樓本均作「先亦」。

〔三〕何子平　原作「何平子」，據四十卷本改。按：何子平劉宋時爲海虞令，以孝聞。當以四十卷本爲是。

〔四〕雋不疑　原作「直不疑」，據四十卷本、風雨樓本改。按漢書雋不疑傳：「卽不疑多有所平反。」

〔五〕姻親　風雨樓本作「姻戚」。

〔六〕方伯公　四十卷本、風雨樓本均無「公」字。

〔七〕何錦茵我　四字原爲墨釘，據四十卷本、風雨樓本補。

封夫人張氏墓誌銘

夫人姓張氏，西安府長安縣人，封驃騎將軍梁公諱孟玉之妻，江南總兵都督同知化鳳之母也。家本青門素族，父以黃髮杖鄉。少習端莊，長嫻教訓。明詩習禮，親灞岸之蠶桑；結帨施衿，勞扶風之砧杵。梁爲舊姓，世乃儒流。衡茅兩版，守北地之高風；弧矢四方，襲河西之餘蔭。曰惟賢媛，爰定厥祥。德曜成臯廡之名，伯鸞避世；舞陰保陵鄉之胤，少府承家。遂啓元戎，適逢興運。

當其提兵牛渚，築壘鳩茲，爲王事維棘之秋，正將母不遑之日。義豈絕裾〔一〕，温太眞之誓師姑孰；功因剪髮，陶士行之駐節丹陽。爲彰陟岵之勞，封於石窌；用報倚閭之敎，錫以延鄉。以順治十四年冊拜爲驃騎將軍。夫人夫有爵而婦則從，子既官而母以貴。

已而位躋上將，略著全吳。高牙大纛，中權領東海之軍；文駟雕軒，內顧盡北堂之養。沃洲之浪不驚，方舟徐進；下瀨之師頻勝，扶杖何憂。爲將愛民，此乃吾親所敎；以身許國，勿以母老爲辭〔二〕。待輿霸以同餐，賓僚誦德；爲張遼而下拜，將吏趨風。霜露不居，晉徽遽謝，乃以丁酉八月二十九日遘疾，終於崇明之府第，距其生年辛巳四月二十一日，春秋七十有八。

嗚呼！夫人孝敬共勤，賢明貞愼；劬躬燾後，作法貽謀。長子鳴鳳，爲長安縣諸生；次都督也，由丙戌科進士。蘭臺著述，孟堅爲定遠之兄；新息勳名，伏波乃長平之弟〔三〕。尉蕚競爽，騏驥齊驅，二婿則武達文通，三孫並蘭芽玉茁。孫女四人，曾孫男女各一人，繈褓爲瓌奇異質，婚嫁皆方雅名家。無不義切杯棬，禮修擗踊，從者襲經而哀號〔四〕，居者見星而奔問。於明年十月，扶櫬西還〔五〕。艅艎之卒萬人，鑿而路祭；魚鹽之城百里，哭以過喪。馬鬣將封，虞歌在道。卜以某年月日葬於長安縣某地之新阡，禮也。

都督公以金革變禮，丘壠興懷。甘泉圖畫，秋風吹九陌之塵；槐里松楸，夜月照萬年之樹。爲之銘曰：

安定之裔，益耳之門，舉案風高，慶及後人。酒泉辭畝，曰余有母，以茲教孝，允文允武。慈姥有山，丁蘭有廟，采石來歸，板輿是導。駕言徂東，至於海邦，扶桑日出，峨峨養堂。板屋之風，婦女知義，嗟季行役，勉旃無棄。爰告彤史，昭示勿忘，誰謂內則，紀於戎行。昔人所戒，師遷於墓，軍行勿剪，誦及行路。今營高燥，武庫之南，佳城鬱鬱，宰木丸丸。乘氏加恩，開封追命，玄房雖閟，溫綸未竟。高掩五尺，旁置萬家，凡百孫子〔六〕，德音不遐。卜云其休，元龜以食，有如不信，視此刻石。

【校】

〔一〕絶裾　原作「絶裙」，逕改。按世説新語尤悔：「温公（嶠）初受劉司空使勸進，母崔氏固駐之，嶠絶裾而去。」

〔二〕勿　風雨樓本作「無」。

〔三〕長平　四十卷本、風雨樓本均作「長安」，非。按後漢書馬援列傳：「援三兄：況、余、員。」李賢注引東觀記：「況字長平。」

〔四〕襲經　原作「襲絰」，據四十卷本、風雨樓本改。

〔五〕西還　原作「西遷」，據四十卷本改。

〔六〕孫子　原作「子孫」，據四十卷本、風雨樓本乙。

劉母耿淑人墓誌銘

沂水孝廉劉君瑋將以戊戌十月葬母耿淑人於邑之某阡，而排纘內行，介吾友維揚姚黃門永言爲書來謁銘，且致其尊人中丞贇皇公之命。中丞諱應賓，舉癸丑進士〔一〕，爲吏部郎有聲，嘗識余於京師者也。余敢以不文辭？乃爲序而銘焉。

按狀，孺人爲婦、爲女而孝也。中丞家貧，束脩羊不足於腆洗，機杼操作，黽勉有無，辛勸佽助。既仕而歸，傾箱倒庋，上其裝於尊老，洗手不名一錢。耿固方雅之族，父爲聞人，門衰産落，母畢以失明迎養，匕箸必親，哽噎必祝，飯含奄窆，皆得其禮，其仰事有如此者。孺人爲母、爲女君而莊也。中丞起家贊皇、南宫二令，洊歷中外，庀内政，識大體，篝燈宿火以訓課諸子，衣粗食糲以戒飭諸子婦，祭祀以虔，婚嫁以禮，絲枲紉製，酒漿朐炙，家老長妾奉其教令，不戒而辦，其御下有如此者。孺人爲大姒、爲諸母而寬仁有恩也。中丞有三弟，孺人處妯娌之間，虀鹽井臼，己居其先，筐箱扃鐍〔三〕，己居其後。季叔早世，慰其姑之哀以誓撫諸孤，既成立矣，逮乎遭亂相失，析箸破家，間關追尋，經營收䘏，始終不替其恩焉。解衣推食以賙給婣親，折券棄責以振施煢獨，飯僧祝唄以大作佛事。

嗚呼！淑人之内行，孝廉狀之詳矣，而最大者：權璫之擅政也，勸中丞以請急不挂於禍；逆闖之犯闕也，贊中丞以遠避不罹於兵。嗟乎！三十年以來，黄門、北寺之獄設械於前，赤眉、銅馬之亂張羅於後，海内老成宿素，保有家室妻子無恙如中丞者，詎更有其人乎？詩曰：「死生契闊，與子成説。執子之手，與子偕老。」言擊鼓用兵之日，求偕老如此其難也。當淑人之過江也，骨肉艱難，道塗鈔奪，杜林載妻子於鹿車，伯仁奉老母而南渡，其勞苦可謂至矣。中丞從安池納節，僑居維揚者十年而後歸，歸未期歲，而淑人至於大故。孝廉痛其母之去國還家，日不暇給，有風停樹靜之悲。乃後之君子，感漆室之遺憂，覽莪蓼之舊業，於淑人之生返故里，沒遂首丘，恫乎有餘慕焉。昔魯義婦不以己子易人子，齊人見而迴軍；辟司徒之妻，其避兵也，先問吾父與吾君，終免晉師之難。菑齊、魯山川完密，風淳俗厚，其婦女皆知禮義，能賢明強固，以措拄於家國變亂之間，若淑人者，斯可以風矣。

淑人生以某年月日，卒以某年月日〔三〕。有三子：長即瑋也，甲午舉人；次爲澄海知縣珙〔四〕，已前死；而其季曰玠，爲諸生。女一人。孫七人，孫女三人。曾孫女二人。一門之內，少長以齒，孝謹不衰，以故宦游燕、趙，流寓江、淮，遠近皆傳其家法。爲之銘曰：

穆陵巀巀，沂、沭洋洋，篤生淑媛，誕於耿鄉。耿鄉維何？好畤之族，爰嬪於劉，荷天百祿。青犢稱兵，黃巾告變，廣固無城，碻磝不戰。率我士女，曰惟永嘉，僑彼石頭，比於瑯琊。言旋還歸，魯人燕喜，如何不弔，彤管有煒。佳城鬱鬱，山隤水旋，朱虛之域，沛國之阡。顏母有林，桓姜有冢，樵牧斯辟，松栝斯拱。後五百年，前市後朝，泰山刻石，終古不消。

【校】

〔一〕舉癸丑進士　風雨樓本無「舉」字。

〔二〕篋箱　四十卷本作「篚箱」。

〔三〕卒以某年月日　六字原無，據四十卷本、風雨樓本增。

〔四〕琪　風雨樓本作「珙」。

秦母侯孺人墓誌銘

孺人侯氏，歸於秦，秦與侯，常州無錫之鉅姓。秦之先其著者大司馬少保端敏公諱金，端敏之弟曰永昌太守諱禾〔一〕，永昌之子曰大中丞諱燿，載其淸德，世有壹行。曾孫今封翰林檢討德藻，爰自齠齔，卜茲嘉耦，謂使侯氏撫有而室，其後必蕃，乃告諸中丞之廟而納幣，遂啓賢子，以得命於朝。

侯之先其著者曰太僕寺少卿諱先春。少卿之孫曰戶部主事澹泉，諱鼎鉉，家門雍肅，而孺人以生。澹泉之母王安人，節母也。孺人母華安人，而又鞠育於祖母，體自鄉宗〔二〕，漸摩教訓。生而柔，笄而禮，中外夙著嘉聞。既饋，而舅氏太學公早棄於養，姑于夫人性方嚴，孺人僂行却立，箴管必飭，腆洗以時，燂湯藥，問起居，所以執婦道唯謹。太學公喪在殯，孤子有事於先塋而出，鄰人適不戒於火，鬱攸從之，孺人號呼其家衆曰：「火有及乎帘者，我死之。」遂舁以免。邑之屬於兵也，于夫人以孤嫠，故子奉之以出；大父母從諸叔在它第，故留。檢討公既出而復反，孺人戒之曰：「君第往，有吾在，勿憂姑也。」嗚呼！以是二者，足徵其孝矣。

自太學公見背，門緒中微，濟泉公久次公車而未第。孺人初入門，荼苦是嘗，漂搖是懼，乃能御之以柔，鎮之以靜，內以保其家，外以禦其侮，唯夫子之措拄。恐或瘁厥躬也，勉之曰：「丈夫貴自立耳，毋戚戚！」家老長妾與聞其語者，其稱孺人也曰「居危能安」。以孺人之一身，立乎二十年之前，侯氏興而秦氏得以保全；立乎二十年之後，秦氏興而侯氏與之競爽。孺人初不以其父而薄自振矜，繼不以其子而微有充詘〔三〕，諸姑伯姊與之游處者，其稱孺人也曰「有寵益畏〔四〕」。居家仰有取，俯有拾，絲麻菅蒯，賦事獻功，具服修以速父兄，潔酒醴以肅賓客，無大無小，必躬必親。然猶小心敬戒，不敢自專進止，左右夫子，諮而後行。服御鮮纂組之華，簪珥絕珠璣之飾。俾倉有餘粟，機有餘布，則以班宗人之貧者。比閭無告，篤癃惸獨，生則賙之，死則瘞之〔五〕，罔弗逮焉。最其生平，肅而勤，儉而寬，婉而能順，睦而能恤，孺人之著於內行如此。

有四子：長松齡，次松期、松喬、松如。松齡字留仙，年二十舉乙未進士〔六〕，官檢討，出後大宗，用覃恩推恩所生如令典。留仙之服官也，修前人之德業，克自勉勵。孺人貽書傳勅曰：「若勿以年少自多。年少易爲人重，亦易爲人輕，若當爲其重者。」留仙再拜端誦，同官聞之，亦爲肅然。蓋秦氏子弟在典謁之中，卽知艱難，無膏粱裙屐之習。嘗因留仙冬夜呼寒，正色責之曰：「若曹賴先人餘澤，今裝綿擁火而寒，無以處寠人子徒步行風雪中者。」

留仙奉其戒至於今，弗敢有斁。嗟乎！今天下年少取科第者，乘堅刺齒肥，盛衣裘僕從相誇尚，故舊里閭凍餓爲溝中之瘠，曾不一瞬視，且從而朘削焉。彼父母恬有其祿養者，比比而是也，聞秦氏之風，亦可少媿矣乎！吾欲取之以示世之爲母子者法焉。

孺人素無病，庚子之秋，留仙北行，次子就省試，送之至京口，還家寢疾，八月之十六日遂革。距其生丁巳二月二十五日，年僅四十有四。留仙及介弟倉黃祖叫，內宗外宗之至者哭之加哀。其葬唐山灣也〔七〕，送車數百乘，婦女髽而辟踊，諸孫及甥以衰抱之，里人之與執紼路而奠醊，多出涕者。檢討公命其子以速銘也，曰：「吾非汝母，無以成吾家。詩有之：『將恐將懼，唯予與女。將安將樂，女轉棄予。』唯文字足傳，有以慰亡者於地下。」留仙率諸弟以請，噭然哭。余因追溯先朝，澹泉公初舉進士，定交於職方吳君永調之邸中。永調吾年友，親侯氏婿，澹泉其內兄弟，蓋侯氏閫教〔八〕，自王安人以下，余之所熟聞也。

吾母朱太夫人精心佛乘，構藏經閣於鄧尉山中，同心佽助，惟有于太君一人。江鄉百里之間，音聲相聞，信施雜及，緇素之口，必以秦母、吳母爲先。已而像設告成，二母之軒車並至。余家無主饋，故莫從。孺人率其冢婦介婦贊姑於伊蒲之席，因以敍兩家世講。留仙在館閣，修少長之禮；而孺人亦緣高堂雁行，讓階而登。吾母歸而稱其賢〔九〕，羨其盛；未嘗不爲之三歎也。未二年而孺人卒，又一年，吾母至於大故，于太君亦以哭其婦而亡矣。

語曰：「日中則昃，月盈則食。」富貴壽考，在人世不可以把玩。余因銘孺人而讀其家乘，惆乎有深痛焉。

留仙娶於吳，繼娶於華，吳爲職方君弟之子，華則孺人母黨也。松期所授室曰黃，繼委禽於鮑。松喬之外家曰高，松如之外家曰陳，皆貴族。檢討有庶出未名之子一，以孺人歿後始生。女四，其三許嫁而殤，禮弗繫於夫族，其笄而行者一人。孫男八：敬然、始然、孝然、廉然、文然、憲然，其可名者也。孫女四人，當詳於世墓，故不備。嗚呼！余觀乎秦氏它日玄堂之啓，俟諸百年，子孫之應書者且繩繩無算，而留仙爲孺人寧體魄，刻琬琰，若恐弗及。余居兩親之喪，逼外除，而先大夫先妣之懿行所以圖不朽者，將累當世能言之君子，而尙有待也。今執筆而誌孺人之墓，其能無心焉摧割，而恧然其無愧汗乎！用不獲已於檢討公及留仙兄弟之命〔10〕，而爲之銘。銘曰：

維侯昔有母，受旌以節，表厥宅里，崇臺綽楔〔11〕；維秦今有母，推封以恩，被之象服，翟茀寢門。斯二母者，孫繩祖武，爰受介福，實惟類我。胡豐其遇，乃嗇之年？厥有良子，靡不由天。有氿者泉，其流泚泚，遶彼墓門，莫知其止。吾欲併禮宗而紀之，以告後之有彤史也。

【校】

〔一〕弟　四十卷本、風雨樓本均作「姪」。
〔二〕鄉宗　四十卷本作「卿宗」。
〔三〕充詘　原作「充詘」，據四十卷本改。
〔四〕有寵　四十卷本、風雨樓本均作「在寵」。
〔五〕瘞　原作「瘗」，據風雨樓本改。
〔六〕二十　四十卷本、風雨樓本均作「十九」。
〔七〕唐山灣　四十卷本、風雨樓本均作「唐灣山」。
〔八〕蓋侯氏閫敎　「侯」字原無，據四十卷本、風雨樓本增。
〔九〕歸　原作「婦」，據四十卷本、風雨樓本改。
〔一〇〕用不獲已於　「於」字原無，據四十卷本、風雨樓本增。
〔一一〕綽楔　原作「棹楔」，據四十卷本、風雨樓本改。

蔣母陳安人墓誌銘

吾年家子常熟孝廉蔣君伊，狀其母陳安人之內行，踏門來告曰〔一〕：「往者吾父亡也，兄佶圖謁銘於先生而未敢者，有母在，不忍以遽葬也。今母亡矣，佶又不天而前死者三月。先是母屬疾，以其哭吾父也，吾兄弟朝夕祈有間，以盡一日之養，不幸重遭少壯者之喪。吾母哭子，因以追痛先君，心腸摧裂，遽至於大故。嗚呼！吾兄已矣，孤子何以逭終天之罰而下報母、兄乎？今者先君之銘有待，而願誌吾母，庶幾致哀吾父，而慰兄佶於地下也。敢以請。」余曰：子之先府君與吾同舉於有司者三十年，吾友也。子之兄弟有敦盤之好，於同人不遺我老，而俾狎主其事，亦吾友也。古者朋友之妻之喪，則經而弔之；朋友之母之喪，則爲位哭之。吾於蔣氏之禮有二焉，其何忍辭？」

按狀，安人姓陳氏，常熟之唐墅里人。其先有爲侍御史者，子孫世儒家，父念虞公也。念虞娶於程，生安人，甫在抱而養於叔敬虞，以朱孺人爲之母，撫育有恩，故安人始終事二母如一。年十八歸於蔣，是爲贈禮部主事抱奇公之冢婦，而丁丑進士歷南海、建安二令陞儀制司南陔公諱棻之元配。蔣固鉅族，世由科第陟顯官，獨抱奇公困鎖院久不遇，偕濮太君長食貧。安人既饋，而棗栗腶修，衿纓綦屨，不惜解瑱脱簪以營之。躬機杼，忘寢興，所以佐夫若子於讀者惟謹。其貴也，奉其姑之官，黽勉在公，簡飭中外，具有禮法。濮太君歿於南海，方奉將柩車在塗，而又奔贈君凶問。比入閩，將報政而甲中大變，天地崩坼，則又得之建安官舍中。凡南陔揞拄家國，凶哀盡禮，安人之贊襄居多。自余初得舉，識南陔於無錫舟中。其成進士也，余亦官京師。中間仕宦參錯，垂老始相見於江湖，握手興歎。入門而庭宇灑埽，鈴柝肅然，主人設雞黍之饗，殽核酒醴，中豐儉之宜，終宴，僕御無陜輸嘻笑者〔二〕，吾以此知嫂夫人之賢也。

南海壯縣也，海虞於吾郡好以服飾居處相誇尚，里閈中獨推蔣氏有素風，一官嶺表，垂槖而歸，家門無珠玉纂組之華，子弟無田園車馬之奉，論者以爲此固吏治賢也，微內助無以成之。南陔又言於余曰：「吾建安閩亂，時軍興旁午，使者促迫，坐邸舍中，山氓洶洶，束手無以應。吾婦盡捐槖中裝以代輸杉稅，閩之人至今猶言之。」余尤歎安人審常變，識大體，不獨稱廉令婦也。

安人四子，已出者三，中子偶早歲夭歿，膝下唯三男三女。嘗歲時宴集，幼稚盈前，指長子顧而言曰：「若等少長富貴，惟佶兒之生也，乃父爲貧諸生，吾母子日夕爲辛苦〔三〕。」因相與縷陳之而泣。嗟乎！兵興以來，如南陔之優游晚節，在同籍之中不易見矣。微聞家居幾爲何人所中，倖而得全，其沒也亦不勝暄涼之感，故安人哭其夫若子爲之加哀。然則世之不如南陔與不如安人之母子者，可勝道哉！安人卒戊申也，距其生癸卯六十有六，後於南陔之卒者四年，故孝廉之名成也，安人所及見。今孝廉方遠至，而諸孫嶄然露頭角，若安人者可以無憾。爲之銘曰：

嗚呼！古有合葬而爲兩銘者，其穴同，其窆之月日又同。維淑媛之高風，宜垂令問於無窮。故從而爲之辭，以相隨夫子於幽宮。

【校】

〔一〕踏門　四十卷本、風雨樓本均作「蹐門」。

〔二〕陝輸　原作「陝隃」，據文義逕改。

〔三〕爲　四十卷本、風雨樓本均作「同」。

許節母翁太孺人墓誌銘〔一〕

崇禎九年，江南巡按御史以吳郡故太學許公之妻翁孺人節孝上聞，天子下詔旌其門曰「貞節之門」。又十五年，孺人卒，蓋去許公之歿五十有一年矣。初郡人之以孺人節孝聞也，其子元極、元愷實詳列其行，而元愷以好交友顯名，故節母之賢特著。同邑先達如徐公勿齋、孝廉如楊公維斗皆不言同辭，臺使者以兩公之語爲徵，乃具疏得請。孺人之卒也，元極先三日以病歿，於是元愷躃踴號泣曰：「嗟乎！吾母之節得以顯者，皆先皇帝之德，而吾之友實助吾兄弟以爲請。今吾君亡，吾友亡，而吾之兄亦亡矣。苟不得一言以銘諸幽，是先朝之寵錫將泯滅而弗章也。惟婁東有舊史氏在。」乃卽大參吳公之狀來告。偉業曰：「噫！

此吾友之母也。」爲序而銘焉。

按狀，孺人東洞庭翁公恆裕之女也，年十八歸於許，兩家皆洞庭巨族〔三〕。許公諱明臣，字餘耕，以明經入太學，爲時聞人。其歿也，年僅二十有四。孺人少於公一歲，二孤皆幼，撫櫬長號，引繯欲自刺，水漿不入口者五日。姑勉之曰：「若從死，如藐孤何？」自此五十餘年，屏去綺縠弗御，辛苦拮据，爲餘耕公起冢舍，立祠堂，田園邸屋，有加於舊，中從親舊，人無間言，此其事夫之節也。孺人之姑曰姜太孺人，姜爲望姓，又王文恪公外孫女。文恪家法清整，姜孺人得其敎，門以內有節行法度。孺人承顏色，庀甘旨，服勤勿失。姑病，口嘗藥以進，不解衣帶者數月。病已篤，哭泣籲天，夢神人授以藥，吞之乃瘳，此其奉姑之孝也。孺人初稱未亡人，元極甫四歲，元愷三歲。餘耕之兄曰仍耕，能撫字諸姪，而孺人內和妯娌，外事伯叔，聘禮賢師訓督二子，遂以成立。仍耕之次子丁卯舉於鄉，孺人出遺書數百卷，涕泣以授二子，曰：「乃父無年，不得志於鎖院，若其無忘乃父之志。」此其敎子之勤也。孺人性好施，扶困濟厄，棄責折券，甓道路，成橋梁，營寺宇，拌力爲之，惟恐弗及。歲大祲，出米二百石佐其子，以給菱田、翁巷之貧者，恩及數百家矣。江寧、松江邸舍所在，賑貸亦如之。苟遇荒祲以爲常。此其救人之仁也。

初吾師張西銘以社事興起東南，而勿齋、維斗爲同志，嘗大會武丘，舟車塡咽，巷陌爲滿。其有傾身接待，置驛四郊，請謝□賓客，則推吾友德先。德先者，元愷字也。當是時孺人方持家秉，德先揮斥千餘金以爲頓舍飲食之費，孺人無幾微吝色。逮節孝疏聞，適會孺人六十，西銘偕勿齋、維斗登堂拜母，同人畢至，里中以爲榮。自西銘亡後，世事遷改，交游摧折，勿齋、維斗致命而死，德先以告其母，孺人未嘗不潸然出涕，且以幸兩人之得死所也。元極之病亟也，孺人哭之慟，曰：「吾不從若父死者，以有爾等在，今何忍壯子先歿以下見吾夫哉！」乃亦臥病，不肯服藥，取手所製布衣熟視曰：「吾可以下報矣。」噫！余聞之：忠臣節母，皆秉天地之畸氣，必使之備艱難嘗荼苦，以歷試其所守。孺人之晚福亦既安且樂矣，乃竟令哭子以歿，所謂以節始者，還以節終，天之以完行俾孺人也。詎偶然哉？先朝所以風厲人倫，若孺人者，可以無愧矣。

子二：長元極，太學生；次元愷，吳縣庠生。孫四人：國光、斐光、廷光，俱元極出；綸光，元愷出。孫女三人。曾孫男四，曾孫女二。孺人生於戊寅七月初七日，卒於辛卯八月二十三日，年七十有四。卽以是年十月十五日祔於餘耕西菱田亭字圩之阡。偉業偕諸公以交於德先兄弟，俯仰三十餘年，今執筆而誌孺人之墓。夫述先朝表揚之典，發貞媛幽潛之行，俾後之邑乘國志知所稱道，此亦舊史之事也。乃爲之銘曰：

震澤之氣，上屬咸池，倬彼婺星，貞耀下垂。宣文韋母，孝義桓嫠，綽楔有光，彤管是貽。圖畫丹青，禮宗女師，昭茲來世，刻我銘詩。

【校】

〔一〕四十卷本、風雨樓本均無此篇。

〔二〕叵族　原作「叵族」，逕改。

吳梅村全集

下

〔清〕吴偉業　著
李學穎　集評標校

上海古籍出版社

吳梅村全集卷第四十九　文集二十七

墓誌銘八

勅贈盧母羅淑人墓誌銘〔一〕

淑人姓羅氏，楚之蘄州人，贈大中大夫鹽運使盧公首山諱如鼎之妻，進士管江南漕務左參政紘之母也。首山於癸未二月，賊張獻忠攻蘄，誓死設守，得正而斃。參政時計偕在都，次子紱又先期遇害。淑人哭號行求，收公屍於骸骨撑拒之中，以待參政之還，憂勞成瘁，不半載而卒，得年六十有七。蓋公之死則殉城也，淑人之死則殉夫也，可謂酷矣。人猶爲淑人厚幸曰：「未沒於兵。」又六年，參政成進士，聖朝推恩其母，初以新泰令贈孺人，再以桂林府同知贈宜人，三以長蘆鹽運使贈淑人，國家十數年間，凡有覃慶大典，參政母子未嘗不在褒寵中，可謂榮矣。人猶爲淑人惋惜曰：「不及於祿。」偉業讀其家傳而歎曰：「天地墋黷〔二〕，生民糜爛，閨門婦孺以一身搘拄於室家骨肉九鼎一絲之際，豈不難哉！」

當蘄之初被兵也，首山之次子紱、紱子晨初、從子紳、紳子震初皆死，而紱妻楊氏、震初妻袁氏死尤烈。又一月，而首山及參政之長子旦初同罹於難。蘄、黄既全楚之望，盧氏尤稱忠孝義門，推厥本源，咸出公與淑人之教。至於今曹江之水空流，宋廟之火久熄，有過中郎之閭而弔其禮宗者，幾與共姬、孝娥同其節概。淑人生嘗荼苦，沒被寵榮，烏頭雙闕，且與豐碑宰木照耀天壤，此史氏所必載，而私紀可以弗之詳乎？

按狀，淑人之父繡軒公官藩府書記，從荆邸自建昌遷於蘄，因家焉。盧氏參政之大父曰贈大中大夫南槐公，兩家共里閈爲世好〔三〕。繡軒任俠能文，南槐之弟曰南林，好棋酒，尤相善。南槐嘗遠遊而不在，兩人共弈，從者劍首山立於前〔四〕，南林撫之曰：「兄子也，請君女以爲婚。」羅公笑而應曰：「諾。」南槐至而弗改也。南槐娶於宋，有二子而母見背，公生已五年矣，繼室以李氏，無子，視之如所生。羅氏則爲愛壻早失恃，其周惜甚有恩紀〔五〕，參政言之輒出涕曰：「吾外王父之德，猶吾王父也。」

淑人年十九歸於公。生長高門，母朱又宗家女也，裝送爲盛。淑人綦縞自甘，紈縠弗御，箴管鞶袠，紉治必工。爲人儉而莊，柔而正，通詩書，能識其大義〔六〕，事高堂具有禮法。南槐天性剛嚴，寢門之内，慴氣屏息，李淑人雖賢乎，後姑也，舅氏之佐箠者又擬於女君，勃稽語言，易生嫌間。伯兄長姒爲之析產異居。淑人則下氣怡色，就養無方，二十餘年，能奉之以終始，斯其孝可知已。羅氏之饔人，膳羞脯醢，倣王家食官之制，南槐進而甘之，舍是卽投箸命徹。淑人知之，中廚躬自割烹，約水火之齊，醬物珍物，必致其美，命媵者奉以饋曰：「此羅氏饔也。」

淑人性不飲，自奉粗飯無兼味。有潔癖，簋簠匕箸必手滌，而几席振拂無纖塵。身親井臼，生殖漸充，僮指百餘，計口賦食，嘗御之以寬，終歲不聞疾言遽色，而內外奉其規程，莫敢陜輸嬉笑者，其家法如此。首山屢躓於鎖院，淑人婉語相勞苦。參政兄弟就外傅，所以教督之有方。嘗篝燈聽其夜讀，至東漢宋弘傳，舉弘糟糠貧賤之語以爲訓；又至寇準傳，曰：「『天下好，用寇老。』兒爲人當如此矣。」得參政丙子賢書信，曰：「若它日所就詎止此？」〔七〕旁人睨之，殊無驚喜容，退而皆服。

寇禍之作也，首山自郊徙於城，淑人方盥洗，聞鬼哭，愴然知不保。城陷，公被縛矣，已而釋乎執〔八〕。參政之子旦初、昭初扶其母張淑人以免，弟紱則與妻子偕沒，淑人蒼黃散〔九〕，有外戚熊姓者導之使歸。踰月寇復至，公與於難，二孫別而纍，昭初乘間逸〔一〇〕，旦初遂不知生亡〔一一〕。淑人偃立墩墻之旁，同里顧氏妾者左右之，還之以其衣，遂與張淑人偕脫。嗚呼，此二者孰非天爲之哉！

首山以二月二十二日殪，又十日於江崖而得，淑人哭而收之，焚以殮，亂故不成喪也。參政問道西還，遇其拏於湖涘之舟，相扶歸辰山鄉莊，而淑人亦以病，八月之二十二日遂革。其訣也，猶以沒身子手爲幸。飯含之夕，非淑人避兵時所攜帛中金，則不能爲椑。參政言之輒噭然泣〔二〕。墓在蝦蟆湖之秀山原，以視土門珠樹林首山藏骨處爲別葬。孔子曰：「衞人之祔也離之，魯人之祔也合之。」季武子曰：「合葬非古也，周公蓋祔。」君子之重其親，有其禮，無其時，不能行也。同穴之詩，平世之所爲作，詎所論於流離板蕩哉！夫井陘之復以矢〔三〕，狐駘之弔以髽，若首山公者，所謂埋而置揭，得土而已，此窮於禮者之禮也。淑人則猶得斂以時服，懸棺而封，故其於公也，有杞梁同絕之心，而援蒼梧不從之義。別誌者，蓋變文以起例，所以著其孝而申其哀焉。

余嘗泛覽史傳，每歎天下大亂，女子之死節者，其姓名最易爲抑沒，傳者蓋千不獲一。惟子奉其母，婦奉其姑，幸而得免者，其後門第光顯，後人爲之稱述，或側見於孝義、獨行、世家、列傳之中，而貞姬節母，遂以奕世不朽。今觀淑人得全，而楊氏、袁氏因之併著於後，蓋造物若留之，俾生者絕而復續，死者隱而得章，必如此始可報首山於九原而啓參政於身後，豈偶然哉！余史官也，又嘗使楚，於楚事宜詳。參政今宦於吳，爲廉吏，爲孝子。傳曰：「非此母不生此子。」然則淑人之必傳於百世無疑也。是何可不銘？銘曰：

鈷鉧源泉兮其流發發〔一四〕，爰采香草兮我心則悅。石穴洲高兮銅零江小，翠篠霜鉤兮停雲縹緲。若堂若斧兮出於湖墳，三湘之哲兮八米之門。釋奴龍子兮一日千里，伊誰貽之兮母之懷矣。蘄春大澤兮狐鳴篝火，黃巾城下兮白骨道左。父求死子兮婦求死夫，毋使併沒兮天乎何辜〔一五〕！我刻斯銘兮用昭懋綸，誰曰不見兮後千百世其長存。

【校】

〔一〕題　四十卷本、風雨樓本均無「勅贈」字。

〔二〕墋黷　原作「慘黷」，據四十卷本、風雨樓本改。

〔三〕里閈　風雨樓本作「閈里」。

〔四〕前　四十卷本作「側」。

〔五〕周惜　四十卷本、風雨樓本均作「周恤」。

〔六〕能識其大義　風雨樓本無「能」字。

〔七〕止此　原作「至此」，據四十卷本、風雨樓本改。

〔八〕乎　原作「手」，據四十卷本、風雨樓本改。

〔九〕蒼黃　四十卷本、風雨樓本均作「倉皇」。

〔一〇〕逸　原作「逢」，據四十卷本、風雨樓本改。

〔一〕生亡　四十卷本、風雨樓本均作「存亡」。
〔二〕泣　四十卷本、風雨樓本均作「哭」。
〔三〕井陘　原作「升陘」，矢　原作「失」，據四十卷本改。
〔四〕鉆鉧　原作「鉆鉧」，據四十卷本改。
〔五〕「天乎何辜」下，四十卷本、風雨樓本均有「崩城隕霜兮匍匐喪亂，斂魂山丘兮夫復奚憾」二句。

陳母夏安人墓誌銘

余嘗覽史傳，慨自古危亂之際，貞姬孝女泯滅於兵火者不可勝紀。間有一二幸而全，全而子孫備載其行跡，俾後人因其事以追考其世，則夫身殉而名不存者，亦得附著焉以顯，而此一二人者，天若有意留之不使之併沒，如涪州陳母夏安人，非其彰彰者乎！

安人今松江郡丞陳君三石諱計長之配，而用其子命世等之行狀爲請。三石余友也，泣而言曰：「吾妻獲邀今天子之覃恩以得封，而其卒也在己丑年之正月六日，是爲張獻忠破蜀後之五歲。當吾提攜細弱，奔走竄伏於窮山絕箐之中，其得脫於萬一者，繄安人黽勉搘持是賴。今計長竊祿此方，諸子克有寧宇，而安人年已不待。詩有之：『將恐將懼，惟予與女；將安將樂，女轉棄予。』惟仁人君子賜之不朽之一言，庶有以慰其無窮之悲乎！」余因

諸其請，爲之銘，

按狀：安人夏氏，其先以宗人故冢宰諱邦謨爲望姓，而癸未進士員外郎諱國孝之孫女也。父可淇，諸生。母趙氏嘗病，已革，安人刲股肉進以愈。年十七歸於陳。欒城令諱某，郡丞君之大王父也。欒城有母曰劉太恭人，年八十餘矣，蜀道遠而欒城初仕，母老不能從行，欒城之配曰文恭人，請留，安人長跽請曰：「吾舅萬里遠宦，姑不行，無以主內政。太恭人晨昏定省，則新婦事也。」蓋涕泣固請而後許。久之，劉太恭人以無疾逝。先期君與其叔與兄以公事不得已於省會，既聞訃而望國以哭，則安人已踊而成喪，自餘閤之奠，以及於浴衣含玉，附身附棺，終事畢舉。欒城歸而詢諸左右長御，知大小斂無遺憾者，乃聚其弟若子以泣，召安人前而勞之曰：「若有大功於吾陳氏。」安人遜謝不敢當。

初君之舉賢書也，少嘗上南宮，一再不第歸，同輩多卒業於京師，往往得官。自欒城亡後，秦、楚有寇難，蜀道梗，君猶豫不成行，獨坐恆拊髀自歎，安人寬譬之曰：「人生窮達會有命，母在，君奈何以身蹈不測？且吾幸有先人餘祿，以娛奉甘旨，不亦可乎！」君從之，得以一意閒居養志。與其兄推財讓分，遇凶札則傾囊橐以賑貸宗親里黨，凡皆安人贊之也。文恭人病目，醫言得人血可治，安人潛刺臂出血漬之，不使姑知。文恭人臨歿訣曰：「吾昔者不能視吾姑飯含以累汝，今吾二子在膝下，而獲歿身汝手，夫何憾！西土將亂，諸孫少，汝必勉之。」安人泣而受命。嗚呼，亦可謂之孝矣！

安人生於丁未之六月十七，距其卒己丑春，得年四十有三，卽以其月權厝於涪南三里馬援壩之陽。有六子：名世、維世、命世、德世、輔世、壽世，皆庶出。孫二，幼未名也。安人能訓長異室，恩踰所生，諸子亦克盡其孝。名世與輔世以貢爲明經，命世中庚子四川鄉試，餘三人諸生，所娶皆名族。

初文恭人之喪也，君挈子姓避賊，自涪走黔之婺縣。同年生西充李乾德雨然者，懷其偏沅巡撫節，間行歸家，亦抵婺，相抱慟哭。李公者智略士，自其在沅中，數以計破賊，戰不利而後走。旣入蜀，聞西充陷，其父被殺，益憤結思報，而與君相知，謀起事以距獻忠。安人從東廂微聞其語，旣入，亟戒之曰：「李公重臣，君父遭大難，義不可以沒沒。君儒者，未嘗居官任事，其材與地大非李公者比。我聞諸先姑，居危邦，愼毋爲世指名。」因顧視諸子曰：「君獨不爲若等計耶？」君出而盛推讓李，嗛言己不足共事者，李亦知其意，不復彊，而敬君長者，謀以妻子託之，安人與君參語許諾，喜曰：「李公不負國，而君可不負李公，其勝於從李同死者多矣！」其後李公沒於兵，而君以免，室家完，其第四子德世爲雨然壻，李氏弱息實賴君以存，然後知安人之言，不徒以爲其諸子也。嗟乎，豈不賢且智哉！

安人之厝也，以亂故禮不備。三石之言又曰：「獻忠躪蜀，棄骴之不葬者，高於巴陵之堆。吾妻得土爲幸，詎敢謀諸楄柎？然以吾之流離白首，諸子僑於異邦，它日者歸掃先恭人之壟，以爲伉儷謀同穴，期尚有待，惟即菆宮告哀，西望嗚咽於魂氣之無不之而已。」余曰：我聞楚、蜀間好爲哀些之辭，今陳氏之速銘也，語多惻愴，請變銘體而系之歌曰〔一〕：

涪水潺湲兮涪山巑岏，虎豹唁唁兮風雪孱顏。從夫木末兮哺子草間，黄雀啁啾兮猿猱以攀〔二〕。丹楓隕葉兮血淚斑斑，苟盡室之可免兮，一身奚歎。彼巴姬之何辜兮，委骨江邊；幸坏土之猶在兮，從姑以安。念夫君之遠道兮，匹馬征鞍；倘夢魂之可越兮，寧愁間關。亂曰：已焉哉！伏波駐兮銅柱灘，銅柱灘即馬援壩之水，安人葬處。馬鬣封兮西風寒，望不見兮涕汍瀾。蓴羹兮郫筒，鶴唳兮啼鵑。劖赤甲兮片石，刻銘辭兮千年。

【校】

〔一〕「系之」下，四十卷本有「以」字。

〔二〕兮　原作「分」，據四十卷本、風雨樓本改。

白母陳孺人墓誌銘

金陵有二白，曰明經夢鼎孟新、孝廉夢鼐仲調，天下之賢士也。二白之母曰陳孺人，亦天下之賢母也。孺人以月日卒，二子以父奉亭君諱某之藏祔於大父，卜某阡以別葬，而屬誌銘於余。余與二白有三十年游講之雅，今年春，仲調相遇於吳興。古者朋友之親之喪，遇諸道則爲位哭，余因以追敍三十年來死生契闊。凡人子之憂及其母與母之不保其子者，多有之矣，以吾兩家遭時多難，生事死葬，僅而獲禮，余衰且病，猶得執筆誌白母之墓，不綦幸乎！孺人之初亡也，大司馬合肥龔公爲之傳。余與龔公交於二白者皆最深，龔公已詳述孺人之內行，余將何以加諸？無已，請即其傳繹言之可乎？

孺人縣尉陳君忠藎之女，忠藎官於閩而卒，子幼，自以長女代其弟奉母以奔父喪。年二十而嬪於奉亭君。奉亭之父曰敬亭，諱某，元配張孺人早亡，孺人酒漿滫瀡盡婦禮，惟以不逮事其姑爲恨。敬亭歿，執舅之喪如其父。事繼姑厲孺人，姑有女，出己奩爲之嫁，姑病，奉湯藥、滌廁牏以將護之。厲孺人歿，執繼姑之喪如其姑。詩曰：「明發不寐，有懷二人。」傳之所以稱其孝也。奉亭好狗親友之急，不以無爲解。孺人所生二男四女，家又遭兩喪，揩捂拮据，匪朝伊夕。有勸以家貧罷二子治制舉業者，不肯聽，曰：「子苟讀書知禮，何憂貧？」盡斥簪珥以爲束脩資。詩曰：「何有何無，黽勉求之。」傳之所以稱其勤也。孺人訓子女以下逮僕御，終其身無疾言遽容。奉亭君病，焚香告天曰：「是有人父之責於其祖父，願以妾代某之身。」奉亭竟不起，孺人號呼，欲以其身殉，念孺子無以成立，則茹齋修竺乾之教者四十年，勉二子以力修乃父之志。詩曰：「釐爾女士，從以孫子。」傳之所以稱其義也。

余覽范史之傳黨人也，先書黨人之母。夫爲人母，未有不痛念其子者也。子以義死，其母許之，且告以死而無憾。若此者爲黨人難，爲黨人之母亦難。當阮懷寧由逆奄之餘孽，乘國難以竊政，修二白生夙昔執言之憾而下之獄。孺人聞二子之被收也，色不變，將誓以俱死，而加慰勞焉，然卒以免。嗚呼！宗社而旣屋矣，爲僉壬者身敗名滅，一二正流或以喪亂得全。君子於斯時也，未嘗不以黨人之已死者爲悲，而不敢以黨人之不死者爲幸，惟取賢母之壽考令終，歸諸天道之可信而已。

白母之偕二子以免也，踰七年，而仲調舉於鄉；又二年，孟新貢入太學。母年八十，健飯無恙，嘗以仲調罷其南宮薦，孟新有事於廣陵，母感疾危殆，而二子皆未歸，意中不能無戀戀者。旣而脫然愈。是冬也，仲子歸，母歡咍竟日，爲加餐。卒之夕，偕寡女談笑如平時，漏三下就寢，俄起坐不言。女亟呼二子，母持伯子手，摩頂，仲子抱母坐，家人泣，搖手止之，遽而念佛，母西北向，正色跏趺而逝。此其臨終正定，淨土往生，辨證無疑者，余聞之不勝太息。詩曰：「孝子不匱，永錫爾類。」觀白母之灑然坐脫，何其有類吾母乎！吾母朱太淑人奉佛受戒者三十餘年，白母年八十，吾母年亦七十有七，其終也，三子環侍，戒勿哭，吾母親見幡幢前導，諸佛受記而去，具載往生錄中。嗟乎！余亦黨人也。當二白獄急時，引繩批根，余自知將不免，常恐聞此憂吾母，不敢以告。無何大亂，奔走流離，事定，庶幾奉兩尊人以終老，而不能已於北行，吾母握手長訣傷心，母子俱大病，恐遂不復相見。比蒙恩歸里，再奉吾母七箸者五年，親視飯含，終天無憾者，皆出於君父之賜，其視兩白生之終事其母者，實同有厚幸焉。

余既已銓次龔公之文，又念三十年故交，吾母猶若母，故質言之，以見兩家慈孝之道爲無愧。爲之序而銘曰：

子才也優，僉夫是仇，伊我母之憂。母曰何尤，百祿來求。子行也壯，四方是向，伊我母之望。母曰無恙，歸來在養。其生也有基，其死也有歸，遭時孔難〔一〕，罄無不宜。若此母者，垂百世其奚悲！

【校】

〔一〕孔難　四十卷本作「孔艱」。

王母周太安人墓誌銘

先王制禮，後之人有進而加隆者，其惟母服乎！禮家云：父在爲母齊衰期者，屈於其尊也。今執母之喪，不得以二尊之故稍有等殺。雖然，禮寧爲其過，無爲其不及。古者禮不足而哀有餘，今之禮猶古之禮，今之哀不及古之哀也。古三月而葬，父在而葬母者，其父以妻之道行之，爲之子者衰服，面深墨，徒跣引柩，扱衽雞斯，以申削杖之痛，若此者，其服不同，禮同，孝之至也。今之人於致哀之道其果能盡歟否歟？如吾友刑部郎中海虞王君楚先葬其母周安人者，斯可謂之能哀矣乎！

楚先與父餘姚公喜賡同舉進士，楚先筮仕十餘年，既以親老得請，餘姚公方在養，而安人見背。楚先將以月日封北山之新阡，在餘姚公則葬妻也，楚先則葬母也，君子竊於此觀禮焉。禮先殯而後葬，安人之葬也，先期楚先奉柩車以祖載，柳池牆翣，四面有章，屋帟加黼，罔不盡飾。主人袒括髮，拊心辟踊，自家徂壙，匍匐而號者數里。內宗外姻，四方之來觀者數百人，皆爲欷歔出涕，且曰：「王大夫之孝，匪其母之賢不及此。」於是楚先奉餘姚公之命實來請銘。偉業讀其狀有感曰：「河上之歌不云乎，同病相憐，此余與楚先之謂也。夫悲者不可爲絫歔，憂者不可爲歎息，聞吾友之哭其母，余能無潸然承睫以追痛吾母乎？當世祖章皇帝之十載，詔舉遺佚，偉業與楚先爲同徵。是時吾母朱淑人年六十有九，善病，長恐不復相見，吏趣上道急，母子日涕泣，目盡腫。既抵京師，與楚先言而嗚咽，楚先亦泫然曰：『人孰無親？卽吾母未嘗不善病也。』余曰：『君父子同取甲第，父處子出，於道爲宜。君之母少於吾母者一紀，及君仕宦之成，將母未遲也，此豈我所得而同耶？』歲月而往，追惟友朋夙昔之語，戚戚未嘗有忘，今日者執筆誌安人之葬，不自知其傷心而盡痛也。」

安人七歲通孝經，兼工鞶袠箴管。既長，代其母以措捂家政。年十八歸於王，事君舅震毅公、君姑張孺人盡婦禮。餘姚公出爲叔氏後，所後之母戴，年少勵苦節，安人左右就養，能得其歡心。餘姚公窮諸生也，束脩羊不足以具甘旨，又不能謝賓客之過從，朝夕所給，咸出安人十指中。撫育諸子，辛勤教督，有機杼佐讀之勞，有粗糲不飽之苦。既貴，辟纑布素如平時，斥衣食之餘以恤媚收族，親舊之窮嫠者咸以爲歸。遇媵妾、御臧獲皆有恩紀。於里巷則給棺櫝，施醫藥，五十年依佛氏之敎焉。其晚歲也，訓楚先以居官淸謹，不欲仲子之與物爲競，又使之乘時鼓勇以自進於功名，其賢明識大體如此。楚先追念生平艱難黽勉之故，而痛其母之即世，故哭之尤加哀焉。

嗚呼！吾父亦窮諸生也。吾母之事大王父、王母以孝，而敎三子以成立，其仁勤莊儉之德，實有類於安人；而偉業之事其母，有媿楚先固已多矣。自古賢母〔一〕，未有不願其夫若子之富貴，而富貴之無媿者尤難當。吾父之有聲場屋，屢試不收，而祖母湯淑人已老，家貧無以爲養，吾母爲余言之而泣。余幸弋一第〔二〕，竊喜有以慰母，而終有憾於吾父之不遇也。今王氏父子一朝並舉南宮薦，安人之於其家也，宗族親黨前爲壽，可以爲貴盛矣。人子之事其親，孰有加於此者乎？若夫遭逢世故、進退維谷之日，在楚先欲以完節畀餘姚公，可出身爲門戶計，而余於大義不得援此以爲解。自恨於當世無毫髮裨補，徒以羈愁病苦之餘，累吾母之倚閭長望，而貽之以晨夕之憂。然則余之有負子職者，捫心慚汗，終天而已矣！沒齒而已矣！以視安人母子，詎可同日而語哉！

安人卒於康熙丁未四月十四日，距其生年丁酉八月十四日〔三〕，春秋七十有一。子三人：長澧，卽楚先也，刑部郎中；次渼，丙午舉人；次潛，殤。女四，俱庶出。楚先娶徐氏，渼娶范氏。孫九人：奕棠、雲槎，澧出也；世棐、雲槃、雲樫、雲棃、雲梁、雲檉、雲藻，渼出也。奕棠、雲棃皆諸生。孫女四。曾孫男三。安人之七十也，楚先奉恩命以歸養，再踰年而安人以卒。嗟乎！人子莫大乎親視飯含，雖以余之不孝，藉國恩以終事吾母，庶幾稍有以自慰。禮曰：「五十不致毁。」又曰：「父在不爲母滅性。」楚先之爲孺子泣者，亦可以有節而不至於毁瘠乎！是亦母心之所以卽安也已。爲之銘曰：

哀也可以無容，言也可以無文。是少連之居喪，而在乎虞仲之城。繄賢母之善貽兮，用不匱乎斯人。烏目其隮兮，尙湖以淸，我爲此銘，如燕雀之迴翔兮，鳥獸躑躅而啾鳴。噫嘻乎悲哉！石以永存。

【校】

〔一〕賢母　原作「賢人」，據四十卷本、風雨樓本改。

〔二〕幸　四十卷本、風雨樓本均作「倖」。

〔三〕距　原作「詎」，據四十卷本改。

潘孺人墓誌銘

吾友鄒訏士祗謨狀其母黨潘孺人之內行來告曰：「孺人姓潘氏，常之宜興人，翰林檢討孫衣月自式之元配也。衣月將以月日葬其父母於龍蕩之新阡，而用孺人祔。吾子既許銘其大墓矣，敢并以請。」且曰：「孺人之父湖廣都司參軍文臺公，祗謨之外王父也。文臺以周孺人生二子三女，既成立矣，吾母則長女也。周孺人晚又一舉得二女，其一殤，存者爲最幼，以此絕憐愛之。當吾祖之以憲副治九江也，吾父率吾母以從。文臺公方隨牒官雅州，道出九江，周孺人攜女與俱〔一〕，生八年矣。吾母見而留之曰：『蜀萬里遠宦，雅州又處蠻箐中，妹方在提抱，請爲母鞠之以待母歸，可乎？』周孺人曰：『吾哀此兒尤小，不忍去左右。雖然，吾老，恐不及見其成也。事姊猶事母，他日爲我擇婚，處於郡城以相近，終且累汝。』母笑而應曰：『諾。』越二年，文臺公還自蜀，抵荊州而周孺人卒。又二年，文臺公亦卒。疾已革，召吾母至榻前，指女弟託之，且理周孺人前語，吾母唏噓受命，以此孺人育於鄒氏。」

又曰：「吾鄒與孫之先有道義之雅，故世締姻盟〔二〕。先姑之歸封檢討公而生五子也，以衣月爲長，吾祖奇此甥而愛之，曰：『它日且早貴。』孺人之依吾母以居也，爲人和而莊，進止皆有禮節。先姑之歸寧也，與吾母相愛，孺人以女之道事吾母，卽以姪之道事吾姑。姑相謂曰：『長甥而所愛也，盍以而妹爲吾婦乎？』母若謙言不敢當者，姑進曰：『君家兩尊人之命不云乎，近伯姊爲幸。吾家雖貧，如其近則莫予若也已。』母乃訪於潘氏而後從之。婚之夕，衣月來逆，內外姻交賀，喜其得所歸也。吾母施矜結褵，持其手爲之泣，痛父母之不及見也。既貴，以覃恩與其姑並受封，乃請於衣月，願同過荆溪展父母之墓。潘氏自戶部郎直軒公爲馬鬣封，而文臺夫婦從焉。孺人之至也，宗親會者車數十兩，孺人翟茀副編，環珮之音璆然，里媪長老，聚觀太息，有泣下者。吾母聞之，喜且悲曰：『吾可報江州之諾矣。』逾三年，孺人以病歿於京師，年僅二十有六。生一子曰賢，今長矣，爲諸生。孺人之有京師行也，別吾母，如有慘戚不自持者。既而訝曰：『得無有不祥乎？』其赴也，吾母追念外家，與先姑遇而哭之加慟。今先姑亦已亡矣，庶幾得子銘以兼慰吾母焉。」余曰：「婦人所難者貴而有子。孺人有子與女矣，其貴又早貴也，而竟夭歿〔三〕，不有命乎！周孺人之歿荆州也，載轜而歸，孺人甫十齡，委衰行哭，道路皆哀之。今孺人之葬，有賢也爲之主，同姻畢至，於終事亦未爲不幸也。」

訏士之來速銘也，述衣月之言曰：「詩云：『百歲之後，歸于其室。』吾有事四方，而孺子也長，姑就一坏以寧其體魄〔四〕。今日之禮，吾知痛吾親焉爾，顧於妻亦有傷心者，惟其得祔於姑，反哭於寢，爲無憾而已矣〔五〕。」余爲春秋之紀卒葬也〔六〕，內夫人、外夫人皆書，外夫人之喪或致或不致，其葬也或日或不日，則各就其赴告之詞以爲詳略。今吾於潘孺人之內行，所不得而詳也；而訏士爲能文家，且以骨肉故，紀其事爲甚備。嗚呼！狀則既以詳矣，誌又安得而略諸？此余所以狥吾友請而合於春秋之意也。爲之銘曰：

蘭芝猗猗兮生於谷中〔七〕，孰滋而培之兮不必於其土，孰萎而落之兮不必於其風。惟榮華之長在兮，芬芬襲襲於無窮〔八〕。噫嘻！是爲孺人之幽宮。

【校】

〔一〕「擕」下，四十卷本、風雨樓本均有「幼」字。

〔二〕綈　原作「諦」，據四十卷本、風雨樓本改。

〔三〕夭歿　原作「天歿」，據四十卷本、風雨樓本改。

〔四〕一坏　四十卷本作「一抔」。

〔五〕無憾　風雨樓本作「無恨」。

〔六〕爲　四十卷本、風雨樓本均作「維」。

〔七〕蘭芝　四十卷本、風雨樓本均作「蘭之」。

〔九〕芬芬　四十卷本作「芬芳」，風雨樓本作「芳芬」。

孫母金孺人墓誌銘

余嘗登虞山，笥將而南，見有城佳哉，面勢爽塏，左岡右阜，拱伏棋置，中爲馬鬣封焉，土赭而不緊，木榮而方遂，𥫩堂三楹，中唐置甓，墉周以完。詢之，余門人孫孝維藩所以葬生母也。前數武，巨石斗辟，下瞰百仞，有介丘巃起乎椒，霜樹相錯如繡，曰吾谷，乃孫氏之世阡，而茲山適攬其秀，凡湖山丙舍之勝，專之於孫氏矣。孝維晨過我，跽而謝曰：「夫子幸謁先孺人隴，以不及從爲戾。某渴葬吾母，懸繂之石，未有刻辭，敢請。」余曰：「諾。」

按狀，孺人金氏，常熟人。其承事方伯公也，贊女君黃夫人羞醬於舅中大夫，進止有禮，退而齒同列。鉛澤不華，箴管必飭，酒漿是潔，巾帨以時。從宦粵邸而生子，粵東多珠璣翡翠，象犀荃葛，孺人不以私其橐。方伯公疾，孝維甫羈貫，嘗抱著膝，方伯念困劣不能自還，哀此兒尤小，撫之泣下。孺人淚承睫，銜悽用好言相寬，不以孺子未立增其戀戀心。方伯捐館舍，冢嗣司李君持門戶，遇異母弟有恩紀，孝維修弟道甚恭，友愛無間，闔門雍睦，由兩母氏之教焉。孝維就外傅，孺人訓以儉德，庀治家政，僮御粲息，中外爭多其賢。及病，泣語孝維曰：「自汝君母黃夫人歿，吾屬助籩者三人，其有子而貴，禮有從而致隆者也；

無子者不祔。吾幸育汝，願得身先驅螻蟻，以下報黄夫人於地下，俾知孺子有成。惟汝大墓兆域未定，吾瞑，汝當規尋丈亟塴。」孝維涕洟受命。

余惟禮古不合葬，孔子曰：「衞人之祔也離之，魯人之祔也合之。」季武子曰：「周公蓋祔。」先是方伯公已營高敞於山之陰，以形家言改卜，而孝維承母意，不及俟先君於窀穸乃距祖阡里而近，貞龜維食。葬前之一夕，孝維夢孺人趨而來曰：「某所有文杏焉，可以馨吾骨矣。」旦而詢諸負土者，則其處在宋、元日故嘗植杏萬株，爲維摩講舍之西，辟垣而宮，以杏顏之，今墟矣，人猶有識者。嗟乎！孺人之靈其妥斯土也，筮襲於夢，異哉！

孝維丱歲從余游，實受命於其母，雖無闔門之語，而長御傳道，以孺子在幼，惟長者扶而植之，其諈諉甚至。閱二十年，余已成遲暮〔一〕，而孝維雅自樹立，克襄大事，可謂無負於母氏也已。用徇其請而爲之銘。銘曰：

湖水漣兮楓葉丹，淩風去兮乘雲還。植文杏兮棲鳴鸞，子千億兮仙根蟠。刻茲石兮永不刊。

【校】

〔一〕遲暮　原作「遲墓」，據四十卷本、風雨樓本改。

亡女權厝誌

嗚呼！此我之仲女，而陳之介婦。卒也以難，故斂於屋之小寢，無主哭，父撫之始受含，乃卽其地爲葍宮，俾朱書瓻以識月日曰：女生於京師，在震而母郁淑人以哭下殤子薳疾，彌月而瀕於殆。其產也，萬無母子俱全理，屬有天幸無害，竊心喜，雖女絕憐愛之。知星家曰：「是其長必貴。」十有一歲而郁淑人卒，躃踊如成人。祖父母手加鞠育，婉嫕得意旨，知詩書，工箴管，遇姊妹以恩，待上下有禮法。陳，海寧大姓也，今相國初在翰林與余同官，其生子女也又同歲〔一〕，相國之父中丞公以請婚，年十八始禮成，歸於相國子孝廉容永字直方。時相國守司農卿，而直方北闈得舉，施衿之夕，以高門勉之。既饋而翁姑交賀，曰：「此賢婦也。」

司農再相未一歲，用言者謫居瀋陽，取最少子從，其二在南，獨留直方京師，以絕塞遠，饋衣藥，通音問，居中爲調護。余時臥疾，遭緦廝慘，戚戚不樂，直方虛左邸迎以歸。相國疽發背，舍中兒多南下，直方孱然膏粱少年也，從一醫一童子出關，踔千里絕跡無人地以省父。余與之立馬門外，女泣而送之。已而相國召入京爲宿衞，視舊人，在諸子法當從。會余丁嗣母喪，女執手訣曰：「兒從夫，長作京師人矣。父老病無意復出，兒非有事不得還江南。」因慟哭。嗚呼！孰知其夭死江南，欲長作京師人，何可得哉！

當相國再以它事下請室，家人咸被繫，直方在外舍，未就執，得以其身變服省視，塗炭奔走，見者殆不復識。女盡心佽助，具橐饘，叅消息，寄帑主費，所以搘拄萬端。勞不見恤，或反以之受譙讓，無怨色。獄旬月而後讞，全家徙遼左，用流人法，不得爲前日比。獨子婦不在遣中，相國命將幼稚歸，寓書余曰：「吾子女不少，患難苦辛，惟有容兒夫婦耳。」

嗟乎！陳氏家方隆盛時，子弟厚自封殖，卽難作，而室中裝爲在南者分持去。相國母夫人於武林聞之，曰：「四郎無私財，若妻子何？」女歸舟中舉一男，名之曰環，志環召也。抵家，住空舍中，支一鼎以爨，手脫傅璣珥，市棗栗以上太母，曰：「兒貧，不能與伯叔姒比也。」直方右目眇，於律，廢疾者贖，女時省余東滄，聞之喜曰：「吾爲貴家婦以有此苦，若骨肉幸以完，當僦居父舍傍，紡枲作活也。」未幾海警急，京江陷，北信不至，州人一日數驚。女積憂勞久，病咯血，返而就醫郡城，余憐其無依，父子常相守。二女甥四五歲，頗慧黠，長者教之禮佛，祈直方早歸，女凝視長吁曰：「汝父不還矣。」余訝問故，曰：「吾舅姑已行，若止一子，以贖論易耳。今株送者盡室在南(二)，安坐無行色，部檄屢不前，事且有變，變則禍重至，渠何以獨免乎？」居兩月，果有後命。女病已憊，聞之憂且悸，嘔血數升，遂以是卒。當中丞初以婚請，余難之，曰：「物禁大盛，陳氏世顯貴，庸我耦乎？」其言二十五年而大驗。

女生於丁丑七月二十八日，卒於庚子五月六日。卒前二十四日，而直方在京師與諸兄弟竟同遣云。余曰：「陳氏之歸未有日，其權厝也，於法不當銘。然不可以無識也。」變爲招魂之詞以哀之，曰：

木葉山兮雨冥冥，蘆管吹兮，悲風慘慄之中人。伊巖關之巀嶭兮，虎豹以狺；冰雪皚皚兮，恨黑水之無津。問華表之奚歸兮，鶴告余以不聞；生與死其終弗見兮，噫乎寥廓於重雲。越有岑兮江有漘，魂歸來兮從汝母。奠椒漿兮漬茲土，依佛火兮救諸苦。

【校】

〔一〕其生子女也　風雨樓本無「也」字。

〔二〕今　原作「餘」，據四十卷本、風雨樓本改。

吳梅村全集卷第五十　文集二十八

墓表

卓海幢墓表

公諱禺，姓卓氏，字肖生，別字海幢，浙之瑞安人。明建文時戶部侍郎忠貞公諱敬，靖難不屈死，與方正學俱夷族，其子孫有脫者，流寓仁和，從外家之姓曰宋氏。萬曆中，鴻臚寺鳴贊公諱文炎，忠貞之七世孫也，始以仕顯復其姓，人乃知忠貞有後矣。鴻臚娶於孫氏，生公，公之從兄弟曰爾康，字去病，曰發之，字左車，俱以文章負重名，知交傾東南，而公亦雅著才望，時人莫能定其優劣，蓋仁和之卓始大。去病博學好屬文，而左車才辯穎悟，兼通佛理，其所持說，雖碩學名僧莫能屈。公傾心好之，日夜叩擊不倦，乃同爲北游。居京師五載，屢試於鎖院輒不利。歸而讀書武康山中，益探究爲性命之學。

先是公弱冠便有得於姚江知行合一之旨。姚江重良知，頗近佛氏之頓教，而源流本殊，後之門人推演其義以見吾道之大，於是儒釋遂合。公既偕同志崇理學，談仁義，而好從博山、雪嶠諸耆宿請質疑滯，雖發自左車，要本其師說然也。

公之爲學，從本達用，多所通涉，詩詞書法，無不精詣。卽治生之術亦能盡其所長，精彊有心計，課役僮隸，各得其宜，歲所入數倍，以高貲稱里中。客謂左車曰：「君與君之兄同講學，而獨以貧者何也？」左車曰：「白圭之治生也，以爲知不足與權變，勇不足以決斷，仁不能以取予，彊不能有所守，雖學吾術，終不告之。夫知仁勇彊〔一〕，此儒者之事，而貨殖用之，則以擇人任時，彊本力用，非深於學者不能辦也〔二〕。今余之學不足以及余兄，而余兄之爲善里中，嘗斥千金修橋梁之圮壞者，歲饑出囷粟，所全活以百數，彼其於吾儒義利之辨，佛氏外命之說，深有所得，豈區區焉與廢著鬻財者比耶〔三〕？」既而公之子辛彝用高第入爲秘書院編修，公貽書教誡之所以修身心，勤職業，其道甚備。嗟乎！富而不溢，貴而不驕，左車之言益信而有徵矣。

夫忠貞之裔湮滅不可知者二百餘年，而去病、左車與公三人者始以文章發聞於世，可謂盛矣，而皆不能得一第，去病、左車竟淪沒窮困以死，論者且謂天道之不可信，而公卒以其子貴享後福，然則天之所以厚忠貞子孫者〔四〕，詎可量哉！當方正學收族之日，一二賢者竊其幼息以免。忠貞遺孥得脱，史雖不載其事，保舍匿藏，要自有人。今正學之世未顯，而卓氏遂昌，亦可見忠臣之必有後，足以慰諸人於地下矣。

嗚呼！忠貞之德可以百世，而公能上繼祖烈，下啓來胤，苟不書其行事以告天下，則無以昭示乎後之人，乃鑱諸墓石。公二子：長彝，即編修君也〔五〕，次方清，庠生。公以某年月日生，以某年月日卒，以某年月日偕元配張孺人合葬〔六〕，墓在武康縣之河圖村。婁東吳偉業述。

【校】

〔一〕知仁勇彊　四十卷本、風雨樓本均作「知勇仁彊」。

〔二〕辨　原作「辦」，據四十卷本、風雨樓本改。

〔三〕廢著　原作「廢箸」，據四十卷本改。

〔四〕天之所以　四十卷本、風雨樓本均無「之」字。

〔五〕編修君　四十卷本、風雨樓本均作「編修公」。

〔六〕四十卷本、風雨樓本均無「年」字。　元配，四十卷本作「原配」。

保御鄭三山墓表

余嘗讀戴元滑嬰寧傳〔一〕，見其人粹然儒者，又好爲名僧耆宿之游。蓋自疵癘夭札，刀兵水火之並作，善醫者非原本儒與禪，講求乎天人性命之故，俾人聞之者身心正定〔二〕，煩惱破除，則其藥石之所奏，不足以發膏肓而理纖結。求諸今人，若保御三山鄭君，斯近之矣。

鄭之先始於司空公，爲宋天聖間名臣。建炎南渡，武顯大夫有扈蹕功，賜田松陵。子孫習外家李氏帶下醫，遂以術著。其別祖之顯者，在宋曰學士忠惠公、丞相忠定公，在元曰所南高士。君堂構於程、朱之學，和、緩之技，咸有師承，相傳五百餘載，爲士族，爲名家。

君自少攻詩書，鍊言行，早孤，居喪能哀，仲兄病，刲肉以進，人皆曰鄭氏有子。長身美鬚髯，溫良樂易，一見知爲通人長者。其於醫也，發揮精微，行之以誠心惻怛，名乃益起。千里之內，鉅公貴游，輜軿接跡，書幣交錯於庭，君造請問遺無虛日。窶人踽叟僂行過者，手注善藥以去，視之必均。性不喜入官府，有願交者必見重，始終不干以私。居常删食疏爲章程，然中廚日具十人之饌，高人勝流，明燈接席，評隲詩文書畫爲笑樂。子弟守循牆之禮，端拜詳視，得義門之餘風。修先祀以收族，婚必告，喪必訃，周恤具有恩紀。宗人農部公庶子自其沒後始生，鞠育敎誨之者備焉。同里負重名者曰楊、徐兩先生，身殞家破，所知皆亡匿，君非前有一言之託，以己女女其子，孫女女其孫，處田宅，謀膏火，成就其門戶。徐之長子孝廉屏跡山中，不交人事，嘗抱病且困，君急拏舟往訪，見突煙不起〔三〕，奄然壞絮弊簣中，爲之泣，手和藥，解衣易粟，割半氈充臥具，孝廉乃張目能視，起而錄其事曰更生。他若指囷賙寓公之急，推宅慰謫宦之窮，爲粥路人，脫驂舊館，不可悉數。此其儒行之坊表者也。

君事雲棲蓮池和尚爲幅巾弟子，於武林石公爲同參，晚扣擊於張司農靜涵居士，以研究法乘。有弟曰士敬，余同年生，襲浮屠服以避世，講道論藝〔四〕，學者奉爲經師人師。君朝而率其孫櫛聽士敬演大易一章，夕而偕士敬從靜涵受般若妙義。所居杏圃，西近永定舊刹，名賢古德所遊處，傷其蕪廢，揮斥數百金擔荷修復。偕曹村相國結同善之會，誘掖勸懇，施者坌集。君嘗謂人，上藥養性，中藥養生，醍醐以爲參苓，犍椎以爲箴砭，去其陰憂蠱惑之疾，予以歡喜利益之方，彼且惄然汗，霍然已，我則不居功，不尸利。富者教以營像設，飯伊蒲；貧者教以掩骴骼，恤觳卵：皆不期而至，不速而成。年七十餘矣，三春而眠，雞鳴而起，搰搰然若有不容自已者。畢餘景以護末法，回塵勞而入種智，飾巾正定，知命篤終，末後證明，歸諸解脫，緇素合掌讚歎，一以爲醫王，一以爲長者，此其禪觀之撈籠者也。

余每見世之士大夫困於更徭賦役之煩，在杜門學佛者爲尤甚，卽其親黨故人，義相收恤者，不能黽勉佽助，而營齋利生，恆詘於力之所弗及。若其棄家室，毀容貌，雖或大人長德，其徒相與敍統系，爭壇墠以屈辱之。庸兒俗媪，見其疏經詮教，規重矩疊，苦難知而避之若浼，不得與一知半解者同其利養，是儒者窮，儒而禪者尤窮。醫獨出入儒與禪之間，其地位可以權巧，其交游可以牽勸，故急難死生〔五〕，捐金援手，伽藍塔廟，鳩財庀工，在今日唯醫之力饒爲之，顧獨難乎其人。君則其人與術相值而適會乎其時，願力乃有所成就。然則通儒與禪之窮者莫如醫，又莫如我三山之爲醫也。嗟乎！苟不爲三山，士君子之不振於斯世，可勝道哉！

余與君爲中表，往來游跡甚多，間嘗記其一事。登靈巖共謁吾師蘗庵〔六〕，蘗庵乃楚魚山熊公也〔七〕。楚有何先生者在坐，先朝爲淮南倅，因流寓其土而過吳，徒步訪師，師命寓君舟還郡。遇山村，君登岸遄返，出十金曰：「此村人所以資藥囊，願以爲何先生壽。」何先生之過吳也，因故人爲吳令不得見，困甚，藉君金裝以歸。夫以余所偶見如此，則其不見者可得而推矣。若三山者，今復有其人乎？

君諱欽諭，三山其字，晚自號初曉道人。子二：長共亮，次之洪。亮早世，之洪能養志，先君四年以卒。余所表其墓曰鄭孝子者也。孫櫛，醇謹有學行，能世其家。余既論次君行事，進而求之所南先生，似乎首陽、柱下之不同；然君子之道，或默或語，汩泥揚波，蓋所以救世也，歸潔其身而已矣。易曰：「不事王侯，高尚其事。」所南有焉。詩曰：「凡民有喪，匍匐救之。」三山有焉。所南之書埋之絕壑之下，君之碑刻之高原之上，後三百年，當有知其人而爲之慷歎者。是爲表。

〔校〕

〔一〕滑嬰寧　按明史方伎傳：滑壽，自號攖寧生。嬰當作「攖」。

〔二〕身心正定　「身」字原無，據四十卷本、風雨樓本增。

〔三〕見　風雨樓本作「觀」。

〔四〕講道論藝　風雨樓本作「講論道藝」。

〔五〕故急難死生　四十卷本無「故」字。

〔六〕〔七〕蘗庵　原作「柏庵」，據四十卷本、風雨樓本改。卷十七有題華山蘗庵和尚畫像二首。

先伯祖玉田公墓表

傍石湖而西，不半里爲梅灣，余伯祖故福安縣縣丞玉田公諱諫之墓也。余家世鹿城人，自禮部公以下，大參、鴻臚三世皆葬於鹿城。公爲鴻臚長子；次即贈嘉議大夫少詹事諱議，余祖也；又次則諱誥，偉業四五歲曾及見之，老且貧，衣食於卜肆。余祖嘗抱偉業於膝，顧叔祖而歎曰：「爾知吾宗之所以衰乎？三世仕宦，廉吏之橐，固足以傳子孫，爾伯祖實主其帑，用之爲飲食裘馬費，產遂中落。余與爾叔祖庶出也，少孤，故皆貧。」余祖亡後，祖母湯孺人每談及鴻臚公時事，輒言嘉、隆中鹿城有倭難，伯祖自以私財募兵千餘人，轉戰湖、泖間，兵敗，左右皆歿，得一健卒負之免，家遂以破。其遷吳門也，買一故宅，起廢磚〔一〕，下有巨穴，見金繩縋棺，朱砂題畫，乃故王公葬處，以是邑邑不樂，得病死。有子而殤，一女不知女誰氏。吾家自移婁東，彼此不往來四十餘年矣。

偉業後十年成進士，於吳門遇三山鄭君，曰余姻也，詢之，則三山之兄曰某者，爲伯祖壻，余姑尚在也。偉業乃具禮幣拜見，則年已七十三，泫然泣曰：「猶憶會鴻臚公葬時，曾到鹿城見二叔，今已六十年，不通家問。」二叔謂吾祖也。歸而告吾祖母湯孺人，孺人泣，吾世父與吾父知之亦泣，泣年六十始識有伯姊也。相率至梅灣墓下再拜哭，且加封樹焉。

嗚呼，甚矣吾宗之衰也！自曾祖以下不三世，婁東去吳門不百里，而門戶凋落，子孫分適他國，吉凶婚葬，訖不相聞，即梅灣之一坏土，使非有鄭氏者識其故處，則蔦葛蒙薈，狐兔竄窟，遼墟深莽之間，若堂若坻者，忽焉過之，且不知爲何人之墓，而何以示子孫？惟有刻詞於石，表之於阡，以明鄭氏之德，而識余之愧，俾後之人知宗法之宜修也。

吾姑後三年以卒，有二子，以其一從吳姓，主梅灣之祭。祔葬者爲繼伯母查氏，而殤子諱□冢在其左，其陸氏從葬，則吾姑生母也。元配伯母□孺人，先伯祖幾年歿，猶葬鹿城云。

【校】

〔一〕起　四十卷本作「啓」。風雨樓本無「起」字。

誥封吳母孟恭人墓表

古卿大夫之獲內助者，匪僅國政，於軍旅有禆益焉。詩秦風之詠西伐也，用武之道備矣，終之以「言念君子，載寢載興。厭厭良人，秩秩德音。」君子讀而歎曰：「美哉，此國之所由興乎！」自昔運會之將至，精明強固之氣，不獨男子也，閨門婦孺，交相黽勉，踴躍於軍興之會。繇今觀之，若吳母孟恭人者，其事大有關於民生國故，可以墓門之石弗之著乎？

吳氏山陰大司馬之族，世爲著姓，後遷遂之清河。恭人清河指揮使德清孟公之女，其嬪於吳，爲贈中憲大夫越川公諱某之冢婦，今御史按察司使匪躬公諱執忠之配，而知無錫縣事興祚字伯成之母也。當國家王業始基，吳氏、孟氏實共執櫜鞬，以通婚媾。恭人事其君舅君姑，腆洗必豐，箴管必飭，遂以孝聞。匪躬公好結納，狥然諾，不問生計，恭人篝火紡績資給之無乏。處危疑之時，爲親黨畫可否多中。越川公曰：「微孟氏婦，無以寧吾家。」逮乎天下大定，匪躬公出牧畿縣，入擢西臺，官守言責，恭人之助居多，最大者無如閩漳南、楚西山之二役。

公之由御史出參政於閩也，漳南首被寇，我師之調集者數十萬，共偫惴惴弗及。恭人內率其媵妾傔從，外命其縫人膳宰，竭晝夜以就功，於是乎緩纓鎧扞、簦笠革舄，所以犒士也，稻醴粱糗、牲牷餼牽，所以醳兵也，皆取諸宮中而給之〔二〕，勿以累民。且亟謀諸公曰：「嗟沿海之人詿誤於賊者，非下令招之，諭以禍福，將惶惑無以自歸。諸將之執俘者萬數，王師弔民伐罪，此屬誠何辜？亟宜請王命脫其縛，暴露也爲之居，餓莩也予之食，仳離也還其親屬，俾得保聚。」公如其言行之，恩及一道矣。楚西山者，暴師於窮箐絕坂之中，人負斗糧，十日而後至，三軍之告匱狎聞。公方受命督楚餉，憂之不知所出。恭人策曰：「亟發取府之緡錢藏帛，吾率執鍼之屬紉爲縑囊，用襁負於軍所。」士賴以濟。嗟乎！此二者皆所以佐軍也，而恤民寓焉。漳南之資糧屝屨，既民不知勞；若西山則驛騷固不免矣，然使羣有司之在事者，一推以恭人之心，則楚人不至重困，而當時如我公者不多見也。噫嘻，恭人之賢豈不難哉！

恭人三子：長伯成也，次興基，又次興都。伯成凡三娶：元配韓氏；繼李氏；再繼以孔氏，生子，幼未名也。仲娶於于，季娶於萬，各有子一人。孫女共四人，其許字皆名族。恭人年六十有七，墓在京西之山原，曰龔村。其細行詳於幽堂之銘，故不載。

初伯成令無錫，而恭人南就養，將車都亭，威儀甚盛。踰數月，辦嚴北發，伯成牽裾請留，母正色勉之曰：「魯敬姜之教其子也，男女效績，愆則有辟。我孟氏也，有弗聞乎？修若職，庀若政，此乃爲孝，何必朝於寢而夕於側耶？」伯成再拜受所戒，弗敢言。既行，未浹旬而訃至，祖括髮而叫曰：「天乎！自吾始筮仕，萍鄉有萑苻警，而大寧山縣地被邊，皆不克奉母從。惟沂州魯之南境，而錫山江南，又以家京師，未畢正臘而遽返。今者覘絞衾、奠餘閤屬之兩弟，而羈一官於斯土，吾之生其不如死也已。」

偉業聞之曰：「甚哉伯成之孝也！雖然，先王制禮，不可以過也〔三〕。父在而爲母滅性乎？且恭人可謂不沒矣，夫以孝慈共恪之行，又出之以佐軍事而勤恤其民，若此以圖不朽，夫復奚憾耶？」伯成稽首曰：「子宗老也，請以一言累子。」偉業熟於大司馬之後，誼最深，自少同舉進士，直史館，晚而與伯成游，伯成之母猶吾母，何敢辭？抑吾聞之，先王爲治，卿大夫妻若母之賢者，必表著之以風勵天下。今吳氏忝世臣，而恭人備有懿德，當宁修開代之史，偉業衰且廢，曩者曾與觀乎故府，今奮筆書之者，詎獨爲其宗人已乎？乃修不文之辭，俾刻而表諸墓上。

【校】

〔一〕宮中　疑當作「官中」。

〔二〕「過」字原闕，據四十卷本、風雨樓本補。

吳梅村全集卷第五十一　文集二十九

塔銘　塔頌

香山白馬寺巨冶禪師教公塔銘

如來以虛無爲宗，眞實爲義，其有出世爲人，興頽舉廢者，揆之甚深微，妙法機用相等。我吳鄧尉聖恩寺剖公璧和尚，建大法幢，尊勝殊特，所度弟子，各坐道場，遠者台、宕、蘄、黄之間，精藍巨刹，千里列望焉。乃若巾瓶弗離，鐘魚互答，相去一牛鳴地，無如穹窿之海雲、香山之白馬。海雲起自道衍少師；白馬則始於支公，其後有道淸禪師，實萬峯之法嗣。香山分鄧尉支隴，而聖恩原本萬峯，故命巨冶敎公主之，修別院，復祖庭也。巨師既委順觀化，嗣法門人正道件繫行事，奉剖公命以塔銘來請。偉業皈依和尚，仰見其擔荷大法，囑累後人，續佛慧命。世相遷滅不常，十餘年來，得法上首六人示寂，白馬則尤其龍象蹴踏所恃爲金湯者也，烏可不勒梵行、昭法派以垂示來茲乎？

師諱濟教，亘治其字，毛姓也，揚之泰州人。父古莊公，有壹行。母沈氏生師，苕豎穎發，氣骨不凡。早歲厭薄塵勞，父母見背，捨家入道，學於其族之爲浮屠道者西山寺深林茂，叔父行也。先朝神廟之世，詔集有道高僧證戒於五臺，江南觀法師者與焉，膺紫衣之賜，而茂公出其門。師年十八，薙染爲大僧，從觀法師開講於天竺、於雙徑，廣通大藏尊經。已而蟬蛻文句，思證覺海，聞三峯漢和尚唱臨濟宗旨於鄧尉，杖策往游。漢和尚者，剖公之師，海內所推爲三峯禪也。和尚一見契合，迎謂之曰：「汝拚得五年住，卽留單。」師應曰：「古人拚這一生，何論五年？」遂留侍左右，服勞執苦，朝夕弗懈，稟戒入堂爲悅衆。上堂晚參，和尚舉「鵓鳩樹頭啼」語，言下有省，和尚誡以古德行解相應，方堪入道。師盡心供職，一衆悅服，漢公入滅，剖公開堂之日，舉爲監寺。當是時，鄧尉緇素坌集，日有千人，而經寮齋室，規制未備。師內營資糧，外接賓客，十年之間，威儀肅給，信施塡委，湧閣飛樓，宏敞嚴飭，凡使三峯之道揚於天下者，剖公之力，師爲之也。空有一徹，照用兼收，猛求向上一著，朝咨夕叩，旣接源流，受信拂，觀法師亦取所賜紫衣爲贈。

出主香山，草翳木荒，敝屋三楹，不蔽風雨，乃剪林莽，乃刳巖巒，度地鳩工，僃材陶甓，未幾而寶坊矗起，四方不祈而薦貨，不命而獻力，以潰於成。師軌行方雅，質性溫醇，與人言煦煦然，誘接初機，惟恐弗及，撈籠薰染，罔不嚮赴。說法授戒，千僧禮足；拈錐豎拂，四衆趨風。住香山之十有□年，爲辛丑八月二十八日，報緣已盡，沐浴更衣，作偈示衆曰：「生年五十七，大事今已畢。推倒須彌山，打破無生國。」泊然而逝。得度弟子首戒雪，即正道也，次曰法印宗、曰天句玄、曰千齡載、曰化燈用、曰二非□，共六人，所著語錄一卷行世。正道旣以師命繼白馬席，爰率同衣，於甲辰八月二十五日，瘞靈骨於香山西麓，遵遺意也。

當道清閑法之初，有梅泉滃沸於山巔，湮沒已久，師至而泉於舊處迸出，甘冽異常，流細而供不竭，中峯蒼雪澈有「細流引到泉盈壑，空鉢持歸雪滿舟」之句，香山以爲勝事。夫白馬始於支公，以余所見，若中峯蒼師者，深究竺墳，旁通孔籍，亦近代之支公也。道林偕王、許爲山澤之遊，百世而下，風流可想。蒼公沒踰十載，而中峯鞠爲茂草，識者過之太息。當今海內尊宿，如鄧尉、靈巖、靈隱三四大老，皆性相圓通，了無窒礙。後生淺聞薄植，掠知見而護門庭，世俗靡然，不復知有天台賢首之旨，經臺講席，抑沒而弗振，斯非末法之可憂者乎！亘師之從剖公游也，建傑閣以奉尊經，實轉華嚴藏海，而與蒼公有異常之契，此其眞實妙義，有不墮於空寂者矣，是可銘也。銘曰：

維臨濟之印，歸乎戒定，用絕鬭諍。師守其密令，契於眞乘，非相非性。光明如鏡，慧珠圓映，斯之謂清淨。維鄧尉之宮，湧乎虛空，聲聞鼓鐘，師相其成功。遷於別峯，有栝有敗矣松，丹樓如虹，寶鐸吟風，斯謂之顯融。佛法西來，至乎東夏，修多羅藏，馱以白馬。支郎，道德風雅，後千百年，紹跡者寡。有大導師，厥稱亘冶，不離文字，坐證般若，大聲一喝，震彼聾啞。頑石潛通，飛泉高瀉，栴檀香林，青山白社，靈塔巋然，雙樹之下。法雲布護，道風瀟灑，覺性爲眞，報身寧假。權實同歸，有無交捨，刻茲銘詞，用告來者。

靈隱具德和尚塔銘

自佛法入中夏，以漸被江南，宋、元以來，浙河東西分立五山十刹，而靈隱實居其最，是能致有道浮屠，如無著喜、永明壽、明教嵩、雪竇顯、大慧杲十有數公，遐哉其不易及也已。其爰當本朝御籙之初，我具德大和尚用臨濟宗旨，敷揚正法眼藏，而靈隱乃巍然其復興。其既也，遷席於雙徑，順世於天寧，而道價攸崇，靈骨是妥，始終於此山爲不朽，若是乎我佛如來因緣付囑，應身示現，不可得而思議者。噫嘻，詎偶然哉！於是嗣法弟子晦山顯仵繫梵行，郵書屬其友吳偉業曰：「子固辱與吾師遊者也。塔有刻文，非子不足傳，信石已具，敢請。」偉業既遜謝弗獲，則伏而思曰：「夫像法之有盛衰，猶生相之有起滅也。興復則重來懸記，坐脫則末後證明，皆所以開導有情，表彰正覺。今以和尚之功用莊嚴，遷化殊特，烏可不標舉大端，庸昭示於來禩乎！且偉業稱同學於晦山者四十年矣，猶記晦山初經薙染，和尚結制於玉峯之海藏，惟時緇素大集，偉業隨衆禮足，開誘殷勤，自慚鈍根，無以追隨參學。今者竊有餘幸，獲以世諦文字效奉揚於萬一。晦山之師，猶吾師也，其何敢辭？」

謹按師諱弘禮，號具德，生於紹興山陰之張氏，世稱著姓，明隆慶辛未狀元陽和先生元忭，其族也。從祖父徙會城，好與黃冠者游，有紫陽洞蘇道者，教以息養方，頗本於天台小止觀。止觀爲智者大師所修，梵僧謂與首楞嚴相合，今大師拜經石具在。師因讀是經而發正信，遂投普陀寶花庵靜長老，下髮出家。昔李叟過流沙而爲浮屠，阿難登雪山而度仙衆，師之卽仙證佛，又從教入禪，毋乃類是乎！三峯漢月藏禪師，則其所從記莂，授以臨濟一宗者也。臨濟在明初，法運中微，漢公出而直追從上相承之密印，自謂得心於高峯，得法於覺範，得源流於金粟悟和尚，而其始終加護者，則在覺範之綱宗。綱宗者，全提五家宗旨，而於臨濟，則一句分明之中，有玄有要，照用權實，料簡回互，賓主歷然，漢公所以尊奉源流，又不得已而至於辨難，其一念總不出乎此，師聞乃亟往而從焉，當其時漢公開法於安隱矣。師於座下首參本來面目，偶窺鏡見影，被同參驀背一推，猛然有省，然未敢以爲得也。自以生逢明師，聞至道，苟不於向上一著，關捩穿通，將何以發明弘道之苦心而擔荷大法？凡歷三峯、玄墓者數年，晝夜服勞，飽參力叩，一旦橫楖栗，下坡陀，放眼虛空，忽悟自家活計，而臨濟全機大用，當前畢現矣。師面貌淸稜，口機迅利，在函丈之前，竪義嶽嶽不下，而漢公輒痛加錐劄，故逆折之於疇人之中，嘗以機語不契，納履而去，最後乃許爲鐵骨禪，而謂吾宗必興於是子，其師弟機緣如此。三峯沒，同學潭吉忍公著五宗救於安隱，而已病，師贊助之力居多。書成而闡揚綱宗，三峯道法始曉然於天下，雖與當時辨難三峯者持論不無異同，要其大指，不過曰：「吾道應如是也。」昔巖頭以德山不知末後句，仰山謂翠巖不知祖師禪，師友兄弟相資敎益，在世法爲鬭諍，佛法則酬唱而已，師何心焉。

於是師歸隱雲門山中。御史大夫念臺劉公爲方外交，請師出世於會稽之廣孝寺。久之，居杭之安隱、顯寧，已而去之江北。其開期天長則慶雲，高郵則地藏，維揚則天寧，而杭之佛日、靈隱、徑山，又還自江北主焉者也。先後十坐道場，惟天寧、靈隱爲大。天寧學侶奔湊，師偈所云「五千衲子下揚州」者也。靈隱能起二百年之廢，大殿火，重新之，費以億萬計，王公大人施者坌集，殿材之長與其圍，產大山深谷中，非人力所致，若有天龍鬼神相之以畢出。吁，亦異哉！殿成，鉅麗甲天下，峯巒澗壑，次第布置，又斥其餘力以葺杭之諸寺。而徑山頻以興復請，師乃招晦山於黃梅四祖，取靈隱付之。住徑山未一歲，再往天寧。其未之天寧也，若似乎息機投老，報齡將近者。既至，預刻時日爲齋期。齋前一日，搭衣禮佛，夜過半，談笑如平時，五鼓，易新衣，呼侍者隨我上方去，頓足一下，端坐逝焉，世壽六十七，僧臘四十三，丁未十月之十九日也。

最師之生平，有奮迅之力，有漚和之智，有眞實了義，有無礙辨才，故能上以承當佛祖，下以調伏諸方，而鍛鍊學人，尤推爲莫及。蓋佛法自馬祖以後，大慧以前，正令接物，皆顯大機大用，三峯始修舉行之，而師極變化於莫測，在大乘法器，舉不能越其範圍，卽淺學初機，望崖思退者，尋當悔而遄返。師嘗以語晦山曰：「綱宗者，人能講，我能用。先師當日鉗錘，晚年始獲其益，此卽我三峯家法也。」嗟乎！今人以分別覺路者曰知解，建立行業者曰有爲。師之講求宗旨，分條析理，而未嘗落言詮，入窠臼，得諸性相平等，雖有千差萬別，總歸一源，故能破除心意識以超脫生死，不可謂之知解也。師願力廣大，攝受經營，能以無著心應一切物，視飛樓湧殿，僉輪萬指，與夫草舍單丁，了無以異，功德克就，躧屣去之，不可謂之有爲也。若師者，天所以撐拄末法、爲道而生者哉！

得法弟子亘渤恆，初主天寧，先其師示寂；次戒顯，卽晦山，今補位於靈隱者也；次剖玉璞、紫蓋衡、三目淵、若相有、穆文晉，今主吾鄉之法輪衲華通則爲吾鄉人，相繼付囑者共六十七人。當靈龕東歸，徑山有以爲請，諸弟子念師二十年拮据大功，託於此山，且杖笠之亦惟靈隱爲吉，故用戊申八月二十六日入塔，緇素畢會，咸歎爲允。

晦山之來速銘也，曰：「師初至山，有二騰猿呈異；而殿功創手，一鑁下得文喜故塔，跡示後身，人符昔夢：此二者狀失之略，不可以不書。」嗚呼！法席有盛衰，而大道借此山無終極。和尚在長寂光中，與從上諸祖相印證，固無假於斯文，乃百世而下，摩挲其日月而考校其行履，并吾與晦山爲出世之交〔二〕，亦得附佛法以垂永久，則此碑之作，又烏可以弗詳乎！爲之銘曰：

靈鷲何年來，玲瓏入佛智，幸遭威音喝，故得不飛去。龍湫日噴薄，徹骨松風寒，清冷長不竭，我心如此泉。小悟攬鏡光、大悟擔拄杖，覿面更轉肩，有相參無相。乃立三玄要，乃著五綱宗，千聖縱復出，此理罔不同。建瓴決懸河，辨才信無礙，不現文句身，而得大自在。白椎告四衆，佛法無容情，手持吹毛劍，把定迷塗津。驀頭緊一按，摝胸速令說，老宿有擒縱，徒侶鮮敗闕。願以清淨心，而作廣大事，於一彈指間，攝授俄孔熾〔三〕。公侯諸宰執，都護大將軍，槖駝載法施，解放韝中鷹。香花結慈雲，鐘魚答天籟，婦孺布金錢，屠沽請法戒。檀柘三十圍，絕壑封雲煙，越岷鬧鬼語，將以供諸天。八龍騁威神，夜半雷雨送，涌水巉巖齊，耶許力不用。颯稜截虹霓。丹艧蒸雲霞，變現兜率宮，週滿恆河沙。祝鼇聳丕圖，皈依發正信，白象捧金輪，青蓮演佛乘。功成已不有，道在我且行，泊然入滅度，便是娑羅林。是謂大堅忍，是謂正知覺，世幻等微塵，去住總不著。能以義句參，不落識想故；能以行業求，不貪利養故。門庭饒拔濟，機用垂森嚴，馬駒踏四海，優鉢開千年。燈燈鎮相續，如如永不壞，若論無盡身，充滿於法界。顧惟有情衆，俯仰於玆山，拳石本灌莽，冷泉空潺湲。念以何因緣，成此功德聚，靈骨於焉藏，理在不思議。日色起滄海，潮聲來浙江，吉祥殊勝地，寂滅光明幢。我爲作此銘，刻諸無縫塔，曠劫長不磨，炯炯玄要法。

【校】

〔一〕爲　四十卷本、風雨樓本均作「世」。

〔二〕授　四十卷本、風雨樓本均作「受」。

照如禪師生塔頌

吾郡西郊華雨庵照如禪師，俗曹姓，諱洵，字元孟。祖爲魯川先生，偉業外王母之父。魯川著書數百卷，其論浮屠氏與孔子之道合。照如繇諸生出家，先後一揆，識者稱之。年七十有二，乞言於余，銘其生塔，若以秘演、浩初有託乎文字以傳者。余遜謝不敢，祇以譜系渭陽，傷心風樹，同登正覺，有感夙因，合掌作禮，而爲之頌曰：

佛說大報恩，左肩嘗負母，經歷千餘年，恩深難報故。以是作思維，母上更有母，乃至其親黨，恩愛總不殊。譬如娑羅樹，葉葉本同條；譬如瓔珞珠，絲絲自相續。吾母朱淑人，曹乃所自出，始余六七歲，得見外王母。嘗用兜綿手，摩頂在膝前，阿甥汝當知，我父循良吏，上書忤時宰，拂袖歸田廬。理學專門家，孔釋水乳合，諸方大尊宿，推重惟魯川，敎律與論藏，一一手撰述。吾母時諦聽，大發菩提心，晚受具足戒，修持二十載。名山構傑閣虔奉修多羅。幡幢分五色〔二〕，親見如來迎。末後勘辨明，往生安樂國。霜露漸以改，中表日以凋，朱、曹兩姓人，屈指存者幾？有一大比丘，其名曰照如，住錫華雨庵，精修木叉行。皎然紹靈運，智永嗣右軍，是爲魯川孫，儒、釋合而一。少年好詩酒，有聲諸生中，南適閩與甌，西過伊與雒。長揖謁卿相，高論傾賢豪，相贈千黃金，棄之若涕唾。歸來橐如洗，客至貧無饘，趺坐惟一牀，瞑目思萬里。雒城佳麗地，冠蓋羅王侯，兜率天王宮，雲霞結成綺。黃流俄屈注，平地起龍蛇，千尺妙高臺，遷變若泡影。無諸越人市，琥珀珊瑚珠，白象旃檀香，黃犀金孔翠。劫火忽燒灼，委落恆河沙，七寶蘇迷山，刹那成瓦礫。微塵具世界，世界爲微塵，普視閻浮提，嘗作寂滅想。緣此棄妻子，薙落爲浮屠，梵夾手自詮，薰心兼注耳。惟有妙法華，是爲經中王，藏通別圓義，開權而顯實。無二亦無三，融通歸一乘。繕寫貝葉文，六萬九千餘，音演第五時，光週三法界。妙義已充足，廣攝信解門。稽首龍樹尊，證入雜華海。悉心念厥祖，多聞大總持，遺書雖散亡，般若炯然在。百年種佛智，宗旨留家風，重以文句身，而修秘密印。我初念舅氏，逃入於苦空，比悟淸淨因，身心大饒益。却恨煩惱障，八萬塵勞纏，浮名若空華，世慧如利刃。歸命大慈氏，法乳甘醍醐，佛恩與親恩，昊天同罔極。師其勤接引，覺筏開迷津，三世諸眷屬，共成無上道。

【校】

〔一〕分　四十卷本作「紛」。

吳梅村全集卷第五十二　文集三十

傳

謝封翁傳

定海慈孝村人人皆稱謝封翁。翁諱瀚，字愛夫，別號泮池。其先有令定海者，遂家焉。世以孝聞，能修廬墓禮，村以是得名。其墓間夜輒聞呼譽聲，狀若讞決者，諺爲語曰：「謝家墳，鬼開門。」元初年間毁墓石繕城闉，村人以靈異故，爭畚土掩覆，故謝墳封鬣至今高丈二尺許云。屢傳而有琛者〔一〕，以上饒令起家，政治神明，號曰謝城隍。琛弟璵，四傳而爲贈參政公大綸〔二〕，卽翁之父也，時產已中落。

翁年十二，一日見家不能炊，遂緣江岸禱水神，沙且沒踵，倐大蛤數斗湧出，徐囊歸，得餉父母，蓋純孝所感也。因謂其季日〔三〕：「需青紫何時？萬一吾父母枵羸至不及待何！爾執不律，吾行且逐烏兎走矣。」遂棄去制舉義，修業吳、越間，足繭起寸，業遂稍起，壹意奉父母歡，季即參政公〔四〕，乃得卒其學成進士。贈公性好晏處，會歲除，鄰失火，蕩其室亡有，僦旁舍以居，輒忽忽不樂。翁乃收合煨燼，庀材鳩傭，落成而間燥，贈公始喜，然以亡樓居，且未陽也〔五〕。翁偵知之，復自爲函築，栖楄之屬，以意審面。已而南熏拂拂，江山縈繞，贈公登焉而樂，樂而甚爲加餐也。參政公既宦游萬里外，翁家居養母，備極情志。參政無內顧憂，與翁沒齒友愛，視釁者青紫數言，始終蓋無間云。

翁輕貲財，排患難，慕義若嗜欲，里閈尊爲祭酒〔六〕。已伯子泰宗既貴，海巡使者及郡邑長吏爭迎致翁，翁爲畫策，輒有所興革〔七〕，無不砉然解者。減苛徭，定兵變，語皆在誌中。初翁以小賈役常熟〔八〕，迷失路，夜昏黑矣，有童子導至邸舍，忽不見。渡福山遇颶風，海船將覆，翁見帆柱脫，急呼篙師理之，遂得免。又嘗痒瘍生於背〔九〕，有客過門，手和蠟礬爲丸，竟去不受謝。其隱報類如此，謂非慈孝所致哉！

翁故五子。鄞人爲余言慈孝村有謝伯子者，以進士出漳浦之門，今隱居教授，所著書且萬言，時念家國師友之故，輒發聲讀，讀罷輒泣，而骯髒無憀，一發洩之於酒，酒故不醉，即泰宗也。余慕其名而無繇見，會其季泰交以明經對策第一〔一〇〕，卒業北雍，文辭卓犖，余摸索喜甚，以冠其軍，及來謁余，傑然篤行儒者也，乃爲慈孝村八十三翁立傳焉。

國史氏曰：余爲謝封翁傳，傳不詳其它，重稱慈孝村者，蓋著所本也。語云：「不知其父視其子。」余門下士泰交爲其父請傳，跪門外者三日，每見輒蒲伏堦下〔一一〕，流涕不能起。於乎！至性感動，卽若翁可知矣。

【校】

〔一〕有琛者　四十卷本作「有僉憲琛者」。

〔二〕四傳　四十卷本作「三傳」。

〔三〕〔四〕季　四十卷本、風雨樓本均作「仲」。

〔五〕未陽　風雨樓本作「未暢」。

〔六〕尊　四十卷本、風雨樓本均作「稱」。

〔七〕興革　原作「興第」，據四十卷本、風雨樓本改。

〔八〕小賈　四十卷本、風雨樓本均作「親命」。

〔九〕痒瘍　四十卷本、風雨樓本均作「瘴瘍」。

〔一〇〕四十卷本無「會」字。

〔一一〕堦下　四十卷本作「堦前」。

志衍傳

志衍諱繼善，姓吳氏，志衍其字也。余年十四識志衍，志衍長於余三歲，兩人深相得。又六年而人撫、純祜相與砥礪爲文章，人撫、志衍與余同魁庚午一經，而純祜未十年成進士，里中稱科名者推吳氏云。當是時天如師以古學振東南，海內能文家聞其風者靡然而至，余羸病不能數對，客過志衍，則人人自得也。

志衍博聞辯智，風流警速，於書一覽輒記，下筆灑灑數千言，家本春秋，治三傳，通史、漢諸大家，繼又出入齊、梁，工詩歌，善尺牘，尤愛圖繪，有元人風，下至樗蒲、六博、彈琴、蹴踘，無不畢解。性好客，日具數人饌，賓至者無貴賤必與均，每三爵之後，詞辨鋒起，雜以諧謔，輒屈其坐人。余口不識杯鐺，同其醉醒；而志衍白擲劇飲，與人決度，不勝不止，岸幘笑詠，酣飲絕叫以爲常。生平負志節，急人患難。其成進士也，會里中兒刊章告密，天如師爲所搆，勢張甚，志衍銳身爲營救，卒以免。大司馬鄭仙馮公聞而嚴重之，願與交。已得慈谿令，司馬其邑人，益相爲引重，而長安名公卿爭揖志衍矣。母夫人喪，未之任，家居侍太公疾，視湯藥，浣廁牏，衣不解帶者數十日，哭泣喪葬，備物盡志，人稱曰孝。事長兄，待二弟，友愛無間言。伉爽曠達，恥爲小節苛禮，而父黨造門，必躡履問起居。中表故舊及所游門下士一旦請緩急，未嘗以不足爲解，而無纖毫德色。家世素高貲，坐是析箸，假貸累千金，意豁如也。嘗游黃山，淩躡險絕，同游者不能從焉。雅自負彊濟，謂可就功業，慨然曰：「今天下將亂，大丈夫習勞苦，任艱難，爲國家馳驅奔走〔一〕，有如此游矣！」而其後乃得蜀之成都。

成都在萬里外，又荆、襄陷沒，江、鄂道斷，賓客逡巡勸少留，志衍曰：「吾既受成命矣，人臣守官，其敢以利害辭？且今日何樂士之有？」志衍雖勇於蜀游乎，顧置酒張樂，召所與游人人道別，雖握手極笑語，而獨坐凝視，椎牀彈指〔二〕，或親故問之，則浮大白引滿，欷歔不復言。既上道，復改途出宜春，道酉陽，涉黔江，南而入蜀〔三〕，卽日啓蜀王，請發帑金爲備禦計。當時蜀事已棘，而藩府金繒積者數百萬，王悋不應，則貽余書曰：「事不可爲，余必死於此。」詞甚酸愴云。

居五六月，蜀問至，成都陷，余中夜蹶起曰：「志衍死矣！」欲爲位哭，行自念，盡室西川，豈無一自脫得報親戚者？越三年，其弟事衍徒跣萬里，望家而哭曰：「吾兄以甲申十一月二十五日遇害，罵不絕口，賊臠而剸之。一門四十餘人，同日併命。」嗟乎，何其酷也！當夫燕京已沒，先皇帝崩問已至，志衍慟哭上書，卽藩邸亦心動，而文武大吏無一人肯辦賊。劍門、夔峽諸險皆已失守，而後驅數千之卒，阻五丈之城，以當百萬之強寇，雖智勇無所施。

護親藩竄山谷，屏跡蠻僚間，可以圖全，而志衍喋血自誓，與此城爲存亡，終至骨肉葅醢，妻兒横分，以報所受，豈不難哉！

初純祜之在永嘉也，書問阻絶；而事衍聞東南大亂，亦長慟，恐至則無歸。及兩人先後到里門，問宗人親戚尚無恙。余向謂志衍卽尚存，勢不能自拔，今見兩兄弟流離辛苦，終得相見，抱持痛哭，而志衍獨不幸以死。死者人所不免，而家室同盡，齠稚無遺，幷其斷骸殘骼不得一棺之土，故哭其喪者爲尤痛焉。

嗟乎！志衍之入蜀也，天如師已前沒，未一歲而司馬馮公亦亡，平昔志衍所與游零落殆盡，禍與志衍同者亦比比而是也。其宜死而不死，如余與人撫，則又窮愁疾病，所去志衍者幾何，而今日猶哭吾志衍，志衍亦可以無憾矣。

志衍有子曰孫慈，賊將憐而匿之，後亦遇害。純祜經紀其兄喪，以少子某爲之後。志衍之死也，友人季曾貫與同難。其族人名漢者逸出城，箭及之，顚而殞。家人五郎者免矣，奮曰：「吾主與主母死矣，義不忍獨生！」乃慷慨駡詈而盡於主側。嗚呼！是皆可書也。

【校】

〔一〕馳驅　四十卷本、風雨樓本均作「驅馳」。

〔二〕椎牀　四十卷本、風雨樓本均作「推牀」。

〔三〕南而入蜀　四十卷本、風雨樓本均無「南」字。

柳敬亭傳

柳敬亭者，揚之泰州人，蓋曹姓。年十五，獷悍無賴，名已在捕中，走之盱眙，困甚。挾稗官一册，非所習也，耳剽久，妄以其意抵掌盱眙市，則已傾其市人。好博，所得亦緣手盡，有老人日爲醵百錢從寄食。久之過江，休大柳下，生攀條泫然，已撫其樹，顧同行數十人曰：「嘻，吾今氏柳矣！」聞者以生多端，或大笑以去。後二十年，金陵有善談論柳生，衣冠懷之輻輳，門車常接轂，所到坐中皆驚，有識之者，此固嚮年過江時休樹下者也。

柳生之技，其先後江湖間者，廣陵張樵、陳思，姑蘇吳逸，與柳生四人者各名其家，柳生獨以能著。或問生何師，生曰：「吾無師也。吾之師乃儒者雲間莫君後光。」莫君之言曰：「夫演義雖小技，其以辨性情，考方俗，形容萬類，不與儒者異道。故取之欲其肆，中之欲其微，促而赴之欲其迅，舒而繹之欲其安，進而止之欲其留，整而歸之欲其潔，非天下至精者，其孰與於斯矣！」柳生乃退就舍，養氣定詞，審音辨物，以爲揣摩，期月而後請莫君，莫君曰：「子之說未也。聞子說者驩咍嗢噱，是得子之易也。」又期月，曰：「子之說幾矣。聞子說者，危坐變色，毛髮盡悚，舌撟然不能下。」又期月，莫君望見驚起曰：「子得之矣！目之所視，手之所倚，足之所跂，言未發而哀樂具乎其前，此說之全矣。」於是聽者儻然若有見焉；其竟也，恤然若有亡焉。莫君曰：「雖以行天下莫能難也。」已而柳生辭去，之揚州，之杭，之吳，吳最久，之金陵，所至與其豪長者相結，人人暱就生。其處己也，雖甚卑賤，必折節下之；卽通顯，傲弄無所詘。與人談，初不甚諧謔，徐舉一往事相酬答，澹辭雅對，一坐傾靡。諸公以此重之，亦不盡以其技彊也。

當是時士大夫避寇南下，僑金陵者萬家。大司馬吳橋范公以憂兵開府，名好士，相國何文端闔門避造請，兩家引生爲上客。客有謂生者曰：「方海內無事，生所談皆豪猾大俠，草澤亡命，吾等聞之，笑謂必無是，乃公故善誕耳。孰圖今日不幸竟親見之乎！」生聞其語慨然。屬與吳人張燕筑、沈公憲俱，張、沈以歌，生以談，三人者酒酣，悲吟擊節，意悽悵傷懷〔二〕，凡北人流離在南者，聞之無不流涕。未幾而有左兵之事。

左兵者，寧南伯良玉軍譟而南，尋奉詔守楚，駐皖城待發。守皖者杜將軍弘域，於生爲故人。寧南嘗奏酒，思得一異客，杜既已洩之矣。會兩人用軍事不相中，念非生莫可解者，乃檄生至進之。左以爲此天下辯士，欲以觀其能，帳下用長刀遮客，引就席，坐客咸振慴失次，生拜訖，索酒，談啁諧笑〔三〕，旁若無人者。左大驚，自以爲得生晚也。居數日，左沉吟不樂，熟視生曰：「生揣我何念？」生曰：「得毋以亡卒入皖，而杜將軍不法治之乎？」左曰：

「然。」生曰：「此非有君侯令，杜將軍不敢以專也。生請啣命矣！」馳一騎入杜將軍軍中，斬數人乃定。左幕府多儒生，所爲文檄不甚中窾會〔三〕；生故不知書，口畫便宜輒合。左起卒伍，少孤貧，與母相失，請貤封不能得其姓，淚承睫不止。生曰：「君侯不聞天子賜姓事乎？此吾說書中故實也。」大喜，立具奏。左武人，即以爲知古今、識大體矣。阮司馬大鋮〔四〕，生舊識也，與左郄而新用事。生還南中，請左曰：「見阮云何？」左無文書，即令口報阮以捐棄故嫌，圖國事於司馬也。生歸，對如寧南指〔五〕，且約結還報。及聞坂磯築城，則頓足曰：「此示西備，疑必起矣！」後果如其慮焉。

左喪過龍江關〔六〕，生祠哭已，有迎且拜，拜不肯起者，則其愛將陳秀也。秀嘗有急，生活之，具爲余言救秀狀。始左病，多恚怒，而秀所犯重，且必死，生莫得搘捂，乃設之以事曰：「今日飲酒不樂，君侯有奇物玩好，請一觀可乎？」左曰：「甚善。」出所畫已像二，其一關隴破賊圖也。覽鏡自照，歎曰：「良玉天下健兒也，而今衰。」指其次曰：「吾破賊後將入山，此圖所以志也。」見衲而杖者，數童子從，其負瓢笠且近，則秀也。生佯不省，而徐語爲誰〔七〕，左語之，且告其罪，生曰：「若負恩當死。顧君侯以親信，即入山且令自從，而殺之，即此圖爲不全矣。」左頷之。其善用權譎，爲人排患解紛率類此。

初生從武昌歸，以客將新道軍所來，朝貴皆傾動，顧自安舊節，起居故人無所改。逮江上之變，生所攜及留軍中者亡散累千金，再貧困而意氣自如。或問之，曰：「吾在盱眙市上時，夜寒，借束藁臥〔八〕，屝履踵決〔九〕，行雨雪中，竊不自料以至於此。今雖復落，尚足爲生，且有吾技在，寧渠憂貧乎？」乃復來吳中。每被酒，嘗爲人說故寧南時事，則欷歔灑泣。既在軍中久，其所談益習，而無聊不平之氣無所用，益發之於書，故晚節尤進云。

舊史氏曰：余從金陵識柳生，同時有楊生季蘅，故醫也，亦客於左，奏攝武昌守，拜爲眞。左因彊柳生以官，笑弗就也。楊今去官，仍故業，在南中，亦縱橫士，與余善。

【校】

〔一〕悽悵　四十卷本、風雨樓本均作「悽愴」。

〔二〕談啁　四十卷本作「詼啁」。

〔三〕窾會　原作「竅會」，據四十卷本、風雨樓本改。

〔四〕大鋮　原作「大鍼」，據四十卷本及明史奸臣傳改。

〔五〕寧南　原作「南寧」，據四十卷本及上文乙。

〔六〕龍江關　「關」字原無，據四十卷本、風雨樓本增。

〔七〕徐語　四十卷本作「徐睨」。

〔八〕借　四十卷本作「藉」，風雨樓本作「籍」。

〔九〕屝屨　原作「扉履」，據四十卷本、風雨樓本改。

張南垣傳

張南垣名漣，南垣其字，華亭人，徙秀州，又爲秀州人。少學畫，好寫人像，兼通山水，遂以其意壘石，故他藝不甚著，其壘石最工，在他人爲之莫能及也。百餘年來，爲此技者類學嶄巖嵌特，好事之家羅取一二異石，標之曰峯，皆從他邑輦致，決城闉，壞道路，人牛喘汗，僅而得至。絡以巨絚，錮以鐵汁，刑牲下拜，劖顏刻字，鉤塡空青，穹窿巖巖，若在喬嶽，其難也如此。而其旁又架危梁，梯鳥道，遊之者鉤巾棘履，拾級數折〔一〕，傴僂入深洞，捫壁投罅，瞪盻駭栗〔二〕。南垣過而笑曰：「是豈知爲山者耶？今夫羣峯造天，深巖蔽日，此夫造物神靈之所爲，非人力所得而致也〔三〕。況其地輒跨數百里，而吾以盈丈之址，五尺之溝，尤而效之，何異市人摶土以欺兒童哉〔四〕！惟夫平岡小坂，陵阜陂陁，版築之功可計日以就，然後錯之以石，棊置其間，繚以短垣，翳以密篠，若似乎奇峯絕嶂，纍纍乎牆外，而人或見之也。其石脈之所奔注，伏而起，突而怒，爲獅蹲，爲獸攫，口鼻含呀，牙錯距躍，決林莽，犯軒楹而不去，若似乎處大山之麓，截谿斷谷，私此數石者爲吾有也。方塘石洫，易以曲岸迴沙；邃闥雕楹，改爲青扉白屋；樹取其不凋者，松杉檜栝，雜植成林；石取其易致者，太湖堯峯，隨意布置〔五〕，有林泉之美，無登頓之勞，不亦可乎！」華亭董宗伯玄宰、陳徵君仲醇亟稱之曰：「江南諸山，土中戴石，黃一峯、吳仲圭常言之，此知夫畫脈者也。」羣公交書走幣，歲無慮數十家，有不能應者，用爲大恨，顧一見君，驚喜歡笑如初。

君爲人肥而短黑，性滑稽，好舉里巷諸媟以爲撫掌之資，或陳語舊聞，反以此受人啁弄，亦不顧也。與人交，好談人之善，不擇高下，能安異同，以此游於江南諸郡者五十餘年。自華亭、秀州外，於白門、於金沙、於海虞、於婁東、於鹿城，所過必數月。其所爲園，則李工部之橫雲、虞觀察之預園、王奉常之樂郊、錢宗伯之拂水、吳吏部之竹亭爲最著。經營粉本，高下濃淡，早有成法。初立土山，樹石未添〔六〕，巖壑已具，隨皴隨改，煙雲渲染，補入無痕，卽一花一竹，疏密欹斜，妙得俯仰。山未成，先思著屋，屋未就，又思其中之所施設，牕櫺几榻，不事雕飾，雅合自然。主人解事者，君不受促迫，次第結構；其或任情自用，不得已骩骳曲折〔七〕，後有過者，輒歎息曰〔八〕：「此必非南垣意也。」

君爲此技既久，土石草樹，咸能識其性情。每創手之日，亂石林立，或臥或倚，君躊躇四顧，正勢側峯，橫支豎理，皆默識在心，借成衆手。常高坐一室，與客談笑，呼役夫曰：「某樹下某石可置某處。」目不轉視，手不再指，若金在冶，不假斧鑿，甚至施竿結頂，懸而下縋，尺寸勿爽，觀者以此服其能矣。人有學其術者，以爲曲折變化，此君生平之所長，盡其心力以求彷彿，初見或似，久觀輒非。而君獨規模大勢，使人於數日之內，尋丈之間，落落難合，及其既就，則天墮地出，得未曾有。嘗於友人齋前作荆、關老筆，對峙平城，已過五尋，不作一折；忽於其顚將數石盤互得勢，則全體飛動，蒼然不羣。所謂他人爲之莫能及者，蓋以此也。

君有四子，能傳父術。晚歲辭涿鹿相國之聘，遣其仲子行，退老於鴛湖之側，結廬三楹。余過之，謂余曰：「自吾以此術游江以南也，數十年來，名園別墅易其故主者，比比多矣〔九〕。蕩於兵火，沒於荆榛，奇花異石，他人輦取以去，吾仍爲之營置者，輒數見焉。吾懼石之不足留吾名，而欲得子文以傳之也。」余曰：「柳宗元爲梓人傳，謂有得於經國治民之旨。今觀張君之術，雖庖丁解牛，公輸刻鵠，無以復過，其藝而合於道者歟！君子不作無益，穿池築臺，春秋所戒，而王公貴人，歌舞般樂，侈欲傷財，獨此爲耳目之觀，稍有合於淸淨。且張君因深就高，合自然，惜人力，此學愚公之術而變焉者也，其可傳也已。」作張南垣傳。

【校】

〔一〕拾級　原作「拾給」，據四十卷本、風雨樓本改。

〔二〕盻　風雨樓本作「盼」。

〔三〕所得　四十卷本、風雨樓本均作「可得」。
〔四〕摶　原作「搏」，據四十卷本、風雨樓本改。
〔五〕隨意　四十卷本作「隨宜」。
〔六〕樹石　四十卷本、風雨樓本均作「樹木」。
〔七〕骫骳曲折　「骫骳」原作「骳骳」，據四十卷本、風雨樓本改。「曲折」，四十卷本、風雨樓本均作「曲隨」。
〔八〕歎息　四十卷本、風雨樓本均作「歎惜」。
〔九〕多　四十卷本、風雨樓本均作「是」。

汪處士傳

汪處士鳳齡，字儀卿，別字思潁，其先出唐越國公華之後。越國數十傳爲時揚公，世居徽之唐模村，當趙宋之季，時揚以孝聞，由唐模徙巖鎭，是爲巖鎭汪氏。時揚有十子，其第四子允亮，又十餘傳而得君。

君生而姿貌穎異，目睛爛爛燭人。始在髫髻，不苟嬉弄，凝重如成人。六歲出就外傅〔一〕，彊記雒誦，大有過於凡兒之所習，操管爲文，袞袞不能自休，時師避席畏之曰：「非某所能教也。」既長，試有司輒不利，或有勸之者曰：「丈夫拔足阡陌之中，乘堅驅良，足以爲豪耳。儒者博而寡效，勞而無功，是安用此呫嗶者爲？」君慨然歎息曰：「吾新安非徽國文公父母之邦乎？今紫陽書院，先聖之微言，諸儒之解詁具在，奈何而不悦學乎？且吾汪氏仕而顯，賈而嬴者，世有其人矣，苟富貴堙滅不稱，何如吾爲一卷師，而以兎園終老也！」聞者眙愕以去。久之，歙有大中丞方公者聘請高行爲弟子師〔二〕，里塾之士自衒鬻者以十數，方公獨以望實細推擇曰：「必汪先生。」於是潔館舍，具書幣以迎致之，命其子若弟修北面之禮，鄉人聚觀，詫指曰：「吾今日始知學之爲益矣！」

君爲人性至孝，再刲股以療其親疾，居喪哀毀，幾致滅性。御史張公愼學行部至新安，州郡上其事，命大書孝行，著綽楔以旌之〔三〕。邑宰聘飲於鄉，復加崇奬〔四〕。君嘗謂人曰：「世謂儒者有名無情，不足乎緩急，此腐生孤陋者所爲，非所以槪吾道也。夫君子先人後己，重義輕利，詎肯於死生然諾有二其心哉？」當明之末造，新安穀歉人饑，君推其資計，賑贍里閭，人有急難叩門，傾囊倒庋，應之惟恐不足。甚至舉倍稱之息，爲人解對，後雖掉臂負之，弗恤也。新安之俗，好以纖介自言，鄰比漚麻之爭，兄弟原田之訟，經年所不能決，君出一言爲之平處，退而皆服。居嘗引諸生讎問經義，有暇則東阡西陌，親友過從，數舉長者之言，提耳訓告，其有懷詐面謾，輒質責譙讓，俾無所容。性高整，雖妻子不見有燕惰之色，居處服飾，務敦儉樸〔五〕，以爲時世先。里人伏臘置酒，三爵之後，以嚴見憚，少長無敢欷號載呶者，咸相謂曰：「汪君在坐，使人不樂，不見又從而思之。」其取重若此。

初越國公以九子散居六邑，其著者曰兗山、邑南，曰桃溪、萬安，曰登源、太畈、西門、潛口、黄坡〔六〕，無慮數十大族，君皆能條舉枚數，分其所自出；而於巖鎮，則婚必告，喪必賻，祭享必會，修收族之道焉。有八子，多以孝謹起家，篤修行誼。君教之曰：「陶朱公之傳不云乎？年衰老而聽子孫。吾以隱居廢治生，諸子有志於四方甚善，但能禮義自將，不媿於儒術，吾願足矣。」

君生於萬曆癸巳年正月初五日，卒於康熙丁未年臘月二十八日，享年七十有五。八子者：秉乾、秉中、秉和、秉厚、秉昆、秉亮、秉光、秉貞，皆克遵遺訓，而秉乾僑寓吾州，故知君言行爲詳。君葬宮在其邑之南山，其誌碣將以俟諸啓奠，故不備載。

舊史氏吳偉業曰：黟、歙居萬山中，風氣完密，世稱多篤厚長者。當前朝成、弘之時，篁墩程先生好論次其鄉人之可傳者以告世，如孝義汪處士思義、汪義士中和，此兩君者，苟以入獨行傳，則良史所必採焉。今思穎汪君先後一揆，何汪氏之多賢哉！往余在京師，知方中丞護巖關，其門下多文武智計之士，乃爲子弟擇師得汪君，由此觀之，卽汪君可知矣。

【校】

〔一〕六歲出就外傅　「六」字原無，據四十卷本、風雨樓本增。
〔二〕弟子　風雨樓本作「子弟」。
〔三〕綽楔　原作「棹楔」，逕改。
〔四〕加　原作「架」，據四十卷本、風雨樓本改。
〔五〕敦　四十卷本、風雨樓本均作「惇」。
〔六〕太眅　四十卷本作「大眅」。

登封三節婦傳

河南登封焦氏有三節婦，曰周氏，曰楊氏、牛氏。周氏者，太僕寺少卿與嵩公次子文學□□之妻也。文學早死，孺人與側室李氏皆有遺腹，免身皆男。孺人曰：「吾之不早從地下者此爾，今天幸俱有子，吾將下報吾夫。」太僕公固止之。亡何，李以病逝，孺人乃抱其孤泣曰：「天乎！吾兩兒恐不能俱全，若此子失所，鬼而有知，問李氏孤何在，則將奚辭以對？」遂擇里媪乳己子，而親抱李氏孤乳之。太僕爲仰天出涕曰：「人情莫不愛其子，此古人所難，吾媳婦能行之，兒爲不亡矣。」

後二十年，登封縣民有具節母事上直指使者，使者爲請，天子下其奏，錫封表閭，歲給饘米□石，河南人皆歎息曰：「周太君撫兩孤成立以膺此寵也。」蓋自文學沒二十年，而孺人始以節孝顯於朝。又□年而孺人沒，沒後□年，而登封陷於寇，其以節死者爲焦家婦楊氏、牛氏，河南人復皆歎息曰：「微周太君之教不及此。」

楊氏者，焦君陽長之婦，周藩儀賓四聰公之女也。既歸陽長君，事姑最恭謹，而讀書識大體，嘗手列女傳一編，與姒牛氏講貫義旨，悉通曉。登封既圍急，孺人知不免，紉其中外衣以自固，拜辭太君木主，將引決，侍婢止之曰：「吾城前受圍，匝月不下，今尙冀萬一得全。且郎君不在，主君旦暮城守，盍俟休沐時一謀之乎！」楊孺人叱之曰：「吾奉先姑教訓，若不死，何面目見地下且玷太僕家風乎？」乃約牛氏同死，指梧下井曰：「此吾兩人畢命處也。」卒俱死。

吳偉業曰：余之中州，嘗望見嵩嶽，云其下必多偉人鉅卿，負奇節、立志概者。今觀焦太僕齟齬江陵，屢躓復振，一門之內，男淸女貞，周太君有鳲鳩之仁〔一〕、柏舟之節，而兩烈婦捐生殉義，立志皎然〔二〕，豈山川之氣賦稟有素耶！抑門內之訓浸漬涵育使然也？初陽長走京師，乞名公卿歌詠，太君之節聞於天下，可謂甚孝。今兩烈婦之殉也，適會搶攘，無所表章以顯當世；然觀陽長悼亡詩，音節悲苦，屬和者無不泣下。嗚呼！若兩烈婦者，誠無愧於其姑矣！故婁東舊史氏爲合傳焉。

【校】

〔一〕周太君有鳲鳩之仁　原作「周太君鳴鳩之仁」，據四十卷本、風雨樓本改。

〔二〕皎然　四十卷本、風雨樓本均作「較然」。

湯節母趙氏傳

節母趙姓，河南睢州人，其先許昌徙也，世爲望族。年十八，歸同邑文學湯君諱祖契，字孝先；其子今爲國史院檢討諱斌，則以孺人之節義聞於朝者也。湯於睢陽亦望姓，始祖以武功爵世授衞指揮僉事。自孝先以上，三世用儒術聞矣。孝先之父曰疊齋，居家有禮法。孺人醮而廟見，疊齋喜曰：「此必爲賢婦，興吾家。」

疊齋嘗大病，孺人調匕箸、奉湯藥，偕孝先侍疾者四十日。疊齋疾少間，見其孫立於旁，手摩顙頂，淚泫然承睫曰：「吾子孝，新婦賢，殆將有後，其在此子乎！吾老不及見矣。」疊齋歿，含殮以時具，孺人皆先事縫紉，附身附棺，應手立辦，親黨相顧而驚，微孺人不能以喪也。歲大祲，家益以貧落，傅璣之飾鬻既盡，則蠶績繼之。堂上饘飩修瀡，弗缺於供，私則噉藜藿，食糠覈，勿使姑聞。篝燈機杼，課檢討以夜讀，燭不至，則誦古書，俾闇而記之，略上口乃止。蓋孺人少習孝經、列女傳，識其大義，居常以訓飭子女，欲親見諸躬行，故其事舅姑服勞無倦，臨患難立意皎然〔一〕，不挫所守，誠天性然也。

河南方亂，旱蝗不止，孺人憂之，爲長女營嫁；檢討未應婚也，則又爲營婚。慨然謂孝先曰：「吾一子一女，志願畢矣。世事至此，如姑年老何！」或問以身謀，則笑勿應。

明年賊大至，睢陽旁邑皆陷，孺人閑定如平時，戒左右莫驚吾姑也。先是檢討讀書北恆山之麓，事急馳歸，守陴者勿納，則循城而號之，孺人曰：「來則俱死無益，不可令湯氏無後。」戒勿復入。城既破，孝先負其母竄蘆葦中，僅而後免。孺人召集家人，從容慷慨，自以累世高門，今日義無全理，且以姑老不得終事爲恨。解衣帶自縊，不絕，再投於井，眢井也，家人縋而出之。賊尋至，環以白刃，孺人大駡，賊刃交於胸，噀血不撓。及旬而殮，尸儼如生。今建祠於故居之東，知州事者春秋祭祀不絕云。

吳偉業曰：節義之起也，豈不以讀書知禮義哉！婦人女子，倉皇偪側，勇於一決，抑亦計無復之耳。觀節母處危亂之中，不以身累其夫，不以死憂其親，非其學問志行，深有得於孝經、女史，能從容如是耶？黄河潰決，孺人之殯再沒於水，論者謂天道太酷。嗟乎！梁園之側，洛水之旁，其爲高墳巨碣者何限，終委蔓草而號狐狸。今節母之英靈昭爽，翺翔乎星辰日月之際，又何有於衣裳形魄之坏土？而獨令其平生行事，載之圖牒，傳之丹青，俾知者播爲奇聞異蹟，則世教有裨，而於孺人讀書知禮之志，亦可以無憾。余故謹次所聞，俾采風者識所考焉。

【校】

〔一〕立意皎然　四十卷本、風雨樓本均作「志意較然」。

吳淑人傳〔一〕

淑人姓吳氏，贈亞中大夫席君右源之妻，而故太僕寺少卿寧侯君之母也。席與吳東山著姓，右源又吳之所自出。其父怡泉公生四子，長矣，而繼室以吳氏，生右源與其兄左源，爲幼子，故少分焉。淑人則其姑之再從女也，父養心絕憐愛之，有豪家求委禽焉，勿與。右源傫然貧者也，一見獨偉之，曰：「吾擇壻無踰此郎矣。」既饋而怡泉已沒，事姑克以孝聞，舍旁有隙地，修蠶桑，植蔬果，得一味之甘，調滫而進之，曰：「勿使吾夫有內顧憂也。」左源之配曰沈孺人，先後相友愛。二源兄弟同心，足以發貧成業，而兩婦桁無異衣，廩無異粟，箕箒不誶，井臼必均，黽勉有無，辛勤共事者垂四十年。

右源之初謀廢舉也，苦無以爲資，淑人斥嫁時裝以佐什一。家既起至鉅萬矣，右源中夜寢熟，輒捫牀大呼曰：「安所得百金以爲積著計乎？」蓋其少更難□，雖贏得過當，不忘所自始也。以常情度之，宜其重於棄財，顧用好施聞郡國，賑卹貧弱，甓治津梁，其費動以千百計。人或以謂淑人，淑人慨然曰：「吾夫婦累積纖微以有今日，匪由人力，天所贊也。苟爲善不卒，何以克長久乎？」

怡泉公著家居雜儀一卷，最詳於內訓，淑人自以不逮事吾舅，常捧之而泣。其庀家政也，肅而寬，廉而不劌；知人善任，得其才而用之；奉事祖宗，問遺親戚，魚菽之祭必以敬，腶修之將必以誠；箴管鞶袟，罔勿飭也；米鹽淩雜，罔弗戒也；機杼刀尺之聲聞於戶外，篤老而猶不衰。或以爲太自苦，淑人曰：「先舅之墜言在，吾敢違諸乎？」

少卿事其母至孝，中外事諮而後行。賑荒之役，跽而請命，淑人曰：「此而父志也。」盡捐其篋衍所畜，市千石以助之施，齊、魯及吳人受其賜者皆曰：「義母生我。」所司欲以其事上聞，庶幾褒寵如古所謂女懷清臺者，淑人笑曰：「吾雖不知書，如秦皇帝以萬乘禮一嫠婦，而其夫與子顧弗傳，豈紀者略之耶！抑恩弗及也？若此何足爲天下勸乎？今吾子傾家佐軍，璽書貤封三世，奏英蕩之節，過家上冢，其爲寵光也大矣，又何必以老婦之義聞也？」其賢明識道理如此。蓋年有九十而卒。

舊史氏曰：余觀江以南，惟新安善治生，其丈夫轉轂四方，女子持門戶，中外咸有成法。蓋吳之洞庭亦然，過其地，見重垣如城，廳屏清肅，終日行里中，不見有游閒之跡、笑語之聲。詩曰：「不績其麻，市也婆娑。」中古且以爲歎，況今日而有此風，不亦異乎！乃聞席有賢母，以九十之年，執麻枲，課紡績，賦事而獻功，不以盈滿少自暇豫。昔魯敬姜有言：「瘠土之民，莫不好義。」夫洞庭固沃土，非瘠土也，而卿士大夫之家，禮法足以化其境內，其有裨世道，豈偶然哉！是不可以莫之傳也。作吳淑人傳。

【校】

〔一〕四十卷本、風雨樓本均無此篇。

施太夫人傳

秦與施晉陽之望姓，秦自方伯公以下先後通顯，而施太僕爲名卿。方伯公三傳爲文學水庵公，太僕以季女女之，余同年今令清江大音所自出也。禮爲人後者爲之子，歸爲人後者爲之子婦。其以支子出爲支子後，婦姒婦也；支子入爲大宗後，婦冢婦也。詩曰：「於以奠之，宗室牖下。誰其尸之？有齊季女。」女子之嫁也，教成之祭尚於大宗，而況於從夫乎！太夫人自太僕公曰「吾季女」，自秦龍槐公曰「吾冢婦」。文學爲徵仕公次子，嗣於龍槐，筐筥錡釜，實先族人，諸姑伯姊視我婦禮，太夫人之處此也蓋難。

太夫人歸秦氏時，龍槐公已前死，新遭談孺人喪，踰年而成禮，又以哭徵仕公，毀而當戶，用佐哀泣〔一〕。一年之中，兩見素冠；太夫人不既躄已乎！既而視服膳，迎顏旨，婉婉聽順〔三〕，以事吳孺人、陳太孺人，曰：「吾遭二喪而事一姑，其敢弗力？吾不獲行冢婦禮，而行冢孫婦禮，猶余幸也已。」

文學公好書，多雅游，皆海內知名士，太夫人爲修脡具，議酒食，佐讀不輟，書皆暗誦〔三〕，通大義相論難。顧文學公體素羸，不勝其志氣，嘗勸以毋汲汲太自苦。文學公好施，不問貲算，輒爲治絲穀，計生產，給衆指執作，曰：「吾教儉，且佐治也已。」文學公中奪，夫人傷之垂絕，欲以死殉，復重自抑以撫藐孤，訖於成立，服無華，髢無飾，發言則涕，曰：「汝父無年，嗛於一第，汝其無荒於業以繼汝父之志乎！」庚午，大音舉於鄉，越六年成進士，得官清江，而太夫人已前歿。嗟乎，何太君之集於荼蓼也！

太君以名公卿女，入門下車，就位縞泣，一年而哭談孺人，又一年而哭徵仕公，又四年而哭陳太孺人，又九年而哭吳孺人。文學公棘人欒欒，夫婦未嘗見齒，以至於亡焉。文學公即世，太君以一婦人抱弱子，長者數歲，少者不過五月，煢煢二十餘年，始得大音之一遇，又不二年而卒，不見其成進士。嗚呼！憂樂之際，何其遠哉！

太君爲女者十五年，爲婦者十六年，爲母者二十六年。其爲女也柔懿爲則，其爲婦也貞順有禮，其爲母也敬儉弗忘。語曰：「斥鹵無松柏。」又曰：「雲出於山而雨其山。」大音之恂恂忠孝，非有得母氏之教乎！噫，是可紀也已。

【校】

〔一〕哀泣　原作「袞泣」，據四十卷本、風雨樓本改。

〔二〕娩婉　原作「娩婉」，據四十卷本、風雨樓本改。

〔三〕暗誦　四十卷本、風雨樓本均作「諳誦」。

吳梅村全集卷第五十三　文集三十一

祭文　銘　贊

祭李幼基文〔一〕

嗚呼！人生憂樂，豈不有命？卜宅平皐，長林掩映，隱几青山，怡神選勝，謂君爲愁，曰余不信。人生贏絀，豈不由天？美田上腴，前陂後川，滌場多黍，伏臘豐年，謂君爲貧，僉曰不然。乃君端居，咄咄仰屋，臨食必歎，生涯日促。握手生平，告余衷曲，容有勿盡，尚欺骨肉。比君之亡，匍匐往哭，篋無長物，庾無藏粟，餘閣之奠，飯含不足。

嗚呼！君之居身，聲色是屏，衣不纖縠，食不南烹。素心別尚，翰墨丹青，品題訪搆，卷握千金。君之讀書，厭薄章句，涉獵陳編，脫略時製。尺素翩翩，周詳援據，指事抒懷，親疎各致。太史之子，中丞之孫，温醇孝謹，不言躬行，性弗接物，與世無爭。捋肉猶虎，同惡如蠅，投斵告緡，操兵到門。余忝姻盟，道衰莫庇，屈指親朋，高門日替。鬼瞰盜憎，虛名是累，脫屣家園，超然身世。追隨浪迹，聚首京華，嗟余匏繫，苦雪寒沙，死喪疾病，寥落天涯。君頻枉顧，載酒烹茶，挑燈笑語，足慰無家。君以避仇，思叨一命，募民實邊，入錢應令。需次半綸，恐荒三徑，我勸子歸，無與物競。伯氏雍容，家門貴盛，名駒雖少，可稱神駿。接武諸兄，後先超乘，晚節林泉，優游霜鬢。比余返轡，邂逅歸舟，西風搔首，蕭索如秋。湖田既薄，秔稻難收，轂賤年饑，政急人愁。遭難破家，況困誅求，時會若此，定復何尤？一笑開尊，申卿眉頭。

嗚呼！匪朝伊夕，棲遲客裏，言旋言歸，於三十里，其室則邇，經過有幾？昨來問疾，披衣半起，從子在前，青燈置几，把臂涕洟，謂託以死。余撫而慰，君言過矣，努力加餐，愼調藥餌，豁達胸懷，所苦良已。別未兩月，遽至於此！君之家法，奕葉衣冠，雖無末命，屬有遺言，子弟宗族，奉以周旋。世故雖非，囊空則安。朋友論定，在於闔棺，以此報君，無負九原。唯君一生，門高責重，身處膏粱，不樂自奉。晚值艱難，傷心盡痛，五十之年，焦勞一夢。酹酒陳詞，失聲長慟。

【校】

〔一〕四十卷本、風雨樓本均無此篇。

祭錢大鶴文〔一〕

哀哀與立，竟死謂何？匪姻之故，涕泗如沱。自我與子，兩榜連翩，我年廿三，君長三年。我則樸簌，口吶語喃，羨爾雋妙，角巾輕衫。君爲文章，淸謇硉矹，我雖居前，悚忸放越。君工樂律，兼擅新詩，謬相推許，謂我爲師。惜哉年力，志歇聲銷，宮詞百首，讀之蕭慘。

憶昔南都，子官職方，受知樞密，經營設防。雞籠、雀桁，屯營睥睨，皖口祲氛〔二〕，壯思涌厲。爰跨駿騎，赤韎銀刀，沿江上下，君實人豪。文雅從容，好整以暇，帳後淸歌，石城子夜。燈毬簫鼓，百戲雜陳，樓船桃葉，飄瞥若神。徹侯磨牙，遑其狂猘，君也掉頭，解組以去。

我知君性，直是愛閒，流連白社，跌宕青山。箏屐花□，蘭舠月浦，車子吹簫，紅兒教舞。郊居臨水，山墅依田，顧我而笑，謂將終焉。世論不然，憂子遷謫，邂逅當塗，知己再入。

我病子行，乃陟理丞，閒曹蕭抗，亞次淸卿。天軸倒翻，鼎湖髯絕，吳橋彎弓，文忠吭血。吁嗟錢郎，與衆陷賊！抵隙脫峨，間關偪仄。自稱一鶴，當罪萬死，衄咯三升，言猶在紙。維南黨魁，玉虎鈕柱，周內厥獄，惜客顧主。鋃鐺甫脫，宗社已非，君尤偃蹇，病瘵無肥。執腕啞氣，傷哉昔時，覼縷愛息，顧託奚辭！三年於茲，牽蘿綰蒂，我女雖幼，君男則慧。今春赫曦，臂漏穿肉，字畫滅沒，余懷斛鹿。轉瞬及夏，寄訊相聞，肺痿骨立，浹旬不葷。旋迫大漸，拏舟恨後，僅及玉含，訣詞揑手。老親在堂，遺孤在疚，我來撫慟，君其鑒宥。

【校】

〔一〕四十卷本、風雨樓本均無此篇。

〔二〕皖　原作「腕」，逕改。

興福寺鐵爐銘

州城之西興福禪寺者，光宗皇帝在東朝時所賜建也，今三十餘年矣。邑賴其利，年穀以時，士庶乂安，兵革勿擾，乃作爲鐵爐荅焉。時山海梗閡，鐵官勿效，釜錡錢鏄，貴同黄鐘，而冶人告功，民樂其事。以著國典，則永且固；以報佛恩，則深以廣；以保民生，奠土域，則凝重安定，用垂萬祺於勿壞。州人吳偉業爲之銘曰：

天地久，金火守，吾中宮，量中豆。非刑鼎，非銘卣，雲雷從，魑魅走。侈其腹，弇其口，蹲熊跗，旋螭首。鍑甗烹，殳斨鬭，造諸業，空所有。負大海，包具藪，歷鯨鯢，不得吼。月丙子，歲己丑，列斯銘，示不朽。

柳敬亭贊

頎而立，黔而澤，視若營，似有得。文士舌，武士色〔一〕，爲傖楚，爲諧給。醜而婉者其貌，佞而忠者其德。初卽之也如驚，驟去之也如失。人以爲此柳可愛，而吾笑爲廡中之直。斯眞天下之辯士，而諸侯之上客也歟！

【校】

〔一〕武士　風雨樓本作「武夫」。

吳梅村全集卷第五十四　文集三十二

書

答土撫臺開劉河書〔一〕

伏惟老公祖台臺上籌國計，下軫民生，以水利爲東南命脈，慨然經畫，復三江之故道，定萬世之長策，不遺葑菲，俯詢芻蕘，教下郡國，士民相賀，以爲此夏忠靖、周文襄復見於今日，而東南之民休養生息之道當於是而始。然而手書之下問者半月於茲矣，生等不敢遽對，則以興大役，動大衆，必詳稽典故，旁諮父老，察其形勢，參之人情，俾其功必成而無悔，其事有利而無患，然後敢以書獻。生等婁人也，於劉河事爲近，輒掇其大略，惟老公祖裁擇焉。

夫劉河者，婁江入海之口也。禹貢曰：「三江既入，震澤底定。」震澤者太湖，三江者，淞江、婁江、東江也。必三江入而震澤始可底定，則以東南之水，太湖不足以受之，而用大海以爲歸也。案令甲：三江淤塞，起六郡人夫挑濬。夫淞江、婁江，其地在蘇、松兩郡，而起六郡人夫者，則以三江所受之水非一郡之水，而三江所救之田亦非一郡之田也。今劉河塞矣，太倉、嘉定沿河腴産，皆化爲石田焦土，不可復耕，則其患在兩邑爲尤切。然兩邑之所資者，獨有灌溉耳，若夫宣洩之不通，其害之遠且大，有百倍於灌溉者，不可不察也。今即以崑山、常熟之近者觀之，其田瀦爲巨浸，以彼隄堰圩埠之防非不力也，塘浦涇瀝之流非不疏也，害且爾甚，則以劉河之塞扼之於口也。且非獨於此也。前此冬月水涸，今冬月水不涸矣；前此一年旱一年水，今連年大水矣。湖汎溪泖泛漲之勢日增〔二〕，而其民不得已乃爭尺寸之地，晝夜與水相持以益其怒。萬一澤腹太滿，挾五六月之淫潦，衝嚙奔潰而去，壞廬舍，殺人民，當有甚於今日者。則漕賦於何而出〔三〕？民生於何而救〔四〕？故劉河之應開，所當大聲疾呼不待再計而決者也。雖然，所以開之之道，其難有五，而小者不與焉。

一曰議費。夫以七十五里之河，而人工物價又百倍於往年，此其費非可以數計而臆度也。國家以東南財賦重地，誠慨然發帑金，截部餉，捐數十萬金錢於洪流之中，而爲生民建不世之績，此在朝廷之仁恩，公卿大臣之謀畫，非草野之中所可揣摩而想望者也。其次則責之六郡，譬如一人之身，血脈扞格不通，必其頭目手足聯絡呼應，而疾乃可治。顧人情各私其己，而又各爲其鄉。今以崑山、常熟之人，督以治河，其田之稍高者曰：「我無所事河也。」其田之低窪者曰：「我田在水底，尙用力於數十里外之劉河哉？」數十里如此，况於嘉、湖之三四百里者哉？雖然，此其人未覩治河之利也。使其人覩治河之利，則苟非幷心合力，其功何繇而成也？語曰：「愚民可與樂成，難與慮始。」然則爲此者唯有於紛紜異論、怨咨交作之際，直以身當之而有所不顧，如此則費集，費集而事易辦矣。故曰議費之難也。

一曰度工。夫地方興一大役，須其工力寬然有餘，俾公私煩費咸出其中，而事乃可就，非可據尋丈之溝，約其分寸，層累而計者也。今姑以土方之法算之。劉河七十五里，里一百八十丈，是長一萬三千五百丈也。河面狹則易塞，海忠介以十五丈爲率，今縱不能及，額在十丈不可復減。土方之法，上下四旁各一丈曰一方，是十三萬五千方也；使其深一丈而又五尺，則此五尺者，舉前數折而計之，又六萬七千五百方也。雖然，此乃就河身言之也，河之口乃有陰沙。往者萬曆中，浙西袁了凡先生嘗過而歎曰：「獼猴生舌，劉河必沒。不三十年，此爲平陸矣！」其言至今日已大驗。令河通而沙尙爲之梗，則渾潮之入者退必緩弱，淤泥不去，河卽旋塞耳。如欲疏而去之，則必用巨艦纜大海中，木犂鐵齒，櫛爬滂掃，隨風潮上下，是若有鬼神焉，非全藉人力者也。不則避其漲口，別鑿東北一道入海，勢必穿城堡，犯村落，置斗門，築堤岸，其事又至重，不敢輕議也。故曰度工之難也。

一曰派夫。約略開挑之例，以十五工開一方；分段之例，以十里分一段。省計之，例以一月開一程。就一里算之，其廣十丈，其深一丈五尺，得二千七百方，則四萬五百工也。工程一月，是每一夫分三十工矣。統計一千四百夫一月可開一里，積算一月之中，若開十里，則當用一萬四千夫矣。他若車戽有夫，椿壩有夫，搭廠主爨有夫，一切轉移執事之人，不在此數。夫沿河之地，至墝埆也，其農民多逃散，其屋舍多傾圮，一旦聚幾萬人於其間，商賈不通，物價騰踴，將何以支？惟有貯粟數百石，官爲之主糴，準其工力而給之以粟，庶公私上下可以不困。故曰派夫之難也。

一曰銷田。向者以河爲田，而其民已受無窮之累；今者以田爲河，而其民又失有形之利，則謂之何？曰：否否。凡民之有蘆蕩者，必其有老田者也。河開則民之老田盡熟，彼不喜田之熟，而惜此塗蕩哉？則又有疑之者曰：「蘆政自有專管衙門，設令上請而所司堅持中撓，則奈之何？」曰：蘆稅之爲民害，在兩邑甚大也；其兩邑之稅，收之公家又甚少也。且國家苟興此役，當捐數十萬金爲之，以爲不大費者不大利耳，豈在區區兩邑之蘆稅耶？所患開河之初，丈量不清，册籍不立，其後衙門胥吏之生事者，今日一查，明日一勘，是又一重糧矣，不可不慮也。且其中有永捐之稅，有暫免之租。夫永捐者，河身開去之田，所不必言者也。其暫免，則以七十餘里之河，開二十萬方之土，其積之也廣矣，其壞田也多矣，即岡身高仰，種之仍可薄收，亦必三四年後，農民以漸鋤鈀，纔堪播種。故其地可以輕糧，不可以重糧也；即輕糧可徵之三四年以後，不可徵之三四年以前者也。其預爲講求，不可不定也。故曰銷田之難也。

一曰定法。鄉耆塘保閒二三里陂渠，而其區民之惰玩者，丞尉之貪墨者，尙有賣段緩挑之弊，胥吏之暴横者，尙有需索科擾之弊，而况於劉河乎？故爲之算土以正其界，爲之立長以總其成，爲之編號樁以量其淺深，爲之打水線以平其闊狹，爲之設接挑之擔以節其勞，爲之表堆泥之處以警其惰。法如是備矣，猶未也。官吏之踏勘，文書之催督，預定其制，恐以爲驛騷也；錢糧之支放，物料之領辦，審擇其人，恐以爲冒破也。故曰定法之難也。

然則治河如是其難乎？曰：非也。天下之事圖其難者於始，收其易者於終。祖臺漸摩愛育之德浹洽於生民，而精明強固之治鼓舞乎羣吏，合是五者論之，其所謂度工、派夫、銷田、定法者，一指顧而有餘，所難者不過議費耳。今朝廷發政施仁，詔書頻下，海內喁喁，黃童白叟，皆引領而望，以爲可旦晚太平。夫東南係天下之命，而劉河又係東南之命，當宁籌之熟矣，祖臺朝拜疏而夕報可也，又何患六郡之人不踴躍恐後哉？生等俟河工告成之日，當磨巨石立之海上，以昭國家之恩德，且垂祖臺之功於萬世，生等其與有榮焉。

【校】

〔一〕題　四十卷本、風雨樓本均無「土」字。

〔二〕湖氿　四十卷本、風雨樓本均作「湖氿」。

〔三〕〔四〕何　原作「河」，據四十卷本、風雨樓本改。

致雲間同社諸子書

偉業頓首：世事隔闊，書問缺然，猥辱嘉招，敦我朋好，集南皮之冠蓋，傾北海之樽罍，欣此良辰，幸陪末座。祇奈鄙人固陋，久謝知交，方鑿坏而閉門，將離羣而索處，豈可玷名品藻，濫跡追隨？敢布短緘，聊抒積愫。

夫張茂先名德至重，羽翼六經；陳元龍才氣無雙，搜揚百代。十年師友，兩地人文，壇坫斯存，典刑具在。漢室雖遷，猶識鄭玄之子弟；蕭梁已往，尚留任昉之故人。學擅淵源，才經成就。卽使門户凋零，有同袁粲；身名隱約，不異揚雄。而華轂之彥，過白屋以下車；蘭臺之英，見布衣而握手。道在是矣，又何疑焉！若夫曠代逸羣，後來特達；少年遇亂，總角知名。仲宣既才動中郎，子瞻且文齊永叔。當與耆舊，共推此生；庶幾聲華，總歸吾輩。焉能置璠璵而弗寶〔一〕，棄騏驥而別乘哉？

況乎器識乃人倫所重，而道義則友分宜先。今有才具通明，風裁朗拔，方騰茂實，雅負重名，而能後己先人，推賢樂善。黄叔度汪洋莫及，庶幾近之；樂彦輔恬雅不羣，於今復見。於是積學通儒，高才貴胄，共相欽挹，咸許襟期。慨自雅道陵遲，名流零落，何圖今日，再遇此賢？有大道爲公之心，申久要不忘之誼，誓諸皦日，往莅辟庛。而其間有僑、札班荆〔二〕，蕭、朱刎頸，偶因汝、潁之辨，幾致洛、蜀之爭，勉進苦言，同歸舊好。夫意氣總千秋共許，而才名均四海所知，初既彼此齊驅，今豈後先分畝？願披悃愊，盡釋猜嫌，從此同心，永消浮論，此偉業翹首而觀、聳心而聽者也。

諸君子以二陸名邦，三江重望。遠則野王讀書之處，遺跡風流；近則海叟避跡之鄉，名賢唱和。主持大雅，獎識同人，結集篇章，勒成卷軸。九峯之月觀、風亭，賞心樂事；三泖之蓴羹鱸膾，旨酒嘉賓。眞昇平之勝集，江左之巨觀矣！偉業因風溯德，臨紙懷人，書不盡言，可勝翹企。

【校】

〔一〕弗寶　原作「弗賓」，據四十卷本、風雨樓本改。

〔二〕僑札　原作「僑扎」，逕改。按此指公孫僑、季札。

致孚社諸子書

偉業聞之：天下才行器識之士，其生同時，學同方，而比肩接踵於里閭族黨之間者，其合志共術，不問而知者也。其有生同時，學同方，而相去或千里，或五百里，書幣之贈遺，冠蓋之接見，非有徵會期令可召而至也；而近者雲合，遠者響應〔二〕，車馬滿道，屣屐到門，結縞紵之歡，置文酒之會，果何道而致然耶？要亦因乎其地與其時而已。

今海內方定，兵革已息，而求之九州之內，有方千里之境，其士人習詩書，其小民力耕作，煙火晏然，無鳴吠之警者，未有如江之南北、浙之東西者也。屬當國家右文之治，繇制藝取進者，既自力於功名之途；而故老遺黎，優游寬大，亦得以考故實而徵文獻。蓋地之晏安而時之極盛，可謂兼之矣。諸君子之爲斯社，所以樂昇平之化，而潤色其鴻庥也，豈不美哉！偉業雖窮老海濱，幸不爲名賢所棄，敢不樂觀其成，而病疹忽作，逡巡不前，恐仰負同盟諸公見顧之重，故敢以書獻。

竊以士君子之爲學，將射策決科，取世資而致大位耶？抑修明先王之敎，而學爲聖人之徒也？夫誠射策決科，則從事一卷之師，不出堂戶之內，爲術足矣。今諸君子溯江涉湖，戒舟楫，齎餱糧，不避風雨，重趼而至者，庶幾求英博卓犖之士，方雅正直之儒，輸寫腹心，講求德業，則其論文取友之道，未可一二盡也。

一曰審學術。自黄溍、柳貫以經術倡起婺學，而宋公濂用其師説，首開一代之文治，後二百餘年，鉅公碩儒，後先輩出，終未有駕文憲而出其上者，蓋窮經適用，甚矣實學之難也！偉業嘗親見西銘先師手鈔註疏、大全等書，規模前賢，欲得其條貫，雖所志未就，而遺書備乙夜之覽，吾師不没於地下矣〔二〕。今諸公遵傳註而奉功令，務以表章六經，斥奇衺而補闕失，如此則西銘之遺緒將以再振，偉業昔見之於師者，今復見之於友，所謂學術之宜審者此也。

一曰持品節。先達如山陰、檇李、歸安、練川、吴門諸先生，或講學而標正直之風，或清操而篤匪躬之誼，或三事公孤，或承明侍從，皆文章政事，彪炳一時，而遭患處變，風霜不改。今朝廷褒忠之典方下，無非欲維持名教，風勵人倫。吾黨生於其鄉，景行在望，當於羣居論道之時，求顛沛不失之義。所謂品節之宜持者此也。

一曰考文藝。弇州先生專主盛唐，力還大雅，其詩學之雄乎！雲間諸子，繼弇州而作者也；龍眠、西陵，繼雲間而作者也。風雅一道，舍開元、大曆其將誰歸〔三〕？至古文辭，則規先秦者失之摸擬；學六朝者失之輕靡；震川、毘陵扶衰起敝，崇尚八家；而鹿門分條晰委，開示後學。若集衆長而掩前哲，其在虞山乎！諸君子當察其源流，刊其枝葉，毋使才而礙法，毋襲貌而遺情。所謂文藝之宜考者此也。

一曰化意見。語有之：「前事不忘，後事之師」也。往者門戶之分，始於講學，而終於立社，其於人心世道有裨者，實賴江南、兩浙十數大賢以身持之。其後黨禍之成，攻訐者固敢爲小人，而依附者亦未盡君子，主其事者不得不返而自咎也。夫盛者必衰，盈者必昃，苟於始事之初，不能盡化同異，則開端造隙，何以持其後乎？所願老成者援接英能，繼起者搜揚耆碩，或彼贊而此歎，或前推而後挽，勿以窮達而異轍，勿以夷險而易心，勿以門地自許而啓其驕矜，勿以語言薄故而生其交構。所謂意見之當化者此也。

偉業樸遬譾陋，垂老無成，實不足仰參末論。祇以世故推遷，早聞道於先生長者，故敢竊其緒言，用陳悃愊。諸君子廣識博聞，其必有以教我，俾開其蒙而震其聵〔四〕，則偉業雖未接塵而遊，班荊而語，固已處壇坫之下、託交款之末矣。

【校】

〔一〕聲應　風雨樓本作「響應」。

〔二〕四十卷本、風雨樓本均無「下」字。

〔三〕開元　原作「開明」，據四十卷本、風雨樓本改。

〔四〕聵　原作「聵」，據四十卷本、風雨樓本改。

與宋尙木論詩書

偉業頓首尙木兄足下：捧讀來問，極論作詩之法，上溯四始，旁究六代，貫穿三唐，搜揚二季，追國初之元音，還盛明乎大雅，其於詩也，可謂美且備矣！弟何人斯，敢置一喙耶？弟材力蹇薄，於此道未有證入。自陳、李云亡，知交寥落，君家兄弟謬愛，遂使弟受過差之譽，要之古人，不能庶幾萬一。夫詩之工拙，弟自知之，恨其學之未能，方欲捐棄筆墨，屏蹟乎深山無人之境，原本造化，窮極物理，以幾幸其一得，又安能以應酬涉獵，申紙搦管之言，遽爲知己告哉？雖然，當今作者固不乏人，而獨於論詩一道，攻訐門戶，排詆異同，壞人心而亂風俗，不能不爲足下一言之。

夫詩之尊李、杜，文之尙韓、歐，此猶山之有泰、華，水之有江、河，無不仰止而取益焉，所不待言者也。使泰山之農人得拳石而寳之，笑終南、太乙爲培塿；河濱之漁父捧勺水而飲之，目洞庭、震澤爲汎觴：則庸人皆得而揶揄之矣。今之學者何以異於是？彼其於李、杜之高深雄渾者未嘗望其崖略，而剽舉一二近似，以號於人曰：「我盛唐，我王、李。」則何以服竟陵諸子之心哉？竟陵之所主者，不過高、岑數家耳，立論最偏，取材甚狹。其自爲之詩，旣不足追其所見，後之人復踵事增陋，取侏儒木強者，附而著之竟陵，此猶齊人之待客，使眇者迓眇者，跛者迓跛者，供婦人之一笑而已，非有尋丈之壘，五尺之矛，足以致人之師，而相遇於境上，苟有勁敵，必過而去之，不足乎攻也。吾祇患今之學盛唐者，粗疎鹵莽，不能標古人之赤幟，特排突竟陵以爲名高，以彼虛憍之氣，浮游之響，不二十年嗒然其消歇，必反爲竟陵之所乘。如此則紛糾雜揉，後生小子耳目熒亂，不復考古人之源流，正始元聲，將墜於地，噫嘻，不大可慮哉！雖然，此二說者，今之大人先生有盡舉而廢之者矣，其廢之者是也，其所以救之者則又非也。古樂之失傳也，撞萬石之鐘，懸靈鼉之鼓，莫知其節奏，繁箏哀笛，靡靡之響，又不足以聽也，乃爲田夫嫠婦，操作而歌吳歌，則審音者將賞之乎？且人有見千金之璧，識其瑕纇，必不以之易束帛者，以束帛非其倫也。今夫鴻儒偉人，名章鉅什，爲世所流傳者，其價非特千金之璧也。苟有瑕纇，與衆見之足矣，折而毁之，抵而棄之，必欲使之磨滅；而游夫之口號，畫客之題詞，香奩、白社之遺句，反以僻陋故存，且從而爲之說曰：「此天眞爛熳，非猶夫剽竊摹擬者之所爲。」夫剽竊摹擬者固非矣，而此天眞爛熳者，插齒牙，搖唇吻，𨼆捷爲工，取快目前焉爾，原其心未嘗以之誇當時而垂後世，乃後之人過從而推高之。相如之詞賦，子雲之筆札，以覆酒瓿，而淳于髡、郭舍人詼諧啁笑之辭，欲駕而出乎其上，有是理哉？

然則爲詩之道何如？曰：亦取其中焉而已。閟宮之章，清廟之作，被之管絃，施諸詔筲者，固不得與兔罝之野人、采蘩之婦女同日而論，孔子删詩，輒並舉而存之。夫詩者本乎性情，因乎事物，政敎流俗之遷改，山川雲物之變幻，交乎吾之前，而吾自出其胸懷與之吞吐，其出沒變化，固不可一端而求也，又何取乎訾人專己、喋喋而呫呫哉！足下天才横發，鴻富典贍，楚鴻、河宗、子壽兄弟又繼起而似續之，宋氏之書，以懸國門而登明堂，非弟之譾薄愚陋所能拜下風者也。蒙手書下及，既爲選定足下之詩，輒復陳其率略，惟足下更有以敎之，幸甚。

上馬制府書

恭維老公祖望重樞衡，功高戡定，經綸南士，折衝沿海，鎮全淮樞軸中原，襟帶三江連七澤，總半壁神州之筦鎖，領百城雄甸之金湯，此眞生民共覩其鴻烈，而古今希見其壯猷也。偉業竊伏草茅，久叨覆庇，仰請仁風，匪朝伊夕，顧未有咫尺之書，一日之雅，以見於左右，而祖臺列之薦牘，知己之感，所當銘之終身不敢有忘者也。

但才力必須自量，而官職非可濫叨。偉業少年咯血，久治不痊，今夏舊患彌增，支離牀褥，腰脚攣瘇，胸腹膨脹，飲食難進，骨瘦形枯，發言喉喘，起立足僵，困劣之狀，難以言悉。豈有如此疾苦，尚堪居官効力、趨蹌執事者耶？部覆確查鄉評品行學問實蹟共見共聞者，逐事詳列，保舉到部。偉業學行一無所取，固不待言，而患病則實蹟也，共見共聞者也。伏乞祖臺卽於確查之中，將偉業患病緣由詳列到部。

偉業自辛未通籍後，陳情者二，請急者三，歸臥凡踰十載，其淸羸善病，卽今在京同鄉諸老共所矜諒。撫、按兩臺，偉業已具揭請之矣，而祖臺則擧主也，方受德感知，無可報塞，苟不早以實情自言，異日者卽欲竭蹶趨命，而膏肓沉痼，狼狽不前，萬難上道，有負祖臺之造就，將朝廷責成保擧寧嚴無濫之意，其謂之何？爲此懇陳，萬祈垂鑒。得餘生未塡溝壑，俟病痊之日，九頓台階，以謝祖臺生成之誼耳。臨啓瞻切悚仄之至。

【校】

〔一〕自本篇至卷五十八所有篇目，均爲四十卷本、風雨樓本所無，不再一一出校。

答黄總戎書

某頓首：竊伏草茅，仰聆鴻問，山川敻阻，未及致書，歸依之忱，匪朝伊夕。捧接瑤緘，知老先生爲某籌諮出處，其誼甚殷而論甚切；且傳述制臺老公祖屬望之厚，見遇之隆，勤拳款曲，無以復加。

某謹拙自守之人也，仰覩朝廷以寬厚德澤休養天下，羣公師濟，百辟賢能，自幸以樗櫟之身，涵濡聖化，耕田鑿井，詠歌太平，本志所守，止此而已。弓旌俯賁，猥及下走，大札所及，備悉殷勤。偉業自揣平生，於制臺公祖無一日之雅、咫尺之書，草野疎賤，特加薦剡，此大臣虛公之道，誠不可及；而老先生千里貽札，加稱譽於從未謀面之人，賢者氣誼之合，不以遠近爲親疎。某何人斯，敢當盛愛？知己之德，能無感哉！

比者請急陳詞，正以部覆寧嚴無濫，而賤體屢病難痊，既蒙知愛，敢不實情上告，此乃所以感制臺之知，恐有以負制臺之德，而吐其衷曲，以答生成也。乃承意旨諄切，自當靜聽部覆，豈敢以私門病苦，再四瀆陳？但某之謹愼愚拙，如先生所聞，或以見知於三四大君子；而其清羸疲劣，種種不堪，亦素爲三四大君子所亮，且亦憐而念之矣。量材授爵，論其可否，自在朝廷之用舍，而不在某之出處。若以著述爲高，行藏自卜，則偉業惟有守分斂拙，鼓腹嬉游，以樂昇平之化耳，於斯二者，所不敢出也。伏冀老先生進見制臺，曲道某感德之念，輸誠之懷，容俟病痊躬謝，并圖與先生面晤，以申鄙忱。臨楮不勝瞻切。

南中與志衍書

過句曲，望五門，紫房石室之奇；登鍾阜，謁孝陵，金支翠旗之氣。講舍倚鷄籠山，俯瞰臺城，飛甍、馳道之觀；迴瞻帳殿，馺娑、駘蕩之盛。拜表出龍光門列校以下，仗刀立直，望之如荼如墨如火，羽林佽飛之容；還過莫愁湖，都人張水嬉，采芙蓉，荐魴鯉，桂棹蘭槳之樂。信江左之鉅麗，吾徒之勝事也。志衍亦羡我有此游乎？

清涼寺無高座談經，玄武湖無水犀耀甲。功臣廟畫壁漫漶，無陸探微、顧野王添越公、鄂公毛髮；銅渾天儀款識皆蒙古、色目人，不得如徐鉉、蕭子雲大小篆書。太學經庫，書簡脱落，不及竟陵王子良鈔集經史百家；諸生販繒賣漿者兒，不及雷次宗、伏挺教授生徒數百。列肆橋門，多籬壁間物，無嵇叔夜酒杯、徐景山酒鎗。秦淮歌舫有屠沽氣，不得碧玉吹簫，桃葉持檝，唱烏棲曲，謝靈運、劉孝標輩作醉人。志衍聞之又爽然自失矣。

嗟乎！涼秋獨夜，危峯斷雲，梧桐一聲，猿鳥競嘯，追念舊游，獨坐不樂。世已抵隨、和，而吾猶戀腐鼠，若弟者獨何以爲心哉！丈夫終脱朝服掛神虎門，不能作老博士署紙尾也。歸矣志衍，掃草堂待我耳！

吳梅村全集卷第五十五　文集三十三

制科一

崇禎四年廷試策一道

臣對：臣聞帝王之臨御天下也，必有克纘前猷之大典，而後覲光揚烈，可以立四方之綱；必有聿修厥德之精意，而後嗣服作求，可以受萬年之祜〔一〕。何謂大典？令緒之所昭，典常之所繫，咸收於若彝撫事之內，而無不修明者是已。何謂精意？夙夜之罔懈，羹墻之罔間，畢挈於一心宥密之中，而無不臨保者是已。故總一統類而整齊萬民者，法也，命職而辨官，修德而布政猷，爲無有不備，而明作敦大剛柔，尤有時措之宜。經理宇內而垂訓百世者，法也，攘外以安內，勸善而禁非，治效無有不張，而窮變通久節愛，尤有恰符之竅。古帝王所以祗適前休，率百職以勤事，而致民生於康阜，丕承篤敍，命羣工以効力，而躋斯世於雍熙，用此道也。是以奉制而定一尊，上之所建立者秩然其不易，而庶明勵翼，用成其紀綱燕及之休；法古而建長策，前之所懋建者煥焉其重新，而衆績咸修，享其正直平康之化：其道端有在於今日矣。

欽惟皇帝陛下，剛健中正以時乘，文武聖神而廣運。建五有極，四方遵彝訓之蕩平；得一爲貞，百度歸紀綱之肅穆。寶册衍青鏤之慶，歌重暉重潤於無疆；靈壇展蒼壁之虔，凛日旦日明於有赫。遜志務時敏，愼修罔懈，而緝熙之心法允符；儉德懷永圖，甘節以通，而素樸之淳規久布。金華晝接，爲明諧，爲董正，宛然總章衢室之休風；玉案時親，乃啓沃，乃論思，信矣辟雍明堂之盛事。征弗庭以靖衆，運籌無煩十札，白旄黃鉞，敉寧已奏乎膚功；沛大賚以安民，蓄積爰備九年，赤縣神州，懷保遍施其膏澤。固已四三王，六五帝，而超出於尋常萬萬矣。乃猶不自滿，假進臣等於廷，俯垂淸問，首諏以治法，兼舉夫治人，次及於建官理財，惇典庸禮，詰戎禁暴，通工柔遠之道，而凡奬恬旌廉之典，民賦屯鹽之政，終至於兵餉撫賞，與綜稽明罰之條，無不備陳，雖唐、虞謨誥，成周咨訪，何以過焉！臣圖事揆策，雖無見事之明；而畢智竭能，可效一長之策。敢悉其所知，以爲陛下獻焉。

臣聞之：人主之立法也，知明意美，道高德厚，設誠於內而制行之，仁義禮樂皆其具也。然非選溫良上德之士，以因能而責治，經常何自而修焉？故必量材而授官，錄德而定位，使上有以持其統，下有以知所守，則法度可明，統紀可一，皆從此始也。人主之立法也，事爲之制，曲爲之防，隨俗之宜而通變之，政文章皆其效也〔三〕。然非擧通道進善之人，以分職而效官，典章何自而備焉？故必因物以識物，因人以知人，使教化自內以達外，道法自略以及詳，則智者獻明，能者効力，皆從此始也。故唐、虞稽古，建官惟百，而凡邦土邦教之職，司農司寇之官，無不掌其賦入，修其典禮，詰其兵戎，於以食足貨通，而遠方來服，此三代治人治法之明驗也。漢、唐設職，浸失初制，而凡錢穀之任有掌，德刑之教有司，無不制其出納，修其彝常，戢其兵革，於以重本抑末，而遐邇率俾，此後世治法治人之明徵也。

洪惟我太祖高皇帝，定一代之所尙，而創制顯庸，上追虞、夏之模；收庶績於咸熙，而立綱陳紀，遠邁漢、唐之制。陛下修擧而率行之，此眞建久安之勢，而道德隆於百王，成長治之體，而淑問揚於疆外者也。乃伏讀聖制，有曰「時遠則玩愒易生，玩久則初意寖失，而於下之風習，邦之賦用，養兵修備，釐弊懲姦之事，猶兢兢焉。」臣竊思之：夫君之所以制下者格也，極之積漸，以課其功，則倖心不作，所以養奬恬之化者至矣，而世習未變，其何以勸焉？惟以實試賢能爲務，而有一材者居一位，有一能者服一事，退讓所自生也。君之所以養士者祿也，厚其爵予，以彰有德，則冀念不生，所以成養廉之德者至矣，而風氣未更，其何以勸焉？惟以貴誼賤利爲先，而見賢不居其上，受祿不過其量，廉法所自見也。

若夫賦稅之數，強人以從己難，抑己以從人易。故漢人之法，司農掌田賦之入，少府掌山澤之稅。邦之大事，費出司農；而共養勞賜，咸屬少府。蓋不以本藏減末用，不以民力供浮費，別公私，示正路也。則民與賦交利之術，存乎節用而已矣。農商之政，貴本以抑末難，緣末以通本易。故國初之制，商人耕塞下之田，鹽吏給關中之引。邊之積貯，有賴商人；而因山煑海，大開鹽利。蓋不以屯耕苦吏卒，不以賦稅困內邦，貴五穀，治鹽鐵也。則屯與鹽相濟之計，存乎重農而已矣。

乃兵餉果無良策乎？夫漢起田中爲吏卒，唐以屯種爲府兵，其時漕法之省何如也？自變爲羽林彍騎之選，而其後遂有養兵之費。故惟汰其老弱而選取民壯，使無事自爲耕耘，有事自爲調度，則軍政備乎里，卒伍成乎郊，而兵餉可無慮也。

撫賞果無勝算乎？夫漢人絕匈奴之約，唐人廢渭橋之盟，其時中國之盛何如也？自參以請好和親之說，而其國遂有無備之虞。故惟棄其甘言而急爲防禦，使攻之不爲招寇，約之不爲見欺，則暫費者久寧，一勞者永逸，而撫賞可無患也。

所謂綜稽者，君操其名以責實，臣治其職以赴功。其爲能吏者，必有事以知其能；其廉吏者，必有事以知其廉。夫然後職任修而庶事康焉。所謂明罰者，制賞罰以勸其從，嚴刑法以威其淫。使從上化者，既可治而不可亂；其不率上教者，亦自重而畏犯法。夫然後上下順而風俗成焉。故有體統以肅之於上，而翼明佐治，諸臣復有勷相之勞，則四夷嚮風，海內致附，所謂求王道之端而正其本也。有憲典以振之於先，而大法小廉，羣工皆有克勤之職，則教化大行，民生有濟，所謂因風俗之變而用其權也。

抑臣更有進焉。夫朝廷者，天下之宰也；道德者，政治之端也。願陛下加之意而已。昭前之光明而效其成制，則有以祗承於厥休；然至時勢所趨，則不法其政，不循其俗，尤有善制之宜。覩下之情性而治其大綱，則有以加惠於庶類；而至規條所繫，則涖之以彊，斷之以剛，尤有救時之術，斯極治矣。臣愚不識忌諱，干冒宸嚴，不勝戰慄隕越之至。臣謹對。

【校】

〔一〕祐　疑當作「祜」。

〔二〕政文章　「政」下疑脫「事」字。

吳梅村全集卷第五十六　文集三十四

制科二

崇禎九年湖廣鄉試程錄　序一首　論一首　策三道

湖廣鄉試錄序

崇禎九年秋八月，湖廣大比士，上俞禮官請，命編修臣偉業偕給事中臣攻往典試事。臣材質闇薄，皇上拔置侍從，夙夜畏慄，弗克奉稱。今奉詔命臣錄楚士，臣懼任之不勝，然楚之多材，於何蔑有，臣其敢弗力？臣惟大雅文王作人，棫樸之五章曰：「勉勉我王，綱紀四方。」未有綱紀正而不收四方之才者也。文王綱紀四方，多士趣之。其伐崇墉也，「是類是禡，是致是附，四方以無侮」，「是伐是肆，是絕是忽，四方以無拂」。未有綱紀正，人材得，不收四方之功者也。

今國家以天下之士而一之於學，以天下之士之學而一之於道。道者，行於己之謂德，適於人之謂材，比於事之謂藝，通於變之謂術。故士有志行淸白，執節淳固以爲道者，有寬溥善謀，剛毅多略以爲道者；士有通達經術，多聞內植以爲道者，有明習法令，治煩去惑以爲道者；士有進退揖讓，比禮節樂以爲道者，有奔走禦侮，折衝厭難以爲道者。上之科令一，而下之材分殊，其何以比天下而同之？曰：漢之數路不及賢良，唐之諸科不及詞賦。我國家寵進儒雅，登用俊良，不計口率，不議限年，不束聲病是非，不難孤文絕義，舉德材藝術之士，而一以帖誦試之。若是者豈文焉已乎？曰：凡以爲道爾。道者，文亦所自生，德材藝術所繇出也。皇上興化建善，選忠用良，布求士之詔，下責實之令，庶幾得文武材以備任使。行射禮，復明法、明算諸條，猶恐敎誨之不先，士未必其馴習而服習之也，下之禮官，博諸其議。諸士生明盛之世，應察舉之詔，上則有道先揚，次亦曲藝必誓，其何有不感上之恩德而率上之誠令也！

臣聞高皇帝召國子生命之射，爲稱「文武吉甫」之詩。吉甫楚產也。宣王之時，荆州、太原皆有寇難，吉甫北伐，方叔南征。美方叔之功者曰：「征伐玁狁，蠻荆來威。」豈以六月之師，方叔從吉甫有功、南人慴其先聲哉？以楚人定亂功莫有如吉甫者也。楚士矜氣誼，負志節，不爲爵勸，不爲祿勉，不避事，不違難；楚兵慓以銳，未嘗挫北；楚地名山大川廣藪，魁奇瓌達之士生焉。然則求士之文武材稱上任使者其莫若楚。楚之先，養繇基之藝不過下大夫，孫叔敖乘馬三年，不知牝牡，楚國以霸。論者以材不如德，藝術不如材。然國家文恬武嬉，二百餘年，流寇發難，荆、襄、漢、汝，井堙木刊，天子詔用楚餉十萬，以饟楚士之在行者，申、息之北門，諸將之過者以數百，微、盧、庸、濮之師，無不提劍揮鼓，願爲前行，忠孝之所畜，其惟士乎！猶曰文武異用，不在軍事，若此者其於道甚不可也。

臣聞之，詩曰：「德輶如毛，民鮮克擧之，惟仲山甫擧之。」又曰：「羔裘豹飾，孔武有力。彼其之子，邦之司直。」楚大夫如楊文定、夏忠靖諸君子，匡危疑，恢王略，身兼數器，有直毅強正之風；楊忠烈持直節，好彊諫，觸禍患，臨死生而不顧：此所謂不畏彊禦者也，雖賁、育何以過諸！士而爲此也，天下士之求行其必於楚矣，士之求材其必於楚矣；而不若是，雖外有儁材過絕於人，臣懼其經術無所師受，傷於德而累於道也。書誓有之：「仡仡勇夫」，「截截善諞言。」說曰：是非君子之勇也，仡仡者，是非君子之言也；截截者，豈諸士之所期也哉？夫簡文小誦，拘牽流俗，不以此時佐國家之急，表樹行能，與夫乘時闢捷，負能而遺行者，皆道所弗取，功令所必禁。然則諸士服文王之德，輔宣王之功，以無負國家綱紀作人之意，其在斯乎！

聖王修身立政之本論

王者之道，於其內不於其外，於其實不於其文，於其虛不於其盈。知所以理情性，則高而能下矣；知所以處德位，則滿而能損矣；知所以飭己而治人，則恭而能安矣；知所以尊道而重事，則愼而能止矣。夫人君有持一術而百行修，庶事舉，天下後世從者，其惟敬也。眞西山曰：「聖王以敬爲修身立政之本。」生民之初，于于而睢睢，袒裼而蹲夷，能知立如磬折乎？拱如桴鼓乎？拜而顙至地乎？抑知事而君臣父子莊莊乎其悅，兄弟朋友抑抑乎其儀乎？曰：不知也，是皆聖王之敎也。

聖王之敎，聰明以爲德矣，而見有道必齊；尊卑以爲序矣，而禮高年必杖；冕而繅采，可以爲臨矣，必前俯而後仰；佩而珩琚，可以爲度矣，必衡折而委蛇。然則爲聖王者不亦勞乎？其爲道也不亦繁乎？於以敎天下也不亦難乎？曰：本存焉故爾。本者謂何？五味之本以和，五色之本以素。雖有嘉稷，弗忘五尺之耒；雖有綺縠，弗忘三月之桑。丹青在山，人寶而用之，而或不能名其山；良玉在野，人服而珮之，而或不能名其野。人知師氏之樂，師氏之樂非琴瑟也；人知公輸之藝，公輸之藝非繩削也；人知聖王之光施文惠，燭明四極，不知齋莊中正其爲道之淵泉也。匪勤弗昌，匪逸弗亡，無怠無荒，是爲聖王。

聖王之治天下也，天尊焉而日月當時，民衆焉而歌舞自來，羣臣庶官材焉而小大受祿。戎車之警，無或聞也；弓矢犀革出於四境，無外懼也；圭璧在笥，鬼神既格，祝史之詞有報而無祈也。太山之隈，奚有於阜？大海之蕩，奚有於川？喬木之下，奚有於植？然而聖王進師保而命之曰：「爾得毋以寡人爲驕乎？以寡人爲汰乎？其拂我而弗舍我，將終身守此翼翼。」朝國人而謂之曰：「百姓其有憂乎？庶政其有闕乎？匹夫勝余敢不畏圖，將終身守此栗栗。」處法宮之中，明堂之上，適然以思曰：「吾其在佚而勤乎？不然則已疎；吾其居安而懼乎？不然則已玩。誡無垢，思無辱，將終身守此戰戰也。」君臣父子，非敬不親；神人上下，非敬不格；軌章物采，非敬不立；官爵刑賞，非敬不行。

夫敬生於人心者也。潢汙之菜，采之烹之，登於鼎俎；溝中之斷，樸斲丹雘，入於鑾獻：則見者爲肅衣冠，盥手足矣。人有挈一石之樽，不知於色；奉三升之酒，舉前曳踵者：敬在故也。聖王知其然也，爲之昭文章，辨等列，明少長，習威儀，使人見其動作有象，俯仰可受，則而傚之，畏而近之。猶恐人之有易心也，臨之以天地，懼之以鬼神，爲之說曰：「敬勝怠者吉，怠勝敬者凶。敬者養之以福，不敬者敗以取禍。」若此者，自其君公大夫以及乎匹夫士庶無有易之者矣；自班朝蒞官以及乎燕居夙夜，無有違之者矣。魯隱觀百金之魚，僖伯疾諫；景王鑄無射之鍾，州鳩獻箴。君子必敬其耳目。公子言懼，是宜爲君大夫；語犯，必將有咎。語曰：「牆有耳，伏寇在側。」君子必敬其語言。齊侯搢笏於會，疑矜不終；晉國慢瑞者亡，肅命則霸。語曰：「若行獨梁，不爲無人不競其容。」又曰：「火滅修容，愼戒則恭，恭則壽。」君子必敬其容貌。鄭子華服不衷而身及，齊慶氏車甚澤而人瘁。君子必敬其車服。契爲司徒，敬敷五教，蘇公司寇，式敬爾獄。君子必敬其政刑。趙襄子得兩城，中食而憂；晉文公定三國，側席而坐；莫敖狃蒲騷之役，虢公恃桑田之功。君子必敬其兵旅。先民之恭，以將烈祖；夙夜之畏，是享文王。孔子猶曰：「誦詩三百，不足以一獻。」君子必敬其祭祀。蟋蟀歌而印氏以無荒保祿，草蟲賦而子展以降心後亡，子圉招亂，伯有爲戮。君子必敬其宴享。是以聖王之世，上無戲渝之言，下無陵暴之俗，百官無跛踦之容，庶民無流淫之行。其爲道也，頤然以和，懿然以端，偪然以肅，翼然以莊，見以爲可休而不可休也，見以爲可佚而不可佚也。其於天下也，不約而誠，不令而一，豈非敬德所致也哉！

堯典稱「欽明」，欽者言敬也。馬融曰：「威儀表備謂之欽。」漢志曰：「內曰恭，外曰欽。」堯之敬其在外也。朱子曰：「恭主容，敬主事。恭見乎外，敬主乎中。」又曰：「敬體而明用。」堯之敬其在內也。合內外而一之，此敬所以爲明也。坤六爻辭：「直其正也，方其義也；君子敬以直內，義以方外。」疏云直內方外，易之辭不曰正以直內，變文以見義者，言正者之能敬也。太公告武王以丹書曰：凡事弗強則枉，弗正則不敬，枉者廢滅，敬者萬世，此敬所以爲正也。

後世之言敬者，其惟程子乎！程子之言敬有二說：其一存乎知，其一存乎禮。存乎知者，程子之言曰：「入道莫如敬，未有能致知而不在敬者。」存乎禮者，朱子之言曰：「程子之論主敬，不曰虛靜淵默，而必謹之於衣冠言動之間。」夫存乎知，則明之說也；存乎禮，則正之說也。王者有其功，儒者有其理，聖人得其道，賢人得其義，所以德行寬容而守之以恭，位尊祿重而守之以畏，聰明睿智而守之以愚，博聞強記而守之以淺。敬夫！

第一問

愚聞之：君之於政也，在所任也。惟正人是庸，惟匪人是退，以立庶事，以興王功，所任得也。君之於政也，在所聽也。惟嘉言弗伏，惟辯言弗聞，以持國是，以定衆謀，所聽得也。詩曰：「思皇多士，生此王國。」禮曰：「事君者〔一〕，大言入則望大利，小言入則望小利。」夫人君博求賢能，獎進忠直；士之生其國者如此其庶且多，人臣之進說於君者如此其利且遠也。天下之大，何患無材？羣臣之衆，何患無直？雖然，殊能絕行之士，勞心盡節，訢訢侃侃，攄蘊積於前矣；其或爵祿所勸，天下士之來者日益衆，邪正並進，忠佞無常，斯亦有國之所憂也。人主所以馭之者，其必有道乎！

高皇帝諭羣臣：「君子之過，雖微必彰；小人之過，雖大弗形。蓋君子直道而行，故無所回護；小人巧於修飾，故多所隱蔽。」又曰：「朕觀往昔議論於廷，有忤人主之意者，必君子也；其順從人主之意者，必小人也。」高皇帝知人之明，官人之惠，度越萬古，與堯、舜同德。其諭羣臣，反覆以君子小人爲戒，蓋以貞佞不並立，忠邪不共朝，奸回之士折公實之臣，背誕之謀亂黨正之議，此堯、舜所以難壬人、聖讒說耳。

洪惟我皇上聰明勇智、寬仁威惠之德，遠追堯、舜，同符太祖。即位之初，進有德，誅大憝，責公卿以吏事，雖萬里之外，諸大吏惴惴奉職，一不稱，盤毛鶩纓，法弗少貸。憂勞海內，愼擇守牧，下令羣臣各舉有道方正之士，郎官以下，庶人流外，無不察舉。弘開使過，而亂人之黨先暴其辜；謀及芻蕘，而訕上之言必下於理。天下之士，咸洗心濯意以承休德。愚生胸臆約結，固無奇也，生明盛之世，豈有遺慮乎，其何言之敢獻？何計之敢圖？惟執事之問而竊以意對。

愚生聞之：自古公忠有爲之臣，利不必其在身，當官則行；謀不必其出己，見義則斷；其得也有可紀之功，其失也亦有不避之罪，故資其器用，有益公家。若守智安祿之徒，於國家之事非不知其可也，而恐其爲己罪也，又惡人之功之掩己也，因循沮壞以至於弗爲；及事機顚蹶，彼固未有顯謀，從容固位，終受其無咎。彼其時天下之責非不至也，能言之士非不衆也，然爲之者往往覆塞其小過，以解免其大過。夫人臣有大過，幸自解免，而諸士大夫之望我也，匿名跡，示歸誠，以營去其小過，乃陽爲謝曰：「天下不安，諸臣所責是也。若所引，不敢承也。」夫大過則謝而受之，不以爲負；小過則營而去之，不以爲嫌：而人臣遂無過矣。無過而天下不安何也？以天下之無材；豈惟無材也，將疑天下之無直。夫天下近無材與無直，而名爲材與直者將安歸乎？而言事者起矣。雖然，不可以不愼也。天下有弊人，無弊法。言者議法而不及人，以法無所畏沮，而人多所遷諱也。天下無弊法，多弊例。言者議法而不及例，以法易於改爲，而弊難於披剔也。所欲行則抱慮而進之，所欲去則厚誹而出之，法去而人不易，法變而例又生，甚至利與害兩窮而不可解，此古人與言之通患也。

我國家設官立極，機要之司非止治文書，銓衡之政非僅稽年考，執憲不得以奏卻而奇請，司馬不得以險度而亡師。今皇上所以禮諸臣者可謂至矣，諸臣所以事皇上者可謂勤矣。上意以四方未靖，夙夜弗遑，諸臣簿書期會之是憂，國之大事不聞曉然畫可否於上前。夫先朝滿四之叛，彭文憲持京軍不可遣，兵尙書有危言，弗爲動，而項襄毅得以討賊；那吉來奔，高文襄從總制請，力主羈縻〔三〕，舉朝危之，王襄毅卒以靖寇。此二臣者，苟令石城未下，俺答未臣，豈不知言出患入，而爲國効節，不顧後難。今者內寇外虜，戰守撫勦，諸臣有能爲皇上任之者乎？洪武中，陝西士人上仁政書而不及愛民，廣東儒士上治平策而不及用賢，高皇以其弗達政體，面諭羣臣，降旨切責。皇上謀卿士庶人之從，而嚴無藉弗詢之戒，衆言是同，亂政必斥，詔書數下，而上書言事者卒循尙浮詞，無卓爾異聞。前代吏民封奏，或於鼓院投遞，或於仗下面陳，言繁多以決擇，漢昭帝令杜延年平處復奏，宋神宗委司馬光、張方平詳定選擇。我宣宗章皇帝三年，行在禮部奏：官民建言，請同六部尙書、都御史、六科給事中會議以聞。夫先朝如甘州戍卒以言事賜衣一襲，鹽山縣丞以應詔條上十事。蘇軾曰：「庶人之言，不知爵祿之可愛，故其言公；不知君威之可畏，故其言直。」公直之言，明主所欲急聞也。今之吏民，有能爲皇上陳之者乎？

用人之法，功過一而職事修；進言之道，利害淸而是非正。此皆上意所責成，明詔所訓誡，愚生畢智竭慮，竊願與諸臣交修之也。乃執事之問又曰：「重郡邑之職，選府史之材，合庶官之謀，達百姓之隱。」生請歷數而備言之。

夫守令之所治者民也。監司守倅，其主書從事能操舉狀，而民之不得治者一二三矣；經賦科調，文案塡委，閭左桀黠把其疎密，而民之不得治者五六矣；里尉閭司，禁令易令，游夫閒民，流言飛文，而民之不得治者八九矣。然則下嚴符繫來庭中者，下戶羸弱之民耳。是昔之治者四民，今之治者一民也。府史之所急者官也。漢法，有市籍不得宦爲吏，今長安游徼吏多賈人子矣；漢法，左馮翊卒史秩二百石，今提控以下，視其所輸先後以私錢代矣。

其黠者，舞文造姦，擊鐘連騎，志在老於吏乎！管庫之職，非其好也，資歷既久，不得已而後乞官。是昔之府史志在官，今之府史志不在官也。夫庶司之義所以未同者，古者天子稱制臨決，有稱丞相議是者矣，有稱博士議是者矣；今卿貳嫌不逼上，占位署名，庶官衆僚，議成而弗與，令出而弗聞。百姓之隱所以未達者，苟爲忠信誠慤之民，其不能自直於里尉矣，況郡縣乎？苟能豪湿陰譎之民，其不欲受治於使者矣，況郡縣乎？置之則大姓漁食鄉里，察之則姦人交錯道路，然則四者之效，從可知已。欲四國之有政，則重其任；欲吏道之勿雜，則愼其人；欲稽參衆謀，則定百僚會議之制；欲盡極下情，則復監司奏事之權。雖然，非此四者之難，而人與言之難也；非人與言之難，而人與言有君子小人之難也。夫得一賢士愈於百城之地，得一嘉言愈於治萬民之功，如是而後知天下未始無材，未始無直。天下有材與直，而功過可一也，利害可淸也。功過一，利害淸，堯、舜之治不難致也。愚生聞之：用善如采葛焉，綿綿之葛，生於道左，采而用之，爲絺爲綌，不則委之矣。去惡如去草焉，或薙之，或芟之，能無除乎？或蘊之，或沃之，又能無生乎？是在皇上加之意可也。

【校】

〔一〕事君者　禮記表記無「者」字。

〔二〕羈縻　原作「羈糜」，據文義逕改。

第二問

曆者，歷也，歷日月而象之也。日月之行，聖人以賓禮致之；其食也，以武事救之。夫不知其來，不可以言賓也；不知其往，不可以言餞也；不知其道里次舍，不可以言救也。於是爲之治算以求密度，而曆事興焉。雖然，曆之興也，其號最密不過數家，餘或增損傅會，不應軌道。所以然者，前代禮樂未備，服色未改，百官職事未修，宗廟樂章未定，一時君臣皆赫然有改制作之心，而言天者以其術進，五行竊渺，刻度荒忽，苟不參之人事，進以儒術，無以服當時、示後世。於是緣飾圖記，雜考鐘律，博引經傳，使人見曆事一定，貞符著，黃鐘和，易象春秋合，淸臺之下，課在上第，而曆行焉。然曆之爲道，非覃思畢智，以求定率，盈虛發斂，差之杪忽不能得也。我皇上舉正而日星爲紀，明民而閏朔必書，立典常，定明制，以協三辰，以和萬國。孟冬月朔，太常具羽葆，師氏奏樂，百官朝服賀，開明堂，頒正朔。疇人子弟見國家禮樂之盛，制作之備，曆事無所用其緣飾，故煩辭廣証，廢而不存，考實求眞必其驗，此天以宣考四時之責授國家也，豈歷代之所同也哉？

蓋嘗論之，生民之初，紀年以禾。炎帝八節，俶農事也。軒轅甲子，系日成也。帝嚳序星，徵天象也。堯立閏月，四時始定。舜造璣衡，七政以齊。夏后周人，其教漸□，小正載於戴禮，月令記於周書，二篇存焉。五星聚房，兆開周之慶；歲當鶉火，紀克殷之祥。自是以迨春秋，率歲登臺測驗日至，順天以求合，故閏多矣，置晦朔國殊，其時有疎舛而無穿鑿。周末秦初，緯書競作，遂有六家之曆，託之黃帝、顓頊、夏、殷、周、魯，大抵以四分一爲歲餘，九百四十分三百九十九爲朔，實遷曆元以就當時，何異削趾適屨，故桓譚稱其矯妄，杜預疑其非眞也。漢初，張蒼承奏用顓頊曆，洛下閎太初舛駁尤劇，劉歆三統辨而非眞，東漢四分跬步不行，前此諸家，無異一丘之貉。劉洪乾象，始減歲餘，創制月行遲疾，陰陽黃赤交錯，以合天度，爲推步師表。景初、泰始無加焉。姜岌始以月蝕簡日躔，何承天始以晷景定冬至，祖沖之始變章法之固，分天歲之差，張子信始立入氣之差，正五星之序，傅仁均始改平朔爲定朔，則蝕必在數，月無朓朒。前此二十三家，至僧一行大衍曆而始密。其一歲差斥建星之謬，躔差得馴積之變，月食辨內外之道，歲星分超次之殊，神悟綜覈，諸家罕及；然時有不合，則謂乾造告譴於經數之表，變常於潛度之中，亦其所昧也。然後之作者，迨於宋、金，終莫越其範圍，或遷就畸零，以逐天變，一時偶合，數十載輒差矣。

元太史令郭守敬作授時曆，創簡儀、仰儀、高表諸器，用二線代管窺，推測宿度餘分皆盡。當時測景之所二十七，東極高麗，西至滇池，南踰朱崖，北盡鐵勒，以前後晷景折取冬至加時，自丙子迄己卯，增損歲餘歲差，古今冬至悉合。以太白辰星之距驗日躔，以日轉遲疾中平行度驗月離宿度，以四正定氣立損益限以定日之盈縮，分二十八限爲三百三十六限以定月之遲疾，以赤道變九道定月行，以遲疾轉定度分定朔，而不用平行度，以日月寅合時刻定晦朔，而不用虛進法，以躔離朓朒定交會，其法視古皆密。而又悉去演積立元之謬，一本天道之自然，其諸應等數則隨時推測，可以貽之永久。

明興，高皇帝首嚴欽若曆象之典，召天下通知律曆者議曆法。三年，立欽天監，自五官正以下專科習肄。十七年修清類分野書，書成，賜諸王，楚亦有分焉。是年博士元統請以洪武甲子歲冬至爲曆元，書奏，擢爲監正。李德芳言其改不用消長，於古法非是，統疏爭，而大統曆遂行，列聖以來，未之有改也。唐開元六年，太史監瞿曇悉達以九執曆至京師，大衍寫之未盡；當時考驗第下者，里差使然。元至元四年，西域有萬年曆行用，而授時陰用其法，儀象有地理志者，木爲圓毬，略如今之西說。國初靈臺郎有回回曆，高皇帝稱其精密有驗。緯度之法，中國書所三卷，其法造於隋開皇己未，未能悉合也。皇上以舊曆交食屢不售，俞禮臣之請，開局設官，譯書制儀，以宣昭一代之制。

一曰曆術。術者，載記挈矩、九章勾股是也。古之勾股，知用邊不知用角，以勾實、股實、弦實若三和三較相求而已，隸首之術，蓋窮於此。三邊之對爲三角，邊無方，大亘六虛，小限咫尺；輳心之角必應極界之弧，積分成度以至九十，並有一定諸線。以直線割圓輪，內曰弦、曰矢，外曰切、曰交，同隅餘角諸線如之。挈有定之角，御無方之邊，內外相顯，進之圓面。曲線以首尾率相易爲用。

二曰儀器。求倍勝之法，資倍勝之器，以測三辰地平經緯，以測相距度分，以測赤道黃道經緯，以定時刻。古以渾，今以平；古以全，今以隅。徑廣三倍，分細十倍，赤黃分器，咸極精審。

三曰度地。漢人罕識渾天，今人罕識渾地，不審地形，測天何階？水地合一圓珠，闊虛之圓，其景也，周徧生物〔一〕，戴履不殊，以覩日爲晝。兩極下極寒，以半載爲晝夜；赤道下極暑，以二分爲夏，二至爲冬。北行累日，北星漸出，南星漸沒，形圓可知，里數亦審。

四曰測天。天爲動物，本行無不右旋爲性，所循黃道，所宗黃極，而又循赤道左旋，外此則不動爲諸動宗，赤道經緯圈依斯而設，故黃赤道相距今漸以近，而日道隨黃道如故。十二分次，古人非能得諸鬼神，蓋依當時日躔而設；直從今日二交晝黃道以分十二，事理爲允，但經緯度用赤耳。恆星麗天，終古不改，而徹循黃道東移，是與赤道斜迤參差，糾紛轉易，故古來距度，諸曆互異。樞星移去北辰，過三度也。七政運行乍舒乍疾，是其輪轂不與地心同處，人在地視之，輪轉一高一卑，則遠者見遲，近者見疾。授時以前，此秘未啓。回回曆用同心輪負小輪，小輪之心循同心輪而右，日循小輪而左，俱一歲而復。小輪半徑與地心不同之分，並爲日輪半徑百分之三有半，是爲贏縮宗因。舍此言曆，殆眞瞽史。

五日步氣。歲實之數，生於日躔，後世日消，繇日輪之轂漸近地心也。舊曆齊之，故不能以相通。授時創立消長，上考往古，百年加一，下驗將來，百年減一，魯獻以還四十九事而合三十九。大統又復齊之爲二十四刻二十五秒，知其謬也。今之改憲，長乎消乎？二千餘年之消，驟長何憑？欲消則實測爲據者不服也。太陽以贏縮知高卑，高卑之最不直兩至，百年右移一度，故行度多寡，冬夏異而春秋亦異。繇斯以求日躔之實，而歲實安得齊也？紀月則有平朔、定朔矣，紀歲何獨不然？平歲用授時消分，更以最高差數加之，則冬至定矣。

六日步朔。朔者無所取之，取之食也。月離眞度多差，不可目視，而器測必以食甚日躔之衡而得。月行天一周，黃道內外各半，曰交終；過之又逐及於日，曰朔策；其一高一卑環轉曰轉終；又以小輪自行加減爲未足也。法用同心輪負本輪之心而右，本輪又負次輪之心而左，俱一周而復；月復循次輪而右，半周而復。次輪半徑半於本輪半徑，幷之大至八千七百得五度弱，爲上下弦。惟朔望月在本輪內規，不須次輪加減。

七日步交食。加時蚤晚不在朔望實時，而在人目所見之時。然必先求實時，先推日月中會，計其平行及自行而得均數，然後以均數加減求得實會，因得實時，此卽古法躔離朓朒而加詳焉也。食分多寡，以日月兩半徑較月距黃道度分得其大小，次求二曜距交遠近，與古法不異。第日月各有最高卑，景徑緣之小大，黃白距度有廣狹，食限爲之多少，皆以目視爲據，不論實交地心。人距地心之差能使視北爲南〔二〕，日南北差；刻差蚤減晚加〔三〕，授時以赤道距午爲限，新曆以黃道出地最高爲限，日東西差；併最高卑三差以爲勾股形。黃道正中無勾差，正東正西無股差，皆合於弦也，故地心實會改爲地面視會也。

八曰定五星。天以遲疾定高卑，又人目距地心之差，恆星獨無，即爲極界。塡星最遠，僅得數秒；太陰最遠，差過一度六分；太陽居中，視差三分。太白辰星時與上上。黃道緯度，恆星不遷，五緯時異。其經度，恆星七十年又七月行一度，五緯各有本行。赤道緯度，恆星、五緯皆時異，其經度，恆星爲黃道同升度，五緯各有本行，並以同心輪負本次兩輪或不同心輪。細行雖賾，可以一術齊之矣。若夫淸蒙之氣盛，則高而厚，減則薄而下。昇卑折照，大於本形，夜刻爲多，水氣彌甚，故經度不差，緯度多差，眞高在下，視高在上，差高之緣，端緣於此。

抑度數之理，硏幾極深，考驗必晳，今術之不能通於古，猶古術之不能通於今，何必古人之信而今人之疑乎？夫古者傅會之家，唯從事於末，不求其端，故纖紀瑣言，不足依述，漏見曲論，反戾正理。今以國家禮樂之盛，制作之備，而疇人子弟參互曆術，累黍不失。然後天子升靈臺，望雲氣，吹時律，覩物變，詠福祉，舞功德，是曆事之成也，豈不盛哉！

【校】

〔一〕周徧　原作「周偏」，逕改。

〔二〕、〔三〕羌　疑均當作「差」。

第三問

國家自秦、晉流孽，輕心語難，民人蕩居，大夫旰食，車馳而徒走，八年於茲矣。天子威命震疊，集諸路之師，東西追擊，苟將士一力，宣揚國威，先聲所指，羣醜蕩駭，何難禽獮而草薙之！夫寇賊奸宄，蟊螣螟賊，皆一氣所生。自古流孽之作，未有不號數十萬；數十萬之衆，未有一敗而不卽滅者也。

賊初作難，發於延綏，其北多逃兵，而神木、靖邊、綏德、慶陽、延安最劇；南多饑寇，而西川、淸澗、中部、延川、保安最劇。據府谷，破合水諸縣，延、鄜、慶、平之間，井湮木刊者幾千里。秦食盡，晉代之受病，先後渡河而東者三十六營。首據河曲，破汾、霍，蔓於興、嵐，已襲據臨縣，陷遼州，東擾澤、潞，內犯忻、靜，五年之內，九十郡邑，不被寇者三五耳。晉食盡，豫代之受病，其波及楚、蜀、兩畿者，皆豫之餘也。南侵武安，據林縣，聚於武陟，河以北騷然苦兵。闖入畿南，掠趙州、寧晉，別自五臺侵行唐，踞井陘，南哨臨洺。邊兵大集，還逃河、朔，賊大困乞降，亡何河冰合，有滹沱之潰。賊之未潰也，誠以此時塞太行之口，斷河北之津，駐兵曹、濮，扼弗使東軼，羽林佽飛之士從中下，與諸邊勁騎蹙而殲之，賊成擒耳。

稔惡未已，再得渡河，從此而南，分爲三支：入伊陽，犯商、雒，或自嵩、伊犯汝州，南屯魯、寶，繇華陰復歸盧、靈，稍入於秦。其南走盧氏、嵩縣三山，繇間道至內鄉，驟入楚。其東潰者偏於宛境及汝寧、歸德，內犯新蔡，已越壽、亳，陷潁州，奄入中都，聚廬、安，圍桐、窺皖，陪京大震；旋返永、睢、汝、黃，踞伊、宛，或掠雲夢，大抵皆還商、雒，合於大賊。其入楚者，據鄖、津，蔓荊、襄之間，破當陽，入於蜀，回聚房、竹，遁平利，或自鳳、隴入漢返鄖，連營十里，犯均、光，流毒棗陽、隨、應，伏黃陂，屯桐柏、信陽，走蘄、黃，逼襄、鄧，別自英山破羅田，迫於大兵，盡遁秦川。

方秦事之殷，秦將士大小數十戰，斬首三萬六千，弓不及簸，馬不及秣，掠者不及收，傷者不及起，數道之寇復相率而歸秦。秦地方數千里，防豫之界曰關門、曰商、雒，防楚之界曰平利、曰紫陽、曰白河，防川之界曰漢中、曰寧羌，防晉之界曰延、鄜、黃河一帶。賊未入秦，逐賊者窮馬足，扼賊者壞車輸，謀聚而殲焉。既併入於秦，合於大夥，而賊益慓悍無忌，再自秦朱陽關直犯汴城，還竄禹、許，從沈丘突潁、亳，別自嵩、鞏趨陝、禹，闌密縣，去擾澠、永，或遁靈、盧；已乃殘雒、汝，南破和、合，圍江浦、滁州，西還汴城，走入內、淅。漢江春殘，有自白河、光、穀而渡，深林密箐，阻山公行，邊兵既撤，荊、襄之間受其虔劉矣。而內、淅之賊再擾，漢、興之賊已深，秦、豫之警，月凡數告，兵何繇以息，民何繇以安也哉？

詔書切責諸大吏盡賊而止。賊奔敗之餘，跳驅走險，困蹙乞降，冀緩我師，國家以大兵臨之，若不自縛以獻，屈彊山谷間，如釜魚阱獸，趣即糜爛耳。雖然，賊櫌耡棘矜之人，郡縣討捕力也。不得已而至用兵，偏將軍之師，賚旬日糧足以辦此。乃自有賊事以來，督理則三邊五省總其令，撫治則秦、晉、豫、楚、蜀、鄖、鳳陽兩畿通其謀，應援則南樞、兩操、東撫防其潰，總鎮則征西、鎮西、平羌、臨鞏、山西、昌平、保定、湖廣將其兵，士卒則禁旅六千、薊、密夷漢、關、遼鐵騎、天津招標、鎮筸茅岡、施南石砫、川、浙、黔、滇、辰、虔數近十萬，供餉則截留部發冏寺馬價，親藩士大夫捐助，數逾百萬。旬獻首功，月報大捷，積歲斬馘，每營萬計，八大營合之無慮十萬，而賊勢滋蔓益甚，入晉已多於秦，入豫、楚愈多於晉者何也？

夫士不素訓，不可以應卒；計不豫定，不可以弭變；申令不齊，不可以明罰；糗糧不備，不可以致武。兵者武事，以怒則立，解甲之日，距躍曲踴，乃可一戰。李陵軍有女子，而鼓聲弗起；豎穀陽進酒子反，而楚人宵潰。今前有一死之懼，後有三軍之樂，往者既利，來者慕之，採掠稽留，緩追逸賊，夫先自退也已，焉能先人。且疆場之間，一彼一此，賊在秦、豫則秦、豫急，賊在淮、楚則淮、楚急，事之不捷，過有所分，雖無專功，亦無專罪。將士多高班，詐增首級，足以養階勳，避文法。其甚不律者，大吏不能直繩，奏下兵部，乃當之奪官。夫死敵之賞與奪官之罰，未見人之趨賞而避罰也。

爲將之道，非深執忠孝，持己廉信；則輕財果毅，獲人生死。今之將帥，奉己而已，志不在軍。軍之所出，下令懸賞，饗士椎牛之具，將不能辦也；既戰，折矛傷弩，罷馬亡矢之費，將不能出也；傷者空財而共樂，完者內醋而華樂，將不能給也。乃聽其自掠，而將操其五，坐而得利，故三軍之中，約束禁令，將不爲也，且又不能。賊之來也，百里斥堠，唯視苗頭，兩軍相當，則有活仗。賊初以輜重爲餌，兵以爲利；繼以脅從爲餌，兵以爲功。夫至兵以爲功，百姓之命其哀號宛轉於矢刃之下者，不可勝數矣。

賊之所過，滌地無類，家貧戶饉，民生不聊，遇賊死，不遇賊亦死；藉第令無死，官軍所淫掠者十室而九，老弱顚踣，壯夫詿誤，土賊數見，告矣客兵，行鹽月餉，三倍土著，賊傳城而陣，乃請濟師，賊去而兵始來，兵罷而賊又至。有司餼廩竭矣，或閉門而謝曰：「我所守者，天子之民也。」將或循城而狥曰：「我所將者，天子之軍也。」郡無見錢，縣無見穀，本折兼支，逗遛城下。夫士之偏袒搤擥，深入敢決，皆以氣之蹻與力之銳，故遇敵則奮，乘堅則拔。

今調撥之卒，贏糧數萬，負弓矢萬箇，越燕、趙、齊、魏之郊，敻地數千里而未見賊；賊阻林谷爲險，士緣山負食乾糒飲水，不見鹽穀，曾未接戰，師病矣。郡縣供其屝屨資糧可也(二)，不則桀鷔狠戾，鼓之弗前，尙安事兵？吏議不能盡賊，曰：撫之。夫賊撫則我民也，不撫則我寇也，奈何其忽！今宣布詔書，許以不死，賊且降且殺人，未肯解甲。鄉者臨縣信之而城破，眞寧信之而印失，武陟夾勦，信之而南逸於河，棧道合圍，信之而潰決千里，置河西則抄暴不止，編行伍則抄掠如故，其帖然不終叛者，僅一二支耳。然則今日之計從可知已。

賊阻山，我師奪山者勝；賊忌水，我師扼水者勝；賊恣掠，我以饑困之；賊用衆，我以寡擊之；賊以乞撫愚我，我以計間之。潼關之險失，其通者曰華陰、曰華、渭、曰商南、曰雒南；大散之險失，其通者曰階、文、曰蜀道、曰秦川、曰斜谷。子午黑水谷高山絕險，遂爲五達之衢矣。盧氏、內鄉、淅川，三省之會；伏牛深亘數百里；太和諸山，地接宛、洛、漢、興、均、鄖、房、竹，彼抄盜公行，我車騎難入；英、六山深土曠，賊走集焉。吳、越守江，其要者曰焦湖、望江、裕溪、泥汊；齊、魯守河，其要者曰上流自曹至延津三百里，下流自單至徐三百里：此數地者，今日之所急也。秦、豫土疏民慢，山邑恃陋，城已惡而不修，村疃鎭集，富比一都，而無埤垣之守。楚則商車所集，市民饒於郭，郭民饒於城，賊皆生心。犯此數忌，以爲賊資。而我有叛兵，有土寇，有難民，以日益其衆。援師日夜奔郡縣之急，而陵園、漕運、親藩諸地宿重兵。賊勢益急，我師愈分；我師愈分，賊勢益急，此變計之日也。

客兵戰，主兵守，山民守砦，澤民守川，重民守家，輕民守市，無郊處而驚，無散地而走，無夜呼而恐，無露積而懼。諸大吏視郡縣足辦賊，以賊委之，厚集其力，無分兵，無奔命，視賊甚獷悍者，扼其一支。賊之所逐，我必斷之；賊之所避，我必致之。以數省之師，先後夾擊，屠磔務盡。賊偏敗必擒，無黨必阻，然後宣示賞購，洗滌脅從，百萬之衆，可一朝而散也。

且討賊以來，大臣不聞自請視師者，士大夫不聞以家財佐軍者，大帥不聞以罪用鉞者，士卒不聞以功遷右列者，其故何哉？惟邑丞郡倅能殺賊者即爲眞；廝徒役養能殺賊者即爲將；百姓有止賊鹵獲者，以其全予之；散私財募義勇者，賜爵級束帛，風示天下。若夫茇舍草止之禮也，糧從軍行之法也，軍無頓舍，士不宿飽，而欲卒乘之輯睦，此不得之數也。士持糧罝罨，老弱私從負羈紲，贏囊橐，士傳器而食，嚴刁斗而止，無因民火，無雇舍宿，如是以令於軍中曰："「犯者殺無赦。」軍志於是乎一矣。

是故民弱而其勇可使也，兵驕而其教可立也，兵民志意不齊，其道可相爲用也。夫使民不畏賊，兵不擾民，而賊氣弗破傷，大黨弗震壞者，有是理哉？然則將士受詔討賊，八年功弗成，是皆謀臣之失長計，非賊能久稽天討也。「式遏寇虐」，「以綏四方」，是在皇上斷之而已矣。

【校】

〔一〕屝屨　原作「扉屨」，逕改。

吳梅村全集卷第五十七　文集三十五

奏疏　疏　揭

劾元臣疏

奏爲時艱亟藉元臣，責重宜祛積習，敬抒忠告，仰乞聖裁事。臣束髮登朝，依光日月，蒙恩考滿，榮及所生。頃者愼簡端良，以臣備員輔導，感激圖報，矢竭愚誠，竊效涓埃，以當拜獻。

伏見我皇上敬天求治，宵旰憂勞，當茲國事艱難之時，正藉元僚匡弼之益。得其人則理，不得其人則亂；得其人而抱公絕私則理，不得其人而背公行私則亂。首臣張至發者，遭逢隆遇，致位孤卿，今復總輯羣司，具瞻朝宁。臣以爲新猷方始，治忽攸關，其能回心易慮，從善圖功，改比周之積非，謀公忠之實效，臣之所厚幸也。若復懷私狥庇，固陋因循，滋巧僞以爲工，視忠貞爲罔益，臣之所大恐也。

語曰：「前事不忘，後事之師。」首臣今日之鑒，取之去輔温體仁足矣。體仁學無經術，則當講求仁義，練達朝章；體仁性習險詖，則當矢志光明，立身公正；體仁比暱宵人，則當嚴杜諂諛之輩；體仁護持悍黨，則當力維忠孝之經。專精神以圖平治，毋如體仁之泄沓偷容；畫可否以決危疑，毋如體仁之游移飾詐。如此而聖恩庶可副、衆望庶可塞也。

臣所憂者，首臣積習未化，故轍猶存。臣讀其近日辨揭，盛稱體仁之美：一曰孤執，一曰不欺。夫體仁之當國也，有唐世濟、閔洪學、蔡奕琛、吳振纓、胡鍾麟之徒參贊密謀，有陳履謙、張漢儒、陸文聲之徒驅除異己，何謂孤？庇樞貳則總理可不設而事敗乃設，徇鳳撫則鎮可不移而事敗乃移，何謂執？皇上之決去體仁，正爲其善欺耳。家窩巨盜，產遍苕溪，自詭曰清；孽子招權，匪人入幕，自詭曰謹。何謂不欺？然則首臣眞以爲孤執不欺乎？夫使聊爲嘗試之言，實作更新之計，滌心飾行，以收後效，臣何敢議？如其不然，則必因私踵陋，隸襲前人之所爲，大臣公忠正眞之風，何時復見？海內干戈盜賊之患，何日就平？爲首臣者亦何以副聖恩而塞衆望耶？

臣念切憂時，義存報主，敢以懲前毖後之道，首效箴規，首臣而虛懷樂善者，不訝臣言之過也。臣區區愚誠，惟皇上鑒察。臣不勝惶恐待命之至。

辭職疏

奏爲報國有心，趨朝無力，蒙恩負罪，抱病懷慚，謹請處分，以肅官方事。臣本庸虛，材力淺短，謬膺朝寵，累陟淸階。恭遇皇上應籙御天，大造區夏，百僚卿士，濟濟興朝，豈陋小臣，過蒙收採，詔書下及，乃忝今官，扶服叩頭，怔營戰灼。伏念獎勸，察臣於衆忌之會，賜以保全，碎首糜軀，莫能裨報。

祇以微臣受生尪劣，積疢纏綿，重荷矜憐，得寬休沐，尚冀瘳損，仰效馳驅。不謂禍難殷流，兇徒干紀，痛深九服，悲結萬方。況在孤臣，扣心飲血，身雖在野，官列近臣，不能從難，罪應萬死。皇上儆於有位，宜肅刑章，天澤沛然，顧加優擢。夫今日盈廷發謀，羣帥戮力，疇功論德，啓邑承家，而一二老臣猶以大讎未復，國步方艱，用舍勿輕，是非當定。三事以降，毋啓殿陛之爭；五等初開，宜重河山之賞。況如臣者，文史末流，其於國家，無裨塵露，豈可取紊朝典，忝竊金章也哉？

臣宜歸罪有司，陳誠闕下，請免其見職，退就處分。而自國難驚心，舊疴彌劇，病痁兩月，復加下痢，淸羸困弊，幾不自支。臣雖不才，粗知大義。當日寇變初聞，九流失序，若非皇上整齊萬品，光啓中興，則臣餘生，已塡溝壑。今日軀命，咸荷生成，君恩未報，豈敢言病？無如夙嬰沉痼，雜患屯邅，縱欲扶拖登途，少明盡瘁，而狼狽不前，歎息而止。每思國事，涕泗横流，以急裴綦薾之誠，抱偃息在牀之恨，拊髀慷慨，宵旦彷徨，臣獨何人，自隔興運？先朝被遇，愧納肝刎脰之忠；新詔加恩，失倍道兼行之赴。伏惟聖斷，先賜處分，俾臣免於曠官，安其素分。仰祈覆載，俯念蓋帷，容臣在籍調理，俟病痊之日，泥首闕廷，陳力謝罪。庶幾犬馬之疾，自放山林；藜藿之忱，長依日月。稍堪鞭策，終效涓埃。感戀天恩，無涯極矣。臣不勝悚慄待命之至。

乞假省親疏

奏爲驚聞母病，懇乞天恩，暫假省親事。微臣起家寒素，臣母朱氏，辛勤俯仰，心力焦枯，自臣未第，已成寢瘵；及遭際國恩，獲沾祿養，得至今日，咸荷生成。其如崦嵫暮齒，錮癖沉疴，参朮難支，遂成風緩，支離牀褥，轉側需人。微臣少病尫羸，憂親彌劇，先朝矜覽，寬加休沐。母子二人，相須爲命，侍調藥餌，頃刻難離。此臣家門至情，今在廷諸臣所共洞悉者也。

皇上中興御極，微臣扶力趨朝，恭逢覃慶新綸，感戴皇恩，極天隆地，非臣頂踵，所能報塞。惟有勉修職事，少答涓埃。乃本月十六日接臣父手書，言臣母久病之餘，誤觸風寒，飲食不進，勢甚危急。臣聞之心魂飛越，涕泣憂思，於二十日夜忽嘔血數升。自恐顛歷困踣，曠官廢職，公私兩愧，負罪悚惶。伏見皇上深仁錫類，孝治宏開，敢不瀝陳至情，仰告君父。願乞聖恩，暫假數月，俟臣母調理少痊，微臣卽遄趨受事，天地隆施，無涯極矣。臣無任激切待命之至。爲此具本謹具奏聞，伏惟敕旨。

陞任請養疏

奏爲微臣蒙恩陞任，抱病不能供職，懇乞聖恩，特準在籍調理事。臣門寒人悴，遭遇聖明，累拔清階，因忝今授，誓心效職，少答鴻私。不謂母子同病，情迫呼天，負德曠官，不勝惶悚。

微臣受生尩瘠，善病虛羸。往年給侍殿廷，時憂隕越。奉使中州，在途忽聞臣母背疽危篤，焦心灼骨，晝夜兼程，抵家之日，幸而得救，外證雖痊，元神難復。從此臣母不離伏枕，而臣亦以憂勞兼至，抱病困劣矣。爲此披誠君父，拜表陳情，天地陶成，著於南雍供職。所冀講授之暇，養身事親，仰答生成。乃臣母沈痼纏綿，微臣復清羸憔悴。幸蒙拔擢，奉母東還，義急王程，心憂母恙，以致夙疾再作，百沴交侵。春初嘔血數升，精神耗消，肌膚瘦削，腰脚虛腫，不成行立，頭目昏眩，輒致沉迷。入夏以來，寖增寖劇，母子同患，闔室驚危，正爾徬徨，再聞除目。臣扶力叩頭，感膺寵命。自念叨竊踰涯，非臣譾劣所能勝受，因緣疾患，仰負國恩。

皇上錄舊興賢，海內人才，彈冠踴躍。微臣心長力短，實命不同，稽以曠瘝，宜從官罰。若以臣供事微勞，特準在籍調理，微臣母子二人，悉蒙恩造，庶幾餘生，不塡溝壑，留形天壤，拜見闕廷，生生世世，感聖恩於無窮矣。爲此謹遣義男吳忠齎本奏聞，臣無任悚息待命之至。

自陳不職疏

奏爲遵旨自陳不職，恭候黜幽之典事。臣係辛未科進士歷陞今職，仰荷天恩，准臣請假省母。歸里以來，感念生成，誓圖報稱。惟是母病未能卽痊，微臣積痾仍劇，王程難赴，方切屛營。於本月初十日接讀邸抄，吏部一本爲特請鑒別事，奉聖旨云云。臣家居僻遠，臥疾沉迷，繕疏上聞，已遲月日，心神戰灼，益用悚惶。

切念臣志局凡近，行能淺薄，叨忝淸班，實踰素分，每弘止足，輒荷推遷。事先皇帝十有四年，請急陳情，累塵聽覽，沿資隨牒，內愧夙心。遭遇皇上中興，優加齒召，冀攄誠節，扶力趨朝。仰見聖明講學勤政，重道親儒，微臣幸列從官，亦思自効。奈學以病疎，志因力奪，無能拜獻，上益高深，重迫子情，遽求休沐，臣之庸劣，從可見矣。

方今國事艱難，至尊旰食，一時宣力諸臣，竭蹶馳驅，共襄時急。微臣職司清切，地實優閒，縱有供事微勞，尚應捫心恧汗；況其烏私孔亟，樗質尪羸，疾患纏綿，精神越渫，自揣疲曳，難任衣冠。金華侍從，愧往哲之陳謨；玉署含毫，負兩朝之史職。又何以追陪禁近之班，坐貽維鵜之刺？伏乞皇上，俯鑒微忱，語非矯飾，敕下該部，將臣罷黜，以儆有位。庶幾微臣退安愚分，免戾曠官，高天厚地，感聖恩於無窮矣。臣無任惶悚待命之至。

揭

辭薦揭

揭爲感恩揣分，瀝陳病苦，以祈矜鑒事。伏惟用人而拔幽滯者，君父之恩；量力而受爵祿者，臣子之分。偉業以草莽孤微，江湖廢棄，仰荷聖朝高厚，覆載生成，力田以供公稅，鼓腹而歌太平者，十年於茲矣。恩詔舉地方人材，督臺馬老公祖過加採擇，以偉業姓名入告，旋奉部覆，行督、撫、按各臺老公祖確查鄉評品行學問實蹟。偉業行能庸陋，學問迂疎，無當於用，所不必言。而素嬰痼疾，萬難服官，苟不先事啓陳，則私門疾苦，何繇上達？爲此輒敢具聞。

偉業稟受尪羸，素有咯血之證，每一發舉，嘔輒數升，藥餌支持，僅延殘喘。不意今春舊疾大作，竟成虛損，胸膈脹滿，腰脚虛寒，自膝以下，支離攣躄。老父病母，年過七旬，衰殘風燭，相依爲命，日夜涕泣，廣求醫卜。豈知沉痼已甚，療治無功，奄奄一息，飲食短少，待盡牀褥，不能行立。夫居官盡職，必須精力強濟，豈有患苦如此，尚堪驅策？偉業自辛未通籍後，在京止有四載，臥病乃踰十年，其淸羸困劣，當塗諸老見聞共悉。方値聖治維新，凡有心知，咸思報稱。偉業自甘沉痼，斷非人情；而眞病眞苦，實實如此。及今若不早言，異日不能供職，仰負朝廷爲官擇人之德意，有虛各臺以人事主之盛心，此偉業之所大懼也。伏祈祖臺將病苦實情開列到部，庶幾於共聞共見，寧嚴毋濫之部覆功令允符。而偉業貪覩聖化，調理餘生，仰誦九重之深仁，拜感祖臺之至愛，生生世世，啣結於無窮矣。謹揭。

與子暻疏

吾少多疾病，兩親護惜，十五六不知門外事。應童子試，四舉而後入彀。不意年踰二十，遂掇大魁，福過其分，實切悚慄。時有攻宜興座主，借吾爲射的者，故榜下即多危疑，賴烈皇帝保全，給假歸娶先室郁氏。三年入朝，値烏程當國，吾與楊伯祥諸君子正直激昂，不入其黨。烏程去，武陵繼之，蘄水又與吾不合，種種受其摧挫。先是吳下有陸文聲、張漢儒之事，吾以復社黨魁，又代爲營救，世所指目。淄川傳烏程衣鉢，吾首疏攻之，又因召對與濟寧楊鳧岫謀擊大姦史𦳮，𦳮逮而陰毒遂中於吾。吾去而封王豫中，𦳮謀以成御史寶慈勇參武陵事主使坐吾，賴𦳮死而後免。既陞南中少司成，甫三日而黃石齋予杖信至，吾遣涂監生入都具槖饘。涂上書觸聖怒，嚴旨責問主使，吾知其必及；既與者七人，而吾得免。於是陞宮允、宮諭，吾絕意仕進，而天下亂矣。

南中立君，吾入朝兩月，固請病而歸。改革後吾閉門不通人物，然虛名在人，每東南有一獄，長慮收者在門，及詩禍史禍，惴惴莫保。十年，危疑稍定，謂可養親終身，不意薦剡牽連，逼迫萬狀。老親懼禍，流涕催裝，同事者有借吾爲剡矢，吾遂落轂中，不能白衣而返矣。

先是吾臨行時以怫鬱大病，入京師而又病，蒙世祖皇帝撫慰備至。吾以繼伯母之喪出都，主上親賜丸藥。今二十年來，得安林泉者，皆本朝之賜。惟是吾以草茅諸生，蒙先朝巍科拔擢，世運既更，分宜不仕，而牽戀骨肉，逡巡失身，此吾萬古慚愧，無面目以見烈皇帝及伯祥諸君子，而爲後世儒者所笑也。

吾歸里得見高堂，可爲無憾。既奉先太夫人之諱，而奏銷事起。奏銷適吾素願，獨以在籍部提牽累，幾至破家；既免，而又有海寧之獄，吾之幸而脫者幾微耳。無何陸鑾告訐，吾之家門骨肉當至糜爛，幸天子神聖，燭奸反坐，而諸君子營救之力亦多，此吾祖宗之大幸，而亦東南之大幸也。

吾五十無子，已立三房姪爲嗣，五十三生子而後令歸宗。吾生平無長物，惟經營賁園，約費萬金。今三子頗有頭角，若能效陳、鄭累世同居之義，吾死且瞑目；倘因門戶不一，松菊荒涼，則便爲大不孝，諸父尊親以此責之，誓諸皎日可也。

吾於孝道不能克盡，葬事又未完，深負罪愆。惟是待兩弟休戚一體，及竭力以爲朋友，費盡苦心。三弟尤宜以吾事爲己事，執友則託諸端士、子俶可也。

吾於言動，尺寸不敢有所踰越，具在鄉黨聞見。吾詩文外，尚有流寇紀略一部，爲無錫、常熟友人借去其半，婁中尚有抄本，須收葺完全；及氏族、地理二志以付三子，此事周玄恭主之。

吾同事諸君多不免，而吾獨優游晚節，人皆以爲後福，而不知吾一生遭際，萬事憂危，無一刻不歷艱難，無一境不嘗辛苦，今心力俱枯，一至於此，職是故也。歲月日更，兒子又小，恐無人識吾前事者，故書其大略，明吾爲天下大苦人，俾諸兒知之而已。辛亥冬十一月二十八日書。

吳梅村全集卷第五十八　詩話

詩話

梅村詩話

宋玫字文玉，別字九青，萊陽人。年十九登乙丑進士，繇吏給事中陞太常，進戶侍，以枚卜遇譴歸，城陷不屈死。其父尙賓卿繼登，夢李北地生其家而得玫。少而穎異，爲詩學少陵，愛蒼渾而斥婉麗，然不無踳駁，當其合處，不減古人。日課五言詩一首，爲亞卿將大用，年尙未四十，集竟散佚不傳。嘗與余同使楚，楚嘉魚熊魚山、竟陵鄭潛石俱九青同年，到武昌相訪。鄭詩亦清逸，其贈什曰：「剖斗折衡爲文章，天下要束與萊陽。」謂吾兩人也。九靑登黃鶴樓，過小孤，皆有作，今失記，惟憶其掖中言懷中一聯云：「朋友誰無生死問，朝廷今作是非看。」時上方切治苞苴，而金吾徼卒乘之，反行其奸利，貪吏放手無罰，而寸魗尺縑，輒加逮治。九靑之語，蓋實錄也。過南中有云：「草迷三國樹，水改六朝山。」九靑曰：「天下之山，未有不繇水改者。」其用意精刻如此。

陳子龍字臥子，雲間華亭人。繇丁丑進士考選兵給事中，殉節死。友人宋轅文收其遺藁，今並存。臥子負曠世逸才，年二十，與臨川艾千子論文不合，面斥之。其四六跨徐、庾；論策視二蘇；詩特高華雄渾，睥睨一世，好推崇右丞，後又模擬太白，而於少陵微有異同，要亦偭強語，非繇中也。初與夏考功瑗公、周文學勒卣、徐孝廉闇公同起，而李舒章特以詩故雁行，號陳、李詩，繼得轅文又號三子詩，然皆不及。當是時，幾社名聞天下。臥子眼光奕奕，意氣籠罩千人，見者無不辟易。登臨贈答，淋漓慷慨，雖百世後猶想見其人也。嘗與余宿京邸，夜半謂余曰：「卿詩絕似李頎。」又誦余雒陽行一篇，謂爲合作。余曰：「卿詩固佳，何首爲第一？」臥子曰：「『苑內起山名萬歲，閣中新戲號千秋』，此余中聯得意語也。『祠官流涕松風路，回首長陵出塞年』，又『李氏功名猶帶礪，斷垣落日海雲黃』，此余結法可誦者也。」余贊歎久之。晚歲與夏考功相期死國事，考功先赴水死，臥子爲書報考功於地下，誓必相從，文絕可觀。而李舒章仕而北歸，讀臥子王明君篇曰：「明妃慷慨自請行，一代紅顏一擲輕。」則感慨流涕。舒章久次諸生不遇，流離世故，僶勉一官，反葬請急，遇臥子於九峯山中，期滿北發，未渡江而臥子及禍，舒章鬱鬱道死。雲間有爲詩唁之者曰：「蘇李交情在五言。」未嘗不寄慨於此兩人也。

楊廷麟字伯祥，別字機部，臨江人。爲文排宕峭刻，在韓、蘇間；書法出入兩晉，倣索靖體；詩則好用奇思棘句，不甚合律，然秀異聳拔，往往出人。機部偕臥子同出吾師姜新建之門，以文章氣節相砥礪。既遇黃石齋先生於京邸，一見道合。負直節，好強諫，上書論閣部楊嗣昌失事罪，得旨改兵部贊畫，參督師盧象昇軍事。余贈之詩曰：「諸將自承中尉令，孤臣誰給羽林兵？」蓋實事也。盧與閣部議軍事不合，遇機部相得甚。已而中外異心，兵勢日蹙，盧自謂必死，顧參軍書生，徒共死無益，乃以計檄之去，機部不知也。機部到孫侍郎傳庭軍前六日，而盧公於賈莊殉難，乃求得其尸，抱之痛哭。盧公之死，有馬士抱之，傷不深。機部詩曰：「死君旁者一掌牧。」通首俱妙，而惜佚落不全。又憶其渾河詩中聯曰：「春至軍中草木寃。」亦奇句。機部自盧公死後，其策益不用，無聊生。會詔詰督師死狀。賈莊前數日，督師誓必戰，顧孤軍無援，聞太監高起潛兵在近，則大喜，於眞定野廟中倚土銼作書，約之合軍，高竟拔營夜遁，督師用無援故敗。機部受詔，直以實對。慈谿馮鄴仙得其書，謂余曰：「此疏入，機部死矣！」爲定數語。機部聞之則大恨。先是嗣昌遣部役張姓者偵賈莊，而其人談盧公死狀，流涕動色。嗣昌榜笞之，楚毒倍至，口無改辭，曰：「死則死耳，盧老爺忠臣，吾儕小人，敢欺天乎？」遂以考死。於是機部貽書馮與余曰：「高監一段，竟爲删却，後世謂伯祥不及一部役耶？」然機部竟以此得免。余之詩又有曰：「憂深平勃軍南北，疏訟甘陳誼死生。」亦實事也。已而機部過宜興訪盧公子孫，再放舟婁中，與天如師及余會飮十日，嘉定程孟陽爲畫髯參軍圖，錢牧齋作短歌，余得臨江參軍一章，凡數十韻，以文多忌，不全錄，其略曰：「臨江髯參軍，負性何貞栗。上書請賜對，高語爭得失。左右爲流汗，天子知質直。公卿有闕遺，廣坐憂指摘。鷹隼伏指爪，其氣常突兀。同舍展歡讌，失語輒面詰。萬仞削蒼崖，飛鳥不得立。余與交十年，弱節資扶植。忠孝固平生，吾徒在貞實。去年東師來，饑飽恣馳突。桓桓盧尚書，提兵戰疾力。將相有纖介，中外爲危慄。君拜極言疏，夜半片紙出。贊畫尚書郎，遷官得左秩。天子欲用人，何必歷顯職。受詞長安門，走馬桑乾側。但見塵滅沒，不知風慘慄。四野多豺狼，十日無消息。蒼頭軍中來，整暇見紙墨。唯說尚書賢，與語材挺特。次見諸大帥，驕懦固無匹。逗撓失事機，倏忽不相及。變計趨之去，直云戰不得。成敗不可知，死生余所執。余時讀其書，對案不能食。賈莊敗問至，南望爲於邑。忽得眞定書，慰藉告親識。云與孫侍郎，會師有月日。顧恨不同死，痛憤塡胸臆。先是在軍中，我師已孔亟。剽略斬亂兵，掩面對之泣。我法爲三軍，汝實飢寒極。諸營勢潰亡，羣公意敦逼。公獨顧而笑，我死則塞責。老母隔山川，無繇寄悽惻。作書與兒子，勿復收吾骨。得歸或相見，且復慰家室。別我顧無言，但云到順德。犄角竟無人，親軍惟數百。是夜所乘馬，嘶鳴氣蕭瑟。椎鼓鼓聲衰，拔刀刀芒澀。公知爲我故，悲歌壯心溢。當爲諸將軍，揮戈誓深入。日暮箭鏃盡，左右刀鋋集。帳下勸之走，叱謂吾死國。官能制萬里，年不及四十。詔下詰死狀，疏成紙爲濕。引義太激昂，見者憂讒疾。公既先我亡，投迹復奚恤。大節苟弗明，後世謂吾筆！此意通鬼神，至尊從薄譴。生還就耕釣，志願自此畢。匡廬何巀嶪，大江流不測。君看磊落士，艱難到蓬蓽。猶見參軍船，再訪征東宅。風雨懷友生，江山爲社稷。生死無愧辭，大義照顏色。」余與機部相知最深，於其爲參軍周旋最久，故於詩最眞，論其事最當，卽謂之詩史可勿愧。機部後守贛州，從城上投濠死，集竟散佚不傳。

龔鼎孳字孝升，廬州合肥人。甲戌進士，授蘄水知縣。丙子余與九青使楚，而孝升分一經，最得士，相知爲深。後考選給事中，入清爲僕少，中間流離患難，幾不免。庚寅秋，於臨清舟中報余書曰：「庾樓之別，垂十五年。壬午以前，猶得時通音驛。運移癸、甲，大棟漸傾，妄以狂愚，奮身刀俎，甫離獄戶，頓見滄桑，續命蛟宮，偷延晷息，墮坑落塹，爲世慚人。先生方霞引碧山之巔，鴻舉青雲之外，西薇東菊，萬仞難躋。自顧平生，曾邀盼飾，相期何等，差跌至今！所以伏處蓬蒿，欲有陳而未敢也。停舫金閶，竊幸龍門在望，展晤有期。而先生旣抱騎省之傷，賤子亦迫王猷之棹，何圖咫尺，復成參商。惟從同人處見先生尺幅寸幀，片言隻字，寶若明珠大貝，火齊木難，攬持芳華，以當瞻侍耳。客秋至白門，拜發良書，欣聞謦咳，靨然頑懦，復起爲人，感念疇曩，泫焉雨泣。自傷失路，尙爲知己所收憐，使得齒於舊遊之末。中間情文温縟，慰諭綢繆，金錯玉盤，美人之遺我厚矣。伏蒙不棄鄙陋，垂問雕蟲。先生留思文章，超絶前軌，馬、班、屈、宋，蔚有兼長，熠火至微，何敢妄希扶桑之耀？且身既敗矣，焉用文之！顧萬事瓦裂，空言一綫，猶冀後世原心，宣鬱遣愁，亦惟斯道。往在燕邸，與秋嶽、舒章諸子各有抒寫，篇軸遂繁。近年以來，蓬轉江湖，仲宣登臨，襟情難忍；嗣宗懷抱，歌哭無端。未極斐然，不無驅染。然前則魂魄初召，瑟既苦而難調；繼乃離索寡羣，刀雖操而未善。亟思大雅，提振小巫，九合葵丘，舍公誰屬？方當悉索敝賦，奉鞭弭於中原，不敢煩苞茅之討也。此行粗了殘局，即歸臥松筠，與會適來，扁舟相就，極論千古，殫精百氏。備孔門之游、夏，稱鄴下之應、徐，庶幾餘生，不同草木。先生著作，雷霆天壤，氣象名山，其亦肯示雌霓於王筠、授論衡於中郎否耶？」此書至，余發之於相知，讀者無不以爲徐、庾復出也。孝升於詩最秀穎高麗，聲調遒緊，有義山之風，余嘗憶其潤州一首中聯曰：「亂後江聲猶北固，坐中人影半南冠。」激昂慷慨，猶是此書大意，可爲三歎！

女道士卞玉京字雲裝，白門人也。善畫蘭，能書，好作小詩。曾題扇送余兄志衍入蜀一絶云：「翦燭巴山別思遙，送君蘭楫渡江皋。願將一幅瀟湘種，寄與春風問薛濤。」後往南中，七年不得消息。忽過尙湖，寓一友家不出。余在牧齋宗伯座，談及故人，牧齋云力能致之，卽呼輿往迎。續報至矣，已而登樓，託以妝點始見，久之云痁疾驟發，請以異日訪余山莊。余詩云：「緣知薄倖逢應恨，恰便多情喚却羞。」此當日情景實語也。又過三月，爲辛卯初春，乃得扁舟見訪，共載橫塘，始將前四詩書以贈之。而牧齋讀余詩有感，亦成四律，其序曰：「余觀楊孟載論李義山無題詩，以謂音調淸婉，雖極其濃麗，皆託於臣不忘君之意，因以深悟風人之指。若韓致光遭唐末造，流離閩、越，縱浪香奩，蓋亦起興比物，申寫託寄，非猶夫小夫浪子、沈湎流連之云也。頃讀梅村豔體詩，聲律硏秀，風懷惻愴，於歌禾賦麥之時，爲題柳看桃之作。彷徨吟賞，竊有義山、致光之遺感焉。雨窗無俚，援筆屬和，秋蛩寒蟬，吟噪啁哳，豈堪與間關上下之音希風說響乎？河上之歌，聽者將同病相憐，抑或以同牀各夢，而囅爾一笑也〔二〕。」詩絕佳，以其談故朝事，與玉京不甚切，故不錄。末簡又云：「小序引楊眉庵論義山臣不忘君語，使騷人詞客見之，不免有兔園學究之誚。然他日黃閣易名，都堂集議，有彈駁『文正』二字，出余此言爲證明，可以杜後生三尺之喙，亦省得梅老自下註脚。」其言如此。玉京明慧絕倫，書法逼眞黃庭，琴亦妙得指法。余有聽女道士彈琴歌及西江月、醉春風塡詞，皆爲玉京作，未盡如牧齋所引楊孟載語也，此老殆借余解嘲。

湯燕生字玄翼，姑孰人。赭山懷古二首云：「赤鑄山頭烏不飛，上皇曾此易靑衣。無多侍從爭投甲，有限生靈但掩扉。五國城西邊月苦，景陽樓下暮鐘微。傷心莫唱淋鈴曲，未得生從蜀道歸。」「淚逐天風向北揮，山僧指點舊重圍。翠華東駐泉偏咽，代馬南來草不肥。野老久知今日事，先臣猶護昔年非。延秋門外王孫盡，司馬元戎自錦衣。」二詩於乙酉五月事極切，哀婉悽節，使人不忍讀，武塘夏雩子極稱之。

周鍾字介生，以陷賊汚僞命，自投南歸。南中誣其賀賊表有堯、舜、湯、武等語，論斬西市。其實乃張嶙然陝西賀表語，非鍾筆也。嶙然庚辰進士，以西安知府降賊，嘗以語人曰：「偶爲此語，不意爲政府皇上所見賞。」又自請清宮，手棄太廟神主於外。其死也，叩頭流血，口稱皇上，臣該萬死，蓋爲天所誅云。鍾以文章負海內重名，不死殉節，死固其罪。獨爲黨人所殺，誣以大逆，則寃甚矣。雲間李雯親見其事，嘗爲詩哭之曰：「亂世身名可自繇，恨君不及鄭虔州。劇秦新論誰曾草？月旦家評總世讎。」鍾兄曰鑣，字仲馭，亦負重名，相忌積不能平。聞此言即仲馭文致，竟以他獄與鍾同死，家評蓋指此也。

楊機部殉節後，云已無子。康小范孝廉來吳門，攜機部在贛州詩十餘首，并言其子尚在。小范與機部同事，兵敗被縛下獄，瀕死而免。吳門葉聖野贈之詩曰：「盧諶流落劉公死，回首章門一惘然。」亦俠烈士也。余後訪機部子，知在寧都山中。寧都有彭同者，爲機部門人，以諸生特授職方郎，監總兵順慶軍。順慶之復寧都也，在金、王舉事時，機部已前死矣。己丑正月，南贛總兵胡有陞破寧都，職方曰：「吾以書生受恩文不次之遇，不可以不死。」與其妻皆自縊。寧都被兵大掠，機部之子亦在掠中。職方之弟曰彭士望者，亦機部門人，訪知之，以三百金贖得，幷求得其母子置一處。此兩彭君者，可謂不負機部者也。機部詩，寄李尙書云：「朝聞驛使向江樓，虎韔魚文耀列侯。戎服畫綃南浦雨，漢家雲護北陵秋。崆峒山下看雙節，天柱灘頭領八州。今日傳呼新僕射，臨淮依舊擁貂裘。」過惶恐灘云：「空山夕照深江樹，明月灘聲下石城。愁盡關河極北望，如今虎豹正縱橫。」「鶴猿自在灘邊宿，江漢飄零夢後還。遂使南州爲異域，知君何處塞函關？」丙戌元日云：「黃華嶺外瑞雲齊，白鷺洲前戰馬嘶。五道將軍臨直北，三江父老望征西。春風斗帳降銅馬，細雨戈船闢水犀。此日建昌二字疑。應拜舞，近臣還解賦梟鷺。」又一首：「朝元帳下領高班，稽首春風動百蠻。九葉雲雷開萬國，一時江漢擁三山。宮中勝帖盤龍出，杖裏勞樽藉草頒。從此鎬京傳盛事，年年虎豹渡天關。」丙戌九日云：「河西獵火照高樓，五嶺風光異昔遊。木葉看雲寒成晚，菊花宜雨漢宮秋。山城野幔開三市，江表輕裘署九州。旦晚功成萸釀熟，憑君一笑舊田疇。」又次首丘記其中聯云：「將軍諸嘯多文吏，羣盜縱橫半舊臣。」機部詩學素拗折，此竟高渾深麗。軍中從容慷慨，戎服賦詩，具見整暇。七年不見，其學問之進益如此。

圓鑑，靈隱僧，故練川大家子也。父兄死國事。其哭江東詩曰：「平原曲罷人何在？越絕書成事已非。」人多稱之。已而被收，亡命爲僧。在揚州有過天寧寺見放馬歌最悲壯，詩云：「法窟聊藏獅子花，空王爲指金鞭影。」「神駿惟應支遁看，舊恩不願孫陽顧。」「垂頭肯向朔風嘶，烙印猶存漢家字。」寄兒研德云：「歸期此夜長難曉，別夢如秋遠更清。」竟以疾歿於靈隱。友人周子俶舊與遊，過其地，爲詩弔之曰：「袁尹全家赴汨羅，九閽夢夢訴如何！只今靈隱猿三叫，似聽天寧放馬歌。」又曰：「寺樓遙掛海門潮，鷲嶺龍宮夜寂寥。精衞不知何處去，冷泉亭下獨吹簫。」

黃媛介字皆令，嘉興人，儒家女也。能詩善畫。其夫楊興公，聘後貧不能娶，流落吳門。媛介詩名日高，有以千金聘爲名人妾者，其兄堅持不肯。余詩曰：「不知世有杜樊川。」指其事也。媛介後客於牧齋柳夫人絳雲樓中，樓燬於火，牧齋亦牢落，嘗爲媛介詩序，有今昔之感。吳巖子偕其女卞玄文皆有詩名，媛介相得甚。媛介和余詩曰：「月移明鏡照新妝，閨閣清吟已雁行。花裏雙雙巢翡翠，池中六六列鴛鴦。黃粱熟去遲偎夢，白雲傳來促和章。一自蓬飛求避地，詩成何處寄蕭娘？」「罷吟紈扇禮金僊，欲洗塵根返自然。風掃桃花餘白石，波呈荷葉露青錢。山中自護燒丹井〔三〕，世上誰耕種玉田？磊磊明珠天外落，獨吟遙對月平川。」「石移山去草堂虛，謾理琴尊葺故居。閒教癡兒頻護竹，驚聞長者獨迴車。牽蘿補屋思偏逸，織錦成文意自如。獨怪幽懷人不識，目空禹穴舊藏書。」「往來何處是僊壇？飄忽迴風降紫鸞。句落錦雲驚韻險，思縈彩筆惜才難。飛花滿徑春情淡，新水平隄夜雨寒。憶昔金閨曾比調，莫愁城外小江干。」此詩出後，屬和者衆，妝點閨閣，過於綺靡。黄觀只獨爲詩非之，以爲媛介德勝於貌，有阿承醜女之名，何得言過其實？此言最爲雅正云。

林佳璣字衡者，莆田人。少遊黄忠烈之門。以壬辰二月來婁東。所著詩文詞數十卷，詩蒼深秀渾，古文雅健有法。其行也，余贈以詩，有「五月關山樹影圓，送君吹笛柳陰船」之句。已而道阻，再遊吾州，則秋深木落，鄉關烽火，南望思親，旅懷感咤，有聽鐘鳴、悲落葉之風焉。其客中言懷五首曰：「南方方震蕩，爲客久堪悲〔三〕。海內親朋少，兵間道路遲。無衣霜落後，不寐月明時。孰伴城頭柝，烏啼向北枝。」「音書能不寄？萬嶺鳥空回。壁壘連三楚，乾坤動七哀。高秋聊看菊，夜月自空臺。淚眼涓涓甚，憑誰辨刼灰？」「干戈傳更甚，多病在長途。幾月來霜雪，家鄉問有無。雲孤滄海碓，身傍夕陽烏。含愧看秋色，蒼鷹得壯圖。」「幾次逢親故，途窮不敢言。關梁拚一醉，烏雀總千村。樹立淸商色，江消野岸痕。二毛潘岳見，貧病媿私恩。」「殺氣何時盡？閩方亂不停。荔支愁萬騎，牛女怨雙星。露白隨風柳，猿啼滿石屏。身經兵火慣，長醉不須醒。」衡者詩文極多，以閩南不辨四聲，多拗體，此五首髣髴江南風致矣。

蒼雪師，雲南人。與維揚汰如師生同年月日，相去萬里，而法門兄弟，氣誼最得。蒼住中峯，汰住華山，人以比無著、天親焉。汰公早世，其徒道開能詩兼書畫，後亦卒。而蒼公年老有肺疾，然好談詩。以壬辰臘月過草堂，謂余曰：「今世狐禪盛行，一大藏教將墜於地矣。且無論義學，即求一詩人不可復得，乃幸與子遇。我襆被來，不曾攜詩卷，當爲子誦之。」是夜風雨大作，師語音傖重，撼動四壁，疾動，喉間咯咯有聲，已呼茶復話，不爲倦。漏下三鼓，得數十篇，視階下雨深二尺矣。當其得意，軒眉抵掌，慷慨擊案，自謂生平於此證入不二法門，禪機詩學，總一參悟。其詩之蒼深清老，沉著痛快，當爲詩中第一，不徒僧中第一也。余憶其贈方密之中聯曰：「山中久不見神駿，世上人多好畫龍。」贈陳百史五六聯句曰：「霜氣一湖飛遠夢，月明今夜宿孤峯。朝來無限塵中事，回首西山路幾重？」金山詩中兩聯曰：「古今僧住老，日夜水朝東。塔影中流火，帆來四面風。」清涼臺懷古曰：「薰風不見吹人醉，春雪無聲到地消。」焚筆詩曰：「土冢不封毛盡禿，鐵門斷限字原無。欲來風雨千章掃，望去蒼茫一管枯。」皆絕唱也。師和余西田賞菊詩，有「獨擅秋容晚節全」，全字落韻，和者甚多，無出師上者。其金陵懷古四首，最爲時所傳。師雖方外，於興亡之際，感慨泣下，每見之詩歌。嘗自詠云：「剪尺杖頭挑寶誌，山河掌上見圖澄。休將白帽街頭賣，道衍終爲未了僧〔四〕。」益以見其志云。

瞿式耜字稼軒，常熟人。繇進士爲兵給事中，好直諫，爲權相所訐，與其師錢宗伯同罷歸。築室於虞山之下，曰東皋，極遊觀之勝。酷嗜石田翁畫，購得數百卷，爲耕石軒藏之。未幾，里中兒飛文誣染，偕宗伯逮就獄。余時在京師，所謂東皋草堂歌者，贈稼軒於請室也。後數年，余再至東皋，則稼軒唱義粵西，其子伯升門戶是懼，故山別墅，皆荒蕪斥賣，無復向日之觀。余爲作後東皋草堂歌，蓋傷之也。又二年，知稼軒以相國留守桂林，城陷不屈，與張別山俱死。別山者，江陵人，故相文忠公曾孫，諱同敞，爲督師司馬。稼軒臨難遺表曰：「庚寅十一月初五日聞警，開國公趙印選移營先去，衞國公胡一青、寧遠伯王永祚、綏寧伯蒲纓、武陵侯楊國棟、寧武伯馬養麟盡室而行，惟督臣張同敞從江東泅水過江，相期共死。其赴義則閏十一月之十七日也。纍囚一月，兩人從容唱和，稼軒得詩八首，曰：「二祖江山人盡擲，四年精血我偏傷。」又曰：「願作須臾階下鬼，何妨慷慨殿中狂。」其末章曰：「年逾六十復奚求？多難頻經渾不愁。劫運千年彈指到，綱常萬古一身留。欲堅道力憑魔力，何事俘囚學楚囚？了却人間生死業，黃冠莫擬故鄉遊。」別山和章有曰：「稜稜瘦骨不成眠，祖德君恩四十年。腰膝尚存堪作鬼，死生有數肯呼天！」又曰：「自刃臨頭唯一笑，青天在上任人狂。」又曰：「亡家骨肉多寃鬼，多難師生共哭聲。」又曰：「此地骨原堪朽腐，他年魂不待招尋。」二公死，有舊給事中後出家號性因者收其骨，義士楊碩父藏其藁。稼軒孫昌文間關歸，以其詩與表刻之吳中爲浩氣吟云。別山死事最烈，其未死也，受考掠，兩臂俱折，目睛出，語不爲撓。稼軒有初六日紀事一詩曰：「文山當日猶長揖，堪笑狂生禮太疏。」別山和曰：「臂先頭斷生堪賤，身爲城亡計豈疏。銜木焉知舌在否，傷睛自笑眼多餘。」此其被刑時事也。稼軒以義命自處，從容整暇，詩曰：「死豈求名地？吾當立命觀。」又自艾曰：「七尺不隨城共殉，羞顏何以見中湘？」蓋指何公騰蛟以殉難封中湘王也。若兩公者，眞可謂殺身成仁者矣。錢宗伯爲詩哭之，得百二十韻，其敍浩氣吟，文詞伉烈，絶可傳。稼軒在囚中，亦有頻夢牧師之作。蓋其師弟氣誼，出入患難數十餘年，雖末路頓殊，而初心不異，其見於詩文者如此。余亦爲詩哭稼軒曰：「萬里從王擁節旄，通侯青史姓名高。禁垣遺直看封事，絶徼孤忠誓佩刀。元祐黨碑藏北寺，辟疆山墅記東皋。歸來耕石堂前夢，書畫平生結聚勞。」其言通侯者，蓋稼軒用翼戴功，以留守大學士封臨桂伯也。

【校】

〔一〕辴爾　原作「輾爾」，據文義逕改。

〔二〕護　原作「獲」，形近致誤，逕改。

〔三〕爲客　兩字原爲墨釘，據吳詩集覽所附詩話補。

〔四〕道衍　「衍」原作「術」，形近致誤，逕改。姚廣孝僧名道衍。

吳梅村全集卷第五十九　補遺

五言古詩

縹緲峯

茲峯非云高，高與衆山別。其下多嵌空，天風吹不折。插根虛無際，縹緲爲險絕。細徑緣山腰，人聲來木末。籃輿雜徒步，佳處欣屢歇。躋嶺路倍艱，往往攬垂葛。灝氣凌泬寥，一身若冰雪。輕心出天地，羽翮生髣髴。杖底撥殘雲，了了見吳越。曜靈燭滄浪〔一〕，滉瀁金光發。陰霞俄已變，慘澹玄雲結。歸笻破暝靄，半嶺値虹蜺〔二〕。始知淸境杳，跡共人鳥滅。丹砂定可求，苦爲妻子奪。看君衣上雲，飛過松間月。

【校】

〔一〕滄浪　感舊作「滄波」。

【評】

靳引陸雲士曰：驚人之句，觸緒紛來，今日梅村，不減昔時謝朓。

七言律詩

題王端士北歸草

讀罷新詩萬感興，夜深挑盡草堂燈。玉河嗚咽聞嘶馬，金殿淒涼見按鷹。南內舊人逢庾信，北朝文士識崔㥄。蹇驢風雪蘆溝道，一慟昭陵恨未能。

秣陵口號

車馬垂楊十字街，河橋燈火舊秦淮。放衙非復通侯第，中山賜宅，改作公署。廢圃誰知博士齋。易餅市傍王殿瓦，換魚江上孝陵柴。無端射取原頭鹿，收得長生苑內牌。

【評】

沈德潛曰：梅村詠前朝事，滄桑悲感，俱近盛唐。（清詩別裁）

靳曰：此首感愾淋漓，如聽雍門之琴。蓋前七首各舉一事而言，此則觸緒興懷，萬感交集也。結句有彈指現須彌之趣。

同孫浣心郁靜巖家純祜過福城觀華嚴會

不求身世不求年，二六時中小有天。今日雲門纔喫棒，多生山谷少安禪。茶鐺藥臼隨時供，蒲笠蕉團到處眠。撒手懸崖無一事，經聲燈火覺王前。

【評】

靳曰：此梅村逃禪之作，筆意亦頹然自放矣。

七言絕句

下相懷古

戲馬臺前拜魯公，興王何必定關中？故人子弟多豪傑，弗及封侯呂馬童。

無爲州雙烈詩　爲嘉定學博沈陶軒賦

濡須城下起干戈，二女芳魂葬汨羅。安得米顚書大字，井邊刻石比曹娥。

為李灌谿侍御題高澹游畫

煙雨扁舟放五湖，自甘生計老菰蒲。誰將白馬西臺客，寫作青牛道士圖？

題釣隱圖 贈陳鴻文

綠波春水釣魚槎，縮項雙鯿付酒家。忘却承明曾待詔，武陵溪上醉桃花。

詩餘

望江南

江南好，五色錦鱗肥。反舌巧偷紅嘴慧，畫眉羞傍白頭棲。翡翠逐金衣。

序

宋玉叔詩文集序

余嘗觀古今文人才士之興，而知天之生材甚艱，其成就之尤不易也。夫世習榛蕪，絕學隕墜，即有儁異非常之資，猶難卓然自拔。天於其先必生數人焉，爲之導湮宣鬱，光啓前徽；然後俊哲挺生，從漸漬濡染之內，薈萃融液，獨自名家。而此一人者，或生於高門世胄，地望通顯，性靈恐伏而未發；天於是又使之中歷艱虞，洊更埳壈，以激爲要眇之音，乃始解駮其沉滯而致之亨途，益昌厥辭，軼邁作者。世徒服其材之度越，而不知天之篤若人以底於成，良不偶然矣。若萊陽宋子玉叔殆其人也。

當萬曆之中葉，海內文氣衰苶，古道寖頓，士爭緝拾籑語，繆詡逢年之技；而萊陽宋氏獨以學古攻文辭鳴，鴻生畯儒，後先輩望，翕然金舂而玉應也。三齊科第，大都一姓爲多，因而陟巍資、躋貴仕者，珪重組襲，何其盛哉！而吾友故司空九青在其間尤稱絕出，詩文踔厲廉悍，雄視漢、唐以來諸家，遭時兵火，篇章蕩爲煙燼，弗果信今而傳後。後九青而起者，又得吾友玉叔。

玉叔天才儁上，接聞父兄典訓，胚胎前光，甘嗜文學，自九靑之存，駸駸乎欲連鑣而競爽。弱冠，南踰大江，薄遊吳會，日尋英儒，酌酒倡和，長歌短賦，春容寂寥，他文皆瑰蔚炳朗，濯濯其英，曄曄其光。盛年值際興運，綰綬登朝，羽儀京國，不可謂不遭時也。而仍見蹇跲，用誣浮繫於理，凡浹月而獲湔祓；還官郎署，踐敭計銓，僅循年出調外省。遠跡窮邊絕徼，人咸謂非所宜，而玉叔不然，當夫履幽憂，乘亭障，羈纍憔悴，浮沉遷次之感，一假詩文以發之。其才情儁麗，格合聲諧，明豔如華，溫潤如璧，而撫時觸事，類多淒淸激宕之調，又如秋隼盤空，嶺猿啼夜，境事既極，亦復不盭於和平，庶幾乎備文質而兼稚怨者。今被簡命來長臬於浙，浙爲東南都會，湖山秀美，由來風月之奧區。而廉憲古觀察也，官以采風爲職。驂騑所過，斞耶溪之水，瀹鑑湖之蕺，探天姥、石梁之嵌巖崱屴，其足資吟哦紀述者，又可勝道耶！然則天之善成玉叔，與玉叔之所自得爲何如哉！

玉叔既之官，郵示其所刻前後集俾余序之。余幼執經張西銘先生門，即知萊陽之文，與東吳、豫章壎箎應和。洎通籍入都，交玉叔尊人吏部公於邸舍。守官京師，從九靑遊，奉使同視楚闈，登黃鶴樓，俛眺荆江、鄂渚間，拊楹慷慨。九靑題詠甚夥，余愧未能成章，亦勉賡以紀名勝。九靑不鄙而進余，謂可深造於斯事，嘗示余掖中數詩，能諳誦其佳句。每念時移勢謝，先友云徂，并其遺文銷蝕糞土，悲未嘗去於心也。乃今得扣玉叔之嵗袟而卒業焉，竊幸典刑之未淪，希大雅之復作，其不在斯人歟，其不在斯文歟，何能無一言以弁諸簡首？因爲推本其所自來，有得於天之成就者如此，欲使世之習讀者知統繫在斯，相與珍重而虔奉之也。是爲序。

田髴淵詩序

余初識孝廉田子髴淵於京師，時南士之從計者甚衆，田子才辨器識，有以絶出於流輩。讀書穿穴經傳，落筆爲詩歌古文，袞袞不能自休；與人交好，傾身爲之盡，窮達盛衰，誓不得而移也。試南宮，既不第，有勸之歸者，田子曰：「居鄉里抑鬱無所得，姑留邸中，一交天下長者。」於是宛平王公、柏鄉魏公、合肥龔公、眞定梁公以大臣折節好士名天下，田子與之游，用詩文學藝相切劘，一時三四公之門無出田子右者。天子拔才俊，給筆札於中書，由布衣諸生爲超授，人皆曰田子宜在選中。禮部依故典策名者再，用詔書舉行者一，主者思收知名士以重格令，從闒牘揣摩捫索，以庶幾得田子爲喜，不能識田子爲愧。然自余歸里十年，屈指耳目所見，其才與地出田子下遠甚，又無此三四公者爲之知，乃先後躡清塗、掇上第者踵相接，田子獨寥落不得一官，此孰爲之而孰止之耶？

家在泖東，扁舟觸風濤而過我，中夜置酒高談，無幾微不豫之色。發其囊，出詩文數百篇，才氣坌涌，詞色敷腴，若蒸雲霞而戛金石。余因以知田子於世故物變，皆以磨鍊其所長，而識詣益至，雖淹蹇不合，而疏通豁達之氣未嘗少挫，一以發之於文章自如也。嗟乎，交道之難久矣！當余初識田子，固已在賓客既衰之後，比歸臥海濱，雖親知故舊，棄我如遺跡，而田子獨有過於曩時。余不知何以得之於田子，然觀其雅志期待，不肯自同疇人，所以取重於三四大君子者，端在於此，余欲概以望之悠悠之徒，不亦過乎！

田子之別也，謀僦屋就余，尋朝夕過從之樂。追溯平生所與游者：魏公躋政地，握化權，王公以公孤居府，父子顯重；龔公、梁公名位在股肱心膂之間，天下士經其題拂者，望塵弗及；天或者留田子而使之窮，以慰余於荒江寂寞之畔，未可知也。然余觀田子之才之識，非久屈抑者，則余又安得而與之居歟？聊記其語言往還，足徵知交之厚而已。田子名茂遇，髴淵其字，松江之華亭人。

魏貞庵兼濟堂文集序

自古一代之興，必有名世鉅人出而弘濟蒼生，潤色鴻業，然而長於政事者未必工於文章，工於文章者未必優於理學，求其兼備無遺者，不數見也。當西漢之隆，蕭、曹、丙、魏，號爲賢相，然所長者止於政事，無論理學，卽文章且無聞焉；而司馬遷、相如、枚皐、揚雄之流，又徒以文章著稱，而不及施於政事，其於理學則亦未能窺其萬一也〔一〕。所謂兼備無遺者，求之古而不得，今乃得之於柏鄉魏公。

公稟鴻駿魁杰之才，遭逢聖朝，迴翔禁近，値世祖章皇帝興治右文，招延俊乂，數舉經筵，命儒臣講論大義，或時巡游南苑，應制賦詩，一時文學侍從之臣，無不掞藻摛華，對揚休命，而公實巋然爲冠首。其後歷諫垣，躋柏府，密勿論思，綱紀庶政，封章數十上，如請開日講、頒孝經、錄遺忠、闢異端諸疏，皆關天下國家大計。蓋非當宁知公之深，不能盡用公之言以興致太平；而非公之才與公之學，亦不能輔導以成至治。聖主良臣，相得益彰，於以調元贊化，經國庇民，千載一時也。

今上御極，公以銓衡重望，入居政府，於時重熙累洽，海內晏安，從容於黃扉綸閣之間，得以留心述作，博游才藝，而公又邃於關、閩、濂、雒之旨，其學以性善爲本，以致知爲要，所輯聖學知統錄及大全纂要、學規彙緝諸書，皆足以闡繹微言，紹明聖緒，而以其餘間作爲詩歌〔一〕，則又能籠挫萬物，匠心獨妙，至於悲鼎湖之莫逮，痛子期之云亡，其忠孝氣節，於君父友朋之間，尤惓惓乎三致意焉。所謂理學、文章、政事，公殆兼而有之。蓋公之才與學，其積之也有本，而出之也不窮。今夫江河之水，灝漾潢瀁，雖疏而爲川，注而爲瀆，而其源則一也；公之蓄於中者，渟泓演迤，雖試之於政，見之於文，而其本則一也。公之弘致遠識，固非若漢之輔相醇謹樸遫者可擬，而亦豈僅如賦上林、誇長楊者，以翰墨爲勳績、詞賦爲君子而已哉？

公爲高邑趙忠毅公之甥，忠毅與公同主銓政，世傳爲美談。然忠毅値黨議紛呶、羣言譸諑之日，枋用未久，而公之功名在日月之旁，筦樞軸之任，以覩忠毅，其所遇之幸不幸何如也？

公所著詩文甚多，中州彭子士報謀之吳君冉渠、楊君仲延，撮其尤要者鋟板以行。蓋公之學與公之才，其所以開物成務者，雖不盡於此，而於此亦足以見其大者焉，故不揣而爲之序。

【校】

〔一〕則亦未能　四十卷本、風雨樓本均無「亦」字。

〔三〕間　風雨樓本作「閒」。

鴻雪園詩集序

略。文郎卷三十一許堯文詩小引。

定園近集序

往余在燕臺，與渤海伯子共事史館，時旣序定園先生之詩矣。先生復與范陽范箕生先生評隱晉、魏迄明風雅之林，剟其菁英，號曰詩家。海內譚詩，無不知有范陽、渤海兩先生壇坫，其尊奉者七，駭而走者三，以俟千古定論焉，要於濟南、竟陵之外，別開堂奥，不向如來行處行也。

邇渤海仲子來爲揚州法曹，不遺故交，遺札相訊。余病赴海濱，十載於茲矣。輒憶渤海寄跡東山，無由聞問，得於法曹公悉其起居。故人間隔三千餘里，形景相望，俱在齒危髮禿之年，後晤何期，企懷如痗。乃法曹書言，先生已絕筆不復爲詩古文辭，棲心性命，勵志藏密；法曹欲檢其焚餘著作，彙刻存之，先生未之許也。意以身旣隱矣，雪中鴻爪，何以存爲？遠質於余。

余曰：有是哉？古來高蹈之流，蓬萊可尋，三神山可接，息機內運，瞑目反視，覺言語爲多，何況文字？是以王子喬之徒，吹笙跨鶴，所遺者緱山履跡而已。吾屬雕蟲末技，不足當達人一唾也。然不聞老子出關之書乎？道德五千言，尹喜者竭誠執贄，爲停青牛之車，傳經度世。今法曹以父子之親，身爲尹喜，當亦先生之所不深拒也。今披近集，大旨一本於忠孝愛敬、匡時維世之心，故讀其詩，可以見其閱歷修省、陶鑄古今之深情焉；讀其文，可以見其寢食左、史，砥柱波靡之大力焉；讀賜章紀，可以見世廟君臣魚水之殊遇焉；讀偶見錄，可以見先生撒手世網，悟道於晚年之歸宿焉。是此集行流傳寰海，非比風雲月錄、卮言夢語，於人間世無所關繫者，先生其許之也！

法曹惠政洋溢大江南北，行且冠循吏傳，播之不朽，不止以關尹之道自畫，其以余語質之過庭，俾先生頷而存之可乎？是爲序。康熙丁未上元之吉婁東社弟吳偉業拜撰。

崇川邑侯王孝伯壽序

河汾王公以解元登進士，擢知吾吳之崇川。崇壯縣也，東連閩、粵，南達江淮，鎭兵萬騎，星羅棋布，儼然有塞上之風。邑長於斯者，欲使兵民兩安，文武輯睦，實難其人。吾王公父母是邦，百姓之顚危悉起，什伍之風鶴無驚，治行遂爲江左冠。督撫臺省，交列薦剡，輒署上考。朝廷嘉其廉善，例得誥封褒贈，將出殊典，猗歟休哉，可謂榮矣！嘗觀漢之寵循吏者，多以璽書奬勸，增秩賜金，而使之久其任，今法亦猶行古之道也。

公門下士有郁子青南名棠，以學行受知，雅爲武城所禮重。於是邑之薦紳先生及諸父老諗之於郁子曰：「甘棠之蔭，於今三年，考功如是其已最也，恩綸如是其將渥也。今九日令辰，龍山高會，値嶽降之期，朋酒之享，實在於茲，其能忘兕觥之獻？盍乞言於大君子，以侑一觴乎！」郁子頷之，以爲非偉業言，不足當吉甫之誦淸風，天保之歌南山也，介邦人之書，造門伏謁。余亟應之曰：某之食德鄰封舊矣，居恆熟其治譜，章章在人耳目，蓋可得而言焉。

東沙瀉鹵，以漲海爲城郭，養兵秣馬，取足賦稅，稍不如期，則庚癸輒聞，不可以常法治者。公爲之垂簾勸課，以深仁厚澤相固結，士民服其敎化，孝弟力田，無復向時出沒波濤之習，牛車襁負，不煩桁楊之議，其後而至誠所感，鱷鯨遠徙，昔之地接蓬萊，與海市蜃樓相隱見者，今則廬落如林，煙火相望，此漢、唐循良之書所未有也。

公性狷潔，澹泊明志，鳴琴退食，酌水自甘，澣衣濯冠，行止率如寒士，其耿介大節，超出倫等。春秋循行郊野，輒引老農，問其佳麥良繭，察民疾苦而補助之。簿書期會之暇，數接賢士大夫，談經講藝，上下古今。而扶風掾史，京兆功曹，則屏息重足，不敢少望顏色。

其興會所寄，獨嗜圖籍，當河陽花㛍，青箱萬卷，如置身石渠、天祿中，而北苑、南宮之筆，右軍、太傅之書，靡不割清俸以佐琴鶴，紛紛俗好，都不入其胸次，墨莊之外，蕭然無辨，其赤文綠字，卽公之鬱林片石也。雖昌黎之在潮，東坡之在杭，流風遺韻，如同一轍。蓋公之廉能得諸天授。而家學實有淵源。自文中子紹法孔、孟，代出眞儒。公之府君諱萬基，由明經司訓西河，虔奉太上一編。甲申間避難石州，城將陷，府君夢白衣人自稱太上，垂救甚力，卒免於難。爲善之報，此其一驗。積厚流光，篤生吾公，擢巍科，作廉吏，而文中之績學，府君之砥行，亦藉以弘閥閱而祚民社。則公之由司牧而登卿貳，由強壯而躋期頤也宜哉！行見玉堂紫誥，金馬朱綸，纍纍若若，將與彭咸甲子並進無疆也已，某之祝公異日者，寧有涯量哉！

海濱僻壤，薦更湯火。自公來涖茲土，工虞禮樂，漸以修明；夫里征徭，漸以休息。旣富方穀，物無夭札，絳縣有復陶之老人，康衢多鼓腹之野叟，琴堂大年，有不與百姓共之者乎！請爲之歌豳風曰：「九月肅霜，十月滌場。稱彼兕觥，萬壽無疆。」公可以進一觴矣。謹拜手而爲之序。

孫母郭孺人壽序

余嘗觀世家巨姓，其爵位之蟬聯，閥閱之光寵，既以誇耀於遐邇矣，而家庭燕喜，猶勤勤於知己之一言，誠欲宣昭令德，而淑問施於無窮也。雖然，非其鄉有魁壘耆宿之大儒，則不足知其門以外，俾崔、盧世牒著於閭史；非其家有孝友愨誠之君子，則不足知其門以內，俾鍾、郝禮法告之國人：斯二者未易一二遇也。

吾友孫孝若以進士假歸省母，而郭孺人屆期五十，侑爵之詞，鄉先達則請諸宗伯錢牧齋先生，諸父則請諸光甫。光甫余同年進士，舊泉州守也。而又以其言屬余。夫牧齋以文章重海內，而光甫孝謹聞於郡國，孝若之壽其母也，於二者已兼之矣。牧齋之言曰：「孫氏自世節先生父子以詩文節俠起家，齊之雄長詞壇，二子競爽，恭甫兄弟名行烜赫。」此余所謂門以外之事，唯宗伯足以知之者也。光甫之言曰：「孺人方雅名家，閨門之內，不妄言笑。伯氏即世，修內政，禦外侮，保持門戶以有今日者，繄維孺人是賴。」此余所謂門以內之事，微光甫何以知之？余齒德不如牧齋，懿親不如光甫，其何以壽孺人？無已，就余之得於孝若者以壽孺人可乎！

孝若姿神吐納，警速風流，好屬文，工詞翰，交天下賢豪長者，以名節氣誼相砥礪，吾以知孺人之賢而能教也。吾谷有喬木千章，楓林赭葉，賓客之來遊者，樽俎雜陳，絲肉競作、餦餭粔籹，臛炙糒醪，左顧而欬，應手立辦，吾以知孺人之勤而有禮也。家有罍尊千金，刻鏤龍文，丁公癸父，摩崖款識；而唐人所圖應眞十有六像，絹素筆墨，皆絕代珍玩。孝若博物君子，雅擅收藏，而於先世所遺，尤能護持手澤，吾以知孺人之敬而能守也。體自華宗，長於富厚，一門中從不下數百，其成進士也，無彊植兼并之風，無名豪武斷之習，無蒼頭綠韝衣絲履縞之出入，無後房袨服鈿車寶馬之行游，吾以知孺人之義而有制也。余門人孝維，爲孝若之異母弟，在孺而孤，迄乎成立，友于篤至，扶掖恩勤，廬舍田園，推肥取瘠，諸妹裝送，皆一情不異，中外親黨，殆無間然，吾以知孺人之仁而有恩也。爲孝廉十年，中遭世變，郡縣虎冠之吏，肉視大家，其桀黠監奴，酒食通關，因緣乾沒，交結魁宿，以爲俠里中，主人持之以體，臨之以威，慴伏而彈壓之，卒莫敢動，吾以知孺人之嚴而有法也。凡此六者，微孝若不足以揚孺人之德，微孺人不足以成孝若之名。傳曰：「非此母不生此子。」其是之謂歟！

余猶記通籍之歲，以年家子弟拜謁恭甫之尊人子喬先生。當是時，孝若未就外傅，而孝維始生，先生喜恭甫以得孫，而憂光甫之無子也。今兩家子弟，蘭芽玉茁，而孝若掇上第，就顯官，過家休沐，拜母上觴，鄉里聚觀，以爲盛事。蓋孫氏之福澤，如日升川至，正未有艾，而遡其再世發祥，實啓自孺人，孺人其可以囅然而舉此觴矣〔一〕。余所以隨牧齋、光甫兩公之後，敢具不腆之詞進者，實以交於孝若者深，知於孺人者悉，故不憚覼縷以致其頌且禱也。是爲壽。

【校】

〔一〕囅然　原作「輾然」，各本皆同，據文義逕改。

補神道碑銘

勅贈大中大夫盧公神道碑銘

丙子歲，偉業被命偕給諫萊陽宋公九青典校湖廣鄉試。時中原已憂寇盛〔一〕，彌漫豫楚之交，流氛四出，羽檄交道。謬以一介，虔奉簡書，揚舲馳驟巖疆，轉徙金革，幸得畢使。以鉛黃甲乙多士，鎖院三試，所弋獲皆爲俊民，而蘄州盧大夫紘在選。徹棘，捧雉來謁，翩翩然君子人也。既而詢知其家世以儒業發聞，尊人呂侯公經行犖犖，爲儒林長德，余嘉其學有淵源，稱嘆者久之。

迄今兩閱星終，而大夫來爲參藩，董儲偫於茲土，一再過存，具呂侯公素履及奉諱始末以視，泣而請曰：「先子生平好古篤行，阨於時數，潛德弗耀。重以寇禍滔天，毒流方嶽，闔門抗節，竟殞非命。孤每念此，日夜悼心。今幸蒙恩聖朝，榮施泉壤，告第納書，秩登三品，於令得樹碣隧道以紀休昭烈，而徵辭摩勒，尙竢載筆。惟夫子辱知最深，又前職記注，若不鄙而賜之光闡，孤實假寵以報所天，微直成我而已，敢固以請。」余衰𦬒，不任腤澤之言，何足爲公增重？顧念公績學純行，法宜備書，其死事一節尤奇，且處大夫父子間契分特厚，采錄懿㵾，傳信惇史，固其所也，容敢以不文辭？謹掇大夫自狀與虞山錢先生所爲傳而繫之左方。

公姓盧氏，諱如鼎，呂侯其字。其先吳人，遷楚之梅川，勝國永樂間始占籍于蘄。四世而爲南槐公諱楷，卽公之考也，用孫貴贈大中大夫；妣宋氏，繼李氏，皆贈淑人。公生而奇穎，承傳家學，丱歲屬文有聲。南槐公義方甚嚴，營丙舍於濠上，引泉植竹，疏窗閒靚，以爲公肄業之所，延里中少俊讀書談藝其中。公挾册吟諷，鞠曛究明，不問家人生產，淵涵淳濇，霈爲文辭。弱冠游博士宮，頻受知督學使者，試輒雄其儕伍。數踏省門不售，中間危得之〔二〕，而更抑置，人皆爲搤腕。公一意修學著書，以造進後昆爲己任，抗顏家塾，說經鑿鑿，疏疑釋難，敎施如雨，至者虛往實歸，充然意得去〔三〕，由是負笈雲集，江、黃間推爲大師。嘗手箋尙書、四子書，科別同異，丹粉狠藉，成就子若從子，多列鴻生畯儒。比大夫以丙子名薦書，英聲鵲起，公遂撞弦息機，不復事榮進。

爲人厚重質直，不苟訾笑，服勤孝弟，內行修飭。南槐公治家嚴，公應唯伺顏色惟謹，少有不懌，或形譙讓，彌益蹴踖起敬〔四〕。執內外喪，毁瘠踰禮；分財產能適長兄，田廬取湫萊者，僮奴取羸拙者；撫兄子如己子，同仁均愛，有鳲鳩之心。辛巳凶札，横道多殣，公倒囷賑贍，視致醫藥，宗黨卒倚以全。閭閻有爭，相率就公平決，片言折衷，愧屈過於要質，其爲時所信嚮如此。異時鄉里子弟不悅學，公用形家言，請於當事，增壘江中石磯閣，祠梓潼神其上，俾助文風〔五〕，自此雋兩闈者蟬聯不絕，蘄人士至今頌德焉。

公之卒也，劇寇自廣濟乘夜襲蘄，公被執，賊中有識者曰：「彼善士，縱諸！」寇退舍，公勒習里中人分布關隘，爲死守計，自守南城。寇盡銳來攻，公督勵守陴殊死鬭，賊垂卻，而他樓堞隳，從公後肉薄而入，刃及於背，公拒不及，遂遇害〔六〕，時癸未春也。子姪從孫及諸婦楊氏、袁氏同時死者八九人。嗟乎！自盜起中原，生靈塗地，大城名藩，相繼陷沒，其間義夫淑媛，就煨塵而不稱者何限！而堂堂身都將相，擁強兵，牧伯正長，覆師失守，委而去之，色甚安者多矣！公進趨退怯，眇然儒者，又老困呫嗶，未登仕版，無預封略人民之任，而能臨難賈勇，授兵登陴，力屈則鈹交胸腹，横屍原野而不惜，可不謂識取舍烈丈夫乎！況於雞斯弱質，聲不出梱〔七〕，赴蹈如歸者成羣乎！

公生萬曆戊寅四月，下距癸未，壽六十有六。娶淑人羅氏，生男子二，長卽大夫紘，次紱。公卒後三日，羅淑人屍於江滸焚而殮之。五閱月，大夫歸自公車，以殉節狀鳴於所司，將拜章請旌，未及上，會改物而止。丙戌冬，大夫卜新阡，葬公土門珠樹林。己丑第進士，由邑令累官藩臬，廉辨肅給，善政流聞，凡三報最，推恩得贈公自文林郎三命至大中大夫。壬寅歲今上紀元之載，奉命督糧蘇、松，而俾余書其隧道之石。公可謂有子矣。雖不獲光顯其身，而洊受哀榮於後，天之報忠義不爲無意也。

在禮，死寇之士旌之曰兵〔八〕。戰於郎重，汪踦死，魯人欲勿殤，子曰：「能執干戈以衞社稷，雖欲勿殤也，不亦可乎！」如公精忠大節，有光册書無疑也。昔魯共姬待火而殞者〔九〕，春秋賢之，書曰：「宋災，伯姬卒。」盧氏貞姬競烈，玉碎不汚，曾何愧焉！余不揣固陋，採摭遺芳，牽聯書之，比於春秋、禮傳之義，以詔來者。狀又稱公邑子暴卒，攝至冥途，冥王命屬盧某保任而後釋歸。正直之人，鬼神所是哉！事涉恍惚，故從附見，然世所喜傳者在此，則亦莫得而略也。銘曰：

卓哉盧公，儒宗文師，幼閑庭訓，悅禮敦詩。法律繩己，名敎夙賚，嚅嚌道眞，克昌厥詞。進思經世，有物隘之；退淑諸徒，南面臯比。敷陳聖謨，牛毛繭絲，疏理滯礙，如結得鱗。躚躚媚學，陶鑄靡遺。方領矩步，好仁樂施，閭里質成，彥方愧知。運鍾百六，天狼失維，亘遠狂猘，帕首朱眉。羣飛海水，潰隄莫揞，若火燎原，撲滅詎期，祝融郊甸，魚爛則悲。我公孱者，武奮熊羆，部勒壯士，卒用姑鉦。丁寧振鐸，擐甲登陴，戈衝賊喉，日舍欲移。環城百礮，三板突隳，戰鼓不揚，梟門火旗。身膏草野，刳腹折頤，志均馬革，義遂死綏。婉娩彼姝，頩爾自持，清泉虐焰，視甘如飴。號無茅經，哀動出譆，一門忠烈，前行後隨。似川印浦，啓佑本支，巍科洊陟，熙朝羽儀。位崇嶽牧，絳節金龜，禮備哀榮，鸞書紫綬〔一〇〕。旌幢棨戟，邦委來尸，停驂訪舊，南史是咨。徵文篆刻，徽懿昭垂，佳城鬱葱，贔屓豐碑。松楸馬鬣，傳信在斯，於千萬世，式瞻慕思。

【校】

〔一〕寇盛　風雨樓本作「寇甚」。

〔二〕危　風雨樓本作「佹」。

〔三〕風雨樓本無「去」字。

〔四〕蹴蹜　風雨樓本作「蹴縮」。

〔五〕俾　原作「埤」，據風雨樓本改。

〔六〕四十卷本、風雨樓本均無「遂」字。

〔七〕摑　原作「捆」，據四十卷本、風雨樓本改。

〔八〕風雨樓本無「旌之」字。

〔九〕四十卷本、風雨樓本均無「者」字。

〔一〇〕緌　四十卷本、風雨樓本均作「綏」。

墓誌銘

姚胤華墓誌銘

憶乙巳歲，余所親王子惟夏語余云：「有新安姚君胤華者，僑寓吾婁，爲某比鄰。能傾財以舒人之急，昏夜叩亦輒應，其它仁心質行，足以聳善扶誼，雖鄒、魯士君子有弗逮，非更僕不能盡也。」余聞其言而疑之，以爲王子所與往還其亦博矣〔一〕，內而宗黨姻連，外而當世豪傑，賢公卿大夫，見其窮阨折挫，號嗚大吒，夫豈無助而張之者耶？而爲余稱說不離口，乃僅姚君一人。以余所覩，今世之擁厚貲、埒封君者，大約善積居之術，精舉廢之方，其於利也，目營而足赴，仰取而俯拾，每視貲業益穰，則益緘縢而固守之，設有毛髮緩急，坐視不一援手者，比比然耳。而姚君所爲乃若是，是烏足信哉！已而念王子名知人，能自植立，恥隨俗浮湛，其言又似可信。蓋余之意中久矣有一姚君矣。

今年秋，姚君沒已五載，君之仲子震介王子來謁。余接之，容蹙而辭哀。詢其所欲言，則已歷繫君生平善行，再拜而請曰：「先子之早廢舉子業，不獲沾一命，思用詩書亢厥宗也，唯寐始忘之。而震兄弟不敏，尚未克以儒成名。今先子體魄將入土，儻徼惠於大人君子，寶畀矜之，錫以片言，鑱諸窆石，則先子猶不歿也。」余感其意之甚誠而言之有禮，因愯然深有動於中焉。古云：「爲善者譬若藝禾，能令嘉種世世不絕。」其姚君之謂乎！以君之躬備純德〔二〕，謂宜優游自適，享有五福，乃身旣隱約於布衣，而復嗇其年，俾志業弗得盡展，是豈天意果難臆測哉？夫亦篤於姚氏，欲其必久積而後大發，俾嘉種之堅好穎栗〔三〕，迄再世而是任是負也。余蓋卽震之摭行焯能，急於不泯其親，益知爲善者自必有後，方以侻識其子，先失其父爲憾，而又何能以不文牢讓也耶？

按狀〔四〕，君諱葉，胤華其字。系出饒州，至明膺宣公始遷蓀溪，又傳十一世爲文學蓀谷公。君卽蓀谷公第五子，幼警敏，不肯躡庸人後，蓀谷公器之，命庀闔宗事，事胥就理。其治生不牟纖細，而先業日充拓。值鼎革，劇盜相挺而起，君身率羣從子姪，保聚捍衛，鈴梆之聲，徹晝夜罔息，寇烽不敢近。蓀谷公捐舍館，躃踊幾不欲生。有兄遭非意災，多耗費，君慨然共任之，曰：「兄若弟同氣也，何較爲？」里閈間或以曲直來質，鬬爭斷斷然，君出片言，輒中肯綮。與人交有本末，其遘疾將殆，婚友爭醵錢爲禱神。歿之日，無貴賤少長，莫不悼惜，或潸然出涕。嗚呼！觀君之所得於人如是，則君之立心制行可知已。

君少而好學，長彌篤嗜，能通經史大義，時談論古今人物〔五〕，治道政術，語纚纚如貫珠。嘗謂諸子曰：「讀書以明聖賢理道爲先，徒呻吟佔畢，汨沒章句間，非所貴也。」尤喜蓄古書，購求不下數千卷，擬構一樓貯藏之而未果。今仲子震偕其兄升收捃益富，方將成其先志，而惜乎君已不得見矣。吾友金陵九煙黃公官戶部，遭世變後，隱於講授，震兄弟特延諸家塾，同敬事之，相與發篋中書，取所疑而質問焉。凡狀中所述暨余所聞於王子者，亦徵諸黃公之言而益信。嗟夫！宿儒遺老，其見重於當代也罕矣，而二子獨爲之不少阻，謂非得於家庭淑艾者深而能遽然耶！夫亦愈可以知君已。

君生於明天啓甲子九月二十三日，卒於康熙丁未二月二十一日，享年四十有四。元配孫孺人，繼配吳孺人。丈夫子三：長升，太學生，娶汪氏，孫孺人出；次即震，太學生，初娶戴氏，繼娶吳氏；又次霦，幼，業儒，未聘，俱吳孺人出。女一，適邑庠生戴儁，孫孺人出。孫女一，幼，未字，震出。君葬地在蓀溪之某，待卜吉某年某月歸窆，今以某年月日權攢於首山之陽，而余爲之銘。銘曰：

重華苗裔，宗姓爲姚，支派蟬嫣，鍾祥於饒。教諭諸孫，宋室參政，源鴻流長，門閥滋盛。疇以貲贏，懋遷化居，擇人任時，深藏若虛。曰惟府君，最賢且智，不競錐刀，而競仁義。雖嗇爾年，實崇爾基，乃經乃史，爲裘爲箕。爰啓象賢，以膺福祚，胄監蜚英，天衢高步。嗣後億祺，善宏慶綿，追遡自始，首山新阡。有崔者岡，勒斯貞石，過者式焉，君子之澤。

【校】

〔一〕往還　原作「住還」，據四十卷本、風雨樓本改。　其　四十卷本、風雨樓本均作「斯」。

〔二〕君之　原作「君子」，據四十卷本、風雨樓本改。

〔三〕穎粟　原作「穎票」，據四十卷本、風雨樓本改。

〔四〕四十卷本、風雨樓本均無「按狀」字。

〔五〕談論　四十卷本、風雨樓本均無「論」字。

贊

秋聽圖像贊

萬頃兮凝綠，有客兮扁舟。載絃管兮數部，挾尊罍於兩頭。徉狂嘯傲，散誕夷猶。快矣哉浯溪寒碧之下，更彷彿乎三十年瀟湘黄鶴之遊。石闌倚兮窈窕，水檻聽兮颸飈。吾不知夫江之深，水之修，葭之蒼，桂之幽。庶以爲吹笙洛浦之濱，俱仙子弄玉之樓也。丙午女夕弟吳偉業題。

書

與冒辟疆書

霜天茅屋，被褐擁火。友人索過江一札，郵致知己，則同里兩詩家，一爲毛生亦史，一爲周生翼微也。婁東嚮以吟壇自命者，半爲饑寒所奪，惟兩兄以才地自命，聲出金石。亦史爲柱老安義公之姪，將以詩文謁王貽上公祖，謀讀書一席於貴里；而翼微嚮日客授澄江，風帆煙浪，時切問渡，故與之偕發。蕭辰搖落，孤篷衝雪，而遠訪未識面之安道。當此之時，老盟翁出桑落以飲之，割半氈以贈之，非藝林中一快事乎！兩公郎久擅潘江陸海之才，邂逅論文，百篇斗酒，知不可失也。陶公云「叩門拙言辭」，故兩兄請弟札先之。老杜云「途窮仗友生」，是在老兄翁加之意耳。老病杜門，末由會面，因風一問起居，惟加餐。不一。

又　甲辰

江南江北，隔絕相思；逸老遺民，晤言不易。水繪園倡和大集，盈緗溢縹，沾被海內；至鎖夏十集，讀之如偕其年諸子，同坐小三吾下也。弟少時讀書，自以不至觝滯，比才退慮荒，心力大減，百口不能自給，而追呼日擾其門，以此吟詠之事，經歲輒費。窮而後工，徒虛話耳。自虞山云亡，後生才俊如研德者，憂能傷人，一二已塡溝壑，此中人士，救死不贍，何暇復問詩文？毘陵賦額稍輕，故其年在潭府屢歲，尙可不生內顧。老盟翁開名園，揖文士，又有兩令子穀梁、靑若，如機、雲競爽，此世界可易得哉！上流有杜于皇之詩，戴務旃之畫，陳伯璣之識，林茂之、邵潛夫以八九十老人談開元、天寶遺事，君家橋梓提挈其間，王貽上公祖郎內除，尙以公事小留，按部延訪，揚扢風雅，共商文事，石城、邗溝之間，不大落寞也，視吳會遠過之矣。毛亦史感知己之愛，今遠涉江湖，所恃惟翁兄力加推揚，俾主人知爲重客耳。瀕行深用念之，特以爲託。春來鹿鹿無暇，不及答其年詩札，潛夫先輩名流，辱其先賜書，統俟之毛兄家郵後信。題董如嫂遺像短章，自謂不負尊委，因大篇追悼，纏綿哀豔，文生於情，俾讀之者涉筆亦有論次，倘其可存，亦夢華佳話也。燈下率楮，臨發依依。

又

江干往還，欣得風問；而來訊過推，佳貺遠及，自慚蹇劣，有負盛雅爲不安耳。秋聽圖勉題數行塞責，不盡揄揚。深閨妙箋，摩挲屢日，老眼作細字，既不解書，又初病起，昏眵特甚，徒累便面，如何如何！再卽篋中舊玩，又題二絶句，自謂「半折秋風還入袖，任他明月自團圓」，於情事頗合，知己嗜痂，應勿笑其率也。弟偶入敝郡傷暑，留臥邸中，使者久淹始發，題中牽牛女夕，非實錄也，并以附聞。亦史蒙愛之至，百凡提挈，知不待言。新秋爲道自重，臨紙布謝。不一。

又 丁未

亦史便筒，未及附信奉候。弟春夏蹤跡，半在九峯、金閶之間，因訪吾師蘗庵和尚於中峯。此地吳中第一山，支公道場，文、姚兩公爲汰公及高士朱白民結屋棲遯之處，計老盟翁所熟遊。至其伐木開徑，直造蓮華峯絶頂，有雲母怪石，落落數十丈，扶異呈奇，太湖亦盪漾心目，則弟以爲得未曾有，恨不偕兄翁笑傲其間也。佛殿前檐後廡不深，諸弟子發願募修，廣求善信，作大功德。有兩僧渡江特造檀護，求爲布金勝果，將發而弟適至，因書弟九峯之詩寄呈教和。蘗公即楚熊魚山先生，江南人士所宗仰，而直言予杖有聲前史者也。中峯既有文、姚遺跡，文、姚與潭府爲世交，翁兄於山川盛衰之後，發盛心勝緣，刻之山門，重記其事世出世間，詫爲美譚，不可挫過也。九峯爲諸乾老集各游志佳會，中吳諸山復得耆宿如蘗師相提唱，此間幸不寂寞，一棹猶夷，相見甚近，翁兄何不亟圖把臂之緣乎？松下索筆，率爾不盡。

中峯乃弟誤書，此地則華山也。二山接跡，皆爲文、姚所結集，故匆匆移彼作此，直所謂「山行誤亦好」耳。又行。

又

亦史歸，接兄翁手敎，迴環懷袖，如獲異書。贈紵之德，恨不能折窗畔梅花，江北江南，盈盈相念，以答所貺也。弟比作雲間遊，遍歷九峯，有諸乾一兄者，破家以爲名山復徵君之祠，修彭儒之廟，弟爲之感今懷古，得詩數章。因念風雅道喪，一二遺老，汩沒於窮愁催科之中，不能復出；若兄翁之陶寫詩歌，流連賓從，有子弟以持門戶，有田園以供饘粥，海內誠復幾人哉！亦史述于皇兄賢倩賴公得濟，此雖豪俠餘事，往來者爭誦之矣。貴年家周孝逸兄，慷慨喜談論，亦來謁幕府，周旋之雅，諒亦無俟鄙言。亦史懷德狗知，銘心何已！

歲暮過江，深爲念之賢主人，弟不便通啓，幷道契慕也。有中州一友，向在左寧南幕中，弟曾合柳敬亭同一歌贈之，所謂蘇崑生是也。王煙老賞音之最，稱爲魏良輔遺響，尚在蘇生，而不免爲吳兒所困，比獨身蕭寺中，惟兄翁可振拔之。水繪園中，不可無此客也。冗次卒復，幷布謝懷。不盡。

又

得其年札，知老盟翁將續選樓，爲一代詩文開生面，誠屬盛事。弟疾苦潦倒，不能與詞苑諸公相上下，然得快書一讀，名什縱觀，未嘗不可痊我頭風也。大梁蘇崑生兄，於聲音一道，得其精微，四聲九宮，清濁抗墜，講求貫穿於微眇之間，幾欲質子野、州鳩而與之辨，康崑崙、賀懷智不足道也。古道良自愛，今人多不彈。昔年知交，大半下世，淪落江湖，幾同挾瑟齊王之門矣。方今大江南北，風流儒雅，選新聲而歌楚調，孰有過我老盟翁者乎！弟故令一見左右，以小札先之。嗟乎！士方窮苦，扁舟鐵笛，風雪渡江，以求知己，倘無以收之，將不能自還；幸開名園，延上客，朗歌數曲，後日傳之，添一段佳話也。小詞秣陵春近演於豫章滄浪亭，江右諸公皆有篇詠，不識曾見之否？江左玲瓏亦有能歌一闋乎？望老盟翁選秦青以授之也。幷及，不一。

又　辛亥中秋絕筆

平生以文章友朋爲性命，比來神志磨耗，今夏暑熱非常，遂致舊疾大作，痰聲如鋸，胸動若杵。接手教於伏枕之中，腆貺優渥，文詞款至，摩挲太息〔一〕，自以相慕之殷，何相遇之不易？然以弟臥痾若此，雖蒙鶺首見過，未能握手高談、銜杯危坐也。知尊體亦有小恙，偃息虎丘。吾輩老矣，海內碩果，寧有幾人？惟有藥餌不離手，善自攝衛，一切人事，付之悠悠可耳。弟三四年來，頗有事於纂輯，欲成春秋諸志，而地理與氏族先成，地志尤爲該洽，病中聊以自娛，惜當世無有剞劂之者，終付醬瓿，又以自歎矣。長公在都門，次公温凊〔二〕，父子以詩文酬和，尊門家集，定垂百世不朽。拙刻附正，往來筆墨皆在其中。佳貺種種，無以爲報，如何！臨紙謝，彊飯自愛。不一。

【校】

〔一〕摩挲　原作「摩娑」，逕改。

〔二〕温凊　疑當作「温凊」。

吳梅村全集卷第六十　輯佚

五言古詩

秋胡行

西上太行山，十月天風寒。西上太行山，十月天風寒。糧盡不進，牛死谷間。道渴下車，沙老水乾。日暮路長，關山七盤。歌以言志，西上太行山。

南望洞庭湖，白浪何嵯峨！南望洞庭湖，白浪何嵯峨！大魚丘陵，吐沫成河。彼舞其牙，此張其羅。風雨晦冥，日月盪磨。歌以言志，南望洞庭湖。

晦德丘園，詩書難棄捐。晦德丘園，詩書難棄捐。維石有玉，而傷其山。芝蘭自焚，膏火自煎。藏名變跡，慚彼昔賢。歌以言志，詩書難棄捐。

隨俗浮沉，盛名爲不祥。隨俗浮沉，盛名爲不祥。蹇足康衢，騄耳羊腸。干將易折，鉛刀善藏。嫫姆不嫁，乃笑共姜。歌以言志，盛名爲不祥。

——以上錄自江左三大家詩鈔梅村詩鈔

山水間想

石脈有時隱，越吾溪上村。溪水亦無底，石當深處行。伏流過千里，乃或驚而鳴。彼與尋丈瀑，亦共分古今。始知變化力，隱見有苦心。舉世亂魚鳥　何能恃煙雲。吾于萬物間，而不藏其眞。山水其愛我，山水仍畏人。

【評】

「始知」二句下，朱隗曰：思入杳冥，潛心初古。

雜詩

東海麋竺家〔一〕，西蜀王孫室。窖米流出門，阿縞被牆壁。吾聞秦皇帝，築臺女懷淸。丈夫守緘縢，留爲女子名。所以牧羊兒，輸帛爲公卿。

又

輔嗣好自然，處默能多通。叔寶自神清，在德非爲容。天性固蹈道，何必資談功？士龍有笑疾，嗣宗悲途窮。哀樂既異理，所以尊虛空。

【評】

「天性」二句下，朱隗曰：說出王、衞身分甚高。

【校】

〔一〕麋竺　原作「糜竺」，據三國志蜀書本傳改。

——以上錄自朱隗明詩平論

七言古詩

讀楊參軍悲鉅鹿詩

去年敵入王師殲，黃榆嶺下殘兵哭。惟有君參幕府謀，長望寒雲悲鉅鹿。君初出入銅龍樓，焉支火照西山頭。上書言事公卿怒，負劍從征關塞愁。是日風寒大雨雪〔一〕，馬蹴層冰凍蹄裂。短衣結帶試羊羹，土銼吹燈穿虎穴。高揖橫刀盧尙書〔二〕，參卿軍事復何如？宣雲士馬三秋壯，趙魏山川百戰餘。豈料多魚漏師久，謂當獨鹿遷營走。神策毬場有賜錢，征東戲下無升酒。此時偏將來秦州，君當往會軍前謀。尙書贈策送君去，滹沱之水東西流。自言我留當盡敵，不爾先登死亦得。眼前戎馬飽金繒，異日諸生尋刀筆〔三〕。君行六日尙書死，獨渡漳河淚不止。身雖淪落負知交，天爲孤忠留信史。嗚呼！美人騎馬黃金臺，蕭蕭擊筑悲風來。乃知死者士所重，羽聲慷慨胡爲哉〔四〕！卽今看君悲鉅鹿，尙書磊落眞奇才〔五〕。君今罷官且歸去，死生契闊知何處？

——錄自王士禛感舊集

【校】

〔一〕風寒　吳越作「寒風」。
〔二〕高揖橫刀　吳越作「橫刀高揖」。
〔三〕諸生尋　吳越作「諸公弄」。
〔四〕胡　吳越作「何」。
〔五〕才　吳越作「材」。

題李鏡月廬山勝覽圖歌

廬山南出靑濛濛，巓崖直上連蒼穹。萬丈恍惚凌罡風，俯視雲氣纔半空。秀甲東南千萬重，長天壁立驚芙蓉。我昔過此不得上，至今彷彿縈心胸。陶潛李白古來士，偃仰笑傲常從容。塵坱轇轕忘仙蹤，展卷一看眞面目，如倚瀑布香爐峯。五老插立若可揖，石梁横削誰能通。疊泉蒼雨落翠巘，鹿洞古院蟠深松。李君之遊誠難逢，丹青渲染煙霞籠，置身絶嶂飛流中。快哉此圖閲欲終，滄洲羽翼吾安從？

——錄自廬山志

五言律詩

寄題僧彌頭堂

澗曲臥廬處，雨添三尺檐。寫書青鐵硯，記帙白犀籤。竹亂山中嘯，花飛水上唤。閒修辨宗論，獨往問支纖。

送王晦季令古田

地僻聞新尹，蠻歌響石隄。風生黄蘗嶺，花發白沙谿。井稅輸園蔗，山農捕海霓。放衙人吏少，設茗訟庭西。

傅右君以諫死其子持喪歸臨川

直道身何在，猶爲天地傷。同時憐死諫，幾疏有疎狂。盡室方多難，孤舟況異鄉。蕭條大河上，高樹足風霜。

懷邵僧彌讀書山中

歸鳥欲爭山，山中自掩關。不知雲去住，但見鶴飛還。梅影參差冷，松聲動靜閒。唯餘一溪水，流出到人間。

偶成

獨向閒原住，山廬遶碧潭。兒童驅健犢，婦女簇眠蠶。紅葉包江鮓〔一〕，青絲挈海蚶。秋來鬭茶處，又在道人龕。

【校】

〔一〕江鮓　原作「江酢」，據平論改。

【評】

朱隗曰：淸綺歷歷。

送姚永言都諫謫官

此日江湖去，孤臣豈即安？危時容諫易，吾道盡心難。野滌山川直，城空草木寒。蕭蕭戎馬後，憔悴故人看。

黄州朱白石以武康令歿於官止存派孫敬躋避亂偶寓婁東今將攜家往客滁州漸圖遠楚詩以送之〔一〕

歸棹不堪別，況聞仍旅游。寄家荒郡遠，當戶弱年愁。楚雨連淮暗，京江入海流。故人今寂寞，獨語上南樓。

【校】

〔一〕題「遠楚」，疑當作「還楚」。

題王玄照臨北苑畫

亂沙弃落日，遠樹入奇雲。裋褐此中叟，新泉雨後聞。半灘孤艇沒，雙徑斷橋分。扶杖柴門過，相逢盡識君。

嘲主博進者

籬門通小巷，露井歇高軒。燭影分曹坐，骰盤爭道喧。觸屏童半睡，撩釜婦多言。抱膝鄰家叟，悠聽在隔垣。

——以上錄自江左三大家詩鈔梅村詩鈔

蜀中馬仁石師復園

結室盤溪右，通流入四除。葵根供野鶴〔一〕，藻影漾河魚。春屐花當齒，風簾葉繞書。何如少陵叟，幾地別林廬。

【校】

〔一〕葵根句　孫選作「蔬香供野鶴」。

【評】

孫鋐曰：娟秀出塵。

無題

花時陰自好，香氣煖還添。袪服凝長影，清爐倚半簾。折梅攀廣袖，解橘冷春纖。含笑牽同伴，竊人學避嫌。

——以上錄自鄒漪五大家詩鈔吳先生詩

七言律詩

述苑先中之譚閩事〔一〕

君到西溪五月涼，欲吹寒笛擬瀟湘。雕籠白兔霜毛潤，露井紅蕉翠帶長。團扇雨來冰簟冷，隱囊風過玉羅香。興酣攜妓丹青閣，不問千金使粵裝。

鷓鴣聲急雨生潮，花裏搖鞭過石橋〔二〕。路繞筍江看水碓，人來黎嶺半山樵。藏鈎小史青絲履，學語蠻姬碧玉簫。爲客桄榔菴下好，無端重上木蘭橈。

【評】

朱衣曰：金門吏隱，玉局風流，歲星、奎宿游戲人間耳。

石牀丹竈飯胡麻，不見仙人萼綠華。雲護松門穿嶺月，雨翻榕樹響溪沙。藤鞋箬帽收崖蜜，豆莢瓜當點乳茶。歸去突星灘上過，數莖棕竹佛桑花。中之攜棕竹、佛桑以歸〔三〕。

吳門吏卒建溪仙，遺得孫郎濯錦川〔四〕。琥珀杯濃椰子熟，水晶簾冷荔支鮮。山中茶蠟江南賈，海上鯷鰩異國船〔五〕。我亦欲從梅尉隱，與君先乞武夷田。令修令甌寧，山有梅福仙處〔六〕。

【校】

〔一〕題　平論作「述談閩事六首錄四」，所錄四首同。詩歸亦作「述談閩事」，止錄第二首。

〔二〕過　平論、吳江詩鈔（凡吳江詩鈔校文均引自吳詩集覽談藪，下同）、詩歸均作「度」。

〔三〕鄒鈔、平論均無篇末小注。

〔四〕遺得孫郎　吳江詩鈔作「擕得仙人」。

〔五〕鯷鰩　吳江詩鈔作「鯷鯨」。

〔六〕平論無篇末小注。

春思

疎櫺小閣占垂楊，薄病輕寒夜語長〔一〕。何處春風吹別騎，故留苦雨伴啼粧〔二〕。銀箏翠管傷羅薦，素手烏絲怨筆牀。幾度赤欄橋上望，似君蘭楫向横塘。

曲巷春深訪泰娘，方疏碧戶隱横塘。晴沙日暖鵓鴣睡，小院風微芍藥香。帳底唱歌低舞扇，眉邊寫恨入詩囊〔三〕。相思盡若江南草〔四〕，是處隨人離夢長。

【校】

〔一〕夜語　吳江詩鈔作「夜雨」。
〔二〕故留苦雨　吳江詩鈔作「苦留小雨」。
〔三〕入詩囊　吳江詩鈔作「濕琴囊」。
〔四〕盡若　吳江詩鈔作「不盡」。

玄墓似鏡師即故山別構靜室詩以贈之

清羸石上倚孤笻，掃葉誅茅老此峯。鳥識磬聲仍下食，雲移潭影恰聞鐘。銅瓶供佛新穿井，麈尾談經舊種松。盡說遠公棲遁好，故山煙水自重重。

白塔寺

春深玉殿鎖玲瓏，塔勢孤盤烽火通。草木陰森兵氣合，丹青神武畫圖空。風塵百里飛欄外，勝負三軍鈴語中。當日太平臨萬乘，白頭父老說離宮。

贈袁重其

見君不覺卅年餘，兩鬢蕭騷賦索居。結納天涯常縱酒，悲歌江上好傭書。庭前松菊開三徑，篋裏詩篇載五車。莫道袁絲愛遊俠，扁舟長笑狎樵漁。

——以上錄自江左三大家詩鈔梅村詩鈔

贈留都錢大鶴職方

極上層城千里峯，少年白給耀軍容。沿淮車騎高牙壯，横海樓船畫戟重。士女吹簫梁苑柳，江山鼓角孝陵松。如君莫負驅馳志，三十通侯已實封。

沭苑先申之譚閩事〔一〕

海燕孤飛人倚樓，夜深灘雨泣潛虬。牀頭老易階前樹，醉後離騷江上秋。夾漈藏書春草沒，考亭遺像故山幽。九湖石上游仙夢，惆悵西風杜若洲。

【校】

〔一〕本題鄒鈔共選四首，前三首與詩鈔所選四首之前三首同。

邊　思

黑山不斷海西流，萬里征笳此壯游。刁斗令嚴榆塞月，詔書恩重玉門秋。氈毬馬射青油幕，釃酒歌鐘紫罽裘。借問部人都護姓，北州大將濼陽侯。

秋感

淩歊臺畔獨行吟，軹道年來宿草侵。誰向銅陵開故壘，重煩鐵馬駐新林。水犀甲士風濤險，山越遺民塢壁深。惆悵聖公無葬處，亂鴉流水日西沈。

元日早朝

晝燭千官劍佩高，閤門春帖待枚皋。玉鞭龍尾青驄騎，銀管螭頭紫兔毫。雪霽西山看寶幄〔一〕，花開東閣映宮袍。內家敕賜葫蘆錦，笑進君王五色醪。

【校】

〔一〕西山　原作「四山」，據文義改。

——以上錄自鄒漪五大家詩鈔吳先生詩

雲中將

薊門山伏渾河通，犄角驕胡兩鎮中。大小一身兼百戰〔二〕，是非三策任諸公。射雕塞下秋風急，戲馬營前落日紅。聞說青陂無堠火，嫖姚已立幕南功。

【校】

〔一〕大小　吳越作「老大」。

送周明府涖任婁東　二首其一

白馬朱羈行步工，放衙伐鼓日曈曈。掇刀削記諸曹恐〔一〕，露板移書屬郡通。窮盜卽今愁楚北，少年無復橫桓東。城陰士女昇平曲，譜入元和雅奏中〔二〕。

【校】

〔一〕恐　吳越作「懼」。

〔二〕譜入　吳越作「盡入」。

邊思

都尉征西領蹶張，黃河不盡塞垣長。火篩哨急防花馬，土魯烽高戍白羊。絕徼亂山填雨雪，諸陵列樹護風霜〔一〕。承恩宿將皆年老，見說三關鼓角涼。

【校】

〔一〕護　吳越作「盡」。

【評】吳越引雪竇曰：向見駿公七律，多綺麗之調；如此雄俊爽朗，高視闊步，何媿渤海、嘉州。

過滄州麻姑城

漢皇刻石祀麻姑，此地金支光有無？瓊島樓臺迎鳥使，水衡鹽鐵待龍屠。中原烽火山東亂，軍吏誅求海上租。不數戈船諸將在，玉壇縹紗詛匈奴。

【校】

〔一〕詛匈奴　詩歸作「辟兵符」。

【評】

「瓊島」二句下，朱隗曰：神麗。

程如嬰曰：途中紀實語。當時作者目擊，今日讀者心傷。

再憶機部〔一〕

國事艱難倚數公，登城慘澹望征東〔二〕。朝家議論安危外，兄弟山川況瘁中〔三〕。夜月帶刀隨破虜，淸秋搖筆賦從戎。書生表餌非無算，誰立軍前跳盪功。

【校】

〔一〕題　吳越作「再憶楊機部」。
〔二〕慘澹望　吳越作「遙望客」。
〔三〕山川況瘁　吳越作「關河風雪」。

【評】

吳越引允武曰：胸有雄槩，腕有勁力，音節諧捷，神氣豪上。

送同官王炳藜奉使代藩

射柳城西磴道前，送君匹馬度燕然。河移汾口三關雨，雪盡恆山五月天。積弩將軍誰控虜，勝衣帝子獨臨邊。征車一路羌聲起，莫倚高樓聽暮蟬。

【評】

「河移」二句下，朱隗曰：警切清壯，與臥子悉敵。

——以上錄自朱隗明詩平論

壽席敬軒先生八十

何年安定適遼陽，潛德猶龍未可量。化日康衢忘甲子，淸時皂帽閱滄桑。重看瓊樹三秋發，共聽濤聲八月長。鳩杖自今扶國老，天香吹下紫鸞章。

新蒲緣

——錄自昭代詩存

三月十九日公祭於婁東之鐘樓，偉業敬賦二律，以當迎神送神之曲。

白髮禪僧到講堂，衲衣錫杖拜先皇。半杯松葉長陵飯，一炷沈煙寢廟香。有恨山川空歲改，無情鶯燕又春忙。欲知遺老傷心事，月下鐘樓照萬方。

甲申龍去可悲哉，幾度東風長綠苔。擾擾十年陵谷變，寥寥七日道場開。剖肝義士沈滄海，嘗膽王孫葬刼灰。誰助老僧清夜哭，祇應猿鶴與同哀。

——錄自狄葆賢平等閣詩話

壽詩

金門掉臂卽蓬萊，石室烟霞待爾開。三徑春遊鳩杖出，九苞朝食鳳雛來。夢懸西掖雙鳴珮，坐對南山共舉杯。却喜文孫傳奕葉，五雲遙見日邊迴。

——錄自陸鎣問花樓詩話卷三

七言絶句

觀棋　和錢牧齋先生

決賭心勞興未闌，當場劫急是壇官。點頭得計君休羡，雙眼由人局外看。

題趙文度畫爲鎭江海防吳冉渠

雍丘才子擅風流，季重懷人北固樓。正遇江山最奇處，丹青一幅贈君侯。

——以上錄自江左三大家詩鈔梅村詩鈔

觀棋　和錢牧齋先生

白徒西下羽書飛，十道軍符補黑衣。一把子人何足打，被誰指點出重圍。

題袁重其霜哺篇

被髮提壺痛昔年，伯通廡下五噫篇。獨憐此夜霜天苦，強著斑衣戲母前。

——以上錄自鄒漪五大家詩鈔吳先生詩

涼州詞

漢皇且戰且遊仙，王母神宮在酒泉。何事將軍諸道出，不教五利過祈連。

墻子路

匈奴動地漁陽鼓，都護酣歌幕府鍾。一夜薊門風雪裏，軍前樽酒賣盧龍。

——以上錄自朱隗明詩平論

題尤展成水亭垂釣圖 二首

長楊苑裏呼才子，孤竹城邊話使君。移作漁磯便垂釣，故山箕踞一溪雲。

遂初重把舊堂開，故相家聲出異才。莫向盧龍夢關塞，此生何必畫雲臺。

——錄自尤侗西堂雜俎二集

聽僧夜話

殘鐘忽起竹林東，古殿煙寒佛火紅。晚譯罷時僧影散，院門鶴叫落花風。

闕題

萬壑松濤碧欲流，石牀冰簟冷於秋。捲簾飛瀑三千丈，恰對我家竹裏樓。

——以上錄自靳榮藩吳詩談藪

詩餘

菩薩蠻 閨詞

謝家池館桐花毿，畫屏曲屈翹紅袖。欲剪鳳凰衫，青蟲搖羽簪。一枝雙荳蔻，淺立東風瘦。春思遠於山，眉痕凡幾彎。

謁金門 題美人圖

人離別，屏上小山凄絕。欲寄相思教誰說，梧桐初下葉。窗外綠鬟輕擻，立盡閒階周折。慢把羅幃向前揭，早是愁時節。

【評】詩餘引董蒼水云：構處得北宋人氣味。

憶秦娥 代沈初明

愁脈脈，江山滿目傷心客。傷心客。長干夢斷，灞橋聞笛。天涯攬鏡看衰白，秦川對酒青衫濕。青衫濕。冷猿悲雁，暮雲蕭瑟。

【評】

詩餘引王阮亭云：咸陽王子鐘鳴葉落之詞，無此悱惻。卽起左丞自爲之，何以復加。

山花子　閨情

阿母頻催上玉鈎，侍兒先起護香篝。曉氣撲簾花尙睡，怯梳頭。　醫暈有情眉岫遠，額黃無盡眼波流。細骨輕軀春一把，許多愁。

【評】

詩餘引鄒程邨云：「曉氣撲簾花尙睡」，自是絕妙詞語，着詩不得。

鷓鴣天　遊仙

絳節霓旌降下方，玉卮娘怨鎖瑤房。桃花阿母勤拘管，流出桃源賺阮郎。　紫鳳輦，碧霞觴，麒麟爲脯玉爲漿。人間別有黃姑夢，笑把雲和引鳳凰。

洞仙歌　第一體　梅花

梅花獨自，倚東風低說。那一枝枝向誰折。更高處、偏寒玉手，徘徊知有贈，惹我梅心如結。　晚來憐素影，影亦憐人，偏是今宵共明月。正傳柑時候，薄袖輕衫，蟬鬢動、腰肢淸切。但屈指、年來攜手處，又不道梅花、像人離別。

【評】

詩餘引吳蘭次云：一氣旋轉，此法惟大蘇能之。

又引陳椒峯云：如話如畫，寫生寫眞。

滿江紅　題尤悔菴小影和原韻〔一〕

納納乾坤，問才子、幾人輕許？人爭道，北平司李，騷壇宗主。碣石宮傾北海酒，令支塞捲西風雨。更翩然解組賦歸來，雲深處。　三毫頰〔二〕，平添與；虎頭筆，神相佇。似元龍百尺，樓頭高踞。鷸蚌利名持壁壘，觸蠻知勇分旗鼓。只莊周爲蝶蝶爲周，都忘語。

【校】

〔一〕題　西堂餘集作「和尤悔菴生日題竹林晏坐圖小影」。

〔二〕頰　原作「頮」，據西堂餘集改。

【評】

詩餘引吳蘭次云：眼大如箕，心空如鏡，勘破英雄本來面目，可以嗒然喪我。

水調歌頭　題贈

三月鶯花盛，十里小紅樓。輕裘肥馬，年少錦帶佩吳鉤。人道季心兄弟，還是翁歸伯仲談笑擅風流。下馬飲君酒，消盡古今愁。燒銀燭，張筵宴，繫蘭舟。主人開閤，招我別墅好淹留。家有風亭水榭，伎奏玉絲金管，妙舞擘箜篌。二十四橋夜，明月滿揚州。

【評】詩餘引鄒程村云：「下馬飲君酒，消盡古今愁」，所謂我言作僕射不勝飲酒樂也。又云：讀此詞令人神往。

——以上錄自孫默國朝名家詩餘梅村詞

文

來鶴集序

新安張君以韜僑居虞山，有鶴來集其庭，一時文士多投贈之作，而乞余爲之序。記曰：鳥獸之巢可俯而窺。君子且用爲瑞。況鶴之飲啄必於山水之間，不與凡鳥伍，張君居城邑之聚，乃瀰然而至止，豈非祥歟！衛懿公好鶴，鶴有乘軒者，蘇子瞻以爲南面之君所不得好。然是鶴也，以清遠閑放之物，舍山林而縻榮寵，又其德之衰也。宋隱士林和靖屏居西湖，有鶴甚馴，朝飛暮還，至今孤山之鶴猶爲美談，誠能擇地而處也。雖然，物之幸不幸有不可知，彼游乎江海，淹乎大沼，安知不爲罿盧繒繳之所加？卽和靖之西湖，曾幾何時，而南園之莊，葛嶺之第，所致文禽異獸必多矣，其物之蒙辱乃更甚於衞之鶴，安在託迹山林者遂爲得善地歟？莊子曰：至人入獸不亂羣，入鳥不亂行。然則物雖無知，亦能擇人以爲歸歟！苟得其人，固無問其山林城市之跡歟！

新安俗多素封，君獨孝友温睦，工詩善書，多長者游，又不鶩走聲利，有退讓君子之風，其能冥機事而葆天眞者耶！夫人能脱乎塵垢，雖近市之居，猶之隱士之山也；苟湛於混濁，雖無人之境，猶之衞君之庭也。斯鶴之來，固其所矣。遂不辭而序之。

郁靜巖家譜序

家之貴譜，其來尚矣。周禮小史敍世繫，辨昭穆，譜之所由昉也。而與譜相表裏者，莫重於宗法。自漢以前，戶必立宗，其祖禰適庶之序，較若列眉，故家可以不譜，非無譜也，譜寓于宗法之中也。魏以降，宗法墮矣，譜學盛行，沿流六朝，尤貴士族，賈弼、劉諶之徒，並精譜事，徐勉、王儉、王僧孺諸家，各以姓系之書爲世推服，朝廷置官開局以定之，譜之爲道，何其重乎！楊隋以後，閥閱彫亡，士不敦本，而譜始廢。間有垂情姓牒，若柳沖、韋述其人者，戛戛乎其難哉！綜而論之：南北重門第，凡仕宦之家必有譜，達其簿狀于銓曹，以爲選舉之格，九品中正之登下，皆于譜是問，故其權在上而常合；李唐以還，官方混淆，譜之廢興不一，有能修明其門緒者，藏之寢室，以備遺忘，故其權在下而常散：此大較已。

余外家郁氏，爲吳中右姓，向有家乘一編，簪纓奕葉，勳名纍纍。其後人靜巖名滋，篤行君子也，孝友修飭，爲士林模楷，屬其猶子計登編葺其舊而廣之，圖高曾之像，件系其行事，展而視焉，肅乎其可敬，穆然其可風也。請余一言弁其首。余竊慨凡爲譜者有三失：蓋在于擇人而祖之，又假其人而子孫之，且有譜書而無譜法以維之也。如曹孟德遠宗振鐸，郭崇韜上紹汾陽，非誣其祖乎？李義甫欲合于趙郡，杜正倫求齒于城南，不令子孫之皆僞乎？淳安汪氏追譜七十世，而徒詳其諱字之出入，卒葬之日月，至禴祠烝嘗之典，闕焉不講，將何法以善厥後乎？三失之中，有一於斯，皆不足語于譜者也。今觀郁氏有野雲公新之制禮作樂，勳在社稷；有見菴公容、華容公勳之宦績卓然，詩文茂著；而近代完吾公啓明、采臣公藻並有隱德：則無俟乎擇其人而祖之可知矣。黎陽子弟其以學行名者，豈謂無才，又何待假其人而子孫之耶！

至於禮法之足師，若顏氏之家訓、方氏之宗儀，其書具在，以靜巖、計登之敦睦，詎難一舉而行之，使推古人重宗之意，以復大宗小宗之法，喪祭有典，族食有章，上治下治，秩然可紀，吾將於郁氏乎觀禮。

——以上錄自梅村集卷二十三

題織簾居唱和册

少陵之於驥子，義山之於袞師，皆以愛子見諸篇什，不徒王氏人人有集者足輝耀前後也。當織簾先生窮經著書之日，兩張公連床共几，余亦得與研席。今西銘、南郭，門戶凋落；織簾以令嗣伊人表章先德，索友人和其篇咏，可以爲有子矣。追念舊遊，能不慨然。

題白醉樓讌集詩序後

余贈孫孝維詩，有「曲江花落悟浮名」之句，蓋指扶桑也。吾友周孝逸歸自倘湖，攜定遠、肯堂、介眉、玉池、伊人諸子唱和之作，感舊論心，纏綿惻愴，予不勝天台赤城有故人之思矣。其詩之工，各有風格，孝逸敍以傳之，宜也。

——以上錄自梅村集卷四十

扶輪集序

黄子心甫、錢子星客刻其扶輪集成，予讀而歎曰：「方海寓多事，士不能爲鐃歌、鼓吹諸曲，鋪揚武功，而徒詠牛渚之月，問莫愁之湖，張譏淸譚，豈能效蕭郎破賊？麈尾蠅拂，可燒却耳。」二子慨然進曰：「兵興以來，人士凋喪，鮑參軍、摯太常之輩，斷楮殘墨，不可復得。其餘流離飄薄，若劉司空之贈盧諶，庾開府之別孝穆，鐘鳴葉落，悲叱彷皇。吾等猶飲石城之水，尚保柴桑之田，黃柑斗酒，日奏一篇，不廢我嘯歌也。」

嗟乎！歷下山川，景陵烟水，草豐人滅，遺跡空傳，五言一派，近惟江左。黃子菰蘆才士，錢郎裙屐少年，研精聲詩，采綴風什，梁溪山水佳麗，當綰轂之口，二子扁舟葭葦間，載茶鐺酒具，日向過客索句，攜至錫山極頂，酣飲叫絕。嘗語同志，欲取惠泉百斛，洗天下傖楚心腸，歸諸大雅。江東弱小，祇以元聲散亡，嘽緩噍殺，用致武功弗振。今日重開正始，務使新朝之什，足配車攻；將待收京之役，大集十五國而被之管絃，是編其前驅也已。婁江社弟吳偉業題。

——錄自黃傳祖輯扶輪集

且樸齋詩稿序

古者詩與史通，故天子採詩，其有關於世運升降、時政得失者，雖野夫游女之詩，必宜付史館，不必其爲士大夫之詩也；太史陳詩，其有關於世運升降、時政得失者，雖野夫游女之詩，必入貢天子，不必其爲朝廷邦國之史也。

憶余曩與映薇年兄同游師門，映薇雖不官史，而一時稱能詩者必首映薇；余雖不能詩而官於史，映薇稱知詩者必及余。余兩人深相得，而於詩相得尤深。中間雖或中或外，或遷謫投閒，或循資待罪，宦跡時離，詩筒時合。大抵映薇之詩，首尚氣格，次矜精采，皇皇矞矞，登高能賦，遇物可銘，信乎其爲士大夫之詩。讀之者如置身天保以上，采薇以下，無論漢、魏，又何論貞觀、開元乎！

厥後而時事難言矣。映薇急流疾退，一遯而入於野夫游女之羣，相與一唱三歎，人之視之與其自視，皆不復知爲士大夫也。然而氣運關心，不堪悽惻，乃教翠鬟十二，遂空紅粉三千。一老子韻脚初收，衆女郎踏歌齊應。筆搖五嶽，知竹枝、白苧非豪；舞罷六么，笑霓裳羽衣未韻。人謂是映薇涵情結綺、纏綿燕婉時，余謂是映薇絮語連昌、唏吁慷慨時也。觀其遺余詩曰：「菰蘆十載臥蘧蘧，風雨爲君歎索居。」出處相商，兄弟之情，宛焉如昨。又曰：「山中已着還初服，闕下猶懸次九書。」則又諒余前此浮沉史局，掌故之責，未能脫然。嗟乎！以此類推之，映薇之詩，可以史矣！可以謂之史外傳心之史矣！

昔宋子京官翰林，詔修唐史，每中夜有作，必令侍女數十，手秉絳燭，高下熒煌，子京據案揮毫，則筆則削，人望之疑爲神仙中人。後世高其才而微少其品，故其史不傳。今映薇之作詩亦復爾，而世亦謬以是神仙之，不且大累映薇之詩乎哉！映薇纂次全稿，謀諸梓人，而馳書徵余序其端，余故書此以告天下，當以讀古人史法讀吾映薇詩也。庚子季秋，婁東門年弟吳偉業駿公頓首題。

——錄自徐懋曙且樸齋詩稿

三吳遊覽志序

余子博覽載籍，躭情山水，遊屐半東南，隨見輒紀，日無虛策。頃來吳下，探勝選幽，山巔水涯，煙墨葱蔚，偶刻三吳遊覽一書，余伏而讀之，曰：嗟乎，異哉！古今一時一事，一草一木，遇其人則傳，不遇其人則湮滅無聞者多矣。然其間哀樂之趣不同，要以性情觸之，發爲歌嘯，著爲文章，各自孤行一意，而興會機境，因之以傳，如阮步兵途窮之哭，謝康樂鑿山之遊，謝太傅颯海之舟，韓吏部華山之慟皆是也。今余子汗漫寥蕭，玄情絕照，雖陶寫于絲竹，總無損其神明。推己外求，可以累心處都盡。昔務觀蜀記有事而無詩，致能吳船詳今而略古，而余子兼之，尺幅中居然有萬里之勢，抑何必撫琴動操而後衆山皆響也哉！婁東吳偉業駿公撰。

——錄自余懷三吳遊覽志

仝氏族譜序

原夫氏族之學，古人最重，故曩昔先王立大宗小宗之法，别子爲祖，繼别爲宗，繼禰者爲小宗，有綱有條，於以睦宗族而厚風俗，法甚詳備。厥後寖以廢壞，而魏、晉之世，圖譜有局，朝廷尚設官治之，民俗昏聘，則於是焉徵考。沿至五季乃廢。士大夫家始自爲譜牒，紀一姓之源流，信者書之，疑者闕之，所以著爲人子孫之義，至敬且愼也。然而傳諸久遠，不無燬於兵燹，簪紳巨族，莫究厥始，君子未嘗不三歎焉。有能從散佚之餘，推本反始，惓惓乎蒐採纂修，務求其精而且覈，可不謂難乎！

今懷遠將軍擺塔喇布勒哈番劉河營遊擊嵩山仝公，家於雲中，自行閒奮起，從梁大將軍破賊山右，累奏奇捷，移鎭海上。己亥之秋，鄭逆入犯，公復堅守崇明孤城，出奇擊賊，斬刺甚衆。帥府上功簿，天子嘉其勳績，錫以世爵，制書追贈公祖、父，皆如其官。天光赫熹，寵需存殁，山雲草木，焕然動色，觀者盡嘖嘖歎慕，公顧恆撫膺太息曰：予少長邊陲，承藉祖先遺庇，用武功顯。今雖高牙大纛，得專閫海邦，奈祖先世系將就泯泯何！且予之祖先，逸其名者既弗可譜，幸而可譜者，又不條縷系絡之以示後代子孫，予恐其愈久而愈忘，公於一本者，或至等諸塗人之視也。於是取耳目所覩記，自始祖而下至從孫，悉疏其名氏行次，爲家譜一編，函以示予，而屬予言弁其首。予受而披覽之，則覩支析派殊，彪炳在列，不惟深得古人之遺意，而併合於古人之成法。嗚呼，如全公者，可不謂難乎！

嘗考全爲希姓，其字本出道書，即今文同字也。漢時有同典恩，前涼有將軍同善，唐有同谷，至元而集賢學士同恕遂以大儒名一代，元史儒學傳稱搢紳望之如景星麟鳳，然無所謂全也。意者同之改而爲全，亦猶余之爲佘、洗之爲冼、華之爲花、刀之爲刁、弁之爲卞乎？不然何以自明而前，全姓闊寥罕聞耶？或云全字古作仝，蓋吳大司馬全綜之後，然全之爲字從入，仝之爲字從人，全與仝固非一姓也。或又云公家雲中，雲中在唐爲大同軍，迄今鎮名尚沿其舊，古人受姓命氏，往往從其所居之地，或者全即爲同，實從大同之地而稱歟？然予嘗讀金史，考其國語，則夾谷漢姓曰仝，是仝姓金時已有之矣。而公又嘗爲予言，先世實從延州徙居於此，其在雲中未久，又安可據爲得姓之始乎？居恆每憾近世通行姓氏之書，如凌氏夏所輯，皆不載姓所自始，以爲缺略，惜乎不得起古人而質正之也。然吾又聞昔之爲族譜者，若歐陽氏則取法史家之年表，若蘇氏則取法禮家之宗圖，而黃魯直氏之族譜，七世以上，遠不可知，疑不能明者，皆略而不著，蓋敬且愼之至，凡以求世系之眞也。得毋姓所自始，亦姑就耳目覩記者譜之，斯自足以傳信，而固無取乎載述之必遠必詳，或反疑於附會也乎！

按全姓之顯，肇自明洪、永間，有名希顏、名銑者，始舉於中州，爲鄉進士。入國朝，又有省元名廷舉者。大抵全姓自明以來，在中州則爲淯川、祥符，在關中則爲褒城，在吾江南則爲泰州，皆有顯人，率以科貢入仕。其山右之全，多出安邑。明弘治中，有名鑾者，亦舉鄉進士，而錦衣百戶寅最著。志稱寅少瞽而聰警，學京房易，占斷多巧中。正統時嘗客遊大同，値英宗北轅，大璫裴當往筮，輒奇驗；又嘗以卜叱指揮盧忠阻其誣告南宮逆謀。英宗復辟，石亨有異志，寅復力止之。事頗奇偉，且在大同又著，而今譜亦絕不之及，豈非敬且愼之至者與！郭崇韜既貴而拜汾陽之墓，識者鄙之；而狄武襄不祖梁公，千古莫不歎美。今全姓在天下，雖諸派各出，而號國之鉅人名將，實自公始。公方且以其身爲人所攀附，其不攀附人如狄武襄，固無足奇；顧即公輯譜一事，而馭軍之紀律，與夫恤民之恩意，亦可由是以推見之矣。嗚呼，如全公者，可不謂難乎！

公始祖諱德眞，生四子，其第三子諱信者爲公之先，家世耕讀，晦迹嘉遯。公父贈懷遠將軍諱思蘭，生而奇偉倜儻，食酒至數石，爲人孝於親，睦於族姻鄉黨。方公仗劍從軍，値姜逆之變，贈公尙困汾州。厥後公隨端重王破賊復汾，父子獲相遇，忠孝所感，事非偶然。予已詳諸墓碑銘中，茲不具載。而稍舉大略者，聊以見全氏之洪址深源，所培已久，而天之篤生我公，固非尋常可比埒也。從此子子孫孫，勿替引之，行見傳珪襲紫，世澤之演迤深長，自當歷億萬祀而罔斁焉。爲全氏後人者，尙愼旃哉！是用拜手而爲序。

此由訟牘中披閱宗譜，見有梅村先生所作序，爲抄存一通，今爲刊刻，洵吉光片羽也。中輔記。

雜劇三集序

造化氤氲之氣，分陰分陽，貞淫各出。其貞氣所感，則爲忠孝節烈之事；其淫氣所感，則爲放蕩邪慝之事。二氣並行宇宙間，光怪百出，情狀萬殊，而總繇文人之筆傳之。文人之筆，或寓言，或紀實，想像形容，千載如見：由是貞者傳，淫者亦傳。如三百篇中不删鄭、衞，聖人以爲男女情欲之事，不必過遏。詞人狂肆之言，未嘗無意，貞淫並載，可以爲勸，可以爲鑒，有其文則傳其文而已。

漢、魏以降，四言變爲五七言，其長者乃至百韻。五七言又變爲詩餘，其長者乃至三四闋。其言益長，其旨益暢。唐詩、宋詞，可謂美備矣，而文人猶未已也，詩餘又變而爲曲。蓋金、元之樂，嘈雜淒緊，緩急之間，詞不能接，一時才子如關、鄭、馬、白輩，更創爲新聲以媚之。傳奇、雜劇，體雖不同，要於縱發欲言而止。一事之傳，文成數萬，而筆墨之巧，乃不可勝窮也。

元詞無論已。明興，文章家頗尚雜劇，一集不足，繼以二集。余嘗閲之，大半多綺靡之語，心頗不然，以爲此選家之過也。已而思之，人苟不爲名教束縛，則淫佚之事，何所不有？有其事則不能禁其傳，有其傳則不能禁其選。如長卿之於文君，衞公之於紅拂，非入間越禮之事乎？而風流家言反以爲絶好一椿公案，至願效之而不可得。噫！氣運日降，淫倍於貞；文人無賴，詩變爲曲。諷一勸百，時勢使然，言之者無罪，選之者豈任過乎？近時多以帖括爲業，窮研日夕，詩且不知，何有於曲？余以爲曲亦有道也：世路悠悠，人生如夢，終身顚倒，何假何眞？若其當場演劇，謂假似眞，謂眞實假，眞假之間，禪家三昧，惟曉人可與言之。

木石鄒年兄，梁谿老學，宿有契悟，旁通聲律，近選雜劇三集成，囑袁子重其索余言。余閱其三十餘種，近今名流鉅公之筆，搜探殆遍。逹情敍事，闊暢詳明；貞淫錯出，各臻至妙：殆眞所謂有其文則傳其文，可以爲鑒，可以爲勸者也。是其爲雜劇也，可以傳也。袁子歸，其以此言告吾木石可乎！小弟灌隱人題。

——錄自影印誦芬室本雜劇三集

西堂樂府序

余讀漢史，至孝章於崔駰之事，未嘗不廢書興感也。駰以布衣獻頌，受知人主，謂其才過於班固。既遇之于竇憲第，有詔召見，而憲以白衣阻之，待命授官，會值上賓不果。嗟乎！此其與吾友尤展成何相類也。展成司李北平，政成報績，遭遇視亭伯勝之；而雕龍之才，凌雲之氣，經乙夜之所賞歎，緣鼎湖陟格，不得一望承明之庭。相如被詔于上林，浩然哀吟於雲夢，上有好文之主，下受不世之知，而時會適然，遇與不遇之不同若此。士君子之牢落于斯世者，可勝道哉！

展成既退歸吳門，修閒居養親之樂，詩文爲當代所稱。以其餘暇，操爲北音，淸壯佚宕，聽者無不以爲合節。予十年前喜爲小詞，晉江黃東崖貽之以詩曰：「徵書鄭重眠餐損，法曲淒涼涕淚橫。」今讀展成之詞而有感于余心也。後之人有追論其世者，可以慨然而歎矣。婁東吳偉業梅村譔。

——錄自淸人雜劇初集西堂樂府

北詞廣正譜序

今之傳奇，卽古者歌舞之變也；然其感動人心，較昔之歌舞更顯而暢矣。蓋士之不遇者，鬱積其無聊不平之槩於胸中，無所發抒，因借古人之歌呼笑駡，以陶寫我之抑鬱牢騷。而我之性情爰借古人之性情而盤旋於紙上，宛轉於當場。於是乎熱腔駡世，冷板敲人，令閱者不自覺其喜怒悲歡之隨所觸而生，而亦於是乎歌呼笑駡之不自已，則感人之深，與樂之歌舞所以陶淑斯人而歸於中正和平者，其致一也。而元人傳奇，又其最善者也。蓋當時固嘗以此取士，士皆傅粉墨而踐排場，一代之人文，皆從此描眉畫頰、詼諧調笑而出之，固宜其擅絕千古。而士之困窮不得志、無以奮發於事業功名者，往往遁於山巔水湄，亦恆借他人之酒杯，澆自己之塊壘。其馳騁千古，才情跌宕，幾不減屈子離憂、子長感憤，眞可與漢文、唐詩、宋詞連鑣並轡。而其中屬辭比事，引宮刻羽，不爽尺寸，渾然天成，仍自雕劃衆形，細若毫髮，而意象豪邁，不爲法律拘縛者，又多以北調擅場。第所傳諸劇，人握隋珠，家操卞璧，美等碎金，罕窺全豹。李子玄玉，好奇學古士也，其才足以上下千載，其學足以囊括藝林，而連厄於有司。晚幾得之，仍中副車。甲申以後，絕意仕進，以十郎之才調，效耆卿之塡詞，所著傳奇數十種，即當場之歌呼笑駡，以寓顯微闡幽之旨，忠孝節烈，有美斯彰，無微不著。間以其餘閒，探元人各種傳奇散套及明初諸名人所著中之北詞，依宮按調，彙爲全書，復取華亭徐于室所輯參而訂之，此眞騷壇鼓吹，堪與漢文、唐詩、宋詞並傳不朽矣。予至郡城，嘗過其廬，出以相示，喜其能成前人所未有之書也，爲序其始末云。婁東吳偉業書。

——錄自李玉北詞廣正譜

清忠譜序

先朝有國二百八十餘年，其間被寺人禍者凡三：王振、劉瑾專恣於前，魏忠賢擅竊於後；馴致流毒天下，而國家遂亡。然振、瑾之專，勢皆岌岌，所以危而復安者，以衆賢聚於朝廷，其一二大臣及內外大吏，尚未敢顯爲閹寺私人也。至魏忠賢之擅則不然，上自宰輔禁近，下暨省會重臣，非閹私人莫參要選；時傾險之士思逞志於正直者，亦願爲之爪牙，供其走噬，甚至自負阿父、養子而不惜，而東林之難作矣。故自辛酉至丁卯七年之中，在朝諸賢無不遭其坑戮，而國家之氣以不振。

吾郡周忠介公，初吏閩，卽裁稅閹高寀，以強項聞；及立朝，又無所迴避。文文肅以新進疏得失，語攻東廠，與公同邑相善，賢黨深忌之。公旣免歸，文肅亦削逐，猶不釋憾。乃以巡撫起元周公減袍價一案羅織，公斃詔獄；文肅蓄毒藥待命。思陵嗣位，羣兇伏辜，東林君子幸存者，相繼起用。文肅推時重望，訟公寃獨力。至今邦邑人士，逮於婦稚，咸識公名，稱述遺事如當日者，以文肅爲之友，而表之於其後也。

方公被逮時，宣詔於郡西察院，民隨而號泣請救者萬人；見公將就桎梏，咸戟手憤詈，因直前擊緹騎，幾爲變。賴郡守寇公、邑令陳公撫之而後定。事聞，詔捕首亂，顏佩韋等五人毅然詣官府自列，赴死無改容。嗚呼！公之節義能使人感奮至此，可謂難矣！

聞公在詔獄，賢黨虐脅之者萬端，五毒備嘗，辭色不少屈，卒以不可屈而私斃之。公長嗣曰茂蘭。緹騎之掖公入都也，蘭願徒步從；公反覆喻之，因痛哭而止。及逆賢敗，刺身血書疏，伏闕鳴父冤，請卽加誅賢黨某某等，時稱其孝。逆案既布，以公事塡詞傳奇者凡數家，李子玄玉所作清忠譜最晚出，獨以文肅與公相映發，而事俱按實，其言亦雅馴；雖云塡詞，目之信史可也。

余所惜者，先朝列聖相承，思陵躬親菲惡、焦勞勤政者，十有七年，而逆寇射天，神京淪陷。追維始禍，起於延、西二撫之貪婪；皆逆賢黨也。當是時，逆布其黨宇內，秦中要地二撫，實閹腹心，肆虐縱貪，莫之敢指，貽禍全秦者數歲；終於賊焰燎原，災彌穹壤，一敗而不可救，眞可痛也！尤扼腕者，思陵圖治，相文文肅僅兩月，忌之者卽以事中之去位，國政愈不可爲。甲申之變，留都立君，國是未定，顧乃先朋黨、後朝廷，而東南之禍亦至。噫！彼爲閹黨漏網之孽，固無足怪，誰爲老成，喪心耄及，更可痛也！假令忠介公當日得久立於熹廟之朝，拾遺補過，退傾險而進正直，國家之禍，寧復至此？又使文肅之相不遽罷，扶衰救弊，卜年或可再延。而一誤再誤，等於漢、唐末造之覆轍。始信兩公於閹黨之事，決然以死生去就爭之，其有關宗社非細也。

余老矣，不復見他年事，不知此後塡詞者亦能按實譜義，使百千歲後觀者泣、聞者歎，如讀李子之詞否也！梅村吳偉業題

——錄自李玉清忠譜

重建王文毅公祠記

余考玉峯志，追慕鄉先生歿而俎豆者，景行而私淑之，未有歷世綿遠，久而彌耀，如宋左朝請大夫王公者也。公諱葆，字彥先。其先蓋三槐名胄，五世家崑。公第宣和六年進士，爲麗水簿。紹興改元，疏陳十弊〔一〕，兼請建儲，執政偉之，遷宜興令。時淮、浙用兵，供億繁困，而公策辦軍需，將士稍戢〔二〕。後擢司封郎〔三〕，權國子司業，俄拜監察御史兼崇政殿說書。秦檜柄政日久，陽欲告老，問公，公言：果欲請老，勿論親仇，舉賢自代，誠社稷蒼生之福。檜默然不懌。尋爲考功，介然特立。出知廣德軍，移守漢州，德政洽聞，擢淮南安撫使。逾年，召副廷尉，改浙東提刑，時孝宗隆興元年也。乾道三年，公以古稀告老，山居宜興。考終，歸窆於先塋，乃縣治東南新灃里也。

遡公壯年通籍，國事旁午，愛公者幸其身遠闕廷，罔貽戚辱，而公志憤偏安，心懷激烈。既而奸相當權，朝臣側足，公惟亮節清風，歇歷中外〔四〕，侃直不阿，從容進退，豈非浩氣中存，獨能善養以勝之耶！晚好經學，尤邃於春秋，所著集傳講論諸卷行世。平生獎勵後賢，允稱大儒宗範，沒後奉勅崇祀，追謚文毅，建祠墓所，朝廷崇德報功，甚盛典也。至明興，洪武初〔五〕，玄孫諱遜、諒、英偕列御史臺，科第蟬聯不絕。弘治中，裔孫成憲重建碑亭，迄今僅存遺址，碑文柱石，滅沒于風烟蔓草中，田夫野老，雖知爲王氏墓，而廟貌不修，祀典寖闕，漸忘其功德所由來矣。

癸未秋，系孫泰際成進士，曁其宗弟檗皆余鄉榜同籍，謀新祠宇，而十七世孫胤玉鳩工肅事，因請爲記。余維公立朝大節在國史，居鄉懿行在稗乘，而儀容彷彿在宋初也，可不爲鼎新慶乎！嗚呼！五百餘禩，流風邈矣〔六〕，而奕葉彌長，芳徽未歇，猶足銘彝鼎而被絃歌也。於是薦紳耆老，喜爲公祠落成者，曠世而下，有同心也，則公之明德遠矣。是爲記。

——錄自康熙崑山縣志卷第十

【校】

〔一〕疏　原作「號」，據乾隆蘇州府志（以下簡稱府志）改。
〔二〕稍　原作「精」，據府志改。
〔三〕擢　原作「權」，據府志改。
〔四〕「斆」字原闕，據府志補。
〔五〕洪武　原作「弘武」，據府志改。
〔六〕邈　原作「遜」，據府志改。

太倉州學記

婁之去於孔林也，蓋在二千里外。其車器竹册劍履之屬有足據焉乎？曰：否也。然孔子之道，其端仁義禮智，其事則君臣父子，垂之于文章，而懸之于學校者，蓋不可聞見論也。漢、唐、宋之君，或即位而幸學，或元年而視學，或過魯而祠孔子以太牢，綱目必謹而書之，以志其美，而亡國敗君則不舉焉。甚矣，學之廢興，王化之廢興也；而孔廟之廢興，又學之廢興也。

吾婁之有學，自先朝弘治年始，有州卽有學，所以責學，使士子知所崇尙；有學卽有廟，所以尊孔子，使士子知所服習。而鐘鼓歌舞之節，周旋進退之容，釋奠釋菜之別其儀，大籩小豆之殊其器，春丁秋丁之異其物，諸生乃以時揖讓其間。是以婁之學建立獨後于吳，而科目人材，漸進漸出，遂甲于吳而聞于天下。且婁固勾吳之餘而瀕于東海者也。孔子曰：「言忠信，行篤敬。」又曰：「乘桴浮于海。」則神靈之所棲莅，其果不必于婁焉否耶？然國學與郡邑之學，其爲廟者又不可指數矣，其果必于婁焉否耶？夫孔子之道，安往而不在焉，則廟烏可廢哉！彼異端百家，如佛之祀其瞿曇，道之祀其老子，而農者祭田祖，織者祭源蠶，苟殿宇之或傾，廟貌之不飭，賽之不以其時，備之不以其食，猶屬屬然觸于目而動于中，若忘其師之罪也，況我之所謂孔子者乎！將聽其門庭廊廡、木主祭器，上漏旁穿，堙剝而莫之理也，則諸生以何俯仰而興起、自附于聖人之徒耶？必將棄爾君臣父子、廢爾仁義禮智也耶？

陳公來守茲土，而從學博楊君、張君之請，喟然以修舉爲務。捐贖鍰，料匠石，凡廟之達鄉，殿之掇廇，以及儀門之扉戺，步道之擱堋，亦既新之，以還故觀，而所謂明倫堂、尊經閣、啓聖、鄉賢祠者，將次第就理焉。嗚呼！自鼎革以來，八年於茲矣。天下靡然，皆以陰謀祕策、長槍大刀，足以適于世達于用，而鄙先儒之言爲迂闊。且椎首露价〔一〕，以爲禮樂之未遑，其牧守師傅亦因循苟且，無守先崇聖之心，無講道論德之事，卽使過闕里，登其堂，摩挲植柏，觀俎豆與禮器，恐無足以感發其志思者，何況婁之僻處一隅，而廟之頹壞不堪有如此哉！嗚呼，陳公之念可謂甚盛，而楊君等之力可謂甚勤也已。

——錄自嘉慶直隸太倉州志卷十三

【校】

〔一〕价　字書無此字，疑爲「紒」之形誤。

濬劉家河記

惟三吳江海之介，其望震澤，一號太湖，受天目西北宣州諸山谿之水，大江外抑，因而內瀦，汪洋渟蓄，縱廣三萬六千頃，曼衍七郡，茫然爲東南巨浸。其灌輸于海之道，古凡有三，曰：松江、東江、婁江。相傳松江下七十里分流，東北入海者爲婁江，東南入海者爲東江，併松江爲三江。二江皆松江之別，水經所謂長瀆歷河口東，則松江出焉，江水奇分，謂之三江口者也。以往記求之，則松江北行七十里分流者，宜在今崑山之境。自禹迹既湮，獨一松江仰接太湖，而奇分二江之水遂不可見。其後宋通漕渠，引水築塘，水跡益非其故。或謂塘卽引婁江之水，入太倉州境，環城而南、而東，至城東七十里曰劉家港入海，其果然也歟？鄉先達參政陸公容，據殷奎孝伯之言，曰：東北直入海者爲婁江，竝無紆曲，以今環城南而東繚繞入海者爲不然；而太僕歸公有光亦擬續郡志，以劉家港當婁江者爲附會。然千年神禹之跡，旣難面稽，而一綫通震澤之尾閭，其利頗與古江相埒，則土人移以命之，亦猶思古之意也。

在前元時，海運千艘所聚。爰及勝國，戶部尙書夏公原吉奉命來濬。面勢宏闊，瀧濤莽壯，爲西水入海孔道，北境雖有七浦承昆陽諸湖之委，不若是河之尤駛。海潮迅湧，會于州境，西溢崑而却迴。維時艖舫番舶，檣帆輻輳，奇珍瑋寶，繹絡候館，鮫人海賈之利，幾被天下。引以漑田，則溝塍周布，秔稌櫛比，下無羨溼，高無亢乾，滋液滲漉，何生不育。故瀕河之地，號爲土膏，其價畝直金；旁縣以湖水通行之速，不苦積水病田，田亦肥美。三吳之民，用是繁富安樂，足供國家百萬之財賦。邑屋華麗，人文鬱郁，其利賴于東南甚鉅。然湖水自西下，而海潮自東上，淸流每不勝濁泥之滓，不可一日而不濬。百年以來，水土之政不修，人力懈於疏導，馴致潮泥填淤反上；又河滑地衍沃，豪民往往圍占爲田，與水爭尺寸之壤：以此河流涓涓，日就湮塞。沿至崇禎子、丑之間，漸成平陸。河口漲沙橫亙，隱然隆起，名曰海舌。徑石家塘而西彌望皆茭蒲菼薍，不通舟楫，湖水稍北徙，趨七浦以達於海，行迴遠而流益弱。而州境縱橫塘瀝，諸釃引劉河者，惟見止水藴藻，不任灌漑。昔日上腴，廢爲斥鹵。土瘠民貧，職此之由。前朝巡按御史周公一敬上疏請濬治，事下所司議，皆諉曰天意，非人力所及；兼庸費浩穰，興發七郡，恐無所於出，遂寢。

入國朝，工科右給事中胡公之駿疏陳便宜，請開劉河，得報可；復以動支官帑，考案無故事，不果。順治丙申冬，巡按御史李公行部至州，崑邑及州之耆老紳士，僉言劉河宜濬，且請專屬州侯白公。先是白公治民，條教精密，尤加意境內水利，訪逮民隱，得銷圩起夫法，履畝賦功，役田作力，業戶量給口食，無傭直。行其法濬朱涇，民樂其便。遂以聞於御史，願令民自疏鑿，以受上命。御史大喜，許會督、撫具題，蠲州賦半，派別屬代輸，仍委公專督。

公視事惟謹，親歷河干，相度難易。南鹽鐵之西，傅城而近，水道微通爲易；相見灣迤東抵石家塘，淤廢日久，率目縵田，施功爲難。用嘉靖中海都御史役嘉、上、青開松江例，屬役止崑、太、嘉三縣。酌撥太倉難河七千丈；嘉定額役河夫一萬三千名，水利均沾，俾鑿難河二千丈；崑山地窪仰，以隔縣，協濬易河一千八百丈。公塘灣至補缺口，紆二十里，與嘉定界俠，舊形宜因，則因之；相見灣而東，直開六十丈，比舊省一千餘丈，逕道宜鑿，則鑿之。以丁酉二月之八日，斬牲祀神，始有事於啓土。歡聲雷動，畚鍤如雲，役夫丕作，一眂旗砲，氣勢增倍，信踰鼛鼓。公復巡行勸來，暴露泥塗中，不宿民家，人益競奮，七千丈之工，僅閱月而告竣。嘉定原任邑侯劉公，御衆嚴整，公與同心教護，程課二千丈之功，亦閱月而告竣。惟崑山勢家持兩端頡頏，會御史坐事急徵，遂倡貼銀浮說以亂聽，賴公屢檄固爭，得無廢格，其千八百丈之功，凡三閱月而粗集。通計開鑿一萬有八百六十丈，江面不能復故額，準海公開淞江式，自南館至相見灣，廣十有二丈，深丈有四尺；自相見灣至東壩，廣贏四分之一，深贏七分之一。其工力廣十二丈者，百五十工而袤一丈，廣十五丈者，二百工而袤一丈：計費二百萬工有奇。每工銀七分，計費十四萬兩有奇。然崑山協濬半涇口南北數里，竟多淺段，不中法程，有遺恨焉。自石家塘壩外至海口十餘里不濬，以河流尚通，亦備海盜之闌入，志愼也。鄉人謂是役不當無記，乃以屬余。

余惟古者澤貴陂障，川貴滌源，剏三吳天地之盡脈，而三江天地之出孔也。不獨宣洩江湖之水，順流使出，且延納潮海之水，逆流使入；不獨借海潮之生氣，補天地之虛氣，使出者復入，且借江水之旺氣，滌海潮之濁氣，使入者復出。濁氣者，潮泥也。三江不通，潮泥淤之，其中消息盈虛，關係天地氣機，非如西門豹、史起淪一渠、堰一澤可比。先朝治水，皆遣大臣奉璽書，佐以都水郎署，出捐大農金錢巨萬，節制數郡，始克有成績；然尚膢臘尸祝，奕世載德。豈如今用一州之力，倡三縣之民，不煩專官，不費公帑，因農之隙，舉累世不復之廢滯，爲國家阜財賦之源，苟非賢直指堅主于上，良司牧集事于下，何以有是乎！是役也，其爲有利而無害，皎然易見矣；然且室中有婦姑，膜外有秦、越，不免九仞之虧一簣焉。可見事得其人，則無廢不可復；而任事者之難，其叢非萃責，豈可勝道哉！雖然，河不可一日不浚，而增修之易，不如創復之難也。踵二公居位者，尚其建閘以視時扃啓，置夫以乘潮櫛爬，毋使□受渾潮之積；以其間歷疏境內小水，溝防遂列，修治如法；則決川距海，浚畎澮距川，雖神禹厎定之謨，不是過也。庶三吳永賴，而前人捍患興利之盛心，亦不隳於沒世乎！

李公名森先，山東人。白公名登明，三韓人。嘉定則邑侯劉公名宏德，奉天寧遠衛人。他若崑山縣丞滕元鼎、太倉州同李棠、經歷張鉉；皆嘗宣勞茲役，法得牽聯書。

——錄自乾隆鎮洋縣志卷三

平海紀略

東漢以前無海寇，非無海寇也，其時人民不習於海，斥鹵沮洳，無閭里烟井，不足以藉寇。過江以後，豪強之家，熂山占海，而萑苻之警日聞。嗟乎！無岸上之虎，則不憂水中之龍，何可不爲之所也！我程使君始視事，捕大猾，赦其保舍匿藏之罪，令辦賊自贖，得要領矣〔一〕。先是公以潤州守臨江治軍，賊發輒得，威聲流聞。公至之日〔二〕，賊投兵遙指曰〔三〕：「此京口旌麾也。」固已內懾。公笑謂鼠子輩不足數，當折箠笞之。或有難公者曰：「昔肅皇帝時，用虎符發兵，制使便宜從事，材官組練十萬人〔四〕，費縣官錢數百萬，然猶九易帥，坐甲數年而後定。今乃偏師蕩之哉？」公曰：「吾之在潤州也，橫江諸將集采石上游〔五〕，吾不過丹徒市人百輩〔六〕，用以破賊。今以一大帥數偏裨聽吾鼓音，賊何憂弗平！」於是懸賞格，定軍令，大治餘皇之師。蓋自公下批繩之令，賊已孤立震慴〔七〕。諸將服公威名，莫敢逼撓〔八〕，跳盪先登，斬首功過當。賊遁去，則拔劍叱海師蹙之窮島之中。賊大困乞降，公解縛而用之，駐車散其餘黨〔九〕。浹旬之間，萬里清蕩，斯可謂奇矣。夫公幕府初開，非有閩、粵羨縉瓌貨，濟犀渠器甲之用者也；非若溫、處諸郡，寫越山之材，下會稽之竹，戈船下瀨，以水師雄江東也。當數十年承平之餘，單車討賊，未嘗張大羽書，悉索軍賦，而蘆人漁子以爲兵，束矢鈎金以爲餉。及事成功立，收其戰艦戈矛劍盾，充軍實而壯國容。自非文武籌略、足敵萬人能如是乎？立石海上，公之功永永勿忘可也。

——録自乾隆鎮洋縣志卷六

【校】

〔一〕得要領矣　嘉慶直隸太倉州志（以下簡稱州志）無此四字。

〔二〕至之　州志作「之至」。

〔三〕遙指　州志作「咋指」。

〔四〕十萬　州志作「千萬」。

〔五〕集　州志作「在」。

〔六〕「吾」字原無，據州志增。　百輩，州志作「百數」。

〔七〕震慴　州志作「震懾」。

〔八〕逼撓　疑當作「逗撓」。

〔九〕駐車　州志作「駐軍」。

勅贈懷遠將軍峻吾仝公墓誌銘

皇清盪平海宇，隆禮功臣，一時鴻勳駿伐之彥，上追祖考，下逮子孫，恩數皆極優渥周至。我蘇松水師鎮標部營遊擊、加擺塔喇布勒哈番、轉陞江南劉河營遊擊嵩山仝公，以順治十八年覃恩，追贈父峻吾府君懷遠將軍，母陸氏、繼母李氏，皆贈淑人。仝公功高於國，澤厚於民，孝篤於親，卜以順治十七年八月初五日合葬吉壤，屬偉業書其儷牲之碑。偉業辭之不獲，乃爲論次。

謹按府君諱思蘭，號峻吾。惟仝之先世居延州，其徙之雲中，則在明初。有諱德眞者，是爲始祖，七傳而至府君。府君產時卽有異徵，少以穎慧聞，事親極其孝謹，又能厚宗婣，睦鄉黨，施與不少靳。性倜儻慷慨，食酒至數石，危坐卓然。配陸氏，嚴恭儉惠，克相其家。遊擊公甫七歲，依外王父居應州南小寨，逮弱冠乃歸，則騎射無敵。府君深奇之，呼而諭曰：「爾可出矣。公侯將相，若輩事也。若不聞男子志四方耶？」公仰遵庭訓，仗劍之燕都。會甲申大亂，道梗不得歸，暫結義旅，保障於陝西西安府鮎魚寨。天兵下秦，公以其衆附二王入楚，隸公秦撫孟公戲下，與今大將軍梁公交。在關中兩載，以思親告歸，至汾州，病作，府君知之，馳詣汾城視公，而姜逆變起矣。於時秦、晉鼎沸，汾州亦從亂。俄公病已痊，府君密語公曰：「古稱危邦不入，亂邦不居，殆謂此地乎！爾出城則順，居此則逆，宜早圖善計，勿以我爲念。」公涕泣難，府君重促之，聲色俱厲，乃行。自是公從端重王轉戰山右，而府君留汾。王師復汾州，賊黨知復汾之師，公居行間，遂共執府君，脅之刃，欲誘招公，府君抗節不屈，賊衆環顧失色，莫敢加害。城垂破，汾士民競出府君，送之故邸。公入城，走故邸求府君不得，大驚。有老僕識公聲，從夾道中扶府君與俱出，父子相見，悲喜交集，一時以爲忠孝所感。先是公之未入城也，恐城破日，鋒鏑所罹，府君或有患，哭請於王，得賜旗一矢一，懸門首爲識。府君命公以狗於軍，闔坊俱賴保全，皆府君賜云。於是併迎陸淑人於大同，僑居汾州，而公別四出征勦，殄滅餘孽，功績益著。適梁大將軍遷江南，強公同行，乃奉兩尊人以行，匆匆色養，備極孝敬。方公虎帳治軍，威嚴可畏，部曲諸校，縮氣屛息，不敢上視；而入奉府君與陸淑人，先事揣意，扶持必親，則又若孺子也。居亡何，原配陸淑人、繼配李氏相繼下世，府君扶兩柩歸里。公遣僕屢迎，府君自以年壽已高，頗樂故鄉，不復南來，惟遺書訓公，諄諄勉以盡忠報國而已。

己亥之秋，江南猝有鄭逆之變，時賊兵數萬突入，陷京口、揚州，直指金陵。梁大將軍星馳赴援，念崇明根本地，非公不可守者，乃以崇明屬公，而大將軍遂大敗賊兵於神策、儀鳳門。賊擁衆南竄，且逞忿於崇明，極力圍困其城，欲必陷之。公飲血登陴，鼓勵將卒，時縋死士擊賊城下，斬刺無算，賊惶駭走盡散，崇河獲生，從此海不揚波，投謝踵至，鯨鯢巢窟，爲之悉空。天子旌公戰功，特加世職，寵錫便蕃，恩榮溥博，而府君先於是冬溘然長逝矣。迹公櫜鞬馳驅，首尾數載，才勇勞烈若此，誠不難劵取茅土乎。顧稱人之善，本諸父母，無論公始之挺身從軍，先自府君啓其端，厥後滅賊汾中，扞寇江左，實皆由府君決策出城與夫遺書訓勉之力；而卽其家門轉徙，兵革周旋，俛危復安，幾散復聚，亦莫非府君之基德累仁有以致之，而乃能儲精發祥如是歟！今始知人臣宣劬扞國，功成疏爵，固必有所自來也。偉業舊忝史職，卽微公請，又安能已於紀述也哉！

府君父諱尋，世有潛德，母石氏，皆以公貴，贈如府君。府君之子一，卽遊擊公；女一，適許氏。孫三：長大捷，次大德，次大志，襲世爵。府君生以明萬曆乙酉六月十三日，歿以大清順治己亥十二月二十五日。原配陸淑人歿以順治癸巳七月七日，繼配李淑人歿以順治乙未六月六日。今合窆於永定里十甲南鄉之墓。偉業既題其碣，而因繫以銘，銘曰：

扶輿靈氣來穹窿，誕生豪傑爲元戎。龍驤豹變先關中，奇勳以逮吾江東。盪滅寇氛奏膚功。天子寵錫祖考封，山雲草木增光榮。子孫奕葉貂蟬同，追遡發祥由乃翁，仁親睦鄰淳古風。永定馬鬣恆鬱葱，大書堅珉藏幽宮，垂億萬載無終窮。

此由山中履勘，於墓石間剔荊括蘚，捫讀衙款，知爲梅村先生文也，亟爲鈔存，惜字畫已將漫漶矣。中輔又記

書

與王士禛書

增城渡江一札，想已得候見竹西，正求傳示。論詩大什，上下今古，咸歸玉尺，當今此事，非得公孰能裁乎！江表多賢，正恐不鳴不躍者，或漏珊瑚之網。如吾友許九日兄，爲寒齋二十年酬唱之友，十子才推第一，篇什流傳，定蒙鑒賞。近詣益進，私心畏且服之，而獨苦其食貧無依，卽宿舂辦裝，亦復不易，而出門求友之難也。今春坐梅花樹下，讀阮亭集，躍起狂叫曰：「當吾世而不一謁王先生，誰知我者？」襆被買舟，素箏濁酒，特造門下。雖幸舍多賢，誰復出九日上者乎？其姿神吐納，書法之妙，見者傾倒，當以爲長史、玉斧之流，不徒繼美乎丁卯橋也。門下延華攬秀，或亦倦於津梁，然如此客，急宜收之夾袋。咳唾所及，增光長價，且此君青鞵布襪，由是而始，無使寥落，便增旅況，則皆名賢傳中佳話耳。

——錄自王士禛古夫于亭雜錄卷三

與陳寶鑰綠厓書

魏惟度年翁過訪草堂，得讀老祖臺蕺山堂集，奇思妙句，絡繹奔會于尺幅之中，使人應接不暇。七言長歌，落想不凡，峨嵋天半，太華削成，無以喻其超特。茲復榮任黔中，車轍所過，山川益奇，篇章益富，相如、子雲，當復見于西南矣。抱膝鼓腹之叟，長臥丘壑，無繇瞻溯。雖寥寥數語，未盡其妙，已大略可覩，余又何以贊之哉！

——錄自詩持三集卷之一陳寶鑰詩後，下書「附吳梅村先生札一則」。

與人書

每從元恆兄手書中時聞起居佳勝，讀之爲慰。及秋杪接得翰言，撫勞深至，情致溫切，兼加以厚儀，何以克當？祇因千里，不敢有違，敬爾拜嘉，先此致謝。弟讀至「夙昔之誼」一言，眞感而□□。數年以來，所期望朝夕及加之以恩、隆之以禮者，不啻如子弟，決不忍以存亡易心，感念之懷，有如皦日。但吾舅所處甚難，所任又甚重，一年之內，一門兩大喪，今日所恃爲祖德之光、集一家之慶者，吾舅一人而已。亡者之所望，存者之所賴，吾舅速宜勉進大業，毋爲家故所羈，毋爲在旁所止；若夫功名之事，弟力可以任之。仲冬弟當得假歸，此時可以握手敍懽矣。元恆兄敦篤古誼，眞君子也，每有字來，所以爲吾舅者切至。弟以事多，不能致書，望乞道意。草草不盡。弟偉業頓首。

疏

——錄自明清畫苑尺牘

是(崇禎十二年正)月，翰林院編修吳偉業上言：今日阽危極矣，皇上當下哀痛之詔，憫人罪己，思咎懼災，弔死卹忠，賞功禁暴。使父老子弟，悲憤同仇，人心勃然，戰氣自倍。夫臨淸一州耳，賈人千金購士，輒用破賊。今以京師之大，公侯貴戚之盛，皇上召之便殿，忠義激之，共捐家財以募死士。更出空頭告身數百道，懸犒有功。使入敵營，燒其輜重，毒其水草。臣以爲敵氣已惰，陛下威靈四暢，敵必遁逃。但敵去之後，方勞聖慮耳。

今日之計，亟遣知兵大臣，選銳九邊，再益以川、浙兵各數千人，預防今秋。然後大更法制，上下軍民日夜事戰。彼不過一州之地，其所用降人降將，非盡知兵也。但彼飲食長技，皆與兵合；我之飲食長技，皆與兵反。士大夫狃安習故，曰毋動爲大耳，是以坐困。苟非曠然盡變其俗，臣知中國不能以一歲爲安矣。衞所者，高皇帝所以修郡縣之備也，事久寖微，虛糜廢弱。今宜淸餉覈軍，甄用世職，其不任者，汰之以授有功。特令大臣典護一省衞所，許其徵辟，收召義勇，互相唇齒，以壯干掫。且民兵法壞極矣。兵燹之後，百姓畏死樂生，得縣將倡率，團結訓練，數歲之內，可成勁兵。

若夫備邊之道，在乎選將；守國之道，在乎足食。今省試武科，半出情面；京營聽用，不過粗才。誠倣保舉之制，大州縣十人，次六人。州縣以上之府，府以上之撫、按。兵部覈而校閱之，設有不稱，嚴坐舉者。禮數既優，士樂爲用，矯矯虎臣，端出于此。然足食則京師根本固矣。皇上下積粟之令，公侯貴戚，于山東、河南遣人收糴，預備平價，毋致傷農。私帑既充，蓄積足恃。今天下郡邑，社倉積穀，徒具文書。臣請長吏贖鍰盡輸米粟，私折銀者罪亡赦。漢人有言曰：「數石之重，中人勿勝。」此法一行，上官之符不能取，下吏之篋不能充，緩急凶荒俱有備矣。

——錄自國榷卷九十七

詞評

評余懷秋雪詞

澹心之詞，大要本於放翁，而點染藻豔，出脫清俊，又得諸金荃、淸眞，此由學富而才儁，無所不詣其勝耳。余少喜學詞，每自恨香奩豔情，當昇平遊賞之日，不能渺思巧句以規摹秦、柳；中歲悲歌侘傺之響，間有所發，而轉喉捫舌，喑噫不能出聲；比垂老而其氣已衰矣；此予詞所以不成也。讀濬心之作，不能無愧。

——錄自百名家詞鈔

評孫枝蔚溉堂詞

劍拔弩張之態，噴薄楮墨間。想古人擊碎唾壺時，亦復爾爾。

——錄自百名家詞鈔

題畫

題趙文度畫

梅道人有圖，峯巒險絕，人物叢萃，爲收藏家所賞。此幅蕭疎見長，散乘小果，自足證道，不必學如來面目也。

——錄自陳撰玉几山房畫外錄

吴梅村全集卷第六十一　傳奇一

秣陵春傳奇一名雙影記上

灌隱主人編次
寫園居士參定

第一齣　麈引（末上）〔一〕

【桃源憶故人】垂楊不管人心事，點點閒愁飛至。悶把殘編誰是，剩有相思字。　玉笙吹徹風流子，吾輩鍾情如此。一卷澄心堂紙，改抹鶯花史。

【沁園春】次樂徐生，四海無家，客游雒陽。喜展娘小姐，玉杯照影；買來金鏡，却是紅粧。後主昭儀，兼公外戚，倩女離魂出洞房。招佳婿，仙官贊禮，王母傳觴。　東都拆散鸞皇，賜及第春風夢一場。待狀元辭職，貂璫獻婢；裊烟相見，話出行藏。給假完婚，重修遺廟，舊事風流說李唐。淒涼恨，霓裳一曲，萬古傳芳。
白玉杯徐郎傳粉，青銅鏡黃女簪花。
將軍玩澄心法帖，善才弄焦尾琵琶。

【校】

〔一〕劉本「末上」二字在「桃源憶故人」下，以下類此不另出校。

第二齣　話玉（生上）

【正宮引子】【瑞鶴仙】燕子東風裏。笑青青楊柳，欲眠還起。春光竟誰主？正空梁斷影，落花無語。憑高漫倚，又是一番桃李。春去愁來矣，欲留春住，避愁何處？

【鷓鴣天】石子岡頭聽曉鶯，芳林園裏醉遊人。南朝子弟多年少，孝穆兒郎總好文。　躭寂寞，漫沉吟，今年山色爲誰靑？一池春水風吹皺，愁向寒樓控玉笙。　小生姓徐，名適，表字次樂，廣陵人也。先集賢官知制誥，右內史，望重中書。家國飄零，市朝遷改。澄心堂內，無復故游；朱雀桁邊，猶存舊業。因此浪跡金陵，放情山水。陸士衡當弱冠而吳滅，閉戶十年；陶元亮以先世爲晉臣，高眠五柳。棲遲不仕，索莫無聊，倒著脚在骨董行中，自揣有幾分眼力，識得幾件正路收藏，別人看來極沒要緊，吾自家別有一番議論，一番好尙，儘足消磨日子。左近有個蔡客卿，他胸中抱負，頗是不凡，只因落魄家貧，也便在骨董裏邊混帳度日，雖然也曉得些銅玉，那墨蹟畫片，還未當行。昨日約他試試新茶，要他尋些便宜骨董。聽蕉那裏？（丑應上）擁書先洗硯，看畫早烹茶。　相公叫聽蕉有何分付？（生）昨日新茶不曾試得，你將

泉水燉好，待我親泡〔一〕。若是蔡相公來，疾忙報知。（丑）曉得。（末上）

【黃鍾引子】【西地錦】步屧村村花柳，故人寂寞青溪。南朝自古傷心地，啼鳥有恨誰知。

自家蔡游，表字客卿。吹樂兄約我試茶，此間是他門首，不免徑入。（丑）蔡相公到了。（生見介）昨日吳門茶客有眞正廟後岕在此，特邀兄來一嘗。（末）只怕未必是眞的。（生）兄不曉得，這個朋友，足色在行，不但賣茶葉，兼且帶得幾件骨董，儘看得過。（末）可有漢玉物事麽？（生）蔡兄，你說起便是銅玉，這些硬貨易看，算不得甚麽眼睛，畢竟有法書名畫，纔是收藏家。（末）你只是家裏藏得第一件玉玩，把以下的都看得不値錢了。（生）我貧士有甚收藏？（末）外面人都說你家學士有御賜于闐玉杯，今日新泉佳茗，何不取出來一玩？（生）正是，在行朋友到此，該應拿出來賞鑒賞鑒。聽蕉，可取玉杯出來。（丑）杯在此。（末）眞正江南第一件骨董，就是那玉情做手眼裏未曾見來。

【南呂過曲】【宜春令】雲雷篆，子母螭，羨良工昆刀切泥。那包漿侵法〔二〕，從來沒有。土花如砌，雪膚鈿粟瓊膏膩。點櫻桃丹井砂紅，染空青越州磁翠。（合）晴窗，鬬茗持杯，舊朝遺惠。

（生）客卿兄，我想此杯初賜出的時節，先學士方在恩榮，南唐朝正當明盛，好不光彩也！

【前腔】司徒卤，尙父彝，拜恩迴朱衣捧持。到今日呵，錦茵雕几，一朝零落缾罍恥。河如帶趙玉今完，甌無缺柴窰同碎。（合前）

（末）秘府圖書，君家畢竟也有頒賜的，吹樂兄每常間爲何還要到別處去尋覓？（生嘆介）客卿，只看「宜官閣」三字，是爲先公得師宜官眞蹟，後主御筆親題，賜下來的。我小時曾見此地收貯鍾、王百種，遭亂之後，盡都失散了。

【三學士】秘閣牙籤今已矣，過江十紙差池。（末）隔壁黃將軍家，收藏晉、唐妙楷極多，都有澄心堂小印在上面。（生）嗄，這是黃保儀家。兩朝遺墨，後主都付保儀掌管，想一定是眞的了。城南杜姥淒涼第，倒藏着江上曹娥絕妙碑。（末）聞得果然都有保儀題跋，小押鸞封看畫尾，（生）只是可惜，留香帖付阿誰？（末）你不曉得，他家有個女兒，儘通文翰哩。

【前腔】美女簪花矜別體，工書不讓文姬。（生）這等却也難得。大娘善學公孫舞，弟子還收逸少書。（末）我們明日到他家去，求他些名蹟一看何如？（生）使得。須趁明朝風日美，閒尋玩終日歸。（生嘆介）吾想世人求田問舍，奔波勞苦；我兩人沒甚要緊，終日講究骨董，旁人聞之，豈不可笑。

【尾】春愁沒箇安排處，閒向縹緗簡舊題。（末）還不如酒熟茶香數舉杯。

君到南朝訪遺事，每逢佳處便開看。
他年猶擬金貂換，竹裏行廚洗玉盤。

【校】

〔一〕泡　原作「炮」，據劉本改。

〔二〕侵　劉本作「浸」。

第三齣　閨授

（雜扮院子隨外上）（外）

【中呂引〔一〕】【滿庭芳】恩澤通侯，勳資名將，江東門第金張。歌鐘零落，花沒舊昭陽。老去悲看故劍，記當年、笳吹横江。傷心處，夕陽乳燕，相對説興亡。

嫖姚少貴因長信，定遠家聲自倢伃。今日故宮芳草合，寶刀半折刈園蔬。自家南唐臨淮將軍黄濟，表字兼公，江夏人氏。先保儀備位椒塗，我少年立功泗水，通籍光政門，賜第棲霞里，與徐鉉學士忝作近鄰。記得開寶五年，後主游攝山寺，臨幸吾家，召徐學士同宴。那時吾女展娘，生方數月，主上抱在懷中，説道：「自古稱天子嫁女，待你女兒長成，替他擇婿。」隨命學士賦詩紀事。光陰荏苒，女已長成一十六歲。吾主亡時，保儀同殉，每思此語，不覺淚零。昨夜三更，忽得一夢，夢見後主、保儀，仍幸吾第，保儀執着展兒的手，對我説道：「我欲替你擇婿，只是姻緣未合，尙須待年一載。你老人家聽我主張，不可妄許他人。」我當時叩頭謝訖，瞥然驚覺。不知主何吉凶？夫人出來，與他説知。（老旦上）

【商調引】【遶地遊〔二〕】椒華舊望，往事如天上。小門楣明珠入掌。

（見介）相公爲何悶悶不樂？（外）我昨夜夢見保儀妹子，爲展兒擇婿。我想他是亡過昭陽，怎照顧得人間嬿婉？好生沉吟，放心不下。（老旦）展兒是保儀極愛的，他在夢裏鶴馭還歸，要做我們乘龍佳兆，這是喜信，何足多疑？我還藏得宜官寶鏡，係姑娘所賜，正要把與展兒掌管。（外）吾書架上鍾、王墨蹟二卷，也要付與孩兒朝夕臨摹，叫小廝們取來。（雜應持帖上）帖在此。（外取看介）你看題跋宛然，圖記如故，人亡物在，可傷可傷！（嘆介）夫人，我一家大小，霑沾戚里餘恩。今日他汴梁坏土，無人澆奠。（老旦）正是。他淒涼不過，魂夢歸來，或者爲此。（淚介）（旦上貼隨上）？（旦）

【前腔】玉衣嘉況，生小黄姑向。（貼）鎖雕闌名花護養。

（見介）（旦）呀！爹爹，母親，爲何在此下淚？（外嘆介）咳！你那裏知道我心事來〔三〕？（旦）

【仙呂入雙調過曲】【玉山供】爹娘在上，老年人愁懷易傷。念孩兒弱息無知，苦雙親衰年誰傍。朱門洞敞，全不似舊時情況。（合）只有黄鶯好，語雕梁，苔莓池館鎖淒涼。

（老旦）你爺思量姑娘哩。（外）

【前腔】孩兒聽講，念吾家飄零楚鄉。你姑娘十載宮闈，荷君王一家恩賞。時移物往，禁不得館娃西望。（合前）

（老旦）孩兒，有你姑娘所賜宜官寶鏡，付你收藏。裊烟取鏡過來。（貼）鏡在此。（老旦授鏡介）孩兒，你好好收着。

【玉胞肚】（四）你看這　六花浮漾，五絲繩盤龍錦囊。掃寒山兩點春愁，剪南湖一片秋光。孩兒，你羅衣猶打內家香，少不得八字宮眉捧額黃。

（外）你姑娘雖是女流，專工筆墨，後主教他掌管鍾、王眞蹟。傳流二本，尙在我家，後面題跋，都是你姑娘親筆。孩兒，你也臨一臨兒。（授帖介）

【前腔】禁林淸賞，冷金牋琉璃筆床。笑羊家婢作夫人，羨文姬女類中郎。便是我呵，將軍爭坐可曾忘，孩兒你玉潤官奴習幾行。（旦謝介）

【尾】感爹娘玉鏡開書幌，好教我　點罷輕螺寫硬黃。（老旦）裊烟，你好生伏侍小姐。須索要　拂黛焚香特地忙。

宮釵折盡垂雙鬢，減却桃花一片紅。
重繡鏡囊磨鏡面，金條零落滿函中。

【校】

〔一〕劉本「中呂引」下有「子」字。按底本「引子」常省作「引」，劉本則補全「引子」二字，此類情況，以下不再出校。

〔二〕遶地遊　劉本「地」作「池」。

〔三〕劉本無「我」字。

〔四〕玉胞肚　劉本「胞」作「抱」。

第四齣　恨嘲（副淨上，小丑隨上）（副淨）

【越調過曲】【水底魚兒】銅斗家緣，生來二十年。鴉飛不過，市南金谷園。拽袖揎拳，逢人歪死纏。村沙心性，腌臢喬使錢。

自家眞琦便是。父親眞尙書，區區眞大爺。三輩兒齊天福氣，一家中撒地橫財。那些朋友，見我有錢有勢，奉承一句兒，說是「眞在行」。我說你當面叫得好，不要背後換口。及至打聽，那些天殺的果然私下做鬼臉，倒叫我「眞無趣」。但到院子裏嫖，胡姑姑、賈姐姐，認定「眞大老官」，儘意科排；賭場裏賭，刁三官、滑大舍，攛弄「眞正酒頭」，盡情結打。我肚皮也氣直了。阿寄，除非另尋一樣頑耍，使人輕薄我弗得個纔好。（小丑）這個，憑大爺的主意。（副淨）我前日在三山街上看見隔壁徐次樂。（小丑）噯，就是徐十郎官人。（副淨）他飯米沒得在家，倒在冷器店裏尋甚麼骨董。我也看了幾件，那店主人見我在行，說道：「大爺是眞古董。」阿寄，我想這個名兒倒好，我認眞叫他何如？（小丑）大爺叫了，自然是好的。（副淨）噯，徐次樂鑽心骨董，做人透骨時樣，我無一毫蘇意，吃得這個諢名，又被人笑話了。（小丑）誰人作死，敢笑大爺！（副淨）你不曉得，我生出來血侵厭勝，長成是士繃辟邪。鵪鶉眼、黃鱔肚皮，夔龍紋、蝴蝶獸面。剁官耳，把蜻蜓調轉，還是蜓蝣〔一〕；獅子頭，將脛骨伸長，逼真螭虎。塡漆牙齒，裏向多應是金胎；哥窰脚根，四邊少不得鐵足。黃髭鬚有如火爍，黑精神渾似漆侵。滋楞楞爆起橫筋，依稀淨走；骨漉漉滾下汗水，竟是包漿。（小丑）如今女客家還要舊玉新做，大爺何不用些皂莢水〔二〕、烏梅湯刷擦刷擦。（副淨指面介）你看我這東西，蠟查地一片水銀古，石榴皮幾搭硃砂斑。芝蔴皴、鬼面皴、蟹殼皴，烟薰舊畫；梅花斷、蛇腹斷、牛皮斷，黑漆斷紋。冷金硬黃，再增子雙勾塡墨〔三〕；龍青粉白，還經得五彩裝花。那裏尋得一個做手來？（小丑）我看見街上賣骨董的，極低個貨，拿紫檀匣子，舊錦包袱裹好，就擡子價錢。大爺何弗做幾件道地海靑，華一華，品一品？就是小人跟出去，也有光彩哩。（副淨）咳！偏是我撞着一班小夥子，掂子舌頭，動弗動點點搠搠。就是我幾件衣裳，但穿子栗殼色、粉皮靑，活像江西窰變〔四〕；海棠紅、瓜皮綠，笑是河南燒斑。起初薰得噴香，偏說金絲虎皮；後底穿得淹潤，便道九箍百折。水襟統直子一雙牛腿脚，網巾環大星兩個象鼻眼。時樣只有醬色方舄，倒嚼蛆是鱔血足；新出無過稀眼機紗，又亂話道鷄皮紋。扯開子護領，好個鵝頸瓶；擴攏子袖口，全副羊骨鈕。咳！只爲我生落是個傳世古怪，不得不把別人逐樣賞鑒。正是滿面有如張旭草，渾身却是戴嵩牛〔五〕。阿寄，我也常時自想，命好生得富貴，偏養出這個嘴臉來。譬如徐十郎一輩人，窮滴滴，光油油，扭捏着身子，人人道好，我看了便心上不服。

【正宮近詞】【剗鍬令〔六〕】強文撇醋腌窮儉，胡謅歪講鬼廝纏。身軀線兒牽，捱光腼腆，挑牙料唇，非長是短。偏是俺們嘴臉，被人笑傳。

（小丑）大爺，近來下路淸客，技藝第一，人物次之，但要簫管提琴，那怕痲瞎踹絆〔七〕。大爺何不學幾隻時曲，打一套十法，就免子俗哉！（副淨）也說得是，只是一時間尋不出好師父來。（小丑）黃將軍對河有個曹善才，是李後主仙音院裏出來的，吹得好燥笛，撥得好琵琶，如今閑在家裏，大爺何不步去會會。（副淨）間壁是徐家，大間壁是黃家，黃家對河，差不得幾步路，這個何難，我如今就去。（同下介。生末同上）。（生）出門無至友，（末）動即到君家。（生）今日與蔡兄訪黃僉公看晉帖。（末）這是僉公門首了。

【雙調過曲】【鎖南枝】（生）朱扉閉，畫壁懸。有人麽？銅環緊叩聲悄然。（貼上）翠袖小庭軒，聽得敲門扇。（生）爲何有女娘聲音？迴廊下，嬌語傳。（貼）是那個？（生）是鄰家，住非遠。

（貼開門見介）二位那裏來？（末）我們是訪你家老爺求法帖看的〔八〕。（貼）老爺不在家，不要進去。

【前腔】（換頭）兒郎且回轉，俺姑娘在那邊。（生）原來你們小姐在此。（望介）（貼）法帖倒是我家小姐收管，只可惜老爺不在家。（生）若是你老爺在家，肯借麽？（貼）我老爺呵，他有舊朝名玩，既是有意收藏，也要人來看。（生、末）〔九〕待老爺回來，但說徐次樂、蔡客卿兩人來訪罷了。（貼）莫不是間壁徐十郎官人麽？（生微笑介）正是。（回對末說介）〔一〇〕那僉公畢竟是在行的〔一一〕，休說主人翁，心性賢；便是小梅香，話兒軟。

（副淨上）〔一二〕原來曹善才出外去了。阿寄，這是那一家？（小丑）就是黃將軍家裏。（副淨）呀！原來徐、蔡兩兄在此。

（生）倒是眞大兄。

【前腔】（副淨）垂楊院，笑語嫣。老徐，你春風自來多好緣。（生）說甚麽話！（副淨指貼介）好個標緻女子，抹了我一鼻沙糖，好把頑涎嚥。老徐，不要獨便宜了〔一三〕。比似你俏人兒〔一四〕，順水船，也放我劣身材，溜一眼。

（貼）這個人姓眞，莫不是眞古董麽？（副淨）我的綽號，他也曉得了，樂殺，樂殺。（貼）適纔十郎要借我家法帖，這個人面上都是頑刻碑哩。(副淨掯介)我只得唱一個肥喏謝叫。(貼不理介。內叫裊烟,貼應閉門下。末指副淨背語生介)這是有名的眞臭厭,我們快去,不要睬他。

【前腔】侯門謁難見,癡人言放顚。便是龔公呵,我與他平生交淺,萬一擡來,恰似我輩狐朋,在此閒行串。疾忙走,莫亂纏,看他強風情,甚頑臉。(仝生下)

(副淨唱喏不住介。)(小丑)大爺回家罷,他們都去了。(副淨回頭看介)小徐、老蔡,別也不別,這樣可惡,便是裏面這丫頭也不理我,不免擡進去。(小丑)左右明日來會曹善才,再看也不遲。這是大人家宅裏。任你新興花太歲,他是舊日李將軍。我們還是回去罷。

鳶肩公子二十餘,管領春風總不如。
這麼自知顏色重,生來不讀半行書。

【校】

〔一〕蝣　劉本作「蚰」。

〔二〕莢　原作「筴」,據董本、劉本改。

〔三〕子　劉本作「了」。

〔四〕話　劉本作「活」。

〔五〕嵩　原作「崧」,據文義逕改。按戴嵩,唐畫家,以畫牛著名,世稱「韓(幹)馬戴牛」。

〔六〕剗鍬令　劉本「剗」作「刬」。

〔七〕絆　劉本作「靽」。
〔八〕劉本「求」下有「借」字。
〔九〕生末　原作「小生」，據劉本改。
〔一〇〕回對末說　原作「對小生說」，據劉本改。董本作「對末說」。
〔一一〕那　劉本作「好」。
〔一二〕上　劉本作「問介」。
〔一三〕了　劉本作「人」。
〔一四〕比　劉本作「見」。

第五齣　攬鏡（旦貼同上）（旦）

【雙調引】【秋蘂香】曉閣圖書清潤，窗前好鳥喚芳辰。搭伏鮫綃枕頭吨，驚睡覺明眸一寸。〔攤破浣溪沙〕阿母頻催上玉鈎，（貼）侍兒先起護香篝。（旦）曉氣撲簾花尚睡，怯梳頭。（貼）鬢暈有情眉岫遠，（旦）額黃無盡眼波流。（貼）細骨輕軀春一把，許多愁。（旦）裊烟，你看夭桃一樹，俯映清池，落處依枝，飛還入水。恰似粧臺曉鏡，戀惜流光。煞是可憐人也。

【仙呂入雙調過曲】【步步嬌】薄暖輕寒清明近，正是愁時分。花花落向人，閒捲羅衫，將亂紅微襯。爲我惜花心，花被人憂損。

(貼)今日天氣甚好，老夫人與小姐的宜官寶鏡，何不取出來一照新粧。(旦)咳！我看此落花時節，心緒無聊，若比他池上裛紅，安能常保我樓頭凝黛。裊烟，只怕芳年易過，曼鬋誰憐。轉盼之間，我展娘呵，便不似鏡中人矣。照他則甚？

【忒忒令】(貼)你睡懨懨桃腮鎖春，磣可可柳眉堆恨。曉窗倦繡，怕誰瞧身分。還索向畫屏邊，鏡臺前，菱花底，自認定個俏影。

鏡已取得在此，小姐還是照一照兒。(旦)裊烟，你看鏡兒委實是好也。

【沉醉東風】照見咱閒愁暗顰，照見咱半羞微哂，照見咱睡情新，斷霞雙印，照見咱翠消紅損。背人自匀，瑣窗淚痕，非單照咱嬌香一麗人。

裊烟，我攬鏡興嗟，粧成自惜，這鏡中人好不淒冷也。

【月上海棠】還自忖，釵頭媚子花邊隱。儘淡粧濃抹，誰與温存？我想起來，獨處深閨，淒涼憔悴，今日遇見那鏡中人，同愁共笑，形影相知，也索彀了。我憐卿送笑殷勤，卿憐我相看薄命。(貼)我曉得小姐的意兒了。春來悶，一縷紅絲，少個人人。

不瞞小姐說，裊烟昨日在門首，倒見個人兒。(旦驚介)是那個？

【五供養】(貼)風流少俊，叩響雙環，城北徐君。(旦)呀！是個男人，你該迴避了。(貼)小姐，他偷睛佯欲進，半簾身。（旦）他說甚麼來？（貼）他要借老爺法帖，我說法帖是小姐收管，只可惜老爺不在家，無人答應，料小姐多應不肯。那時裊烟既回了他，他還和那同來的這一個人絮絮叨叨，不知說些甚麼。有一個同陪伴，絮寒溫，今年花底學窺人。

（旦）我正忘了，那法帖是與寶鏡一齊交付我的，快取來一看。（貼取法帖介）小姐，法帖在此。（旦看介）看好個晉、唐眞蹟，前面「澄心堂」小印，是李主與保儀姑娘鑒賞。後面「臣鉉題」。嗄，我聽得老爺說，有個徐鉉學士，想就是他了。

（貼）小姐何不題跋幾句兒？（旦）說得有理。

【玉交枝】玉瑳春笋〔一〕，吮霜毫芳流絳唇。（作沉吟介）（貼）小姐何不下筆？（旦）女兒識字塗鴉嫩，怕眞個借與東隣。（貼）若論這樣，一發該多寫幾句了。你盤龍鏡囊生暗塵，韭花帖尾藏春恨。印纖纖靑編粉痕，要見咱香閨解文。

（旦）裊烟，你說那裏話？我想老爺家藏法帖，誰人得知？

【江兒水】燕尾嬌秦鏡，鸞箋寫洛神，葳蕤春鎖藏春緊。誰着你姿姿媚媚將人認，惹他兜兜答答前來問。（貼）是他來借，我那裏曉得？（旦）聽說致咱難信，年少兒郎，怎曉得內家眞本。

【川撥棹】（貼）閒譚論，小孩家無定准。偶然閒話及王孫，偶然閒話及王孫，怎娘行偏生認眞。逗春光曾幾分，逗春光曾幾分。小姐，那寶鏡法帖收過了罷。

【尾】（旦）你把我緗囊鈿合牢收頓，再休向階頭閒趁。裊烟，還是鏡裏人兒相見得穩。

閒看明鏡坐清晨，併覺今朝粉態新。
料得相如偷半面，不知風月屬何人？

【校】

〔一〕瑳　劉本作「搓」。

第六齣　賞音（外上）

【仙呂過曲】【青歌兒】霓裳部當年第一，五陵游舊人誰識。空梁燕子傍人飛，呢喃欲語，不自知何世。

（西江月）憶昔華清供奉，琵琶弟子徵歌。宮聲不返羽聲多，演念家山入破。　又是江南好景，落花時節經過。相逢莫唱定風波，一曲懊儂誰和？自家曹善才是也。天寶之後，段師弟子有曹、穆二善才，子孫頗傳遺法。後主皇爺以霓裳舊譜遭亂失傳，遍訪江南，得某于梨園樂籍，道是善才嫡派，卽賜名善才。那時御製阮郞歸初成，命某按節而歌，小周后撥燒槽琵琶，皇爺自吹玉笛，酌于闐白玉杯，極歡而罷。數年以來，傷心舊事，絕意新聲，黃旛綽陷沒于長安，李龜年流落于江左，天上人間，思之如夢。昨日有個賈公子，要到吾家做勝會。他年紀不多，富貴性子，未必當行，又回他不得，只索混帳一場罷了。正是：近來時世輕先輩，好染髭鬚事後生。（下）（丑末上）

【光光乍】（丑）裝謊弄虛脾，（末）學俏賣查梨。（丑）大老官人脫貨遲，（末）難得今朝做勝會。（丑）勝會勝會，弗是曹善才家講技。（丑作回頭介）呀！是柳愛山。你來得早。（末）姚仰溪，我倒有些怕去〔一〕。老曹做人扳障，我們曲子被他指出小小一個破綻〔二〕，大爺前須不好看。（丑）歎子，我們同大爺去，他若說我，就與輕薄主人一般。老物事難道不曉得這個腔口？不要怕他。（副淨上）呀！老柳、小姚在此，我約你到曹家去講技，來得能彀。（丑）正在此祗候大爺。（末）不多幾步，就是曹家門首了。（作行介。丑行入。外上。）過飲酒時須飲酒，得高歌處且高歌。（丑）大爺在門首。（外迎介。副淨作揖介。）久慕久慕。（外）昨日失迎，得罪。老夫退處窮閻，何勞公子降臨，不勝惶悚。（丑末）曹相公大名，小子輩如雷灌耳，今日喜得請教。（外）老夫是過時的人，怎及得兩兄道地。（副淨）曹先生，你少時頑耍的光景，怎麼樣的？（外）老夫伏侍後主皇爺時節，比今日光景大不相同，也不消題起了。

【皂羅袍】記得秦淮佳麗，正露橋吹笛，子夜烏棲，何戡曲裹故園非，岐王席上誰相會。月明淮水，鷓鴣自啼。春風游騎，楊花亂飛。伊州唱罷千行淚。

（丑）我們坐了講技藝罷。那蓬塵起多春話兒〔三〕，說他怎的？（副淨）講得有理。小廝們！鋪氊條，擺楂子。這橋寬敞有趣，正好坐坐。（外）對過是黃粲公的門首，只怕不便麼？（末）大爺吃酒，那裏管他！

【前腔】（丑、末合唱）正是踏青天氣，喜咱們兄弟，柳醉花迷。竹枝水調任人吹，採茶打棗逢場戲。憑他誇嘴，明皇貴妃；誰人能記，霓裳羽衣？人前裝出風風勢。

老柳，你吹簫，我吹管子。（末）還是你吹簫。（奪管子介）曹伯伯，定要請教琵琶。（副淨）畢竟老柳有興。（外作謙遜介）（旦、貼上作登樓介）〔四〕（旦）竹裏登樓人不見，花間覓路鳥先知。裊烟，我們到樓上閒耍一回。（外彈介）（旦）呀！好一派聲音也。（外）

【北罵玉郎帶上小樓〔五〕】小殿笙歌春日閒，恰是無人處，整翠鬟。樓頭吹徹玉笙寒，注沉檀。

低低語，影在秋千。柳絲長易攀，柳絲長易攀。玉鈎手捲珠簾，又東風乍還，又東風乍還。閒思想朱顏凋換，禁不住淚珠何限。知猶在玉砌雕闌，知猶在玉砌雕闌，正月明回首，春事闌珊。一重山，兩重山，想故國依然。沒亂煞許多愁，向春江怎挽。

（丑作眼望口贊介）（旦語貼介）那琵琶彈得好聽也。都是李後主小令，檃括成歌，嘈嘈切切，使我聞之不覺淚下。

（外又彈介）

【前腔】山遠天高烟水寒，留得相思苦，楓葉丹。別時容易見時難，莫憑闌，遙望見，初雁飛還。聽花邊漏殘，聽花邊漏殘。夢中一餉貪歡，嘆羅衾正寒，嘆羅衾正寒。迴想着嬪妃魚貫，寂寞鎖梧桐深院。現隔那無限江山，現隔那無限江山，嘆落花流水，天上人間。菊花開，菊花殘，雙淚潸潸。幾時得舊紅粧花前再看。

（旦）呀！是後主的虞美人。呀！又是他的山花子。裊烟，你去問他，這彈的新詞，可是後主皇爺詞曲合湊成的麼？（貼）小姐，面生生教我怎生去問（六）？（旦）你昨日與男人講話，今日我叫你問，偏害羞起來。（貼出見介）咋！原來又是眞古董在此。那彈琵琶的官人，俺家小姐問你，彈的新詞，可是後主皇爺虞美人、山花子諸曲？（外）好知音！小娘子，我正是仙音院的曹善才，曾經伏侍皇爺與保儀夫人的。這詞委實是皇爺的詞曲。（副淨）我聽了半日，只覺彭彭響，不曉得一句。怎小姐偏識詞中意思（七），比俺老眞更覺知音些。（丑）大爺知音不消說起，那小姐眞是難得。（副淨對貼介）你家小姐，可曉得我在此做勝會麼？（貼）誰來問你？（副淨）前日你替小徐說得好話，難道我就講不得一句兒？（貼作不理上樓對旦介）小姐，這唱曲的是仙音院曹善才，唱的曲兒，果是後主皇爺詞曲。（旦）哦！原來如此。下面有人，怕不雅相，裊烟，進去罷。四紘千遍語，一曲萬重情。（同下）（副淨）這小姐既是這般有趣，何不下來吃一鍾梯己酒兒，倒進去了。（丑）小姐或者倒肯，却是這劣丫頭，苦生生催將進去。（外）兩兄休得惹事〔六〕，大人家宅子，不可囉唣。（丑）也有理。我們今日叡有趣了，聽了好曲子，又瞧着個美人，也不枉了這場勝會。大爺歸去罷！（大笑同唱介）

【仙呂過曲】【掉角兒序】趁春光花蹊柳堤，陪公子醉游羅綺。撥檀槽玉盤小珠，逗嬌娃畫簾濃翠。眼迷稀，孜孜地。影徘徊，還猶在，綠楊枝裏。段師子弟，楊家小姨，分明是，開元春禊，五家車隊。

　　公子開筵月滿樓，美人南國翠蛾愁。
　　誰能截得曹剛手，金谷歌傳第一流。

【校】

〔一〕星　劉本作「些」。
〔二〕賺　董本作「綻」。
〔三〕春　劉本作「春」。
〔四〕劉本「旦貼」下有「同」字。
〔五〕調　劉本作「駡玉郎」。

〔六〕薑本「生生」下有「的」字，「教」作「叫」。

〔七〕薑本「識」下有「得」字。

〔八〕事　劉本作「是非」。

第七齣　惜杯（生上）

馬癖曾聞換麗人，詩名不惜碎胡琴。少年情性無常好，擬典溪山買雒神。前日借得黃將軍晉唐小楷，吾把玩三日，寢食都廢。貧士無法可處，只有宜官閣數楹，價值二百餘金。吾左右將到雒陽客遊，去訪通家獨孤榮，這房空閒在此也沒用。爲此特央蔡兄去說，與他打換。他房子是要的，說道法帖希世之寶，必得千金古玩，纔足相當，聞我有于闐白玉杯，要來交易。我想這杯是先學士賜物，子孫世守，豈可與人？仔細思量，那法帖後面標題，又是我父親手筆，做兒子的守定祖、父的玩器，還不如搜尋祖、父的筆跡，因此勉強應承了他。只是白玉杯也是我極愛的，怎生捨得？今日且拿出來賞玩一番。聽蕉那裏？（丑上）典衣因換酒，賣屋爲收書。相公，好端端一個宅子送與別人，換這幾張紙頭兒，還要貼上個白玉杯。這杯是先老爺家藏寶玩，相公須放出主意來，不可聽蔡相公說騙去了。（生）咦！這是我的主意，與蔡相公何干？蠢材不許胡講〔一〕。白玉杯在那裏？取出來我看。（丑）杯已取在此。（生）咳！這杯兒委實可愛人也！聽蕉，我想有這杯也要享用他。

【集賢賓】晴窗小几傾玉甌，遇花發南樓。百斛清泉新雨後，聽松風活火床頭。茶烟半透，閒伴着圖書清晝，嘗數口，好溫潤我家良友。

(丑)相公，想這樣受用，怎生換與別人？(生)雖然如此，這般享用，還覺太寂寞些，必得個女客，唱隻曲兒，筍條般指頭捧來，纔是快活。(丑)一發有趣了。

【前腔】(生)良工美玉雙鳳頭，正嘉醞新篘。促坐傳觴人二九，醉流霞歌按涼州。圓搓玉手，微襯着絳羅衫袖，將進酒，笑擎起美人爲壽。

(末)翰墨爲游說，圖書作蹇修。自家爲徐次樂兄見託，回他說話，不免逕入。(生)客卿兄，所議如何？(末)老黃古撒得緊，他說這帖是保儀宮中出來的，一定不賣。(生)這怎麽了！

【前腔】(末)鍾王禁本隨故侯，似初出昭丘。被我再三說合，他說必得于闐白玉杯，纔肯打換。趙璧秦城須索剖，爲君家平割鴻溝。(生)這也罷了，只是可惜此杯。(末)他還不肯，倒是裏面小姐差使女出來，說老兄是賞鑒的人，與了他罷。梅香卽溜，早知道十郎名久，纔得就。君應是報之瓊玖。

(生)這等就替我拿了玉杯去罷！

【前腔】先朝賜物非暗投，爲妙楷銀鉤。良玉書中吾自有，況先公遺墨當收。(末)兄爲此交易，所見也不差。(生)專城玉斗，須信是千金難購。輕授受，休誇你舊家田竇。

(末)黃將軍武人，不知賞鑒，倒是他女兒像個識貨的。(生)就是這法帖後面，有幾行題跋，寫得楚楚可愛。這白玉杯一定落他手中。吾想他愛玩此杯呵。

【琥珀貓兒墜】雒川姿首，盞底照明眸。我倒不如這個杯了。舊主持觴嗟瓦缶，新人臨鏡把瓊舟。溫柔。淺酌微醺，遠山眉秀。

（末）我看兄愛惜此杯得緊，何必換與別人？就是宜官閣一池水竹，怎丟掉了，到別處去打抽豐。世情可知，未必得意，不如守舊是個上策。這個交易，回了他罷。

【前腔】一庭花柳，池竹鎖清幽。次樂兄，你白玉樽空還自守，黃金交盡向誰求？休休。待價沽諸，不脛而走。

（丑）蔡相公的說話，句句正經，還依他的是。（生怒介）誰要你多嘴，還不去！客卿兄，我自見此帖，寢不安席，食不甘味。這杯雖是我極愛的，反覆思之：圖書筆墨，是書生常分；珠玉寶玩，非貧士所宜。況我浪跡江湖，得無以懷璧爲罪。我主意已定，不消再講了。你看這個杯呵。

【尾】俺書生陋室難消受，珍重他碧玉紅窗着意收。（末）次樂兄，你幾時起程？（生）俺明日就去了。（末）也要收拾行李。（生笑介）客卿，我有甚麼行李？止無過一卷黃庭枕敝裘。

遺業淒涼近故都，敢論松竹久荒蕪。
逢君買酒因成醉，一片冰心在玉壺。

【校】

〔一〕材　董本作「才」。

第八齣　僱媒（老旦道服上）

上元小女降宮中，曾占巫山第幾峯。今夜集靈臺上過，月明笙鶴珮環風。自家耿先生，乃王母位下箜篌娘子是也。祇因混元皇帝說南唐國主是他九十八代兒孫，眼見得運去江南，要勸他尋眞海上，命我入爲宮嬪，說以游仙。豈料彼一念牽纏〔一〕，辜負了百般點化。這是天緣無分，王氣將終，也索罷了。只可笑那陳摶老兒，睡裏夢裏，摸着杜嬤嬤兩個兒子，誇他自家眼力。難道香孩兒作殿前檢點時，我就一些不曉得麼？只爲俺們做神仙的，須要冷處着脚，難處下手。這樣順風話，那個不曉得說一句兒？咳！陳圖南，陳圖南，我美甜甜陪着皇帝睡過二十年〔二〕，從不曾折了神仙氣分；你黑嘍嘍在山凹內睡過一千歲，說出來都是勢利話頭。只怕希夷陳先生及不得我比大耿先生了。

【北點絳脣】則爲着仙李根芽，玉眞二八，天公嫁。花髻交叉，紫鳳烟鬟跨。

（小旦上）綠章新弟子，紫袖舊昭容。自家花蘂夫人。與耿先生相期汴梁城外，須索走一遭也。呀！那個不是先生？先生，你從那裏來者？（老旦）俺從玉蘂峯頭會過謝自然，瞬息到此。（小旦）先生既是神仙，在李主宮中，難道也比人世一般相處的麼？（老旦）既做宮眷，夫婦之好，自然是一樣的。（小旦）聞先生曾孕過皇子，免身之夜，大雷雨失去。先生神通游戲，未必是眞的？（老旦）怎麼不眞！只因唐家運去，招受不起，混元皇帝抱上天去，做天男天女了。夫人，你怎曉得俺的行蹤也？

【混江龍】俺那碧城瀟洒，桃花肌骨撲烟霞。粉丕丕喬裝措大，大剌剌實在宮娃。須不是小蘭香降民間私貪歡耍，莽梁清走天門惹動諠譁，欒道人誇大口騙他媽媽，趙皇后揑假肚產過哇哇〔三〕。俺自有白雲鄉、温柔鄉，鸞嬌鳳姹；芙蓉冠、菖蒲冠，月珮雲珈。玉女漿蒸龍腦尊前歡洽，麻姑掌探鳥爪背上搔爬。絳雪丹鍊姹女丹成不死，黃竹詩和王母詩正而葩。一任你錢婆兒趨奉帝王家，柴皇親冷淡興亡話，止供俺神仙頑耍，婦女嗟呀。

（小旦）今日原約你家小周后、黃保儀及劉家的媚兒〔四〕，與先生把盞，這時候怎不見到來？（丑媚豬上〔五〕）人皆稱鳳凰，我獨喚豬豬。先生、夫人兩位在此，須索施禮者。（相見介）（老旦）我家周后、保儀怎不見來？（丑）周后與李主尋鬧，保儀不好獨自前來。（小旦）這等我們先坐罷。（老旦）有隨身仙樂速奏。（作細樂送酒介）（小旦）你家小周后與李主頻頻抄鬧〔六〕，卻是爲何？（老旦）說起來可憐人也。

【油葫蘆】他在昭惠宮中恰破瓜，步香堦添話靶。大唐天子阿姨家，汴梁宮班立在夫人下，隴西公苦受他歸來駡。君王私涕淚，兒女口波查，只得牽衣外走裝聾啞，說不出今日怎由咱。

（小旦淚介）（丑）夫人爲何下淚？（小旦）我想起摩訶池上光景，一朝至此。先生說起小周后，不禁悽惶起來。（老）〔七〕咳！蜀中有兩花蘂夫人，遭逢亡國，一般可嘆。

【天下樂】你蜀女生來愛浣花，差也不差。閒調牙，兩人兒恰好是花枝亞。做宮詞誰分那，修降表總如咱。我想那花蘂呵，偏遇着風雨兒恣情打。

（丑）臨行的時節，保儀說有一句話，託夫人轉致先生，不知可曾到麼？（小旦）咳！我幾乎忘了。保儀前日相會，說他有個姪女黃展娘，沒個好對頭。聞先生新掌了氤氳大使，主天下婚姻，要先生替他尋個主兒。（老旦）那婚姻大事，天公主意，顛顛倒倒，最難料理的。

【寄生草】纔綣司簽押，鴛鴦牒勘查。呆子弟喬裝着封神詐，乾夫妻苦守那天孫寡，浪短命窣變了崔生卦。不爭你舊宮娃還替着女娘愁，便是俺做神仙也把那媒人怕。

這般干係，惹人埋怨的。夫人回了他罷。（小旦）如今亂世，女人儘數吃虧，全賴先生主持。況保儀再三叮嚀，不可辜負他懇求的意思。（老旦）

【么篇】仙錦拖紅定，瓊漿點肯茶。那保儀呵，他要俺老𫷷姑撮合上盧郎話，小瓊枝逓逗着淳于要，樊夫人攛掇了雲英嫁。則除是玉鏡臺早上你姑娘，㛹金合先謝俺媒人罷。

（小旦）先生，比如媚姐配劉郎，可是天緣註定的麼？（老旦）

【後庭花】這是大耳兒毛女家，黑臀公玄妻嫁，茂陵郎赤堯雲中下，衛夫人春風射艾豭。抱持着語村沙，忒親熱遍體寒毛乍〔八〕。百和香塡臥榻，黑貂茵突體花，淸嬉室習水窪，裸游館如長夏。笑無鹽賓帝耙〔九〕。同牢食，並體佳，糟糠妻，誰似他。

（丑）呀！先生恁般欺負人，說話裏句句帶着譏諷，煞是可笑。你看呂雉爲后，飛燕入宮，李鵶兒做了官家，郭雀兒現有天下。難道人小名兒也叫不得一個，被人作笑話的麼？（小旦）先生偶然取笑，媚姐爲何發怒起來？（老旦）我一時閒譚，有何成意？速把酒來痛飲一回。（丑）誰耐煩吃酒！我們劉郎性子可是好惹的？今日氣不過，只得回去教他來理論罷了。（作拂衣去介）（小旦）那媚兒畢竟年紀小，使慣性子，在先生跟前如此撒㦬〔10〕，別也不別，竟自去了。（老旦大笑介）我家周后、保儀不來，倒遇着這個東西。別人怕劉鋹，我可是怕他的？要唆す夫來替你出氣，豈不可笑！只是做媒的三句話兒說不完，就惹着閒是非了。

【賺煞尾】俺只待點勘赤繩家，回覆黃姑話。撞門羊未得個水米沾牙，倒逢着石家醋醋迎頭罵，可不道一笑爭差。（小旦）先生不要因他阻興，我們再飲几杯者。（老旦）今日還要赴瑤池小宴，只索去了。（小旦）保儀所囑的，先生早些留意。（老旦）這個曉得。我與他覓箇，碧桃花玉樹蒹葭，織女支機星漢槎，少不得把紅絲牽下。夫人，你見保儀，替我致意。須早擺會親筵席撥琵琶。

龍華會裏日相望，爲報先開白玉堂。

要喚麻姑同一醉，不令仙犬吠劉郎。

【校】

〔一〕一　劉本作「世」。

〔二〕甜甜　董本作「甘甘」。

〔三〕哇哇　劉本作「娃娃」。

〔四〕董本「你家」下有「的」字。

〔五〕劉本「丑」下有「扮」字。

〔六〕抄　董本作「吵」。

〔七〕劉本「老」下有「旦」字。

〔八〕劉本「忒」下有「甚」字。

〔九〕靶　原作「疤」，據劉本改。

〔10〕跟　董本作「眼」。

第九齣　杯影　〔旦貼上〕

〔菩薩蠻〕（旦）謝家池館桐花發，畫屏屈曲翻紅袖。（貼）欲剪鳳凰衫，靑蟲揷羽簪。（旦）一枝雙荳蔻，淺立東風瘦。（貼）春思遶于山，眉痕凡幾彎？（旦）梟烟，我自移徐家小閣，疏窗文砌，種種宜人；花藥紛披，房廊窈窕。就是壁間屬詠，石上留題，落筆皆妙楷名篇，聯句亦高人雅士。況且棄產收書，辭家作客，名流行徑，自是不凡。以此思之，徐君風調定可人也。（貼）前日梟烟瞥見丰姿，無心閒講，倒被小姐絮了幾句。今日移他池館，想見風流；若覩彼才華，清韶蘊藉，當不啻如此。（旦）李主有言：「吹皺一池春水，干卿底事？」他家兒郎，說他怎的？呀！你看匾額上宜官閣三字，是李主御筆。我家有宜官寶鏡，賜第御書，預占先兆了。（貼）小姐，那白玉杯也是他家的。老爺有洪梁美酒，何不取來飲一杯兒！就是粧鏡中，也好添海棠春色。（旦）這個使得，你去取來。（貼下）（旦開匣取杯嘆介）你看蜀錦湖綿，重重襯裹；犀牌鈿匣，事事精工。似這等潤澤光瑩，不知經許多摩挲愛惜。比似我黃展娘呵，碧玉破瓜，瑤英待嫁，肌理空誇白璧，杵臼未搗玄霜。今日將此杯迴環玉手，傾倒瓊漿；幾時得花底傳觴，尊前索笑？好不冷落人也！（貼上）縹靑香若下，玉醴泛宜城。小姐，酒在此。老夫人呼喚，梟烟走一回就來。（旦）你自去罷。咳！細雨寒窗，微吟獨酌，正好賞玩此杯也。呀！杯裏却有個影兒。

【南呂過曲】【香遍滿】玉顏斜照，梨花一枝春動搖。怎麼不像我的？仔細端相非奴貌。呀！竟像個男子。幅巾犀導小，輕衫羅帶飄。風風流流，絕好一個標致的模樣。便俺會作喬，也做不出男兒俏。

（作左右看介）莫不是有人窺俺麽？啐！這裏那得人來！

【懶畫眉】俺娘親拘管幾曾饒，便算是畫裏兒郎不許瞧。咳！這個影兒，也隄防不及了。紗窗日上暗梅梢，一點窺人小。却是俺繡出鴛鴦解弄潮。

【梧桐樹犯】教我含嬌向恁嬌，欲惱和誰惱？細抹輕描，別樣閒情稿。他好似一絲紛絮風前裊，難道我八字紅鸞水底撈。或者我眼中曾見這個人麽？相逢那處曾同笑，浪蕩虛囂，驀地空明廝照。咳！獨處深閨，甚麽人我曾見來？

【浣溪沙】心性嬌，房櫳悄，料這裏斷腸人少。除非是春風夢割巫山曉。他夢也尋常向影裏逃。縈懷抱。似這樣瘦身奇俏魂靈，怎盼到眼底眉梢。

（貼暗上聽介）小姐把盞沉吟，徘徊想像，却是爲何？（旦）你纔去了，我瀉酒杯中，驀見個男兒影子，好生放心不下。（貼）那有此事？待梟烟也瞧一瞧。呀！一些沒有。（旦）如今現在杯中，你却又看他不見，這緣法兒好難猜也！（貼）我們昨夜燒香祝告。要招個好姐夫，一定有些靈應了。

【劉潑帽】香燒，夜立東風禱，伴哥兒弔下雲霄，小姐你心虛唬得拘拘跳，敢怕兒曹，猝地向夫人告。

【秋夜月】（旦）怪賊牢，嗤的胡遮笑。你俏眼逢人瞧得飽，我羞眸有甚閒花鳥。橫枝兒打攪，落來的懊惱。

（貼）我曉得這個人了。

【東甌令】管猜着，那根苗。這杯是徐家的，一定就是十郎的影兒。（旦）難道他是這樣好的？（貼）小姐，入水花枝分外標，（旦）這眼睛也好不過。（貼）箇人最是秋波妙。相見處多風調。丹青畫出軟苗條，半截沈郎腰。

（旦）我往常在鏡兒裏照見我的影呵。

【金蓮子】漫心焦，少不得京兆眉兒有個描。怕春易老，花月暗消。那曉得今日呵，向酒杯中瞥眼，羞見粉郎招。

【尾】裊烟，你看定他，忙收好，只怕巧風吹去不經瞧。（貼）難道教裊烟賠一個不成？小姐，常言道水性人兒會跳槽。

新粧面面下朱樓，秦女窺人不解羞。
料得也應憐宋玉，幾回擡眼又低頭。

第十齣　示耍

（副淨小丑上）（副淨）

【趙皮靴】我是魔合羅，錢眼裏安身糖堆裏過。三媒六證討家婆，怎怕得傍人輕覷我。

我眞大爺。自見黃家小姐，曉夜思量。恰好他移在宜官閣上，與我家後園，止隔得一條魚池。這是天賜姻緣，穩穩到手的了。昨日央曹善才去說親，却又作怪，那小姐照見玉杯裏一個男兒影子，要與他一般的方肯成婚。這是要老公眼睛花罷了，難道玉杯作怪不成？（小丑）大爺前日做勝會，不該只管瞧他，倒被他看出破綻來了。（副淨）怎見得？（小丑）大爺，不是我說。

【大齋郎】你背兒駝〔一〕，眼兒唆，花花面孔落腮鬍。呆頭呆腦人瞧破，頑涎空嚥笑呵呵。

（副淨）狗才，你也來笑我！我想劈面相便瞞人不得，那影兒有甚分別，打扮得相像罷了。如今人做俏的，荷葉巾兩條飄帶，瓜心帽一個玉瓶。難道我裝起來，做不得傻子弟孩兒？（小丑）只怕也該在水裏照一照兒。（副淨）說起照字，我便頭疼。昨日在廚下受水的牛腿缸裏相了半日，只見我面孔鬍鬍灑灑，糊糊塗塗，連邊鬍尋弗出下胲，摳髏眼光露着顴骨，一些頭腦摸不着。（小丑）阿呀！蘇州人說話，大爺的親事，一些影也沒有的了。我聞黃家有面宜官寶鏡，照得人村的俏起來，黑的白起來，和那玉杯都是梟烟掌管。今夜月黑，我們悄悄走過牆去，偷了他的。若遇見梟烟，只道杯裏影兒活現罷了。（副淨）我最怪這丫頭嘴喙罵我，不如先弄他一下，教他開不得口。今夜二更，你在牆口接應，我親身自去。事成重重賞你。計就月中擒玉兔，謀成日裏捉金烏。（同下）（老旦上）樓上簫聲隨鳳史，臺前鏡影伴仙娥。自家受保儀囑付，替他侄女展娘尋一門親事。前日渡江，看見徐鉉學士之子十郎，將往雒陽。此子風神韶令，眞是可兒。但與展娘雖定婚姻，還分形影。用是假閨閣之玉杯，與軒轅之寶鏡，因其變化，示我神通。投朱李于帶邊，無煩夢寐；遇玉簫于帳裏，不假丹青。假假眞眞，寧云錯認；生生死死，匪曰還魂。是好一番騰挪也！鏡神那裏？（末白巾銀甲上）鸞翅巢空月，菱花遍小天。自家鏡神便是。大仙有何分付？（老旦）玉杯已顯神通〔二〕，寶鏡宜成變化。你聽我道來：

【南呂】【一枝花】則你那光搖翡翠釵，繡結芙蓉帶，鳳從臺上出，花向匣中開。蕙質蓮腮，好點出雙眉黛。映蘭房，照玉堦。休教是粉漬塵埋，辜負了人間稔色。

（末）大仙，左隣眞琦，今夜二更三點，到宜官閣上謀取寶鏡，預稟大仙知道。（老旦笑介）這個人兒，煞是可笑也！都是俺差他搬弄，做一場游戲，你也不消問他。只是你做鏡神的，雖具妍媸，須疲屢照。畢竟揀個像意的跟隨着他，如毛嬙、西施，留他不去，宿瘤、嫫母，推之不來，纔顯得神仙手段也！

【梁州第七】沒揣的菱花長蒂，猛可裏荳蔻含胎。儘神通留得威光在。隨明月霓裳仙界，坐蓮花繡佛長齋。迤逗的秀才們低頭納拜，女裙釵眼去眉來。這壁廂見着愛，鸞驚鳳駭；那壁廂躭着害，月値時該。他怎曉得俺們呵，撮合山可是俺不費錢財，定婚店替招着堂前嬌客，則你那老姑娘早下了溫嶠粧臺。不用疑猜。昭陽舊物盤螭怪，成就了鴛鴦債。可不道天子重光御筆裁，大笑咍咍。

（下）（副淨、小丑上）不施萬丈深潭計，怎得驪龍頷下珠。（小丑）大爺跳進去。（副淨作跳牆摸介）寶鏡倒在這裏，臭烟臥房不知在何處，且悄悄看來。（內叫，臭烟作應介）（副淨走出，鏡神沖上，副淨驚落水喚介）救人！救人！（小丑扶介）阿呀！大爺跌壞了。（副淨）衣服濕了不妨，只是連那寶鏡都跌在水裏去了，可惜，可惜！羊肉弗吃得，惹子一身臊。（下）（老旦上）這人被俺們耍得彀了。

【尾】他圖個瞞神唬鬼偷營寨，倒做了拽巷邏街大會垓。落得一場惡搶白。則教他後次裏放乖，再休得亂踹。鏡神，他見了你，也不消得這等害怕。只望見自己龐兒先一嚇。三月三日，是李皇爺生辰，東京風俗，在廟裏做市。我帶你賣與徐郎，成就他婚姻便了。

半夜潛身入洞房，小樓前後捉迷藏。
鏡臺飛去青天上，佳兆聯翩遇鳳凰。

【校】

〔一〕駝　原作「佗」，據董本改。

〔二〕神　劉本作「聖」。

第十一齣　廟市（丑扮道人上）

閭閻兒女換，歌舞歲時新。自家李王廟廟祝。常年三月初三日，是李王菩薩生辰。做經紀的，自初一起趕集三日。今日是個正辰，比前兩日倍加熱鬧。呀！遠遠望見一位相公來了。（生上）野廟向江春寂寂，古碑無字草芊芊。到汴梁訪獨孤太僕，聞已留守西京。出得酸棗門，向雒陽前去。半途遇着這廟宇，却也人烟湊集，不知是何人香火。我且下了馬，觀看一番。有個道人在此。老道請了。這是那個的廟？幾時興造的？（丑）相公是南人聲音，俺廟裏菩薩，說道也是南京來的。（生）待我看一看。呀！牌額上寫道「南唐國主李王之廟」。嗄！就是後主，死葬汴梁，遺廟在此。你看野鼠緣朱帳，陰塵蓋畫衣，受用些落木寒鴉〔一〕，看守着殘山廢塔。一代帝王，憔悴至此，好不傷感人也！我且向前一拜。

【中呂過曲】【泣顏回】蘚壁畫南朝，淚盡湘川遺廟。江山餘恨，長空黯淡芳草。呀！這匾上是我父親手筆。臨風悲悼，識興亡斷碣先臣表。咳！我父子受國厚恩，無由答報。（作拭淚介）過夷門梁孝臺空，入西雒陸機年少。

(丑)相公爲何掉下淚來？(生)我的心事，你那裏曉得？我且問你，這許多人在此喧鬧，却是爲何？(丑)東京風俗，三月三做廟市。這是趕集的。(雜扮賣衣服骨董樂器等上)

【千秋歲】赤闌橋，撥轉樊樓道，鏇鍋兒灌肺燒刀。士女游遨，看士女游遨。一謎裏擺的珠犀香藥。蘇州店編紬號，陝西客看揀料，估價稱元寶。賣甘州枸杞，瑣瑣葡萄。

(列坐介)(丑)相公，這是銀孩兒第一家老舖，金獅子不二價牙行。過街棚，大賈行商；滴水簷，冷攤雜貨。紅托盤跟着燒香轎子，青涼傘撐着賣酒招頭。香爐脚壓士女門神，供卓前擺湯團炊餅。土地廟裏，無非襪帶汗巾；金剛脚邊，盡是木梳鈕扣。還有使鎗棒，走繩索，講說五代遺文；弄蟲蟻，叫果子，拖逗兩軍百戲。賣卦通靈，再畫着朱砂地謎；春方不效，緊靠那黑髮烏鬚。眞正是東京地面，人山人海，好熱鬧也。(生)這些店面與我都沒相干，有甚麽骨董店麽？(丑)還在市角頭。(生)我們就此步去。偶逢宛雒游春處，閒看商周博古圖。(下)(老旦上)

【前腔】下雲霄，踏遍紅塵道，混蹤跡酒肆茶寮。花市今朝，做花市今朝。百忙裏攤的圖書珍好。自家因展娘姻事，特攜宜官寶鏡來賣與徐郎。趕着東京廟市，在此開個骨董店兒。這早晚徐郎待到也。青槐陌風光好，黄茅店人烟鬧。取次姻緣到。贈裴航玉杵，好會藍橋。(坐介)(雜扮官員金扇便服，衆隨上)

【越恁好】綠楊塵裏，綠楊塵裏，齊楚楚好俊豪。退朝花底散，洒金扇，藤兜轎。牡丹棚走遭，蓮花棚走遭。嬝亭亭女妓兒，吹着洞簫，黄甘甘內官，楞錚錚軍漢兒，欹在樹腰。猜詩

謎，耍秀才，人壓圍場倒。擠村姑跌也，街上狂笑。（下）

（生上）客路宜三月，閒游到夕陽。你看不多會兒，舖子漸漸收了。

【前腔】踏青歸去，踏青歸去，矻登登駿馬驕。日斜街鼓急，瓦子舖，收場早。封丘門路遙，陳橋門路遙。看各剌剌車隊兒，推過畫橋，還有一店在此。軟設設布帘，冷淸淸舊店兒，還在市梢。這就是骨董店了。銅釵子，棗木梳，帶却菱花照。這鏡兒賣也，要價多少？

（老旦）這是寶鏡，不比尋常。相公是有緣的，論不得價，竟相送便了。（衆）天色已晚，我們大家收了舖面回去罷。

【紅繡鞋】急留骨碌心焦，心焦。乞丟磕搭空勞，空勞。滑七擦走荒郊，滴溜撲趄今朝，乾廝哄沒成交。（同下）

（生弔場）衆人都去了，那廟兒依舊靜悄悄的。（哭介）呀，我那後主呵！

【尾】春花秋月何時了？依舊空山鎖寂寥。我只得拜辭去也，一鞭落照，瘦馬西風雒陽道。

寢廟徒悲劍與冠，茅花櫪葉蓋神壇。
紫王玉鏡蟾蜍字，石馬無聲蔓草寒。

【校】

【一】落木　劉本作「淺水」。

第十二齣　誤謁（雜扮中軍從人隨淨上）（淨）

【中呂引】【遶紅樓】晝戟朱旛出未央，牙門啓、嵩少蒼茫。細柳微風，綠槐殘雨，笳吹擁油幢。

玉節領司州，金貂鎭上游。西京新使相，東雒古諸侯。獨孤榮，字華仲，秦州人也。先世仕宦毘陵，因家白下。遭遇徐鉉學士知舉，忝中開寶五年進士。只因唐亡，未經授官。後來學士入朝，薦爲三班借職。歷叨要任，新陞節度，留守雒陽。每念徐氏後人，欲加尋訪。仔細想來，如今做官的，只要奉承當塗津要，那裏顧得舊日恩知。這個念頭，也索罷了。還有一件，下官雖居重鎭，未入中書，畢竟要尋個題目，通些線索，獻些殷勤，纔好做內召的張本。聞得朝廷命王著搜集古今法書，倒是個絕好的機會。我想雒陽好古的人家最多，何不尋些晉、唐墨蹟，做一本獻上。一者見留意詞章，二者明有心進奉。雖然與做官絕沒要緊，揣摩去倒有幾分。少待尋個心腹人，與他商議便了。俺今日身子困倦，左右的！有相知貴客，後堂相見；此外一概都回去罷。（雜應介）（生上）阮籍多窮路，嵇康有故人。初到雒陽，聞得留守司衙門在此，不免進謁。（作揖中軍介）小生是獨孤老爺同鄉至親，要求相見。（中軍）老爺不會客，除非極相知的，纔好通報。（生）小生是你老爺座師的兒子，若論相知，倒也算得個兒。（中軍）既然如此，相公請坐。待報過名帖，然後相請。（稟介）稟老爺，有個金陵秀才，說是老爺座師的兒子，要求相見。（淨）取名帖看。（送帖介）（淨）「通家晚弟徐適」。我方纔說起徐老爺，難道這秀才就是他的兒子？也罷，請他進來。（生進見介）老先生請上，小生有一拜。（拜介）楚樹嵩雲萬里餘，（淨拜介）故人莫恨久無書。（生）掃門幸賜公餘暇，（淨）傾蓋欣逢游子車。（淨）看坐。（生）還該侍側。（淨）不消謙遜了。一向意興何如？（生）自家君亡後，蕭條貧落，困頓無聊，不能細述，仰瀆台聽。（淨）老師舊家盛族，遺產必多，難道就不能守麽？

【中呂過曲】【駐馬聽】家世膏粱，兄弟朱輪紛滿床。須是田連湖熟，治占梅根，第夾清漳。徐公寶劍好收藏，景山酒具供吟賞。宛雛風霜，兀的穿州撞府，做個茂陵郎。（生）【前腔】聽說行藏，松菊荒蕪學士莊。那有千頭橘柚，十具耕牛，八百枯桑。負薪徒使路人傷，束芻誰會先君葬？旅況凄涼，爲吾作計全賴丈人行。

（丑）老爺，聽蕉叩頭。

【前腔】從主他鄉，結柳奴星爲客忙。（淨）你老爺有許多家人，難道只存你一個？（丑）如今都散去了。老爺，怎麽有平頭搖扇，白直當關，厮走擎箱。只有小人呵，獠奴阿段負游囊，楊家便了行沽釀。（淨）你身上也襤褸得緊。（丑）貌赤鬚黃，全仗爺們看管，買件舊衣裳。

（淨）別樣不消說了。尊公愛玩的翰墨，畢竟還存幾件麽〔一〕？（生）家君所藏，盡都散失。倒是晚弟近日買得些晉、唐眞蹟。（淨）今日該留兄小飯，偶有公事，後日奉邀。叫中軍，你隨徐相公到寓中取法帖來、我立刻就要看的。（中軍應介）（生）就此告别。（生下）（淨笑介）我正要晉、唐眞蹟，白白裏送上門來，甚是湊巧。若果然看得過，把椿小分上打發他起身便了。

雖言千騎上頭居，欲報瓊瑤媿不如。
誰引相公開口笑，故交惟有袖中書。

【校】

〔一〕存　董本作「有」。

第十三齣　決婿（雜扮太監引小生上）（小生）

【中呂引】【金菊對芙蓉】昨夜東風，穿花玉漏，銀河影轉梧桐。記西宮陳事，笑問昭容。攝山戚里曾游幸，同懽讌、遶膝兒童。戲語而兄，嫁卿阿琰，十五年中。

往事傷青蓋，新年紀赤烏。湘神憐少女，許嫁問蒼梧。孤家南唐後主陰魂是也。夙世謬稱詞客，前身誤作人王。南國風流，北邙蕭瑟。不如速朽，自媿有知。所幸上帝見憐，命俺廟食茲土。仍同嬪御，略備威儀。昨過西宮見保儀，說起黃將軍女兒親事。記得攝山游幸，曾有此言。咳！今日事勢已殊，不消重問了。據保儀說，曾託耿先生替他擇婿。今日備宴宮中，待他回話。內使們！宣保儀上殿。（小旦上）

【滿庭芳前】綠蟻杯濃，青鸞鏡好，平恩嬌女芳容。東華築館，喜氣近椒風。

妾身保儀黃氏。皇爺宣喚，不免進見。（拜介）臣妾黃氏見駕。（小生）耿先生怎不見來？（小旦）想就到了。（老旦上）

【滿庭芳後】天上交鸞伴侶，問東君應許乘龍。紅雲擁，嵩丘嫁女，高會丈人峯。

（見介）陛下、保儀，稽首了。（小生）保儀姪兒親事，不知先生曾得其人否？（老旦）貧道已得個絕好兒郎〔一〕，特來復命。（小旦）是何等樣人？（老旦）是個讀書秀才，與唐家有些瓜葛的。（小生）這樣是南京人了。他姓甚麼？（老旦）陛下試猜一猜。（小生）待我想來。

【南呂過曲】【紅衲襖】莫不是俊周郎戚里宗？莫不是楊王孫支附種？莫不是齊丘後裔東牆

宋？莫不是 延巳家兒大小馮？（老旦）都不是。（小生）莫不是 丹陽丞萬石鍾？莫不是 廬陵侯千里董？（老旦）一發差了。（小生）敢則是門第清華，揀個天壤王郎也，年少烏衣問阿戎？

（老旦）實對陛下說，他姓徐，就是學士鉉之子，喚名徐適。（小生）嗄！是徐鉉的兒子。我想起十五年前，在你家置酒，抱展娘膝上，戲語替他擇婚〔二〕。那時學士也在坐中，曾作詩紀事。若是他兒子，可見天緣有定了。（老旦）他相貌人才，種種第一，眞是可愛。（小旦）先生所見，定然不差。只是怎生撮合起來？（老旦）這個不消費心，都在我身上。

【前腔】少不得七香車桃李穠，少不得百子鈴絲蘿共，少不得 禁婚家絳帖門楣重，少不得 冶遊郎青絲行步工，少不得選金屏步障通，少不得 搶絲鞭笙歌動。你看 配合嬋娟，只費 一口甜茶也，逗得個宋玉全身燭影紅。

（小生）做親的所在，就在這裏罷。（小旦）阿呀！這是幽冥地界，生人怎結得花燭？（老旦）你不要管，還你佳兒佳婦，都在眼前罷了。（小生）他是仙人，神通變化，你我怎測度得來？（小旦）待我想一想。

【前腔】莫不是 白龍膏廣利宮？莫不是 碧桃花天台洞？莫不是 趙王佗義女賠錢送？莫不是 秦穆公重招沈侍中？莫不是 舊少府識盧充？莫不是 老夫差輕韓重？俺索是 兒女關心，守着 一搦香娃也，須尋個 天上麒麟配阿儂。

（老旦）所料也不甚差。只是此番作合，古古怪怪，在幾件寶玩上，做出個天大的姻緣來。（小旦）是甚麼東西？（老旦）前日宮中曾有于闐玉杯、宜官寶鏡。（小生）玉杯賜與徐學士，寶鏡投與黃將軍了。不過兩件骨董，怎生撮合起來？

（老旦）貧道自有作用。

【前腔】也只爲李重光做婦翁，惹得個鏡新磨能搬弄。那一個茂陵玉椀親齎送，這一個逸少蘭亭坦腹同。比似俺琉璃瓶琥珀濃，好像你霓裳曲箜篌夢。兩下裏錦瑟華年，做個鵲影塡河也，不枉了一曲琵琶思不窮。

（小生）只有一件，劉鋹這廝，爲先生輕薄了媚豬，終日思量尋鬧〔三〕。萬一新人吉禮，他提兵搶奪，爲之奈何？（老旦）陛下將士雖多，必得個生人統率，纔好立功。徐郎英銳少年，用之爲將，劉鋹一戰可擒矣。（小生）說得有理。（合）

【古輪臺】漫臨戎。玉魚信節紫鸞封，蘭陵陣樂吹簫弄。桓溫處仲，不比槐宮，贅婿淳于驕縱。烽火瑤臺，空慚將種，虎頭燕頷粉侯容。三軍奮勇，看玉郎意氣如虹。角聲懽動，虎帳分弓，鵲橋承寵，高宴未央宮。凌烟夢，玉人共枕翠幃中。

（小生）咳！我國破家亡，便是一坏殘土〔四〕，也不能保。當年若得這個女壻，祖宗舊業不至塗地了。（合）

【前腔】英雄。愛婿親自搶頭功，重整頓千里江東。豐碑一統，紀績書勳，不數人間南董。敢死三千，凶門鑿孔，驪丘石馬汗趨風。高冠劍竦，任敵軍九地相攻。橫尸何恐，長陵坏土〔五〕，南山不動，地振景陽鐘。祁連塚，萬年玉匣一丸封。

（老旦）貧道告辭了。（小生）

【餘文】仙緣就，樂事融。待得個天孫雁捧，眼見那紫鳳銜花出禁中。

王孫帝女下仙臺，只爲衡門未有媒。

戚里舊知何駙馬，青銅鏡裏一枝開。

【校】

〔一〕已　董本作「揀」。

〔二〕擇　劉本作「主」。

〔三〕尋　劉本作「一」。

〔四〕、〔五〕坏　劉本作「抔」。

第十四齣　鏡影（生上）

【仙呂引】【鵲橋仙】單衣試酒，客心瀟灑，浪子隨何陸賈。天台何處賺胡麻？一笑風流調法。

小生自到雒陽，旅困無聊，閒步清明陌上，見那素素紅紅，少不得尋尋覓覓。客裏風光，酒徒蕭索，歸來納悶，惹得春愁。只有晉、唐法帖，是我時常愛玩的，被獨孤華仲借去上卷，恐怕他又來借看，匣藏下卷，不便臨摹。寓中無可消遣，有李王廟前買得鏡子在此。那賣鏡老嫗說相公是有緣的。我孤身落寞，所遭不偶，難道鏡子上倒有甚麼緣法起來？（取鏡在手介）你看：碧玉玲瓏匣，黄金宛轉繩。不消說是宮禁中流傳出來的。爲甚拂拂有些香氣，多應是女娘愛玩，留些粉澤脂香。徐次樂孤身得此，好不僥倖也。（驚介）呀！鏡裏絕好一個女子，難道我眼花不成？

【南呂過曲】【太師引】猛嗟呀，這是誰撇下，豔非常生香傻娃。看澹掃蛾眉如畫，冷惺忪月在梨花。儘舉措衣裳閑雅，出落的春風無價。朱扉亞、鶯聲絳紗，亂分春色到儂家。

這個面龐，我眼裏似曾見來。（想介）記得前日在郊外呵，

【瑣窗寒】垂楊巷陌藏鴉，趁鞭梢白鼻騧。美婦人便撞着了幾個，那裏有這樣標致的。雙鬟佇立，粉垣人家，倡條冶葉，鈿車羅帕，誰曾見箇人嬌姹？你看這般丰神舉止，不要說花街柳巷沒有，就是尋常閨秀，急切裏尋不出這個人來。多應生長好官衙，爲甚來此行踏？

小姐，你既是官宦人家，住的是深宅大院，我徐次樂正眼也不敢瞧一瞧兒。如今在鏡子裏，憑俺飽看，畢竟是天緣注定的了。

【黃鍾過曲】【三段子】你妙年未嫁，逗香閨睒睒認咱；俺倦客看花，遇天仙疏狂自誇。虧你三寸金蓮走將來，難道不害怕？脚兒怎挪愁他嚇，爲甚你又怕羞起來？臉兒半掩知他詐。小姐還該下來，那鏡子裏站着，好不冷也！只怕凍徹香魂，須不當耍。

咳！我又癡了，這影是假的，怎生認眞起來？仔細一想，却又算不得假。大凡人心所好，形神夢想，與之俱移。就如我換去的玉杯，止因平生愛玩，近來出神閑想，恍恍忽忽，如在杯裏。那鏡子一定是這小姐心上極愛的，流落在我手中，他心頭牽掛，逗出個影兒。雖是假，也要算是眞的了。

【南呂過曲】【東甌令】眞和假，不爭差。稔色人兒手內拏，嬌香細骨春堪把。我徐次樂是江南有名才子，做得過女婿的。小姐，你便把我抱一抱兒。說不得饒伊罷，羞雲怯雨臉烘霞，管採牡丹芽。

呀！我便在此嬉笑，細看他面上爲何有些病容？畢竟鏡子作怪，他失魄丢魂，在家裏害些症候，爹娘定然求神問卜，埋怨着誰哩。

【三換頭】芳年二八，有爹娘牽掛。嬌癡似醉，怕傷春病加。却也休怪他，這其間也不合悮着他。春風破瓜。瞧着個人兒也，俏魂靈立化。碧水蒹葭，夢斷游絲顫落花。咳！我孤身落魄在雒陽道上，那個人兒瞧我？

【仙呂過曲】【解三酲】俺本是彈琴司馬，怎及得寄鏡秦嘉。芸窗十年書生寡（一），辜負了雒陽花。也有人說一兩樁親事。幾迴邂逅閒嗑牙，奈百歲姻緣一線差。如今好了，有了這位小娘子了。風流話，非關浪酒，不費閒茶。

說了一會，鏡裏並無半句言語。嗄！我曉得了。他是幽閨女子，還待央媒說合，纔肯成婚。只是你一到家中，知道是甚樣門楣，爹娘便要拿班做勢，須是害死了小生也。

【南呂過曲】【三學士】燕子樓頭鎖麗華，等閒不近諠譁。那時我要見你一面，有心擲眼梅香罵；便是你思量我，無事顰眉阿母查。何如乘此淸風朗月，今夜成其好事。悄地定婚花月下，美夫妻一世誇。

呀！你看眼兒活動，脚步兒有些挪移，像個要下來的了，我好喜也！

【節節高】輕裾踏雁沙，玉無瑕。腰肢冉冉荼蘼架。驚人詫，絕代佳，良緣乍。背人不說些兒話，休敎變了相思卦。假饒飛去海天涯，碧鸞有分須同跨。只是旅館中人多眼雜，萬一小姐下來，不當穩便。不如早些別了華仲回去。就是四海空囊，拾着一個美人，也算不折本了。

【尾】待消停，風聲大，明朝收拾早回家。準備着碧柳橋邊一輛車。

蟬翼羅衣白玉人，長安才子看須頻。

欲知此地相思夢，半爲當時賦雒神。

【校】

〔一〕年　劉本作「載」。

第十五齣　思鏡（貼上）

【商調引】【風馬兒】一搭行眼最老成。閒消遣，緊叮嚀。茶湯應口忙支應。春來一病，盡道俺知情。

珍簟涼如水，綺窗人似花。我小姐只因被人偷去寶鏡，曉夜思量，氣咽聲絲，淹淹病倒。老夫人十指上止養着這個女兒，着忙不過，倒把個擔子推在我身上。他是孩子家性兒，怎生勸得轉？他也說得好：看見杯兒，別人的樣子倒在眼前；提起鏡來，自己的魂靈不知何處。沒顛沒倒，如醉如癡，非痛非疼，不茶不飯。一會兒精細，也能使着身軀；忽地裏沉迷，便是軟癱一朵。差不多十分沉重了。老爺今日親要來看，我且扶他出來坐一坐兒〔一〕。（內叫梟烟，貼應介）呀！醒了。（旦上）

【前腔】幾葉秋聲和雁聲。屏山掩，月朧明。無端照出心頭病。淒淒耿耿，燈火向人青。

梟烟，這是甚麼所在？（貼）是小姐的臥房。（旦）阿呀！我虛飄飄一個身子，不知怎麼，正像在鏡子裏一般。

【商調過曲】【二郎神】重簾靜，漫淹煎似春酲未醒。見等翠分紅身外影，無端對面，依稀顰笑逢迎。（貼）呀！這樣，小姐眼裏邊見什麼人了？（旦）我也記不得那個。我夢遠游絲難記省，知道他誰家薄倖。一枕暗魂驚，不耐煩聽人喚作卿卿。

（貼）小姐，這是那裏說起？

【前腔】〔換頭〕消停。空花水月，無人折證。我想起來，人還是笨的好。譬如梟烟，黑漆漆過日子，倒着頭便睡，儘是快活。小姐，你千伶百俐，游思妄想，只管生出事來。你所事聰明人物整，隨心慣性，閒拖逗貪耍成眞。倒教我一度看花一度驚，沒亂煞生情見景。（旦）難道我要看見他不成？（貼）還說不惺惺，兩下兒牽來有影無形。

（旦惱介）據你說，我前日玉杯裏的影，都是掉謊了〔二〕。（貼）不是梟烟多嘴，奉老夫人嚴命，叫我百端開釋。小姐，你今日疑惑玉杯，明日思量寶鏡，教他老年人怎放得下？（旦）老夫人曉得我的病，想是有些憂煩了。（貼）怎說憂煩兩字，他曉夜淚眼不曾乾哩。（旦泣〔三〕）咳！我娘還望我有好的日子。我怕懊壞了他，不敢告訴。梟烟，實對你說，我身子十分不濟了。（貼）小姐說那裏話來？（旦）我日裏還是眼中看見，晚頭竟隨着一道光走，悠悠颺颺，不知到那裏去，直待雞鳴時候纔收得轉來。這是甚麽光景，不消說是不好的了。

【囀林鶯】輕烟裊曳雲母屏，露幌搖徹冬丁。睡情一片秋光冷，病梢兒貼定寒更。向梧桐甃井，照見我離魂孤逞。冷清清，緊撇轉銀河澹月疏星。

（貼）小姐你放心，這是虛脫出神的光景。裊烟伏侍得久，曉得詳細。小姐如花似玉，行一步，別人的眼睛也亮一亮兒；何況心坎玲瓏，虛空想像，自然現出這個境界來。難道鏡子眞會攝你的魂兒不成？

【前腔】京江秀滑人嫋婷，妙手誰數丹青。雙眸剪水紅粧靚，步凌波十里柔情。正花愁月暝，占斷了生香荷令。笑盈盈，夢醒處一天玉露初零。

（旦）裊烟，我說話半日，心上不耐煩，困倦起來。（貼）我到老夫人那裏看看就來，小姐且安心睡一覺兒。（旦睡介）（貼下）（末同侍衛上）銀纏辟惡呪，翠結定婚符。俺鏡神，奉耿先生律令，攝黃展娘魂兒與徐次樂成親，不免走遭。

【黃鶯兒】銅雀舊知名，掩塵埃，恨未平。紫綿重拂盤螭整。黃展娘，今日我揀個好對頭與你也彀了。憐卿可憎，因他至誠，相宜好醜端詳定。結深盟，蓮花紐鎖，綰定合歡繩。

（雜）稟尊神，聞有劉鋹擋路，怎生是好？（末搖首介）他怎搶奪別人的婚姻也！

【前腔】七寶鏡臺成，付溫郎，在北征。你劉郎舊物他人聘。（雜）他另有一個鏡兒麽？（末）儘有哩。紅雲宴迎，烏銅殿屏，玄妻可鑒光相映。覷方明，流香秘戲，天老教圖經。

展娘，展娘！隨吾神去也。（假旦隨下）（貼急上介）天有不測風雲，人有旦夕禍福。小姐，小姐！（旦不應介）（貼驚介）呀！方纔好端端的，爲甚沉重起來？老爺，老夫人，快些來看小姐！（外、老旦急上）（老旦）綠窗弱息三分病，（外）堂上雙親一片愁。裊烟，小姐病體如何？(貼)小姐一會兒沉迷起來，再三叫喚不醒。(老旦驚淚介)(外同叫介)展娘我兒！(外、老旦合)

【簇御林】爹年老，母病增。掌中珠，心上疼。一絲氣是全家命。(旦作醒介)(老旦)好了！(外搖首介)看他 軟答剌，言胡啞，眼瞢騰。頭梢不起，折倒玉娉婷。

夫人，你前日說女兒照見玉杯裏面有甚麼影兒，難道是他作怪不成？(老旦)我勸你早些禳解，你只是不信，害了我女兒也！(貼)老爺，小姐只爲失了鏡子，終日思想，所以生起病來。(外)阿呀，兒！一發不消得了。那鏡呵，

【前腔】長生鑑，神壽銘〔四〕。辟邪符，魑魅驚。便 女娘照膽多清正。兒，你但好起來，須像這鏡子，花並蒂，鸞交頸，鳳和鳴。粧臺插戴，好揀舊家聲。(外、老旦)

【尾】我兒，你玉杯看罷渾癡睜， 又撇下宜官寶鏡。這是身外之物，沒要緊的。須把我 老業雙親心上省。

鏡弄佳人紅粉春，陽臺去作不歸雲。
白頭老淚惟兒女，乞取刀圭救病身。

【校】

〔一〕兒　原作「見」，據董本、劉本改。

〔二〕掉　原作「棹」，據董本、劉本改。

〔三〕「泣」下，董本、劉本均有「介」字。

〔四〕神 劉本作「仁」。

第十六齣 驢怒（淨上）

【北端正好】夜郎城，邛都水。魂游處剩甲殘旗。五溪舊俗仍稱鬼，不改人王貴。

自家南漢主劉鋹陰魂是也。性同蛟蜃，生類虺蛇。謬因鼈令之尊，得忝沙蟲之長。獻來僚婢，名喚媚兒，宮中謂之崑崙，朕特憐其豐腩。北郭尚有雕青天子，南風豈無短黑宮妃。但能肆我聚猳，何必嫌咱逐臭？可笑李煜這廝，自己抱着阿姨睡罷了，却遣耿先生來嘲笑俺們。近日打聽得有個黃展娘，是他外戚之女，早晚成婚，要從這裏經過。不免操練軍馬，去搶他來受用。（笑介）我想他說我妃子是黑的，如今我搶你女兒，倒是黃的。只是俺赤帝子腌臢些，怕配不上顏色哩。（雜）稟王爺，娘娘到。（女兵擁丑上）（丑）〔一〕

【么篇】大狠王，長蛇婿。風流陣戰勝而肥。過師枕席非容易，升降軒轅勢。

黑山女將張飛燕，繡甲陰兵石野猪。自家媚兒。俺劉王在將臺上，須索施禮者。（見介）大王，你鐵纏矟雖號驍雄，經俺連環鎖子甲，不免落塹。聞得江東婦女，都是長山蛇陣勢，你一條懶龍，怎生對付得來？（淨）如今女子兵，像妃子的絕少。俺偶然退縮，還圖再舉，未肯伏輸。何況他人，蓋非吾敵。若使妃子將水軍，俺將騎兵，天下不足定也！叫大小三軍，擺陣勢與娘娘看。（雜應介）（淨）

【南普天樂】日南軍，扶留騎，壓禺山，連瀧水。蒼梧卒、蒼梧卒蟒目蛟眉，伏波營兜甲犀皮。

(合)呀！看三軍進退，秋風散馬蹄。伐鼓摐金來往[二]，來往吶喊搖旗。

【北朝天子】召青氏白氏，結生黎熟黎。遣山魈獨脚穿營壘，沙蟲水弩，布山顛水湄。毒天下，民從易。脯蚺蛇幾圍，享蠻軍千隊。緊追緊追緊緊追，出零陵平吞吳會。賓民勇，峒刀利。賓民勇，峒刀利。

陣勢如何？(丑)也儘看得，只怕還當俺不過哩。(淨笑介)如今你也演個陣兒。(女兵稟介)衆女兵候娘娘教演。(丑衆排陣介)(丑)

【南普天樂】娘子軍，夫人壘，女蚩尤，兵鋒銳。狠牙纛、狠牙纛緊簇明妃，搭銀鎗對對宮姬。

(合)呀！聽角聲遠沸，花腔鼓細擂。隱映臙脂馬上，馬上雙颭紅旗。

【北朝天子】按圖經握奇，擺長營合圍。笑蕭娘呂姥裝風勢，高涼舊地，布威風九溪。鳳靴兜，銀鞍韉。襯金盔粉題，趁雕弓玉臂。整齊整齊整整齊，壯軍容三門五壘，領征南，烟花隊。

(淨)果然擺得好陣勢。(丑)妾尚有秘傳陣法，不可洩漏，與大王宮中私演何如？(淨)叫大小三軍，擺隊回宮。

　　黃沙磧裏本無春，錦織夫人娘子軍。
　　曉日靚粧千騎女，桃花馬上石榴裙。

【校】

〔一〕劉本無「丑」字。

〔二〕擬　原作「縱」，據劉本改。

第十七齣　影現（旦上）

〔南歌子〕銀漢紅牆隔，珠樓翠箔空。柳絲無力怯東風，吹去一床殘夢，月明中。奴家着牀鬼病，死沒騰那，懶設設扶起頭梢，虛飄飄不知脚步。猛可裏添些害怕，落來的一會淒涼。這是甚麼所在？連𥞗烟也不見跟來。

【越調過曲】【小桃紅】濕雲乍斂未梳蟬，搭伏着闌干喘也，睡眼迷離，那處俄延。秋水碧于天。依稀的好亭軒，小屏山，滿陳編。宣州硯也，側置小帖宜官，是儂家舊題籤。（作取不着介）呀！明明是我家晉、唐小楷下卷，爲何取他不着？待把燈頭剔亮了再看。（剔不去介）卻又作怪，那燈花剔他不去。像眼前有一層輕綃薄幔，件件明亮，件件是遮住的。便是寶鴨香烟，吹到我身邊，倒做了濃雲重霧，把袖兒篩去，一些蕪不上來。難道我父親將此帖換了玉杯，便是與俺沒分的了？幸得玉杯還帶在此，且取出來一看。（背看杯介）（生上）黑貂游子困，靑鏡麗人愁。俺徐次樂作客雒陽，了無意興。昨晚朋友約去飲酒，不曾收拾得鏡子，把俺美人也冷落一夜了。（作驚介）呀！我從不曾見他後影，今日爲何背立在此？腰肢體度，更是翩躚；只是懶髻愁鬟，不施裝束。美人，美人，你有甚憔悴來？

【前腔】寶釵半欲𨨏香肩，怕瘦損嬌姿倦也，（旦）這裏有人聲。（作回見生介）（生）忽地回頭，笑的輕圓。花倍舊時妍。他生來正韶年，乍相看，得人憐。將淸寧勸也，彷彿舊玉藍田。是何因，恰良緣。

呀！美人手裏擎着一隻玉杯，竟像是我的。嗄，前日蔡客卿將去換黃將軍家法帖，原說他有個女兒，難道美人竟是黃家小姐不成？近來蘇州清客說，男子漢都不在行，倒虧幾個大家宅眷，儘有眼力，肯出價錢。只看我的玉杯，包漿玉情，一發熟脫了，這是眞正收藏家。只是果然是他，那帖後有小姐的題跋，我且翻出來，他自家的筆跡，一定認得的。

（作念介）黃展娘題。（且驚介）他那裏曉得我小名兒？

【下山虎】秀才纔半面，小字誰傳？嗄！就是我題在帖後的了。記得題黃絹，粉痕尚鮮。這生竟像我玉杯裏的影兒。拖逗的衞玠全身，右軍一卷。看几上瓶花映翠鈿，屛山幾曲展。我待要捻花枝打少年，爲何花也攀不下，無計將花撚。丹青儼然，難道是隔水游人書畫船。

（生）美人一雙俊眼，不住在法帖上，一定是他的了。只是玉杯是我舊物，也該與我喫一杯兒，爲何不言不語？

【前腔】女孩兒靦腆，執盞花前。穩把相思嚥，背人笑嫣。動情處眼色相鈎，臉紅欲斷。小姐，你不肯言語，有素琴一張，可試一彈。（取琴介）待謝女停杯拂紫絃，纖纖愁太軟，還不如寫春心託膩箋。

（取筆介）這帖是小姐的題跋，再題幾行兒。生小親柔翰，標題宛然，難道是鸚鵡前頭不敢言。

（旦）我在此有許多言語，他全然不省。我往日嫌玉杯裏的影不會講話，難道我站在此，竟是個影兒？偏是他的影遇着我，我的影也遇着他，天下有這樣湊巧的事麽？

【山麻稭（二）】紅絲一線，爲弄玉銜盃，瑣窗人怨。閤外寒山，乍香夢飛懸。風便，絳河波動，流出桃花春片。那生，與你個影兒看看，也索彀了。你躱在杯兒裏，也是個不會說話的。蛾眉難畫，瓊漿未飲，知怨誰邊？

（生）那法帖不消題起了。鏡子是那一個的？小姐的影却在裏頭。難道我的玉杯在他處，他的寶鏡又在我處，天下有這樣湊巧的事麽？

【前腔】堪羨，看玉燕嬋娟，銀鸞活現，雒浦凌波，映出水輕蓮。冰泮，玉杯寒少，金屋夜情懽讌。太眞未聘，樂昌莫剖，花裏逢仙。

（丑上）離家僮僕苦，作客主人癡。我相公千山萬水，到這裏打秋風，也該央地方人說合，去衙門中打聽，纔有些事體。你看隔壁眞公子寓中，好不熱鬧。偏生關了門，今日叫美人，明日喚小姐，莫非失心風了？聽得外邊說，留守老爺今日要到長街上拜客。我想這街上無過是俺兩家，也要打點伺候。呀！節導響了。（急走介）相公還在此做甚麽？獨孤老爺來拜了！（作收拾介，旦驚下）（生）誰要你着忙？（丑）這時節不收拾，來時在那裏坐？（生）取公服來！（丑）我收拾茶去。（又上）相公，獨孤老爺拜了眞大爺逕去了。（生怒介）都是你這狗才！我好端端坐地，待他來不來罷了。誰要你稟？（丑）阿呀！相公你便有坐性。像俺小人們，只指望留守老爺到一到門，就生些光彩，打合幾件分上回去。誰想他是過門不入的。（生怒踢介）還要多嘴！（丑下生嘆介）眞古董父親現任，就去拜訪；我飛不得張單帖兒。世情可恨，也索由他。只是今日鏡裏的小姐，差不多說出話來，被聽蕉一聲驚散，好不懊惱。

【尾】俺臨邛作客相如賤，還喜得當壚人面。美人，美人，你須不是勢利眼睛，看不上徐次樂的。則把俺疾病文園時常覷一眼。

背插金釵笑向人，斂眸微盼不勝春（三）。

皆言賤妾紅顏好，曾爲無雙今兩身。

【校】

〔一〕稽　原作「楷」，據劉本改。

〔三〕盻　劉本作「盼」。

第十八齣　見姑（老旦上）

【南呂引】【驀山溪】雲輕踏蹉，月就天邊墮。玉女綵鸞歸，石上花飛碧唾。（旦上）東風無力，悶倚小桃柯。偷眸，有個人兒可，好夢春無那。

（老旦）自家熱心腸，替黃展娘尋一門親事，引他影兒與徐郎廝認，四目相覷，調得火熱。只是鏡裏夫妻，可是摟得着、睡得穩的麼？除非見了他姑娘，把那生也從容引入，好費俺許多周折，纔成就你一段姻緣也。（旦）婆婆，你等得俺好苦。（老旦）小孩子家，虧你自己相着一個風流少年，還說苦麼？（旦作羞介）是遇着一個兒。只是他許多說話，十句裏我也一兩句應，他却像一字不曾聽得的，教我冷清清獨自站立，好不苦哩。（老旦）這件事，你我都做不得主。你有姑娘在那裏，快去見他。（旦）我家姑娘久不往來，如何便去？（老旦）自己骨肉，這也不妨。（同下）（雜隨從小旦上）（小旦）玉臺秋管怨，銀海夜燈青。一別家鄉，遂踰一紀。今日聞耿先生領姪女到宮。我想雁書久斷，蝶夢無憑，未知果然得見否也？（雜報介）耿先生、黃展娘宮門祇候。（小旦喜介）請進來。（老旦）貧道稽首。展娘拜見了姑娘。（小旦）先生，我好喜也！

【正宮過曲】【白練序】秋宮冷守，斷粉零膏翡翠窩。驀忽地小鳳啄花飛過。（老旦）好容易將你女兒到這裏。嬌娥細馬馱，一捻香鬟燕尾拖。畢竟金陵粧束好。（小旦）我別時，還是一丟丟小孩子哩。兒安坐。相抛幾日，這般長大。

（旦作驚疑退立介）（老旦笑介）這是姑娘家裏，爲甚害羞起來？

【醉太平】偷睃。他紅羞翠躲，被游絲約住，沒處騰挪。（小旦）年紀還小哩。（老旦）他芳年尚小，閒窗風月消磨。鏡子裏却有人看見了。如何，菱花對影暈雙蛾，早撞個秀才瞧破。（小旦）這是天緣注定的。（老旦）三生因果，管教秦樓弄玉，烏鵲塡河。

（小旦）你父親是我的哥哥，母親是嫂嫂，難道不認得我麽？（旦作醒悟介）孩兒曉得了。俺爹娘長思想姑娘哩。（小旦淚介）

【白練序】（換頭）哥哥。索念我，昭陽綺羅，凄凉煞望鄉臺亂山殘火。你父親家計何如？（旦）門庭也蕭索得緊。（小旦）他銅駝舊恨多〔一〕，怕做入女宮中老伏波。如今賀，仙郎花燭，畫眉青瑣。

（老旦）若不是夫人做主，這門親事，他老人家急切裏尋不出哩。

【醉太平】（換頭）蹉跎，雕房繡閣，把碧桃花朵，冷落山阿。（小旦）耿先生說你讀書識字，不墮我舊日家風哩。（旦）孩兒曾把姑娘法帖臨一番來。（老旦）便春來消遣，也不過舊碑孝女曹娥，臨摹。綠窗倦繡晝閒哦，須索你姑娘酬和。（小旦）待我將歌舞也教會了他。（老旦）女兒功課，無非是花前擫管，月下聞歌。

（旦）孩兒住此甚好。只是爹娘在家思念，還求那婆婆早些送我回去。（小旦）這個不消憂得。

【尾】但是你父母知呵，在我的宮中愁甚麼。哥哥，嫂嫂，便拖逗得孩兒也只是我。

六朝宮樣窄衣裳，不住薰爐換好香。
誰與王昌報消息，小姑居處本無郎。

【校】

〔一〕駝　原作「駞」，據董本、劉本改。

第十九齣　醉逐

（生上）

【黃鍾過曲】【出隊滴溜子】連宵功課，夢裏鴛鴦被折磨。無形有影費尋睃。小生爲鏡中美人，日夜端祥，昨日方纔有些影響，不想聽蕉提來衝破。獨眠旅店，轉覺無聊。我想獨孤相待甚是冷落，前日借去晉、唐眞蹟，尚未見還。不免叫聽蕉去討了出來，再往別處去罷。聽蕉那裏？（丑上）游客空雙手，書僮皺兩眉。相公有何分付？（生）你到獨孤老爺那邊，取討前日借去的法帖；我也要往前面酒樓上去飲幾杯酒，以消寂寞。扣上門兒，一同出去。（同行介）（生）可堪詩脾還渴，仗蘭陵琥珀醅，把春愁潑破。省得歸來，情多恨多。

來此是司前。聽蕉，你去討法帖，我自到酒樓上飲酒。正是：澆悶三杯紅麴酒，賞心十里翠旗樓。（下）（丑）相公已去，我且到留守司看來。（副淨、末扮二中軍上）（副淨）緇椶金頂帽，令字杏黃旗。（末）帥府傳呼喚，轅門聽鼓鼙。是那個在此窺探？（丑）是秣陵徐相公家人，在此討法帖的。（副淨喝介）唗！甚麼法帖？這裏留守衙門，須不是當耍的。快走！快走！（丑）呀！法帖也不要討的？前日你們老爺要借看，是我親手送來，難道你們就忘記了？（末）有是有一個冊葉，只是我聽得說，是你相公送與老爺的。如何又來取討？（丑）那有送的理？分明是借的。（末）這等，我倒明白對你說罷：這法帖就是借的，俺老爺也沒得還了。你不曉得這法帖呵，

【黃龍醉太平】小楷精工，俺老爺好不愛他，看齊整裝潢，日日摩挲。（丑）這是俺相公之物，難道老爺要藏匿他不成？多管是你們在裏頭作弊。我東人舊物，你背地瞞天，抵賴因何？（副淨喝介）這廝放刁麽！你不知俺留守衙門，動不動是軍法從事的。俺們在這裏呵，巡邏，有棍徒平地起風波，打脊杖割將耳朵。（丑）不要把這些說話來嚇我。這法帖價值千金，斷然要討還的。事非輕可，這堂堂帥府，須不是虎穴狼窠。（末）這等，待我請老爺出來，你自對他取討便了。（傳鼓介）老爺有請。（雜衆隨淨上）（淨）

【黃鍾引】【傳言玉女】油戟雕戈，日午風閒鈴閣。

是甚麽人在此大驚小怪？（丑跪稟介）小的是徐家聽蕉。前日有晉、唐眞蹟在老爺府中，家相公特差小人來取討。（淨冷笑介）

【黃鍾過曲】【黃龍醉太平】狂奴，頭顱幾顆。這小事些須，敢打破砂鍋。（做變臉介）你家相公幾曾有甚麽法帖送我府中？却來混帳，左右與我扯下去！（衆扭）（丑嚷介）老爺，這是小的親手送來的。（淨怒介）唗！這廝放刁可惡。我老爺在這裏做官，一淸如水。多少鄉紳大老，送我金銀幣帛，一些也不受，希罕你家這幾幅破紙兒。左右

的！與我把這廝扯下去，打四十板。（衆應捉丑打介）（丑哭介）災禍，廳前不敢把氣兒呵，撞天屈上天無路。（淨低唱）這籌停妥。蘭亭巧賺，妙計誰過。

（生醉上）千鍾拚酩酊，雙眼欲模糊。在酒樓上喫了幾杯酒，不覺微醉。回到下處，聽蕉取討法帖尚未回來，不免到司前去看一看。（做望介）怎麼在裏邊打人？（丑叫屈介）（生）呀！這是聽蕉的聲音。敢是獨孤榮把他難爲？不免闖將進去。（做闖入介）（雜攔不住介）（生）老先生，你爲甚把小价在此痛打？（淨）你家小廝無端圖賴，說你有甚法帖借在我處，趕來取討。爲此着惱打他。（生怒介）呀！這法帖是你要借看，我着小廝送進衙裏的，如何說沒有？（淨）想是你醉了。你這法帖，據你說值許多銀子？（生）這帖是鍾、王墨妙，價值千金。（淨）可又來。千金之物，怎不親手交付？有何憑據，便見得在我處？憑你到那裏去講來。（生怒介）獨孤榮，我千里投你，一無相贈，倒來賺我法帖，打我僮僕，只怕天理上也講不過。（淨笑介）講得過，講得過。（生）獨孤榮！

【黃龍滾】你憑空設網羅，憑空設網羅，逞勢欺柔懦。我眼內無珠，自悔當時錯。（對淨舉手介）獨孤榮，多謝你了。千里相投，這場結果。通家誼，師弟情，多蒙荷。

（淨怒介）徐適，你不知那裏喫醉了，倒來這裏撒酒風。好惱，好惱！

【前腔】無端酗酒徒，無端酗酒徒，把俺來贓汚。數黑論黃，掇起心頭火。狂生牴觸官長，本應行文甲黜；念係故舊，姑免重懲。叫中軍官，分付地方，速速把徐適趕出境外。如有容留歇宿者，重責枷號。聽蕉這奴才，十分放肆，發監羈候，還要問他重重一個罪名兒。（雜應押丑下）（淨）地方驅逐，即時出郭。將家屬，且發監，牢枷鎖。

左右掩門！（雜衆推生同下）（生吊場介）有這樣異事！帖既遭賺，奴又被囚。獨孤榮！你處得我忒刻毒了。

【尾】西京留守便威風大，怎把俺沒出豁書生折挫。獨孤榮，獨孤榮，我徐次樂也不是長貧賤的。敢直待　駟馬高車你　纔認得我。

此處定難安身，只得且到店中收拾行李，再往別處。別件不打緊，這一面照得見美人的鏡子，與那半本法帖，須要牢拴身畔，不可遺失了。

瘦馬頻嘶灞水寒，人情翻覆似波瀾。
莫嫌恃酒輕言語，爭奈貧儒得路難。

第二十齣　遇獵（雜扮隨從同小生上）（小生）

射雉山頭雁影高，鬬鷄臺畔馬蹄驕。後庭玉樹都零落，緱嶺吹笙醉碧桃。孤家同着宮監才人，芒山打獵。傳語三軍，此行雖云講武，實係訪賢。聞得江南徐次樂相公流落在此，須索沿途尋去，請他相見。（雜應同下）（生上）

【仙呂過曲】【二犯傍粧臺】嘆倉黃，一身流落向何方。論　世路情何薄，漂泊怨誰行。〔八聲甘州〕窮途馬蹄須信步，不覺的　被酒悲歌到北邙。〔皂羅袍〕恨添潘鬢，愁深庾腸〔一〕，斷鴻聲裏立斜陽。

俺被獨孤老賊一口氣，走出陳留門。細思人情涼薄，自然如此，這也不在俺心上。只是鏡裏美人，不知是何方女子。我想臨邛倦客，得遇文君；苧蘿獨游，恰逢西子。自古英雄落魄，意況無聊，常遇憐才重德的女子，成就一段奇緣。我既有鏡子裏緣分，信步走去，或者撞着那人。你看豔陽天氣，那陌上游人，三三兩兩。正是：杯酒逢花住，笙歌簇馬吹。是好春光也。呀！怎麽山坡上忽然排列許多人馬，旌旗部伍，彷彿侯王氣象。這是西京地面，或者有甚王子把守，趁着春和景明，打圍快活，也未可知。

【前腔】暮雲黄，平沙茸草打毬場。聽長笛闗山月，吹畫角灞橋霜。猛聽得笛聲哀怨，又見他一行人都立馬高崗，徘徊不樂。這是他長安少年閒走馬，爲甚的手把雕弓似望鄉。他收拾人馬，像要回去了。呀！遠遠一帶樓臺，畢竟是他府第。角聲歸騎，朱扉綠楊，土花繚繞舊宫牆。

我且躲在一邊看他。（小生、衆上合唱）

【仙吕近調（二）】【不是路】射獵長楊，千騎弓刀八寶裝。（生反手作看介）（雜）相公可是姓徐麽？（生）你那裏曉得我姓徐？（雜）這等，我們快報皇爺知道。從天降，一鞭春色報君王。（小生）有甚急報？漫張皇，敢怕是劉家人馬前攔擋。（雜）不是，是徐相公。（小生）原來是天上吹簫傅粉郎。忙追上，教紫衣答應須謙讓。（紫衣應介）（小生）俺保儀可是喜也。一家歡暢，一家歡暢。（生）

【前腔】踏翠尋芳，步屧春風到曲江。這人爲甚問我？難道留守不能容賢，倒是王府好客麽？我自看俺春色，不要管他。書生莽，怕甚薛王車騎壽王莊。（紫對生介）相公幾時到這裏？（生）嘆行藏，孤身落拓風塵況。（紫）原籍可是南邊？（生）家世南朝事李唐。（紫）俺皇爺特請相公到府中去。（生）我與你皇爺從不相識，莫非錯認了？（紫）無差妄，主公門第本是江東望。請來閒講，請來閒講。

(生)既是同鄉，且去走一遭。呀！你看翠柏青松，蒼麟白鹿，朱樓畫棟，玉砌雕欄，居然帝室王居，彷彿瑤池閬苑。怎麼有這般所在？(紫)這是睢陽離宮。萬歲爺親自臨幸，相公速換了青袍槐簡，上殿見駕。(生見介)江南徐適見駕。(小生)孤家有女及笄，以卿東南才望，門第高華，先卿學士，君臣道合，特此遠屈，申以姻親。(生)微臣羈旅孤生，恐不足仰當天眷，有負聖恩。(小生)不必遜辭。只是還有一事商量。孤家僻處一方，累遭強隣侵擾。觀卿儀表，必是文武兼才。今特拜爲中軍元帥，領取三軍，前往征討。得勝回來，便成嘉會〔三〕。(生)臣一介書生，怎諳韜略？(小生)卿之才具，孤家素知〔四〕，管取功成。已備喜筵相待。(小生、雜合)

【掉角兒】你須是 換兜鍪宮花帽光，剪征衫玉羅春樣。捲牙旗笛吹破羌，奪燕支月明乘障。待來朝，轅門上，臥番羊，花紅賞，凱歌齊唱。綵鸞絲帳，金猊內香。那時節 千條畫燭，帝姬親降。

(老旦上)徐郎早則喜也！(生)呀！賣鏡子的婆婆也在這裏。我問你，鏡子是那裏來的？(老旦)我的鏡子，就是你的媒人。(生)婆婆又掉謊了。(老旦)

【前腔】不爭你 買青銅書生放狂，到是俺 繫赤繩老娘裝謊。還你個 熱温存腰肢豔粧，省得你 冷頑涎眼皮供養。(生)你替我做媒，畢竟與鏡子裏一般的纔好。(老旦)不消愁得。看才郎，移銀蠟，入蘭堂。開羅幌，玉人相傍。你還不曾見他這一對小脚兒，裙拖微蕩，凌波一雙。只是忒便宜了你。早成就酸丁劣角，十分停當。

內屋金屏曉色開，雪爲肢體玉爲腮。

夢中無限風流事，催促陽臺近鏡臺。

【校】

〔一〕劉本「庾陽」下有曲調「傍粧臺」字。

〔二〕調　劉本作「曲」。

〔三〕會　董本作「禮」。

〔四〕素　董本作「儘」。

第二十一齣　虔劉（淨上）

藤甲韓僚部，銅環羅鬼軍。果然皮勝錦，吉了舌如人。自家跨據一方，帶甲十萬。可惱李煜老兒有個內姪女，便招了老劉，也不辱抹你唐家枝葉，倒去尋甚麼秀才提兵來與俺抵敵。秀才可是會廝殺的麼？大小三軍，就此起兵。將他抓將過來，黃小姐不怕不是我的。（雜應介）

【中呂過曲】【紅繡鞋】石門尋峽雄關，雄關。馬人龍戶兵單，兵單。銅鼓塞，荔枝灘；五溪洞，六州番。把邊頭一搶南安，南安。

稟大王，有唐家人馬攔路。（淨）殺將去！（下）（生上）弓刀龍虎塞，簫管鳳皇樓。不耐邊頭苦，風烟試粉侯。徐次樂恩連戚畹，職領戎行。書生從未知兵，肺腑還思報主。各將官，整束人馬，聽我號令。（雜應介）（生）

【前腔】書生投筆登壇，登壇。令牌金印征蠻，征蠻。吹畫角，跨雕鞍；橫玉帶，羨朱顏。待封侯萬里凌烟，凌烟。（淨衆上）來將何名？（生）征南大將軍徐。（淨）就是新招的女婿麽？你老婆還不穩哩！（生）劉鋹么麽小寇，早早投降，休要在我手中納命。（作戰介）（生）

【撲燈蛾】中原烽火急，中原烽火急，生民受塗炭。大家占江山，兄弟邦可好窺瞷也，我是南唐，你是僞漢。哨馬來沒得遮攔，喊聲高無心戀戰。敗殘兵，管教追過賀蘭山。（淨敗介）（生）就此收軍。（合）

【前腔】連營笳吹發，連營笳吹發，朱旗照天半。鎮南大元戎，細柳軍貔貅三萬也，若個先登，那個後斷。兩口刀東盪西盤，一管鎗橫衝直趲。玉關頭，羽書飛奏凱歌還。

日落轅門鼓角鳴，魚麗陣接塞雲平。
可憐無定河邊骨，風雨時聞有戰聲。

第二十二齣　僊婚（貼扮王母，老旦、雜隨從上）

【鷓鴣天】（貼）絳節霓旌降下方，玉卮娘怨鎖瑤房。桃花阿母勤拘管，流出桃源賺阮郎。紫鳳輦，碧霞觴，麒麟爲脯玉爲漿。人間別有黃姑夢，笑把雲和引鳳皇。自家西王母是也。箜篌娘子請俺到南唐赴會親筵席。仙官茅盈、劉綱，侍女許飛瓊、董雙成，都隨俺去走一遭。叫紫鸞、白鶴擺駕。（雜扮鸞、鶴上）（老旦）請娘娘起行。

【北粉蝶兒】鶴駕鸞軒，早備下鶴駕鸞軒。待要過雒陽城，赴碧桃花宴。邀幾個玉洞嬋娟。隔天風，吹笑語，都約在絳河相見。搖曳着翠袖翩翩，笑踏破彤雲一片。

（小生、小旦上）紅房迎少女，碧海引靈童。今日耿先生報王母來赴喜筵。雲頭上隱隱一派仙韶，快到宮門外候駕。

【南泣顏回】寶鼎爇沉烟〔一〕，萬樹琪花葱蒨。紅羅書字，央及煞青鳥傳言。呀！這是王母御駕。玄都阿母，赤霜袍掩映銀鸞扇。（跪接介）臣下士愚頑，何敢當仙馭親臨，不勝慶幸。（貼）蓬萊路遠，無因相見。耿女冠說有宮中花燭，爲此特來主婚。（小生）嫁玉姬烏鵲樓臺，降仙姥蟪蛄宮殿。

（小生）傳話後宮，就請新人。（貼）我想嵩嶽故事，有田、鄧二生掌禮。今日就請茅、劉二仙權充此職，導引新人。（茅劉）得旨。（茅請旦介）花燭天人降，椒蘭帝子游。金唐公主小，私語識牽牛。（旦上）（劉請生介）白玉天邊墮，青銅夢裏收。南唐駙馬貴，明月起粧樓。（生上）（喝拜介〔二〕）（貼）

【北上小樓〔三〕】你看那雒陽春色正芳妍，端的是香玉豔藍田。記那日佳人南國，才子西園。玉杯纖手裏，金鏡小窗前。他兩個俊龐兒、他兩個俊龐兒，飲瓊漿暫見相如面，對菱花嬌娃、嬌娃垂盼。花月好流連，花月好流連。畢竟是因循靦腆，怎能彀執手拜嫣然。（作樂送酒介）（小生）

【南泣顏回】花明柳軟綺羅天。風簾翠幙，錦瑟華年。門闌喜氣，今宵璧月初圓。（貼）唐天子，你小周后西宮相見時，與今夜差不多兒。(小生)臣也想來。良辰美景，把兩宮陳事思量遍。剗金鞋姊妹前緣，下玉臺兒家姻眷。

(貼)保儀，偏是你外戚人家，生得好女兒。(小旦)塵世女子，怎當得上仙垂盼。(貼)煞是好也。你看他，

【北黃龍滾犯〔四〕】翠盈盈豔裏濃梳，翠盈盈豔裏濃梳，嬌的的星眸月面。軟設設霧縠冰紈，赤資資珠翹珀釧。(指生介)却遇着俊俏參軍晝錦還。(指老旦介)你百忙裏遞絲鞭〔五〕。響當當玉漏穿花，響當當玉漏穿花，廝琅琅金屏合箭。

(小生)御駕降臨，媿乏天穀仙醲，不勝惶恐。(貼笑介)這會親筵席，煞是整齊也。

【北撲燈蛾犯〔六〕】美津津杯承雲母漿，香噴噴鼎列天廚膳。嫋亭亭妙舞袖翩躚，韻悠悠歌聲入變。涼拂拂繡簾風軟，見冉冉紅葉出池邊。撲騰騰流鶯細囀，笑哈哈百花高處會羣仙。

斗轉參橫，雲程甚遠，須索去也。(小生)難得御駕到此，微臣尚欲挽留片刻。(老旦)夜色已深，從官擺駕。(貼)

【北上小樓犯〔七〕】從官們立既倦，侍女輩曲又殘。俺只見人影參差，俺只見人影參差，月影徘徊，花影闌珊。俺待要仙駕將回，俺待要仙駕將回，仙音將闋，仙雲將散。就是新人也該安息了。纔顯得會親的方便。(下)

(衆拜介)(小生)上仙既回，快請新人入洞房。(合)

【北叠字犯〔八〕】對對蘭膏畫燭，簇簇香毬銀串。丁丁的環珮搖，欸欸的錦段牽。朱朱粉粉，女娘們立遍。楚楚擺珠璣翠鈿，楚楚擺珠璣翠鈿，點點撒紅豆金錢。風風流流，羅幬綺薦。明明是兩人今夜好安眠。

（小生、小旦）我想今日兒女團圓，遇着王母降臨，仙官作合，豈非盛事。

【尾】尋常苦把神仙羡，今夜裏親來士女筵。兒是這樣做夫妻〔九〕，便神仙也去不遠。

玉宇瑤壇知幾重，青鸞飛入合歡宮〔一〇〕。
若爲蕭史通家客，今夜吹簫明月中。

【校】

〔一〕爇　原作「熱」，據董本改。
〔二〕喝　劉本作「謁」。
〔三〕調　劉本作「北石榴花」。
〔四〕調　劉本作「北鬭鵪鶉」。
〔五〕劉本「遞」下有「了」字。
〔六〕調　劉本作「南撲燈蛾」。
〔七〕調　劉本無「犯」字。

〔八〕調　劉本作「南撲燈蛾」。

〔九〕兒　劉本作「兀」。

〔10〕青　原作「音」，據劉本改。

吳梅村全集卷第六十二　傳奇二

秣陵春傳奇下

第二十三齣　影變（外上）

【中呂引】【遶紅樓】一女無端病浹旬，連朝暮役夢勞魂。零落桑榆，凋殘桃杏，無語拭啼痕。

事不關心，關心者亂。我家好端端一個女孩兒，不知爲甚害起病來，竟像失了魂一般。連日求籤算命，有的說游神作耗，有的說天喜臨門，心上好生委決不下。不免叫院子再尋術士，問個吉凶消息。院子那裏？（末上）堂上呼雙字，堦前應一聲。老爺有何使令？（外）小姐病體沉重，你往街坊上尋個術士來問他一問。（末）啓老爺得知，有個圓光的鄷先生，十分靈驗。（外）這等就去請他來。（末）曉得。不爭三五步，咫尺是他家。鄷先生有麽？（淨內應介）是那個？

【中呂過曲】【風蟬兒】花嘴油唇，渾身。太上老君，欠准。書符捻訣寡精神。雞一隻，肉三觔，壇前用，極要緊。

（見介）阿呀！是黃阿叔，到此何幹？（末）吾家老爺請你去圓光。（淨）全仗幫襯。（同行介）行行去去，去去行行。（入見外介）（淨）老爺在上，小子作揖了。（外）先生少禮。（淨）宅上要圓光，不知紙馬香燭、茶酒三牲完備不曾？（外）這東西辦來就是。（淨）還要個未破身的童子看光。（外）家中有兩個小廝，都差去請醫了，這却怎麼好？（末）隔壁眞家阿寄，看他倒還是個童男子，喚他來看何如？（外）快去喚來。（末向內介）寄舍有麼？（小丑內應介）來了。

【前腔】咱是眞爺貼身，滲瀨臉皮好認。人稱木寸是東君。笑馬戶，共尸巾，廝捉對，忒煞俊。

（見介）黃阿叔爲甚麼叫我？（末）我家小姐有病，請個先生圓光，你去看看，買菓子你吃［一］。（小丑）我去我去。（末向外介）喚到了。（外）各色完備，請先生登壇作法。（淨）請問老爺，畢竟爲甚麼事圓光，好待小子通誠。（外）

【粉孩兒】先生的且點茶來拜懇。老夫有一女呵，現懨懨瘦，一絲將盡。（淨）小姐尊恙是怎麼樣起的？（外）想年災月晦是八字輪，敢攛誰行惡煞凶神。因此上遠迎將鸞鶴仙靈，訊判出個鴉鵲音信。

（淨）原來如此，待小子作起法來。（做糊紙壁上步罡介。念呪介）天之金光，地之靈光，日之華光，月之陰光，上帝聖光，祖師威光，雷神火光，九吼毫光，二十八宿金光。我是金光，金光速現，速現金光。奉請關元帥、趙元帥、溫元帥、王元帥、馬元帥、祖師、玄帝急到壇前。弟子鄷仁，至誠至意，耑爲信官黃濟，有女展娘，患病未痊，特請金光，明斷吉凶。

乞現眞形，以便童子觀看。（對小丑介）小哥你如今來看。（小丑看介）咦！果然有些亮光，圓圓的一圈，好像月亮一般。（外）

【福馬郎】看蟾窟淸虛光幾寸，（小丑）〔二〕有一個姐姐走出來了。（外）早有個嬝嬝婷婷影，乍遠近。俺心中事，在病中人，何來鏡中身？重添出個小眞眞。

（淨）這不是別個，一定就是令愛的元神現出來了。（小丑指介）那邊有個嬤嬤，和這姐姐廝拉着說話哩。（外）那女人既是我女，這嬤嬤又是何人？

【紅芍藥】深閨裏有甚情親，怎閒拖逗月姊雲君。（小丑叫介）好看好看，現出一座大房子來了，四圍柱子都是金裝的，柱上盤着五爪金龍哩。（外）更變幻出樓臺似海中蜃，劃地裏費人思忖。（小丑）那房子裏面坐着一個皇帝，一個皇后，兩傍立着許多太監宮女。那嬤嬤領了這姐姐，向上邊拜哩跪哩。（外）這是什麼所在？那班君王妃后都從何來，我那女兒却到那邊去？嬌魂此時何處存，悶弓兒難嚥難吞。嗄！我曉得了，定花妖木魅纏身，（哭介）我那兒嗄！敢一夜雨斷送紅粉。

（淨）老爺且莫煩惱，看那光中再現出什麼來。（小丑）奇呀，奇呀，如今那姐兒、嬤嬤和這皇后、宮女都不見了。那皇帝帶着許多軍馬、許多鷹犬出去。那邊又走出個秀才來，和那一行人行禮講話。呀！那秀才竟跟了皇帝回去了。（外）這一發奇怪。

【耍孩兒】怪殺那萬騎蚍蜉鷹馬俊，羽獵平原過，肯分地遇着郎君。那酸丁與帝子有甚喬緣分，到做得個渭水非熊穩。只是這些影像，與我女兒病體一些相干也沒有，好啞謎難猜問。

（小丑）又來了，那邊湧出奇形怪狀一隊軍馬。呀！那秀才換了盔甲，坐在馬上，領許多兵將和那邊厮殺哩。好看，好看。呀！那邊兵馬殺輸退去，秀才殺贏回來了〔三〕。（外搖頭介）一發教我分毫不解。

【會河陽】好無端紅戟碧幢，雕戈畫輪，鳴笳疊鼓擁回軍。我想女兒這病呵，又不關兵燹摧殘，花姿月魂。難道是豹尾黃幡引。怎生先現出個槐南郡，怎生還擺個檀蘿陣？

（淨）怎麼光中倒現出許多不相干的事體來？想是壇前不潔淨，神將不肯明判。待俺再燒一道符，定要現出小姐眞形來。（做燒符念咒介）（小丑）呀！不好了，如今滿紙都是人了。先前那姐姐也來了，嬷嬷也來了，又添上許多老的少的、長的短的、瘦的胖的、村的俏的、像皇帝的、像官員的、像道士道姑的，齊齊的擺在兩傍；又有許多女娘們，在那裏吹彈歌舞哩。唉！那姐兒做了新人，和那秀才做親，在那裏跪拜哩。身邊又立着兩個冠冕待詔，替他喝禮哩。（外惱介）這是那裏說起？（淨）據這光景看起來，想是令愛年紀長成，思想要招女婿，虛空摸擬，鬱鬱成病，所以現出這光景來。（小丑）正是，你家小姐年紀不小，也該應思量嫁人了。只怕這病不是什麼病，倒是要老公病。（外怒介）哇！胡說！有這等事？好惱好惱！

【縷縷金】惱得我心如火，眼欲昏。飛鴉和彩鳳並無因，九烈三貞女被傍人譏論。我曉得了，光裏邊原沒有這些影像，都是這一班人憑空揑造，玷家門，教我胸膛氣難忍，胸膛氣難忍。

（淨）怎麼就惱將起來？

【越恁好】伊家堪笑，伊家堪笑，如何恁煞村。（小丑）這是光裏照出來的，干我甚事？疔瘡碗大，眼中見，果然眞。（外指小丑介）胡言厮混小猢猻。（小丑）好罵。（外指淨介）圓光沒准，料來是個精光棍，料來是個精光棍。

（淨）我是有名的鄧仙人，怎麼便破口罵我？

【紅繡鞋】（外）恁休說甚仙人，仙人。（小丑）鄉隣面上，虧你罵得出。（外）恁休說甚鄉隣，鄉隣。癡魍魎，蠢餛飩。院子，喚些人來，將亂棒打他們出去。（末應。雜上混打介）打一個撞天昏。（淨）苦難挨徧體傷痕，傷痕。

（小丑哭介）你們這樣欺瞞我，待我歸去對大爺說。（淨）不要多說了，走罷。雙手劈開生死路，一身跳出是非門。（衆同趕下）（外）這圓光的人可惡，走得快，饒了他。眞家小廝無狀，既打了一頓，也不要去告訴他家主了。只是無端廝鬧一場，却是好笑。

【尾】病人兒消息全無准，枉了我打瓦鑽龜又賽神，添上愁懷倒有幾十分。

走龍鞭虎下崑崙，羽服星冠道意存。
影裏如開金口說，南方實有未招魂。

【校】

〔一〕吃　原作「去」，據董本、劉本改。

〔二〕小丑　「小」字原無，據劉本增。

〔三〕羸　原作「嬴」，據董本、劉本改。

第二十四齣　諂獻

（雜隨副淨上）（副淨）不如意事常八九，可與人言無二三。我眞公子一生做事，十分燥脾，只有那黃家展娘再謀不上手。前番偸鏡，又折便宜。這幾時往西京打抽豐，有些油水回來。正要思量央媒說合，不想昨日貼身跟隨的小厮，被他家騙去看圓光，一頓痛打。仔細思量，那黃濟老兒好不可惡，就是去求親，說了我家，一定不肯。不如弄個計策，斷送了這丫頭，省得後來嫁與別人受用，帶累我老眞眼熱。恰好有個欽差採選宮女的太監在此。那太監心性，最喜奉承。如今世界，不論甚麼衙門的官，秀才便鑽去拜門生，只有內相倘未開此例。我如今送些禮物，把門生帖兒去拜那太監，就把黃展娘名字報上，活活氣殺那個老驢。小厮，快隨我到太監府前去。（雜應介）（副淨）正是：恨小非君子，無毒不丈夫。（下）（丑扮太監、貼小太監同上）（丑）

【步蟾宮】欽差大字金牌豎，盡喝道公公來矣！帽餛飩玉帶織金衣，（笑介）有勢堪憐無勢。

咱欽差採選宮女司禮監太監張見便是。來到秣陵，着落地方報那宮女，都沒有出色的，好不着惱。孩子們，今日早些去衙門首，瞧有甚麼報宮女的，着他過來。（貼應介）（副淨雜上）（副淨）轉過前街，串出後巷，此間已是太監府前，有個小內相坐在門首。小厮，你去送個包兒，央他傳帖進去。（雜應。遞帖與貼介）有個小意兒在這裏，這名帖煩傳一傳。（貼看帖念介）「沐恩門生眞琦頓首百拜。」呀！甚麼官銜呢？（雜）不是官銜，是拜你公公做師父的。你只傳帖進去便了。（貼傳帖，丑看介）（丑）呀！差了。這不是拜我的，帖上寫着門生哩。（貼）他說正是來拜公公做師父的。（丑笑介）咱也有門生，快活，快活！快請這門生相公進來。（貼）俺公公請相公相見，管家外面祗候罷。（雜下）（副淨入見。拜介）門生不才，久慕老師淸德，特來拜在門下，望老師擡舉作養。（丑）罪過，罪過，不當人子！（副淨出禮帖介）還有些須薄禮，伏求笑納。（丑）孩子們，接過禮帖兒。（貼接介）（丑）你讀書人，怎肯來拜咱做師父？敢是爲甚科考、歲考，或是觀風季考，要咱薦與提學道和那些府縣官麽？這倒也不難。（副淨）並不爲此。老師奉旨在此採選宮女，門生訪知緊隣黃家有個女兒，名喚展娘，十分標致，特來奉報，以見孝順老師之意。（丑笑介）妙、妙、妙！咱就差人往黃家取這女兒去。老眞，不信世上有你這樣妙人。（副淨）不敢。

【瑣窗郎】多慚賤子寒微，附門牆蒙品題。無非只當添注乾兒。把宮娥謹具，聊申芹意。望恩師心上長把眞琦記，賜一個進身地。（丑）

【前腔】從今另眼看伊，謝伊家粧面皮。忝蒙指點採訪嬪妃。果然還是門生知禮。即忙仰役到黃家去，取綵女進宮裏。

（副淨）門生告別了。（丑）不要忙，且進去嗑杯內酒兒。

曾把文章謁後塵，諂容卑迹賴君門。

椒房阿監青蛾老，但保紅顏莫保恩。

第二十五齣　婢俠（貼上）

自家兒女多災悔〔一〕，卻怨橋頭賣卜人。嗨〔二〕，我小姐病得一絲兩氣，我老爺也害得七顛八倒。昨日聽了院子〔三〕，圓甚麽光，光裏竟圓出小姐在那裏做親。走方的搗鬼，不聽他罷了。老爺一惱惱將起來，把那圓光的打了一頓，連眞家小廝也打在裏面。我想眞古董這個人，貌陋心險，不是好惹的，老爺不要打他小廝便好。說猶未了，老爺夫人早

到。(外上)

【商調引】【憶秦娥】年衰暮，梨花院落愁無數。(老旦上)愁無數。香娃疾病，雨禁風妬。

(外)孩兒的病怎麽樣了？(老旦)面皮黃甘甘，也不見瘦下去，只是失魂落魄，似笑如啼，竟不像好的。(外)咳！怎麽處？(院子上)街頭鬨急信，報與主人知。老爺，不好了！小姐的名字已報上選宮女的公公，如今花紅鼓樂將到門首，怎樣答應他？(老旦貼驚介)怎麽有這樣事？(外)狗才！你又來胡說，恐嚇家裏哩。

【商調過曲】【山坡轉五更】俺本是三公潭府，誰不知我嬌娃病苦。夫人，那選宮女的事，最要亂傳的。趁匆忙官媒搶親，賺人家多少差和誤。(院子)阿呀！老爺不信麽？街坊上人都說間壁眞家報的。(貼)嗄！就是打了他小廝的緣故。(老旦)這是眞的了！(外怒介)我那日呵，挑鬭起一肚皮無明火，他尋爭覓釁，把我胡爲做。(作行介。老旦扯介)那裏去？(外)我將這潑賴無徒，早向官司分訴。(老旦)那太監最是可惡，你又不是現任縉紳，說也不聽。別尋個計較藏過女兒纔好。(合)長吁，哭哀哀老眼枯。天乎，苦懨懨一病纏。

(外)老天，我女兒命不該活，只該早些決絕了，爲何半生不死，如今又添出這樣事來。(老旦)難道你就不望他好了？

【前腔】俺一口口將他喂哺，一夜夜貼他身臥。病淹纏旁人冷看，快刀兒割不斷親娘肚。(外低頭介)我想那班人來，竟把女兒與他一看，見他病到這樣田地，自然罷了。(老旦)啐！老背晦(四)，一發說到水裏去了。倒虧你沒計兒支門戶，他聲絲氣咽，怎得輕挪步。(指外介)休要撏耳撓腮，早把我孩兒遮護。(合前)

(貼背介)我在府中多年，蒙老爺夫人和小姐看顧。今日患難之際，不出身圖報，更待何時？(轉介)老爺、夫人，若是裊烟替得，情願替小姐前去。

(外老旦)那裏是這樣說？只是難爲你一片好心，我也捨你不得。(貼)老爺、夫人，不必躊躇，竟是裊烟去罷。

【前腔】生小與娘行同住，嘗把做女兒看覷。沒支持兒家顚行，只怕劣根苗認不起爹和姆。幸喜得小姐年同三五，(院子)那太監曉得小姐通文理的，怕充不過。(貼)這也不妨。但知書識字，那裏便吟詩賦。(外)只是怕他盤問，不要臨時說了出來。(貼)這是我自己擔承，休要爹娘分付。(合前)

(貼)只是裊烟伏侍小姐一場，一旦分離，寸腸欲斷。小姐有玉杯一隻，是他朝夕愛玩的，老爺夫人若肯付與裊烟做個憶念，見了玉杯，就如見小姐一般了。(老旦)他身子也是你替了，何惜身外之物？這玉杯竟是老身做主，相贈與你。儻他年舊玉重還，倒是一場佳話。(外)既然如此，我們同到裏邊，替他裝束起來。正是：世上萬般哀苦事，無過死別與生離。(仝下)(鼓樂。從人同官媒婆上)

【南呂過曲】【香柳娘】選嬌娃豔姝，選嬌娃豔姝。匆匆前去，我們是張公公差來接宮女的。大哥，黃家在那裏？(內應介)在眞家間壁。(衆)那眞家左近是他門前路。擺香輪畫車，擺香輪畫車。到了。端的好門閭，皇親舊家數。呀！怎麽靜悄悄的？(媒)列位住在門首，待我進去。呀！光景不像。悄中堂內廚，悄中堂內廚。有人在裏邊哭哩。燈火並無，淒涼何故。

我且喚一聲：有人麽？(外、老旦、貼上)(外)衰年看世態，(老旦)小膽怯人聲。你是那裏來的？(媒)老爺、夫人，官媒婆是張公公差來迎接小姐的。(外)呀！有這等事？論起我也是官宦門楣，不該混報的。但既經採選，怎好違拗朝廷？（老旦）只是苦了我孩兒也！（媒）人夫轎馬伺候久了，小姐就此拜別罷。（外、老旦哭介）天！怎撇捨得孩兒去也！（貼拜介）爹爹母親在上，孩兒此去呵，

【前腔】怯關山道途，怯關山道途。孤身飄絮，斜牽雙袖垂紅縷。盼家鄉寄書，盼家鄉寄書。你衰病好支持，我飄零在羈旅。（附老旦耳介）怕姑娘問奴，怕姑娘問奴。休教淚枯，他年相遇。（雜作樂。迎下）

【前腔】（外老旦）他眞心爲主，他眞心爲主。分離愁緒，傷情至處同吾女。恨孩兒命苦，恨孩兒命苦。枕簟少人扶，茶湯教誰取？我衰年夫婦，我衰年夫婦。只一個裊烟，又被眞家賊子所算去了。形單影孤，倍添淒楚。

逐隊隨行過幾春，天涯去住各沾巾。
衆中不敢分明語，一面紅粧惱殺人。

【校】

〔一〕悔　董本作「晦」。

〔二〕晦　原作「璊」，據董本、劉本改。

〔三〕昨　原作「作」，據董本改。

〔四〕晦　原作「悔」，據董本改。

第二十六齣　宮餞（小生小旦上）

【黃鍾引】【傳言玉女】（小生）畫角鳴梢，帳飲禁城高會。粉侯朝朱纓玉轡。（小旦）宮娥報道，貴主鸞旗夾隊。有十里笙歌，一天珠翠。

（小生）玉杯金鏡枉多情，寂寞梨花雨未晴。却向琵琶問消息，四條絃上見卿卿。孤家爲保儀擇婿，虧得耿先生費心，與徐郎得成佳偶。只是此處不是久留之地，速宜送他回去。我想玉杯鏡子，畢竟水月空花。我南唐還有一件寶貝，是燒槽琵琶，在宋朝大庫中，已曾令耿先生飛身取來，隨令保儀傳授展娘數曲。後來一段姻緣，倒在琵琶上收成結果。今日離亭餞別，媒人是少不得的，且待耿先生來者。（老旦上）洞口花長在，人間路正遙。貧道稽首了。（小旦）先生，徐郎住處，可曾料理麽？（老旦）汴梁城外揀個僻靜去處，買一所小小宅院，器皿奴婢，件件都齊，只等他夫妻前去。（小生）是這樣，做媒的也算十分周備了。（生上）

【疎影】河橋柳色，正炫服揮鞭，鈿車如水。（旦上）紫玉還家，同昌出降，一路風光佳麗。（合）旗亭置酒君王餞，玉管馬嘶人醉。休戀着鳳閣龍樓，少甚脂田粉碓。

（見介）臣徐適見駕。（小生）孤家爲送卿回鄉，把酒在長亭餞別。（生）微臣夫婦，何敢親勞御駕餞行？只是初蒙恩眷，幸結姻親，還沒有五日三朝，忽然間千山萬水。分攜之際，能不涕零？（旦）就是姑娘位下，沒有第二個骨肉，兒怎忍隨夫前去。（小旦）兒，這是你皇爺的主意，連我也主張不得。（小生）孤家豈忍捨卿夫婦？只是功名事大，前程路遠，不能久留。（生）呀！若說起功名，難道丟了皇上，走到別處，另有個際遇麽？就是外戚避嫌，那閒散官職也還做得。（小

生）咳！卿那裏曉得？不是這個世界了。左右看酒過來。（雜作樂。送酒介）（小生）

【羽調近詞】【勝如花】君須去，莫浪遲。這裏呵不是你尋常富貴。難留做駙馬隨朝，却還他書生故里，早圖個狀元歸第。一程程長堤短堤，一步步桃谿柳谿。裘馬輕肥，趁春風得意。休埋怨關山迢遞，恰相攜美滿夫妻，恰相攜美滿夫妻。

（生作退立遲疑介）（小生）卿爲何沉吟不語？（生）微臣雒陽城裏流落書生，一朝遭際，本出意外。今日教臣回去，覺往時踪跡也疑惑起來。

【前腔】忙抛閃，忒煞奇。豈料淒涼客裏，驀忽地北府參軍，落可便東床愛婿，又早是西清歸騎。（小生）不必沉吟，後日自然曉得。（生背介）他道俺心知意知，俺却是形疑影疑。魂夢依稀，到紅樓游戲，怎禁得別離容易。問何年再拜丹墀，問何年再拜丹墀。

（小生）卿此去有別館在汴梁城外，良田二百頃，奴婢十餘人，儘足供你兩人受用。又得耿先生護送前行，不必過慮。孤家有晉、唐小楷二册，向在黄家，卿曾把玉杯打換，後被獨孤榮騙去一册，少不得物各有主，這帖終到卿手。咳！不要說書生見識，愛的是書畫；就是孤家，社稷江山都不在意，只生平幾件寶玩，畢竟放他不下。那小楷就是孤家第一賞鑒的了。

【越調過曲】【憶多嬌】小隸書，草聖碑。俺把蜀錦裝成付保儀，小印澄心封紫泥。寶墨淋漓，寶墨淋漓，有你先公舊題。

（小旦）展兒，我前日教你的琵琶，可記得麽？（旦）兒已記得幾曲。（小旦）你姑爺仙音院裏有個老樂工曹善才，曉得這傳頭。我這燒槽琵琶交付你帶去。這是希世之寶，與玉杯、寶鏡差不多兒。

【前腔】繁管吹，促柱移。破得東風小忽雷，月傍關山何處歸。別調淒其，別調淒其，此曲知音和誰？

（生）臣夫婦只得拜辭前去。（小旦淚介）展兒，你果然要去麼？徐郎，我有一句話分付你：我的女兒身子輕弱，虛飄飄的，擎在手掌裏，還怕一陣風吹去。你須刻刻看守着，不可放他獨對個影兒，無人相伴。（小生）正是，他膽兒極小，怕有人驚嚇了他。（小生、小旦）

【鬪黑麻】他玉骨娉婷，瘦來一圍。愁穿薄羅裳，又怕風吹。形共影，是耶非。似削如描，僊僊欲飛。（合）斜陽半堤，征旆抵死催。此去相思，此去相思，恨無見期。

（生）臣夫婦不知何時再覲天顏？（小生）咳！只怕離多會少了。（生旦拜介）

【前腔】草樹黏天，乳鶯亂啼。回頭望高城，玉筯頻垂。流水急，暮山低。懶採蘼蕪，愁聞子規。（合前）

玉盞金罍傾送君，九華仙洞七香輪。
宮槐葉落西風起，從此蕭郎是路人。

第二十七齣　敍影（外上）

他鄉失意客，絕藝暮年人。我曹善才年老家貧，閒日子坐他不過。好笑那眞公子，拜太監做了門生，勸了紗帽的興，約我陪伴，同到東京，已經兩月。他終日東鑽西奔，沒得工夫。我老人家獨自一個，喫了飯，大街上閒耍。聽那彈箏的、唱曲的，個個誇能，人人道好，不曉得道旁邊立着俺仙音院第一手琵琶的老樂工哩。且喜大老官今日也有閒的日子，要到郊外去耍子。呀！公子出來了。（副淨）衣冠趨要路，絲管樂閒人。老曹，我幾日沒得工夫陪你，今日天氣好，出門外走走。（外）就此同行。請問做官的事怎麼樣了？（副淨）不好告訴你，我那公公老師管了內庫，庫裏失了一件寶貝骨董，不知叫甚麼東西，我忘記了。（外笑介）〔一〕那內庫裏便插翅也飛不進去。（副淨）不知那裏來這樣高手段的賊，門不開，戶不動，悄悄裏偷了去。皇帝出了賞錢，着俺老師挨戶搜尋，滿頭汗在那裏跑，我的說話怎入得去。（外）說話之間，早到東郊外了。（副淨）你看桃柳桑麻，莊房寺觀，比我南京更勝哩。（外指介）這一帶所在，倒也僻靜，我們到那裏去步步。長安二月花如錦，偷得浮生半日閒。（下）（生上）

【仙呂引】〔三〕【探春令】嵩雲回首漫咨嗟，到東都客舍。（旦上）撥檀槽送別歌纔闋，又早是花開謝。

官人，我那日只道他們送我回去，却倒住在這裏，廳堂什物，件件整齊，難爲他兩個老人家費心了。（生）正是。我成親兩日，卽便登程，不曾細細問你。你可是李皇親生女兒麼？（旦）官人，我是他內侄女兒。（生）這等說，你另有父母，怎生到他家來？（旦）說話長哩。我那琵琶從不會彈，今日就把來訴說一番何如？（生）最妙的了。（旦）只怕有人聽見。

（生）這裏沒有人來的。（旦彈介）

【商調過曲】【鶯集御林春】我爹行舊日豪奢，爲年老困劣。只我癡小寃家難割捨。我家有一面寶鏡，舊菱花故家囊篋。把與俺胸前緊揣，百忙裏打就個盤龍結。誰知失去杳無踪，枉教我苦思量、病沾惹。

（生）嗄！娘子爲失了寶鏡，生起病來。咳！我倒曾買個鏡兒，有些作怪。

【前腔】聽說罷半刻如呆，這椿事煞是怪也。我記得客裏關山游計拙，遇佳人夢魂飛越。（旦）呀！官人，你早有個人了，怎麼樣遇見的？如今在那裏？（生）咳！娘子又多心了。我在雒陽市上買一面鏡子，照一照，裏邊竟是個美女。是鏡中曾見，見嬌羞有個人如月。正沒處買查梨，難得我的娘行話頭接。

（旦）嗄！官人，你倒是鏡子裏面見的，一發奇怪了。

【前腔】纔提起逗着些些，又是玉杯那節。（生）我說鏡子，你說玉杯，難道杯裏也見甚麼來？（旦）說也希奇，爹爹有隻玉杯，我把來飲酒，竟有個書生的模樣在裏頭。我瞧着個兒郎避不迭，緊隄防侍兒饒舌。（生）是個影兒，怎麼怕丫頭曉得？（旦）怕向娘親說道〔三〕，道女兒生出閒枝葉。那曉得枕函邊，却將我的小名兒喚的切。

（外、副淨上介）（副淨）這裏怎麼有人彈琵琶？（外）彈頭竟正路。待我到那邊去細聽一聽。（下介）（生）你耳邊有人叫麼？（旦）正是。我問你，你見了鏡子裏的，怎麼樣待他？（生）

【前腔】我那日醉眼乜斜，叫一聲兒小姐。（旦）你也叫他麼？他便怎的？（生）他笑靨迎來紅半頰，告求他受你男兒一喏。（揖介）（旦）啐！你拜那影兒，倒作起我的揖來！（生）怕他冰肌凍徹，把袖梢摟定偎他熱。（作摟旦介）娘子，是這樣強風情，俺十分兒待癡也。

(旦)這也差不多兒。(生)你聽得人叫，難道竟不理他罷了？(旦)我那時口裏應了一聲「來了」，身子竟虛飄飄，不知怎麼樣走了出來。(生)女孩兒家，走到那裏去？(旦)這琵琶絃有些走了，待我和了絃，再彈與官人知道。(外、副淨又上)(外)那彈頭不消說起，是俺內府裏傳的。這琵琶的聲音一發奇怪，竟像我當初在御前彈的那燒槽琵琶。(副淨)嗄，嗄！我記得了，方纔內庫失的正叫做燒槽琵琶。賊在這裏了！(外)你不要惹閒事。(副淨)不要你管，快些報人來拿去！(扯外下)

【四犯黃鶯兒】(旦)我心性忒嬌怯，脚踪兒擦一跌，有個白頭嬭嬭將咱衫袖擠。(生)他扯着你說甚麼？(旦)他說道：你背了俺爹，瞞過侍妾。當不得乞留磕搭路週折。把我一引引到一個所在，龍樓鳳闕，宮娥擺列，這是你姑娘拜謁。

(生)這回纔會你姑娘？(旦)正是。我問你，你在那裏撞見我姑爺的？(生)我在雒陽城外閒走，見一簇人馬在那裏打獵。

【前腔】我叉手看圍獵，他哄我統三軍打草竊。把征南駙馬高高寫。馬頭告捷，絲鞭要接。我那時還有一件愁哩。(旦)愁甚麼來？(生)愁的是鏡中恩愛把冤家撇。(旦)這也見得你有情。怎麼成親之後，就忘却鏡中人了？(生)我幾會忘來？(笑認旦介)豈其夢耶？如今看者，一般樣龐兒姐姐。

(旦)這樣說，你就把我做鏡中人了。(生)差也不多。只是你既然和那玉杯裏人兒有些緣分，爲甚麼聽別人主婚，倒招贅起我來？(旦)難道我就不留心訪問的？(彈介)

【前腔】親見俺姑爺，這門親打聽者，是玉杯中揀選那豪杰。只爲你就是杯裏的人，所以我肯了。你來的時節，我在屛風後張哩。黄羅傘遮，紫藤轎欹，穩簪簪坐着個人人也。（生）難道竟是杯裏一樣的？（旦）當初只照見面龐，此時瞧你渾身打扮，都是風流可喜的。踹的粉靴，佩的玉玦，添出如今半截。（生）這是我兩人天緣註定，故此玉杯、鏡子先弄這許多光景出來。只是我如今還有些疑心。（旦）你疑心甚麽？（生）我見娘子細骨輕軀，就是茶飯也不多幾口，莫不還是影兒走將下來的？（旦）人都說夫妻形影相隨。你是個形，我是個影，但要一步兒不相捨罷了。（生）

【前腔】扶上七香車，瘦腰圍一尺賒，怕好風吹去遭磨滅。裙兒幾褶，冠兒未卸，嫩苗條打扮身材別。羅衫軟設，弓鞋熨貼，恰似花枝夜月。

我們許多說話，倒不曾問得你親生父親的名字，住居在那裏？（旦）阿呀！日子多，慢慢裏說罷。你聽那邊像有人來了。

【尾】隔牆有耳防漏泄，漫消停從頭再說。只這一曲琵琶將咱倦了也。（副淨同雜官校上）

【恁麻郎】撾響鈔三寸闊官票，坐大轎六塊頭京帽。寘先兒，擾了你。指望三千貫賞犒，倒折了十兄弟東道。沒走風，忙捉倒，也顯你原告人兒一個好。

（副淨）這一家就是。（雜打進，旦驚下介）（生）你們甚麽人？把我娘子打散了。（雜怒介）你是內府裏人犯，倒賴我們還你妻子不成？（縛生介）

【前腔】你要叫失了你妻小，我要弔捉着咱強盜。（生）我是秀才，難道做賊？這都是你們假揑官府詐人。（雜）怎說假官旗抄鬧，你看琵琶現在哩，明放着眞贓證推調〔四〕。只是彈琵琶這女人，那裏有這樣躱得快的。這婦人却好笑，聽得他聲音就不見了。不要管他，鎖到內府去，自有原告人在那裏。

惆悵相逢舊日緣，鏡中照出月中仙。
霞杯醉喚劉郎賭，腸斷琵琶第四絃。

【校】

〔一〕外　原作「曹」，據董本改。

〔二〕劉本「仙呂引」下有「子」字。

〔三〕向　董本作「同」。

〔四〕證　劉本作「怎」。

第二十八齣　魂飄（旦急上）

香在衣裳粧在臂，魂歸寥廓魄歸泉。我彈得琵琶正好，那裏一班人蠭湧前來，把我的魂靈都諕掉了，一個身子像有人一領領了出來。不知脚步高低，却到了甚麽所在？（淚介）咳！徐郎吉凶難保，我那裏去打聽他消息？若是尋得見姑爺，或者還可救得。只不知打從那一條路去？嗄！我爹娘家在南邊，只得望南走罷了。

【越調近詞】【綿搭絮】斷魂千里，飛下楚山頭。回首悠悠，見銀河天際流。莫遲留，往事都休。恰似詩邊就夢，畫裏移舟。惱人處，一片江聲，隔岸寒鐘敲暮愁。咳！我與徐郎形影相逢，今日驚魂失散，好不凄楚。又不知何日到我爹娘住處？

【前腔】故鄉何處，殘月曉天秋。煙樹如浮，聽鶯啼，思舊游。漫凝眸，燈火揚州。記得看花南陌，待月西樓。從別後，寂寞闌干，羅襪歸來露未收。行了一回，好生困倦，不免尋個宿頭，明日再走罷。

斷腸聲裏唱陽關，爲雨爲雲過此山。
飛去仙郎魂夢裏，可能從此住人間。

第二十九齣　特試（末上）

曉漏傳清禁，朝光動紫宸。下官刑科都給事中蔡游。本是江左書生。因聖上開直言極諫科，我對策說道：閹宦縱橫，孤寒淹滯；開封府不清理在京刑獄，翰林院不收拾各路人才。聖上道俺言詞愷切，切中時弊，擢居內府。舊日有個同窗朋友徐次樂，他的才品，我還讓他幾分。因到雒陽干謁，被獨孤榮怠慢，落魄天涯，竟不知走到那裏去了〔一〕。我着人四下抓尋〔二〕，待要奏知聖上，薦他做個館職。那獨孤榮居官狼藉，慢慢裏訪些事件，參他一本，也出我好朋友一點氣兒。今日早朝時分，在此伺候。（丑、副淨、衆擁生上）秀才露馬脚，番子捉鵝頭。（末）呀！這是朝門裏，怎麼有人喧嚷？（雜）是管庫老公捉了一個秀才，在那裏叫屈哩。（末）既是秀才，也不是太監管得的。待我去看來。（生驚介）呀！這個官好像蔡客卿。客卿兄，我徐適落難在此。（末）怎麼是我南邊人聲音？呀！次樂兄，一向不見，你今日却犯何罪？（雜打生介）（丑）這是御庫裏偷東西的賊。蔡老先，你不要管他。（末）呀！聖上着俺提點刑名，審問登聞鼓狀。這件事正是我的職掌。這個秀才是江南名士。御庫物件，一個瘦弱書生，怎生偷盗來？待我保奏，必無此事。

(丑)偏是兩衙門要管閒事，難道你奏得，我奏不得？待我先奏。(末)一同面君去。(跪介)(丑)司禮監管庫太監臣張見奏：臣爲那燒槽琵琶，晝夜尋緝，現獲在徐適寓中。

【駐雲飛】內府衙門，御庫錢粮須要緊。遍限來盤問，是處都搜盡。臣緝獲在荒村〔三〕，秀才贓證，子曰詩云，就裹都逃遁。怕的周旋是要津。

(末)刑科都給事中臣蔡游謹奏：徐適是臣同鄉，才品素著。此事定係寃枉，伏乞聖明鑒察。

【前腔】官校風聞，事件全然無定准。假勢將錢趁，屈把平民論。臣體察是孤身，江南才俊，禁地重閽，那得書生進。封駁惟知報主恩。

(內)官裹道來：徐適旣係書生，著即以燒槽琵琶爲題，試賦一篇。其內庫事情，司禮監會同九卿科道，審明具奏。(末、丑)萬歲！(叩頭起介)(雜領生下)(丑)蔡老先，這是甚麼道理？難道贓證俱全的賊，做了一篇文字，就饒了他罪名不成？(末笑介)不要說問罪，他文字好，還要做官哩。(丑)蔡老先。

【啄木兒】你休誇口，枉論文，今世裏酸徠誰做品。則你左班官受鈔通贓，一味裏閑譚高論。這幾個秀才，那一處不鑽營到了。長班撞來都相認，便區區有些門生分。(末)那裏有秀才拜太監做門生的？(丑)不敢欺，也是貴處。就是你帶友沾親眞舍人。

(副淨揖末介)這司禮公公，是學生的老師。(末不理介)原來是你。徐次樂的是非，是你撥斷的了。(丑)同是一樣秀才，我的門生，你就難爲他起來，這樣欺負人。(作氣介)(末)

【前腔】何須怒，忒認眞，大古裏當權休太儘。則你內相們沒的兒孫，也留個做人方寸。我那徐次樂呵，他書生後來書生運，（丑）他便做了官，難道有罪不要問的？（末）就有罪也不該你問。我刑垣現懸刑垣印。收拾你入內穿宮平字巾。

（生持卷上）薦非因狗監，文却類相如。（末）徐兄卷子完了？（讀介）伊琵琶之爲製也：上銳下規，中虛外圓；龜腰鳳頸，熊據龍旋。公輸之制同却月，阮咸之弄若鳴泉。仲容則竹林佳宴，季倫有金谷名園。鬱輪池上，曲項花前。若乃邊兒玉鼻之彈，貴妃邏逤之擘。公主既金城遠嫁，將軍則玉關難入。謝鎭西之紫糯魂消，白司馬之靑衫淚濕。豪嘈淒切，關情何極？焦尾豈中郎之桐，朱弦匪槊妃之瑟。同異質于爨餘，聞哀彈而嘆息。許久不見，兄的學問一發長了。進呈自然有當聖意的。（生跪介）

【三段子】草茅賤貧，到京華空嗟負薪。鋃鐺苦辛（四），荷天恩得昭覆盆。讀書致君爲堯舜，天涯流落雙蓬鬢。俯伏瞻天，不勝顚隕。

（末）卷子卽當進呈御覽，就在這裏候旨便了。金門獻賦客，咫尺動龍顏。（下）（副淨）老蔡進去了，待我把小徐羞辱一番。徐適，你也是我江南人，爲何做起賊來？（生）原來是你誣陷我的。（副淨）你往常在家裏裝俊俏，騙婆娘，與俺道路各別；就是獨孤公那裏要搶我的抽豐，也不在我心上。今日自家做了賊，難道怪出首的人不成？（丑）嗄！他又在獨孤公那裏閙撞麽？（副淨）正是。

【滴溜子】粧喬的，粧喬的，賣他身分。鑽營的，鑽營的，沒些投奔。（生）你辭散我的妻子，定要追尋還我哩。（副淨）你從來一個精身子，那裏有妻子來，有名秋風一棍，倒將假婦人，裝圈囤。（丑）不要慌，少不得旨意下來，帶進了衙門，一同推問。

(末上)官裏道來：徐適博學高才，免其註誤，三日後午門聽候傳臚。眞琦誣陷良善，着法司拿問定罪。(丑)罷了、罷了。皇上聽了外官說話，竟把我們抹殺了。(副淨)怎麽把我原告人倒問起罪來？老師救我一救！(丑)不妨事，我明日面君，定然不饒這個賊哩！(雜捉副淨介)從前作過事，沒興一齊來。(丑羞下)(末)次樂兄，因禍得福，恭喜，恭喜。

(生)都是兄引救之力。

【歸朝歡】黃門郎，黃門郎，獻納紫宸，念兄弟同朝汲引。(末)凌雲賦，凌雲賦，落筆有神，我君王臨軒首肯。來朝看取泥金穩，將中官動個連名本。

(生)我的氣都出盡了。只是妻子失散，不知在那裏？(末)〔五〕咳！次樂兄，你須是爲國忘家過幾春。

憐君今日蘊風雷，獨向都堂納卷回。
聖主恩深漢武帝，獄成寃雪暮雲開。

【校】

〔一〕知　原作「如」，據董本、劉本改。
〔二〕抓　劉本作「找」。
〔三〕緝　原作「輯」，據董本改。
〔四〕鋃　董本作「銀」。
〔五〕末　原作「小生」，顯誤逕改。

第三十齣　冥拒

(淨引鬼卒上)(淨)

【雙調引子】【霜蕉葉】英雄憤懣，把住河橋寨。圖得個姻緣到來，敗殘軍添些氣色。

自家劉鋹，爲李煜所敗，雒陽難住，逃到江邊。見皂角林有個廢祠，被我將小鬼趕去，占了香火，充作皂角大王。顯些靈應，那居人都來祈賽，好不熱鬧。只可笑徐適這廝，就做了李煜的女婿，也還三分眞七分假。却替丈人這等出力，把俺殺得片甲不存，煞是可恨。聞得他妻子黃展娘從汴梁失散，獨自歸家。這林裏是他過江必經之地。叫鬼卒！(雜應介)(淨)有個女魂黃展娘，今夜從江口經過。你去抓來見我，不許透漏過去。(雜應。同下)(旦上)風吹雲路白，樹隱鬼燈青。一路行來，悠悠蕩蕩，不知走了多少路。料應去家不遠，不免乘此月光，趲行前去，見我爹娘。只是我私出閨門，今番回去，問起情節，怎生答應來？

【北黃鍾醉花陰】則我鴛鴦夢花生玉鏡臺，霹靂引琵琶一摔。獨走雒陽街，濕透羅鞋，早近了江南界。慢提起秀才郎淚滿懷，怕的是爹娘行嗔見責。

(行介)(鬼卒上)那裏去？我們在此守候多時了。快去見我大王，聽候發落。大王有請。(淨上)

【南畫眉序】戰敗走江淮，撥馬軍書疾忙排。打聽得樂昌半鏡，失落塵埃。(鬼卒)黃展娘當面。(淨笑介)哈哈！也有今日。他只道女瑤芳躲過檀羅，不隄防楚虞姬撞咱樊噲。我拖刀暗計將他賣，將軍此番休怪。

(旦)阿呀！我走差了，怎麼撞到這裏？大王，我是孤身女子，回去望爹娘的，做好事放了我罷！

【北喜遷鶯】諕得我無顏落色，淚珠兒界破蓮腮。傷哉！江山一帶，把舊日鄉園望眼擡。低頭拜，放我重見爹娘，勝是修齋。

（淨）你想回去麼？你道我是那一個？就是漢皇帝劉鋹，被你丈夫徐適殺敗了。今日一緣一報，被我捉住，怎肯輕輕放過了你？

【南畫眉序】堪笑那書獃，贅入豪門幾日纔。誰着他新郎忒老，女婿偏乖。苦替丈人家掙住江山，倒放好妻房輕離院宅。若是陣面上略放鬆些，今日還好商量。他並不留一點人情，好恨！相逢今日寃家窄，收留你渾家何礙。

我也不難爲你，媚豬做貴妃，你倒做正宮皇后罷！（旦）還話一發可笑。就是我丈夫得罪于你，須索看李皇爺面上。怎麼就起這個念頭？

【北出隊子】休要風魔九伯，把玉葉金枝胡亂踹。我是大唐家甥女如兒愛，你既做降王，也該一體相看待，可不道趙官家千里送裙釵。

（淨）我現做皂角大王，衙門儘不冷落。你就做個皂角娘娘，也不虧你。

【南滴溜子】孤家恨、孤家恨，驀年老邁。佳人喜、佳人喜，翠眉粉黛。乍逢人間穠色。教他酒快釃，羊快宰，新進個夫人，六宮參拜。

叫鬼卒，篩起鑼鼓，備起酒席，喚那獨脚婆子、玉面姐兒，參見新娘娘哩。（雜扮衆上）（旦）

【北刮地風】呀！原來是惡王墓下起風霾，那些兒劉阮天台。則你廣南蠻怎占俺南唐界，嚇詐些酒肉錢財，纏幾個粉骷髏狐狸精怪，弄幾個泥新婦土木形骸。我是個秀才妻、貴室女，魂靈活在，怎肯把蓮花糞土栽？休指望半星歪。

（淨）你還靠徐適的勢力欺負我麼？他如今拿去，不知死在那裏了，怎見得還是他的老婆？

【南滴滴金】你皇親也隔了前朝代，便秀才早是前程壞，偏是你女娘們好喫酸黃菜，現如今躭罪責。我侯門似海，破菱花要來何處賣。看你今宵怎挨，淚眼枉揩。

（旦）難道我徐郎就沒有興頭的日子麼？我如今拚死在此。待徐郎做了官，我一道旋風在他馬頭前去，告訴妻子的苦楚，少不得與你說話哩。

【北四門子】你道書生受累何須睬，却不道狀元郎出草萊。他有日平步金階，九棘三槐，紫袍象簡黃金帶。鬼使神差，曉得我妻房躭害，把你個惡芒神貶在三千里外。

（淨）咄！我怎麼樣擡舉你，倒當面搶白我，這等可惡。叫鬼卒抓出去砍了！（作綁介）（旦）死是我的分內，快些砍了罷！（淨）

【南鮑老催】你性兒忒歪，我老劉便把婆娘拐，您小周也早先奸敗。呆賤人，潑頑皮，裝妖態，教咱忿氣如何耐。你舌頭怎比鋼刀快？也完了，風流債。

（老旦衝上）唗，劉鋹不得無禮！他是徐適狀元之妻。你雖爲了他，上帝大怒，罰你到酆都問罪去。（淨同鬼卒下）（老旦解旦介）（旦）那個救我？（老旦）展娘，你嚇壞了。（旦）

【北水仙子】呀、呀、呀，似雲陽推轉再投胎。苦、苦、苦向鬼窟裏標題節婦牌。(老旦)你曉得丈夫的消息麼？(旦)呸、呸、呸，還題甚春風門下客。(老旦)他明日便賜狀元及第了。(旦)是、是、是，他有七步狀元才。哈、哈、哈，你讀書掙閣金魚袋，唉、唉、唉，我守志摧殘玉鳳釵。先生，虧你來救我。錯、錯、錯，我一時悮把媒人怪，可、可、可向姑娘會報喜音來？

(老旦)你姑娘曉得了，便是李皇爺也喜歡的了不得。你如今回去見了爹娘，少不得狀元登門拜見嫡親丈人哩。

【南雙聲子】香風靄，香風靄，聽御樂仙韶派。花枝擺，花枝擺，結喜錦紅鸞綵。眞氣槪，眞氣槪。誰能解，誰能解。那狀元名字，鬼也驚呆。

展娘，還是天長地方。對岸隱隱望見金陵，就是你爹娘住處。我索回去了。(旦)白茫茫一片江水，教我怎生過去？(老旦)水面上伊伊啞啞，一隻船來，你見麼？(旦望介)(老旦下)(旦轉介)呀！耿先生那裏去了？船又不見，萬一皂角大王追來，怎生樣處？嗄！不妨。

【北尾】驀然想起神仙識，他道我父母重逢把夫婦諧。則願得絳帖金泥將門戶改。

白日浮雲慘不開，海神東過惡風回。
輕舟短棹唱歌去，前度劉郎今又來。

第三十一齣　辭元　（雜隨生儒服上）（生）

綠窗何處報泥金，浪跡看花到上林。一第祇緣明主意，三生難負故人心。兩日在寓中候旨。昨晚客卿有信傳來，說聖上御筆親題，特賜狀元及第。咳！我徐適孤身落魄，配合婚姻；負罪羈囚，遭逢科第，也算是非常奇遇了。只是我妻子失散，那裏還有興做官？況兼李皇也是一代官家，他把幼女弱息，託付于我。若不棄職追尋，他日重見李皇，有何面目？大丈夫名義所在，性命也不顧，區區一個狀元，于我有何輕重？爲此做就本章，乘今日傳臚，即便啓奏。繳還袍笏，懇賜回家，跟尋我的妻子去也。（雜）稟爺，這是朝門外了，請下馬。（生）這些大轎掌扇的，是那衙門？（雜）合京大小官員都候新狀元唱榜哩。（生）

【北雙調新水令】則見那朝門燈火五更霜，這些衆官員都把狀元來講。他道我青燈黃卷客，做了個粉署紫薇郎。（笑介）那曉得我心事來？我雖是後生新進呵，不比那僕射平章，將個美前程擎在掌。

（末同祇從上）鄉國添知己，朝廷獲異才。今日徐次樂傳臚，輪該唱榜，在俺同鄉也添些氣色。（見介）次樂兄，恭喜。（生）這是聖主之恩，仁兄保薦之力。只是小弟骨肉分散，心緒茫然，沒興做官了。（末）次樂兄說那裏話？

【南步步嬌】你四海無家青年壯，一第從天降。便算是討差給假呵，終軍返故鄉，駟馬高車，也待得君恩放。（生）這又是做官的話頭了。我的主意，竟不受這狀元哩！（末）豈有此理！早難道遭際忒非常，劈頭兒裝就書生謊。

（生）客卿，你道是虛話麼？我昨夜修成本章在此。（出本介）（末讀介）秣陵縣生員臣徐適一本。呀！怎麼今日還叫生員？（生）既然不受狀元，那生員是我的本等。（末再讀介）爲蒙恩優擢，懇祈收回成命，特賜還鄉事。阿呀！兄果然有這個意思。想爲老嫂失散，因起歸心麼？咳！天地間只有狀元難得？那裏有功名成就，沒得妻子的？如今貴戚公侯，那個不羨慕文樂才名，狀元名第，不如就此間尋一門親事，却不是好！（生）所言差矣！

【北折桂令】你道我萬言書國士無雙，怕沒有門當戶對，相府東床。則我措大的心腸，做不得憐新棄舊，薄倖行藏。像今日做官呵，買文章黃金白鏹，娶紅粧兩婦三房。（末）他們好不富貴哩。（生）我都曉得。天大樣門牆，錦片似田莊。讓你家蔡伯喈當朝受享，還了俺徐德言舊日糟糠。

（末）文樂兄，你不肯再娶也罷了。只是你被那中官誣陷，若不是聖恩寬釋，你的身子也顧不得，怎能彀跟尋家眷？如今賜你做狀元，有甚難爲了你？倒這樣推掉起來。可不負皇上的知遇麼！

【南江兒水】你落日悲窮巷，春風到選場。憑着你之乎者也誰承望，只好去入府穿州衙門撞。倒虧那日呵，惟天搶地登聞狀，博得個及第登科臚唱。便算是極澹薄的官麼，風月虀鹽，好熬出翰林清況。

（淨上）出入都堂金印懸，衣冠長惹御爐烟。（小生）紅綾會宴推遺老，白髮看花羨少年。（淨）下官門下平章事盧多遜。（小生）下官資政殿學士竇儀。盧年翁今日是押班官。（淨）竇年翁你是陪宴官。我兩人吃同年酒，准准五十年了，今日還同著新狀元赴宴。呀！狀元與那個在朝門爭論？（小生）原來是蔡掌科。（末揖介）兩位老先生拜揖。（對生介）這是平章盧老先生，學士竇老先生。（生揖介）晚生有失拜謁。（淨、小生）狀元恭喜，恭喜。蔡掌科，你與狀元有何話講？（末）兩位老先生在上，這就是敝同窗，從小極相知的。中了狀元，却不肯受，要思想回去，因此苦苦勸他。

（淨）狀元公，老夫同寳年兄是天成四年的進士，整過了五十年頭，還在這裏做官。你新中狀元，就要回去，怕沒有這樣事。（末）次樂兄，你看兩位老先生怎麽樣講來？（生）客卿兄，

【北雁兒落帶得勝令】你只見做官的着意忙，將我辭官的橫身擋。（淨）狀元，還是受了官好。（生）非是我後生家不忖量，對著個老宰輔虛謙讓。（淨）却是爲何？（生）呀！我只爲雲雨散高唐，因此上歸思滿瀟湘。（小生）嗄！原來狀元失散了夫人。（雜）天明了，御駕將到，狀元爺快些排班。（生低聲介）似你趙官家催得慌，誰替我李皇前圓個謊？（小生）狀元眞個豪氣三千丈。（生）疎狂，幾曾間豪氣三千丈。（淨）中了狀元，怕沒有金釵十二行麽？（生）凄涼，說甚麽金釵十二行。

（末）萬一聖駕出來，狀元還不肯做官，此時觸惱天顏，怎生樣處？全仗兩位老先生御前保奏。（內）皇上有旨：今日太后千秋節，駕到永安宮賀壽。狀元徐適着于午門前賜宮袍牙笏，平章盧多遜、學士竇儀同往曲江賜宴，明日便殿召對謝恩。（衆叩頭介）萬歲萬歲萬萬歲！（淨）好了，還虧今日聖上不御殿。狀元，你看那一簇人捧着宮袍來也。（雜扮宮娥太監捧袍笏上）這就是新狀元？好不造化哩！

【南僥僥令犯（二）】可曾賜浴温泉第一湯。紫羅襴裁宮樣，受用煞稱體衣裳。把花枝簪上。狀元穿了宮袍，早去赴宴。那些公侯駙馬，都在曲江邊擺設酒筵，看新狀元游街哩。（雜）光祿寺炮龍烹鳳，教坊司鼉鼓吹簫，都在那裏伺候哩！狀元好不受用。你吃的呵，天廚寳膳梨花釀，坐的呵，天家寳蓋蓮花帳。老公公，爲何今年的恩榮禮數，比往年更十分豐盛？（監）這是聖上面考，特旨中的，比三年例試的不同。（雜）原來爲天恩特榜移天仗。（雜將宮袍送上。生不穿介）

【北收江南】呀，待要俺插宮花，飲御漿，早宰下了大官羊。似俺這讀書人也會風光。只爲那喜孜孜洞房，懶得個悶懨懨曲江，（舉手介）有勞列位了！俺怎肯玉鞭梢走馬到長楊。

（雜）那裏有瓊林宴不肯吃的？普天下也尋不出這個呆秀才。我們回覆皇爺去。（末）他辭官的本，就煩附奏罷。（作送本介）（雜）不知天子貴，落得狀元喬。（下）（淨）只怕觸了聖怒。（小生）正是。（末）這樣勸他，只是不肯，教我也沒奈何了。（內）奉聖旨：徐適不准辭官。其妻子散失，係張兒生事害人，好生可惡。着將袍笏親替狀元穿帶，限三日內跟尋還他，違限治罪。燒槽琵琶着即賜與狀元。欽此！（淨、小生）聖上這樣重賢，狀元非常知遇。難得，難得！（丑上）怎麼好？怎麼好？一些體面也沒了。

【南園林好】恨君王全無主張，外官們從來一黨。我也管多年東廠，倒教咱伏侍狀元郎，咱伏侍狀元郎。

（對衆揖介）衆位老先生請了！徐狀元，是我當初肉眼不識，一時得罪了。只求狀元穿了這宮袍，好回覆皇爺。（生）我不穿便怎的？（丑對衆介）衆老先生勸一勸兒。（生不應介）（丑跪介）狀元爺，你好歹穿了袍服，那聖旨不是當耍的。老張跪在這裏了。（生笑介）

【北沽美酒帶太平令】你高力士捧朝靴伏御道傍，我李供奉脫宮袍掛朝門上。忙頓首謝君王。綠暗紅稀出帝鄉，託賴着君恩浩蕩。泥金帖從容尋訪，盤龍鏡重會鸞皇，白玉杯再斟佳釀，紫檀槽玉人無恙。你呵，莫慌，不妨。謝恩本上。呀！將你個老中官做一句兒講。

（末）聖旨原限三日。難道三日內尋着老嫂，還不肯做官麼？（生）我原想今夜就出都城，既是君恩深重，且從容兩日罷！

【北尾】謝當今聖上寬洪量，把一個不伏氣的書生欵欵降。客卿兄，你道我爲妻兒忒覺得口頭強，便是你爲朋友的眞情，也在我這心上想。（下）

仙籍高標第一名，酷憐風月爲多情。
今宵賸把銀缸照，淚盡羅巾夢不成。

【校】

〔一〕調　劉本作「南僥僥鮑老」。

第三十二齣　影歸　（丑上）

漣鉤車子撅頭船，烏榜村邊月正圓。下半夜起風蘆花裏宿，阿呀呀！長江白浪勝如山。自家揚子江邊漁翁。昨夜泊在皂角村口，近日村裏興個神道，靈應得緊，被他顛風作浪了半夜，將近天明纔住。我且撐船攏岸，買壺酒吃，慢慢搖過江去。（旦上）有隻船近岸來了。船家渡我一渡！（丑）阿呀！是一位小娘子。還有跟隨的麼？（旦）沒有。（丑）下船來。小娘子，你住在那裏？（旦）

【一江風】我家在石城西，朱雀橋邊第，有碧柳千條細。（丑）好順風！（旦）蕩蘭橈五尺春潮，幾葉風帆易。（丑）差不多到了。（旦）私心還自疑，私心還自疑。歸家待告誰，只好在裊烟面前說一兩句罷了。見爹行說不出風流婿。

（丑）前面是通濟門了。要到水西門進去，轉過秦淮河，纔是你家裏哩。（旦）我不認得，憑着你行罷了。到家情更怯，不敢問來人。（下）（外、老旦上）

【南呂引子】【臨江梅】（外）悶倚闌杆聞鵲喜，柴門若個人歸？（老旦）孩兒一病苦支持。敢遇良醫？天也憐伊。

（外）咳！媽媽。我聞得「鵲聲噪，行人到」，像我這冷落門庭，有那個來？（老旦）或者孩兒病體有些搭救，也未可知。（外）咳！這是你癡心指望，我看這病沒有好的日子了。我且到隣舍家散一散悶。你把門兒閉着，我就回來的。（外出介）（老旦作關門，下）（旦同丑上）（丑）不爭三五步，咫尺是他家。這是朱雀桁了。小娘子，你的家裏在那一邊？（旦指介）這橋下兩扇門，就是我家了。（丑泊船，旦上岸介）你泊船在此，我進去打發你船錢。（丑）小娘子快些。搖了半日，倦了，且打個盹兒。（旦）

【一江風】畫簾垂，流水閒門閉。（內作犬吠介）聽小犬金鈴吠。這是我自家門首。怎聽了犬吠，有些驚怕起來。步凌波窣地無聲，不住心驚悸。門內一株桃樹，是我舊時種的，如今花開在那裏。花枝一片飛，花枝一片飛，春風特地吹。我待敲門，又怕爹娘知覺。呀！門不曾開，我身子怎麼就進來了？俏身材倏上了閒堦砌。

（老旦上）相公出去，不見回來，我且向堦頭走走。（作撞見介）（老旦）

【前腔】那人誰，曾見相迴避，看冉冉花間去。呀！這是女兒的面貌，難道我眼花不成？咳！他的魂靈也走出來了。(哭介)我那兒嗄！(外急上)我在隔壁人家講話，聽得媽媽在家裏哭。急回家冷落雙扉，是那個扁舟繫？(丑作醒介)老伯伯，我載你家一位小娘子進去了，快快算還船錢。我在對河買酒吃，就來拿的。(下)(外)那裏有甚麼女親眷來？媽媽開門！(老旦開介)(外)媽媽，你爲甚麼在這裏哭？門外有隻船，說帶我家一個女眷來。我問你，是那一個？(老旦)阿呀！我偶然擡起頭來，見個女人劈面走進，竟是女兒面龐，纔轉眼就不見了。爲此在這裏煩惱。(外)莫不是船上果然有人起來，你眼花錯認麼？(老旦)一發好笑。自從你去後，那兩扇門直待你回來纔開，難道這個人飛進來的不成？(外)你是怎樣看見的？(老旦)嬌羞斂翠眉，嬌羞斂翠眉，竟是女兒好時節的光景，春風滿面歸。(外)莫不是女兒眞個病好了，走出來麼？(老旦)我纔在房中看見他睡的。出房櫳還照顧了孩兒睡。(外)你看見他睡在那裏？咳！多應有些差池了。(老旦)待我扶他起來看。(扶旦上，睡介)(老旦)我且叫他一聲，展兒！娘在此。(旦作張目呆覷介)母親，可曾打發船錢去麼？(又睡介)(老旦)兒，怎麼樣說？(對外介)他病後從不開口，今日講起話來。(外)他說打發船家，一發奇怪了。(老旦)門前果有船麼？(外)你看這個不是船？(老旦)這等看起來，或者倒是好光景也不可知，待我再喚他一聲。展兒！(旦作醒介)呀！爹爹、母親在此。(作整衣將行介)(外)你在病中，好好將息，不要走動。(旦)兒有甚病來？(老旦)你自已倒不曉得麼？你的病也不是小可的。

【刮鼓令】兒年正及笄，不明白就困悴，着枕褥不知天地。(外)你不信，只看你的身子。(旦作看驚介)呀！怎麼身子忽然瘦了？(老旦)瘦厓厓腰一圍。(外)我兩人呵，鎭日裏淚沾衣，虧了你母親，看承女兒，同眠共起。(老旦)兒呵！今朝相見尙驚疑，怎生說與俺娘知。

【前腔】(旦)吾心裏苦飢。(外)好了！半年來不吃食，如今餓起來了。(老旦)有粥在這裏，吃一口兒。(旦作吃介)

(老旦)兒，好吃麼？(旦)好吃的。好茶湯能識味。怎生不見梟烟？驀想起梅香伶俐，他守粧臺看玉杯。(老旦)阿呀！他久不在這裏了。兒還記得玉杯麼？(旦)怎麼不記得？是法帖換來的。無端爲他，千山萬水。(老旦)這是甚麼緣故？(旦)夢中去路總依稀，教咱怎把話兒提。

(外)媽媽不要問了，扶他睡去，他身子纔好哩。(老旦扶旦下)(丑叫介)老伯伯，快些還我船錢！小娘子便沒要緊，你老人家也是這樣。我們做小生意的，擔誤這半日了。(外取錢付丑介)船錢便與了你。我且問你，這女客在那裏渡他來的？(丑)昨夜在皂角村口守風，今早見他獨自一個喚渡。上了船，從沒有這樣快，頃刻就到了這裏。(外)果然？(丑)好笑！你自家親眷，何不當面問他？難道說謊不成？我也沒工夫與你兜搭，我去了。(下)(外)呀！眞正古怪。不信女兒身子現在房中，魂靈却出去走跳，這也使人難解。且待病好，快些尋一門親事與他罷了。

莫愁魂散石城荒，天上人間兩渺茫。
夜半醒來紅蠟短，四肢安穩一張床。

第三十三齣 闔誑

(貼上)豹尾迎來詔未收，玉顏空鎖大長秋。入愁有貌翻成妬〔一〕，居近無鬚易免憂。梟烟替主入宮，喜得采女數足，發出不選，便待收拾歸家。怎奈太監那廝，苦苦收爲義女，只得權住幾時。呀！隱隱喝道響，想是回來了。我且躲在屏後，聽他說些甚麼？(丑上)羞臉揣懷裏，威風裝口頭。(叫從人介)孩子們，你說我老爺今日氣也不氣，吃虧也不吃虧？(雜)是公公氣了，吃虧了。(丑)這也罷了，萬歲爺還着我身上要人哩。天下有這樣沒頭的公事，連他也不曉得妻子姓張姓李，教我怎生出招紙？那裏尋得來？（雜）據小人見識，這樣倒好，葫蘆提尋一個搪塞他。前日選來的黃家小娘子，一口金陵說話，儘充得過。左右公公要他也是沒用的。（丑）狗才！怎見我就沒用？（作沉吟介）也罷，就用了他。（貼聽介）咳！他不知又把我送到那個去處？（雜）小娘子，有請。（貼）薄命憐飄絮，閒愁訴落花。（見介）公公喚我則甚？（丑）喚你出來，只爲新科狀元要尋娘子，待把你送與他去。（貼）阿呀！公公差了。我是選剩的宮女，只該送我還鄉，這句話從那裏說起？

【章臺柳】聽說是何因，從容細剖陳。俺父母生來掌上珍，難將輕贈人。那狀元呵，便 洞口漁郎要問津，不少的綠珠村。他妻子自家認得的，我去也假充不得。你還自忖，枉拋我畫樓紅粉。

（丑）這是好去處，管取不悞了你。

【醉娘子】孤單此身，終朝納悶。他狀元郎還未婚，若嫁了他呵，花冠稱縣君，後日往來相親近。便是你要回去也甚便。消停，須共往江南郡。

（貼）同往江南？他是那裏人？（丑）就是你秣陵縣人。（貼）姓甚麽？（丑）叫做徐適。（貼）

【雁過南樓】呀！這人，曾經耳聞，（雜）極標緻的後生呢。（貼）面龐兒俊雅能文。（丑）莫不是你認得的麽？（貼）若是徐適，也略認得。瞧他不眞，曾有幾分。（背介）果然是他呵，我心兒肯，口兒難硬。（雜）好了，小娘子肯了。喚伴婆來，今夜就送去。（貼）忙擕玉罇，怕來盤問。無心裏採一枝春信。

地角天涯不是長，兩行珠淚說昭陽。
一生未結絲蘿契，教向桃源嫁阮郎。

【校】

〔一〕入　劉本作「人」。

第三十四齣　杯圓（生上）

【生查子】孤館欲黃昏，玉漏丁丁徹。燈火照愁眠，酒滴眞珠竭。

我徐文樂夫妻失散，聖旨着太監跟尋。適纔長班回話，全沒一些消息。看看又是一日了。今夜月明如水，客館燈青。娘子不知在那裏，教我怎生放心得下？

【正宮過曲】【普天樂】俺夢魂裏不寧貼，玉天仙敢是飛去也。量着你脚步些些，怎曉得關山曲折。萬一半路上撞個歹人，他的性命定然決撒了。他的性子委是貞共烈，怕遇兇人遭磨滅。急煎煎荒郊曠野，緝林林西風落葉，慘沉沉子規殘月。

那日彈琵琶，我正要問他的姓名，被這班人一衝衝散了。

【前腔】你小名兒還待消停說，到教咱那裏尋根橛？我的姓字你是曉得的，或者倒是你來尋我。只是女孩兒家，畢竟要稟過父親的。便回去見你爹爹，提不起姑娘那節。嗄！你書是會寫的。須將簡帖好自親手寫，把你兒夫來尋者。你曉得我中了狀元，好不喜懽也！早知咱名登金甲，百忙裏迎來帝闕，不枉了狀元妻妾。

咳！你姑娘怎生叮囑我，說你虛飄飄一個身子，一步不要捨他。

【前腔】你姑娘當時別，語言兒丁寧切。如今怎麼樣回覆他？我好似醉夢癡呆，待相見如何牽撦。做夫妻幾日難道緣分絕，把骨肉恩情都拋捨。思量一回，要睡起來。咦！簾兒邊像我娘子走進來哩。倦來時雙眸困欹，見佳人繡簾微揭，怎能彀斷魂重接。

（睡介）（副淨扮伴娘，淨扮掌禮人，丑、末提燈擡轎隨貼上）（丑）〔一〕列位擺整齊些。（生驚介）門外怎麼有人喧嚷？

（衆合）

【賺】〔二〕燈火香車，新狀元門第那處也？（淨）是這裏。（望介）靜悄悄獨坐在裏面。長安客舍，見他默坐挑燈夜。（敲門介）開門者！（生）是甚麼人？（衆）是送親的。送來的夫人小姐，奉差遣，待要面見徐爺。（開門譁介）我們都要賞賜，吃喜酒哩。（副淨扯丑介）明日來領賞罷。從容謝，花紅錢話定誰怕賒。（搖首低語介）這是假貨兒，再休纏惹。

（衆下）（生）可喜！娘子竟尋着了。（作移燈看介）

【雙調過曲】【園林好】我妻房移燈笑迎，呀！爲甚不言語？便相見何須再等。（再看介）却那處紅粧來倩？（搖首介）不是我舊娉婷，不是我舊娉婷。

可惱，可惱！這太監那裏尋這女子來搪塞我？（貼）狀元，我今日到這裏，也不是沒根蒂的。

【前腔】記當初相逢妙齡，暢好是兒郎薄倖。（生）我那裏曾見你？說我薄倖起來。（貼）不要說別的，就是你家玉杯，也在我處。須看取玉杯爲聘，難道是昧平生，難道是昧平生。

（放杯卓上，生取看介）這個杯兒，我倒認得，原是我的。記得夫人對我說，他在娘家時節，玉杯裏照見個書生的影子；後來嫁我，那面龐兒竟是一般的。（貼）有這樣事？（生）

【喜慶子】儘香閨把玩纖手冷，照出個書生好眼睛，逗要得春風酩酊。他斟着酒，笑盈盈；瞧着我，喚卿卿。

（貼）若說照見杯兒裏影的，我倒曉得一個在這裏。（生）你曉得那一個？可就是你麼？（貼）不是我。只是斷然不是你尊夫人。

【尹令】不是你可人名姓，一般樣女兒心性。（指生介）又是你有些僥倖。（生）怎麼又說我？（貼）狀元，這玉杯是你的，那杯裏的影，不是你是那個？只是你也不要想前日的夫人了。休憐可憎，倒是這段姻緣穩作成。

（生笑介）奇怪，難道我徐次樂的影，普天下女子都瞧見的？我且問你，果然是那個？（貼）我只是不說。（生揖介）對我說了罷。（貼）狀元，難道就忘了你這玉杯打換在那一家的？（生）是我與黃秉公家打換法帖的。（貼點頭介）（生）

【品令】當年出門，行李上西京。千金古玩，將來換黃庭。收藏器皿，怕的將軍硬。嗄！我一發想起來了。人都說道，他有個女兒管領。莫不就是他女兒見我的影麼？話欠分明，難道是一種風流兩處情。

（貼）差也不多。（生悲介）是了，前日夫人原不曾說出自家名姓。不消說起，定是黃小姐了。（貼）這那裏說起？他病得了不得在家裏。

【荳葉黃】他懨懨瘦損，睡眼瞢騰，像有那個耳邊丁寧，不住的語兒低應。誰曾行聘，甚人主盟。拋閃殺半床孤零，折倒却半年愁病。怎忽地書生對面逢迎。

(生)你是他家甚麼人，這樣曉得？(貼)你也曾瞧見我，難道就不認得了？(生)嗄！我記得去年同蔡客卿到黃家門首，見一位聰明俊俏的女娘，難道就是你？(貼)你且說怎的樣見來？(生)那日呵，

【玉交枝】花開三徑，遇嬌娃春風畫屏。他覷人一點秋波定。還記得有個眞公子來，你只管笑駡他。(貼點頭介)(生)你只把俺兩人恭敬。打扮好在行也。綠衣素裳穿幾層，雙鬟不甚簪花勝。正好說話，裏面叫起來。又不知何人喚聲，又無因從容再停。

(貼)說來一些不差。實不相瞞，我是黃家裊烟，那喚我的就是展娘小姐。(生)呀！叫做展娘。(背介)我在李皇跟前，聞得喚他是展娘。(轉介)小娘子，你在他家，可曉得有個姑娘麽？(貼)狀元不曉得麽？他姑娘就是李皇爺的黃保儀了。(生驚介)若說黃保儀，我前日的夫人，是他主婚的。(貼)那裏有這樣事？(生)我在雒陽城外，遇見李皇打獵，領我回去。就把內侄女配我，有日子、有媒人的，難道不是你家小姐却是誰？(貼)李皇爺、黃保儀都是亡過的人。狀元，你一發搗鬼了。(生沉吟介)啐！都是亡過的人。這等，我白日裏撞見鬼哩。(貼)我那保儀呵。

【六么令】他昭陽寵幸，舊事都非，故國飄零。玉魚從葬在荒陵，泉臺閉，鬼燈青。是誰踏着黃粱境，是誰踏着黃粱境。

（生）我想太監來捉我時節，好端端坐在那裏，一嚇就沒有了，畢竟不是人，是人的魂兒。你家小姐病在家裏，保儀攝他的魂與我做親。古來原有這樣事的。（貼）我只是不信。（生）你不曉得，我未做親時，先有一件希奇的事了。

【江兒水】你道是倩女魂難嫁，幽懽事不成，早天緣湊合宜官鏡。（貼）宜官鏡是我家小姐的。（生）我在雒陽市上買那鏡子，照去見一個女郎。他點翠勻紅新粧映，羞雲怯雨纖腰稱。做了親一看，竟是鏡中的人。記取菱花折證，渾似丹青，好添我畫眉清興。

（貼）却好鏡子也落在你手裏。這等說起來，連我也信了。（生）你爲甚麼到這裏？（貼）

【前腔】只爲宮娥報，替主行，做中官養女圖乾淨。我家小姐呵，姊妹看成隨鞭鐙。便兒家沒個夫人命，充得個塡房插正。（生）這個自然。只是玉杯爲何在你處？（貼）臨行時節，老夫人把來贈我的。該是我話出根芽，故把玉杯相贈。

我想起來，你照見小姐的影，小姐照見你的影，不消說天緣註定的了。我與你也像有些緣分，每常小姐玩這玉杯，我也立在傍邊。

【川撥棹】他把瓊漿臙，俺可也偷照影。瞧不見傻角酸丁，瞧不見傻角酸丁，道不得無情有情。怎生他心至誠，怎知他見未曾。

（生）鏡子旣是小姐的，

【前腔】他梳粧竟，你可也頻顧影。你是我的妾，那鏡兒裏便照出兩個，却也何妨。偏怎生只一箇姐姐鶯鶯，只一箇姐姐鶯鶯，却分就無形有形。知怎生差半星，又誰人曾慣經。（貼）咳！我們原是不相干的。（生）那裏這樣說？我雖與小姐相處這幾時，却是，

【尾】游魂幻影空交頸。到今日纔親把腰肢摟定。（摟介）（貼）我纔進門來，你的嘴臉好不難看也。早被你一句迎頭把我輕。

與君相見卽相親，疑是文姬第二身。
爲報高唐神女道，金陵捉得酒仙人。

【校】

〔一〕丑　劉本作「介」。

〔二〕調　劉本作「黃鍾賺」。

第三十五齣　詰病（老旦上）

【雙調引子】【海棠春】孩兒今日新梳裹，喚立在小庭閒廡。依舊綠鬟斜，點出櫻桃顆。

小閣春歸花影垂，碧窗嬌女晝雙眉。無端開取黃金合，心事須教阿母知。我女兒病體初醒，語言恍惚。他父親因前日那隻船上，着實有些疑心。我也不信道深閨中一捏嬌娃，忽地裏便成精作怪，爲此每每放心不下。今日不免喚他出

來，細問那魂夢根源，討一個明白消息。孩兒那裏？（旦上）

【玉井蓮】影怯魂驚，起來腰肢是我。

母親，孩兒久病初起，該拜一拜。（老旦）你虛怯怯的身子，見個常禮罷。我且問你，你這一場大病，病中何所見聞？可一一從頭說與做娘的知道。（旦）母親面前，不敢分毫隱瞞，待孩兒細細說來。

【仙呂過曲】【風入松（二）】多時鬼病沒騰那，一霎淸涼不過。（老旦）那時節覺得怎麼樣光景？（旦）好像下堦踏着些兒蹉，逗亂影碧天雲破。瞥眼見紅牆翠窩，初入夢，小南柯。母親道孩兒到那裏去？却是姑娘的宮裏。（老旦）你那裏認得姑娘？（旦）孩兒也不認得，是個嬤嬤，道這是保儀姑娘，教孩兒拜了。（老旦）他說甚麼來？（旦）他說道：

【前腔】【換頭】家山回首隔嵯峨，（老旦）思量我兩口兒麼？（旦）念高年爹嬤。（老旦）待得你好麼？（旦）看承愛女同眠坐。他膝下無人一個，閒消遣興亡話多。他說舊時有句說話，母親可曉得麼？曾提起，舊盟麼？（老旦）沒有甚麼舊盟。（旦）說道攝山寺，同游幸，有個徐學士，爹爹許、許他結絲蘿。（老旦）嗄！是徐鉉學士。這句話你爹爹不曾對我講，只說李皇爺當日曾有甚言語。如今年代已久，提他怎麼？（旦低聲介）母親，姑娘說徐學士有個兒子，叫做徐適，後來當中頭名狀元，如今在西京市，閒游蕩，婚姻事，莫蹉跎。

（老旦）呀！那時該推辭纔是。（旦）

【前腔】【換頭】待行推託緊兜羅，招就個書生停妥。（老旦）阿呀！怎麼就招贅起來？你姑娘也欠斟酌了。（旦）這是天緣註定，不關姑娘事。那書生在雒陽市上買一面鏡子，鏡子裏現出一個美人，竟與孩兒容貌一般的。那書生呵，使心作倖風流我，用不盡胡覷狂睃。不語笑花枝自可，重會面，漫瞧科。（老旦）後來又怎的？（旦）做了幾日親，又送孩兒到別處去。他道家鄉遠，從夫去，京師住，長堤道，馬兒馱。（老旦）既然如此，你却怎麼樣回來的？（旦）偶然一日，在那裏彈琵琶。（老旦）你那裏曉得彈呢？（旦）也是姑娘教的。（老旦）這也奇怪。你彈琵琶便怎的？（旦）驀地裏一班人雪片樣打來，把孩兒的魂一驚，就驚散了。（老旦摸旦心頭介）兒驚壞了。（旦）這還不打緊，孩兒走去，又闖出禍來。纔行動，昏慘慘，烟塵亂，山坳裏，一聲鑼。

（老旦）這又是那個？（旦）是皂角大王劉鋹。（老旦泣介）苦了我孩兒也！（旦）孩兒被他搶去，誓死不從。還虧仙人搭救，纔走出來。

【前腔】【換頭】孤魂飄泊苦遭魔，透過那亂山兵火。（老旦）想是你到江邊，撞着前日的船麼？（旦）正是。孩兒船到了岸，那門兒還是閂上的，不知怎麼樣走將進來。等閒飛入門楻鎖，見瞌睡身軀倒躲。猛睡覺把心頭自摸，聽得爹娘叫女兒呵

（老旦）孩兒，這一番說話，爹爹面前切不可說出，恐怕他性子執拗，一時間着惱起來。既然姻緣天定，你且寬心過日子去。病中所遇，後日或得重逢，也不可知。（旦）孩兒知道。

榮辱昇沉影在身，醉醒何處各沾巾。
如今記得秦樓上，猶是春閨夢裏人。

【校】

〔一〕按：此曲實爲仙呂入雙調過曲「風入松犯」，全調由四曲合成，第一、四曲用「風入松」本調，第二、

三曲本調後帶二段「急三鎗」。劉本於本調後，均標出帶曲「急三鎗」調名，而於第三、四隻改「前腔」爲「風入松」。

第三十六齣　縣聾

（淨扮老知縣，雜隨上）（淨）

【牧犢歌】鄉科脚色正堂銜，考察愁塡老疾貪。咳嗽連宵病熱痰，昏昏兩耳甚難堪。

下官秣陵縣正堂董成龍的便是。七十歲老鄉科，三個月新知縣，甚是有些興頭。只是這兩日簽牌出票，弄得眼花手酸；放告投文，坐得腰疼背痛。更兼有一件重聽的小毛病，因此頗覺不便。却虧前日有個鄉里，送我兩本秘書。你道是那兩本？（笑介）一本是縉紳便覽，一本是新科敍齒錄。我思量看熟了這書，出去結交結交，奉承奉承，我老董就是一個巧宦了。今日無事，且將來溫習一番。（看介）刑科都給事中蔡游，號客卿，江南秣陵人〔一〕。嗄！是蔡老先生，我前日曾去他家送禮過了。這是敍齒錄。徐適，字次樂，江南秣陵縣人，殿試一甲一名。嗄！前日原聽得說狀元出在這裏，却不曾問得個明白。（再看介）父鉉，母韓氏。娶黃氏，秣陵黃將軍女。呀！門子，這裏有黃將軍麽？（門）有個黃僉公，是前朝將軍。（淨跌脚介）幾乎錯過了。這就是新狀元的泰山，我如何不去趨奉他！叫庫房快備起禮來，要金花酒十罈，肥羊四隻，綵段八疋，饗菓十二盤，另備繡衫一領，繡裙一圍，金鳳釵一對，玳瑁簪一雙，去黃將軍家慶賀去。門子！喚轎夫打轎，庫吏備禮，跟隨在後。（做行介）（門子）轉灣抹角，此間已是。門上有人麽？太爺在此拜訪。（末上接帖介）老爺有請。（外上）

【宴蟠桃】青粉牆高，綠莎廳冷，有誰欵戶相探？

（末稟介）大爺在外相訪。（外）快取大衣服來！（做換衣迎介）治生一介武夫，前朝廢將，敢勞老父母忘分先施，有失倒屣。（淨做不聽介）恭喜，恭喜。新殿元徐公，就是令東坦。學生特來奉賀，備些薄禮在此，伏乞笑納。（外）這是那裏說起？老父母莫非錯認了？（淨不聽揖介）學生此來呵，

【雙調過曲】【惜奴嬌】羊酒雙擔，賀君家令坦，大魁高占。論起令坦徐老先生，在貴府時，微官七品，還該手本庭參。（外）心慚，故李將軍人誰念，隱青門，心悽慘。（淨）老台翁休得過謙。（外）非自欿。實不相瞞，治生並無他婿，只有一女，尚王昌未嫁，坐守行監。

（淨不聽介）老台翁還有幾位令愛？幾位令婿？這幾位令婿一定也都是發過的了。（外）治生方纔不會道來？

【前腔】【換頭】難堪，白髮鬖鬖，須不似尚平遺累〔三〕，多女多男。（淨）老台翁，不是學生說，其實令婿徐公發了大魁，在老台翁面上大有光彩。即日還要製旗匾送來。詞林門面粧點你丈人行也氣象嚴嚴。（外）這事十分奇怪。老父母，治生其實沒有女婿，不好冒認。（淨做不聽得，外重說介）（淨）豈有此理！現放着一個簇簇新新的殿元女婿不認，老台翁，你莫不是癡憨。（袖中出齒錄介）你覷麼，徐適頭名由欽點，有泥金，呈台覽，非浪談。明寫着娶黃將軍女，籍貫江南。

（外）有這等沒來由事，倒也好笑。（淨）怎倒說學生來蒿惱？（外）怎敢說老父母，只是自己覺得好笑。

【錦衣香】（淨）非是俺，相欺賺；非是咱，虛慚欠。（外）無端鵝籠排場，好難推勘。算冰清玉潤怎承擔。敢門房族息，曾效鶼鶼；或名同姓同，鬼胡由錯認陶潛。（淨）不消疑惑得。殿元公既認老台翁做丈人，老台翁也不妨權認他做女婿。你休論甚鹹和淡，且朦朧兜攬。像這樣一個殿元公呵，便乘龍帥

府，門楣何玷！

（淨）庫吏送禮帖過來，與黃老爺看。（念介）這羊酒、綵段、菓盒，是送與老台翁的；另外有繡衫、繡裙、鳳釵、玳簪，是梯己送與令愛小姐，即係殿元徐公夫人的。（打恭介）俱求笑納。（外）老父母，這禮物治生斷不敢領。

【漿水令】謝君家珠襦繡衫，謝君家金釵玳簪。（淨搖頭介）我一毫不懂語喃喃。（外）待打掃喉嚨，着實聲喊。（附淨耳高唱）承尊賜，心感銜，但說到狀元難叨濫。（淨）這等學生只得告辭了。（外）承光顧、承光顧，明晨謹參。多唐突、多唐突，望乞包涵。（淨打恭下）

（外吊場）這一樁怪事，不知從何而起？

【尾】那徐郎有甚姻和眷，怎硬把黃門姓氏添。似這樣一個沒影的東床，好不悶殺了俺。

送君巵酒不成歡，老病人扶再拜難。
今日龍鍾人共棄，不如高臥且加飡。

【校】

〔一〕董本「秣陵」下有「縣」字。

〔二〕尚　劉本作「向」。按尚平即向平，見後漢書逸民列傳向長傳注。

第三十七齣　獄傲（中軍隨淨上）（淨）

七娘子西江搠水羞無那，報龍頭一番驚詫。追憶寃家，好生縈掛，回頭且使精油滑。凡事留人情，後來好相見。我獨孤榮要圖賴徐次樂法帖，把他趕逐出境，又把聽蕉下在牢裏。只道窮酸餓鬼，再無發達日子。不想他流落京師，一徑搶中了頭名狀元。我想詞林體面，交游又大，若在京有些議論，我這頂紗帽，到有些欠穩。仔細思量，放心不下。目今放他家人出獄，還他法帖，送些路費，打發他還鄉，也是解寃釋結一條門路。中軍官那裏？（中軍應介）老爺有何分付？（淨）我當初爲一時性起，監了徐狀元家人。如今你把這法帖送去還他，這銀子是賞發他還鄉的，你與我多多致意。正是：遇放手時須放手，得饒人處且饒人。（下）（中軍）你道好笑不好笑？我家老爺，沒來由把徐爺管家監禁，如今到要我低聲下氣去求告他。事已如此，說不得了。出了儀門，已到大牢門首。禁子那裏？取匙鑰開監！（雜扮禁子上）奉法朝朝樂，欺公日日憂。（見中軍介）（中軍）你快去請徐爺管家出來。（雜）聽大叔有請。（丑上）

【接雲鶴】連宵不寐剔燈花，喜東君捷報果堪誇。

（中軍揖介）大叔請坐。我的敝主，有眼不識泰山，日前多有冒犯，今特差小官敦請出獄。（丑）呀，原來你們也有求我的日子！當初是你家老爺拿我入監，如今又是你請我出監。不知我前日犯了甚麼罪，監我這許多時，也要大家明白講一講。（中軍）罷了，是我本官不是了，我倒替他陪個禮罷。（丑）

【雙鸂鶒】猛提起當時舊話，潑殘生憑伊敲打。我忍死吞聲，苦受公庭刑罰。只道是我相公久居人下。那日老爺便一時變臉，你們也該留些面情。偏是你大廳爺旗鼓威風怕。

(中軍)聽兄，你也休錯怪我，這都是奉主人差遣，衙門裏的規矩，沒奈何，只算是我多多得罪了。(袖中出銀介)這白金六十兩，送與足下做盤費。(出帖介)這就是賁主人的晉、唐法帖，老爺重新裱好奉還。只求收了，萬事休提罷！

【前腔】【換頭】這是原來的本無差，細裝潢舊錦邊牙。更有朱提白鏹，齎送足下還家。我的聽老先生，沒奈何看薄面權時收下，也把俺衙門體面留些罷！

(丑不應介)聽大叔，當眞不肯出監麼？(丑)要我出監，除非等我主人自來。(淨)我的聽爺，你又把你的主人來唬我的主人了[一]。你若眞正不肯出監，獨孤老爺只道我不會幹事，就要難爲我了。(跪介)聽爺，望你饒了我罷！(丑收銀、帖介)罷了，我也不難爲你了。如今依你言語，權且出監罷。(中軍起作揖介)多謝。叫禁子，快些送聽大叔出去。(雜上應，放丑介)(丑)我還要拜謝你們老爺。(中軍)待我請出來。老爺有請。(淨上)得他心肯日，是我運通時。那徐家聽蕉出了監不會？(中軍)他放刁不肯出監，不知費了多少唇舌。如今他說還要拜謝老爺。(淨)謝甚麼！我見了他，倒有些惶恐。也罷，叫他過來。(中軍)聽大叔，來見老爺。(丑見淨介)老爺在上，聽蕉磕頭。多謝老爺活命之恩。(淨)聽管家，不要說客話了。論起我老爺呵，

【五枝供】在集賢門下，替你們老爺，原是兄弟師生，兩世通家。前日你老爺在這裏，略有些閒言語，不過是茶前和酒後，沒甚別根芽。你去見你老爺，跟前再休閒磕牙，只說我獨孤老爺呵，尙容卽日通書帕。(丑)這個小人曉得。只是小人有罪，恐怕還不該放出去。(淨)閒話都不要說了。錦被權遮蓋，事方佳，(笑介)當初只算老夫差。

【前腔】（丑）小人呵，這場驚嚇，一縷殘生，吊打綳扒。不知因甚罪，該得受波查。（淨）再也不要說了。主人在京做官，你的體面儘好了。（丑）京官體面且莫誇，只外臺威勢眞堪訝。小人只是感激老爺不盡。今朝虧殺了，狀元衙，霎時枯木再開花。

（淨）管家不要多講了，快去罷。（雜扮報人上）天有不測風雲，人有旦夕禍福。（見淨介）稟爺，有密報在此。（淨看介）奉聖旨：獨孤榮叨冒節鉞，不思報國；大肆奸貪，有干法紀。據刑科都給事中蔡游所參，深可痛恨。着革了職，錦衣衛立刻扭解來京究問。該衙門知道。呀，這事決撒了也！（雜）稟爺，緹騎立刻到了，請到裏邊收拾去。（淨）正是：從前作過事，沒興一齊來。（同雜下）（丑弔場）獨孤榮竟拏問了，這件事好不快暢〔二〕。我如今既脫網羅，且回到秣陵看看；再到京師去，同主人衣錦還鄉，却不是好。

【尾】囹圄半載今超豁，纔重把身軀掙扎。我家房子雖然換與黃將軍，也還記得是朱雀桁邊第一家。

百感中來不自由，微軀此外復何求。
仰天大笑出門去，空戴南冠學楚囚。

【校】

〔一〕董本「唬」上有「嚇」字。

〔二〕快暢　董本作「暢快」。

第三十八齣　箋恨（旦上）

【仙呂引子】【探春令】春來粉黛不曾施，受淒涼獨自。嘆蕭郎夢斷江南使，消幾個平安字。

天上閒愁有，人間好事無。奴家魂歸之後，日日想念徐郎，杳無消息。正在愁悶時節，又遇着個聾子縣官，到門稱賀，亂講歪纏，落得俺爺蒿惱一場，摸不出半些眞信。仔細想將起來，我是不出閨門的女子，睡夢裏被姑娘扯去配了徐郎；如今弄得似假疑眞，如無或有。我爹爹認眞古執，若要說，怕漏風聲；那徐郎浪蕩虛囂，不去尋，竟無消息。難道把這段姻緣，付之一夢不成？

【南呂過曲】【繡帶引】【繡帶兒】埋冤殺姑娘不是，原來我命如斯。魂飄蕩水上空花，身搖漾風裏游絲。思之。

【太師引】喬才那得能到此。驀地撞這門親事，教咱把誰人怨咨。乾撇下孤幃冷落相思。

（老旦上）鶯花入夢深閨恨，兒女關心老境愁。我的兒，你在這裏做些甚麼？（旦）身子不快，閒坐在此。（老旦）你可曉得你爺昨日的氣麼〔一〕？（旦）兒也略曉得些。（老旦）那知縣忒煞糊塗，你父親偏生古執，葫蘆提答應他罷了，嘮嘮叨叨，說狀元不是我家女婿。那聾子一句聽不出，只管打恭叫喜。你爺受了一口惡氣，倒把我來埋冤抄鬧，可不是悔氣麼〔二〕！（旦）這是孩兒帶累爹爹、母親受氣了。（老旦）我却也有些疑心。那知縣手裏拿一本登科記，狀元名下明明開道：娶黃氏，秣陵黃將軍女。兒，你前日病中所遇，果是徐適麼？（旦）母親跟前，孩兒掉謊不成？只是姑娘原說自己的女兒，就是孩兒在他面前，也並不曾提起嫡親的爹媽，這句話又是那裏來的？

【懶針線】【懶畫眉】記得曾同那人兒，別院閒窗笑語私，琵琶水調撥龜茲。【針線箱】訴衷腸沒說爺行字，怎曉得姓名居址。或者我黃家另有別房麼？咳！徐郎，你登科記上門楣氏，敢江夏黃郎另一支。(老旦)兒，並沒有嗄！敢是被人假名託姓，冒充去了？(旦)就是有人假冒，做了幾日魂魄夫妻，孩兒的面龐，徐郎一定認得。怎麼中了狀元，就忘却舊好，竟締新姻，葫蘆提成就那門親事也。蹺蹊事，我夢魂勞攘，倒讓你明配雄雌。

(丑上)新官朝貴重，舊僕主恩深。聽蕉出獄歸來，聞得秣陵知縣到新狀元丈人家送旗匾。好笑我家官人，許久出外，那裏攀這頭親事？我是第一位管家，不免到他門首認一認。街上人說這家便是。呀！這是我家宜官閣，換與黃將軍居住的。嗄！他家有個小姐，知書識字，我官人也曾說起，多應做官後，寄書來下定的。怎不見有人出來？我且叫一聲：裏面有人麼？(老旦)是那個？(丑)是新狀元家聽蕉阿叔。(老旦)又是那個光棍，假冒來叫笑我家的。(對丑介)管家，你且住在外邊，我叫小廝出來。(對旦介)兒，若是你父親聽得，又是一番氣了。(旦)母親，他既說是狀元家人，或者討得徐郎實信，也未可知。何不喚進來問一聲？(老旦)這也有理。(對丑介)管家，那徐狀元果是你主人麼？(丑)怎麼不是？這裏小姐做了我家老爺的夫人，我是特來拜見夫人的。(旦)只我便是黃家小姐。(丑)〔三〕這等，聽蕉磕頭。(旦)不消得。我且問你，你從京師來，老爺可有書麼？(丑)小人爲官事在雒陽，不曾到京師。(旦)難道不曉得老爺的消息？(丑)

【醉宜春】【醉太平】來時知他殿試，正游街跨馬，面白無髭。(旦)聞得他在京另娶一個夫人了。(丑)只怕沒有這事。(背介)少年狀元，那個沒有兩三房夫人，畢竟招贅是實的了。(轉介)多應推三阻四，或者是勉強爲之。(旦)有這等事？薄情郎，好不傒落人也！喬廝，他一甌飯插兩張匙，【宜春令】背槽病全無行止。你幾時到京師去？(丑)〔四〕如今就去了。若有書信，小人帶去。恰好捎書傳信，伏惟尊示。

(旦)你在那壁廂坐一坐，待我寫起書來。(丑)曉得。我且向攝山寺裏走走去。信步游山寺，題名過粉牆。(下介)(旦作書停筆介)咳！他舊時見我的影兒。如今消瘦了，只怕連影兒也不認得了。

【瑣窗繡】【瑣窗寒】你害得人怨粉愁脂，不比當年鏡裏時。轉關兒那個接上連枝。眞眞假假，影疑形似，認儂家夢魂來至。徐郎，你也該辨一辨兒。【繡衣郎】做新郎，忒施爲造次；漫端詳，早迷魂失思。

我想你中了狀元，跨馬游街，好得意也！

【大節高】【大勝樂】黃金帶穩稱腰肢，插宮花承聖旨，輕裘寶馬游槐市。【節節高】烏紗翅，白玉巵，君王賜。長安千里泥金紙，關山西望心如刺。兩下盟言記來眞，今番爲伊淒涼死。

(老旦)書已寫完，怎麼不見那寄書人來？(丑上)逢僧忘話久，停馬厭書遲。這一會兒，小姐的書想寫完了。(老旦出見介)管家等久了。(丑)還是當得的。書完了麼？(老旦)

【東甌蓮】【東甌令】書封就，淚痕滋。(作拔釵介)拔取金釵充路資。(丑)這個小人怎敢受？(收介)(老旦)見你家老爺呵，教他莫把虧心使，照顧你窮妻子。(旦)你對老爺說：饒他官職苦難辭，【金蓮子】悄地裏一封書，小車兒迎我到京師。

(丑)小人就去了。(下)(旦)這寄書一事，在爹爹面前，母親且不要說起。

【尾】女孩家傳心事，怕爹行知道賴老娘慈。也無過形影相知一首詩。

春來山路見蘼蕪，君在蕭關妾在吳。
小疊紅牋書恨字，殷勤爲我報狂夫。

【校】

〔一〕得　董本作「的」。

〔二〕悔　董本作「晦」。

〔三〕〔四〕丑　原作「小丑」，據董本改。

第三十九齣　使訪（生、貼上）（生）

紫蓋鳴笳出汴橋，雒陽才子玉驄驕。（貼）歸家待拂同心鏡，拭翠添香有蒨桃。（生）我爲追尋小姐，感蒙聖上准我給假還鄉。出得京來，已到揚州地面。不知小姐病體如何，那姻緣成就，只怕還在天上哩。（貼）這也不消愁得。只是我家老將軍天性執拗，還該先修一封書去纔好。（生）我家人雖多，沒有梯己出力的。只有舊僕聽蕉，又爲事在雒陽，不見到來。左右的，快些攛行渡江去。

【仙呂過曲】【望吾鄉】錦帶吳鈎，青絲絡馬頭。旌旗路轉河橋柳。故鄉山色江南近，歸去淸明候。停鞭望，人在否？燕子東風瘦。

（雜）稟爺，已到江口了。應該秣陵縣馬船迎接，還不見來。（生）我們自僱隻船去罷〔一〕；那裏等得他？（丑上）

【鐵騎兒】過瓜州，向揚州，相逢恰轂，前站到江頭。我到京裏去，打聽得老爺奉差出京，將次到了。遠遠一簇人馬，莫不就是老爺麽？（作撞見介）呀！果然是老爺。老爺在上，小人叩頭。忙前叩首，家信一封投。（取書上介）（生）我那裏有甚麽家信？聽蕉，你在雒陽，幾時出來的？怎麽不到京來？（丑作淚介）小的吃盡苦楚，如今老爺有了這個日子，舊事也不消說了。那晉、唐小楷，獨孤榮聞老爺的喜信，特地送上。小的因到家裏走走，老爺幾時定一位夫人在南京，教我捎這個信來。（生）可就是黃將軍家裏麽？（丑）正是。（生）你見過小姐麽？（丑）怎麽不見？（生顧貼介）想是沒有病了。（丑）病是沒有了。只是那小姐看見登科記，曉得老爺另娶了一位新夫人，氣得了不得。（作背語介）我倒看不出了。這是黃家梟烟，這丫頭怎麽與老爺做一處？（生）聽蕉，你後面吃飯去。（雜諢介）（丑）漫着新屯絹，先除舊快鞋。（下）（生看書介）詞寄西江月〔二〕聞道盧郎得意，長安重醉金釵。粧臺玉鏡久塵埋，一片清光不改。　好夢等閒拋撇，閒愁沒處安排。休教蕩子不歸來，有個人兒活在。咳！小姐，你那曉得我心事來〔三〕？

【桂枝香】他書成纖手，修眉長皺，道俺紅粉樓中，另折取花枝春透。（指貼介）又誰知是你、誰知是你，相看依舊。咳，我徐次樂呵！費人僝僽爲風流。正是雁足書難寄，歸來恨始休。

（貼）小姐，

【前腔】你幽歡迤逗，無人窮究，好似澹月朦朧，虧殺我梅香泄漏。（指生介）到如今就裏、如今就裏，纔能成就。漫鬆羅扣試溫柔。小姐，只怕你好夢鴛鴦暖，芳心荳蔻愁。

（生）今晚且在前面館驛中安歇，明早趕進城，見丈人、丈母和夫人便了。

鸞鏡佳人舊會稀，相如擁傳有光輝。

馬頭漸入揚州路，終日思歸今日歸。

【校】

〔一〕隻船　董本作「船隻」。

〔二〕詞　劉本作「調」。

〔三〕董本「我」下有「的」字。

第四十齣　眞婚（外、老旦、院子隨上）

【大石引子】【東風第一枝】（外）玳瑁簾深，沉香火煖，揭天絲管聲傳。門停油壁香車，銀塘翠氣生煙。（老旦）宮眉初畫，蓮步懶少女芳妍。喜狀元紗帽籠頭，少年裘馬翩翩。

（外）那裏曉得十八年前李皇爺的說話，今日都應驗起來。原來我家失去的寶鏡，倒是徐狀元買得了，就在這鏡子裏照出展兒的影子；那狀元打換與我家的玉杯，展兒又在裏面照出徐狀元的影子。這段姻緣，奇奇怪怪，都係耿先生撮弄。昨日徐狀元到門〔一〕，把子婿帖兒來拜我，夫人方纔把前前後後的事一一說明。今晨黃道吉日，備下慶喜筵席，與他們成親。（老旦）女孩兒招個狀元女婿，也不枉姑娘一片苦心。恰好裊烟也在狀元身邊，更爲可喜。（外）小廝，若是狀元爺、二夫人到，先請後堂坐了；待結過花燭，纔請相見。（丑）曉得。（副淨扮掌禮人照常請介）（生上）

【燭影搖紅】臨水夭桃，畫圖曾識春風面。繡簾疏處見，分明人立煙絲軟。（旦上）羞把腰肢背轉，記舊日橫波曾見。夢中繾綣，覺後生疏，今番靦腆。

(副淨照常贊禮介)(外)請二夫人相見。(貼上)舊伴推桃葉，新恩寵柳枝。老爺、夫人、小姐請上，容妾身拜見。(外)你替主遠行，義同吾女，現爲副室，不比往常，行個常禮罷。(貼)定然要拜的。(外)既然要拜，我兩個老人家受了，小姐該另拜還兩禮。(作拜外、老旦介)(貼)巧配菱花，喜高堂椿萱有託。(外、老旦)同斟玉盞，與小姐姊妹相稱。(拜旦介)裊烟舊居侍婢，媿非絡秀之才。(旦)奴家免入深宮，咸荷採蘋之力。(送酒作樂介)(生)

【念奴嬌序】珠簾半捲，正風柔夜暖，萬條銀燭花前。龜甲屏開聞笑語，人在笙歌庭院。(貼)前日玉杯，奉與狀元、小姐做合巹杯。(生接介)低勸。琥珀漿濃，琉璃盌滿，膩香紅玉醉嬋娟。(合)須記取吹簫伴侶，今夕何年。(旦)

【前腔】【換頭】鶯囀，春風上苑。探花人衣惹天香，翠袖籠鞭。玉鏡粧臺梳洗早，拈取同心花鈿。(生)宜官寶鏡在這裏，正好做同心鏡。(旦接介)重見。殢粉疏狂，窺香俊雅，一人女婿萬人憐。(合前)

(生)晉、唐小楷送還岳父，做個定婚帖。(外接介)

【前腔】【換頭】如願。我是戟掩朱門，書藏黃絹，左家嬌女付遺編。遇貴婿，繡幕牽絲一線。佳讖。蘭麝香中，綺羅叢裏，白頭人醉插花筵。(合前)

(貼)欽賜的燒槽琵琶送上小姐，彈隻鳳求凰。(旦接介)(貼)

【前腔】【換頭】嬌倩。我待小婦鳴箏，紅兒度曲，春鶯嬌語十三絃。聽玉漏，數點丁冬銀箭。人倦。駐拍停歌，添香惜夜，手挼裙帶卸頭眠。（合前）

（副淨）請狀元爺、夫人入洞房。（外）鋪設在閣上。使女們掌燈。（生）原來就是宜官閣。

【賽觀音】綠楊絲，桃花片，那一帶池臺宛然。望咫尺明河非遠，還是咱舊日亭園。（旦）

【前腔】攏犀簪，鬆金釧，悄地把花枝自言。儘薄夢幽懽還淺，記海棠着雨應鮮。

（作送入房，外、老旦、貼轉介）（外）人家招得這個女婿，好喜也！

【人月圓】（外、老旦）聽鳳曲聲向雕闌轉，捲上珠簾教人看。銀缸側映紅鸞扇，恰可意風流人中選。思十載、西宮裏舊話，天配良緣。

（老旦）裊烟姐，你的房另鋪在西邊，我送你去睡罷。（貼）老夫人請自安置。（外、老旦）石城看畫錦，戚里羨乘龍。（下）

（貼嘆介）你看宜官閣上，他兩個美甘甘好睡也。

【前腔】回繡幕羞把衾窩展，十二闌干閒敲遍，愁濃酒惱難消遣。聽曳雪牽雲人宛轉，吹畫燭、空留得月影，花外團圓。

沒奈何也只得睡了。

嬌歌急管雜青絲，大婦同行小婦隨。
千日廢臺還挂鏡，玉珂瓊珮響參差。

【校】

〔一〕門　劉本作「呵」。

第四十一齣　仙祠（生、旦上）（生）

紫府仙人帶笑看，碧桃花底共驂鸞。（旦）羞言巫峽行雲夢，愛事麻姑起玉壇。官人，今日是三月三了，怎麼不到李皇廟去？（生）人夫俱齊了。你爹娘同去麽？（旦）老人家不肯出門，帶你第二位夫人去走走。（生笑介）憑夫人主意。（貼上）〔一〕雲歸二女廟，花發小姑祠。小姐出去燒香麽？（旦）你也同去。（貼）多謝小姐。（雜）請老爺、夫人上轎。（同唱）〔二〕

【仙呂過曲】【蠟梅花】秦淮好景是三月三，燒香轎子山亭擔。轉過了千佛巖，松杉路暗，渾金大字古伽藍。

（雜）這裏是攝山寺了。（生）我想那年在雒陽買鏡，也是三月三日。西京風俗，在李皇廟中做市；偏我秣陵縣這般冷落，鋪子也不見一個。（僧上）無人賽豚酒，有客費茶湯。住持接老爺。（雜）起去。（僧）轉過西廊，就是仙祠了。（旦）官人，那廟兒造來却是整齊。（生）夫人，這是客卿將我兩人仙婚奇事奏知皇上，奉旨造的。進祠的日子，因蔡兄一處行禮，不便帶你同來。（僧）稟爺，裏面用點心。監院傳齋鼓，沙彌待客茶〔三〕。（同下）（外上）白頭供奉老何戡，擬向山中住一庵。惆悵茂陵烟樹遠，長歌三闋望江南。自家曹善才。從汴梁回來，眼見興亡盛衰，添出許多感慨，思量棄家入道，因此改换裝束，做個清閒道人。且往城外，看有甚僻靜寺院住一住。信步行來，已到攝山寺。門首怎麽有許多人夫轎馬，借問大哥，那一位爺在裏面？（雜）是狀元徐爺。（外）徐狀元，可是黃老將軍女婿麼？（雜）正是。（外背介）前日眞公子在汴梁抄鬧的，就是此人了。聞他與黃家結親，是李皇爺陰中撮合，有許多奇怪的事。這廟宇也是他蓋造起來的。（轉介）大哥，我也要進去燒一炷香。（雜）你這道人不曉事。我家奶奶也在裏面，怎麽容你進去？（外）我雖是個道人，也曾做過官，伏侍李皇爺的。你去稟老爺，說仙音院裏曹善才，要進來燒香，憑他肯不肯罷了。（雜）他說大話兒，只得去稟一稟。（生、旦、貼上）山似詩中畫，人從鏡裏游。（雜）稟爺，有個道人，說甚麽仙音院裏曹善才，要進來燒香。（生）快請進來。他是老人家，你兩人不消迴避罷。（外進見揖介）狀元、夫人，貧道稽首了。（生）老丈想從京中回來？（外）正是。前日在京中，因聽得琵琶，多了一句口，不曉得眞公子抄鬧起來。如今狀元掙了一世前程，李皇爺立了千秋香火，舊事不須提起了。（生）這都是李皇要成就婚姻，仙機播弄；連眞琦我也不怪他，何況老丈！只是老丈伏侍李皇最久，今日是他生日，把前情舊事與俺細說一番，却不是好。（外）這也不難。只是貧道好彈的是琵琶，不知燒槽琵琶可在這裏麽？（生）正帶得在此，快取來與曹老爹彈與我們聽〔四〕。（同坐介）（外）這攝山寺是皇爺常臨幸的。（生）就把臨幸的事體講一講。（外）

【北商調】【集賢賓】走來到寺門前，記得起初勅造。只見赭黃羅帕御床高。那壁廂擺列着官員輿皂，這壁廂鋪設的法鼓鐘鐃。半空中一片彤雲，簇捧着香烟縹緲。如今呵，新朝改換了舊朝，把御牌額盡除年號。只留得江聲圍古寺，塔影掛寒潮。

（生）我家先學士，老丈可曾會麽？（外）你家學士，皇爺一刻也少不得的。還記得那日在朝門外呵，

【逍遙樂】中官宣召，御苑花開，兩宮駕到。催喚詞曹，飽蘸霜毫〔五〕，待應制詩成賜錦袍。好

一個君臣同樂。(生)還有何人在那裏?(外)無過是龜年吹笛,賀老搊箏,一部簫韶。

(旦)善才公,我家保儀姑娘,你可曾見麽?(外)俺帶了穿宮牌子,常時承值的。記得他在西宮呵,

【掛金索】曉拂鑾牋,滿寫明光詔。夜炙銀笙,側按梁州調。鬢貼金蟬,花發宮娥報。口泛瓊漿,醉博君王笑。

(生)你只見他好的時節,不知他葬在雒陽,與劉鋹墓道相近,終日提兵相殺,做鬼也不得安靜哩。(外)

【金菊花】俺只道石頭城守得不堅牢,原來這北邙山又被兵來抄鬧。老劉,你好不癡也!只看如今的世界,四海江山都姓趙,鬪甚英豪,嚇着鬼做黃巢。

(生)我在雒陽城外遇見李皇,招做女婿,把劉鋹一殺就殺退了。(外)如此恰好,只是這差使原該是黃兼公的。

【醋葫蘆】我只道黃忠老將叨,原來把徐卿女婿招(六)。將敗殘軍殺過杜鵑橋,報來的捷書少不得學士草,做功勞也添些親家榮耀。只難爲了舊元戎冷落老班超。

狀元,我聞得你在影兒裏結果姻緣,可是有的麽?(生指旦介)他的寳鏡在我處,照見他的影;我的玉杯在他處,照見我的影。這都是耿先生做媒,變幻出來的。(外)這耿先生在宮中從來古怪的。若不是他,這鏡子、玉杯怎麽有起影來?

【么篇】你待要瞧時何處瞧,待要描時怎地描?便兩椿兒湊合也不成交。撞着個媒人弄來手段好,遮逗得新人與書生廝照,驀地裏阮郎歸嚐見了念奴嬌。

我想玉杯是狀元的,寳鏡是夫人的,琵琶還該捨在皇爺廟裏,做個唐家故事。(生)這也極好,只是無人收管。(外)俺

道不去別處去了，就在這廟裏出家，常把琵琶彈一曲供養皇爺〔七〕，也不失我舊伶人的意思。（生）老丈既肯在此出家，就把琵琶相送便了。（外謝介）

【梧葉兒】俺將那烏棲曲改做求凰操，比似你做夫妻恰配上鸞膠。長則是將他斜抱，同着他睡覺，緊緊的守在僧寮。也不枉伏侍他一場，可不道馬也有垂韁之報。

（內作細樂介）（生）那裏一片仙樂？（立起看介）（貼）夫人〔八〕，却像雲頭裏響。（小生、小旦、老旦道服上）（小生）酒傾玄露醉霞觴，侍從皆騎白鳳皇。（老旦）無限萬年年少女，（小旦）手挼裙帶問昭王。（小生）這裏是嵩山寺了。聽得有琵琶聲音。呀！原來徐郎夫婦在我廟裏。（生、外）呀！是李皇爺。（旦）呀！是保儀姑娘與耿先生。（作跪接介）臣徐適見駕。（小生）徐郎，你夫婦完聚，好懽喜也！（生）皆係陛下、娘娘所賜。（小旦）〔九〕展兒，你前日汴梁失散，我心中甚是牽掛。（旦）若不是耿先生中途救護，孩兒怎能彀再見姑娘。（老旦指貼介）這就是裊烟。（貼再叩頭介）（外跪介）萬歲爺，可認得老臣麼？（小生）你是仙音院裏曹善才。記得十八年前，也就是三月三，（指生介）你父親爲我的聖節，進一首詞，叫做萬年懽，善才將琵琶度曲，保儀把于闐玉杯送酒稱賀，難道我就忘了！（外哭介）微臣適纔彈燒槽琵琶，正訴出皇爺往日的事體。（小生）嗄！方纔彈的就是燒槽琵琶？我久不曾聽得你彈了，再與我彈一曲，把我去後的光景說一遍。（外）領旨。（小生）我那澄心堂呢？（外）

【後庭花】澄心堂堆馬草，（小生）凝華宮呢？（外）凝華宮長亂蒿，（小生）御花園許多樹木呢？（外）樹木呵，砍折了當柴燒，（小生）那書籍是我最愛的。（外）書呵，拆散了無人裱。虧了個女婿粧喬，狀元波俏，纔掙這搭兒香火廟。善才也做廟裏道人了。（小生）這也難爲你。（外）三山捲怒濤，烏鴉打樹梢，城空怨鬼號。

怕的君王愁坐着，則把俺琵琶彈到曉。

(小生)世間光景，自然是這樣的。如今證了仙果，也不放在念頭上了。徐郎，我今日赴西王母蟠桃宴，暫到這裏，如今就要起程了。(生)臣夫婦感陛下、娘娘厚恩，留得片時瞻仰，也是好的。(旦)就是爹爹、母親，也不曾與姑娘一見。(小旦)我也待不得了。(外)仙凡路隔，諒難挽留，待我再彈一曲送皇爺罷。

【青哥兒】他自有夫妻、夫妻的才料，你自有仙人、仙人的玄妙，須信道富貴功名有下梢。人世疲勞，付與兒曹。草笠團瓢，散誕逍遙，芒屩絲絲，野蔌山肴〔一〇〕。(小生)徐郎珍重，我們去也。他年蕭史如相訪，須覓餘杭阿母家。(同小旦老旦下)(外)只聽得玉笛聲聲雲外飄，漁家傲。

(旦)姑爺、姑娘都去了，我們也進城罷。(生)老丈，你果然住在此出家了？(外)我今日見了舊主人，只恨凡夫俗骨，跟不得上天去，難道這廟兒還守不得麼？

【高過浪裏來】俺比不得蓬萊三島，仙部雲璈，則常是背檀槽手把松花掃。狀元放心。有貧道在這裏呵，憑着你兩個早去做官僚。玉帶金貂，紫綬緋袍，皓齒纖腰，翠袖珠翹，鏡點櫻桃，杯泛葡萄〔一一〕，好一對形影的夫妻直到老。

(生)就此告別了。只因紅粉佳人累，却讓青山道士閒。請了。(生旦貼下)(外大笑介)

【隨調煞】則我看世上姻緣，無過是影兒般照。一任你金屋好藏嬌，受用殺笙歌珠翠繞，脫不得這風流底稿。怎及那仙人鶴背自吹簫。

門前不改舊山河，惆悵興亡繫綺羅。
百歲婚姻天上合，宮槐搖落夕陽多。

詩曰：

詞客哀吟石子岡，鷓鴣淸怨月如霜。
西宮舊事餘殘夢，南內新辭總斷腸。
漫濕青衫陪白傅，好吹玉笛問寧王。
重翻天寶梨園曲，減字偷聲柳七郞。

【校】

〔一〕「上」字原無，據董本增。
〔二〕劉本「同唱」上有「生旦貼」字。
〔三〕待　劉本作「侍」。
〔四〕爹　劉本作「爺」。
〔五〕蘸　原作「醮」，據劉本改。
〔六〕招　原作「詔」，據董本、劉本改。
〔七〕供養　董本、劉本均作「供奉」。

〔九〕夫人　董本作「小姐」。

〔九〕小旦　原作「貼」，據董本、劉本改。

〔一〇〕蘞　原作「簽」，據劉本改。

〔一一〕葡萄　原作「蔔萄」，據董本改。

吳梅村全集卷第六十三　雜劇一

臨春閣

正目　灌隱主人著

洗夫人錦織通侯　張貴妃彩筆詞頭
青溪廟老僧說法　越王臺女將邊愁

第一齣〔一〕

(旦戎服錦傘，雜從上)中原逐鹿辨雌雄，誰辨雌雄俗眼同。天使李陵兵敗北，不教女子在軍中。自家高涼冼氏譙國夫人是也。俺笑男兒，慣裝門面，明是個鬚眉短氣，倒推開說此輩都是婦人女娘。怕下排場，怎見得眼顴輸人；偏羞澁道，恨我不爲男子。難道咱家三綹梳頭〔二〕，兩截穿衣的，就是一些沒用麼？譬如我冼氏，家在梁州，世爲南越、長歸馮氏，裔出北燕。好立軍功，恥從夫爵。謝聖恩可憐，册爲譙國夫人，仍開幕府，置長史以下官屬，給印章，聽發六州兵馬，便宜行事。那幾個不伏氣的秀士酸俫，看告示上大刺刺填著記室參軍，忩忙裏鑽官討缺；便算是慣打硬的強弁悍帥，見令旗邊明晃晃懸著銅鏉勢劍，一納地叉手抵頭。止坐君等無人，會須咸出吾下。昨日新下詔書，賚繡幰油絡駟馬安車一乘、鼓吹一部，命我循視諸邊〔三〕。那各路諸侯、外邦君長，齊集轅門，聽吾將令。正是：玉帶錦裘行塞外，旁人錯認語兒侯〔四〕。在吾一婦人，也算是威權不小。但須廣布朝廷德意，宜慰十路軍州，無謂女子乘邊，致使越人輕漢。叫左右的，起鼓開門！（衆錦傘、旗幟、刀劍、儀從上）

【點絳唇】〔五〕紫蓋文軒，刺桐庭院流鶯囀。黼帳高搴，一朵紅雲宴。

【混江龍】則看那雌霓旌展，蓮花寶鍔護嬋娟。赤緊的閼氏捧轡，徵貳擊鞭。夫人城金湯十二，娘子軍鐵騎三千。得雄王，得雌霸，軍爲呂氏；驢非驢，馬非馬，妹似孫權。不用求雷尚書、陸侍中，斜封墨勅；比得過潘將軍、婁御史，寶馬銀韉。篩幾聲諸葛鼓，不怕他人貽巾幗；畫一幅伏波像，誰說道女累凌煙。俺這裏房帷譙國非容易，眼看他粉黛彭城實可憐。不信是幾人冠蓋，剛剩這一道山川。

（末）嶺南道、嶺北道各州刺史進見。（旦）請進來。（衆進介）〔六〕（旦）諸公皆上將鴻勳，名流貴胄，今日受吾節制，恐未必甘效鞭箠。只是既忝旌麾，必須申明約束。若有不到的去處，諸公勿吝賜教。（衆）不敢。（旦）越人之俗，好相攻伐。方今主上嚴明，新奉詔書，如有不由調遣，擅相侵掠者，先斬後奏。公等宜訓齊所部，尊事朝廷，無得犯吾軍令。

【油葫蘆】你看俺刻玉于闐小帶圓，扣獅蠻一捻軟。花枝壓住五溪天。厮琅琅斜插了泥金箭，翠巍巍側映著銀鸞扇。少不得弓韃踹鳳鐙，皓腕按龍泉。休道將軍冠玉饒情面，只把俺金字令牌懸。

(末)緬甸國、扶南國、眞臘國使臣稟謁。(旦)那一國率領前來？(末)是緬甸國，要討慶賀的宴賞〔七〕。(旦)這個俺不少他的，只是要年年進貢，歲歲來朝哩。 列國使臣都來聽者：

【天下樂】你金葉文書字樣鮮。舞也波旋〔八〕，語駢連，赤支沙嘴臉波斯眼。疎花布，將頭纏；五色線〔九〕，把環穿。穩喫那一缾兒桄榔麵。

(末)羅羅等處宣慰司，木瓜、仡佬等處軍民長官進見。(旦)叫左右的傳諭他：爲甚的叛服不常，數違漢法？發到軍政司定罪去！(末)稟老爺〔一〇〕，他說是廣州都護府頻下牌來，調遣他畬丁田子，搜索鐘乳空青，頻頻激變，實非其罪。(旦)叫參軍們，我謝恩本上，就把這秀才官兒帶幾筆，也叫聖上知道。一面簽發告示，各處張掛，蠲免雜項差徭；只是分付他要安心守法，不可妄動。

【那吒令】你那邊輸些銀絹，俺這邊賞些紬段，咱兩邊沒些嫌怨。進用單，依前件；雜差徭，權放免。 止供著賧布賨錢。

吾奉命巡邊，文武將吏，中外軍民〔一一〕，大小畢集，可見國家威靈煇赫，薄海服從。叫左右的，將吾幾道詔書，欽賜的物件，陳設中庭，待諸公一看。 諸公！你曉得俺意兒麽？不是侈張恩寵，誇耀殊方；只是表國家待人不薄。 就是我一婦人，止靠「忠貞」兩字，寵賚至此，何況公等？各宜努力。 異日公侯將相，帶礪河山，寧出兒女子下乎！(雜)萬歲爺詔書五道，張娘娘手詔二道，錦袍一襲，綉段千端。(衆)夫人功高賞重，下官何敢仰窺萬一？只是張娘娘兩道手詔，難道也會做文字來〔二二〕？（夫人笑道）〔二三〕你道做女人的，就喫不得紅綾餅宴，中不得進士麼？他才學儘看得過哩！

【鵲踏枝】他本是玉天仙，飛下的錦文箋，字帶著壁月瓊花，筆掃著瘴雨蠻烟。就把俺兩人對看起來，我讓他紅樓銀管，他讓我白馬金丸〔二四〕。

你看這個錦袍，也是張娘娘手製的。

【寄生草】瑟瑟裙，黃金釧，猩猩袍，紫玉蟬。這是他春機自選春蠶繭，春朝自送春風剪，春江自揑春花染〔二五〕。（衆）張娘娘這等用心；夫人該尋猫兒眼、祖母綠、大大的珠子，貢獻上去。不要說夫人官上加官，就是刺史們也好遷轉幾級了。（旦）吾替他掙住錦片江山，那在些些進奉？比似你做官人慣想海南裝，偏是俺婦人家倒把珍珠賤。

這些都收過去了。那外國使臣，到來賓館賜宴。軍民長官，歸自己汛地去罷。各州刺史，帶領本部人馬，隨我到關門巡視一回。（中軍官稟介）待小官翟領兵前去，夫人不必自行。（旦）難道我去不得麼？

【醉中天】〔二六〕你道俺花枝顫，怎射得柳枝穿，却不道大樹家風黃石傳〔二七〕，小膽兒能征戰。則把俺繡旗兒半捲，也不學粉蘭陵喬裝假面，休錯認老留侯女貌嫣然。

衆將官，就此起馬！

【後庭花】（衆唱）〔二八〕若不是硬弰弓輕帶轉，早則把嫩腰肢一會兒喘。且看那繡甲鬆裁便，幾曾旱蓮腮將徵汗湔。起初慢俄延，纔上馬香塵兒成片，風吹得步步遠，全不見半星兒靦腆。

春動了百蠻天，檳榔花，紅欲然。忽聞得鸚鵡言，又立在楊柳邊。

（旦）發令箭一枝，著守邊鎮將，速發兵馬，出關哨探一回。（衆）嗄！（同唱）〔一九〕

【賺煞】〔二〇〕軍聲下瀨船，甲士明秋練。暢好是女節度簫笳沸天，現放著紫香囊做諸公夾袋選，幕僚中也算是綠水紅蓮。咳！我想馬伏波不肯在兒女手中，萬里征蠻，纔不負英雄男子。伏波原，銅柱雲連，躧屣妻兒望跕鳶。到今日呵，這樣的男兒，一個也不見了。倒靠著木蘭征戰，苦了粉將軍喬鎮綠珠川。

暫收兵馬歸營〔二一〕，明日點名給賞。（下）

【校】

〔一〕齣　吳本作「折」，下同，不另出校。

〔二〕給　翻鄒本作「搭」。

〔三〕循視　翻鄒本作「巡視」。

〔四〕語兒侯　翻鄒本作「小馮君」。

〔五〕吳本「點絳唇」上有「仙呂」字。

〔六〕介　吳本作「科」，下同，不另出校。

〔七〕宴　董本作「筵」。

〔八〕舞　翻鄒本作「胡」。

〔九〕線　翻鄒本作「珠」。

〔一〇〕老爺　吳本、董本均作「夫人」。

〔一一〕中外　翻鄒本作「番漢」。

〔一二〕吳本「來」下有「麼」字。

〔一三〕夫人　吳本、董本、鄭本均作「旦」。「道」，董本、劉本無，吳本作「科」。

〔一四〕金丸　翻鄒本作「金鞭」。

〔一五〕染　翻鄒本作「茜」。

〔一六〕醉中天　醉原作「錦」，據吳本、劉本及曲譜改。

〔一七〕黃石　翻鄒本作「馮婦」。

〔一八〕唱　劉本無；吳本作「合」。

〔一九〕劉本無「同唱」字。

〔二〇〕劉本「賺煞」下有「合」字。

〔二一〕兵馬　吳本作「兵將」。

第二齣

（末扮太監上〔一〕）自家張娘娘名下穿宮內使蔡臨兒是也。娘娘恩寵無二，萬歲爺言聽計從。只是老皇親不能入宮，就是宮人袁大捨代筆做幾篇文字；那打聽衙門事件，批駁各路表章，畢竟還待俺家商量。今日萬歲爺呼喚，要娘娘做嶺南節度使的勅書，好笑這官兒也是個女人。我想娘娘有俺家伏侍，做節度使的，手下幾萬人馬，難道都是內官家兒？那個官一定被下人撮弄去了。說話之間，早到宮門。袁學士有麽？（老旦扮袁大捨上）漫號披香博士，居然文籍先生。蔡家，今日有何章奏？（末）萬歲爺要娘娘做嶺南勅書一道。（老旦）待娘娘早膳過，方好稟知。（小旦扮張貴妃上）無雙漢殿鬟，第一楚宮腰。自家張麗華。梳洗纔畢，且把昨日應制的詩推敲一番〔二〕。

【粉蝶兒】〔三〕花動吟眸，思遲遲曉鶯催就。粉搓成沈謝曹劉。玉纖寒，香篆永，瑣牕清晝。只爲管領春愁，折倒個詠花人替花消瘦。

（老旦）女學士袁大捨叩頭，願娘娘千歲。千千歲！萬歲爺差蔡臨兒，要娘娘做勅書一道，在宮門取旨。（小旦）這是翰林院職掌，誰奈煩做他？大捨，

【醉春風】不爭俺貴人院燕鶯儔，倒替他太史公牛馬走。君王好自沒來由，且教他候候。多大心腸，早來公事，夜分詩酒。

（末）蔡臨兒叩頭。（小旦）萬歲爺要做那一道勅書？（丑）是嶺南道女節度冼氏，今日就在臨春閣賜宴。（小旦）知道了，你在外廂伺候。（老旦）嶺南有個土府君，今日又有女節度。娘娘，好個捉對兒。（小旦）我想婦人家做到節度使，官也不算小了。就是我兩人，生長深宮，頗長文翰，若同外朝取應，何愁不得一官。（老旦）如今江上緊急文書，萬歲爺終日沉醉，那個不由娘娘調遣？節度使多大官兒，就是大捨也做得過，娘娘何必問他？（小旦）學士，你不曉得我的意兒。

【石榴花】當日個憑高西望白蘋洲，金彈打斑鳩。驀地裏聽烏飛黃鵠斷磯頭。銅雀鎖諸謀。情思悠悠，深宮閒却磨崖手。鎮無聊花月吟謳，埋沒咱能文會武君王后，明教讓女伴覓封侯。

【鬪鵪鶉】他雖有十路軍州，俺須是三公師友。不爭他都護將軍，則便你參謀祭酒。兒女家人材，怎見一筆勾。只爲他軟款優游，做盡了窈窕温柔。但是他出得手呵，一般樣玲瓏剔透。

(老旦)聞得他昨日在西園射柳，好生英雄了得。(小旦)這個我就不如他。

【上小樓】東閣看花，西園射柳，早則是軟玉籠腰，鸞靴踹蹬，寶馬輕裘。比似我擁羅綢，護衣籌，幾聲咳嗽，看這張軟稍弓添些僝僽(四)。

(老旦)娘娘吟詩作賦，事事聰明，這個羨他則甚？(小旦)學士，我不但文字上去得，就是諸般技藝，那一件輸人？偏在弓馬上折了氣分，好生著惱。

【么篇】折莫是擘箜篌、打宮毬、雙陸圍棋、卷白迴波、射覆探鬮，信口謅，信手投，將無作有，偏扶上那轡頭兒敎咱落後。

(老旦)娘娘，我們且到東閣裏，將勅書寫完。萬歲爺多早就到了。(下)(生上)東國佳人推善賦，南朝天子號無愁。孤家陳後主，以國事付貴妃張麗華，果然帷幄重臣，夙夜匪懈，宮中稱爲二聖，一國不知三公。可謂委任得人，吾無憂矣。今日有嶺南節度使冼氏，在他宮中賜宴，就召江、孔二學士同賦新詩。(小旦)臣妾張麗華見駕。(生)貴人少禮。那嶺南道的勅書可曾做完？(老旦)女學士袁大捨叩頭。娘娘做完多時了。(生)宣讀勅書，原是學士的職掌。你將娘娘手筆，讀與我聽。（老旦）領旨。（取勅讀介）詔曰：朕惟銅柱風微，珠崖日遠，凡諸衿褶，咸負旌麾。桓元子之聲恨雌，曲逆侯之容雖美。徒勞繞涿，漫衣繡驅諸子〔五〕；何似吹箎，反勝健兒快馬。彼丈夫也，有婦人焉。咨爾譙國夫人冼氏，家出當熊之裔，人居馴象之邦，才過蕭娘，名高呂母〔六〕。曹娥江輕舟遠泝，杜姥宅油壁來朝。朕用嘉爾忠貞，酬其庸績，特加嶺南都護府大將軍，一切所屬文武將吏，先斬後奏，便宜行事。八百媳婦，烽烟消銅鼓之山；萬歲鄉君，湯沐食明珠之郡。曹大家修兵書一卷，唐夫人補鐃吹三章。用表武功，永綏南服。欽哉！（生撫掌大笑道〔七〕）如此手筆，貴妃眞才調女相如也，孤家想起來，偌大一個陳國，兩班臣子，無一個出色的。今日得貴妃做詞學近臣〔八〕，冼氏任邊關大將。你兩人一爲我看詳奏章〔九〕，一爲我巡視山河。朕日與二三狎客，飲酒賦詩，好不快活也！（小旦）只是做皇帝的忒便宜了。（生）大捨，就把那嶺南獻的珠璣犀象，與娘娘潤筆。（小旦）這個倒不消用他。

【滿庭芳】俺便是明珠莫受，珊瑚易購，翡翠誰求。只要荔支香一騎紅塵驟，潑新鮮圓顫釵頭。那時節呵，摘得個合歡枝君王笑口，說是俺賣文章應潤詩喉。風過處，春先逗。投至得嶺南章奏，女相如消渴定無憂。

（末）稟皇爺，譙國夫人、江、孔二學士，在宮門候見〔一〇〕。（生）宣他進來。（旦）臣妾嶺南節度使冼氏見駕。（小生、副末）〔一一〕臣江總、孔範叩頭。（生）人都道節度使是粗官，把女人做了，一般樣好看的。（小旦）〔一二〕

【脫布衫】早學得宮樣梳頭，不像個生在邊州。裊春風一枝兒豆蔻，消得俺笄條般指尖除授。

（生）聞你在嶺南，大著聲名，良深勞苦。（旦）此皆奉萬歲威靈，娘娘籌算，臣妾何功之有？（小旦）你看他說話兒煞是好聽也。

【小梁州】恰似他簾外鸚哥是舊游，一般兒萬歲千秋。（老旦）嶺南人原是鸚哥兒鄉里哩。（小旦）男兒結束女兒羞，紅袍笏〔三〕，羅襪一鈎鈎。

【么篇】垂螺拂黛連城守，沒包彈花密香稠。似這做官人誰能勾？（指江、孔末道〔四〕）他外頭全然不濟。儘文章弓馬，我輩占風流。

（生）譙國在貴妃左近，特賜繡墩；學士於御座東偏，同分天饌。光祿寺可曾完備麽？（雜）完備多時了。（生）學士同游，略去苛禮。冼氏遠來，貴妃須親賜一盞，以代朕推輪。（小旦）領旨。（生）袁大捨雖係宮人，已班學士，今日可充陪宴官。（老旦叩頭）（雜叫教坊司〔五〕）起樂。（小旦賜酒，旦謝恩訖〔六〕）（江、孔二學士奉酒獻生〔七〕）（旦奉酒獻小旦〔八〕）（小生）海宇清寧，遐方入貢，臣等敬爲陛下、娘娘進萬年之觴。（生）朕與貴妃舉卿之觴，卿等同之。（衆謝恩坐訖）（小旦喚老旦〔九〕）你看君王呵。

【快活王】夫人行怎勸酬，須女伴結綢繆。就是冼氏也不好獻酒呵，他怕是君臣雜坐錯觥籌，低低道君王壽。

（生舉盞道〔一〇〕）天子請客，女將來朝，可謂盛事。諸臣各賦詩一章，送貴妃批閱次第。入選者賜錦袍一襲，不成者罰清酒三升。（小生、末〔一一〕）領旨。（小旦）是好題目也！我索先做者。（宮人捧文房四寶上）（小旦）〔一二〕

【四邊靜】江山如舊，漫憑高、清尊思幽。早則碧玉紅樓，授簡同枚叟。銀牋自修，酒揾咱湘紋袖。

詩已成了。（宮人送生覽）（生念〔三三〕）征衫窄窄越羅香，細骨輕軀好急裝。軍壁小姑吹夜角，江山不復數周郎。（生）是好詩也！宮人取詩到下席傳玩，只怕速孤家也屬和不來。（小旦）陛下休得取笑。

【耍孩兒】俺不過湘娥含笑相抛鬪，怎及你陳王八斗。正遇著兎園高會柏梁遊，待詩成笑傲糟丘。那學士的詩也該就了。但得個翰林風月三千首，抵得他都護關河二十州。（旦）臣妾有何德能〔三四〕，娘娘如此過獎。（小旦〔三五〕）卿知否，只爲你山明水秀，惹得我酒病詩愁。

【三煞】（旦）春纖分越柚，花鬢插石榴。屏山六扇橫波溜。只道伊瓊窗抱瑟抛紅豆，那曉得玉帳分弓映碧油。端詳久，笑殺他明經學究，認不出織女牽牛。

（小生、末）臣江總、孔範應制二詩進覽。（生）送貴妃看。（小旦）那江令畢竟去得。大捨傳諭他：說二詩工力，俱臻妙境。只是孔詩落句，詞氣已竭；江令結處，尚有神采。畢竟江第一，孔次之。（老旦）娘娘傳諭：江學士第一，孔學士第二。（生）着取錦袍一襲〔三六〕，賜與江卿。（小生謝恩訖〔三七〕）（小旦）

【二煞】背蘭缸，好句搜。踞銀床，吟未休。落紅滿地如鋪繡。（生、旦合唱〔三八〕）那一篇蒲萄小賦邊愁入，這一首芍藥新詞宮體收。名非謬。難爲他獸環鴛甃〔三九〕，又尋思金騎長楸。

（旦）臣妾飽飫天廚，仰承宸藻，就此面謝聖恩，辭朝前去了。（小旦同旦合唱〔四〇〕）

【一煞】向花前，把手揉。悵分攜，獨自留。寒山暝色添眉皺。今日裏杜鵑聲急催宮漏，明日裏楊柳風和拂御溝。何時又、重會面湘川楚岫，再登程桂檝蘭舟。

（小生）明日智上人在靑溪寺講維摩釋論，請娘娘拈香。何不就命冼氏護駕？（生）說得有理。冼氏明日領勅辭朝，就帶御林三千人〔一二〕，保駕到青溪聽講。你便從此登程，不必復命了。（小旦）說甚麼護駕，只當餞行罷了。（旦）臣妾豈敢。（小旦）〔一三〕

【尾】春郊送阿候，青溪重載酒。道不得是俺主人情厚，則說爲講經臺折江頭數行柳。（下）

【校】

〔一〕末　董本作「丑」，下同。

〔二〕推敲　翻鄒本作「簡點」。

〔三〕吳本「粉蝶兒」上有「中呂」字。

〔四〕弰　原作「稍」，據吳本、董本、劉本改。「僽」，原作「偢」，據吳本、劉本改。

〔五〕繡䮠　原作「繡⿰糸屈」，據吳本、董本、劉本改。按後漢書光武紀第一上：「諸于繡䮠。」

〔六〕呂母　翻鄒本作「馮婦」。

〔七〕道　吳本作「科」，董本作「介」。

〔八〕詞學　吳本作「文學」。

〔九〕奏章　吳本、劉本、翻鄒本均作「章奏」。

〔一〇〕候　原作「侯」，據諸本改。

〔一一〕副末　董本無「副」字。

〔一二〕劉本「小旦」在「脫布衫」下。

〔一三〕紅袍笏　吳本作「紅袍象笏」。

〔一四〕江孔　董本作「小生末」。　道，吳本作「科」，董本作「介」。

〔一五〕吳本「教坊司」下有「科」字。

〔一六〕訖　吳本作「科」。

〔一七〕江孔二學士　吳本作「小生副末」，董本作「小生末」。

〔一八〕「小旦」下，吳本有「科」字，董本有「介」字。

〔一九〕吳本「老旦」下有「科」字。

〔二〇〕道　吳本作「科」，董本作「介」。

〔二一〕小生　小原作「上」，據吳本、董本、劉本、翻鄒本改。

〔二二〕劉本「宮人」至「小旦」十字在「四邊靜」下。

〔二三〕吳本「覽」、「念」下均有「科」字。

〔二四〕德能　原作「得能」，據吳本、劉本、翻鄒本改。　董本作「能得」。

〔二五〕「小旦」二字原無，據劉本補。

〔二六〕取　吳本作「將」。

〔二七〕訖　吳本作「科」。

〔二八〕吳本無「唱」字。

〔二九〕甃　原作「鷘」，據蕭本、劉本改。
〔三〇〕劉本「小旦同旦合唱」在「一煞」下。吳本無「唱」字。
〔三一〕御林　翻鄒本作「羽林」。
〔三二〕劉本「小旦」在「尾」下。

第三齣

（小丑扮老道人上）黃土低牆破屋，夜夜掛單守宿。通誠錯誤耳聾，跌筶便宜腰曲。做衣裳洗淨的長旛，換銅錢點殘的蠟燭。自家青溪山下張女郎廟祖公公傳下嫡支嫡派一個香火道人。三十年前，俺廟中好不興旺。只因菩薩是個女人，鬨動了滿城堂客。轎馬整齊，擺幾樣素菜點心，請開緣簿；人烟挨擠，敲幾下木魚鐘板，攔討香錢。丘嫂們喬打扮，苦眼鋪眉；胖姑兒苦願心，灰頭草鬢。妓女燒香，看人多錯疑良婦；牙婆作供，陪堂久便做佛頭。那曉得倒起運來：左隣趙文韶秀才，撞見狐狸精怪，成其夫婦，說是我廟裏的張女郎。我慌張了，歸來叩頭禮拜，叫道：「這個使不得的。如今男人不信心，全靠幾個女菩薩，這話倡揚出去〔一〕，就不肯來燒香。老祝衣飯斷了。」却是神道不會說話的，那裏分清皂白？漸漸裏冷冷清清，弄得我不存不濟。算將來整整三十年頭，我也活過七十八歲，不想有興頭日子了。今歲大年初一，起得早，山門上打個盹兒。聽得人馬喧闐，笙歌嘹嚦，見一婦人坐在馬上，叫道：「老祝，我回來了。」急忙叩下頭去，倒磕在石獅子上，呵呀，撲通！生老大一個扢搭。把眼揩一揩，呆呆地想，打拍老精神，或者待得出來。恰好二月半邊，廬山智勝禪師到石頭講經。那瓦官寺、同泰寺，好大去處，就算過百二三十，也輪不到青溪寺來。禪師古怪，道青溪寺有絕大因緣，定於此處開講。我聽得了，把零零落落幾扇朱紅槅子，另補製修；腌腌臢臢一領黃布直身，重新漿洗。一會兒興起期場來。今日貴妃張娘娘也到寺拈香。阿彌陀佛！我老道人有這個日子！只恐鋪應不周，擔著干係，待和尚上堂，與知客商量。說話之間，雲板響，師父放參了。（外扮禪師上）非色非空調御，無形無相毘盧。兩個泥牛入海，一羣香象浮河。勘破臺山婆子，話頭一句都無。貧僧廬山智勝是也。俺觀江南王氣將終，衆生劫因已至〔二〕。欲指點國王大臣，救拔刀兵水火；爭奈他沉酣麴糵，不能得解脫機鋒。倒是貴妃張娘娘，深曉詩書，精通禪悅。初因凡心誤動，遂墮色塵；究竟本性還存，兼修福慧。今日到寺拈香，重遊舊境；就是女官護駕，也証前身。老僧拈出大事因緣，教他言下大悟。咦！三生石上，半偈蓮花；二女廟中，一聲清磬。若曉得改頭換面，三十年之知見依然；便能轂濟國安民，數千里之生靈如故。這一重公案，好不關係也！叫弟子們，鋪單。（衆僧隨智勝迴繞念佛）〔三〕

【新水令〔四〕】菩提妙樹布淸涼〔五〕，轉金輪蓮花寶藏。諸天來供養，十地待宣揚。大放毫光，照一切微塵相。

（丑上）老道人叩頭。今日貴妃娘娘降臨，和尚作何體面相見？（外）國主瞻仰菩提，沙門禮敬王者。老僧自有家數，大衆不消費心。

【駐馬聽】你道寶騎千行，勝鬘夫人降下方；俺是法華三唱，釋迦老子坐匡牀。（僧〔六〕）東宮殿下，也是娘娘誕下的。毘羅城早誕淨名王〔七〕，華林園來聽如來講。不管那個參詳，先喫俺三十威音棒。

(雜)娘娘駕出西華門〔八〕，護駕的兩個女官先到。(見科〔九〕外)久聞兩位高名，目下現居何職？(旦)弟子冼氏，新除嶺南節度使。(老旦)弟子袁氏，現授翰林學士。(外)大衆省得麽？如今朝中臣宰，左班擠軋右班，後手挨幫前手。像這兩位官員，從何處得來？

【雁兒落】那一個　天將軍身現了女人王，這一個　月天子依報裏頭聽相〔一〇〕。非關是女娘家知見不尋常，只看那宰官身人我誰眞妄。

(雜)娘娘御駕到了。(外、僧衆迎接。小旦上)(衆僧參見訖〔一一〕)(老旦)請法師相見。(外上)娘娘，老僧稽首。(小旦)法師少禮。法師護國庇民，齋壇嚴淨，今來禮足，幸覩威儀。(外)老僧道場齋供，皆係國主弘施。娘娘御駕降臨，天人歡喜。請殿上拈香。(老旦捧香，外稽首上香訖，轉身向西立)(小旦拜〔一二〕)

【得勝令】往常時稽首祝無疆，今日裏寶刹鑾輿降。君臣珠珞西來像，車馬香嚴自在粧。吾皇，無憂樹高千丈；娘娘，多羅花蔭萬邦。

(僧〔一三〕)後面神祠清淨，請娘娘隨喜。(小旦)大捨，我初入此寺，怎那佛殿迴廊、香臺石磴，件件是親熟的？(老旦)大捨也是如此，莫不曾做夢來？(旦)娘娘同學士生長京城，或者曾經臨幸。臣妾嶺南萬里，恍若舊游，眞正有些古怪。法師古佛出世，學士何不問來？(老旦)師父，此寺何人殿宇？(外)學士，上面有金字牌額哩。(小旦看介)張女郎神祠。

【水仙子】他須與瑤臺帝子一般龐，却曉得識貴攀高也姓張。(老旦)這邊侍女是捧書的。(旦)這邊捧劍的。　魔合羅捏就那聰明況，恰便似做君臣立兩傍。寺內有個老道人，曉得來歷。娘娘可喚來問他。(雜叫丑上，作言語糊塗張頭側腦介）爲甚的應對蒼黃，不住的顛頭側望。（小旦）這道人有些面善，拿錙鈔三十錠賞他。多應是三十年別來無恙，因此上賞與齋糧。

（老旦）求大師說法。（外）娘娘請登寶座，貧僧細講者。（小旦）大師代佛宣教，理當皈依，就此聽法罷了。（外上座）古德云：一切草木，皆有佛性。只看瓶裏楊枝，人世上是非得喪，興廢存亡，那一件不在裏邊。（座上插楊枝介）

【甘水令】這楊枝兒歷盡興亡，綰盡悲傷，止道是蟠根天上，一任他飛絮滿長江。有日呵，運盡枯楊，移植雷塘，看看的斧斤凋喪，爲他與做詩人一樣顛狂。

（旦）娘娘聽講，三軍爲何喧嚷？（報上）青溪山下有一猛虎，羽林韓將軍生擒在此獻功。（外）這虎把貧僧做弟子罷。（旦）這和尚說玄話。就叫他獻進來。（副淨扮將軍擒虎上）小將放馬前山，遇著猛虎攀鞍；颼地一拳打倒，將來獻在禪關。（外把拄杖抑虎首，虎帖伏不動介）這畜生，

【折桂令】他圖個菜饅頭素齋和尚，倒驚了水磨鞭泥塑金剛。（老旦）娘娘懿旨：捨這虎與老師父。（外）虎呵，你看守齋房，他人伴當，自已皮囊。莫再惹莽拳頭揪翻廝放，早遇著軟心腸好做商量。

（小旦）那虎怕人，虧法師怎麽樣降伏了他？（外笑介）娘娘，擒虎的將軍可怕，虎何足怕來。雖是個牙爪難降，怎比得手段誰強。只見那飛將軍拖刀弄杖，幾曾見潑毛團入室升堂。

（拿拄杖一拂）畜生去罷：（虎下）（小旦）法師如此神通廣大，必知過去未來。敢問如何破除煩惱，安身立命？（外取拄杖畫兩畫豎兩畫）〔四〕學士，你可會得麽？

【殿前歡】你只看這行藏，倒橫直豎費思量。轆轤劫不住將人葬，認定是不死仙鄉。隨你這

一椿，那一廂，非常，穴地通天想，跳不出此中方丈。醉夢裏黑風白浪，倉忙時寶筏慈航。(小旦)我聽禪師說話，一會兒悽悽慘慘，心下不快起來。冼氏，你可就此登程，孤家擺駕回宮了。(旦)臣妾遠別天顏，不勝瞻戀。(小旦攜旦手嘆介)你看青溪山色，無限淒其。正不知人世存亡，市朝遷改，孤家與卿，還有相見之日否？(旦)臣妾三年一覲，何至仰勤聖懷？(小旦)若論愛根難拔〔一五〕，當爲佛祖所呵。像俺眷戀臣寮，法師有何指示？(外)這是夙因前果，非關別緒離情。貧僧已曾道破幾分，娘娘未能當機立悟。只是夫人受此深恩，須早整本路軍兵，頻參京師動定。他日越王臺下，莫怪老僧今日不言也。(旦)就此拜別娘娘，叩辭長老，起程前去了。(旦拜訖，先下)(小旦起駕下)(外稽首，衆僧送訖)(丑上)師父，俺的夢兒好不准也！法師初先呼喚，老道擡頭一看，貴妃娘娘的面貌，與張女郎一些不差的。捧劍的就是冼夫人，執書的竟是袁學士。把老道登時嚇死，口裏囫圇說不出一句話兒。(外)咄！你道我青溪開講大事因緣，爲著甚來？大衆如今省得麽？(僧衆)〔一六〕弟子們早省得了也！(外)咳！空費我一片婆心，濟不得他無邊苦惱。也是衆生業果，非關一姓興衰。眼看得錦繡江山，剗地裏刀兵世界。倒是嶺南一道，尚能保境息民。冼氏夫人，還有收場結果。貧道圓滿場期，仍往廬山入定，直待臨時點化他罷了。正是：慧眼看明當世事，慈腸須待有緣人。(衆僧又隨外念佛)〔一七〕

【鴛鴦尾煞〔一八〕】俺則爲衆生方便消災障，阿難化力無邊相。大道津梁，本地風光，禁不住話頭兒橫衝直撞。倡起個選佛名場，度脫那有德女跏趺西向。惱殺人醉漢風狂，便算做老婆禪到今朝也沒處講〔一九〕。(衆僧念佛作法器下)〔二〇〕

【校】

〔一〕倡揚　吳本作「張揚」。

〔二〕劫因　吳本作「劫運」。

〔三〕吳本無「僧」字，又「佛」下有「科」字。

〔四〕吳本「新水令」上有「雙調」字。

〔五〕「菩提」句上，吳本、劉本均有「外」字。

〔六〕僧　吳本作「衆」。

〔七〕「毘羅」句上，吳本有「外」字。羅，諸本作「盧」。

〔八〕西華門　劉本作「東華門」。

〔九〕科　董本作「介」。

〔一〇〕月　劉本作「日」。

〔一一〕訖　吳本作「科」。

〔一二〕吳本「拜」下有「科」字。

〔一三〕吳本「僧」下有「科」字。

〔一四〕畫兩畫　劉本作「横兩畫」。「竪兩畫」，吳本作「竪科」。

〔一五〕論　吳本作「爲」。

〔一六〕吳本無「僧」字。
〔一七〕吳本無「僧」字，又「佛」下有「科」字。
〔一八〕吳本無「尾」字。
〔一九〕吳本無「也」字。
〔二〇〕吳本無「僧」字。

第四齣

〔淨上〕黎弓果馬射花羊，捲伴娘兒絡索粧。新教藤牌陸隊長，羈縻州裏去支糧。自家巡夜把總爨阿四的便是。俺們平日詐的是猺戶，吃的是番船，受用慣了，勤甚麼王起來！半夜三更，提鈴喝號，好不辛苦。遠遠望見一個人來，好像老儂。且躲在一邊，聽他說話。（副淨）做甚麼官，做甚麼官！我老儂央分上，出頂手，掙不出一個錢兒；今要差出去相殺，怎麼了！（淨）啐！天下揀不出這個賤子。你看女娘家出門，還要提領頭，繫裙子，好一會兒。我本官軟設設的身材，一道梅嶺，極少也那延兩個月，那裏撞著隋軍？落得喒們討糧喫〔一〕，騙官做，唱幾聲平安喏罷了。（旦上）一盞安榴酒，三千藤子軍。珊瑚裝賜劍，流涕主恩深。探子報來，隋軍犯闕，聲勢浩大。我冼氏建牙開府，實叨閫外重權；況娘娘餞別賦詩，尤屬宮中異數。今日朝廷有難，妃、主驚憂，若不顛沛勤王，怎笑他男兒誤國！昨日衙門起馬，今夜宿越王臺下，待來朝過嶺，星夜兼程。叫巡夜的，有幾更天氣了？（淨副淨上）稟夫人，二更三點了。（旦）你們營門外巡警去，待我到臺上登眺一回。（淨應下）（旦）

【越調鬬鵪鶉】落木天空，悲笳夜永。廢壘傳烽，寒雲覆隴。鼉鼓逢逢，邊聲洶洶。俺這裏信不通，他那裏圍幾重。諕醒了磕睡官家〔二〕，驚壞你風流愛寵。

我想萬歲爺終日沉醉，這些光景，張娘娘一雙俊眼兒，有甚麼瞧不出來？

【紫花兒序】〔三〕他雖在人兒裏打哄，圖個被兒裏情濃，索是意兒裏玲瓏。昨日個臨春排宴，怎生般酒釃花穠。匆匆。爲甚的執手臨歧怨落紅。我曉得他意兒了。說不出君王懵懂。猛見了點點青山，蹙損了淡淡眉峯。

我心中煩惱，一會困倦起來〔四〕，且到帳中歇息一回。明日打點人馬過嶺去。（睡介）（小旦上）我一路尋來，過這重梅嶺，見一簇人兒，想不是隋家軍馬。大着膽向前一看，呀！旗兒上寫「勤王」二字，多應是冼夫人。枉是埋怨了他〔五〕，原來見報急文書，星夜起馬。咳！那蕭摩訶、任蠻奴一輩人，可是支持得住，待得你來救的？夫人，夫人！你縱有救主忠心，一些不濟事了。已到轅門首，你看旌旗整肅，鉦鼓嚴明。我陳家還有這些人馬。可惜是一天忠憤，那曉我萬種凄涼。向前去把胸中寃苦告訴一番，也顯得君臣知遇，生死交情。只是無限衷懷，怕到臨時哽咽耳。呀！星河黯淡，燈火青熒，刁斗三更，侍衛俱寢。原來爲軍事勞苦，假寐帳中。夫人！張麗華在此。（旦）朦朧睡去〔六〕，冷窣窣一陣旋風，瞥然驚覺。燈燭之下，忽見紅袖招搖，悄悄冥冥，凄凄默默。待我凝睛一看，知道是誰。呀！好像張娘娘。（小旦）夫人，你可認得我麼？（旦跪介）臣妾不知娘娘降臨，有失迎接。（小旦扶旦起）〔七〕如今時勢，不消行這個禮數了。（旦）這裏山川僻陋，路途遙遠，怎生天上掉得個娘娘下來？

【小桃紅】你身輕飛燕倚簾櫳，被巧風吹送。十二樓頭笛三弄，恰相逢，涼宵玉冷紅絲重。喚起咱凊眸炯炯〔八〕，認不出半牀幽夢。一天香語落空濛。

（小旦作長嘆介）我有萬千煩惱，無人告訴。萬歲爺醉後，悄悄出來，步月到此，與卿一談。（旦）娘娘有甚心事不樂？

（小旦淚介）夫人，你可曉得我的苦麼？（旦背介）娘娘意色淒其，形容憔悴，不知甚麼原故〔九〕，教我急切裏猜不出來。

【天淨紗】還記得攜手處遊遍芳叢，新詩句響徹絲桐。早難道才子多般命窮，也做到文章沒用，病班姬泣寫飛蓬。

（旦）呀！臣妾猜著了。

【調笑令】似這等朦朧不語中，多應爲醉後羊車過別宮。（小旦）你還要說這樣話兒！（旦）或者東宮殿下有甚災悔麼？如意長成閒拋送。（小旦）這個，我也顧他不得。（旦）袁學士怎不跟來？舊宮娃沒個相從。

（小旦）低聲自語搓玉葱，早則說外邊人大有圖儂。

（旦驚介）外面人那個不是娘娘臣子，誰敢道甚來？（小旦）你不曉得，左班官兒見勢頭不好〔一〇〕，便說女寵亂朝，都推在俺一人身上罷了。（旦惱介）

【鬼三台】娘娘，你雖是風流種，世不曾將官家弄。要則要閒談冷諷。老君王做啞妝聾，好夫妻就驚受恐。知他從也未必從，便從了，那外邊官兒同也未必同。甜話兒把官裏趨承，轉關兒將女娘作誦。

（小旦）你曉得舊時游宴之地，玉砌雕闌，一旦都空了。（旦）怎生道來〔一一〕？

【禿廝兒】臨春閣歎暮雨淒涼畫棟，後庭花做楚江蕭瑟芙蓉。歌殘玉樹聽曉鴻，少不得綺窗外又東風融融。

（內作鼓聲，小旦怕介）這鼓聲，想隋軍追來，俺家去了。青溪山下，後日相見。（旦）這是營中更漏，娘娘爲何心驚胆怯，一至於此！（把小旦衣袂留介）（小旦拂衣竟下）（旦仍到寢處作驚起介）呀！張娘娘那裏去了？（老旦扮女侍上）這是營中，夫人纔打個盹兒。貴妃娘娘怎得到此？（旦）原來是夢。（老旦）夫人夢怎的？（旦）夢見貴妃娘娘，長吁短嘆，眉頭不展，告訴許多說話。我正要問個明白，被鼓聲驚散了。

【聖藥王】山幾重，雲幾重，玉簫吹斷落飛瓊。花影紅，燭影紅，杜鵑啼血蘸殘虹。清露滴梧桐。

這個夢兆不佳，莫是京師有甚消息？叫左右傳問：轅門上爲何擊鼓？如有緊急文書，急遞進來。（軍校上）聞得隋軍過江，陳兵不戰自潰，後主已降，張娘娘壞了。（旦）那裏有這樣事？召諸將進來。（小生、末扮二將上）（旦）告急文書，到得三日，軍校所說，必是浪傳。差夜不收星夜打探去。（小生）衡州府有報警文書在此。（旦取看介）呀！這是眞的了！（作悶倒狀。老旦扶起）（旦仰面大哭介）

【紫花兒序】娘娘呵！誰似你千嬌百縱，誰似你粉豔香融，誰似你斷燕驚鴻。我見了芳心猶動，虧下的一點霜鋒。娘娘，你死得其所，也索罷了。從容，腸斷琵琶曲未終。寄語那黑頭江總：還虧我薄命昭陽，點綴了詩酒江東。

（小生）聞得衆文武說兩個貴妃許多不是。（旦）都是這班人把江山壞了，借題目說這樣話兒。

【麻郎兒】他鎖著雕房玉櫳，五言詩怎賣盧龍？我醒眼看人弄醉翁，推說道裏頭張孔。

（末）孔貴妃聽得也自縊了。（旦）這個還好，他兩人相處甚厚，此去呵，

【么篇】須與他女兒相逢，唧噥。生折倒瓊樹青葱，枉捽碎玉佩丁冬，活支煞翠娟雛鳳。

就殺也罷了，把這樣人兒，胡拿亂攛，豈不可惜！

【絡絲娘】密扎扎刀鎗沒縫，冷清清茶飯誰供。一個人兒厮葬送。君王呵！做官家何用？

【東原樂】娘娘，你恨血千年痛，悲歌五夜窮。便算是有文無祿，做個詩人塚，消不得一碗涼漿五粒松。誰似你魂飄凍，止留得女包胥，向東風一慟。

（稟）夫人〔二〕，轅門外有個老僧，投書一封，竟自去了。（旦取書看）〔三〕是一首詩：青溪山下講筵開，指點無生有夢來。萬里還歸張女廟，三軍休哭越王臺。廬山智勝題。呀！智勝是青溪女郎廟講經的禪師。他棒下玄機，詩中大意，前身夙命，明明拈出。就是娘娘夢中，也說是青溪山下相見。咳！若非三生因果，怎能彀千里追尋？這段機緣，不消說起了。

【綿搭絮】〔四〕洞庭波湧，五嶺雲封。嘹嚦嚦幾行征雁，昏慘慘幾樹青楓。他血汚游魂怕曉鐘，除非是神女蘭香有夢通。我也認不出雨跡雲踪，待折那後庭花問遠公。

各營將官軍士都來：你們隨我多年，指望替朝廷出力，博個大小功名。不意事勢至此，空費了一番辛苦。隨征錢糧數十萬，盡數散與諸軍。有思想家鄉的，另圖官職的，各聽自便。我入山修道去了。（雜）衆人死生從夫人，若欲分散，寧可死於夫人馬下。（又稟）〔五〕軍士得令，滿營大哭。（旦）我費十載辛勤，收拾這枝人馬，豈忍一朝散去？只是張娘娘

待我厚，今見他國亡身死，不能相救，我有何面目復立三軍之上乎？吾計決矣！

【拙魯速】娘娘呵！往日裏淚溶溶，說著了氣沖沖。恨文武無人効忠，怕敵軍將來緊攻。保奏我掛印元戎，趕不上保駕頭功。要咱們女娘何用？依先是男兒伯仲。（小生）既然夫人主意已定，我們求小將軍做主，如何？（雜）說得有理。（旦笑介）你好意兒把俺世征南小將從。這是衆人好意。不能相忘，任憑你們罷了。（旦解甲嘆介）咳！我六州節度使，還家去做個老嫗，豈不可嘆！

【尾】俺二十年嶺外都知統，依舊把兒子征袍手自縫。畢竟婦人家難決雌雄，則願你決雌雄的放出個男兒勇。（下）

【校】

〔一〕嗜　原作「眘」，據諸本改。

〔二〕諕　吳本作「嚇」。

〔三〕紫花兒序　紫原作「些」，據吳本、劉本改。

〔四〕董本、鄭本「一會」下有「兒」字。

〔五〕埋怨　原作「埋寃」，據諸本改。

〔六〕朦朧　原作「矇矓」，據吳本改。

〔七〕吳本「起」下有「科」字。

〔八〕清晔　吳本、董本作「青晔」。
〔九〕原故　吳本、董本、鄭本作「緣故」。
〔一〇〕「見」字原無，據吳本增。
〔一一〕吳本、董本、鄭本「道來」下有「小旦」字。
〔一二〕稟夫人　吳本作「軍校上」。
〔一三〕取書看　吳本作「看科」。
〔一四〕綿搭絮　綿原作「錦」，據劉本及曲譜改。
〔一五〕吳本「稟」下有「科」字。

吳梅村全集卷第六十四　雜劇二

通天臺

灌隱主人著

正目

沈左丞醉哭通天臺
漢武帝夢指函關道

第一齣〔一〕

（生扮沈左丞上）〔憶秦娥〕愁脈脈，江山滿目傷心客。傷心客。長干夢斷，灞橋聞笛。天涯夢斷看衰白，秦川對酒青衫濕。青衫濕。冷猿悲雁，暮雲蕭瑟。下官沈炯〔二〕，表字初明。吳興武康人也。少不逢時，長而遇亂。王太尉板爲從事〔三〕，元皇帝授以左丞。不意國覆荆、湘，身羈關、隴。雖其未殞，豈曰生年？老母在東，何時歸養？只有庾子山、王子淵二人是吾好友，每到邸中，時相勸勉。他也說得好：孔北海之痛孝章，恐憂能傷人；李都尉之勸子卿，何自苦乃爾！似這等淒淒默默，扯著悶弓兒，怎挨得過；不如尋芳選勝，放下心頭，或者還有歸去日子。我口裏雖然應他，却不道大丈夫萬斛愁腸，可是消遣得來的？不如步到長安城外荒涼地面，痛哭幾場罷了。奚童那裏？（丑扮童上）〔四〕老爺有何分付〔五〕？（生）我要尋一處散心的所在。（丑）老爺，你鎮日在屋裏扢縐眉兒住着，今日也帶挈奚童走一遭。我們到大街上山棚裏，看尋橦、跳丸、渾脫舞、婆羅門舞耍子去。（生）咳！那裏王孫公子，轂擊肩摩，我這等破帽青衫，跟著你蓬頭歷齒，非鞭揮車下，則馬墜溝中〔六〕。看他怎的？（丑）還去瓦子裏尋幾個雛兒，我曉得老爺出外久了。（生）咄，胡說！（丑）大街上新開個南食店，做得好百味羹、三脆羹，爺去走走，奚童也落個水角兒。（生）我要長安城外去。（丑）遠丟丟的，驢鞴子也走斷了〔七〕。（生）你不要管我。出得門來，已是幾里。你看偃師南望，半屬蕪城；新豐回首，空餘槐市。恰遇著黃葉丹楓，亂蟬疎柳，好一個清秋天氣也！那一邊直城東轉〔八〕，軹道西偏，遠遠望見的甚麼所在？奚童你去問來。（丑）賣山亭的老官，借問一聲：那裏高高的，我們上去得的麼〔九〕？（內）是一座荒臺。（生）咳！我想起來：淩歊、戲馬，阻隔淮、徐；銅雀、章華，淒涼荆、許。這是那一代蓋造的？看去約有三十丈來高，想望得見長安城裏，待我登眺一回。奚童，你沽一壺酒來。（丑）老爺，沽得酒在這裏。

【點絳唇】〔一〇〕（生）萬里思家，青袍布襪。西風乍，落木寒鴉，一道哀湍下。

【混江龍】則看他終南如畫〔一一〕，荒臺百尺攬烟霞。（丑）老爺，那邊有金字牌額哩。猛擡頭幾行金字，一弄兒明紗。原來是漢武帝通天臺。咳！武帝甘泉萬騎，那裏去了？今日冷清清坐地，只落得沈初明一個陪侍他。赤緊的漢室官家閒退院，不比個長安縣令放晨衙。黃門樂承值的樵歌社鼓，上林苑開遍了野草閒花；大將軍掉脫了腰間羽箭，病椒房瘦損却臉上鉛華；山門外剩幾個淚眼的金人，廢廊邊立一疋脫韁的天馬。早知道通天臺斜風細雨，省多少柏梁宴浪酒閒茶。

（丑）原來是個武帝。我們家裏有個武帝來。（生）咳！這是漢家的武帝，我們是梁家的武帝。那兩個皇帝，漢家的好仙，梁家的好佛。好仙的，黃山宮、五柞宮，吹笙弄笛，彷彿遇鶴駕鸞驂；好佛的，智度寺、同泰寺，說偈繙經，苦守著馬鳴、龍樹。那兩個都是肉身菩薩，陸地神仙。今日價兩代銅駝，都化做一抔黃土〔三〕。你看那疎刺刺一帶寒林，好似茂陵光景。（丑）是，是。我放鷂子走到這林子裏，那樹木果然茂盛〔三〕，人人說道是個茂林。（生）咳，煞可憐人也！

【油葫蘆】石馬嘶風灞水洼，那北邙山直下。茂陵池館鎖蒹葭，珠簾零落珊瑚架，玉魚沉沒蛟龍匣。這的是松楸埋寶劍〔四〕，那裏有雞犬護丹砂。儘生前萬歲虛脾話，賺殺人王母碧桃花。

咳！大丈夫仙釋無成，古今同盡，這也還是常事。只是興亡大事，理數昭然。那尋常人主，呆鄧鄧享些厚福，到不消說起了。便是兩個武帝，聰明才智，那一件不是同的？畢竟我蕭公是苦行修持，那漢武還雄心灑酒；這一個落得個收場結果，那一個爲甚的破國亡家？如今到通天臺上，天在何處，待我問他一番。奚童，酒再篩幾杯來。（丑送酒）（生持杯仰嘆介）

【天下樂】好教我把酒掀髯仰面嗟，你差也不差？怎的呀，做天公這等裝聾啞。文書房停簽押，帝王科沒勘查〔五〕，難道是儘意兒糊塗罷？

別樣也不講了，只是漢武一生享用，把我梁武比將起來：那壁厢千秋節，美甘甘排列的鳳脯麟膏；這壁厢八關齋，瘦凒凒受用些葵羹蒲饌。那壁厢尹夫人、李夫人，三十宮長陪遊幸；這壁厢阮修容、丁貴嬪〔六〕，四十載不近房帷。原來是甘泉殿裏，金童姹女，簇擁著一個大羅仙；爲甚的朱雀桁邊，餓鬼修羅，揑弄殺我那窮居士。咳！我那武帝，好不傷

感人也！（生淚唱）〔一七〕

【那吒令】你看他用的粗糲，沒上尊瓊斝；看他住的低亞，沒長楊廣廈；看他擺的頭踏，沒龍媒耍駕〔一八〕。那裏有黃門倡拊掌投壺暇？那裏有平陽侯蹀損終南稼？苦苦的一世官家。

【鵲踏枝】他每日裏誦楞伽，誰識起禍根芽。乾折了幾尺腰圍，修不了一衲袈裟。起首兒玄圃園齋時鐘鼓，收場時永福省酒後琵琶。

咳！我武帝到餓死臺城的時節，佛也該應來救了〔一九〕。（生哭介）〔二〇〕

【寄生草】日氣寒宮瓦，江聲怨野沙。則爲俺春秋高邁遭欺詐，害了他青年兒女擔驚怕，還靠著西天活佛慈悲化。可憐俺病維摩誰點趙州茶，眼看他啄皇孫砍做了潯陽鮓。

我武帝還做官裏四十年，簡文帝可有一日來？

【前腔】枉坐中朝駕，虛生帝子家。女山陰生扭做闞氏嫁，小宣城折倒了公孫架，到不如老昭明早受了江充詐。參不透惡那吒前果沐猴冤，免了他苦頭陀來世人王罷〔二一〕。

咳！我想漢武帝娶皇后，還落個小舅子，做得大將軍，祖公公託夢，撞著個安男兒，恰好是頭廳相。天下事那一樣不是僥倖來的？我武皇以天下兵馬委邵陵諸王，自家兒子見父親餓得這樣田地，還不肯出力，好不可恨！

【醉中天】你賣弄煞長稍靶〔二二〕，被他人脚底踏，只得向前度劉郎訴著他。氣那蕭娘不下，偏不肯把兵來救搭。各自己稱孤道寡，一家兒眼望巴巴。

這口氣若不是我七官家，怎吐得出來？奚童，你有酒再篩一碗我喫。（丑）老爺，你哭了半日，我不奈心煩，睡著了。你還要酒喫哩！（生笑）〔三〕你拿一碗來。我想那一日在太尉軍中，見一探子，肩上擔一面忽刺刺泥金報字旗〔四〕，報道侯景拿住了，好不快活也！

【金盞兒】俺這裏鼓兒撾，逢著他影兒拿。荊州將士全披掛，馬前縛到頸先叉。叫聲聲將頭拉，忽地裏委泥沙。拍手兒童投礫瓦，唱道是賣侯疤。

今朝漢社稷，重數中興年。我那時自謂得所事矣。誰想我元帝呵。

【一半兒】你只要江東士庶省喧譁，卻不道報怨申仇誰奪咱。為甚的姓蕭骨肉沒緣法，這丟兒有些虧心大。錦片樣江山做一會兒耍。

咳！我武皇帝止靠這個兒子，一發不濟事了。便是我沈初明半生淪落，只有這場遭際。王太尉教我草平賊表章，七官家雖號忌才，畢竟篇篇嗟賞。若遇漢武好文之主，不在鄒、枚、莊、馬下矣。今者天涯衰白，故國蒼茫，才士轗軻，一朝至此。正是往時文彩動人主，此日饑寒趨路旁，豈不可嘆。

【後庭花】俺也曾學春秋贊五家，俺也曾誦齊詩通三雅。脚踹著夜月扶風馬，眼迷睽春風鄠、杜花。醉時節口波查，鞭指定平津來罵。鬆泛泛逞機鋒傾陸賈，實丕丕運權謀獲呂嘉。大剌剌棄關繻車騎誇，赤資資買黃金詞賦佳。嬌滴滴走臨邛擁麗娃〔五〕，嚮搜搜射南山追鹿麚。到如今你道變作甚麼光景？骨碌碌呆不騰花木瓜，怯生生戰篤速井底蛙。便是有數幾個人也不見得了。氣昂昂汲大夫把手叉，口便便老東方緊閉牙。我呵，那裏渺茫茫盼黃河博望槎，只得急煎煎問成都那個君平卦。

我一腔心事，也告訴不得許多。奚童，有隨身紙筆，待我做起一道表文，奏過武帝。（丑）你看我老爺，眞是個人窮智短〔三六〕。你有奏文，不去大大衙門裏投，到向泥菩薩說鬼話哩。（生）表已草完，待我拜禱一番。（丑）難道沒一個接本的？如今左右都是做戲，待我也充一充。我乃漢朝黃門官是也〔三七〕。（生）咄！你迴避去。（丑下）

【靑歌兒】拜告了君王、君王鑒察，休嫌我書生、書生兜答。羇旅孤臣憔悴殺。漢武皇呵，俺也不用大纛高牙，紫綬靑緺；只願還咱草舍桑麻，濁酒魚蝦，冷淡生涯。武皇，我如今在三條九陌，騎著一疋靑驢，眼看他們田、竇豪華〔三八〕，衞、霍矜誇，僮僕槎枒，歌笑淫哇。俺這一個不尷不尬的沈初明站在那裏〔三九〕，好像個坎井蝦蟇，霜後壺瓜。咳！武皇，你當日臣子，如嚴助東歸，長卿西返，遭時富貴，還要衣錦故鄉〔四〇〕。我沈初明憔悴至此，求一紙路引兒還不能彀哩。你看那一帶呵，山谷谽谺，烏鵲啼啞。好教我駿馬鞭加，便算是萬里非遐。早及得春草萌芽，莫辜負滿院梨花。則願你老君王放一個吾丘假。呀，漢武是異代帝皇，難道自家主人翁倒不去告訴他？你看雲山萬疊，我的臺城宮闕不知在那裏，只得望南一拜。（生拜介）

【賺煞尾】則想那山遶故宮，寒潮向空城打〔四一〕，杜鵑血揀南枝直下。偏是俺立盡西風搔白髮，只落得哭向天涯。傷心地付與啼鴉，誰向江頭問荻花。難道我的眼呵，盼不到石頭車駕，我的淚呵洒不上脩陵松檟，只是年年秋月聽悲笳。（生醉睡介）

【校】

〔一〕齣　吳本作「折」，下同，不另出校。

〔二〕下官　翻鄒本作「小生」。

〔三〕板　吳本、劉本、翻鄒本均作「拔」。

〔四〕翻鄒本無「扮童」字。

〔五〕老爺　翻鄒本作「老爹」，下同，不另出校。

〔六〕墜　劉本、翻鄒本均作「墮」。

〔七〕鞴　原作「鞲」，據翻鄒本改。

〔八〕東　翻鄒本作「北」。

〔九〕得的　翻鄒本作「的得」。

〔一〇〕吳本「點絳唇」上有「仙呂」字。

〔一一〕他　翻鄒本作「那」。

〔一二〕抔　吳本、董本、劉本、鄭本均作「坏」。

〔一三〕茂盛　翻鄒本作「盛茂」。

〔一四〕這　翻鄒本作「說」。

〔一五〕吳本「帝王」二字空格。

〔一六〕修容　原作「修客」，據吳本、董本、劉本、翻鄒本及梁書改。

〔一七〕唱　吳本作「科」。

〔一八〕覂駕　原作「泛駕」，據吳本改。

〔一九〕董本無「來」字。

〔二〇〕介　吳本作「科」，下同，不另出校。

〔二一〕頭陀　原作「頭佗」，據諸本改。

〔二二〕稍　翻鄒本作「梢」，疑當作「弰」。

〔二三〕「笑」下，吳本有「科」字，劉本有「介」字。

〔二四〕擔　翻鄒本作「挑」。

〔二五〕滴滴　原作「嫡嫡」，據吳本、翻鄒本改。

〔二六〕是個　董本、鄭本均作「個是」。

〔二七〕黃門　董本作「皇門」。

〔二八〕眼看　翻鄒本作「眼見」。　他們，吳本作「他家」。

〔二九〕站　原作「跕」，據董本改。

〔三〇〕故鄉　吳本作「回鄉」。

〔三一〕空城，吳本作「孤城」。

第二齣

（外扮漢武帝，雜扮太監、從官，旦扮侍女上）（外）影娥池畔草芊眠〔一〕，青雀低飛聲路邊。憶寶玉箱曾入市，別來銅狄又經年。孤家漢武皇帝是也。穆天子觴我於磐石之上，戲賭吉光裘，倒虧巨靈指點，贏了他渠黃小駟〔二〕。升於太行，還絕河濟，已到通天臺。如此良夜，可無佳客？那些從官們，一個個能言快論；只是他把世間興廢看得淡了，倒覺沒趣。譬如賈生不哭，揚子無愁，縱有嶔嵚歷落之氣，怎能彀感發出來？所以數百年來，天上逗遛幾篇文字〔三〕，反被後生批駁，說道：上邊筆路〔四〕，漸覺尋常。俺仔細思量，只因不比人世愁多，非是關俺神仙才盡。不如這班參不透、耐不得的漢子，哀吟狂叫，聽將去反覺動人。適纔有個江南沈秀才，哭哭啼啼，為著老蕭何子孫梁武帝，訴出個天大來的不平。不知他是古佛化身，那要你孤臣洒涕？只是一片心腸，也不要埋沒了他。從官，拿他表文上來。（雜遞表文介）（外）這表章儘是去得。咳！我做一世帝王，恁般雄才大畧，慣被那不識時務的儒生，輕輕薄薄說一句秦皇、漢武，一筆丟下了。這沈秀才倒肯做着表文，拜告我這失勢的官家，煞是可敬。田丞相，引他上殿。（田）領旨。沈先生，我主有請〔五〕。（生驚起）〔六〕老先生高姓？（田）學生姓田〔七〕，名千秋。（生）這是田老丞相。素昧平生，知是睡裏夢裏？（田）學生虧做一個夢，便做了丞相。這一派傳將下來，如今做官的都是做夢哩！老先生你還不知，吾主等待久了。（生）梁朝原鄉侯尙書左丞沈炯見駕。（外）沈卿羈旅悲秋，一何憔悴至此！（生）微臣異鄉失路，亡國興哀，仰勤聖懷，不勝惶悚。（外）沈卿，你家梁武帝，原是個西方古佛，恐怕那因緣纏繞，倒虧了一陣罡風，把有為世界一齊放倒，然後撒手逍遙，天然自在。這些興亡陳迹，不過他蒲團上一回睡覺，竹篦子幾句話頭，你只管替他煩惱，為著甚來？（生）喫棒如來，原無眞相。就他一人身上，只索罷了；只是世界之內，不宜有此。那天公主意，却是為何？（外）若論人世滄桑，那個不到這個田地！便是孤家何等英雄，雖然宗廟園陵，粗成結果，究竟哀蟬落葉，仍痛故姬，歸來望思，空傷愛子。刀磨石上，雍門之鼓瑟堪哀；盌出人間，隧路之摸金可畏。豈必臺城之樹，獨有悲風；只此長安之宮，止餘明月。沈卿，你聽我道來：

【雙調新水令】嘆西風峭緊暮林凋，把江山幾番吹老。偏是你黃花逢臥病〔八〕，斗酒讀離騷。那舊壘新巢，斜陽外知多少。

這篇文字，自古如此，何足多恨。我想古人遠齊處魯〔九〕，不居一邦；今上帝命朕爲華胥國主，還住此臺。沈卿客游到此，不如揀像意的官做一個兒罷。

【駐馬聽】俺倦仗逍遙，高枕華胥擁二嶠；你客卿清要，吹臺禁選借枚皐。展油幢插起侍中貂，據胡床斜側參軍帽。沈卿，你在梁朝做官，有許多年月了？（生）湊上些舊年勞，算得來三四考。

臣烱負義苟活之人，豈可受上客之禮，以忘老母哉！陛下所諭，臣不敢受命。（外）這樣不識擡舉的。

【攪箏琶】〔一〇〕好一個呆才料。倒是咱甜句兒緊相邀，反惹他腆著胸脯，氣哏哏將言回報。有甚麼通天才學，不肯的屈脊低腰。你要回去呵，便做馬牌勘合都塡着，也要待十日三朝。

（從官上）吾主再四殷勤，左丞何無留意？（生）沈烱國破家亡，蒙恩不死，爲幸多矣。陛下縱憐而爵我，我獨不愧於心乎？如必不得已，情願効死，刎頸於前。（從官）臣等苦言勸勉，他涕泗横流，以死自誓，執意不從。（外）這個也不要怪他，受遇兩朝，遠鄉萬里，悲愁侘傺，分固宜然。只是他無國無家，欲歸何處？沈卿，我這臺上，那江南光景〔一一〕，儘望得見來。

【沉醉東風】這一帶半天嵩少，那一搭兩點金焦。（生）果然是江南風景。好風吹夢落廣陵潮〔二〕，聽鐘聲敲破匡廬曉。沈卿你看，都是些澹烟衰草，（生）好感傷也！只怕你故國鶯花總寂寥〔三〕。若回去呵，可憐煞斷鴻縹緲。

（生）臣一望家鄉，心如摧剳。求陛下速加矜允，早就歸程。（外笑介）偌大一個漢皇帝，難道別酒不能備辦一杯？叫光祿寺擺飯，與沈左丞餞行。傳話後宮，喚麗娟出來送酒。（旦上）畫眉猶未了，漢帝使人催。來了。

【得勝令】（旦）只得向簾前走一遭，大古裏秀才家饞眼腦。爲甚面龐迸定胡遮調，敎我脚步騰挪懶去瞧。（外叫麗娟）、（女伴催介）（旦）嘮叨，是這等苦支喳鬧廝叫；蹊蹺，倒爲著酸黃齏冷氣淘。

麗娟叩頭。萬歲爺，那吾丘、司馬陪宴柏梁，從未喚麗娟侍酒。今日請個酸溜溜的秀才，喚麗娟怎的？（外）他是江東才士，失路思家。你唱一隻解悶曲兒，與他把盞者。（旦）理會得。（取盞上）〔四〕

【喬牌兒】（旦）只爲你沈婆兒會作喬，喚了俺漢宮人忙來到。便算是秀才慣病難醫飽，也莫把酒杯兒放忒高。

萬歲，他只管短嘆長吁，持杯不飲。（生）微臣聞此幽渺之音，倍增流離之感。只爲著寶劍飄零，空負了玉釵敲斷，一聲河滿，不覺涕垂。委實不能飲了。（旦）我道他是粗笨秀才，這句話兒，倒也可人心意。便是俺麗娟，一去人間，犀沉玉冷，看那市朝遷改，黯地傷神。何況他南國香銷，美人黃土。正是人言愁，我亦欲愁矣。

【掛玉鈎】（旦）俺便做燕子橋邊柳萬條，也遮不住愁來道。儘敎他腸斷東風碧玉簫。咳，沈郎！

不要說你，便是我麗娟閒點勘春愁稿，那 漏遲遲，人悄悄，也不禁占定闌干，只落得淚滴花梢〔二五〕。萬歲爺，這秀才愁悶如此，倒不如早些放他回去。（外）我教你勸酒，倒替他說人情。只是便宜了你，唱不得幾句曲兒。

（生）微臣快覩天顏，優承禮遇。今日拜辭闕下，仰荷生成。世世生生，不知所報。（外）沈卿，此上界瑤居，卿以宿因〔二六〕，合當到此。數十年後，當待子於三十六峯。（指麗娟道）〔二七〕此妮子因竊吾煉藥，偷絳雪丹一粒，得成仙果，在王母第三女玉巵娘子位下。今日一見沈卿，不無留戀，合是夙緣。卿若重過此臺，當以妮子相贈。咳，左丞！我甚不惜放卿還，但不審何時復至耳。（旦）這一天涼月，萬歲爺何不到黃山下打獵一回，就送左丞歸去。（外）說得有理。換了我的衣服。侍女們，擕了樂器，多帶些酒來。

【折桂令】（外）〔二八〕急忙裏裊金鞭走送河橋。換嬌帽輕衫，背捍撥檀槽〔二九〕。古道荒郊，獵痕青燒，玉兔媒嬌。麗娟，你手製的錦袍一襲，從官帶得黃金三十斤，賜與沈卿。沈卿，贈征人鴉青嚮鈔，禦秋風狐白輕袍。（生）親勞御駕相送，復賜路資。微臣叩謝天恩，拜辭去了。（外）沈卿，不要就行，待我再獵一回，送你到函關外去。旅雁嘹嘹，別馬蕭蕭。出秦關風引旌旗，射南山霜滿弓刀。

【沽美酒】（衆）做勢兒圍場遶，號頭兒人叢叫。叫女將穿圍打花鳥，緊扣著獅蠻帶小，一轡頭踹過山前哨。

【太平令】（衆）放蒼鷹星眸玉爪，疊凡禽雨血風毛。到明朝歸來平樂，少不得三軍齊犒。你呵，須自文豪、興豪，奏長楊賦草〔三〇〕，呀，纔顯得沈東陽文章馬矟。

（雜）這是函谷關上了。（外）從官，叫他開關。（丑上）星霜嚴夜柝，車馬候晨雞。自家函谷關把總便是。半夜三更，那個在此討關？(雜)咄！有緊急文書，星夜前去的。(丑)拿文書我看：這是元封年號。我在錢眼上不見有元封通寶，這是假的，我老爺睡了。(雜)他胡言亂話，說文書字號不對，不肯開關。

【錦上花】(外)便算是虎頭牌對差年號，遮莫你狠牙峪刀蹬衣包。這廝呵，黑睡鼾鼾，慣噇燒刀，多大官兒，語言胡哨。

(雜)還不開？(丑)畢竟那一家，也要問個來歷。

【么篇】(外)則問你這重關起首誰家造？沒眼蔽材，盤問根苗。叫左右的，打開來罷。沈卿，只說你家蕭公〔三一〕，但看孤家，一個關也討不下來。失勢官家，傍州廝照，道破關頭，出門長笑。關已大開，沈卿可以行矣。(旦)秀才前途保重，咱們隨駕回了。(下)(生醒)〔三二〕奚童，我們出了函谷關，快些回去。(丑)甚麼函谷關？(生)適纔漢武帝送我過關的。(丑)還是通天臺下酒店裏，老爺睡着。奚童也打一個盹兒。(生)適纔武帝置酒殷勤〔三三〕，就是麗娟也裊回送別，難道都是一夢？呀！據此佳兆，我定歸期有日了。只是一席閒談，許多指點，他說我梁皇依然極樂，自家倒無限淒涼。正是：一曲哀歌茂陵道，漢家天子葬秋風。那見得玉匣珠襦，便勝着金戈鐵馬。總付之一江流水罷了。便是我沈初明，若使遭遇太平，出入將相；今日流離喪亂，困頓饑寒。到頭來總是一場扯淡，何分得失，有甚爭差？倒爲他攪亂心腸，搥胸跌脚，豈不可笑！武皇，你教我多矣！

【鴛鴦煞】俺便是三年狂走荒山道，那怕他一朝餓死塡溝壑。黑海波濤，枯樹猿猱，猛地裏老黃龍棒頭喝倒，還說甚苦李甜桃。好一個悶葫蘆今朝抛掉，都付與造化兒曹。哈哈，沈初明三十年讀書，一些沒用。剛虧了通天臺那一篇漢皇表。

【校】

〔一〕芊眠　翻鄒本作「芊綿」。

〔二〕羸　劉本、翻鄒本均作「贏」。

〔三〕天上　翻鄒本作「天下」。

〔四〕上邊　劉本作「上篇」。

〔五〕我　吳本作「吾」。

〔六〕「驚起」下，吳本有「科」字，劉本有「介」字。

〔七〕學生　吳本作「我」。

〔八〕你　吳本作「俺」。

〔九〕想　吳本作「思」。

〔一〇〕攙箏琶　琶原作「笆」，據吳本及曲譜改。

〔一一〕光景　吳本作「風景」。

〔一二〕吳本「好風」上有「外」字。

〔一三〕吳本「只怕」上有「外」字。

〔一四〕劉本「上」下有「介」字。

〔一五〕梢　原作「稍」，據吳本、董本、劉本、翻鄒本改。

〔一六〕宿因　翻鄒本作「宿緣」。
〔一七〕道　吳本作「科」，董本作「介」，劉本、鄭本「道」下有「介」字。
〔一八〕吳本無「外」字。
〔一九〕捍撥　原作「桿撥」，據諸本改。
〔二〇〕長楊　原作「長揚」，據吳本改。草，吳本作「早」。
〔二一〕只說　吳本作「莫說」。
〔二二〕「醒」下，吳本有「科」字，劉本有「介」字。
〔二三〕武帝　翻鄒本作「武皇」。

附錄一

傳記　祭文

吳梅村先生行狀

顧湄

先生諱偉業，字駿公，姓吳氏。吳爲崑山名族。五世祖禮部主事諱凱，高祖河南參政諱愈，父子皆八十有重德，其行事載吳中先賢傳中。曾祖鴻臚序班諱南。自禮部公以下，三世皆葬於崑。祖贈嘉議大夫、少詹事諱議，始遷太倉。父封嘉議大夫、少詹事諱琨，以經行祟祀鄉賢祠。母朱太淑人娠先生時，夢朱衣人送鄧以讚會元坊至生。

先生有異質，少多病，輒廢讀，而才學輒自進；迨爲文，下筆頃刻數千言。時經生家崇尚俗學，先生獨好三史，西銘張公溥見而嘆曰：「文章正印，其在子矣！」因留受業，相率爲通經博古之學。年二十補諸生，未踰年，中崇禎庚午舉人。辛未會試第一，殿試第二。西銘公鄉、會皆同榜，文風爲之丕變。時有攻辛未座主宜興相者，借先生爲射的，莊烈帝御批其卷，有「正大博雅，足式詭靡」之語，言者乃止。授翰林院編修，先生尚未授室，給假歸娶，當世榮之。

乙亥入朝，充纂修官。值烏程柄國，先生與同年楊公廷麟輩，挺立無所附。烏程去，武陵、蘄水相繼入相，先生皆與之迕。先是吾吳有奸民張漢儒、陸文聲之事，烏程實陰主之，欲剸刃東南諸君子。先生以復社著名，爲世指目。淄川傳烏程衣鉢，先生首疏攻之，直聲動朝右。丙子，主湖廣鄉試，所拔多知名士。戊寅三月二十四日召對，先生進端本澄源之論，欲重其責於大臣，而廣其才於庶寮，乃昌言曰：「冢臣職司九品，若冢臣所舉不當，何以責之臺省？輔臣任寄權衡，若輔臣所用不賢，何以責之卿寺？」言極剴切，上爲之動容。已與楊公士聰謀劾史𡎴，𡎴去而陰毒遂中於先生。己卯，銜命封延津、孟津兩王於禹州，𡎴謀以成御史勇事牽連坐先生，會𡎴死，事寢。陞南京國子監司業。甫三日，而漳浦黃公道周論武陵奪情拜杖信至，先生遣太學生涂仲吉入都具橐饘，涂上書爲漳浦訟寃，干上怒，嚴旨責問主使，先生幾不免。庚辰，晉中允、諭德。癸未，晉庶子。甲申之變，先生里居，攀髯無從，號慟欲自縊，爲家人所覺，朱太淑人抱持泣曰：「兒死，其如老人何！」乙酉，南中召拜少詹事，加一級。越兩月，先生知天下事不可爲，又與馬、阮不合，遂拂衣歸里，一意奉父母歡。

易世後，杜門不通請謁，每東南獄起，常懼收者在門，如是者十年。本朝世祖章皇帝素聞其名，會薦剡交上，有司敦逼，先生控辭再四，二親流涕辦嚴，攝使就道，難傷老人意，乃扶病入都，授祕書院侍講，國子監祭酒。精銳銷耎，輒被病弗能眡事。閒一歲，奉嗣母之喪南還，上親賜丸藥，撫慰甚至，先生乃勇退而堅臥，謂人曰：「我得見老親，死無恨矣！」未幾朱太淑人沒，先生哀毀骨立；復以奏銷事，幾至破家，先生怡然安之。嘉議公八十而逝，有幼女，先生爲嫁。蓋先生天性孝友，初登第後，嘉議公勑理家事，歲輒計口授食，蕭然不異布衣時，俸入卽上之嘉議公，未嘗有私畜也，後析產，與二弟均其豐嗇，舉無閒言。

先生性愛山水，游常經月忘反。所居乃故銓部王公士騏之賁園，先生拓而大之，壘石鑿池，灌花蒔藥，翳然有林泉之勝，與士友觴詠其閒，終日無倦色。其風度沖曠簡遠，令人挹之鄙吝頓消。與人交，不事矯飾，煦如陽春。生平規言矩行，尺寸無所踰越。每以獎進人材爲己任，諄諄勸誘，至老不怠。喜扶植善類，或罹無妄，識與不識輒爲營救，士林咸樂歸之，而於遺民舊老，高蹈巖壑者，尤維持贍護之惟恐不急也。

先生之學，博極羣書，歸於至精，有問經史疑難、古今典故，與夫著作原委，旁引曲證，洞若指掌，多先儒之所未發。詩文炳燿鏗鍧，其詞條氣格，皆足以追配古人，而虛懷推分，不務標榜，尤人所難。自虞山沒後〔一〕，先生獨任斯文之重，海內之士與浮屠、老子之流以文爲請者，日集於庭，麾之弗去。一篇之出，家傳人誦，雖遐方絕域，亦皆知所寶愛。雅善書，尺蹏便面，人爭藏弆以爲榮。所著梅村集四十卷、春秋地理志十六卷、春秋氏族志二十四卷、綏寇紀略十二卷，又樂府雜劇三卷。

先生生於明萬曆己酉五月二十日，卒於今康熙辛亥十二月二十四日，享年六十有三。寢門之哭，學士大夫輒失聲曰：「先生亡矣！一代文章盡矣！」原配郁氏，封淑人，先公十五年卒。先生初未有子，年五十後，連舉三子暻、瞵、暄，尙齠齔，有成人之志，側室朱氏出也。女九人：淑人出者四，浦氏出三，朱氏出二。先生屬疾時作令書，乃自敍事略曰：「吾一生遭際，萬事憂危，無一刻不歷艱難，無一境不嘗辛苦，實爲天下大苦人。吾死後，斂以僧裝，葬吾於鄧尉、靈巖相近，墓前立一圓石，題曰『詩人吳梅村之墓』，勿作祠堂，勿乞銘於人。」又勑三子：「若能效陳、鄭累世同居之義，吾死且瞑目。」嗚呼，先生之心事可悲也已！是歲正月旦，先生夢至一公府，主者王侯冠服，降階迎揖，出片紙，非世間文字，不可識，謂先生曰：「此位屬公矣。」十二月朔，復夢數人來迎，先生書期日示之，故豫知時日，竟不爽，斯亦異哉！

湄之先子，與南郭、西銘兩張公爲同社，社中惟先生最年少，湄又從先生游者垂二十年，而受先生之教爲深。先生素羸弱善病，輒自言不久。少壯登朝，數忤權貴，獎護忠直，不惜以身殉之。既而陵谷貿遷，同事諸君子皆不免於難以死，而先生優游晚節乃死，人以爲幸，然非先生祈死之本懷也。先生閱歷仕途，雖未嘗有差跌，而其危疑遘會，禍亂薦臻，若天廣而無以覆，地厚而無以載，居恆苦忽忽不樂，拂鬱成疾以死。是諸君子處其易，而先生處其難。千載而下，考先生之本末，其猶將欷歔煩酲、執簡流涕而悲不能自已也。所謂「天實爲之，謂之何哉」！湄與修郡邑志，於先生例當有傳。先生之從子曉以事狀屬湄，用敢捃摭遺佚，附綴家乘之末，立言君子，尚有采於此云。謹狀。康熙十二年七月二十一日。

【校】

〔一〕虞山　「虞山」兩字原作空白，據文義及墓表補。

吳梅村先生墓表

陳廷敬

蘇州郡治西南三十里西山之麓，有壙睪如者，詩人吳梅村先生之墓也。先生宦達矣，行事卓卓著於官，而以詩人表其墓者，從先生志也。先生諱偉業，字駿公，晚自號梅村。五世祖凱，前明永樂間舉孝廉，官禮部主事，年三十，以養親乞歸，遂不出，世稱貞孝先生。高祖愈，成化進士，官河南參政。並見吳中先賢傳。世居崑山，曾祖南，以善書授鴻臚。祖議始遷太倉。父琨能文章。祖、父皆受先生封爲中憲大夫。

先生少聰敏，年十四能屬文。里中張西銘先生以文章提唱後學。四方走其門，必投文爲贄，不當意卽謝弗內。有嘉定富人子，竊先生塾中藁數十篇投西銘，西銘讀之大驚，後知爲先生作，固延至家，同社數百人皆出先生下。弱冠舉於鄉，爲崇禎辛未科會試第一人，廷試第二，授編修，是時年二十三耳。制辭云：「陸機詞賦，早年獨步江東；蘇軾文章，一日喧傳天下。」當時中朝士大夫皆以爲不媿云。

崇禎中，黨事尤熾。東南諸君子繼東林之學者，號曰復社。虞山以東林之末響爲復社先，而先生西銘高弟也。西銘既爲復社主盟，先生又與西銘同年舉進士，故立朝之始，遂已大爲世指名。當是時，淄川張至發，烏程黨也，繼烏程而相，剛愎過烏程。先生始進，卽首劾淄川，奏雖寢不行，其黨皆側目。頃之，遷南京國子監司業。時黃道周以事下獄，先生遣監中生涂某賫表至京，涂伏闕上疏，中理道周，黨人當軸者以爲先生指使，將深文其獄以中先生，會其人死乃已。旋奉使河南封藩。丙子，典試湖廣，當時號得士。尋遷中允、諭德。丁嗣父艱，服除，會南中立君，登朝一月歸。本朝初，搜訪天下文章舊德，溧陽、海寧兩陳相國共力薦先生，以祕書院侍讀徵，轉國子祭酒，尋丁嗣母憂，歸於家，時年四十五。先生既無意功名，年力尚強，閉戶著數千百言，而尤以詩自鳴，悲歌感激，有不得於中者，悉寓於詩。時東澗在虞山，先生居婁東，皆以詩倡海內，海內宗之，稱吳中二老。

余生稍晚，不及見兩先生，讀兩先生詩，如受教焉。虞山之後無聞矣，而先生令子給事中暻以詩世其家，甲申，余爲薦於朝，遊余門，與論詩相得也。丙戌冬，丁其生母朱安人艱，將合葬，泣而來請曰：「先人治命云：『吾詩雖不足以傳遠，而是中之用心良苦，後世讀吾詩而能知吾心，則吾不死矣。吾死毋以厚殮。吾性愛山水，葬吾於靈巖、鄧尉間，碣曰「詩人吳梅村之墓」足矣，不者且不孝。』暻不忍違先志，敢請一言以表之。」按先生生前明萬曆己酉，以康熙辛亥卒，年六十三。元配郁氏先卒。子三：暻、暽、暄，皆朱安人出。女子九人。朱安人以康熙四十五年丙戌七月二十六日卒，與郁夫人皆附葬於先生之墓。是爲表。

清史稿文苑傳

吳偉業，字駿公，太倉人。明崇禎四年進士，授編修。充東宮講讀官，再遷左庶子。弘光時，授少詹事，乞假歸。順治九年，用兩江總督馬國柱薦，詔至京。侍郎孫承澤、大學士馮銓相繼論薦，授祕書院侍講，充修太祖、太宗聖訓纂修官。十三年，遷祭酒。丁母憂歸。康熙十年，卒。

偉業學問博贍，或從質經史疑義及朝章國故，無不洞悉原委。詩文工麗，蔚爲一時之冠，不自標榜。性至孝，生際鼎革，有親在，不能不依違顧戀，俛仰身世，每自傷也。臨歿，顧言：「吾一生遭際，萬事憂危，無一時一境不歷艱苦。死後斂以僧裝，葬我鄧尉、靈巖之側。墳前立一圓石，題曰『詩人吳梅村之墓』。勿起祠堂，勿乞銘。」聞其言者皆悲之。著有春秋地理志、氏族志、綏寇紀略及梅村集。

清史列傳貳臣傳

吳偉業，江南太倉人。明崇禎四年一甲二名進士，授編修。十年，大學士溫體仁罷，張至發柄國，極頌體仁孤執不欺。偉業疏言體仁性陰險，學無經術，狎暱小人。繼之者正宜力反所爲，乃轉盛稱其美，勢必因私踵陋，盡襲前人所爲，將公忠正直之風何以復見，海內禍患何時得平？疏入不報。尋充東宮講讀官，又遷南京國子監司業，轉左庶子。福王時，授少詹事。與大學士馬士英、尚書阮大鋮不合，請假歸。本朝順治九年，兩江總督馬國柱遵旨舉地方品行著聞及才學優長者，疏薦偉業來京。十年，吏部侍郎孫承澤薦偉業學問淵深，器宇凝弘，東南人才，無出其右，堪備顧問之選。十一年，大學士馮銓復薦其才品足資啓沃。俱下部知之。尋詔授祕書侍講。十二年，恭纂太祖、太宗聖訓，以偉業充纂修官。十三年，遷國子監祭酒。尋丁母憂歸。康熙十年卒。

婁東耆舊傳吳偉業傳

程穆衡

吳偉業字駿公，梅村其號，參政愈玄孫也。父琨，字禹玉，號約齋，授經里中。公生稟殊姿，學如夙授。江右李太虛明睿，落魄客授州王大司馬所，與約齋善。一日飲於王氏，太虛被酒，碎其玉巵，主有詬言，太虛憤恚去，約齋追而贐之。太虛曰：「君子奇才也，天如將以古學興東南，盍令從游乎！」約齋如其言，學則大成。

公爲文大要根於六籍，佐以兩漢，而尤長春秋，堅光駿響，欲野歎山，要之原本忠直，品峻言厲。故捶皺懞脊，無以喻其厚也；虢幭豹韔，不足爲其彩也。一出而中辛未會試第一，廷試第二，海內震焉。既授職編修，卽疏劾蔡奕琛。奕琛者，長吏部，温體仁私人。是時秦、凉羣盜勢日東，官軍潰於河曲，而登、萊叛賊孔有德、耿仲明復以僞降紿督帥而覆其師，政府不以爲念，方以帝之親定奄黨逆案也，亦思構一逆案以報東林。公與師天如感憤太息，疏既上，奸黨怖。故事，首甲進士刊房書，必首列房師鑒定名，而公稿僅列天如名，知太虛意不悅，因嗾之使誣公以隱慝。太虛正人，弗爲動，公亦歸過刊匠以自解。體仁逐，天如去，公亦請假歸娶，事乃已。

乙亥赴闕，補原官，尋充纂修實錄。丙子，同宋九青玫典試湖廣，楚賢士大夫爲熊魚山、鄭澹石，拏舟來，酹酒江樓，談天下事，江風吹面，流涕縱横，公慨然有當世意。明年，體仁鈎奸人張漢儒訐錢謙益、瞿式耜居鄉事，赤車收捕，而陸文聲訐復社事亦起。體仁所規株連羅織海内諸名賢，計無便社事者，而漢儒陰謀通相邸，事敗，帝怒誅之，放體仁歸。繼相者張至發、薛國觀，一氣相禪，其仇東林益甚。會簡東宫講官，至發力擯黄石齋，爲給事中馮元飈所刺，至發怒，兩疏詆石齋，而極頌體仁孤執不欺，意爲賜環地也。公見疏憤惋，極言攻至發，帝覽章心動，體仁亦幸以是年死。

始公同館選者凡二十四人，惟豫章楊機部廷麟、山右王二彌邵、濟寧楊鳧岫士聰三人者與公立朝相終始。戊寅，楊嗣昌擠機部入盧公建斗軍，公與鳧岫謀，以爲至發、國觀不去，則東南大獄不解，而衆賢終無登朝之望，先落其爪距，劾吏部尚書田唯嘉及其鄉人太僕寺卿史𡎺諸不法事。帝黜唯嘉，𡎺逮問，適成御史勇以救石齋下獄考掠，𡎺謀以併坐兩人，鳧岫亟引病去，而公以銜命封延津、孟津兩王於禹州，俄出爲南京國子監司業，事少緩。亡何，𡎺因盜鹽課及他贓事發，瘐死牢户。至發已先罷去。國觀贓敗伏誅。奕琛以先行賄國觀繫獄，不知天如已前卒，再訐復社。命下，張公采獨條對上，其辭直，帝悟，獄解，語見張公傳中。公在崇禎中已歷中允、諭德，晉庶子。京師破時在籍，福王召拜少詹事。甫兩月，奕琛已夤緣馬士英復柄用，修舊郤，先逮吳御史适下獄。适者，嘗爲衢州司李，浙有重獄，會鞫，事由奕琛，适奮筆定爰書，故首及禍。次擬公，公急掛冠去。

順治中，當路多疑其獨高節全名者，強薦起之。兩親懼禍及門戶，嚴裝促應徵。至京，授祕書院侍講、國子監祭酒，鬱鬱慘沮，觸事傷懷，蓋「乞活草間」、「所虧一死」之語，不啻數見也。閒一歲得歸，又十餘年以卒。所著梅村詩文集、春秋地理志、春秋氏族志、綏寇紀略及他樂府、詩話行世。其詩排比興亡，搜揚掌故，篇無虛咏，近古罕儷焉。子暻、瞵、暄。暻有傳。瞵字中麗，才雋早夭。暄字少容，歷知通、許、壽光縣，有能聲。

論曰：白居易有云：「文章合爲時而著，歌詩當緣事而作。」至哉言乎！詩也者，王者之迹也，誦其詩，將考政迹焉。建安以降，洎乎齊、梁，徒麗以淫，去作詩之旨遠矣。今觀梅村之詩，指事傳辭，興亡具備，遠蹤少陵之塞蘆子，而近媲弇州之欽鵶行，期以摭本反始，麤存王迹，同時諸子，雖雲間、虞山猶未或識之，況悠悠百世歟！當社事之盛也，學侶奔輳，聯茵接席，雖二張之偉博足振興之，實公以盛藻巍科樹之幟而爲招焉。故立朝十年，與黨禍相終始，所與敵者皆閹部大臣，任用領事，以聲勢權利相倚，行金錢數十萬，金吾大璫爲耳目，日夜思所以中公，而以孱焉一史臣，掌距揩拄，俛出俛入，慬而後免。噫嚱！危矣。迨夫蓂歷方新，蒲車赴召，議者致譏其晚節，不知命出嚴親，志全宗緒，跡其所以自傷悼，徐廣攀車之惘不啻焉，較諸當時溧陽、海寧輩舐鼎速化，鳴弦撥日者，惡可同日而道哉！

吳偉業傳

王昶

吳偉業字駿公，太倉人，先世皆以科第文行著聞。母娠時，夢朱衣人送鄧以讚會元額至，遂生偉業。幼有異質，篤好史漢，張溥見而奇之，遂爲弟子。崇禎四年會試第一，懷宗批其卷曰：「正大博雅，足式詭靡。」殿試第二，授翰林編修，給假歸娶。時有姦民首告復社事，當軸陰主之，欲盡傾東南名士，偉業疏論無少避。九年，充湖廣鄉試主考官。陞南京國子監司業，會黄道周論楊嗣昌奪情廷杖，偉業具橐饘，遣太學生涂仲吉入都訟寃，旨嚴詰主使，幾不免。十三年，晉中允諭德，八年轉庶子，未幾擢少詹事，甫兩月，謝歸。國初，總督馬國柱疏薦，授祕書院侍講，奉敕纂修孝經演義，陞祭酒。丁嗣母憂，聖祖親賜丸藥，撫慰甚至。旋以江南奏銷議處，適遂初志焉。所居梅村，名曰鹿樵精舍，本王士騏賁園，花木翳然，因取以自號。居十餘年卒，年六十三。初偉業及第，年甚少，才名爛然，海內爭慕其風采。及爲諭德，侍太子及定王讀書。甲申之變，太子爲李自成挾去，不知所終。故有詩云：「我本淮王舊雞犬，不隨仙去落人間。」又遺命題墓前石曰「詩人吳偉業之墓」，其寄託如此。長洲尤侗贈以詞，云「江山如夢，眼前誰是，舊京人物」，又云「橡燭衣香，少年情事，頭白今成雪」，偉業讀之泣下。爲文瑰偉宏富，詩尤擅勝，取明季遺事，用王、楊、元、白體詠之，蒼涼悽麗，曲折詳盡，咸有黍離麥秀之感，稱爲絕調。晚年著春秋氏族、地理二志，支分派別，證以史記、漢書及後碑記之文，蓋不欲以詩人終也。兩書皆未刻，藏於家。子暻，康熙戊辰年進士，官至給事中，亦工詩。孫遹彥，由舉人歷任福建、四川知縣，有能吏名。

——春融堂集卷六十四

吳偉業

錢林

吳偉業字駿公，晚自號梅村，太倉人。母朱夢朱衣人送鄧以讚會元坊至，而偉業生。生有異質，年十四通三史。時里中張西銘溥以文章提唱後學，同塾中竊其文藁投西銘，西銘大驚。後知爲偉業作，因留受業，歎曰：「文章正印，其在子矣！」後鄉、會皆同榜，文風爲之一變。

崇禎庚午舉於鄉，辛未會試第一人，廷試第二，授編修，是時年二十三耳。制辭云：「陸機詞賦，早年獨步江東；蘇軾文章，一日喧傳天下。」當時以爲不愧。未授室，給假歸娶。以復社著名，爲世指目。主湖廣試，所拔多知名士。立朝挺立無所附。有以陰毒中之者，會其人死，事寢。遷南司業，甫三日，而漳浦黃道周論武陵奪情拜杖信至，偉業遣太學生涂仲吉具橐饘，上書訟冤，當軸者以爲偉業主使，深文其獄以中之，幾不免。尋遷中允、諭德，晉庶子，丁嗣父憂歸。甲申之變自縊，爲家人所覺，力止之。乙酉，拜南中少詹事，知天下事不可爲，拂衣歸，杜門不通請謁。每東南獄起，常懼收者在門。如是者十年，將著書老矣。會有迫之出者，薦章交上，有司敦逼就道，二親流涕辦嚴，以侍讀徵出山，官祭酒。越四年，聞嗣母訃，歸於家，時年四十八。

性愛山水，游嘗經月忘返。所居故銓部王士騏之賁園，拓而大之，灌花蒔藥，翳然有林泉之勝，日與士友觴詠其間。生平規言矩行，尺寸無所踰。博極羣書，有問經史疑難者，於古今典故，洞若指掌，而虛懷推分，尤人所難。自虞山沒後，先生獨任斯文之重，海內之以文爲請者日集於庭。雅善書，尺蹏便面，爭藏弆以爲榮。所著梅村集四十卷、春秋地里志十六卷、氏族志二十四卷、樂府雜劇三卷，選婁東十子詩：周肇子俶、顧湄伊人、王揆端士、許旭九日、黃與堅庭表、王撰異公、王攄虹友、王昊惟夏、王忭懌民、王曜升次谷也。

偉業七言古詩多用長慶體，寫時事如永和宮詞、宮扇、琵琶行、圓圓曲、聽女道士卞玉京彈琴歌，足備掌故；至讀楊參軍悲鉅鹿詩、題蘇門高士圖贈孫徵君鍾元、通元老人龍腹竹歌、雁門尙書行、田家鐵獅歌、題崔青蚓洗象圖諸篇，如高山大河，如驚風驟雨，閒之以平原沃衍，故於少陵爲近，出入於退之、香山閒。五古及五七言律詩，沈雄瑰麗，王士禛以爲明黃門陳子龍之勍敵，「臥子眞冠古才，一時瑜、亮，獨有梅村耳。」

辛亥元旦，夢上帝召爲太山府君，是歲病革，有絕命詞云：「忍死偷生廿載餘，而今罪孽怎消除。受恩欠債須塡補，縱比鴻毛也不如。」浙僧水月能前知，拏舟迎之至，曰：「公元旦夢告之矣，何必更問老僧？」至期卒，時康熙辛亥年也，年六十三。有子三，皆五旬以後生。寢門之哭，學士大夫輒失聲曰：「一代文章盡矣！」病中賦賀新郎詞云：「萬事催華髮。論龔生、天年竟夭，高名難沒。吾病難將醫藥治，耿耿胸中熱血。待灑向西風殘月。剖却心肝今置地，問華佗、解我腸千結。追往恨，倍淒咽。故人慷慨多奇節。爲當年、沈吟不斷，草間偷活。艾灸眉頭瓜噴鼻，今日須難決絕。早患苦重來千疊，脫屣妻拏非易事，竟一錢不值何須說。人世事，幾完缺？」遺令死後斂以僧裝，葬鄧尉、靈巖相近，墓前立圓石，題曰「詩人吳梅村之墓」，勿作祠堂，勿乞銘於人。嗚呼！先生之心事可悲也已。

先是順治壬辰，館嘉興之萬壽宮，輯綏寇紀略，原題鹿樵紀聞，卷分一十有五，以三字標目，仿蘇鶚杜陽編、何光薳鑑戒錄也。世所行者鄒氏本，僅十二卷，張海鵬訪之婁東蕭子山，係司成手錄原書，介孫子瀟借得之，完好如舊。黃廷鑑又將刊本再校，補尾頁脫文四百七十四字，此書始無遺憾矣。今補遺虞淵沈中下二卷、附錄一卷，正十五卷也。

計東曰：虞山之言曰：梅村之詩，殆可學而不可能，而又非可以不學而能者也。則其論先生之詩，於才與法之間亦微矣。其貽書先生，稱其精求於韓、杜二家，吸取其神髓而佽助之，眉山、劍南斷斷乎不能窺其籬落、識其阡陌也。夫虞山暮年之詩，心摹手追於眉山、劍南之間，顧稱述先生詩如此，則其自遜爲不如可知，誠非今之驕己淩物者可及也。

——錄自咸豐八年有嘉樹軒刻本文獻徵存錄

太倉州志人物列傳

吳偉業字駿公，愈玄孫。父琨，以經行稱鄉里。偉業幼有異質，篤好史、漢，張溥見而奇之，因留受業於門。

崇禎四年會試第一，愍宗批其卷曰「正大博雅，足式詭靡」。偉業時文稿名式靡編蓋因此。殿試第二，授翰林院編修，給假歸娶。時有姦民首告復社事，當軸陰主之，欲盡傾東南名士，偉業疏論無少避。九年，充湖廣鄉試主考官，因召對言：冢臣職司九品，若所舉不當，何以責之臺省？輔臣任寄權衡，若所用不賢，何以責之卿寺？帝深韙之。册封延津、孟津兩藩王，陞南京國子監司業。會黃道周論楊嗣昌奪情事受廷杖，偉業具橐饘，遣太學生涂仲吉入都訟冤，旨嚴詰主使，幾不免。十三年，晉中允、諭德，尋轉庶子，未幾擢少詹事，甫兩月謝歸。國朝順治間，總督馬國柱薦授祕書院侍講，陞國子祭酒。丁嗣母憂，旋以江南奏銷議處，里居終身，適遂初志焉。

所居梅村，名鹿樵精舍，本王士騏賁園，花木翳然，因取以自號。十餘年卒，年六十三。遺命墓前立石，題曰「詩人吳偉業之墓」，其寄託如此。爲文瑰偉宏富，詩尤擅勝，取明季遺事，用王、楊、元、白體詠之，曲折詳盡，使人有黍離、麥秀之感。

子暻，字元朗，年十四補州庠生，以拔貢生入太學。康熙二十七年成進士，由戶部主事遷兵科給事中。四十四年，青浦王原、長洲王銓劾陳汝弼，弼言原等實挾仇，引暻爲證，遂以事牽連落職。旋白，入直武英殿，充書畫譜纂修官。暻才藻擅一時，自家人至奴隸，咸通聲律，時爲美談。尋以丁母艱歸，卒年四十六。暻兩弟：暸字中麗，早卒；暄字少融，壽光縣知縣，有政績：俱以能詩稱。

——錄自嘉慶太倉州志卷二十八人物列傳二

祭吳祭酒文

尤侗

嗚呼！先生之文，如江如海；先生之詩，如雲如霞；先生之詞與曲，爛兮若錦，灼兮如花。其華而壯者如龍樓鳳閣，其淸而逸者如雪柱冰車，其美而豔者如寶釵翠鈿，其哀而婉者如玉笛金笳。其高文典册可以經國，而法書妙畫亦自名家。豈非才人大手，死而不朽者耶！

若其弱冠登朝，南宮首策，蓮燭賜婚，花磚儤直，此先生之致身于勝國者也。及夫徵書應召，禁庭櫜筆，上林陪乘，成均端席，此先生之從事於王室者也。人望之以爲榮，公受之以爲戚，方且謝春夢於京華，矢嘯歌於泉石，獨居則慷慨傷懷，相對則咨嗟動色。雖縱情花月，遣興琴樽，而中若有不自得者，宜其形容憔悴，而鬚髮之早白也。

嗟乎！有涯者生，不齊者遇，忽然相遭者時，無可如何者數。彼夫羈旅而念舊鄉，少年而惜遲暮，感歲月之已非，撫山河之如故，所以墨子垂泣於素絲，楊朱興悲于歧路，庾信有江南之哀，向秀著山陽之賦。僕嘗從先生之杖屨，而見其流連光景，悽愴平生，良有素矣，不虞其溘焉朝露也。吾聞先生遺命，殮以觀音兜、長領衣，殆將返其初服、逃軒冕而卽韋布乎！又曰：吾性愛山水，擇靈巖、鄧尉之間隙地三畝，立一圓石，題曰「詩人吳梅村之墓」。予讀而喟然太息，知先生之情見乎辭，雖千載以下，過而弔者，猶低徊留之不能去也。嗚呼！

——錄自西堂雜俎二集

祭少詹吳公

杜濬

嗚呼！濬之辱敎於梅村先生也，歲在庚辰，其時先生司業南雍，而濬以貢入北雍。舊制南、北雍相爲一體，故濬與先生與有師生之誼，而先生以國士遇濬，忘形爾汝自若也。濬之別先生也，歲在己亥，其時先生以北祭酒歸甫彌年，而濬之自廢則自乙酉矣。師生之誼，至是相視默然。先生遇我加厚，阻兵淹久，始終照料，資其餐館之費，供其行李之乏，人以爲自濬而外，得此于先生蓋寡。嗟乎！先生不可忘；己亥之別，尤不可忘也。自是以來，無歲不思再訪五畝之園，與先生極論曩昔，而先生遂歿耶！嗚呼痛哉！

方先生之歿也，濬適流浪吳淞間，聞諸杜九高曰：先生死而神明，元日之夢，符于臘盡。嗟乎！神明猶人也，齎志而爲之，其神必靈，而何疑于先生耶！聞諸顧伊人曰：先生之且訣也，多褻言，語多不具述，獨記自論其詩云：吾之于此道，雖爲世士所宗，然鏤金錯彩，未到古人自然高妙之極地。疑其不足以傳，而不知此語已足以傳，甚矣先生之不自滿假如此矣。又聞諸秦留仙曰：先生去年遊梁谿，客有稱其五言近體者，先生謝曰：吾于此體，自得杜于皇金焦詩而一變，然猶以爲未逮若人也。秦樂天亦云。余於是悚然，先生位高名大，而能爲此言，此其巍巍不可及，又豈第在篇什間哉！

嗟乎！嗟乎！此濬所以不恤褻瀆，卒齎磨鏡具，操絮酒之涓滴，一酹先生之靈，以抑吾悲，有以焉爾。雖几筵已徹，後至之誅，料不加諸飄蓬泛梗之人也。嗚呼哀哉！

——錄自變雅堂文集

附録二

年譜

顧師軾

昔人謂少陵之詩，詩史也。讀其詩而天寶以後興亡治亂之蹟具在，其爲史之所同者可以相證明焉，其爲史之所遺者可以相參考焉，詩之所以貴有爲而作也。雖然，少陵之集編體不編年，讀其詩而不得其旨，更求其年譜讀之，而其詩之與新、舊兩書相出入者，乃條分件繫，粲然而無所疑，甚矣年譜之有功於詩也！吾鄉梅村先生之詩，亦世之所謂詩史也。先生負曠世之才，爲風雅總持，其所交游多魁奇俊偉之士，而又當明季百六之運，故其集中之作，類皆感慨時事，悲歌掩抑，銅駝石馬、故宮禾黍之痛，往往而在。惟其詩編體而不編年，當時有爲之作，讀者或恨其不能盡詳。孟子曰：「頌其詩，讀其書，不知其人，可乎？是以論其世也。」然則非年譜不足以知先生之詩之世，非論先生之詩之世，不足以知先生之詩之果爲詩史也。先生之集，有集覽，有箋註，而年譜闕如。同里顧雪堂茂才，劬學好古，篤嗜先生之詩，暇日求里中前輩程迓亭先生所箋編年之本，爲年譜一書，而又徧考其家牒雜識以附益之，積數年之力，成書如干卷。雪堂以同里後進，爲先生編年之譜，其蒐采尚易爲力，故其書之贍洽，視前人之編杜詩者有加焉。蓋其體之詳略各有所由來，而要其用心之勤，爲功於前人之詩以靳致其知人論世之意，未嘗不一致也。書既成，深佩雪堂之篤雅好事，能補前人之所未逮，遂不辭而爲之序。道光二十四年，歲次甲辰，同里徐元潤書。

詩有年譜，由來尚矣。昔賢謂少陵詩爲詩史，宋魯訔撰註，冠以年譜，今註佚而譜存；紹興中趙子櫟亦著杜詩年譜一卷，不逮魯譜之密。蘇長公集多諷切時事，亦詩史也，施元之蘇詩註，家綿津中丞刊校，復訂正王宗稷東坡年譜列於前，使人開卷瞭如。然則年譜與詩，非相爲表裏歟！婁東吳梅村祭酒詩，風骨遒上，感均頑豔，黎城靳氏集覽最爲詳洽，吾鄉吳枚莽叟增刪之爲箋註，嚴少峯太守梓而行之，亦以未見年譜爲憾，秪錄陳、顧兩公撰墓誌、行狀，謂略見一斑。僕屢欲搜輯成編而未之逮。比來司鐸太倉，顧君雪堂示所著先生年譜四卷，出入靳、吳兩註，兼據迓亭程君編年未刊本，次第纂考，並詳紀世系，具見苦心。喜其篤雅好古，能蒐采鄉先生之往蹟，雖爲功較易，而用心較勤，其分卷亦較倍，益以見祭酒之爲詩史，直可追杜、蘇而後先頡頏焉。適嚴迪甫觀察遠宦隴西，將郵致其譜，附吳君箋註本爲合璧。余既樂雪堂乃祭酒之功臣，尤望迪甫爲前人克紹箕裘也。書此以報雪堂，并寄觀察以代簡。道光乙巳夏日，元和宋淸壽芥楣識。

梅村先生世系

顧師軾纂
顧思義訂

先生姓吳氏，諱偉業，字駿公，晚號梅村。江南太倉州人。

七世祖子才，名無考，河南人。元末避兵，始遷蘇州崑山之積善鄉。配費氏。

六世祖堤，字公式，以字行。明正統元年贈承德郎，行在刑部雲南司主事。配陳氏，封太安人。攷：又字式周。

五世祖凱，字相虞，號冰蘗，卒祀鄉賢祠。配沈氏，繼沈氏，再繼陳氏。

蘇州府志：吳凱字相虞。父公式早亡，遺腹生凱，能力學養母。里胥嘗召之役，詣縣自陳有母不能遠離，竊有志於學，縣令芮翀異其言，立遣就學。後充貢京師，中順天鄉試。宣德中，授刑部主事，改行在雲南司，再改禮部主客司，以母老乞歸，遂不復仕。凱精敏有治劇才，平生以禮自律，言行不苟，風儀嚴峻，人望而畏之。家居四十年，非公事不至公府。葉盛尤重之，嘗曰：「鄉里作官，前輩當法吳丈，後輩當法孫蘊章。」及卒，鄉人私謚貞孝先生。蘊章名瓊。

葉文莊公盛相虞公墓誌銘：祖才，父式周，母陳氏。公在娠而父亡，既生公，家復被菑。母年尚少，甘貧守約，育而教之。公晚得子而連得三子。卒成化七年七月十四日，壽八十有五。配沈氏，先卒。子三人：長恩，輸粟於官，授承事郎；次憲，次愈。女二人，婿顧恂、龔綬。銘曰：孰完五福，惟善日不足；孰永終譽名，不必公與卿。吁嗟乎公，後有考於茲銘。恂先文康公鼎臣父。

高祖愈字惟謙，號遯菴。配夏氏。

蘇州府志：吳愈字惟謙，凱子。成化乙未進士，授南京刑部主事，歷員外、郎中。初凱起家刑曹，每爲愈言折獄之道，愈在部繙閱舊牘，遂精法律，一時奏讞咸倚以決。出知敍州府。慶符盜劫縣治，令捕得二十七人，已誣服，愈疑之，乃詣縣辨審，釋二十五人，未幾果獲眞盜。土官安鰲以馬湖叛，衆議用兵，愈策曰：「鰲無遠謀，然其甲兵精利，未易敵也。彼中無水，當重圍以困之。」議未決，而鰲忽棄城走，衆慮其糾諸夷爲亂，愈曰：「彼以郡守，將兵接戰，勝負未可知；既離巢穴，一窮寇耳；諸夷皆其仇，又何能爲？」因遣人襲之，不血刃而獲。自是馬湖改置流官。後其黨復劫府印爲亂，愈親抵其巢諭之，遂獻印解散。在敍九年，遷河南參政，致仕歸。卒年八十四。

王弇州世貞吳遯菴贊：在郡九年，課農桑，興學校，戶口滋殖，風俗醇美，爲諸郡最，而業已倦游矣。里居優游自奉養，喜賓客，和謹得後進心。有女三人，歸陸伸、文徵明，皆名士，而歸王氏者有子同祖，以才入中秘，皆侍公周旋，以是寬樂於其身。贊曰：仕不九卿，曰上大夫；壽不九秩，曰八十餘。宅相所貽，蘭蕤玉枝；父子耆喆，爲鄉閭師。

先文康公鼎臣吳公惟謙墓表：卒於嘉靖丙戌五月十九日，年八十四。子男四：長東，浦江縣縣丞；次南，國子生，公仲弟惪無嗣，推以爲後；次西，次守中，國子生。孫男：詩、訪、許、誌。

嗣高祖惪字維明，號靜菴。配陳氏。無子，以愈次子南爲嗣。

曾祖南字明方，號方塘。賜內閣中書，後官鴻臚寺序班，以使事過家爲御史所論，謫江西建昌府幕官。配鄭氏，繼袁氏。

先生先伯祖玉田公墓表：余家世鹿城人，自禮部公以下，大參、鴻臚，三世皆葬於鹿城。公爲鴻臚長子，次卽贈嘉議大夫少詹事諱議，余祖也；又次則諱詰，偉業四五歲曾及見之〔一〕，老且貧，衣食於卜肆。余祖嘗抱偉業於膝，顧叔祖而歎曰：「爾知我宗之所以衰乎？三世仕宦，廉吏之橐，固足以傳子孫，爾伯祖實主其帑，用之爲飲食裘馬費，產遂中落。余與爾叔祖庶出也，少孤，故皆貧。」余祖亡後，祖母湯孺人每談及鴻臚公時事，輒言嘉、隆中鹿城倭難，伯祖自以私財募兵千餘人〔二〕，轉戰湖、泖間，兵敗，左右皆沒，得一健卒負之免，家遂以破。

祖議字子禮，號竹臺，以先生貴，贈嘉議大夫、詹事府少詹事。幼贅於瑯琊王氏，遂居太倉。

副室湯氏，封太淑人〔三〕。

先生秦母于太夫人七十壽序：衰門貧約，吾母操作勤苦，以營舅姑滫瀡之養。湯淑人憐其多子，代爲鞠育。余自少多病，由衣服飲食，保抱提攜，惟祖母之力是賴。憶自早歲通籍，祖母年七十有三，及以南都恩貤封三世，湯淑人期屆九秩，笄珈白首，視聽不衰，里人至今以爲太息。

父琨字禹玉，又字蘊玉，號約齋，又號約叟。諸生，以經行稱鄉里，先生貴，封嘉議大夫、詹事府少詹事。國朝舉鄉飲大賓，卒祀鄉賢祠。配陸氏，繼朱氏，封淑人。

鈕琇觚賸：江右李太虛爲諸生時，嗜酒落拓，而家甚貧。太倉王岵雲司馬備兵九江，校士列郡，拔太虛第一，引見之，謂曰：「吾固多子，擇師無若子者，顧遠在婁東，子能一往乎？」李許諾，次日即遣使送至其家。時王氏二長子已受業同里吳蘊玉先生。蘊玉者，梅村先生父也。而太虛教其第四五諸郎，兩人共晨夕甚歡。梅村甫齠齡，亦隨課王氏塾中，李奇其文，卜爲異日偉器。歲將闌，主家設具讌兩師，出所藏玉巵侑酒，李醉，揮而碎之，王氏子面加譙讓，李亦盛氣不相下。席罷後，謂吳曰：「我安可復留此？」遂拂衣去。吳知其不能行也，翌日早起，追於城闉，出館俸十金爲贈，乃附賈舶歸。然所贈貲大半耗於酒。及抵家，垂橐蕭然，亟呼婦治具，婦曰：「吾絕糧已久，安所得粟？憶君去後，猶存故人酒一罌，請佐君軟飽可乎？」婦往鄰家覓薪，李即發罌，罌內產一芝如盤，紫光煜煜，喜且愕曰：「此瑞徵也，顧酒敗不可飲奈何？」挹之則淸冽異常，乃浮白獨斟，婦負薪歸，則罌已罄矣。是秋登鄉薦，明年成進士，入詞館。數載後，以典試復命過吳門，王氏子謁於舟次，李急詢吳先生近狀。是時梅村亦登賢書，因購吳行卷，攜以北上，爲延譽京師，辛未，梅村遂爲太虛所薦，登南宮第一，及第第二人，年僅弱冠。蘊玉先生享榮養者三十年，可爲疏財敦友之報。而岵雲諸子自司馬沒後，家漸替矣。

先生于太夫人壽序：「吾母朱淑人精心事佛，嘗于鄧尉山中創構傑閣，虔奉一大藏教。」

嗣祖諫字子猷，號玉田，官福安縣縣丞，葬梅灣。配某氏，繼查氏，再繼陸氏。子一，查氏出，夭。本宛平王敬哉崇簡靑箱堂集吳母張太孺人墓誌銘，詳後順治丙申年。

先生玉田公墓表：「於吳門遇三山鄭君，曰余姻也。詢之，則三山之兄曰某者，爲伯祖婿，余姑尚在也。偉業乃具禮幣拜見，則年已七十三，泫然泣曰：『猶憶會鴻臚公葬時，曾到鹿城見二叔，今已六十年，不通家問。』二叔謂吾祖也。歸而告我祖母湯孺人，孺人泣，吾世父與吾父知之亦泣，泣年六十始知有伯姊也。相率至梅灣墓下再拜哭，且加封樹焉。吾姑後三年以卒，有二子，以其一從吳姓，主梅灣之祭。」

嗣父瑗字文玉，號遯菴，禮部冠帶儒士。配王氏，繼張氏。本靑箱堂集，詳後順治丙申年。

【校】

〔一〕及見　原作「見及」，據卷五十先伯祖玉田公墓表乙。

〔二〕千餘人　原作「十餘人」，據先伯祖玉田公墓表改。

〔三〕太淑人　原作「太叔人」，逕改。

梅村先生年譜卷一

故明萬曆三十七年己酉五月二十日，先生生。

母朱太淑人，娠先生時，夢朱衣人送鄧以讚會元坊至，遂生先生。

三十八年庚戌，二歲。

三十九年辛亥，三歲。

四十年壬子，四歲。

熊學院科試，先生尊人約齋公補博士弟子員。

四十一年癸丑，五歲。

仲弟偉節生。

四十二年甲寅，六歲。

四十三年乙卯，七歲。

讀書江公用世家塾。先生按察司使江公墓誌銘：始余年七歲，讀書公家塾識公，公卽是年領鄉薦。後三十年，家居，公折輩行與余及魯岡游。

八月，祖竹臺公卒。

四十四年丙辰，八歲。

四十五年丁巳，九歲。

四十六年戊午，十歲。

四十七年己未，十一歲。

就穆苑先雲桂家中讀書。　先生穆苑先墓誌銘：自余生十一始識君，居同巷，學同師，出必偕，宴必共，如是者五十年。君爲先大夫執經弟子，余兄弟三人，君所以爲之者無有不盡。余雖交滿天下，其相知莫如君。余之初就君齋讀書也，有同時游處者四人：志衍、純祜爲兄弟，魯岡與之共事，其輩行差少，皆吳氏，余宗也；鄰舍生孫令修亦與焉。

季弟偉洸生。

四十八年庚申，是年八月後改元泰昌。十二歲。

天啓元年辛酉，十三歲。

二年壬戌，十四歲。

隨父約齋公讀書志衍繼善家之五桂樓。　先生志衍傳：余年十四識志衍，長於余三歲，兩人深相得。哭志衍詩：余始年十四，與君早同學。早起詩：惜爽憩南樓。送志衍入蜀詩：我昔讀書君南樓。程穆衡箋：先生幼隨父約齋公讀書志衍家之五桂樓，詩中所咏南樓是也。

能屬文，西銘張公溥見而嘆曰：「文章正印，在此子矣！」因留受業於門，相率爲通今博古之學。程穆衡婁東耆舊傳：江右李太虛明睿，落魄客授州王大司馬所，與公父善，見公於髫齔，奇之。一日歆於王氏，太虛被酒碎其玉巵，主有訢言，憤怒去。約叟追而謝之，太虛曰：「君子奇才也，天如將以古學興東南，盍令從游乎！」約叟如其言。

三年癸亥，十五歲。

四年甲子，十六歲。

西銘肇舉復社，先生爲入室弟子。楊彝復社事實：文社始於天啓甲子，合吳郡、金沙、檇李僅十有一人。張溥天如、張采來章、楊廷樞維斗、楊彝子常、顧夢麟麟士、朱隗雲子、王啓榮惠常、周銓簡臣、周鍾介生、吳昌時來之、錢旃彥林分主五經文字之選，而效奔走以襄厥事者，嘉興府學生孫淳孟樸也。是曰應社。當其始取友尙隘，來之、彥林謀推大之訖於四海，於是有廣應社。貴池劉城伯宗、吳應箕次尾，涇縣萬應隆道吉，蕪湖沈士柱崑銅，宣城沈壽民眉生咸來會。聲氣之孚，先自應社始也。

五年乙丑，十七歲。

六年丙寅，十八歲。

七年丁卯，十九歲。

崇禎元年戊辰，二十歲。

陳學院歲試，入州庠。

二年己巳，二十一歲。

西銘與同里張南郭采舉復社成，先生名重復社。復社事實：崇禎之初，嘉魚熊開元宰吳江，進諸生而講藝。於時孫淳孟樸結吳翻扶九、吳允夏去盈、沈應瑞聖符等肇舉復社。於時雲間有幾社、浙西有聞社、江北有南社、江西有則社，又有歷亭席社、崑山雲簪社，而吳門別有羽朋社、匡社，武陵有讀書社，山左有大社，僉會於吳，統合於復社。復社始於戊辰，成於己巳。其盟書曰：學不殖將落，毋蹈匪彝，毋讀匪聖書，毋違老成人，毋矜己長，毋形彼短，毋以辨言亂政，毋干進喪乃身。嗣今以往，犯者小用諫，大者擯。僉曰：諾。是役也，孟樸渡淮、泗，歷齊、魯以達於京師，賢士大夫必審擇而定衿契，然後進之於社。故天如之言曰：「忘其身，惟取友是急；義不辭難，而千里必應。三年之間，若無孟樸，則其道幾廢。」蓋先後大會者三，復社之名動朝野，孟樸勞居多，然而斂怨深矣。

先生有致雲間同社諸子書、致孚社諸子書。

西銘爲尹山大會。陸世儀復社紀略：吳江令楚人熊魚山以文章經術爲治，慕天如名，迎致邑館。於是爲尹山大會，苕、霅之間，名彥畢集，遠自楚之蘄、黃，豫之梁、宋，上江之宣城、寧國，浙東之山陰、四明，輪蹄日至。比年而後，秦、晉、閩、廣多有以文郵置者。

三年庚午，二十二歲。

李學院科試一等三名，補廩膳生員。

舉鄉試十二名。座主庶子姜曰廣，江西新建人，萬曆己未進士；編修陳演，四川井研人，天啓壬戌

進士。春秋房房師鎮江府推官周延鑛，福建晉江人，天啓乙丑進士。按先生有寄房師周芮公先生詩。是科主裁爲江西

西銘爲金陵大會。復社紀略：崇禎庚午，諸賓興者咸集，天如又爲金陵大會。

姜居之曰廣，榜發，解元楊廷樞，而張溥、吳偉業皆魁選。

四年辛未，二十三歲。

舉會試第一名。座主內閣周延儒，宜興人；內閣何如寵，桐城人。房師李明睿，江西南昌人，天啓壬戌進士。按先生有聞園詩、座主李太虛師從燕都間道北歸尋以南昌兵變避亂廣陵賦呈八首諸詩。

思義攷：李少司馬繼貞萍槎年譜：辛未會試同考，得士二十有一人。是年榜元爲吳偉業，世通家也。塡榜止餘第二第一尙有推敲。首揆周諱延儒偶思吳卷爲太倉人，係余同里，因招余，首問家世以及年貌文望，余一一答之甚悉。且云：「行文直似王文肅公。」首揆喜，大聲偏語同考，更首肯文肅公一語，於是遂定吳卷爲第一。余因筆記云：「憶吳之祖竹臺公與先君子爲筆硯交，白首相歡。其父禹玉受業於余，余子又受業於禹玉，蓋三世通家矣。今日闈中推轂之語，雖捧土增山，要亦添花著錦，余豈貪天功以爲己私耶！」李繼貞與門人吳禹玉書：去秋得鹿鳴報，爲之起舞。今春在闈中親見塡榜，得令郎首冠多士，益喜躍不自禁。兩相國知不佞同里，即詢家世來歷，一一置對，兩相國亦自喜慰無量。思令先尊與家大夫筆硯一生，不得鄉校，乃不佞三入闈，得睹桃李之盛〔一〕，而令嗣一飛沖天，又不似鄙薄苟然而已，此豈非造物之嗇前豐後，亦爲善者之必有餘慶與！門下自此可收卻書本，打帳做大封君。若復戀戀雞肋，恐作第二人，將不免爲令郎所笑。善刀藏之

何如？

殿試一甲第二名，授翰林院編修。復社紀略：是科延儒欲收羅名宿，密囑諸分房於呈卷之前取中式封號竊相窺伺，明睿頭卷卽偉業也。延儒喜其爲禹玉之子，明睿亦知爲舊交之子，偉業由此得冠多士。烏程之黨薛國觀洩其事於朝，御史袁鯨將具疏參論，延儒因以會元卷進呈御覽，莊烈帝批其卷曰：「正大博雅，足式詭靡。」而後人言始息。

先生入翰林，制詞曰：「陸機詞賦，早年獨冠江東；蘇軾文章，一日喧傳都下。」當時以爲無愧。

疏劾蔡奕琛。復社紀略：溥緝烏程通內結黨，援引同鄉諸子，繕疏授偉業參之。偉業立朝未久，於朝局未練，不之應。時溫之主持門戶操握線索者，德清蔡奕琛爲最，偉業難拒師命，乃取參體仁疏增損之，改坐奕琛。

假歸，娶郁淑人。淑人萬曆庚子武舉李茂女。陳繼儒送吳榜眼奉旨歸娶詩：年少朱衣馬上郎，春闈第一姓名香。泥金帖貯黃金屋，種玉人歸白玉堂。北面謝恩纔合巹，東方待曉漸催妝。詞臣何以酬明主，願進關雎窈窕章。張溥送吳駿公歸娶詩：孝弟相成靜亦娛，遭逢偶爾未懸殊。人間好事皆歸子，日下淸名不愧儒。富貴無忘家室始，聖賢可學友朋須。行時襆被猶衣錦，偏避金銀似我愚。程穆衡先生詩箋：單娟菴恂竹香菴集吳太史奉詔歸娶眉公屬諸子同賦二律，娟菴警句云：鏡邊玉筍人初立，屏底金蓮燭乍移。又云：梅妝幷倩仙郎畫，元是春風第一花。先行人陳埈抱桐集：祭酒恆言，吾一生快意，無過三齡：臚唱占雲，宮袍曜日，帶醒初上，奏節戛然；錦畫御輪，綺宵卻扇，流蘇初下，放鈎鏗然；海果生遲，石麟夢遠，珠胎初脫，墮地呱然。

河決金龍口，滕縣沈焉，有悲滕城詩。

李學院歲試，先生仲弟偉節入州庠。字清臣。

五年壬申，二十四歲。

西銘假歸，爲虎丘大會，刊國表社集行世。復社紀略：偉業以溥門人，聯捷會元鼎甲，欽賜歸娶，天下榮之。遠近謂士子出天如門下者必速售。比溥告假歸，途中艤首所至，挾策者無虛日。及抵里，四遠學徒羣集。癸酉春，溥約社長爲虎丘大會，先期傳單四出。至日，山左、江右、晉、楚、閩、浙以舟車至者數千餘人，大雄寶殿不能容，生公臺、千人石鱗次布席皆滿，往來絲織。游人聚觀，無不詫歎，以爲三百年來未嘗有也。按復社紀略總綱：壬申，張溥給假葬親，歸爲虎丘大會。

六年癸酉，二十五歲。

約齋公五十初度。張溥有吳年伯母湯太夫人壽序載西銘集。

七年甲戌，二十六歲。

城隍廟正殿災，有重修太倉州城隍廟碑記。

八年乙亥，二十七歲。

入都補原官，充實錄纂修官。李繼貞送吳文玉入京師太史駿公所詩：長安名利地，君行獨無求。

隨身一斂篋，附舟若輕鷗。累心既云盡，別家了不愁。惟念太史公，京洛多貴游。名高衆所集，道廣慮難周。君到雖坐鎮，時復佐老謀。切劘公輔器，佇俟協金甌。當思伯氏庸，割俸營菟裘。勿謂余戲言，三公今黑頭。

倪學院歲試，季弟偉光入州庠。字孚令。

九年丙子，二十八歲。

奸民陸文聲訐復社事。　太倉州志：時有奸民首告復社事，當軸陰主之，欲盡傾東南名士，偉業疏論無少避。　明史張溥傳：里人陸文聲者，輸貲爲監生，求入社不許，采又嘗以事抶之。文聲詣闕言溥、采爲主盟，倡復社亂天下。溫體仁方柄國，嚴旨窮究不已，至十四年，溥已卒而事猶未竟。刑部尙書蔡奕琛坐黨薛國觀繫獄，未知溥卒也。訐溥遙握朝權，己罪由溥；因言采結黨亂政。詔責溥、采回奏。當是時，體仁已前罷，繼相者張至發、薛國觀，皆不喜東林。及是至發、國觀亦相繼罷，而周延儒當國，溥座主也，其獲再相，溥有力焉，故采疏上，事即得解。　復社紀略：陸文聲字居實，以事銜張采，攟其事走京師，蔡奕琛導之溫體仁所，溫意中不知有采。先是體仁欲罷行取，啓上因星變，靑衣布袍，齋居武英殿，求直言，令淮安衞三科武舉陳啓新上書，特旨擢列諫垣。至是乃曰：「誰爲張采？今所急者張溥耳，能併彈治，當授官如啓新矣。」文聲從之。事下學臣倪元珙。時社中吳繼善、克孝、夏允彝、陳子龍皆在京，謂文聲必有浙人頤指，說之就選，出諸外，社局始安，乃釀金爲部費，使擇善地。文聲與二吳有表戚，克孝爲盟約以堅之，得道州吏目以去。元珙竟以隱降調，繼之山東亓瑋。瑋覲歸，齊人張鳳翮代之，延臨川羅萬藻閱文，學政悉入羅掌握，溫無如之何。會明年溥卒，溫罷相，事得解。復社事實：十年正月，蘇州民明史作太倉州監生，是。陸文聲疏陳風俗之弊，皆原於士子。庶吉士張溥、知臨川縣事張采，倡立復社以亂天下。思陵下提學御史倪元珙察覈。倪公言諸生祕法孔子，引其徒談經講學，互相切劘，文必先正，品必賢良，實非樹黨。文聲以私憾妄訐，宜罪。閣臣以公蒙飾，降光祿寺錄事。蘇州推官周之夔者，與溥同年舉進士，初亦入社，至是希閣臣意，鑿經詣闕，復訐奏溥等樹黨挾持。案久未結，讒言罔極，至有草檄以伸復社十罪者。大約謂派出婁東、吳下、雲間，學則天如、維斗、臥子，上搖國柄，下亂羣情，行殊八俊三君，迹近八關五鬼。外乎黨者，雖房、杜不足言事業；異吾盟者，雖屈、宋不足言文章。或呼學究知囊，或號行舟太保，傳檄則星馳電發，宴會則酒池肉林。至十五年，御史金毓峒、給事姜埰各上疏白其事，始奉旨：朝廷不以語言文字罪人，復社一案准註銷。後福藩稱制，阮大鋮怨戊寅秋南國諸生顧杲等一百四十人之具防亂公揭也，日思報復，爰有王實鼎「東南利孔久湮，復社巨魁聚斂」一疏。大鋮語馬士英云：「孔門弟子三千，而維斗等聚徒至萬，不反何待？」至欲陳兵於江以爲防禦。心知無是事，而意在盡殺復社之主盟者。時崑銅暨宜興貞慧定生輩皆就逮繫獄，桐城錢秉鐙、宣城沈壽民亡命得脫。假令王師下江南少緩，則復社諸君子難乎免於白馬之禍矣。朱彝尊靜志居詩話：復社雖太倉二張主之，實引次尾、扶九相助。當其時烏程溫相君有子求入社，扶九堅持不可，於是有徐懷丹之檄、陸文聲之疏、周之夔之彈事，又繼以王實鼎之飛章。而復社禍機旣發，扶九亦日在憂患中。

秋，典湖廣試，刑科給事中宋玫爲副，與熊魚山開元、鄭澹石友元會。

先生書宋九青逸事：九青以刑右給事副余使楚，兩人相得甚。　蓋其時天下已多事，楚日岌岌，而武昌阻大江，固無恙。楚之賢士大夫爲魚山熊公、澹石鄭公，乃九青同年生，又皆吏於吾土。聞兩人之至也，挐舟來，酧酒江樓，敍述往昔，商校文史，夜半耳熱，談天下事，流涕縱横。　先生宋玉叔詩文集序：守官京師，從九青游，奉使同事楚闈，登黃鶴樓，俛眺荆江、鄂渚間，拊楹慷慨。　九青題咏甚夥，余愧未能成章，亦勉賡以紀名勝。　九青不鄙而進余，謂可深造於斯事。　先生梅村詩話：九青年十九，登乙丑進士，任吏科給事，陞太常，進戶部侍郎，以枚卜遇譴歸。　嘗與余同使楚，竟陵鄭澹石贈什曰：「剖斗折衡爲文章，天下婁東與萊陽。」謂吾兩人也。　張溥跋宋九青送熊魚山文手卷：熊魚山、鄭澹石兩先生之爲諫官也，一以三月去，一以十月去，顧其令吾吳則皆六年也。　蘇、松財賦甲天下，吳江、華亭，殷大尤冠二郡，兩先生以德鎮之，六年之內，無逋賦，無罷人，　百姓稱爲至平。　乃天子再命大吏稽錢穀，時澹石行矣，文書往來高下者久之，獨兩先生調他職，徹其說，　則曰：「以賦故也。」都人士目睽睽益不知所謂。　嗟乎！苟不得所謂，讀兩先生封事可矣；苟不及讀兩先生封事，讀宋九青一篇送行文其亦可矣。

夜泊漢口　送黃子羽之任

十年丁丑，二十九歲。

充東宮講讀官。　陳子龍贈吳太史充東宮講官詩：蒼莨開震域，青殿接文昌。霞氣騰玄闕，瓊條拂畫堂。選端周典禮，拜傅漢元良。史職移仙省，宮僚總帝鄉。金貞儲后重，玉立侍臣莊。羽籥傳秋賓，詩書出尙方。夏侯經術茂，皇甫素懷芳。雞戟靑槐蔭，龍泉碧藻香。珠簾參晚燕，璧月照春坊。卞賦情文稱，王箴忠愛長。一時推碩德，萬國仰重光。媿我羊裘側，思君象輅旁。臨風疏館靜，遙夕可相望。

劾張至發，直聲動朝右。　明史：萬曆中，申時行、王錫爵先後枋政，大旨相紹述，謂之「傳衣鉢」。張至發代溫體仁，一切守其所爲，而才智機變遜之。嘗簡東宮講官，擯黃道周，爲給事中馮元飈所刺。至發兩疏，詆道周而極頌美溫體仁孤執不欺，爲編修吳偉業所劾。

七月，次女生。　後適海寧陳直方容永，相國之遴子。　先生遺悶詩：一女血淚啼闌干，舅姑嶺表無書傳；一女家破歸閭闕，良人在北愁戍邊；更有一女憂風煙，圍城六月江風寒。　按先生長女適王天植陳立，增城令瑞國子。又有女適桐城何某，贛州守應璜子。又考婁東耆舊傳，張垍娶梅村吳公第六女。垍宿遷訓導萬圓之子，給諫王治之孫。

又按先生行狀及墓表，女九人，郁淑人出四，側室浦孺人出三，側室朱安人出二。攷延陵家譜：一適諸生王陳立，增城令瑞國子；一適海寧孝廉陳容永，相國之遴子；一適江寧監生何棠，贛州守應璜子；一適胡金門；一字宜興諸生周申祺，未嫁卒，郁淑人出；一適吳縣錢鏡徵；一適崑山監生李昶，側室浦氏出；一適監生張垍；一適常熟國子監助教封翰林院庶吉士席永恂，側室朱安人出。

【校】

〔一〕睹　原作「賭」，據文義逕改。

梅村先生年譜卷二

十一年戊寅，三十歲。

江右楊機部廷麟以翰林改官兵部主事，贊畫督臣盧象昇軍事。與楊凫岫士聰謀劾吏部尚書田惟嘉、太僕寺卿史𦳝諸不法事。先生左諭德濟寧楊公墓誌銘：丁丑，會試同考，得春秋士二十三人。明年，皇太子出閣講學，充校書官。以職事糾中書黃應恩，失當事意。尋以經筵講官召對，面論考選得失，疏劾吏部尚書田惟嘉及其鄉人史𦳝所爲諸不法，上用其語，惟嘉黜免，𦳝逮問。未幾田、史之黨復振，公病請回籍。辛巳，史𦳝死獄中，詔籍其家，應恩前已他事論死，乃思公言爲可用。又：公謹質凝重，多大節。其以職事糾黃應恩也，應恩者小人，歷事久，關通中外。舊制，詞臣於殿閣大學士爲同官，而中書特從史，即積資至九卿不得均禮。淄川相以外臣入，廢掌故，而應恩挾中官重示籠絡，又助爲調旨，以此得相張心，益驕無舊節。公與語不合，立具奏，又移書淄川責數之，而僉人盡目懾公矣。田惟嘉者，以吏侍郎取中旨進，於相張爲師生；而史𦳝特虎而翼，父喪家居，頤指諸大吏爲威福，天下莫敢言。公於便殿白發其端，退而上書，條疏贓釁，章十數上。

三月二十四日召對，進端本澄源之論。

湯太淑人八十稱觴。 李繼貞有吳母湯太夫人八十壽文。載萍槎集。

十二年己卯，三十一歲。

升南京國子監司業。 李繼貞與門人吳禹玉書：令長公南司成之推，大爲扼腕。要之饒山水、多高賢、宜詩酒，有此三快，三公不易矣。今已抵任否？門下奉親之暇，何以爲適？「園林窮勝事，鐘鼓樂淸時」，此二語可以當之。

督師盧象昇卒。 先生詩話：盧自謂必死，顧參軍書生，徒共死無益，乃以計檄之去，機部不知也。機部到孫侍郎傳庭軍前六日，盧公於賈莊死難矣。 明史盧象昇傳：楊廷麟上疏，嗣昌怒，奪象昇尙書，巡撫張其平閉闉絕餉。俄又以雲、晉警趣出關，王朴徑引兵去，象昇提殘卒，次宿三宮野外。畿南三郡父老聞之，咸叩軍門泣請移軍廣順。〔孰與〕無隻臂之援，立而就死！象昇流涕，謝以「事從中制，食盡力窮，旦夕死矣，無徒累爾父老爲」。衆號泣，各擕斗酒粟餉軍。十二月十一日，進師至鉅鹿賈莊。起潛擁關、寧兵在雞澤，距賈莊五十里而近，象昇遣廷麟往乞援，不應。師至蒿水橋，遇大淸兵。象昇將中軍，大威帥左，國柱帥右，遂戰。夜半，觱篥聲四起。旦日，騎數萬環之三匝。象昇麾兵疾戰，呼聲動天，自辰至未，礮盡矢窮。奮身鬬殺，後騎皆進，手擊殺數十人，身中四矢三刃，遂仆。掌牧楊陸凱懼衆之殘其屍而伏其上，背負二十四矢以死。一軍盡覆。大威、國柱潰圍得脫。明史楊廷麟傳：十一年冬，京師戒嚴。廷麟上疏劾兵部尚書楊嗣昌，言大臣以國為戲，嗣昌與高起潛、方一藻倡和款議，武備頓忘。督臣盧象昇以禍國責樞臣，言之痛心。夫南仲在內，李綱無功；潛善秉成，宗澤隕命。乞陛下赫然一怒，明正向者主和之罪，俾將士畏法，無有二心。嗣昌大恚，詭薦廷麟知兵，改兵部職方司主事，贊畫象昇軍。思義攷：虞山蒙叟詩：孤臂云何搘兩胸，只隨西事不成東。又：不能曲突到焦頭，五月邊書九月售。薊督方一藻、督監高起潛、本兵楊嗣昌共謀輸平以緩國難。五月，通事人周元忠致信云：款若不成，夏秋必有舉動。十一年九月，大清兵入牆子嶺，殺總督吳阿衡，毀正關，至營城石匣，駐於牛蘭。召宣、大、山西三總兵楊國柱、王朴、虎大威入衞，三賜象昇尚方劍，督天下兵。楊嗣昌、高起潛主和議，象昇聞之頓足歎。帝召問方略，象昇對曰：「臣主戰。」帝色變，良久曰：「撫乃外廷議耳，其出與嗣昌、起潛議。」議不合，事多為嗣昌、起潛撓。疏請分兵，則議宣、大、山西三帥屬象昇，關寧諸路屬起潛，象昇名督天下兵，實不及二萬。

漳浦黃公道周論楊嗣昌奪情事，受廷杖，先生遣太學生涂仲吉入都訟寃，干上怒，嚴旨責問主使，先生幾不免。　奉使封延津、孟津兩王於禹州。　過汴梁，登孝王臺。　漳浦黃公南還，先生與馮司馬元飈過之唐棲舟中，出所註易授先生。

思義攷：楊奪情為大司馬，已大拜。至戊寅冬，寇變，衆懼不免，而聖眷彌篤。已卯，暫削官階，冠帶辦事，隨即賜復。九月，督師蕩寇，錫宴後殿，賜御製詩以寵其行，詩曰：鹽梅今借作干城，大將威嚴細柳營。一掃寇氛從此靖，還來敎養遂民生。李少司馬雜錄云：看此詩氣象，蕩平有機。若使功成報命，便與裴晉公何異？惜乎虛此盛典也！虞山蒙叟投筆集註云：閹臣楊嗣昌素奉佛法，既出視師，專意招降，賊降者數十萬，即於附近安插。未幾降者復反，四面皆起，王師如在重圍中矣。嗣昌每日持誦華嚴，謂此經可以消劫。

十三年庚辰，三十二歲。

嗣父文玉公卒。陳廷敬先生墓表：升中允、諭德，丁嗣父艱。服除，會南中立君，登朝一月歸。

升中允、諭德。

臨江參軍　先生詩話：機部自盧公死後，其策益不用，無聊生。詔詰督師死狀。賈莊前數日，督師誓必戰，顧孤軍無援，聞太監高起潛史云陳起潛。兵在近，則大喜，於眞定野廟中倚土銼作書，約之合軍，高竟拔營夜遯，督師用無援故敗。機部受詔，直以實對。慈谿馮鄴仙得其書，謂余曰：「此疏入，機部死矣！」爲定數語。機部聞之則大恨。先是嗣昌遣部役張姓者史云俞振龍。偵賈莊，而其人譚盧公死狀，流涕動色。嗣昌榜笞之，楚毒備至，口無改辭，曰：「死則死耳，盧督師忠臣，吾儕小人，敢欺天乎？」遂以拷死。於是機部貽書馮與余曰：「高監一段，竟爲删却，後世謂伯祥不及一部役耶？」然機部竟以此得免。已而過宜興訪盧公子孫，再放舟婁中，與天如師及余會飲十日，嘉定程孟陽爲畫髯參軍圖，余得臨江參軍一章。余與機部相知最深，於其爲參軍周旋最久，故於詩最眞，論其事最當，即謂之詩史可勿愧。機部後守贛州，從城上投濠死。機部陞武朝進兵部尚書、東閣大學士，開府南贛。丙戌十月初四日死難。

十四年辛巳，三十三歲。

李自成陷河南，福王常洵遇害。有汴梁二首。

五月，哭張西銘師。

再訐復社，命下，南郭獨條對上，獄乃解。張采具陳復社本末疏載金鴻縣志。

靜志居詩話：崇禎戊寅，南國諸生顧杲等百四十人具防亂公揭，請逐閹黨阮大鋮，子方實居其首。有云：「杲等讀聖人之書，明討賊之義，事出公論，言與憤俱，但知爲國除姦，不惜以身賈禍。」大鋮飲恨刺骨，而東林、復社之讎在必報矣。大鋮名在東林點將錄，號沒遮攔，而閩人周之夔亦注名復社第一集。阮露刃以殺東林，周反戈以攻復社，君子擇交，不可不愼於始也。

陳鼎東林列傳：蝿蚋錄出於溫體仁，蝗蝻錄出於阮大鋮，又有續蝿蚋錄及蝗蝻錄，乃復社諸君子也，計二千五百五十五人，惟兩陝、滇中無人。

十五年壬午，三十四歲。

春，大清兵克松山，洪承疇降，遂下錦州，祖大壽以錦州降。有松山哀。

七月，田貴妃薨，葬天壽山。有永和宮詞。

十六年癸未，三十五歲。

升庶子。

李自成破潼關，督師孫傳庭戰死。有雁門尚書行。文祖堯來爲太倉州學正，鼎革後棄官，寓僧寺，以青烏術自給。人皆知滇南先生爲古君子。有文先生六十壽序、送文學博以蒼公招同住中峯寺、曇陽觀訪文學博介石兼讀蒼雪詩遺跡有感諸詩。志衍之成都任，有送志衍入蜀詩。

附先生詩話：卞玉京題扇送余兄志衍入蜀云：「剪燭巴山別思遙，送君蘭楫渡江皐。願將一幅瀟湘種，寄與春風問薛濤。」

秋七月，由崧襲封福王。

十二月，文選司郎中吳昌時棄市。吳江縣志：吳昌時少受業於周忠毅宗建，故與清流通聲氣。而爲人墨而狡，旣通籍，日奔走權要，探刺機密，以炫鬻市重。周延儒之再起也，昌時爲通關節。及爲首輔，其辛未取士馬世奇本延儒師，力勸以正，故初治事頗有賢聲。而昌時則挾勢弄權，大啓倖門，延儒視師通州，一晨而昌時之啓事八至。帝密刺之，知其交關狀而未發。吏部舉行年例，先擇選事。故事，副郎有調部者，正郎不調部。昌時欲持權，使人誑冢宰鄭三俊曰：「昌時持正有風力，主年例爲宜。」遂從儀制正郎調文選，事爲破格，人皆側目。及舉行年例，出異己者十人於外，一時大譁。旣而御史蔣拱宸劾昌時贓私巨萬，多連延儒，幷言內通中官，漏洩禁密事，帝震怒，御中左門親鞫之，遂下獄論死，且始有誅延儒意。時魏藻德新入閣，有寵，謂其師薛國觀之死，昌時實致之，恨昌時甚，因與陳演甚排延儒，掌錦衣衛者駱養性復騰蜚語，帝遂命盡削延儒職，勒其自盡，而昌時棄市。論者謂二人無逃刑，帝能申法也。

雒陽行　先生詩話：陳臥子嘗與余宿京邸，謂余曰：「卿詩絕似李頎。」又誦余雒陽行一篇，謂爲合作。

大清順治元年甲申，明崇禎十七年。三十六歲。

三月，流寇陷京師，莊烈帝崩於萬壽山。先生里居，聞信，號痛欲自縊，爲家人所覺。朱太淑人抱持泣曰：「兒死其如老人何！」乃已。明史周遇吉傳：十七年二月，太原陷，遂陷忻州，圍代州。遇吉先在代，遏其北犯，乃憑城固守，而潛出兵奮擊。連數日，殺賊無算。會食盡援絕，退保寧武，賊亦踵至。遇吉四面發大礮，殺賊萬人，設伏城內，出弱卒誘賊入城，殺數千人，城圮復完者再，傷其四驍將。自成懼，欲退，其將曰：「我衆百倍於彼，但用十攻一，更番進，蔑不勝矣。」城遂陷，闔家盡死。而大同總兵姜瓖表至，自成大喜，方宴其使者，宣府總兵王承廕表亦至，自成益喜，遂決策長驅。歷大同、宣府，抵居庸，太監杜之秩、總兵唐通復開門延之，京師遂不守矣。賊每語人曰：「他鎭復有周總兵，吾安得至此！」楊士聰甲申核眞略：賊之陷二關而入也，守寧武關者總兵周遇吉，夫婦臨陣，殲賊無數，賊誘降不從，力盡，全家赴火。賊屠其城，歎曰：「使守將盡如周將軍，吾何以得至此！」是日至宣府，白廣恩、官撫民與總兵姜瓖約降。至居庸，太監杜之秩與唐通俱降。先生綏寇紀略：自成初盜福邸之貲以號召宛、雒，逮乎京師陷，其下爭走金帛財物之府以分之。彼飢寒乞活之人，一旦見宮室帷帳、珍怪重寶以千數，志滿意得，飲酒高會，肱篋擔囊，惟恐在後。

山海關總兵吳三桂奉詔入援，聞燕京陷，猶豫不進。自成執其父襄，令作書招之，許以通侯之貴。三桂欲降，至灤州，聞其妾陳沅爲賊所掠，大憤，急歸山海關，乞降於我大清。有圓圓曲。詩中有「衝冠一怒爲紅顏」句，三桂賫重幣求去此詩，先生弗許。

四月，鳳陽總督馬士英等迎福王由崧入南京，稱監國。壬寅，自立於南京，國號弘光。

附唐孫華東江集談金陵舊事詩：金陵昔喪亂，炎運值標季。忽從大梁城，倉皇走一騎。偶竊藩邸璋，自言某王嗣。貴陽一奸人，乘時思射利。奇貨此可居，何暇論眞僞。卜者本王郎，矯誣據神器。遂修代來功，超踰登相位。權門輦金帛，掖庭陳秘戲。江表張黄旗，王氣銷赤幟。媮息僅一年，傳聞有二異。北來黄犢車，天表自英粹。雜問聚朝官，瞠目各相視〔一〕。遙識講臣面，備言宮壼事。諸臣媚新君，誰肯辨儲貳？爭效雋不疑，競指成方遂。梟鴆無主人，束縛乃就吏。復有故宮妃，飛蓬亂雙鬟。自言喪亂時，仳離中道棄。生子已勝衣，壯髮猶可識。不望昭陽恩，不望金屋貯〔二〕，願一見大家，瞑目甘入地。上書欲自通，沉沉九閽閟。詔付掖庭獄，見者爲垂淚。不如厲王母，銜憤早自刺。祇緣當璧假，翻招故劍忌〔三〕。誠恐相見非，泄此蹤跡秘。滅口計未忍，對面諒餘愧。鳥獸有伉儷，豺虎知乳孳。豈獨非人情，捐棄恩與義？嬴呂及牛馬〔四〕，秦晉潛改置。皆從胎孕中，長養崇非類。未聞妄男子，潛盜出不意。龍種乞爲奴，狐假得暫恣〔五〕。玆實衆口傳，曾見遺老記。疑事終闕如，庶聽來者議。福世子之僞，正史不載，錄之以廣異聞。

分江北爲四鎮，以黄得功、劉澤清、劉良佐、高傑領之。

史可法開府揚州。按東華錄有攝政王遣南來副將韓拱薇等致明大學士史可法書、弘光甲申九月十五日史可法答攝政王書。

五月，大清定鼎燕京。

十月，張獻忠破成都，志衍一門三十六口俱被害。有志衍傳、觀蜀鵑啼劇、題志衍山水詩。

姜埰謫戍宣州衞，有東萊行。明史姜埰傳：埰杖已死，弟垓口溺灌之乃蘇，盡力營護。後聞鄉邑破，父殉難，一門死者二十餘人，垓請代兄繫獄，釋埰歸葬，不許，卽日奔喪，奉母南走蘇州。又：垓爲行人，見署中題名碑崔呈秀、阮大鋮與魏大中並列，立拜疏請去二人名。及大鋮得志，滋欲殺垓甚。垓變姓名逃之寧波，國亡乃解。先生有姜如須從越中寄詩次韻。王士禛感舊集小傳：崇禎壬午，埰擢禮科給事中，五月中條上三十疏。以言事觸首輔怒，與行人司副熊開元同下北鎮撫司獄，備極考掠，幾死者數矣。甲申正月，謫戍宣州衞，聞京師陷，思陵殉社稷，痛哭而南之戍所。未至，以金陵赦，留吳門不肯歸。以馬、阮用事，避地徽州，祝髮黃山，自號敬亭山人。戊子，奉母歸萊陽。山東巡撫重其名，遣使招之，先生故墜馬，以折股紿使者，而夜馳還江南。自號宣州老兵，欲結廬敬亭，未果，病亟，遺命葬宣城戍所，口吟易簀歌一章以卒。盛敬成仁譜：崇禎癸未，大兵入關，山東雲擾。萊陽諸生姜瀉里字爾岷，偕其季子坡及工部侍郎宋玫、玫宗人吏部稽勛司郎中應亨，俱以罷任家居，經畫守禦。兵薄城下，坡發一礮，中其帥首，少卻。亡何，夜襲城，兩家皆驅家僮巷戰。刃中瀉里背見殺，坡抱父屍大罵，兵臠之。執玫、應亨相對拷掠，不屈死。按瀉里，埰父。

左懋第充通問使，有下相極樂庵讀同年北使時詩卷。明史左懋第傳：懋第初授韓城知縣，有異政。考選戶科給事中。福王立，爲應天巡撫。甲申，大學士高弘圖議遣使通好於我，而難其人，懋第請行。八月渡淮，十月朔，次張家灣，止許百人入都。懋第縗服以往，館於鴻臚寺。以不得赴梓宮，即於館所遙祭。是月二十八日遣還，尋自滄州追還〔六〕，改館太醫院。葛芝臥龍山人集：侍郎奉使在北羈太醫院也，部曲有盜餉潛遁者，侍郎怒，杖殺之，其黨因告侍郎有異圖。攝政王陳兵入院，令曰：「薙頭者生，不薙者死。」侍郎叱曰：「頭可去，髮不可去！」同行數十人，不屈者，參贊兵部陳用極、游擊王一斌、都司張良佐、王廷佐、劉統五人而已。因趣下刑部，鋃鐺數重。七日不動，遂執以如王所。王愈欲降之，則令侍郎之兄道意，不得，因請死，王猶豫未決，侍郎奮曰：「男兒死耳，何疑爲？」拽出順城門，將就縛，飛騎至曰：「降者王矣！」侍郎曰：「寧爲上國鬼，不願爾封王也！」六人以次受戮，用極與侍郎屍直立不仆，忽驚風四起，斷蓬飛入天際，觀者爲之流涕罷市。

二年乙酉，三十七歲。

南京召拜少詹事。

二月，王師南下揚州，史可法嬰城固守，攻益急，可法十餘疏告急，弘光以演劇不省。援兵不至，刺血作書，別其母妻。王師以飛礮擊城，西南隅陷，可法死之。有揚州詩。

五月初九日，王師渡江，福王由崧奔太平，南都亡。褚人穫堅瓠集：乙酉五月，王師下江南，吾蘇帖然順從。六月十三日，忽有湖賊揭竿，殺安撫黃家鼒，城中鼎沸，賴大兵繼至得寧。

劉澤清降，我朝惡其反覆，磔誅之。有臨淮老妓行。王士禛南征紀略：淮安頗稱鞏固，甲申五月，澤清實來盤踞，與田仰日肆歡飲。大兵南下，有問其如何禦者，曰：「吾擁立福王以來，供我休息。」八月，大興土木，造室宇，極其壯麗，僭擬王居，休息淮上。觚賸：澤清建閫淮陰，與屯置榷，富亞鄜塢，而漁色不已。天旅南下，託以左兵犯順，率旅勤王，撤戍離汛，大掠南行，遇王師於蕪湖，謀入海不得，倉猝迎降。

鄭芝龍、黃道周等奉唐王聿鍵稱監國。六月，自立於福州，號隆武。

楊文驄之閩，有送友人從軍閩中、讀友人舊題走馬詩於郵壁漫次其韻。成仁譜：楊文驄字龍友，貴州貴陽縣人，崇禎辛未進士。以職方郎中監鎮江軍。乙酉夏，鎮江潰。六月，安撫黃家鼒至蘇州，文驄結陳情等攻殺之。尋入浙至閩，拜兵部侍郎。丙戌，福州陷，率川兵搏戰不克死。

九月，執由崧以歸於京師。

先生應南京詹事之召，甫兩月，奕琛夤緣馬士英，復柄用，修舊卻，先逮吳御史适，次擬先生。先生知事不可爲，又與馬、阮不合，乃謝歸。明史奸臣傳：朝政濁亂，賄賂公行。四方警報狎至，士英身掌中樞，一無籌畫，日以鋤正人引兇黨爲務。時有狂僧大悲出語不類，爲總督京營戎政趙之龍所捕。大鋮欲假以誅東林及素不合者，因造十八羅漢、五十三參之目，書史可法、高弘圖、姜曰廣等姓名，內大悲袖中，海內人望，無不備列。獄詞詭秘，朝士皆自危，而士英不欲興大獄，乃止。夏允彝幸存錄：馬士英入政府，方快於逐姜、劉而用阮大鋮，不復顧大柄之委去也。大鋮一出，凡海內人望，無不羅織巧詆；貪夫壬人，無不湔洗拔用。先生冒辟疆五十壽序：往者天下多故，江左尙晏然，一時高門子弟才地自許者〔七〕，相遇於南中，刻壇墠，立名氏。陽羨陳定生、歸德侯朝宗與辟疆爲三人，皆貴公子。又：有皖人者，流寓南中，故奄黨也，通賓客，畜聲伎，欲以氣力傾東南。申、酉之亂，彼以攀附騶枋用，與大獄以修舊郄。定生爲所得，幾塡牢戶，朝宗遁之故鄉山中，南中人多爲辟彊耳目者，跳而免。尋以大亂，奉其父憲副嵩少公歸隱如皋之水繪園，誓志不出。先生吳母徐太夫人壽序：當幼洪爲給諫，余亦宦南中，以母老歸養，請急東還。聞幼洪之及也，余自知不免，雖然，不敢以告吾母也。無何江南大亂，余奉母奔竄山中，幼洪亦自獄所脫歸，母子相見，倉皇避兵，皆懍而後免。今太夫人康彊壽考，諸子拜堂下，進七十之觴，而吾母亦健飯無恙。兩家母子，同以危苦得全，此非天爲之耶？

五月十七日，州役皂隸與廝等毆張南郭，以積米未明爲詞。劉河兵以數月乏糧，擁至城，勢張甚。十九日，滿城民夜皆鬬鬼哭。二十日，士民訛言大兵已至蘇州，居民驚徙，城市一空。知州朱喬秀吝而懦，卒當時危，惟擁貲閉門爲走計，六月初二日盜庫帑逸。初四日，州亂，焚搶蜂起，先生避亂攀清湖。有攀清湖、讀史雜感、避亂詩。思義按：朱昭芑明鎬小山雜著：乙酉閏六月一日，夜將半，訛言忽起，傳有寇警。余披衣起，露立庭中，見天上小星散落如雪。洪範曰：「庶民惟星。」其隕如星乎？十六日望夜，月食之既，衆星流移，縱橫絡繹，各有芒角。占曰：「百姓流徙之象。」吳人輕名節而重毫髮，始則望風納款，繼乃愛惜顚毛，遂各稱兵旅拒。崑山咫尺，音問不通，鄉城屠鹵，辨髮相戮，枯守城中，正如坐井。七月初四日屠嘉定，初六日屠崑山，十二日屠常熟，吳郡縣七州一，崇明懸處海外，六邑五受傷夷，惟一州爲魯靈光之獨存。自雜弁恣意淫刑，悍卒踴躍奪劫，鄉城哽咽，互召敵仇。譬之蠻然，去其郭索之物，惟餘頑然一腹，究復何濟！七月初四日屠嘉定，左通政侯峒曾死之，子元演、元潔從死。觀政進士黃淳耀自縊於眞濟寺，弟淵耀從死。孝廉張錫眉縊於文廟，學正龔用圓投井死。初六日屠崑山，原任總兵王南陽、貢生朱集璜死之。孝廉徐開元妻自縊，長子、次子不忍其母，痛哭罵，軍大怒，縛置庭柱，亂鏃射殺。二子善屬文，有美才。崑山被屠者幾及八萬人，俘婦女無算，其軍士大約黃蜻南降卒也，淫殺十倍北軍。十二日屠常熟。是日前，荊門以義陽王爲名，需索大戶，士女逃竄，城郭爲空，以故軍至無大獲，所屠者單戶而已。三縣合計，所屠之戶不下二十萬人，凡厚貲強有力者先遯荒野，遇害間有一二，大率中人下戶居多。語云：「千金之子，不死於市。」信哉！八月初三日，李成棟統軍屠太倉各鎭。李成棟移師至松江府，松江水師敗北，提督京口水營總兵王翬、吳淞總兵吳志葵被擒，王翬死之。破府城，屠四五萬人，俘婦女略同吳郡。吏部考功司主事夏允彝沉河死，守金山衞指揮侯懷玉死之。

六月，大兵入浙，有蕺山兒詩。楊陸榮三藩紀事本末：乙酉，官兵既入浙，縱肆淫略。總鎭聞，梟示十數人，令搜各船所掠婦人給還本夫。兵士畏法，遂以所掠沈之江中。又：乙酉六月，我貝勒留兵二千駐吳閶，大軍悉趨杭州，掠嘉興而過。時潞王常淓在杭，撫、按請命奉書迎降，而嘉興士紳屠象美等復集兵據城守，大兵還攻，半月而破。

閏六月，祖母湯太淑人卒。

三年丙戌，三十八歲。

瞿式耜等以桂王由榔監國於肇慶，號永曆。

志衍之弟事衍自蜀中徙跣逃歸。有哭志衍詩。

秋，王煙客時敏治西田於歸涇之上，去城西十有二里，是爲十四都，構農慶堂、稻香菴、霞外閣、錦鏡亭、西廬、語稼軒、逢渠處、巢安等室，約張南垣疊山種樹，錢虞山作記，先生爲作歸村躬耕記。

琵琶行　西田詩　和王太常西田雜興　福建道監察御史贈太僕寺卿諡忠毅李公神道碑銘。

四年丁亥，三十九歲。

正月，大兵克肇慶，桂王奔桂林，尋奔全州，以式耜留守桂林。

元配郁淑人卒。

楊繼生任太倉學正。有閬州行贈楊學博爾緒。顧昺齋□□壬夏雜抄：楊先生秉鐸吾婁，妻女在蜀遭亂，已無可奈何矣。會吾婁盛泰昭釋褐秦之略陽令，楊以盃酒餞之曰：「倘至彼中，得吾家消息，片鴻寸鯉勿靳也。」盛赴任一載，偶以事出，見婦人負血書匍匐道左，物色之，即楊內閫也。乃假以一椽，飛書廣文，婦嚙二指，以血作字，并斷指裹來。楊得之慟，即以二百金授使，俾就舟東下。會南宮期近，楊束裝且北，至京口，有北舟歘南，偶攔，詢之則楊夫人舟，自陝來也。相別十餘年，流落萬死，天作之合，異哉！方出門時，女猶繦褓，今已覓婿，同來如一家。

游越，有謁范少伯祠、登斅峯閣禮浙中死事六君子、鴛湖曲、鴛湖感舊。

王煙客招往西田賞菊，有詩。

【校】

〔一〕瞠目　原作「瞠目」，據康熙刻本東江詩鈔夏重談金陵舊事改。
〔二〕貯　東江詩鈔作「置」。
〔三〕此句下東江詩鈔有「柔福有誑欺，婁逞施譎智。彼婦非其倫，冒昧欲何覬」四句。
〔四〕牛馬　東江詩鈔作「馬牛」。
〔五〕狐　原作「孤」，據東江詩鈔改。
〔六〕滄州　原作「滄洲」，據明史左懋第傳改。
〔七〕高門　原作「高才」，據卷三十六冒辟疆五十壽序改。

梅村先生年譜卷三

五年戊子，四十歲。

七月，同年楊鳧岫卒。先是京師陷，鳧岫投愛女於井，趣妻妾縊死，已則仰藥自殺，爲防守者所覺，水灌之，大吐復活。夫人孔氏懸絕脰。乃棄家，避兵武塘，復徙丹陽、金沙，終歸毘陵，鬱鬱不得志以死。有左諭德濟寧楊公墓誌銘。

八月，築舊學庵於梅村西偏〔一〕，先生自爲記。按先生所居梅村，舊爲王士騏賁園，稱莘莊，在太倉衛東，中有樂志堂、梅花庵、交蘆庵、嬌雪樓、鹿樵溪舍、檝亭、蒼溪亭諸勝。（思義按：先方伯松霞公日記：甲申正月，晤張南垣於吳駿公之居梅村。當時申、酉間所購。

後東臯草堂歌　先生詩話：稼軒由進士爲兵科給事中，好直諫，爲權相所忤，罷歸。築室於虞山之下，曰東臯，極游觀之勝。酷嗜石田翁畫，購得數百卷，爲耕石齋藏之。未幾，里中兒飛文誣染，逮就獄。余時在京師，所謂東臯草堂歌者，贈稼軒於請室也。後數年，余再至東臯，稼軒倡義粵西，其子伯升門戶是懼，故山別墅，皆荒蕪斥賣，無復向者之觀。余爲作後東臯草堂歌，蓋傷之也。又二年，知以相國留守桂林，城陷不屈，與張別山俱死。

六年己丑，四十一歲。

夏，願雲師從靈隱來，止城西太平菴。別先生，將遠游廬嶽，且期以出世，先生作詩贈之。婁東耆舊傳：王瀚字原達，受業於張采，爲諸生有名。國變爲僧，號晦山大師，名戒顯，字願雲。庚寅夏入廬山，遂主席江右。瀚雖入空門，悲憤激烈，嘗檄討從賊諸臣云：「春夜宴梨園，不思凝碧池頭之泣；端陽觀競渡，誰弔汨羅江上之魂！」讀者俱爲扼腕。焚餘補筆：原達性好佛，崇禎甲申之變，作詩謝文廟云：「忝列諸生踐極年，義應君父死生連。薄言草莽無官責，敢卸衣冠哭聖前。讀罷捲堂羞國士，身同左祖幸敷天。孤蹤願謝宮牆餼，甘作山農種石田。」「素心多載想盧能，獨係高堂久未曾。國事一朝論鼎沸，浮名何惜付層冰。聊將毀服存吾義，從此棲禪學老僧。拭取青山無累眼，好清世事理禪燈。」遂入山爲僧，名戒顯。乙酉六月，州宦陸遜之自淮歸，云淮陽自有德宗上人，知未來事，陸以太倉問之，德宗以州有再來人王和尚庇過，再不犯兵革。蓋指瀚也。竟不被慘禍云。按先生後有得盧山願雲師書、喜願雲師從盧山歸諸詩。

黃陶菴文集序　興福寺鐵爐銘　鴻臚寺序班封兵部武選司主事丹陽荊公墓誌銘

七年庚寅，四十二歲。

十一月，大兵入桂林，桂王奔，臨桂伯瞿式耜、總督張同敞俱死。先生詩話：稼軒臨難遺表曰：庚寅十一月初五日開營，開國公趙印選移營先去，衞國公胡一青、寧遠伯王永祚、綏寧伯蒲纓、武陵侯楊國棟、寧武伯馬養麟盡室而行，惟督臣張同敞從江東泅水過江，相期共死。其赴義則閏十一月之十七日也。纍囚一月，兩人從容唱和，稼軒得詩八首，曰：「二祖江山人盡擲，四年精血我偏傷。」又曰：「願作須臾階下鬼，何妨慷慨殿中狂。」其末章曰：「年逾六十復奚求？多難頻經渾不愁。劫運千年彈指到，綱常萬古一身留。欲堅道力憑魔力，何事俘囚作楚囚。了却人間生死業，黃冠莫擬故鄉游。」別山和章有曰：「稜稜瘦骨不成眠，祖德君恩四十年。腰膝尙存堪作鬼，死生有數肯呼天！」又曰：「白刃臨頭惟一笑，青天在上任人狂。」又曰：「亡家骨肉皆寃鬼，多難師生共哭聲。」又曰：「此地骨原堪朽腐，他時魂不待招尋。」二公死，有舊給事中後出家號性因者收其骨，義士楊碩父藏其稿。稼軒孫文昌間關歸，以其詩與表刻之吳中爲浩氣吟云。別山死事最烈，其未死也，受拷掠，兩臂俱折，目睛出，語不爲撓。稼軒有初六日紀事一詩曰：「文山當日猶長揖，堪笑狂生禮太疎。」別山和曰：「臂先頭斷生堪賤，身爲城亡計豈疎。銜木焉知舌在否，傷睛因笑眼多餘。」此其被刑時事也。稼軒以義命自處，從容整暇，自警詩曰：「死豈求名地，吾當立命觀。」又自艾詩曰：「七尺不隨城共殉，羞顏何以見中湘？」蓋指何公騰蛟以殉難封中湘王也。若兩公者，眞可謂殺身成仁者也。

赴十郡大社。毛奇齡駱明府墓誌：駱姓諱復旦，字叔夜，山陰人。嘗同會稽姜承烈、徐允定，蕭山毛甡赴十郡大社，連舟數百艘，集於嘉興南湖。太倉吳偉業；長洲宋德宜、實穎，吳縣沈世英、彭瓏、尤侗，華亭徐致遠，吳江計東，宜興黃永、鄒祗謨，無錫顧宸，崑山徐乾學，嘉興朱茂晭、彝尊，嘉善曹爾堪，德清章金牧、金范，杭州陸圻。越三日，乃定交去。

八月大風海溢，有詩。

得龔芝麓鼎孳書。書載先生詩話。

至海虞，有琴河感舊、聽女道士卞玉京彈琴歌、宴孫孝若山樓賦贈諸詩。先生詩話：卞玉京字雲裝，白門人。善畫蘭，能書，好作小詩。余詩云：「緣知薄倖逢應恨，恰便多情喚却羞。」此當日情景實語也。又過三月，爲辛卯初春，乃得扁舟見訪，共載橫塘，始將前四詩書以贈之。

附虞山蒙叟讀梅村豔體詩有感書後四首并序：余觀楊孟載論李義山無題，以爲音韻清婉，雖極濃麗，皆託於臣不忘君之意，因以深悟風人之旨。若韓致光遭唐末造，流離閩越，縱浪香奩，蓋亦起興比物，申寫託寄〔二〕，非猶夫小夫浪子沈湎流連之云也。頃讀梅村豔體詩，見其聲律妍秀，風懷惝怳〔三〕，於歌禾賦麥之時，爲題柳看桃之作〔四〕，旁皇吟賞，竊有義山、致光之遺憾焉。雨窗無聊〔五〕，援筆屬和，秋蛩寒蟬，吟歎啁哳〔六〕，豈堪與間關上下之音希風說響乎！河上之歌，聽者將同病相矜〔七〕，抑或以爲同牀各夢，骰爾一笑也。時庚寅玄冥之小月二十有五日〔八〕。上林珠樹集啼烏，阿閣斜陽下碧梧。博局不成輸白帝，聘錢無籍貰黃姑。投壺玉女知天笑〔九〕，竊藥姮娥爲月孤。淒斷禁垣芳草地，滴殘淸淚到蘼蕪〔一〇〕。靈璅森沈宮扇迴，屬車轣轆殷輕雷。江長海闊欺魚素〔一一〕，地老天荒信鴆媒。袖上唾看成紺碧〔一二〕，懷中泣忍化瓊瑰〔一三〕。可憐銀燭風前淚〔一四〕，留取胡僧認刼灰〔一五〕。撾鼓吹簫罷後庭，書帷別殿冷流螢。宮衣蛺蝶晨風舉，畫帳梅花夜月停。銜璧金釭憐旖旎，翻階紅藥笑娉婷。水天閒話天家事，傳與人間總淚零。銀漢依然界玉淸，竹宮香裊露盤傾〔一六〕。石碑銜口誰能語，棋局中心自不平。禊日更衣成故事，秋風紈扇憶前生〔一七〕。寒窗擁髻悲啼夜，暮雨殘燈識此情。

嘉議大夫按察司使江公墓誌銘　贈李峨居御史

八年辛卯，四十三歲。

巨寇劉文秀等踞滇黔，吳三桂擁重兵屯保寧，久無功，四川巡撫郝浴劾其縱兵剽掠，包藏異心。未幾東、西川俱陷，三桂棄保寧，退走綿州，浴聞警，一晝夜七馳檄邀三桂還。賊薄保寧，勢張甚，浴以忠義激發將士，與賊戰，大破之，即密陳三桂跋扈狀。有雜感詩。

元旦試筆　梅花菴同林若撫話雨聯句　德藻稿序。

九年壬辰，四十四歲。

館嘉興之萬壽宮，輯綏寇紀略。欽定四庫全書總目提要：綏寇紀略十二卷，國朝吳偉業撰。偉業字駿公，號梅村，太倉人。崇禎辛未進士，授翰林院編修。入國朝，官至國子監祭酒。是編專紀崇禎時流寇，迄於明亡，分爲十二篇，曰澠池渡、曰車箱困、曰眞寧恨、曰朱陽潰、曰黑水擒、曰穀城變、曰開縣敗、曰汴渠墊、曰通城擊、曰鹽亭誅、曰九江哀、曰虞淵沈，每篇後加以論斷。其虞淵沈一篇，皆紀明末災異，與篇名不相應。考朱彝尊曝書亭集有此書跋云：梅村以順治壬辰舍館嘉興之萬壽宮，輯綏寇紀略。久之，其鄉人發雕是編，僅十二卷而止，虞淵沈中下二卷，未付棗木傳刻。明史開局，求天下野史悉上史館，於是先生足本出。予鈔入百六叢書，歸田之後，爲友人借失云云。意者明末降闖勸進諸臣子孫尙存，故當時諱而不出與？此本爲康熙甲寅鄒式金所刻，在未開史局之前，故亦闕虞淵沈中下二卷。彝尊百六叢書爲人借失者，雖稱後十八年從吳興書賈購得，今亦不可復見，此二卷遂佚之矣。彝尊又稱其以三字標題，仿蘇鶚杜陽雜編、何光遠鑑戒錄之例。考文章全以三字標題，始於繆襲魏鐃歌詞，鶚、光遠遂沿以著書。偉業敍述時事，乃用此例，頗不免小說纖仄之體；其回護楊嗣昌、左良玉，亦涉恩怨之私，未爲公論。然紀事尙頗近實，彝尊所謂聞之於朝，雖不及見者之確切，而終勝草野傳聞，可資國史之采輯，亦公論也。按近有虞山張氏刻本，虞淵沈中下二卷全。

先生所著有春秋地理志、春秋氏族志、綏靖紀聞、復社紀事、秣陵春樂府、梅村詩話、鹿樵紀聞諸書。又有臨春閣、通天臺兩種樂府。

附 徐釚詞苑叢談：吳祭酒作秣陵春，一名雙影記。嘗寒夜命小鬟歌演，自賦金人捧露盤一詞〔二〕，黃東崖所謂「法曲淒涼」者，正謂此詞也。祭酒又自題一律云：詞客哀吟石子岡，鷓鴣清怨月如霜。西宮舊事餘殘夢，南內新詞總斷腸〔一九〕。漫濕青衫陪白傅，好吹玉笛問寧王。重翻天寶梨園曲，減字偷聲柳七郎。按詩集中逸。又考先生寄房師周芮公詩自注云：晉江黃東崖先生和予此詩，中一聯曰：「徵書鄭重眠餐損，法曲淒涼涕淚橫。」知己之言，讀之感嘆。唐孫華讀鹿樵紀聞有感：一旅誰知扼紫荊，蜩螗聒耳正分爭〔二〇〕。腹書競伏狐鳴火，手蔗頻驚鶴唳兵。直待臨危思翦牧，可應先事戮韓彭。石頭哀粲眞堪惜，自壞邊關萬里城。指東莞督師。〔二一〕

哭朱昭芑明鎬，有朱昭芑墓誌銘。

與蒼公會。先生詩話：蒼雪師，雲南人。與維揚汰如師生同年月日，相去萬里，而法門兄弟，氣誼最得。蒼住中峯，汰住華山，人以比無着、天親焉。蒼公年老有肺疾，然好談詩。以壬辰臘月過草堂，謂余曰：「今世狐禪盛行，一大藏教將墜於地矣。且無論義學，即求一詩人不可復得，乃幸與子遇。我襆被來，不曾攜詩卷，當爲子誦之。」是夜風雨大作，師語音傖重，撼動四壁，痰動喉間，咯咯有聲，已呼茶復話，不爲倦。漏下三鼓，得數十篇，視階下雪深三尺矣。當其得意，軒眉抵掌，慷慨擊案，自謂於此證入不二法門，禪機詩學，總一參悟。其詩之蒼深清老，沉着痛快，當爲詩中第一，不徒僧中第一也。師和余西田賞菊詩，有「獨擅秋容晚節全」，全字落韻，和者甚多，無出師上。王士禛漁洋詩話：近日釋子詩，當以滇南讀徹蒼雪爲第一。如「一夜花開湖上路，半春家在雪中山」，「亂流落葉聲歛下，聽徹寒扉不上關」，皆警句也。

送林衡者佳璣歸閩。有送林衡者還閩序并詩。先生詩話：衡者少游黃忠烈之門，以壬辰二月來婁東。所著詩文詞數十卷，詩蒼深秀渾，古文雅健有法。其行也，余贈以詩，有「五月關山樹影圓，送君吹笛柳陰船」之句。已而道阻，再游吾州，則秋深木落，鄉關烽火，南望思親，旅懷感咤〔三〕，有聽鐘鳴、悲落葉之風焉。

得侯朝宗方域書。書載壯悔堂集。先生懷古兼弔侯朝宗詩：死生總負侯嬴諾，欲滴椒漿淚滿尊。自注云：朝宗貽書約終隱不出，余爲世所逼，有負夙諾，故及之。

【校】

〔一〕偏　原作「徧」，據卷三十九舊學庵記改。

〔二〕申寫　四部叢刊影印康熙刻本牧齋有學集卷四絳雲餘燼集上讀梅村宮詹豔體詩有感書後（以下簡稱有學集）作「中寫」。

〔三〕愴惻　有學集作「惻愴」。

〔四〕爲題柳看桃之作　有學集「桃」作「花」，「作」作「句」。

〔五〕無聊　有學集作「無侶」。

〔六〕吟歎　有學集作「吟噪」。

〔七〕矜　有學集作「憐」。

〔八〕時庚寅玄冥之小月二十有五日　有學集作「時歲在庚寅玄冥之小春十五日」。

〔九〕知　有學集作「和」。

〔一〇〕到　有學集作「殺」。

〔一一〕江長海闊　有學集作「山長水闊」。

〔一二〕看成　有學集作「成看」。

〔一三〕懷中泣忍化瓊瑰　有學集作「夢中泣忍作瓊瑰」。

〔一四〕前　有學集作「添」。

〔一五〕胡僧　有學集作「高僧」。

〔一六〕竹宮　有學集作「行宮」。

〔一七〕憶　有學集作「是」。

〔一八〕詞　原作「詩」，據詞苑叢談改。

〔一九〕新詞　原作「新詩」，據詞苑叢談改。

〔二〇〕分爭　東江詩鈔卷三作「紛爭」。

〔二一〕「東莞督師」下東江詩鈔有「袁公崇煥」字。

〔二二〕感咤　原作「悲詫」，據卷五十八梅村詩話改。

梅村先生年譜卷四

十年癸巳，四十五歲。

春禊飲，社集虎丘。　程穆衡先生詩箋：癸巳春社，九郡人士至者幾千人。第一日愼交社爲主，愼交社三宋爲主：右之德宜、疇三德宏、既庭實穎，佐之者尤展成侗、彭雲客瓏也。次一日同聲社爲主，同聲社主之者張素文在茲，佐之者趙明遠炳、沈韓倬世奕、錢宮聲仲諧、王其倬長發。太倉如王維夏昊、郁計登禾、周子俶肇，則聯絡兩社者。凡以繼張西銘虎丘大會。　壬夏雜抄：癸巳春，同聲、愼交兩社各治具虎阜申訂，九郡同人至者五百人。先一日愼交爲主，次日同聲爲主。　又：會日以大船廿餘，橫亙中流，每舟置數十席，中列優倡，明燭如繁星。伶人數部，聲歌競發，達旦而止。散時如奔雷瀉泉，遠望山上，似天際明星，晶瑩圍繞。　諸君各誓於關帝前，示彼此不相侵畔。王隨菴撰自訂年譜：十年上巳，吳中兩社並興，愼交則廣平兄弟執牛耳，同聲則素文、韓倬、宮聲諸公爲之領袖，大會於虎丘，奉梅村先生爲宗主。　梅翁賦禊飲社集四首，同人傳誦。次日復有兩社合盟之舉。　山塘畫舫鱗集，冠蓋如雲，亦一時盛舉。　拔其尤者集半塘寺訂盟。四月，復會於鴛湖。從中傳達者研德、子俶，兩人專爲和合之局。　是秋九月，梅翁應召入都，實非本願，而士論多竊議之，未能諒其心也。

九月，應召入都，授秘書院侍講，奉敕纂修孝經演義，尋升國子監祭酒。　時先生杜門不通請謁，當時有疑其獨高節全名者。　會詔舉遺佚，薦剡交上，有司敦逼，先生控辭再四，二親流涕辦嚴，攝使就道，難傷老人意，乃扶病出山。按墓表：溧陽、海寧兩陳相國共力薦先生。州縣志皆載總督馬國柱疏薦先生。有投贈督府馬公、自嘆、江樓別孚令弟、時孚令送先生北行，至鎮江賦別而作。登上方橋有感、鍾山、臺城、國學、觀象臺、雞鳴寺、功臣廟、玄武湖、秣陵口號、遇南廂園叟感賦八十韻、淮陰有感、將至京師寄當事諸老、高郵道中遇雪卽事言懷、臨淸大雪、阻雪諸詩。

胡彥遠介送吳梅村被徵入都：海外黃冠舊有期，難教遺老散淸時。身隨杞宋留文獻，代閱商周重鼎彝。滿地江湖傷白髮，極天兵甲憶烏皮。重來簪筆承明殿，記得揮毫出每遲。幕府徵書日夜催，宮開碣石待君來。歸心更度桑乾水，伏櫪重登郭隗臺。花萼春迴新侍從，風雲氣隱舊蓬萊。莫年詩賦江關重，輸却城南十里梅。一樽雨雪坐冥濛，人在汪洋千頃中。老驥猶傳空冀北，春鴻那得久江東。榛苓過眼成虛谷，禾黍關心拜故宮。我亦吹簫向燕市，從今敢自惜途窮。碧海黃塵事有無，此來風雪滿燕都。遺京節度新推轂，盛世朝廷倍重儒。花暗鳳池思劍珮，春深虎觀夢江湖。悲歌吾道非全泯，坐有荆高舊酒徒。

十一年甲午，四十六歲。

官京師，有病中別孚令弟時孚令省先生於京師，南歸言別而作。及再寄三弟詩。前詩意有未盡，故出京後再寄之，掛冠之志，不覺情見乎詞。

送穆苑先南還　壽總憲龔公芝麓　送湘陰沈旭輪謫判深州　送天台何石湖之官臨晉兼簡蒲州道嚴方公　送永城吳令之任　送李書雲蔡閬培典試西川　送山東耿中丞靑藜　送顧脩來典試東粵

十二年乙未，四十七歲。

贈馮訥生進士教授雲中　送隴右道吳贄皇之任

十三年丙申四十八歲

春，上駐蹕南苑，閱武行蒐禮，召廷臣恭視，賜宴行宮，先生賦五七言律詩、五七言絕句每體一首應制。聖駕幸南海子，遇雪大獵，先生恭紀七律一首。

午日，賜宴瀛臺龍舟。

海寇犯鎮江，有江上詩。

海寧陳相國謫戍遼陽。有贈遼左故人詩。

哭蒼雪法師，有詩。

宛陵施愚山閏章提學山東，送之以詩。施閏章夢愚堂銘：施子返自粤西，載罹憂感。除服北征，宿於青州之官舍。庭月皎然，酒酣就睡，若有見焉，頎然而長，黝然而黑，長袖青衣，袒胸跣足，持牛刺署「愚山道人」四字，時順治乙未三月之望日也。至京師，以告侍讀學士龍眠方先生，答曰：「嘻！殆子之前身也」。因呼余曰愚山子。迄明年拜命督山東學，抵青州，駐節於斯，閱帙視郡志，地故有愚公谷，乃失笑曰：「向所夢者其斯人耶！」

馬逢知爲松江提督。有茸城行、客談雲間帥坐中事詩。董含三岡識略：馬逢知初名進寶，起家羣盜，由浙移鎮雲間。貪橫僭侈，百姓殷實者，械至，倒懸之，以醋灌其鼻。人不堪，無不罄其所有，死者無算。復廣佔民廬，縱兵四出刼掠。時海寇未靖，逢知密使往來，江上之變，先期約降，要封王爵，反形大露。事定，科臣成公肇毅特疏糾之。朝廷恐生他變，溫旨徵入，繫獄，妻女發配象奴。未幾，與二子伏法東市。當逢知之入覲也，珍寶二十餘船，金銀數百萬，他物不可勝紀，綿亙百里；及死無一存者，人皆快之。

約齋公舉鄉飲大賓。州守三韓白公登明邀邑中耆碩七人賓於庠，備養老之禮。首前浙江布政使松霞顧公燕詒，時年七十四歲，次約齋公，時年七十三歲，次前太常寺卿煙客王公時敏，次前嘉湖兵備道魯岡吳公克孝，次同官縣知縣梅梁曹公有武，次前河間府知府約菴凌公必正，次前新都縣知縣攝六黃公翼聖，以次爲序，爲「婁東七老」，他爵位高而名德弗逮者不與焉。白公尊禮婁東七老啓：嘗稽養老之典，肇自虞庠；介壽之詩，奏於豳雅。蓋敬老近父，國雍有醬酳之文；而序賓以賢，閭里成仁讓之化。然而世多涼行，商芝徒翼漢儲；時際代遷，渭璜疇襄周鼎。求其鴻冥儀世，一時星聚太丘；鮐背維祺，百世風師大雅，蓋其鮮矣。睠茲婁東，三吳之名州，而忠哲之淵藪也。鸞翔鳳舉，仕版蔚爲聲施；豹隱鱗潛，川林毓多大老。方伯顧公，名著价藩，心懷肥遯。鯉庭之昌後，叶其作求；麈尾之宗雷，讓其領袖。封君吳公，經啓振麟，情怡盟鷺，既儀一而心結，更抱沖而揚和。太常王公，世襲簪纓，心棲玄淡。齊家飭肅雍之範，宜爾多賢；禮人被光霽之風，羣推長者。憲副吳公，澤咏召棠，清甘原孀。朱紘玉尺，禔躬無愧直方；丹篆青緗，好學尙勤切琢。邑尹曹公，花封解綬，門高五柳之風；蔗境垂簾，宇藹三芝之秀。憲副凌公，榮謝桂林，性耽松壑。徜徉自得，不緇城市之塵；翰墨競珍，獨步風華之蘊。州牧黃公，明月入懷，清風振世。樂推爲善，踵太丘之遺徽；心徹禪宗，埽辟支之小乘。此七老者，咸先世之逸民，海邦之耆碩也。雖行不同軌，而齒皆遐齡。久心寫於式閭，茲身親夫授几。十月初吉，鄉飲屆期，敍請諸老，用光大典。初歌鹿鳴之詩，志乞言也；嗣歌南山之詩，祝壽考也；既歌淇澳之詩，揚進德也。考鐘伐鼓，圜視聽於橋門；崇齒尙賢，隆賓僎於杖履。大禮既成，列耆載宴。瞻斗杓之有七，熠熠台光；稱達尊之有三，巍巍嶽望。年日耋而德日劭，國有老成之型；懦可立而頑可廉，風登仁壽之域。將見香山之九老，不獨擅美千秋；而洛社之羣英，亦可匹芳百禩矣。此固一鄉之盛，亦有司之光也。謹將七老姓氏齒爵錄於左方，以詔來茲焉。　恩義攷：先方伯松霞公日記云：「十月朔日乙亥，大霽，大暖如暮春。赴州守鄉飲之席，圜橋門而觀聽者萬人，共詫以爲盛舉。豈知吾胸中黍離麥秀之感也！」

王崇簡吳母嗣母張太孺人卒於家。　陳廷敬先生墓表：嗣母之喪，南還，上親賜丸藥，撫慰甚至。張太孺人墓誌銘：先生始生時，朱太孺人尙育三歲子。太孺人念其勞瘁，從襁褓中乳字先生，及夫顧復醫禱，恩義眞切，此太孺人每以無忘撫育恩詔先生也。況太孺人之歸文玉公也，訓有錢孺人未周歲之遺女，以至嫁而歿，勤劬周恤，人不以爲繼母也，殆其性之者與！按太孺人世爲婁東望族，明經張柏菴公，其父也。迨歸文玉公爲繼室，文玉公入繼大宗〔一〕，爲玉田公後，歲時思慕，孝祀不衰。與朱太孺人事其姑四十年，將承恐後，而妯娌之間和藹相終始，雝雝如也。當先生趨召，太孺人固康彊無恙也，而眷戀若永訣，屬先生異日無忘我夫婦之事嗣父母者。嗚呼！此先生之所以念之而猶悲也。太孺人之生明萬曆辛巳年六月二十二日，而其卒也順治丙申年十月初十日，享年七十有六。嗣子偉業，即梅村先生也。

送何蓉菴出守贛州　送何省齋　送舊總憲龔孝升以上林苑監出使廣東〔二〕　送程太史翼蒼謫姑蘇學博　送郭宮贊亥菴謫官山西　送曹秋嶽以少司農遷廣東左轄　送王藉茅學士按察浙江　送當湖馬觀揚備兵岢嵐　送王孝源備兵山西

十四年丁酉，四十九歲。

二月，歸里。　王隨菴自訂年譜：十四年春，吳梅翁以大司成告歸。　先生剡城曉發詩：他鄉已過故鄉遠，屈指歸期二月頭。

州守三韓白公登明濬劉家河，先生爲記。按記集中逸，見縣志。　有答撫臺開劉河書。　顧士璉婁江志：州守白公督工河上，單騎巡行。一日值天晚，欲借宿民家，思民間俗忌不利官府到家，徘徊道傍，而民亦閉戶不納。適金粟菴僧來迎，乃止於菴。明日以白金一兩酬僧。於是民皆願公來宿，而公以布帳隨身，竟露棲矣。

張敉菴黃門五十壽序　聖恩寺藏經閣記

十五年戊戌，五十歲。

科場事發，吳漢槎兆騫、孫赤崖暘、陸子元慶增俱貸死戍邊，有悲歌贈吳季子、贈陸生、吾谷行。　程穆衡鑒悅巵談：同時如吳江吳漢槎兆騫、常熟孫赤崖暘、長洲潘逸民隱如、桐城方與三育盛皆有高才盛名，同以科場事貸死戍邊。　子元以機、雲家世，與彝仲、大樽爲號行，轗軻三十年，至垂老乃博一舉，復遭誣，以白首禦窮邊而死。一妾挈幼子牽衣袂，行路盡爲流涕。汪琬堯峯文鈔：壬辰，權貴人與考官有隙，謀因事中之，於是科場之議起。指摘進士，首名程周量經義被黜，科場之議日以益熾，其端發於是科，而其禍及於丁酉，士大夫麋爛潰裂者殆不可勝計。蔣良騏東華錄：九年三月，大學士范文程等言：「會試中式第一名舉人程可則，文理荒謬，首篇尤悖戾經注。」命革中式，並治考官罪。十四年十月，同考官李振鄴、張我樸，舉人田耜、鄔作霖，科臣陸貽吉等俱立斬，家產籍沒，父母兄弟妻子流徙尙陽堡。給事中任克溥劾其賄買中式訊實故也。十五年二月，諭以賄買情弊，覆試丁酉科順天舉人米漢雯等〔三〕，內蘇洪濬等八名文理不通，革去舉人。三月，諭禮部：丁酉科中式江南舉人，物議沸騰，是以親加覆試。今取得吳鳴珂准同會試中式舉人一體覆試〔四〕。其汪溥勛等七十四名仍准作舉人。史繼佚等十四名，罰停會試二科。方域等十四人，文理不通，着革去舉人。十一月，刑部審實江南鄉試作弊。奉旨：「主考方猶、錢開宗正法，同考官葉楚槐等即處絞。」

壽房師李太虛先生　房師李太虛先生壽序　黃觀只五十壽序　白封君六十壽序　贈奉直大夫戶部福建清吏司員外郎仲常費公墓誌銘　張母潘孺人暨金孺人墓誌銘　劉母耿淑人墓誌銘

十六年己亥，五十一歲。

六月，鄭成功陷鎮江。七月，犯江寧，復犯崇明。

春游石公山，秋遊虞山。

丁石萊七十壽序　少保大學士王文通公神道碑銘　太僕寺少卿席寧侯墓誌銘　謝天童孝廉墓誌銘

十七年庚子，五十二歲。

里居，以奏銷事議處。時邑中如顧伊人湄、王惟夏昊、黄庭表與堅同以奏銷詿誤。　堅瓠集：江南奏銷之獄，起於巡撫朱國治欲陷考功員外郎顧予咸，株連一省人士無脱者。　蘇州府志：庚子十二月，吳縣知縣任唯初山西石樓人，選貢生。涖任，即逼倉總吳行之私糶漕糧七百石，婪賄虐刑，口碑騰刺。十八年二月，章皇帝遺詔下，府堂哭臨。第三日，生員倪用賓等列款具呈，巡撫朱國治發蘇松常道王紀卽提吳行之等嚴訊，供實覆院，諸生發知府余廉徵羈候府治花亭，唯初回縣。次日，生員金人瑞、丁瀾等哭府學文廟，教授程邑申報六案，朱始摘任印，着本府看守土地祠。唯初逢人説朱撫院要我銀子，故此糶糧。朱遂以諸生驚擾哭臨，意在謀叛具疏，銜在籍吏部考功員外郎顧予咸，株連之。適差滿大臣至江寧審金壇叛，詔并訊題覆。部議覆准倪用賓、沈玥、顧偉業、薛爾張、姚剛、丁瀾、金人瑞、王重儒八人典刑，家產入官，妻孥流徙。張韓、來獻祺、丁觀生、朱時若、朱章培、周江、徐玠、葉琪、唐堯治、馮郅十人本身典刑。其顧予咸會議得疏中有諸生逆揭，予咸擲地不覩之語，所擬革職籍沒罪絞，奉旨俱免。唯初復任後，因白糧經費遲延，部議降調，國治復糾其貪，勘實絞決於省城。未幾國治解任。

八月，至無錫訪同年吳永調，其駉。有有感賦贈詩。

哭亡女　亡女權厝志　清涼山讚佛詩　七夕感事　七夕卽事　送王子惟夏以牽染北行　冒辟疆五十壽序

十八年辛丑，五十三歲。

雲南平，康熙元年四月，由榔死於雲南。有滇池鐃吹。

本生母朱太淑人卒。　文學博歸，道病歿於桃源縣。

送張玉甲憲長之官邛雅

康熙元年壬寅，五十四歲。

巡撫韓公世琦請撤蘇州駐防兵。按先生有大中丞心康韓公九月還自淮南生日爲壽詩。　蘇州府志名宦：韓世琦字心康，本蒲州人，明大學士爌曾孫。世琦隸旗籍，爲遼人。康熙元年，由順天巡撫移撫江南。懲前政之弊，加意拊循，日進士民，詢以利弊，次第舉行。崇明瀕海，居民遷內地者，安輯不令失業。所棄界外田三千八百餘頃，爲奏免額賦萬九千餘石，折銀萬六千餘兩，蘆課八千餘兩。國初年之江南吳中，特駐重兵，以防寇盜。北來軍士素驕橫爲民患。至是世琦奏言江南寧謐，力請調回。及撤回之日，慮其擾民，與統兵者約，令嚴加禁戢，躬率文武將吏，往來巡視，無一人敢干令者。三年夏，瀕海太倉等州縣颶風大作，漂沒民田廬舍萬計，親往勘實，奏蠲其稅。七年，吳中大水，餓殍載途，世琦繪圖入告，始得蠲賑。嘗疏請減免蘇、松浮糧詳賦田類。事雖不行，民甚德之。居八年，以各屬逋賦被議去。

子暻生。字元期，號西齋。康熙戊辰進士，由戶部主事遷兵科給事中，入直武英殿，充書畫譜纂修官。著有西齋集、左司筆記、錦溪小集。太倉州志：吳駿公偉業連舉十三女，而子暻始生。時唐東江孫華爲名諸生，年已及強立矣，赴湯餅宴，居上坐。駿公戲曰：「是子當與君爲同年。」唐意怫。後戊辰暻舉禮部，唐果同榜。

贈蘇郡副守涪陵陳三石　贈松郡司李內江王擔四　贈彭郡丞益甫　敕贈大中大夫盧公神道碑銘

二年癸卯，五十五歲。

本生父約齋公卒。　子麟生字中麗，能詩，早卒。

白漊沈公受宏受詩法於先生。見外高祖白漊詩集自註

僉憲梁公西韓先生墓誌銘

三年甲辰，五十六歲。

子暄生。字少融。增監生，廕充武英殿纂修，歷知壽光、壽張縣，有政績。著花韻軒集，退齋詩集。　考先生三子俱側室朱安人出。

顧西巘侍御招集虎丘，有夜游虎丘、顧西巘侍御同沈友聖虎丘即事、西巘顧侍御招同沈山人友聖虎丘夜集作圖紀勝因賦長句諸詩〔五〕。

香山白馬寺巨冶禪師敬公塔銘　顧母陳孺人八十壽序

四年乙巳，五十七歲。

錢臣扆五十壽序　監察御史王君慕吉墓誌銘

五年丙午，五十八歲。

魯謙菴使君以雲間山人陸天乙所畫虞山圖索歌成二十七韻　江西巡撫韓公奏議序　兵科給事中天愚謝公墓誌銘

六年丁未，五十九歲。

三月二十四日從山後過湖宿福源精舍　二十五日偕穆苑先孫浣心葉予聞允文游石公山盤龍石梁寂光歸雲諸勝　游石公歸是夜驟雨明晨微霽同諸君天王寺看牡丹　沈文長雨過福源寺

七年戊申，六十歲。

吳園次綺以書招先生，先生之吳興。

上巳過吳興家園次太守招飲郡圃之愛山臺座客十人同修禊事余分韻得苔字　立夏日陪園次郡伯過孫山人太白亭落成置酒分韻得人字　贈湖州守家園次五十韻　修孫山人墓記　雲起樓記　湖州峴山九賢祠碑記　席處士允來墓誌銘　蔣母陳安人墓誌銘　靈隱具德和尚塔銘

編詩文集四十卷成，同里周子俶肇、王維夏昊、許九日旭、顧伊人湄校讎付梓，陳確菴瑚爲之序。御製題吳梅村集：梅村一卷足風流，往復搜尋未肯休。秋水精神香雪句，西崑幽思杜陵愁。裁成蜀錦應慚麗，細比春蠶好更抽。寒夜短檠相對處，幾多詩興爲君收。　欽定四庫全書總目提要：梅村集四十卷，國朝吳偉業撰。偉業有綏寇紀略，已著錄。此集凡詩十八卷、詩餘二卷、文二十卷。其少作大抵才華豔發，吐納風流，有藻思綺合，清麗芊眠之致。及乎遭逢喪亂，閱歷興亡，激楚蒼涼，風骨彌爲遒上，暮年蕭瑟，論者以庾信方之。其中歌行一體，尤所擅長。格律本乎四傑，而情韻爲深；敍述類乎香山，而風華爲勝。韻協宮商，感均頑豔，一時尤稱絕調。其流播詞林，仰邀睿賞，非偶然也。至於以其餘技度曲倚聲，亦復接跡屯田，嗣音淮海。王士禎詩稱曰「白髮塡詞吳祭酒」，亦非虛美。惟古文每參以儷偶，既異齊、梁，又非唐、宋，殊乖正格。黃宗羲嘗稱梅村集中張南垣、柳敬亭二傳，張言其藝而合於道，柳言其參寧南軍事，比之魯仲連之排難解紛，此等處皆失輕重，爲倒却文章家架子。其糾彈頗當。蓋詞人之作散文，猶道學之作韻語，雖強爲學步，本質終存焉。然少陵詩冠千古，而無韻之文率不可讀，人各有能有不能，固不必一一求全矣。按先生詩有程穆衡吳詩箋七卷、靳榮藩吳詩集覽二十卷、吳翌鳳吳詩箋注十八卷。

八年己酉，六十一歲。

楚靳盧紘爲先生丙子典試所取士，來爲蘇松常鎭參政，及門諸子屬序先生詩文集。

沈德潛書梅村集後：蓬萊宮裏舊仙卿，自別靑山悔遠行。擬作栩陽離別賦，江南愁殺庾蘭成。

吳祖修書梅村詩後：夢回龍尾醒猶殘，重入春明興轉闌。宣去何能如老鐵，放歸未許戴黃冠。悲歌自覺高官誤，讀史應知名士難。今日九泉逢故友，西臺涕淚幾時乾？

附　婁東耆舊傳：梅村公得瑯琊賁園，稱莘莊，改構廓然堂，甫竟而卒。門人楚人盧紘來爲蘇松巡道，升堂，公母朱太淑人不時出，盧詢之，公對以後樓未建，故去內舍甚遙，盧卽建樓其後，翼然與堂稱，斯亦非近今人所能也。　思義攷：王書城瑞國爲士麒傳云：性喜多費，興作無虛日。然考是園不爲侈，廓然堂則其長子慶長瑞庭俗呼大癡者爲之。慶長性似父而汰尤甚，拟廓然，既構矣，不當意立命拽毀之，再構又然，至三始成。有楊某者，度其不能繼也，乃竊量堂之規模，構一樓於己宅，覬王急則購以移焉。閱二十餘年，王果敗，而楊亦破家，是堂及園遂爲吳有，然樓猶屬楊也。又幾年，梅村門生某，或云糧儲道盧綋。爲買之置堂後，果稱無爽，造物之幻如是。今堂與樓皆爲瓦礫場矣。

九年庚戌，六十二歲。

探梅鄧尉，有梅信日雨過鄧尉哭剖石和尚遇大雪夜宿還元閣詩。

京江送遠圖歌　龔芝麓詩序　吳郡唐君合葬墓誌銘　太學張君季繁墓誌銘　封徵仕郎翰林院檢討端陽孫公暨鄒孺人合葬墓誌銘　錢母譚太君六十壽序

十年辛亥，六十三歲。

感舊贈蕭明府

十二月二十四日，先生卒。門人顧湄譔行狀。

先生元旦夢至一公府，主者王侯冠服，降階迎揖，出片紙，非世間文字，不可識。謂先生曰：「此位屬公矣。」十二月朔，復夢數人來迎，先生書期日示之。王士禛池北偶談：吳駿公辛亥元旦夢上帝召爲泰山府君，是歲病革，有絕命詞云：「忍死偷生廿載餘，而今罪孽怎消除。受恩欠債須塡補，縱比鴻毛也不如。」時浙西僧水月年百餘歲，能前知，先生病亟，始拏舟迎之。至則曰：「公元旦夢告之矣，何必更問老僧？」遂卒。

先生屬疾時作令書，乃自敍事，略曰：「吾一生遭際，萬事憂危，無一刻不歷艱難，無一境不嘗辛苦，實爲天下大苦人。吾死後，斂以僧裝，葬吾於鄧尉、靈岩相近，墓前立一圓石，曰「詩人吳梅村之墓」。

先生病中有感詞：調寄賀新郎 萬事催華髮。論龔生、天年竟夭，高名難沒。吾病難將醫藥治，耿耿胸中熱血。待灑向、西風殘月。剖却心肝今置地，問華陀解我腸千結？追往事，倍淒咽。故人慷慨多奇節。爲當年、沈吟不斷，草間偷活。艾灸眉頭瓜噴鼻，今日須難訣絕。早患苦、重來千疊，脫屣妻孥非易事，竟一錢不値何須說！人世事，幾完缺？沈受宏白漊集哭梅村師：茫茫滄海劫餘身，遺恨心肝抱苦辛。自迫三徵蒙聖代，未輕一死爲衰親。南朝宮闕悲瓊樹，北極衣冠記紫宸。留得茂陵末命在，西山題墓作詩人。四首錄一。

五十二年癸巳，葬蘇州郡治西南二十里西山之麓。澤州陳廷敬撰墓表。

蘇州府志：國朝祭酒吳偉業墓在靈巖山麓。按墓在蘇州府吳縣玄墓山之北。

袁簡齋太史稱婁東詩人，前有弇州，後有梅村。向見錢竹汀宮詹譔弇州山人年譜，獨梅村先生年譜闕如，軾不揣固陋，謬爲續貂之舉。讀先生詩，輒取程迓亭、靳介人、吳枚菴諸箋註，凡有年月可稽者，一一箚記，釐次前後，復於汎覽之下，事涉先生，編年比附。自壬辰迄己亥，八閱寒暑，槀凡十數易，輯爲年譜四卷。中有家仁仲參訂處，今已墓門宿草，並爲標明，非敢比郭象注莊之例也。所恨管窺蠡測，掛漏尚多，舛訛亦不免。惟冀博雅君子，匡以不逮，幸甚。道光庚子春二月顧師軾識。

是書刻以問世三十餘年矣，庚申之亂，板片盡毁。近年覓得原本，欲謀重刻，適先生裔孫子掄茂才守元見之，謀諸羣從，力任剞劂，爰共相商榷，釐訂一二付梓。光緒二年臘月師軾又識。

【校】

〔一〕大宗　原作「太宗」，據文義逕改。

〔二〕廣東　原作「山東」，據卷十一本題改。

〔三〕米漢雯　原作「朱漢雯」，據蔣氏東華錄改。

〔四〕吳鳴珂　淸實錄及明淸進士題名碑錄索引均作「吳珂鳴」。

〔五〕紀勝　原作「紀事」，據卷十本題改。

附錄三

序跋

原序

王式通

梅村家藏稿，吾友授經得諸都門廠肆，斠刊既竟，識其鈔刻源流，增併卷數。復以式通髫齔之歲，便誦吳都；文獻之徵，恆殷江左。屬爲偶語，概厥平生。

先生以曠世逸才，遭明末造。著西銘之籍，夙冠清流；彈烏程之黨，聿彰風節。留都移宦，養望人師；太學上書，訟冤朝士。時則四凶柄國，釁壞家居；羣寇滔天，延及京邑。薄日墮景，莫挽虞淵之沈；幽蘭坐燎，遂入鼎湖之夢。宗社既覆，圖籙有歸。而稽小腆之紀年，非無烈士；證南疆之逸史，亦有頑民。龍漢浩劫之經，朱噣焉食；螢火秋光之記，碧血猶凝。卽至閩、粵流離，人懷毅魄；匪獨江東餘閏，身殉孱王。類奮螳臂於生前，或潔蟬蛻於物外。靡不食甘薇蕨，心苦卷施，炳正氣而特書，表骨香而署集。芝焚蕙歎，羽換宮移，大患有身，爲親而屈。母氏欷歔之語，兒死誰依；故人慷慨之吟，詞悽絕命。悔一錢之不値，入九地而餘悲。余情信芳，人間何世。蓋自呵壁問天以後，見諸文字，欝爲聲音者，索偶搜逑，無此奇痛。而香草之拾，始老宿以逮童蒙；藻采所敷，起宮闈以訖異域。亦自有著作者無此風行焉。

嗟乎！生也有涯，情難遣此。過殷墟而欲泣，恐近婦人；涉洞庭而無言，獨思公子。義熙已易，遐想羲皇；淮南既仙，猶存賓客。望水天之杳渺，閒話滄桑；覩册府之飄零，抱殘灰燼。山中終隱，書傳入洛之交期；海上乞師，色動登臺之慟哭。素心泉路，死負侯嬴；晞髮陽阿，生慚皋羽。河山有異，曾無風景之殊；陵谷已遷，試續夢華之錄。初徵博士，始改元和；閒坐宮人，重談天寶。下銅仙之鉛淚，親見駝街；眺玉女之清臚，寓言曉箭。倡家質子，坐傷年鬢之秋；窮巷空廬，追憶宴游之好。固宜執珪憔悴，病尚越吟；援筆纏綿，怨同蜀魄。桑乾蓬轉，擬嗣宗之詠懷；麥秀黍離，賦子期之思舊。河梁五字，降將發之而慘顏；雍門一彈，孟嘗聽之而雪涕。可謂掬傷心之抱，奏亡國之音，不無危苦之辭，惟以悲哀爲主者也。

若夫朱顏獨秀，何殊鄴下之聲華；白髮塡詞，亦類江關之蕭瑟。論其身世，則似蘭成。

事寫天家，恍見草堂之忠愛；箋成後學，儼奉詩聖之馨香。論其歌詠，則似少陵。莘莊結構，應標野史之名；法曲淒涼，無異蔡州之望。論其心迹，則似遺山。寶繢品題，雅合鷗波之論畫；浮屠贈答，差同天竺之求書。論其文采，則似松雪。擬人必倫，望古遙集。詞客有哀時之作，拾遺本良史之才，中州深故國之思，王孫稱遺臣之雋，兼茲數者，伊其戚矣。雖梨洲舊說，糾及無韻之文；而長慶嗣音，麗軼前人之製。是以聲傳河滿，播於禁中；豔溢鎦豪，寵以宸翰。以視漢帝讀子虛之賦，恨不同時；宋主興奇才之歎，聞諸他日。情事不侔，契合則一。鹿樵紀在，知身後大獄之誣；西齋書存，儷蘇氏斜川之集。斯則弔鄧尉詩人之墓，足語吟魂；披婁東耆舊之編，無慚作者云爾。宣統辛亥二月汾陽王式通序。

原跋

董康

世行梅村先生集四十卷，詩詞顧湄編，盧紘序，文集周瓚編，陳瑚序，卽四庫箸錄本也。據陳序云刻始康熙戊申，而盧序作於己酉，先生尚及見之。後來靳、程、吳諸家詩注與顧師軾所輯年譜，皆據此集，未覩他本。庚戌歲，康於都門得吳氏家藏稿十二册，都六十卷：一至八爲詩前集，九至二十二爲詩後集，仍各自分體，詩餘附焉；二十三至五十九爲文集，而終以詩話。一手迻錄，甚清整，中有朱筆校注，稱先大夫云云，蓋先生卒後，公子暻等所附記也。以刻本覈之，此本多詩七十三首，詩餘五首，文六十一首，及末卷詩話；其刻本有而稿本無者，詩文各八首，或後來所删。案刻本文與目多不相應，亦有稿本中文已見目錄而改刻他文者，如四十卷復社紀事易以祭仲、伍胥、尹氏諸論是也。稿中溢出諸篇，率皆世所未見，其他標題字句，亦視刻本爲詳，因通校一過，以付槧工。五十六卷以下，篇葉寥寥，併作二卷；舊刻所增詩文，錄補於後，而以年譜附焉。顧氏譔年譜時，儻見此稿，尙可加詳，今先附刊，以竢後人重輯。康維國初名集，多出手訂，獨漁洋有別本之編，竹垞有外集之刻。先生遺箸，早登册府，弁冕本朝，嚮謂已無闕遺。乃載三百，故帙尙完，家世舊藏，源流可溯。所以亟亟斠刊者，冀永先哲未傳之緒，用慰來學快覩之心。斯固江左文獻所留貽，有不容泯滅者也。宣統辛亥正月，武進董康謹識。

梅村詩文溢出於刻本外者，附錄於後：

五言古詩　前集

詠史三至六　九　十二

七言古詩

贈范司馬質公借錢職方大鶴　襄陽樂　高麗行　三松老人歌　百花驄歌　勾章井

五言律詩

讀史雜感十一至十六　再簡子俶　素馨　感舊　贈歌者　覓

七言律詩

懷楊機部軍前　送黃石齋謫官　送左子直子忠兄弟還桐城　聖駕閱城恭遇口占　登梁王吹臺　過朱仙鎮謁武穆廟　送楊凫岫　白門遇北來友人　甲申十月南中作　有感　感楊梅作　見人作布帽

七言絕句

見伐木者　庚寅元旦試筆　雜感三　四　六至十五　十七　十九　二十

七言古詩

題江右非非子訪逍遙子圖

五言古詩　後集

項王廟

木棉吟

五言律詩

茸城客樓大風曉寒吟眺以示友聖九日玉符諸子

七言律詩

海警　遣嫁　江城遠眺　贈遼左故人三　五

七言絶句

讀史偶述七　十二　十四　十五　二十四　二十八　二十九　臨終詩四首

詩餘

如夢令　減字木蘭花詠足　西江月春思　永遇樂壽江林有郡丞　沁園春贈柳敬亭

雜文

王室卿士論　宋魏兩彭城王論　郊廟考　復社紀事　清河家法述　遺安堂答客問　梁宮保壯猷紀

爲柳敬亭陳乞引　爲周弘叔勸引序

序

宋子建詩序　彭燕又偶存草序　宋直方林屋詩草序　宋轅生詩序　白林九古柏堂詩序　田髴淵夢

歸草堂詩序　吳六益詩序　徐季重詩序　周子俶東岡稿序　徐澹生海月集序　許堯文詩小引　趙

孟遷詩序　黃媛介詩序　陸子咏月詩題詞　梁水部玉劍尊聞序　楊氏遺宗錄序　編年考序　秣陵

春序　兩郡名文序　二宋稿序　孫孝若稿序　德藻稿序　王茂京稿序　孫孝維贈言序　題龔芝麓

壽序　趙母張太夫人六十序

記

海市記　崇明平洋沙築海堤記

墓誌銘

葉公噲山偕配嚴孺人合葬墓誌銘　衡齋劉公墓誌銘　處士近陽張公墓誌銘　宋幼清墓誌銘　許節母翁太孺人墓誌銘

傳

吳淑人傳

祭文

祭李幼甚文　祭錢大鶴文

書

上馬制府書　答黃總戎書　南中與志衍書

制科

崇禎四年廷試策　崇禎九年湖廣鄉程錄

奏疏

劾元臣疏　辭職疏　請假省親疏　陞任請養疏　自陳不職疏

揭

辭薦揭

疏

與子暻等疏

詩話

梅村詩話

梅村詩集序

錢謙益

余老歸空門，不復染指聲律，而頗悟詩理。以爲詩之道，有不學而能者，有學而不能者；有可學而能者，有可學而不可能者；有學而愈能者，有愈學而愈不能者；有天工焉，有人事焉：知其所以然，而詩可以幾而學也。間嘗趣舉其說，而聞者莫吾信。頃讀梅村先生詩集，喟然歎曰：嗟乎，此可以證明吾說矣！夫所謂不學而能者，三侯垓下，滄浪山木，如天鼓谷音，稱心而衝口者是也；所謂學而不能者，賦名六合，句取切偶，如鳥空鼠唧〔一〕，循聲而屈步者是也。此非所以論梅村之詩，梅村之詩，其殆可學而不可能者乎！

夫詩有聲焉，宫商可叶也；有律焉，聲病可案也；有體焉，正變可稽也；有材焉，良楛可攻也：斯所謂可學而能者也。若其調之鏗然，金舂而石戛也；氣之熊然，劍花而星芒也；光之耿然，春浮花而霞侵月也；情之盎然，草碧色而水綠波也。戴容州有言：藍田日煖，良玉生煙，可望而不可置於眉睫之間。以此論梅村之詩，可能乎？不可能乎？文繁勢變，事近景遙，或移形於跬步，或縮地於千里。泗水秋風，則往歌而來哭；寒燈擁髻，則生死而死生。可能乎？不可能乎？所謂可學而不可能者信矣，而又非可以不學而能也。以其識趣正定，才力宏肆，心地虛明，天地之物象，陰符之生殺，古今之文心名理，陶冶籠挫，歸乎一氣，而咸資以爲詩。善畫馬者曰：天閑萬廐，皆吾師也。安有撐腸雷腹，蟬吟蚓竅，而謂之能詩者哉？玄黃金碧，入其罏鞲，皆成神丹，而他人則爲掇拾之長物；么絃孤韻，經其杼軸，皆爲活句，而他人則爲偷句之鈍賊。參苓不能生死人，朱鉛不能飾醜女。故曰有學而愈能，有愈學而愈不能。讀梅村詩者，亦可以霍然而悟矣。

竊嘗謂詩人才子，皆生自間氣，天之所使以潤色斯世，而本朝則多出詞林〔二〕。然自高青丘以降，若李賓之、楊用修者，未易一二數也。豐水有芑，生材不盡，而產梅村於隆平之後，以錦繡爲肝腸，以珠玉爲咳唾，置諸西淸東序之間，俾其鯨鏗春麗，眉目一世。輇材小生，不自量度，猥欲以煩聲促節，流漂嘈囋，爭馳尺幅之上，豈不誖哉！余故略舉學詩之說以引其端。世之跐踔短垣，呼囂相命者，聞余言，固將交綏引去；而余以老耄才盡〔三〕，目瞪吻燥，自詭於僻書焚筆者，亦可以有辭也〔四〕。順治庚子十月朔，虞山蒙叟錢謙益再拜謹序。

附錄：致梅村書〔五〕

謙益白。荒村草具，樵蘇不爨。昔賢峴山夜宿，以乳羊博市沽，比之吾輩，豈非華筵高會乎！别後捧持大集，坐臥吟嘯，如渡大海，久而得其津涉。詞麗句淸〔六〕，層見疊出；鴻章縟繡，富有日新。有事採劉者，或能望洋而歎。若其攢簇化工，陶冶今古，陽施陰設，移步換形，或歌或哭，欲死欲生，或中夜而啼，或當餐而歎，則非精求於韓、杜二家，吸取其神髓，而佽助之以眉山、劍南，斷斷乎不能窺其籬落、識其阡陌也。諷誦久之，不禁技癢，遂放筆爲敍引。非謂樸學謏聞，足以遂盡來美；亦聊於唱歎之餘，少抒其領略。使人知天人之際，可學不可學之介，出自心神，本乎習氣。眞如內典所謂多生異熟，不思議熏習者。庶幾無幾倖其不能，而鐮礪其可學，爲斯人少分箴砭、提醒眼目耳。信心衝口，便多與時人水火。豫章徐巨源規切不肯爲文，晚年好駡。此序一出，恐世之詞人樹壇立坫者，又將鉗我於市矣。不敢自秘，輒繕寫求政。唯篋而藏之，不惟爲魏公藏拙，亦可謂免我於死也。老人放言，未知執事何以命之？大集謹封題，奉歸記室。禪誦之暇，未能釋然，或鏤版，或副墨，早得賜敎，以慰渴飢，是所顒望也。煙老有嗜痂之癖，或可傳示，以博一笑。太虛小阮，褭帷虞山，想當枉駕，可圖接席。江右豔曲，盈緗溢縹，西崑香奩，塞破此世界矣；老先生何以應之？附及一笑，不盡。

【校】

〔一〕卿　四十卷本作「卽」。

〔二〕本朝　四十卷本作「近禩」。

〔三〕老耄　原作「老髦」，據四十卷本改。

〔四〕四十卷本「亦」上有「庶」字。

〔五〕題　四十卷本作「附錄與梅村先生書」。

〔六〕詞麗句清　四十卷本作「淸詞麗句」。

梅村集序

盧紘

域中之言高者必推尊乎嶽，言深者必遡源於河，能兼是兩者而有之，惟師道則然耳。今世凡號爲弟子，執一經遊於先生之門，偶得其心之所服，卽謂高與深已在是矣，然虛歸以名，而實或不至，及覩夫所謂巍巍之高與洋洋之深，乃惝乎自失，始信古今惟一嶽斯眞高，惟一河斯眞深，固非寸壤之所能衡、尺澤之所能量也。自山海之喩創自子輿，千古而下，信爲篤論，知夫師道之尊，能兼是高與深而有之者，亦唯道誼耳，文章耳。凡天生大賢以爲世用，所鍾者必積數百年山川秀美，方得尤異之品，挺出其間。在朝則有巖然以端者著爲典型，在野則有侃乎其正者表爲矜式，措一履如金玉之重，吐一辭如雲日之華。無論爲進爲退，其道誼必爲有用之道誼，文章必爲有用之文章，斯高深之名所由允當而無媿也。

大司成梅村吳夫子以弱冠受特達知，選南宮第一，居石渠、天祿間者復十餘年，凡典册制誥之文，多所裁定，黜浮崇雅，一時推爲鴻文大章，雖宿居盛名者，亦交遜以爲弗及。主楚闈，稱最得士，紘雖譾劣，亦忝收入藥籠者也。聖朝龍興，天子雅尚文學，求山澤遺逸，虛左席以待之。居成均者歷年，聚海內英髦，辨論異同，環橋門而觀聽者數千計，雨化所被，號曰彬彬。天子不時臨雍垂問，每有獻納，輒當上旨，改容而禮，不覺席之前也。亡何以省養歸里，雖四方問字者接踵至，然閉門好修，吟詠自若，其道誼日隆，文章日富，殆高者益莫測其高，深者益莫測其深矣。

顧子湄，名宿之裔，亦婁東人，夙遊司成公之門，密邇私淑，居恆每得嘉言懿行，必筆而書之，珍藏於笥。積有年，得詩若干首，得文若干篇，既成帙，謀梓而行之，公諸海內，以紘既受知於公，且適宦茲土，表章之責，抑無容辭，乃推與分任，且見屬以題辭。昔尼山之門人，雖英敏秀達，所受不過一經，乃顧子固能兼而緝之，反覆校定，經歷歲年，燦然明備，可謂勤矣。至删定筆削，雖游、夏尚不能贊一辭，序述之功，紘奚敢任？惟是古今斯文之運，興始西北，漸迤東南。自江左風流，微肇其端，迄乎紫陽，則道誼文章，實備厥美。近三吳數百年間，若瑯琊，若虞山，鼓吹其間，後先不絕。司成公集以有成，文信在茲，匪阿所好。夫天子既以爲人師，於是海內師之，傳之後世，亦莫不師之，紘與顧子亦惟共仰以爲嶽之高，共沐以爲河之深而已，又何能復贊一辭哉！時康熙八年，歲次己酉仲夏，分管漕務督理蘇松常鎮糧儲兼巡視漕河江南布政使司左參政，加六級，楚蘄受知及門盧紘頓首謹譔。

梅村集序

陳瑚

往歲戊戌，梅村先生年五十，瑚嘗頌之以詩，而竊擬先生於子美、退之，時人聞之，皆以瑚爲知言也。越十年而爲戊申，先生著作日富，門弟子顧伊人輩裒集其詩文四十卷，刻而行之。工將竣，先生以書來告曰：「君知我深，序莫如君宜。」先生之詩文，向固以爲子美、退之之者也。世有子美、退之其人，而得弁言於其文字之首，可不謂大榮歟！而又何敢以不文辭？

憶瑚燥髮時，先生以制舉義冠南宮，反天下程文腐爛之弊，而振之以東西兩漢、唐、宋八家之學，一時號稱得人。是時先生之文，家弦戶誦，雖深山幽谷，兒童婦女，莫不耳熟先生之姓名者，海內士子始蒸蒸漸進於古人之業，先生之功在儒林，蓋已久矣。三十年來，閉戶却埽，紬二酉四庫之藏，擷其菁華而見之詞章，其爲詩古文辭，遂造於精微奧博之域。世雖有秘爲中郎枕中物者，要其全集尙未有專刻也。然則伊人之爲是役也，吾黨之志也，天下之望也，豈非千古之盛事哉！

瑚聞之：詩以足志，文以足言，言之不文，行而不遠。故人之有文，如龍之有鱗，鳳之有羽。龍鳳之所以振拔於其族者，固不在乎區區鱗羽之間，而非鱗羽則不成其爲龍與鳳也。六經以後，詩莫妙於蘇、李，而齊、梁以降，相率爲俳優之調，而詩衰矣；子美起而别裁僞體，而詩於是乎一盛。文莫工於班、馬，而魏、晉以還，相競爲浮靡之習，而文衰矣；退之出而刬削陳言，而文於是乎一盛。是二人者，人文之大成，後學之宗師也。然荀卿嘗以爲藝之至者不兩能，是故子美無退之之文，而退之之詩則亞於子美，求其兼而有之，蓋幾幾乎其難哉。王介甫有言，悲歡窮泰，發斂抑揚，疾徐縱横，無施不可，或綺麗而精深，或風流而醞藉，或嚴重如百萬之師，或奮迅如千里之駿，此子美之詩也，而先生之爲詩亦然。李南紀有言，汗瀾卓踔，奫泫澄深，詭然而蛟龍翔，蔚然而虎鳳躍，鏘然而韶鈞鳴，雄偉不常，摧陷廓清之功，比於武事，此退之之文也，而先生之爲文亦然。噫嘻，可謂兼而有之矣！藝之至者，其殆兩能之矣，何其盛也！何其盛也！瑚故申十年以前之説而爲之序之如此。

先生嘗謂瑚曰：凡人之情，食熊則肥，食蛙則瘦，予獨不然。向者惧嬰世網，今得返其初服，與二三知己詠白傅池上之篇，讀啓期三樂之論，優游歲月，以老餘生，於願足矣！

然則先生之恬淡沖和，有得於中久矣，宜其見於詩歌文字之間，翛中而襮外，此又讀其集者當自得之，而非瑚一人之臆說也。同里年通家眷晚生陳瑚頓首拜題。

吳梅村先生詩鈔題詞

計東

茂倫、山子選江左三大家詩既成，而以梅村先生詩鈔屬東序之。夫以東之謭陋，尚不足以知先生之詩，而能序先生詩乎？竊謂天下能序先生詩，莫虞山先生若也。虞山之言曰：「梅村之詩，殆可學而不可能，而又非可以不學而能者也。」則其論先生之詩，於才與法之閒亦微矣。後之人卽有能知之序之者，能更出一言軼虞山上乎？雖然，東尤歎虞山之虛懷不可及也。其貽書先生，稱其精求於韓、杜二家，吸取其神髓而佽助之，眉山、劍南斷斷不能窺其籬落、識其阡陌也。夫虞山暮年之詩，心慕手追於眉山、劍南之間，顧稱述先生詩如此，則其自遜爲不如可知，誠非今之驕己凌物者可及也。後之學者，有不及事虞山而猶及事先生與合肥先生者，可以想見其一致已。康熙六年冬杪，門人計東拜手序。

百名家詩選吳梅村詩小引

魏憲

魏子曰：文人相輕，同鄉尤甚，風之偷也，非自今矣。獨吳中諸子，于虞山則宗牧齋，于婁江則宗梅村，奉爲金科玉軸，不敢違越焉。噫！何桑梓之敬，歷五十餘年無異詞也！牧齋詩余既論定行世矣，於梅村先生敢靳國門哉？

憶先生之元辛未也，出吾鄉周芮公門，時石齋、東崖皆在朝，如草木之有臭味，無不投也，故閩人知之最先。余兩過婁東，維舟江干，造廬請教，先生爲下榻，出新舊詩古文辭相與訂正，琴尊香茗間，甚款款也。迨辛亥維夏，相遇虎丘，謀補石倉之選，先生贈序，過爲揄揚，其表章古人，引掖後輩，一片誠心，可鏤金石，余屢志之。今先生往矣，詩篇流在天壤，如日月之麗，江河之行，罔勿之也，亦罔勿仰也。近有摘而疵瑕之者，曰某篇驕縱也，某篇憤嫉也，某篇不爲明人諱過也，某篇恐屬憂讒畏譏也。嗟乎！先生交道太廣，廣則難周，今日之起而謗訕者，即平日之俛而乞憐之人，或自號名士，或妄許山人，或還俗僧流，或不識也者，皆欲網利藝林，輕薄前哲，豈眞怨毒之于人甚哉，亦其人之涼薄性成，欲決東海之波，傾注華、岱耳。

蕭統有言曰：剝復消長，中有至理，排斡元氣，存乎其人。今梅村詩陶冶于漢、魏，而潤澤于盛、初，根荄于德性，而煥發于典籍，當身已見其播傳，後代更推爲宗主，吾又何容贅哉。

梅村詞序

尤侗

詞者，詩之餘也。乃詩人與詞人有不相兼者：如李、杜皆詩人也，然太白憶秦娥、菩薩蠻爲詞開山，而子美無之也；温、李皆詩人也，然飛卿玉樓春、更漏子爲詞擅場，而義山無之也；歐、蘇以文章大手降體爲詞，坡公大江東去，卓絕千古，而六一婉麗，實妙于蘇；介甫偶一涉筆，而子固無之；眉山一家，老泉、子由無之也。以辛幼安之豪氣，而人謂其不當以詩名而以詞名，豈詩與詞若有分量，不可得而踰者乎？有明才人，莫過于楊用修、湯若士。用修親抱琵琶度北曲，而詞顧寥寥；若士四夢爲南曲野狐精，而塡詞自賓白外無聞焉：卽詞與曲亦有不相兼者，不可解也。近日虞山號詩文宗匠，其詞僅見永遇樂數首，頹唐殊極。兼人之才，吾目中惟見梅村先生耳。

先生文章彷彿班史，然猶謙讓未遑，嘗謂予曰：「若文則吾豈敢，于詩或庶幾焉。」今讀其七言古、律諸體，流連光景，哀樂纏綿，使人一唱三歎，有不堪爲懷者；及所譜通天臺、臨春閣、秣陵春諸曲，亦于興亡盛衰之感，三致意焉：蓋先生之遇爲之也。詞在季孟之間，雖不多作，要皆合于國風好色、小雅怨誹之旨。故予嘗謂先生之詩可爲詞，詞可爲曲；然而詩之格不墜，詞曲之格不抗者，則下筆之妙，非古人所及也。

休寧孫無言遍徵當代名家詞，將以梅村編首，亡何而梅村歿矣。孫子手卷不釋，仍寓予評次刻之，可謂篤好深思；而予于先生琴樽風月，未忘平生，故得附知言序其本末如此。予觀先生遺命墓前立一圓石，題曰詞人吳某之墓，蓋先生退然以詞人自居矣。夫使先生終于詞人，則先生之遇爲之也，悲夫！

——錄自西堂雜俎三集卷三

彙刻傳劇序（摘錄）

況周頤

緊維鴻達，有若駿公，以沈博絕麗之才，兼慨慷温柔之筆。搔首成今古恨，臺通天而可呼；掃眉亦文武才，張貴妃、冼夫人閣臨春而誰主？續文簫之佳話，寫秣陵之芳春。其間左丞醉哭數言，鬱伊善感；女將邊愁一曲，悱惻動人。乃至雲和引鳳之妍詞，曲傳玉潤乘龍之韻事。賓之詞山曲海，宜有玉價珠聲。國朝吳偉業通天臺、臨春閣、秣陵春。

——錄自暖紅室本彙刻傳劇卷首

秣陵春序

李宜之

南詞以拜月、琵琶爲二絕，荆釵、繡襦以下皆不及也。嗣後騷人遊戲，多以散套小令特傳，竟無院本可與二傳相頡頏者。學士家以牡丹亭爲異書，然才情橫放，不能拴縛，遂有清眞音譜未諧之病，殊不爲行家所賞，而戾家尤苦之。錦箋輕圓而味稍薄，曇花富贍而機不靈，西樓有傳語而失之佻，燕子箋有新趣而失之俗，鴛鴦棒等，則浪子不已，幾於娼夫，大非風流儒雅之體矣。

灌隱之爲雙影記也，審節宮羽，穩協陰陽，不騁才情，并不用學問，而字字敲打，如出鶯喉燕吭間，無不歌誦妥溜，妙會諧絲竹者，此眞詞林老手，與拜月、琵琶分鼎立於三百年之上者也。卓吾以拜月爲化工，琵琶爲畫工，記中有天匠自成，不見痕跡，如化工之生物者；有芳鮮縟麗，五采爛然，如畫工之繪物者：兼長固奇於獨妙矣。琵琶無北詞，拜月僅議遷一齣，灌隱此記，北詞六七見；又別有雜劇幾種。其本色中出色，不獨與實甫、漢卿並驅，幾欲追董學士而先之，不更奇乎！宋之工詞者輒不工詩，元四大家及君美，則誠之徒，俱不見他著述。灌隱五古，直逼漢、魏；歌行近體，上下初、盛；敍記之文，不媿唐、宋大家；而寄興詞曲，復推宗匠：又一奇也。

余弱冠時嘗爲步非煙雜劇，頗有一二本色語，兵燹中失去其本。與草衣道人往來吳、越間，多以南詞散套及小令紀其事，亦頗協律。一生蹭蹬，并不得爲元詞人路吏、山長之官，窮老閉門，無所發憤，意欲借古人奇情韻事，譜爲煙花粉黛、神頭鬼面之詞，及見此記，不覺小巫氣盡，因戲語灌隱：「初成續不欲曲子詞布汴、雒，曷不若香匳并嫁致堯乎？」灌隱笑曰：「曲子果流布，則世皆知爲放言自廢之人，花月塡詞，正自有日。老兄若肯學君家浪子，綴一小語爲詞，固當爲人爭傳；我決不學曲子相公，專託人收拾焚燬之不暇也。」癸巳秋七日寓園居士書於尹綴樓。

——錄自劉氏暖紅室刊本彙刻傳劇第二十五種

臨春閣題辭

沈修

樂府三種，成繇駿公，吳君靈雉，聿録其二。靖節自祭，通天臺焉；莊生寓言，臨春閣焉。血罄遺耉，節旄玄妃，初明麗華，斯襲幻影。文隱誼蹟，厥惟臨春，繹思頻仍；乃鏡厓略，用白修蘊，序之云云。孝慈端型，爰逮國勝，內壼操潔，夙崇前明。甲申之春，莊烈矢蓋，從者㓞皕，椒風穆馨。弘光肅明，嬈難京雒；隆武孝毅，宅貞龍潭；軍熠桂林，永曆遯緬，王后耿節，粵芳濵雲，然於麗華，祊牒巽也。天啓正適，懿安徽稱，魯王雙嬪，越郡令族。先後殉烈，朔南偕榮，昆岡鬱攸，爐璞肯滓。壓月靈魄，姓同常娥。亦三人焉，寧不謂盛。曰隱熹后，將嫌黜尊；曰甄前妃，病尙存國。吳氏命筆，則元妃乎！蛟闘阮兵，長垣困仇，琅琦陘家，健跳阽身。嫺風鯨濤，尺組嬰脰，妃也命嗇，甚前嬪焉。小君笄珈，國蹴沈井，姪娣云孥，睆增張星。令光薨徂，伯緒文悼。齊嫣崩札，臨沂策哀。先生託音，情益幻矣。南朝六闈，陰漸朔邦。獻容令嬴，遺羞晉梁；妙登婧英，皒行齊宋。奄宅江表，陳宮夙貞。皇英昔風，遹導昆軌。慈訓弘範，德芬椒衢。妙容嫯華，躬協蕙問。龔孔張薛，狎客矢詠。信若豔蠱，冥節韌只。麗華命字，宮庭四焉。陰劉聿隆，張楊聿陵。碩人其頎，寧任吉悔。参髮富韡，妙神嫺華。毓胚前星，齡始十算。有仍玄妻，西京上官，孌昭弗任，矧曰元秀。姊月馨媚，膝端瑩如。物之珍尤，靈亦甚也。譽樂既甚，眚患攸弔。令質婉嫕，能逡億逞。靚飾妙采，云足寓道。玉樹瓊蕊，爰可詠德。陳后荀哲，曷兆亡釁？夏喜殷妲，徇尙寵國，況靡虐行，天實孕美。象服溟嶼，炯戒耽逸。若元妃者，斯更淑已。循測妙指，麗華應尸。今其曲文，蓋適誠敬。賓主易類，正名爰訛。青谿昔祠，靈媛肅饗。負劍嬰妭，側焉嬪從。文心斡旋，位著仍穆。譙國聖母，聿旌忠州，陳亡翼隨，秦實洗病。事不史吻，勳紅崖焉。麗華亭亭，棲影結綺。業用比興，曷標臨春？懷宗弗閎，作者冥諷，社稷之徇，甸侯云然。陪敦失馮，寧是蘁職。野井辱唁，卒稱主君。次睢作牲，虐弄鄫子。效節旌皜，榮加寄公。若夫天王，分則無外。叔帶犯順，襄邑鄭汜。僭翩不賓，敬宮姑蒨。春秋律嚴，曾莫貶議。遯出自竇，后緡且然。漢京參移，宋鼎再卜。唐葉廟寢，亦恆淪夷。昆陽碩猷，天祖盛責。尹室潛嬔，國君愚誠。思陵炪謀，經瀆諒爾。牓井媚雪，六朝春荒。煤丘仄曛，九縣姓革。後主衡德，奚朋烈皇。孝陵言動，實汰永定。名傑富穰，績戡興王。淫威脅從，域易反正。朱繩伐軀，俊碩涼志。桂福唐暜，曷羈人心。瓊臺寶衣，失慮孰甚。闕觀敬節，女貞攸宜。辯亡成篇，魏武託愍。既慶妃烈，冥招帝魂。先生此文，信匪虛作。薊訓銅狄，牧之庭華。臨川鉛山，言遜有物。振古舊鍥，愁遺蟫餘。劉君子庚，昔以君贈。爰更授槧，傳諸人焉。庚戌花朝，長洲沈修。

錄自吳氏靈雅刊本奢摩他室曲叢梅村樂府二種

通天臺題辭

沈修

彼稷冥惋，溢情豪綈。梅村詩詞，聲溯雜摽。降格音曲，婉而成章。績黴承雲，裔性房露。奨飾文媛，闡揚貞妃。臨春秣陵，操尙夐逸。科第雪忿，展成鈞天。謳歛溺心，圓海春謎。浩唱烈韻，惡先生焉。節以名寇，壬徵悼衷。修家左丞，冥與儷轍。往昔劉峻，方規敬通，作文攄憂，敏析同異。陵谷貿徙，夙宵奭訛。鼎湖龍亡，厥鏡鸞泣。旨薺辛檗，暄春廩秋。宅憂終身，蔑更忘弭。因藉故實，默自旌爾。名碩豔遇，昔寧無之。天於初明，肆逞荼酷。纆棘洵恥，曷加俘臣；珪裳匪榮，矧宦讐國。冥謁曩帝，表嗷通天。漢臺苕亭，煒亙霄極。被識英主，旅人聆言。羨思仁親，天子獲印。篤念靈譯，叶休徽敫。幽明路悠，妙應斯撻。世競底惑，修心不慆。陰陽家亡，周職蓋寢。神鬼情狀，易誰鉤深。靈威赤熛，云實炎昊。於嫣慶忌，或馮山谿。仁加伯元，卒藩荆州。敬執項羽，爰任僕射。糞土臣炯，武皇矜諸。栢臺荒雲，柞寢瀟雨。甚矣騷瑟，茂陵兹辰。方徐嚴枚，比席園令；邢趙衞尹，變班陳嬌。宅娛琴峨，析奥文賦。區夏柄失，甲幃遑勤。膠西鏗鏗，諍息災厲；平津諤諤，策湮賢良。足音寥閴，五百春矣。孼賊侯景，不庭蕭梁。身丁亂離，矜是碩彥。昆弟息亂，虐逢鯨鯢。妻虞泣刑，貞血漬脰。聖善素鹹，職饔卬煁。孑焉相存，僅一娣婦。南望愍惻，百荼嬰心。異朝君臣，分薄誼厚。軫念庸德，力拯宜也。矧帝綏極，務植名行。瑩飾孝治，建元綸音；篤扶人綱，元朔令誥。敦乂七教，甄明五書。賦褒陵雲，爵進髦士。太主董偃，寧誅直言；長卿文君，憚析珍儷。嚴助伏刃，實熒張湯。表稱東歸，增昔愧已。昔代園寢，喪威林烝。牧芻行吟，莫更蹡舞。拜手頓首，温顏錫章。涼暄宅心，孰肯斯若。往訓映牒，寧其食言。纍臣復家，懼或寢事。存愛著慇，神明聿交。精多物宏，靈爽自結。膺兆獲返，理之恆乎。宙夏云一，先生曷歸？尋君遂初，復我邦族。鶩靡攸騁，戚誠無讎。陽岑擷薇，勿審誰榮；栗里扃竇，強旌吾廬。同時逸民，實與鈞愾。恭子入覲，國仍梁都。君親之間，豈不兩勝。樂府箋恨，信曰自悼。命怡鍾律，結言冥寥。修今籀詞，輒悟文表。運筆斯巧，人謀鬼謀。生能徙關，死莫徵隸。函谷姓改，元封則那！將哀孝陵，粵假梁武。王氣業盡，謂鍾山何！伶人南冠，帝子北降。曲者曲也，情之壹焉。離騷美人，豈繫淫惑。孝武招隱，稱貽麗娟。華予昔門，氣勝蘭澤。既謬貞一，姝寧樂聞？先生愛姬，日倩扶氏，色藻雙婧，疑相匹倫。羞同亘君，聘諱原碧；矧事安石，姿兼文青。岱神光明，輕小節也。吾黨秀傑，畢能斐然。靈雄茂年，學邃音呂。粵國盛操，風山矢音；如須闡情，香閣吐韻。行世二帙，馥聲詞林。駿公靈編，聿久湮曖。通天臨春，儷若笙磬。曄曜英舉，尤榮素宗。諟辭不文，序如前云。浴佛之夕，沈修后齊。

——同上

梅村樂府二種跋

吳梅

梅村樂府，嗣響臨川，南部夢華，託諸幻影，豔思哀韻，感人深矣。傳本絕少，又掩於詩名，幾與碣石幽蘭，同此淪隱。考秣陵一劇，有集中金人捧露盤詞，足資談屑；而臨春閣、通天臺，則西堂梅村詞序、古夫于亭雜錄僅述其目，知者益鮮。江山劉君子庚眎梅振古齋刻本，則三種完具。豐城劍氣，忽焉騰霄。文字有靈，洵不誣也。而墨色黯淡，縑素欲裂，讀之益增淒感。先生考終，命以詩人表墓。俯仰身世，不殊枯樹江南，發爲聲歌，復瓌姿妍骨，一以悲哀爲主，蓋所遇爲之，先生實不能自止。高涼冼氏，或感忠州義師，而隱刺寧南輩歟！初明一表，當郎敬通自序。石頭車駕，脩陵松檟，臨春妙曲，益厲憑弔之懷爾。左氏之書，義深君父；若先生者，詞人云乎哉！吾鄉藏書之富，首推藝芸倭宋，刼灰伊後，經籍蕩然，而劉氏古紅梅閣巋然尚存。梅與子庚交且十年，乃得此帙，亟爲重刊。海內知音，定符玄賞。秣陵春卷帙較富，尚俟他日云。宣統庚戌，長洲吳梅。

清人雜劇初集序（摘錄）

鄭振鐸

考清劇之進展，蓋有四期。順、康之際，實爲始盛。吳偉業、徐石麒、尤侗、嵇永仁、張韜、裘璉、洪昇、萬樹諸家，高才碩學，詞華儁秀，所作務崇雅正，卓然大方。梅村通天臺之悲壯沉鬱，臨春閣之疏放冷豔，尤堪弁冕羣倫。

——錄自清人雜劇初集

梅村樂府二種跋

鄭振鐸

右臨春閣、通天臺雜劇二種，吳偉業撰。偉業字駿公，號梅村，別署灌隱主人，江蘇太倉人，崇禎四年進士，授翰林院編修，遷南京國子監司業。福王時拜少詹事，與馬士英、阮大鋮等不合，辭官歸里。入清，家居杜門不出。後清廷嚴促其出仕，不得已赴京，授國子監祭酒。不久辭歸。康熙十年卒，年六十三。偉業詩文負一時重望，詩與錢謙益、龔鼎孳並稱江左三大家。所作于詩文集外，有秣陵春傳奇一種及臨春閣等雜劇二種，諸劇皆作于國亡之後，故幽憤慷慨，寄寓極深。臨春閣本于隋書譙國夫人傳，以譙國夫人冼氏爲主，而寫江南亡國之恨。陳氏之亡，論者每歸咎于張麗華諸女寵，偉業力翻舊案，深爲麗華鳴不平，此劇或卽爲福王亡國之寫照歟！以「畢竟婦人家難決雌雄，則願你決雌雄的放出個男兒勇」云云爲結語，蓋罵盡當時見敵則退之諸悍將怯兵矣。通天臺本于陳書沈烱傳，敍烱流寓長安，鬱鬱寡歡。一日郊遊，偶過漢武帝通天臺，乃登臺痛哭，草表奉于武帝之靈。醉臥間，夢武帝召宴，並欲起用之。烱力辭，帝乃送之出函谷關外，醒時卻見自身仍在通天臺下一酒店中。或謂烱卽作者自況，故烱之痛哭，卽爲作者之痛哭。蓋偉業身經亡國之痛，無所洩其幽憤，不得已乃借古人之酒杯，澆自己之塊壘，其心苦矣。通天臺第一折烱之獨唱，悲壯憤懣，字字若杜鵑之啼血，其感人蓋有過於桃花扇餘韻中之哀江南一曲也。

中華民國二十年二月二十八日鄭振鐸。

——同上

附錄四

集評

鍾、譚說詩，甚爲偏僻，獨以刮磨五律，最去學者膚庸俚淺之病。梅村講究略同，故其五律特精。（黃與堅論學三說）

詩人以古爲塗澤，用處繁不無少假借。余謂借字可，借事則不可。借字史、漢多有之，若借事，有事實在，安可以虛借？如蘇詩「石建方欣洗牏廁」，以廁牏倒用之，「水底笙歌蛙兩部」，以稚圭鼓吹字爲笙歌，雖借字，於義不可訓，亦不可。近來梅村詩多借用，牧齋以爲陽移陰換，又以爲換步移形，不無寓意，然實借字，於義無妨。余嘗語梅村曰：先生之詩，妙在搜奇採勝，盡古今所有，奔湊腕下，所謂錯綜萬象，賦家之心也。若茗文集中以五城兵馬爲司城，以鳩爲鶻鳩之類，是事物名借用，尤不可，學者於此處須分別。（論學三說）

明末曁國初歌行，約有三派：虞山源於杜陵，時與蘇近；大樽源於東川，參以大復；婁

江源於元、白，工麗時或過之。（王士禛分甘餘話）

吳梅村詩曰：「不好詣人貪客過，慣遲作答愛書來。」意簡倨而詞微婉。北上云：「身是淮王舊雞犬，不隨仙去落人間。」哀感發於至情，唐人句也。（吳喬圍爐詩話卷六）

吳梅村祭酒病中詩云：「忍死偷生廿載餘，而今罪孽怎消除。受恩欠債須塡補，縱比鴻毛也不如。」其言亦哀矣！梅村最工歌行，若永和宮詞、蕭史青門曲、圓圓曲等篇，皆可方駕元、白。圓圓者，吳下女伶，陳姓，轉入田皇親家，吳三桂見而悅之。及破闖賊，取之去。吳之舉兵，爲圓圓也。既爲平西王夫人，寵貴無比。後爲正妃所妬，辭宮入道。吳逆敗，不知所終。梅村詩云：「全家白骨成灰土，一代紅顏照汗青。」又云：「取兵遼海哥舒翰，得婦江南謝阿蠻。」譏諷甚當。（查爲仁蓮坡詩話）

生逢天寶亂離年，妙詠香山長慶篇。就使吳兒心木石，也應一讀一纏綿。吳梅村（袁枚小倉山房詩集卷二十七倣元遺山論詩）

明末詩人，錢、吳並稱，然錢有迥不及吳處。吳之獨絕者，徵詞傳事，篇無虛詠，詩史之目，殆曰庶幾。夫安、史煽凶，明、肅播越，非少陵一老，則唐代紀事稱缺陷矣。況大盜移國，天王死社，勇將收京，眞人撥正，以是爲詩，題孰大焉！詠此不能，何用公爲？此弇州四大部稿所以獨推子美爲千古之豪，而自訂其樂府變別爲一集者也。知此而梅村集之所係

大矣，謂少陵後一人也，誰曰不宜！（程穆衡鞶帨巵談）

沈德潛曰：梅村七言古專倣元、白，世傳誦之，然時有嫩句、累句。五七言近體，聲華格律不減唐人，一時無與爲儷，故特表而出之。（清詩別裁）

靳引張如哉曰：「王荆公以少陵詩爲沈着痛快。或問義山，曰：彼亦自有沈着痛快處。余服膺梅村詩，謂可追配少陵者此也，驚心動魄，殊移我情。人但詫其駿雄，服其宏麗，而不知惟沈着斯以痛快耳。余有論詩一首云：少陵詩格獨稱尊，風雅親裁大義存。繼起何人堪鼎峙，前爲元老後梅村。元老謂遺山也。」（靳榮藩吳詩集覽）

梅村一卷足風流，往復披尋未肯休。秋水精神香雪句，西崑幽思杜陵愁。裁成蜀錦應慚麗，細比春蠶好更抽。寒夜短檠相對處，幾多詩興爲君收。（愛新覺羅・弘曆題吳梅村集）

學海淵涵納細流，宸章赫奕許揚休。共傳天上元音出，銷得江南萬古愁。青史可憐詩碣在，黃初誰並綵毫抽。嗣音只有新城老，都向君王卷裏收。（靳榮藩恭和聖製題吳梅村集元韻）

祭酒詩篇壓勝流，徵書鄭重早歸休。南朝一月先投劾，東觀重來祇貯愁。十子空傳餘響在，三弇未許積薪抽。詞源傾出婁淞水，月滿江天宿霧收。（同上）

少陵詩格溯源流，高唱能教衆籟休。萬樹有花魂自洗，一錢不值骨應愁。凌虛時入非非想，詠物猶將乙乙抽。陶鑄古今歸大冶，好知文苑此先收。（同上）

箋釋蟲魚歲序流，檢書燒燭肯言休。雌霓刊就成孤賞，壯月更來可伴愁。論世知人言外得，窮源竟委架中抽。爲瞻聖藻思揚扢，學註三都衆美收。（同上）

高青丘後，有明一代，竟無詩人。李西涯雖雅馴清澈，而才力尚小。前、後七子，當時風行海內，迄今優孟衣冠，笑齒已冷。通計明代詩，至末造而精華始發越。陳臥子沉雄瑰麗，實未易才；意理粗疏處，尚未免英雄欺人。惟錢、吳二老，爲海內所推，入國朝稱兩大家。顧謙益已仕我朝，又自託於前朝遺老，借陵谷滄桑之感，以揜其一身兩姓之慚，其人已無足觀，詩亦奉禁，固不必論也。梅村當國亡時，已退閒林下，其仕於我朝也，因薦而起，既不同於降表僉名；而自恨濡忍不死，跼天蹐地之意，沒身不忘，則心與跡尚皆可諒。雖當時名位聲望，稍次於錢；而今日平心而論，梅村詩有不可及者二：一則神韻悉本唐人，不落宋以後腔調，而指事類情，又宛轉如意，非如學唐者之徒襲其貌也；一則庀材多用正史，不取小說家故實，而選聲作色，又華豔動人，非如食古者之物而不化也。蓋其生平，於宋以後詩，本未寓目，全濡染於唐人，而己之才情書卷，又自能瀾翻不窮；故以唐人格調，寫目前近事，宗派既正，詞藻又豐，不得不推爲近代中之大家。若論其氣稍衰颯，不如青丘之健舉；語多疵累，不如青丘之清雋；而感愴時事，俯仰身世，纏綿悽惋，情餘於文，則較青丘覺意味深厚也。（趙翼甌北詩話）

梅村身閱鼎革，其所詠多有關於時事之大者。如臨江參軍、南廂園叟、永和宮詞、雒陽行、殿上行、蕭史青門曲、松山哀、雁門尙書行、臨淮老妓行、楚兩生行、圓圓曲、思陵長公主挽詞等作，皆極有關係。事本易傳，則詩亦易傳。梅村一眼覷定，遂用全力結撰此數十篇，爲不朽計，此詩人慧眼，善於取題處。白香山長恨歌、元微之連昌宮詞、韓昌黎元和聖德詩，同此意也。（同上）

王阮亭選梅村詩共十二首，陳其年選十七首，此特就一時意見所及，尙非定評。梅村之詩最工者，莫如臨江參軍、松山哀、圓圓曲、茸城行諸篇，題旣鄭重，詩亦沉鬱蒼涼，實屬可傳之作。其他閒情別趣，如松鼠、石公山、縹緲峯、王郎曲，摹寫生動，幾於色飛眉舞。直溪吏、臨頓兒、蘆洲、馬草、捉船等，又可與少陵兵車行、石壕吏、花卿等相表裏；特少遜其遒鍊耳。（同上）

梅村古詩勝於律詩。而古詩擅長處，尤妙在轉韻。一轉韻，則通首筋脈，倍覺靈活。如永和宮詞，方敍田妃薨逝，忽云：「頭白宮娥暗顰蹙，庸知朝露非爲福。宮草明年戰血腥，當時莫向西陵哭。」又如王郎曲，方敍其少時在徐氏園中作歌伶，忽云：「十年芳草長洲綠，主人池館空喬木。王郎三十長安城，老大傷心故園曲。」雁門尙書行，已敍其全家殉難，有幼子漏刃，其兄來秦攜歸，忽云：「回首潼關廢壘高，知公於此葬蓬蒿。」益覺迴顧蒼茫。此等處，關捩一轉，別有往復迴環之妙。其秘訣實從長慶集得來；而筆情深至，自能俯仰生姿，又天分也。惟用韻太泛濫，往往上、下平通押。如遇劉雪舫，則眞、文、元、庚、青、蒸、侵通押；遊石公山，則支、微、齊、魚通押。他類此者甚多，未免太不檢矣。按洪武正韻有東無冬，有陽無江，於唐韻多所併省；豈梅村有意遵用，以存不忘先朝之意耶？（同上）

七律不用虛字，全用實字，唐時賈至等早朝大明宮諸作，已開其端。少陵「五更鼓角」「三峽星河」、「錦江春色」「玉壘浮雲」數聯，杜樊川「深秋簾幕千家雨，落日樓臺一笛風」，趙渭南「殘星幾點雁橫塞，長笛一聲人倚樓」，陸放翁「樓船夜雪瓜洲渡，鐵馬秋風大散關」皆是也。然不過寫景。梅村則並以之敘事，而詞句外自有餘味，此則獨擅長處。如贈袁韞玉云：「西州士女章臺柳，南國江山玉樹花。」十四字中，無限感慨，固爲絕作。他如揚州感事云：「將軍甲第橐弓臥，丞相中原拜表行。」弔衛紫岫殉難云：「埋骨九原江上月，思家百口隴頭雲。」寄遼左故人云：「樂浪有吏崔亭伯，遼海無家管幼安。」「桑麻亭障行人斷，松杏山河戰骨空。」贈淮撫沈清遠云：「去國丁年遼海月，還家甲第浙江潮。」雜感云：「金城將吏耕黃犢，玉壘山川祭碧雞。」「雞豚絕壁人烟少，珠玉空江鬼哭高。」贈陳定生云：「茶有一經眞處士，橘無千絹舊清卿。」送永城吳令云：「山縣尹來二月雨，人家兵後十年耕。」送安慶朱司李云：「百里殘黎半商賈，十年同榜盡公卿。」送李書雲典試蜀中云：「兵火才人羈旅合，山川奇字亂離搜。」送顧蒨來典試粵東云：「使者干旌開五管，諸生禮樂化三苗。」送曹秋嶽謫粵東云：「海外文章龍變化，日南風俗鳥輈輈。」寄房師周芮公云：「廣武登臨狂阮籍，承明寂寞老揚雄。」此數十聯，皆不著議論，而意在言外，令人低徊不盡。其他如宴孫孝若山樓云：「明月笙歌紅燭院，春風書畫綠楊船。」西泠閨詠云：「紫府蕭閒詩博士，青山遺逸女尚書。」無題云：「千絲碧藕玲瓏腕，一卷芭蕉宛轉心。」投贈督府馬公云：「江山傳箭旌旗色，賓客圍棋劍履聲。」長安雜詠云：「奉轡射生新宿衛，帶刀行炙舊名王。」滇池鐃吹云：「朱鳶縣小輸賨布，白象營高掛柘弓。」「魚龍異樂軍中舞，風月蠻姬馬上簫。」送曹秋嶽官廣東左轄云：「五管清秋開使節，百蠻風靜據胡牀。」送林衡者歸閩云：「征途鶗鴂聲中雨，故國桄榔夢裏天。」送隴右道吳贊皇云：「城高赤坂魚鹽塞，日落黃河鳥鼠秋。」送同官出牧云：「壯士驪山秋送戍，豪家渭曲夜探丸。」送楊猶龍按察山西云：「紫貂被酒雲中火，鐵笛迎秋塞上歌。」送朱遂初憲副固原云：「荒祠黑水龍湫暗，絕坂丹崖鳥道盤。」聞台州警云：「雁積稻粱池萬頃，猿知擊刺劍千年。」此數十聯，雖無言外意味，而雄麗華贍，自是佳句。送馮子淵總戎云：「十二銀箏歌芍藥，三千練甲醉葡萄。」俠少云：「柳市博徒珠勒馬，柏堂箏妓石華裙。」訪吳永調云：「南州師友江天笛，北固知交午夜砧。」觀蜀鵑啼劇云：「親朋形影燈前月，家國音書笛裏風。」雲間公讌云：「三江風月尊前醉，一郡荊榛笛裏聲。」此則雜湊成句耳。其病又在專用實字，不用虛字，故掉運不靈，斡旋不轉，徒覺堆垛，益成呆笨。如贈陳之遴謫戍遼左云：「曾募流移耕塞下，豈遷豪傑實關中。」何嘗不典切生動耶？（同上）

梅村熟於兩漢、三國及晉書、南北史，故所用皆典雅，不比後人獵取稗官叢說，以炫新奇者也。如弔衞胤文云：「非關衞瓘需開府，欲下高昂在護軍。」正指其監護高傑軍，而暗切兩人姓氏。送杜弢武云：「非是雋君辭霍氏，終然丁掾感曹公。」弢武避難江南，適梅村悼亡，欲以女爲梅村繼室，梅村辭之；故用雋不疑辭霍光之婚及曹操欲以女妻丁儀、因曹丕言而止，皆議婚不成故事也。可謂典切矣！然亦有與題不稱，而強爲牽合者。如永和宮詞詠田貴妃事，有云：「聞道羣臣譽定陶，獨將多病憐如意。」本謂田妃有子慈煥，因寵特鍾愛，故以趙王如意爲喻。然定陶，漢成帝從子，入繼正統；崇禎帝自有太子，何必以定陶作襯？且太子久定，嫡庶間並無參商，何必以如意爲比？又云：「漢家伏后知同恨，只少當年一貴人。」此言周后殉難時，田妃已先死也；然周后奉旨自盡，何得以曹操之弒伏后爲比！雒陽行敍福王初封河南，有云：「渭水東流別任城。」漢光武子尙，魏武子彰，皆封任城王，皆濟寧州地，與渭水何涉？揚州詩：「荳蔻梢頭春十二，茱萸灣口路三千。」按杜牧詩：「娉娉嫋嫋十三餘，荳蔻梢頭二月初。」無所謂「春十二」也。雜感其十八：「取兵遼海哥舒翰，得婦江南謝阿蠻。」本以降將哥舒翰比吳三桂，然翰無取兵遼海之事；以阿蠻比圓圓，然阿蠻本新豐人，非江南產。贈袁韞玉之「盧女門前烏柏樹，昭君村畔木蘭舟」，盧女無烏柏樹故事，昭君無木蘭舟故事，但採掇字面鮮麗好看耳。王阮亭詩：「景陽樓畔文君井，明聖湖頭道韞家。」亦同此體。蓋當時風氣如此。竹垞、初白，則無此病矣。集中如此類者，不一而足。梅村好用詞藻，不免爲詞所累，其自謂「鏤金錯采，不能到古人自然高妙之處」，正以此也。又有用事錯誤者。補禊鴛湖云：「春風好景定昆池。」昆明池在長安，唐安樂公主請之不得，乃自開大池，號定昆池。此與鴛湖何涉？又戲贈一首有云：「何綏新作婦人裝。」按服婦人衣者，何晏也，見宋書五行志；而晉書何綏，乃何遵子，初無婦人裝故事。觀棋一首有云：「博進知難賭廣州。」宋書：羊玄保與文帝賭郡勝，遂補宣城太守。是宣州，非廣州也。詠鰲魚云：「自慚非食肉，每飯望休兵。」食魚無休兵典故，況鰲魚耶！亦覺無謂。此皆隨手闌入，不加檢點之病。（同上）

梅村出處之際，固不無可議；然其顧惜身名，自慚自悔，究是本心不昧。以視夫身仕興朝，彈冠相慶者固不同；比之自諱失節，反託於遺民故老者，更不可同年語矣。如赴召北行，過淮陰云：「我本淮王舊雞犬，不隨仙去落人間。」遣悶云：「故人往日燔妻子，我因親在何敢死！憔悴而今至於此，欲往從之愧青史。」臨歿云：「故人慷慨多奇節。爲當年沉吟不斷，草間偷活。脫屣妻孥非易事，竟一錢不值何須說！」至今讀者猶爲悽愴傷懷。余嘗題其集云：「國亡時已養親還，同是全生跡較閒。幸未名登降表內，已甘身老著書間。訪才

林下程文海，作賦江南庾子山。剩有沉吟偷活句，令人想見淚痕潸。」似覺平允之論也（同上）

梅村詩本從「香奩體」入手，故一涉兒女閨房之事，輒千嬌百媚，妖豔動人。幸其節奏全彷唐人，不至流爲詞曲。然有意處則情文兼至，姿態橫生；無意處雖鏤金錯采，終覺膩滯可厭。惟國變後贈袁韞玉云：「西州士女章臺柳，南國江山玉樹花。」及被薦赴召，路過淮陰云：「我是淮王舊雞犬，不隨仙去落人間。」此數語俯仰身世，悲痛最深，實足千載不朽。（同上）

吳梅村好用書卷，而引用不當，往往意爲詞累。……故梅村詩嫌其使典過繁，翻致膩滯，一遇白描處，卽爽心豁目，情餘於文。（同上）

才高綺歲早登科，俄及滄桑刦運過。仕隱半生樗散跡，興亡一代黍離歌。死遲空羡淮王犬，名盛難逃惠子騾。猶勝絳雲樓下老，老羞變怒駡人多。（趙翼題吳梅村集）

國亡時早養親還，同是全生跡較閒。幸未名登降表內，已甘身老著書閒。訪才林下程文海，作賦江南庾子山。剩有沉吟偷活句，令人想見淚痕潸。（同上）

論詩絶句

王昶

家國滄桑淚眼中，青門蕭史永和宮。琵琶盲女終輕薄，莫怪淸言詆鈍翁。汪鈍翁謂梅村詩如盲女彈琵琶唱蔡中郎傳，葉訒庵短之，以爲鈍翁直不如白家老嫗。見葉文敏公淸語。吳宮詹梅村（王昶春融堂集卷二十二論詩絶句）

讀吳梅村先生集書後四首

畢沅

蓬萊紫海又揚塵，淒絶金門舊侍臣。浣女不知香草怨，隔江還唱秣陵春。

白頭祭酒意無聊，淚灑銅駝滿棘蒿。忍遇東廂舊園叟，夕陽菜圃話前朝。

草間偷活爲衰親，絶命詞成飲恨新。香海一坏埋骨後，梅花窗裏弔詩人。墓在鄧尉山下，前豎圓石，書「詩人吳梅村墓」，此先生遺命也。

兒時頻過廓然堂，松竹前賢手澤長。誰料午橋觴詠地，轉頭又見小滄桑。（畢沅靈巖山人詩集卷十九讀吳梅村先生集書後四首）

名家詩後雜題

吳省欽

少年斑管俊登壇，入道裝成夢竟單。多少恨情如沈炯，通天臺下路漫漫。梅村祭酒（吳省欽白華前稿卷五十四名家詩後雜題）

偉業少作，大抵才華豔發，吐納風流，有藻思綺合，淸麗芊眠之致。及乎遭逢喪亂，閱歷興亡，激楚蒼涼，風骨彌爲遒上。暮年蕭瑟，論者以庾信方之。其中歌行一體，尤所擅長，格律本乎四傑，而情韻爲深；敍述類乎香山，而風華爲勝。韻協宮商，感均頑豔，一時尤稱絶調，其流播詞林，仰邀睿賞，非偶然也。至於以其餘技，度曲倚聲，亦復接跡屯田，嗣音淮海，王士禛詩稱「白髮塡詞吳祭酒」，亦非虛美。惟古文每參以儷偶，既異齊、梁，又非唐、宋，殊乖正格。黃宗羲嘗稱梅村集中張南垣、柳敬亭二傳，張言其藝而合於道，柳言其參寧南軍事，比之魯仲連之排難解紛，此等處皆失輕重，爲倒却文章家架子。其糾彈頗當。蓋詞人之作散文，猶道學之作韻語，雖強爲學步，本質終存也。然少陵詩冠千古，而無韻之文，率不可讀。人各有能有不能，固不必一一求全矣。（四庫全書總目提要）

吳祭酒偉業詩，熟精諸史，是以引用確切，裁對精工。然生平殊昧平仄，如以長史之「長」爲平聲，韋、杜之「韋」爲仄聲，實非小失。（洪亮吉北江詩話卷一）

「人之將死，其言也善」，蓋死生之際，亦天良激發之時。宋陸務觀、近時吳偉業，皆詩中大作家也。陸臨終詩云：「死去原知萬事空，但悲不見九州同。王師北定中原日，家祭無忘告乃翁。」人悲之，人復敬之。吳臨終塡賀新涼一闋，其下半闋云：「故人慷慨多奇節。爲當年沈吟不斷，草間偷活。艾灸眉頭瓜噴鼻，此事終當決絕。早患苦、重來千疊。脫屣妻孥非易事，便一錢不値何須說。人世事，幾圓缺。」人悲之，人無惜之者。則名義之繫人，豈不重乎！（北江詩話卷三）

余有論詩絕句二十篇，中一首云：「早年壇坫各相期，江左三家識力齊。山下蘼蕪時感泣，息夫人勝夏王姬。」又辛酉年至太倉，過吳祭酒故居一律云：「寂寞城南土一坏，野梅零落水雲愁。生無木石塡滄海，死有祠堂傍弇州。同谷七歌才愈老，秣陵一曲淚俱流。興亡忍話前朝事，江總歸來已白頭。」亦悲之也。以江總倣之，才品適合。（北江詩話卷三）

太倉吳祭酒偉業詩，輒使讀者哀惋。「我本淮王舊雞犬，不隨仙去落人間」，「忍死偷生廿載餘，而今罪孽怎消除」，尤一字一淚也。（楊際昌國朝詩話卷一）

吳梅村祭酒詩，入手不過一豔才耳。迨國變後諸作，纏綿悱惻，淒麗蒼涼，可泣可歌，哀感頑豔。以身際滄桑陵谷之變，其題多紀時事，關係興亡，成就先生千秋之業，亦不幸之大幸也。七古最有名於世，大半以琵琶、長恨之體裁，兼溫、李之詞藻風韻，故述詞比事，濃豔哀婉，沁入肝脾。如永和宮詞、圓圓曲諸篇，雖情文兼至，姿態橫生，未免肉多於骨，詞勝於意，少沈鬱頓挫、魚龍變化之鉅觀。惟雁門尚書行，較有筆力。悲歌贈吳季子一作，亦得杜陵神髓，惜不多見耳。五古如臨江參軍、南園叟、吳門遇劉雪舫諸作，洋洋大篇，神骨俱肖少陵，較勝七古多矣。七律佳者，神完氣足，殊近玉溪。五律處處求工，如剪綵爲花，終少生韻。取其長而知其短，此平心之論也。（朱庭珍筱園詩話卷二）

吳梅村詩，善於敍事，尤善言閨房兒女之情；熟於運典，尤熟於漢、晉、南、北史諸書。身際鼎革，所見聞者，大半關係興衰之故，遂挾全力，擇有關存亡、可資觀感之事，製題數十，賴以不朽。此詩人取巧處也。其詩雖纏綿悱惻，可泣可歌，然不過琵琶、長恨一格，多加藻采耳。數見不鮮，惜其僅此一枝筆，未能變化；又惜其琱金鏤玉，縱盡態極妍，殊少古意，亦欠自然。倘不身際滄桑，不過冬郎香奩之嗣音，曷能獨步一時？趙雲崧題其集云：「國家不幸詩家幸，一到滄桑句便工。」亦實語也。（筱園詩話卷三）

近代七言律詩最爲沈雄者，首推吳梅村，蓋能以西崑面子運老杜骨頭者。自義山、遺山而後，殆無其匹。（林昌彝射鷹樓詩話卷十六）

單可惠云：梅村長篇學長慶，隸事太繁，風格少減，惟參以少陵之骨則得之。（射鷹樓詩話卷十七）

江左三家詩，以吳梅村爲最，錢虞山、龔芝麓不逮也。（射鷹樓詩話卷十八）

杜老香山又義山，森嚴壁壘鬪雄關。三家江左非同調，只在銜官屈宋間。太倉吳梅村偉業

（林昌彝論詩一百又五首之六）

巨刃摩天偃鼓旗，江山搖筆大蘇碑。千秋遺恨終銜口，萬遍離騷欲脫頤。故國衣冠餘涕淚，清時壁壘振雄奇。南朝莫弔諸君子，雞犬梁園愧俯眉。梅村有弔死事六君子倪元璐、周之楨等六人詩，極哀愴。（林昌彝書吳梅村詩後用陳秩庭山人原韻）

遺老才情首駿公，飛騰健筆欲摩空。興亡過眼聲華薄，出處傷心著述工。名士宦官東漢紀，美人狎客六朝風。陸沈莫弔王夷甫，十廟園陵夕照中。（張際亮書吳梅村詩後）

復社名高海內歸，一錢不直素心非。生憐令伯陳烏鳥，老羨維楨得白衣。法曲淒涼遺史在，制詞推激昔人稀。江東獨步才原少，肯放西山詠采薇？（蘇德輔題吳梅村詩集）

白衣宣至誤平生，雞犬淮南故國情。誰奏通天臺下表？玉魚腸斷沈初明。（倪濟遠舟中閱近代五家詩各賦一絕句之二）

祭酒詞集載其病中賦賀新涼一闋云：「萬事催華髮。（下略）」至其詩集中，如弔侯朝宗、寄房師周芮公諸作，淒酸激楚，自悔偷生，隱痛沈悲，殆難言喻。蓋甲申而後，堂上健存，柴車屢徵，忍恥一出，自與虞山、合肥輩貪戀富貴者，心事略有不同。後人追考生平，慕其才、悲其遇可也。（陳康祺郎潛紀聞）

詩貴矜鍊，貴雅潔，貴沈著。至梅村，可謂矜鍊到極處矣；至漁洋，雅潔到極處矣；至

竹垞，沈著到極處矣。牧齋兼之而未至極，其他各得一二而已。漁洋似李，梅村似杜，竹垞似韓。（胡薇元夢痕館詩話卷四）

清初人才，半爲前明遺老。錢牧齋謙益、吳梅村偉業實開其先，而朱竹垞彝尊、王漁洋士禛繼之。其後人文蔚起，又加以康熙、乾隆兩舉博學鴻詞科，雲蒸霞起，美不勝收。牧齋在明末已主東南壇坫，梅村亦風格振拔，如張曲江、陳子昂之在唐初也。（同上）

祭酒受業張溥之門，其詩沉博瑰麗，上宗四傑，下掩元、白，學者稱太倉體。（王豫種竹軒餘話）

吳駿公向藏思陵御批南宮墨卷，遭亂播遷，失亡久矣。康熙辛亥夏，忽從敝篋中檢出，墨跡宛然，爲之流涕，即以是年冬卒。沈白漊輓詩有云：「沈痾公幹常悲苦，噩夢康成早歎嗟。怪底南宮存卷牘，重瞻御墨淚如麻。」其年元旦先有夢兆也。姜如須寄駿公詩：「飄飄揚白花，溶溶大江水。天衢既阻修，良人隔萬里。妾身如飛蓬，貞潔聊自矢。朝倚青雲端，暮宿朱樓裏。四顧多徬徨，塵沙蔽野起。梧桐摧爲薪，蘭蕙化爲枳。中夜坐長歎，皓首思君子。閶闔杳何許，迢迢行路難。孤鴻自北來，哀鳴浮雲端。令名不自惜，朱顏多摧殘。新人雖云好，未若故人歡。莊周釣濠水，段木踰牆垣。振衣想高蹈，邈矣斯難攀。海宇寡儔侶，潛德隨所安。念子何爲情，踟躕傷心肝。」末章有云：「北首瞻行旅，邊雨正侵淫。念我平生交，停軌思盍簪。昔爲膠與漆，今爲商與參。斷腸不可說，淚下沾衣襟。」君子愛人以德，亦可見老輩交道。陸祁孫謂從古才人失節又從而爲之辭者多矣，惟梅村獨能自訟，無所諱飾。其遺悶云：「故人往日燔妻子，我因親在何敢死。蕉萃而今至於此，欲往從之媿靑史。」自是由中之言。至臨歿則益自引咎，并不敢以親在爲解，誠持平之論也。（楊鍾羲雪橋詩話三集卷一）

長慶歌行頓挫聲，格詩韓趙亦風淸。從來一藝堪頭白，莫築劉家五字城。吳梅村、王漁洋（王闓運湘綺樓日記卷六十八論詩絶句）

王士禛曰：婁東驅使南、北史，瀾翻泉湧，妥帖流麗，正是公歌行本色，要是獨絶，不似流輩撏撦稼軒，如宋初伶人諢館職也。（花草蒙拾）

彭孫遹曰：長調之難於小調者，難於語氣貫串，不冗不複，裴回宛轉，自然成文。今人作詞，中、小調獨多，長調寥寥不概見，當由興寄所成，非專詣耳。唯龔中丞芊緜溫麗，無美不臻，直奪宋人之席；熊侍郎之淸綺，吳祭酒之高曠，曹學士之恬雅，皆卓然名家，照耀一代。長調之妙，斯歎觀止矣。（金粟詞話）

熊雪堂曰：情語不嫌其盡，終不露英雄兒女本色，則尤服其無一字欺人處。（沈雄古今詞話詞評）

王阮亭曰：婁東吳祭酒長短句，能驅使南、北史，爲體中獨創，小詞流麗穩貼，不徒直逼幼安也。（同上）

江尙質曰：祭酒神於使事，又得一唱三歎之旨。若其豔情動色，豈眞效樊川風致，所謂「正是客心愁絕處，見人紅袖倚高樓」，亦復未能免此。（同上）

汪蛟門曰：錢唐令君梁冶湄欲合吳祭酒梅村稿、龔司馬香巖詞與其家司農棠村集，彙梓行世。夫祭酒駘宕，司馬警挺，司農起恆、朔間而有柳欹花嚲之致，彼河北河南，代爲雄視，未若三公之旨之一也。（沈雄古今詞話卷下）

謝章鋌曰：梅村淮南雞犬，眷戀故君，其賀新涼病中有感云（略），不作一毫矯飾，足見此老良心，遭逢不幸，鼻涕下一尺。（賭棋山莊詞話卷八）

張德瀛曰：吳梅村祭酒爲本朝詞家之領袖，其出處絕類元之許衡。慢聲諸詞，吟歎頹息，蒼莽無盡，蓋所謂有爲言之者也。（詞徵卷六）

徐珂曰：明崇禎之季，詩餘盛行，人沿竟陵一派。入國朝，合肥龔鼎孳、眞定梁清標皆負盛名，而太倉吳偉業尤爲之冠，其詞學屯田、淮海，高者直逼東坡，王士禛以爲明黃門陳子龍之勁敵。（近詞叢話）

王國維曰：以長恨歌之壯采，而所隸之事只「小玉雙成」四字，才有餘也。梅村歌行則

非隸事不辨。白、吳優劣，即于此見。不獨作詩爲然，塡詞家亦不可不知也。（人間詞話）

胡薇元曰：清初詞人，如吳駿公、梁玉立、龔孝升、曹潔躬、陳其年、朱竹垞、嚴蓀友諸家，詞采精善，美不勝收。（歲寒居詞話）

陳廷焯曰：吳梅村詞，雖非專長，然其高處，有令人不可捉摸者。此亦身世之感使然。否則徒爲「難得今宵是乍涼」等語，乃又一馬浩瀾耳。（白雨齋詞話卷三）

陳廷焯曰：東坡詞豪宕感激，忠厚纏綿，後人學之，徒形粗魯，故東坡詞不能學，亦不必學。惟梅村高者有與老坡神似處，可作此翁後勁，如滿江紅諸闋，頗爲暗合，「松栝凌寒」、「滿目山川」、「沽酒南徐」三篇，尤見筆意；即閑情之作，如臨江仙逢舊結句云：「姑蘇城外月黃昏，綠窗人去住，紅粉淚縱橫。」哀豔而超脫，直是坡仙化境。迦陵學蘇、辛，畢竟不似。（白雨齋詞話卷三）

陳廷焯曰：梅村詞筆力甚遒，意味亦永，界乎蘇、辛之間，幾可獨樹一幟。（詞則放歌集卷三）

今古才人聚一編，尤吳李蔣最堪憐。世人莫認爲兒戲，不比桃花燕子箋。尤西堂、吳梅村、李笠翁、蔣莘畬四家所製詞曲爲本朝第一。（周綺曲目新編題詞）

吳祭酒梅村撰秣陵春、通天臺雜劇，直奪湯臨川之座。中有菩薩蠻一調云：「謝家池館桐花甃，畫屏屈曲翹紅袖。欲翦鳳凰衫，青蟲搖羽簪。一枝雙荳蔻，淺立東風瘦。春思

遠於山，眉痕凡幾灣？」雕豔似温尉。（徐釚詞苑叢談）

元曲之本色當行者不必論，近如徐文長漁陽三弄、木蘭從軍，沈君庸之灞亭秋，梅村先生之通天臺，尤悔菴之黑白衞、李白登科，激昂慷慨，可使風雲變色，自是天地間一種至文，不敢以小道目之。（王士禛古夫于亭雜錄）

吳駿公太倉人，女將征西，容嬌氣壯秣陵春。所著傳奇一本。（高奕新傳奇品）

秋笳集　[清]吴兆騫撰　麻守中校點
漁洋精華録集釋　[清]王士禛著　李毓芙、牟通、李茂肅整理
聊齋志異會校會注會評本　[清]蒲松齡著　張友鶴輯校
敬業堂詩集　[清]查慎行著　周劭標點
納蘭詞箋注　[清]納蘭性德著　張草紉箋注
方苞集　[清]方苞著　劉季高校點
樊榭山房集　[清]厲鶚著　[清]董兆熊注　陳九思標校
劉大櫆集　[清]劉大櫆著　吴孟復標點
儒林外史彙校彙評(增訂版)　[清]吴敬梓著　李漢秋輯校
小倉山房詩文集　[清]袁枚著　周本淳標校
忠雅堂集校箋　[清]蔣士銓著　邵海清校　李夢生箋
甌北集　[清]趙翼著　李學穎、曹光甫校點
惜抱軒詩文集　[清]姚鼐著　劉季高標校
兩當軒集　[清]黄景仁著　李國章校點
惲敬集　[清]惲敬著　萬陸、謝珊珊、林振岳標校　林振岳集評
茗柯文編　[清]張惠言著　黄立新校點
瓶水齋詩集　[清]舒位著　曹光甫點校
龔自珍全集　[清]龔自珍著　王佩諍校點
龔自珍詩集編年校注　[清]龔自珍著　劉逸生、周錫馥校注
水雲樓詩詞箋注　[清]蔣春霖著　劉勇剛箋注
人境廬詩草箋注　[清]黄遵憲著　錢仲聯箋注
嶺雲海日樓詩鈔　[清]丘逢甲著　丘鑄昌標點

袁宏道集箋校　　[明]袁宏道著　錢伯城箋校
珂雪齋集　　[明]袁中道著　錢伯城點校
隱秀軒集　　[明]鍾惺著　李先耕、崔重慶標校
譚元春集　　[明]譚元春著　陳杏珍標校
張岱詩文集(增訂本)　　[明]張岱著　夏咸淳輯校
陳子龍詩集　　[明]陳子龍著
施蟄存、馬祖熙標校
夏完淳集箋校(修訂本)　　[明]夏完淳著　白堅箋校
牧齋初學集　　[清]錢謙益著　[清]錢曾箋注
錢仲聯標校
牧齋有學集　　[清]錢謙益著　[清]錢曾箋注
錢仲聯標校
牧齋雜著　　[清]錢謙益著　[清]錢曾箋注
錢仲聯標校
牧齋初學集詩注彙校　　[清]錢謙益著　[清]錢曾箋注
卿朝暉輯校
李玉戲曲集　　[清]李玉著
陳古虞、陳多、馬聖貴點校
吴梅村全集　　[清]吴偉業著　李學穎集評標校
歸莊集　　[清]歸莊著
顧亭林詩集彙注　　[清]顧炎武著　王蘧常輯注
吴丕績標校
安雅堂全集　　[清]宋琬著　馬祖熙標校
吴嘉紀詩箋校　　[清]吴嘉紀著　楊積慶箋校
陳維崧集　　[清]陳維崧著　陳振鵬標點
李學穎校補
屈大均詩詞編年校箋　　[清]屈大均著　陳永正等校箋

蕭繹集校注	[南朝梁]蕭繹著　陳志平、熊清元校注
玉臺新咏彙校	吴冠文、談蓓芳、章培恒彙校
王績集會校	[唐]王績著　韓理洲校點
王梵志詩校注(增訂本)	[唐]王梵志著　項楚校注
盧照鄰集箋注	[唐]盧照鄰著　祝尚書箋注
駱臨海集箋注	[唐]駱賓王著　[清]陳熙晉箋注
王子安集注	[唐]王勃著　[清]蔣清翊注
陳子昂集(修訂本)	[唐]陳子昂撰　徐鵬校點
孟浩然詩集箋注(增訂本)	[唐]孟浩然著　佟培基箋注
王右丞集箋注	[唐]王維著　[清]趙殿成箋注
李白集校注	[唐]李白著　瞿蜕園、朱金城校注
高適集校注(修訂本)	[唐]高適著　孫欽善校注
杜詩趙次公先後解輯校	[唐]杜甫著　[宋]趙次公注　林繼中輯校
新刊校定集注杜詩	[唐]杜甫著　[宋]郭知達輯注　聶巧平點校
新定杜工部草堂詩箋斠證	[唐]杜甫著　[宋]魯訔編　[宋]蔡夢弼會箋　曾祥波新定斠證
杜詩鏡銓	[唐]杜甫著　[清]楊倫箋注
錢注杜詩	[唐]杜甫著　[清]錢謙益箋注
杜甫集校注	[唐]杜甫著　謝思煒校注
岑參集校注	[唐]岑參著　陳鐵民、侯忠義校注
戴叔倫詩集校注	[唐]戴叔倫著　蔣寅校注
韋應物集校注(增訂本)	[唐]韋應物著　陶敏、王友勝校注
權德輿詩文集	[唐]權德輿撰　郭廣偉校點
王建詩集校注	[唐]王建著　尹占華校注
韓昌黎詩繫年集釋	[唐]韓愈著　錢仲聯集釋

放翁詞編年箋注(增訂本)	[宋]陸游著　夏承燾、吴熊和箋注　陶然訂補
渭南文集箋校	[宋]陸游著　朱迎平箋校
范石湖集	[宋]范成大撰　富壽蓀標校
范成大集校箋	[宋]范成大撰　吴企明校箋
于湖居士文集	[宋]張孝祥著　徐鵬校點
稼軒詞編年箋注(定本)	[宋]辛棄疾撰　鄧廣銘箋注
辛棄疾詞校箋	[宋]辛棄疾著　吴企明校箋
姜白石詞編年箋校	[宋]姜夔著　夏承燾箋校
後村詞箋注	[宋]劉克莊著　錢仲聯箋注
瀛奎律髓彙評	[元]方回選評　李慶甲集評校點
雁門集	[元]薩都拉著　殷孟倫、朱廣祁校點
揭傒斯全集	[元]揭傒斯著　李夢生標校
高青丘集	[明]高啓著　[清]金檀注　徐澄宇、沈北宗校點
唐寅集	[明]唐寅著　周道振、張月尊輯校
文徵明集(增訂本)	[明]文徵明著　周道振輯校
震川先生集	[明]歸有光著　周本淳校點
海浮山堂詞稿	[明]馮惟敏著　凌景埏、謝伯陽標校
滄溟先生集	[明]李攀龍著　包敬第標校
梁辰魚集	[明]梁辰魚著　吴書蔭編集校點
沈璟集	[明]沈璟著　徐朔方輯校
湯顯祖詩文集	[明]湯顯祖著　徐朔方箋校
湯顯祖戲曲集	[明]湯顯祖著　錢南揚校點
白蘇齋類集	[明]袁宗道著　錢伯城校點

歐陽修詞校注	[宋]歐陽修著　胡可先、徐邁校注
蘇舜欽集	[宋]蘇舜欽著　沈文倬校點
嘉祐集箋注	[宋]蘇洵著　曾棗莊、金成禮箋注
王荆文公詩箋注(修訂版)	[宋]王安石著　[宋]李壁箋注 高克勤點校
王令集	[宋]王令著　沈文倬校點
蘇軾詩集合注	[宋]蘇軾著　[清]馮應榴注 黄任軻、朱懷春校點
東坡樂府箋	[宋]蘇軾著　[清]朱孝臧編年 龍榆生校箋
東坡詞傅幹注校證	[宋]蘇軾著　[宋]傅幹注 劉尚榮校證
欒城集	[宋]蘇轍著　曾棗莊、馬德富校點
山谷詩集注	[宋]黄庭堅著　[宋]任淵、史容、 史季温注　黄寶華點校
山谷詩注續補	[宋]黄庭堅著　陳永正、何澤棠注
山谷詞校注	[宋]黄庭堅著　馬興榮、祝振玉校注
淮海集箋注	[宋]秦觀撰　徐培均箋注
淮海居士長短句箋注	[宋]秦觀著　徐培均箋注
清真集箋注	[宋]周邦彦著　羅忼烈箋注
石門文字禪校注	[宋]釋惠洪撰　周裕鍇校注
石林詞箋注	[宋]葉夢得著　蔣哲倫箋注
樵歌校注	[宋]朱敦儒著　鄧子勉校注
李清照集箋注(修訂本)	[宋]李清照著　徐培均箋注
吕本中詩集箋注	[宋]吕本中著　祝尚書箋注
陳與義集校箋	[宋]陳與義著　白敦仁校箋
蘆川詞箋注	[宋]張元幹著　曹濟平箋注
劍南詩稿校注	[宋]陸游著　錢仲聯校注

韓昌黎文集校注	[唐]韓愈著　馬其昶校注 馬茂元整理
劉禹錫集箋證	[唐]劉禹錫著　瞿蜕園箋證
白居易集箋校	[唐]白居易著　朱金城箋校
柳宗元詩箋釋	[唐]柳宗元著　王國安箋釋
柳河東集	[唐]柳宗元著　[宋]廖瑩中輯注
元稹集校注	[唐]元稹著　周相録校注
長江集新校	[唐]賈島著　李嘉言新校
張祜詩集校注	[唐]張祜著　尹占華校注
三家評注李長吉歌詩	[唐]李賀著　[清]王琦等評注 蔣凡校點
樊川文集	[唐]杜牧著　陳允吉校點
樊川詩集注	[唐]杜牧著　[清]馮集梧注
温飛卿詩集箋注	[唐]温庭筠著　[清]曾益等箋注
玉谿生詩集箋注	[唐]李商隱著　[清]馮浩箋注 蔣凡校點
樊南文集	[唐]李商隱著　[清]馮浩詳注 錢振倫、錢振常箋注
皮子文藪	[唐]皮日休著　蕭滌非、鄭慶篤整理
鄭谷詩集箋注	[唐]鄭谷著 嚴壽澂、黄明、趙昌平箋注
韋莊集箋注	[五代]韋莊著　聶安福箋注
李璟李煜詞校注	[南唐]李璟、李煜著　詹安泰校注
張先集編年校注	[宋]張先著　吴熊和、沈松勤校注
二晏詞箋注	[宋]晏殊、晏幾道著　張草紉箋注
樂章集校箋	[宋]柳永著　陶然、姚逸超校箋
梅堯臣集編年校注	[宋]梅堯臣著　朱東潤編年校注
歐陽修詩文集校箋	[宋]歐陽修著　洪本健校箋

《中國古典文學叢書》已出書目

詩經今注	高亨注
楚辭集注	[宋]朱熹撰　黄靈庚點校
楚辭今注	湯炳正、李大明、李誠、熊良智注
司馬相如集校注	[漢]司馬相如著　金國永校注
揚雄集校注	[漢]揚雄著　張震澤校注
張衡詩文集校注	[漢]張衡著　張震澤校注
阮籍集	[魏]阮籍著　李志鈞等校點
陸機集校箋	[晉]陸機著　楊明校箋
陶淵明集校箋(修訂本)	[晉]陶潛著　龔斌校箋
世説新語箋疏(修訂本)	[南朝宋]劉義慶撰　余嘉錫箋疏 周祖謨等整理
世説新語校釋(增訂本)	[南朝宋]劉義慶撰　[南朝梁]劉孝標注　龔斌校釋
鮑参軍集注	[南朝宋]鮑照著 錢仲聯增補集説校
謝宣城集校注	[南朝齊]謝朓著　曹融南校注集説
江文通集校注	[南朝梁]江淹著　丁福林、楊勝朋校注
文心雕龍義證	[南朝梁]劉勰著　詹鍈義證
詩品集注(增訂本)	[梁]鍾嶸著　曹旭集注
文選	[梁]蕭統編　[唐]李善注